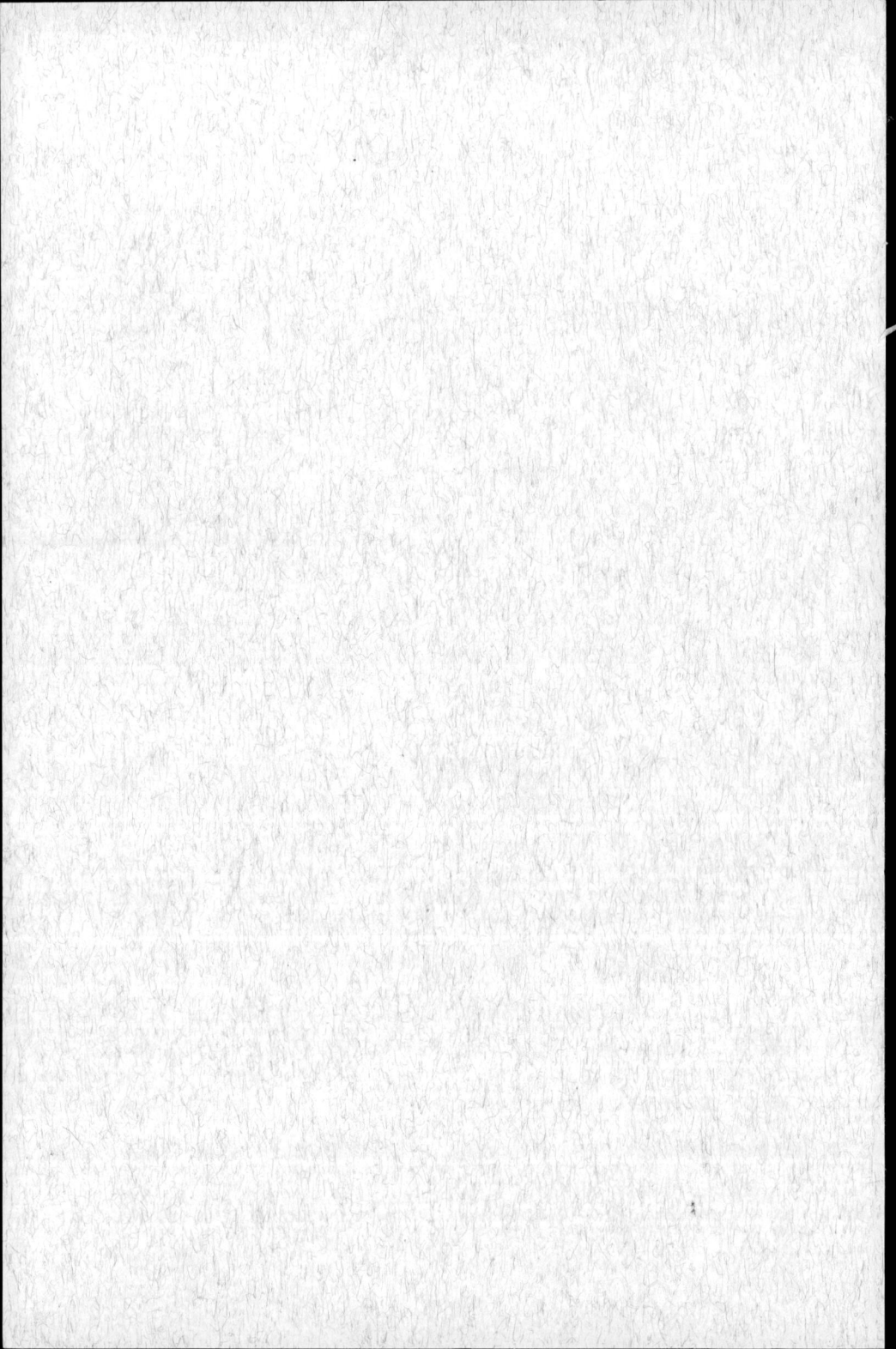

中华人民共和国成立70周年

优秀文学作品精选

中篇小说卷 （上）

主编 洪治纲

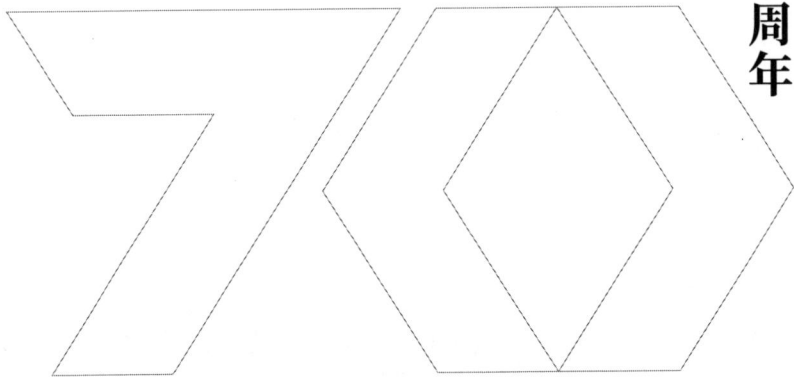

北京出版集团公司

北京十月文艺出版社

出版说明

习近平总书记在中国文联十大、中国作协九大开幕式上的讲话中指出："一个时代有一个时代的文艺，一个时代有一个时代的精神。任何一个时代的经典文艺作品，都是那个时代社会生活和精神的写照，都具有那个时代的烙印和特征。"为庆祝中华人民共和国成立70周年，展现我国70年来文学事业的光辉成就，回顾我国当代文学发展的历史道路，北京十月文艺出版社特编辑出版《中华人民共和国成立70周年优秀文学作品精选》。检视中华人民共和国成立70周年以来的经典文学作品，汇集成卷，既是为中国当代文学的70年立一历史存照，也便于我们的文学工作者和广大读者从中萃取精华、汲取能量，不忘本来、继往开来，使文学成为新时代实现中华民族伟大复兴的重要精神力量。

《中华人民共和国成立70周年优秀文学作品精选》按文学体裁分为8种12卷，各分卷主编为"中篇小说卷"洪治纲，"短篇小说卷"贺绍俊，"报告文学卷"李朝全，"散文卷"王必胜，"诗歌卷"李少君、张德明，"儿童文学卷"李东华，"戏剧卷"傅谨，"文学评论卷"白烨。编选工作坚持"二为"方向，贯彻"双百"方针，从当代文学发展的实际出发，兼顾不同题材、不同创作风格、不同地区（包括港澳台）

和不同作家的作品，力求全面准确地反映中华人民共和国成立70周年来文学发展的风貌。

本次编辑工作，我们秉承尊重作品原貌的原则，对于旧版中明显的讹误之处均予以更正，以弥补缺憾；但各部作品因创作年代、作者风格、地域特点等不同，在相关词语用法、儿化音表达方面也存在一定差异，本次编辑处理未作统一，力求最大程度上保持作品的本来面貌。相较于中国当代文学70年来的厚重博大、成就斐然，本套丛书的编辑出版囿于规模及篇目有限，尽管各卷主编在遴选过程中编选的作品均是经过时代淬炼与读者检验的文学佳作，但也难免有遗珠之憾。在编辑出版过程中，我们得到了作者、作者亲属及有关专家学者的大力支持与帮助，在此一并谨致谢意。因部分作品年代久远，我们未能取得相关作者及版权继承人的联系方式及授权，提前收录作品尚希见宥。本书出版后，我们将继续开展联系工作。如作者及版权继承人得知信息，也请及时与我们联系。再次致意。

北京十月文艺出版社

2019年8月1日

目 录 Contents

·1·

时代、伦理与人性的纠缠
——中华人民共和国成立70周年中篇小说观察

洪治纲

一

无论从哪方面来看，中篇小说都是一个比较尴尬的文体。一方面，它在文学理论和批评实践中，始终没有获得独立而清晰的文体地位，不像长篇小说和短篇小说那样，拥有十分丰富的理论建构和审美形态的定位；另一方面，它在中国现当代文学特别是新时期以来的文学中，又呈现出强劲的发展势头，并在许多重要的文学思潮中占据重要地位，一直拥有极为广泛的接受群体。面对这种尴尬的局面，我们固然可以列出诸多原因，譬如西方文学中就没有中篇小说的概念，中篇小说是中国大型文学期刊催生的特殊文体，中国文艺理论家对中篇小说的自律性特质缺乏建构热情等等，但结果仍是老方一帖，没人能够说清楚什么是中篇小说。

我们唯一能做的，似乎只能从篇幅上对它进行一个大致的划分，即介于长篇与短篇之间。如果参照全国鲁迅文学奖的作品征集公告，中篇小说就是指版面字数在2.5万至13万字之间的小说。仅仅依据篇幅来划分一种文体，当然会存在某些不足，但是"存在即合理"，多年来大家也都一直默认了这种划分原则。因此，在面对中华人民共和国成立70年来卷帙浩繁的中篇小说，我们也只能大体上参照这一原则进行遴选。当然，在具体的操作过程中，我们也会努力渗透自己对于中篇小说在文体层面上的理解和思考。

中华人民共和国成立后的第一部中篇小说，应该是《人民文学》在1949年10月创刊号上推出的刘白羽的《火光在前》。这是一部正面书写中华人民共和国成立前夕人民解放军渡江作战的作品，充满了大无畏的革命豪情和统一中国的雄心壮志。随后，马加的《开不败的花朵》、孙犁的《铁木前传》、杨尚武的《戈壁滩上的风云》、白桦的《山间铃响马帮来》、陈登科的《活人塘》、白朗的《为了幸福的明天》、杜鹏程的《在和平的日子里》、康濯的《水滴石穿》、柳青的《狠透铁》、方纪的《来访者》等中篇不断涌现，并获得不同程度的反响。纵观中华人民共和国成立后的"前十七年"中篇小说创作，无论数量还是质量，都不算非常突出。具体地说，题材相对集中，绝大多数立足于战争记忆、社会主义建设和边疆生活的特殊风情；主题相对单一，主要是通过正与反的张力结构，传达作家对时代意志的赞许；叙事比较传统，基本上遵循现实主义手法；文体意识并不突出，很少有作品能够从容地展示中篇特有的叙事容量，线索、结构和人物关系处理，均处于短篇增殖的维度上。只有《铁木前传》《来访者》《水滴石穿》等作品要稍显成熟，体现了作家对日常生活内部伦理的特殊洞察与思考。

正是受制于这一客观的创作现状，我们选择了孙犁的《铁木前传》和方纪的《来访者》作为这一时段的代表性中篇。其中，《铁木前传》虽然没有脱离时代的特殊印痕，但它始终立足于乡村农民的日常生活，巧妙地呈现了身份变化与情义伦理之间的内在博弈。木匠黎老东与铁匠傅老刚因为手艺人的合作关系，渐渐变成亲密无间的朋友，甚至彼此认了亲家。然而，随着解放后生活的变化，精明的黎老东开始富有了，而老实的傅老刚依然一贫如洗。于是，围绕着制作大马车的过程，傅老刚终于感受到了黎老东的傲慢心态，包括黎老东对九儿和六儿亲事的回避。傅老刚果断浇灭了炉火，搬离了黎家。财富身份的变化，最终摧毁了两家之间珍贵的情义伦理。这部小说的独到之处在于，孙犁对黎老东的傲慢与傅老刚的自尊在分寸感上把握极准，精妙地呈现了情义与身份之间的博弈过程，以及这种博弈对两家后代的人生影响，显示了作家内在的艺术腕力。

方纪的《来访者》则动用了双重视角，叙述了一位小知识分子与民间女艺人之间的情感故事。其中，以康敏夫的视角所呈现出来的叙事，饱含了年轻人对爱情的狂热追求与病态般的痴迷，也折射了小知识分子渴望扮演拯救者的理想冲动。然而，当他与女艺人真正建立家庭之后，作为传统男人骨子里的自尊与自私，便与他的敏感多疑聚合在一起，逐渐消解了自己当初作为启蒙者和拯救者的价值承诺，导致女艺人断然出走，康敏夫由此走向颓废与自虐。细细品味康敏夫的角色，我们既可以看到鲁迅笔下涓生的影子，也可以发现郁达夫笔下于质夫的形象，隐含了启蒙、被启蒙甚至是反启蒙的复杂意绪。而在"我"的视角之下，叙事则充满了时代特有的观念性话语，人性的复杂、微妙和温暖，虽也不时地击中了"我"，但最终"我"还是被历史意志所左右，失去了应有的人情伦理。而这，同样也有其耐人寻味之处。

"文革"期间，中国当代文学发展处于低潮，中篇小说也不例外。这一时期影响较大的中篇主要有：李心田的《闪闪的红星》，浩然的《西沙儿女》，辛刚的《海防线上》，李学诗的《矿山风云》，张长弓的《青春》，杨啸的《红雨》，以及刘心武的《睁大你的眼睛》等。因为历史的局限性，这些作品过于强调时代观念，无论审美内涵还是叙事策略，都相对单一，尚缺乏能够反复阅读的经典意味。

二

进入新时期之后，中篇小说创作迎来了发展高峰。从最初的伤痕文学、反思文学、改革文学、寻根文学，到先锋文学、新历史小说、新写实小说，在上世纪80年代的各种文学思潮中，中篇小说几乎都成为一种标志性的存在。我们甚至可以说，正是大量优秀中篇小说的涌现，才有效展示了这些文学思潮的基本属性与审美特质。与此同时，通过各种文学思潮的相互激荡，中篇小说在文体发展上也迎来了自身的黄金时期，并涌现了一批具有经典意味的作品。因此，这一时期成为我们重点关注的历史时段。立足于中篇小说在文体上的有效拓展，并着眼于审美内涵的丰富性，以及创作主体的思考向度，我们在反复的比较和权衡中，选出了一些自己比较满意的中篇，以期为这段辉煌的历史进行简要的注释。

在审美内涵的开拓上，我们选择了在不同层面进行深度探索的优秀之作。如对现实生活问题的深度思考上，有张洁的《方舟》、路遥的《人生》、刘索拉的《你别无选择》、朱苏进的《射天狼》、王朔的《顽主》、方方的《风景》等。这些中篇都直面各种复杂的现实境况，于人生的困境中展示了人们生存的精神面貌和理想欲求，也对人性及命运进行了别有意味的思索。像张洁的《方舟》，就是一部质询性别文化的锋利之作。它在启蒙主义的文化视域中，从两性情感与婚姻的角度，为当代女性的独立与自由发出了强烈的生命呼求。无论是荆华、柳泉还是梁倩，作为现实社会中的白领精英，她们在两性情感或家庭婚姻中，却总是受到这样或那样的屈辱性遭遇，这也使她们深刻地意识到，男权背后所固有的文化沉疴，无处不在、无时不在地规训着女性生命的自由成长。

路遥的《人生》是一曲城乡对立中的生命悲歌。它以三角恋为故事主线，通过高加林在刘巧珍与黄亚萍之间的情感游弋，表达了"爱欲与文明"的潜在同构。小说中的黄亚萍代表了一种充满异质性的城市生活、城市情调和城市镜像，而刘巧珍则是稳固、贫穷、质朴而熟悉的乡村生活代表。高加林在爱欲的获取中，几乎是必然性地选择了城市文明的符号化对象。这既是为了反抗命运，也是源于人性的自然追求，但它与强大的传统伦理却构成了尖锐的对抗，也使高加林注定要成为生活的失败者。

刘索拉的《你别无选择》是一部将时代观念、青年亚文化、艺术创新与个体解放融为一体的优秀之作。小说以一种充满玩世般的轻松语调，呈现了李鸣、孟野、森森等一群作曲专业的大学生散漫而无序的校园生活。他们是那个时代的天之骄子，对创新与实验充满激情，然而他们却不得不以各种消极方式，与平庸的教学模式抗争，与陈旧的审美观念进行博弈，以呼应变革时代的艺术诉求。

朱苏进的《射天狼》以一种充满激情的语调，成功地塑造了袁翰等中国当代军人的铁血形象。在和平年代，军营也宛如一个小社会，各色人物、各种利益、各种关系也同样交织在一起，形成了一种特殊的权力场所。但军人的天职与梦想、家国情怀与英雄情结，依然主宰着真正军人的灵魂。由是，当家庭的困境、妻儿的无助和军人的天职出现巨大的冲突时，袁翰最终还是以硬汉的姿态，战胜了世俗伦理的纠缠。

方方的《风景》作为"新写实"小说的扛鼎之作，充分发挥了中篇小说在文体上的特殊优势，以死亡视角和全知视角的交叉叙述，呈现了一个底层家庭缭乱、粗粝、暴烈、无望的日常生活。在那里，所有的血缘亲情被粗野的人性践踏，所有的世俗伦理被本能式的生存所剥夺，生命的野蛮生长成为人生最无奈的风景。失序时代的种子，最终成长为社会边缘地带的野草，虽然找不到生命应有的尊严，却透射出强劲的生命力。

王朔的《顽主》是一部充满了解构意味的优秀之作。小说围绕着"替人解难、替人解闷、替人受过"的"三T"公司所展开的各种业务，通过于观、杨重、马青等青年人的四处奔波和玩世般的生存体验，撕开了日常生活中各色人等的生存困惑或尴尬处境。在那里，他们替作家宝康策划并举办颁奖晚会，替不能按时赴约的人去赴约，替不能满足妻子要求的丈夫陪其夫人聊天、代其挨骂……他们乐此不疲，是因为他们洞悉了生活中不为人知的人性；他们玩世不恭，是因为他们清楚自己只是生活的润滑剂；他们简单率性，是因为他们看透了太多的虚伪与做作；他们乐于以低俗的方式随波逐流，是因为"端庄与高雅"常常显得不堪一击。所以，他们以自己特有的生存方式，将那些看似庄严的生活伦理击打得体无完肤。

在传统历史文化的现代反思中，陆文夫的《美食家》、阿城的《棋王》、冯骥才的《三寸金莲》、铁凝的《棉花垛》、苏童的《妻妾成群》等作品，无疑都是精粹之作。这些作品要么从现代角度，对传统文化进行了别有意味的审视；要么从平民立场，对宏大历史进行了鲜活多样的重构。像陆文夫的《美食家》，就是从传统饮食文化出发，通过朱自治的纯粹、执着与通达，展示了中国传统饮食的内在魅力。它既有寻根文学的流韵，又传达了"民以食为天"的人本思考。朱自治的"过分"或纯粹，就在于他不识时务，不积极地投身于集体主义的利他行动，甚至不遵从劳动者的基本伦理，一生所忙就是凭借祖上留下的大量房产，四处寻吃觅喝，让自己的每天生活吃得称心如意。虽也逃不脱各种挫折，但最终还是由一个浑浑噩噩的吃客变成了社会名流"美食家"，其中既体现了时代的人本变迁，也展示了传统饮食特有的文化魅力。

阿城的《棋王》是一部有关中国传统文化的反思之作。小说中的王一生在精神与肉体的双重饥饿中成长，只能借助下棋来抵抗生活的双重匮乏，并由此领悟到棋道中的儒、道、释之文化精髓，最终演绎了一场空前绝后的"车轮大战"，成为一代棋王。这部小说的特殊魅力在于，它将中国传统文化抽象成具有特殊意味的哲学，并以互渗互补的方式，转化为有关棋品和棋艺的寓言。

冯骥才的《三寸金莲》演绎了一段传统畸形文化在近代社会中的崩落过程。戈香莲通过艰辛曲折的缠足，终于使自己在佟忍安的家族里成为传奇。这种传奇，当然是以满足男权文化的陋习为前提，以女性生命的玩具化为代价。戈香莲无法认识到这种悲剧性的生命境遇，相反，她开始依仗自己的"成功"人生，规训后辈继续重演自我的人生轨迹，结果在时代的变迁中彻底破产，以至于在"缠足与天足"的对抗中，被出走多年的女儿牛俊英当场羞辱。它让人想到张爱玲的《金锁记》，使人们看到，某些反人性的传统伦理，总是以奇特的方式获得了自我承传的特殊能力。

铁凝的《棉花垛》是一部别具韵味的农事诗。它从乡村伦理中特有的宽容性出发，让世俗的人性欲望与贫瘠的物质生活交织在一起，演绎了一曲愉悦而又芳香的生命之歌。小说中的米子，用自己的坦率与妖娆，让贫乏枯燥的百舍村活出一些生命的诗意。或者说，米子和小臭子这一对母女的生活，不仅照亮了乡村，也使我们看到传统伦理与人性之间的进退自如。

苏童的《妻妾成群》立足于日常生活中的历史情境，借助重构性的写实手法，鲜活地呈现了一个封建家族中妻妾之间的权力博弈。小说中那位虚弱不堪的家长陈佐千已不重要，重要的是，在陈佐千的权力意志调控下，四太太颂莲、二太太卓云和三太太梅珊之间，在传统伦理的遮蔽之下，不断上演各种或明或暗的生存之争。这种争斗，从地位、尊严，到权力、命运，步步为营，甚至关乎生命。它既体现了传统家族伦理巨大的吞噬能力，连受过新式教育的颂莲也无法挣脱，又揭示了人性深处的晦暗与疯癫。

在人性面貌的探索中，不少中篇都借助特殊的历史境遇，展示人性扭曲乃至畸变的状态，折射了当代作家对"文学即人学"的深度思考。其代表性的作品有张贤亮的《绿化树》、王安忆的《小城之恋》、余华的《一九八六年》等。像张贤亮的《绿化树》，就从反思角度，揭示了特殊年代里知识分子从肉体到精神的多重扭曲。这些扭曲，以饥饿与荒芜为表征，使章永璘的自我拯救陷入无边的迷津。只有当马缨花出现之后，章永璘的生命从食物、肉体到精神，才开始出现苏醒的迹象，也使他在爱与理想之间有了更丰沛的生命体验。小说中的马缨花作为一个拯救者的形象，撕开了时代、人性与知识分子理想的各种错位及荒谬，并成为章永璘这一代人渴慕的生命安慰剂。这部中篇，与作家的《男人的一半是女人》等一系列作品，共同构建了一个有关生命拯救的寓言。

王安忆的《小城之恋》是一曲有关荒凉岁月里人性扭曲的生命挽歌。在剧团里一起成长的一对青年男女，因为练功失败而导致身体变形，又因为身体变形而导致理想的破灭，最终从舞台中心滑向幕后的角落，并由身体和理想的扭曲，转向两性之间的纵欲。这种纵欲，看似折射了特定时代的荒凉人性，实则体现了扭曲者的绝望式反抗——以短暂的、扭曲的狂欢，对抗无望的未来，体现了作家对理想与命运的双重审视。

余华的《一九八六年》采用了"倒影式"的叙述策略，站在"文革"结束十年之后的时间维度上，不断推演曾经遭遇的一些历史记忆。迫害致疯的历史老师无意中重返小镇，成了人们每天取乐的对象。没有人知道他是何人，也没有人知道他来自何处，疯子用曾经谙熟的中国历史上的各种酷刑不断进行自戕，最终获得的只是看客们的快乐。在这里，历史与现实、苦难和遗忘、看与被看被作家巧妙地拼接在一起，并通过令人惊异的血腥细节，一幕幕地呈现出来，体现了小说内在的巨大张力。

在叙事形式的自觉实验中，这一时期涌现了大量备受热议的中篇，也有不少值得不断阐释的丰沛之作。为此，我们选择了马原的《冈底斯的诱惑》、史铁生的《一个谜语的几种简单的猜法》和格非的《迷舟》。其中，马原的《冈底斯的诱惑》是一部在叙事形式上有着革命性意义的中篇。它以"元小说"的叙述方式，在犬牙交错中讲述了三个故事：陆高和姚亮去看"天葬"的故事，藏族猎手穷布发现喜马拉雅山雪人的故事，顿珠和顿月两兄弟的故事。这些故事要么虎头蛇尾，要么不断节外生枝，要么逻辑线索含混不清，甚至缺乏必要的可信度，但它们都以各自特有的方式，呈现了西藏高原的神秘、广袤、纯洁与传奇，也展示了作家在讲述故事过程中的现代技艺。因此，从某种意义上说，它体现了内容与形式的双重"诱惑"。

史铁生的《一个谜语的几种简单的猜法》同样是一部在叙事形式上具有变革意味的中篇。它以寓言式的叙事策略，将人生喻为一种谜局：一、谜面一出，谜底即现；二、己猜不破，无人可为其破；三、一俟猜破，必恍然知其未破。在这种充满禅机的隐喻之中，作家演绎了四个小故事："我"与奶奶关于谜语的对话；"我"与她（妻子）的电话交流；病中的"我"、1床、3床三位患者与她（医生）面对生死的态度；"我"、骑车男围绕一对少年之爱的自省与思虑。这四个故事，从不同角度折射了人生与命运的不确定性和多变性，人生问题不可能存在所谓正确的、唯一的答案，人生就像猜谜，谜底永远是不确定的，它取决于不同个体对自己命运的理解和把握。

格非的《迷舟》在一种宿命式的叙事氛围中，讲述了一个命运失控的故事。萧旅长从跨过那条为父奔丧的河流之时，命运便变得不可把控。在自己的部队中，他掌控数千人的生命，然而，当他一旦离开自己的部队，连自己的生命也变得游移不定。在他踏上故土的过程中，一连串的偶遇和巧合，注定了他不可能握住自己的命运。所以，萧旅长的死，与其说是一种身份的错位，还不如说是命运的荒诞。在这里，时代与伦理退到了幕后，小说所呈现的，是格非在先锋文学时期对非理性人生境遇的特殊迷恋。

三

当历史进入上世纪90年代之后，面对中国社会的市场化转型，曾一度涌现了大量有关社会问题的"新现实主义冲击波"小说，其中最具代表性的作品也都是一些中篇小说，包括谈歌的《大厂》和《车间》、何申的《信访办主任》、刘醒龙的《分享艰难》等等。紧随其后，又出现了"个人化写作"思潮，同样涌现了一大批专注于女性个体生命体验性书写的中篇小说，如陈染的《与往事干杯》和《无处告别》、林白《致命的飞翔》和《瓶中之水》等。这些中篇当然也别具特色，但总体来看，还缺乏反复品味的内在意蕴。更重要的是，从这一时期开始，长篇小说发展极为迅猛，并在小说创作领域逐渐占据了统领地位。因此，上世纪90年代之后的中篇小说发展，步入一个相对平稳的历史阶段。一些实力派作家经过中篇小说的历炼之后，纷纷从事长篇的写作。所以，在这一阶段的中篇小说遴选中，我们更看重那些在精神内涵上具有开拓性的优秀作品。

王小波的《黄金时代》无疑是一部才华横溢的黑色幽默之作。"下放知青"王二和陈清扬，并未对物质困顿的现实表示不满，却对精神的匮乏耿耿于怀。面对貌似强悍森严的精神禁锢，他们虽然不断地寻找反抗之路，但每每陷入更大的命运陷阱。于是，他们将绝望伪装成玩世不恭，将解构作为反抗的手段，果断高举着自由和欲望的大旗，在一次次痛快淋漓的生命宣泄中，彻底击溃了时代伦理的虚弱与诡异。饶有意味的是，王二和陈清扬的"敦伦""友谊"，既是青春和人性的妙曼之舞，又是虚无与绝望的抗争方式。

毕飞宇的《玉米》巧妙地探入时代的权力末梢，让一位少女为了内心的体面和家庭尊严，在强大的世俗伦理中勇敢地抗争。当玉米还是小大人的时候，她就深知家庭尊严的重要，并学会了利用一切有利手段，对有损于自家尊严的人群进行还击；当玉米看到父亲失势、家庭即将坍塌之时，她便以小小的身躯换取权势的资本；当她看到妹妹的不幸之后，她又以惊人的膂力，为妹妹设计命运。在这个弱小而又强悍的女孩心中，权力、自尊、人性等以极为罕见的方式纠缠在一起，抗争着各种吊诡的世俗伦理，从而使她不断地坠入命运的怪圈。

东西的《没有语言的生活》是一部在叙事上极具挑战性的中篇。王老炳一家三口都是残障人员：瞎子父亲王老炳，聋子儿子王家宽，哑巴儿媳蔡玉珍。这个无法交流的家庭，注定了叙事发展的艰难，也注定了他们生活的不幸。在内外交困的现实中，他们终于借助一种特有的智慧达到了生活的默契——让瞎子发问，哑巴点头或摇头，聋子再把看到的说出来告诉瞎子，由此实现了必要的生存交流。特别是当心智健全的王胜利出生之后，一切都充满了希望。然而，当王胜利步入校园，却被同学们击毁了所有尊严，并慢慢变得沉默寡言，全家从此又过上"没有语言的生活"。他们战胜了不幸的命运，却无法战胜世俗的卑琐眼光。

王瑞芸的《姑父》通过一种旁观者的视角，再现了一位备受时代摧残的姑父形象。姑父年轻时是一个英俊潇洒、风度翩翩的精英人物，因为报馆老板逃到台湾前无意中给他留了一把枪，结果被判入狱二十年，从此沦为一个自私、懦弱、委琐的老头。在漫长的晚年生活中，他不仅要饱受梦魇的折磨，还要备受亲情的伤害。他像一个人鬼难分的幽灵，以罕见的悲剧命运，见证了时代的荒谬和人性的荒凉。

陈昌平的《英雄》是一部有关平庸人生的梦幻曲。退休工人老高一生平淡无奇，却又幻想着生命的某种辉煌，于是在自我吹嘘中不断步入失控状态。一方面，他在幻像般的历史记忆中，体验着"英雄角色"所带来的人生快意，寻求一生中最后的辉煌和荣耀；但另一方面，历史背后的权力又不断地向他发出邀请，使他一步步不自觉地踏进了真正的幽暗地带。最后，当他被带到一位老干部的家中，一次看起来非常轻松、非常随意的谈话，便结束了老高的"英雄"梦想。

陈谦的《特蕾莎的流氓犯》是一部有关历史反思的精致之作。它从异域的文化背景出发，带着人们对自身"原罪"的追问与忏悔，引出了特殊年代里人们在青春、情爱与性欲的压抑之中所做出的暴力冲动。由这种冲动所构成的内心伤痛，使他们一生都无法逃离，更无法诀别，以至于在多年之后的异域他乡，特蕾莎与王旭东都还在为此纠缠。别有意味的是，当特蕾莎认定王旭东就是当年侵犯自己的"流氓犯"时，王旭东的叙述却表明他是另一个女孩的"流氓犯"，这说明了此类情形在那个年代并非个案。围绕着这样的"原罪"，特蕾莎和王旭东都进行了漫长的忏悔，这种忏悔既深入到历史与时代之中，还渗透到人性的自省与自救之中，充满了形而上的思考。

应该说，这一时期的优秀中篇还有很多，尤其是"70后"作家的一些精彩之作，像徐则臣的《跑步穿过中关村》、田耳的《一个人的张灯结彩》、乔叶的《最慢的是活着》、魏微的《沿河村纪事》等等，但限于篇幅，我们无法进行更全面的遴选。因此，遗珠之憾，实乃在所难免。好在从这些入选的作品中，我们大体能看到70年来中篇小说的发展主脉，也基本上能够体现出它在艺术上的高峰走线。

铁木前传

孙 犁

一

在人们的童年里，什么事物，留下的印象最深刻？如果是在农村里长大的，那时候，农村里的物质生活是穷苦的，文化生活是贫乏的，几年的时间，才能看到一次大戏，一年中间，也许听不到一次到村里来卖艺的锣鼓声音。于是，除去村外的田野、坟堆、破窑和柳杆子地，孩子们就没有多少可以留恋的地方了。

在谁家院里，叮叮当当的斧凿声音，吸引了他们。他们成群结队跑了进去，那一家正在请一位木匠打造新车，或是安装门户，在院子里放着一条长长的板凳，板凳的一头，突出一截木楔，木匠把要刨平的木材放在上面，然后弯着腰，那像绸条一样的木花，就在他那不断推进的刨子上面飞卷出来，落到板凳下面。孩子们跑了过去，刚捡到手，就被监工的主人吆喝跑了：

"小孩子们，滚出去玩。"

然而那咝咝的声音，多么引诱人！木匠的手艺，多么可爱啊！还有生在墙角的那一堆木柴火，是用来熬鳔胶和烤直木材的，那噼剥噼剥的声音，也实在使人难以割舍。而木匠的工作又多是在冬天开始，这堆好火，就更可爱了。

在这个场合里，是终于不得不难过地走开的。让那可爱的斧凿声音，响到墙外来吧；让那熊熊的火光，永远在眼前闪烁吧。在童年的时候，常常就有这样一个可笑的想法：我们家什么时候也能叫一个木匠来做活呢？当孩子们回到家里，在吃晚饭的时候，把这个愿望向父亲提出来，父亲生气了：

"你们家叫木匠？咱家几辈子叫不起木匠，假如你这小子有福分，就从你这儿开办吧。要不，我把你送到黎老东那里学徒，你就可以整天和斧子凿子打交道了。"

黎老东是这个村庄里的唯一的木匠，他高个子，黄胡须，脸上有些麻子。看来，很少有给黎老东当徒弟的可能。因为孩子们知道，黎老东并不招收徒弟。他自己就有六个儿子，六个儿子都不是木匠。他们和别的孩子一样，也是整天背着柴筐下地捡豆秸。

但是，希望是永远存在的，欢乐的机会，也总是很多的。如果是在春末和夏初的日子，村里的街上，就又会有叮叮当当的声音和一炉熊熊的火了。这叮叮当当的声音，听来更是雄壮，那一炉火看来更是旺盛，真是多远也听得见，多远也看得见啊！这是傅老刚的铁匠炉，又来到村里了。

他们每年总是要来一次的。像在屋梁上结窠的燕子一样，他们总是在一定的时间来。麦收和秋忙就要开始了，镰刀和锄头要加钢，小镐也要加钢，他们还要给农民们打造一些其他的日用家具。他们一来，人们就把那些要修理的东西和自备的破铁碎钢拿来了。

傅老刚被人们叫作"掌作的"，他有五十岁年纪了，他的瘦干的脸就像他那左手握着的火钳，右手抡着的铁锤，还有那安放在大木墩子上的铁砧的颜色一样。他那短短的连鬓的胡须，就像是铁锈。他上身不穿衣服，腰下系一条油布围裙，这围裙，长年被火星冲击，上面的大大小小的漏洞，就像蜂巢。在他那脚面上，绑着两张破袜片，也是为了防御那在锤打热铁的时候迸射出来的火花。

傅老刚是有徒弟的。他有两个徒弟，大徒弟抡大锤，葫水磨刃，小徒弟拉大风箱和做饭。小徒弟的脸上，左一道右一道都是污黑的汗水，然而他高仰着头，一只脚稳重地向前伸站，一下一下地拉送那呼呼响动的大风箱。孩子们围在旁边，对他这种傲岸的劳动的姿态，由衷地表示了深深的仰慕之情。

"喂！"当师父从炉灶里撤出烧炼得通红的铁器，他就轻轻地关照孩子们，孩子们一哄就散开了，随着叮当的锤打声，那四溅的铁花，在他们的身后飞舞着。

如果不是父亲母亲来叫，孩子们是会一直在这里观赏的，他们也不知道，到底要看出些什么道理来。是看到把一只门吊儿打好吗？是看到把一个套环儿接上吗？童年啊！在默默的注视里，你们想念的，究竟是一种什么境界？

铁匠们每年要在这个村庄里工作一个多月。他们是早起晚睡的，早晨，人们还躺在被窝里的时候，就听到大街上的大小铁锤的声音了；天黑很久，他们炉灶里的火还在燃烧着。夜晚，他们睡在炉灶的边旁，没有席棚，也没有帐幕。只有连绵阴雨的天气，他们才收拾起小车炉灶，到一个人家去。

他们经常的下处，是木匠黎老东家。黎老东家里很穷，老婆死了，留下六个孩子。前些年，他曾经下个狠心，把大孩子送到天津去学生意，把其余的几个，分别托靠给亲朋，自己背上手艺箱子，下了关东。在那遥远的异乡，他只是开了开眼界，受了很多苦楚，结果还是空着手儿回来了。回来以后，他拉扯着几个孩子住在人家的一个闲院里，日子过得越发艰难了。

黎老东是好交朋友的，又出过外，知道出门的难处。他和傅老刚的交情是深厚的，他不称呼傅老刚"掌作的"，也不像一些老年人直接叫他"老刚"，他总称呼"亲家"。

下雨天，铁匠炉就搬到他的院里来。铁匠们在一大间破碾棚里工作着。为了答谢"亲家"的好意，傅老刚每年总是抽时间给黎老东打整打整他那木作工具。该加钢的加钢，该磨刃的磨刃，这种帮助也是有酬答的，黎老东闲暇的日子，也就无代价地替铁匠们换换锤把，修修风箱。

"亲家"是叫得很熟了，但是，谁也不知道这"亲家"的准确的含义。究竟是黎老东的哪一个儿子认傅老刚为干爹了呢，还是两个人定成了儿女亲家？

"亲家，亲家，你们到底是干亲家，还是湿亲家？"人们有时候这样探问着。

"干的吧？"黎老东是个好说好笑的人，"我有六个儿子，亲家，你要哪一个叫你干爹都行。"

"湿的也行哩！"轻易不说笑的傅老刚也笑起来，"我家里是有个妞儿的。"

但是，每当他说到妞儿的时候，他那脸色就像刚刚烧红的铁，在冷水桶里猛不丁一蘸，立刻就变得阴沉了。他的老婆死了，留下年幼的女儿一人在家。

"明年把孩子带来吧。"晚上，黎老东和傅老刚在碾棚里对坐着抽烟，傅老刚一直不说话，黎老东找了这样一个话题。他知道，在这个时候，只有这样一把钥匙，才能通开老朋友的紧紧封闭着的嘴，使他那深藏在内心的痛苦流泻出来。

"那就又多一个人吃饭，"傅老刚低着头说，"女孩子家，又累手累脚。"

"你看我，"黎老东忍住眼里的泪说，"六个。"

这种谈话很是知心，可是很难继续。因为，虽然谁都有为朋友解决困难的热心，但是谁也知道，实际上真是无能为力。就连互相安慰，都也感到是徒然的了。

这时候，黎老东最小的儿子，名字叫六儿的，来叫父亲睡觉。傅老刚抬起头来，望着他说：

"我看，你这几个孩子，就算六儿长得最精神，心眼儿也最灵。"

"我希望你将来收他做个徒弟哩！"黎老东把六儿拉到怀里说，"我那小侄女儿，也有他这么大？"

"六儿今年几岁了？"傅老刚问。

"九岁。"六儿自己回答。

"我那女儿也是九岁。"傅老刚说，"她比你要矮一头哩，她要向你叫哥哥哩！"

二

第二年头麦熟，傅老刚真的从老家把女儿带来了。他在小车的一边，给女儿安置了一个座位。这座位当然很小，小孩子用右手紧把住小车的上装，把脚盘起来，侧着身子坐在垫好的一小块破褥上。他们在路上走了五六天，住了几次小店，吃了很多尘土。然而女孩子是很高兴的，她可以跟父亲，这唯一的亲人，长住在一起，对她来说是最幸福的了。

到了村里，先投奔了黎老东家。黎老东是很高兴，招呼左邻右舍的女孩子们来和小客人玩。

"你叫什么名儿呀？"那些女孩子们问她。

"我叫九儿。"小客人回答。

"你姐妹九个？"女孩子们问。

"就我一个哩。"小客人说。

"那你为什么叫九儿？"女孩子们奇怪了，"在我们这里，谁是老几就叫几儿，比如六儿，他就是老六。"

"这是我娘活着的时候，给我起的名儿。"小客人难过地说，"我是九月初九的生日哩。"

"啊。"女孩子们明白了，"那么，你们那里还兴留小辫儿吗？"

"唔。"小客人害羞了，缠在她那独根大辫上的绳儿，红得多么耀眼呀！

和女孩子们玩了几天，和六儿也就熟了。九儿看出，六儿和她很亲近，就像两个人的父亲在一起时表现得那样。傅老刚活儿忙，女孩子跟在身边不方便，他打夜作，给六儿和九儿每人打了一把拾柴的小镐儿，黎老东给他们拾掇上镐柄，白天就打发他们到野外去。六儿背着红荆条大筐，提着小镐儿，扬长走在前头，九儿背一个较小的筐子，紧跟在后面，走到很远很远的野地里去。

六儿不喜欢在村边村沿拾柴，他总是愿意到人们不常到、好像是他一个人发现的新地方去。可是，走出这样远，他并不好好地工作，他总是把时间浪费在路上。他忽然轰起一个寠卵儿鸟，那种鸟儿贴着地皮飞，飞不远又落下，好像引逗人似的，六儿赶了一程又一程。有时候，他又追赶一只半大不小的野兔儿，他总以为这是可以追上的，结果每次都失败了。

"我们赶紧拾柴吧。"九儿劝告地说。

"忙什么？"六儿说，"天黑拾满一筐回去就行。"

"我们不许一人拾两筐吗？"九儿说。

"就是一天拾三筐，也过不成财主！"六儿严肃地驳斥着。

他慢慢地走在草地里，注视着脚下。在一处做个记号，又察看着。后来，他把柴筐扔在一旁，招呼着九儿：

"你守住这个洞口，不要叫它从这里跑了。"

他回到做记号的那里，弯下腰，用小镐儿飞快地掘起来。

这天，他们高兴地捉住了一只短尾巴的小田鼠，晚上带回家里来，装在一只小木匣里。木匠家总是有好多木匣子的。

第二天，风很大。他们两个没有到地里去，在六儿家里玩。父亲出去做活了，六儿拿出小田鼠来，对九儿说：

"它在匣里住了一夜，一定很闷，我们叫它在地下跑跑吧。"

"捉不住了，怎么办？"九儿说。

"不要紧，你把水道守住就行了。"六儿把小田鼠放在地下。起初小田鼠伏在他的脚下，一动也不动。六儿"嘘"它，跺脚轰它，它跑开了，绕着房根儿转，突然钻进了一个洞。

六儿发急了，他命令九儿：

"你看瓮里有水没有？"

瓮里干着。六儿抓起瓢来，跑到咸菜缸那里，掏来一瓢盐水，灌进了鼠洞。看看不顶事，又要去淘。

"大叔回来要骂了，"九儿说，"盐是很贵的。"

六儿用力把瓢扔在地下，瓢摔裂了。

这一回，两个人玩得很不好。六儿失去了小田鼠，心里很难过。九儿心痛那一瓢盐水，她也是个穷人家的孩子，她在家里，是一针一线也不敢糟蹋的。

风越刮越大，他俩躲到破碾棚里去。那座不常有人使用的大石碾，停在中间。碾台上蒙着一层尘土，九儿坐在上面。六儿爬到那架大空扇车里面，蜷起身子像只虾米一样，仰天睡下了。他招呼九儿：

"你也进来吧，盛得下。"

"我不进去。"九儿说。

她在思想，面对着现实。外面的风，刮得天黑地暗，屋顶上的蜘蛛网抖动着，一只庞大的蜘蛛，被风吹得掉下来，又急遽地团回去了。她没有母亲，她的父亲，现时在外面的大风里工作着。她新结交的小伙伴，躺在扇车里睡着了。童年的种种回忆，将长久占据人们的心，就当你一旦居住在摩天大楼里，在这低矮的碾坊里的一个下午的景象，还是会时常涌现在你沉思的眼前吧？

三

就在这一年，开始了抗日战争。这是在平原上急骤兴起的，动摇旧的生活基础的第一次大风暴。从这一年，人们在战争的考验里，接受了阶级斗争的新道理，广大的劳苦半生的人们，包括他们那从前以为累赘、无法养教的儿女们，开始打破有形无形、传统久远的束缚和枷锁。黎老东在家的两个较大的儿子，都参军去了。

在兵荒马乱里，傅老刚没有能够按时回到老家去，好在女儿也在身边，他不想去冒那长远路途上的危险了。在这些年月里，木匠、铁匠除去为农业生产服务，还都要为战争服务。傅老刚的两个徒弟，不久也参加了八路军附设的兵工厂。在这一年冬天，傅老刚和女儿，给来往不断和越聚越多的骑兵们钉马掌。九儿兴奋地工作着，有一次她只顾观望那过往的部队，被一匹性劣的马踢了一脚，从此在额角上留下一块小小的伤痕。当时，部队上的卫生员替她包扎好，她连一声也没哭。以后，大家公认，这块小伤痕，不但没有损害九儿的颜面，反而给她增加了几分美丽。

孩子们在风雨里、炮火里，饥饿和寒冷的煎熬里，战斗和胜利的兴奋里，完成了他们的童年，可珍贵的童年的历程。傅老刚在村里人缘很好，附近村庄的人们也都认识他。在逃难的时候，那些妇女们看到九儿，都自动地愿意带着她，跑到哪个村庄，人们一听说是铁匠的女孩子，也愿意收留吃饭和安排住宿。在战争的最后两年，因为年岁大些了，游击经验也丰富些了，九儿总是好和六儿一同走。六儿胆子很大，很机警，照顾九儿也很周到。当他们在一块儿的时候，在九儿那刚刚懂事的心里，除去有人做伴仗胆，感到幸福，还产生了一种相依相靠的感情。当她和六儿在一块儿的时候，也真的没有遇到什么大的危险。因此，她有时也真的相信六儿自我吹嘘的话了。

六儿常常对她说：

"你谁也不要跟着，就跟着我吧，日本鬼子不敢着我的边。"

"你净瞎说。"九儿跟在他身后边说。

"你跟着我，饥不着也渴不着，"六儿自信地说，"我会像一只大老家（雀），给你打食儿吃。"

在九儿的眼里，六儿的办法就是多一些。下雨的时候，他总是能很好地把九儿安置起来，就是在野地里，也淋不湿。在九儿觉得饿的时候，他能跑出多远，找些吃的东西回来。那时候，在野外躲藏的人很多，人们是愿意帮助孩子们的。而更重要的是，九儿从心里发生的那一种感激和喜欢的心情，也确实能战胜一时的饥饿和寒冷。

日本投降以后，因为多年不回老家，老铁匠急于要带女儿回去看望一下。

临走的那天晚上，黎老东打了一壶酒，给傅老刚送行。平日，傅老刚即使在喝酒的时候，话也是很少的；黎老东酒一沾唇，那话就像黄河开了口子一样，滔滔不绝。可是今天晚上，两个老朋友中间放上一盏菜油灯，一把酒壶，在快要分别的时候，黎老东只是勉强地说了几句普通话。以后，就也把头低下来，一直沉默着。

这是很稀奇的现象。傅老刚问：

"亲家，你心里有什么事？"

"有点事儿。"黎老东突然兴奋起来，他是单等着老朋友这句问话的，"亲家，我想向你请求一件事。你看，我有六个儿子，穷得这样，我这一辈子也不打算什么了。不过六儿这孩子，我看还许有些出息。"

"亲家，"傅老刚插断他的话，"你就是娇惯了他一些。孩子们是要管得严紧些的。"

"是这样。"黎老东急于要把话说完，"咱也别绕圈子，据我冷眼观看，九儿和六儿，两个人的感情还合得来。按说，像我这个穷光蛋，还想支使儿媳妇？不过，咳！"

他一口把壶里的酒喝干了，就又低下头去。

"我明白你的意思了。"傅老刚说，"你穷，我就富吗？"

"不过，不过，养女儿总是要攀个高枝儿的。"黎老东低着头说。

"孩子们年纪还小。等我们从老家回来再定规，你说好不好？"傅老刚这样冷漠地结束了这场本来应该激动人心的交谈，使得老朋友的心冷了半截。

这一晚上，九儿在附近的婶子大娘家里辞行。姐妹们留恋她，在这家停一会儿，又一群一伙地到另一家去。六儿也一直跟在后面，就有姐妹们说他：

"你老是跟着干什么？一个小子家。这又不是打游击的时候了。"

"人家也是来送九儿哩。"有的姑娘说。

"快家去睡觉吧，六儿。"有的大娘斥责他。

"我就是跟着！"六儿有些气愤地在心里说，"我就是不去睡觉！你们管得着吗？"

九儿一直和别人说笑着。

第二天，打早起，六儿跟着父亲，帮九儿家收拾小车。在黑影儿里，九儿小声对他说：

"我们还要回来的呀。"

四

傅老刚和九儿走了以后，就一直没有音讯。听说在他们家乡那一带，是蒋匪军盘踞着。这二年，平原上进行着解放战争，人们又经历了许多重大的事件。土地改革以后，黎老东因为是贫农，又是军属，分得了较多较好的地。后来，二儿子在解放战争里牺牲了，领到一笔抚恤粮。天津解放了，在那里做生意的大儿子又捎来一些现款，家里的生活，突然提高了很多。黎老东听到二儿子牺牲的消息以后，悲痛了一个时期。他想起这个老二从小没有得过一点儿好，母亲死了以后，还曾带着四兄弟讨要过一个时期的饭。现在，黎老东是将近六十岁的人了，身边只有四儿和六儿。但是，不知道为了什么，黎老东不大喜爱四儿，只喜爱六儿。老人的心里想：自己受了一辈子苦，没有过出头之日，几个大孩子，小的时候也没有赶上好年月，现在既然生活好了，应该叫六儿多享些福。

这样，六儿就越发娇惯起来了。他已经长大成人，他不愿意像四哥一样到地里去做活，起猪圈送粪这些事，他连边也不愿沾。可是，也不好净闲着，他就学做些小买卖。秋后，搓大花生仁儿，炒了到街上卖；冬天煮老豆腐，晚上在大街十字路口敲着梆子。卖不完的，就自己吃。每天夜里，父亲已经钻被窝了，他盛上一大碗老豆腐，多加蒜、姜，送到老人脑袋头起说：

"爹，吃了吧，热的。"

老人爬起来，喝完老豆腐，心里想，这孩子多懂事儿，多孝顺呀！

有时，六儿也盛上一碗送给在夜里喂着牲口的四哥，老四是从小知道省细的，总是不愿意吃。他对六儿说：

"多卖一碗，就多赚一碗，我这就要睡觉了，喝一碗这个有什么用？"

这使得六儿有时想：这个人真不知好歹哩。

但是，不管卖花生仁儿，还是卖老豆腐，六儿总是赚不下钱，在街面上，他的朋友多，这个抓一把，那个喝一碗，就是记上账，六儿也拉不下脸皮儿去要，到年底，还是得老四去讨账，特别是那些姑娘们，看见六儿提着花生仁儿来了，就说：

"你这花生仁儿脆不脆？香不香？"

"你们尝尝呀！"六儿赶忙张开布袋口儿笑着说。

"尝"是不要钱的，可是姑娘们很多，又都下得手，一个人一大把不算，六儿还自己抓着送到她们手里，替她们装进那口儿虽小底儿却深的衣裳口袋里去。

六儿长得个儿适中，脸皮儿很白，脾气儿又好，他在街上成了姑娘们十分喜欢的对象。六儿已经能够自觉到这一点，他就更加注意去巩固和扩大这个良好的影响。战争结束以后，在这个村里，他第一个留起大分头，还不叫担挑的剃头匠理发，总是在集日跑到县城南关的理发店去。夜晚，村里只有他有一筒子电，在街上一晃一晃的，姑娘们嬉笑着围着他：

"看你，六儿，照坏了我的眼！"

"来，六儿，给我拿拿！"

在雨天，他有一双双钱牌胶鞋，故意穿上去串门儿，谁家的姑娘好看，谁家庭院里积的雨水深，他就特别到谁家去。那家的姑娘在窗户眼儿里看见他进来，就赶紧爬下炕来说：

"六儿，你来得正好，来脱下给我穿穿，我正要到茅房里去！"

"你穿着正合适。"六儿说，一边脱下胶鞋来递给她，"你也该买一双。"

"我哪里有这些钱呀？"姑娘笑着说，"六儿，你什么时候再进城，给我捎一双袜子来吧！"

"什么色儿的？"六儿问。

"你看着吧，你常买东西，又懂眼。"姑娘信任地说，在腰里掏摸着，"你带着钱吧！"

"不用。"六儿说，"买回来，再说吧。"

等到买回来，姑娘们只称赞他买的货色好，尺寸合适，就再也不提钱的事了。

五

黎老东目前也顾不上管教他，老人正在为新兴的家业操心。新近他把那匹老灰驴换成了一匹红马，这匹马虽然口齿老一些，但蹄腿毛色都很好，驾上那辆分来的破车，实在显得不调和。老人四处去观看，买回几棵榆树槐树，想自己打一辆大车。黎老东打的大车是远近知名的，一辈子给人家打了无数的车，现在年老了，也给孩子们打一辆吧，他的心情是十分愉快的。在转悠着买树的时候，他还得到一棵小檀木树的秧子，做木匠的最喜爱这种树，他把它栽到自己的窗台下，小心养护着，作为自己新的生活开始的标志。院里养了一群鸡，猪圈里新买来两个猪崽儿。

他叫老四和他解树，在院子里，被解的树木斜竖起来，像一架高射炮。老人登在上面，俯身向下，老四坐在地下，仰身向上，按着墨线拉那大锯，一推一送。老人总是埋怨老四笨，不是说他走了线，就是说他不会送锯。老四建议叫六儿来拉锯，老人又不肯。老四说他偏心，父子两个争吵起来，老人甚至举起锛斧，绕院子追赶。

老四最不喜欢人家说他笨，他从抗日战争以来，学习很努力，每天看书看报上夜校，积极参加村里的青年工作，他觉得在家庭里，他比父亲和六儿都进步得多，懂事得多。

吵过架，老人又不甘寂寞，说：

"我像你这个年纪，早就出师了。我的手艺，不用说在这一县，就是在关外，在哈尔滨，那里有日本木匠，也有俄国木匠，我也没叫人比下去过。阿拉索，有钱的苏联人总是这样对我说。"

"那时他们不是苏联人，那时他们是白俄。"老四说。

"县城南关福聚东银号的大客厅的隔扇，是我做的。那些年，每逢十月庙会，远从云南广西来的大药商，也特别称赞那花儿刻得好。"老人越说越高兴，"这字号是卜家的买卖，老东家和我很合适。"

"卜家不是叫贫农团斗倒了吗？"老四说，"你这话只能在家里说，在外边说，人家会说你和地主有拉拢。"

"南关西后街崔家的轿车，也是我打的。"老人说，"那车只有老太太出门才肯用。"

"那也是大地主。"老四说，"那辆车早分给贫农，装大粪用了。"

老人把锯用力往下一送，差一点没把老四顶个后仰。

大车的木工程序越是接近完成的时候，黎老东越是怀念他那老朋友傅老刚，因为还要有锻铁工程序，大车才能制造成功。附近当然也有其他的铁匠，但是这些人的手艺，都不中黎老东的意。过去，他是常常和傅老刚合打一辆大车的。而他们合打的大车，据说一上道，咯噔咯噔一响，人们离很远，就能判断出这是黎老东砍的轴，挑的键，傅老刚挂的车瓦。他很希望老朋友能来帮他把这一辆车成全好，成为他们多年合作中的代表作品，象征他们终身不变的深厚友谊。现在家里又有吃有喝，他想给傅老刚捎上个信儿，叫他带女儿来。孩子们的年岁也到了，凭眼下这日子光景，再求婚也就理直气壮了。

可是，听说那边还在打仗，信儿也不好捎。

想起儿女的婚姻，黎老东就想起住宅的问题，现在住的这个破院，虽说村里已经固定给他，要是儿子们结婚，还是很不够住的。当父亲的赶上这个年月，还不能替孩子们安排下几间住处，也感觉于心有愧似的。今年一个麦季，一个秋季，收成都很好。他想把粮食合起来，换处宅院。原先，他是想多买几亩田地的，听人说，这年头田地总不牢靠，宅院到什么社会，终归是自己的，他就下了决心买宅子。

关于买宅子，老四提议要和军队上的哥哥商量一下，黎老东说："不用。他是革命干部，不同意我们置家业过活。"

他托了村里的说合人，替他物色宅院。很快，说合人就来告诉他，后街二寡妇那宅子要卖。这所宅子包括三间土墼抹灰北房，木架门窗都还很坚固，院子很大，以后可以盖三合房，现在就有一个大梢门甬儿。价钱不贵，十石麦子。另外，这所宅院距离黎老东现在住的地方很近，以后来往也方便。

黎老东想了想，很中意这宅子，就要下定钱。但是老寡妇有一个附带条件，要卖"养老腾宅"，就是说要等她死了，新主人才能搬进来。对于这一点，黎老东有些犹豫，谁知道老寡妇哪年死哩，看来她还很健康。不久，说合人又来说，老寡妇有个侄儿要争这宅院，出十二石麦。黎老东一听着了急，下了定钱，还和老寡妇那个侄儿闹了一场纠纷，经过村里调解，黎老东是军烈属，才得买到了手。

买了宅子，黎老东操心的事情可就多了。他隔几天就要到那宅子里转转，看见院子里跑着一群别人家的鸡，他就轰出去，看见墙头又叫孩子们蹬倒了，他就垒起来，看见房墙上的泥皮掉了，就和泥抹上。他关心宅院的每一个细小部分，而老寡妇好像什么也不管，在东间屋里炕上喘嗽着。

冬天，黎老东想叫老四到这北屋西间来住，捎带喂牲口，马槽就安在外间。他和老寡妇商量，老寡妇不同意，说马会把粪拉到她做饭的锅里。因为这个争吵起来，老寡妇一生气，收拾东西，到女儿家住去了，声言是黎老东把她逼走，在村里影响很不好。在军队里的儿子，不知怎么也知道了，来信批评了父亲。

黎老东为这件事也懊悔了好几天，觉得是找了麻烦。但是既然买了，就搬来住吧，选择了一个日子，他和六儿四儿搬进了这一所新居。人们还要他请酒，他也只好应酬了一下。

夜里，六儿很晚才回来，黎老东一直没睡着，在等着他。

"我为什么买这个冤孽？"黎老东说，"不就是为了你？"

"嗯。"六儿把头蒙在被窝里，"新房子怎么这样冷呀？"

"你要学点好。"黎老东又规诫着，"不要整天瞎跑。"

而六儿已经呼呼入睡了，鼾声是那样匀称和舒心，老人是喜爱听这种声音的，年老的人，身边有个小儿子甜蜜地睡着，是会感到幸福的。

六

这一年冬天，六儿和村里的一家懒人，合伙卖牛肉包子。每天晚上，他背着一个小木柜子，在大街上来回游逛。

"牛肉包儿呀！好热的牛肉包儿呀！"

一直到深夜。

包子房设在村西头黎大傻家。黎大傻的老婆，原是县城东关一户包娼窝赌不务正业的人家的长女。这女人长得既丑且怪，右脚往里勾着，黑麻脸，左眼从小瞎了，有一大块萝卜花向外冒突着。她的性情很是刁泼，在新社会里，也长期改造不好，又非常好吃，为了满足她那馋嘴，她会想出一些奇奇怪怪别人绝想不到的办法。

黎大傻行什么事，也是要看着女人的眼色，听着女人的鼻息的。抗日战争以后，经过几次社会运动，他们每次都把分得的一些东西泼撒了。过程是：把分得的土地和一些粗粮变卖了，换回麦子卖面条儿，结果，一家人把本儿利儿全吃进肚里去。

今年和六儿卖包子，就是和面擀皮儿这些极为轻微的工作，黎大傻的老婆也是不愿意担负的。她不久就从娘家接了一个妹妹来，名义上是帮忙做活，她的实际目的在哪里，谁也猜得着。

这位妹妹，外表和姐姐长得非常不同，人们传说，这孩子原是那些年，从别人家领来的，和她的姐姐，并非一母所生。

她今年十九岁了，小名叫小满儿。已经结了婚，丈夫长年在外面。小满儿一年比一年出脱得好看，走动起来，真像招展的花枝，满城关没有一个人不认识她，大家公认她是这一带地方的人尖儿。

刚到姐姐家来，小满儿表现得很安静。她不常出门儿，每天，姐姐出去串门儿，她就盘腿卧脚地坐在炕上剁馅儿，包包子，连头也不轻易抬起。黎大傻在地下来往，装着笼屉，兼在灶上烧火。六儿没事做，放一条板凳在炕沿儿下面，呆呆地望着她抽香烟。等到天黑，姐姐回来，小满儿问做什么吃，姐姐照例是说得很干脆的："还做什么吃？熬点米汤儿，就包子吃！"

"六儿不用回家，就在一块儿吃吧？"小满儿问。

"那还用你说吗？"姐姐笑着，"人家是咱们的大东家哩，要好好照应！"

现在，六儿就黑夜白日地在这一家鬼混。

渐渐，小满儿就不能安静地坐在炕上了。她每天要抽空儿到门口儿站一站。自从她搬到姐姐家，不知道是谁传播的消息，那些卖胭脂粉儿香胰子的小贩，也都跟踪到这村里来了。他们像上市一样，常常把三副几副的担子放在她姐姐家的门口，如果小满儿还没有出来，他们就用力摇动那小货郎鼓儿，用繁乱的、挑逗的节奏把她招引出来。

以后，小满儿又借口占碾子借磨，到大街上去。

每逢小满儿到街上来推碾，就会在这小小的村庄里引起一场动乱。当她还没有得到推碾的机会时，只是放下一把笤帚在碾子旁边占着，自己一径回家去了，就有一些青年人趁机到碾子附近来了。青年人越聚越多，常常使得那正在推碾的人家，感到非常的奇怪。

后来，碾子空下了，就有青年自动去给她报信。过了一会儿，小满儿从她姐姐家的胡同里转出来，青年们的眼睛就一齐转向她那里。青年们的眼神是多种多样的，有的勇迈些，有的怯弱些，然而都被内心的热情和狂想激动着，就像无数的接连爆发的一片火焰。

小满儿头上顶着一个大笸箩，一只手伸上去扶住边缘，旁若无人地向这里走来。她的新做的时兴的花袄，被风吹折起前襟，露出鲜红的里儿；她的肥大的像两口大钟似的棉裤角，有节奏地相互摩擦着。她的绣花鞋，平整地在地下迈动，像留不下脚印似的那样轻松。

她那空着的一只手，扮演舞蹈似的前后摆动着，柔嫩得像粉面儿捏成。她的脸微微红涨，为了不显出气喘，她把两片红润的嘴唇紧闭着，把脖子上的纽扣儿也预先解开了。

她通过这条长长的大街，就像一位凯旋的将军，正在通过需要他检阅的部队。青年们，有的后退了几步，有的上到墙根高坡上，去瞻仰她的丰姿。

小满儿来到石碾旁边，一转身，把大笸箩放在了地下。然后，她掠了掠齐肩的油黑的头发，向青年们扫射了一眼。

她是来碾米。她把谷子铺在碾盘上．等候着她的姐姐。她姐姐叫什么事耽搁住了，一直没有来，她就一个人推动了石碾。

她心里明白，不会没有人来帮她的忙。但是今天，青年们都在观望着，做着各种丑态，甚至互相推挤，却谁也没有勇气上前。

每当小满儿推着碾子转到街道旁边，她就转身向村西头望望，看看六儿来了没有。她很希望六儿在这个时候来，他比这些屌头们懂事，会跑着过来帮她的忙。

可是，六儿也好像忘记了和她约好的这回事儿似的，一直没影儿。她实在推不动了，又不愿意在这些青年人面前示弱，她装作碾得了头合，突地停下来往回折扫着，转身抓起了簸箕。

"怕还不行吧！"这时站在最前边的一个青年叫大壮的，开了口。

这个名叫大壮而实际上非常胆小的青年，是耐不过这种沉寂的场面，又实在心痛对方，才鼓足勇气去抓起了那根闲着的推碾棍。他这种异乎寻常的举动，使得全体青年吃了一惊，连平日向他开玩笑的习惯都忘记了。但是，忽然从街东头传来一声喊叫，这一声喊叫，就像在冬天的夜晚，有黄鼬来拉鸡，孤处的女主人从梦中惊醒，喊叫出来的那种声音一样凌厉吓人。

这是大壮的媳妇。大壮早婚，她比丈夫足足大八岁。她熬过很长的一段岁月，自从大壮渐渐懂得事理，她就越发爱他，并且越发管教得严格了。大壮平日很怕她，他怕她就像怕自己的姐姐，甚至像怕自己的母亲一样。因为，在多年的印象里，她不只照顾了他的饮食起居，而且也教导着他的言语行动。但是大壮从来也没想到，在他偶尔同别的女人在一起的时候，会引起自己的女人这样大的愤怒。他扶着碾棍，呆呆地望着自己的女人。

"你这个不要脸的东西！"大壮的女人急急走过来说，"快做晚饭了，你不去担水，跑到这里来干什么？"

"唔？"在众人面前，在女人的盛怒之下，大壮不知道怎样回答才好。

"你是哑巴，是聋子？"大壮女人的声音更严厉了，"我问你跑到这里来干什么？你年下就十八岁了，不学正经！"

"他还小哩，原谅他这一次吧！"青年们在一边打哈哈。

"他还小？"大壮的女人最不喜欢别人说她的丈夫年纪小，"什么才叫大人？你们小吗？吃屎的孩子，也干不出这样没出息的事儿来！你们是一群狗，有一只小母狗儿，在街上夹着尾巴一溜达，就把你们都引出来了！就把你们的脖子勾引得硬了，就把你们的眼睛勾引得直了！我在那边瞧了老半天，看看你们那下流样子！你们自己不觉？快到井台上，弄点儿水来照照吧！"

她这种不分敌友、一律混杂的教训，引起了青年们的极度不满，但是没有人愿意在这个时候和她冲突。他们用眼睛、用咳嗽鼓励大壮，很希望大壮就手抽出那根大推碾棍来。但是大壮连丝毫反抗的意思也没有，他甚至移动脚步，想要回家去了。

青年们注视着小满儿，小满儿簸着米糠，脸涨得像块红布。这女孩子，过去在多少男人面前，也是号称难惹的，但是今天遇到这样的场面，她低着头，连一句话也没讲。

斗争总是要展开的，她的姐姐已经在西街口那里出现。她之奔赴这里来，就像抢救水火一样迫切。因为肥胖，因为她的一只脚有点毛病，特别因为她的视力不能集中，她那奔跑的姿势，就像足球场上，带着球奋勇突击的前锋一样：一时曲偻着上身，一时弯架着胳膊，一时左右脚交攀着，一时在地下滚动着。

"你说谁是小母狗？"她离大壮的女人还有十码远，就发出了战斗的檄文。

"谁自认，我就说的是谁！"大壮的女人挺着身子说。

"我的妹妹是黄花少女！"黎大傻的女人说，"她的屁股也比你的脸干净！你管教你的小女婿行，欺侮我的亲戚就办不到！"

她跑到石碾那里抽出一根棍，但是叫小满儿给拦住了。

"你怎么变得这样老好子？"她吆喝着妹妹，"叫你把我的人都丢尽了！"

她举着大棍，奔向大壮媳妇，大壮媳妇以逸待劳，接住棍头，往怀里一带，黎大傻的老婆就来了个嘴啃地。

七

就在这个时候，久别的傅老刚父女，回到了这个村庄。

傅老刚还是推着他那铁匠炉，前面拉车的，是九儿。

傅老刚越发显得年老和消瘦，小车已经破烂不堪，吱扭的声音，也没有了当年的气派。九儿长高了，但穿的衣服也很破旧。她的脸蛋儿很是干瘦，头发上挂满尘土，鞋面儿已经飞裂，只有那一对大眼睛里射出的纯洁亲热的光芒，使人看出她对于回到这里来，是感到多么迫切和愉快。

把小车推到十字街口，傅老刚放下襻带，和人们问好。九儿拉下脖里围着的旧毛巾，擦着脸上的汗水。

"我们又回来了，"傅老刚说，"可是，你们为什么吵架呀！"

"不为什么，"青年们说，"两位女同志，吃饱了没事儿，在这里练把式。"

"不要这样。"傅老刚郑重地说，"你们一直生活在咱们的根据地，真是生活在天堂里了。你们看我们那里，在国民党占据着的时候，人们的生活困难到了什么地步！我同九儿回去，正好陷在网儿里。还好，总算是逃了个活命儿出来。"

"你们那里生产怎么样？"青年们问。

"正在恢复，今年又遇到荒年。"傅老刚说，"你们有好日子，不好生过，就对不起共产党和毛主席。这些年，我一直想念你们，我想这里是老解放区，工作一定进步得多。六儿哩，怎么不见六儿？"

傅老刚在人群里巡视着，转身望了望他的女儿。女儿好像已经寻觅过了。她现在只是站在那里，注视着正在推碾的那个长得极端俊俏、眉眼十分飞动的女孩子，她不认识这个女的，以为是谁家新娶的小媳妇。

"刚才，我看见六儿在村北边赶鸽子，这会儿，也许回家去了。"一个青年说，"你也该去看望看望你的老亲家了，黎老东这二年的生活，可提高大发了！"

傅老刚和人们告别，架起小车。九儿拉着牵绳，还不断地回头看小满儿。

见到老朋友，黎老东高兴极了。他带着亲家到他那新宅子里去看他打制的大车。

　　"亲家你看，就等你来了。"黎老东兴奋地说，"明天，咱们就在这院里支起炉灶来。你看，这院子多么豁亮，做起活儿来多醒脾？"

　　"真是好哩。"傅老刚说，"就是在这里开个木货厂，也满宽绰呢。"

　　"打上这辆车，我也就该休息了。"黎老东十分得意地说，"你知道，现在运销很赚钱，车轱辘儿一动，就是大把的票子。天津解放了，老大挣钱也多了，你看，刚一进冬天，就给我买来了这个。可是穿上这个，我还能做活吗？"

　　傅老刚打量着亲家高高翻起的新黑细布面的大毛羔皮袍，忽然觉得身上有些寒冷似的。黎老东还没有让远来的客人进屋休息的意思，他详细地说明了建设这所宅院的计划，又带着亲家去看猪圈。最后，推开北房门，叫亲家看马，这才顺便把客人让到里间坐下来。

　　当两个老人进了屋，九儿刚要跟进去的时候，她抬头看看，六儿站在房顶上向她招手儿，并且指给她上房的梯子所在。九儿轻轻上到房上，看见六儿躲在一排干树枝后面，引逗着一群鸽子玩儿。鸽子看到生人上来，都拍翅飞向天空，现在太阳西沉，西天的红霞映照到白灰抹平的房顶上。红色的白色的鸽子在他们头顶上奋飞着，追逐着，翻腾着。

　　"我早就看见你来了。"六儿说，"有我父亲，我不敢大声叫你。"

　　"你喂这些鸽子干什么？"九儿问。

　　"好玩呗。"六儿说，"新近，杨卯儿从北京弄来一对纯白的外国种，实在好，我还想买来哩，人家就是贵贱不卖。"

　　"青年团不批评你吗？"九儿问。

"我不是青年团。"六儿扬手引逗着天空的鸽子，使它们飞下来又飞上去，"你加入了吗？"

"我也是刚加入。"九儿说着沉默了。

"这东西玩熟了，最有意思。"六儿说着站立起来；向天空呼叫着，"鸽儿，鸽儿。"

鸽子们先后驯顺地落在房檐儿上。

"六儿，那个姑娘是谁？"九儿忽然看见，在西边隔几户人家的一间房上，站着刚才推碾的那个姑娘。那姑娘直直地望着这里，脸上带着那么一种逼人而又难以理解的笑容。

"那是黎大傻的小姨子小满儿。"六儿说，"包子蒸熟了，我该去装柜子了，我们下去吧。"

吃晚饭的时候，六儿也没有回家来。当四儿知道九儿也是个青年团员的时候，非常高兴地说：

"你的关系带来了吗？今天晚上，你先参加我们的学习会吧。"

"我一路上，把关系转了来。"九儿笑着说，"我很愿意参加你们的学习会，四哥在团支部负责吗？"

"我是宣传委员。"四儿说，"咱这一带地方风沙大，每年春天缺雨，上级号召人们打井栽树，变旱田为水田，这是好事儿。可是村里还有很多人认识不清楚。"

"就是他妈的你认识清楚，"黎老东说，"你少在外头给我挣骂吧。"

"六儿为什么不参加青年团？"九儿问。

"谁知道他为什么？"四儿说，"他说脑筋不好，一开会就头痛。你看他像脑筋不好的人吗？"

"你要帮助他。"九儿说，"我看他把心都用到旁处去了。"

"你劝劝他也许好些。"四儿叹气说,"他一点儿也瞧不起我。我在我们家里,威信太低。"

"胡说八道。"黎老东又斥责他,"你在外边威信高,高了什么来?"

"年轻人进步是好事。"傅老刚劝说着,"亲家,要不是这个世道,你的生活能过得这样好吗?"

"你说的这话对。"黎老东说,"时代是不断前进的,可是,我们过日子,还得按照老理儿才行。"

八

由于九儿表示十分关怀,四儿提议一同找六儿谈一谈。四儿把牲口喂上。叫两个老人在家看门,装好学习文件,又带上一个小油灯,同九儿出来。

"你带个油灯干什么?"九儿问。

"这是我们团里的学习灯。不敢放在讲堂上,怕浪费油。"

黎老东在屋里听到"油"字,就冲着窗台喊:

"四儿!你又添上了咱家的油?你们青年团真成了穷人团,哪里有赔着灯油做工作的?他妈的,你的威信高,还不是高在这点灯油上!"

四儿没答言,领着九儿出来,他在街上停了停,说:

"六儿晚上卖包子,不知道出来没有。"

今天晚上,六儿没有出来做买卖,代替他那清脆的声音,是黎大傻那大劈拉嗓子:

"牛肉包子咧!好热的牛肉包子咧!"

四儿问他六儿到哪里去了,他有些不屑于搭理地说:

"谁知道。我又不是他的掌柜的。"

当四儿和九儿转到西街口上，在村边一处大场院里，传来六儿说话的声音。场院的门虚掩着，隐约地看出：院里栽着很多树木，堆着几个柴垛，靠墙边，有一棵大杨树高高矗立着。在杨树下面，六儿和一个女人贴身站立着。

九儿在门口站住了。四儿性急，一推门进去，并且大声喊叫了一声：

"六儿！"

那女的好像从什么东西上撞了回来一样，很快地往旁边一闪。

"你喊叫什么！"六儿压低声音，愤怒地说。

"怎么啦？"四儿并没有调整自己的嗓门儿，"有什么秘密？"

"不许你嚷！"六儿更发急了。

四儿停止了说话。但是，忽然嚓的一声，他划着了一根火柴，把手里的小油灯点了起来，高高举起，向四下里照耀。

"天爷！"六儿跑上去，一口把他的油灯吹灭，说，"到处点你这穷灯干什么！"

"真的有什么见不得光明的勾当，在这里进行着吗？"四儿一边说着，一边大步地绕着杨树行进，冷不防撞在躲在杨树后面的小满儿的身上，两个人吵了起来。

"完了！"六儿一跺脚，大杨树上扑棱棱一响，"鸽子跑了！"

"只是跑了一只。"小满儿停止吵闹，往上观看着，"谁也别说话了！"

飞起的那只鸽子，不知是属于什么性别，它是留恋眷属的，在黑暗的天空里绕了一遭，又落到了杨树上。这时六儿才低声告诉他的四哥，杨卯儿那外国种鸽子跑出来了，他正想法上去抓住它。

在黑夜里看来，这杨树一直高到抚摩着群星，而它那树皮，又像女人的肌肤一样光滑。六儿已经脱下鞋袜，在手里唾着口沫，要攀登上去了。

"这样黑天，你要玩命？"四儿说，"我回家叫父亲去！"

"少在这里拿大哥架子吧！"小满儿说，"抓住一只三十万，抓住两只，你学习好，给算算是多少钱？"

"六儿，"九儿忍不住，说，"你不要冒这样的危险吧！"

"好。"小满儿咂着嘴儿说，"心痛你的人儿发言了。"

"你是什么人，"九儿说，"我们从来又不认识，和我犯嘴？"

"我是什么人？"小满儿冷笑着说，"我是和你一模一样的那种人。"

"别吵了。"六儿哀告着，"别再吓跑了我的鸽子，鸽儿，鸽儿。"

他很快地就上到了树的老杈那里。

"我们走吧！"四儿对九儿说，"没有办法，摔死了，怨他命里活该。"

九儿的心里非常气愤和极度不安，但她还是同四儿走出来了。

"也好像是一对儿哩！"小满儿放长声音说。

"你说什么？"六儿在树上问。

"我说的是鸽子啊！它们在靠南边的那一枝儿上。"

他们听见小满儿站在树下，不停地说着话，并指引着六儿的冒险行动。

九

在土地改革时没收的一家地主的宅子里，九儿和这村的青年团员们会面了。很多人原先是认识的，他们热情地问候九儿。四儿点着油灯，把人们招呼进西屋里，西屋原是三间，现在已经打通，青年团和本村的剧团都利用这个地方进行活动。屋子里十分寒冷，窗子都破碎了，顶棚上的花纸一块块带着灰尘蛛网垂下来，门子也缺了一扇。北墙上挂着一块小黑板，黑板前面放着一张破旧油垢的六人桌，地下用土鼍和泥，垒成一堵堵的矮墙，也不知道是要人当作桌案还是当作座位。坐在上面，感到十分冰冷，那些女孩子们，穿的衣服很单薄，但是，她们还是安详地坐在上面了。

四儿和一个叫锅灶的青年是教员，他们守着油灯，给团员们讲解怎样向广大农民进行打井造林的宣传，讲完了一节就进行讨论。

夜深了，这屋子里实在比屋子外面还要冷一些。他们还是认真地讨论着。

"同志们，我们一定要把我们的村庄，建设成一个富裕繁荣的村庄。"四儿说，"到那个时候，我们青年团就不会再在这样冷的屋子里开会，我们要盖起一座很好的礼堂来。"

"离题太远了。"锅灶警告他说，"目前是研究怎样克服宣传上遇到的阻碍。"

"依我看，在我们村里，横在我们前进道路上的，有两大障碍。"四儿转回来说，"一是黎七儿的胶皮大车，运输很发财，助长着人们只看眼前、只顾个人的资本主义思想；一是黎大傻家的包子房，男女混杂，减低着人们的生产热情。如果要想宣传得好，就得限制黎七儿出车和取消黎大傻的包子买卖。不然，我们只是空口宣传，他们那里却有实际利益，我们是白费劲儿。"

"我同意你的看法。"锅灶说，"可是，第一，六儿是你兄弟，你应该首先叫他脱离那个坏环境。第二，你家大伯正在打大车，也想要走个人发财的路。这两大障碍，不在别处，就在你们家里，你把克服它们的办法说一说吧。"

"困难就在这里。"四儿真诚地说，"我的父亲根本不听我的话。我问他：你反对党的号召吗？他说：我完全拥护。我说：我们今年冬天打一眼井吧。他说：现在还不忙。这就是我遇到的困难。但是，我绝不在困难面前低头。"

"我可以帮助你。"九儿说，"我的看法和你们不大一样，老人也是可以说服的。在老家，我的父亲就很喜欢我把新道理讲给他听。至于六儿，我们也应该帮助他进步。"

"是啊！"坐在她后面的那些姑娘们，半天没人言语，现在像有人指挥着的合唱队一样，一齐喊叫出来。

"帮助六儿进步，这又是一个难题。"锅灶笑着说，"那个叫小满儿的，对他的吸引力，要比团强烈得多。"

姑娘们反对他这种看法。

"不信，你们就去试试，看能不能把六儿从她那边拉过来。"锅灶无可奈何地从台上走下来说。

散会以后，他们歌唱着各自回到自己的家里去，九儿被姐妹们拉去一块儿睡觉。锅灶家里人口多，房屋少，每年冬天是和四儿做伴的，这样便于共同学习和互相辩论。他们一同回来，四儿喂好牲口，在灶台上捡了几块早饭剩下的凉山芋，和锅灶分吃了，两个人就去钻被窝。

"被窝好凉啊！"锅灶笑着说，"既没有柴烧炕，又没有小媳妇给暖暖，我们太困难了！"

"战胜它吧！"四儿一边吸着冷气，一边说，"要想打光棍儿，就得有这样一种克服困难的精神！"

"你认为我们一定打光棍儿吗？"锅灶说，"据我看，那可不能过早地下结论哩！"

红马在外间屋里吃草，它虽然口齿老了，但那嚼草的声音，还像斩钉截铁一样铿锵。两个青年很快就睡着了，月亮把清水一样的光亮，洒到他们的窗子上来。

十

这时，六儿和小满儿，还没有离开那所空场院。鸽子，六儿早已抓到。他从树上滑下来，小满儿把他拉到一个大麦秸垛后边，两个人埋在绵软温暖的麦秸里。小满儿掏出红绒绳儿，把两只外国种鸽子的翅膀别起来，欢乐地抚弄着它们。一会儿叫它们亲嘴儿，一会儿，又叫它们配对儿。

"卖了它，给你买一件棉袄。"六儿对她说，"见面分一半，何况你帮了我不少的忙。"

"你和我的交情并不在吃穿上面。"小满儿认真地说，"给那位九儿买一件吧。"

"为什么？"六儿问。

"就为她那脸蛋儿长得很黑呀，"小满儿忍着笑说，"真不枉是铁匠的女儿。"

"人家生产很好哩，"六儿说，"又是青年团员。"

"青年团员又怎样？"小满儿说，"我在娘家，也是青年团员。

他们批评我，我就干脆到我姐姐家来住。至于生产好，那是女人的什么法宝？"

"什么才是女人的法宝？"六儿问。

小满儿笑着把头仰起来。六儿望着她那在月光下显得更加明丽媚人的脸，很快就把答案找了出来。

当黎明以前，天空弥漫着浓雾，树枝、草尖和柴垛的檐顶上结满霜雪的时候，六儿和小满儿才决定回家。他们站起身来，各自掸扫着头发和衣服上的草末儿，发现那珍贵的外国种鸽子，有一只压死在小满儿的身下了。那是一只大蓬头的雄鸽，六儿把它托在手里，表示了非常的沉痛。在这一时刻，他愿以任何代价挽回这只鸽子的逝去的生命，但是，它的心脏确实停止跳动了，翅膀下面的部分也发了凉。

回到黎大傻的家，大门和房门都是虚掩着。小满儿和六儿在这样晚的时候同时进来，也没有引起她姐姐的任何惊怪，而黎大傻好像根本就没有听见似的，在自己的被窝里呼呼地酣睡着。

小满儿告诉姐姐，今天夜里，她同六儿捉鸽子去了，并且说六儿正为一只鸽子被压死难过哩！

"那有什么难过的？"姐姐在被窝里笑着说，"烫一烫，拔了毛剁剁，又省下四两牛肉！这样冷的天，我以为你两个抽空儿去干点正经事儿哩，倒去捉鸟儿玩了？唉！你们快到炕上来，钻进我这被窝里暖和暖和吧。"

她说着，把自己的热被窝让了出来，光着身子爬进黎大傻的被窝里去了。

等到天明，六儿从这一家出来，在门口遇到了鸽子的主人杨卯儿。

杨卯儿个子不高，打扮得很利落，他的脑袋很小很尖，戴一顶毡帽头儿，还显得分量过重。他那脑袋不停地上下颤动着，两只又圆又小的眼睛，非常灵活地转动着：

"六兄弟，起来得早啊！"

"你也早。"六儿垂头丧气地说，"有什么事情吗？"

"来找你。"杨卯儿把两只手插进短袄上的褡包里，"咱弟兄平日交情不错，你把鸽子还给我吧。今年它们下了蛋，孵出第一窠，我就送给你，我这人说话算话。"

六儿没有答言。

"不然，"杨卯儿上前一步，"我近来玩好了一只抓兔子的鹰，现在正是行围射猎的时候，我可以把它送给你。"

六儿还是没有话。

"如果你要钱——其实咱兄弟们不过这个，"杨卯儿的嘴唇抖颤着，脑袋扭向一边，"也可以。你先把鸽子给我，我慢慢去筹划。"

"回头再说吧，"六儿拔腿就要走，"我吃饭去。"

"怎么！"杨卯儿的两眼急得发出蓝光，"你素日为朋好友，对我这样不讲交情？你趁早把鸽子还给我，不然，你就是霸占！"

"什么叫霸占？"六儿站住，回过头来问。

"霸占我的鸽子，还霸占有主的青年妇女。"

"你看见了？"六儿问。

"有人亲眼看见，不然，我们就抖搂出来！"杨卯儿喊叫着说。

"你抖搂出来，又怎样？"黎大傻家的门子一响，小满儿站了出来。她显然是刚刚梳妆打扮好，脸上的粉脂还没有擦匀，她倒背着手在门框上一靠，面对着杨卯儿，"我倒要看看你能抖搂出什么来？你有什么证据吗，你抓住了男的，还是抓住了女的？你说呀！别他妈的大清早起在这里满嘴喷粪了，小心我过去拿大耳光子拍你！"

十一

　　杨卯儿原先也是一个卖针头线脑儿的货郎小贩，过去，每年腊月，他到保定府贩些女人年节用的物品，过铁路到山地里去卖。关于他在西山做买卖，很有一些奇异的传说。这些传说，都带有很大的浪漫性质。但是，多年来他并没有发了财，现在，在他身边遗留下的，只有那时用过的一把沙胎蓝釉小水壶。

　　前几天，县里介绍了一位从省里来的干部到村里来。这位干部，从各方面看，都像一个高级干部。在解决住房问题的时候，却使得村干部们觉得他有些古怪和不近人情。按照习惯，像这样的干部，应该住在村干部或是积极分子的家里，那样在相互接近和负责保卫上，都会便利一些。但是，这位干部提出要住在一个普通的人家，并且说除去先进的方面，他还要看看村里落后的部分，这就使得村里的负责同志有些踌躇，以为他负有什么特殊的使命，前来私访。而那位惯出古董主意的副村长，竟顺水推舟，把他领到杨卯儿的家里来了。

　　杨卯儿是个光棍儿，最初，对来客很表示欢迎，在炕上腾出一段地方，虽然那一段地方是属于炕的寒带。这位干部身体弱，在屋里又生起了一个小煤火炉。

　　"杨同志，火闲着也是闲着，能不能借把铁壶来，弄点开水喝呀？"干部说。

　　"不用去借，咱家里就有。"杨卯儿说着就从桌子底下的横板上，取出他那把水壶，到瓮里注上水，坐在炉口上。

　　"这是把瓷壶呀，能坐水吗？"干部问。

　　"这壶好就好在这里。"杨卯儿说，"瓷面沙胎，在火上坐水，就像沙吊儿一样，又快又不漏。"

但是炉口马上被水洇湿，一个劲儿咝咝地响。最初干部以为刚从瓮里提出，是带来的水。后来提起一看，壶底裂了好几道缝，这缝被火一烤，裂得更宽了，不但水喝不成，而且有火灭的危险。干部说：

"不行啊，杨同志，壶实在漏了，不能用。"

"不漏！"杨卯儿睁大一双小圆眼睛说，"我说不漏就不漏。"

"那不是明明在漏吗？"干部说。

"在我这屋里，你住着不合适。你搬到别人家去吧。"杨卯儿二话不说，就宣布了逐客令，这真使得干部大惑不解了。

干部指给杨卯儿看：一大滴一大滴的水，从壶底漏下来，漏到火里，咝，咝，咝咝！

杨卯儿连头也不转过来。

干部只好卷起铺盖，找了带他来的副村长去，把事情发生经过讲了一遍，副村长笑着说：

"同志，你要看村里的落后部分，我不知道杨卯儿，能不能算是一个典型？关于他的出身历史，我还可以向你介绍一些比较详细的材料。我年轻的时候，和杨卯儿搭伴儿做小买卖。像你看到的，和这样一个人做伙计，是最困难不过的了。他抬硬杠，一根筋，死赖账，翻脸不认人。但是他对西山的地理很熟，哪一条道儿也摸得清，我就忍着气和他做伴。每年，他都是吃净赔光才肯回来的。他赔光，不是好吃懒做，也不是为非作歹，只是为了那么一股感情上的劲儿。他进了山，就像打猎的进了林一样，专门要找好看的女人。至于什么女人叫丑叫俊，那全看对不对他的眼光。这个人，凡是他的东西，都是好的，别人不能批评的。他喜欢的，死小鸡子也是凤凰。每年他总会遇到一个美人儿。一旦发现了这个美人儿，他就哪里也不再去，只到这个庄儿上来。不管刮风下雨，只坐在这家门口儿去卖货。你想，一个小庄儿上，能销多少货物？坐吃山空，他就这样赔光了老本儿。一年冬天，他又发现了美人儿。这家人住在一个高山坡上，那女人我也见到一次背影儿，倒是长得不错，穿一身干净蓝衣服，头发梳得光光的，在后面盘成一朵圆花。杨卯儿被她迷住了，一直到腊月二十几，我要回家了，他还是每天到那庄儿上去，在人家门口儿，一坐就是一整天，饿了就吃些干粮，提起他那把小壶，喝些冷水。他一个劲儿地摇动他那小鼓，小鼓两边的皮都打穿了，人家那女的再也不出来。有一天，他实在忍不住，跑到院里去摇，正遇上人家男人从山上回来，扯起扁担把他赶出来，把他的货箱、水壶踢到山坡下面。他是从山上滚下来的，头破血流，摔晕了过去。我赶到那里，把他救活过来，替他拾掇好东西。看了看，别的东西损失不大，就是小水壶裂了缝。我说：杨卯儿你的壶破了。他当时就很不高兴地说：没破，顶多是有点惊纹儿。我说：对，是惊纹儿，就像你这脑袋上的裂口一样！同志，杨卯儿的性格就是这样。他直到现在，还在想念那个女人，说那女人对他是有心思的，只是那男的不愿意。你不要见怪，我们另找房子搬家吧！这村里还有一处落后的地方……"

　　杨卯儿一生，还从来没有看见过长得这样好看的女人，他立刻被小满儿那红白焕发的容光惊呆了。他的两只脚，像冬天雪地上的麻雀一样向前跃动着，上身不动，小脑袋直伸向前。他现在的形象，和他的名称相反，正像在木匠的斧头锤击下，亢奋地塞进木脐眼儿里去的尖锐的木楔一样。他上下反复地打量着小满儿的全身，他倾听着她的斥责，就像知罪的宗教徒接受天谴一般。

　　但是，对他来说像乐曲一样的声音，突然停止，小满儿一摔门子进去了。

十二

黎老东的大车的铁匠工序，正式开始了。铁匠炉安设在新买来的宅院里。早晨，天晴得很好，六儿的鸽群在天空飞翔着。

黎老东最后修整着车的上装，在他心里，只等铁匠完工，就可以开始油漆了。傅老刚把铁匠炉点着，一股浓烟翻转着升向天空，然后折下来在庭院里散开。九儿拉着风箱，四儿被派练习抡大锤。

黎老东把几年来积累的烂铁和新买来的铁料，搬到炉下来。

九儿今天穿得很单薄，上身只穿了一件蓝色夹袄，她把擦脸的毛巾捋起来，齐着脑门把头发捆住，就像绣像上孙悟空戴的戒箍一样。她的脸色是更显得明朗了，充满了工作之前的热情和虔诚，轻捷而又稳重地拉动着风箱。

傅老刚炼好第一块铁，用大铁钳夹着放在铁砧上，四儿赶过去抡起大锤。傅老刚用小锤敲点着砧子边教导着他，他还是不能用最适当的力量打在最适当的地方，有时把锤空落在砧子上，有时竟打在傅老刚的小锤上。九儿放下风箱把，来打给他看，在她的热心示范和帮助下，四儿抡锤的技术，开始进步了。

黎老东在一边做着木匠活，注意力主要放在这边来了。他不断地斥责着四儿，说他笨，没有出息，唠叨不休。傅老刚在休息的时候，走到黎老东的身边说：

"亲家，我看你的脾气变坏了，对孩子们不能这样。这样不能使他工作得好，反会使他工作得更坏。他工作着，你一个劲儿斥责他，他的脚手就不知道往哪里放了。"

"你怎么说这样的话，你不是说管孩子应该严格些吗？"黎老东说，"打制这辆车是我心上的大事，早打成一天，好早一天用它去赚钱。亲家，让我们老兄弟把最好的手艺都施展出来吧！"

建立友情，像培植花树一样艰难。花树可以因为偶然的疏忽而枯萎。在黎老东和傅老刚这一次合作里，两个人心里都渐渐觉得和过去有些不一样。过去，两个人共同给人家做工，那是兄弟般的、手足般的关系。这一次，傅老刚越来越觉得黎老东不是同自己合作，而是在监督着。赶工赶得过紧，简直连抽袋烟，黎老东都在一旁表示着不满意。最使他闷气的是，自己远道赶来，黎老东却再也不说九儿和六儿的事，好像他从前没提过似的。

最后几天，黎老东只是穿着大皮袄，在院里察看着，指点着；六儿也打扮得像个客人似的，有时来在院里转悠一下，就不见了。傅老刚身体有些不舒服，在这样冷的天气里，他穿着一件破旧的小衫，还是辛勤地工作着。天天，有些参观的人，来到院里，这些人都是傅老刚的旧相识，老朋友。过去，他们来是同时观赏黎老东和傅老刚的手艺的；今天，在这些人的眼里，傅老刚的手艺，和黎老东的家业，被分别了出来。人们不再注意黎老东的木匠手艺，在新的形势下面，只在关心他的发家致富的前途。

两个老朋友，显然已经站在不同的地位上。黎老东完全觉到了这一点，傅老刚很快也完全觉到了，这就是他们的悲剧产生的根源。傅老刚感到，过去多年来，他和黎老东共同厌恶、共同嘲笑过的那种"主人"态度，现在是由他的老朋友不加掩饰地施展起来了，而对象就是自己。这当然不是新的社会制度的过错，而是传统习惯的过错。

当铁工也接近完成，一次吃饭的时候，黎老东忽然笑着说：

"亲家，我过日子越来越细了，你不要笑话我，我要积些钱给六儿他们把房子盖好。我想，你是不争这些的。"傅老刚以为他要提说九儿和六儿的事了，抬起头来听着。谁知道下文却是这么一句："这些日子，就当你们是在老家度荒年吧！"

最后一句话，十分激怒了傅老刚，他把饭碗一推，立起身来，说：

"亲家，我不是到你这里来逃荒呀！"

他叫出女儿来，提起水桶，泼灭了炉灶。他打整好小车，推到了街上来。很多人来劝说，老头儿说什么也不回去。

两位老朋友的决裂，村里人都说不出那真正的道理。在四儿和九儿那经历较少的身世里，也还没有体验过这样伤心的事情。傅老刚是感到十分痛苦的，他把四儿叫到一边说：

"孩子，你看，这到底是怨谁呢？"

"这样正好。"四儿说，"你给我们解决了难题。"

"什么难题？"傅老刚问，"你这小子倒要看我们两个老头子的哈哈笑吗？"

"我们青年要组织一个钻井队。"四儿说，"在今年冬天，把我们村里能利用的水井都钻好下管。我们已经借到一杆锥。很多工具需要修理，我们想请你帮忙，又怕我爹不让。这样一闹，你就可以去帮助我们了。"

"你们有钢有铁？"傅老刚问。

"我们每人捐献一些，就够用了。"四儿说，"我们把小车，拉到青年团办公的大院里去吧。"

到了那里，青年们对老人说：

"大伯，我们是多么需要你啊！你再不要回山东老家。我们和村干部商量好了，把这院里的东屋给你拾掇出来，把窗子糊好。你就在这里常住吧，晚上我们抱柴来给你烧炕。"

十三

黎老东一个人呆呆地坐在院里一截木头上。当傅老刚决绝地推车出门的时候，他心里也曾经想：这样的交情，断绝了也好。你晒不了我黎老东的干儿，剩下的活儿，我会找别人来帮助，天下又不是只有一个铁匠。他拿起斧头来，气愤地锤击着车尾板上的大钉。但是，当他渐渐平静下来，听到只有他的斧头声音，在空旷的院落里回响，失去了亲切的钢铁的伴奏的时候，他忽然不能工作了，把斧头放在一边，坐了下来。他想，同傅老刚的交情，不是一年两年建立起来的，而是经过多次患难的考验。他用手抚摸着左边这一只脚。有一年，他同傅老刚给一家做活，他心情不好，一时失手，这只脚被锛砍伤了。那时离家在外，举目无亲，手里没有多少钱。在自己养伤的几个月的时间里，是傅老刚请医生，花药钱，背出背进，给水给饭。当然，这也报答过他了。同一年热天，傅老刚被热铁烫伤，自己曾经服侍了他。

他难过的是，究竟为了什么，傅老刚这样决绝？是他看我过得好些了，心里嫉恨？但想来想去，傅老刚从来也不是这样的人。是我变得嫌贫爱富，慢待了多年的朋友？他回忆着在这一段日子里，自己的言谈举动，他的痛苦就被惭愧的心情搅扰，变得更加沉重了。

这时六儿走了进来。黎老东抬头望着自己的儿子，在儿子的身上脸上，只能看见一层不成材的灰败的气象。他一时想到：自己这二年，一心要打车，要盖房，得罪亲友，都为的是他！而这个孩子，只知道自己玩乐，从来也没有想想当父亲的心情。

"做熟饭了，爹？"六儿站在窗台下太阳地里，懒洋洋地问。

"做熟了，就等你了！"老头儿跳了起来，抢着斧子赶过去。

六儿眼快，回头就跑。他刚才在街上又和杨卯儿争吵了一次，杨卯儿知道了那只雄鸽的死亡，要找黎老东来说理。六儿在门口碰上他，向他作个揖说：

"卯儿哥，咱们的事儿别闹了。你快去劝劝我爹，他要打死我哩。"

杨卯儿生来禁不住别人半点奉承，一句好话。仓促之间，他把这个委托应承下来，他快步向前，在梢门洞里，举起胳膊拦住了黎老东：

"看在侄儿面上。"杨卯儿说，"回家去，有话慢慢说。"

他把黎老东推进院里。给他找了一个坐物，又递给他一支香烟，自己蹲在一边，慢慢劝说着：

"快把车装置起来，别错过这个冬季，正是赚好钱的时候啊！你看见黎七儿了，一趟定州就是几十万，除去人吃马喂，三趟就可以盖座大砖房。老东叔，西村有座砖房要卖，价钱公道，你倒是有意思没有？"

"没有意思。"黎老东说．"我的心凉了。"

"谁家的老人也是这样。"杨卯儿说，"最恨小人儿不争气。我爹活着时，你们交情好，是知道的，管我管得多么紧？在我身上费了多大力？我当然不能说给他老人家挣来了多少光荣，平心而论，一辈子也没有给他老人家丢过什么脸面呀！咱是个正直人，从小儿走南闯北，打抱不平，为朋友两肋插刀，花钱从不分你我。到老来没落下什么，不是我不能干，是命里穷苦。六儿兄弟，我看不错，为人聪明懂事，就是荒唐点儿，这也是年轻人必经之路，你快把车打整起来，交给他，一有正经事儿，他也就不胡跑了，你说是不是？"

黎老东的气渐渐消了，杨卯儿又把他引到原来的思路上。这时四儿回来了，他一声不言语，到屋里给牲口筛了两底儿草，手里提着一件什么东西，叫棉袍掩盖着，躲躲闪闪地又要出去。

"你手里提的什么？"黎老东问。

"一把破铁锹。"四儿只好站住，把东西亮出来。

"哪里来的这个，我这些日子到处找烂铁，你怎么不言语？"黎老东又挂了火。

"这是那年拆日本炮楼，我捡来的，因为没有用，就扔在一边了。"四儿说，"现在上级号召打井，我想去修理修理它。"

"他妈的，整个儿的六国反叛！"黎老东说着站起来，"从哪里拿的，还给我放回哪里去。上级号召打井，我号召打车！人家不给我干了，你快去做饭，吃饱了帮我上钉子！"

杨卯儿又赶过来劝解，四儿只好先去抱柴做饭，再慢慢想法把铁锹运出去。

十四

九儿所想的，吸收六儿参加学习或是参加工作，都是很困难的事。他轻易不接近这些集会和活动。干部去找他，他会说现在是生产第一，装模作样地背上一副柴火筐，溜溜达达到地里去了。干部们也曾讨论先从改造小满儿入手。接近小满儿是容易的，但男青年们不愿意去，有的是胆怯，有的是避嫌疑。当然，女同志们也可以和她去谈。女同志去了，小满儿总是热情地招待着，如果抱着小孩，她总得给孩子弄些好吃的东西来，并且要接到怀里，不停地在孩子的脸上亲亲吻吻。任何认生或是任性的孩子，到了小满儿的怀里，也会高兴起来的，孩子的脸也会叫她的充满青春热情的面孔，陪衬得更为出色。她会说，说笑起来，嘴上像擦上油儿似的。在这种场合，女同志们都是有些喜欢她，在批评上，那口气就自然软和多了。

"小满儿，拿着你这样聪明伶俐的人儿，好好学习学习吧；晚上，我来叫你，我们一块到民校听课去。"女同志热心地说服着。

"那很好，"小满儿笑着说，"我盼不得去学习呢。不用大姐来叫，黑灯瞎火，道路又不好走，你抱着个孩子，跌倒怎么办？我自己去吧，这个村子，街道都叫我磨平了，谁家我不认识呀！"

"你可一定去。"女同志又叮咛一句。

"一定。"小满儿把她送到门口，又和孩子招手耍笑着。等到女同志一拐弯儿，她把脸一沉，想了想，到家里换上件衣服，就进城回娘家去了。如果村里有什么运动，连续开会，她会几天几夜不露面儿。有时，她也到民校晃晃。她总是坐在灯光不亮的地方，在讲课刚开始，人们安静不下来的时候，她装作安静地听讲。当人们渐渐入神的时候，她就偷偷溜出来了。

无论在娘家或是在姐姐家，她好一个人绕到村外去。夜晚，对于她，像对于那些喜欢在夜晚出来活动的飞禽走兽一样。炎夏的夜晚，她像萤火虫儿一样四处飘荡着，难以抑止那时时腾起的幻想和冲动。她拖着沉醉的身子在村庄的围墙外面、在离村很远的沙岗上的丛林里徘徊着。在夜里，她的胆子变得很大，常常有到沙岗上来觅食的狐狸，在她身边跑过，常常有小虫子扑到她的脸上，爬到她的身上，她还是很喜欢地坐在那里，叫凉风吹拂着，叫身子下面的热沙熨帖着。在冬天，狂暴的风，鼓舞着她的奔流的感情，雪片飘落在她的脸上，就像是飘落在烧热烧红的铁片上。

每天，她在夜深人静的时候，才回到家里去。她熟练敏捷地绕过围墙，跳过篱笆，使门窗没有一点儿响动，不惊动家里任何人，回到自己炕上。天明了，她很早就起来，精神饱满地去抱柴做饭，不误工作。她的青春是无限的，抛费着这样宝贵的年华，她在危险的崖岸上回荡着。

而且，她的才能是多方面的，谁都相信，如果是种植在适当的土壤里，她可以结下丰盛的果实。不管多么复杂的花布，多么新鲜的鞋样，她从来一看就会，织做起来又快又好。她的聪明，像春天的薄冰，薄薄的窗纸，一指点就透。高兴的时候，她到菜园里生产，浇起园来，可以和最壮实的小伙子竞赛，一个早晨把井水浇干。她可以担八十斤的豆角儿走出十里去上市。在这个时候，连村里一些老年人，都称赞她，希望有一种力量，能把她引纳到人生的正轨上来。今年，村里宣传婚姻法的时候，这女孩子忽然积极起来。她自动地到会。请人读报给她听，正正经经地沉默着，思想着。在那些文件上说明：女人和男人是平等的，她们已经做了很多工作，将来还会对国家有更大更多的贡献。但后来听到有些人，想把问题引到检查村里的男女关系，她就退了出来，恢复了自己的放荡的生活方式。因此，副村长向青年们提议，把那位高级干部带到黎大傻的家里。

这一天，她的母亲来了。这是一位到了五十多岁年纪，还在热心打扮的女人。可以看出在探看女儿的这次行动上，她曾经在头面上做了很细致的准备。她见到小满儿，就说：

"满儿，你男人快回来了，你婆婆找到咱家去，眼下就过年，你该到人家那里去住些时候了。"

"我不去。"小满儿说，"婚姻是你和姐姐包办的，你们应该包办到底，男人既然要回来，你们就快拾掇拾掇上车走吧。"

"你他妈的说的这是什么话？"母亲说，"你在这村里疯跑，人家有闲话哩！"

"既是闲话，"小满儿坐在炕沿上低着头整理着鞋袜说，"我管它干什么，叫他们吃了饭没事，瞎嚼去吧！"

"名声不好听哩，"母亲拍着巴掌，"我的小祖宗。"

"名声不好听，"小满儿跳下炕来对着镜子梳理着头发，直眉立眼地说，"也不是从我开始，是你们留给我的好榜样呀！"

她这样和母亲冲突，使得姐姐也不高兴了，姐姐说：

"小满儿，你不要胡说八道，谁给你留下的榜样？你够得上当我的徒弟吗！看你和小六儿，恋了一冬天，连条新棉裤也穿不上，还有脸犟嘴哩！"

"你先去挣一条来给我穿吧！"小满儿打整好，一摔门帘出去了。

她一个人走到她姐姐家的菜园子里，这个菜园子紧靠村西的大沙岗，因为黎大傻一家人懒惰，年久失修，那沙岗已经侵占了菜园的一半，园子里有一棵小桃树，也叫流沙压得弯弯地倒在地上。小满儿用手刨了刨沙土，叫小桃树直起腰来，然后找了些干草，把树身包裹起来。她在沙岗的避风处坐了下来，有一只大公鸡在沙岗上高声啼叫，干枯的白杨叶子，落到她的怀里，她忽然觉得很难过，一个人掩着脸，啼哭起来。在这一时刻，她了解自己，可怜自己，也痛恨自己。她明白自己的身世：她是没有亲人的，她是要自己走路的。过去的路，是走错了吧？她开始回味着人们对她的批评和劝告。

十五

她看见姐姐送着母亲走出村来，她才绕道儿回到家里去；到家里，看见黎大傻正帮着一个干部收拾屋子，小满儿惊奇了，她知道姐姐家因为落后、肮脏和名声不好，是从来没住过干部的。

他们收拾的是东房的里间，这间屋里堆着一些乱七八糟的东西，外间，喂着一匹很小的毛驴。

她看见姐夫在这位干部面前，表现了很大的敬畏和不安，他好像不明白为什么村干部忽然领了这样一位上级来他的家里下榻。他不断向干部请示，手足不知所措地搬运着东西。

在小满儿看来，这位干部的穿着和举止，都和他要住的这间屋子不相称。从他的服装看来，至少是从保定下来的。他对清洁卫生要求很严格，自己弯腰搜索着扫除那万年没人动过的地方。小满儿不知道为什么忽然愿意帮帮他的忙，她用自己的花洗脸盆打来水，用于在那尘土飞扬的地上泼洒。

"你是这家的什么人？"那位干部直起身来问。

"她是我的小姨子。"黎大傻站在一边有些得意又有些害怕地说。

"啊，你就是小满儿同志。"干部注视着她说，"村干部刚才向我介绍过了。"

"他们怎样介绍我？"小满儿低头扫着地问。

"简单的介绍，还不能全面地说明一个人。"干部说，"我住在这里，我们就成了一家人，慢慢会互相了解的。"

干部在炕上铺好行李，小满儿抱来毛柴，把锅台扫净，把锅刷好，然后添上水，说：

"这屋里长年不住人，很冷，我给你烧烧炕吧。"

"我来烧。"黎大傻站在她身边说。

小满儿没有理他。她把水烧热了，倒在洗脸盆里，又到北屋里取来自己的胰子，送进里间：

"洗脸，你自己带着毛巾吧？"

晚上，干部出去开会，回来已经夜深了，进屋看见，小小的擦抹得很干净的炕桌上面，放着灌得满满的一个热水瓶；一盏洋油灯，罩子擦得很亮，捻小了灯头。摸了摸炕，也很暖和。

他听见北屋的房门在响。黎大傻的老婆，掩着怀走进屋来。她说：

"同志，以后出去开会，要早些回来才好。我们家的门子向来严紧，给你留着门儿，我不敢放心睡觉。"

说完，就用力带上门子走了。

干部利用小桌和油灯，在本子上记了些什么。他正要安排着睡觉，小满儿没有一点儿响动地来到屋里。她头上箍着一块新花毛巾，一朵大牡丹花正罩在她的前额上。在灯光下，她的脸色有些苍白，她好像很疲乏，靠着隔山墙坐在炕沿上，笑着说：

"同志，倒给我一碗水。"

"这样晚，你还没有睡？"干部倒了一碗水递过去说。

"没有。"小满儿笑着说，"我想问问你，你是做什么工作的？是领导生产的吗？"

"我是来了解人的。"干部说。

"这很新鲜。"小满儿笑着说，"领导生产的干部，到村里来，整年价像走马灯一样。他们只看谷子和麦子的产量，你要看些什么呢？"

干部笑了笑没有讲话。他望着这位青年女人，在这样夜深人静，男女相处，普通人会引为重大嫌疑的时候，她的脸上的表情是纯洁的，眼睛是天真的，在她的身上看不出一点儿邪恶。他想：了解一个人是困难的，至少现在，他就不能完全猜出这位女人的心情。

"喝完水去睡觉吧！"他说，"你姐姐还在等你哩。"

"他们早吹灯睡了。"小满儿说，"我很累，你这炕头儿上暖和，我要多坐一会儿。"

干部拿起一张报纸，在灯下阅读着。他不知道，这位女人是像村里人所说的那样，随随便便，不顾羞耻，用一种手段在他面前讨好，避免批评呢，还是出于年幼好奇和乐于帮助别人的无私的心？

"你来了解人，"小满儿托着水碗说，"怎么不到那些积极分子和模范们的家里，反倒来这样一个混乱地方？"

"怎样混乱？"干部问。

"你住在这里，就像在粮堆草垛旁边安上了一只夹子，那些鸟儿们都飞开，不敢到这里来吃食儿了。"小满儿说，"平日这里可没有这样安静。平日，每到晚上，我姐姐的屋里，是挤倒屋子压塌炕的。"

"这样说，是我妨碍了你们的生活。"干部说，"明天我搬家吧。"

"随便。"小满儿说，"我不是杨卯儿，并没有撵你的意思。我是说，你了解人不能像看画儿一样，只是坐在这里。短时间也是不行的。有些人，他们可以装扮起来，可以在你的面前说得很好听；有些人，他就什么也可以不讲，听候你来主观地判断。"

她先是声音颤抖着，忍着眼泪，终于抽咽着，哭了起来，泪珠接连落在她的衩襟上。

干部惊异地放下报纸。但是小满儿再也没讲什么，扯下毛巾擦干了眼泪，稳重地放下水碗，转身走了。

整个夜里，黎大傻并不来给小毛驴添草，小毛驴饿了，嚎叫着，踢着墙角，啃着槽帮。耗子们不知是因为屋里暖和了还是因为添了新的客人，也活动起来，在箱子上，桌面上，炕头和窗台上吱叫着游行。

干部长久失眠。醒来的时候，天还很早，小满儿跑了进来。她好像正在洗脸，只穿一件红毛线衣，挽着领子和袖口，脸上脖子上都带着水珠，她俯着身子在干部头起翻腾着，她的胸部时时摩贴在干部的脸上，一阵阵发散着温暖的香气。然后抓起她那胰子盒儿跑出去了。

十六

铁匠炉在新的场所生起来。

"这回，我要当掌作的。"九儿对青年们说，"我们是青年钻井队嘛！"

"拥护你。"青年们说，"我们轮流抢大锤、拉风箱，叫大伯站在一边指点着就行。"

青年们捐献来的钢铁是零碎的、破旧的，它们曾经多年埋没在角落里、泥土里，现在要经过锻炼，铸接在一起，形成一杆尖利的、能钻探地下、引出泉水来的铁钻钢锥。在青年们看来，这就像要把他们各人的高涨的热情，铸炼成一股共同建设国家的力量一样。

九儿的脸，被炉火烘照着，手里的小锤，叮当地响在铁砧上。这声音，听来是熟悉的。因为，她已经不是初次接触这种沉重的劳动了。在她的幼年，她就曾经帮助父亲，为无数的战士们的马匹，打制过铁掌和嚼环。现在，当这清脆的锤声，又在她的耳边响起的时候，她可以联想：在她的童年，在战争的岁月里，在平原纵横的道路上，响起的大队战马的铿锵的蹄声里，也曾经包含着一个少女最初向国家献出的、金石一般的忠贞的心意！

当然，她可以想到更早一些的日子，她可以用今天的工作来纪念她那贫苦终身、中年丧命的母亲，当母亲生下她来，把她放在炉边的一条小炕上，她就昼夜听到这种劳动的声响了，母亲站在风箱前面，给她哼着催眠歌曲。或者说，当她还同母亲是一个躯体的时候，母亲就带着她从事这种沉重的工作了。

现在，热汗在严寒的早晨，透过了她单薄的衣服，这种同自己的伙伴们在一起，按照集体讨论的计划来工作，对她来说，还是第一次。这些青年伙伴们，在工作面前是争着做，抢着做的，是互相关怀和协同动作的。因此，九儿感到特别振奋和新鲜。据她看来，父亲也是振奋的，在他那漫长的劳苦和跋涉的一生里，现在的工作场景是做梦也不曾梦见过的啊！

当青年们在田野里工作的时候，平原上已经降过了初雪。中午，雪在附近的沙岗上闪烁着，慢慢融化着。在普遍秋耕过的土地上，泛起一层潮湿的松土。但是天气已经大冷了，大地在早上和晚上都要封冻。

青年钻井队的高大的滑车，在平原上接二连三地竖立起来了，它们给漠漠的平原，添上了一种新的使人向往并能诱发幻想的景色。它们使人想起飘扬的旗帜，使人想起外国故事里的风车，使人想起车站的水塔，矿山的竖井，都市里高大建筑的木架。青年人为开发水源，勤奋地工作着，他们的歌声和空中的滑车一同旋转飞扬着。

四儿、锅灶和九儿是一个小组，他们带来些干粮、小米，中午从坟地里砍些蒿草，捡些树枝，在井边烧起饭来。

"你是知道的，"四儿对九儿说，"我们这里是平原，可是村子的三面，都叫沙岗包围起来了。西边这条沙岗，从山地流过来，它的流沙比河水泛滥还厉害。每到春天，整天刮着遮天盖地的黄风，黄沙会滚滚地跳过墙头篱笆，灌到地里来，灌到菜园子里来。黄沙盖住刚出土的蒜苗、韭菜芽，封住麦垄，埋住小树。每年春季，大风过后，我们就不得不到地里去用笤帚扫，甚至伏在地下用口吹，使得那被沙子压得发弯发白的嫩芽儿，重见天日。大风把沙子灌进街里，使人像在河滩走路，一陷多深。沙子灌进房门，打破窗户，妇女们每天要从屋里打扫出几簸箕土来。这就是我们的自然环境。上级号召打井栽树，是最适合我们这一带的情况不过了。"

"我们那里是山地，"九儿说，"也是荒旱连年。从我记事起，每年春天，干热的风沙就从西北山谷里吹过来，拼命吹打我们的小屋。我们门前有一条小河，冬天，水还在冰下哗哗地叫，到春天就干得没有了。我们那里，到春天靠糠皮树叶过日子。"

他们交谈着，向往着，如果能从他们这一代，改变了自然环境，改变了人们长久走过的苦难的路程，使庄稼丰收，树木成林，泉水涌注，水渠纵横，那对他们是太幸福了。

这时，在南面沙岗上出现了一幅和他们的谈话非常不相称的景象。六儿右胳膊上架着一只秃鹰，第一个走上沙岗来。随后而来的是黎大傻和他的老婆，夫妇两个每人手里提着一只死兔子，像侍卫一样，一左一右，站在了六儿的身旁，向远处张望着指点着。而在沙岗背后，像隐约的桃枝一样，出现了小满儿的光耀的头面。

"老四，你弟弟越发的不简单，玩起鹰来了。"锅灶说。

"这些人的事，咱弄不清。"四儿说，"和杨卯儿为鸽子吵了架，仇大得不得了。经黎七儿把三个人拉到城里吃了一顿饭，两个人又成了好朋友，把鹰借给六儿了。"

"怎么是三个人呢？"锅灶问。

"小满儿也去了。"四儿说，"那是他们的主心骨，组织中心，行动的指南。离了她是不行的。我还听到一个故事，杨卯儿现在成了黎大傻包子房的老主顾，每天晚上都要吃饱的。黎大傻的老婆对他说：卯儿哥，你只吃得好、穿得好，还不能算是完全翻了身，我要给你介绍一个对象，可是你得请请我。这样，杨卯儿就在城里请了她一次。"

"你能把他叫过来帮我们钻井吗？"锅灶撺掇着。

四儿正在犹豫的时候，那一队人马，早已经从沙岗上退回，折向相反方向，望不见了。

人们惯于把偶然的见闻当作笑谈，并不注意，在当事人的心里，正像千斤担一样沉重。九儿坐在那里，望着空漠的沙岗出神。她继续回忆着幼年时的家乡的影子。在母亲去世以后，她常常一个人坐在小窗的前面。窗外有一棵枣树，因为避风向阳，常常有些小鸟儿在枝头来聚会。鸟儿们玩起来，显得非常亲密。那站在一起，叽叽喳喳的也许就是最亲密的吧，不久，有一只跳到了别的枝头。遇到一阵风，它们竟各自飞散了。门前还有一片小小的苇塘，河水小的时候，那些小鱼儿们聚在一起，环绕着一棵水草，到了夏天河水涨满，谁也不知道它们各自的前程如何！

这些回忆是使人难堪的，容易疲倦的。她站立起来说：

"吃饱喝足了，我们开始工作吧，我来蹬一会儿滑车。"

"小心掉在井里呀！"锅灶笑着说，"你们猜我在想什么？我想六儿的包子不能吃了，净是兔子肉！"

九儿上到滑车上，用力攀登着，像一个勤奋的小昆虫在清晨和黄昏的时候工作。滑车滚动着，四儿从井底望着她，一时感到这是一个奇异的动人的少女图像。

她的工作越来越熟练从容，太阳从她的前方，慢慢向西移动。她可以看得很远，可以看到县城南关药王庙前面的两根高矗的旗杆。可以望见旷野里送粪的、捡柴的、放牧牛羊的和整理园地的人。她看见六儿正和小满儿在田野里追逐，听到黎大傻和他老婆的喊叫声音。

在下面工作的锅灶和四儿，也在谈论这件事。

"老四，你的理论高，你给我解释，我们在这里受累受冷地工作，你的老弟在那里带着女人玩耍。在人生这条道路上，是我们走对了哩，还是他们走对了？"锅灶冲着井底喊叫着。

"你提出的这个问题很重要，这是个人生观的问题。"从井里冒出四儿的声音，"你羡慕他们的生活吗？"

"有时候觉得他们讨厌，有时候，也有点儿羡慕。"锅灶说。

"在他们看来，一定是他们走对了。但是，我一点儿也不羡慕他们。"四儿说，"他们这样生活，有时候，自己也会感到羞耻的，不然，为什么望见我们就躲开了呢？"

"可是，还有一个老问题，他为什么一直不能改变过来呢？"锅灶说。

"这两天，我又把这个问题想了一下，"四儿说，"只凭我们几个人的力量去改造人，是不容易收到效果的。人怎样才能觉悟呢，学习是重要的，个人经历也是重要的，但更重要的是社会的影响。我有这样一个比方，六儿的心，就像我们正在改造的旱地。我们工作得好，可以在这块地上开发出水泉，使它有收成，甚至变成丰产地；可是，四处的黄风流沙，也还可以把它封闭，把它埋没，使它永远荒废，寸草不长。我们要在社会上，加强积极的影响。这就是扩大水浇地，缩小旱地；开发水源，一直到消灭风沙。"

"是的，这是可能的。"九儿在滑车上想，她攀登着，一斗子一斗子的淤沙积泥，从井底提上来，她望望井底，新的清澈的水，开始翻冒出来。但是爱情呢？她严肃地思考：它的结合，和童年的伴侣，并不一样。只有在共同的革命目标上，在长期协同的辛勤工作里结合起来的爱情，才能经受得起人生历程的万水千山的考验，才能真正巩固和永久吧。当然，爱情，可以在庄严的工作里形成，也可以在童年式的嬉笑里形成。那分别就像有的花可以开在风平浪静的水面上，有的花却可以开在山顶的岩石上，它深深地坚韧地扎根在土壤里，忍耐得过干旱，并经受得起风雨。

十七

那位干部当然不是专为了解人们的生活,才跑到乡下来的。他也抱着一种多年工作积累的热情,愿意帮助一个人。他希望小满儿能在他帮助下面,有所改变。他并且想到,只有在学习和工作里,小满儿才能改变。这当然是很困难的,因为他明白,他还没有真正了解她。

这天晚上,就是当小满儿行围射猎胜利归来的时候,干部站在院里。黎大傻家是个破大院,西北角破围墙下面,有一个荒废的白菜窖,旁边有一棵半死的老榆树,这棵树长得十分丑陋,它的头顶干枯,树身破裂歪斜,一枝早可以拉下来做柴烧的大横干,垂到邻舍的院里,成了邻家的鸡窠,有几只鸡已经飞到上面,准备过夜了。

小满儿回到家来,一点儿也没有带着在野地里奔跑、狂欢、疲累的痕迹。她是在姐姐和姐夫回家以后才回来的,姐夫和姐姐,提回来一只死兔子,两个人浑身是土,疲累不堪,而小满儿好像在进门之前就做了准备,她的身上整齐干净,头发也梳理过了,她用那惯常的轻捷悠闲的步伐,走过干部的面前。

"小满儿同志。"干部叫住她,"你吃过饭有事情吗?"

"没事,我是个大贤(闲)人。"小满儿笑着说,"干什么吧?"

"今天晚上,青年团员们学习,你也去听听吧。"

"人家叫我听吗?"小满儿狡猾地笑着,"我这个落后分子!"

"当然可以听,你先做饭,回头我们一块儿去。"干部说。

小满儿点点头,没有说什么。但是干部可以从她扭转过去的脸上看出,她是如何的不高兴。她抱柴做饭,坐在灶前烧火,不住地用眼角溜撒着,干部一直站在门口。

"同志，你不出去吃饭吗？"小满儿说。

"你多添点米，"干部笑着，"我在你家吃一顿吧。"

"我们家的饭不好。"小满儿说，"你吃不下。"

"不好也一样给粮票。"干部说。他在院里一直站到小满儿把饭做熟。

小满儿这一顿饭，磨磨蹭蹭，费了有做两顿饭的工夫。她几次想从家里跑出去，但凭她的聪明，她知道干部正是防备她逃跑，才在那里监视她，她并且了解到这是一种好意，她装作十分安静地同干部吃了晚饭。

这一顿饭，她的姐夫蹲在外间没进屋，她的姐姐不明白这个干部和小满儿之间，发生了什么问题，也一直在避讳着什么，没有讲话。

吃过晚饭，天已经很黑了。小满儿从被动转为主动，首先放下饭碗说：

"同志，我们走吧。"

走出大门来，小满儿跑在前面，手里拿着一个小手电。

"你有这个家当，"干部说，"太好了。"

"我给你带路，"小满儿说，"我们从村外走，可以近一些。"

她从小胡同里往北转到村外来，因为她走得太快，那个手电的光亮太小，加上一闪一晃，干部跟在后面，反而什么也看不见了，只感到脚下磕磕绊绊。

小满儿飞快地跳过一个矮沙岗，贴着寨墙里面往东走，这一带都是软沙，有很多刨了树的大坑，干部深一脚，浅一脚，跌跌撞撞，只好慢走，以便脱离她的领导，并避免了她那手电的扰乱。

"走快点儿啊！"小满儿说，"人家一定上课了，我们不要迟到。"

"你带的这是什么路？"干部半开玩笑地说，"这不是正路。"

"什么是正路？"小满儿说，"只要抄近儿就好。小心，这里有一眼井，你可千万别掉下去。"

干部小心地扶住辘轳架，从井边沿过，然后是一陡坡，小满儿跑了下去，干部差不多是滑了下去。

"小心，篱笆。"小满儿侧着身子从荆棘之间闪过去，荆棘挂住了干部的衣服。

"给你吧。"小满儿回头把手电交给干部。她仍然在前面走着，从堆着很多破砖乱瓦的道路上，走进了一座大庙的后门。这座大庙，干部是参观过了的，当他们在大殿中间走过时，干部用手电照了照那站在两旁的，歪歪斜斜，缺胳膊少腿或是失去了眼珠的罗汉们，小满儿毫不在意地走过去，她的脚步放慢了。她说："同志，你没有赶过四月初八的庙会吧？这个庙会太热闹了。那时候，小麦长得有半人高，各地来的老太太们坐在庙里念佛，她们带来的那些姑娘们，却叫村里的小伙子们勾引到村外边的麦地里去了。半夜的时候，你到地里去走一趟吧，那些小伙子和姑娘们就会像鸟儿一样，一对儿一对儿地从麦垄儿里飞出来，好玩极了。"

"那有什么好玩的？"干部说。

"我也是听人说的，"小满儿说，"那么热闹的时候，我并没有赶上。抗日的时候，这村的游击队很英勇，他们站在第三层大殿上，有的就坐在神像的头顶上，放哨和阻击向这里扫荡的敌人。庙里的尼姑替他们搬运子弹，现在她们都还俗了，有一个最年轻最漂亮的，是副村长的儿媳妇。"

"这些抗日的故事很好。"干部说。

"那么，"小满儿停下来，转回身说，"我们不要去开会了，回到家里去，我给你讲一晚上故事吧！"

干部摇了摇头。

"他们不会斗争我吧？"走出大殿，小满儿小声问。

"绝对不会的。"干部说，"你想到哪里去了？"

"有一个尼姑，曾经吊死在这里。"小满儿指着大殿前面的一棵大树说，"因为恋爱不自由。活着的时候，我见过她，她会吹笙，长得也很好。"

干部没有说话，有一阵风扫过树尖和屋顶。

"我害怕，"小满儿忽然转回身来，几乎扑到干部的怀里，她的声音抖颤着，干部听到她的牙齿发出"嗝嗝"的打击声音，他扶住她，用手电一照，她的脸色苍白，眼睛往上翻着。她说着听不明白的话，眼里流出泪来。

"怎么回事？"干部慌了手脚。

"我看见了她，我看见了她！"小满儿大声喊叫。

"歇斯底里！"干部心里说，"没想到她有这种病症！"

听到喊声，第一个从街上跑到大庙里来的是六儿，他给杨卯儿送了一只兔子去，回来路过这里。直到六儿进来，干部才感觉到，他现在的处境，很容易引起别人的怀疑。在这样黑的夜晚，在这样荒无人烟的地方，在他的身边，一个女人发生了这种情景，他向六儿说明他同小满儿来到这里的经过。

"你救救我！你背我家去！"小满儿听到六儿说话，发出了这样的呻吟。

"好，"干部说，"你帮忙背背她吧，你知道她的住处吗？"

"知道。"六儿说着蹲下来，拉起小满儿的两只手，放到肩上。小满儿仍然在哭泣，眼泪滴在六儿的脖子里。走到街上，她安静了，她撮起嘴来轻轻地无声地吹嘘着六儿的脖子后面。起初，六儿也有些害怕，但等到她偷偷地把嘴唇伸到他的脸上，热烈地吻着的时候，六儿才知道她并没有发生什么意外。

十八

六儿出车，黎老东看成是一件头等隆重的事件。自从把车打成，他运用毕生的工作经验，使油漆在冬季提前干好。晚上，他特备了酒菜，把黎七儿请来，对他说：

"七兄弟，我把六儿和这辆新车交给你，你要好好带动他，把你半辈子跑车的经验教给他，叫他在正道上走，不要翻车跌跤。"

黎七儿一口答应，并且说：

"不用大哥挂念，我不能眼看着叫他吃亏。我们这次打算到石门，大叔，你看拉些什么货物回来？"

"自然是拉什么利大，就拉什么。"黎老东说，"你看着吧。可是，因为是新打的车，头一趟可不要拉煤。"

"可是，"黎七儿笑着说，"冬季还就是拉煤利钱大。到那里看吧，要不就装点儿杂货。"

酒喝到半醉的时候，黎老东又向黎七儿说了这些话：

"七兄弟，我知道，在土改的那段日子里，你和我们有些隔膜。可是，我一直并不认为你是一个富农，我一直评你是个上中农。你爷爷，你父亲那两辈，当然是富农。可是自从你弟兄们分了家，你主要是跑车，雇人不多，要评成富农，我觉得有点儿够不上，要说是中农，好像又冒点尖儿，当时的争论，就在这上面。"

"过去的事情了。"黎七儿说，"当时，我就是心痛我那匹骡子。

后来，我变卖些东西，又把它买回来了。咱成分不好，就不愿在村里见人。现在跑着车，我的生活，你看见了，也还过得去。坦白地说，人只要有能力办法，不种园子地，也能吃香喝辣！我不省着细着。平日在家，你知道，黎大傻家卖什么我吃什么。出门打尖下店，不是焖饼就是炸酱面；出店上车，整瓶子好酒在怀里一掖，什么时候想喝了，就低头来一口。"

"我就是佩服你。"黎老东说，"那些别的户都倒下了，就是你站起来得快。"

黎七儿走了以后，黎老东几次起来喂牲口，鸡叫头遍，他就叫醒六儿，装好草料。套车时，他帮着摆正辕鞍，结好肚带，抹足车油。天不明吃了早饭，六儿把车赶到街上来。早起站在街上的人，都称赞这辆新车。黎老东在车的前面倒着走，有时用脚填平道辙，不断地指挥着六儿。

出村，黎七儿的双套大车，赶在前面。杨卯儿要到石门去办年货，坐在他的车上，出了寨墙口，黎七儿摇动鞭子，把车轰开，跟着跑了几步，然后一蹿身，坐了上去。他回头望望六儿，六儿也照黎七儿的样子蹿上了车。黎老东在村边望着，望着六儿的车转过大沙岗，才转回身来。

在十字街口，村长拦住了他；和他说了希望他加入合作社的事。为了打破他的顾虑，村长还热心地向他介绍了别的村庄办社，对于牲口车辆的折价办法。这些话，黎老东好像全然没有听进去，他往家里走，从别人看来，他那一直兴奋得意的步伐，忽然变得焦躁和不安了。

车辆转过大沙岗，突然停下来。小满儿怀里抱着一个小包裹，坐在一棵老杨树下面等候着。她站起来，爬到六儿的车上去了。

然后，黎七儿大声说笑着，摇动长鞭。两辆大车的后面，扬起了滚滚的尘土。

十九

每天，九儿回到家里，傅老刚已经做好了饭。知道女儿做的是重活，老人还是按照打铁时的习惯，做小米干饭。每天，父女两个坐在里间炕上，守着一盏小煤油灯吃着晚饭。

这两天，父亲注意到女儿很少说话，他以为她是太疲累了，他说：

"今天，有几个互助组，给我们拿来一些工钱，这些日子，我帮他们拾掇了一些零碎活儿。我不要，他们说我们出门在外，又没有园子地里的收成，只凭着手艺生活，一定要我收下。我想眼下就要过年了，你也该添些衣裳。"

"不添也可以。"女儿低着头说，"过年，我把旧衣裳拆洗拆洗就行了。爹的棉袄太破了，应该换一件。"

"我老了，更不要好看。"父亲说，"村长和我说，他们几个互助组，明年就要合并成合作社。村长愿意我们也加入，说是社里短不了铁匠活儿。我说等你回来商量商量，你帮我想想，是加入好，还是不加入好。"

"我愿意加入，"女儿笑着说，"这是最好不过的事。"

"我也是这么想。"父亲兴奋地说，"当然我们可以回老家去参加。可是，这里的工作更靠前一步，我们和这个村子又有感情，就在这里参加也好。村长还说，他们也希望六儿家参加，那样，社里有铁匠也有木匠，工作方便得多。可是黎老东正迷着赶大车，不乐意参加。这些日子，我总见不到六儿，你见到他了吗？"

女儿没有说话。

"你不舒服吗？"父亲注意地问，"怎么看你吃不下？"

"不。"女儿说，"我只是有点儿累。"

她到外间去收拾锅碗。

"我和黎老东吵翻了。"父亲在里间说，"这只是一人一家的问题，只是两个老头子的问题，算不了什么。你不要把这件事情放在心上。"

"我没有放在心上。"九儿说，"今年冬天，我看着爹的身体不大结实，我希望爹多休息休息。"

"你不要惦记我。"老人笑着说，"我这病到春天就会好起来的。今天晚上不开会，收拾好了，你早点睡觉去吧！"

九儿给父亲铺好炕，带上屋门，到女伴们那里去。

今天夜里，天晴得很好，月亮很圆，很明净，九儿在院里停站了一会儿，听了听，父亲在吹灯躺下以后，并没有像往常那样咳嗽。她的心情也明快平静下来，她觉得她现在的心境，无愧于这冬夜的晴空，也无愧于当头的明月。她定睛观望，好像是第一次看清了圆月里那只小兔儿的可爱的活泼的姿态。

二十

童年啊，你的整个经历，毫无疑问，像航行在春水涨满的河流里的一只小船。回忆起来，人们的心情永远是畅快活泼的。然而，在你那鼓胀的白帆上，就没有经过风雨冲击的痕迹？或是你那昂奋前进的船头，就没有遇到过逆流礁石的阻碍吗？有关你的回忆，就像你的负载一样，有时是轻松的，有时也是沉重的啊！

但是，你的青春的火力是无穷无尽的，你的舵手的经验也越来越丰富了，你正在蛮有信心地，负载着千斤的重量，奔赴万里的途程！你希望的不应该只是一帆风顺，你希望的是要具备了冲破惊涛骇浪、在任何艰难的情况下也不会迷失方向的那一种力量。

1956年初夏

（原载《人民文学》1956年第12期）

来访者

方　纪

　　传达室通知我有一个自称大学生的客人来访。会客单上填的是："康敏夫，二十八岁，辽宁，无职业……"我想了想，实在记不起认识这样一个人来。是读者？投稿人？或者是求助的居民，来党委机关要求解释疑难的群众？我迟疑了一下，便跟传达同志走下楼去，先进接待室去等。

　　接待室在楼下靠近大门拐角的地方。没有窗子。白天也要开灯。我推开门，随手扭亮电灯——这是那种通常口语叫作"日光灯"的，我至今叫不出它正式的名字；也不喜欢这种毫无一点火气，苍白，像阴天的太阳，照得人改变了颜色的灯光。

　　我在靠近门口的一张沙发坐下，接着，门一响，有人从我身后走进来。我欠起身，伸出手去；这个人却头也不回，绕过中间的圆茶几，一直走向对面的一张沙发，一声不响地坐下。

　　等我看清楚我的这位客人时，当真吃了一惊，同时想到会客单上那个古怪的名字：康敏夫——共产者。这种名字，在二十到三十年代，在那时的有些自以为革命的知识分子当中，曾经流行过。其实，这多半是些拿革命玩票的公子哥儿式冒充的虚无主义者。这样的名字和这样的人，在我们今天的生活里是难得再见了，却怎么在我面前，就坐了这样一个。使我吃惊的，他的样子也和他的名字一样古怪，头发那么长，就像那时那些自称为颓废派的艺术家那样。只是那些人的头发披落下来，直到肩上；而他的直立着，一根根都看得清楚，真有"怒发冲冠"之势，只是没有帽子罢了。他的脸，又如同他身上那件失去了本来面目的白衬衣，肮脏、污垢，在一层油汗之下透着无底的苍白。还有，也许由于这间房子的灯光，他脸上浮动着一层看起来像磷火一样的绿色的光。

他一直低着头，所以看不见他的眼睛。而当我一面等他说话，一面看着手里的会客单时——那上面的名字，年龄，籍贯……字迹，很清秀，完全不像眼前的这个奇怪的来客；只除了是一般的显得苍白、无力，而且潦草。

"有什么事吗……先生？"我说。面对着这样的人，我实在说不出"同志"这个崇高的字来，宁愿十分拗口地称他为"先生"。

他仍然不动，低着头，不说话。但随着我的声音，他的眼皮忽然向上翻开，露出一对大得怕人的白眼球，迅速朝我一瞥——真是怕人！在这一刹那，我看见那白眼球在发红的眼眶里滚动了一下，便也闪出那种像磷火一样的绿色的光来。

不仅如此，这眼睛里流露的那种疯狂、绝望、和对人的不信任，也是十分可怕的。

而且，要知道，这事发生在今年六月初。正在"大鸣大放"，右派分子猖狂进攻，反右派斗争还没有开始的时候。如同后来报上常说的——乌云乱翻，在这种时候，什么古怪的事都可能发生。因此我的这些也许是过敏的印象，不能说是没有原因。甚至于，我警惕起来了。

这时，他依然垂着头，只抬起一只手来，手指痉挛地在衬衣口袋里窸窸窣窣地摸。好久，掏出一卷纸头，放在自己面前，又用眼睛盯住它，然后显得十分用力地推向我面前。

我立即抓过纸头，迅速地翻检着——急于想知道，这到底是怎么回事。先是一张一张卖掉东西的单据。其中有皮箱，自行车，西装，大衣，还有女人的用物首饰，等等。最后，是两张医院的住院证明书。第一张上写——

康敏夫，二八岁，辽宁，无职业，服毒自杀，原因待查……

第二张上写——

康敏夫，二八岁，辽宁，无职业，服毒自杀，原因待查……

两张证明书，除了是两个医院的两个医生不同的签字盖章，两个不同的日期外，其余的，竟一字不差！

我更加莫名其妙！抬起头来看他，他也在看我：我们的眼光相遇了，他又低下头去，然后从另一个口袋里，又摸出一张四吋的照片，仍旧用眼睛盯住，用力地推到我面前。

这是一张双人合影，一男一女。女的——我怎么说呢？她不能算漂亮，但却容光照人，这从照片也看得出来。是由于她的那一双眼睛吧，像一泓秋水一般明亮，坦白得能一下子看到她的心里。但是她的心里，又包含着多少东西呵！这些东西还没有显现出来，但是你能感觉到，这些是高尚的，充满着希望……此刻，她正把头倚在男的肩上，略微显得忧郁地微笑着。男的，虽也带着微笑，但却面目模糊，你看不透他心里想些什么。我不由得把照片和我眼前的这个人对比了一下——不错，是他，坐在我面前的这个来访者；虽然他已经有了那么大的改变。

我明白了，而且点了点头。

他冷然一笑，笑得有点怕人。接着，变得兴奋起来，滔滔不绝地向我讲述了下面的故事。

你一定觉得奇怪吧，我为了这样一桩纯粹是个人的私事来麻烦你。但是，我先声明：我不是把你当作一个作家——虽然我知道你常写点小说什么的；我是把你当作党委机关的一个工作人员，并且曾经负责过这个城市的文化行政工作，来提醒你注意，注意你过去的工作——比方说，对艺人的管理教育……你看，你认得这个人吗？对，照片上的这个女人，你仔细瞧瞧，她是你们这里一个小有名气的曲艺演员——唱大鼓的。哦，你想起来了，认出来了。是的，你应该认识。那么我就不必再说出她的名字了。我真不愿意说出这个名字来。在我的记忆里，就是这个人，她的存在，她的一切；而不是名字。名字是没有意义的。譬如我的这名字，看来你早觉得奇怪了。其实，毫无意义！北京解放那年，我正在读大学二年级。我像许多青年一样，由于解放，一时狂热，我从一本什么小说上找到了现在这个名字……现在，我明白了，这不过是荒唐，滑稽。

你摇头了。你不想听我这些议论，好，我立刻就进入故事本身。事情是这样的——我很抱歉，我来找你，连封介绍信都没有……但是，我到哪里去弄介绍信呢？我的证件，大学毕业证书和服务证等等，早在我第一次自杀之前就统统烧掉了。还好，现在剩了这么两张住院证明书。至于熟人，在这个城市里，除了她，也再没有。其实就是在这个世界上，我亲近的人也很少。母亲，老了，病着，快要死了，在沈阳老家的病床上等我。但我不能去看她。此外，我有一个老师，哲学教授，在北京。我跟他念过四年哲学讲义，又帮他编过三年哲学讲义。现在也因为我的荒唐，他声明没有我这个学生。还有什么人呢？没有了，除了她。而她，也发誓永远不再见我！

就是这样。你自己判断吧，在这个世界上，有谁还能证明我的身份？我自杀了两次——这在你看来等于犯罪，不是吗？我自绝于人们，却每次都有人把我送到派出所，派出所又把我送到医院，医生又把我救活过来，民政局又来救济我，就连派出所那位好心的所长，看我饿得流汗，还自己掏腰包。但人们为什么要这样？真好笑！

也许人们可怜我。我最怕这个。你下面就会知道。也许，当真，我还应该活下去？是的，我没有理由不活下去。没有。我的四年大学是在解放以后读完的。当时学校分配我到南方去参加土改，两年后，回到母校，给我的哲学老师做助教……只是因为她，你看见了吗？是她！本来我工作得不坏呀，党提出向科学进军以后，我还准备了副博士论文。我年轻，没有结婚，真是前程似锦……但是自从认识了她，这个女人——就在去年冬天，寒假，我回到故乡去看望我久病的母亲。她曾经是一个中学教师。父亲是工程师，死了。这时，我在沈阳一个戏园子里遇到她。

你知道她，不是吗？凭良心说，她是个好人。尽管因为她，我自杀了两次，但我感激她。因为她，现在我才认识了自己……

她并不漂亮，不是吗？或者说，她没有那种一般人所谓的"漂亮"。但她那一双眼睛，你瞧瞧吧，能一下看到她心里！多么坦白，又多么深沉。而且，你听过她唱吗？她一开口，她眼睛里面那一切善良、光明的东西，就都随着她的声音唱出来了。这声音，清澈，明朗，就像秋天小溪的流水……我第一次看见她，听她唱，就激动了。

也许演员吸引人有她独特的魅力？这你应该了解的。因为她们不只由于自身的条件，还由于她们所表演的那些激动人心的光明的性格……

不过我不知道，这只是我的猜想。但无论如何，我被她激动了，吸引了。

你不要笑吧！我的激动是正当的。这就是说，她的演出是成功的，她有作为演员的天才。但是别的人呢？他们同样喜欢她，却是——起哄！起哄，你知道，这是什么意思！现在，我也懂了。我觉得，这是对她的一种侮辱，而且，也是对我的……你明白吗？我气愤，简直气坏了，我一直跑到后台。可是等见到她——真可笑！我却不知道自己来干什么！我恭恭敬敬地向她鞠躬，向她道歉，安慰她，总之，没头没脑地说了许多赞扬她的话……

可是，她听着我的那些话，却摇摇头，简直莫名其妙。接着，她笑了，笑得非常天真，并且说：

"谢谢你同志。多谢你关照。可是你有什么事吗？这是后台，同志，还是请便吧！"

她转过身去。

我完全没有明白她的意思。她呢，也根本没有听懂我的话。我觉得自己受了委屈，差一点哭出来。赶紧朝外走。走到门口，一回头，她却跟在我后面，微笑着看我，我站住了。

"谢谢你的好意。"她说，"要是你到天津来，就顺便来看我吧，在南市……"而且，你猜怎么样，她还向我伸出手来。

我迟疑了一下，慌忙伸过手，捏了一下她那纤细的、柔软的手指。

事情就是这样开始的。你觉得奇怪吗？

是的，所以我说，我不理解这种人，现在想起来，这完全是误会，荒唐！……但是，我很快就回到北京，而且很快就找到一个借口，向教授请假，到天津来，而且找到了她。

你知道这种人的生活吗？艺人？……不，我不是说她，是说，她的母亲。她有一个母亲，养母——这我后来才知道，是养母。她在解放以后，就是个被管制分子。这是当地派出所——就是给过我钱的那个好心的所长告诉我的。他还告诉我，最好不要去她家里。但是，这怎么行呢……

她有过一个"姐姐"——这也是在后来，我们同居了之后，她告诉我的她身世的一段。

"……等我们稍稍长大一点的时候。"她说。泪水充满她的眼睛，却不流出来，她总是这样。"妈妈拿着皮鞭子要我们跪在她面前，逼姐姐接客。那一年，她才十五岁。我……因为太小，后来，一个常到我们家来的弦师，看我嗓子好，这才学了艺。以后，解放了，我才没有走姐姐的路……现在，姐姐，早因为病，死了！"

但起初，我哪里知道这些呢！我这次到她家——是在南市一个戏园子里打听到的——恰巧她的母亲不在。我站在院里喊了一声，她便迎出来。当她发现是我的时候，她那惊异的样子，使我也惊异起来了。她先是不认识似的看着我，以后大约是记起来了，但又仿佛不相信自己的眼睛。接着，脸红了，笑了，笑得非常好看——和在沈阳后台对我的笑，完全不一样——至少我自己觉得这样。

她慌忙地把我让进自己住的那间小房子里；慌忙地给我掸干净一张凳子，让我坐下，又慌忙地给我倒茶，然后，站在旁边，看着我，像是自言自语般轻悄悄地对我说道：

"真想不到，你会找来……"

现在想起来，我对她当时的这种情形，以及这种话，也是完全没有理解的；就像我完全没有理解，她在沈阳后台对我说的话一样。

而且，在说完上面的话之后，她仿佛已经把所有的话全说完了，再不说话了。只是坐在我对面，她自己睡觉的一张小木床的边缘上，两手扶着膝头，身子倾向我，用她那坦白而深沉的眼睛，仔仔细细地端详起我来了。我真不明白她什么意思。我被她看得脸发烧，心直跳，手脚无处置放……而她，还是那样地看我，像要一直看透我的心！

看吧！我的心，是不怕她看的。而且，我正要拿给她看，让她看清楚，我——爱她。

但是，同志，这是我现在的话。在当时，我可真是尴尬透了。谁知道，她为什么这样看我？这个人，原来是这样认真，这样大胆？

我不想推卸责任，真的，当我在沈阳戏园子里跑到后台去看她，那时候，我只不过出于一种激情——一方面，是她的声音；还有，她的眼睛。另一方面，那些人，起哄。以后，到天津来，找她，我也并不明白，究竟是一种什么力量推动我。只觉得，我要来；而且，她约了我……但是，当我推开她家的门，喊着她的名字，她应声跑出来，站在我面前的时候，我却不明白自己来做什么。

现在，她那样地看着我，我明白了：我爱她。

是的，我爱她，而她也——爱我。

一定是这样。因为我的这个概念——从在沈阳见她，到这次来找她，这中间那些我并不清楚，也不理解的情绪所形成的这个鲜明的概念，确是由于她——她那样地看我，不说话。唉……后来，我问起她，她说：那时候，她要说话，眼泪就会掉下来的。

可是，最后，到我们分手的时候，她却说：不，那不是爱，那不过是——感激！对于我的真心，热情，不远千里来看她……

你相信吗？我有时想，也许她是对的……但是，也许她是为了安慰我——欺骗我，才这样说的。在我们最后要分开的时候，她要我忘记她，不再想她，甚至，恨她，来减轻我的痛苦。

是的，她太好了，她会这样的。

而我却……唉，这一切，现在，都过去了。

正在这时候，她那样看着我的时候，进来了一个半老的女人。这个女人轻轻的，像猫走路一样，进来了。我们谁也没有发现她。而当我们察觉的时候，她已经站在我身边，眯缝着眼睛，仔细地打量我了。

我抬起头，看见她，立刻觉得身上发冷——她的眼睛虽然眯得很细，但还是立刻使我有一种战栗的感觉。我站起来，她说话了——

"哎哟！"她叫道。声音很高，却完全是沙哑的，而且带着浓重的鼻音，这给人一种不洁净的感觉。

"这是谁呀！"她叫道。"嗳，原来，有客人！你瞧，我们二姑娘做事可真机灵，连我都不知道，就……就挂上了。嗳，二姑娘，别愣神呀，赶快，倒茶，拿烟……得，你们坐着，我来，我……"

她围了一件很旧的青缎子斗篷，身上发出一种令人作呕的气味，在我面前转一个身，就像一阵风，又不见了。

她出去了，却立刻又回来。站在门口，仔仔细细地朝我看了一眼，才慢慢走出去。这一眼，真太可怕了，我一辈子也不会忘记。当她眼睛完全张开来，不再眯缝着的时候，里面便闪着一种像刀锋一样、冰冷的、令人战栗的光！你看见过这种眼睛吗？不，你可以想象，我这时心情之惊异，处境之难堪，我怎么也想不到……我由厌恶而恐怖，而至于愤怒了！我站起来，想追上去，问问她，你是谁，敢这样看我们，对我们这样说话！

但是，她，脸色苍白了，眼睛里含着泪，却不流出来，走到门口，双手扶住门框，叫了一声——

"娘！"

原来，这就是她的——娘！我惊异得简直说不出话来。抓起帽子，往外就走。她放下一只手臂，让开路。我跨出门去。但从背后，她抓住了我的一只手。

我停住了，回过头来，她已经把脸埋在另一只手臂里，哭得出不来声。而她拉住我的那只手，也久久不肯放开。

…………

我们第一次的相会，就是这样。

这多么奇怪！我带着一种莫名其妙的、受了侮辱的心情回到北京。但是怎么也摆脱不开这次会见的印象。而且老是觉得，她那样紧紧抓住我的手，就像是在水里将被淹死的人，抓住了不论什么物件一样，我可怜她——她太可怜了！

而且，这种感觉越来越强烈，使我不能忍耐。终于，不久——我觉得还是太久了，我被要看见她，拯救她，甚至，夺取她——从她的妈妈手里——这种种意念折磨着，又来到天津。

这回是晚上，在南市一个小戏园子里。我是晚车到的。在车站买了一张《新晚报》，而且第一眼就看到了她的名字：在南市的一个戏园子里演出。我直接从车站跑到那个戏园子。买了票，坐在靠近舞台的地方，等。我心里激动极了，想着要再享受一次在沈阳看到她时的那种幸福。但不知怎么，当我这样想着的时候，已经觉得不自然了。她的那个家，那个母亲，以及她说的话，都化作了一种烟幕似的东西，把她包围、遮蔽了；又显现出来……

这时，随着报幕人念出她的名字，一阵掌声把她迎出台来。我的心不由自主地跳动，就像周围的掌声。真的，她又出现在我面前了。她安静地走，站着，向观众鞠躬。当鼓声一响，她抬起头，于是，那坦白而深沉的眼睛，向着全场微笑。

我觉得我的心脏停止了跳动——我为什么这样激动？爱情？或者还有别的东西？

正在这时候，从我后面，有这样的谈话撞进我的耳朵里来——

"瞧，这小妞，德行！前儿晚上她妈拉我去打牌，满想等她回去陪一会儿，哪知她一下园子，就把牌局给撺散了……"

"装得可匀实哪！要在早已，臭唱大鼓的，甭说打牌，陪宿还不是……到这会儿，咱巴结不上喽！瞧，她身上那件旗袍，还不定是哪个小白脸给买的哪！"

这些话，说的声音不高，但就在我耳边。不，应该说，就在我心里。我的头，像猛然挨了一锤子，耳朵嗡嗡响，眼睛冒金花，身子瘫软……以致我根本没有听见她唱，唱什么，怎样唱。只是迷迷糊糊的，像从很远很远的地方，不，像从烟雾里，看见她，她的嘴在动，手在动，就是看不见她的眼睛，听不见她的声音。

我站起来了，双手扶着走道两旁的椅背，摇摇晃晃地走出园子。

这天晚上，我躺在旅馆里，整整发烧了一夜。

第二天，我去看她。

迎着我的喊声，她立刻跑出来。样子非常高兴，紧紧和我握手，眼睛坦白地看着我。

我却看着她身上那件旗袍。淡绿色，绣着细细的花边，衬着她那匀称的身材，确实非常好看。

也许是我的样子很奇怪，她握住我的手，想说什么，却又停住了。她看看我的眼睛，又看看自己的旗袍，像是身上沾了什么脏东西，而受到人们的嘲笑那样。

"你看什么？"她终于忍不住问。

我没有作声。

"我身上有什么东西吗？"

说着，她在我面前转了一圈，轻捷得像小鸟一样。然后侧起头来望我。眼睛仍旧是那么坦白、深沉；声音还是那样清澈、明亮。

我觉得自己脸红了。心里责骂自己这种不礼貌的举动。但我仍旧没有说话。

"你看这件衣服吗？"她还是高兴地说，"上个月发了工资，新做的，好看吗？合身吗？手工不错，是吗？"

她说得多么好，天真，率直，完全像个小孩子。

我几乎想给自己一个嘴巴！自然，我没有这样做。只用力地握了一下她的手，然后她拉我向上房走去。到门口了，她才在我耳朵边悄悄说：

"妈妈在屋里。"

我心里一惊，想收住脚，向回走，但是来不及了。房门开了，她的那位妈妈，站在面前。

"哈，康先生……同志！上回，你竟不辞而别了呀！我买点心回来，人倒没影了。你这一走不要紧哪，我们二姑娘可哭坏啦！饭也不吃，园子也不上，怨天怨地，怨起老娘我来啦！……今儿个你来啦，可不许走哪！我这就出去，给你们……"

说着，她当真抓起那件斗篷，一面披在身上，向门外走去。

这一次，她说话倒不像上回那样怪声怪气，却带着笑，笑得有一种特别的意思；尤其是她眯缝起眼睛看我的时候，我这样想。

我莫名其妙地站在门口，心怦怦跳。

她呢，转过身去，脸冲着墙。

忽然，这位妈妈又转回来，快步地走到我面前，眯缝着眼睛，压低了沙哑的嗓子，威吓般地说道：

"现在解放了，不像从前……我们卖艺，可不卖身哪！"

一下子，我全身发抖起来！要不是她跑过去，"娘，娘"地直叫，哀求她不要再说下去，我不定会干出什么来！

但是她的娘，完全没有理她，一甩袖子走了。现在只剩下我们俩，谁也不说话地站着。好一会儿，她忽然扑在我怀里，失声痛哭起来。

这时候，我能说什么呢？我直截了当地告诉她：要她马上离开这个地方，跟我走。并且，从今以后，再不要上园子！……

同志，你判断一下吧！难道我这话有什么地方说错了？不是吗，她应该离开这种肮脏地方，脱离这种不名誉的生活，跟我走……

或者，我说话的态度、声音，我的难以抑制的厌恶的、愤怒的心情，显得太过分了？总之，我想不到——也许你明白她们这种人——她竟这样问答我：

"我知道，我早想到的。"她止住了哭，从我面前向后退去，离开我远远地看着我，像是不认识我那样，"你看不起我们，我们这些人，我们做艺的，唱大鼓的！你要我离开这个地方，跟你走，还不许再上园子……你，你是怎样看我们呀！解放了，我们，是文艺工作者；加入了工会，是工人阶级。怎么，你敢情看不起这个？你是大学生，高人一等，我们，唱大鼓的，不配你……你，看错人了！你，还是趁早，离开我们这个地方！当心，别站脏了你的鞋子呀！"

她说着，头也不回地冲进她自己的那间小房子，把门锁了，任凭我苦苦哀求，再也不肯出来。

我只得回去了。回到旅馆，又发烧了一整夜。

第二天一天，我关在房子里，饭也没有吃，给她写了一封长长的信。

晚上，我又到她演出的那个戏园子去。但是没有了她。票房说，她请了病假。我只得把信托票房转交给她。

我又挨过了一天一晚。夜里，等戏园子散场以后，我按照信上约定的，在她回家路上的一根电线杆下面，等到了她。

当真，她来了。却什么也不说，只是无言地站在我面前。我拉她的手，她不拒绝。我要求她跟我走走，她也温柔地顺从了。

这天晚上，她住在我的旅馆里。

…………

你看，同志，我什么都讲了。讲得这样多，连同我的犯罪。

是的，我犯了罪。可是，我感到幸福——你不要皱眉，我指的是，那天晚上——我们一同走回旅馆去的时候，路上，静悄悄的夜，没有行人。只有路灯的光，照着我们俩的影子。我向她说明，我并没有看不起她的意思；相反，因为我太爱她了。因此她不能像现在这样子生活下去，她应当同我在一起，过一种正当的生活。凭着她的聪明、善良……唉，谢天谢地，她总算明白了。她说，她和那位妈妈住在一起，简直透不过气来。这个，她不是不明白。这位妈妈，像条毒蛇一样盘踞在她身边，每天吸她的血，吸她的血。并且时时准备着，一口把她吞掉。她说，最使她难以忍受的是，这位妈妈也像蛇一样冰冷。虽然解放以后，不再打她，不再骂她，并且讨她的好；但她冰冷。脸是笑的，嘴是甜的，心，却是冷的！无论怎样，她感觉不到一丝温暖。因此，她孤独，害怕。她每天的快乐就是上园子。她对着成千的观众，把埋藏在自己心里的全部热情，用她那透明、发光、像秋天小溪的流水一样的声音，使别人快乐，她自己也快乐。因此她离不开园子，离不开那些他们相互鼓舞的观众。虽然，还有那样一些人，在园子里起她的哄；散场以后跟在她后面，甚至有时跑到她家里——多半是她妈妈的老相识，喝酒，打牌，并且要她陪着，一直到天亮。然后，她的这位妈妈，就什么都有了；连同每天的早点和小菜，都有人给送来——这是她家对门，那间小杂货铺掌柜的！

她说，她想过，她应该有一种比现在更好的生活。有人关心她，给她温暖，并且不再时时提心吊胆。她说，自从认识了我，我特地老远跑来看她，她把这希望放在我身上……

唉，你明白吗？你能够想象，当我听她谈着这一切的时候，我的激动，我的幸福……你不要那样看我，你不明白。是的，你，不可能明白。但是我，明白了一切——她爱我，是的。

那一天，我是多么幸福，我得到了她！而且，我觉得，自己像哥伦布发现新大陆一样在一个艺人身上发现了爱情、理解和希望。

但是现在呢？现在，在我自杀了两次以后，我又发现，这一切，都不过证明我的荒唐、可耻！

你不要笑，还是让我说下去。第二天，我应她的要求，回北京去。是的，她的要求。她要求不要老来缠她，不仅因为她那个妈妈，我还应该好好工作，学习，为了她……我答应了，而这一次，我是带着那么多的幸福和满足回去了。

但是，我却不能遵守我的诺言。我总要来，总要来，来得她都讨厌了，害怕了，我还是不能克制自己。

果然，在我们不见面的时候，她写信来说——虽然信写得不大通顺，她说，她的那位妈妈，待她坏极了，总是冷言冷语骂她，不给她一点活动的自由，她要跟我会面，十分困难。同时，她也越来越清楚地说道：她们到底不能再住在一起了，她必须离开，因为，她怀孕了，而且被妈妈发现，逼她堕胎！

收到这些信，我多么后悔，我又惊又喜，她怀孕了，这是我的孩子，是的，我的孩子！堕胎，她怎么能！我不允许，我有责任，于是，当天，我赶来天津。

我是抱了多么热切的希望，还有那么多的勇气，来搭救我的妻子——我现在有权利这样说了。但是——你想吧，她的那位妈妈，是怎样对待我的！

真的，至今我想起她那样的目光，还觉得浑身发冷。如她说的，像毒蛇一样，虚伪，贪婪，冷酷……可是这一次，见到我，倒真像是她满心高兴我们有了孩子，说：

"哎哟哟，恭喜恭喜，这么快就有了，连我都瞒了！"

她笑嘻嘻地说，声音还是那么沙哑而尖厉，给人一种不洁净的感觉。

我点点头。

"现在，怎么办呢？"她问道。

怎么办？结婚！这是我唯一的答复。她是我的，孩子是我的。

我说出了我的想法。

"就那么容易吗？"忽然，这位外婆把脸沉下来，"你吃了灯草灰来的，说话那么轻巧！"

我奇怪极了，我望着她。

她眯缝起眼睛来看我。

"你有多少钱？"她问。

对呀，我应该考虑到这一点。我每月的薪水是六十八块，今后要三口人生活。但是，我的家里，总还有点什么，譬如，母亲的衣服，首饰……

我告诉了她实际情形。

她出声地冷笑了。

"你们怎么生活，"她说道，"这不与我相干。我说的是，你带走我的姑娘，留多少钱给我？"

怎么？她会说出这样的话来！解放八年了。尽管她是养母！

我甚至怀疑起来，这是不是她们——连同我的妻子在内，有意设定的圈套！

我浑身发冷，头发晕，在她面前，我竟变得这样软弱无力。我对她说：这种要求是无理的，非法的，违反了婚姻自由……但我的声音，仿佛连自己也听不见，空空洞洞。

"得啦，先生。"她一点儿也不注意我，还是那样眯缝着眼，带着那样奇怪的、怕人的笑，对我说：

"既然你敢到我们这儿来找便宜，可见也不是个雏儿。老娘眼里不揉沙子，你就别跟我们装着玩啦，这事对我们——告诉你，算不了嘛，大不了，我们姑娘不嫁人，可是你哪，出头露面的人，到时候，吃不了可兜着走呀！……"

"怎么，你说……"我叫起来。"你敢，这样说话！我要娶她，和她结婚，我不怕……"

"哎呀呀，"她倒笑起来了。"干吗，翻（儿）啦，我的姑爷呢！你娶她？好，可是，晚啦，你玩弄演员，侮辱艺人，工会不答应……"

"我爱她……"

"知道啦，要不爱，就弄出孩子来啦！我说的不是这个。你给我待着吧。"

我当真又坐下去。

"二姑娘，来呀！"她叫道。

她——我的妻，出现在门口了。只穿着短衣服，头发蓬松，哭得像个泪人儿。

我的心简直破碎了！我抢上一步，想去抱她、吻她、安慰她……可是，这位妈妈，却把身子一横，挡在门口，从叼着烟卷的嘴里，轻轻滑出两个字：

"等等！"

她，我的妻，低着头，啜泣着，并不看我，跪在门口台阶上。

我什么也不说了——我还能说什么呢？我只有一个念头：赶快结束掉，走开。于是，我也在她的这位妈妈身后，跪下。

这位妈妈，可真厉害，她谁也没有看一眼，只轻轻冷笑一声，把烟蒂丢在地上，用力踩灭，说：

"得了，都给我起来吧！"

我站起来了，她转向我：

"孩子是我养大的，虽说不是亲生，我不心疼谁心疼？只要你们别黑了心，日后不忘记我……"

她说着，还当真哭了起来，掀起衣襟去擦眼泪。

…………

唉，同志，你看，我是付出了多少代价，我的幸福的代价！我们到底达到了目的——她跟我回到北京，我们同居了。

条件是，每月寄五十块钱给她的那位妈妈，直到养老送终。

唉，就这样吧，如果不再发生别的事情……这有什么关系？这是应该的。你不要以为，她的这位妈妈，当真是个坏人吧。不，她有什么办法呢？她自己就是从小被养母养大，以后做妓女，老了当鸨子的。她养了两个姑娘，现在只剩了一个。而且解放了，她被管制，她总得想个办法生活呀……

你又摇头了，你以为我在替她辩护，是吗？那么为什么，在民主改革时候，你们没有处理她，仅仅把她管制起来？不，我不替任何事物辩护。我不是学法律的。我学的是哲学。我只承认事实。既然事实是这样，就应该替它找一种解释……

你不要总是对我摇头吧！我知道，你不欣赏我的哲学。那么好，我只谈事实——事实是，当她，我的妻，离开了她的那位妈妈，也就离开了我。

是的，也离开我。你觉得奇怪吗？我马上就告诉你——我坦白地承认，她对我好。我们的同居生活是幸福的。她心里有那么多的温柔和善良，她听我的话。尽管她是在那样的环境里长大，却完全能约束自己，过简朴的生活。在我们不多的薪金里，她刻苦地积蓄，为的是能够按月寄给她妈妈五十块钱，还清这笔冤债；并且，以后要生孩子……但是我，却一点也不理解她的这种心情。

我不满意她这种清苦的生活，我的越来越多的不满意是有充分理由的。

比方，我要给她做衣服，她不肯；买表，她不肯……这难道是为了我吗？我只不过想，她既然是我的妻子，应该穿戴得像样一点，像个有知识的人。不要让我周围的人知道——她的来历。

你又对我皱眉了，是的，这是我们不同的地方，因此，我们的生活就越来越不像当初我想象的那样了。我的脾气越来越坏，她的眼泪越来越多。终于，有一次，我坦白地对她说了，她应该习惯一种新生活，完全忘记过去，并且永远不要再打算"上园子"！

是的，我又这样说了，因为我这样想，我认定是这样。但是，当她开始说话的时候，我恐怖了，战栗了，我想起了那次在她家的院子里，我怎样说的，她怎样回答我。但是，来不及了！

她静静地听我说完——这是在一个晚上，我们同居了两个月之后。她坦白而深沉的眼睛，终于涌出了眼泪。

"康……"她低声说，站在我面前，还握住我的双手，"到底，你还是看不起我们！看不起我们这样的职业，这样的人！你为什么不让我上园子？你是个有知识的人，难道连这也不明白：新社会，我们做艺，还是丢人的么？我舍下妈妈，跟你来了，那是因为她……可是，我舍不下园子。你不知道，这些天，虽然身边有你，不上园子，我是多么闷得慌！为了怕你不高兴，我连唱一声，调调嗓子都不敢。我觉得，我的嗓子发紧，快要干了。我真害怕，从今以后，我再上不了园子！我舍不下园子，舍不下观众，舍不下琴弦和我的唱。你不记得了吗，在沈阳，你第一次听我唱，就跑到后台来，向我说了些什么？不是因为我的唱，才惹你喜欢，才找到天津，才，像现在……和你住在一起了。求求你，什么我都依你，我已经是你的人了，怀着你的孩子……只是你，别这样看我吧，让我上园子，和观众一起，唱吧！"

…………

就在我们这次谈话以后不久，终于因为我没有听她的话，替她做了一件我自己满意的大衣，到月底，钱不够了。连同我过去的积蓄，到底也没有凑够五十块钱寄给她的妈妈。当时我并不觉得有什么重要。我写了一封告罪的信，寄了四十元去。

但是就因为少了十块钱吗？这是决定我们命运的唯一因素？不……就在那封信和钱寄出后第三天，晚上，我下班回来，她，我的妻子，不见了！

起初，我以为她上街去买东西。我等着，等着。天晚了，不见她回来。我上街去找，跑遍了我们周围所有的铺子。哪里去了呢？我听到铺子里收音机放送京韵大鼓——哦，"上园子"！我想。我又跑遍了北京所有的园子。

到天快亮时候，我拖着麻木了的两腿和麻木了的心，回到家里——唉！这哪里还是个家？没有了她，什么都没有了。冷冷清清，一切都变得陌生而可憎起来。因为我进门时踢倒了放在炉边的锅子，索性连炉子也砸了。

我坐着，一个人，灯也不开，什么也看不见，也听不见。一切是这样空虚。仿佛我们这两个月的同居生活，根本不曾有过，是一场梦……

直到早晨的第一列电车开出来，车轮辗着铁轨的轰隆声提醒了我。我到车站去。

…………

同志，你听着，这样久，一句话也不打断我，是真的对我的故事感到了兴趣，还是由于职务关系，你养成了这样一副冷静头脑？对我的幸福，你一点也不激动？对我的不幸，一点也不同情？或者，你听着，在心里笑，笑我荒唐，自私，莫名其妙……但是，随你怎么想吧，我要说下去，既然我说了。

我到了天津。一直跑到她家。门虚掩着。我一步跨进院子，站在她的门前。

门锁着。我用力扭动锁头，摇动门扇，两只拳头用力敲门。仿佛她就睡在里边，却故意把门倒锁起来，不见我。

上房门开了。她的妈妈走出来了。披着衣服和头发，这使她的样子更加难看。

"谁呀？"她一面裹紧衣服，走到我背后，像根本不认识我的样子，"哦，原来是……你，康……"

我突然转过身去，眼睛盯住她。她倒退了一步。

"是我！"我大声喊叫，"她在哪里？"

她又眯缝起眼睛来了，她脸上浮现一种奇怪的笑，我心里不由得打了一个冷战。

"谁呀，你找谁？"她一点也不生气地说。"一清早，就这样来砸人家的门子……"

"你别装糊涂啦！"我发狠地叫道。"找谁，你的女儿！你们把她弄回来，藏在什么地方？"

"二姑娘？"她又倒退了半步。脸上那奇怪的笑不见了，眼睛里放出异样的光来，"我的女儿？"

"是的，你的女儿，跑了，不见了，你们把她弄回来，藏起来了……"

我忘却一切，高声叫喊，并且逼到她面前。她一步一步倒退着，显出害怕的样子，眼睛却狡猾地眨着。忽然，她像被我推倒，坐在地上，嘤嘤地哭起来了。

"没有，二姑娘没有回来……没有在这里呀！……我的苦命的孩子，只说你找了个知书识礼的好人，丢下娘享福去了，这才几天，又给人家撵出来……你可跑到哪儿去啦，这是你的家呀，我的苦命的孩子……"

我站住了。她哭得和真的一样，鼻涕一把泪一把，伤心极了。

我望着她，不说话。

"……只说现在解放了，新社会，咱也高抬啦！你做艺，娘跟你吃碗太平饭，哪知你不争气……世上的男人，没有一个好东西呀！"

她哭着，叫着。一清早，没有任何人来劝解。

我望着她，不说话，只觉得一阵阵恶心。

她，忽然站起来了，眼睛放出凶恶的光，而且扑向我——

"你，你害了我闺女，反倒找我来要人……你找，你翻，找不出来，我，我跟你拼啦！"

她弓着腰，低着头，头发披散着，直奔我来。因为跑得猛，她身上那件斗篷，飘落在地上，露出贴身的粉红色的绒线衣。

我开始犹疑了，一步一步向门口退去。真的，我有点害怕，她的声音，她的样子，她的举动，都给我一种不祥之感。我觉得也许真的是我弄错了，她不在这里，而且……她在哪里？我怎么就这样一直跑了来？

但是，现在，我不知道该怎么办。

她爱我——我始终这样相信。要不，她临走，还把做好的饭给我放在炉子上……只是我自己不小心，把锅子踢翻了。

是的，一定是我弄错了——她要是在这里，不会不出来见我。

一面想，我退到大门口，转身要走，门外站着一个人。

"嘛事儿，我的好太太。"那人说，眼睛却盯住我的脸，"这是为嘛，一大清早……"

看见这个人，她的妈妈，越发叫得凶了。

"抓住他！"她喊，一面跟跟跄跄扑上来，"就是他，糟蹋了二姑娘，又，把她逼跑了！我豁出去跟他拼了……别让他跑了呀，王掌柜！"

别的话我都没有听进去，"王掌柜"这三个字就像在我头上敲了一棍子，想起了那天在戏园子里听到的谈话，以及他说的，"陪着打牌，连早点也给送来……"

我的愤怒转移到他身上，并且迎上前去。

"你！"我喊，一把抓住他。

"嘛，我！"他声色不动地只从牙缝里挤出两个字来，接着一扬手，捋住我的手腕，我栽倒在地上。

"这也是你小子找便宜的地方！"

他说，并且跨过我，走进门里去了。接着是砰砰砰砰关门的声音。

我躺了很久，用了很大力气才站起来，回过头去，望了望身后紧闭的门——就像是我的一切希望，生路，统统被关断了。

…………

我摇摇摆摆朝前走去。胡同里还没有人，只有前面王掌柜的小杂货铺门开着，看得见货架上陈列着各种日用东西。在这些东西里，我忽然发现了"滴滴涕"！

是的，"滴滴涕"，不就是氯苯乙烷吗？只要一瓶，或者两瓶，就够了。是的，我应该结束一下了。

我继续前行，不敢停留。到了街上，行人多起来。我警惕地注意每一个人，又怕被人看到。

后来，我渐渐明白了：我在找她。但是没有。

没有。我永远失去了她，失去了一切，生活，幸福，幻想……

我又看到一家杂货铺。我走进去了。我站在那里，好久，直到有人问我："你买什么？"我指了指货架子上的"滴滴涕"。

是的，我永远失去了她，和我自己的一切。我再没有可想的，可留恋的了，一切就这样了。我需要赶快……

…………

等我醒来的时候，我躺在医院里。

这还需要详细说吗？不必了吧，没有意思。如果要说，也只有这一点："滴滴涕"并不能解决我的问题。

我在医院里躺到第五天。

我躺着，望着雪白的天花板，雪白的被单，雪白的床和家具——我的头脑，也像这些一样是白的，空空洞洞。

我什么也想不起来。没有记忆，没有思想，没有欲望。

医生问我：为什么自杀？我说：不知道。

如果我真是"不知道"，忘记这一切，该多好啊！

但是就在我应该出院的这一天，护士告诉我：有人来看我。

我想不出还会有谁来看我。谁也不知道我在这里。连同我最亲爱的母亲，尊敬的老师。我是一个自绝于这个世界的人，谁也不要知道我的可耻的一生，谁也不要来看我，可怜我……

但是，进来的——是她！

她出现在病房门口。眼睛惊惶四顾，寻觅，是的，她在找我，她没有忘记我。

看到我，她的眼睛闪亮了一下，然后慢慢走过来。

她瘦了，苍白；却显得更美丽。由于怀孕、或者迟疑，而小心地走动着。

她坐在我床边，把手指轻轻放在我的脸上——真奇怪，这手指，纤细，柔软，像我在沈阳第一次触到时一样。现在又像魔术师的手指，触到我的脸上，我头脑里的记忆，感情、思想、欲望，立刻统统复活了。

尤其是，当她开始说话的时候，那声音，透明，发光，像秋天小溪的流水。

我真后悔！有这样的声音，怎么可以不让她"上园子"？难道就是因为它太好听了，动人了，我要单独占有它？

而且，我后悔，为什么我现在才想到这一点。

她呢，也正说到这一点。她说，她那天离开家，也不是情愿的。王掌柜和她的一个"姨母"，突然跑来，说妈妈生了很重的病，要她立刻回来。她虽然也觉得有点奇怪，但还是回来了。

"我想那不是真的。"她说，"可是我可怜起我的母亲来了。因为你，你，不许我上园子。我们，到底不是一样的人……"

她望着我。眼睛里含着泪，却不流出来。

我恨透了自己！我自私，真是卑鄙极了！

"去吧，上园子吧。"我想这样对她说。但是我说不出来，我害怕。

"可是，他们骗了我。"她只顾自己说，一点也没有察觉到我的心情，"妈妈没有病。他们骗我……这算什么，这是什么意思！……我离开他们，不再和妈妈住在一起……"

我高兴得几乎跳起来。

"回去吧，跟我回去！"我立刻抓住她的手。

"不！"她继续说，挣开我的手，站起来，"我哪里也不去，我要一个人……"

这时，她低下头来，看着我——那是怎样的眼睛呵！坦白，深沉，像往常一样。但是我完全不认识了，是那样坚强，有力，一下子就看到了我的心里！我连忙闭上眼，蜷缩在床上。

她那样看了我多久，我不知道。等我慢慢睁开眼的时候，她已经不见了。留在我眼前的，仍是那样的眼睛，坦白，深沉，坚强，有力。而我，在她的眼里，是那样渺小，可怜，微不足道！

现在我们的地位完全掉转来了；不是我可怜她，是她可怜起我来了。

我又羞，又恼，又恨。从她的眼睛里，我看到了自己的价值。

是的，使我们分开的，不只她的妈妈，王掌柜，最主要的，还是她自己，她——看不起我！

从这一刻起，我心里产生了一种可怕的念头。我出院了。但是我没有回北京去——我哪里也不去，像她所说的。我找到一个小店住下来。我要再看到她。我也要那样地看她一眼。使我们的地位恢复原来的样子，证明我的存在的价值……

当然，我不再到她家，但是，我到戏园子。我天天找她，跟随她，追踪她，等待机会，我要那样地看她！

马路上，胡同里，公园，市场，百货公司……当然，最主要的是戏园子。我到所有的戏园子，每天都去，坐着，听着，看着，希望着，等待着。

后来，渐渐地，我当真喜欢起这种生活来了。我学会了起哄——蹬地板，叫倒好，吹口哨，以及诸如此类，完全像一个流氓。

但是，你能明白吗，我痛苦！当我这样做的时候，我的心又痛苦又满足——因为我尝到了一种报复的快乐！

我每天到戏园子去，痛苦而又满足地坐着，听着，希望着，等待着。忽然，有一天……

是的，有一天，我终于等到了——是她，我的妻子，出场了。这是我出院两三个礼拜之后。

她掩饰着自己日益明显的身孕，侧着身子，走向台前。她坦白而深沉的眼睛，此刻深陷下去。两颊苍白，光艳照人的少女的红润，完全消失了。还只有那声音——透明、发光，像秋天小溪的流水。

听着这声音，我的心又燃烧起来。

如果你经历过，你所渴望的，心爱的，只能属于你的东西，却被所有的人爱上，喜欢——你怎么想？

于是，我站起来了。身子发木——大约是心跳得太厉害。像上次一样，双手扶着两旁的椅背，走出了园子。

我看到她了。但是我不能那样地看她——我没有这勇气，我站得太低了，怎么也不能从上面——看她。

我在马路上走。沿着电杆下面路灯的影子。而且暗暗记起电杆的数字来了。从戏园子门口的第一根起……九十七、九十八、九十九，到了！到了我们上次会面的地点，我站住了，把整个身子倚在电杆上，望着它上面一团洁白的光。

电车从我面前轰隆轰隆地驶过，行人从我背后挤挤撞撞地走过。我看见，却没有觉得。然后，车辆和行人慢慢稀少了，热闹的街市冷清起来。但是我倚在电杆上，站着，不动。

果然，来了。从脚步声我就能听出来，是她。

她走得那么坚定，只有心里充满自信、精神上高尚的人才能那样走路。高跟鞋一声一声敲着水门汀的便道，在深夜里发出清晰的声响。

我回过头去。

我首先看到的却是，在她身后，紧跟着一个穿长衣服的矮胖子。"王掌柜……"这个印象在我头脑里迅速一闪，我滚烫的脸，立刻又贴到冰凉的电杆上。

接着，从我身后——她已经完全不注意我，或者不认识我了，坚定的、自信的，高跟鞋敲着水门汀的便道，去远了。

我用了很大力气才从电杆上离开。我的半个脸是冰凉的；而另外半个，热辣辣地发烧。

我心里燃烧着仇恨。是的，仇恨！我要报复。我紧紧跟在她后面，而且立刻感到有了足够的胆量和力气。

转进胡同，灯光暗了，再过去就是她家门口。她站住了，回过身来，对那人大声说道：

"到了，大叔，你请回吧！"

但是他，那个人，王掌柜，一声不响，猛然张开两臂，把她——我的妻子，抱起来！

我头晕了，天旋地转。

"你，怎么敢……救人……"

是她在喊，而且抵抗。但声音，立刻被一只有力的手掩住了——小溪的流水呜咽着。

接下去，是一声清脆的耳光。不很有力，但却响亮；她的纤细的手，打在那肥胖的脸上，在深夜的胡同里发出回声。

我清醒过来。心里充满喜悦。立刻跑上去。而且力气那么大，把王掌柜推倒在地上。以致连我的妻，也被带得几乎跌倒。我赶紧去扶她，王掌柜已爬了起来；我放开她，又转向王掌柜，而且趁他还没有站稳的时候，我的手掌也打在他的脸上了。

　　我打得那么准确，那么响，仿佛我从来就会这样打人——我得意极了。

　　但是这时，我的妻子，认出了是我——这该多么好！我走过去，想对她说……她却向后退去，像不认识我，害怕我，那么厌恶而恐怖地看我。刹那间，她变得那么怕人，我甚至怀疑自己看错了。

　　没有。她一开口。我就明白了——完了！"到底，我们不是一样的人！"——我记起了她说过的话。

　　但此刻，她已经不是那样说了。

　　"你，你这个人！"她说。声音忽然变得嘶哑了，这是从来没有的事。"你这个人，这样缠住我，为什么？……我是你什么人？难道，因为我错认了你，就应该一辈子，错下去！你跟着我，监视我，像防贼一样防我！……我是你的什么人！你害了我，还不肯放我去，你，离开我，远一点。我永远也不要再看到你……"

　　她双手掩住脸——像是为了证实她永远不再看到我的誓言，迅速转过身，几乎是跑着，冲向胡同深处看不见的地方，当真没有进她妈妈的大门。

　　现在，这里只剩了我们两个。我，和小杂货铺的王掌柜。我想，我们必须拼个死活了。而且准备我死。但事情完全出人意料。他走到我面前，站住，两手抱在胸前，根本不像要打架的样子，只是那样站着，望着，上上下下打量我……

　　唉，同志，如果现在我们打起来，他痛打我一顿，该多么好呢？

不，他不肯这样做，他的眼睛比他的手更有力气。

我不敢看他，掉过头去，望着她跑去的方向。这时，在我身后，忽然响起一阵笑声——你听到过半夜猫头鹰的笑吗？据说听到这样的笑要死人的！一点不错，我听到了，而且比那还可怕。

他笑得我心里发冷，浑身打战，连骨头都软了，站都站不住了。

他却笑着，走开去了；走进他那间杂货铺。

············

同志，也许你累了吧？我的故事也应该结束了。实际已没有可说的了。事情就是这样。

也许你还想听听我的第二次自杀？其实一样。不过比第一次稍微漂亮一点就是了。我回到旅馆——就是那小店，把所有的东西送了人，口袋里还剩八块钱。然后，我在灯下给我的母亲写了一封信——当我要告别人世的时候，自然应该首先告别她。她病在床上已经一年了，早要我回去看看她，我没有能这样做，现在，更不能了。接着，又给我的那教授写信，也向他告别，承认我的确不配做他的学生，并且也把他的哲学统统还给他，这对我没有一点用处。以后，天就亮了。我洗干净脸，上街吃过早点，就到每一家药房里去买尽可能多的"苯巴比妥"。这样，到中午，我居然凑够了足以使我长眠的安眠药片。我走进一家大馆子——大概是"蓬莱春"吧？要了一瓶烧酒，两样菜。一边喝酒，把安眠药片偷偷地，全部送下肚子。从馆子里出来，叫了一辆三轮车，请他送我到下瓦房。

车夫是一个健壮的人，而且快乐。他蹬得非常之快，一点也不知道他要送我到什么地方去。车子穿过大沽路，两旁高大的建筑迅速闪过。商店橱窗里的陈设，这时候居然对我发生了诱惑——我从来也没有注意过这些；只在那次给她买大衣的时候。现在又是一件大衣，和她穿的那件一样颜色，式样也……但是已经来到郊区了。眼前是新建的工厂，工人宿舍，从那里面传来孩子的笑声——这多么好！可是来不及了。我开始吐血，大口大口地。起初我不出声，以后抑制不住地呻吟起来。车夫回过头，而且停下了。他的脸色很特别，显得憎恶而愤怒。我害怕了，又可怜起自己来了。想向他说点什么，已经不行了。一张口，血喷起来。我知道完了。用力睁着眼，看那车夫健壮的、显得憎恶而愤怒的脸……

　　他望着我的脸，就像我是那个三轮车夫一样，谈话忽然停下来。他的脸变得苍白、僵硬，完全像一副石膏模型；只是嘴唇轻轻颤抖着，像是意犹未尽。

　　但他站起来了，连一句道别的话也没有说，抓起那"证件"、照片，一直朝门外走去。我发现会客单还在我手上，连忙签了字，追出来。等我把会客单交给收发室，追出门外，他已在马路上走着了。马路上照耀着初夏明丽的阳光，而他，就像一个影子，一个幽灵，飘飘荡荡，在太阳光下，一会儿就消逝了。

　　我走回办公室去，感到又激动又疲倦，像做了一个不祥的梦，刚刚醒来。这是一个什么人？他的遭遇，值不值得同情？他的故事，说明了什么？……

　　我立刻找来了一位管文艺工作的女同志，问她，知不知道那个演员？这人怎样？她现在在什么地方？却没有告诉她方才发生的事。

　　她回答了我的问题：那个演员确实不错，正派，有才能，要求进步，有一个养母，被管制分子，还阻止她加入青年团。

　　"现在呢？"我问。

　　"现在，文艺工会把她安置在一个曲艺工作队里，已经离开了她的养母。"

"这是为什么呢?"

她笑了,望望我,显然发觉我问得有点奇怪,于是反问道:

"你为什么今天忽然问起这个人来?"

这是一个好心肠的女同志,在婚姻问题上受过折磨,因此总是愿意世界上所有的事情都像她希望的那样好。于是我告诉了她方才发生的事。

"不要说下去了。"她皱着眉,打断我,还做了一个轻蔑的手势。其实,我刚才只提到了那个人的名字。

"康敏夫,我知道。"她接下去说,"这样的男人,没有出息!"

"哦,"我想,"原来她们是这样看问题的……"不过没有说出来,只问道:

"为什么说没有出息呢?"

"唉,见了女人像苍蝇见了蜜,赶也赶不开,把女人当作他荷包里的玩意儿,私有财产,占有人家的心,还自私,嫉妒,报复……"

"就是这些吗?"我不由得笑了。

"什么?"她抬起头来望望我,像是发觉自己说错了话,连忙补充说,"当然,不,不止这些,还有,这个人,纯粹是,资产阶级大少爷,自私自利,为女人,丢了工作,家也不要,还欺负人……"

"欺负谁了?"我连忙问。

"她,那个女演员呀!"她高声回答,像是生了气,"不准她上园子,看不起她,在精神上折磨她……"

"唔……"我长出了一口气,意思是,原来这一切都是事实。于是说:

"就因为这个,那个女演员,就不要他了……"

"是的，他们不是一路人，不能在一起。"她的口气十分肯定，完全是那个女演员的话，就像她是她的辩护人。

"还有别的原因吧……"我继续着自己的思路。

"有，她的养母，和她的养母的姘头。"

"王掌柜？"

她点点头。

"但那不是主要的。"接着，她说，"那养母被管制，王掌柜是个自负盈亏户，流氓，顶多出坏主意，起不了决定作用，要是他，那个男人，稍微争气一点……"

"算了！"我打断她的话，并且有点生气地想：完全女人见识，就是不会从政治上看问题……我告诉她，去把这件事查查清楚，弄个结果出来，给我汇报。

以后，没有几天，六月八日，《人民日报》的社论发表了，整风形势急转直下，工人说话了，反右派斗争开始了。

那真是一个不平常的夏天！至今，当我追忆这个故事的时候，外面飘着大雪，但只要一想到那些日子，那些热烈的、战斗的场面，还觉得身上发热。

而且越来，反右派斗争越深入，这个人的面目，在我眼睛里越清楚了——他和那些右派分子，在精神上，是那么相像。他生活的目的，只为了他自己；一切美好的，有用的，他都要占有；他损害别人，满足自己；占有别人的心，并把人毁灭掉！

因为反右派斗争紧张，工作忙得不可开交，而且自从看清楚了这种人，心里生出一种绝对的厌恶，就像那个女演员对他那样；便也渐渐忘记了这件事。

到十月间，反右派斗争结束了，取得了彻底胜利，人人都带着一种健康的、新的喜悦，想着未来……这时，文艺处的那个女同志，她来找我。

"你有空吗？"她望着我的眼睛说，"现在该向你汇报了。"

"什么事？"我摸不着头脑，早已忘记了我布置给她的任务。

"康敏夫……"

"哦？"我叫了一声，觉得一阵恶心。就像刚刚吃饱饭，却有人说：你吃了一只苍蝇！但既然自己布置的工作，只好硬着头皮听。便说：

"你说吧，简单点。"

"很简单。"她急速地说，"这个人，劳动教养去了。"

我望着她，显得有点意外。

"是他自己要求的。"她立刻补充道。

"他自己要求的？"我重复了一句，而且马上觉得，只能是这样，这是唯一的、必然的结果。我放心地叹了口气。

"因为他胡闹，把工作弄丢了，学校不许他回去，他也再找不到工作；后来，经过反右派，他好像也觉得，这是他唯一的出路。"

她简要地做了说明。接着，谈到调查的经过，那个养母，因为她的女儿在文艺工会进行了控诉，街道上把她斗争了一番，答应让她的女儿自由，再不干涉。王掌柜，因为流氓作风，派出所把他教训了一顿，再犯，就处理他。至于她自己，那个女演员，现在带着自己刚生的女儿，过得很好。

"生了？"我问，忽然觉得心里高兴。

"生了，一个女孩子，完全像她妈妈，眼睛真漂亮……为这孩子，还有好大的一场斗争。"她继续说。

"和谁？"

"还有谁,那个男人,孩子的爸爸,真可恶!她生产的时候,他来了,找到文艺工会,一定要求看看她,看看孩子,说是尽做父亲的责任。当时她在医院里,没有答应他去。生产以后,也是我心软,和文艺工会的小王商量:'让他们见个面吧!'可好,见了面,他硬逼着她去登记,结婚,要不,他就要带走孩子,还真的动手去抢……我说那个女同志,可真有志气,当面给了他一耳光,他跑了。"

说着,她笑起来,我也笑了。

1957年12月

(原载《收获》1958年第3期)

方 舟

——你将格外的不幸，因为你是女人

张 洁

一

会不会又是阴天？

荆华怕阴天下雨。一到阴天下雨，她的腰就疼得格外厉害。医生还说，闹不好，她将来有瘫痪的危险。

将来？但愿她不要活到那个时候。

据说医学界有人在研究延年益寿之方。何必呢？真正使人烦恼的不是活不长久，而是老活着不死。

她伸展、扭动着睡了一夜而变得麻木的腿脚，又触到了放在枕边的手表——四点五十分，哦，不是阴天，而是她醒得太早。

她欠起身子，腰部也僵硬得像根木头棒子，难以翻转。好在她的胳膊是有力的，撑起自己的身体还不太费事，说不定她将来还得用胳膊代替自己的双腿呢。发配边疆十年的日子真没白过，让她有能力应对许多难以想象的难题。

不然如何是好？指望谁去？又依赖谁去？这大概符合马雅可夫斯基

的美学观，就像他写的那些阶梯诗。但女人如果都是一双举重运动员似的胳膊，并与窈窕的曲线、婀娜的身姿无缘，难道不也是一种遗憾？连荆华都感到遗憾，不知男人如何感想，也许他们当中有人正巴不得藏到女人的围裙后面。

荆华总觉得，一个"骡马驾辕"的时代似乎就要到来。男人的雌化和女人的雄化，将是一个不可避免的、世界性的问题。也许世间万物的所谓变化，不过都是周而复始的运动，那么，回到母系社会未必是不可能的。

她拿过放在床头柜上的远红外线治疗器，把插头插进插座，治疗器上的指示灯亮了，在乳黄色的塑料外壳上，映出一小圈柔和的光晕。

而这唾手可得的方便、精巧，于她是少有的奢侈，似乎并不属于她，而是暂时借来的。好像莱蒙托夫的那首诗：《悬崖》。那每当早上或黄昏，过路的朝霞或晚霞，在上面憩息片刻便悠然离去，如鳏寡老人一样孤独的岩石。

辐射面板开始发热，荆华把它放在后腰上，一团热力透过后背直穿前腹，把那不论春、夏、秋、冬，永远盘桓在她身体里的寒气驱走。

感谢老安，托人从上海带这东西给她。给她治疗器的时候，像要刹住她那不着边际瞎想的毛病，他一反平时的慢慢腾腾，急匆匆地对她说："你别误会，我可不是怜悯你，我和你一样，不喜欢别人的怜悯。"

荆华总觉得老安不像一个党支部书记，不像。

就连他的名字，也透着一种平和的，没棱没角、与世无争的劲头：安泰！

晨曦把窗台上那盆已然败落的兰草的影子，越来越清晰地投射在窗帘上。每一茎长叶，都耷拉在花盆的边沿上，呈现着万般无奈的样子。

又死了！

她们像所有正常的人一样，喜欢花。当然，还有别的一些什么。

那些花，刚买来的时候都很壮实。肥厚的叶子，绿油油的，仿佛顺着每片叶子的茎脉，都能流下翡翠般的、绿色的汁液。每处枝杈里，藏着含苞待放的花骨朵。可是过不了多久，那些叶子就开始变薄、变黄、变瘦，花骨朵也越来越少。其实这屋子朝南，阳光充足，荆华还往花盆里埋过芝麻酱，浇过马掌水，弄得满屋子都是呛人的二氧化硫味儿，可她们就是养不活一盆花。

从院子南边一路走过来，看吧，家家阳台上都摆满了花盆，只有她们的阳台是光秃秃的，一盆花也没有。好像一大堆如花似玉的姑娘里，夹着一个丑陋不堪的瞎老太婆。

有人说，花随人气，没福气的人养不了花。也许她们的霉气太重，就在最热的七月天，她们的房间里，也有一股阴冷之气，像地下室或是太平间。

是不是房间太大？荆华曾竭力要把这屋子填满。书橱、沙发、桌子、椅子……填了自己的房间还不算，又填了柳泉的房间。那些家具，全是她自己做的，看上去还蛮像回事。机关里的同事，大概没有一个人能想到她还会做木工活儿。

做着做着，她又没了兴味，每一件家具便都露着白茬儿丢在那里，没有着色也没有上漆。沙发也没套上人造革或是灯芯绒的套子，只在包着弹簧、棕麻、棉絮的麻袋上，蒙了一块减收布票和钱票的姜色毛巾——样样都给人一种半途而废的感觉。

荆华却突然笑了，竟还笑出了声音。

猫头从沙发上跳了下来，跑到她的床前，"喵呜、喵呜"地叫了两声，好像在问："你醒啦？"

荆华伸出手，招呼它过来，它大概还想睡，摇摇尾巴，又回到沙发上去睡了。

荆华也可以再睡一会儿，时间还早，又是星期天，可她不愿意。

好像有过一个不愉快的梦：关于雨，关于雪，关于风暴、寒冷、泥泞……

关于那个她终于没有让他（或她）出生的婴儿。

关于邮局那个绿漆已经剥落的小窗口，哗啦啦散了一地，揉得皱皱巴巴的角票——没有一张不体会着这笔钱凑起来的不易。

那是准备寄给父亲和妹妹的生活费，却被他一把抢了过去。他说了些什么？她记不太清楚了。好像是"为了养活你家的人，就做人工流产！我娶你这个老婆图的什么，啊？！离婚！"

仅仅是因为钱吗？那个年月，再送一个生命到世界上来，不是作孽又是什么。那时，她还不知道有一天会打倒"四人帮"。

图的是什么？

生孩子，睡觉，居家过日子。可惜这几项荆华都不在行。

她的父亲和妹妹？难道就不是他的？哦，自然不是，荆华也未曾把他的当作自己的。

《一个冬天的童话》……

逢到那些幸福而贞节的女人，痛骂其他女人的时候，荆华总感到像是骂她。她不正是为了养活被打成反动权威的父亲和因此失去生活保障的妹妹，才嫁给那个森林工人，而后又离婚的吗？

唉，幸福的人应该是宽厚的，因为健全的生活，给了他们健全的身心。然而为什么不呢？

荆华翻了个身。不，她不睡，她不愿再回到那个梦里去，也不愿再回到那森林里去。那森林也如许多事物一样，在绘画、音乐、文学里，即使它的阴沉、暴戾，也自有一种荒蛮的、野性的美；要是真生活在它的胳膊弯里，像她这样一个柔弱的女人，就会被它残酷地吞噬。哦，那零下二十几度的木头小屋，几乎把她冻成僵尸的寒冷，别说腰椎骨会冻坏，就是一条钢筋兴许也会冻裂。

每当她被各种意想不到的烦恼困扰，觉得日子苦得过不下去的时候，她便这样宽慰自己：至少到了冬天，终不至于再挑水、和泥，蹬着自己钉的摇摇欲坠、几乎就要散架的小梯子，爬上爬下地抹严实木头小屋上的每一条缝隙……该知足了！

奇怪，她可以回忆起每一个拳头落在身上或脸上的痛楚，回忆起他身上那股像在蒜坛子里腌过几十年的大蒜味儿，却回忆不起他的模样了，那个曾在一个炕上睡过六七年，在一张桌子上吃过六七年饭的人。现在，就是面对面地走过，荆华恐怕也认不出他了，为了这个，她甚至感到一些内疚。当一切都已成为往事，就连痛苦、羞耻，都比当时容易多了。

不，即使这样也不要。荆华尽力把自己的思绪，拉到别的事情上去。

今天轮到她做饭。起床以后，她得到菜市场去，平时她们总是瞎对付，今天应该吃两顿正餐。

突然，柳泉在隔壁房间里哭了起来。

猫头如临大敌，"呜"的一声从沙发上跳下，竖着尾巴，蹿到柳泉房间里去了，好像要为柳泉决一死战。

怎么回事？荆华欠起身子，准备过去看看。可是一只拖鞋不知被猫头叼到什么地方去了。

接着，柳泉又嚷嚷起来："你不要欺人太甚！狗急了还跳墙呢……"然后哭声、叫声又低落下去，变得含混不清。

哦，是做梦，大概也是一个噩梦。

荆华叹了一口气，她们怎么尽做噩梦！

猫头溜溜地回来了，依旧回到沙发上。卧在那里，不睡了，两只眼睛纳闷地盯着荆华，好像在问："你们都出了什么毛病？"

和她们这些人生活在一起，别说是人，就是这只猫，也让她们搅扰得不得安宁。是啊，难怪那些男人要和她们离婚。

也不仅是她们，看看周围，与她们年龄、经历相仿的女人，离婚的也不在少数。

这事有点蹊跷。有没有人愿意研究一下，为什么她们这一代人离婚率那么高？而不是用"资产阶级思想"那一句套话了事。难道这样的轻描淡写，就能把她们经过深思熟虑，并为这一人生抉择付出的勇气和代价，全部交代了吗？

她们几个人，一起念的小学，又考上同一所中学，只是在念大学之后，才各奔西东。先先后后地结了婚，然后，像商量好了似的，又先先后后地离了婚。借梁倩的光，她和柳泉又都住到这个单元里来了。

有时，荆华会产生一种时光倒流的感觉。好像这个单元又变成了某某中学的宿舍，好像她又可以趁大家午睡的时候，拿着一个装满凉水的眼药瓶子，往人家眼皮儿上挤凉水。然后柳泉就会像个小大人似的，一本正经地找她谈话："曹荆华同学，你这样做是不好的，应该很好地认识这一点。"那时，柳泉是班上的小干部，很有点小神气。不像现在，捏扁了的柿子一样。

啊，但愿一会儿能响起某某中学的起床铃声才好。

"咚！咚！咚！"响起了又重又急的敲门声。好像哪里失了火，催着她们去救。

荆华被这急促的敲门声催得手忙脚乱，胳膊怎么也伸不进衬衣的袖子。她急得将背上的衬衣一把抓了下来，原来袖子是反着的。

"谁呀？"柳泉也趿拉着拖鞋从里间走了出来，慌慌张张地系着衣服上的扣子。

"咚！咚！咚！"没有人回答，还是一个劲儿地狂敲。

荆华用力过猛地拉开单元门。

哦，又是他！白复山，这个文雅的侵略者。

银灰色的夏装，白色镂空的皮鞋。头发留得不像嬉皮士那么长，可也不那么短——像整天窝在办公室里抄文件的、干瘪无味的小公务员，或是大学里整天吃粉笔末，张嘴就大一小一、大二小二、甲乙丙丁、ABCD、一条两条三条四条……的讲师。浑身上下，恰到好处地让人感到他早已是功成名就、第一流的小提琴演奏家，而绝非乐队里排在倒数第一、二的小演奏员——琴拉得不怎么样，派头却做得十足。

不经意的做派下，掩盖着刻意修饰的苦心。聪明的家伙，跟他做人、拉琴一样：眼花缭乱的炫技，没有自我感觉的模仿。

在这样一个清晨，在柳泉、荆华刚从噩梦中醒来，心绪还没有得到平复的时候，白复山便这样肆无忌惮地侵犯了她们。侵犯了她们的悲哀、她们的心境、她们打算从悲哀中挣扎出来的努力，尽管这种挣扎不一定见效。甚至侵犯了她们想要过一个平和的星期日的打算——并且，他一定没有什么重要的事情。

白复山皱了皱鼻子。她们的房间里总有一股动物园的气味，大概她们那只猫刚刚撒过尿。

"干什么？"荆华把胳膊往门框上一横，完全不想让他进门的意思。

白复山轮流看着眼前这两个趿拉着拖鞋，穿着睡衣，蓬头垢面的女人，不明白她们有什么理由不让他进去。既然这个公寓是梁倩名下的房子，自然也就是他白复山的。她们二人不过是他们家的食客，食客对主人还有什么可说？他想什么时候进来，就什么时候进来，别管她们是在洗澡，还是在睡觉。

　　"找梁倩。"他说，脸上挂着见怪不怪的笑。这两个孤身女人，和她们那只母猫过着的古怪生活，总在他的心里激起一种捉弄她们的念头。

　　"你又没花钱雇我们给你看老婆。"柳泉很生气，前两天他就来了这么一家伙，也是来找梁倩。十点多了，柳泉已经睡下，告诉他梁倩没来，他还像大侦探波洛一样，在荆华房间里转了一圈，好像她的房间里藏着一个杀人犯。然后又冷不防"噌"的一下，推开柳泉的房门。夏天，短衣短裤的，闹得柳泉都来不及拉条毛巾被，把自己盖上。

　　"我还真想花钱雇个人，连你们也看上。"

　　谁要她们？！就是三更半夜，把她们扔在马路上，也不必担心有人捡了去。一个个像块风干牛肉，包括梁倩在内。除非有人闲得实在难受，想找点什么东西磨牙。

　　"你的脸皮还真厚。"

　　白复山当仁不让地点点头，丝毫不在意柳泉的气恼。

　　荆华像打点射，瞄准了目标，叭、叭、叭、叭，有节奏地、慢条斯理地、一个字一个字往外射："现在的时间是六点半，我们的作息时间是上午九点至下午八点接待来访人员。你要是有事，请九点后再来。"说完，便"砰"的一声关上了门。

　　全完了，这一天！

洗碗池里堆着十八个脏碗和盘子，那就是说，碗橱里再也没有一个干净的碗或盘子可供使用了。即便吃个简单的早餐，荆华也得先把这十八个碗和盘子洗干净才行。

如果不到山穷水尽的地步，她们谁也想不起来洗碗。洗碗真是一件没趣的事，哪怕做饭也比洗碗强，做饭好歹还算一种创造。

荆华把一大勺碱放进洗碗的热水盆里。水很烫，她用两个手指尖，捏着抹布的一角，搅和着盆里的水散热。那盆水很快就变黑了，上面还漂浮着一层黑色的泡沫。

这些碗和盘子从来没有得到彻底的清洗，洗碗布上也腻满了油垢，黏糊糊的……这些脏盘子、脏碗、脏抹布，无一不显示出她们日常生活的贫困、无味、马虎和潦草。

唉，一塌糊涂。

"啪！"柳泉在拍桌子训蒙蒙，"……连这个也不会，你还想不想考重点中学了？考不上重点中学，将来还要不要考大学？你爸爸平时到底管不管你？"

大概蒙蒙又做不出数学题了。

"呜——呜——"蒙蒙哭了。

蒙蒙的爸爸？他只要把蒙蒙控制在自己手里，作为整治柳泉的杀手锏就行了，至于蒙蒙能否做出算术题，他就不管了。

换了另一个母亲，孩子一周才来团聚一次，还不用蜜糖哄着？

柳泉并不是不近情理的妈妈，为了争夺对蒙蒙的抚养权，那桩离婚案竟拖了五年之久：要离婚就别想要孩子，要孩子就别想离婚。蒙蒙成了人质，几乎把柳泉折磨出精神病。

提起离婚这件事，她们现在还心有余悸。难怪一般人要在离婚这个词前面，加上一个"闹"字或"打"字。对喽，"闹离婚""打离婚"，哪一桩离婚案不是闹得死去活来，打得人仰马翻？不闹成恨不得一口把对方咬成两瓣儿的仇人，那就算不得是离婚……

那些不分青红皂白，一味劝阻他人离婚的人是怎么想的？他们以为，只要把两个人捏咕到一块，宁可其中有一个因为不堪忍受某种折磨，而寻死上吊、抹脖子、喝"敌敌畏"；只要在咽气之前，还保留着那个婚姻的形式……他们就像造了七级浮屠，或超度了两个罪恶的灵魂，成了救苦救难的观世音。他们不知道，爱情这东西既不像冬瓜也不像茄子，一半烂了，把它切掉，另一半还可以对付着吃。

因此，谁要是想离婚，那就得有十足的勇气丢掉一切做人的尊严，把自己顶隐秘、顶不好意思说出口的，甚至像突然间失去了某种生理上的功能，夫妇生活已经成为一种恐怖或灾难这样的理由，对形形色色陌生、有权干预你离婚的人们，重复、申诉个上百遍，以求他们的理解、恩准。这理由对他们也许荒诞无稽，对当事人却是性命攸关，那情景如同把衣服扒个精光，赤身裸体地站在千百人的面前。

哪个人的离婚，不是一场身败名裂、死去活来的搏斗！

仅仅为了这些，荆华和柳泉也不敢再有结婚的奢念。

…………

荆华终于使柳泉明白，要相信蒙蒙自己的判断能力。他早晚会长大，早晚会有明白的那一天。那时，什么也羁绊不住他的心，他一定会回到柳泉的身边。

一个人可不是一个物件，往屋子里一锁就万无一失了，除了肉体，他还有一颗心呢。人世间什么东西都可以锁起来，唯独"心"，是什么东西也锁不住的。它朝向你的时候，就是不锁，它也不会遗失；它不朝向你的时候，想夺也夺不过来，别管是暴力、金钱、诡计……到头来，一切全是白费。

这不，现在蒙蒙长大了，自己就跑来了。

"呜——呜——"柳泉也哭起来了。

哭吧，哭吧。

这两天柳泉心里烦躁，魏经理又想吃"豆腐"了。前几天下班，他把柳泉叫住："小柳子，谈谈上半个月的生产进度啊。"

上班时间为什么不谈？又干吗不找科里的负责人老董科长？

柳泉还没说上两句，魏经理那边就来了神儿。有一搭没一搭地对她说："你这件衣服挺合身啊，身条显得越发……"说着，就准备往柳泉的腰上捏一把。

看起来，柳泉像是没有意会到魏经理的意图，可却不着痕迹地移向距办公室门口最近的椅子上去。魏经理的脸立刻沉了下来，好一阵子没有讲话，柳泉心慌了，但还是硬着头皮，继续装傻。"您……不是要我汇报工作吗？"

"啊？啊，啊，是啊，谈哪，你愿意谈，晚上到我家去，咱们谈上一宿，怎么样？咯咯咯——"魏经理笑个不停，好像脚心底下踩着个冰凉的、乱蹬哒的蛤蟆，痒痒得不行。

"对不起，晚上我没时间。"

她倒真想给姓魏的一句："我又不是酒吧间的女招待！"那倒是痛快，可那样任性的话、任性的事，是她能享用的吗？厄运教会了她克制、忍辱。

为什么她不幸生而为女人？生为女人倒也罢了，为什么又是小有姿色的女人？人们只知道丑是一种不幸，岂不知美也是一种不幸。再者，为什么又是一个谁都不属于的、离了婚的女人？谁都不属于，便好像可以属于任何人。

她唯一的出路只有"逃"。梁倩和老父亲都在为她活动别的工作，但愿上帝保佑，这件事能办成才好。

　　荆华拿起油瓶，晃了晃，又该买油了，今天可不能再忘。她把瓶子里剩的那点油，全倒进了煎锅，炸馒头片油少了不行。

　　蒙蒙还在哭，柳泉也还在哭。这是"星期天交响乐"的第一乐章。

　　唉，毕竟不是当年某某中学的宿舍了。到底多了些什么？又失去些什么？

　　荆华叫道："蒙蒙，过来！告诉阿姨，炸馒头片你想吃咸的，还是甜的？"

　　"甜的。"蒙蒙抽泣着说，但已不再哭泣。

　　甜的，人在孩提时代，只知道甜的最好，长大了就会明白，咸的、辣的、苦的也不错。

　　"笃、笃、笃！"又有人敲门。

　　荆华看了看表，九点。莫非白复山没走，竟然在门外老老实实地等到九点？这位大爷，什么时候肯为一件事正儿八经地花费过半个小时？太阳打西边出来了，还是他真有什么要紧的事？

　　"蒙蒙，开门去。"

　　咔嗒一下，门没打开，又咔嗒一下，还没打开。蒙蒙还不大会开这种锁。不着急，让他慢慢开去，他应该学会很多事，包括开这种锁。柳泉平时替他做得太多，如果她现在不是哭得红头涨脸，一定又要去替蒙蒙开门，这样只会培养出一个什么都不会干的窝囊废。明智的妻子不多，明智的母亲也不多。

　　门终于开了。

　　"奶奶，您找谁？"荆华听见蒙蒙在问。

　　怎么，不是白复山？荆华笑自己，要是他能在外面等这么久，也就不是白复山了。

她听到居委会的贾主任问："有大人在家吗？"声音里藏着深深的怀疑。是啊，咔嗒咔嗒了许久才打开的门，以及打发一个小孩子来应付场面……似乎都意味着这个门里，有什么见不得人的、正在慌慌张张掩盖起来的事。

哭得红头涨脸的柳泉，自然不便出去接待，那就更加激发贾主任某方面的兴趣。荆华赶紧关上炉火，迎了出去。

"噢，曹同志，您在哇。"贾主任一只眼睛亲亲热热地盯着荆华，一只眼睛好事地滑过荆华的耳梢，探向走廊的深处。

贾主任就住在她们隔壁，想必她听见了白复山刚才的擂门和他说话的声音。

"四人帮"横行那几年，动不动就半夜三更清查户口，哪一次不清查荆华和柳泉这个单元？好像她们这里藏着十个八个野男人。起先她们还以为家家户户都得查，后来才知道，人家是有"重点"的。在一般人眼里，离过婚的女人，都是不正经的女人，也就难怪魏经理总想揩柳泉的油。

"有什么事吗？"贾主任越是伸着鼻子嗅，荆华就越是堵着门口不让她进。有本事就再来一次查户口！

"我们家的猫，没跑到你们家来吧？"

"没有。"荆华回答得嘎嘣脆，"你们家的猫，干吗要跑到我们家来？"

"哎哟哟，曹同志，您还不知道哇，你们家的母猫，招得咱们院子里大大小小的六只公猫，都不安生呢。嘻嘻！"贾主任嘻嘻地笑着，笑声很暧昧。

真行，独身女人遭人非议倒也顺乎国情，难道独身的母猫也要遭人非议？

荆华扬声大笑。"哈哈哈！我为我们家的猫感到荣幸和骄傲，它真不赖，竟有那么多追求者。"

"是啊？呃——哈哈哈！"贾主任连连往后退着。

"您不进来坐会儿？"荆华越发热情起来，将单元门越发地敞开。

"不啦，不啦。"贾主任继续后退着，好像她们这个单元会传播麻风病。

荆华关上单元门后，似乎又想起什么，猛然把大门拉开，叫住已经走下楼梯的贾主任，压低了声音对她说："贾主任，有件要紧事，我不得不提醒您。前天晚上，您吃过晚饭，在阳台上打盹儿了吧？"

贾主任家的阳台，紧挨着荆华她们的阳台，天天晚上十点到十一点之间，听吧，只要大蒲扇一下一下拍打着大腿，那准是贾主任在阳台上乘凉呢。如果大蒲扇拍打的节奏越来越慢，声音越来越低，那就是贾主任在打小盹儿呢。

"啊，是啊。"

"我听见您说梦话来着。"说到这里，荆华有意停了一停，脸上还显出非同小可的神情。

"我说什么了？"贾主任一看荆华的神情，就知道自己一定说了不该让外人听见的话。天哪，她把什么心事漏出去了？她茫然无头绪地在记忆里搜索，好像那些把米漏光的人，事后还紧紧地攥着米袋上的窟窿。

"政治方面的。呃——很严重，严重得我都不便重复，不便重复。"荆华说得越是含糊，就越发显得事情的严重。

"我？不会，不会。"贾主任嘴上虽然很硬，一口否定，双下巴上的赘肉，却颤抖起来。

她显然想过，或与家人私下议论过、发泄过，那些立时可以蹲监狱的言论。

日有所思，夜有所梦嘛。

"不会您自己好好想想吧。"说罢，荆华关上了门。

柳泉眨巴着红肿发胀的眼睛，纳闷地问道："你真听见了？"

"听见个屁，对付极左的办法，就是你比他还左。"

"你是不是有点过分，这非把她吓坏不可。"

是啊，这玩笑有点残忍，可谁又怜悯过她们？

刚才是找老婆的，现在是找猫的，这叫什么事儿？！谁丢了什么，谁倒了霉，谁心里不痛快，谁想满足一下高人一等的欲望……全可以找到她们这里来，重拾他们的心理平衡。

有没有人想过送她们一点儿什么？没有更多的奢望，不求这世上人人都应享有的友谊、爱情、公正、尊重、保护、帮助……只求一点儿理解或谅解，只求不再恶意地猜忌，只求不再把她们当作垃圾桶，凡是多余的、没用的、发霉的、腐烂的，都往她们这里扔……

她这是怎么了，像个歇斯底里的老寡妇。

她从前可不是这样！上哪儿还能找回那颗仁爱的、宁静的心啊。像初开的花朵，把自己的芳香慷慨地赠送给每一个人；像银色的月亮，温存地罩着每一个人的睡梦……

她多么愿意做一个女人，一个被人疼爱，也疼爱别人的女人。

不，她不愿意雄化，究竟是什么在强迫她？

二

都走了。

录音棚里只剩下梁倩一个人。刚才还因各种乐器此起彼伏的声响和嘈杂的人声显得拥挤的大厅，一下子变得那么空旷。真静，就连掉在地上的一声叹息，也可以听到回声。

梁倩不想叹息，叹息有什么用，难道她叹息得还少？假如她还有一丁点儿力气，她真想躺到地板上，从大厅这一头滚到那一头。小时候，她总是用这种办法排解心中的压抑。

她抱着胳膊肘，站在空荡荡的录音棚中间，跟站在旷野里一样。灯光，从高高的天花板上冷落地洒下来，垂落在她那木然落寞的脸上。细小的皱纹，如河道的支汊，里面同样流淌着分毫不少的精疲力竭。忽地不知从哪儿吹来一股冷风，提醒她不该在这里失魂落魄地站着。她顺手关闭了录音棚里的灯，走进隔壁的工作间。

工作间很像轮船上的驾驶舱，她坐在一排录音设备的后面，活像一个船长。对面，大若半扇墙的隔音玻璃那边，熄了灯的录音棚里黑咕隆咚。

黑暗模糊了远近、深浅，那一时难以琢磨的空间，让她感到了孤单。

她环顾四周，紧挨墙壁的一排沙发上，丢着一只用纸烟盒里的锡纸折叠的小燕儿。她走过去，把那小燕儿捡了起来，用手拉一拉小燕翘在后面的尾巴，两个所谓的翅膀，可怜巴巴地、笨拙地扑扇了一下。

这不是很像她？

录音师、乐队、指挥、作曲家，全都愤愤地走了，罢了似的。

最后那句话，梁倩是把勇气鼓了又鼓，眼睛看着天花板才说出来的。"明天咱们九点开始好吗？"她不敢看那些脸，那些脸要多难看有多难看。还有，她本来想说八点开始，不知怎么，话到了嘴边，却变成了九点。

还"好吗？"

既然她是导演，就应该这么说："明天九点开始，请大家准时。"

即便如此，有人还当场顶撞她："九点半。"

好吧，九点半就九点半，她没敢说半个"不"字。

"真讨厌，这老太婆有完没完？"

梁倩装着没有听见。没完，亲爱的，对不起，只要那种孤苦无望的挣扎还没表现出来，那就不会完。

她的要求，早已和作曲、指挥谈过了，在这个地方或那个地方的音乐处理上，应该如何如何。究竟应该如何，梁倩也说不清楚，她结巴、脸红。"这里是不是应该再那个一点？"

"什么叫再那个一点？"指挥斜睨着眼睛，站在不太高的指挥台上，却能居高临下地看着她，还不耐烦地用指挥棒敲着乐谱。好像她不是导演，而是他指挥棒下一个吹巴松的、无足轻重的小演奏员。

然后他就撂了挑子。

要是她能像孙悟空那样，拔根汗毛吹口气，想变什么立刻就能变出什么，她就会拔一大把汗毛，学作曲、学指挥、学灯光、学表演……什么事都能说出个所以然，让他们全按她对作品的理解拍戏。

"电影是导演的艺术。"梁倩坚信这一条，如果不是这样，指挥可以开交响音乐会去。那时他爱怎么理解，就怎么理解，爱怎么表现，就怎么表现，像"阿波罗乐神之音"那样，把《致爱丽丝》的乐句拆个七零八散。幸亏贝多芬死了，否则谁知道呢，或许他气得在坟墓里翻跟头也说不定。

从摄制组成立以来，不，打从上这部片子起，她装了多少孙子？到处求爷爷告奶奶，磕头作揖，装二皮脸。

先是为了通过本子，后来是为了成立摄制组要人……人人拿她当叫花子打发。到头来，还说她靠的是她爹那块牌子。

唉，她爹能替她拍外景吗？

她爹能替她去招待那些蚊子、臭虫、跳蚤吗？整整十个月，那个风吹日晒，那个一头倒下去便不知人事的疲劳。

她爹能替她把心中的感觉表现出来吗？

她爹能替她承受那种目光吗……

真惨！

偶一回头，梁倩在隔音玻璃上看到了自己的影像。苍白，干瘪，披头散发，精疲力竭，横眉立目。她拢了拢披到额前、脸旁的头发，又用小手绢在脑后扎了起来，再放松脸上的肌肉，舒展开紧绷的嘴角……不行，还是一副呆若木鸡的样子，一点也不讨人喜欢。

才四十岁，就已经变成老太婆。

她的青春哪里去了？她甚至没来得及漂亮一下，没有把"年轻"这回事体味足，它便匆匆地离去了。

梁倩羡慕刚才埋怨她的那个小提琴手，二十一二岁的样子，光亮鬈卷的长发，明亮的眸子（一定哭得很少），红的唇，没有一条皱纹的前额（自然想得也很少）……唯一让梁倩觉得别扭的，是她的耳朵、手指、胸口、颈项上，戴着、挂着过多的"破铜烂铁"。

哪个女人不希望自己青春永驻？可她有时间一大清早起来，在脸上磨蹭两个小时吗？什么粉底霜，什么眼影眼膏，什么卷睫毛的刷子，什么胭脂唇膏面膜……那么，她的额头像一段久经风吹日晒、干裂的木头，怨得了谁？

梁倩倒是买过一两瓶"美加净银耳珍珠霜"，说明书上这样写着："本品用天然银耳、珍珠、脂肪醇等精炼而成，经常搽用，可嫩艳肌肤，青春永驻。"但梁倩的额头，仍然像一段久经风吹日晒的干木头。

也许她缺乏耐性。"经常搽用"——"经常"到底是多久？就是她一直擦到进了坟墓，她的肌肤恐怕也难以回到那嫩艳的局面了。

广告，完全是广告。青春要是离去，那是什么也挽留不住的，更不可能让它回头。就算她保持住美丽的容颜，又有什么意思？总得为着一个心爱的人。没有。要是有，她宁可花一些时间，经常搽用"银耳珍珠霜"。

…………

为什么要在那个地方停下一切声响，单单突出那几声鼓呢？也许那会给人一种迫在眉睫的紧迫感？然而它并不是这样……那么，应该怎样呢？愚钝像茧一样，紧紧地包裹着她，但又无法挣脱，此时，她多么渴望自己有一副锋利的牙齿。

真郁闷啊，仿佛她就是银幕上那棵在天空和大地挤压之中的小树。无助的、孤零零的，歪歪扭扭，节节疤疤。

她受不了啦，再也受不了啦。她奔进黑咕隆咚的录音棚，用力摔上沉甸甸的隔音门，拼却全身的力气，歇斯底里地大叫了一声……与此同时，她感到了一种解脱和无我。

她的叫喊，在黑暗中渐渐地消散，像是隐藏到黑暗后面去了。

静止。瞬间的静止。哦，它在这儿！

只有旷漠的荒原，只有低垂在天边那穷凶极恶、翻江倒海的乌云，无声地压向那棵孤零零的、突起在荒原上的小树，而它却没有发出一声挣扎的呼喊。

哦，太好了。世界似乎又变得可以感知，似乎。

她的心，海绵似的，贪婪地吮吸着刚刚恢复的那点自信。

泪水顺着她的眼角流淌下来，为她还没来得及享受便失去了的青春，为她如此艰难才找到的这点"感觉"……

有谁在拍打她的脚尖，开什么玩笑，在这样的时刻！她霍地睁开眼睛——眼前是白复山那永远好意思的笑脸。

他准又干了什么"惊天动地"的事，不然他们半年、一年，也不会见上一面。就是梁倩让汽车轧断了一条腿，或是被劫进阿里巴巴四十大盗的窟穴，也不能指望白复山解救她于一二。

梁倩立刻整理好自己的衣衫，坐到远处的一张沙发上去，生怕有人进来，看见他们坐在同一张沙发上，招人闲话。好像他们不是明媒正娶的夫妻。

这次也是有半年没见了。梁倩无言地打量着白复山，他依旧风流倜傥，男人是经老的，如果不是眼睛底下那两块松弛的赘肉，说他三十多岁也有人信。即便那两块赘肉，也不是岁月的痕迹，而是烟酒无度的印记。

这种样子，还能拉好琴吗？

说起来好像是她的迷信。梁倩总觉得拉琴也好，画画也好，写文章也好……靠的是一股灵气的支撑，如果祖宗的坟地里跑了风水，那股灵气也就散了。那就干脆把自己的弓子、画笔、稿纸，撅断、撕碎，就别在那里硬撑着瞎混。

而白复山也没少奚落她："陈景润解答'哥德巴赫猜想'也没像你这么吃力。"

他总算知道还有个"哥德巴赫猜想"，到底，他曾是音乐学院的研究生啊。

"你何苦花这么大力气？你没看见吗，现在的电影，怎么花哨怎么来，如今的观众就吃这个。就算片子拍好了，有多少人记得导演？人家只记得演员，不信你走到大街上随便拉住一个人问问。你图个什么，又折腾个什么劲儿？摄制组的人谁不烦你，你看不出来吗？"

她怎么能看不出来，她又不是傻瓜。

刚才他们离开的时候，谁也不看她，谁也不理她，谁也不听她那絮絮叨叨、明知惹人烦、不说又不甘心、因此就赔尽了笑脸的业务要求。

他们两个人，究竟谁误了谁呢？

要是白复山不和她结婚，仍然是那个制琴师傅的儿子，随便娶个卖馄饨的小妞儿，也许他的灵气还不会跑得这么快。

梁倩曾经爱他，也愿意被他所爱。

为讨白复山欢心，她那时还着意修饰过一番。那几件漂亮的连衣裙，如今还像没穿过似的压在箱底。衣服还没穿旧，他们就互相看透了。

那感情来得太快，消逝得自然也快，一个十八九岁的女孩子，像一块不大的云，载不了太多的雨。一个年轻的男人，怕是亦然。

离婚吧。

"离婚？何必呢，咱们不兴离婚这一套，不如来个君子协定，各行其是，互不干涉，对外还能维持你我的面子，岂不实惠？"说这些话的时候，白复山毫不激动，跟在市场上与卖活鱼的小贩讨价还价一般，泰然自若。

也许他说得对。梁倩不得不考虑她的家庭背景，除了梁倩自己，谁也不能理解，这种家庭背景，是一个多么沉重的负担。

父亲那些老战友，大眼瞪小眼地盯着她，别说父亲，就是这些叔叔伯伯，也不能允许她为离婚的事闹得满城风雨，这不但败坏梁家的家风，似乎也败坏了他们每一个人的家风。他们一定会拿出维护她父亲的形象，甚至维护什么事业的荣誉之类理由来劝阻她，白复山透彻地了解这一点。

这种家庭背景给予他们的损害，也是不为外人所知的。

难道白复山变成今天这种样子，仅仅是他的责任吗？从这一方面来说，她同情白复山。她可以不再爱他，但她不可以不公正。

好吧，离也罢，不离也罢，大家就这么耗着，反正也没有哪个爱她的人在等着她。

"我到处找，也找不到你。最近活得怎么样？"他拿出一盒烟，抽出一支递给梁倩，先殷勤地给她点上火，自己才抽出一支点上。

"谢谢，不好也不坏。"梁倩眯着眼睛，看了看香烟上的商标：三五牌。他倒真会享受。

"戏拍得怎么样？"

"不顺利。"难得他还问上一句。

"有人从中作梗？"

"哦，没有，是我自己。"梁倩知道，他前面这些话，不过是铺垫而已，而她也不想和白复山多说，便专心致志地摇晃着钩在脚尖上的凉鞋。

白复山看见，梁倩的袜套上有一个不小的破洞。顺着这短袜一路看上去，上面是麻秆一样的细腿。再往上是窄小的胯，再往上是干瘪的胸，再上，是暗黄的、没有一点光泽的脸……唉，她身上，再也没有男人的兴奋点了。

他想不明白，梁倩为什么拒他于千里之外，既然她从不妒忌除她之外的任何女人。

他们之间没有了夫妻之爱，不妨搭个伙计啊，那他们就可以互补短长。只要她肯在老头子那里为他通融，用不着她这样挣命，他什么都会给她安排妥当，她只需在家安心当太太就是。

像她这样拼死拼活，能落下什么好？前有古人，后有来者，她能折腾出来什么？白复山看不出梁倩有什么惊人之才。她不过死用功罢了，就算她能折腾出来一点什么，后来人也会很快超过她，如同自己拉琴的下场一样。要想保持不败的纪录，不但要有过人的天赋，还要经得起一切诱惑，一口气也不能歇地奋斗一辈子。那太苦了，划得来吗？这是一个充满竞争的世界：争教育、争吃饭、争就业……

他早就在香港存下一笔钱，只要有机会，他就到那里混去。干吗和梁倩离婚？就算老头子不在了，他那个身份仍然像可以传代的贵族头衔，继续给他带来一定的好处。假如梁倩愿意，顶好和他一起出去，再写点回忆录之类的东西，准能赚大钱，然后舒舒服服地过完后半生。

想到这里，白复山心里竟生出些许温情。他走过去，在梁倩身旁坐下，肩膀稍稍挨着她的肩膀，仿佛无意中的。他知道不能贴得太紧，否则梁倩立刻就会躲开去。

"何必那么认真呢。"

他的声音依旧动人，梁倩也感到了他肩膀上那块坚硬的肌肉，和那块肌肉上传过来的温热。

她想起初婚的那个夜晚，白复山如何欢喜若狂地抱着她在卧室里打转。

"拉琴给我听吧。"她在白复山耳旁轻轻地说，生怕话里的热情，被人听去似的。

那大概是她听到过的白复山一生中最好的演奏，可惜当时她并不知道，以为一切不过刚刚开始。唉，应该录下来才好，现在再放给他听听，他会怎样呢？

梁倩微微地向白复山侧过头去，他那双布满红丝的眼睛，正在试探地、警觉地研究着她，在那双眼睛里，再也找不到一点清亮的闪光了，大概昨夜又是通宵喝酒。

他早已把自己的灵魂卖给了烧酒。一切都已不可追回，她又何必痴心妄想。

现在，顶好在这沙发上睡一觉，那将有助于恢复她细腻的感觉，还是赶快把白复山的事情了结吧。"找我有什么事？"

"能不能带我去看看老头子？"

梁倩的眼皮一跳。一般情况下，白复山不提这种要求。他在外面门路多得很，光凭某某人的女婿这个身份，就能通行无阻。现在办事，有多少是通过正常的组织手续？只要亮一亮底牌，比组织手续管事，要是不巧撞了车，那就只有比谁的底牌硬了。现在要见老头儿，一定是有了非得老头儿亲自出面的事。

"什么事？"

"我想出去。"

他想出去。现在好些人都犯了"出去狂"，好像外面是个大金窟，只要带个口袋出去，往地上一蹲，张着口袋往里捡就是了。

在外面他能干什么，拉琴？他那手琴，早就不行了。除非在街上做个拉琴的高级乞丐。

又为什么想出去，难道出了事，待不下去？"你想潜逃？女人问题，走私问题，还是里通外国？"

"这是哪儿来的话？"情况不妙，梁倩已从冷淡变为刻薄。于是他尽可能低声下气，又把右胳膊绕到梁倩身后的沙发靠背上去。梁倩立刻感到，自己被包围在了从白复山身上散发出来的热气中。她往右挪了挪身子，干巴巴地说："对不起，我不能带你去见他，他最近身体不太好，连我都很久不去打扰他了。"

"那么我自己去。"白复山夹着香烟的手指轻颤起来。

像过去多年一样，他仍然拿梁倩毫无办法。她还是个女人吗，啊？

简直是个刀枪不入的巫婆。

"我会打电话给那边，不让你进去。"

她说得出就做得到。这女人，狠！

白复山的两腮上，鼓起一道道肉棱。梁倩本想提醒他，这不好看……

"你真不管？"口气里很有一些威胁的、翻底牌的味道。

梁倩火了。

利用父亲的关系办点事情的情况，梁倩是有的，但都是为了确实应该解决，而又不好解决的问题，并没过了分寸。荆华和柳泉离婚之后，没有住处，她能不管吗？谁谁父亲的冤案一直拖着不给人家平反，对吗？她要拍的这部电影，有什么不好，硬是不通过。凭什么她这个电影学院导演系毕业的高才生，当了十几年的副导演，就不能拍一部片子？要按论资排辈的办法，哪一年才能轮到她？这要求过分吗？就算她不是某某人的女儿，她也会尽力奋争……但像白复山那样，打着父亲的牌号去做过分的事，她从来没有干过。

真不像话，告诉他老头儿有病，他连问也不问一句，别说是对自己的岳父，就是出于一般人的礼貌，也该说句不花本钱的关心话。

梁倩可怜自己的老父亲，世人只以为当官的人有享不尽的荣华富贵，谁能知道父亲的苦处呢？

父亲一定寂寞，但父亲却不能像她这样，找荆华、柳泉发泄一通，骂上一顿。随便地嬉笑怒骂，也并不是人人都能有的享受。

梁倩没出嫁以前，常常看见父亲独自坐在廊下的藤椅上，呆呆地沉思。或是整个钟头整个钟头地看着鸟儿在院里那棵老槐树上做窝。有时也会前言不搭后语地对梁倩说一句没头没脑的话："做人要本分……"

兄弟姐妹长大后，像羽毛渐丰的鸟儿，各自飞离了那个老窝，就剩下老头儿一个人了，不知他闲来是不是还在看老槐树上的鸟儿做窝。记得有一次梁倩回去看望他，站在那栋房子的廊檐下，偶一抬头，却不见了鸟窝。她随口问父亲："咦，老槐树上的鸟窝怎么没了？"

父亲仰着头，向那曾经坐落过鸟窝的枝丫空空地望着。梁倩站在父亲的身后，透过他稀疏的白发，看到了父亲淡褐色的头皮，忽然觉得，父亲已经像个孱弱的婴儿了。

她听见父亲苍老而沙哑的声音，在暮色中回绕："前两年就没了，让一场暴雨打落了。"

"爹不知上辈子倒了什么霉，这辈子当了这么个官儿，闹得人人躺在他身上，吃他的肉，喝他的血，坑他，拿他的大头。现在又惦记着让他把你弄出去……你为自己张罗的还少哇？你在外头打着老头儿的旗号办这办那，捅了娄子就往老头儿身上一扣，闹得不少人对他有看法。他整年整年见不着你，他知道你干了什么，啊？他是吸了你一根烟，还是吃过你一顿饭……你给我请！"梁倩跳起来，拉开了工作间的门。

白复山不再说什么，把烟头往地上一扔，像谢幕那样，微微地侧着身子，快步走出门去。

到了这种时候，他还忘不了自己的形体动作，可偏偏想不到没有熄灭的烟头，可能会烧坏地板。梁倩走过去，将那燃着的烟头踩灭。

从幽暗的走廊里，白复山送过来一句真实得令她气短的话："你别忘了，你还是我的老婆，你父亲还是我的老丈人，澄澄还是我的儿子。"

真像一个幽灵从墓穴里发出的咒语。

梁倩用拳头狠狠地砸了一下沙发的靠背。

可生活还得继续，得打个电话给谢昆生，问问柳泉的工作落实得如何。

电话老也拨不出去，不是这边总机没有外线，就是那边的总机没有外线。

最后总算通了，梁倩看了看表，整整花了二十分钟。

"喂——"一个千娇百媚的声音，准是那位姓钱的女人。这声音给人一种泡在热乎乎的澡盆子里的感觉，解除疲劳，松弛精神……梁倩一阵鄙夷，又一阵羡慕。泡在热水盆子里，事情自然变得更好通融。为什么她和荆华、柳泉一点也学不会？她们的嗓音，没有一点女性的甜润、柔媚，一个个全像京剧里唱老生或是唱黑头的角色，沙沙刺刺的。也许她们互相听惯了，不觉得刺耳，可男人听起来什么感觉？大概就像个"娘娘腔"的男人让女人生厌那样。

"请问谢主任在吗？"

"不在。"千娇百媚立刻变为冷若冰霜。

"请问他上哪儿去了？"

啪嗒一声，那边干脆把电话挂了。一股怒气直冲梁倩的头顶，这女人！梁倩在谢昆生的办公室里见过她：精心修过的眉毛，勒得紧紧的、过早发胖的腰肢，一张抹了唇膏的大嘴……

梁倩拿起电话再拨，仍然是嘟嘟嘟的忙音，可她非打通不可。

"喂——"还是那位千娇百媚。

"我是梁倩！"梁倩用恶狠狠的口气，赶紧自报家门。

"噢，梁倩同志！你好，你好，好久不见了，你的片子拍得怎么样了？一定很顺利吧？我们都等着看哪！"从梁倩恶狠狠的语气里，她猜到刚才打电话的就是梁倩。

梁倩不由得把电话筒从耳边移开，又把手里那个电话筒看了又看，这还是刚才那个电话筒吗？啊？！看来人们还是吃这一套，梁倩看不起这一套，但要办事，还得来这一套。她又能比谁高明到哪里去呢？

"劳驾，请帮我找谢主任听电话。"

"好嘞，请稍等，别挂啊。"倒好像她有求于梁倩似的。

电话筒里，隐约传来谢昆生的声音："……这件事就这么定了，你放心，我给那边打个招呼就行了……"一副大包大揽的口气，不知又给谁办事呢。

"喂——"腔子拖得长长的，好像不知道给他打电话的是谁。梁倩不信姓钱的女人没有告诉他是谁打电话找他。

"我是梁倩呀。"

"啊，啊，"长长的腔子顿时短了许多，"怎么样，是给我送电影票还是别的好事？"那个熟络劲儿，好像梁倩是他家二弟。

"电影票？好说，好说。我是问问柳泉的工作落实了没有。上次您让我听回信儿，晃晃一个月过去了，还没有消息。我想我别等了，还是打个电话吧，没准儿您把这事早忘到脑袋后头去了。"

"哪里，哪里。别人的事敢忘，你的事敢忘吗？"这也许是实话，外事局办公室主任这个差事，是白复山打着老爹的旗号，给他折腾来的，现时，这是顶让人眼红的差事。当然白复山也不会白给谢昆生办事。"小白刚从香港演出回来吧？我还没见着他呢。带回什么洋货了，能不能给我搞一个袖珍录音机啊？"

"狗蛋！"梁倩心里暗暗骂道，不怕吃多了撑死，有这么明目张胆敲诈勒索的吗？对她尚且如此，对别人又该如何？她冷冷地笑了："这也好说，今天能不能先把这件事砸死？您说吧，什么时候能够调入，您可别净拿人涮着玩儿。"

谢昆生不敢放肆了。不仅因为梁倩有那样一位老爹，谢昆生知道，就是梁倩也未必经常见到她老爹，况且她老爹也管不到他这等人物的头上。单说梁倩，便是一个不大好惹的人物。她不像女人，倒像旧小说里闯江湖的侠客，嬉笑怒骂，真真假假，指不定什么时候就拉下脸来，给人一个下不来台，或使出什么撒手锏，闹得你丢尽脸面。还有她家的关系网呢，三绕两绕，就能绕出一个可以制约他的上级关系。赶紧郑重其事地说："下个星期，怎么样？"

"那就一言为定？"

"一言为定。"

放下电话，梁倩苦笑。这么一会儿工夫，她扮演了几个角色？当年电影学院的表演课，真没白上，虽然这门功课，她是勉强及格。

三

她实在不该再吸烟了。

柳泉数了数小瓷盘里的烟头，一、二、三……一个下午，就吸了七支，但她还是从烟盒里抽出了第八支。

缕缕轻烟，从她薄薄的嘴唇里缓缓喷出，在她眼前无定地聚散。还有一缕烟，像个问号，在她的眼前扭来扭去。

问什么？又问谁？啊，问谁？

屈原曾写《天问》，后来呢，不过是化作汨罗江的波浪，日日夜夜拍打着沉默的堤岸。那个汨字，明明是个汨字，柳泉却固执地把它和泪字绞在一起，不就是差了一横吗？于是汨罗江在柳泉心里，总好像是一条泪的江。谢谢造物主，人有泪腺，真是他老人家的仁慈，如果许多辛酸不能随着眼泪流走，那可如何是好。

柳泉轻轻地吹了一口气，那问号于是就飘散开去，她释然一笑，好像终于打发走了一个纠缠不休、死钻牛角尖、每天不和人抬一杠就没法活下去的书呆子。

柳泉早已不问。

所有答案，全在命运里。相信命，是一种安慰，日子就不显得那么难熬。

有谁可以回答，命运是什么？谁知道明天会遇见什么，又会做些什么。从前她能想象将来有一天她会吸烟，而且一个下午就吸了八支么？

当初她是多么看不惯女人吸烟啊！那时，她还是一个有着浓密的黑发，梳着两条沉甸甸大辫子的女孩，某大学英语系的高才生，如今她却是一个离过婚的妇人，某出口公司的一名小职员。

香烟是个奇妙的东西，一口一口吮吸着它，看着红红的烟头时明时暗，再不时地磕磕烟灰，竟会使紧张的情绪得到缓冲。不过柳泉忘了，她们三个人当中，是谁先开始吸烟的。

和荆华、梁倩相比，她可能是大众化得最好的一个。别管在大街上、在办公室、在一切公共场合，再也不会有人从她的言谈、举止、服饰上看出她是一个受过高等教育的女人了。

也许是时来运转，外事局竟然表示同意接受她。

荆华说过，人要是倒霉到了顶，转机就要来了。果真？柳泉不敢乐观，竟有这么便宜的事。好像贾桂站惯了，不敢坐一样，贾桂在皇上面前是奴才，那么她呢？

荆华喜欢高谈阔论辩证法和唯物主义，一个女人要是一天到晚只会讲辩证法和唯物主义，就会把一切男人吓跑，哪怕她有那么一双让人一见便如坠五里云雾的眼睛。人家要找的是妻子，而不是马列主义教研室的教员。可让荆华丢掉这癖好是不可能的，那就如同让一个瘸子丢掉他的拐杖、一位歌唱家割去他的声带……她的转机什么时候才能来？眼下，她正在受着不指名的批判，重头文章下的署名是"特约评论员"，那是一个连。还是一个营，抑或一个团？

根据柳泉的经验，在她们公司，批发价都比零售价低。

荆华见怪不怪地说："……四十年代流行大垫肩的西服上衣；解放初期流行唱'解放区的天是明朗的天'，连上海小开都会唱；前两年流行'改革—民主''人性'……我那折子戏大概唱完了，也该让别人唱唱。不让人干事，就不干呗。这有什么？我还干我的木工活去。"

"小柳子！小柳子！"

魏经理的铁司机高腔大嗓地叫着，像吆喝使唤丫头。噢，当初她干吗要念什么英文系，假如她学的是开汽车，现在也能挺胸叠肚地"工人阶级领导一切"。

幸亏她在这里定定地坐着。

她手头的工作，其实上午就移交完毕：有关科研、生产、商情方面的简报，按期装订整齐；公司下属各厂、各单位的联络人，也按系统画好了图表；下个月该抓、该检查的工作和本季度已经完成的工作，都已写在备忘录上……她原可以走人了，但柳泉就是坐在这里吸烟，也是不能走的。

外事局是借调，不是正式调动，她总得留个后路。在这最后一个下午，甚至是最后一个小时，魏经理都指不定会在什么地方，找她一个碴儿，或是随便想出一个理由，就能让她为逃出虎口所做的一切努力化为乌有。

柳泉捻灭了烟头，从椅子上站起来。对面，老董科长从一大摞表格上抬起了花白的寸头，有点犯愁地看着她。每每柳泉被魏经理召见的时候，老董科长总是这么看着她，好像她是去赴"鸿门宴"。

柳泉朝老董科长扬了扬下巴，还眨了眨眼睛，便转身进了魏经理的办公室。

何必打肿脸充胖子，其实心里紧张得要命，她只是不愿老董科长为她担心。

铁司机歪倚在魏经理办公室的门框上，趿拉着一双泡沫塑料凉鞋，大芭蕉扇掖在后裤腰上，没等柳泉走近，就抖搂着手里的一张纸说："哎，我说，瞧这上头曲里拐弯地写了些什么，你给翻译翻译。"说着，就把手里那张纸朝柳泉鼻子底下塞了过来。

柳泉像没听见，闪过身子，进了魏经理的办公室。

铁司机一向用这种狎妮的态度对待她，从铁司机对她的态度，柳泉可以断定，魏经理私下一定用相当猥亵的语言和铁司机谈论过她。

魏经理斜躺在罩着大红平绒套子的沙发上，手里拿了一份文件，似看非看。两条腿恣意地叉开，其中一条还跨骑在沙发的扶手上。裤门前的扣子一粒没扣，缝隙中露出了女人才穿的、花哨的内裤。铁司机刚才说了什么，做了什么，他好像充耳不闻。就连柳泉已然在他面前站定，他也没有抬起耷拉着的眼皮。

早先，对这种侮慢，柳泉还抗争一下，可那点心气，慢慢就耗尽了。现在她懂得了，越是挣扎，那套子就会勒得越紧。说到了，那些面子啊，尊严啊，都是不堪一击的蛋壳。被人誉为"雌了男儿"的李清照又如何，最后为了生活，还不是再嫁一次。

柳泉颤声问道："魏经理，您找我有事？"

魏经理这才把手里的文件往茶几上一丢，伸了个懒腰，总算把骑在沙发扶手上的那条腿拿了下来，阴怪地问道："铁师傅没有跟你说吗？"

铁司机得意地嘿嘿着，又把手里拿着的那张纸，朝柳泉的鼻子底下伸了过来。"翻译翻译。"

柳泉没有伸手去接，只朝纸上瞄了一眼，那是一份英文电报，可能是哪家外商拍来的。

"我翻不出来。"

"翻不出来？翻不出来就能拣高枝儿飞？"魏经理干笑着。

看不出柳泉还有这一手，外事局调她。就凭她？！

居然有人肯为她出力。到他这里来为柳泉疏通的那个人，他是不好拒绝的。能指挥那个人物的，想必不是一般人物。莫非柳泉搭上了哪个大人物？

他像头一次看见柳泉，上上下下打量着她。一条蓝裤，一件短袖的、黑白相间的格子衬衣，脚上是一双黑色的塑料凉鞋。眼角、额头，甚至唇边都有了深浅不等的皱纹。浑身上下，没有一处起眼，和他喜欢的那些又浓又艳的女人大不相同。可是看的时间长了，就会发现她身上的魅力，像——像什么呢？魏经理想起幼年时曾祖母的供桌上，经常供着的一盘"佛手"，那佛手有种淡泊的清香，在那阴暗的、沉闷的屋子里，使人联想起充盈着绿树的园林。

吃腻了鸡鸭鱼肉，有时换个口味也不错。几年来，魏经理花费的心思不少，竟是奈何她不得。现在，她扑棱着翅膀，要飞了。

柳泉为什么要走，他们彼此心照不宣。柳泉又能够脱身，是他败了阵。这口气，难咽。就是走，也不能让她走得痛快。

从铁司机招呼柳泉的那个腔调，到魏经理这两声干笑，没有一样不是对柳泉的蓄意侮辱。

"都是革命工作，哪有高低贵贱之分呢？领导既是这样安排，必是有通盘的考虑。"说完，柳泉便集中力气进行深呼吸。听那些练气功的人说，这办法可以制怒，她万万不能在这种时候意气用事。魏经理在说什么？好像在提醒她，这不过是借调，将来还得回到他的麾下。还说，没有他的首肯，找谁也白搭……

明里暗里魏经理一直在强调"借调"，也就是暗示，她还攥在他的手心里。

但愿不会再有什么变化。谢昆生在电话里大包大揽地通知她："星期一就来上班，有个美国代表团星期二就到，我们急用翻译……调令？调令随后就下。"

老董科长却提醒她："你要沉住气，应该让外事局把调令办好再去，这样牢靠一些。"

可柳泉恨不得马上离开这里，再不想看魏经理的脑壳。那顶秃脑壳，露在经理办公室的半截磨砂玻璃窗上，就像浮在水面上的一个橄榄，平时只是一个隐约可见的尖顶，却随着柳泉在大办公室里移动的脚步，时起时伏。

她心怀侥幸地想，自己英语水平不低，工作勤恳踏实，外事局有什么理由中途变卦呢？

"柳泉，柳泉，电话！"老董科长敲着经理办公室窗上的玻璃，招呼她。

这电话来得真是时候。"魏经理，您还有事吗？"

魏经理皱了皱眉，说："你先去吧。"

出了魏经理的办公室，柳泉无意中摸了一下自己的后背，背上的衣衫，竟被汗水浸得潮乎乎的。

"喂，喂——"柳泉拿起放在桌上的电话筒，忙向对方呼叫，可话筒里，却是一片呜呜声，好像刮风。

她又"喂"了两声，依然是呜呜的风声。

老董科长说："算了吧，等了这么半天，那边可能已经把电话挂了。"

"您没问问是哪儿来的电话吗？"

老董科长头也不抬。"没有。"

柳泉只好放下电话筒。看着老董科长一点也不着急的样子，她忽然蹦出一个念头：真有她的电话？她狐疑地看着老董科长，可他那木然的、阔眼阔鼻的脸，活像一尊泥塑的菩萨，什么也看不出来。

老董科长是憨还是不憨？今年春天，魏经理指名要柳泉随他去参加广交会，被老董科长用个软钉子碰了回去。"不行，她正在抓的那个项目，上面催得很紧，走不开。"

魏经理暧昧的、侮辱性的挑逗，柳泉从未对任何人说过。那些强忍在心底的恼羞的泪，也只能在荆华、梁倩面前流泻一下。

常常是这样：晚餐后的桌子上，狼藉着用过的碗盏，因为心绪不佳，谁也懒得去洗。三个孤身的女人，就那么坐在落地灯的暗影里，或是这两个不声不响地吸烟，听那一个诉说心中的委屈；或那两个不声不响地吸烟，听这一个愤怒地用手敲击着沙发扶手……彼此间，谁也不说一句宽慰的话。

那些动听的，空泛的词句，管什么用啊。

不知她们上辈子造了什么孽，让她们这辈子备受折磨。就是她们三个人把全世界女人该受的苦全承担起来，好像也不能赎回她们的罪过。

柳泉总处在心悸的状态：怕和魏经理一块儿出差，怕向他汇报工作，甚至怕和他一起挤公共汽车……

去年柳泉和他一起去湖南出差，在公共汽车上，他趁乘客拥挤，紧贴着她的后身。夏天，衣服穿得薄，柳泉只得拼命往前钻，几乎钻到一个男乘客的怀里，她的头，甚至顶住了人家的下巴，嗅到也不知是从那人嘴里还是从鼻孔里呼出的烟油味儿。那烟油味儿可真大！哪儿像从嘴里或鼻孔里冒出来的，真像是从烟嘴儿里冒出来的，而且那烟嘴儿早就该用捻子捅一捅、清一清了。但他似乎很理解柳泉的苦衷，奋力为柳泉挤出一丝空隙，并把肩上的背包夹到了柳泉和魏经理之间。柳泉匆匆、可怜巴巴地向那人看了一眼，算是对他的感谢。

五一节公司里会餐，不知老董科长真醉还是假醉，发酒疯似的说道："凭什么不给人家涨工资，啊？全科室都通过了嘛，啊？人长得像样一点也遭罪噢……小柳，你该结婚了，结了婚就有依靠喽……啊？"

结婚？谈何容易。现在黄花闺女都嫁不出去，何况她这离过婚的四十多岁的女人，还带着一个儿子。

而人的年龄越大，便越发清醒，越发清醒，就越发难以结婚。她们对婚姻失去了信任，即便不把婚姻当作一种灾难，至少也是和摸彩票差不多的一种玩意儿，中彩的机缘只属于少数幸运儿。

但女人和男人不同，总得爱点什么，好像她们生来，就是为了爱点什么而活着，或丈夫，或孩子……否则她们的生命似乎就失去了意义。如果没有丈夫或孩子去爱，便会爱一只猫、一件家具，或一套烹调术……

好在柳泉有儿子可以去爱。

谢天谢地，儿子长得既不像前夫，也不像她。圆乎乎的小脸，眼睛、小鼻子头、嘴唇，无一不是明亮亮的，活像刚从烤炉里拿出来的小圆面包。

开朗，淘气，可有可无，吊儿郎当。不像他的父亲那样狭隘多疑，精于计算。买西红柿酱，一买就是三斤装的一大听，说是比买五个六两装、七毛五分钱一听的合算，总计便宜七毛五分钱。他们又没有冰箱，害得全家人天天、顿顿吃西红柿酱炒鸡蛋，西红柿酱焖土豆，西红柿酱炒饭，西红柿酱浇面……也不像她那么神经质，容易发怒，也容易忘记。

也许蒙蒙还小，谁知道长大以后会变成什么样子，柳泉小的时候不也是豁达开朗的？

因为没有房子，柳泉不得不放弃对蒙蒙的抚养权。寄人篱下的生活，是偿还不完的大情债，哪怕寄生在最好的朋友那里，哪怕是寄生在自己父母的家里。

结婚以后，柳泉和家里的关系，出现了一个"冰冻期"，父亲不喜欢那个横竖都有理的女婿。可到柳泉真离婚的时候，他又觉得家门不幸，出了个伤风败俗的女儿。

唉，父亲还算是从英国留学归来的，穿过学士服，戴过大方顶的帽子……在柳泉眼里，父亲就像一本大百科全书，放在书橱里是非常体面的，漆皮封面上涂着令人肃然起敬的深棕色，上面烫着华贵的金字和图案，凡人不知道的事，全可以在上面找到答案，可是偏偏不能回答，她应该和一个什么样的人结婚。

而且，人们在不引经据典的时候，老抱着一本沉甸甸的大百科全书，累赘不累赘？

所以离婚以后，很长时间，柳泉过着打游击的日子。在这个同学家住几天，在那个朋友家住几天。感谢她那个家政系毕业的母亲，在操持家务方面，把柳泉造就成了一个全能选手，不论住在谁家，都是一个自带饭票的好保姆。

可有谁注意过没有？她出饭钱，却不敢吃饱，也不敢夹菜，她专拣人家不感兴趣的菜肴，或是剩饭剩菜；

当她心里充满苦涩，真想大哭一场的时候，却要学做一只大狗熊，逗着人家的孩子乐；

自己满肚子委屈，不知向谁诉说才好的时候，她得耐着性子听人家发泄酒足饭饱后的烦恼，像个饿汉，听生活过于富裕的人悉心讲述减肥之道；

或是凑趣地跟人家一起，慷慨激昂地指责某人如何昧良心，品质如何恶劣……其实她见也没有见过那个人，不知道那人高矮胖瘦，高低贵贱。

....

房子！房产！柳泉多么需要一间房子。那一阵子，她想房子想得简直要生病了。

柳泉向公司申请房子，魏经理翻翻眼睛说："要房子干什么？"

"您难道不知道我离婚了？"

"不行。"魏经理斩钉截铁地说，"这儿想结婚的还没房子呢，我要是把房子给你还了得，人们还不变着法儿离婚去。"

"那我怎么办，总不能住到大街上去吧？"

"谁让你住到大街上去了，你不会赖在那儿不搬？"他坏笑着。

"那怎么行，那是他们机关的房子。"

"嗨，房子当间儿拉个帘儿。"他又笑了笑，接着说，"挺方便的。"

"您，您怎么这么说话……"

"嗨，我见过的多了，好些人就是这么住着住着，又住到一块儿去了。"

从此，柳泉再没向魏经理提过房子的事，她只有到处托人。

托人，哪儿那么容易啊，她有钱吗？

社会上不知从哪儿冒出来这样一些人：可以包揽解决一切困难，诸如调动工作，找房子，买煤气罐，从香港帮人带回录音机、彩电……然而牟利之高，坑人之不眨眼，足以让巴尔扎克续写一部《高老头》。

总算找到一间房子，在郊区。她算了算，每天上下班，在路上就要耗去三个多小时。那也认了，无论如何，那总算自己安身立命的窝啊。

她兴冲冲地打电话给刚从D省调回北京的荆华："有了间房子，咱们一块儿住吧。"

她们乘了将近两个小时的公共汽车，巴巴地跑去看那房子。

那还是房子吗？透过漏了的屋顶，看得见灰蒙蒙的天，还看得见长在屋顶上的蒿草，小树林子似的。风从墙角上的缝隙猎猎地吹进，剥落的泥墙裸露出砌墙的碎砖头，房椽子和房柱上，顺着一条条木头的纹理，是被蛀虫蛀蚀了的凹槽……

柳泉说："我怎么觉着咱俩就像广岛事件的幸存者，站在一栋幸存的房子里。"

荆华却说："好办，我会抹屋顶，也会抹墙。在东北林区劳动的那几年，哪一年入秋不是我自己挑水和泥抹墙缝！"

"这房子可不是抹一抹的问题，它压根儿就该拆了重盖。"

梁倩的出现，如同天上掉下来个馅饼。那时她刚从监狱出来，剃光的头上刚刚长出半寸长的头发，活像一只刺猬。

"他妈的，老子倒霉儿倒霉，老子复官儿显贵。呸！"梁倩撸胳膊挽袖子地说。

荆华目瞪口呆："你什么时候学会说粗话了？"

"我不光学会骂人，我还长了见识呢。别急，别愁，不是给我们落实政策吗？我想法先给你们借套房子。"梁倩朗声安慰着她们。

柳泉扬声笑了，像京剧表演，每个"哈哈"的后头，都点着一个顿号。随手又从口袋里拿出一包香烟，从里面抽出一支。

梁倩眉毛一扬："你抽烟了？"

荆华靠了过来，说："我也抽了。"

梁倩什么也不说，把柳泉夹在两个手指间的那支烟抽了出来，从口袋里掏出一只打火机，点着，幽幽地吸了一口。看着袅袅的轻烟，空寂地笑了笑，说："我也吸烟了。"

柳泉鼻子一酸，上哪儿再去找那三个胖乎乎的小姑娘？

读小学时，梁倩是个挺厉害的小丫头，逢到班里小朋友洗澡的时候，她就跷着二郎腿，坐在游泳池一样大小的浴池入口把门。那些脱光了衣服的小姑娘，个个都得给她行礼，说："给小姐请安！"等梁倩大模大样地点个头，才能进去洗浴。上厕所她也从来不带手纸，总是隔着便池的小木门在里头喊："某某，给我送张手纸来！"而那个某某，就得乖乖地把一张手纸，从小木门底下递进去。

有次洗澡，荆华串通了两个愣头愣脑的小姑娘，趁梁倩不备，把端坐在浴池入口等着大家请安的梁倩扔进了浴池。梁倩吱儿吱儿地叫着，在浴池里和荆华打得不可开交，弄得谁也没有洗成澡。

轮到让荆华给她送手纸的时候，荆华也没有送，让梁倩在厕所里号啕大哭，整整耽误了半节课。要不是生活老师听见了她的哭声，她在厕所里就出不来了。为这事，梁倩和荆华一个星期没说话。

那时候，梁倩浑身都是肉，紧绷绷的，活像一根刚刚灌好的香肠，现在呢，却变成了一段风干肠，肠衣上还析出一层白色的盐霜。

…………

只有一样还没变：要么不干，要么一干到底。

四

　　十根纤细修长、被旧木头上扬起的灰尘弄得黢黑黢黑的手指，紧握着刨子，一下，一下，力气均匀、稳扎稳打地推过去，推过去。

　　刨花像女人头发上的波浪大卷，一卷卷地卷过去，木头内部的纹理，也就越来越清晰。浅色的木头上，由褐色纹理编就的花纹，朴实无华，天然成趣。荆华忍不住停下刨子，去抚摸那光泽柔和平滑、还有些温热的木头。她很得意，和刨床刨的木头相比，差不到哪儿去。

　　这是在林区劳动的年月，为打发愁苦的日子，排遣绝望和孤寂，学会的本事。

　　荆华曾把多少有用没用的，一块块方方棱棱的木头，刨成什么也不是、什么用处也没有的小木条。只是为了把刨子一下下地推过去，推过去，然后再把一地的刨花和小木条，塞进炕洞里。

　　她久已不干木工活，幸好这些工具和木头没有思想和感情，不然它们一定觉得她是个忘恩负义的家伙，只在倒霉挨整的时候才想起它们，在它们身上寻找寄托。而它们绝不会置若罔闻，不动声色地就把她的愁苦遮盖了……更不会乘她不备，突然扑上来咬她一口。

　　猫头站在她的脚下，仰着脑袋，对她"喵喵"地叫着。它还有什么要求？刚才从街上回来，荆华顾不上自己肚子饿得咕咕叫，先把一兜小杂鱼给它煮吃了，才给自己煮饭。因为饿，没等饭煮熟，就半生不熟地吞下肚去，弄得她的胃好一阵不舒服。

　　然后猫头又跳上干木工活的台子，又从台子跳上荆华的后背，在荆华的背上，前前后后地踏着小碎步。荆华把刨子向前推去，它就往她后腰上退几步；荆华往回拉刨子的时候，它又往她后背心走几步……十个尖利的趾爪，勾得她蓝卡其布上衣咔咔直响。

难道它也闷得慌，也害怕独处，也需要安慰，需要人抱它拍它？说了归齐，最坚强的可能还是人。

但那"刀条脸"呢？

去年荆华那篇冒尖的论文发表后，很得理论界一些泰斗的赏赏。一时各报刊报道、转载，采访者也络绎不绝。"刀条脸"竟然对她说："曹荆华同志，您对马克思主义的这一阐述，成绩是优异的，贡献是巨大的。我——我真想推举您为中央委员。"边说，还边扭动着细长的身子，活像水里游着的一条水蛭。

他看上去不是在说笑话，正因为如此，才显得分外可怕。

荆华起了一身的鸡皮疙瘩。"您这句话不好，很不好。希望您以后说话注意原则。"

荆华只想脚踏实地地做些研究工作。近年来，似乎有股清新的风，吹进了沉闷的理论界，学术研究工作开展得也比较活跃，这使她觉得，有可能对社会生活进行较为开放的观察和思考。

谁知一年后，情况却发生了根本的变化。

谁要是以为"评论员"不过是一个具体的人，他的文章也不过是门阀之见，那就大错特错了。但是这样的兴师动众，让荆华感到了些许的悲哀。

在林区为生存挣扎的十几年里，她的学业早已荒废，而她这篇浅显生动的文章，竟像有什么分量，遭到如此"隆重"的待遇，这说明她的什么，还是说明别的什么？

上午，"刀条脸"在会议上说了些什么？荆华看着他那一张一合的嘴，才发现他的嘴是那么大，脸是那么窄，窄得像个楔子，想方设法揳进那些本来匀和协调的事物里去。

他要求荆华必须端正态度，严肃认真地总结这篇文章在政治倾向上暴露出来的严重问题。

他和她的年龄差不多吧？不过四十岁的样子，怎么得了那么严重的健忘症，忘了他还投过她"神圣"的一票呢。

荆华当场发言说："我认为人类的一切社会实践，如阶级斗争、生产斗争、科学实践……其最终的目的，无一不是为了在这个地球上，做一个有尊严的，不受压迫、不受剥削，充分实现自己价值的人……我不能同意那位'评论员'的意见，任何科学的理论和经验，只能产生在实践之末。我们现在只能说，我们有民主革命时期的理论和经验，而社会主义革命和社会主义建设时期的理论和经验，还不够成熟，需要我们在实事求是的基础上，对以往的革命理论进行补充和发展。这种实事求是的分析、补充和发展，正是我们对共产主义事业负责的表现，这和反对'四个坚持'是两回事。因此我仍然坚持我在文章中的观点。"

接着，荆华把她的几个论点又做了简单扼要的说明，完全忘记了柳泉让她不要发言、保持沉默的警告。她知道那是柳泉的一片好心，可她是共产党员，怎么能够沉默？如果这个世界上没有真理和谬误的矛盾，没有前进和倒退的斗争，还要共产党人干什么！

报刊上登出批判荆华的文章不久，某领导曾来机关主持了一次座谈会，希望大家正确领会，把消极因素转化为积极因素，统一认识，开展批评，改进工作，焕发起新的工作热情。

恰巧那日荆华头疼，本想请假休息，但她觉得那样做有临阵脱逃的意味，便留了下来。会前，她匆匆吞下"刀条脸"给她的止痛片。那药片确有奇效，不但头不疼了，眼前的一切景物也变得模糊、恍惚，耳边的一切声响也变得含混、遥远，连她自己似乎也变成了一团软软乎乎、没手没脚、没脑没心的东西，融融地飘浮在空中。

散会以后，那位领导同志特意和她握手告别，语重心长地对她说："荆华同志，作为一个共产党员，对思想战线上的一些不良倾向，要有一个严肃的态度，对同志们的不同意见，也要有一个积极的、虚心的态度。哈哈——对我的讲话有什么不同看法，尽可以发表意见。"

荆华带着梦游人的傻笑，一味机械地点头。

直到第二天，她才恍然地问"刀条脸"："你昨天下午给我吃的是止痛片吗？"

"是啊。"

"我怎么像是吃了安眠药？"

"止痛药当然都有麻醉和镇静的作用。"

一个男人，却用这种鼠盗狗窃的办法坑人，实在可怜。

"你还是没有胆子，怎么不敢给我吃片氰化钾啊？"

"刀条脸"陡然变色："你，你这是什么意思？"

"没什么，开句玩笑，何必当真。你不知道我这个人喜欢恶作剧吗？你要是不敢给我吃'氰化钾'，没准儿哪天有人给你吃片'氰化钾'呢，哈哈！"

"开什么玩笑！我看你情绪不对头。"

"我就讨厌那些什么情绪也没有的人。"荆华抽出一支香烟递给他，"怎么样，要不要吸一支？'大中华'的。"

自此以后，每每喝水前，"刀条脸"都要狐疑地看看荆华，又狐疑地看看自己的茶杯，或是把茶杯涮了又涮，换上新茶，绝不肯喝杯里的剩茶。

荆华暗笑，还说："那么好的茶叶，泡了一次就倒掉，不是太可惜了吗？"

支部书记安泰接着荆华的发言说："我支持荆华同志……"

"刀条脸"先是一惊，然后把收起来的笔记本又重新打开，插进口袋里的钢笔，也拔了出来。

老安接着说："为什么？因为她说了实话，真话。什么是自由化？据说是不要党的领导。荆华同志的文章里，完全没有这个意思，她不过是在进行学术探讨。我们千万不能随便对一个同志扣帽子，搞压服。回想一下，当初我们在蒋管区是怎么做工作的？那时，人家有什么想法都敢和我们谈，哪怕是'反动的'。我们怎么办？我们只能靠摆事实、讲道理，靠自己的切身体会、现身说法，使他觉悟，最后投向革命。为什么那个时候我们可以这样做？因为我们的力量还小，我们需要更多的人参加我们的队伍。扣帽子、搞压服，就会把人吓跑，剩下孤家寡人，你就得失败。现在我们强大了，权力在握了，我们仍然不能忘记群众这个大多数。也许有人觉得不就是曹荆华同志一个人吗？你既然能把一个人不当人看，你就能把所有的人不当人看。我们应该团结一切同志，开展正常的批评和自我批评，允许批评，也允许反批评。把批评变成一种讨论，各抒己见，谁有道理就服从谁。这才不至于以势压人，产生冤、假、错案，这样达到的团结统一，是真正的统一，真正的团结……"

荆华不等老安说完，便起身走出会议室，躲进大礼堂，钻到舞台大幕后面，一直躲到下班。她不敢看老安，也不敢听他讲下去，否则她就要流泪了。

最近一年，老安的血压经常处在高得不宜工作的状态，他那花白蓬乱的头发，如秋风中的芦花，总在颤巍巍地摇着；端在手中的水杯，也每每泼洒出水来；眼睛已显出老年人的迟缓和浑浊，还有一点悲凉。在这样一个似乎不堪一击，已经找不到一点斗士威风的老人身上，却有一种威慑的力量。

老安一直坐在她的办公室里等她。

"我的发言怎么样？"一旦开口说话，荆华又是一番不经意的样子，就像临战前穿上了盔甲。

"很好。"

"真的？"

"真的，大家都这么反映。很好！"然后把一摞用黄丝带扎着的旧信，放到了荆华的桌子上。

那一摞用丝带捆着的信，让荆华想起十七、十八世纪的古典小说，或《茶花女》那一类歌剧里的情节。在那些小说和戏剧里，正是用这样的丝带，捆着爱人的情书。

不论在写字台底层的抽屉里，或是箱子里，荆华从未有过这样的收藏，但她懂得这种东西是应该珍重的。便立刻收起无时不在的随意，也不敢发问，等着老安继续说下去。

"这是她给我的信。"安泰的手，轻轻地抚摸着那一摞信，好像在抚摸爱人的柔发。

她。荆华知道这个她。安泰在恋爱。六十多岁的人还在恋爱，好像有点不可思议。但荆华又特别希望安泰恋爱，那么好的一个人，为什么不该得到一个好配偶，享受家庭的温馨呢？

安泰有过一个不幸的家，妻子因为爱上别人，和他离婚了。去办理离婚手续的路上，安泰还不断地叮咛转眼就要成为"前妻"的妻："就说我们两个人的感情不好，双方都同意离婚，不要牵涉到别人，一牵涉到别人，问题就复杂了。"他不能把话说得太白，说得太白，又怕伤了对方的面子。

"我准备下决心了。"安泰说，"可我还有两怕。一是怕她太洋，二是怕她太感情用事。你帮我参谋参谋，这是她的信，我按日期排好的，你先看上面的，后看下面的。"

难道安泰还需要她来参谋？！荆华明白，安泰是在表明，他并没有把"特约评论员"的文章当回事，也没把"刀条脸"当回事，荆华仍然是可以以心相交的朋友。

荆华不知道，自己会不会看"她"给安泰的信，然而像安泰这样的党员，这样的支部书记，这样的领导，荆华会永远记着。

"嘣！嘣！嘣！嘣！"放炮仗似的，送煤的三轮小卡车来了。

有人在楼下高声叫道："来煤啦！来煤啦！"

荆华赶紧放下手里的刨子，咚咚咚地跑下楼去。

大院里几乎家家都用液化石油气了，只有不多几家，还在烧蜂窝煤。

荆华和柳泉总也没有办法弄到液化石油气罐，现在她们更是死了这条心。一套架子和一个液化石油气罐，已经涨到二百元，她们买不起。

可是烧蜂窝煤真难啊，煤站送煤没有定时，有时闹得她们只得停伙。碰上送煤的时候，想多买一些，又没有地方堆放。找个距离近点的煤站自己去拉，人家又定点供应，不卖给她们这个住宅区。这次又是柳泉不知往煤站打了多少次电话，挨了多少抢白，才把人家求来。

"不送就是不送！我们没车也没人。等着烧？等着烧自己拿脸盆来端。"而且接电话的男人，总是不等她们把话说完，就撂下了电话。

送煤的也是个女人，矮小，瘦弱。男人们全上哪儿去了？大概只管在电话里打发等着烧煤的人。

要下大雨了，风卷着乌云从西方压了过来，把三轮卡车上的煤屑扫了起来，小煤末打在脸上还挺疼。送煤的女人却没事儿似的，只管从卡车拖斗上往下卸煤。

贾主任从家里撮来一簸箕碎蜂窝煤,对送煤的女人说:"上次的煤饼里一准儿掺多了土,一拿就碎。给我换几块吧,啊?"

送煤的女人没听见似的,贾主任嘿嘿地笑着,把碎煤块倒进了拖斗车,自己动手拿了四块蜂窝煤。

送煤的女人这时却一转身,利索地从贾主任的簸箕里,拿回两块蜂窝煤,还是一句话不说,继续往下卸煤。

煤卸得差不多了,车斗紧里边的煤,便有点够不着了,她吃力地踮起脚尖。

贾主任在一旁不停地嘟囔:"那么一大簸箕煤,就换这么两块啊!"脸上的笑容没了,还在送煤的女人身后,不停地翻眼睛。

送煤的女人一定累了,她能知道贾主任在她身后拿了四块煤,就能知道贾主任在她背后翻眼睛,但她显然懒得理贾主任。

荆华跳上三轮卡车的拖斗,帮她把拖斗里边的煤挪到车尾。那女人依旧一句话没有,只在临走的时候对荆华说:"再要煤的时候,给我打电话,我姓周。"

风吹得更紧了,还带着远方雨水的凉意。荆华的衬衣被风鼓胀起来,背上的汗也被拂落下去。她想,一定要在雨落之前,把煤块全搬上楼去。

贾主任也急了,守着她买的那堆煤,不停地看腕子上的大手表。家里人全上班去了,下雨之前肯定赶不回来。她是"解放脚",走路自然没问题,要把煤块搬上楼就难了。

荆华不忍冷眼旁观,明知力不胜任,也得替她搬上楼去。

尽管贾主任一转脸,就会在居委会对那帮老太太说:"昨儿晚上,她们十二点多钟才黑灯,深更半夜地还在送客人……"

或是:"昨天晚上,她们怎么八点多钟就没亮了,有什么背人的事吧，啊？"

....

贾主任要是不干这些，又能干什么？要是不说这些，又能说什么？这些，也同那旧时代的"解放脚"一样，是某种文化的"精粹"吧？

三楼！两家的煤加在一起，共五百块，每趟搬十块，一共要搬五十次，换个男人试试！

搬到后来，荆华觉得天旋地转，两腿发飘，浑身发抖，舌头发黏，嘴唇发干，恨不得立刻躺到地上。

贾主任好话说得像连珠炮，荆华却没有听见，她累得耳朵似乎都失去了听觉。

"曹同志，别走，别走。在我们这儿洗洗手，喝杯茶，啊？"

"我那儿有水，也有肥皂。"她迈着醉汉似的踉跄的脚步，回家去了。

暖瓶是空的。

她们的暖瓶经常是空的，但在这个时候，就感到有些不便。荆华只好拧开水龙头……喝生水自然是常有的事，不过她现在真想喝杯热茶。

当然先要把手洗干净。擦了一遍肥皂，不行，指甲缝儿仍然是黑的，应该把指甲缝儿刷一刷，她转身去找刷子——啊！竟像有谁把她拦腰砍断，一下跌倒在水池旁。她试着移动身体，想要站立起来，不行，根本不能动了，只要稍稍一动，就痛彻全身。

猫头被这景象吓坏了，凄厉地叫着，焦急地、一筹莫展地绕着她打转。

"喵呜——喵呜——"一声紧迭一声，高高地扬着脑袋，仿佛是在呼救。

"不要叫了，猫头，人家听不懂你的话。别叫了，行了，行了，谢谢你了。"荆华吃力地对它说。

猫头好像听懂了她的话，不叫了。紧紧地偎依在她的胸前，忧心忡忡地、呆呆地守着她。

荆华想起"特约评论员"对她的批判。哦，猫头，猫头，你竟比那位理论家更多一点温情。

其实猫头也是反对荆华那篇文章的，但它自有提出异议的办法：把荆华写的手稿，用牙齿和爪子撕得粉碎，害得荆华不得不重新抄写……然而在待人处世方面，猫头真是个非常仁义的家伙。

哗哗的豪雨，无情地抽打着这个世界，雷声紧紧地追逐着闪电，仿佛穿过门窗，在荆华的头顶上开花。强劲的风，暴虐地摇撼着高楼、门窗、树木、电线杆……发出吱吱、咔咔、砰砰、呜呜的声响，像是大地的颤抖呻吟。

雨丝从窗里溅了进来，在窗下积了一摊水，还打湿了荆华的双腿。地上的凉气渗进了她的身体，冷得她牙齿打战。她想，不能这样躺在地上，得爬到床上去。于是用双臂撑起自己的身体，向前爬去。每爬一步，都疼得她呻吟不止。

猫头又凄厉地嚎叫起来，还紧跟在她的身后，不时用爪子挠挠她的腿。

不，她爬不动了，实在爬不动了，谁能把她抱上床去？她现在多么需要一双有力的胳膊。可是，在哪儿呢？

也许她们都会孤单到死了。这是为什么？好像她们和男人之间，有一道永远不可逾越的鸿沟。如同上一代人和下一代人之间的"代沟"，莫非男人和女人之间，也存在着一道性别的沟壑？可以称之为"性沟"

么？那么在历史发展的这一进程中，是否女人比男人更进步，抑或是男人比女人更进步，以致他们失去了在同一基点上对话的可能？如同婴儿在母体里的发育：某一阶段是四肢的形成，某一阶段是大脑的发育……而其他部位的发育，此时则处于相对停滞或迟缓的状态？

那么是否可以说，在这个历史阶段，比起男人，女人也许更为健全、优秀？

记得有部外国电影叫作《奇怪的女人》，据说影片在该国也引起极大的争议，并不为人所理解。其实那个女人一点也不奇怪，她所要求于男人的，有哪一点不合理呢？她向往和追求的，正是大多数有头脑的女人所追求的，虽然民族、国籍、语言各不相同……

"性沟"是否已成为世界性的问题？

哦，她是爬不到床上去了，好在她已经爬到沙发边上，于是把铺在沙发上的毛巾扯了下来，垫在腰下，感觉不那么凉了。

离柳泉下班的时间还远，着急是没有用的，但她还是无望地盼着、想着：怎么还没有一个人来！旋即又回答自己，外面正是滂沱大雨。

可是猫头"噌"的一下蹿了出去。柳泉回来了？

不是，是梁倩。像从河里捞出来的一个人儿，从雨衣上淌下来的雨水，立刻在地板上汪成一片。

荆华顿时感到疼痛减轻了许多。

"你这是怎么了？天啊，天啊！"梁倩连雨衣也顾不上脱，跪在地上，想把荆华抱起来，试了几次也不行。直到她的雨衣弄湿了荆华，才想起把雨衣脱掉。

她把雨衣胡乱团起，往门后一丢，说："你用胳膊搂着我的脖子，再试试。"然后梁倩搂着荆华的腰，终于连拖带拽地把荆华弄到床上。

她握着荆华冰凉的、还没洗干净的手，说："咱们上医院吧，上医院吧。"

"不用，老毛病了，死不了人。"

"这样疼下去怎么行，看看医院有什么办法没有。你的手还在抖，你冷吧？"梁倩拉开被子，准备给荆华盖上。一看荆华的脚，上面全是煤渣。"噢，你这双脚真够意思。"她又去找热水，打算给荆华洗洗脚。

"别找了。热水开水都没有。"荆华有气无力地说。

那就先烧壶开水。

梁倩从水池底下找出铝壶。壶盖上的帽儿，早就不知去向，每每水开之后，壶盖中间那个窟窿，热气儿冒得像是火山口。梁倩在墙角找到一个菜花，从上面切下一段梗子，削了削皮，塞住了壶盖上的窟窿。其实她干这些，也无一不带着外行的笨拙，有时觉得手脚不够用，有时又觉得多出许多手脚，不知往哪里放。

把铝壶坐到炉子上后，她像是完成了一件大事，然后对荆华说："咱们还是到医院去。"

"下这么大雨？得了吧。我又没发高烧，人家才不会收我住院呢。顶多按摩一下，给点止痛片、消炎片就打发回来了。待会儿只要洗个脚，钻进暖和的被窝，就很不错了。你再把那个远红外线治疗器插进插销，给我贴在后腰上就行。"

这倒是真话。不发高烧，不到要命的地步，很难住进医院。可是留在家里，谁能照顾她呢？柳泉还在陪那个美国代表团，即便不陪，刚到那个单位，正式调动手续还没办，刚上班就请假，怎么好说？

如果没人照顾，别说吃饭、喝水，像现在这个样子，上厕所都成问题，只有自己来照顾她了。好在手头的工作已经不多，影片的混录工作也已完成，只等上面审查，批准发行了。

她今天来，正是为了请荆华、柳泉晚上去电影厂看她的片子。冒着大雨，骑着摩托，在雷电下疾驰，像个疯子。可在这种时候，她才觉得自己有些顶天立地的气派。

"你怎么跑来了？"

"想请你和柳泉晚上去看我的片子。"梁倩边说，边在荆华的后腰上，来回移动着远红外线治疗器的辐射面板。

"真遗憾。"

"以后还有机会。你好好休息，别想那么多。"

"怎么能不想，那是你的'儿子'。"

那的确是梁倩的"儿子"，当年她生澄澄的时候，都没这么激动。可能那时她还不懂得做母亲的责任和义务，澄澄便措手不及地来到。在澄澄身上，她看不到"自己"，而在这个"儿子"身上，她能自觉地、顽强地把自己的理念传递出去。可以说，它比澄澄更像自己。

后一代对上一代，是血缘关系呈几何级数递减的继承，而作品才是艺术家自己。连遗传基因都不可能像一个人的作品那样，准确无误地传递出作者的信息。艺术家是不死的，他活在自己的作品里。哪怕白复山像抛开一件旧衣服那样抛开她，哪怕澄澄不成器，她也能找到自己的支撑点。

雨停了，空气潮湿而新鲜。

阳光像被这场暴雨洗褪了颜色，浅了，淡了，不再那么耀眼灼人。

从屋檐上流下的雨滴，越来越缓慢、越来越清晰地叩打着檐下的石阶。

大地，万物，呈现着痛苦挣扎后的宁静。

梁倩被这痛苦挣扎后的宁静感动了。她想到她们的过去和未来，想到她们也将会经过反复、痛苦的锤炼，变得更加成熟。她不想对荆华说什么抚慰的话，她们早已不是孩子，荆华也早晚有一天会瘫痪在床，有站不起来的那一天。这些，荆华心里比她还清楚。但荆华的精神却会永远站着，她一定会在什么"史"上留下一笔，假如她能把设想过的几篇论文写出来，一定会使那些只知蜷缩在"经典"里搞索引的人，振聋发聩。

"荆华，你不该刨那些木头，你再刨那些木头，我就把你的刨子扔到炉子里烧了。"梁倩一边说，一边用远红外线治疗器拍打着荆华的腰。

"呵呵，别拍，别拍我的腰。人家不让我工作，我有什么办法。你在那儿工作，他呢，拎着膀子看着你干，瞅准空子，给你一闷棍。"

"这是某些所谓共产党人的悲剧。早就忘记了马克思主义是怎么回事，或许当初就没有弄懂，成事不足败事有余。你和这些人计较，岂不轻薄了自己。"

梁倩并非没有自己的艰难，其实每个人都有自己的难点，如果你能越过，以后的路，便显得轻松了。

荆华想起在东北林区看到过的丹顶鹤，出生伊始，它们的头顶有一部分是裸露的，传说它们成长之后，那裸露的部分就会变成朱红。或许她们的头顶上，早晚也会有一块朱红，那时，她们将飞得更高、更远。

"你要我怎样呢？"

"我要你写、写、写……能做出一些成绩更好，做不出成绩至少也要为那些能够做出成绩的人呐喊助威，不要让他们孤军奋战。"

"你对我的期望太大了。"

"你能够的。"梁倩望着荆华那瘦小的、被疼痛折磨的身躯；已经往眼窝里深深陷落的眼睛；粘着煤灰，尚未洗过的脏脚；以及袖口、领口已经磨破的衣衫……不知怎么，想起一支所剩不长，却在奋力燃着的蜡烛。但她能对荆华说"你不要燃了"吗，如果不燃，蜡烛的生命又在哪里？没有死也就没有生啊。

"好吧，那就试试？"荆华的脸上，闪过一丝已经多年不见的微笑，像她小时候，每每恶作剧之前，常有的那种微笑。

"看，出彩虹了。"梁倩突然惊喜地说。

荆华艰难地扬起脑袋，向窗外望去。

那彩虹像刚从仙池里浮升出来，水淋淋的，还滴着水珠，横跨在近前两栋高耸的大楼之间。让人觉得，只要迈出窗子，径直踏上去，就会沿着这条彩虹，一直走到天上。

五

又开始了。

这"乞讨"的日子！

离婚、找房子、做一项专业对口的工作……没有一项不是低声下气，求人怜悯、通融。说到了，这些要求有哪一样过分？

到什么时候，她才能挺起脊梁骨过日子？哪怕过上一天也好，让她尝尝，挺直腰板立着是一种什么滋味。她还没老呢，却觉得自己佝偻了一辈子。

走廊里传来了脚步声，会不会是往这个房间来的？柳泉赶忙埋下眼睛，专心致志地瞅着裙褶上的一个线头。她怕，怕看那些突然变得分外客气的眼神。在那分外的客气里，分明流露着距离拉开后的宽容和大度。

脚步声一路响了过去，不是，不是往这个房间来的。可柳泉又竖着耳朵，巴望着脚步声的出现：那是不是谢昆生的脚步？他什么时候才能坐下来和她谈谈？

从早上八点上班，柳泉便等在这里，已经两个多小时过去了。

谢昆生从来没有像今天这样忙，一会儿出去，一会儿进来；一会儿拿起电话筒，一会儿又放下，不是打不通，就是拨错了电话号码……

好不容易瞅了个空子，柳泉刚叫一声"谢主任……"，谢昆生便非常客气、求她开恩似的将她的话拦腰截断："等等，等等，你没看见我正忙着吗？"是啊，人家这样客气，谁还好意思打扰呢！

是的，忙。柳泉坐在这里两个多小时，反反复复听到的就是这件事：究竟让谁参加明天晚上的宴会。

据柳泉所知，参加宴请某国电器公司代表团的名单，前几天就在酝酿，到今天还没有定下来。定不下来的原因说复杂也不复杂，说简单也不简单。有点像八国联军与清政府签订合约时，列强所强调的利益均沾。比如，某某局长、某某工程师，已经参加过多少次宴会，相比之下，某某局长和某某工程师参加的似乎少了一些，要命的是，谁也说不准谁究竟参加过多少次。说得准的只有一个：谢昆生是场场不落的主力队员。

说了归齐，柳泉要谈的不过是个人问题，那怎么能影响如此重要的外事活动？等吧，反正现在什么事也没有了，只剩下这件事。

柳泉机械地摩挲着身上那浅丁香色的绉纱连衣裙。真像刚演完一场戏，行头还未及脱下呢。

连衣裙是梁倩送给她的，今年国际上的流行款式，宽松的腰身，同样颜色的细绦束带。脚上的白色半高跟鞋是荆华送的，难为荆华去买这样的奢侈品。柳泉又经意地把这些穿戴起来。这一切，无不体现出她们对"未来"的幻想。别管她们碰过多少钉子，受过多少磨难，有时还是显得幼稚。

世上的事，有那么简单吗？柳泉的外祖母，顶爱说这句话来开导自己和别人："人生在世，九九八十一难呀，不炼你个火眼金睛，过得去吗！"所以她活到八十一岁，身子骨还挺硬朗，也不显老——因为她是有充分准备的。

"老谢！老谢！"

谢昆生还是不在，柳泉仍然心事重重地坐在谢昆生的办公室里。

见朱祯祥进来，她又拘谨地站起来，在脸上堆出一个礼貌的微笑，好像他们刚才没见过似的。

"谢主任刚回来一会儿，又出去了。您有什么要紧事吗，我可以转告，反正我要在这里等他。"

柳泉的微笑，是破坏性的。好像他穿了一套讲究的衣服，去参加一个愉快的酒会，正举着磨花玻璃的酒杯，和朋友说着优雅的笑话，却有人递给他一封电报，告诉他，他派出去的一个部下，在某地出了车祸……

一定发生了什么不愉快的事，她需要帮助，她非常着急。不然她不会这样极不情愿，又迫不得已地坐在这里等谢昆生。就像深居简出的闺阁小姐，如今家道中落，不得不抛头露面出来谋生那样难堪不已。

朱祯祥并不了解柳泉，但在这次接待美国代表团的工作接触中，他感到这个人很自重，带着五六十年代大学毕业生那种业务扎实、一丝不苟的劲头。

这几年外事活动繁忙，虽然新建了一个国际机场，使用起来仍然显得紧张，机场里的服务工作也跟不上。那天，因为载运行李的手推车不够用，宾主在机场白白耗了半个小时。倒是这个柳泉，提议在场的翻译每人紧盯一辆在用的手推车，一俟人家卸完行李，就可及时接到手里。

可是有人不高兴。跟着手推车走一趟，不过几十米的距离，倒好像从兜里往外掏钱那么不痛快。钱秀英极不情愿地从一扇大玻璃窗前，千娇百媚地拧过身子，因为连衣裙上的腰带勒得太紧，腰部那一堆多余的肉，便被攥向腹部。于是腹部便更加隆起在色彩斑斓的连衣裙下，活像一只快要产卵的花蝴蝶。

钱秀英喜欢在一切照得见影子的地方停留，镜子前头自然不必说，阳光底下，乃至办公室、宾馆、餐厅、小汽车……的玻璃窗上。

柳泉的提议，显然败了钱秀英的兴致，她娇横地向谢昆生瞥了一眼，那一眼分明包含着这样的意思：都怪你，上哪儿弄来这么个人！

谢昆生很有些地方让朱祯祥不放心。但朱祯祥也拿他没有办法，虽说朱祯祥是外事局的局长，却管不了这个办公室主任，谢昆生另有一条畅通无阻的渠道。

外事局的翻译不少，能应对自如的不多。到了关键场合，还要从其他单位借翻译。这种局面早就应该改变，可是这块地盘，针插不进，水泼不出。眼看钱秀英在和外宾交谈时，把个崇祯皇帝改了履历，硬是从明朝挪到了清朝，朱祯祥又能如何？把这个钱秀英换掉试试，谢昆生要不找碴儿闹事才怪。

女人的分类也很怪，柳泉论模样、论工作能力、论为人，都比钱秀英强，现在却是这副一筹莫展的模样。

她在工作中的自信，哪里去了？某领导同志为美国代表团举行告别酒会的时候，几个平时挺能咋呼的翻译都不见了踪影，却让这个新来的上了阵。朱祯祥当时很为她捏了一把汗，结果还不错，那位领导同志祝酒时，还因此多说了几句风趣的话，惹得那些美国人开怀大笑，看来他们完全领略了其中的妙趣。最后那位领导同志还特地祝了柳泉一杯：

"谢谢你哟，翻译得不错嘛。"

柳泉只轻轻地抿了一口，微微地笑了笑。是那种知识妇女在意识到自己的聪明才智时才有的微笑，是使得每一个正直的男人肃然起敬的微笑。

然而眼前这个柳泉，和她在那次酒会上留给朱祯祥的印象，相去甚远，仿佛一幅无人经心保管的老画，被虫蛀损了，也被温度、湿度、酸碱度都不合适的空气，剥蚀得褪了颜色……让他感到些许的痛惜。

究竟出了什么事？

柳泉没来找他，他又何必多管闲事，该管的还管不好呢。

"谢谢，我自己和他谈吧。"

赴英国访问团的名单里，出现了一个对方根本没有邀请的、莫名其妙的人物。他是哪个局的，又是哪一方面的专家？朱祯祥都不清楚，他准备向谢昆生了解一下，而这件事不便请人转达。

忽然听见谢昆生在走廊里说："就这么办，出了问题我负责。"然后就进了办公室。"噢，朱局长，找我有事吗？"

只见谢昆生手里举着一只骨制烟嘴儿，上面刻着中国画里特有的青山绿水。烟嘴上，还插着一支正在燃着的香烟。他衣着考究，不是"红都"就是"友谊商店"的卖品。变色眼镜是镀金的，谢昆生不戴进口的太阳镜，那不符合办公室主任的身份。可他身上所有的物件，都像租来的，就连他那所谓的儒雅风度，也是从外事部门租来的……就像人们在照相馆，租套结婚礼服拍结婚照。

一个人的趣味高低，有时很难辨清，但有一个孔隙，可以准确无误地测试到他们小心掩盖起来的、不愿为外人所知的地方，那就是从他所感兴趣的异性身上。

"有点事情。不过柳泉同志等你已经很久了，我的事情，可以再找时间。"

柳泉又站起来了，带着拘谨的、勉强的微笑，这微笑立刻在他们之间画了一道线。线这边，是哼哼哈哈的小官僚，线那边，是契诃夫在《小公务员之死》那篇小说里描写过的低声下气的小公务员。这边要是咳嗽一嗓子，那边就会琢磨上三天。别人的感觉如何，朱祯祥不知道，反正他不喜欢人家这么对待他，私下里，他羡慕教授、工程师、专家那些头衔。

换了钱秀英，一定不这么笑。这就是柳泉和钱秀英的不同。钱秀英永远记得自己是个女人，而柳泉常常忘记自己是个女人。

谢昆生脸上显出一副礼贤下士的样子，手里却不停地摆弄写字台上的文件，毫无必要地从写字台的右边挪到左边，再从左边挪到右边；依次拉开每个抽屉，好像在寻找什么，又找不出什么，然后再依次把抽屉关上……而在这些动作的每一个间隙中，都不会忘记向柳泉做一个亲切的笑脸。

朱祯祥觉得于心不忍，难道他是旧衙门里的县太爷？！

"柳泉同志，你就谈谈吧。"朱祯祥很想助她一臂之力。

柳泉的脸微微地红了，不论是朱祯祥的同情，或是谢昆生的"礼贤下士"，全让她感到有求于人的屈辱。现在，纵使她有千般自重，万般自负，也奈何不得了。人常说"心比天高，命比纸薄"，怎么就让她碰上了？

前天下午。柳泉去伙食科买饭票，人家问她是哪个单位的，她回答说是外事局的，卖饭票的人一查，外事局的花名册上根本没有柳泉这个名字。柳泉说明自己是借调人员，伙食科的人说，借调人员的饭票要由正式职工代购。柳泉只好请钱秀英帮忙，可钱秀英说："哟，我还不知道伙食科的大门朝哪边儿开呢！我从来不自己买饭票，都是别人替我去买。当然啦，我可以为你效劳。"

钱秀英一定想起了那些为她买饭票的"骑士"，得意地用手背撩着耳边的长发。

柳泉想起在干校时经常为之担忧的那头小灰驴。它那四条仿佛一撅就折的小细腿儿，拉车爬坡的时候，怎样吃力地抖动啊……柳泉总是奋力地推着车轮，助它一臂之力。小灰驴像是懂得她的爱，用它秀美的大眼睛，安静地、驯顺地望着她，听凭她拍打着自己的脖子。因此有人称她"驴道主义"，现在，谁哪怕给她来点儿"驴道主义"也好啊。

钱秀英效劳的结果是，"我替你买了三块钱的饭票，先吃着吧。"然后意味深长地笑了笑，把饭票和剩下的十二块钱，还给了柳泉。

后来柳泉又提出领个办公桌。送走美国代表团后，终于有时间歇下心来，安排一下必需的工作条件。组长歉然地王顾左右而言他："桌子嘛，先不急，办公室太挤了，再弄个桌子往哪里放？你先和我共用这张办公桌吧，我给你腾出几个抽屉，啊？"

…………

当时柳泉觉得一切都很正常，直到昨天上午，人事处通知她，借调到此为止，感谢她对外事局的协助，请她休息几天后，仍回原单位工作。她这才忆起前天下午，钱秀英好像特别高兴，在办公室的另一头叽叽嘎嘎地笑着，说着，"……你们敲不出来，我一敲就敲出来了，怎么样，十块钱。"她抖动着手里那张崭新的票子，那张票子结实地、哗哗地响着。可以想见，被敲的人，多么珍爱自己的钱财，但还是把它献给了不朽的钱秀英。然后反倒像是她在恩典大家："你们说，吃什么？"

…………

"什么？留给首长的？我不管，反正我拿一张，剩下的你们爱怎么分就怎么分。"

钱秀英万事如意，人们心甘情愿受她支配，并且把它视为一个难得的机会。钱秀英在谢昆生那里，说话有影响呢。

原来是这么回事！

被侮辱、被愚弄的感觉，使柳泉几乎落泪，但她知道，无论如何不能在钱秀英面前落泪，可她上哪儿哭去？别的女人可以躲进丈夫的怀抱，把眼泪流在丈夫结实的胸脯上。在丈夫的安慰和爱抚里，她们的委屈自然会得到平息。

而她只得躲进厕所，插上便池的小木门，忍着排泄物的臭气，面对结垢的便池、肮脏的木门、歪斜在地上的纸篓、撒了一地的手纸……不敢出声地哭了很久。所幸水管子漏水，哗啦哗啦地掩盖了她偶尔憋不住的抽泣。

幸好有这样一个人们非到必要时刻不得不来的地方，仿佛是特地为她准备的。尽管有人进进出出，好像钱秀英也来过，还推过她这个便池的木门。

柳泉听见，和钱秀英同来如厕的人问道："脚上这双凉鞋真漂亮，哪儿买的，多少钱？"

钱秀英故作不屑地说："漂亮什么！我老公去上海出差买的，二十多块呢，乱花钱！他一出差，总要买些乱七八糟的东西回来，不穿吧，可惜了那些钱。穿吧，真窝心。跟他说过多少次，'别买了，我不稀罕'，可他就是不听，真讨厌。"

柳泉可以想象，钱秀英在说这些话时，一定娇滴滴地撇着那张河马样的大嘴。

"啊哟哟，你还讨厌哪？现在有几个男人能这么疼自己的老婆！"

"谁稀罕。"钱秀英虽然这么说，但浑身上下，每一个毛孔里都流泻出对享受丈夫疼爱的满足，以及被丈夫娇宠的炫耀。

柳泉明知这是女人的浅薄，然而此时此刻，她却强烈地渴望这浅薄的满足，但愿她也能这样对人说……

她脚上的白色高跟鞋也很漂亮，但那是荆华买的，这毕竟是不能互相代替的两种感受。

柳泉想起"他"，没有一点怨恨的。

他有一个宽阔的胸脯，应该可以为柳泉遮风挡雨。

记得"文化大革命"初期，留学英国的父亲，一夜之间成了里通外国的"间谍"，柳泉每每为洗清父亲的不白之冤，徒劳无效地奔波一天后，多么想靠在那个胸膛前，诉说一下她所受到的冷漠和羞辱，又多么希望那是一片绿荫覆盖的草地，让她躺在上面得以歇息……然而他却喷着满嘴的酒气，强迫她做爱。那时他很得意地当着一个什么派别的小头目，踌躇满志，以为日后必然飞黄腾达，青云直上，早早便做起了黄粱梦。

自他们结婚以来，每个夜晚都像他花钱买来的，如果不是这样，他便蚀了本。

柳泉怕黑夜，每个夜晚，对柳泉都是一个可怕的、无法逃脱的灾难。每当黄昏来临，太阳慢慢落山的时候，一阵阵轻微的寒战，便慢慢向她袭来，好像染上了什么疾病。她恨不能抱住那个太阳，让它不要下沉，让黑夜永远不要来临。他呢，却粗暴地扭住她问道："你是不是我的老婆？"

…………

·159·

这番回去，要比没借调来时，处境更为艰难。柳泉好像已经听到魏经理那幸灾乐祸的干笑。那种笑，如同在挺冷的晚秋，一下子又掉进结冰的水池子里。

对了，她现在的景况，就跟一个不会游泳的人掉进刚刚没顶的池塘差不多，扑腾着、挣扎着，呛得好生难受，而岸上的人，不但不会救她，反而觉得有趣，因为人人都觉得，那么浅的池塘是淹不死人的。

究竟为什么？柳泉茫然不知所措，想不出自己做错了什么。

现在她像个被开销的女佣，站在主人面前，请他开恩。

她何尝不想扬长而去，或是拿起写字台上的墨水瓶，狠狠地摔到地板上，让瓶子里的墨水飞溅开来，溅谢昆生一脸一身。然而这是万万使不得的，有一刹那，柳泉甚至忘记了自己到这里来的目的，眼前就剩下这件事：就是对这种冲动的抑制和反抑制。

朱祯祥的同情，并没有使柳泉从困境中得到丝毫的解脱，但他这两句不疼不痒的话，却使柳泉的心立刻朝向他。赢得一个人的好感，是那么容易，这难道是柳泉的轻率吗？一颗总在受苦的心，像一台失灵的天平，它已经不能像正常人那样准确地度量，既会放大"恶"，也会放大"善"。

越是这样，柳泉反倒越不好张嘴。"不过是一点工作上的事情……"

"那好，你们先谈，我过一会儿再来。"朱祯祥知道柳泉相当自尊，虽然她说是一点工作上的事情，还是避开为好，免得她不便启齿。

谢昆生终于觉得不大合适，虽然朱祯祥并未说出这样对待柳泉不妥，甚至没有流露一丁点儿这样的意思。"朱局长，一会儿我去找你，我这里很快就完事。"

生怕谢昆生用这个借口，潦潦草草把柳泉打发了，朱祯祥连连说："不忙，不忙，我还有别的事要办。"然后又转向柳泉，给她鼓劲似的，"你好好谈，好好谈。"

柳泉很想对他说声谢谢，可她的舌头发硬，说不出来，只有在心里朝朱祯祥感激地微笑。她相信，朱祯祥一定看得见她心里的微笑。人和人的眼睛是不同的，每个人的瞳仁，其实是长在自己心上的，他们只能看见各自的心灵所给予的那个界限之内的东西。

谢昆生严肃起脸子，一本正经地问道："你找我有事？"

废话。没事能在这儿等两个多小时？而且他完全知道柳泉为什么找他。

"是的。"

"好，你谈吧。"然后谢昆生打了一个大大的哈欠，又顺手拿过一份报纸，浏览着报纸上的标题。

"组长和我谈过了，说这一阶段工作已经结束，让我仍回原单位上班。"

"嗯，是的，是这样的。"谢昆生把报纸翻得哗哗响。

"您曾亲口对我们单位和我本人说，调令随后就下，因为这里急等用人。"

"我说过那样的话吗？"谢昆生惊诧地扬起了眉毛。

第一人称的自我疑问句。据说，这种句法现在颇为流行。

"您说过。现在让我回去怎么和领导上说？我是能力不够，还是犯了什么错误？您替我想过没有，我怎么办？"

"啊呀呀，情况是在不断变化嘛。"想了一会儿，谢昆生又慷慨地提出，"这样吧，我给你们单位打个电话，把情况说明一下，你看好不好？"

谢昆生被自己的提议感动了，顿时觉得自己伟大起来，像他这样事必躬亲的领导，现在能有几个？

"不，不必，谢谢。现在的问题是，您说的话要不要兑现？"

谢昆生变了脸色。有这样不识抬举的人么？他把手里的报纸朝旁边一丢："这是后来党委集体讨论研究的结果，我个人怎么好推翻党委的决定呢？"

"集体讨论研究决定"这种法宝都端出来了，谁还能怎么办呢？它是一种滑溜溜的，没边没际、没抓没挠的东西，你就是想咬它一口，都找不到地方下嘴。

只这一句话，就把柳泉打得落花流水。

梁倩让柳泉在剧场门口等她。

梁倩跟人约会的地点，一向奇特，当年她和白复山恋爱的时候，就让白复山在西单公共厕所门口等过她。

几个头发留得像女人那么长，裤子把屁股绷得贼紧——不知他们蹲下去的时候怎么办——立裆只到肚脐眼儿的小青年，手里攥着一把毛票，问柳泉："有富余票没有？有富余票没有？"大概以为，柳泉也像他们一样是来这里消愁解闷儿的。

柳泉转过脸去，面墙而立，墙上贴着一张海报，海报上，哀婉而楚楚动人的玛格丽特·高杰，不知被哪个好心人画上了眼镜、连腮胡子，手里还画上了一把长剑。为什么让她拿把剑，又让她嘴上长了胡子？也许这位画师认为回到骑士时代更好？一切复杂的问题，都可以通过决斗得到解决。赢也赢得光明磊落，输也输得光明磊落。

手里那一兜蔬菜很重，勒得她手指头疼，她换了换手，几根绿生生的嫩扁豆，从网兜眼儿里漏了出来，柳泉蹲下去，一根根地捡起，不禁想起买菜时遇到的那个管理市场的小青年，什么话也不说，拿了一堆扁豆就走，也不给钱，真不像话！卖豆角的老农，眼巴巴地瞧着不敢吱声，平时为几分钱玩命的劲头，也不知哪里去了。

柳泉问："他怎么不给钱，你认识他？"

老农苦笑笑："不认识。人家就是这么着。"

"你怎么不跟他要钱？"

"唉，这不是人家的地盘嘛。"

柳泉在市场东头找到市场管理员的小屋，小屋的桌子上堆着新鲜的西红柿、豆角、青椒、鸡蛋……可以做画家的静物写生。不知是否都付了钱。

那小青年正在啃西红柿。粉红色的汁液，顺着尚未长满髭毛的嘴角流淌下来。他有着天神似的体魄，铜铸似的膀子上隆着一块块健美的肌肉。这应该是一个顶天立地的伟岸的男人。

他看也不看站在一旁等候他的柳泉，自管稀里呼噜地吃西红柿，随手将果蒂往门外一扔，恰巧落在一个干干净净的女孩身上。

"缺德！"那女孩急忙掸着落在衬衣上的汁液。

"操你妈！"他甩着手上的西红柿汁液，顺手往门框上抹了一把，接下去是出口成章的一篇大骂。女孩悻悻地去了，然后他才扭头问柳泉："找谁？"

"找你。"

"找我干吗？"

"你刚才买豆角为什么不给钱？"

"谁说我没给钱？"他不着急，也不生气，一副寡廉鲜耻的模样。

"我。我就在旁边站着，没看见你给钱。"柳泉的腰板也挺起了一些，觉得自己毕竟有点用。

"你怎么知道我不给？我当时没带着。"他拍拍身上没有一个口袋的背心，"回头我就给送去。"

柳泉什么也没逮着，可她就是觉得这伶牙俐齿的小青年什么地方不对头。引起她义愤的到底是什么？

"你一会儿给？谁能看见呢？大家只看见你没给，这影响多不好。你现在是代表国家对投机倒把、牟取暴利的那些不法行为进行监督，如果你自己首先违法乱纪，农民会怎么想？人家不管你姓张还是姓李，人家只认准你姓'国'，你得爱惜、尊重这个姓。"说了一大堆，她仍然觉得没有把心里的想法说清楚。

"你是干什么的？"小青年咧开嘴巴，像是在听人卖狗皮膏药。

"我是记者。"柳泉理直气壮地撒了个谎，"经常跑这个地段，专门负责反映这一带自由市场的情况。如果再有这种情况发生，我一定要向上面和有关单位反映。"

真是本性难移。

在自己后院起火的情况下，还有心绪去管这些事。

她自己的事，那些无端伤害她、不公正对待她的人，又有谁来管呢？

她甚至变得迷信，变得愚昧，像从未受过教育的农村老太太——如果那个穿红裙子横过马路的姑娘不回头，我的事儿就能解决。

谁说的？迷信是对生活无望的结果。

柳泉打了个寒战，在三十九摄氏度的气温里。太阳烤得人全身淌汗，汗水从脊背、胸窝不停地淌下，像有小蚂蚁在爬。一丝风也没有，树叶一动不动，连树荫底下应有的阴凉，在酷热的驱赶下也萎缩了。

不知梁倩此行是吉是凶。幸亏梁倩有那么一位老爹，不看僧面看佛面，人们也许不会特别为难她。

谁能说一片赤诚地献出友谊和爱情，不是一种有死无回的探险？她们之中的任何一个人，在这方面都有惨痛的教训。

在生活急骤的旋转中，她们不断丢失附在周身的那些不太坚牢的东西，而她们之间的友谊，在这茫茫的人世间，却是难以再得。

苏格拉底建屋时，人说那屋子太小，他回答说："只要它能容纳真正的朋友。"

她来了，骑着橘红色的双座摩托，远远看去，依旧充满青春的活力。黑色的褶裙，浅蓝色的丝绸绣花衬衣，白色的浅口皮鞋紧裹在她秀气的脚上，她难得这样修饰自己。只是头上露顶的破草帽，与身上的衣着很不相称。

张口就是一句脏话："狗蛋，当着朱祯祥的面，我跟谢昆生那老小子大吵一架。你妈的！"她一定说了不少的话，又在太阳底下跑了很久，两片嘴唇之间的唾液，稠得似乎可以粘住嘴皮。

"先去喝点饮料好不好？"

没想到，在冷饮店里遇到了白复山，还带着一个漂亮的小妞儿。她的领子大得不能再大，袖子短得不能再短，全身袒露到即便在这炎热的夏天，也令人想打喷嚏的地步。

柳泉立刻失悔，尴尬地站在冷饮店窄小的过道里发愣，不知退出去好，还是若无其事地走进去。

梁倩推着她的后背："走，走，愣什么，没见过还是怎么着？"

经过白复山那张桌子的时候，梁倩像遇见熟人似的招呼着："出来遛遛？"就像没看见白复山身旁的小妞儿。

那小妞儿显然不知道梁倩和白复山的关系，如防范一个新出现的竞争对手，警戒地、上上下下地打量着梁倩。经过短暂的对比和判断，料定梁倩不是对手，便带着年轻女人对韶华已逝的女人的怜悯和优越，掉过头去。而那过剩的优越感和怜悯，仍然盲目地从后脑勺上往外冒。

这可怜的小雏。

白复山慷慨地对她们说："我请客。"

梁倩伸出一个手指头，仿佛怕沾上脏东西似的推开他，说："不用，谢谢。"便带着柳泉昂首阔步地走向另一张桌子。

梁倩心中冷笑，这家伙，气派还是不够，为什么不敢请她和柳泉就在他们那张桌子上落座？梁倩可不在乎，她有政治家的气魄和风度。

"两瓶汽水，两杯巧克力山德。"

等着服务员开票的时候，梁倩向白复山那边瞟了一眼，她看见，白复山正伏在那小妞儿耳旁低语，肯定是在介绍自己的身份。因为那张容光焕发的小脸，立时变得萎缩、暗淡。

哦，不过是自留地上的一块小菜园。

吱、吱、吱，梁倩用力吸着麦管，一口气喝下半瓶汽水。"他们走了。"她朝冷饮店的门厅转了转眼珠。

柳泉回头望去，恰巧白复山往她们这边看着，他扬了扬手，柳泉只好点点头。准是小妞儿要走，眼前的阵势，可能让她有点吃不住劲。

梁倩一时没有说话，用手指蘸着汽水瓶下的水渍，在桌面上画字。那些毫不关联的英文字母，像字谜一样令人费解。她也有她的悲哀，但这悲哀只藏在她心底深处，像藏在这字谜里一样。她可以随便发泄胸中的愤怒，或为欢乐而雀跃，而悲哀的感觉，她是永不会对人说的，甚至不肯对柳泉或荆华说。

但她自有治疗这悲哀的法儿。那就是对自身存在价值的认识——对人类、对社会、对朋友，你是有用的。

"你怎么打算？"

"什么——"柳泉觉得梁倩的话没头没脑，她的思路跨度太大，像剪辑错了的电影胶片。有一次梁倩让她和荆华去电影厂看一部过路片，放映员忙乱中倒放了胶片，银幕上的人物、飞机、汽车等等，一律"倒行逆施"，惹得人们捧腹大笑。如果仔细想想，他们也许就不会笑了，谁能担保自己一生中，没有被剪辑错了的时候？

"我是说，你对你的工作怎么打算？"

哦，梁倩既没有在想白复山，也没有想那个小妞儿。和旧式的女人相比，对她们这种类型的女人来说，所思虑、所悲伤，并耗尽心力去关注的，早已是不同的内容，就连她们表示悲哀的方式，也不同了。

"我想，我还是回公司去吧。"柳泉无法衡量，退或进哪一种选择，在尊严、意志、精力等等方面，付出得更少。一想到不论哪个选择都得苦斗一场，她真想不战而降，下跪求饶。

"胡说，让这老小子白涮一盘？你干，我还不干呢！"梁倩死不服输，也不允许别人服输。

"我已经和老董科长谈过了，他对我大发脾气，'你就那么下三烂啊？非得去他那个外事局，用不着你向他们低三下四求情，趁早回来，这边的事情，我想法给你圆过去。'也许还是回去省劲。"

"我不同意你这种生活态度。"梁倩把手里的汽水瓶举到眼前，透过橘黄色的液体，四周的景物就像泡在这橘子汁里，全变了样，像卡夫卡的小说。然后接着说，"我们常常提出这个问题，世界上究竟好人多还是坏人多？经过认真的分析、对比，一致认为，还是好人比坏人多。可生活为什么显得那么艰难？这是因为坏人虽少，但是他们的能量大，而且常常是进攻型的，侵略型的，而好人总是处在防御地位，所以坏人显得很多，所谓'一只耗子坏了一锅粥'。我希望改变这种打法，不能一味地防守，要出击，要进攻，狠狠敲断那些坏蛋的脊梁骨，让他再也不能害人。王八蛋！"

梁倩的眼睛越睁越大，粗长的脖子上，隆着青筋，气色也不好，皮肤没有一点光泽，像一只储存过久、水分失去过多、表皮已经起皱的黄香蕉苹果。柳泉觉得十分不安，仿佛自己是梁倩身上的一条寄生虫，要是梁倩自己万事如意一路顺风，倒也罢了。

"还是算了吧。"唉，总不能让朋友为自己擦一辈子眼泪。

"不行。"梁倩从嘴上拿下正在吸着的香烟，用夹着香烟的中指，叩击着桌面，"你知道他们说你什么？说你一个中午不知道和外宾跑到哪里去了。"说完，便静候着柳泉的反应。

柳泉蒙了。两只手下意识地向前慌乱地推着，好像在抵挡一块向她压来的无形的巨石。

桌上的汽水瓶被她碰翻了，还嫌不够热闹似的，骨碌碌地滚下桌子，"砰"的一声化作碎片，立刻引起了服务员的注意。梁倩说："这办法不错，平时你叫他，千呼万唤都不理你的茬，以后要想让他搭理，摔个瓶子就得，两毛钱，比白白等上几十分钟还是划得来。"

梁倩想，对于柳泉，一丁点儿负担都不能再有了，哪怕是这只碎了的瓶子。

"怎么不知道跑到哪里去了，布朗女士提出要到王府井吃点中国小吃，林克先生听了也要同去，而且我还请示了组长，前前后后不过一个多小时……"

梁倩在心里计算了一下，从北京饭店到王府井任何一家小吃店，快走，来回也得三十分钟，剩下的时间……"哼，"她冷笑了，"三十多分钟，脱裤子还来不及呢。狗蛋！"但柳泉这种温良恭俭让的软弱，也令她愤然，"有些人，你越是对他讲理，他越是认为你没理。对这种人，只有得理不让人，逮着理就闹他个人仰马翻。你不用给我解释这些，只要你没干理亏的事，就决不能饶了他。你想一走了之，临阵脱逃？当逃兵人家也饶不了你。那一大堆肮脏的谣言，你走哪儿会跟你到哪儿。这里面分明有人捣鬼，你要抓住这件事，闹得越大越好，工作问题反而解决了。我呢，往上面找人帮你疏通一下，绝不能败在谢昆生这老小子手里。刚才和他交交锋有好处，至少知道事情由哪里发端。我看朱祯祥那个人还是清楚的，他当时就表示'这件事好查嘛，可以弄清楚的'。你一定要找朱局长谈谈，该说的，你要说清楚，我觉得他会帮助你。"

梁倩说的句句是实话，但她们的社会地位毕竟不同，对她可行的办法，对柳泉未必可行。就是现在，柳泉觉得自己的肩膀已经开始往下倾斜，一副丢盔卸甲的架势。

而梁倩变得越来越爱吵架，只要一吵架，她就好像来了精气神儿，柳泉甚至觉得她有时存心找架吵。

唉，她不过貌似坚强而已，像汽水瓶刚开盖儿时，那一股势不可挡的气泡。我们其实都是弱者。柳泉黯然，为梁倩，也为自己。

"你怎么了？"梁倩忽然变得安静。

"没什么……"柳泉伸出双手，隔着桌子，握住梁倩的一只手。

梁倩放下手里的杯子，像个男人似的拍着柳泉的背，"吃冰激凌吧，它已经化了……"

唉，像个男人一样，拍着她的背。

六

院子里，每家电视机都在开着。

从挂着不同花色的窗帘、亮着不同灯光的窗口里，传出同一电视频道，同一女人的哭声。

有板有眼，抑扬顿挫，声乐训练似的。所以人们才能在吃着饭后消暑的西瓜，打着饱嗝儿，东家长、西家短的闲聊中，倾听这表示痛苦和悲哀的信号。

真到哀痛欲绝的时候，有谁这样哭泣？

但只有这条短街，还是一个安静的去处。

由于不是交通要道，没有公共电汽车通过，尤其到了晚上，连小汽车也很少通过，便保留了些许的安静。

它像一个窄长的街心花园，有大树、灌木、草地和花丛，甚至还有一小片拦在铁丝网里的果园。青青的小苹果，正傻里傻气、无声无息地在那果园深处长大，变得红润和甘甜，直至献出完美的自我。

街灯的光晕，像黄澄澄的雾，罩着在街边草地上低声絮语的青年，捧着书本准备高考的学生，以及乘凉的人们……原来有那么多人，在兴味盎然地活着。那片草地诱惑着柳泉，她真想立刻躺在草地上，什么也不干，就是数天上的星星；或像推车里那个熟睡的婴儿，做一个什么梦也没有的梦……再不要像上紧了发条的玩具人，砰砰砰地跳个不停。她给蒙蒙买过一个玩具猴子，发条一上，它就不停地翻跟头，即便是铁皮做的，也磕掉了漆皮，碰扁了头。

到现在，她连晚饭还没吃，刚才荆华给她冲了一杯麦乳精，她连那个也咽不下去，除了白开水，随便什么东西，一进喉咙就要吐。也许有些中暑，想找瓶"十滴水"，翻遍她和荆华的房间，也没有找到。不论用得着的还是用不着的，她们都很欠缺。

整整一个下午，柳泉骑着自行车，在像是从熔铁炉里捞出来的太阳下奔波。

魏经理已经发出最后通牒，让她回公司上班。

而梁倩却让她拖着。还是那句话：调令随后就下。但究竟有多少把握，今天应该听到回音。

宿舍、摄制组、放映室、混录棚、洗印车间、剪接车间……到处找不到梁倩，据说她拍的那部片子又出了问题，厂党委没有通过。

她不会一怒之下上吊吧？平时，她最爱说这样的话："气得我真想上吊。"但更大的可能是找谁吵架去了，柳泉想象得到，她如何恶狠狠地咬着两排细小而紧密的牙齿，一副血战到底的样子。

结果却有人告诉她，梁倩在摄影棚。摄影棚里还有她什么事？她的片子早就拍完了。

每个摄影棚里都在拍戏，摄影机的镜头，像重炮炮口一样，瞄着在七情六欲里挣扎的凡夫俗子。只有二号摄影棚里阒无一人，然而每个灯盏，都大放光明，管灯光的人大概上厕所去了，医生也许会给他开一个"便秘"的诊断证明。

梁倩正坐在玻璃镶嵌的一池春水中，远远看去，像是一枝出水芙蓉。远远地，唉，只能是远远地了。

池水里，倒映着制作车间出品的描金绘彩的飞檐，婀娜多姿的柳丝，轻柔的浮云，奇巧的岸石……

她不知在想什么，两手抱着腿，下巴颏抵在两个膝头之间，睁着一双视而不见的眼睛。柳泉觉得蹊跷，这不大像她平时。

"你怎么在这儿？让我好找。"柳泉远远地站着，不敢走近，生怕一脚踩碎了那些玻璃。

"你瞧，这儿多好。"这更不像她。梁倩讨厌一切假东西：绢花、塑料花、首饰……就连她拍的那么大一部电影，也没有一处不是实景，难道她到了可以抛弃自己的时候？那她可就大富大贵了。

"你在这儿干吗？"

"打坐。"梁倩耸了耸肩，又做了个鬼脸，"在寻找一种感觉。"又认真了一点，不那么怪模怪样地笑了。

什么感觉？在虚假里可以死心塌地的感觉？她找不着。

"得了吧，"柳泉痛惜地反驳她，"别玩新花样了，你就是你。有人说，改变性格不过像是穿越一条小巷……对另外一些人也许是那样，对我们却不是。"

她们像架老风车，被遗忘在荒野里一条叫不出名字的河流上，并且不知道自己已经慢了几个世纪，依旧那么不慌不忙、自得其乐地旋转着，每一个老关节，都满足地哼哼着。谁要是想给她们变个节奏，换上一个现代化的马达，立刻就会把她们的老骨头摇散架。

梁倩像是被人戳穿了西洋镜，赖皮赖脸地咧开嘴巴。"你来得正好，我出不去，今天还有人要审我的片子……这几天活动的结果是，上面已经通了，谢昆生也说他那里没问题，只是下面人事处在顶着，人事处又听了群众的什么反映，我找人摸了底，人事处那里根本没问题，是谢昆生想调进自己的一个心腹。说到群众反映，可能是钱秀英捣的鬼。朱祯祥说，这些反映可以查查清楚，第一，有没有那么回事；第二，即使有那么回事，还要看具体情节和性质……能有这句话就行，不是一听诬陷就给人板上钉钉。他说，他愿意跟你谈谈，这个人还不错，不像有些人，连个辩白的机会都不给你。"

好倒是好，但即兴的豪言壮语和琐碎的具体工作之间，仿佛隔着一条可以冷却冲动、责任、热情的河流。

"他什么时候跟我谈，又什么时候才能查清楚呢？"

"今天，就是今天。我已经给你联系好了，你先打个电话联系一下，万一他晚上突然有什么急事，你不是白跑吗？我把他家的电话号码告诉你——"说着，她翻着那个蓝皮的通信册。"我这个宝贝本子可不能丢，'上面的联络点，有三百多处哇——'，哼哼。"梁倩从鼻眼里挤出一个冷笑。她特别喜欢拿"文化大革命"时期样板戏里的台词开玩笑，那些台词，她记得滚瓜烂熟。

从电影厂回家的路上，柳泉给朱祯祥打过一个电话，接电话的是个女性，有着柔和而安详的声音，"他还没回来，对不起，请你过些时间再来电话好吗？"

完全没有顿生的戒心、反感、倨傲、跋扈，也没有盘问一番：你是谁？哪个单位的？有什么事……

…………

这显然少有，也许是他们家的保姆，但不像。很沉稳，有经验，又因教养而充满自信。是朱祯祥的妻子吧？他们夫妇二人一定和谐，像月亮跟随着太阳，不论阴晴。

现在荆华陪她去打第二次电话，一路上，柳泉都在为打电话的时间是否合适而烦恼。

"他会不会正在吃晚饭？"柳泉说。要是朱祯祥胃口不好，也许这电话就会影响他的食欲，如果他正在剥一只虾，那就会败了他的兴味……这对以后要办的事情，似乎没有直接影响，但她的不合时宜很可能会成为第一抹暗影，这就是办事老成的人常说的，天时、地利、人和。

"不会，现在八点都过了。"

荆华怎能不陪柳泉打电话？她好像被不断的失败砸晕乎了，糊涂到对自己该不该打这个电话，都产生了怀疑。

他会不会在洗澡？柳泉又想。如果他在洗澡，过一会儿还得再打。一个下午打三次电话，人家会不会烦？她会不会显得急不可待而受到轻蔑？

"你这是怎么了？你又不是去乞求谁的恩赐，你有权利向任何人声明，你身上那一块黑、一块绿、一块黄的东西，是别人给你抹上去的，并非生来如此。"

其实是"乞求"。不过柳泉不想和荆华争论，只是疲倦地笑笑。

不巧，看公用电话的老大妈，刚刚关上电话机前的玻璃窗。

荆华赔着笑说："大妈，我们打个电话。"

老大妈后脑勺上的疙瘩鬏，说一不二地晃了又晃："不成，过点儿了。"

"我们有急事。"

"我管不着。我还有急事哪，闺女病了，发着高烧，这会儿刚合上眼，老打电话，她还怎么养病？！"

难怪老大妈一肚子邪火，她闺女病得很重，也许她正在为找不到好大夫、好药烦心呢。

柳泉觉得咬着的那枚苦果更苦了。"怎么办呢？"

"路那头好像有家机关，传达室总有电话，咱们借用一下吧。"

"你回去吧，我自己去就行了。"

"不。"荆华说。柳泉和她不同，柳泉需要拐杖，哪怕是根秫秸秆儿的也行。

她没有告诉柳泉，由于老安的反对，并没有对她进行什么批判，也没有按照一些人的想法，给她扣个什么帽子。但机关里突然盛传，她和老安有什么不正当的关系。那些话说得真难听，简直不能想象，是从知书达理人的嘴里说出来的。柳泉遭到的诬陷，其实太平常了。

这也是老套子了，像前门"月盛斋"那酱牛肉的卤汁儿，几百年的老汤了。要想毁灭谁，尤其毁灭一个女人，再没有比拿这盆屎往她身上一扣更省事、更拿手的办法了。这也是一绝，像每天晚上电视里播放的西铁城石英表那则广告："誉满全球"。

半个世纪过去，这些人的观念仍然停留在阿Q的思维逻辑上：爱情就是困觉。鲁迅之所以伟大，就是在他的阿Q身上，凝聚了我们可悲的国民精神。

荆华终于读完那女人写给老安的情书，充满着女性细腻、朦胧的温柔。语言竟还是五四时代的，文白夹杂。荆华久已不读这样的文字，敬重里又夹杂着一点善意的嘲笑。老安的判断不准确，她并不太"洋"，虽然信上有几处引文用的是英语。至于感情用事，又有什么不好？只要这感情并不祸国殃民……荆华准备鼓动老安下决心结婚。六十岁以上的人，怎么就不能恋爱？如果她活到八十岁，终于遇到一个可爱可敬的男人，她绝不会像老安这么犹豫，可惜她遇不到就是了。

那栋机关大楼，威严而方正地矗立在黑夜中，一派秉公办事、不徇私情的神气，毫无缘由地给她们以鼓励和希望，她们不由得加快了脚步。像飞蛾扑向光亮，扑向那亮着灯光的门厅。

电话机就放在传达室宽阔的棕色窗台上。可是传达室里没有人，只有一台电位器已经磨损、电容器已经老化的收音机，诸葛亮守空城似的唱着，噼里啪啦伴着嗡——嗡——嗡——

"人呢？"柳泉环顾四周，"喂，同志——"

收音机回答着：噼里啪啦，嗡——嗡——嗡——

"没事儿，打吧，不就打个电话嘛。"

柳泉伸手去拿电话筒。

"干什么的？！干什么的？！"从走廊暗影里钻出来一个罗汉似的人物。胸脯上两块前突的肌肉，隆起在T恤下，看上去比荆华还丰满。腰围足有三尺，柳泉即便到了足月临产前夕，也没有这样一个令人望而生畏的肚子。

"我们想打个电话。"荆华一目了然地明白，眼前是个横竖以使人难堪为乐子的角色。

"打电话？找公用电话去。"硬碰硬，没有一点商量的余地。

荆华相信，他要是掐死个狗呀、猫呀什么的，绝不会手软。

"公用电话已经下班了，我们有急事，谢谢您了。"柳泉脸上堆满了笑。她笑起来的时候，嘴角上便会出现两个俏皮的小酒窝，很动人的。

"去！去！去！不行！"像呵斥一只偷食的野狗。

柳泉脸红了，却仍然笑着。但那笑容已非动人，而真像一只被呵斥的野狗，窥视着人家的脸色，阿谀地摇着尾巴，溜溜地蹭着墙边跑走了。

"柳泉！"

"我们有急事……"

"有急事也不行，我们这里是某某机关，万一上面有个紧急电话找领导，你这里占着线，耽误了事情谁负责？"

绝对的狐假虎威，他要是当了部长怎么办？机关里有值班室，领导家里有电话，红机子、黑机子，别管是上面，还是上上面，昼夜畅通，风雨无阻。

"柳泉，走吧，咱们上电报大楼打去。"

柳泉怔怔地说："我应该结婚，找个屁股冒烟、家里有电话的丈夫，那就不会受这个气了。"

"走吧！"荆华已经上了自行车。

三部电话，每部都有人占着，哪个快点呢？

"剩了？剩多少？哟，那你明天早上馏馏吃，不想馏，你煎煎也行……"这个当然等不得，跟马季说的相声一样，等他打完这个电话，一出戏都该散场了。

而那个……柳泉捏了捏荆华的胳膊。

他在这儿！脑袋扎在搁电话机的台子下，撅着屁股，两只手捂着紧贴话筒的嘴巴，看上去真辛苦。

"……对，对！那位领导同志看过了，说她这部片子问题很大。什么？绝对可靠，你就放心吧。我是为你着想，不然我管这个闲事干吗……"

荆华惊呆了，惊得连声音都虚飘起来。"你懂吗？"

柳泉把她的胳膊抓得更紧了。

"……我老婆没跟你说？这种事她能跟你说！她只想自己出人头地。我告诉你，她这是存心坑人。这些日子，政策又紧了，你没觉出来吗？好，好，你知道就行。别谢，别谢。就这样吧。啊，再见。"

白复山放下电话，转过身来，那道温文尔雅的面具已经除下，裤线、衣领也不再挺括，衬衣上只剩下一粒扣子，衣襟像两扇弹簧失灵的门，一左一右，大大敞开，整个人像被汗水浸透，黏糊糊的，酸渍渍的。

他没有想到，面对面地站着荆华和柳泉，真是冤家路窄。这两个娘们儿，灾星似的，谁撞见谁倒霉。从某种意义上来说，女人都是男人的灾星。她们显然听见了他说的话，不然不会像索命的小鬼那样看着他。

知道了又怎么样？狗屁！这些奶子像空布袋一般吊着的老母狗，牙口都不顶用了，还敢上来咬他一口？白复山恨不得踹她们一人一脚，像踹开一切路障。这叫一报还一报，梁倩要是不管他的死活，他照样给她一脚。

他像没有看见她们，或是不认识她们那样，走了过去。

"他总该感到一点心虚或尴尬吧？"可柳泉在白复山的眼睛里，竟找不到一丝如此这般的影子。哪怕找到一点也好，可是没有，什么都没有。那只是一双布满红丝的混浊体，让人联想起一坑流水不畅、颜色发绿的烂泥塘子，又像因恣意咬噬而红了眼的野兽。拿这种眼睛看世界、看人，还明净得了吗？

"这就是所谓的丈夫。"荆华斜望着柳泉，低声说。好像在讽喻她把"丈夫"视为拯救自己的幻想。然后又提高嗓音，"没有什么丈夫不丈夫，只有靠我们自己。柳泉，打电话吧。"

柳泉一言不发，咬着牙齿紧蹬。自行车链条咔啦咔啦地响着，它应该大修或是应该上油了。

大东郊！而且是晚上八点五十分。

应该把自行车存在西单，然后叫辆出租车。她们苦惯了。没有人心疼她们，自己也不知道心疼自己。

红灯，绿灯。

绿灯，红灯。她们巴望着绿灯，一路绿着亮过去。荆华已经很累，但她绝不哼一声。她扫视马路两侧，车辆已见稀落，尤其那些骑自行车的人，像在公园里散步那么消闲，不紧不慢，没有一个像她们这样玩命似的紧蹬。

这一趟真不近，荆华还以为永远到不了了，当她最终从自行车上下来的时候，大腿麻木得没了感觉，就像蹬车的时候给蹬丢了。

一栋栋楼房，像孪生兄弟那么相像，恐怕连亲娘老子也不容易分清。她们像进入迷宫，在楼群中转了很久，才找到朱祯祥住的那栋楼。

"你上去吧，我在这儿等你。别慌，先谈什么，后谈什么，都是咱们刚才在路上讨论过好几遍的事情。"荆华尽力显得淡然，柳泉此时像受了惊的鸟，任何一点微小的刺激或不妙的暗示，都会使她从主要目标上偏离。

她背过脸去，不看柳泉那副仓皇上阵的模样。直到她确定柳泉已经上了楼，才一屁股坐在地上，抽出一支香烟点上。她迫不及待地、狠狠地吸了一口，然后吐出一连串畅快的呻吟，直到一个路人惊诧地打量她，她才打住自己惬意的哼哼。

糟糕，柳泉就连组长的名字，也说不出来了。而她原想说，她陪外宾去王府井小吃，是经过组长同意的，而且是她付的钱。晚上，外宾又回请她喝了一杯咖啡，这也是向组长汇报过的……

极端乏味的感觉突然向她袭来，这是何苦呢，四十岁的人了，为了几碗馄饨、一杯咖啡，到处向人说个明白。如果做人做到如此琐碎……她伤感起来，在路上决意要到这里说个一清二白的劲头，像她那个慢撒气的自行车后胎，不知不觉地瘪了。

朱祯祥的妻子端进两杯加了冰块的酸梅汤，放在了她和朱祯祥沙发间的茶几上。轻轻地、没有发出一点声响，这家的茶杯也像主人那么体贴、懂事和安详。

"您请。"女主人说。

"谢谢。"柳泉微微抬起身来。

她并不说话，只是微笑地摇头，摆摆手让柳泉坐下，然后拿着托盘出去了。顺手轻轻地掩上了房门，截断了从另一个房间流进来的轻曼的乐声。

她甚至没有回头看他们一眼，没有投来一瞥或好奇、或审度、或鄙夷的目光，这一切都应该让柳泉感到放松，可是她依旧愣怔在那里，说不出话来。

朱祯祥了解过，柳泉的工作很值得称道。安排外宾住宿，二十五个名字和房间号码，钱秀英花了二十多分钟，也没弄清楚哪位外宾住哪个房间，柳泉只消几分钟就弄清楚了。她有一套比较科学的工作方法，也不像钱秀英那样，需要随身携带一本英汉大辞典。每当钱秀英和外宾有一搭没一搭地闲聊，或在宾馆浴室里没完没了地冲洗自己，对着镜子细调脸上的铅粉时，柳泉却在做工作日记，或与有关单位再次落实第二天的活动日程，或为外宾联系解决他们突然提出的要求。从没有过一次，像钱秀英那样，要求外宾给拍一张三分钟快照，或是在外宾鼻子前头，打个"榧子"以示友好……但她的生存能力怎么那么差？

朱祯祥很愿意帮助她，然而他可以断言，就算眼前这个困难解决了，她还会招架不住，哪怕是一根歹毒的舌头。

她想得太多，活得太拘谨，总像一头受惊的小兽。她的心和她的眼睛离得太远，硬是拒绝承认眼睛里看到的东西，因而那颗心，永远是没有准备的。

"你住在什么地方？"朱祯祥尽力找话说，只要说起话来，她就会轻松一些。

"西城，莲花胡同。"

"那儿有个莲花池吗？"

"没有。也许老早以前有过。"柳泉突然开始出大汗，手心却冰凉，身子瘫软，眼前一阵阵地发黑，她的头无力地歪向沙发靠背……

"北京的胡同，一般都有点来历或讲究……"朱祯祥瞥了柳泉一眼，立刻被她失血的面色和嘴唇所惊吓，他快步走去，打开隔壁的房门，"仲兰，你快来瞧瞧，柳泉同志好像不舒服。"

朱祯祥的妻子应声走了出来，翻开柳泉的眼皮看了看，又伸手去摸摸柳泉的脉搏。

"要不要叫车？"

"不用，你去冲一杯奶粉，多加些葡萄糖。"她话说得很快，但并不惊慌失措。

"真对不起……"柳泉声音微弱地说。

"别说这个，谁都有意想不到的时候。"她悄声对柳泉说，"别着急，没有过不去的河。"她接过朱祯祥冲好的奶粉，问柳泉，"你自己能喝吗？"

柳泉不好意思地笑了笑。

"把这个喝了，你会觉得好一点，我再去给你弄点吃的。没关系，这是血糖低的缘故，我也有这个毛病，吃点东西就好了。"

柳泉觉得俯向她的那张依然滋润的面孔，如窗外融融的月亮，安静地照耀着她。她顿时觉得饿极了，便接过那杯滚烫的牛奶，急急地吮吸着。

朱祯祥转过身去，尽力不看柳泉，怕她不好意思。在柳泉吮吸牛奶的急切里，有一种令人落泪的东西．他的直觉告诉他，柳泉不是那种乱七八糟的女人，他没有发现过一丝那样的痕迹。

"柳泉同志，你不要着急，我们一定要把这些事情弄清楚。"

明天，他将把外事组的人全召集到一起，加上谢昆生，谁对柳泉有什么反映，都亮到桌面上来。三头对案，人证物证，一一落实下来，合则留，不合则去——谅他们也没有什么可以拿到桌面上来的东西。再不要这样似是而非、传来传去地糟蹋人，人家还是个独身女人啊，这样糟蹋人家，还让人家活不活？怎么能那么残忍呢？

从十层楼望下去，真有遥望人寰的味道，璀璨的灯火，一望无际地向远方铺去，晶莹、剔透，多么大的世界啊，为什么就不能给柳泉一方立足之地？

朱祯祥的妻子托着托盘进来了，托盘里是满满一碗热腾腾的汤面，一双红漆筷子，一盘凉拌鸡丝。

朱祯祥赶过去接她。"不，你不要换手了，"她把那些东西一一放在柳泉面前，"鸡丝里我放了点芥末，真糟，忘记问你吃不吃芥末。"

"我什么都吃，只是——这太不好意思了。"

"你尝尝看，会不会太淡？我去拿点盐。"

朱祯祥自愧不如。他的妻子总能巧妙地、不露形迹地帮助别人从尴尬中解脱。

柳泉又想哭了，她赶紧拿起碗和筷子，不行，两只手一点力气也没有，而且颤抖得厉害，差点把面碗打翻。她把碗放下，筷子却从手里滑脱出去，一直滚到女主人的脚边。

"不要了，不要了。"朱祯祥的妻子说，"我去替你换过一双。"她转身出去了。

柳泉的舌头，第一次不因当面说人好话而僵硬，"您爱人真好……"

起风了。风真大，狂风把树上浓密的枝叶摇撼、撕扯得呜呜直响，如山呼海啸般地惊心动魄。"咔嚓嚓"一声巨响，一棵大树被刮倒了。她们缩在一楼的门洞里，不知怎么办才好。荆华怀疑她们没有力气把车骑回家了，可是她们又不能在这里站到天亮。

"还是走吧，能骑就骑，不能骑就推着走，或是在路上截辆卡车，求司机捎带咱们一段。"荆华走出门洞，她的短发，立刻在风中飞舞起来。风呛得她说不出话，她只能一味地招手，让柳泉上路。

推着自行车七拐八拐，拐上了大路，荆华大叫一声："嘿，顺风！"

果然，柳泉上了车，根本不用蹬，只要掌好车把，顺着风就能一路溜过去，真有飘然欲仙的感觉。

"顺风！"荆华又说了一句。声音里跳跃着喜出望外的欢乐。

"咱们也有顺风的时候。啊？！"

七

还剩下这件事：把扁豆丝切好，一切便都准备齐全，单等梁倩进门就下锅，她喜欢吃素炒扁豆。

她还在电影厂等候最后的裁决，据说她那个片子可以通过。这几天，为这部片子，她又上上下下地跑了个够，一边跑、一边骂："他妈的，难怪咱们工作效率不高，一个人只能用三分之一的精力搞事业，用三分之二的精力打官司、解释、扫清阻力、疏通关系……"

还有一样她忘了统计进去：用多少力量，才能从白复山们制造的干扰、绝望、幻灭中，挣扎出来？

女人要面对的是两个世界，要想有所作为，一定得比男人更强大才行。

澄澄已和梁倩疏远。她常常在澄澄入睡后回家，又在他起床之前离开。偶尔，想起母亲应尽的责任和义务，给澄澄买件礼物，却不知道买什么好，或买过之后才猛然清醒，他已经十六岁，不再需要玩具。她惭愧、内疚，终于决心抽出一天时间，和澄澄单独相处的时候，他们却无话可说。因为她心不在焉，总在想她的"分镜头"。

而蒙蒙呢？

"妈，我饿了，怎么梁阿姨还不来？"

"再等等，柜子里有蛋糕，你先吃两块，好吗？"

"您老是'再等等、再等等'，我要辆自行车，您也说'再等等、再等等'……您到底给不给我买啊？"

"妈妈没钱……"

"您怎么没钱啊，您每月五十六块钱工资，还有洗理费、粮食补助、车贴……"

"蒙蒙，"柳泉心里难过极了，"这都是谁教你的啊？"

"爸爸说的。"

在水池里洗小萝卜的荆华忍不住了。"蒙蒙，你怎么能和妈妈这样算账？如果爸爸教你这样做，我可要给你说说清楚。妈妈一个月要给你十块钱抚养费，然后她还要给你买书、买鞋、买衣服，自己还要吃饭、交房租……"荆华还没有说，这几年为了把她从外地调回北京，以及柳泉自己活动工作，她们怎样挤干了身边的每一个小钱，去周旋、去疏通关系。在她们已是倾囊而尽，而对那些"有权就有了一切"的人家，仍然寒碜得无法出手。

这种话不应该对孩子说，这种事更不该让孩子知道，生活的丑恶，让孩子知道得越少越好，并且希望他尽量不要遇到。

"妈妈既然给了抚养费，那么买书、买鞋、买衣服、买玩具、买自行车……都是超出离婚判决书规定的额外付出，因为妈妈爱你。这些钱，都是她从自己牙缝里，一点一点抠下来的，不要以为她是有钱没地方扔的财主。这些话本来不应该对你说，但是你已经大了，应该懂事，并懂得妈妈的苦心和爱心了。"

蒙蒙的小圆眼睛，先是显得惊诧，然后是愤慨、委屈，他一向听到的，显然是另外一套。

"我不知道啊，我的衬衣破了，他说'找你妈要去'，我的作业本没了，他说'找你妈要去'……要是我再说，他就打我，打得我脖子疼得几天不能转弯儿。我受的苦少啊？要是这么着，他干吗非要我不可？为什么把我给他，不给他就不同意离婚？那个判决书能不能改，把我判给妈妈啊……"蒙蒙哭了。

谁能解释他非要蒙蒙不可？他自己那样做人倒也罢了，还想把蒙蒙也造就成他那样的人。对一个弱小，没有抗御、辨别能力的清白灵魂来说，这简直是一种杀戮。他不觉得这是有罪的吗？这为人之父的！

"别哭，别哭，我和妈妈一块儿凑钱，给你买辆自行车。"

"不，我不要了。"

蒙蒙是个懂事的孩子，只要把道理告诉他。

听着荆华和蒙蒙的对话，柳泉再次后悔，她不该结婚，更不该把蒙蒙生下来，假如她不能为蒙蒙准备好一切。

梁倩来了。

"这，这，这是怎么了？啊，一个个都哭丧着脸。伙计们，别净给自己找不痛快行不行。蒙蒙，你还算男子汉哪？男子汉还哭鼻子？啊呀，啧，啧，啧，快吧，快吧，谁接接我呀？"她手里拎着大大小小的纸包，背上还背着一个地质勘探队员才用得着的大帆布包。

"你还买这么多东西干什么，吃不了都该坏了。"柳泉埋怨她。

"吃吧，吃吧，咱们一个个瘦得跟小鬼似的。"

"你那个电影怎么样？"

梁倩看了看她们，不知道把那个噩讯告诉她们，还是不告诉她们。"算了，算了，不说它，不说它。"她从帆布包里往外掏东西。

"咣！"一瓶啤酒，放到了小桌上。

"咣！"又一瓶啤酒，放到了小桌上。

"咣！""咣！"一共四瓶啤酒。"凉水里镇镇，凉水里镇镇，折腾来折腾去，咱们连个冰箱也混不上。"她专心致志地对付那些大大小小的纸包，从一个纸包里拿出一块鸡杂塞进嘴里，狠狠地嚼着。

砸了！荆华一看就知道。

"到底怎么样了？"柳泉还盯着问。她总是慢一个节奏。

"枪毙了。"梁倩又拿了一块鸡杂。

"别吃了，回头吃饭该吃不下了，再说你也没洗手，脏不脏？"柳泉从梁倩手里，把那块鸡杂夺下。

"为什么？"

"谁他妈知道为什么！"梁倩"哐"的一脚，踢翻了一张凳子，"那个姓吴的头儿说，'我说——啊，那个工人睡觉打呼噜怎么打得那么响，这不是丑化我们工人阶级嘛！'

"洗印车间的青工小聂说，'我比他打呼噜打得还响呢。'真他妈混蛋。

"又说，'女主角的奶子怎么那么高哇，真的还是假的，啊？要是存心垫的，可是个严重的问题，需要认真讨论、讨论，是否属于色情？'

"我回答说，'是真是假，摸一摸就知道了。'

"奶子高？奶子高也成了一条罪状？人家长得就是那么高，能削下去一块吗？装什么正经！跟鲁迅说的一样，看见女人露在外面的胳膊，就想到那个地方，像《肥皂》那篇小说似的，咯吱、咯吱……哈哈哈！

"听我这么说，他急眼了。说，'梁倩同志，请你严肃一点。'

"我说，'我怎么不严肃了，我这会儿严肃得不能再严肃了。妇女不是性而是人！然而有些人的意识，还没达到这个境界，您刚才关于奶子的高见，正是这种意识的反映。'

"我明知说了这些话，我的片子不完蛋也得完蛋，可我当时不知中了什么邪，当然还加上白复山造的那个谣，说某领导看了不满意等等。"

痛快，梁倩的每一句话都让荆华感到痛快。这个笨蛋，像她一样，每一个片段都是精彩的，通体来看却是失败的。

"不见得就是定局吧，还有更上级的领导呢。"

柳泉把腰上的围裙解了下来，在沙发上颓然坐下，恰巧坐在猫头身上，猫头"嗷"的一声，猛然从她身下挣脱出去，吓得柳泉一惊。她木木地说："不是说得好好的，怎么又不行了？"

"在中国办事就是这样，不实实在在拿到手，就不能算成。除非今天电影院上映，否则，什么意想不到的事都会发生。说了半天，你的调令拿到手了没有？"

"拿到了。"

可柳泉的神情，就像没拿到似的。以致梁倩不得不追问一句："在哪儿呢？让咱们瞧瞧，跟请玉皇大帝那么难。"

外事局的调令，那张二十公分长、二十七公分宽、至尊至贵的纸片，敬佛似的摆在小柜上，现在却让水浸湿了。哪儿来的水呢？

"蒙蒙，这是你干的吧？"柳泉一面急急地用衣角，揩拭着调令上的水渍，一面厉声问道。

"我……我不知道。"

蒙蒙真的不知道。他有什么必要像她们那样，让这张纸堵住心里那使他滋润、茂盛的泉眼呢？

"不知道，不知道这水是从哪儿来的？"

"算了，算了，弄干它不就行了。"荆华劝解道。

柳泉那非同小可的神气，使这件事显得异乎寻常的严重。蒙蒙小心翼翼地解释："我刚才倒过柜子上冷水瓶里的水……我渴了。"

"那你为什么不小心一点？"柳泉还不肯罢休，她似乎执意找碴儿发泄一下，再憋下去，她可能会不顾一切、歇斯底里地大叫起来。

"我不知道……"蒙蒙更加惶恐了。

"不知道！那你知道什么？！"柳泉高高地扬起了巴掌，但她的手在半空停住。她在蒙蒙的眼睛里，看到了刚刚萌生出来的、朦胧的、对成人能力的迷惘和疑惑，以及由此而生的惊诧和失望。

梁倩拿起那张被水浸得皱皱巴巴的调令，走到阳台上。"哎呀，晒晒就干嘛。"

"小心！别让风吹跑了。"柳泉急急地喊道。

"拿块石子儿压上不就得了。不，用你桌上那个'镇纸'压上。"

现在柳泉所有的动作都显得过分，像舞台演员上银幕，总是过点火候。

柳泉从不是小题大做的人，这张重量不过一克的纸头，几乎磨尽她所有的耐性，与其说是宝贵它，不如说是痛惜自己为这张纸付出的一切。

"赶快炒菜吧，我们都饿了。"荆华又把柳泉解下来的围裙递给她，小声责备着，"别拿孩子当出气筒。"

她比那些人又高明多少？他们挤压她，因为她弱小。她敢向他们抗争吗？不敢。她只敢对付比她还弱小的蒙蒙。

现在应该放糖。

只有在蒙蒙面前，她才有尊严二字可言，像大多数父母那样，这是他们给予后代的、最初的奴性教育。

　　再放一点醋。

　　柳泉感到不自在，好像有人看到或听到她心里的自省，她回头看了一眼，不，没有人，他们都在荆华的房间里。

　　她听见蒙蒙笑了，好像梁倩在讲笑话，她在努力抹去蒙蒙心上的暗影。不，忘记是暂时的，刚才在蒙蒙眼睛里萌生的那种东西，会长大，成熟，变成完全不同的一种东西——轻蔑。

　　"蒙蒙！"柳泉叫道。

　　"干吗？"蒙蒙僵硬地问。方才那有弹性的笑声，顿时不知去向。

　　"这块鱼子给你吃。"鱼子煎得焦黄，一定松脆可口。柳泉本来想把它和煎好的黄鱼一起红烧，但蒙蒙爱吃鱼子。她明知今天不宜再为蒙蒙做些什么，那会使她显得更加糟糕，然而母爱是最不能列入立法条例的，它通常不讲什么是应该，什么是不应该，它时时服从于自我牺牲的本能。

　　蒙蒙一动不动，眼睛里闪过一丝不屑，一闪而已。他在考虑，到底吃不吃这块鱼子。刚才那一通横里飞来的呵斥，伤了他的自尊。但他看出母亲的期待，还带着一种歉意，一种和好如初的巴望。他心软了，皱了一下眉头，拿起那块鱼子，兴味索然地咬了一口。

　　柳泉像被赦免了，不胜感激地想，蒙蒙到底是个善良、宽厚的孩子，但愿他长大以后，也能这样待人处事。"蒙蒙，别生妈妈的气啊。"柳泉冲动地说。说完便立刻转过身去，铲子很响地翻动着炒锅里的菜。

　　"梁阿姨在说明天去八达岭的事。"

　　"把这盘菜端过去吧。"

蒙蒙懂事了。谢谢，我的小儿子。

"我想开了。"梁倩撑开折叠方桌。"等，等到我们大家的问题都解决了，再出去好好玩一天？永远不会有那个时候！这个问题解决了，还会有那个问题，我们干吗非要受这个限制？不等了，明天去八达岭，汽车我都联系好了，吃的也准备好了，就在背包里。怎么样？蒙蒙，你赞成吗？"

"赞成！赞成！"从来没有人带蒙蒙去过八达岭、十三陵、香山……这些北京人几乎都去过的地方，妈妈没心情，爸爸不肯花钱。

"本来就是这么回事，你终于开窍啦？"荆华奚落她。

"我不开窍，还是你不开窍？"梁倩也不饶她。

"噢，上八达岭，上八达岭啦！曹阿姨，你会唱《少先队员之歌》吗？"

对，和她们小时候一样，如果她回想起那些远足、游行、集体乘车的时光，和那些回忆紧紧连在一起的，就是歌声、歌声……

她们爱唱——

      小鸟在前面带路，

      风儿吹着我们，

      我们像春天一样，

      来到花园里，

      来到草地上。

      鲜艳的红领巾，

      美丽的衣裳……

像春天一样。连对事物的感觉，也像春天一样，嫩绿的，生气盎然的。

现在蒙蒙他们爱唱什么？荆华不知道，总的印象是，他们不如她们小时那样爱歌唱。

"当然会啦。"荆华一面往桌子上摆筷子，一面摇头晃脑地唱了起来，"小松树，小柏树……"

梁倩打断她："不对，不对，《少先队员之歌》怎么会是这个！"

端着汤走进来的柳泉接着说："咱们当少先队员的时候，队歌是这样的——

　　我们新中国的儿童，
　　我们新少年的先锋……"

歌声在她们心里，唤醒了少年时代的美好回忆。然而，与其说回忆是美好的，不如说是她们对逝去的、不可复返的日子的怀念。

梁倩立刻接着唱："

　　黑暗势力已从全中国扫荡……"

荆华打断她："别捣乱，这是第二段的歌词，第一段的歌词应该是这样——

　　团结起来，
　　继承着我们的父兄，
　　不怕艰难，
　　不怕担子重……"

蒙蒙好奇地看着她们，像看三个返老还童的怪物。蒙蒙没有听到过这首歌，它的曲调也不显得特别动人，他不明白，这首歌为什么使她们这样动情。他和他的伙伴，从来没有为一首歌这样激动过。

唱着，唱着，柳泉的嘴唇不知为什么颤抖起来，她唱不下去了，声音也渐渐低落下来，最后，索性停住了。

荆华和梁倩唱得兴味正浓，并没有发现柳泉有什么异样，直到柳泉放声大哭，她们才停住了歌唱。

方才那阵回光返照似的欢乐，顷刻之间已成过去。她们全都默不作声，黯然神伤。只有柳泉的呜咽，掺杂着哭告无门的委屈、苦楚和无奈，在房间里回荡。

此时此刻，同一个想法从她们心头闪过：她们离那支歌已经多远了？从那支歌到现在，有过多少事情发生。当年她们唱这首歌的时候，谁想到过而后会遇到什么……

荆华想，究竟谁该为柳泉的眼泪负责？

梁倩走进厨房，想给柳泉弄点热水敷敷眼睛，不然眼睛就会肿得像个桃子。暖瓶不少，一个个郑重其事地站在小柜上，一个个也都像摆设似的空着。就算她们再买十个暖瓶，还是没有热水用。

烧吧。梁倩又从水池底下找出铝壶，真行，壶盖上的帽儿，仍然没有配上。

蒙蒙饿了，他想吃饭，可是他不得不乖乖地坐在椅子上，看着热气在那些盘子或汤钵上蒸腾。这是怎么回事啊，一会儿晴，一会儿阴的。像他和同学玩的温度计，他们或是把它插进雪堆，或是把它插进热水杯，那条血红的水银柱，倏忽之间，就会下去或是上来。

…………

蒙蒙绞尽脑汁想要帮助妈妈，然而他搞不清楚，是谁欺负了她。

房间里的人，全都木无表情地呆坐着，只有猫头，跳上柳泉的膝头，先是伸着鼻子嗅她的脸，然后用舌头舔她脸上的泪水。

时间过了很久。"妈妈——"蒙蒙耐不住了，但不知该往下说什么。

"别哭了，蒙蒙早就嚷嚷饿了。"梁倩始终认为，医治痛苦的办法不是"忘记"，而是记起自己的责任。

"你们先吃吧……"

"这可能吗，难道我们连猫头都不如？"

猫头像是听懂了荆华的话，"喵呜"，叫了一声。

人终归不能由着自己的性儿活，她又不是远离人群的鲁滨孙，柳泉只好咽下自己的哽噎。

热毛巾漏在脸上非常舒服，眼球也不再感到刺痛，镜子里是一张被泪水浸泡过的脸，苍白、肿胀、紧绷。哼，"梨花一枝春带雨"？一枝落尽花红，只剩下花蒂的空枝罢了，然后结为一枚苦果。

每经一次痛苦的洗礼，本应多些成熟、老辣，她怎么老像一只缺钙的蛋壳？

她该怎么办？这问题她问过自己多年，却总是回答不好。就像从前念书的时候，由于功课温得不好，做选择题时总是战战兢兢，不知该往哪个答案上画钩。

也许她把个人的不幸看得太重，荆华和梁倩的苦处并不比她少，却不像她哭得这么多。即或她们哭，也是为了更重要的事情，比起她们，她的牙根儿咬得还是不够紧。

"咬紧牙关"这词句是谁创造的？对她实在恰当。

也许不必非到终点再总结自己的一生，而应该像舵工那样，随时修正自己的航向。

她毕竟没有白白付出，那张调令，最大限度地给了她施展聪明才智的可能。而这一切，并不仅仅是为了自己，她有什么可羞耻的？

生活将渐渐充实起来，她再也不会在灯下枯坐到夜阑人静，末了一声长叹，关灯上床，困倦却不翼而飞，只好在黑暗中大睁着眼睛，直到天明。人一有了奔头，生活就会容易得多，因为它明明了了。

"好了，雨过天晴。"荆华瞥了柳泉一眼，断定她的情绪已经恢复正常。

她们都给她夹菜，连蒙蒙也给她夹。这么一来，倒让她为刚才那一阵哭闹，更加不好意思。

"别，别，我自己来。"柳泉用手捂着碗。

"柳泉，往远处看吧。现在感到不痛快的，应该是魏经理那些人，你是胜利者，而且不仅仅是道义上的。"荆华说。

据说魏经理因为财政不清，已经受到纪律检查部门的通报，正在写检查。

"慢着，慢着。"梁倩在洗脸间高声叫道，"你们这群不会喝酒的老娘们儿，忘啦？这儿还有凉镇啤酒呢，没有冰镇的，凉水镇的也不错。"她每只手里拎着两瓶啤酒，像拎了四颗刚从水里捞出来的手榴弹。

"起子呢？"梁倩问。

"咱们没有起子。"柳泉接过一瓶啤酒，不知怎么才能打开瓶盖。

"笨蛋，我来。"梁倩拿过酒瓶，用她那副细小的牙齿，对准瓶盖就咬。

蒙蒙扑哧一声笑了。她比妈妈能干不了多少，但他不敢这样说，只好说："啃是啃不开的。"

"那你说怎么开？"梁倩停止了啃咬，瞪着眼睛一本正经地问蒙蒙。

荆华在一旁哧哧地笑，"你比柳泉还笨。"

"你来，你来。"梁倩说。

蒙蒙说："我试试。"

三个女人只好围着看。

蒙蒙把啤酒瓶盖儿卡在桌沿上，右手猛然往下一拍，"砰"的一声，瓶盖飞出去了，啤酒"吱"的一声喷射出来，冷不防地滋了梁倩一脸。"嚯，劲儿还挺足！"她一面乐，一面擦着脸上的啤酒沫。

"哎呀，我的桌子啊。"柳泉心疼地摩挲着磕掉一块木屑、露出了白茬儿的桌沿。

"这就看出男子汉的用场了。"荆华也不知道是在奚落谁。

"快，快，杯子呢？"蒙蒙叫道。啤酒顺着瓶口不停地往外冒。

她们这才满处找杯子。好一阵手忙脚乱，才把四个大小不等、用处不同的杯子凑齐。

等她们安定下来，回头一看，小柜上的茶盘里，现成地放着好几个杯子。唉！

看着斟满的酒杯，梁倩忽然变得严肃起来。"我想祝一杯酒。"她久久地看着柳泉和荆华，嘴唇翕动了很久，才说出下面这句话，"为了女人，干杯！"

每一个字仿佛都滴着血。

对，好祝词！荆华的手发颤了，她悄悄地握紧了手中的酒杯。

不论是为女人已经得到和尚未得到的权利；不论是为女人所做出的贡献和牺牲；不论是为女人受过的种种不能言说，或可以言说的苦处；不论是为女人已经实现，或尚未实现的追求……每个女人，都可以当之无愧地接受这句祝词，为自己干上一杯。

"如果没有别人为我们……"柳泉说，她的嘴唇又开始颤抖。

"会有的。"荆华斩钉截铁地说，"会有的。"

"妈妈，我。"蒙蒙举起了酒杯。

荆华捂住了他的酒杯。"不，蒙蒙，等你长大以后。"

对，等蒙蒙这一代人长大，等他们成为真正的男子汉时，但愿他们能够懂得：做一个女人，真难！

1981年12月28日 脱稿于北京

2010年9月修订

（原载《收获》1982年第2期）

绿化树

张贤亮

一

大车艰难地翻过嘎嘎作响的拱形木桥，就到了我们前来就业的农场了。

木桥下是一条冬日干涸了的渠道。渠坝两旁挺立着枯黄的冰草，纹丝不动，有几只被大车惊起的蜥蜴在草丛中簌簌地乱爬。木桥简陋不堪，桥面铺的黄土，已经被来往的车辆碾成了细细的粉末。黄土下，作为衬底的芦苇把子，龇出的两端参差不齐，几乎耷拉到结着一层泥皮的渠底，以致看起来桥面要比实际的宽度宽得多。然而，车把式仍不下车，尽管三匹马呼哧呼哧地东倒西歪，翻着乞怜的白眼，粗大的鼻孔里喷出一团团混浊的白气，他还是端端正正地坐在车辕上，用磕膝弯紧夹着车底盘，熟练地、稳稳当当地把车赶过像陷阱似的桥面。

牲口并不比我强壮。我已经瘦得够瞧的了，一米七八的个子，只有四十四公斤重，可以说是皮包骨头。劳改队的医生在我走下磅秤时咂咂嘴，这样夸奖我："不错！你还是活过来了。"他认为我能够活下来简直是个奇迹；他有权分享我的骄傲。可是这几匹牲口却没人关心它们。

瘦骨嶙峋的大脑袋安在木棍一般的脖子上，眼睛上面都有深窝。它们使劲时，从咧着的嘴里都可以看到被磨损得残缺不全的黄色牙齿。有一匹枣红马的嘴唇还被笼头勒出了裂口，一缕鲜红的血从伤口涔涔流下，滴在车路的沿途，在一片黄色的尘土上分外显眼。

但车把式还是端坐在车辕上，用一种冷漠而略带郁悒的目光望着看不见尽头的远方。有时，机械地晃动一下手中的鞭子。他每晃动一下，那几匹瘦马就要紧张地抖动抖动耳朵。尤其是那匹嘴唇破裂了的枣红马更为神经质，尽管车把式并不想抽打它。

我理解车把式的冷漠和无动于衷：你饿吗？饿着哩！饿死了没有？嗯，那还没有。没有，好，那你就得干活！饥饿，远远比他手中的鞭子厉害，早已把怜悯与同情从人们心中驱赶得一干二净。

可是，我终于忍不住了，一边瞧着几匹比我还瘦的牲口，一边用饥荒年代的人能表现出来的最大的和善语气问他：

"海师傅，场部还远么？"

他分明听见了，却不答理我，甚至脸上连一点轻蔑的表情也没有，而这又表示了最大的轻蔑。他穿着半新的黑布棉裤褂，衣裳的襻纽很密，大约有十几个，从上到下齐整的一排，很像十八世纪欧洲贵族服装上的胸饰。虽然拉着他的不过是三匹可怜的瘦马，但他还是有一种雄豪的、威武的神气。

我当然自惭形秽了。轻蔑，我也忍受惯了，已经感觉不到人对我的轻蔑了。我仍然兴致勃勃。今天，是我出劳改队走上新的生活的第一天，按管教干部的说法是，我已经成了"自食其力的劳动者"了。没有什么能使我扫兴的！

确切地说，这只是到了我们前来就业的农场的地界，离有人烟的居民点还远得很。至少现在极目望去还看不见一幢房子。这个农场和劳改农场仅有一渠之隔，但马车从早晨九点钟出发，才走到这里。看看南边的太阳，时光大概已经过中午了吧。这里的田地和渠那边一样，这里的天更和渠那边相同，然而那条渠却是自由与不自由的界限。

车路两边是稻田。稻茬子留得很高。茬口毛茸茸的，一看就知道是钝口的镰刀收割的。难道农场的工人也和我们一样懒，连镰刀也不磨利点？不过我遗憾的不是这个，遗憾的是路两边没有玉米田。如果是玉米田，说不定田里还能找出几个丢失下来的小玉米。

遗憾！这里没有玉米田。

太阳暖融融的。西山脚下又像往日好天气时一样，升腾起一片雾霭，把锯齿形的山峦涂抹上异常柔和的乳白色。天上没有云，蓝色的穹隆覆盖着一望无际的田野。而天的蓝色又极有层次，从头顶开始，逐渐淡下来，淡下来，到天边与地平线接壤的部分，就成了一片淡淡的青烟。在天底下，裸露的田野黄得耀眼。这时，我身上酥酥地痒起来了。虱子感觉到了热气，开始从衣缝里欢快地爬出来。虱子在不咬人的时候，倒不失为一种可爱的动物，它使我不感到那么孤独与贫穷——还有种活生生的东西在抚摸我！我身上还养着点什么！

大车在丁字路口拐了弯，走上另一条南北向的布满车辙的土路。我这才发现其他几个人并不像我一样呆呆地跟着大车，都不见了。回头望去，他们在水稻田后面的一档田里低着头寻找什么，那模样仿佛在苦苦地默记一篇难懂的古文。糟糕！我的近视眼总使我的行动非常迟缓。他们一定发现了可以吃的东西。

我分开枯败的芦苇，越过一条渠，一条沟，尽我最大的力气急走过去时，"营业部主任"正拿着一个黄萝卜，一面用随身带的小刀刮着泥，一面斜睨着我，自满自得地哼哼唧唧：

"祖宗有灵啊——"

　　"祖宗有灵"是劳改农场里遇到好运道时的惯用语。譬如,打的一份饭里有一块没有溶化的面疙瘩;领的稗子面馍馍比别人的稍大;分配到一个比较轻松而又能捞点野食的工作;或是碰着医生的情绪好,开了一张全休或半休的假条……人们都会摇头晃脑地哼唧:"祖宗有灵啊——"这个"啊"字必须拖得很长,带有无尽的韵味,类似俄国人的"乌拉"。

　　我瞟了一眼:他手中的黄萝卜不小!这家伙总交好运道。"营业部主任"也是"右派",但听他诉说自己的案情,我却觉得他不应属于"右派"之列,似乎应归于"腐化分子"或"蜕化变质分子"一类才恰当。他自己也感到冤枉,私下里说是百货公司为了完成"反右"任务,把他拿来凑数的。当在"生活检讨会"上,他知道我的高祖、曾祖、祖父、外祖父都是近代和现代的稗官野史上挂了名的人,父亲又是开过工厂的资本家时,会后曾悄悄地带着羡慕的口气对我说:

　　"像你,才是真正的'资产阶级右派'哩!浪过世面,吃过香的喝过辣的!像我,从小要饭,后来当了兵,他妈的也成了'资产阶级右派'!熊!哪怕让我过一天资产阶级的日子,再叫我当'右派'也不冤哩……"

　　可是,他并没有从此对我态度好一点,相反,还时时刻刻带着一种刻骨的嫉恨嘲讽我,以示他毕竟有个什么地方比我优越。他年龄比我大得多,比我更为衰弱,一脸稀疏肮脏的黄胡须,鼻孔常常挂着两条清鼻涕。他不敢跟我斗力,却把他的外援和好运道在我面前炫耀,以逗引出我的食欲和馋涎。他知道这才是最有效的折磨。我对他也有一种直觉的反感,老想摆脱他却摆脱不了。因为都是"右派",分组总分在一起。这次释放出来,他也由于家在城市,被开除了公职,又和我一同分到这个农场就业。

这是一块黄萝卜田。和青萝卜田不一样，黄萝卜田里是没有畦垄的，播种时就和撒草籽似的撒得满田都是。撒得密的地方黄萝卜长得细小，挖掘的时候难免有遗漏下的。但这块田已不知被人翻找了多少遍，再加上地冻得梆硬，我蹲在地上用手指头抠了许多有苗苗的地方也没找到一个。

"营业部主任"刮完了泥，站在离我不远的地方，和嚼冰糖一样把萝卜嚼得嘎巴嘎巴响，有意把萝卜的清脆、多汁、香甜用响亮的声音渲染得淋漓尽致。

"这萝卜好！还不糠……"他趁咽下一口时，这样赞扬。

这种萝卜只有在田被冻得裂了口的裂缝中才能抠得出来。我是有经验的。我又顺着裂缝细细地寻找了一遍，还是没有找到。那必须是裂缝中恰恰有个黄萝卜，也就是说恰恰有个遗漏下的萝卜长在裂缝中，可想而知，这样的概率非常非常之小。"营业部主任"的好运道就表现在这里！

然而我今天却毫不气恼。我站直腰，宽怀大度地带着勉强的微笑从他面前走过去，斜斜地抄条近路去追赶那辆装着我们行李的大车。

二

是的，我今天情绪很好。早晨，吃劳改农场最后一顿饭时，因为我们这些已经被释放的就业人员可以不随大队打饭了，在伙房的窗口，我碰见了在医院里结识的病友——西北一所著名大学哲学系讲师。他也被释放了，正在等农场给他联系去向。

"章永璘，你要走了吗？"

尽管他还穿着劳改农场的服装，胸前照例有一大片汤汁的污点，却用最温文尔雅的姿势祝贺我，还和我像绅士般地握了握手。这种礼节，对我来说已经是另外一个世界的事了。可奇怪的是，这种最普通的礼节又一下子把我拉回了那个我原来很熟悉的世界。于是，我也尽可能地用十足的学者风度在吵吵嚷嚷的伙房窗口与他交谈起来。

　　"那本书怎么办？"我问，"怎么还你呢？给你寄到……"

　　"不用！"他一手托着一盆稀汤，一手慷慨地摆了摆，那姿态俨如在鸡尾酒会上，"送给你吧！也许……"他用超然的眼光看了看四周，"你还能从那里面知道，我们今天怎么会成了这个样子。"

　　"我们？你指的是我们？还是……"我也谨慎地看了看打饭的人群。有一个犯人嫌炊事员的勺子歪了一下，正声嘶力竭地向窗口里吵着定要重舀。"还是我们……国家？"

　　"记住，"他的食指在我胸前（那里也有一大片汤汁的斑点）戳了一下，以教授式的庄重口吻对我说，"我们的命运是和国家的命运紧紧地连在一起的！"

　　对他的话和他的神态，我都很欣赏。在人身最不自由的地方，思想的翅膀却能自由地飞翔。为了延长这种精神享受，我虽然不时地偷觑着窗口（不能去得太晚，窗口一关，炊事员就不耐烦侍候你了。即使请动了他，他也要在勺子上克扣你一下，以示惩罚），但同时也以同样庄重的口吻说：

　　"不过，第一章很难懂。那种辩证法……用抽象的理论来阐述具体的价值形成过程……"

　　"读黑格尔呀！"他表情惊讶地提示我，仿佛我有个书库，要读什么书就有什么书似的，接着又皱起眉头，"要读黑格尔。一定要读黑格尔。他的学说和黑格尔有继承关系。读了黑格尔，那第一章《商品》就容易读懂了。至于第二章、第三章以及第二篇《货币到资本的转化》就不在话下了……"

"是的，是的。"我用在学院的走廊上常见的那种优雅姿态连连点头，"仅仅那篇《初版序》就吸引了我，可惜过去，我光读文学……"

我们这番高雅的谈话结束得恰到好处。他和我告别，小心翼翼地端着那盆稀汤走后，我扑到窗口伸进罐头筒，炊事员正要往下摞板子。

"你他妈的干啥去了？！"

"我帮着装行李来着。"我马上换了一副嘴脸，谦卑地、讨好地笑着，"我这是最后一顿饭啦！"

"哦——"炊事员用眼角瞟了我一下，接过我的罐头筒，舀了一瓢以后又添了大半瓢。

"谢谢！谢谢！"我忙不迭地点头。

"等等。"另一个年纪较大的炊事员擦着湿漉漉的手走到窗口，探头看看我，"你狗日的就是从死人堆里爬出来的那个吧？"

"是的，是的。"他亲昵的语气使我受宠若惊，给了我一种不敢想象的希望。

"你真他妈的不易！"果然，他从窗口旁边的笼屉里拿起一对昨天剩下的稗子面馍馍，拍在我像鸡爪般的手上，"拿去吧！"

还没等我再次道谢，他们俩就"啪"地摞下了黑叽叽的窗板。他们不稀罕别人感恩戴德，这样的话他们听得太多了，听腻了。

这才是真正的"祖宗有灵"！罐头筒里有一瓢又一大半瓢带菜叶的稀饭，手里还有两个稗子面馍馍。两个！不是一个！这两个馍馍是平时一天的定量：早上一个，晚上一个。稀饭是什么样的稀饭啊！非常稠，简直可以说是黏饭！打稠稀饭，也是我们平时钻天觅缝地找都找不到的机会。由于加菜叶的稀饭里放了盐，这种饭会越搅和越澥。炊事员掌握了这个规律，他可以随他的兴致和需要，要么在开饭之前拼命地搅一阵，把稠的翻上来，于是排在前面的人就沾光了——"祖宗有灵"！要么稳稳地一瓢一瓢撇，那么稠的全沉了底，排在后面的人就鸿运高照！后一种情况，多半出现在炊事员因为忙而自己在开饭前没有吃上饭的时候——他们要把桶底的稠饭留给自己吃。一般情况下，炊事员们是希望我们争先恐后地跑来打饭的——早开完饭他们早休息。可是，谁也不知道炊事员在哪顿饭处于哪种情况；况且我们的人数又非常多，伙房里有十几个将近一人高的大木桶，更预测不到炊事员准备把哪一桶的稠饭留给自己吃……总而言之，打稠饭的机会比世界经济情况的变化还难以捉摸，完全要靠偶然性，靠运道。

今天我的运道就很好！

而这恰恰在我开始新的生活的第一天！

这是个好兆头！

所以我非常高兴！

三

其实，我平时也比一般犯人吃得多，只要是打稀饭，而不是稗子面馍馍，我总要比别人多一百毫升左右。诀窍就在于我这个罐头筒。

自一九五九年春天伙房不做干饭，只熬稀粥以后，劳改农场即刻兴起了用大盆打饭的风气，瓷碗很快就淘汰了。因为炊事员舀汤的速度相当快，如果用小口饭具，瓢底哩哩啦啦的汤汁就会滴回到桶里，这无疑是个损失。用敞口饭具，瓢底的汤汁当然会掉到盆里，归于自己了。脸盆太大，磕磕碰碰的不好往窗口里送，并且稀饭会沾得满脸盆都是，反而得不偿失。那必须是比脸盆小而又比饭碗大的儿童洗脸用具。在困难年代，这种用具是很难买到的。然而"营业部主任"有办法。我怀疑他连百货公司的儿童用品也偷到家里囤积了起来，或是他的余党还没有抓尽。反正，他让每月都来探望他一次的那个与他同样讨厌的老婆，替组里每人都代买了一个。当然，他不会白白地效劳。他经常在我面前吹嘘，他人虽然送来里面了，而在外面却依然如何如何"有办法"。就像蜘蛛结好了网，等待小虫扑到上面去一样等待我向他求告。到时，他就会摆出各式各样的面孔，说出各式各样的话来取笑我。可是我偏偏不买他的账。我身无分文，又没有外面寄来的食品付他这个掮客做佣金。我母亲在北京寄人篱下，靠给街道上编织塑料网袋，每月挣十来块钱生活，我没有面皮再向她老人家要求寄什么东西。但我有我的办法。我有一个从外面带来的五磅装的美国"克林"奶粉罐头筒。这是我从资产阶级家庭继承下来的一笔财产。我用铁丝牢牢地在上面绕了一圈，拧成一个手柄，把它改装成带把的搪瓷缸，却比一般搪瓷缸大得多。它的口径虽然只有饭碗那么大，饭瓢外面哩哩啦啦的汤汁虽然牺牲了，但由于它的深度，由于用同等材料做成的容器以筒状容器的容量为最大这个物理和几何原理，总使炊事员看起来给我舀的饭要比给别人的少，所以每次舀饭时都要给我添一点。而这"一点"，就比洒在外面的多得多。

每次从打饭的窗口回号子，"营业部主任"都要捧着他那个印着小猫洗脸的崭新的儿童面盆，神气活现地在我面前晃一晃。这使我很容易看清楚他的稀饭打到哪里，正在小猫的腰部。有一次，趁全组的人都出工，只有我一个人留在号子里休病假时，我把我的罐头筒盛上水，水面刚好达到我平时打的稀饭的位置，然后再倒到他的面盆里。试验证明：我每顿饭都比他多一百毫升！水面淹没了小猫拿着毛巾的爪子。

这一百毫升是利用人的视觉误差得到的。

我的文化知识就用在这上头！

但盆子毕竟有盆子的优越性——它可以让人把饭舔得一干二净。"营业部主任"舔起盆子来，有种很特殊的姿势。他不是把脸埋在盆子里一下一下地舔，而是捧着盆子盖在脸上，伸出舌头，两手非常灵巧地转动着盆子。如果发挥想象的话，那既像玻璃工人在吹制圆形的玻璃器皿，又像维吾尔族歌舞中的敲击手鼓。不久，他这种姿势也随着他代买的盆子在组里推广开了。

　　罐头筒是没法舔的，这真是个遗憾！我只能在每次吃完饭后用水把它涮得干干净净，再把涮罐头筒的水喝掉。马口铁的罐头筒还不像搪瓷的面盆，不擦干很快就会生锈的。所以我每顿饭后都要用毛巾仔细地把它擦干，放在干燥通风的窗台上。这当然引起"营业部主任"的不快。在每周一次的"生活检讨会"上，他就此指责我"资产阶级的恶习不改"，"没有一点劳动人民的生活作风"。

　　我虽然也暗自惭愧，觉得他的批评不无道理，但想到多出来的一百毫升，又私下里感到宽慰。

　　我们两人的关系一直是这样：他总认为他不论在精神上和物质上都压倒了我，我也总认为不论在精神上和物质上都压倒了他。

　　现在，我就认为我在精神上和物质上都压倒了他。早饭我比他多吃了大半瓢，而且我的一瓢零大半瓢全是稠稠的黏饭，直到此刻我还感到它们在胃里尚没有完全消化掉，还在忠诚地给我提供卡路里。而他的一瓢不过是稀汤而已。尽管他把黄萝卜嚼得嘎巴嘎巴响，但他的怀里有馍馍么？没有！肯定他没有！我的怀里却有两个货真价实的稗子面馍馍。我想什么时候拿出来吃就拿出来吃。我现在不吃只是我不想吃它罢了。福气不得享得过头；乐极必然生悲。这是我劳改了四年体会到的人生哲理。

"走啰！大车走远啰！"我向大车赶去，又回头朝萝卜田里的几个人大声吆喝。

我还有比他优越的地方。我意识到了我今天可以离开那条土路，今天可以跨过那条沟、那条渠，今天可以到这田里来找黄萝卜（找没找到是另外的问题），今天可以想什么时候回到大车跟前去就什么时候回去；今天我是受我自己的意志支配的，不是被队长班长派遣的，也不必事事都要向队长班长喊报告。

"营业部主任"虽然也这样行动了，并且行动得比我还要早、还要快，但不自觉地运用这种自由和自觉地意识到自己获得了这种自由，这二者在精神上就处在不同的层次。

我觉得我比他高尚，比他有更多的精神上的享受，虽然没有找到黄萝卜，我还是心满意足地、带着一种精神胜利的自豪感追上了大车。

"走啰！大少爷在发号施令啰！"我听见"营业部主任"在后面向其他人这样喊。

不一会儿，他们也跟了上来。

四

大车照旧不紧不慢地走着。那匹枣红马的嘴唇不流血了，伤口凝着一道乌黑的血斑。任何伤口都会愈合的。它明天仍旧会像往常一样被拉来套车。

它就这样拉车，流血，拉车，流血……直到它死。

车把式还是端坐在车辕上，脸上带着一股沉思的神情。他一点也不搭理我们，好像他身边压根儿就没有我们这几个人似的。他的沉默，倒使我有些不安。他是这个农场派到劳改农场来接我们的，直到现在我们还摸不清他是干部还是工人。他套车、赶车、捆绑行李的动作干净利索；他的话很少，操着河州口音，说出的话语句也很短，至多两三个词，老像是有满腹心思。他没有对我们几个人下过命令，但也没有表示过一点好感。他的表情是冷漠的、严厉的，在扬鞭的时候咬着牙，显得很残忍。他大约在四十岁左右，但也许实际年龄没有那么大，西北人的脸面看起来都显老。他身躯高大，骨骼粗壮；在褐色的宽阔的脸膛上，眼睛、鼻子、嘴唇的线条都很硬，宛如钢笔勾勒出来的一张肖像：英俊，却并不柔和。

我一面悄悄地打量他，一面在心里分析自己不安的原因。最后我发觉，原来我是被人管惯了，呵斥惯了。虽然我意识到我今天获得了自由，成了一个"自食其力的劳动者"，但在潜意识下，没有管教和呵斥，对我来说倒不习惯了；我必须跟在一个管我的、领我的人后面。

我微微地感到屈辱，于是怀着一丝反抗情绪离开了他几步，靠到路边上去走。

牲口颠颠着，大车摇晃着，马蹄和车轮踏碾着寂寥的土路。我们几个就业人员跟在后面，默默无语。这时，田野上刮起了微风。山脚下，一股龙卷风高扬起黄色的沙尘，挺立在那里，一动不动，像一根顶天立地的玉柱。不知什么时候，空中飞来了两只山鹰。它们并不扇动翅膀，仅靠着气流的浮力，在我们头顶"嘹嘹"地盘旋。

兀地，像是应和饥饿的山鹰"嘹嘹"的啼鸣一般，这个如石雕似的车把式，喉咙里突然发出一声悠长而高亢的歌声：

哎——

接下来，他用极其忧伤的音调唱出了：

打马的鞭儿闪断了哟噢！

阿哥的肉呀，

走马的脚步儿乱了。

二阿哥出门三天了呀，

一天赶一天远呀——了！

他声音的高亢是一种被压抑的高亢，沉闷的高亢，像被一股强大的力量猛烈挤压出来的爆发似的高亢。在"哟噢""呀""了"这样的尾音上，又急转直下，带着呻吟似的沉痛，逐渐地消失在这无边无涯的荒凉的田野上。整个旋律富有变化，极有活力，在尾音上还颤动不已，以致在尾音逐渐消失以后，使我觉得那最后一丝歌声尚飘浮在这苍茫大地的什么地方，蜿蜒在带着毛茸茸的茬口的稻根之间；曲调是优美的。我听过不少著名歌唱家灌制的唱片，卡鲁索和夏里亚宾的已不可求了，但吉里和保尔·罗伯逊则是一九五七年以前我常听的。我可以说，没有一首歌曲使我如此感动。不仅仅是因为这种民歌的曲调糅合了中亚细亚的和东方古老音乐的某些特色，更在于它的粗犷，它的朴拙，它的苍凉，它的遒劲。这种内在的精神是不可学习到的，是训练不出来的。它全然是和这片辽阔而令人怆然的土地融合在一起的；它是这片土地，这片黄土高原的黄色土地唱出来的歌。

我十分震惊！

只听见他又用那独特的嗓音唱道：

哎——

扑灯的蛾儿上天了哟噢！

阿哥的肉呀，

蛤蟆蟆入了个地了，

前半夜想你没睡着呀！

后半夜想你个亮呀——了！

　　他把"了"唱成"留"音，把"没"唱成"嗬"音，只有这种纯粹在高原土地上土生土长的地方语音，才能无遗地表现这片高原土地的情趣。曲调、旋律、方音，和这片土地浑然无间，融为一体。听那波利民歌，脑海中会出现蓝色的海洋，听夏威夷民歌，眼前会出现迎风的棕榈，但那只是歌声引起的联想和激发的憧憬。此刻，身临其境，我感觉到的是，这田、这地、这风、这被风吹来的云、这天空、这空中的山鹰……即刻被这歌声抚摩得欢快起来，生动起来，展现出那么一种特殊的迷人的魅力……在我眼前，这片土地蓦然变得异常妩媚了，使我的心不由得整个融进了这绝妙的情景里。

　　重要的不是他的歌声，而是他的歌声唤起了这苍茫而美丽的土地的精灵，唤醒了在我胸中沉睡了多年的诗情。

　　啊，今天，我已成了自由人，我要用我干裂的、没有血色的嘴唇一千遍地吻这片土地！

　　我屏声静息，听他继续往下唱：

哎——

大马儿走了个口外了哟嗅！

阿哥的肉呀，

马驹儿打了个场了。

家中的闲事不管了呀，

一心儿想着个你呀——了!

忧伤是歌曲的灵魂。他那歌声中的忧伤,浓烈的忧伤,沉重的忧伤,热情的忧伤,紧紧攫住了我的心。这里,歌词不是主要的,我只是凭着曲调,凭着旋律才模糊地揣摩到歌词的意义。他那对某个人或并不是对具体人而是对某种想象的思念,引起我被饥饿折磨殆尽的情思抬了头,也试着要思念些什么……这时,我才感到一阵辛酸:人的辛酸,而不是饿兽的辛酸……"嘹嘹"的山鹰不知疲倦地跟随着我们,冬天的太阳有点偏西了。

可是,他的音调陡地一变,变得明朗而热情起来,尽管这种明朗和热情还覆盖有忧伤的阴影:

哎——
黑猫儿卧到锅台上了哟噢!
阿哥的肉呀,
尾巴儿搭到个碗上了。
阿哥的怀里妹躺上呀!
你把翘嘴嘴贴到脸上呀——了!

听到这里,我才明白这是首情歌。开始,我只是被他的歌声和旋律所震动,久废不用的想象力像一只停在枯树上的受伤的鸟儿被炸雷猛然惊起,懵头懵脑地奋力扇动着翅膀,飞到尽其可能飞到的地方。在震动过后,回首一望,才看到被闪电照亮的枯树下,绿草儿正在发芽。民歌的歌词,把我心灵里被劳改队的尘埃埋住的那最底一层拂拭了开来。因为歌词毫不掩饰,毫无文采地表现了赤裸裸的情欲。我回味地唱

"阿哥的肉呀"那句热烈得颤抖的歌声，发现世界上没有哪一个民族的情歌有如此大胆、豪放、雄奇、剽悍不羁。什么"我的太阳""我的夜莺""我的小鸽子""我的玫瑰花"……统统都显得极为软弱，极为苍白，毫无男子气概。于是，我二十五岁的青春血液，虽然因为营养不足而变得非常稀薄，这时也在我的血管中激荡迸溅。它往上冲到我的头部，使我脑海里浮现出一片不成形的幻影，又使我浑身不可抑制地燠热起来……我的眼眶中不知什么时候溢出了泪水。

啊！这是我自由了的第一天。

五

然而，这对我如此重要的一天，非常值得纪念的一天——一九六一年十二月一日，在别人看来，竟和一年三百六十五天中的任何一天没有区别，毫无二致。

这使我有点失望。

当车把式海喜喜——进村的时候，我听见别人叫他"喜喜"——在日头偏西时终于把大车赶进一处居民点后，我们几个就业人员并没有看见有任何欢迎我们的表示。这里连狗也没有一条，也没有鸡鸭，只有几个衣衫褴褛的老汉懒洋洋地坐在水泥桥头，借着夕阳的余晖取暖。他们对我们眼皮也不抬。

这个村子和劳改农场房舍的格局没有两样，一律是一排排兵营式的黄色的土坯房。但比劳改农场还要破旧，许多处墙根已经被硝碱浸蚀得塌掉了泥皮——劳改农场里有的是劳动力，可以随时修修补补的。只不过这儿在每扇矮小的木板门口，有一两堆被雨雪淋得发黑的柴火，或是拉着晾衣裳的绳子，显示出那么一点农村的居家气氛。

大车经过一排排房舍前面凹凸不平的空地，除了柴火还是柴火，没有一个人。我们好像到了一处被废弃了的荒村。

"妈的！都死绝了！……往哪垯儿拉呀……"

海喜喜从优秀的民歌手又一下子恢复了车把式的本来面目，用不能形诸笔墨的语言嘟嘟哝哝地谩骂了一通。显然，他并不知道把我们几个新来的农工安顿在哪里，对这趟差事似乎也极不高兴。他已经跳下车辕，勒着马嚼子，一边催马前行，一边东张西望。从桥头那几个老汉对他的称呼，我们知道了他绝不是干部，不是书记、队长、出纳、会计之类的人物，从而大大地削弱了我们对他的敬意。我们也不搭理他：你爱往哪儿拉就往哪儿拉吧！这是你的责任。

走到最后一排土坯房，再没有地方可去了。在一间好似仓库的门前，他"吁、吁"地把牲口喝止住，一脚蹬起车底盘下的支架，三下五除二地把三匹马卸了套，管自牵走了马，一句话也没有给我们留下。

我们几个人都有点沮丧。对我们新来的工人——我们都是"自食其力的劳动者"了——如此简慢不说，肚子也早饿瘪了。我想把怀里的稗子面馍馍掏出来吃，但还是忍住了。吃东西是最大的享受，必须在毫无干扰的、非常宁静的氛围中咀嚼，才能品出每一个食物分子的味道。这时我们还没有安下身，说不定马上还要转移，现在吃，是最大的浪费！

"喂，伙计们！咱们大概就住在这儿。""营业部主任"在一扇破窗户前面探头探脑。他总交好运道，就在于他心里从来不承认自己是"右派分子"，不老老实实，总要钻天觅缝地找点小自由。譬如现在，在我们几个人都不知所措的时候，他早已把周围的环境观察好了。

"这不是场部，"他说，"这不过是这个农场的一个队。你们看，这他妈的就是咱们的宿舍。还不如劳改队！劳改队还有火炕。"

我们从没有玻璃的窗口朝里望去：泥地上均匀地铺着刚拉来的干

草，除此之外，别无他物；暗黄的土墙泥面也剥落了，露出一片片草秸。是的，这宿舍可真不怎么样！

"我一看这就是个穷地方！"从兰州来的报社编辑说，"和我过去到过的定西农村一个样！"

"好地方轮得着你我？"过去的辎重团中尉，上过朝鲜战场的英雄骂骂咧咧的。他虽然也被劳改了三年，还是认为自己应该受到特殊的礼遇，"这他妈的不过是从十八层地狱到了十七层！"

"算了吧，大家少说两句。"上海来的银行会计抱着听天由命的态度说，"既来之，则安之。反正谁也在这里待不长，能忍则忍吧……"

转而，几个人稍稍地有了兴致，谈论起各自的家属给他们联系工作的情况。是的，他们不会在这里待长的。他们的家在上海、西安、兰州……这样的大城市，他们的老婆都在活动着把他们办到那里郊区的农场去；"营业部主任"也不例外，他不久也能回到这个省城的郊区。他们有老婆孩子，他们要回去团圆，这是国家政策允许的。"和定西农村一样穷"也好，"十七层地狱"也好，对他们来说不过是个过渡，他们很快就能上天堂。只有我，是注定要在这里待到全然不可预测的未来，也许直待到老、到死的。我母亲是北京街道上一个穷老婆子，毫无办法；我那官僚兼资本家的大家庭，被日本人的炮火摧毁后即一蹶不振，树倒猢狲散，经过八年离乱，正如《红楼梦》里写的，"好一似食尽鸟投林，落了片白茫茫大地真干净"了。

我没有资格和他们一起畅谈美好的前景，独自蹲在一旁想心思。今天，我获得自由的第一天，种种好兆头（除了没有捡着黄萝卜之外）鼓舞了我。我既然从死人堆里爬出来，就一定能够活下去。死而复生的人，会把今后的日子全看作是残生。或许我还能活二十年、三十年、四十年，甚至五十年、六十年，但那全是残生了——多么长的残生啊！

而只要认为自己早已死去，现在肉体尚未腐烂，尚能活动，尚能看见太阳，听到歌声，不过是自己的侥幸，是自己白捡来的便宜，就什么困苦贫穷都不在话下了。家庭是"落了片白茫茫大地真干净"，而我本人也成了"赤条条来去无牵挂"。所以尽管我有点失望，倒并不特别不满。我已学会了忍耐和不发牢骚。

大约过了半小时，我们看到村子外面的田野上有许多人扛着铁锹往回走，前排房子也响起了人声。收工了。一个瘸腿的中年汉子拐过房角向我们走来。

"来啦？"他并不看谁，低着头从手中的一串钥匙中挑出一把，开开门，顺口问了一句，算是跟我们打了招呼。随即转身又走了。

"喂，队长呢？"中尉在他背后叫，"咱们总得办手续、报到哇！"他一出劳改农场就续接上在部队的习惯。习惯，真是难以改变的东西。

"队长歇歇就来。"瘸子头也不回地说。

没有什么可等的。既然要活下去，就要会生活。我第一个爬上大车，把放在最上面的烂棉花网套取了下来——这就是我的全部财产。我用胳膊一夹，排闼而入，先把干草尽量往墙根踢拢，使墙根的干草堆得厚厚的，又用眼角瞟瞟旁边：也不能让旁边的干草太薄。狼孩也有狼孩的道德：我活，也要让别人活。

然后，我把烂网套往墙根一摆：这个地方是我的了！

"喂，喂！你们干啥？你们干啥？队长还没有来分铺哩！……""营业部主任"气急败坏地嚷嚷。如果他占据了墙根，他是不会这样叫的。他虽然不断瞅空子搞小自由，但一旦小自由的利益被别人获取，他就宁愿舍弃自由而去找领导：我没有得到，也不能让你得到！今天早晨，他因为怕自己的行李放在大车的最上层会在路上颠下来，第一个搬出行李，放在大车的车底盘上。现在，等他搬进自己的铺盖，三面墙根都让别人占了。对不起，你睡在门边上喝西北风吧！

不理他！你活，也要让我活。他被子褥子齐全，还有一件老羊皮袄，按平均主义的原则，他也应该睡在门口。我打开我的烂网套，把哲学讲师送我的《资本论》第一卷塞在网套下当枕头，旁若无人地、直挺挺地在我的"床"上躺下了。

墙根，这是多么美好的地方！"在家靠娘，出门靠墙"，这句谚语真是没有一点杂质的智慧。在集体宿舍里，你占据了墙根，你就获得了一半的自由，少了一半的干扰；对我这样连纸箱子也没有的人，墙根就更为重要了。要是有点小家当，针头线脑、破鞋烂袜之类，或是"祖宗有灵"，搞到了一点吃食，只有贮藏在墙根的干草下面。如果财产更多一点，还有一面墙供你利用。你可以把东西捆扎起来挂在墙上。更妙的是，你要看点书，写封家信，抑或心灵中那秘密的一角要展开活动，你就干脆面朝着墙，那么，现实世界的一切都会远远地离开你，你能够去苦思冥想。睡了四年号子，我才懂得悟道的高僧为什么都要经过一番"面壁"。是的，墙壁会用永恒的沉默告诉你很多道理。

六

我们刚把自己的铺位铺好，干草的烟尘还在土房里飞扬的时候，那个瘸子又来了，他说队长叫他领我们吃饭去。

好极了！吃饭！

村子里有了活气。冬天的夕阳在西南方向放射着金色的光辉，黄色的土墙上和七拼八凑的玻璃窗上，都映得光灿灿的。小土房上小小的烟囱，一个个冒出袅娜的轻烟，村子里弥漫着一股苦艾和蒿草的香气。这种与劳改农场迥然不同的、如风俗小说里描写的村居情景，使我莫名地兴奋起来：贫穷也罢，困苦也罢，我毕竟又回到了正常的环境中！

伙房很小，看起来没有几个人在伙房搭伙。这使我有点担心：搭伙的人越少，每个人被炊事员剥削的量就越大。不过所幸的是，我们现在是工人了，我们可以进入伙房里面去打饭了。在瘸子——现在我知道他是队上的保管员兼管理员——向炊事员嘀嘀咕咕地交代给我们按多少定量打饭的时候，我的近视眼迅速地在伙房里睃巡了一遍：扔在案板上的笼屉布，沾着许多馍馍渣！其实，像"营业部主任"这类人真蠢。他们不断地用最哀切的言辞向家中勒索，搞得家里人惶恐不宁，扎紧裤腰带来支援他们。我呢，既然不忍心盘剥老母亲，就要发挥自己的智能。而我凭智能在目前的生活圈子里搞到的吃食，并不比从外面给他们寄来的邮包少。

每人四两：一个稗子面馍馍，再加一碗已经冷却的咸菜汤。我磨蹭着最后一个打饭。我笑着对炊事员说："我不要稗子面馍馍，你让我刮那笼屉布吧。"

"行，"炊事员诧异地看了我一眼，递给我一把饭铲，"你要刮你就刮吧。"

我仔仔细细地把笼屉布刮得比水洗的还干净，足足刮了一罐头筒馍馍渣。按分量说，至少有一斤！

"祖宗有灵！"

虽然有股蒸锅水味，还是很好吃！

只有自由的人才能进伙房刮馍馍渣。自由真好！

吃完了饭，队长给我们提着一盏马灯来了。

"大家都来啦？来了就好，来了就好！……"

他在身上摸索着火柴。我马上走过去，帮他提着马灯，点上火，然后接过马灯挂在我的头顶上——这盏马灯有一半归我用了！没有外援的劳改生活锻炼出了我的机灵，依靠外援活下来的"营业部主任"之流只能靠他们的后盾。

"队长，咱们就这么随便睡哇？"躺在门口的"营业部主任"想改变现状。

"随便睡，随便睡，睡哪儿都行……"队长一屁股坐下来，在他的草铺上盘起腿，没有领会他的意图。

"队长，有没有好一点的房子？"上过朝鲜战场的中尉不满地说，"这房子连炕也没有。"

"凑合住吧，家嘛，在人收拾。"队长有点不悦了。他是个干瘦的中年汉子，自我介绍说姓谢。在马灯昏黄的灯光下只看见他一脸胡楂，神色疲惫，穿一件补满补丁的棉干部服。他说："想睡炕，就得脱炕面子。这大冬天的，脱下的炕面子也不结实。等开春再说吧。"

这就是说，我们要到春天才能睡上炕。而到春天，没有炕睡也行了。

几个人向谢队长打听怎么往这儿写信？场部在哪里？人保科什么时候办公？迁移户口的事应该找谁？谢队长很快就知道了这几个人是不准备在这里干长的。他把目光向我转来。我坐在马灯底座下面的阴影里。他眯缝着眼睛问：

"喂，小尕子，你叫啥名字？"

"章永璘。"我欠了欠身子，干草在我屁股下窸窣作响。

他把手中的一张纸就着灯光吃力地看了看。

"你家在北京啰？才二十五岁？"

"在北京。是的，刚满二十五岁。"

"你们几个就你年轻。咋？你也要回吗？"

"我不回。"

"好，不回就在这垯儿好好干。"谢队长高兴了，脸朝着我和蔼地说，"这垯儿也不坏，总比你们原来待的地方强。供应嘛，一个月二十五斤粮，还有两包烟。工资嘛，一级十八块，二级二十一块……你们先拿十八块，干了半年，根据你们的劳力再说话……"

"是，是……"我表示很满足地点着头。其他人靠在铺盖上冷冷地听着。呆滞的灯光把他们的脸照得像一张张没有表情的面具。

实际上，这里并没有什么值得高兴的。比劳改农场强的只是有工资。而十八块钱在这困难时期买不到十斤黄萝卜，况且这里还不发衣裳。粮食定量和劳改农场一样，七扣八扣，真正吃到嘴的至多二十斤（一月二十五斤定量在正常条件下也差不多够了，但在没有一点副食、油脂、菜蔬并且每天都要干体力活儿的情况下，你吃一个月试试！而我长年累月都是如此。一九六〇年定量还要低，每月只有十五斤）。我满足的不过是，他在说话时有意避开了"劳改队"三个字而已。

谢队长又从几个口袋里东掏西摸地拿出一堆香烟，发给每个人两包，向每人收了一角六分钱："双鱼牌"，八分钱一包。太好了！这是真正的香烟，不是葵花叶子、白菜叶子、茄子叶子……这类代用品。香烟，对我来说几乎和粮食同等重要。但我看到不吸烟的"营业部主任"也有一份，又不禁妒火中烧。他会在你烟瘾大发时，用两毛钱一根的高价"让"给你。平均主义的原则毕竟有弊病！

"每天九点开饭，十点出工。下午四点收工。大冬天的，也没啥营生干。你们明天就出工吧，等到休息天再休息……"谢队长站起来，拍拍屁股要走。他不说星期天，却说"休息天"，但不知哪天算"休息天"。

"队长，没有炕，砌个炉子行不行？这屋子，晚上要冻死人。"中尉围在被窝里，又提出特殊要求。这个集体需要有这样一个人！

"炉子是要砌的。那有几块土坯就行。可公家只有烟煤，没有干炭。"谢队长袖着手，他也觉得冷，"还有窗子，也要糊一下，明天早上你们去办公室领点旧报纸，再到伙房打点糨子。"

"烧烟煤的炉子我会砌。"我自告奋勇地说。我有两个稗子面馍馍的贮存，还是愿意干重活的。

"哦？那跟烧干炭的炉子可不一样哩。"谢队长用感到意外的眼光看了看我，"这样吧，明天你就留在家里，把炉子砌了，窗子糊了……哦，对了，你们还得有个组长。我看，就章永璘当上吧。"

很好！我自由了的第一天就当上了组长。

七

晚上，我万分小心地钻进棉花网套里，就像把一件珍贵器皿放进衬着缎垫的锦匣中一样。因为我既要当心脚指头伸进破洞里去，或是勾断了线，把破洞越撕越大，又不能把被筒敞得太开，不然脊背就直接贴在稻草上挨扎了。随后，从盖在网套上的棉衣里掏出早上得到的两个稗子面馍馍，在被筒里嗅一嗅，玩味玩味，用洗脸的毛巾包好，埋在墙根下的稻草里面。

夜，寂静得使人以为世界已经离开了自己。而在劳改农场里，半夜都有值班人员的脚步声。

于是，我的另一面开始活动了。那被痛苦的、我不理解的现实所粉碎了的精神碎片，这时都聚集拢来，用如碎玻璃似的锋利的碴子碾磨着我。深夜，是我最清醒的时刻。

白天，我被求生的本能所驱使，我谄媚，我讨好，我妒忌，我耍各式各样的小聪明……但在黑夜，白天的种种卑贱和邪恶念头却使自己吃惊，就像道林·格雷看到被灵猫施了魔法的画像，看到了我灵魂被蒙上的灰尘；回忆在我的眼前默默地展开它的画卷，我审视这一天的生活，带着对自己深深的厌恶。我战栗；我诅咒自己。

可怕的不是堕落，而是堕落的时候非常清醒。

我不认为人的堕落全在于客观环境，如果是那样的话，精神力量就完全无能为力了；这个世界就纯粹是物质与力的世界，人也就降低到了禽兽的水平。宗教史上的圣徒可以为了神而献身，唯物主义的诗人把崇高的理想当作自己的神。我没有死，那就说明我还活着。而活的目的是什么？难道仅仅是为了活？如果没有比活更高的东西，活着还有什么意义？

可是，现在我是一切为了活，为了活着而活着。

我想起了普希金的诗句：

> 当阿波罗还没有向诗人
> 要求庄严的牺牲的时候，
> 诗人尽在琐事上盘算，
> 想着世俗的无谓的烦忧；
> 他的神圣的竖琴喑哑了，
> 他的灵魂沉浸于寒冷的梦；
> 在游戏世界的顽童中间，
> 也许他比谁过得都空洞。

我何止于"空洞"，简直是腐烂！但怎么办？"牺牲"，必须要有一个明确的目的。过去朦胧的理想，在它还没有成形时就被批判得破灭了。尽管我也怀疑为什么把能促使人精神高尚起来的东西、把不平凡的抒情力量都否定掉，但我也不得不承认，现实的否定比一切批判都有力！那么，新的理想、新的生活目的究竟应该是什么呢？

据说，我这种家庭出身的人，一生的目的都在于改造自己，但是说"牺牲就是为了改造自己"，显然是不合理的。因为那等于说我不死便不能改造好，改造自己也就失去了意义。今天，我已成了自由人，如果说接受惩罚是为了赎罪，那么，惩罚结束了就可说是赎清了"右派"的罪行；如果说释放标志着改造告一段落，那么，对我的改造也就进行得差不多了吧。今后怎么样生活呢？这是不能不考虑的。但是，这个农场并不能使我感到乐观，并不能把我的文化知识发挥出来，以检验我改造的程度。

我虽然自由了，但我觉得我并没有落在某一处实地上，相反，更像是悬浮在四边没有着落的空中……

我脸朝着墙壁。墙角散发着潮湿的霉味和老鼠洞的气味，还有一股淡淡的、温暖的干草味。旁边，老会计在坚韧不拔地磨牙，那不把牙齿咬碎不罢休的咯咯声，仿佛象征着我们艰辛的未来。棉絮冷似铁，我浑身没有一点热气。"我怎么会落到这种地步"的感叹又油然而生。我经常发这样的感叹。这成了揣摩不透的谜。有时，我觉得劳改之前不过是场大梦，有时，我又觉得现在是场噩梦，第二天醒来我照旧会到课堂上去给学员们讲唐诗宋词，或是在我的书桌前读心爱的莎士比亚。但是肚皮给了我最唯物主义的教育。你不正视现实吗？那就让你挨挨饿吧？

我目前的境遇是铁的现实！

那么，这是宿命吗？但普遍性的饥饿正使千千万万人共享着同样的命运。我耳边又响起了哲学讲师的声音："个人的命运和国家的命运是连在一起的。"

我悄悄摸了摸枕在我头底下的《资本论》。"也许你还能从那里知道，我们今天怎么会成了这种样子。"现在，只有这本书作为我和理念世界的联系了，只有这本书能使我重新进入我原来很熟悉的精神生活中去，使我从馍馍渣、黄萝卜、咸菜汤和稠稀饭中升华出来，使我和饥饿的野兽区别开……

棉花网套被我微弱的体温慢慢焐暖了。我感到暖烘烘的、软绵绵的，感到了我的存在。存在是什么？笛卡尔说，我思，故我在。活着多么好，能够思想多么好！好得我都不想睡觉……但我还是睡着了。

<h1 style="text-align:center">八</h1>

第二天早上一起床，第一件事就令我极为懊丧，乐极果然生悲——两个稗子面馍馍都被老鼠吃光了！

是老鼠吃的，不是人偷走的，洗脸毛巾也被咬破了。我悄悄地团起烂得像渔网似的毛巾，塞进裤子口袋里。我还不能声张，"营业部主任"知道了，又会幸灾乐祸地嘲笑我。

九点钟才开饭，我靠在叠起来的棉花网套上，几乎要晕过去。如果这两个稗子面馍馍不丢，即使我不吃它也不觉着什么。而这巨大的损失加深了我的恐惧心理，竟使我觉得非常非常的饿。饥饿会变成一种有重量、有体积的实体，在胃里横冲直撞；还会发出声音，向全身的每一根神经呼喊：要吃！要吃！要吃！……我没有力气动弹，更没有心思思想，只一个劲儿地转念头：必须把损失加倍地捞回来！

这时，昨夜里那些聚集拢来的精神碎片又四面进散了，我又成了生活的全部目的都是为了活着的狼孩！

从伙房打回饭，都坐在各自的草铺上默默地吃着。罐头筒的优势失去了。这儿的炊事员似乎没有视觉误差，他绝对相信自己手中的勺子，没有给我多加一点。但是没关系，我已经把门路想好了。

吃完饭，按照谢队长的安排，由一个面目阴沉的农工领着其他几个人随大队出工。那个瘸子保管员腋下夹着一卷旧报纸又来了。他放下报纸，告诉我土坯在什么地方，砖在什么地方，小车在什么地方，又领我到库房里去拿了把铁锹，一个小水桶，一把瓦刀，几根做炉箅的铁条。临走时说，糌子到伙房去打，他已经跟炊事员说好了。另外还需要什么，可以到办公室去找他。

砌炉子，至少是两个人的事：一个大工，一个小工。但我宁可不要小工。土坯和砖都近得很，就堆在我们的房头上。土嘛，院子里随便挖一点就行，这儿是碱土，不冻的。至于水，还是少用为好，不然光烤干炉子就要用很长时间。瘸子一走，我拿起一张报纸首先跑到伙房去。

"师傅，我打糌子来了。"我笑嘻嘻地和他打招呼，仿佛我经常吃得很饱似的。

"你自己去舀吧。"他坐在门口晒太阳，他是真正地吃饱了，"你可别舀得太多。"

"你看，"我把报纸一扬，"包一包就行。"

案板上放着半脸盆灰白色的稗子面，看来是事先给我准备的。我摊开报纸，把所有的稗子面都倒光，摁得实实的，捧了回来。

什么"打糌子"，吃得饱饱的人永远不会注意到，稗子面是没有黏性的。即使借着潮湿糊上报纸，水分一干就会掉下来。我先不糊窗子，现在最急需的是火。我在劳改农场跟中国第一流的供暖工程师干了一个月活，专给干部砌炉子——他也是"右派"，他当大工，我当小工。他曾教给我一个最简便的砌烟灶的方法；他还说，只要给他一把铁锹，其余什么也不用，他在坡地上就能挖出一个火又旺柴又省的炉灶：学问不过在进风口、深度和烟道上。我一会儿上房，一会儿挖土，干得满头冒汗，不到两小时，我就把一个最原始而又最合乎科学的取暖炉砌好了。

我一分钟也不歇息，拉上小车去伙房门口装了半车烟煤——一车我拉不动。沿途又顺手在不知谁家的柴火堆上抽了几根干柴。

我用颤抖的手划着了火柴，点燃了炉膛里的柴火。火苗和烟都朝着烟道蹿过去。一会儿，烟没有了，淡红色的火苗在烟道里呼呼地叫。又一会儿，火焰旺得像火山口喷出的岩浆，在炉膛里形成一个扇面，争先恐后地往狭窄的烟道口跑。这时候，我加上一铁锹煤，炉子里像施了魔法一般，腾起一股黑烟，但即刻被烟道吸了进去。火焰仍顽强地从煤的缝隙中往外冒。不到五分钟，火焰的颜色逐渐加深，由淡红变为深红，然后变成带青色的火红，这就是真正的煤火的颜色了。

下一步，就是不能让人家看见我在房子里干什么。我找到办公室，瘸子恰好在里面像泥人儿似的呆坐着。我无暇念及有人干得满头是汗而有人却什么都不干这种现象是多么可笑，问他要了一把小钉子、几片破纸盒上的纸板、一把剪刀——只要不领吃的东西，他都会慷慨地给我，旋即急匆匆地跑回来。我把硬纸板剪成一条条长条，压住铺在窗户上的报纸，用钉子在窗棂上钉得牢牢的。

像个宿舍样了。按谢队长的说法，这就是"家"！

我干活的步骤是符合运筹学原理的。这时，炉子已经烧得通红了：烟煤燃尽了烟，火力非常强。我先把洗得干干净净的铁锹头支在炉口上，把稗子面倒一些在罐头筒里，再加上适量的清水，用匙子搅成糊状的流汁，哧啦一声倒一撮在滚烫的铁锹上。黄土高原用的是平板铁锹，宛如一口平底锅，稗子面糊均匀地向四周摊开，边缘冒着一瞬即逝的气泡，不到一分钟就煎成了一张煎饼。

我一上午辛辛苦苦的忙碌就是为了这个美好的时刻!

我煎一张,吃一张,煎一张,吃一张……头几张我根本尝不出味道,越吃到后来越香。趁稗子面糊在铁锹上煎着的空隙,我还把我草铺下的老鼠洞堵了起来。这里有老鼠,没有料到!劳改农场是没有老鼠的——那里没有什么东西给它吃,它自己反而有被吃掉的危险。

土房里暖和了起来。我肚子里暖和了起来。我身上也暖和了起来。我坐在炉子旁边昏昏欲睡了。但现在不是睡觉的时候。我从棉花网套里掏出"双鱼牌"香烟,抽出一根,转圈捏了一遍——还好,没有烟梗子——捡起铁条上掉下的煤渣把它点燃。我不让一丝烟从我的口腔和鼻孔漏出去,屏住气息,全部吞进肚子里。一霎间,一种特别舒服的陶醉感立即传遍了我的全身。

可是,不知怎么,我心中却蹿出了一阵扎心扎肺的酸楚……

不能多想!我知道我肚子一胀,心里就会有一种比饥饿还要深刻的痛苦。饿了也苦,胀了也苦,但肉体的痛苦总比心灵的痛苦好受。我小心地掐灭香烟,把烟蒂仍装进烟盒里。我要找点事情来干。收拾好工具后,我把剩下的稗子面包上几层报纸,在墙上挂起来。把炉子加足了煤,拿起我补了又补的无指手套,拍拍身上的土,走出了我们的"家"。

九

这几天天气非常好。高原上的黄土到处泛着柠檬色的辉光。村子四周没有什么树,几株脱了叶的白杨,如银雕一般傲然耸入暖洋洋的天空,把它们瘦伶伶的影子甩在脚下。太阳偏西了。昨天这个时候,正是车把式海喜喜引吭高歌的时候。现在,我肚子胀了,回味那忧伤而开阔的歌声，竟使我联想到巴勃罗·聂鲁达的《伐木者，醒来吧》中的几个段落。

我经常有些奇异的联想，既毫不着边际，但又有某种模糊的、近乎神秘的内在联系。当然，只有在肚子胀了的情况下，脑海中才会产生种种联想。这时，我就觉得，海喜喜土生土长的民歌旋律，似乎给我注入了聂鲁达所歌颂的那种北美拓荒者的剽悍精神。那歌声、那山鹰、那广阔无垠的苍凉的田野、那静静的连绵不绝的群山、那山的绵延就是有形的旋律……整个地在我的心中翻腾。一时，我觉得我非常美而强壮了。

于是，我心情愉快地向马号方向走去。我想看看马。我很喜欢马。它们总使我联想到英雄的事业：去开拓疆土！去开拓疆土！……

可是，马号前面却有一群农工在那里翻肥。我的组员——"营业部主任"、中尉、老会计和报社编辑几个人也在其中。我想退回去已经来不及了。

"家收拾好啦？"谢队长手拿铁锹，站在高高的肥堆上，一眼就看见了我。在白天看来，他比昨天矮小得多。

"收拾好了。"

"你来干啥？"

"我……"我总不能说我来看看马。马有什么可看的？种种异想都从我脑子里飞逃了出去，只剩下一个意识：我是一个农工！我只好说："我来干活。"

"好。"谢队长高兴地咧开满布胡楂的嘴，"你刨粪吧，刨下来她们砸。"

他给我指定一个地点。原来这里还有妇女。

我从来没有跟妇女一起劳动过。四年劳改农场的生活，我几乎没有看见过妇女。我低着头，局促不安地走到她们中间，不知道干什么好。

227

"你拿镐头刨吧，你刨一块咱们砸一块。"一个妇女对我说，"也别累着，看你瘦鸡猴的，刨不动大块就刨小块的。"

她的音色柔软，把本来发音很硬的方音也变得很圆润，尤其是语气中的关切之情使我特别感动。我很长时间没听过"别累着"这样的话了；我耳边响着的一直是"快！快！""别磨洋工！"这类的训斥。但我没敢看她，我莫名其妙地脸红起来。我兴奋地想，我要好好替她刨，刨下来后还要替她砸碎。

我用眼睛在肥堆旁扫了一遍：这里没有镐。我忘乎所以地向谢队长喊道："队长，没有工具呀！"

"你干球啥来的？！"出乎我意外地招来一顿训斥，"你吃席来还得带双筷子哩！"

旁边的几个妇女没有恶意地嘻嘻笑了。我脸涨得血红。我又羞愧，又痛恨这个谢队长：这是个喜怒无常的小人！

正在我手足无措的当儿，那个妇女突然递给我一把钥匙："给！你到我家去拿。就在门背后，有个好使的镐头。"

我窘迫地接过来，嘴里嘟嘟哝哝地也不知说了些什么。

"喏，就在西边第一排房子的第一个门。"她告诉我，"好找得很，一拐弯，头一间就是嘛。"

"就是门口挂着'美国饭店'的呀！"另一个妇女哧哧地笑道。

"你这婊子，你门口才挂招牌哩！"给我钥匙的妇女并不气恼，对她笑骂着。

我转身走了，她们还在嘻嘻哈哈地对骂。

这是把自制的黄铜钥匙，磨得很光滑，还留有人体的微温，大概是她装在贴身的衣兜里的。我翻来覆去地看了看，感激地抚摩着它，仿佛它是她的手。

门口并没有挂什么"美国饭店"的招牌，和别人家一样，堆着一堆发黑的柴火，拉着一根晾衣裳的绳子。我开开门。这是间比我们"家"还小的土坯房，一铺火炕就占了半间。泥地扫得很干净。我从来不知道泥地经过加工，会变得像水泥地面一样的平整。屋里没有什么木制家具，台子、凳子都是土坯砌的。靠墙的台子还用炕面子搭了两层，砌成橱柜的式样，上层拉着一块旧花布做帘子。所有的土坯"家具"都有棱有角，清扫得很光洁。土台上对称地陈列着锃亮的空酒瓶和空罐头盒作为摆设。炕上铺着一条破旧的毡子，一床有补丁的棉被和几件衣裳——还有娃娃的小衣裳——整整齐齐地叠放在上面。炕围子花花绿绿的，我匆匆浏览了一下，是整整一本《大众电影》，还有《脖子上的安娜》的彩色剧照。

炕下面有个锅台，锅圈上坐着一个盖着木盖的铁锅！

我头一次只身一人进入一个陌生人的房间，我感到了被人信任的温情，但又有这样一种本能的冲动：想揭开锅盖，掀起帘子，看看有什么吃的——凡是贮藏食物的地方对我都有难以抵挡的诱惑力。

罪孽！

我赶快把门背后的十字镐扛了出来，回到马号那里去。

"门锁上了么？"我低着头还给她钥匙，她问我。

"锁上了。"

我开始抡镐。有一个妇女在旁边哼哼唧唧地唱起来：

　　尕妹妹的个大门——就浪三趟吧，
　　不见我的尕妹子好呀模样呀！

"我把你这个……"她转过身去，用最粗俗的话骂了那妇女一句。

由于这话非常形象生动，几个妇女都乐不可支地哈哈大笑了。

我不明白那妇女的歌怎么触犯了她，惊愕地抬起头，瞥了她一眼。她正和那妇女对骂，后背朝着我。我只看见系在一起的两条乌黑的辫子，搭在花布棉袄上。棉袄的背部和两肘用颜色稍深的花布补着几块补丁。

马粪尿掺上土，就是所谓的厩肥。冬天里冻得实实的。我们要把厩肥刨下来，砸碎冻块，翻捣一遍，再由马车运到田里卸下，一堆一堆地纵横成行，铲一层浮土盖上，等到开春撒开。我因吃了很多稗子面煎饼，又想帮她多干点，所以很卖力，一会儿就刨了很大一堆。

"你慢着。看你，你这个傻——瓜——瓜！"

她不说"傻瓜"，而说"傻瓜瓜"，声音悠长而婉转，我因感到亲切微微地笑了。我又瞥了她一眼，她低着头在砸粪，我没有看清她的脸。

"把稗子米先泡泡，再馇稀饭，越馇越稠……"

"要切上点黄萝卜放上就好了……"

"黄萝卜切成丁丁子，希个美！……"

"黄萝卜不抵糖萝卜；放上糖萝卜甜不丝丝的……"

"糖萝卜苦哩，得先熬……"

几个妇女笑骂完了，在肥堆旁边严肃地讨论着烹调技术，她又转过脸洒脱地朝她们说：

"干球蛋！我是宁吃仙桃一口，不吃烂梨半筐。要吃，就焖干饭！"

"嘻嘻！谁能比你呢，你开着'美国饭店'……"

"别耍你的巧嘴嘴了，"她直起腰，"你们没球本事！稗子米照样焖干饭。你们信不信？"

"信、信、信！你做顿给咱们尝尝……"

"尝尝？只怕你尝了摸不着家，跑到别人家炕头睡哩！……"她又嘻嘻地笑起来。她很喜欢笑。

接着，再次互相笑骂开了。

这时，海喜喜威武地赶着大车回来了，"啊，啊……"地用鞭杆拨着瘦瘦的马头，挺着胸脯坐在车辕上。

"你这驴日的咋这时候就收工了？咹？"谢队长停住了手中的锹，冷冷地质问海喜喜。谢队长和农工一样干着活，我注意到他比农工干得还多。

海喜喜显然和我刚才一样，没有料到谢队长在这里，赶紧跳下大车，"吁——"他把车停下了。

"牲口累了哩，队长。"

"是牲口累了还是你驴日的不想干了？咹？"谢队长眯着眼，又用嘲弄的口气问。在我眼里，瘦小干枯的谢队长一下子高大起来，高大魁梧的海喜喜却干瘪了。我很同情海喜喜。现在他一副畏畏葸葸的神色，和昨日迥然不同。

"你驴日的是要我跟你算账不是？"我听出来谢队长的话里有话。果然，海喜喜比我半小时前突然见到队长时还要狼狈，进也不是，退也不是。瘦马在他背后用软塌塌的嘴唇捡食地上的草渣。

忽然，谢队长咆哮起来："你去把牲口卸了，拿把镐头来！今夜黑你驴日的不把两方粪给我砸下，我把你妈的……"

谢队长的詈骂有惊人的艺术技巧。他怒冲冲地骂着，听的人却发出笑声，连海喜喜也抿着嘴偷笑，我当然更有点幸灾乐祸。原来谢队长对谁都这样粗俗地呵斥，刚才对我还算客气的哩。

海喜喜趁他痛骂的当儿，"驾、驾"地把大车赶进马号。一会儿，拿着一把十字镐出来了。

"哪儿刨呢？队长。"他的口气绝不是讨好，而是一副放在哪儿都能干的无畏架势。

"这垯儿来。"谢队长指了指自己面前，疲乏地说，"这垯儿有块大疙瘩，我吭哧了半天没吭哧下来。"

"啐！啐！"海喜喜响亮地朝两手啐了两口唾沫，"你闪开，看我的！"他哼的一声使劲地砸下镐头。

一转眼，两人又成了共同对付艰巨劳动的亲密伙伴，一个刨，一个砸，很是协调。

"熊，没起色的货！"我听见在我旁边的她低声骂道。不知是骂谁。

我还是埋头干我的活。我刨下的冻块，她砸不完，我就用镐头帮她捣碎，她用铁锹翻到另一边去就行了。在我们俩把面前的冻块都处理完，我转过身又去刨的时候，她闲下了。这时，她的下颌拄着铁锹把，轻轻地唱了起来：

> 我唱个花儿你不用笑，
> 我解了心上的急躁。
> 我心里急躁我胡喝呀，
> 哎！
> 你当是我高兴得唱呢！

在理论上，我知道她唱的和海喜喜昨天唱的曲调都属于所谓"河湟花儿"。这是广泛流行于甘肃、青海、宁夏黄河、湟水沿岸的一种高腔民歌。不过过去我并没有听过。她今天唱的和海喜喜昨天唱的又有所不同。旋律起伏较小，尾部结束音向上作纯四度和大六度滑近。在西北方言中，"急躁"是"烦恼"的意思；"喝"在此处当"唱"字讲。这里没有开阔的田野，四面都是肥堆，而她全然没有经过训练的、带有几分野性的嗓音，却把我领到碧空下的山坡上去了，从而使我的心也开阔了起来。然而我又有点悲哀。她的歌词中没有什么向往与追求，但声调里却有一种希望在颤抖，漫不经心地表现了凄恻动人的情愫。对的，就是漫不经心。我的悲哀还在于，给我如此美好享受的人，他们自己却没有意识到自己创造了这种美。比如说吧，海喜喜现在给我的印象就极没有光彩；而她呢，正低着头若有所思，心不在焉，没有一点自豪感。

我们一下午翻了不少肥，旁边堆了一大堆。谢队长围着粪场转了一圈，检查了所有人的成绩，对这几个妇女和我特别满意，喊了一声：

"收工吧！"

大家七零八落地往家走去。出于礼貌，我对她说："谢谢你了。让我替你把镐头扛回去吧。"

她在擦锹，掉过头很诧异地看着我，似乎不习惯这种客气的言辞。随即，她慌乱地把镐头从我肩膀上夺下来，用倔强无礼的口气说：

"你拿来吧你！看你个瘦鸡猴，脸都发灰了。"

十

回到土房子，我的几个组员对"家"都很满意。"营业部主任"首先把自己的脸盆坐在炉口上，他说这房子热得可以擦澡。

吃饭的时候，大家都围着火炉。有了火，彼此的关系似乎亲密了一点，话也多了。报社编辑没有忘记他的本行业务，这一天，他打听到很多情况。据他说，这个农场占的面积很大，从北至南，沿着山边分散着十几个队。我们这个队是一队。队与队之间至少有十里，到场部还有二十里。最偏远的队在山脚下，离这里竟有一天的路程。场部有个商店，但现在除了盐没别的货物，农工们都叫它"盐务所"。想买什么东西，要上三十里路以外的镇南堡去，那里有老乡的集市，好像是这一带最繁华的地方。要进城，可以坐火车，朝东去三十里有一个慢车停一分钟的乘降所，每天凌晨四点钟过一班车。这个队没有书记，副队长害了浮肿病，躺在炕上，谢队长是政治生产一把抓。他还说，农工们反映："只要不倒着抹谢队长的毛，这还是个好人。"最可怕的是山脚下的那个队。那里管得最严，进去出不来，农工们把它叫作"鬼门关"，是专治农场里调皮捣蛋的农工的。

报社编辑又说，这个队的农工绝大多数是本地人和甘肃、陕西跑来的农民。因为这个队的基础是公社的一个村子，谢队长本人原来就是公社的大队书记。别的新建队各种各样的人都有：浙江支边青年、复员转业军人、劳改劳教就业人员、工厂里精简下放的工人等等。

"啧、啧！"老会计惊叹道，"这个农场比劳改队还复杂。"

"赶快离开这穷窝窝子。""营业部主任"边洗脚边发牢骚，"劳改队还有期，待在这儿简直是无期。这儿他妈比劳改队还劳改队！"

我没有精神听他们闲聊。我全身仿佛被掏空了一般，光剩下一种感觉——累的感觉，累得都不想呼吸，但是却睡不着。有时，为了多吃一口，要付出远比这一口食物所发的热量还要多的热量。想想真不上算，但人还是要盲目地这样做，于是就越来越虚弱。今天，我干了不少活，结果累得如那妇女说的，"脸都发灰了"。

身体虚弱的折磨，在于你完全能意识、能感觉到虚弱的每一个非常细微的征象，而不在虚弱本身。因为它不是疾病，它不疼痛；它并不在身体的某一个部位刺激你，或者使你干脆昏迷；它无处不在，无所不到。实际上，要真昏迷过去倒也不错。当我意识到，我才二十五岁，又没有器官上的疾病，却如此虚弱的时候，我真有些万念俱灰。有的人万念俱灰会去皈依佛教，有的人万念俱灰会玩世不恭，有的人万念俱灰会归隐山林……这都是有主观能动性的万念俱灰，他本人还有选择的自由。已经失去主观能动性的、失去了选择的余地的万念俱灰才是最彻底的。这种万念俱灰不是外界影响和刺激的结果，是肉体质量的一种精神表现。油干灯灭，但火焰总是逐渐微弱下去的。它最后那一点萤火虫似的微光，还能照着你看着自己怎样地死去。也就是说，它要把你一直折磨到底。死，并不可怕，尤其在我这样的时候；可怕的是我能非常清醒地看见自己一步一步地走向死亡的全过程，看着生命怎样如抽丝一般从我的躯壳里抽尽……

啊，拉撒路！拉撒路[①]！……

十一

第二天早晨醒来，才有了饥饿和周身疼痛的感觉。根据经验，我知道现在开始好转了。能够感到饥饿和疼痛，就是还有活力的表现。

我无论如何要想个借口留在"家"里。

吃完早饭，我向组员们指出，土坯炉子上的泥缝，经过一天一夜的烘烤，已经干裂了。如果不糊上，裂缝里就会冒出煤气。"这可不是闹着玩的，别刚出劳改队，又进了阎王殿。"我叫他们跟谢队长说一声，我留在"家"里把炉子再泥一遍。

我现在是"组长"了，更主要的是，这个炉子成了大家关心的一个

---

① 拉撒路为基督教《圣经》中一个患癫病的乞丐。死后因基督之力复活，成为病人的守护神。

宝贝。中尉说："行，你别去了，我去跟毛胡子队长打个招呼。"

我料到队长绝不会凭他们一句话就对我撒手不管。我先慢慢吞吞提来一桶水，挖了几锹土，刚把泥和好，不出所料，谢队长夹着一把锹来了。

"日怪！"他内行地把烟灶里里外外看了一遍，颇为欣赏，在炉子旁边蹲下来烤着两只手，"你还会打这样的炉子；又省料，又简便，火又旺。"

"世上无难事，只怕有心人。"我笑着把我是跟谁学的告诉了他。

"日怪！你们'右派'，尽是些能人！"他朝干草上啐了一口，"咱们这垯儿的人，老八辈子咋样打炉子，这会儿还咋样打炉子。费泥费坏，厚得跟城墙一样，热气都透不出来。"

谢队长烤暖和了，眼泪鼻涕流了出来。他在脸上抓了一把，抹在自己的祆袖上。粗糙的大手上一道道很深的裂口。常年的户外劳动在他手上和脸上都印上了不可磨灭的痕迹。我突然觉得他很衰老，清癯的、布满皱褶的脸上有一种老人式的宽容神情，显得很和蔼可亲。

"谢队长，你家炉子要是不好烧，我来替你改装一下吧。"我讨好地说。

"不用。"他语气很平和，拉开了家常话，"我家烧的是柴灶。谁烧得起煤哩！你们是单身职工，按规定应该给你们烧炉子的。别的，你没见？队上家家户户都是柴灶，做了饭，又烧了炕。到夜黑，再添一把柴，一夜黑也暖和了。我的灶是喜喜子给我打的。那驴日的，也有点能！"

"海喜喜不是干部？"我勾着炉缝，问他，"前天他接我们去，我们还当他是干部哩。"

"球干部！"谢队长淡淡地一笑，"他是今年开春从甘肃过来的。

听说他小时候在寺上当过满拉①，可不好好学，一蹦子窜了好些地方。劳动嘛，还是攒劲的。身大力不亏嘛。我就看他这一点。出个远门，他也扛得住饿。嘿嘿！"

谢队长笑出了声，我却不明白这有什么可笑的。停了一会儿，他又说：

"今夜黑发工资，明天休息。你们想走个哪垯儿，也行。"

"去镇南堡也行么？"我毕竟年轻，还是想去享受一下能四处走动的自由。

"咋不行？走哪垯儿都行。"

我想他不是随口这样说的，可能是有意识地要让我知道我现在不同于过去的身份。但我又不大相信他这个外表如此粗俗的人竟会体贴别人。我瞥了他一眼。他表情不变，一门心思地烤着火。可是不论怎样，他这句话使我深受感动。

他又问了我原来在哪里工作，家里还有谁，随后，好像想起了什么事，扛起铁锹走了。

"行，你闹吧。"他说，"也别太热，小心煤烟打着，最好把报纸上掏个窟窿。"

他并没有叫我泥好了再去干活。

他一走，我三两下就勾好了炉缝，洗干净铁锹，支在炉口上，取下挂在墙上的报纸包，拿起罐头筒，倒进稗子面，像昨天那样煎起稗子面煎饼来……

稗子面都吃光了，我抖抖报纸，把它钉在我草铺旁边的墙上。这样，我就有了一圈干净的墙围。我不敢再跑出去看什么马了，点燃昨天

---

① 满拉，是指在清真寺内学习伊斯兰教知识的学员，结业后，可当阿訇。

剩下的半截香烟，舒舒服服地在围着报纸的草铺上躺了下来。

在我头旁边，卡斯特罗雄心勃勃地在鼓动世界革命，肯尼迪在发表他的"新边疆"政策，西方国家正用"福利国家"的口号来蛊惑群众，某地还选举"牛奶皇后"……这些，都离我非常非常的遥远。那么，我现在生活于其间的这个新的生存环境是怎样的呢？我觉得，在这个如此贫穷、如此粗野、如此落后，仿佛被世界所遗忘、被文明所抛弃、为任何报纸书刊都不屑于挂齿的荒村中，却有一种非常模糊的、不能用语言来表达的东西使我感到新鲜，感到亲切，感到温暖。我小时候，教育我的高老太爷式的祖父和吴荪甫式的伯父、父亲，在我偶尔跑到佣人的下房里玩耍时，就会叱责我："你总爱跟那些粗人在一起！"后来接触的那些知识分子们，脑子里的劳动人民全是塑造出来的艺术形象——穿着白衬衫和蓝工装裤，戴着八角帽，满面红光，肌肉饱满，气宇轩昂，永远走在一条笔直宽阔的金光大道上。给我作报告的领导号召我向之学习的"劳动人民"，在我脑子里好像总是一个空泛的概念——神圣尽管神圣，我却始终不知道是什么样子。在劳改农场里是没有什么"劳动人民"的，那里不是知识分子就是狼孩。在这里，我总算置身于"劳动人民"之中了吧。首先让我感到惊奇的是，这里有一种劳改农场完全没有的乐观的、毫无顾忌的气氛。在如此贫穷、落后的荒村，竟能乐观和毫无顾忌，是多么可贵，多么不可思议啊！虽然这乐观与毫无顾忌是用粗俗的形式表现出来的，但这样更透出了朴拙与天真。回忆昨天劳动时的所见所闻，我发自内心地微笑了。

十二

镇南堡和我想象的全然不同，我懊悔一上午急急忙忙地赶了三十里路，走得我脚底板生疼。

所谓集镇，不过是过去的牧主在草场上修建的一个土寨子，坐落在山脚下的一片卵石和沙砾中间，周围稀稀落落地长着些芨芨草。用黄土夯筑的土墙里，住着十来户人家，还没有我们一队的人多。土墙的大门早被拆去了，来往的人就从一个像豁牙般难看的洞口钻进钻出。但这里有个一间土房子的邮政代办所，一间土房子的信用社，一间土房子的商店，两间土房子的派出所，所以似乎也成了个政治经济的中心。今天逢集，人比平时多一些，倒也熙熙攘攘的，使我想起好莱坞所拍的中东影片，如《碧血黄沙》中的阿拉伯小集市的场景。

我先到邮政代办所给我妈妈发信，告诉她老人家，我的处分解除了，现在已经成了名副其实的工人，成了"自食其力的劳动者"；我吃得很好、长得很胖、晒得很黑，人人都说我是个标准的身强力壮的小伙子，就像苏联一幅招贴画《你为祖国贡献了什么？》上的炼钢工人。

我没有钱，但我有很多好话寄给我妈妈。

我的组员，包括"营业部主任"也托我寄信。他们的信都很厚，大概又在向家里念苦经，要家里人赶快给他们办准迁证吧，我想。

邮政代办所门口贴着一星期前的省报。省城的电影院在放映苏联影片《红帆》。我知道这是根据格林的原著改编的。啊，红帆，红帆，你也能像给阿索莉那样给我带来幸福吗？……

我走到街上。这条"街"，我不到十分钟就走了两个来回。商店里只有几匹蒙着灰尘的棉布，几条棉绒毯子，当然还有盐。熏黑的土墙上，贴着"好消息新到伊拉克蜜枣两元一斤"的"露布"，红纸已经变成了橘黄色。问那偎着火炉的老汉，果然是半年以前的事了。

集上有二三十个老农民摆着摊子，多半是一筐筐像老头子一样干瘪多须的土豆和黄萝卜，还有卖掺了很多高粱皮的辣面子的。有一个老乡牵来一只瘦狗似的老羊，很快被附近砂石厂的工人用一百五十元的高价买走了。我估摸了一下，它顶多能宰十来斤肉。我一直把那几个抱着羊的工人——奇怪，他们不让羊自己走——目送出洞口，咽了一口口水，才转过脸来。肉，我是不敢问津的。

我的目标是黄萝卜，土豆都属于高档食品。我向一个黄萝卜比较光鲜的摊子走去。

"老乡，多少钱一斤？"

"一块，搭六毛。"老乡边说边做手势，好像怕我听不懂，又像怕我吃惊。

我并不吃惊，沉着地指了指旁边的土豆：

"土豆呢？"

"两块。"

"哪有这么做买卖的？土豆太贵了。"我咂咂嘴。

"贵！我的好哥哥哩，叫你下地受几天苦，只怕你卖得比我还贵哩！"

"你别耍你的巧嘴嘴了！"我用上了向那女人学来的一句土话，"我受的苦你老人八辈子都没受过，你信不信？"我瞪着眼睛问他。

"嘿嘿……"他干笑着，似乎不信。

"告诉你吧，"我冷笑一声，"我是刚从劳改队出来的。"

"啊、啊！那是，那是……"老乡流露出畏惧的神色。

"怎么样，土豆贱点？"我突然故意把逻辑弄乱，话锋一转，"人家都是三斤土豆换五斤黄萝卜哩。"

"哪有这个价钱？"他的畏惧还没有到贱卖给我土豆的程度。但正因为这样，他即刻钻进了一个微妙的圈套，"你拿三斤土豆来，我换你五斤黄萝卜哩。"

"当真？"我表面上冷静，而心里惴惴不安地叮问了一句。

"当真！"老乡表现出一种很气愤的果断，"三斤土豆换五斤黄萝卜还不换？！"

"行！"我放下背篓，"你给我称三斤土豆。"

我先把钱付给他——我们昨天每人领了十八元，干了一天就领全月工资，真好！老乡取出自制的秤。我们俩又在挑拣上争了半天。称好后他倒到我的背篓里。我说：

"给，我这三斤土豆换你五斤黄萝卜。"

老乡连思索都没有思索，称了五斤黄萝卜给我。我把土豆倒回他的筐里，背起黄萝卜就走。

我得意扬扬，我的狡黠又得逞了！

在劳改农场，我就经常和来给我们做买卖的老乡打交道。我熟知他们有一种直线式的思想方法。有时候，他们会出奇的固执，拼命地钻牛角尖，只记一点，不计其余。这也可能使他们在争取自己的利益或创造性的劳动上，表现出一种不屈不挠的顽强精神，但更大的可能倒是被人愚弄，被人戏耍，让他们顾此失彼，大上其当。而我就是用自己的小聪明戏耍他们的人之一。

"我"啊，你究竟是怎样的一个人呢？

十三

太阳暖融融的。卵石和沙砾在我脚下咯咯作响。方圆十几里阒无人迹，只有我一个人在荒滩上昂首阔步。"只、有、我、一、个！"这就是自由。在大号子里睡了四年，出工排队，收工排队，打饭排队，干了四年密集性的劳动之后，只有独自一人在一个广袤的空间行动，是多么幸福啊！

洪水从山上下来，冲出一条条深沟，又像是向山坡蜿蜒而上的卵石路。大大小小的卵石在阳光下散发着钢青色的辉光。略微向平原倾斜的荒滩，景物的色调是坚毅的、严峻的。一切都岿然不动，只有一种土色的小蜥蜴，见我过来，或是摇着小尾巴拼命地跑，沿途丢下一连串慌慌张张的小脚印；或是挑战似的扬着头，用小眼睛瞪我。那样子真可笑！在这个季节没有沙葱，也没有肉苁蓉，不然我可以爱拔多少就拔多少，大嚼一顿。我不是独自一人了吗？我不是自由了吗？现在，连空气都是属于我的！可是，这时候荒滩上只有枯干了的芨芨草和酸枣。酸枣是一种多刺的灌木，实际上就是荆棘的学名。荆棘！这个词使我怦然心动。我耸耸肩，把背篓往上，大踏步地穿过荆棘。

> 美丽的蔷薇脱落了花朵，
> 和多刺的荆棘也差不多。
> 我把荆棘当作铺满鲜花的原野，
> 人间便没有什么能把我折磨。
> 阴间即使派来牛头马面，
> 我还有五斤大黄萝卜！

"嘚儿嘭！嘚儿嘭！嘚儿嘭、嘭、嘭！……"我在心里敲着大鼓，背着背篓在荒原上迈着大步。

前面，是一条两米宽的排水沟。早上过来，冰还冻得很结实，但过了中午，冰层下出现了许多可疑的小水泡——这是冰层融化了的表象。

但是，这条排水沟长得东西两面都不见尽头，中间又没有桥。我走过来，走过去，选了一个比较窄的地方，拿起一块土坷垃往冰上砸去，咚的一声，土坷垃碎了，冰并没有破裂。我觉得可以冒险试一试。

两米宽的距离，如果我身强力壮，像给我妈妈写的信里说的那样；如果我背上没有五斤黄萝卜，我还是能一跃而过的。但这时的情况恰恰相反。我前一只脚刚跳到离岸三十公分的冰层上，咯喳一声，冰层破裂了！我连人带背篓仰天摔倒在沟里。薄冰被我砸了一个窟窿，像印模一般，正和我倒下去的身形相同。

我顾不得我自己，湿漉漉地站在没过膝盖的冰水里，看看背篓，里面只剩下两三个黄萝卜了！

反正棉袄已经湿透，我连袖子也没挽，气急败坏地在沟里乱摸。直摸到全身冻得麻木，而小腿针刺似的疼痛起来，才摸到不足一半。我只好恋恋不舍地爬到沟上，把劫后的剩余捡进背篓里。

在岸上，我如同一条落水狗似的抖擞了抖擞，背起背篓走了。一直走出很远，我还流连地回头看着，仿佛沟底的黄萝卜会像青蛙一样自己跳上岸来似的。

十四

半夜，可能是受寒以后发起烧来，我被干渴烧灼醒了。窗外，呼呼地刮起了西北风，用钉子钉着的报纸有节奏地扑扑作响，就和拉风箱一样。我感到一阵阵的晕眩。我身体虚弱以后，才发现很多小说里描写的晕眩是虚假的；那种扑通一声摔在地板上，或软软地倒在沙发上的描写，多半是主人公的装腔作势。我静静地睡在被窝里也会感到晕眩，并且，晕眩不但不会使我昏迷，反而会把我从熟睡中摇醒。这时，头颅仿佛比正常情况下大了许多，头颅里的血显得很稀少，很稀薄，就像只有一点点水在一个大坛子里晃荡一样。

当然不会有一个人给我倒一口水来喝。我必须忍耐。而我也习惯了忍耐。有时，我会被自己能如此忍耐而感动，也就是说，我自己被自己感动了。在这半夜时分，我就被自己感动了。耐力不像膂力，不能用计量器测试出来，并且它还包括了精神的和物质的两方面。有人能忍受精神的痛苦，却耐不住物质的贫困；有人能忍受物质的贫困，却耐不住精神的痛苦。我发现，我在精神和物质两方面的耐力都有相当大的潜力，只有死亡才是一个界限。

大自然赋予我这样大的耐力，难道就是要我在一种精神堕落的状态下苟且偷生？难道我就不能准备将来干些什么对社会有益的事情？

这时，我开始内疚起来，心里受到自谴自责的折磨。黄萝卜的得而复失，在我看来是冥冥中的惩罚和报应。老乡是辛苦的，这个地区从来就把农民叫"受苦人"，下地干活不叫下地干活，叫"受苦去"。一块六一斤黄萝卜，比较起来是不贵的，劳改农场附近的老乡开口至少是一块八至两块。我的一块浪琴表只换到三十斤黄萝卜和一碗发霉的高粱面。可是，我却狡黠地愚弄了那位老实的、满面皱纹的老乡，还自以为得计，结果……

头颅里的血不停地旋转回晃，一个早已沉淀了的回忆像乳白色的杯底物从我脑海深处泛起。在一间讲究的天蓝色壁纸贴面的大房间里，在凤尾草图案的绿窗帘下，在大理石镶边的法兰西式的壁炉旁边，我的一个伯父坐在棕色的皮面沙发里，我坐在放在地毯上的一只蜀锦软垫上。他晃动着自己调的加冰块的鸡尾酒，向我说摩根家族发迹的故事。据他说，老摩根从欧洲老家飘流到北美洲时，穷得只有一条裤子，后来夫妇两人开了一爿小杂货铺。他卖鸡蛋的时候从来不自己动手，而叫老婆拿给顾客看。因为老婆手小，这样就衬得鸡蛋大一点。正是由于他这样会盘算，他的后代才建立了一个摩根金融帝国。

"听到没有？做生意就要这样精，门槛不精不行！"这位证券交易所的经理端着高脚酒杯教育我，"谁倒闭了谁是憨大（念'壮'音），能赚钱才是英雄！"

回忆的潮水又随血液的旋转退了下去。于是，我怀疑我所费的种种心机都是和出身于资产阶级家庭有关的。老摩根会利用人的视觉误差把鸡蛋变大，我会利用人的视觉误差把打的饭变少；摩根们会盘算，我的算盘也很精：用钉子代替稗子面，三斤土豆换五斤黄萝卜，和交易所的"买空卖空"一样，一倒手就赚了两块钱……固然，争取生存是人的本能，但争取的方式却由每个人的气质、教养而定；先天的遗传是自然的，而后天的获得性也能够遗传下去。当我意识到我虽然没有资产，血液中却已经融入资产阶级的种种习性时，我大吃一惊。一九五七年对我的批判，我抵制过，怀疑过，虽然以后全盘承认了，可是到了"低标准"时期又完全推翻。而现在，我又认为对我的批判是对的，甚至"营业部主任"那心怀恶意的批判也是对的。从小要饭的人，对从小就会享受的资产阶级"少爷"肯定有一种直感的敌对情绪。我虽然不自觉，但确实是个"资产阶级右派分子"，其所以不自觉，正是因为这是先天就决定了的。

我口渴，我口渴得像嘴里含着一团火，但毫无办法，我把这种折磨看作对我的惩罚。我默念着但丁的《神曲》：

从我，是进入悲惨之城的道路；

从我，是进入永恒的痛苦的道路；

从我，是走进永劫的人群的道路。

我所属的阶级覆灭了，我不下地狱谁下地狱？

十五

第二天早晨，铅灰色的天空飘下了雪花。这个偏僻的、贫穷的、落后的荒村，大自然倒没有遗忘她，公平地给她也盖上了一层洁白的初雪。小土房上小小的烟囱，冒出的烟也是纤细的，更像童话中的一幅插图。

忍耐的好处之一，是我的感冒会不治自愈。我早已发现，疾病加重在很大成分上是个人的神经作用。如果像对情人一样念念不忘自己的病痛，病就会越来越重。干脆不理它——也没办法理它，它待在你身上也无趣，很快就会抛掉你。

那个瘸子一瘸一跛地四处吹哨，通知说不出工。他的喊声很怪。好像叫卖什么东西："休——息！""休"字拖得很长，"息"却戛然而止，连一丝余音都没有。但在我们听来，这无疑是个可喜的消息。

棉袄棉裤在炉子上烤干了。"营业部主任"不住地埋怨我把房里熏得臭烘烘的。我不理他。要是他掉进水里，他还有新棉裤，还有老羊皮袄。在我眼里，他倒成了资产阶级——阶级关系又整个儿颠倒了。糟糕的是，湿漉漉的棉衣烤干后，硬得和盔甲一样，不保暖不说，穿在我既无衬衣又无衬裤的身上，磨得皮肤又疼又痒。早饭后，我干脆把衣裳全部脱光，用棉花网套把自己包了起来，仅从网套的破洞里伸出两只手，捧着本书，靠在泥土剥落的墙上。

我抱着一种虔诚的忏悔来读《资本论》。

上午，我还能饶有兴味地读着。我重温了《初版序》，接下来读《第二版跋》直到《编者第四版序》。论证的逻辑理清了，也印证了我昨夜的想法：我所出身的这个阶级注定迟早要毁灭的。而我呢，不过是最后一个乌兑格人。我这样认识，心里就好受一点，并且还有一种被献在新时代的祭坛上的羔羊的悲壮感：我个人并没有错，但我身负着几代人的罪孽，就像酒精中毒者和梅毒病患者的后代，他要为他前辈人的罪过备受磨难。命运就在这里。我受苦受难的命运是不可摆脱的。

但是到了中午，我就读不下去了。对于我来说，休息最大的痛苦是没有吃的。平时干活的时候，饥饿还比较好忍受。什么活都不干，饥饿的感觉会比实际的状态更厉害。我完全相信卓别林的《淘金记》中，困在雪山上的那个饥饿的淘金者，会把人看成是火鸡的幻觉。那不是天才的想象，一定是卓别林从体验过饥饿的人嘴里得知的。当我看到"商品是当作铁、麻布、小麦等等，在使用价值或商品体的形态上，出现于世间"这样的句子，我的思想就远远地离开了这句话的意义，只反复地品味着"小麦"这个词。我的眼前会出现面包、馒头、烙饼直至奶油蛋糕，使我不住地咽唾沫。那个句子的后面，又出现了以下的列式：

$$
\left.\begin{array}{l}
1\text{件上衣}= \\
10\text{磅茶叶}= \\
40\text{磅咖啡}= \\
1\text{卡德小麦}= \\
\cdots\cdots
\end{array}\right\} 20\text{码麻布}
$$

"上衣""茶""咖啡""小麦",这简直是一顿丰盛的筵席!试想:穿着洁白的上衣(不是围着破网套),面前摆着祁门红茶或巴西咖啡(不是空罐头筒),切着奶油蛋糕(不是黄萝卜),那真是神仙般的生活!我也有着华丽的想象力。这种想象力会把我所经过、看过、读过的全部盛大宴会场面都综合在一起,成了希腊神话中忒勒玛科斯的大宴会:"安静地吃吧,我不会让任何人来妨碍你!"这时,不但各种各样食物多彩多姿的形象诱惑我离开《商品的拜物教性质及其秘密》,而且这冬日的沉寂而寒冷的空气中,不知从哪里会飘来时而浓烈时而清淡的肴馔的香气——我脑子里想到什么,就会有什么味道。这香味即刻转化成舌尖上的味觉,从而使我的胃剧烈地痉挛起来。

"营业部主任"又耍花样了。他在他的小木箱中摸索了半天,摸索出一块黑面饼子。他不让中尉吃,不让报社编辑吃,还有两个同来的就业人员他也不让,独独要请睡在我旁边的老会计与他分享。其实他明明知道老会计严格地奉守着"我不沾你一分,你也别沾我一毫"的处世原则,不会吃他的"请"的。老会计在这点上也确实迂腐得可笑。比如,他对我与他铺位之间的分界线,比两个关系紧张的毗邻国家的国界还敏感——其实我与他相处得还好。如果他的被角偶尔搭在我的草铺上,他会像被子掉到火上了似的慌忙拽过去;如果我的破网套有一团棉花沾上了他的褥子,他也会郑重其事地捧着送回来,好像那团破棉花是我丢失了的钱夹子。这种战战兢兢不敢越雷池一步的人,我想象不出怎么也成了"右派"。

"吃吧,吃吧,没关系的。""营业部主任"小心翼翼地掰了半块,从门边扔到他的褥子上。

"咦,咦!弗,弗……"老会计操着上海口音叫起来,惊慌地又扔了回去,仿佛那半块黑面饼子是个烧得火烫的煤球。

"吃吧，你看你这个人……啧，啧！""营业部主任"又慷慨地扔过来。那半块饼子已干得坚硬无比，扔来扔去都不会掉渣的。

"哎，哎！真的……侬自家吃吧。"老会计更惶惶不安地扔还给"营业部主任"。

"啧！我让你吃你就吃吧。这会儿，谁不饿？！""营业部主任"再次使劲往这边一扔。

但是，这次"营业部主任"没扔准，更可能是他有意识的，半块黑面饼子掉到了我的草铺上，正在我的脚旁边。

老会计用一种非常恐惧的眼光斜睨了那半块饼子一眼，在他的铺位上坐卧不宁地扭动着。捡起来再扔回去？这饼子是在我的草铺上；也许他还有点怜悯我，想顺水推舟把饼子让给我吃。不捡起来往回扔？"营业部主任"明明给的是他。即使他给我吃了，人情账却是挂在他名下的，"营业部主任"可不是容易对付的债权人……

土房里的空气仿佛凝固了。其他几个人虽然表面上在各干各的事，有的在补袜子，有的在写家信，有的在被窝里想心思，但注意力无疑都盯在这半块黑面饼子上。报社编辑和中尉在自制的象棋盘上也暂时休战。这半块黑面饼子的命运牵动着所有人的心。

饼子约莫有一两重，由于放得太久，表面上竟有一层暗淡的光泽，很像一块硬巧克力。它旁若无人地、藐视一切地坐镇在我的草铺上，使我非常地困窘；我那"把荆棘当作铺满鲜花的原野"的精神也受到了挫折。剩下的黄萝卜在昨天回来后就煮着吃光了，没有一点东西可以抵挡从心底里，而不是从胃里猛然高涨起来的食欲；没有一点东西可以把我汹涌澎湃的唾液堵塞住。由于委屈，由于受到这种残酷的作弄，由于痛恨自己纯自然的生理要求，由于蔑视自己精神的低劣，由于那种"我怎么会落到这种地步"的哀叹……我眼眶里饱含着泪水。

土房里如死一般寂静，皑皑的雪光透过钉着报纸的窗户映照进来，每个人的脸都像死人似的苍白。老会计最终决定了对策：不在我的领地里，就不关我的事！闭起了眼睛，袖着两手坐在褥子上，活像个入定的老僧。"营业部主任"表面很镇静，和扔饼子之前一样，在他铺位上盘着腿，但眼睛却灼灼地盯着那块诱饵，紧张地等待着即将被夹住的猎物。

这时，窗外由远及近地响起沙沙的踏雪声，同时传来了轻松的放肆的歌声：

　　　　姐儿早上去看郎，
　　　　三尺白绫包冰糖。
　　　　送给小郎郎不用，
　　　　转过身儿好恓惶哟——呀啊！
　　　　初三早上去看郎，
　　　　小郎病在牙床上。
　　　　双手揭开红绫帐，
　　　　小郎脸上赛金黄哟——呀啊！

是个女的。我一听就是两天前给我钥匙的那个妇女。

沙沙声和歌声越走越近，径直向我们"家"门口走来。土房里所有的人都有点惊奇，目光被这突如其来的、仿佛是从另外一个世界飘来的声音吸引到门口去，连"营业部主任"的神经也暂时松弛下来，不自觉地表现出侧耳倾听的模样。

一会儿，脚步到了门口，随即，门像受到爆炸的冲击波撞击似的，

"砰"一声被推开了。门大敞着，却不见人进来。

这几秒钟，屋里的人都呆呆地盯着门口，像一群傻子在盼望一个奇迹。门外的人似乎终于克服了自己的犹豫，一蹦子跳到门槛上，两手扶着门框，探头探脑地向屋里寻找着。

"嘻嘻！你们这垯儿谁是唱诗歌的'右派'？找他干活去。"

是她！

而她问的只能是我！

"喏、喏、喏，""营业部主任"转过头来用手指着我，快活地叫道，"章永璘，喂，叫你干活去哩！"

可是，从她的语气、她的神态、她的特别的嘻嘻的笑声里，我即刻敏感到她并不是叫我去干活。我很高兴她把我从这种困境中解救出来。

"是找我吗？"我还有点拿不准，因为她不是说"写诗"，而是说"唱诗歌"。"干什么活？"我又问。

"嘻嘻！我一猜就是你。"她仍然手扶着门框，身子前后地摇晃，"都说你会打炉子，叫你给打个炉子去哩。"

她为什么要猜？怎么会一猜就是我？我感到了一种微妙的关切。我也愿意跟她一起干活。既然没有吃的，干点活比闲待着还好受点。我说："那么你先去，我穿好衣裳就来。"

她注意地打量了我一下，大概觉得我那副模样很滑稽，又嘻嘻地一笑。

"那你快点，我在家等你。我家你总认得。"

她一欠身，把门"砰"的一声拉上。我匆匆地穿上棉衣棉裤，在蹬棉裤腿时，我装作无意地把那半块黑面饼子踢到我和中尉之间的过道上。

十六

外面已是一片银白色的世界。初雪把广阔无垠的大地一律拉平，花园也好，荒村也罢，全都失去了各自的特色，到处美丽得耀眼炫目，使人不能想象这个世界上竟会有几分钟之前发生的那种荒诞的丑剧，不能想象人会有那种种龌龊得对自己也没有什么好处的心地。

啊，大自然，你每隔一段时间就要用你的默默无言来教诲我们净化自己！

她的一串脚步印在洁白的雪地上，给人一种轻盈而又温暖的感觉。她回去也踏着来时的足迹：均匀、整齐，毫不零乱，拐弯处弧线优美，精致得像一串珍珠项链。我仔细地踩着她的脚印走，像沿途把那宝贵的东西拾起来，一粒一粒地，一粒一粒……装在我的心里。

我敲敲门。她不说"请进""进来"，而是在屋里大声喊："推嘛，门开着的嘛！"

她斜坐在炕上逗弄孩子。这是个两岁多的孩子，穿着一身和她棉袄的花布一样花色的小棉袄，看来是个女孩，却又推了个平头，眉毛也很浓，长着一副男孩子的样子。见我进来，孩子和她都嘻嘻地笑出了声，但看见我也笑时，孩子却吓得往她怀里直躲。我有点无趣。我想，我的模样一定挺吓人，连笑脸也是可怕的吧。

"在哪儿打炉子？"我问，"有瓦刀没有？还要土坯和砖……"

"你忙啥？！"她长得很匀称的细长的手摩挲着孩子，朝我笑着说，"看你这棺材瓤子，干活倒挺积极！你先坐会儿。"

"棺材瓤子！"可怕而又可笑。我把我这副"棺材瓤子"坐在那不能移动的土坯砌的凳子上。房里没有火，却和我们"家"一样暖和。这种暖和是温和的、全面的暖，不像火炉那样只烤一面，还带着逼人的炙灼。这是农家火炕的作用。我看着那贫穷而整洁的炕，突然产生了一种对家的向往。家，不是谢队长说的"家"，而是真正的家。经过四年严酷的强制性集体劳动和濒于死亡的饥饿，种种不切实际的雄心壮志和布尔乔亚式的罗曼蒂克的幻想，全抛到了东洋大海。我心里记得《叶甫根尼·奥涅金》中的几句诗，这几句诗倒能说明我现在的理想。

> 有个主妇，
> 还有一罐牛肉白菜汤，
> 一大罐牛肉白菜汤——
> 这就是我现在的理想。

她继续安抚着孩子，没有理我。我呆呆地坐在土坯凳子上，不觉低下了头。我心里猝然涌起了一阵失望的悲哀。不知是对原先希望的失望，还是对"主妇"和"牛肉白菜汤"的失望，抑或是对所有希望都失去了希望……总之，我进到这小小的、简陋的然而又弥漫着一种不可言状的温馨的土房里，好像更清楚地看到了我目前状况的可悲……

不知她注意到我的表情没有，她哄好孩子，把孩子放在炕上，轻捷地跳下炕，掀开锅台上的锅盖，拿出一个白面馍馍，爽气地伸到我面前：

"给！"

我大吃一惊！用惶惑的眼睛看看馍馍，又看看她。她坦然地站在我面前，眼神里有掩饰不住的温柔与怜悯，但绝对没有一丝嘲笑和鄙薄。

我不敢接。因为这样的东西在这样的时候太贵重了，贵重得令人不敢相信这是能无代价地馈赠的。疑惧和意外的喜悦搅在一起，使我晕眩起来。

孩子在炕上叫唤她了："妈妈，妈妈……"小手抓挠着往炕边爬来。她一把把馍馍塞在我的怀里，转身又坐到炕沿上抱起孩子，头顶着孩子的头，边摇晃边唱：

> 打箩箩，磨面面，
> 舅舅来了做饭饭。
> 擀白面，舍不得；
> 下黑面，丢人哩！
> 给舅舅宰个大公鸡，
> 公鸡叫鸣哩！
> 宰个大母鸡，
> 母鸡下蛋哩！
> 给舅舅擀上两张齐花面，
> 舅舅喝面汤，
> 我吃一大碗！

她是唱，而不是像一般妇女念儿歌时那样朗诵，不但有节拍，并且有旋律。旋律在多变中带着单纯的稚气。她爽朗的声音，快活的曲调，诙谐的歌词，搂着孩子像玩跷跷板似的摇上摇下的天真的神态，和孩子叽叽嘎嘎的笑声融在一起，在这小土房里荡漾。只有丝毫未脱孩子气的人才能这样与孩子、与这首别致的儿歌浑然无间。任何人都不能怀疑她的纯真。她给我这个珍贵的东西在她来说是非常自然的，是没有目的的，全然出于她的好心。

不过，我还是嗫嚅地说：

"我不饿，给孩子吃吧。"我把馍馍向孩子伸过去。

"她刚吃了。"她说，"你吃吧，吃吧。"

可是孩子伸出手来嚷嚷："我吃，我吃。"

"尔舍，听话！"她把孩子往炕里挪去，不让孩子的手够着我手中的馍馍，旋即跳下炕，又揭开锅盖，拿出一个蒸熟的土豆。

"给！尔舍，你看这是啥？你吃这个。"

孩子笑了，接过去，用小手笨拙地剥着皮。

因为她纯真的慷慨，我更不忍心吃掉她给的这样珍贵的东西了。我的饥饿感，被对这个馍馍的珍惜抑制住了。我甚至觉得有点"暴殄天物"，我的肚皮，是随便什么都可以填满的，何必要吃这么贵重的食品呢？我很想把这个馍馍换两个还在笼屉上放着的土豆——我的近视眼对食物却异常敏锐，她一掀一盖锅之间，我就看见笼屉上放满了土豆。可是，我又不好意思说出口。

她见我还把馍馍拿在手里，指着我对孩子说：

"说：'叔叔，你吃，你吃吧。'说！"

孩子把塞在嘴里的土豆取出来，用沾满土豆泥的小手指着我：

"吃，你吃，你吃嘛！"

"我不吃，"我酸楚地对孩子说，"留给你爸爸吃，好不好？"

"嘻嘻！"她又笑了，"她爸爸在爪哇国哩！你吃了吧。你看，你们念过书的人尽来这个虚套套！"

我不知道她说的这个"爪哇国"是什么意思。我只知道古典小说中常把非常遥远的或根本没有的地方叫"爪哇国"，而这个地区农民的许多日常用语还保留着古汉语的特色。那么，是她丈夫在很远很远的地方呢？还是孩子现在没有爸爸？

"那么……还是，你自己留着吃吧。"我眼睛看着锅，想把馍馍放进去。如果她再客气的话，我就可以说我吃两个土豆就行了。

"你看你这个没起色的货！"不料，她勃然嗔怒了，"扶不起个不起！那你把馍馍给我放下，你哪儿来的还滚到哪儿去吧！"她掉转身搂着孩子，眼睛也不看我了。

我尴尬地两手捧着馍馍不知所措，和端着一盆盛得满满的热汤不知放在什么地方好似的。

"你，你不是说要打炉子么？"

"打个球！"她又忍不住嘻嘻笑了，"我的炉子是喜喜子给我打的，也好烧着哩。是这么回事：昨天休息，我把喜喜子拾来的麦子推了点白面，蒸了五个馍馍。喜喜子一个，我一个，娃娃两个，还有一个，我就想着给你。可我昨天找你找不见……没酵子，只好蒸死面的。你凑合着吃吧。白面我还有哩，酵子我也发下了，下次就能吃发面的了。"

还有下次！我也不好问她为什么"想着"给我。这是不礼貌的。除了怜悯，还能为什么呢？我不像"营业部主任"、中尉和老会计几个人，一出劳改农场就把那层皮扒了，换上家里寄来的干部服。我一身棉衣棉裤还是劳改农场发的。这种没有领子、三个贴兜的衣服，和脸上的金印同样是受惩罚的记号。布，近似于医用的纱布，刚穿几天就磨了几个窟窿，现在又硬得跟甲壳一样，我缩在这样一套棉衣棉裤里，如同一只蛹没有成熟就死在茧里似的。

沉默了一会儿，她见我低着头，看着手中的馍馍，有要吃的意思，就又掀开那土台子的布帘，端出一碟咸萝卜，拿出一双筷子，用手抹了抹，放在我的旁边。

"以后，你肚子饿了你就来。那天我看你，脸都发灰了，跟伊不利斯①一个样……"不知她想起了什么，突然又嘻嘻笑了。可是她马上忍

———————————

① 伊不利斯，阿拉伯语，魔鬼。

住笑，抿着嘴，坐在炕上瞅着我。

经过这一番推让，我当然要吃了。"恭敬不如从命。"但我很不好意思在她面前吃东西。我那致命的虚荣心还没有完全丢掉。同时，我知道我现在的吃相很不好，我怕一个女人看见我狼吞虎咽的模样。

她不理解我这种心理，也不懂得不要坐在旁边看客人吃东西的社交礼貌，奇怪地问："吃吧，还等啥？"又催促我，"快吃，一会儿说不定来人哩。"

是的，这倒有点可怕。今天农工们都休息，很可能有人来她这儿串门子。看见我在她这里吃东西，这多不好！我又不能把这珍贵的食物拿到我们"家"去享用，那里还有好几双眼睛！

我慢慢地把馍馍拿起来。

这确实是个死面馍馍，面雪白雪白，她一定箩过两道。因为是死面馍馍，所以很结实，有半斤多重，硬度和弹性如同垒球一样。我一点点地啃着、嚼着，啃着、嚼着……尽量表现得很斯文。我已经有四年没有吃过白面做的面食了——而我统共才活了二十五年。它宛如外面飘落的雪花，一进我的嘴就融化了。它没有经过发酵，还饱含着小麦花的芬芳，饱含着夏日的阳光，饱含着高原的令人心醉的泥土气，饱含着收割时的汗水，饱含着一切食物的原始的香味……

忽然，我在上面发现了一个非常清晰的指纹印！

它就印在白面馍馍的表皮上，非常非常的清晰，从它的大小，我甚至能辨认出来它是个中指的指印。从纹路来看，它是一个"罗"，而不是"箕"，一圈一圈的，里面小，向外渐渐地扩大，如同春日湖塘上小鱼喋起的波纹。波纹又渐渐荡漾开去，荡漾开去……

噗！我一颗清亮的泪水滴在手中的馍馍上了。

她大概看见了那颗泪水。她不笑了，也不看我了，反身躺倒在炕上，搂着孩子，长叹一声：

"唉——遭罪哩！"

她的"唉"不是直线的，而是咏叹调式的。表现力丰富，同情和爱惜多于怜悯。她的叹息，打开了我泪水的闸门，在"营业部主任"作践我时没有流下的眼泪，这时无声地向外汹涌。我的喉头哽塞住了，手中的半个馍馍，怎么也咽不下去。

土房里一时异常静谧。屋外，雪花偶尔地在纸窗上飘洒那么几片；炕上，孩子轻轻地吧唧着小嘴。而在我心底，却升起了威尔第《安魂曲》的宏大旋律，尤其是《拯救我吧》那部分更回旋不已。

啊，拯救我吧！拯救我吧！……

一会儿，她在炕上，幽幽地对孩子说：

"尔舍，你说：叔叔你放宽心，有我吃的就有你吃的。你说，你跟叔叔说：叔叔你放宽心，有我吃的就有你吃的……"

从声音上判断，孩子的脸向我转过来。

"叔叔，你放心。叔叔，你放心……"

孩子越说越来劲儿，可能她觉得这句她尚未理解的话很好玩，站起来朝炕沿边跨了跨，小手指着我：

"叔叔，你放心。叔叔，你放心……"

"还有哇！"她翻起身扶着孩子，"有我吃的就有你吃的。说呀！"

孩子愣了愣，口齿不清地学着：

"有你吃的，就有我吃的。"

她哈哈大笑了，一把搂起孩子，反身把孩子按在炕上，用手指胳肢孩子。

"没起色的货，有我吃的就有你吃的，不是'有你吃的就有我吃的’……没起色的货！没起色的货！……"

她和孩子在炕上打滚，嘻嘻哈哈地闹成一团。屋里的气氛即刻欢快起来，我的心情也开朗了。我很快把馍馍吃完，连咸萝卜也没就。

"还有土豆哩。"她等我吃完了，坐起来，拢了拢头发，把棉袄往下抻了抻，指指炕下的锅台，"土豆还有一锅哩。你自己拿。"

这时，我才有心情看清楚她。

首先让我惊奇的是她面庞上那南国女儿的特色：眼睛秀丽，眸子亮而灵活，睫毛很长，可以想象它覆盖下来时，能够摩擦到她的两颧。鼻梁纤巧，但很挺直，肉色的鼻翼长得非常精致；嘴唇略微宽大，却极有表现力。很多小说中描写女人都把眼睛作为重点，从她脸上，我才知道嘴唇是不亚于眼睛的表现内在感情的部位。线条优美的嘴唇和她瘦削的两腮及十分秀气的鼻子，一起组成了一个迷人的、多变的三角区。她的皮肤比一般妇女黑，但很光滑，只是在鼻子两侧有些不显眼的雀斑。下眼睑也有一圈淡淡的青色。这淡淡的青色，使她美丽的黑色的眸子表现出一种令人难以忘怀的深情。她脸上各个部分配合得是那样和谐，因而总能给人以愉快与抚慰。从她和我谈的不多的话里，从她的行动举止来看，我感到她的性格是泼辣的、刚强的、爽朗的、热情的。这和她南国女儿式的面庞也极吻合。后来我才了解，这种南国女儿的特色，也是从中亚细亚迁徙过来的民族所具有的。

她的岁数在二十岁到二十五岁之间，不会比我大。

她的名字叫马缨花！

十七

我吃了她一个白面馍馍和好些土豆，我不好意思再去了，尽管我走时她一再叮咛我明天再来。

第二天吃完早饭，我还是抱着郭大力、王亚南译的一九五四年版的《资本论》躺在草铺上，不过没有像昨天那样脱掉衣裳，好像在等待着什么。

我不好意思去，但又非常想去。

雪虽然停了，但地上已经铺满一尺深的积雪。房舍中间的甬道上，尘土和积雪混在一起，被践踏成坚实的硬块。天空中仍然堆集着一层层乌云，连空气仿佛都是灰色的，不定什么时候，还会飘落下雪花。谢队长在吃完饭后，到我们"家"里来，告诉我们今天还不出工。又说，这场雪下得好，下得好；说今年大家都没力气，干不动活，该淌的冬水没有淌，这场雪，等于补上了这次冬水，明年地里的墒情一定好，夏庄稼有了指望了。但不识趣的中尉顶撞他说，庄稼长得再好，粮食定量还是那么一点点，庄稼好，跟我们有什么屁相干？！一句话，气得谢队长拔起腿走掉了。我看他本来还想多待一会儿的，因为他发现我在看书，很想跟我聊聊似的。

中尉复员以后，在政府机关当小科长。劳改出来，他的"右派"帽子摘掉了，老战友正在北京的郊区给他安排工作，在这里不会待长的；他又年壮气盛，所以敢说出这种冒天下之大不韪的话来。

但我还是感到惊奇。我惊奇的是中尉顶撞了谢队长以后，谢队长尽管气得耷拉下眼皮，却没有布置我们批斗中尉。要是在劳改农场，你等着挨绳子吧！

我蓦地有了一种解放感。这时，我正读到注释51："野蛮人和半野蛮人，以不同的方式，使用他们的舌头。据巴利上校说，巴芬湾西岸的居民，用舌舔物二次，表示他们的交易完成，东部爱斯基摩人，也以舌舔交换物品。"我想，自由人和非自由人，恐怕也要在怎样使用舌头上表现出来吧。怕什么？没有什么可怕的！

中午，在昨天那个时分，她又来了。我一听见脚步声就知道是她。雪积厚了，她的脚步声不是沙沙的，而是咯喳咯喳的，但仍然非常轻盈。

她一下子搡开门，直接冲着我喊道：

"喂，咋哪？你把营生干了一半，就撂下不管啦？"

"营业部主任"哧哧地偷笑：人家都休息，偏偏要我去干活，他很称心。

我装作不乐意地放下书本，慢吞吞地爬起来，跟在她的后面。

一拐弯，她便嘻嘻哈哈地笑起来，还天真无邪地用肩膀撞了我一下。她的神态，使我想起我儿时和表妹一起逃学，跑到只有我们俩知道的花园那个角落时的情景，又非常自然地仿佛和她有了某种默契。我也笑了。这种笑，不是我多吃了一口的笑；我愉快地感觉到了已经离开我非常非常遥远的盎然的生意又回来了。

可是，今天，她真的把炕拆了。

海喜喜抱着两肘蹲在门口，紧绷着薄薄的嘴唇，目光阴沉，一脸不高兴的表情。屋外，和好了一摊泥；房里，炕面子完整地掀起来了，土坯也准备好了。看样子就等着我来干。

"你光指挥就行了。"她说，"让喜喜子干，他有的是驴劲。来，你们先吃点土豆，暖和暖和，完了我蒸白面馍。"

"他——指挥我哩！"海喜喜连看都不看我一眼，朝地上啐了口唾沫，也不接她给的土豆。

"东西都准备好了，我们先干吧。"我说，"早完工早点火，不然炕烧不干。"

海喜喜还是蹲在那里不动。他的懒怠和对我的藐视，刺激起我的活力和竞争心。我跨进炕墙里面。

"我一个人来！这点活，咻！……"我好像力大无穷似的。

"你干不干？！"她向海喜喜瞪了一眼，只厉声问了一句话。

海喜喜像被踢了一脚的狗，倏地站起来，撸起棉袄袖子："球！还是我一个人来干吧！"

"你呀，你是榆木脑袋，人家是化学脑袋。"她把土豆塞在我手上，嘲笑海喜喜，"你今天还是看人家的吧，你就给他当小工。"

她经常说出些我想象不出的，为作家、诗人所叹服的生动的词汇。这儿的农民把他们从未见过的新兴塑料制品一律冠以"化学"两个字，比如"化学梳子""化学扣子""化学杯子"等等。这个"化学脑袋"和那个"棺材瓢子"一样，使我不由得叫绝。

原来，昨天我在她家吃土豆的时候，我对她说，她的炉子虽然好烧，但炕打得不科学。老乡们打炕，烟囱和灶门成对角线，大部分热气从烟囱跑掉了，仅炕头上热一点，最科学最经济的方法是火道满炕转，成"回"字形。我在地上给她画了一个图，我说："这种炕，只烧一把火，我叫它满炕热！其实改一改不费事，只要在炕里动一点小手术就行。"今天，她果真照着我这个"化学脑袋"想的做了。

我边吃土豆边干活。我很小的时候就欣赏电影上的男演员一边吃东西一边干活的做派，欣赏水兵们听到"甲板上集合！"嘴里嚼着面包就冲出舱房、爬上桅杆的神气。我觉得它表现了男子汉的忙碌、干劲、帅气和对个人饥寒饱暖全然不顾的事业心。但过去我没干过活，后来干上活却没有东西给我吃，而且干的又是什么活啊！今天，我干得很痛快。炕修改好了，肚子也被土豆填满了。

海喜喜不吃土豆，也许他不屑于吃，也许他吃饱了。他给我递坯端泥，面孔阴沉沉的，嘴里不断地嘟嘟哝哝，说这种土坯挨着土坯的实心炕要是好烧，他就跳河去。我装作没听见。放好最后一块炕面子，我跳下炕，向他一摆手：

"行了，你上泥吧！"

海喜喜蹲下来左看右看，像是想挑出哪儿有点毛病。她已经把馍馍的面剂子切好了，放到笼屉里，呵斥他说：

"还看啥？！小心绕花眼睛！齐不齐，一把泥。瓦工的活儿你还不知道？你先从锅台这边泥。我这就烧火。"

在这大雪天，她不知从哪里抱来一捆捆干柴，动作麻利地在灶膛里点着了火。开始，有些烟从炕面子的缝隙中蹿出来，随着海喜喜泥的面积越来越大，烟逐渐地减少，终于消失了。海喜喜泥完后跳下炕，看着灶膛里熊熊的烈火一个劲儿地往烟道口蹿去，而满炕都冉冉地蒸发出水汽，褐色的湿泥渐渐地变白，也不作声了。

"你死去！你跳河去！……"她笑着揶揄海喜喜。灶火映着她生动的脸，我很久没有看见过这种红闪闪的美丽的鲜艳的颜色了。

我坐在那不能移动的土坯凳子上悠闲地吸烟，第一次感觉到劳动会受到人的尊敬。这种感觉，扫除了昨天接受她施舍的时候多少还有一点的屈辱感，维持了我的心理平衡。我想，我现在是"自食其力的劳动者"，是农业工人了，而我才二十五岁，如果在农业劳动上我不能成为一个壮劳力，成为一个内行，今后便无法安身立命。今天，就凭我这一点从供暖工程师那里学来的小技能，马上改变了我和海喜喜两人的地位，几天以前我还看作高不可攀的车把式，也不得不给我当小工。这就充分说明了，在这里，在这个穷乡僻壤，在这个也许我会终生待下去的地方，只有体力劳动的成果才是衡量人的尺度。而从刚才干的活来看，只要我能吃饱，我完全可能成为海喜喜那样魁梧、剽悍、粗豪、放到哪儿都能干的多面手！我有充分的信心能成为一个"自食其力的劳动者"！

四年的禁锢，四年的饥饿，处分解除后依然戴在头上的"右派"帽子，已经把我任何别的志向都摧毁了。

她蒸好两屉馍馍，又熬了一大锅白菜土豆。把寄放在别人家的尔舍叫回来，我们开始吃饭了。

这是一顿真正的饭！我多少年没有吃过了啊！多少年？……

"给，吃完再盛。"她首先给我盛了一大碗土豆熬白菜，又塞给我一个大白面馍馍，"馍馍你今天先吃两个，还给你留着哩。你来，我馏一馏给你吃。"

海喜喜铁青着脸蹲在锅台旁边，毫不掩饰妒意地盯着她端菜拿馍的两只手。

我不理睬海喜喜。今天我吃这顿饭是名正言顺的。这是这儿老乡家的规矩：替谁家打炕盖房，就要在谁家吃饭。我心安理得地拿起馍馍。

今天的馍馍是发面的，比昨天的更白。我转来转去看了看，再没有昨天那样的指纹印了。

可是，即使有昨天那样的指纹印，我会有什么样的感觉呢？如果不是昨天，而是今天的馍馍上有那样的指纹印，我又会有什么样的感觉呢？

人哪，你是多么容易受情势的摆布，多么容易忘记过去呀！

在她家吃完饭，回到"家"，又从伙房打了一份稗子面馍馍，也吃了下去。我才知道什么是"饱"！"饱"，不是"胀"！

我躺在马灯下的草铺上，乜斜着睡眼，沉醉在饱的舒适感里，晕头晕脑地计算我今天吃了多少东西，但算了半天也没算出来。因为饱，我可以想食物以外的事情了。我想到她和海喜喜。他们并非夫妻是明显的了，而交情似乎又不寻常。可是我的直觉告诉我，海喜喜又没有占有她。如果海喜喜对她已经实现了法律外的占有，他是不会像一条狗似的顺从她，领教她那有时几乎是刻薄的嘲笑的。这两个人真微妙得耐人寻味，尤其是她，那么善良又那么泼辣……

再说海喜喜，这个体力劳动者也有值得我羡慕的地方。俗话说："外行看热闹，内行看门道。"即使他干端坯递泥这样的简单劳动，我马上知道他非常有眼色；泥炕面的时候，他的步骤也和我一样合乎劳动运筹学的原理，没有一个多余的动作。干完泥活以后，自己的身、手却很干净，几乎纤尘不染。在农村，是很讲究这点的。比如说，有的姑娘媳妇和面，和一斤面会有二两沾在手上、盆上、案板上。而受人称赞的姑娘媳妇就讲究"三光"：和完了面，手光，盆光，案板光。劳动也是这样。干净、利落、迅速，是体力劳动的最高标准，正如文学中智慧的最高表现是简洁一样。这不是光靠经验能达到的。没有干过农业劳动的人，以为那只要有力气就行，熟能生巧嘛。其实不然，我见过劳动了一辈子的老农，干起活来仍是拖拖沓沓——当地人叫"猫拉稀屎"，和写了一辈子文章的人还是行文啰唆相同。

简单的体力劳动，也可以表现出一个人的智慧、个性、气质与风格……

我慢慢地睡着了。在梦里，我真的变成了招贴画《你为祖国贡献了什么？》上的标准体力劳动者，但奇怪的是，我的面孔却非常像海喜喜！

十八

开始出工了，但雪并没有化。

我非常喜欢雪。我一生第一次看见雪是在重庆。那天，保姆给我穿好衣裳，我一下床，撩开窗帘，眼前就扑来耀眼的银白色的光。山坡下，昨天还很丑陋的平房，疏疏落落的小竹林，都美丽得和刚刚的梦一样。整个洁净的世界，在我幼小的心灵中唤起了一股冥想的柔情。就在那一刹那，心灵和大自然无间的交汇，纯净的心灵对于纯净的大自然的感应，使我莫名地掉下泪来，使我对大自然产生了难以言传的庄重的虔敬。可以说，是雪让我过早地成熟了，以后成了一个诗人，再以后……

黄土高原的雪绮丽无比。它比南方的雪要显得高贵、雍容、壮阔、恢宏大度；南方的雪使人感到冬天确实来临了，北方的雪却令人想到美丽的春天。雪，才是黄土高原上真正的迎春花。

今天我跟大车装肥，就是说把我们前几天砸碎的厩肥运到田里去。田野空阔，雪好似打尽了地面上一切多余的东西。丘垄、渠坝、沟沿、高耸的树枝……所有带棱角的地方，都变得异常光洁而圆润，并且长着如天鹅绒般的茸毛，仿佛晴空下的雪原不是寒冷的，而是温暖的，总使我不由得想把自己的脸颊贴在上面。

我跟的不是海喜喜的车，赶车的是一个五十多岁的老汉。这个老汉沉默得出奇，也慢得出奇。海喜喜的大车一天拉了五趟，他只拉了两趟，而他赶的牲口却要比海喜喜赶的壮。

"傻熊！鞭打快牛。咱们慢慢来吧！"他斜睨着海喜喜耀武扬威地从他车旁超过去，用手掌焐着冻得通红的鼻子这样说。这天，他仅说了这样一句话，像是自言自语，又像是给我做解释。"鞭打快牛"的意思是：能干活、肯出力的人常得不到好报，总是受到埋怨和批评。他这倒也是一条人生哲理。

也好，他这样慢吞吞地赶车，却给了我遐想的时间。坐在他的大车上，如同在梦中轻轻地摇晃。雪，会使我联想到安徒生、普希金、莱蒙托夫……

啊，你，是你造就了普希金！

当你飘落下来，

我不能想象你来自那铅灰色的云，

一定有双纤纤的玉手将你摘下，

在那里，满园梨花春荫。

啊！给我一片，给我一片，

让你滋润我的心。

啊，你，是你拯救了章永璘！

当你伸过手来，

我不能想象你生长在荒野的寒村，

你迷人的眸子含有奇异的光焰，

在心底，南国五彩缤纷。

啊！我要记住，我要记住，

你宝石般的指纹。

大车车轮顶在一个小土坎上，没有过去。老汉干脆让车停在那儿，既不前进也不后退，在车辕上歪着脑袋，用手焐着鼻子呆坐着。我很熟悉这种神情，在劳改农场，管这副模样叫"死狗派儿"。"派儿"，不是"派"，以把它和政治上学术上的"派"区分开来。抱着这种态度的人，一切威胁、利诱、说服、动员、批评教育都对他无可奈何，只好随他去。

我随他去了。我在想，为什么我对她用了"迷人"这样的词？对她，我应该用"圣洁""崇高""神圣""仁慈"诸如此类的词才是。

肚子吃饱了之后，我发觉有一种非常隐秘的东西在撩动我的心弦，我的心，像雷雨过后沾着水露的光闪闪的蛛网，在檐下微微地颤动。

我无缘无故地脸红了。

她和队上的妇女老弱仍在马号前面翻肥。翻出来的肥污染了白皑皑的雪地，分外扎眼，但却让领导看得很清楚：今天她们干得不错！下午，谢队长见我们大车回来了，高兴地喊了一声："收工！"

农工们像往常一样，零零散散地回各自的家里去。她擦着铁锹，有意在肥堆旁边等我。

"歇一歇到我家来一趟。"

"怎么？有什么事吗？"我跳下老汉的大车，有点不好意思地问。

"'怎——么'，"她笑着学我的话，有滋有味地咂摸着，"'怎——么'，你'怎——么'打的炕不好烧哩！"

吃完从伙房打来的稗子面馍馍，我才到她家去。现在，我们组里的几个人都各有各的事，他们管不着我，也不注意我。我这样一副尊容，在这样一种时候，谁也不会把玫瑰的颜色和我联想在一起。但走在路上，我还是止不住有些心跳。

当我迈着轻捷的步子走到她窗前，
透过绿纱窗帘，我看到她窈窕的身影，
和覆盖着柔情的披肩。
……

莫名其妙地，我脑海中会跳出不知是哪一部诗剧里的台词。

当然，她家没有绿纱窗帘。她的窗户和所有农工家的窗户没有两样，也是用零七碎八的玻璃拼镶上的——我估计在这个队搞基建的时候，农场肯定是用低价购买了一批处理玻璃。同时她也没有什么"披肩"，尽管她也许有不少于玛甘泪或达吉雅娜的柔情。她端坐在炕头上，就着挂在墙上的一盏用药瓶子做的煤油灯补小衣裳。尔舍已经睡着了，盖着一床褪了色的小被子。

"炕怎么不好烧？"我推门进来，问她。但我似乎也明白不是炕不好烧。

"'怎——么——'，"她又笑着学我，声音夸张地拖得很长，"怎——么——，你怎——么——现时才来？ 说完，她被自己学的口音逗得哈哈笑了。油灯照着她紧密细小的牙齿，她下齿中的一颗，稍微被挤出了一点。然而这并不损坏她的美，就和蒙娜丽莎的斜视一样，倒构成了她美的一个特点。她的笑声，把尔舍惊动了一下。她当即忍住笑，跳下炕，从锅里端出一碗土豆熬白菜，还有两个馏好的白面馍馍。

我也笑了，腼腆地搔搔后脑勺，轻声地说："现在粮食这样困难，我怎么好老吃你的？你还是留给尔舍吃吧。"

"怎——么——"她又忍不住扑哧地一笑。我在她面前不自觉地老说出"怎么"来。的确，对于她，我好似总不能理解。

"你不要废话！"她说，"你把心款款地放在肚子里面。人家不是说我开着'美国饭店'么？"

她对我的施舍表现得很自然，对我的怜悯并不使我难堪，而是带着一种孩童式的调皮和女人特有的任性。我也不好问她粮食是从哪儿来的。在这样的时候问这种话无异于盘诘人家。还能从哪儿来呢？大家心照不宣罢了。家家都是如此，唯有我们几个单身农工没有这样的条件。单身农工都在集体伙房吃饭，没有灶具，没有瓜菜调剂，没有……有的却是相互盯着的眼睛。

我吃着饭，和她聊天。她说她家是从青海过来的，只有个哥哥，现在在县里一家农具厂当铸工，娶了个本地女子。她跟那女子合不来，就到这农场来当农工，已经有两三年了。但她显然不愿提这些事，却饶有兴味地用热烈的语气回忆她的童年。她说她老家的女子都会绣花，连袜底上都要绣上花朵，等发了工资，她也要给我买双袜子绣上花送给我。我连连说不必了，袜底上绣上花，给谁看呢？她用审视的眼光上下看了看我，不言语。我怀疑她是在猜测我身上究竟最需要什么。后来，她又说起她母亲。她母亲年轻的时候是老家有名的民歌手——当然她用的不是"民歌手"这个词，曾赶过河州的什么"太子山花儿会"，人称"赛牡丹"。说着说着，她幽幽地唱起来了：

园子里长的是绿韭菜，

不要割，

你叫它绿绿地长着。

哥是阳沟（嘛）妹是水，

不要断，

你叫它清清地淌着。

"咋样？"唱完，她问我，她眼睛里熠熠地散射出愉快的光芒。

我已经吃完了，默默地坐在土坯凳子上听着。她轻悠悠的歌声，土房里温馨的宁静，尔舍沉睡的小鼾，油灯昏黄而柔和的光影，饭饱后的舒适，使我像进入梦中那样，有种酩酊的感觉。现实世界在我眼前都恍惚了，模糊了，幻化成七彩的彩虹。心仿佛一团被松开的海绵，一下子又恢复了原样，并贪婪地吮吸着清新的朝露。她唱的仍是"河湟花儿"。上行乐句常大幅度地急骤上升，反复作四度跳跃，形成 2 5 6 i 2 5

的旋律线；下行乐句由高八度的5又急骤下降，形成5 2 1 6 5的旋律线。即使她唱的声音很轻，也带着高亢悠远的格调，表现出她所属的那个民族爽朗豪放的性格和对爱情的雄奇热火的追求。从来没有一支歌曲，甚至是大型交响乐能如此直接地渗透进我的心，像注入填充剂一样，使我的个性坚挺起来。

"你不是唱诗歌的么？你也唱个我听听。"她带着好奇的微笑要求我，像孩子似的：我唱一个，你也要唱一个！

我跟她说，我不是"唱诗歌"的，而是"写诗"的。可是，我怎么也不能让她明白什么是文学概论对"诗"的释义。在解释的过程中，我开始怀疑自己其实也不明白什么是"诗"。人民的创造一旦进入学院的殿堂，就会失去它纯真的朴拙，要想返璞归真，语言是无能为力的。我开始理解，诗人和作家为什么光到群众中去还是不够的，他必须要和群众共命运，同感情。最后，我只好说，"诗"就是歌词儿；我写出的东西，她可以唱，但我并不会唱，只会念。

"那么你念个我听听。"她说，并摆出一副准备认真倾听的神情。

我轻轻地咳了一声，却不知念什么好。念什么？我蓦然发觉我过去发表的作品只能说是打油诗，都不适于带着感情来朗诵；有的可以说是感情充沛的诗，虽然是写给群众看的，但如果念出来，她肯定会莫名其妙。并且，我也不会朗诵。诗人不会朗诵，至多只能算半个诗人，甚至连半个也算不上。我惭愧地认识到我过去的不可一世的浅薄。半晌，我选了李白一首最通俗易懂的诗：

　　床前明月光，
　　疑是地上霜。
　　举头望明月，

低头思故乡。

　　她坐在炕上，似乎也为之所动，但旋即嘻嘻地笑了起来，接着又笑得前仰后合，倒在炕上。

　　"哎哟！笑死喽！笑死喽！……啥'地上霜'、'地上霜'！"她又翻身坐起，脸朝着我，嘴大张大合地，在灯下学我说"霜"字时的口形："霜——霜——"

　　原来，她的语音受阿尔泰语系突厥语族的影响，说汉语"霜"字靠舌尖吸气，口只略微一张就行，我说"霜"时要送气，口要张开，连下颚也动弹了。

　　"这个不好，"她说，"念个别的。"

　　我念李白的诗，心情是悒郁的，声调有几分伤感。李白尚能"思故乡"，而我连故乡也没有。人事档案上的那个籍贯，不过是祖籍，我从来没有回去过；妈妈在北京也是客居在别人家里。我体会到，痛苦的不是"思故乡"，而是无故乡可思。此时此刻，我那种无家可归的飘零感和失去了根系的植物似的萎蔫状，却应该用崔颢的"日暮乡关何处是"、韩愈的"云横秦岭家何在"来表达才合适。而她嬉皮笑脸的怪模样，即刻把我的满怀愁绪一扫而空，使我破涕为笑。我看出来她是故意这样做的。这就是体贴入微的"柔情"，是什么"披肩"也"覆盖"不住的。我感激地看着她，心头突然跳出来李煜的一句词："斜倚牙床娇无那，烂嚼红绒，笑向檀郎唾。"但我赶紧勒住了我的心猿意马。

　　因为在雪夜，我想起了卢纶的一首诗：

月黑雁飞高，
单于夜遁逃。

欲将轻骑逐，

大雪满弓刀。

在我向她一字字、一句句解释的时候，海喜喜"砰"地推门进来了。油灯光一闪，我眼角扫见他好像把个鼓鼓囊囊的麻袋顺手撂在门背后。由于他总对我怀有隐隐的敌意，我不理他，只顾说下去。她仿佛没瞧见他进来似的，连招呼也不打。海喜喜摆出他惯常的姿势，抱着两肘蹲在地上。我说完了，海喜喜狠狠地朝泥地上啐了一口，说：

"熊！还追哩！人要跑，他屁也闻不着！啥'轻骑'，他开上飞机也不行！"

"你懂啥？！"她别过头，眼睛瞪着海喜喜，"你就懂得吃饱了不饿！"

她嘲笑海喜喜的话，却使我颇有感触："吃饱了不饿"这个真理，我花了二十五年时间才知道。弄懂这个真理，要比弄懂亚里士多德的《诗学》困难得多，还要付出接近死亡的代价。

"嘿嘿！"海喜喜狞笑着，露出像狼一样坚实的、满是黏黏唾液的牙齿，"懂得'吃饱了不饿'也不简单，只怕有人连这个理也弄球不懂哩！"

我有点惊奇地瞥了他一眼。海喜喜的话里似乎含有深意，并且，这个人和我"英雄所见略同"，我对他倒有了"惺惺惜惺惺"的好感。可是，海喜喜又把她惹恼了，她转身抓起扫炕的扫帚疙瘩，呼啦呼啦地在炕上乱扫一通。

"去去去！都走都走！我要睡了！"

十九

此后，她还是每天收工时叫我上她家去。如果不去，她会跑到我们"家"来叫。我怕她天天来"家"找我，引起"营业部主任"的怀疑，所以我每天都如约前往。去了，照例是在忸怩中先吃一顿，而且吃得很饱。她有杂七杂八的粮食：面粉、大米、黄米、玉米、高粱、黄豆、豌豆……凡是黄土高原出产的粮食都有，家里就像一个田鼠仓一样。她经常用大米、黄米、黄豆掺在一起焖干饭。这种杂和饭特别香，就是顿顿吃饱饭的人也会觉得它比纯粹的大米饭好吃。这时候，报纸上和广播里，都在大力提倡"粗粮细做"。在劳改农场，我就听过一个炊事员用一斤米做成七斤干饭的"先进事迹"，大喇叭上还说他为此出席了"先代会"，听得我直咽口涎。她从来不做这种实际上在物理学中叫"过饱和溶液"的"干饭"，而是真正的干饭，一粒一粒的，圆润透亮。当然，她焖的稗子米干饭我也吃过。焖稗子米干饭，才显示出来她比那出席"先代会"的炊事员还高超的技术。

稗子，自古以来不当作粮食，"五谷"中就没有列入稗子。一九五八年，正在水稻分蘖的时候，掀起了"全民大炼钢铁"运动，农民、农工全上山开矿砌炉去了。山上炉火熊熊，水稻田里仿佛也被火烧了一般，一滴水也没有。到了秋天，水稻颗粒不收，稗子却如原始森林似的茂盛。比人高一头的株秆密密层层，连蚂蚱都飞不进去，穗头还特别大。这个地区的农业领导人灵机一动：干脆吃稗子！并且允许稗子可以当公粮。应该公允地说，他这一招倒是个救急的办法。于是，稗子堂而皇之地步入了供应粮的行列，还后来居上，坐了第一把交椅。最普通的吃法是把稗子连壳一起磨，这就是我们天天顿顿吃的稗子面。它没有黏性，蒸熟的馍馍不过是靠万有引力聚集在一起的颗粒。讲究一点的，和处理稻谷一样去掉皮，加工成小米般大小的稗子米。稗子米的确如那些砸粪肥的妇女说的，只能馇稀饭，然而，她却史无前例地把这种名不见经传的粮食焖成了一粒粒的干饭！

我的忸怩，不是装出来的，我是真正为她心疼，为自己白吃白喝感到羞愧。可是，我又非常想去。她家里，总有一种朦胧的幸福、愉快、舒适、自由在吸引我。我几次跟她说，我不吃粮食，给我熬一碗土豆白菜就可以了。她却说：

"咋不咋！你把心放在肚子里，我有粮食，要不人家咋说我开'美国饭店'呢？你没见，尔舍不是长得很壮实么？"

是的，尔舍的确长得很壮实，很有精神，天真可爱。她不像营养不良或老吃不饱的孩子，见了别人吃东西就眼馋。我吃的时候，要是她没有睡，也一个人在炕上乖乖地玩，用海喜喜给她捏的小土灶、小土碗"过家家"。两岁多的孩子不会装模作样，更不会客气，她对别人吃东西不感兴趣，就是她吃饱了的明证。

我只好"把心款款地放在肚子里"了。

日子长了。从农工那里，我也知道了说马缨花开着"美国饭店"是什么意思。这个概念很不准确，不能照它的字面去解释。那必须先熟悉了这里的农工们对世界的理解程度，才能够透过字面洞悉到它微妙的内容。"美国饭店"，并不是指她那儿卖饭，谁都可以去吃，而是指哪个男人都可以去串门子，闲聊解闷，准确一点说应该叫"茶馆"。其所以和"饭"字联系起来，是暗示着马缨花通过给人提供这种方便而捞取到定量外的粮食。妙就妙在"饭店"之前冠以"美国"两个字。在农工们看来，美国是个荒唐的、乌七八糟的、充斥着男女暧昧之情的地方，却又是个富裕的、不愁吃不愁穿的国家。把这个国家加在马缨花头上，是完全没有恶意的，至多不过是种嘲笑而已。

谢队长对她的态度就很典型。有一次，我们大车回到马号前面装肥，正碰上马缨花和谢队长在对骂。

"你说我开着'美国饭店'，那你也来呀！"马缨花站在肥堆上，拄着铁锹憨笑着。

"球！"谢队长一边翻肥一边骂，"你当我稀罕你那垯……"

"嘻嘻！"马缨花指着他，"只怕你馋得口水流了出来，把毛胡子都打湿了哩！"

这时，谢队长恰好骂得唾沫四溅，胡子上也沾着口涎。周围的男女农工看着谢队长，哈哈大笑了起来。

马缨花占了上风，谢队长大扫了面子。但我知道，谢队长没到她家去过，并且，只要马缨花和一帮妇女一起干活，谢队长总要派个强壮的男劳力去帮助她们；对她，谢队长从来没有正儿八经地批评过，更谈不上"报复"了。

一个没有丈夫，又带着一个不知父亲是谁的孩子的单身妇女，现在家里还有男人进进出出，在农村是最容易招人非议的了。但农工们似乎认为只有马缨花可以这样做。我渐渐地理解了，她能取得农工们的好感，绝不是凭她的姿色或采取了什么方法；只有对人人都抱有善意和同情心的人，才能自然地取得人人对她的善意和同情。真诚和善良，有时能把违反习俗的事也变得极有魅力，变得具有光彩。

从农工们的话里，我还知道，近几个月来，好像海喜喜已经"独占了花魁"，别的人很少去了。"美国饭店"成了一个历史的概念，一个巴比伦。可是我坚信自己的直觉，海喜喜并没有占有她，更谈不上什么"独"。他还有个情敌——如果可以这样说的话，就是那个瘸子保管员。有一次，我去她家，瘸子保管员跷着二郎腿坐在我常坐的那个土坯凳子上，她背对着他在炕前擀面。见我进来，瘸子保管员好像有点无趣地走了，临走时，操起土台上的一个空面袋揣进怀里，看样子他是带着一点什么东西来的。还有一次，在我吃完饭和她聊天的时候，外面响起了一轻一重的脚步声，马缨花急忙跳下炕，抓起顶门杠把门顶上。瘸子在外面叫门，她却喊叫道："睡啦，都睡下啦！"搞得我十分尴尬，屏声静气，心跳不止。一会儿，保管员一轻一重的脚步声远了，她才朝我调皮地一笑，叫我接着讲故事，并不提那瘸子跑来干什么。

我和她接触的时间长了，越来越感到她并不是农工们印象中的那种跟谁都有暧昧关系的女人；她天真、坦荡、调皮、开朗……然而，我又感到她身上还有什么地方我并没有认识。

二十

对海喜喜，她倒从来没有顶过门。海喜喜总是像主人似的大模大样推门进来，见我也在这里，而且把唯一的座位占了，就阴沉着脸往地上一蹲。

我们几乎天天在马缨花家见面。他要卸套、饮马、铡草、喂马，间或还要拾掇套具，所以来得比我晚得多。等他进门，我已经吃完了。但不知怎么，我见了他总觉得自己比他矮一大截，还有一种偷了东西装在口袋里，没出门就被别人撞见了似的心虚。虽然我们两人都不动声色，但仿佛他明白、我也明白：我刚刚做了件不光彩的事。这种感觉给我很大的压力。他一推门，我就会抑制不住地脸红起来，说话的兴味也跑得无影无踪。那马缨花还没来得及收拾的碗筷，也好像成了我的罪证，让我惶惶不安。

马缨花不像别的女农工，爱背地说人长短。她喜欢和现实生活完全无关的幻想，喜欢听神话和童话。在饭后到夜晚这段时间，她真有点超凡脱俗的味道，和她跟那帮妇女嘻嘻哈哈笑骂时判若两人。她缠着我给她讲故事。而我充当这种"说书人"，似乎也成了付给她饭食的报偿。马缨花会和我的故事一起幻想。幻想是人的本能，每个人都会幻想，都有自己的幻想。难能可贵的不是会幻想，有幻想，而是善于接受和理解别人的幻想。马缨花对《丑小鸭》、对《灰姑娘》、对《海的女儿》、对《青凤》、对《聂小倩》等等都非常神往。她认不了几个字，心灵却能够和外国的与古代的幻想相呼应。我没有讲故事的才能，不注意描述细节，情节也是挂三漏四，只能讲个梗概。但马缨花凭她的想象却能补充出来，她向我提出疑问并谈出她的想法，往往和安徒生与蒲松龄相合，什么海的颜色变化和喧嚣啦——她从未见过大海，海里的歌声会迷住航行的水手啦，小老鼠怎样变成骏马啦……好像她原来看过他们的书一样。这常常使我惊奇。

但海喜喜则不然，他总要和我唱反调，挑我故事的毛病。他像狼似的蹲在地上，像狐狸一样支起耳朵，在我讲得有点颠三倒四或是语句结巴的时候——因为有他在场，我的记忆常常会突然中断，他就仿佛听到小动物在林间响动似的，兴奋地舔舔嘴唇。讲完了，他就用物理的现实来击碎心灵的种种幻想，像一头大象跑进凡尔赛宫横冲直撞。

"熊！野鸭子给你孵天鹅蛋哩！"他鄙夷地说。他说话从来不看我，而是仰面看着马缨花。好像我的故事不过是广播喇叭里的声音，我的话他听见了，而人实际上并不在这房里。"野鸭子可灵性了。天鹅蛋比野鸭蛋大好几圈咧！鸭窝窝里要有个天鹅蛋，你看它趴不趴？！它早他妈飞跑了！……"

"球！用金子打马车哩！"听完了《灰姑娘》，他发表这样的评论，"谁要用金子打马车，那就倒了八辈子灶了！这事儿唬不住我，用金子打的马车，啥牲口能拉动？！嗯？啥牲口能拉动？！那么一点点金子，"他用两根手指头比画着，"就有百十斤重咧！"

对《海的女儿》，他的评论更加荒唐了。他愤愤地说："人能长鱼尾巴哩！人长了鱼尾巴，那玩意儿长在哪垯？那能分得出公母来？那咋生娃娃？熊！尽他妈胡卷舌头！"

他骂我"胡卷舌头"，我隐忍住了。因为在他眼里根本没有我，我也只好眼睛里没有他，不跟他辩论，何况他的体重比我大将近一倍。马缨花在我说完以后，常沉浸在自己的想象里，像吃着橄榄一样有滋有味地咂着嘴："啧！啧！"并不理会他说了些什么。但他的蛮横，他的妒忌，他对我的蔑视，却使我身体复原后而逐渐变稠的年轻血液，在我脉管里加速流动起来。我面孔涨得通红，眼眶里转动着愤懑的泪水。我原来对他尚有的一点敬意和好感早已化为乌有。然而，与此同时，他身上又有一些东西在吸引我，在向我挑战。这些东西和我现在的生活环境是那么一致，那么和谐，因而它显得更有光彩。这就是他的粗野、剽悍和对劳动的无畏。在他的光环中，我却是那么怯懦，那么孱弱，那么萎靡，像个干瘪的臭虫。我的泪水不仅来自愤怒，也来自自怜的委屈感。我用拇指和食指卡量卡量了手腕，我决定要向他应战！

一个人长期生活在这样的大自然和这种乡俗中，当然会不自觉地受到影响，何况我是自觉地在追求这种东西。我认为，粗野、雄豪、剽悍和对劳动的无畏，是适应这种环境的首要条件。要做个真正的"自食其力的劳动者"，就要做海喜喜这样的人。什么"文化知识"，见鬼去吧！没有平庸的职业，只有平庸的人。像我跟的那辆大车的车把式，即使他有高深的文化修养，当了作家，我想也会是个毫无作为、没有独创性的"死狗派儿"作家。而海喜喜当了作家的话，倒能叱咤文坛一阵子。

我暗暗把海喜喜当成了我竞争的对手。

而这时，我的身体真的好起来了。

马缨花曾说过："要吃，就吃粮食。啥'瓜菜代'，土豆白菜只能撑肚子，不养人。肚子越撑越大，人倒成了囊脂……"

这话和"吃饱了不饿"一样具有真理的性质。我每在她那里吃一顿用真正的粮食做的饱饭，就会发现自己的身体在形式上和实质上都比前一天有长进。这不是心理作用，虽然我们"家"没有镜子，她家有镜子而我又不好意思照，但我用手摸就能知道我面颊丰满起来，两臂、胸前、腹部和大腿开始有了弹性。这表明骨头上已有了肌肉组织。最近，我分明地觉着我身体里洋溢着充沛的精力，有一种我二十多年来从未体验过的清新感。这种感觉，比我到了一个我从来没有到过的、长满奇花异草的大花园更令我惊喜。因为这个大花园不在外部，而在我身体里面。很多小说都写过夜晚能听到植物拔节、种子破土的声音，我却有夜晚睡在破网套里，能听到自己体内细胞分裂的啪啪声的独特体验。现代医学绞尽脑汁地研究怎样使人健康的方法，我遗憾专家们没有找到我的这条经验：把人先饿上三年，然后再让他吃饱。不用任何药物补品，他会像孙悟空一样说变就变，转眼之间成为一个巨人。因为他吃下去的每一个食物分子，全部会即刻被贪婪的消化器官所吞噬，迫不及待地把它转变成人体细胞。夸张点说，我吃下一斤粮食就能长一斤肉。我的胃，已经辨别不出什么是食物的渣滓，一律照收不误。

二十一

黄土高原气候特别干燥，半个多月以后，田野上的雪大部分都蒸发了。是蒸发，而不是融化。那背阴的沟坎，那潮湿的坑洼里还留有残雪，乡间的土路上却又扬起了尘土。山脚下，那高高的旋风柱又一根根地巍然挺立起来。在东边，坦荡的、一望无际的黄土，金灿灿地呈现出了一片沉寂的春意。风偶尔在田野上扫过，透明的蜃气像野马似的奔腾，我才体会到庄子《逍遥游》中的"野马也，尘埃也"的传神。

海喜喜赶着他的大车，更加威风抖擞地哐里哐噹地跑开了。那几匹瘦马日见羸弱。可是海喜喜的技术就在这里，他能让马跑到死，除非牲口自己倒毙在路上，绝不会疲疲沓沓地拉车的。

谁使唤的牲口像谁。

没有人跟海喜喜的车能坚持到两天以上。"那驴日的使牛劲，拿咱们穷折腾！"跟过他车的人，没有不骂他的。运肥期间，他的车至少换了十个跟车的人。轮到我们组派人，中尉跟了他一天车，回来用他家乡话骂道："那是个王八犊子！在这时候，还想挣他妈的功劳哩！别人拉两车、三车，那王八犊子拉了五车！把我累乎乎了。谁爱去谁去！我明儿要走镇南堡。"

第二天，我主动地去跟海喜喜的车。

马号里面，是个很大的四方形院子。一辆辆大车停在土墙下，那三面，是三座破旧的牲口棚，用被牲口磨蹭得摇摇欲坠的柱子支撑着。我和几个跟车的农工一起先到院子里，裹着破棉袄，蹲在朝阳的墙根下等车把式们套车。车把式把各自的牲口一匹匹从棚里牵出来。顿时，院场里"吁、吁"，"啊、啊"，"驾、驾"……响成一片。有的车把式带着宿睡未醒的沉闷，有的车把式无精打采、满面愁容。他们的牲口也是一副恋槽模样，牵出来后，懒洋洋地哪儿也不想去，像桩子似的定在院场中间。直到车把式把劲儿使完，把唾沫骂干，才带着满身鞭痕不情愿地退到车辕里面。

只有海喜喜，挺胸昂首，在好些车把式和好些牲口中间，旁若无人地用鞭梢指挥着他的牲口。那副神气，倒像一位马戏团的驯兽师，毫不费力地就把调教得乖乖的牲口领到各自的位置上，一鞭子也没抽，很快地套好了车。套完了，他并不出车，跳到土墙上一蹲，用傲慢的眼光俯视着他的同行们。那种姿势，我是熟悉的。

车把式一辆辆地把车赶出马号，跟车的农工也都爬上了自己跟的大车。整个院场上就剩下我们两个人，还有他的三匹牲口。

这时，海喜喜站起来了，在高高的院墙上手打遮阳地向场外望了一圈。马号外面，传来翻肥的妇女麻雀般的叽叽喳喳的笑骂声。他轻捷地向下一跳，直向一堆干草垛大步走去。

一会儿，他从干草垛后面出来，手里拎着一面袋东西，看来足足有四五十斤。到大车跟前，他一弯腰，把那袋东西塞进车底盘下面的底兜里，然后掸掸袄袖上的碎草，操起鞭杆"驾、驾！"把车赶出大门。

车从我旁边经过，他也不跟我打招呼。而我一纵身，手不扶栏，从车后跳上了大车。我要让他看看，我不会像鸭子似的连跌带滚地爬进他车厢里去的。

他从干草垛后面提出来的东西，我知道不外是黄豆、豌豆、高粱之类的马料。我可以和他有某种默契，不去检举他。这种事情我在劳改农场见得多了。我的浪琴表就是一个车把式换去的。我眼睁睁地看着那个车把式从车底盘下面一个用麻袋做的底兜里，倒出一大堆黄萝卜。没有秤，他还要在斤两上跟我争来争去。而那些黄萝卜能从哪儿长出来呢？绝不会长在木头做的车底盘上，只能来自他刚刚拉的那块属于农场的黄萝卜田。一倒手，他等于从我手上白捡了一块金壳的瑞士名牌表。但你还不能去告发他，要违反交换双方达成的默契，那你就挨饿吧！

今天天气很好，不到十点，早霜已经化尽。干草上，木栏上，显现出湿润的褐色的霜痕。天蓝得透明，道路干燥而坚硬。被翻开砸碎、变得松软的肥堆，像刚刚从笼屉里拿出来的一样，冉冉地升腾着水汽。今天，我的情绪也很好，更有一种神秘的兴奋。神秘之感来自我对某种必将出现的不平常的事情的期待……

按照惯例，车把式赶车，也管装车卸车，跟车的人不过是车把式的帮手。如果两人相处得好，谁多干一点谁少干一点都无所谓，配合起来共同完成任务就行了。车把式也不是生下来就会赶车的，原先全要跟一段时间车。手脚勤快些，脑子灵活些，帮着车把式套个车、卸个车，中途接过鞭杆赶上一截，慢慢就学会了。车把式没有什么驾驶执照，不需要哪个机关来考核，队长、组长的眼睛就是标准，他们看谁能单独赶车谁就能单独赶车。赶车并不难学，比学开汽车容易得多。技术高低的区别，在于怎样调教牲口——这却比和机器打交道困难得多——以及在大车搁住的时候与危险的情况下怎样应付。这时，头脑的灵活和手脚的麻利比积累的经验更为重要。而一旦赶上了车，在没有机械化的农场，车把式就算是一个高阶层的劳动者了。

海喜喜就是一个技术高的车把式，是这个队的高阶层劳动者。

……他把车赶到肥堆跟前，圈好芨芨草编的笆子，跳下车，走到墙根底下一蹲，装着修理自己的鞭梢，却不动手装肥。他摆出这种阵势，就是要我一个人装车卸车。

我取下四齿铁叉，像他一样："啐！啐！"响亮地朝手掌啐了两口唾沫，"唰、唰、唰"地抡起叉杆。车装满后，我把叉朝车上的肥堆一插，跳上车，坐在车辕上，掏出那宝贵的"双鱼牌"，晃着腿，抽起烟来。

"坐后面！"他甩着鞭子走到车旁边，恶狠狠地说，"辕重了！"

我知道前面装的并不重，他是有意要把我赶到后梢去坐。大车上，车轴以前属于"软席"车厢，坐在车轴后面那部分，一不小心就会颠下来，比"硬席"还硬。但我装完了这一车，我对我的体力有了更充分的信心。我身上沁出了一层薄薄的汗水，全身的毛孔都张开了，我潜在的力量无阻挡地释放了出来，而且感到潜力之下还有潜力。这种发现叫我感到无比的欣慰，无比的喜悦——我是一个真正的年轻人！

我向他表示宽容和鄙视地一笑，跳下车，坐到后梢上去。

啊，我要记住，我要记住，
你宝石般的指纹！

到田里，他仍不卸车，手操着鞭杆，我卸一堆，他往前赶一截。一大车肥卸成四堆。他赶的速度比别人快，第一趟回来，我们就甩开车队，独来独往了。

现在，在肥堆前装肥的只有我们这一辆大车了。到第三趟，所有在肥堆旁边翻肥的男女农工，包括谢队长，都看出了我们两人的蹊跷。海喜喜把车停到位置上，大明大白地，毫不掩饰敌意地在车旁一蹲。他不吸烟，手不停地缠着他的鞭梢，好像不是准备打马，而是准备在我不出力时抽我一顿。农工们哧哧地笑着，轻声地指点着，评论着。我无异在做表演。而这时，我越干越有劲，倒不完全是为了向他应战，而是我欢快地感觉到了我青春的活力。我已经解开了我棉袄的扣子，在十二月的暖融融的阳光下，敞开了我像手风琴键似的胸膛。在一叉一叉中间短暂的间歇里，我偶尔也摸摸这两排琴键。它是湿漉漉的，热滚滚的，然而又是有弹性的。它竟会使我联想到苏联红军歌舞团访华演出时演奏过的《马刀舞》。这两排琴键正奏着一曲带有哥萨克风格的凯歌。

马厩肥多半是草末，并不重，一叉下去能挑起一大团，用四齿铁叉挑百十下就是一车。所有的劳动全是因为饥饿才变得沉重的。现在，我越装越熟练，越不慌不忙。我开始用劳动生理学的方法，来寻找拿叉装肥时腰、臂、腿在每一个动作中的最佳角度和着力点。我把从叉齿叉进肥堆到撂进笸子这一过程分解成几段，很快，我就确定了每一段里腰、臂、腿相配合的最佳角度和最佳着力点。一经确定下来，动作就程式化了，不但不费力气，并且姿势优美。

装完第四趟，我明白无误地知道我顶住了，我胜利了！我几乎还和装第二趟时那么有力。旁边看的女农工有的在嘲笑海喜喜，说他是"哈熊"——这个词是无法翻译的；谢队长态度莫测，不时地"熊！熊！"不知是骂海喜喜，还是在骂我。海喜喜不好意思再蹲在车旁边了，他不是上厕所，就是站得远远的。而此刻，我内心却遵循着一种普遍的心理规律，越过了我既定的目标，向新的目标发展了去。这个目标其实和原来的目标方向是一致的：我顶住了，我胜利地应付了这场挑战，即刻就想到要由我来向他挑战。现在想的不是不被他压倒，而是要压倒他！

我们拉了第五趟回来，别的车只拉了三趟，那个"死狗派儿"车把式只拉了两趟，谢队长抬头看看太阳，喊了一声："收工了！"但我却喊道：

"不行！我还没过瘾哩，我们再拉一趟！"

第六趟回来，冬天的太阳快落山了。山顶没有云，没有晚霞，裸露的山峦披着一片沉郁的黛青色。一群群昏鸦麻雀，从已经没有一颗谷粒，只剩下几垛干草的场院那边，从马号那边呼呼地飞过乡间的土路，落到像荆棘一样干枯的小树林中雀噪不停。空气有点湿润了，轮下的尘土向上翻腾一阵，很快就倦倦地沉落下去。阵阵凄凉的寒意迎面扑来。我裹紧破棉袄，坐在车栏上。前面，是海喜喜有点伛偻的背脊。那脊背上一览无余地呈现出他闷闷不乐甚至是苦恼的心情。兀地，不知怎么，我也和他一样，感到闷闷不乐，感到苦恼，感到无趣，感到抑郁……胜利的喜悦消失得无影无踪，我像掉进一个冰凉的深井里。

田野上阒无人迹，淡紫色的暮霭向我们合围过来。一条孤寂的忧郁的土路上，只有我们两个人……

二十二

吃完伙房打来的稗子面馍馍，报社编辑把他的洗脸水分了一半给我。我在烧得通红的炉子旁边脱了棉袄，洗着脸，擦着身子。原来很松弛的皮肤下，已明显地鼓起了一缕缕肌肉。肌肉像腹中的胎儿，现在还很小，很嫩弱，但它会成为巨人的。我突然想起政治经济学著作最早的译本，常常把"体力劳动者"译成"筋肉劳动者"。这么说来，有了"筋肉"就有了本钱，有了立身处世的力量了。生理上的发现，使我产生了一种感伤的激动，激起我更迅猛地、更彻底地向我认识到的"筋肉劳动者"的方向跑去。

过去的是不会再来了，我要和诗神永远地告别了。这里是不需要文化的，知识不会给我现在的生活带来什么益处，只能徒然地不时使我感到忧伤。我怀着既是与最亲爱的人分离，又是去和最亲爱的人相会时的那种悲怆与欢欣，到马缨花家去。

我不能准确地描述我现在的心情，我整个人好像蹒跚在一个非常荒诞而又非常合理的梦中。

今天我在"家"擦洗了一番，海喜喜已经来了。奇怪，他没有坐在那唯一可坐的土坯凳子上，还是蹲在老地方，搂着尔舍，神情有点恍惚地逗她玩。

挂在墙上的油灯一明一灭，屋子里弥漫着做饭的水蒸气和柴烟。在锅台旁的马缨花隐在烟雾水汽之间，更像一个模糊的梦境。生活的节奏疯狂得像路易斯·阿姆斯特朗的《令人头晕的舞会》。看着那个土坯凳子，那张垂着花布帘子的土台子，那《脖子上的安娜》……仅仅二十多天前，我还是一个惴惴不安的不速之客，还想偷偷地掀开那锅盖和布帘子哩，而现在，我却大模大样地、像个主人似的坐在这里。我似乎理解了海喜喜的恍惚，我甚至比他还恍惚。那空着的、好像有意留给我坐的土坯凳子，突然改变了我的心理。我对海喜喜又有了点尊敬和同情。

马缨花很快给我端来冒尖的一碗大米、黄米、黄豆焖的杂和饭，还有一碟咸菜。这是我最喜欢吃的。她仍像往常一样，用手掌抹了抹筷子。这个动作也是我熟悉的，我没敢看她；也没敢看海喜喜和尔舍。原来我以为我战胜了这场挑战后，在海喜喜面前能理直气壮，挺起腰杆，但这时我似乎比过去更为羞愧，并且还意识不到羞愧的缘由。心情和情绪，是在意识之下潜行着的，它们丝毫不受意识的支配却支配着我。

我一粒粒地挑着饭。我很饿，却吃不下去，我嚼着饭粒，无意识地盯着《脖子上的安娜》。我感到，任何文学艺术作品都很难表达生活本身所包含的戏剧性情节和复杂多变的感情。生活里有一种气氛，一种看不见、嗅不着、触不到、只是徘徊在心中的阴影，就很难用文字描写、线条绘画、舞台表演出来。比如现在，我听见身背后海喜喜低声地跟尔舍闹着玩，那嬉笑的声音也是沉闷的，仿佛受了什么影响的压抑。这种不情愿的、敷衍的笑声特别令人难受。马缨花在洗锅抹碗，叮叮当当的音响既谨小慎微，又分外刺耳，好像是烦闷不安中的骚动。一会儿，大概是应尔舍的要求，海喜喜用百无聊赖的、无可奈何的音调小声唱起来：

羊肚子（的个）手巾（哟）水上漂，

唱上（那个）小曲子解心焦。

一根子干草顶不上（个）门，

我拿个好心思维不下个人。

大红的果子（呀）香（哟）水的梨。

我不晓得那垯儿难为过你。

　　唱到最后两节，他的声调好像又变得年轻了，恢复了元气。尔舍直拍小手：“好听！好听！”还叫他唱。在我意识之下潜行的心情，又兀地滋生出对他的妒忌。他不但有种俯拾即得的灵感，有非常善于用歌咏来表达自己情绪的智慧，而且，也因为尔舍从来没有这样和我亲热过。在我一本正经地说别人编的故事的时候，尔舍听着听着就睡着了。我是不是已经失去了和儿童交流情感的童心呢？

　　我又听见海喜喜在尔舍耳朵旁边嘀嘀咕咕，像是教唆她些什么。果然，尔舍大声喊着：

　　“妈，你唱、你唱……”

　　我没有朝后看。她这时大概已经洗完了锅碗，靠在炕沿上。我听见她扑哧一笑——不论什么时候，什么情况下，她都能够笑出来，这使我的心头掠过一丝无名的恼恨。她爽快地说：“好，我唱。”

　　接着，用她特有的轻快、柔润，而又带几分野性的嗓音唱道：

羊肚子（的个）手巾水上漂，

你不会唱曲子奴给你教。

三十三颗荞麦（呀）九十九道棱，
二妹妹再好是人家的人。

芝麻的胡麻出个好油，
嫁不下个好汉子我要维朋友。

他俩唱的调子是"信天游"，或说是"爬山调"。一唱一和的唱词有不尽的弦外之音。我非常模糊、朦胧的想象里，好像有两只山鹰一上一下地在薄薄的、如丝绵一般的云层中盘旋。我吃着，想着，听着……蓦地，很清醒地意识到他俩是非常合适的一对！我还意识到，在这座荒村中的这间简陋的小土房里，在这昏黄的、被雾气和柴烟弄得闪烁不定的油灯光下，我完全是个多余的人！是不知从哪儿飞来的一只苍蝇。吃完了，蹬蹬腿，抹抹嘴，又飞走了。哪儿也不属于我，我哪儿也不属于，在整个世界上我都是个多余的人；和亚哈随鲁一样，被开除出人民行列的人，就成了永世漂流的犹太人……现在，我像被人随意钉上的一个楔子，打入了他们的生活。我自以为找到了自己的位置，却使他们本来的生活分裂了，破碎了。

肚子吃饱以后，应该舒服了，高兴了，而此时相反，心情却更加沉重。我似乎看透了自己一生的命运，还是饿着肚子好；如果不饿肚子，就会给人家带来祸害。

吃完饭，我推开饭碗，眼睛没有看他们，只说组里的人还等我回去商量事情哩，抬起腿就走了。外面，半轮冷月裹在像我的棉絮一样破烂的云朵里。西边的山峦呈现着威严而阴森的黑色，像披着法衣的法官。

没有一丝风，空气凛冽而干燥。村子里有的人家虽然还亮着暗淡的灯光，但十分沉寂，只有我脚下碎柴碎草的沙沙声。我感到悲怆，却又有点不甘心。我停下来解手。还没解完手，海喜喜也从她家出来了。他轻轻地咳了一声，模糊的背影很快地无声地在黑黢黢的马号那边消失了。

我好像甘心了，但又觉得更加悲怆。

二十三

第二天，我坐在他的大车上，心里感到十分内疚，好像不是坐在车底盘上，而是坐在他的身上似的。但是，我又羞愧地意识到这种内疚的伪善：我已经不能说是不自觉地卷进了一个说不明白的关系中，而是怀着迟来的青春期的颤动和竞争心，有意地要揳进去的。

但是，海喜喜对我的态度更恶劣了。他的内心没有我这样的复杂。他就像高悬在我们头顶上的天空一样，只要有一丝云彩就会向地面投下一片阴影。而他今天的脸色，就预示着有一场暴风雨。

头一趟车装好——当然还是我一个人装的，我仍像昨天那样，坐在车后梢上。车摇摇晃晃地出了村子，走上土路。

"啪！"

我脸上响亮地挨了一鞭梢！我捂着火辣辣的脸颊，掉头看看海喜喜。他背对着我，坐在车辕上，一如往常地赶着牲口，仿佛没有觉察鞭梢抽着了人。这种事也常有：西北地区赶大车的鞭子，皮绳要比鞭杆长一倍半，如垂钓用的鱼竿。赶车的人甩起鞭子来，一不小心，鞭梢也会扫在坐车人的身上。劳改农场里的一个车把式，就因为抽了搭车的管教干部一鞭子，被延长劳改一年。事后他编到大队来，哭哭啼啼地说他是无意的，他的老婆养了一只兔子，还等着他回去过春节哩……

也许他无意，也许他故意，不管怎么样，我抽出插在肥堆上的四齿铁叉，支在面前护住自己。

海喜喜打鞭子的技术很娴熟，抽身背后的东西也极准确。一会儿，他的鞭梢又呼地甩了过来。我举起铁叉一挡，抽得铁叉铮铮作响。这一鞭更有力，如果我不挡，就正抽在我脸上。

一路上，他这样连连抽了几鞭，都被我挡了回去，我被这种可笑的局面激怒了。他略微伛偻的后背不再表现为烦闷的、苦恼的模样，在我的眼睛里，是一种令人厌恶的、可憎的、隐藏着杀机的沉默！我觉得我做的一切都是对的！我无愧于谁，尤其是对这个海喜喜。命运给我们作了这样的安排，红兵在黑卒前面有什么可内疚的？！

我装着第三车，其他大车第一趟刚回来。所有的大车，除那"死狗派儿"赶的之外，又集合在马号前面的肥堆旁边。吆喝声、鞭声、马蹄声、翻肥的妇女的大呼小叫……响成一片，煞是热闹。这时，海喜喜铁青着脸，眼睛里闪动着挑衅的目光，从他蹲的墙角向我走来。

"快装！你这驴日的！"他晃着鞭子，头上粗硬的短发像灌木丛似的龇岑着，太阳穴上凸暴出明显的青筋，"你别腰来腿不来，跌倒不起来的！快，快！"

所有的声音全停止了，像一块石子投到蛙声鼓噪的池塘里。我感觉到人们的目光一下子都聚集到了我俩的身上。在最初的一霎间，我还很恐惧：也许……说不定，会闹出什么事来，会挨一顿毒打……但我意识到那些目光里有马缨花的似乎是在考验我的目光，自尊心就压倒了恐惧。我把铁叉朝他面前一扔，做出要靠边休息的样子，其实是想远远地离开他。

"嫌慢？"我愤愤地说，"你驴日的也该干两下了。你来装吧……"

"啥？你驴日的还犟？……"他几大步跨到我跟前，"你干！你这卡费勒不干谁干？！"

肥堆旁边的人哄笑起来。我不知道他说的"卡费勒"是什么意思，以为是句非常肮脏的骂人话。同时，他气势汹汹的架势又使我害怕起来，我想用一句话来压倒他，叫他再不敢吱声，于是我不管事实是不是如此，大声地喊道：

"我知道你为什么像条疯狗，不过是因为昨天你偷东西让我碰见了！"

出乎我意料，他不但没被压倒，反而愤怒得直发颤，手指着我，嘴唇抽搐着，像在默念一段什么神秘的文字。这样有两三秒钟，他才仿佛缓过气来，破口大骂：

"熊！卡费勒、杜斯曼①！卡费勒、杜斯曼！你驴日的没少吃！我今天要放了你的血！……"

他的嗓音顿时变得异常尖厉，好像音带劈了一般。他一边骂着，一边撂掉鞭子，猛扑过来，两手一把揪住我棉袄的两襟，毫不费力地一抡，竟使我脚离开地面作三百六十度的大旋转。也不知旋转了几圈，又突地一搡，把我像只死鸡似的摔在肥堆上。

我没料到他会用手抡我。在他痛骂的时候，我以为他还是要用鞭子来抽。而在大庭广众之中，不会没人来干涉的，至少谢队长要站出来，这样倒使我可以揭发他在路上耍的把戏。现在，我变得非常狼狈，浑身是黄土马粪，像在地上打了一个滚的毛驴。有几秒钟，我趴在肥堆上喘息。悬空的旋转已使我丧失了理智，我只看见海喜喜眼睛里狞恶的暴躁的闪光，只听见肥堆旁男男女女的一片哗笑。但是，我的怒火突然使我变得异常兴奋，这种兴奋是一种面临从未经历过的事情的兴奋，就像一

① 卡费勒：阿拉伯语，异教徒。杜斯曼：波斯语，仇人。皆为宁夏农村骂人的口语，现在在一些地区仍然使用。

个人终于见到了从未见过的而又渴望已久的大海，要张开两臂纵身跳进去畅游一番。"来吧！"我反复地在心里这样念叨，"来吧！……"

我索性就地一滚，滚到我刚刚撂下的铁叉旁边，拾起铁叉，站起来。跳进大海！跳进大海！我借站立起的蹿力，顺势一掷，铁叉嗖的一声像标枪一样向他飞去。

"啊！"男女农工发出一片赞赏的惊叫。海喜喜略一躲闪，铁叉扎在马号的土墙上，戳了四个白点，哐啷一声掉在地下。

我从男女农工的惊叫声里听到了赞赏的意味，更从海喜喜躲闪时的眼睛里看到一丝张皇。没有扎着他，反而鼓起了我的勇气。跳进大海！跳进大海！我三两步跳到土墙下，又拾起铁叉去扎他。

海喜喜显然没有想到我会发疯了似的反抗。在我跑过去的当儿，他惊愕地站在土墙前面，好像等着我去扎他一样。我一叉朝他大腿扎去，他一把抓住叉杆，仍然迟疑着，不知怎么办。而我却焅起左脚，踢在他的腹股沟上。

"哎哟！"他疼痛地弯下腰，低了低头，仿佛要寻找我踢的地方。随即，他倏地抬起头，眼睛里又闪出狞恶的暴躁的光，两腮颤动着，一手拽着我的叉杆，张开另一手的五指，宛如一只鹰要起飞时似的。面对这样魁梧的巨人，我又和他刚刚一样，开始张皇了。我呆呆地等着他的巴掌。

但这时，肥堆旁边的男女农工已经围了上来。

"行啦，行啦！喜喜子，你抢了他一下，他踢了你一脚，两顶啦！"

"哈熊！人家是念书人，识得字，你人老八辈子也认不下哩！你欺负人家干啥？！"

"操！狗急跳墙，人急叫娘。你这哈熊连车也不装，还……没见他要跟你拼命啦！"

"玩两下子就行啦！你们是吃饱了咋的？！"

"……"

最有权威的还是谢队长。他一手背在身后，一手指着海喜喜，仿佛他背后的手握着一件什么有力的武器，又有点像冬烘先生训顽童似的：

"我看你驴日的今天敢咋样！我看你驴日的今天敢咋样！……"

海喜喜怒气冲冲地看看谢队长，又用冒火的眼睛看看我，使劲把叉杆往怀里一拉，我趁还没被他拉倒时赶快松开手。他咬着牙，把叉"呼"的一下抢到半天空上。铁叉滴溜溜地旋转着，画了一个跨度很大的抛物线，掉在远远的干沟里。

大家的情绪都松弛下来。不知是谁拾来了我的棉帽子。棉帽的护耳撕破了，像一只死乌鸦一样耷拉着无力的翅膀。一个年轻的农工从我脑后嘻嘻哈哈地把这只"死乌鸦"扣在我的头上，还似乎是鼓励地拍了拍我的脑袋。我这才有心思看看周围。不知道马缨花在整个过程中持什么态度，这时她正背向着人群，朝那条干沟走去。我的组员们还站在肥堆旁边，用中立的姿态饶有兴味地观望。

当然，我再不能和海喜喜同一辆车了。谢队长调整了一下，叫"营业部主任"跟海喜喜，我还回到"死狗派儿"车把式的车上去。"营业部主任"说死也不干。海喜喜"啐！啐！"地朝手掌上吐了两口唾沫，操起他自己的铁叉：

"熊！我谁也不要，我一个人干！"

他像狂人一样飞舞着铁叉，把车装满，扬起鞭杆，一个人赶着车跑了。

马缨花把我的铁叉找来了。她像授予凯旋的旗帜似的把叉交到我手上。

"给！"她又低声地说，"看你，扣子都没了，待会儿我给你钉上。"

我低下头，才发现我敞着胸露着怀，扣子都被海喜喜拽掉了。

二十四

晚上，我照例到马缨花家去。生活中任何一个举动如果经常反复，都会成为一种习惯；人不由自主地要受这种习惯支配，何况我去马缨花家，不但有肚子的需要，还有心灵的渴望。在那里，和她在一起，即使中间有个海喜喜——人啊！应该说海喜喜和她中间有个我，但这时我却不这样想了——我也能得到作为一个人的心必须要有的东西。这东西是什么？一点温存，一点怜悯，一点同情，一点敬意，一点……那么模糊的爱情。

我小时候，家附近有个寺院。它坐落在半山坡上，红墙隐没在一片翠竹当中。每天清晨，从它那里响起一阵沉重、缓慢，而又悠远的钟声。它沉重、缓慢而又悠远，于是我的思绪能跟得上它的余音，随着它一直消失在那多雾的嘉陵江中。接着，下一响钟声又带去我另一部分思绪……直到把整个的我带离开这个尘世，进到一个虚无缥缈、无我、无你、无他的境界中去。到马缨花家，不知怎么总使我想到那种钟声。也许是因为我正在那么尴尬、那么困窘、受人捉弄的时候，是她来把我带出铺满干草的单身宿舍，领到她那充溢着温馨的小屋里去的缘故。并且，她又是一个异性，一个如此美丽可爱的女人，因而我离开那铺着干草的尘世，到她灯光明灭的小屋里，更有一种异样的充实，不是无我、无你、无他，而是整个世界对我来说，都具有一种新的特定的意义。

这种意义只有我能体味得到。这就是人的正常生活的恢复；不是出世，而是又回到人的世界中来。本来，对过去的记忆已经淹没在沉重的阴影当中，就像月亮被急驰的乌云所吞噬。但是在马缨花那里，总有这样那样的东西，包括她幼稚而又洋溢着智慧的幻想，使我把中断了的记忆联系起来，知道自己是个人，是个正常的人。我以为，即使今天我和海喜喜打架，也是在这种生活环境中的正常人的表现，甚至可以说是我已经成为正常人的重要标志。农工们赞赏的笑声和谢队长开始放任、终而叱责海喜喜的态度，再好不过地说明了他们全体都认为结果应该如此。我通过了这个环境对我的考核；他们，这种环境中成长起来的正常人，接纳了我成为他们行列中的一员。

马缨花在拍尔舍睡觉——在农村，孩子们都睡得早，见我进来，一骨碌爬起，跳下炕。她先顶上门，然后转过身，两手在袄襟上抹了抹。

"来，我看看，这驴日的把你抽成啥样子了？"

我这时才感觉到脸上火辣辣地疼。后来一打架，我把挨了一鞭子的事情也忘掉了。

她把我的脸扳向灯光，美丽的眼睛一闪一闪地在我脸上审视着，一边看，一边"啧、啧"个不停。我低下头，任她的手抚摩我的脸。当她颤抖的手指轻柔得像一阵微风掠过我鞭伤的时候，我觉得全世界的抚慰都在这里面了，同时心头响起了勃拉姆斯为法柏夫人作的那支《摇篮曲》。

啊！命运没有亏待我。

她的动作和表情，已经无疑地表露出了她对我怜悯和施舍下更深的那个层次。发现了这点，我倒心安理得了。被人爱，似乎就获得了某种权利。我大大方方地在土坯凳子上坐下来，等她给我盛饭。

今天，她特别容光焕发。她流连的目光比往常更为炽热，那迅捷眨动的长睫毛有一种爱娇的意味。她线条秀丽的嘴唇不说话时也微张着，仿佛表示着某种惊奇与渴望。

我一面吃饭，一面把今天事情的经过告诉她。我知道她顶了门，二十多天来，她还是第一次要把海喜喜关在门外。但我仍然警觉着房门口。可是直到我离开她家，门口也没有响起海喜喜的脚步声。

她毫不在乎门外的动静，说起今天的事，对我表现出雌兽护崽的偏袒，毫无道理的溺爱，用粗野的话把海喜喜骂个狗血淋头。这反倒使我不安，觉得不公道。

"你们原来不是挺好的吗？"我问，"我还当作你们是好朋友哩。"

"啥'朋友'！"她蓦地满面绯红，怒气冲冲地说，"那驴日的是个没起色的货！有一天他……"

说到这里，她突然停住了，像急刹车似的，身体还往前倾了一下。随后，她又往炕上蹭了蹭，坐端正，把手里补的衣服朝怀里一拉，继续补下去，不说话了。

我很快就意识到我说错了。我所说的"朋友"，是一般意义上的"朋友"，和她理解的"朋友"完全是两回事。她脑子里的"朋友"，是"嫁不下个好汉子也要维朋友"的那种"朋友"，也就是我们通常说的情人。

这证实了我的直觉。

人有着很微妙的心理，总觉着爱情和字画不同，在字画上盖的钤印越多，字画越值钱，而在爱情上仿佛就容不得别人先占有过。殊不知只有成熟了的爱情才最可贵。

马缨花的爱情就是成熟了的爱情。

沉默了一会儿，她又抬起头，脸上的红晕已经退了下去，两只瞳仁一闪一闪地发光，轻轻地娇笑一声，没头没脑地说道：

"你，倒挺像咱们的人！"

我向她表示理解地一笑。"咱们的人"包括许多含义：劳动人民——这点对我非常重要，体力劳动者，农工，甚至还指从中亚细亚迁徙过来的撒马尔罕人的后裔。她这句话，也使我明白了，为什么她独独会在今天这样明白无误地表现出她内心的感情。对她来说，仅仅是个"念书人"，仅仅会说几个故事，至多只能引起她的怜悯和同情；那还必须能劳动，会劳动，并且能以暴抗暴，用暴力手段来维护自己的尊严，才能赢得她的爱情。啊！我是撒马尔罕人的后裔。

　　她又跟我说，今天她没找齐制服上的黑胶木扣子——在这时候，扣子也是紧俏商品，等明天把扣子找齐了，再给我钉。她从枕头下抽出一根用废布头搓成辫子的布带给我，让我扎在腰上。

　　"你呀，"她笑着说，"我知道，连绳子也没有一根。"

　　是的，我的确连绳子也没有一根。

　　"你知道我的事情可不少。"既然我知道她爱我，我也不用为自己的贫穷感到羞愧。我接着用轻松的口气问她："可是你的事我还不知道哩。哎，我问你，尔舍的爸爸究竟是谁？"

　　她埋下头，微笑地沉吟着，一会儿在一串轻声的娇笑中说：

　　"我不能沾男人，一沾男人就怀……"

　　她的回答使我惊愕不已。她根本没有正面回答我。我原以为这会引出她一个故事，一个或许是哀婉、或许是悲愤的遗恨，然而，她却轻轻地一抹，把有关这一段的回忆都抹进了时光的垃圾桶里去，毫不吝惜地把它掩埋了。听那口气，她好像觉得这种事对任何人都没有伤害，对她自己也没有什么伤害……

　　真要命！她既使我恢复成为正常人，把我过去的回忆和我现在的感受连接了起来，也从而使我对她产生了惶惑、迷惘和新奇感。她身上有许多我不理解的东西，还有和我过去的道德观相悖的东西。然而这些东西在她身上表现出来时，又如此真实，如此善良，也显得十分的美，竟动摇了我的道德观念，觉得她总是对的，是无可指责的。

她和海喜喜，把荒原人的那种粗犷不羁不知不觉地注入了我的心里。而正在我恢复成为正常人的时刻，这种影响就更为强烈。

二十五

我第一次体会到健康给人的幸福感。我觉得我力大无穷，正如惠特曼歌颂的：

> 啊，膂力强壮的斗士是多么欢乐呀！
> 他神采奕奕地兀立在竞技场上，
> 精力充沛，渴望着和他的对手相见。

而在竞技场上，我至少和这里的高阶层劳动者、令人畏惧的巨人斗了个平手——"两顶啦"！于是，我感到一种旺盛的活力，一种男性的激情也在我体内暗暗地涌动，我甚至能听得见它像海潮般的音响……

第二天，海喜喜仍然一个人既赶车又装车。我还是跟"死狗派儿"车把式。在我们错车的时候，他一眼也不看我，但脸上有股掩饰不住的懊丧。仇恨已经过去，他只是沉浸在自己灰色的情绪里。一个威武有力、生气勃勃的人，一下子变得像被霜打倒了的芦苇。当然这并不是因为被我一脚踢的，而是内心里受到了更大的打击。

我很小的时候，就有一种容易被别人的痛苦所感染的脆弱性。是脆弱，不全然是同情。同情会使人积极起来，而脆弱只能产生畏惧。看了一本描写瘫子的小说，自己下身会麻木好几天；看了一篇写瞎子的故事，我会害怕失去眼睛。对会降临到自己头上的灾祸的恐惧，多于对瘫子和瞎子的怜悯。这种脆弱性，更可能产生一种邪恶的趋利避害的念头，从根本上消除自我牺牲的精神。所以，现在对海喜喜，我已经没有了同情，而是害怕落到他那样失恋的地步。

这种邪恶的劣根性，加上对所谓"体力劳动者"的不正确的观念，催着我向一个深渊坠落下去。

收工时，我从"死狗派儿"的车上跳下来。她在马号前面，手里攥着一把什么东西，向我一扬，又努努嘴。我知道她手里一定是几粒扣子。吃完从伙房打来的稗子面馍馍，我就上她家去了。

现在，我们组里八个人，几乎有一半不出工。今天这几个去场部，明天那几个去场部，要么就是去镇南堡看有没有挂号信——取挂号信和寄挂号信，都要来回跑六十里路，可见我们的文化生活了。反正自我们来这个队，就没有看过一张当月的报纸，没有听过一声广播，真像"营业部主任"说的，这里还不如劳改农场哩——他们这样忙忙碌碌，无非是在跑户口，谁都想早点离开这里。这样，对我每天晚上跑出去，他们丝毫不注意。这间铺着干草的"家"，不过是几个人临时栖身的旅店，谁也不去管过路的旅客干什么去。

今天，我特别兴奋，有几分迷迷糊糊，但又似乎非常明确地感到，今天晚上将要发生什么事情。我怀着一种来自想象的醉意，既甜蜜，又有几分忧伤。这种醉意使我的意识像暮霭一样在田野上飘散了。

我进了门。一定是我脸上焕发着特别的光彩，一定是我目光中有奇异的神色，因而，她用一种异乎寻常的、闪烁着灼热的光的眼神凝视着我。她的睫毛很长，眼睑下又有一圈淡青色，因而她的眼睛就显得特别深邃，瞳仁的闪光就像暗夜中的星星。她还和昨天一样，斜躺在炕上拍尔舍睡觉。她诡谲地一笑，朝土台上努了努嘴。随后，她机械地拍着尔舍，同时用一种痴呆的、固定不变的姿势看着我，仿佛在想什么心思。

土台上放着一盆用碗扣着的杂和饭。我盛了一碗慢慢地吃着，借着吃饭来拼命抑制自己，迫使自己冷静下来。这时，只听见她在炕上，边拍着尔舍，边轻声唱道：

> 金山（么）银山（的）山对（哟）山，
> 层层（哟）叠叠的宝山。
> 望（么）别人成双（是）我孤单，
> 阿哥（么哟）活下的可怜。
>
> 白崖（么）头上的鸽子（哟）窝，
> 你看是（呀）公鸽嘛母鸽。
> 我一晚上想你（是）睡不（呀）着，
> 天上的星星（哈）数着。

我过去全部教养教给我关于爱情的观念，和我现在沉浸于其中的爱情是那么不同，甚至截然相反。那种爱情是温柔缱绻的，含蓄隽永的，美妙的情趣带有几分伤感的忧郁，就像一朵带露珠的嫩弱的康乃馨。而她歌声里表达的爱情，却是直率的、明朗的、粗犷的，盛满了浓得化不开的激情。其中的情意有如旷野的风，叫人难以抵挡。

尔舍在她的歌声中睡着了。她轻手轻脚地爬下炕。抻了抻棉袄，两手在脑后拢了拢头发，向我嫣然一笑。我觉得她脸上第一次出现了娇羞的表情，两颊红扑扑的。她的皮肤较黑，红得就更加浓烈。在她两手顺向脑后的时候，腰肢略向后倾，整个神态在我眼里是被爱情摧残的慵倦。

"咋？是你脱了呢，还是咋钉？"她笑着问我。

她手拿着穿好的针线，站在我身边，那南国女儿脸颊上的大红大紫使我心慌意乱。我支吾着说："哦，哦……还是穿在身上钉吧，我里面没有衣服，没法脱……"

"你哟！"她哧哧地笑着，把我从土坯凳子上拉起来，"真是遭罪哩。以后得给你缝件汗褡儿……那你就把带子解开吧，还等啥？"

她用命令式的语气跟我说话，语调里饱含着妻子般的深切的关心。我非常自然地、毫无惭愧之感地解开腰带，站在她面前。我感到我能把自己交给她是我的幸福，心中充溢着对她的信赖和对她的温情。

她不用低头，刚好在我颌下一针针地钉着扣子。她的黑发十分浓密，几根没有编进辫子里去的发丝自然地鬈曲着，在黄色的灯光下散射着蓝幽幽的光彩。她的耳朵很纤巧，耳轮分明，外圈和里圈配合得很匀称，像是刻刀雕出的艺术品。我从她微微凸出的额头看到她的眉毛，一根一根地几乎是等距离地排列着，沿着非常优美的弧形弯成一条迷人的曲线。她敞着棉袄领口，我能看到她脖子和肩胛交接的地方。她的脖子颀长，圆滚滚的，没有一条皱褶，像大理石般光洁；脖根和肩胛之间的弯度，让我联想到天鹅……此时，那种强烈的、长期被压抑的情欲再也抑制不住了，以致使我失去了理性，就和海喜喜把我悬空抢起来的时候一样，于是，我突然地张开两臂把她搂进怀里。

我听见她轻轻地呻吟了一声，同时抬起头，用一种迷乱的眼光寻找着我的眼睛。但是我没敢让她看，低下头，把脸深深地埋在她脖子和肩胛的弯曲处。而她也没有挣扎，顺从地依偎着我，呼吸急促而且错乱。但这样不到一分钟，她似乎觉得给我这些爱抚已经够了，陡然果断地挣脱了我的手臂，一只手还像掸灰尘一般在胸前一拂，红着脸，乜斜着惺忪迷离的眼睛看着我，用深情的语气结结巴巴地说：

"行了，行了……你别干这个……干这个伤身子骨，你还是好好地念你的书吧！"

二十六

啊！……

我踉踉跄跄地跑回"家"。我头晕得厉害，天旋地转。我摸到墙边，没有脱棉袄，也不顾会把棉花网套扯坏，拉开网套往头上一蒙，倒头便睡。

不久，小土房里其他人也睡下了。老会计在我头顶上灭了灯，唏唏溜溜地钻进被窝。万籁俱寂。我想我大概已经死了！

死，多么诱惑人啊！生与死的界限是非常容易逾越的。跨进一步，那便是死。所有的事，羞耻、惭愧、悔恨、痛苦……都一死了之。

我此刻才回忆起来，在此之前，我什么都设想过，甚至想到她会拒绝，打我一耳光，但绝没有想到她会说出那样一句话把我带有邪气的意念扑灭。

"你还是好好地念你的书吧！"这比一记耳光更使我震撼。灵魂里的震撼。这种震撼叫我浑身发抖。

死了吧！死了吧！……

我真的像死了一般，刚才那如爆炸似的激情的拥抱，仿佛已耗去了我全部的生命。但是，我的灵魂还在太阳穴与太阳穴之间的那一片狭窄的空间里横冲直撞，似乎是满怀着憎恨地要撕裂自己的躯壳。我不敢回顾过去二十多天里的行为举止，然而像是有意惩罚我似的，有一张银幕在我眼帘内部显示出我的种种劣迹，我眼睛闭得越紧，银幕上的影子却越清晰。海喜喜愤怒地指着我的鼻子尖："你驴日的没少吃！"像闪电之前的雷声叫我战栗。我是靠谁的施舍恢复健康的啊！在那段时间，我就像《梨俱吠陀》里说的，"木匠等待车子坏，医生盼人腿跌断，婆罗门希望施主来"，心怀恶意地扮演着乞讨者的角色。我出主意给她修炕，我跑去给她说故事，我……目的只是在那一碗杂和饭。我清楚地认识到了，我表面上看来像个苦修苦炼的托钵僧，骨子里却是贵公子落魄时所表现出来的依赖性。歌德曾把"不知感激"称为德行："不愿意表示感激的脾气是难得的，只有一般出众的人物才会有。他们出身于最贫寒的阶级，到处不得不接受人家的帮助；而那些恩德差不多老是被施恩者的鄙俗毒害了。"但在我却是相反，是我的鄙俗把施恩者毒害了。在我逐渐强壮起来的身体里钻出来一个妖魔，和从海滩的瓶子中钻出来的那个魔鬼一样，要把从瓶子里放出他的施恩者吃掉。这原因在哪里呢？这原因就在于我不是"出身于最贫寒的阶级"。公子落难，下层妇女搭救了他，他只要一脱险，马上就想着占有这个妇女，并把这种举动当成一种报答，这不是一种千篇一律的古老的故事吗？

这时，昨天夜里在我脑子里幻想出来的种种欲念，成了佛教密宗里的毗那夜迦，兽头人身的怪物，而马缨花就在这个邪恶的、面目狰狞的怪物手中挣扎！

是的，她最后的那句话，将她给我的食物中注入了仁爱，注入了精神力量。这样，就更叫我无地自容了。

我想忏悔，我想祈祷，但我才发觉，对一个唯物主义者来说，对一个无神论者来说，对现在的我来说，最大的悲哀莫过于忏悔和祈祷找不到对象。我不信神，所有的神我都不信！我经历过一次"死"以后，全部宗教都在我眼前失去了它们的神圣性质！那么，我能向谁来忏悔，来祈祷呢？人民吗？人民早已把我开除出他们的行列——"你活该吧！你现在的行为正证明了我们把你开除出去是对的！那不是某个领导的意志，而是我们全体人民的意志！你已经永远被钉在耻辱柱上了！"

"嘘嘘嘘……嘘嘘嘘……"墙角响起了一阵阵可疑的声音，好像是从一个极其阴暗的世界传来的。但我知道，那不是上帝，也不是魔鬼，那是死的召唤。我很早就对死有一种莫名的迷恋，和酷爱生一样酷爱死。因为那是一个我活着永远不能知道，并且也是一个任何人都不知道的东西。永恒的谜就是永恒的诱惑。很多人都忽视了，死其实是生活的一个重要内容；热爱生活的人最不怕死。尤其，对一个无神论者来说，对现在的我来说，死是最轻松的解脱。一切都会随生命的停止而告终。那么，我就制造了一个永恒的秘密。明天早晨，太阳照样地升起，风照样地刮，云儿照样地飘，农工们照样地出工，而我却变成了一堆没有生气的骨头和肉，就像一只死羊，一条死狗。我的悔恨，我的羞愧，我良心的责备，在这世界上留不下一点痕迹。我死了，我带走了一个秘密，我销毁了我制造的秘密，难道这个秘密还不是永恒的吗？

我在死亡的边缘时极力要活、要活、要活下去，我肚子吃饱了却想死。过去，在没有灵感的时候，在创作苦闷的时候，毒药、绳子、利器、高度和深度都曾对我有过吸引力。现在，我在黑暗中摸索着她给我的那根用布头编的带子。布带柔软而有弹性，它的长度、宽度、耐拉强度都会使我的脖子感到非常舒适。世界上的事是多么奇妙，多么不可思议啊！昨天晚上她给我带子的情景历历在目，她是为了我暖和，为了我活得好，可恰恰我要在这根带子上结束我罪孽深重的一生；她说我连根绳子也没有，是出于对我的同情和爱怜，可恰恰似乎是有意地要送我一个结束生命的工具，我想象我拥抱着她时是多么美好，可恰恰是我拥抱了她以后却悔恨欲死……于是，一种对自己命运的奇怪的念头在脑子里产生出来：我这个没落的阶级家庭出生的最后一代，永远不能享受美好的东西；一切美好的东西在我身上都会起到相反的作用……那么，只有死，才能是最后的解脱了。

于是，我死了！

我全身只剩下头颅，在一片黑茫茫、莽苍苍的大森林里游荡。因为失去了身躯，失去了四肢，头颅只能在空间飞翔。我飘呀、飘呀……飞呀、飞呀……四周是像墙一般密密层层的巨树，高不见顶，遮天蔽日，但茂密的枝叶从不会刷在我的脸上。我的头游在哪里，它们就会像水草似的荡开。我不知道我要往哪里飞，我只觉得有一股力量在托浮着我，推动着我，或是吸引着我，一会儿向这儿，一会儿向那儿飞去……黑暗是透明的，发出蓝幽幽的光；巨树不是立体的，全像舞台上的道具，是一片片的平面竖在四面八方。大森林没有尽头，没有边缘。在这大森林里，所有的树木都是静止的，只是因为我头颅的位移才使它们不断地移动，时而向我逼近，时而远离开我……它们并不特别阴森可怖，阴森可怖是从我自己的脑子里喷射出来的，于是蓝色的黑暗和巨大的树木之间都弥漫着阴森可怖的浓雾。这里绝对没有音响，但我头颅上毕竟有耳朵。这时，有一种雷鸣般洪亮的声音在大森林里庄严地响起来：

"你为什么要死——死——死——死——"

"死"的余音不绝如缕，在巨树之间缭绕，发出"咝咝"的金属声。

我冷笑了。我谁也不怕，既然连死也不怕，还怕什么？！

"这正是我要问你的！"我的头颅大张开嘴，翻起眼睛向四面八方搜寻。但那声音不是发自哪一方，而是在整个森林中回荡。我大声地问那声音：

"我为什么要活——活——活——活——"

"活"的余音也不绝如缕，在巨树之间缭绕，发出"哗哗"的金属音。

沉默了！那个声音沉默了，像被狂风噎住了嗓子。哈哈！我的问题"你"能回答吗？

我继续在大森林里横冲直撞。我享受到了死的乐趣。

可是，那一株株阴森的巨树越来越稠密了，枝丫纵横，像张在我上上下下的一面没有缝隙的巨网。并且，它们从周遭逐渐逐渐地收拢来，我头颅的天地越来越小了。最后，我头颅只能不动地悬浮在空中，两眼不住地骨碌骨碌乱转；我大张着嘴，喘着粗气。我没有胳膊，我不能抵挡；我没有腿脚，我不能蹬踢。我等待着：难道死了还会遇到什么鬼花样！

那个声音又像山间的回声似的响了起来，带着鬼魂特殊的嗓音，瓮声瓮气地：

"到天堂去吧！到天堂去吧——去吧——去吧——"

"天堂在哪里？"我头颅上淌着冷汗，但我脑子里并没有一丝恐惧，"天堂在哪里？"我用责问的语气大声地喊，"哪里有什么天堂？我不信什么鬼上帝！"难道我死了还要受欺骗！

"超越自己吧——超越自己吧——超越自己吧……对你来说，超越自己就是你的天堂——天堂——天堂——超越自己吧——超越自己吧——超越自己吧——"

这一句话，突然使我流泪了。浑浊的泪水滴滴答答地滚落到我头颅下的浓雾中。是的，"超越自己吧！"这声音不是什么鬼魂的声音，好像是我失落了的那颗心发出的声音。

"超越自己吧！超越自己吧！超越自己就是天堂——天堂——天堂——"

"啊！我怎么样才能超越自己呢？"我绝望地哭叫，"在这穷乡僻野，这个地方和我一样，好像也被世界抛弃了！我怎么样才能超越自己呢？"

"要和人类的智慧联系起来——要和人类的智慧联系起来——联系起来——联系起来——那个女人是怎么说的——怎么说的——怎么说的——"

那个声音越来越小，好像离我越来越远，最终完全消失了。我的头颅大汗淋漓，像一颗成熟的果子似的力不可支地坠入到浓雾下面，仿佛刚才是那个声音使我的头颅悬浮在空中一样。我觉得我的头颅掉在一片潮湿的泥地上，柔软的、毛茸茸的苔藓贴着我的面颊；还有清露像泪水似的在我脸上流淌。那冰凉的湿润的空气顿时令我十分舒畅。

而这时，巨大的森林重归宁静，浓雾也逐渐消散，树冠的缝隙开始透下一道阳光，像一把金光灿灿的利剑，从天空直插到地上。与此同时，大森林里不知从什么方向，轻轻地响起了03 33│1̇—│02 22│7̇—│7̇—│……的钢琴声。啊！那是命运的敲门声！好像是惊惶不安，又好像异常坚定。一会儿，圆号吹出了命运的变化，一股强大的、明朗的、如阳光下的海涛般的乐声朝我汹涌而来，我耳边还响起了贝多芬的话："我要扼住命运的咽喉，他不能使我完全屈服……啊！能把生命活上几千次该有多美啊！"

我完全清醒了。我发觉我泪流满面，泪水浸湿了我头下的棉网套。在棉网套下，我摸到了一本精装的坚硬的书——《资本论》。

二十七

第二天，果然太阳照样地升起，风照样地刮，云儿照样地飘……黄色的耀眼的阳光透过窗户上的旧报纸，给小土房里的墙壁和干草上更增添了许多排列成行的斑点。有那么一会儿，我想着我昨天好像做了一件非常丢人的事，犯了非常大的错误，因而有一种不愉快的、烦恼的情绪。但很快就被另一个念头代替了：如果房子里的人一早起来发现我死了，他们除了惊奇和忙乱一阵外，还有什么呢？也许他们上午会不出工，张罗着埋我。可是埋完了，他们照样还是要去出工的。我的死，除了使遥远的母亲悲痛，大概再不会给其他人一丝震动；死，对我是一件大事，而对别人不过是小事一桩，至多编出几个鬼故事来打发漫漫的冬夜。这样的死，有什么价值呢？

"营业部主任"先打了饭回来，一个人用两肘霸占着炉子，还不住地朝手上呵气："真冷，真冷！这狗日的天真冷！"老会计两手小心翼翼地捧着饭盒，踏着悄无声息的步子，走到自己铺位上盘腿坐下。先脱下手套，再摘去帽子，像做祷告一般全神贯注地端详饭盒里的稗子米汤，然后才不声不响地吃起来。他绝对不到炉子旁边去沾火的光，连自己吃饭的声响也怕打扰人家，或者说是连一点吃饭的声响也不愿给人家。看着他作茧自缚和与世无争的模样，我都不忍心在死后给他添麻烦。

中尉前两天去镇南堡恰好碰上邮政代办所休息，这时正骂骂咧咧地做着再一次远行的准备。"那些王八犊子，他们坐着办公还要休息！"他忘记了他过去坐着办公也是要休假的。报社编辑和其他几个人的神态、动作都一如往常，和一幅木刻印在一本日历上一样，天天都没有一丝变化。我非常奇怪：他们竟然对我昨夜的内心风暴没有一点觉察。可见，不管是我的死也好，我的内心风暴也好，我成为死人也好，我成为新人也好，对一些只关心着自己的人的影响其实是非常微弱的。这里的人们的神经似乎被一种停滞不动的生活磨钝了。在一堆麻木的神经中间，我要悄悄地开始另一种生活是非常容易的。这种想法蓦地使我振奋起来。我把棉花网套一掀，一骨碌爬起，用湿毛巾擦了擦脸就去打饭……

莽荡苍凉的田野，以它毫无粉饰的雄浑气概，又使我感动得热泪盈眶：把你严峻雄伟的气魄给我一点吧！哪怕我有那一块泥土疙瘩的淳朴性，我就能够站起来，并超越自己！"死狗派儿"车把式慢慢地赶着车，随牲口的意逍逍遥遥地向田里走去。到处沐浴着冬日的阳光。白脯子喜鹊喳喳地欢叫，跟在大车后面啄着马粪。谷场上的草垛黄得炫目，垛顶上，散射着一种金属般的流动的光。向东极目望去，三十里路外的火车徐徐地吐着青烟，在天际布下一条带状的雾霭，久久不散。在翻滚着的雾霭的边缘，青色逐渐转为紫色，在蓝天下变得异常绚丽。没有风，空气中飘浮着干枯的冰草、芨芨草和马莲草的气味，又掺杂着飞扬起来的干燥的尘土味。太阳的热力沉沉地罩在我身上，使我昏昏欲睡。活着的幸福感不在人完全清醒的时刻，恰恰在似睡非睡之间。

内心的风暴平静下去，从心底开始升起一片颂歌：和谐、明朗、纯朴、愉快，好像置身在鸟语花香的田野里，呼吸着清新的空气。死固然诱惑人，但生的诱惑力更强。能感觉本身就是幸福，痛苦也是一种感觉，悔恨也是一种感觉，痛苦和悔恨都是生的经历，所以痛苦和悔恨也都是生的幸福。"叽喳、叽喳"，麻雀从我头顶上飞过去，一边扇动着小小的翅膀，一边还东张西望，向那更高处飞去。啊！这样一个小生命也在想超越自己。

超越自己吧！超越自己吧！……

这天吃完晚饭，我没有去马缨花家，在自己的草铺上坐下来。靠在卷起的棉花网套上，拿出我二十多天没有翻，一直当作枕头用的《资本论》。

中尉研究完了家里寄来的挂号信，信上一定有叫他高兴的消息，他很客气地把马灯送回来，还替我拧大了一点。我没有敢当即翻开，默默地、有点惶恐地摸着淡黄色的硬纸面。现在，这本书就是我能"超越自己"的唯一凭借了。如果说"超越自己就是天堂"，那么我面前只有这样一条通向"天堂"的道路。它是不是真正能教给我一点什么？是不是真正能使我"超越自己"？我的艺术细胞是不是能吸收这些用抽象的概念构成的营养？……过去我虽然没有读过《资本论》，但在例行的政治学习中学过"干部必读"的苏联人列昂节夫的《政治经济学》。那时候，我认为那书里都是些枯燥的、和现实无关的教条和概念，读起来特别乏味。

现在，当我重又翻开《资本论》时，至少，我的肚子不会干扰我的脑子。我怀着困惑的虔敬的心情，翻到《第三章货币或商品流通》，也就是二十多天前中断了的"注５１"的地方。组里几个人用一种沉闷的、勉强的声调在聊天。"营业部主任"给老会计提供了一个"偏方"，说治睡觉磨牙最好的方法是把牙全部打掉。即使这个残酷的笑话也没有引起人们一点笑声。但不久，房里所有的声音我都听不见了，因为我开始发现，马克思在阐述深奥的经济学问题时，使用的是一种非常形象、非常生动、非常漂亮的文体。我还没有完全弄懂他说的意义，但他那明快流畅的文学性的美就紧紧地攫住了我：每一页都有令我叫绝的句子。他的思维逻辑是严密的，而阐述时采用的却是写诗的大跳手法和意指手法。比如，他说："一个商品如要实际发生交换价值的作用，它就必须先放弃它的自然形体，由想象的金，转化为现实的金——虽然这种变质作用之于商品，比由必然到自由的推移之于黑格尔哲学，比甲壳的脱弃之于蟹，比旧亚当的脱离之于教父喜埃洛尼玛斯，还要难。"下面，他又极有风趣地这样说："假令铁的所有者，竟向某一个俗气的商品所有者，把铁的价格当作货币形态来说明，这个俗气的商品所有者，就会像圣彼得答复那个向他背诵使徒信条的但丁一样，答复他说：'这个铸币的重量成色，已经十二分合格，但告诉我，你钱袋中有没有它？'"

只有横溢的才华加革命领袖的雄伟气魄，文风才会如此流宕、潇洒，不受任何抽象概念的内涵的拘束。一个人具有艺术上的通感，在我看来就是天才了。我发现马克思竟具有一种思想上的"通感"——我一时想不出确切的词来表达这个意思。也就是说，他具有一种能够把人类各个不同的知识领域相互沟通起来，并融汇为一体的奇妙的本领。我越往下读，越深切地感到马克思的书是浓缩了的人类智慧：政治的、经济的、历史的、艺术的、文学的，甚至还包括诗！有许多地方，凭我脑子里的溶剂还不能把这种浓缩的知识结晶溶解。但它并不使我困惑；它是一个迷人的谜，解开它就能得到一笔财富。

他还引证了大量的材料，书页下的注解与正文的印证妙趣横生。我前面看过的"舌头"不必说了，他还把莎士比亚和索福克勒斯的戏剧与诗来做商品向货币转化的旁证，于是，这一抽象的命题即刻以一种戏剧性的具体过程跃然纸上。我睡的这间充满着干草味、老鼠味和煤烟味的小土房，顿时变成了一座历史剧的舞台，商品所有者与货币所有者都以鲜明的面目生动地表演起来。读到这里，我已经完全忘记了我现在在什么地方。

在论述每一个问题时，他也一条条地举出资产阶级经济学家对这一问题的看法，有的地方指出继承和发展的关系，表现了他绝不掠人之美的大师风度。在另一些地方，却用极其幽默和尖刻的语言毫不留情地、一针见血地把那些资产阶级的伪科学驳得体无完肤，又显示出一个思想斗士的面貌。这样，他书里的每一页都闪烁着历史的精华。透过每一页的字里行间，都可以看到人类历史和思想史的演进过程。啊，当我看到马克思居然还引用了咸丰年间任户部侍郎的王茂荫向皇帝上的条陈时，一阵亲切之感油然而生。马克思的目光注意到了我们；他写这部巨著的时候，他创立马克思主义的时候，就有意识地把我们这个东方的古老国度包容进去了！

"家"里的人都睡着了。灯光很昏暗，我并不妨碍谁。老会计仍在拼命地磨牙，中尉打着响亮的呼噜，报社编辑在说梦话……而我被巨大的逻辑力量和广博深刻的智慧弄得醉醺醺的。能艺术地、形象地、从具体生活出发来表达理性思维的结果，是思想家艺术家难能可贵的本领，而马克思在这方面达到了顶峰。我这时开始认真读马克思的书，倒多半是把它当作艺术的珍品；它里面的每一句话都值得我玩味。语言文字是能够创造奇迹的。它们创造的奇迹是在人的心灵里。它们能把读者固有的思想击碎、分裂，然后再重新排列组合。

艺术会使人陶醉，思想也会使人陶醉。如果艺术和思想都是上品，那么这就是双料的醇酒。尽管我一时还不能完全品尝出这酒的妙处，但醇酒自然会发挥作用。那瘸子保管员养的公鸡叫头遍时——其他人家的公鸡早被吃掉了，我把《第二篇》全部读完了。那最后一页的文字，再没有那样清楚地说明了资产阶级人文主义理性王国的全部动听的观念是怎么一回事！马克思这样说：

劳动力的买卖，是在流通领域或商品交换领域的限界内进行的。这个领域，实际是天赋人权之真正的乐园。

在那里行使支配的，是自由、平等、所有权和边沁。自由！因为一种商品（如劳动力）的买者和卖者，只是由他们的自由意志决定。他们是以自由人，权利平等者的资格，订结契约的。契约是最后结果，他们的意志就在此取得共同的法律表现。平等！因为他们彼此都以商品所有者的资格发生关系，以等价物交换等价物。所有权！因为他们都只处分自己的东西。边沁！因为双方都只顾自己的利益。使他们联合并发生关系的唯一的力，是他们的利己心，他们的特殊利益，他们的私利。正因为每一个人都只顾自己，不顾别人，所以每一个人都由事物之预定的调和，或在什么都照顾到的神的指导下，只做那种相互有益，共同有用，或全体有利的工作。

马克思已经剖析得如此明明白白，我真恨相见太晚，同时奇怪后人还要不厌其烦地连篇累牍地写出那么多文章来揭露资产阶级理性王国的虚伪性。这些文章加起来可以塞满一个庞大的书库，却抵不上马克思这段不足三百字的文字。并且，一九五七年对我进行的批判，竟也没有一个人使用这段文字来把我从所谓人道主义文学的睡梦中唤醒。我有点愤慨了，我愤慨的不是他们对我的批判，而是对我没有作像样的批判，把批判变成了一场大喊大叫的可笑的闹剧，从而使我莫名其妙，也只好变得可笑地玩世不恭起来。

那最后一段话，更使我在这荒村的小土房里一个人忍俊不禁。马克思是那么妙不可言地用几笔就勾画出资本家与工资劳动者的关系：

离开简单流通或商品交换的领域……剧中人的形象似乎就有

些改变了。原来的货币所有者，现今变成了资本家，他昂首走在前面；劳动力的所有者，就变成他们的劳动者，跟在他后头。一个是笑眯眯，雄赳赳，专心于事业；另一个却是畏缩不前，好像是把自己的皮运到市场去，没有什么期待，只期待着剥似的。

在睡下以后，这一幅生动的画面还在我脑海中萦绕，不过它变成了这副样子：走在前面的，是我的伯父、父亲，和他们崇拜的"专心于事业"的摩根们；跟在他们后面的，是一大群他们所雇佣的工人。但这幅画一瞬间又变成了另一副样子：现在，工人走在前面了，"笑眯眯，雄赳赳，专心于事业"，而原来走在前面的却跟在后面，"畏缩不前，好像是把自己的皮运到市场去，没有什么期待，只期待着剥似的"。而我呢，一个穿着烂棉袄、蓬头垢面的乞丐似的人物，既无法和走在前面的工人一样"笑眯眯，雄赳赳，专心于事业"；也没有什么再可"剥"的了，所以只得踟蹰在二者之间，进退不得……

二十八

经历了强烈的激动之后，我睡得特别香甜。第二天早晨醒来，我神清气爽，好像服了一剂什么兴奋剂一样。并且，在这样一群人中间，我突然有了一种带有优越感的宽容精神。

大家打完饭回来，"营业部主任"因为炊事员给他的稗子面馍馍缺了一个角，情绪很不好，组里的人都在各自的铺位上埋头吃饭的时候，他趴在炉子旁边，一边翻来覆去地观察他的馍馍，一边骂炊事员。又说，以后要早点熄灯睡觉，不然影响别人休息。他嘟哝着："那损失的精神头儿，半个稗子面馍馍都补不过来……"人们抬头看看我，我知道这是不点名地批评我了。这里的人就是这样，哪怕你深更半夜跑出去放火他都不管，可你别妨碍他的利益。

他的批评并没惹恼我。今天我虽然也在这间土屋里，也坐在一堆干草上，也和大家一样吃着土黄色的稗子面馍馍，然而我仿佛觉得，有一种深奥的、超脱这种尘世的思想，使我的心从我借以寄托的躯体中游离了出来。好像外界对我施加的侮辱、嘲笑、蔑视，只不过是针对我的躯体的，与"我"无关。

去马号等车把式套车的时候，听大车组长向谢队长报告说，海喜喜请了几天假，"逛城里去了"。谢队长沉着脸，薄薄的嘴唇在浓密的胡楂里撇了撇，对大车组长的报告不置可否。海喜喜的大车停在那里，他的几匹牲口有滋有味地在槽头嚼着干草。有个车把式想让自己的牲口歇歇，去牵海喜喜的牲口来套车。谢队长瞪着眼睛喊道："你驴日的干啥？干啥？照拴上！也该让它缓缓了。"汉语语音里的"他""它"不分，我想，可能是谢队长也认为海喜喜该"缓缓"了吧。海喜喜走了，"逛城里去了"，他为什么会突然想去"逛"呢？原来，他不是每天晚上都到马缨花家去"逛"的么？我蓦地有点怅惘。不论是什么形式的爱情，是什么样人的爱情，得到爱情和失去爱情，全是人的命运，都不能漠然置之。海喜喜这个有独特性格的人，归根到底不由得引起我的关心和同情。我隐隐地感觉到，即使他和我现在处于这样一个对立的状态，我还是不能摆脱他对我的吸引力。

可是，在马缨花看来，世界上的事却要简单得多。

下午，我们大车回来，她还是等在马号的肥堆前面，做手势叫我去。我的近视眼只看见她带着笑脸，但看不清那究竟是嘲笑、讪笑、顽皮的笑还是善意的笑。

我阅世不深，年纪又轻，总是根据自己所读的书本来推测别人，想象爱情。我以为，经过那天我失礼的举动以后，我们再在一起，一定会非常尴尬。吃完晚饭，我又看了一会儿书，但已开始心不在焉：去，还是不去？我一直犹豫到天黑沉沉了以后，才到她家去。

今夜没有月亮，走出房门就投入深不见底的黑暗，寒气藏在暗夜之中，砭人肌骨。然而天上却星光璀璨。这是冬夜的特色：天上亮，脚下黑，仿佛寒气把光也阻隔了似的。

我缩着脖子，心里有一丝不快，好像要去挨打的样子。

她仍像往常一样，在炕头上坐着补衣服——她有补不完的衣服。后来我才知道，她是帮着娃娃多的妇女补她们男人的衣服——见我进来，轻盈地跳下炕，掸掸衣裳，笑着问：

"你'怎——么'昨夜黑不来？"

奇怪！她一句戏谑的话，就把我内心的一切矛盾、犹豫、惶惑吹得烟消云散。看着她轻松的尤其是在学我说"么"字时如荷叶边噘起的嘴唇，我不禁啼笑皆非。我可以向她道歉，我可以向她忏悔，我可以向她袒露心曲，但一看到她毫不在乎的模样，我又觉得一切都是不必要的。我开始轻松下来。

"你不是要我好好念书吗？"我说，"我就在屋里念书哪！"

"傻——瓜——瓜！你要念书，不会在这垯儿念？"她亲昵地在我脸上拧了一下，"我昨夜黑趴在你们门缝里看你来着。"她哧哧地笑着，两手合十，往下一蹲，"就跟一个菩萨一样！"

我脸红起来。她亲昵的动作，热情的语气，似乎又将引起我内心汹涌的浪潮。但她整个的神态，又毫无挑逗意味，而是孩子般的无忌的天真。于是转念一想，我为自己的心思而羞愧得更加脸红了。我过去接受的教育，读的书，总是指导我把人分成各种类型，即使是纯客观的心理学，对人也有所谓黏液质、胆汁质、多血质等等之分；至于文艺作品，那更不用说了，那里面有形形色色的人：稳重的、轻狂的、放荡的、严肃的……现在我才明白，人，除了马克思指出的按经济地位来划分成为阶级的人之外，世界上没有绝对的关于人的类型的概念。比如她吧，她就是她，一个活生生的人！一会儿稳重，一会儿轻狂，一会儿开怀大笑，一会儿又严肃认真——而上次的严肃认真，差点使我羞愧得自尽。理解人和理解事物好像不同，不能用理性去分析，只能用感情去感觉。我从这里，开始理解马克思在《初版序》中说的："我绝非要用玫瑰的颜色来描写资本家和地主的姿态。这里被考察的一切人，都不过是经济范畴的人格化，是一定的阶级关系和利益的负担者。"在同一个经济范畴，同一个阶级之中的每一个具体的人，都是活生生的人，都可以用"玫瑰的颜色来描写"；而作为一个经济范畴，作为"一定阶级关系和利益的负担者"，那就是一个事物了，那就要用理性去分析。这里，就是文学和经济学的不同点。

这个念头只是一霎间产生出来的。这种联想好像很可笑，但我自己认为我仿佛从生活中获得了某种"通知"。于是，我不仅轻松，而且有点兴奋了。

我吃着杂和饭。她从炕里边拉出一条崭新的棉绒毯，跟我说，今天，她托去镇南堡的人买来这条毯子，七块多钱，准备给我做条绒裤，剩下的，还可以给尔舍做一套绒裤褂。她拍拍毯子，扬扬得意地说："咱们也跟城里人一样了，要穿绒衣裳！"她絮絮叨叨地跟我讲，他们那个地方的人，只穿毛褐衣。这是用极为原始的方法，在骨制的捻锤上把生羊毛一点点地捻成毛线，再织成的毛衣。她给我看了她的一件这种毛褐衣，灰白色的，没有线条，像一个毛口袋。没有经过熟制的生羊毛，会穿透衬衫扎到皮肤上去的。我想象一根根粗糙的生羊毛扎着她细嫩的皮肤，又不禁脸红了。同时，还有一种近乎悲哀的同情从心底涌出来：她把绒衣都当作城里人穿的奢侈品，毛线衣就更不必说了。恐怕她活了二十多年也没有见过一件真正的毛线衣，而她又是这样一个美丽的、善良的女人！我儿时的生活，她是不能够想象的。也许正因为这点，她才在开始时对我产生了同情和怜悯吧。她不可能和我一样，看到一个历史的因果关系。

她抖开棉绒毯。我看到，这就是镇南堡那个小商店的货架上堆着的那种带红条的灰色绒毯。她用拇指和中指拃量着，嘴唇翕动着，在无声地计算。灯光照着她如鸟翼一般扇动着的睫毛，以及她明亮的、凝神于内心计算的眼睛。由于这对眼睛，她整个面庞散射着一种迷人的、令人心旷神怡的光辉。而她又是一个连毛衣也没穿过、把绒衣也当作奢侈品的女人！在我拘于过去的习惯和见识的狭隘心里，怎么也无法把我观念中的美和她这个现实中的美调和起来，就像无法把一株桃金娘移植到这干旱寒冷的沙漠边缘里来一样。

吃完饭，我想起了海喜喜，我说："我听说，海喜喜请假了，到城里逛去了。"

"谁希待他！"她还在计算着，头也不抬，"他爱上哪垯儿逛就上哪垯儿逛去！"

一切都是这样的简单！我暗暗地想，这两天我的自我折磨好像都是多余的。她对人和生活显然有另一种虽然粗糙却是非常现实的态度。旷野的风要往这儿刮，那儿刮，你能命令风四面八方全刮一点吗？

知识分子对人和生活的那种虽然纤细却是柔弱的与不切实际的态度，是无法适应如狂飙般的历史进程的。在以后的一生中，我都常常抱着感激的心情，来回忆她在潜移默化间灌输给我的如旷野的风的气质。

二十九

此后，我每晚吃完伙房打来的饭，就夹着《资本论》到她那里去读——"营业部主任"总该满意了吧。她把油灯从墙上取下来，放在土台子的罐头筒上。"高灯远照。"她说。房里果然显得明亮了许多。尔舍是个很乖的女孩子，除了有时缠着她，要她唱个歌，一点也不吵闹。她从没有问过我看的是本什么书，为什么要念书，也没有跟我说那天晚上从我手臂中挣脱出来时，劝我"好好地念你的书吧"的道理。她似乎只觉得念书是好事，是男人应该做的事，是一种高尚的行为，但脑子里却没有什么目的性。这方面，和那哲学讲师给我的教导就不完全相同了。

"我爷爷也是念书人。"她说，"我记性里，我小时候老见他念书，跟你一样，这么捧着，也是这么老厚老厚的一本。"过了一会儿，她又说，"喜喜子这个没起色的货，放着书不念，倒喜欢满世里乱跑。我就不希待他！……"

这里，我仿佛窥见到她不"希待"海喜喜而"希待"我的秘密。从她比画她爷爷念的书本的版式，我猜测是一部宗教经典。可是在她的思想里，却没有一点宗教的观念。一个乐观的、开朗的、活泼的、热情的人被生活磨炼了以后，就不会对生活本身再有什么神秘的看法了。

在灯光下，我抱着头读书。她和尔舍唧唧哝哝地在炕上说话。灯光把我头颅的影子投射到她们身上。尔舍好像也受到一种庄重的气氛的感染，嬉笑的声音也是悄悄的。我有时停下来，谛听着她们的笑声，完全能体味到她们给我的亲切的温暖。这间奇妙的小屋，几乎盛不下我们之间的绵绵的温情。它常常使我联想到航行在静静的海面上的一条精致的小船，联想到一个童话。

尔舍睡觉以后，她就跪在炕上剪裁我那条"跟城里人一样"的绒裤。剪子沙沙地在绒毯上剪着。那沙沙声也是奇妙的、轻柔的，像一阵阵温暖的细雨飘洒在绿色的灌木丛里。她缝纫的时候，也不跟我说话。我偶尔侧过头去，她会抬起美丽的眼睛给我一个会意的、娇媚的微笑。那容光焕发的脸，表明了她在这种气氛里得到了一种精神上的享受；她享受着一个女人的权利。后来，我才渐渐感觉到，她把有一个男人在她旁边正正经经地念书，当作由童年时的印象形成的一个憧憬，一个美丽的梦，也是中国妇女的一个古老的传统的幻想。

一天工夫，绒裤就缝好了。这条灰色的棉绒毯，两头有三条红道。现在，那一头的三条红道正横在我两条大腿上。穿着这种"跟城里人一样"的绒裤，活像马戏团里的小丑。尔舍见了我这副模样，拍着小手笑起来：

"布娃娃！布娃娃！……"

"不许这么叫！叫'爸爸'！"她在尔舍头上轻轻地拍了一下，又蹲下去，给我抻展裤腿，捋平针脚。我看不见她的脸。她这一句使我怦然心动的话，在她匆匆忙忙的动作中，像一阵轻风，嗖地就飘忽过去了，我捉摸不定她的含义。

"好，好！正合适！"随后她站起来，捂着嘴笑着说，"我还给你缝了顶帽子哩！"

她告诉我，这是她照着跟我睡在一起的老汉——老会计的帽子，用剩下的棉绒毯缝的。我一看，原来是一项上海人冬天戴的那种"罗宋帽"。帽顶上，还剪下一块红道团成球，裁了一个大红缨子。

"也难为你想得出来。"我笑着戴在头上，"我小时候就戴这种帽子上学的。"

晚上，我就穿着这条"布娃娃"式的绒裤——她把我的棉裤拆洗了，戴着她手缝的"罗宋帽"，开始读《第三篇绝对剩余价值的生产》。我从头到脚都是暖和的，肚子也很饱。我依稀记起恩格斯这样说过，人们首先必须吃、喝、住、穿，然后才能从事政治、科学、艺术、宗教等等；马克思就是从这一简单的事实发现了历史的发展规律的。这话的确在宏观和微观上都具有不可颠扑的真理性。现在，我真正地感觉到有一种渴求探索奥秘的精神力量，在我脑海里跃跃欲试了。当我读到马克思这段话时，我更无比地兴奋起来，因为我此刻的精神状态，使我的思想如闪电一般快地从这段似乎与我的现实无关的话中，理解了我应该怎样来看待目前的生活以及怎么确立今后的生活目标。

马克思是这样说的：

> 人以一种自然力的资格，与自然物质相对立。他因为要在一种对于他自己的生活有用的形态上占有自然物质，才推动各种属于人身体的自然力，推动臂膀和腿，头和手。但当他由这种运动，加作用于他以外的自然，并且变化它时，他也就变化了他自己的自然。他会展开各种睡眠在他本性内的潜能，使它们的力的作用，受他自己统制。

那么，所谓人的改造，首先倒是这个人要改造自然，改造他的外在存在；人的改造不过是在人对自然与社会环境的改造过程中，自然与社会环境对于人的反作用。人只有在改造自然与社会环境的同时，自身才能受到改造；人不发出对外界的行动，不先改造自然和社会环境，自身便不能受到改造。过去的四年多里，因为我在不断地改造着自然，所以我也在被改造着。但那是不自觉的，甚至可以说是荒唐的改造；强制着我用原始的、粗蛮的方法来改造自然，因而我也几乎被改造成原始的、粗蛮的人。只有自觉地、用合乎规律的方法来改造自然和社会环境，自身的改造才能达到具有自觉的目的性。要自觉，要能够使用合乎规律的方法，只有通过学习，"和人类的智慧联系起来"。一个人改造得完美的程度，就取决于他对自然与社会环境改造的深度与广度。从这里，我联想到浮士德"智慧的最后结论"：

> 要每天每日去开拓生活和自由，
> 然后才能够作自由与生活的享受。

这样，我大可不必为自己的命运悲叹了，不必感叹"我怎么会落到这步田地"了。因为生活中的痛苦和欢乐，竟然到处可以随时转换。我记得但丁说过："一件事物愈是完整，它所感到的欢乐和痛苦也愈多。"如果具有自觉性，人越是在艰苦的环境，释放出来的能力也越大。我的经验已经证明，人的潜力是惊人的，只有死才是它的极限。遗憾的是，在我没有自觉性的时候，释放出来的只是一种求生的本能。而一旦具有了自觉性，我相信，当人为了应付各种各样艰苦的条件，"展开各种睡眠在他本性内的潜能"时，他就会发展了自己，"超越自己"！欢乐也从此而来，自己的人生也就"完整"了！

我的神思飞快地运转着。我还不能明确地说出我在这一刹那间的想法，但思想上像电击一般感受到了一道灵光。我相信"顿悟"说有一定的科学道理。它指的是思维过程中由量变到质变的飞跃。我因为感受到了这道灵光而战栗起来。我的眼眶里又充溢着泪水。我几乎要像浮士德临终认识到"智慧的最后结论"时一样喊道：

你真美呀，请停留一下！

这时，她悄悄地走过来，伏在我背后，一只手放在我头上，目光越过我的肩膀，仿佛要探究一下是什么神奇的文字使我如此激动。可是，我不愿意她从书本上意识到我与她之间有一种她很难拉齐的差距。不知怎么，我觉得那会破坏她，也会破坏我此时这种令人微醉的快感。我蓦地感觉到我这时正处在一个一生中难得的如幻觉般奇妙的境界：经济学概念和人生，理性与感性，智慧的结晶和激情的冲动，严酷的现实和超时空的梦境，赤贫的生活和华丽的想象，一连串抽象的范畴和一个活生生的美丽的女友……统统搅和在一起，因而一切都变得模模糊糊，朦胧不清，闪烁不定，飘忽无形。但一切又都是实实在在的，如同一块流水下的卵石，一轮游云中的圆月，一座晨雾里的小桥。

我把她的手从我头上慢慢拿下来。她的手刚在碱水里浸过，手掌通红，茧子发白，与其说劳动使她的手变得粗糙，不如说是厚实、有力、温暖而有光泽。掌中的纹路清晰简单，和她的人一样展示了一种乐观主义者的明朗。我一一地谛视她的指纹，果然，她的中指是一个"罗"！我心头一颤，理性的激情即刻化成了一股爱的柔情，脑海里蓦然响起了拜伦这样的诗句：

> 我要凭那松开的鬈发，
> 每阵爱琴海的风都追逐它，
> 我要凭那长睫毛的眼睛，
> 睫毛直吻着你桃红的面颊，
> 我要凭那野鹿似的眼睛誓语，

你是我的生命，我爱你。

这种柔情是超脱了骚动不宁的情欲的。像喧闹奔腾的溪流汇入了大河，我超越了自己一步，胸中就有更大的容积来盛青春的情欲。这时的爱情是平静的，然而更为深刻，宛如河湾中的回流。我怀着轻柔如水、飘忽如梦的欢悦之情，把她的手贴在我的嘴唇上。我一一地轻吻着她的拇指、食指、中指、无名指和小指尖。然后，握着她的手捂住我的脸。当我把她的手放开时，一颗泪珠也滚落下来。我心中充溢着一种静默的感动：为她感动，为爱情感动，为"超越"了的"自己"感动。我情不自禁地说：

"亲爱的，我爱你！"

她一直立在我的身后，丰腴的、富有弹性的腹部靠在我的背脊上。她的手始终温情脉脉地、顺从地让我把握着，另一只手不停地抚摩着我的肩膀。在我吻她指尖的时候，她两手的手指都突然变得怯生生的、迟迟疑疑的、小心翼翼的。那种颤抖，既表现了惊愕不已，又不胜娇羞。我感觉到她同样也以一种静默的然而又觉得十分陌生的心情，在享受爱情的幸福。我说了那句话后，她忽然抽出了她的手，整个上身扑在我的肩膀上，脸贴着我的脸，不胜惊喜地问：

"你刚才叫我啥？"

"叫你……叫你'亲爱的'呀。"

"不，不好听！"她搂着我的头，嘻嘻地痴笑着。

"那叫你什么呢？"我诧异地问。

"你要叫我'肉肉'！"她用手指戳着我的太阳穴教导我。

我想起了海喜喜唱的民歌，不禁微笑了。

"那你叫我什么呢？"我用戏谑的口吻又问道。

"我叫你'狗狗'！"

"狗狗"这个表示疼爱的称谓，虽然也令我叹服，使我叫绝，但立刻也使我感到与我一贯所向往的那种"优雅的柔情"迥然相异。我既然已经成为正常人，既然已经续接上了过去的回忆，她这种爱情的方式和爱情的语言，就隐隐地令我觉得别扭，觉得可笑。我虽然不愿意她发现我与她之间，有着她不可能拉齐的差距，但我却开始清醒地意识到了这种差距。

三十

表面看来，《资本论》里所阐述的一切，都和我目前所处的现实毫不相关。马克思开宗明义就说，资本主义生产方式，表现为"一个惊人庞大的商品堆积"，而在这个沙漠的边缘，却是惊人的商品匮乏，连一条绒裤都买不到。在书本上，货币的形式已发展到了世界货币，"还原为贵金属原来的条块形态"，而在此时此地，土豆和黄萝卜，黄萝卜和浪琴表还做着以物易物的交换，货币作为价值记号是极不可靠的……但是，恰恰因为如此，我便无法把它当作教条来看待。我越往下读，越感到马克思的书在训练着我一种思想方法，一种世界观的方法。我可以把"商品""货币""资本"等等概念都当作 x 、 y 、 z 等代数字母，随着马克思对各个概念的分析和运用，我脑子里自然而然地会形成一种思维的方程式，一种思想的格局。这种思维的方程式或思想的格局，可以套用在对任何外在事物的分析上。把握这种世界观的方法并不困难。这里需要的是信仰，就是坚定不移地相信这种世界观的方法是符合事物发展规律的。

同时，《资本论》里所有的概念对我来说并不陌生。我出生在一个资产阶级家庭，在交易所经纪人和工厂资本家的抚养下长大，现在倒有助于我理解马克思的理论。有许多概念，我甚至还有感性知识，比如使用价值与交换价值的区别，金银相对价值的变动，货币流通以及商品的形态变化，货币之作为流通手段、贮藏、支付手段、世界货币的各种机能等等，这都是我在儿时，常听我那些崇拜摩根的父辈们说过的。我记得，我第一次知道有《资本论》这部书，还是我在十岁的时候，在那间绿色的客厅里，偶尔听四川大学的一位老教授向我父亲介绍的。他说，要办好工厂，会当资本家，非读《资本论》不行。可见，只要是客观真理，它对任何人都有用。正如肯尼迪会研究"毛泽东的游击战术"一样——这是不久前我从一个去镇南堡买盐的农工那里知道的。那包盐的包装纸是《参考消息》，而在报头上赫然地印着"注意保存"的字样。

这样，马克思的书在我眼里就没有一点枯燥的晦涩的地方，我读着它，种种抽象的概念都会还原为具体的形象，每一页书都是鲜明而生动的世界的一个片段。每天晚上我都在马缨花家里如饥似渴地汲取着这种精神的享受。然而，随着我"超越自己"，我也就超越了我现在生存的这个几乎是蛮荒的沙漠边缘。有时，在我眼睛看累了的时候——在昏暗的油灯下看书，眼睛是容易疲乏的，我常常抬起头来看着她。我渐渐地觉得她变得陌生起来。她虽然美丽、善良、纯真，但终究还是一个未脱粗俗的女人。她坐在炕上，也带着惊异的、调皮的、笑意的眼光看着我。那笑意在眼角和嘴角的细纹中荡漾，似乎马上会泛滥成一场大笑。这说明我的目光和表情这时一定是很可笑的。但是，我知道她根本不会看出此刻我对她的心理状态。这种心理状态连我自己都有点害怕。既然她还是一个未脱粗俗的女人，既然我又恢复了过去的记忆，而成为一个"知识分子"，可是我现在又还受着她的恩惠，那么，我和她，目前是一种什么关系呢？

每一个人都只能从回忆中，搜罗出来种种经验和知识，与眼前的事物相比较，相对照，从比较和对照中认识眼前的事物。她，当然不能说是芳汀、玛格丽特、艾丝梅哈尔达这类我所熟悉的沦落风尘的女子的艺术形象，但是，那"美国饭店"一词总使我耿耿于怀，总使我联想到杜牧、柳永一类仕途失意而寄迹青楼的"风流韵事"。在她把热腾腾的杂和饭端到土台子上，放在我的书旁边的时候，在她对着尔舍轻轻地唱那虽然粗犷却十分动听的"花儿"的时候，我会很自然地联想到称道"维扬自古多佳丽"的无聊文人所写的诗，什么"红袖添香夜读书"，"小红低唱我吹箫"之类的意境。

我开始"超越自己"了，然而对她的感情也开始变化了。这时，如歌德在《浮士德》里说的："两个灵魂，唉！寓于我的胸中。"一方面，我在看马克思的书，它要把我的思想观点转化到劳动者那方面去；一方面，过去的经历和知识总使我感到劳动者和我有差距，我在精神境界上要比他们优越，属于一个较高的层次。

三十一

我们没有日历牌——这个队家家都没有日历牌。据说原来队部办公室有一份，但在我们没有来时就被偷跑了。后来想买也买不到，因为日历牌是六月份丢的——六月里，哪家商店还有日历卖呢？谢队长跟我们说："那驴日的会偷，把一百八十天光阴都偷跑了。再没比他更厉害的贼娃子了！"大家估计，那个贼娃子也不是为了看日子，而是偷去卷烟抽了。谢队长办事，会计记账，就靠三两天到队上来一趟的场部通信员"捎日子"。有时，谁要上场部办事，去镇南堡买东西，或是走别的队串亲戚，谢队长碰见了就会朝他喊："喂，把日子捎来呀！""捎日子"，成了每个外出农工的义务：看看今天阳历是几月几号，阴历是几月几号，是什么"节气"，离重大节日还有多少天。星期几是不用看的，我们从来没有在星期天休息过；发工资的第二天准休息。因为没有星期的概念，所以去镇南堡办事的人经常白跑——人家可是按星期休息的。

去年没有日历牌，过了元旦仍然没有日历牌。大概不照日历过日子已经习惯了，瘸子保管员年前去城里采购工具和办公用品，独独忘了买这样东西。谢队长骂他："你驴日的怕见老哩，总想过去年的皇历是不是？你他妈买本皇历来，也能挑个你娶媳妇的好日子哪！"骂得他脸一红一白的。他老婆死了好几年，至今没有续上弦，人却快四十岁了。

这样也好，日子不知不觉地就过去了。直到有人"捎日子"来，我们才惊喜地发现："哟！又要过春节了。"

其实，春节和元旦一样，在这困难的年代里，农场并没有什么特殊供应。但人们体内那只生物钟，总使人到这时候就不由自主地兴奋起来，农工们脸上都洋溢着节日的喜气。并且，农村人看重春节，每个队私下里都有所表示。能给农工们多少东西，那要看这个队有什么可以拿出来的和这个队领导的为人了。这几天干活的时候，男女农工们议论的话题就是羊圈要宰几只羊，一家能分多少肉，下水轮着谁家了。因为羊下水没办法按斤论两地分，只好当作额外供应，三家给一副羊下水——包括肠、肚、心、肝、肺和头、蹄，让他们拿回家去自己分。但一次一次宰羊的间隔时间太长，谁也记不准确这次轮到谁家了，额外供应又无账可查。于是，一场比联合国大会的辩论还要激烈、还要复杂、还要冗长的辩论就在马号、羊圈、田头上展开了。不过，气氛还是活泼愉快的。

羊肉也好，羊下水也好，是没有我们单身职工的份的。如有，也要由伙房的炊事员做熟了给我们分，顶多有指头大的三两块肉。所以我们对此漠不关心。况且，组里大部分人的户口、工作、粮食关系都有了着落：中尉已经和我们告别了，这时候大概正在自己家里准备过节哩；"营业部主任"家在省城，那边郊区农场的准迁证前些日子就开出来了，只等着这个农场批准，他早宣称要回家去过春节的。

还有三天就是春节。下午，阴霾的天空下起了小雪。冰凉的雪花飘进我们的脖领里，落在我们的铁锹把上。一会儿，锹把湿漉漉的，握着它的棉手套也浸透了。谢队长习惯地抬头看看天，无可奈何地骂了声"驴日的"，喊叫道："收工吧！"今天我们在田里铲土盖肥，工地离村子比较远，谢队长一声令下，都拔起腿往家里跑。

雪越下越大。我不紧不慢地走着。土路上转眼就均匀地铺上了一层干燥的雪花；鸟雀们费力地扇动着淋湿的翅膀，急急忙忙投进落光了叶的小树林里，然后用喙慢条斯理地梳理着羽毛，一边梳理，一边也和谢队长似的，抬起小脑袋无可奈何地看看阴沉沉的天。

西北的雪落地也不化，即使落在手背上，也能看到它从云端上带来的那种只有天工才会绣出的花纹。它在手背上化成水，也顽强地保持着花纹的图形。

乌云冻结住了，天却更亮了。天地之间漾着黄昏的回光。地平线大大地开阔了。在遥远的天幕下，火车的青烟在纷纷扬扬的雪片中黑得耀眼夺目。它在天边逶迤着，像是一支神奇的画笔在地平线上加了一条平行线，会把人的情思引到虚渺的远方。

我回到村子，马号前面已经没有人了，马缨花当然也早跑回家去了。整个村子沉寂在深邃的严冬当中。我们的土房里非常暖和，没有出工的报社编辑把炉子捅得通红，火苗乱蹿。还有一件高兴的事：在伙房

· 330 ·

吃饭的单身职工受到破格优待，年前每人就发了半斤真正的小麦面。炊事员剁了一些黄萝卜，调了葱和盐，给我们包了一顿饺子！

大家快分别了，即将天南海北，各奔前程，今生恐怕是再难得见面了。所以这几天组里的人都很和气，老会计特别照顾我，把我的一份饺子打了回来，放在炉子旁边热着。

大家吃着饺子，欢欢喜喜地谈论着回到家第一件事干什么。"营业部主任"最大的愿望是"美美地吃一顿羊肉揪面片"；老会计计算回到上海，大约要在正月十五了，那是吃元宵——上海人叫"汤团"——的时候；报社编辑的家在兰州，亲戚已经给他在一家街道工厂联系好了工作，现在正兴高采烈地给我们介绍兰州小吃的风味……

"每逢佳节倍思亲。"我既回不了家——其实也无家可归，去看一趟妈妈也不可能。从省城到北京，慢车的硬席票也要二十多块钱。可是我这里，那条做绒裤的棉绒毯的钱，还没有还给马缨花哩；现在，她手头上又在给我做鞋子。虽然我知道我即使有钱还她，她也不会要，但正因为如此，我就面临着一种抉择：我们这样的关系，往什么方向发展呢？

和马缨花结婚，在农村成立个小家庭，这个念头曾经是那样强烈地诱惑过我，一度在我眼里，还仿佛是我的一个不可企及的目标。可是现在，在我清醒地意识到的差距面前，我已经退缩了。

当然，我还是天天到她家去，几乎把那里当作自己的家。尔舍已经和我很熟了。我也不再说那些只有成人才能听得懂的童话故事，读《资本论》读累了，也逗着她玩一会儿。她白天在寒风黄沙、冰天雪地里玩耍，营养比一般孩子好，所以看起来像个男孩子，而又没有男孩子那种莽撞的调皮劲儿，还保持着女孩子文文静静的天性。她喜欢我拉下"罗宋帽"，光露出一对眼睛来吓唬她。这样，她就咯咯地笑个不停。

但是，马缨花仍一如既往，从来没有明确地表示过要和我或是和其他人结婚的意愿。后来，尔舍又一次笑着叫我"布娃娃"，她还像上次一样骂尔舍，叫她喊我"爸爸"。我注意看了一下，她脸上并没有什么意味深长的表情，仍是带着她那特有的、开朗的、佯怒的微笑。她是有意识地用微妙的方式来调情？还是遵循着一种什么粗鄙的乡俗？抑或是她本性就是爱自由的鸟儿？我搞不清楚。有时，她对我的感情使我很困惑。

在深夜，我从睡梦中醒来的时候，她和我的关系，常是我考虑的内容。当我意识到我已经成了正常人，已经开始"超越自己"，我就不能再继续作为一个被怜悯者、被施恩者的角色来生活。我可以住在这间简陋不堪的土屋里，我可以睡在这一堆干草上，我可以耐着性子听老会计磨牙……我觉得这些我都可以忍受。因为我一旦"和人类的智慧联系起来"，从马克思的书中得到了"顿悟"，我生命中就仿佛孕育出了一个新的生命。这个生命顽强地要去追求一个愿望。愿望还不太明确，因为任何人，包括马克思，也没有把共产主义社会描绘得很具体周详。这个愿望还只是要去追求光辉的那种愿望，要追求充实的生活以至去受更大的苦难的愿望。

可是，我在她的施恩下生活，我却不能忍受了，我开始觉得这是我的耻辱，我甚至隐隐地觉得她的施舍玷污了我为了一个光辉的愿望而受的苦行。于是，事情就到了这一步：不是断绝我和她这样的交往，就是结合成为夫妻。

但是，我能娶她作为妻子吗？我爱她不爱她？在万籁俱寂的深夜，我冷静地分析着自己的情感，在那轻柔似水、飘忽如梦的柔情下，原来不过是一种感恩，一种感激之情。我对她的爱情，其实只是我过去读过的爱情小说，或艺术作品中关于爱情的描写的反光。我感到她完全不习惯我那表达爱情的方式，从而我也认为她不可能理解我的爱情，不可能理解我。我和她在文化素养上的差距是不可能弥补的……总而言之，尽管我心里也暗自感到不安，但我仍然觉得：她和我两人是不相配的！

不过，吃完了饺子，我还是到马缨花家去了。

天昏暗下来了。雪花比下午时分更加稠密。在灰糊糊的天空、灰糊糊的田野、灰糊糊的村庄上，到处飞着洁白、闪亮的雪花。雪花不像雨点，它不是直落向下的，而是像小虫虫一样，上下左右地乱飞，弄得我更加心烦意乱。

她家门大开着。她站在门口围头巾，好像要出门；尔舍也穿得厚厚的，手里拿着一块饼子，呆呆地站在旁边等她。她见了我，笑着往门边让了让，示意我进去。我进了门，一眼就看见那土台子上放着一大盘生饺子，绝不是我们三个人能吃得完的！我认识那盘子，它经常放在我们伙房的案板上。

我心里本来就思虑重重，现在更增添了一丝不知是冲着谁的愤懑。我阴沉着脸问："这饺子是哪儿来的？"

"哪垯儿来的？人家给的呀。"她匆匆地系着头巾，漫不经心地回答。

"谁？是谁给的？"我在土坯凳子上坐下来，一手把那盘饺子推得远远的。

"谁？谁爱给我谁就给。"她的眼睛在头巾下斜睨着我，鼻翼翕动着，满不在乎地笑道。

"好吧。"我冷冷地一笑，"我可不吃！"话一出口，我就觉得我的火气很可笑。我怎么能干预她的生活方式呢？我究竟是她的什么人？什么也不是！同时，我心里也在暗暗地说："完了！我们只能到此为止了！”

“好好好！不吃不吃，咱们拿它喂狗去！”她用哄孩子的语气嘻嘻地笑道。在她的脑子里，好像从来就没有什么严重的、大不了的事情。有许多次，我的思虑、顾忌、犹豫，都在她这种嘻嘻哈哈的神态面前冰释了。我拿她毫无办法。

“嘿，好事来了！”她又向我眨眨眼睛，嬉笑着说，“队上要宰羊，宰十只哩！白天宰怕人去接羊血，那羊圈就该挤破啦；场部知道了也要找谢胡子的不是。谢胡子叫连夜宰，接下的羊血给伙房——便宜了你们！瘸子叫我帮忙去哩。你看这还不是好事？你等着，回来我给你煮羊头羊杂碎吃……饭在锅里哩，你先吃点饭。十只老乏羊，又要宰，又要剥，又要剁开，一家一家地分成份儿，我怕是要干到天亮才回来，尔舍我带到羊圈去睡，那垯儿也有热炕。”

我呆呆地坐着。那盘饺子肯定是瘸子保管员从我们嘴上刮下来送给她的了！“美国饭店哟！美国饭店哟！……”我心里愤愤地反复这样念叨。尽管我知道马缨花在剥羊、做饭上都是一把快手，队上有这类事，总是派她去，但我仍然怀疑她和保管员有某种“交易”，不然为什么会把这种“好事”给她？“真是个不可救药的风尘女子啊！”我心里又念叨了一句。

“那你干活去吧，”我站起来，不悦地说，“我回组里去了。”

“你这是干啥？”她睁着美丽的大眼睛，不解地问，“你先吃点饭，念会儿书。等不及我了，就回去睡。走时候把门锁上……我的傻狗狗哟！”

她噘起下嘴唇，用疼爱而又带几分揶揄的神情在我脸上拧了一下，旋即一把把我搡到炕上，抱起尔舍跨出房门，像一阵风似的跑了。

三十二

我坐在炕上发愣。炕墙上，富翁阿尔狄诺夫向漂亮的安娜飞着愚蠢的媚眼，可是那模样却仿佛在嘲笑我。房里十分冷清，甚至可以说是一种凄凉。马缨花母女俩都不在，我才感到她们已成了我生活中不可缺少的一部分；没有她们在这里，这房子顿时就失去了温暖。我究竟该怎么办呢？……唉，她又是这样一种女人……我茫无头绪地思忖了一会儿，无精打采地站起来，点燃灯，掀开锅盖，笼屉上果然放着一盆杂和饭，还冒着热气。我快快地吃完饭，翻开书本。这时，羊圈方向传来了咩咩的羊叫声，大概他们开始宰羊了。

当我读到第900页，马克思摘引贺拉斯的一句诗"辛酸的命运，使罗马人漂浪着"的时候，门陡然像被一股狂风刮开了似的，"砰"的一声大敞开了。油灯光倏地一闪，进来了一条大汉。

来的人竟是海喜喜！

我大吃一惊，本能地猛地站起来，摆出一副迎战的姿态，不出声地盯着他。

"我知道马缨花去羊圈了。我以为你在家哩，我去家找过你。"海喜喜和谢队长一样，脑子里没有"宿舍"的概念，谁睡在哪儿，哪儿就是谁的"家"，"小章，我找你有点事。这事儿只能跟你说。"

他异常温和的语气使我镇定下来。他的神情没有一丝敌意。他好久没有到马缨花家来过了，像我头一次到这间土房里来时一样，四处看了看。在昏暗的灯光下，我也能发现他眼睛里有股怅惘的神色。

"那就坐下来说吧。"我像主人似的，指了指炕。

"到我家去吧。我屋门没锁，屋里还有东西。"他没向我解释前嫌，也没跟我说什么"你别怕"之类的话，好像我们一直是朋友一样，可正是这种不记宿怨的男子汉作风得到了我的信任。

"好吧。"我夹上书本，"咱们走。"

海喜喜和我打完架，去省城逛了好几天，元旦过后才回来。回到队上，和从前一样埋头赶车，神情蔫蔫的，一句话也不说。在路上碰见我或是马缨花，眼睛也不抬，仿佛从来不认识似的。而我对他却一直怀着一种歉意，这大概是在情场上的得胜者的普遍心理吧；在马缨花面前，我也不好意思提起海喜喜。马缨花有时倒说起他，但语气则是平淡的，不带感情的。今天，他不找马缨花，却单单要找我说话，会说什么话呢？从他低着头，迈着沉重的步子来看，一定是件很严重的事情。我既紧张又好奇地跟在他后面。

雪一直下着，凛冽的冷空气搅动着白色的雪，在漆黑的暗夜，使人眼花缭乱。我们高一脚低一脚地走到马号，肩膀上和帽子上已落满一层白雪了。

"进来吧。"他推开马号旁边的一个小门。我们一前一后地跨进去。房子很矮，也很小，大约只有六七平方米。房中间还支着一根柱子，柱子上挂着一盏明亮的马灯。

我们两人拍打着帽子和衣裳。他自己先脱掉沾满泥雪的鞋，蹬上炕，盘腿坐下。"上炕，上炕。"他一边招呼我，一边伸手拎过一只在炕炉上吱吱作响的大黑铁壶，冲了两杯茶。茶杯显然是他早准备好的。

"尝尝，这他妈是真正的茶叶，我还放了红糖哩。"

我也跟他一样上了炕，和他面对面地坐下。炕上有一张破旧的但擦得很光洁的红漆炕桌，地下虽然没有一件家具，只堆放着笼头、缰绳、鞭杆、皮条，但收拾得也十分干净。

他不说话，皱着眉头，噘着嘴，在杯子边缘咝咝地吸茶，仿佛全神贯注地要品尝出茶的味道。我也端起杯子喝了一口，当真很甜。一时，土房里非常安静，只听见隔墙咚咚地响着牲口的刨蹄声。他咝咝地吸了半杯茶，才放下杯子。看上去他心情激动，而又竭力自持。他用巴掌抹了抹嘴唇，眼睛瞅着一个角落，说：

"小章，我要走了哩。"

"走？到哪儿去？"他把我当作很知心的朋友，使我不由得要担心他的命运，"为什么要走呢？"

"妈的！这穷窝窝子没待头！"他沮丧地摆摆手，"我有技术，有气力，到哪垯儿挣不了这三十块钱？！跟你说实话，我一来这垯儿就没想待久，只是后来认识了……认识了马缨花……"

他停住了。提起马缨花，我也不便说什么。我红着脸看着他。隔墙的马儿又咚咚地刨起蹄子来。他两手撑在膝盖上，肘子像鹰的瘦削的翅膀似的夯着，目光凝然不动。一个粗豪的、暴躁的人一下子变得如此严肃和深沉，我看了很感动。我心里蓦地起了一个念头：干脆把马缨花让给他吧。他们倒是挺合适的一对！但我又很快地意识到，在这伪善的谦让下面，实际上隐藏着一种卑劣的心地，一种对马缨花感情的背叛，于是我只好默不作声了。

沉默了一会儿，他的痛苦似乎平静了下去。他掉过脸看着我说："我有一麻袋黄豆，有一百多斤，留给你跟马缨花吃去。还有这张炕桌，也是我的，你明天早上来拿。麻袋我照旧塞在那垛干草后面，就是你上次看见的地方。白天别拿，到夜黑去背，小心别让人看见，懂不懂？"

"这，这……"我不知道是接受好，还是不接受好。我理解他的好意，理解他的豪侠气概，理解他男子汉的宽怀大度，但这却使我非常羞愧。我再也不愿做受人恩惠的人了。

"你放心，这不是偷来的。"他误会了我犹豫的原因，说，"我知道你们念书人不吃偷来的东西。你不知道，我跟你实说了吧，我一来这垯儿，就在两边荒地上种了一大片豆子。熊！这垯儿荒地多得很。到秋上，我足足收了三四百斤哩。这事儿谢胡子知道，可他没跟场部说。这熊，还是个好人！所以我服他。"

他们总是把我看得很高尚——"不吃偷来的东西"——只有我自己知道我并不像他们想象的那样。我想起我怎么骗老乡的黄萝卜，怎么去搞伙房的稗子面，怎么去蹭马缨花的白食……我情愿去骗，去蹭，而海喜喜却是凭自己的力气去开荒，这里面存在着多么大的差别啊？我和他，究竟谁高尚呢？我皱着眉头这样想。

"那么，你带走不好么？"我诚心诚意地为他着想。

"我不带！我走到哪垯儿都短不了吃的。不像你们，一个女子，一个念书人……"他又指了指炕角，"你看，我还有这么一大堆铺盖哩。"

我才发现，我们俩现在是坐在光光的炕席上，炕里面的一角，摞着一卷打好的行李，跟一个白木箱子捆在一起。两头扎的是西北人常用的背绳结，弯下腰一背就能走的。

"怎么？"我诧异地问，"你现在就要走么？"

"现时不走啥时辰走？"他鼻孔里嗤笑一声，"你当是我能大天白日里走啊？！我告诉你，我不比你们，你们有户口、粮食关系。你们要走，办好手续就行。我他妈是个盲流，又有点本事，这个穷窝窝子抓还抓不来哩。他们就想着我留下给他们使力气。我大摇大摆走，他们非派人拦我不行，弄不好还要捆我一绳子。去年……现时说是前年的话了，好些个跑的人都挨过他们的绳子……"

"那么，你到哪儿去呢？"

"到哪垯儿去？中国大得很！我跑了不少地界。我告诉你，"他啪啪地拍了两下胸脯，自豪地说，"我喜喜子有技术，有力气，哪个地界都欢迎我。我这先到山根下我姑妈家去，过了年，翻过山就到内蒙了。那个地界也有农场，工资还高哩！这话，你跟谁也别说。"

我点点头："你放心，我不会跟人说的。不过，你老这样下去也不是个长久之计呀。我听谢队长说过，你过去就跑过很多地方……"

他突然又垂下头，目光阴沉而呆滞地盯着炕桌，表现出不愿再听我说下去的模样。我知道，他这样粗犷而自信的人，一旦做出了自己的决定，是没有什么人能劝止他的。

大铁壶吱吱地叫着；牲口在隔壁悲愁地叹着鼻息。我们不说话，小屋里顿时充塞着沉闷的空气。他又端起杯子咝咝地吸茶，一直吮到茶底。然后，他啪地放下杯子。仿佛他刚才喝的不是茶水，而是酒，醉醺醺似的晃了晃脑袋，眨巴眨巴眼睛，用大巴掌抹了抹脸。接着，一种压抑的、苍凉的歌声从他胸腔中徐徐地响了起来：

甘肃嘛凉州的好吃（呀）喝，

为什么嘴脸儿坏了？

嘴脸儿坏了我知（呀）道：

尕妹妹把我害了！

唱完，他使劲地一拍大腿，沉重地叹息一声："唉！女子爱的是年轻人！"

我懂得歌里所唱的"嘴脸儿"是"面子""名誉"的意思，更深一层说，还有男子汉的自尊心。他的表情和歌声，带有一种在命运面前无能为力的悲剧色彩，使我的心紧缩成一团。他本来是可以在这里定居的，成家立业，娶妻生子，然而他现在又要去漂泊了。而他这次去漂泊，却和我有极大关系；我成了他命运中的一个破坏因素。我也沉痛地低着头，好像有一条鞭子在我头上晃悠。

沉默了好大一会儿，他又深深地叹了口气，摆了摆手，像赶蚊子一样想把所有的苦恼都赶走。随后，很快就从那种醉意中清醒过来，振作起精神，拎起大铁壶给两个杯子都续上水，挪了挪屁股，靠近我说：

"喂，小章，你跟我说实话，你念的是啥书？我看那像一本经哩。我告诉你，我趴在她家后窗户上看了好几次，都看见你在念书。实话跟你说，我小时候也念过经。"

马缨花没有问过我的问题，他倒注意到了。我很高兴有这样一个机会使我们都轻松下来。我拍拍《资本论》对他说，这不是"经"，是马克思写的书。他又问我，念这本书有啥用呢？我说，念了这本书可以知道社会发展的自然法则；我们虽然不能越过社会发展的自然法则，但知道了，就能够把我们必然要经受的痛苦缩短并且缓和；像知道了春天以后就是夏天，夏天以后就是秋天，秋天以后就是冬天一样，我们就能按这种自然的法则来决定自己该干什么。我说："社会的发展和天气一样，都是可以事先知道的，都有它们的必然性。"

"必——然——性。"他侧着头，用方音念叨着，眯缝的眼睛里跳动着思索的光芒，"必——然——性。我懂。咱们也有这个说法，咱们叫'特克底勒尔'，就是真主的定夺。世上万事万物该是啥样子，都是'特克底勒尔'……"

"哦，那是不一样的……"我准备向他解释。

"一样，一样！"他执拗地摆摆手，用不容置辩的口气武断地说，"有'特克底勒尔'，那是真主的定夺，就是你说的'必——然——

性'。可还有'依赫梯亚尔'，这是，这是……我闹不清你们叫啥，反正就是'依赫梯亚尔'。比方说吧，我本来是满拉，学成了能当阿訇的，可我不好好学，满世里跑，这就是我的'依赫梯亚尔'。要是我干了坏事，不做好人，受了刑罚，那跟真主的定夺没关系，跟'特克底勒尔'没关系，那是我自己'依赫梯亚尔'的。要不的话，那真主对我的惩罚就没道理了。我不能把罪过推到真主身上，说是真主让我去干的。'特克底勒尔'是真主的决定，'依赫梯亚尔'是自己的决定……"

他这番表述得并不很清楚的话，不知怎么，在一瞬间却使我的思想受到一种冲击。这使我大为惊奇。"芝麻开门"，本来是句毫无意义的咒语，却也能打开一扇沉重的石门。唯心主义哲学和唯物主义哲学对同一事物分别使用的不同的概念，总有可以沟通的共同因素。我明白他说的"依赫梯亚尔"，在唯物主义者说来，应该是"人的选择"的意思。那么，我虽然出生在一个命定要灭亡的阶级，"特克底勒尔"要灭亡的阶级，可是这里面还有我的"依赫梯亚尔"，还有我个人选择的余地！与此同时，他的话，也启发了我应该怎样去理解最近以来一直令我困惑的问题：马克思主义指出了社会发展的自然法则，它的科学性和真理性质是我深信不疑的，但另一方面，我们现在怎么又会搞得挨饿呢？原来这里面还有个"依赫梯亚尔"，如果人犯了错误，不按社会的客观规律办事而受到挫折，是与马克思主义无关的！人的暂时的错误和暂时的挫折，绝对无损于马克思主义的正确性……

我沉浸在自己的思索里。他还在饶有兴味地说着。但下面的话全是他当满拉时学的宗教词语了。也许他是要排遣心中的苦闷，暂时摆脱尘世的烦恼，想到他想象的天国里去遨游一番吧。他越说越兴奋，然而也越说越荒诞了。

羊圈那边又传来咩咩的惨叫声。这不知是宰第几只羊了。马号离羊圈不远，咩咩的叫声更为凄厉。听到羊叫声，他不知想起了什么，陡然失去了说话的兴致，垂头不语了。

马灯的光焰跳了两下，骤然暗淡下去。"熊！快没油了。"他跳起来骂了一句，把灯芯拧长了点。擦得干干净净的玻璃罩里顿时冒出一股黑烟，即刻把灯罩熏出一道道污黑的花纹。他欠过身去想把它拧小点，但大概又想起很快就要走了，于是又缩回手去，仍在我对面坐下。

"哎，小章，你跟马缨花成家吧！"他忽然没头没脑地跟我这样说。

"哦，我……"我没想到他会提出这个建议，愣了一愣。

"我跟你说，马缨花是个好女子。"他说，"啥'美国饭店'，那都是人胡诌哩！我知道，那鬼女子机灵得很，人家送的东西要哩，可不让人沾她身。真的，你跟她成家吧。你跟她过，是你尕娃的福气。"

"我……"我支支吾吾地说，"我还没想过这件事……"

"啥没想过！"他气恼地一拍膝盖，瞪起眼睛，"你尕娃别人模狗样的！你以为你是个念书人，人家配不上你是不是？我跟你说实话，有一次，我趴在她后窗户上看她洗澡，吓吓！她那个奶子，还有那个腰……嘿嘿……"

他总有叫我意想不到的言谈举止。我情不自禁地失声笑了起来。不过，我还是感到了他的真挚、诚恳和关心；从他的话里也证明了马缨花至少在这个队上是清白的。同时我也明白了，有一次马缨花说到他时，陡然停住了话题是什么意思；她肯定发现了他的这种荒唐行径。此后尽管他对马缨花很好，关怀备至，而她却总说他是个"没起色的货"，原因就在这里！

"咋样？"他最后问我，"你还想咋样？现时又不考秀才，你就是满肚子书，人不用你还是白搭！那女子可是针线锅灶都拿得起、放得下，田里的活也能干。跟了你，只怕还亏了她哩！……"

羊圈又响起咩咩的羊叫声时，他说他要走了。他一口气喝干了茶，把大铁壶从炉台上提开，让我帮他背起那一大摞行李。

"背得动么？"我担心地问他。

"背得动！到山根下三十里路，抬脚就到。"他颠了颠沉甸甸的铺盖，没跟我道别，没跟我握手，只嘱咐我把灯吹灭，把房门锁上，再去槽头添一抱草。然后他转过身，左一蹭，右一蹭，挤出了狭窄的房门，投进外面风雪茫茫的黑夜之中。

我从马号出来，只看见整个世界是浓密的、飞舞着的雪花……

马缨花还在羊圈。我回"家"去睡觉了。

三十三

……我钻进破棉花网套，还没睡着，谢队长就在窗户外面叫我：

"章永璘，章永璘，小章，小章……"

他急促的叫声使我心头一沉，立刻想到是海喜喜出事了！我没有应声，装着已经熟睡了，脑子里却在思忖应该怎样回答领导的盘问。谢队长还一个劲儿地叫："小章，章永璘……"

老会计用肘子捅捅我："小章，叫你哩！"

我慢吞吞地爬起来，用带着睡意的腔调问："什么事啊？"

"快，快，到队部办公室开会去。"

我想，不会这么快就发现海喜喜跑了吧；"开会"，大概是商量分羊肉的事，可能我们这几个单身农工也有一份。我赶紧穿上衣裳，跑到队部办公室。

各组的组长都在办公室里。每个人手上都有一支自卷的烟卷，满屋子烟雾腾腾。原来，办公桌上有一笸箩烟叶子，这是队部免费供给组长们开会时吸的自种烟叶。"劳驾，给我一张纸。"我也挤进去卷了一根，和别人一样，话也顾不上说就呼呼抽了起来。

一会儿，谢队长提着一个面口袋回来了，气咻咻地一屁股坐在办公桌前。办公桌上有盏马灯，照着他满手血迹。我吃了一惊，烟卷差点从嘴上掉下来。这种场景使我联想到福尔摩斯探案里的描写，我想到海喜喜，想到马缨花……身子几乎僵直了。

幸好，谢队长只是说，海喜喜那"驴日的"跑了。是喂牲口的老汉——就是那"死狗派儿"车把式——发现的。老汉去马号添草，看见他的门锁着——我真不该锁门！——拿马灯隔着玻璃窗一照，"炕上啥也没有，比水洗的还干净"，就去羊圈报告了谢队长。谢队长说，一定要把那"驴日的"追回来，眼看要春播了，没人摆耧哪行？！"那驴日的哪怕过了春播再跑哩！"他叫我们几个组长分头去追。他像运筹帷幄的将军似的调兵遣将：谁谁谁去北边那条路，谁谁谁去南边那条路，谁谁谁去镇南堡，谁谁谁朝东北方向追。他说我穿得单薄，叫我沿着东边的大路走，到三十里外的小火车站去挡海喜喜。他特地跟我讲："那站上有个炉子，你烤着火，我去羊圈安顿一下，随后就来。"

我才想起来谢队长手上的血是羊血，并且，他单单没有注意到去山根的那条羊群踏出来的小路。我浑身轻松下来。尤其是，他解开面口袋，又发给每人两个冻得瓷瓷实实的稗子面馍馍。"大家都辛苦点，这算是加班粮。"他这样说，我更高兴了。

会散了，组长们出了办公室。"熊！这大雪天的，哪垯儿追去哩，回家睡去吧！"他们悄悄地议论着，也果真朝各自家门的方向散开了。

我不能不到火车站去，谢队长一会儿还要来和我会合哩。

雪下得更大了。东边、西边、北边、南边，到处是白茫茫、灰糊糊的一片。雪花打得眼睛都难以睁开。这种鬼天气，不迷路才怪哩！我有点为海喜喜担心起来：他何必选在这样的夜晚跑呢？可是转念一想，这也正是他的聪明所在，那几个组长不是回家睡觉去了吗？

　　我只能朝着那条大路走。幸亏大路两边栽着一株株柳树，走在两行柳树中间总不会迷路的。我把棉绒毯子缝的"罗宋帽"从头上拉下来，我的鼻子、脸颊都立即感到了马缨花的温暖。我又想起海喜喜临走时的建议，心里虽然还在矛盾着，但也感受到海喜喜的无私的友情。我觉悟到：善良、同情、怜悯……人的美好的感情，本不是像我原来认识的那样，被饥饿和艰辛的鞭子驱赶得一干二净了，而恰恰是越在这种条件下，越显现出它的光辉。命运啊命运，既然把我从象牙塔里拽出来，难道就对我没有一点好处吗？我所享受到的最深切的温情，人生遭遇中最难得到的东西，不正是在这种时刻、这种条件下吗？……

　　一时，我感到我是十分幸福的。现在不知是几点钟，总该是半夜了吧！我只听见雪花柔和的沙沙声和自己呼哧呼哧的鼻息。雪夜静谧得令人的魂魄似乎都会脱离自己的躯体。前面，在两行柳树中间，蓦地出现了一座小桥，弓着背，一副忍辱负重的驯顺的样子。我陡然想起来，两个多月前，仅仅六十多天前，海喜喜赶着大车和我们几个就业人员曾经经过这里。那时，我还满田里找黄萝卜吃，而他，却威风凛凛地坐在大车上，唱着那动听的深情的民歌。脑子里，肯定萦绕着马缨花的影子，一心想早点赶回去跟她见面。可是，转眼之间，起了多么大的变化啊！现在他成了一个失恋者，一个逃亡者，而我，这个得胜的情敌却厚颜无耻地扮演着追捕者的角色。我想象海喜喜在这茫茫的雪夜中，背着沉甸甸的行李，一步一步艰难地向山根下跋涉的情景，幸福感顿时消失得无踪无影。因为这种情景使我非常清晰地看见，我的幸福是建立在他的痛苦之上的。我又不禁回忆起海喜喜对"月黑雁飞高，单于夜遁逃。欲将轻骑逐，大雪满弓刀"的评论，才悟到卢纶的妙处：他的这幅画面在描绘唐将浑瑊的英雄气概之下，透露单于的悲壮色彩。怪不得海喜喜会从这首诗里得出与一般评论全然不同的看法。在一千多年以后，在我们已经组成了一个民族的大家庭以后，难道我们还不允许他这样地想吗？是的，他本人就是个外表看起来粗豪不羁、暴躁蛮横而心地却是纯朴的、多情的、具有悲壮性格的少数民族兄弟！

我得到了纯朴的劳动者的同情、友情和无私的关心，他们总把我想象得很好、很高尚，而我又奉献给他们些什么呢？什么也没有，除了痛苦之外！

我呆呆地在小桥上停了片刻，垂着头，俯视着片片雪花坠入桥下的黑暗里。深刻的忏悔，固然是由于自己造成了别人的不幸，而被害者不但宽容了自己，还尽其最后的可能，再次施与了他的恩惠，那自己就不仅是忏悔，而是一种镂心的痛苦了。啊！海喜喜，海喜喜，亲爱的朋友，我怎样才能报偿你呢？

三十四

火车站的确非常小，我是看见铁路边的一盏红灯才摸索到的。车站没有站台，在两条铁轨旁边盖了一间比警察的岗亭大不了多少的土房子。房顶上积满厚厚的白雪，在寥廓的雪原上像一个孤独的大蘑菇。房子里没有灯，漆黑一团。我推开用板条钉成的门，走了进去。里面，果然如谢队长说的，有一个用大汽油桶改装的火炉，煤已经快燃尽了。我抖净身上的雪，借着炉箅下透出的一点微弱的红光，找到一根铁通条。我拿起铁通条在地上横扫着，终于在墙角碰到一小堆煤。我加足了煤，把炉子捅好，在一张木条凳上坐下来。然后脱下破棉鞋，刮掉泥雪，用鞋面扫干净炉面，把两个稗子面馍馍和棉鞋一起放在炉子上烤着。

炉子很快就旺起来，火苗蹿出了炉口，小屋里一闪一闪地亮着红光。我的脚底板像手掌一样抱着热烘烘的铁皮炉底，不一会儿，全身都暖和了。我一边翻动着稗子面馍馍，一边打量四周。四面墙上都涂抹着乱七八糟的壁画，全是候车旅客的即兴创作，我如同到了在非洲某处发现的一个原始狩猎部落居住过的洞穴。奇怪的是这里没有卖票的窗口，啊，我才想起报社编辑曾经告诉我们：这不是个车站，而是个乘降点，只有逢站必停的慢车才在这里停一分钟。慢车要在凌晨四点开来，那么，我至少要在这里等到四点钟。

等就等吧。我吃着稗子面馍馍，想着海喜喜，如果路上顺利，他现在也该到他姑妈家了。我真诚地祝他过好春节，真诚地祝他以后生活幸福！

我在暖烘烘的火炉前打起盹来了。不知迷糊了多长时间，板条门外响起了喳喳的踏雪声。随着，谢队长咣的一下推开门进来。

"驴日的，好大雪！"他跺着脚，拍打着衣裳帽子，龟缩的脖子伸了出来，连声地咳嗽着说，"咳！……你还在这垯儿，咋样？这垯儿到底好一点，咳……那些人在雪地里撺，一夜里可遭罪哩！咳……"

他还不知道"那些人"并没有在雪地上撺，早跑回家睡觉去了。我有点可怜他，同时也有点敬佩他。他对我毕竟是关怀照顾的；他自己也是负责的。

我让他坐在我旁边，把剩下的一个烤好的稗子面馍馍给他吃。他拿起来看了看，说我会烤，烤得好，但他没有吃，又放在炉子上。他说羊圈熬了一大锅羊骨头汤，撒上稗子面，做了顿"羊汤糊糊"，去羊圈加班的人都喝了两碗。我想，马缨花和尔舍也吃上了吧，身上更加感到暖和了。

"谢队长，"我问他，"能抓到海喜喜吗？"

"抓个熊！那驴日的可能哩，他要跑，谁能抓得住他！"他抹抹鼻子，眼睛瞅着炉火说。

"既然知道抓不住他，怎么还要叫我们追呢？"我诧异了。

"唉！"他叹了口气，"不追追他，场部知道了不行：'人跑了，你老谢也不管，是干啥吃的？！'又该挨头儿的剋了。我到车站来，就等着搭四点钟那趟车去场部报告哩。"

他告诉我，咱们队朝东三十里是这个车站，朝南二十里是场部，铁路是条斜线，下一站离场部不远，下了车走两里路就到了，看来他的安排还挺巧妙，既装装样子追了海喜喜，又趁便搭上火车去场部。

"他是不是犯了什么错误，怎么场部非要抓他呢？"我不解地问。

"他犯个熊错误！那驴日的就是太能了，谁都不愿意放他。你不知道，你光看见他赶车，其实那熊耕耙犁锄，扬场赶碌，砌砖盖房，样样都能。现时哪垯儿去找这样的劳力？！"

哦——海喜喜果真说得不错。我又问："那么，要是抓住他，会怎么处理呢？"

"啥'处理'，保证下次不跑了就行了呗！还咋'处理'？人家又没偷没抢！"

他两肘撑在火炉边上，脸映得通红。脸上的皮肤松弛下来，火光照着他满面的皱纹，这是常年在户外劳动的痕迹。他一定害着严重的沙眼，眼睛里不断淌出浑浊的泪水。我估计他的实际年龄，要比他外表年轻得多，但这时，他整个面孔上，又像第一次和我单独谈话时一样，显出了老人那种特有的宽容的神情。我很受感动，并且也因为想和海喜喜在一起劳动，差点要告诉他海喜喜就在山根下他姑妈家里，去把他找回来吧。但又一想，还是不要自作聪明，失信于海喜喜的好。我问：

"你想他能跑到哪儿去呢？"

"哪垯儿去？准跑内蒙了。山根下，他还有个姑妈在那垯儿，保准他跑去过年了。"

我暗暗一惊。他不派人往那去山根下的羊道上追，看来似乎是有意的。

"唉！"他抹了抹眼泪，虽然他并不是伤心，可是好像一副伤心的表情，"就是把他抓回来，拴得住他的身子，拴不住他的心。那驴日的，我知道，没个好女子，没个家，他哪垯儿都待不长。今天把他抓回来，明天他还得跑。腿长在他身上，谁能看得住他？！……原先，他在咱们队上待着，是有想头的哩。"

我不敢多嘴了，我怀疑他洞察所有的事情。我低下头，局促地翻动着烧得焦黄的稗子面馍馍。

雪大概停了，听不到外面的沙沙声。世界一下子陷入了一种紧张的沉默，炉膛里劣质煤的毕剥声更增添了不安的气氛。

"哎，"他忽然侧过脸跟我说，"小章，说真的，你跟马缨花结婚吧。"

这是我今晚上听到的第二次建议，而且出自两个人的嘴里。我明白他是怎样从海喜喜身上联想到这件事的。我惶惶然地不置可否。

"马缨花是个能干的女子。"他说，"有时候和男人胡调哩，可那有啥？一个女子领着个娃娃，一个月十八块钱，又碰上这个饥荒的年景，你叫她咋整？你们结了婚，她就收心了。"

我想朝他喊：马缨花并没有跟"男人胡调"！可是，四年的劳改生活和至今仍被专政的身份，使我鼓不起勇气跟谢队长争辩。我仍然低着头沉默不语。

"你别嫌弃她。"停了一会儿，他又说，"好些女子在年轻的时候都上过当哩，后来正正经经嫁了人，都是好样的。你也别听啥'美国饭店'的话，我知道，那几个月她就跟海喜喜一个人好，可不知为啥，她不希待海喜喜……我看你们俩倒是挺合适，你劳动好，年龄也相当。她还能给你生娃娃。以后，就在农场里拉扯着过吧。两个人过日子总比一个人过日子轻省。这饥荒眼看就快过去了，日子总会一天天地好起来。听说，就在这个月，中央在北京要开啥大会哩①，前几年的政策看来要变一变。日子好了，在哪垯儿过不一样呀？非得像你们组那几个一样，跑回城里去？……说实话，干啥都是一辈子，过去的事，就拉倒吧！"

他没有跟我说大道理，同时谨慎地避开我特别敏感的出身、错误、身份这些问题，还把在我这时看来是非常机密的党内消息告诉给我。他的语气非常温和，我很久没有听过一个党员干部用这种语气跟我说话了。他的年龄比我大得多，通红的炉火照着他疲乏的、早衰的脸，使他的面部显现出一种父辈般的慈祥。一个人不论如何粗俗，没有文化，只要他有真挚的感情，能洞达事理，他自然而然就会显得高大和庄严。在这静悄悄的夜里，在热烘烘的火炉旁，在洞穴一般的小屋中，我与他之间的隔膜，被他的抚慰和关切之情融化了，我的泪水止不住地流出眼眶，在通红通红的火光映照下，像一滴一滴鲜红的血滴在炉台上。

他看了看我，再没有说什么，袖着手，稍往后仰了一点，侧身靠在炉台上打起了瞌睡。

---

① 指一九六二年一月召开的有七千人参加的扩大的中央工作会议。

三十五

这是一列客货混装的列车，暗绿色的客车厢里没有一盏灯，黑黢黢的；平板货车上不知装的什么，巨大的篷布上覆盖着污秽的积雪。老式的机车头好像害了哮喘病，吭哧吭哧地停下来。谢队长乘上了客车厢，火车又吭哧吭哧地走了，慢慢地隐没在一团白雾当中。白雾散尽，四周又归于沉寂；雪停了，连雪花飞舞的喧闹声也消失了，整个世界仿佛凝固了一般：上面是青蓝色的天，下面是白茫茫的地。我离开蘑菇似的小土屋，跨过铁轨，向那条两边有柳树的大路走去。

咔嚓、咔嚓、咔嚓……我踽踽而行，心里怀着一种宁静的温情。这一夜，人，"筋肉劳动者"和世界，一下子在我眼前展现出那么美好、那么富有诗意的一面。现实，竟会超过幻想；人心里，竟有那么绚丽的光彩！他们鲁莽的举止，粗鄙的谈吐，破烂的衣衫，都毫不能使他们内心的异彩减色。

我一路走，一路沉思。我又发现，在我们的文学中，在哺育我的中国文学和欧洲文学中，这样鄙俗的粗犷的、似乎遵循着一种特殊的道德规范但却是机智的、智慧的、怀着最美好的感情的体力劳动者，好像还没有占上一席之地。命运给了我这样的机缘发现了他们，我要把他们如金刚钻一般，一颗一颗地记在心里。

天蒙蒙亮了，天地间呈现出一片凝重的银色的光辉。路边一根柳树枝咔嚓一声被雪压断了，空中飞舞着水晶似的粉末，又如一树梨花落英缤纷，四周，还仿佛响起了银铃敲击的乐声，我像是穿行在一个童话的境界里。我被这种美的想象噎得透不过气来，同时感应到一种自然的冲击力。这种冲击力激发起我大脑的功能，在一瞬间产生了难得的灵感。我突然领悟到：即使一个人把马克思的书读得滚瓜烂熟，能倒背如流，但他并不爱劳动人民，总以为自己比那些粗俗的、没有文化素养的体力劳动者高明，那这个人连马克思主义者的一根指头也不是！资本家不是也学《资本论》吗？肯尼迪不是也研究"毛泽东的游击战术"吗？是的，"劳动人民"绝不是抽象的，他们就是马缨花、谢队长、海喜喜……这样的人！尽管他和那些文学艺术作品中的劳动者的庄严高大形象相差甚远。

我怀着顿然窥见了人生的底蕴的那种狂喜，向隐没在雪原那边的、小得叫人心疼的村庄大步赶去。我并不冷，我感到热乎乎的。那里，有一个我所亲、所爱、可以与之相依为命的人在等着我。我还这样想，我和她结婚，还能改变资产者的血统，让体力劳动者的新鲜血液输在我的下一代身上。

赶到村子，天已经大亮了。但雪地上还没有一个足迹，农工们都没有起床。我径直向马缨花家走去。

她大概也是从羊圈回来不久，刚收拾完羊头羊下水。地上放着瓦盆瓦罐，锅里冒着腾腾的水蒸气，房子里郁积着一股浓烈的羊膻味。尔舍沉沉地睡在炕上。她蓬着头发，一脸倦容，还在瓦盆瓦罐之间忙碌着。但见我进来，顿时精神一振，两眼闪着喜悦的光芒，却用埋怨的口气说：

"你咋傻乎乎地真跑去追？那几个熊都回家睡觉去了哩。"

她已经知道了这件事，但对海喜喜又去漂泊却无动于衷，这使我有点恼火：我不喜欢我的妻子没有同情心。我说："我怎么能不去追？是谢队长派去的。"

"'怎——么'，'怎——么'！"她用嘲讽的声调学我，"要是真追上了，你还把他拽回来？"

"当然要把他拽回来。"我生气地说，"你知不知道，海喜喜是个好人哩！"

"我也没说他坏呀！"停了停，她脸上泛起不悦的表情，"你呀，你眼里就没有我……"

"哎呀，这说得上吗？"我焦躁起来，"你知道海喜喜临走的时候跟我说了些什么？"

"跟你说了些啥我咋知道？"她收拾着地上的盆盆罐罐，带着几分警惕的神情反问我，但一瞬间，又嘻嘻地笑起来，"我'怎——么'知道？"

我怎么求婚？在她眼里好像从来就没有庄严的事情，神圣的事情。我可能不懂得女人的复杂的微妙的心理。我总感到，她，比海喜喜和谢队长难理解得多。

"他，他劝我……跟你结婚。"

我只好嗫嚅地说出来。但一经说出口，我才发觉，这句话完全不像我在路上想象的那样充满激情，那样富于诗意，那样罗曼蒂克，而是和一团豆腐渣一样，嚼在嘴里干巴无味，不但打动不了她，连我自己也没有被感动。

"他操的心还怪多的！"她虽不再像小猫似的警惕了，却换上了一副装模作样的冷淡。这使我惊愕不已：难道我想错了，难道她并不爱我？

既然话已经出口，只能继续说下去。我又说："在火车站上，谢队长也是这样说的。他说，两个人过日子总比一个人好……"

"他也是咸吃萝卜淡操心！"她倏地从地上站起来，腰肢挺得直直的，把洗干净的盆子往土台上一蹾，决断地说，"咱们的事，不要人多嘴！我有我的主意。"

这场可笑的求婚是彻底地失败了。生活刚刚展示出另外一面，但倏忽即逝，一下子又翻转过来，仍然是严酷的、没有诗意的现实。我怎么也搞不清楚：她对我无微不至的关怀和热情是出自爱情，还是风尘女子的那种轻狂的逢场作戏？我愣愣地站在门旁边：究竟是拂袖而去好，还是留在这里把她的"主意"搞明白？

这时，门外又响起瘸子走路的那种一轻一重的脚步声。她急忙把我拨开，从我身后拿起顶门棍顶上门，随即偎在我的胸前，缩了缩脖子，伸了伸舌头，一脸调皮的微笑，和孩子捉迷藏一般静等着保管员来叫门。

"马缨花，马缨花，"保管员推了推门，接着压低嗓子又叫，"马缨花，马缨花……"

她没有立即回答，停了一会儿，才用懒洋洋的腔调问："谁呀？"问完了，昂起脸朝我皱起鼻子笑了笑。

"我呀，马缨花，是我。"

"睡下啦！"她拖长声音说，她的声调和她的表情恰恰相反，"我困得很，要是还有营生，等我睡起来再干。"

"哎，不是叫你干活。你起来，羊圈靠西第三根柱子上头，我还给你藏着一副羊下水哩，你起去拿。"他给她东西，可那语气，倒仿佛是求她施舍给他一些东西似的。

"那好呀，"她又朝我做了个鬼脸，"等会儿我起去拿。"

保管员仍舍不得走，左右地捯着脚，在门外磨蹭着。在他们隔着门对话的那一刻，我比上一次更加紧张。上次我和她之间还有一截距离，现在，她紧紧地贴在我的怀里，一面调侃保管员，一面用手指头玩我棉袄上的扣子。虽然我为了要弄点吃的，曾经冒过许多次险，被人发现的可能性要比这次大得多，但这种充满暧昧意味的尴尬我还是第一次碰到。我不安得有点发冷。她朝我笑，朝我做鬼脸，我却笑不起来，一点也不觉得好玩。恍恍惚惚地不知有多长时间，保管员才拖着一轻一重的步子快快地走了，门外再没有一点声息。

"嘻嘻！"她在我怀里扭了一下，把正面向着我，"那个傻熊还想打我主意哩！待会儿我去拿，不吃白不吃。"

"唉！"我说不出什么话，叹了一口气。生活的美丽的色彩又渐渐褪色，而褪了颜色的生活是十分难看的。

"你看你，冷成这熊样子。"她摸摸我的手，把我的一双手分开，围在她的腰间，撩起棉袄下襟，将我的手插在里面，"来，让我给你焐一焐。"

隔着薄薄的布衫，我能感到她肉体的温暖，甚至是灼热。那柔软的富有弹性的腰肢，就在我两手之间，然而这却激不起我的一点情欲。我怀疑我把人、把生活又整个地看错了。她刚才的冷淡和现在的爱抚，到底哪个更为可信？

"傻狗狗，你咋这么傻咚！"她仰着脸跟我说，"啥'两个人过日子总比一个人好'！你不想想，咱们成了家，你就得砍柴火，你就得挑水，家里啥活你不得干？有了娃娃，你还得洗尿褯子，一天烟熏火燎的，苦得你头上都长草咧！你十八块钱，连自己都顾不住哩，还能再添半个人的吃穿？你还能像现时这样，来了就吃，吃完嘴一抹就念书？你呀，你这狗狗真傻！"

我这才恍然大悟。她说她自有主意，原来就是这种为了爱情、为了我的献身精神。而我在她面前究竟有什么价值，值得她作这样的牺牲呢？世界和人、和没有文化素养的体力劳动者，又在我眼前恢复了绚丽的色彩。我想，我之所以难于理解她，恐怕就是因为在我身上，从来没有过为了别人、为了所爱的人而献身的精神，从来没有！

我的心里只有我自己，即使想"超越自己"也是为了自己。这就是我和她之间最大的差距。

我把她搂进怀里，我现在才觉得我是真正地爱她，不是感恩，不是感激之情。我热情地喃喃地说："马缨花，我们还是结婚吧！别人怎么过，我们也怎么过；让我来分担你的负担不好么？"

"'怎——么'，'怎——么'！"她略略推开我，深情地凝视着我的眼睛，而用嗔怒的口气说，"我不能让你跟别人家男人一样'老婆孩子热炕头'，那最是个没起色的货！你是念书人，就得念书。只要你念书，哪怕我苦得头上长草也心甘情愿。我要你'分担'啥？你能'分担'啥？咱们一结了婚，那些傻熊还会给我送东西来么？你看，我不出手，羊下水就给我搁在那儿了。你呀，傻狗狗，你就等着吃吧，这还不好么？……"

她还是要我念书，而为什么要我念书，她始终也没有说出个所以然来。在她脑子里，似乎认为念书就是我的本分，我的天职，像养着猫一定要它捉老鼠一样。我心里蓦然有种幽默感，同时，也不得不承认她的这种想法倒很现实。"女人的心计啊，女人的心计啊……"我默默地念叨着。

可是，这无疑又是我的耻辱。难道我能靠一个女人的姿色来过比较温饱的生活？来"念书"？这样做，我就更降低了我自己。"不！"我重复地说，"不！我们还是结婚吧，我不能让你那样做！我们还是结婚吧……"

"哎，傻狗狗。"她说，"我又没有说不跟你结婚，我早就想着哩，要不，我这是干啥呢？等这'低标准'一过，日子过好了点，咱们就去登记，让那些傻熊看了干瞪眼……"

"不，不……"我执拗地说，"我不能让你那样做，那你不等于骗了人家？"

"谁骗谁呀？傻狗狗。"她安抚我，"你不想想，他们给我的吃食，哪些是他们自己腰包里掏出来的？我不要，他们拿回去自己吃了，还不如咱们吃掉哩。告诉你，这个队上，管事的就谢胡子一个人是好人，连那个烧饭的伙夫都不是好熊！"

我被她独具匠心的、现实的、冷静的盘算弄得晕晕乎乎的：我究竟应该遵循哪种道德规范来生活？她并没有考虑到这一点：我们要照她那样的安排来度过困难，我就失去了一个男人的尊严。她认为，这是非常时期可以采取的一种权宜之计，而我，身体恢复了健康——正是在她权宜之计的安排下恢复的健康，并且重新"念书"之后，我的羞耻心和道德观都强烈地阻止我这样做。

"不！"我仍然固执地说，"不！你别那样做。我们还是结婚吧，谢队长也同意了，我们马上就登记去。"

"你是不是不相信我，怕我跟了别人？"她说，口气和神色都带着少有的严肃。显然，她把我今天迫不及待地要求结婚领会错了。于是她又钻进我怀里，踮起脚尖，用脸颊摩擦着我的脸，柔声地说，"要不，你现时就把它拿去吧，嗯，你要的话，现时就把它拿去吧。"

她忙碌了一夜，现在脸色还是疲倦的。美丽的大眼睛下那一圈淡青色更深重了，她这种行动，纯粹是女人为了爱情的一种献身的热忱，一点也没有个人的欲念。我感受到了一种令人心酸的、致命的幸福。是的，是致命的幸福！我胸中陡然涌出了这种情感，像一首弦乐合奏的无词歌从心里汩汩地流淌出来：不是情欲，甚至也不是一般的爱情，而是一种纯洁的、神圣的感情。有限的爱情要求占有对方，无限的爱情则只要求爱的本身。神是人创造的，在人创造神的过程中，一定曾经怀有过

357

这种感情因素吧。我谦恭地吻了她一下，然后轻轻推开她。

"不，"我说，"我们还是等结婚以后吧。"

"那好。"她即刻从我的怀中离开，仰起脸，用清醒的、决断的语气说，"你放心吧！就是钢刀把我头砍断，我血身子还陪着你哩！"

"就是钢刀把我头砍断，我血身子还陪着你。"有什么优雅的海誓山盟比这句带着荒原气息的、血淋淋的语言更能表达真挚的、永久的爱情呢？

啊，生活啊生活，艰辛得和美丽得都使我战栗！

三十六

睡到中午，我被一个组长叫醒了。这个组长就是头一天领我们出工的那个面目阴沉、总像是郁郁寡欢的农工。他简单地告诉我，谢队长叫他套上毛驴车送我到场部去，带上自己的铺盖，大概是春节期间场部忙，要我去干几天活。

我匆匆爬起来。铺盖没有什么难收拾的，一卷就行了。我去马缨花家拿她给我做好的鞋，推推门，她还睡着哩。没关系，回来再穿吧，我脚上这双棉鞋还能凑合穿几天。那个组长又给了我四个稗子面馍馍，说是谢队长叫他去伙房领的，让我带着路上吃。我和他坐上毛驴车，颠颠着向场部跑去。

我还是头一次到场部。场部不过比我们一队大一点，有几幢砖瓦房，还有一个粮食加工厂，一个比较大的商店。我还看到一个拖拉机站。车库外面有两个银色的油罐，横卧在雪地上。那个组长赶着车，把我送到一间办公室前面。"吁——"他吆喝毛驴停下来，回过头对我说，"就这垯儿，你把铺盖拿进去吧。"

屋里已经有了五个人，看样子全是各个队抽调来的农工，有的坐在椅子上，有的蹲在地上，身旁都放着自己的行李。见我进来，也不跟我搭话，各自埋头想自己的心思。不知怎么，我突然感觉到室内有一种不祥的气氛，我不安地望望窗外，那个组长早把毛驴车赶走了。

一会儿，一个场部干部拿着一张纸走进屋来，后面还跟着一个驾驶员模样的小伙子。干部皱起眉头看着单子把名字点了一遍，对小伙子说：

"好，都齐了，你送他们去吧。"

我们夹着行李随小伙子走到车库前面，在一辆"德特—24"轮式拖拉机旁边站住。小伙子拍着沾满油污的无指手套，挨个儿打量着我们，最后朝我问道：

"喂，你们谁是在省干校教书的那个'右派'？"

我向前跨了一步："我，不过那是好多年以前的事了。"

"我知道。"小伙子会意地笑笑，头一摆，"你坐在驾驶室里边。其余的，喂！听着没有？统统上车，都给我坐在斗子里！"

那五个人纷乱地爬上车斗，骂骂咧咧地用芨芨草把子扫下盈尺厚的积雪。我坐进铁皮焊成的驾驶室里，把一卷棉花网套塞在座位后面。小伙子等他们安顿好，检查完挂钩，在车头用一根油腻腻的皮绳拉燃发动机，爬上车来，突突突地开着车走了。

拖拉机走上向西去的一条乡间土路。到处是皑皑的冰雪，路边的树枝垂下来，像一根根水晶制的流苏。太阳光冲破密集的云层，在银色的雪原上投下一块块金色的斑点。喜鹊和乌鸦哇哇地飞着，徒然地四处觅食。路很难走，车轮经常打滑。小伙子聚精会神地开着车。他年龄大约跟我相仿，嘴唇上已有了淡淡的胡髭，鼻梁稍嫌矮些，眼睛却炯炯有神。

车到了比较平坦的路面，他略向后靠了些，瞥了我一眼，说："我爸爸认识你。他在干校念过书，你教过他。"

"哦。"我应了一声，但没有问他爸爸是谁，现在问这些还有什么意义呢？过去的已经过去了。而今天，拖拉机载着我，在这一片茫茫的雪原上向隐没在云雾中的、仿佛神秘莫测的山根下开去，又会有什么样的命运呢？

"你知道咱们到哪垯儿去不？"他转动着方向盘问我。

"不知道。"我说，"我刚想问问你。"

"唉！"小伙子叹息了一声，用同情的口吻说，"场里叫我把你们送到山根下那个队去。那个队，你大概听说过，是专门整治人的窝窝子……你们这几个，全是场里认为调皮捣蛋的。本来，没你的事儿的，今天一大早，你们队来了个办户口的——一个瘦老汉，迁到省城去的，你肯定认识，跟你住一个屋的——他跟人保科干部说，你们队昨夜黑跑了一个人，这个人跟你关系挺好，你每天夜黑都跑到这个人家去，他临跑以前，还来宿舍找过你，肯定你们俩在搞啥阴谋。人保科一查，你出身不好，帽子还没有摘，几个干部一商量，临时把你的名字给添上了。这我亲眼见的。你们那个胡子队长还跑到人保科吵了半天，他保证你没事，说你是好人，可让人家剋了一顿，说他没一点儿警惕性，把一个好劳力放跑了，这会儿又护着一个报纸上都批判过的有名的'右派'！还要叫他回去写检讨哩……咱们这个农场，过年过节都要整顿一次，好像坏人专拣着过年过节的日子捣乱一样。这不是？元旦前我送去四个人，今天，又送去你们六个……到了那垯儿，你得多加小心，那可是个叫你掉几层皮的地方……"

奇怪，他这番话并没有使我感到意外。我并不惊愕，更不惶然失措，甚至我还认为，我跟马缨花还在一个农场，这就很好，不久以后总能见面的。我只是感到愤恨——"营业部主任"临走时还不放过我。人是非常美好的，但也有的人非常狞恶。如果不是这样，人便不会在创造神祇的同时创造出鬼怪来。这种愤恨压倒了我对马缨花的留恋，还鼓起了我一种抵抗压力的激情。我凝神望着前方，那是广袤的白茫茫的雪原，一道阳光终于冲破了山顶的浓云，宛如一把利剑插到山脚下，迸出一片耀眼的亮光。这种情景我好像很熟悉，仿佛在一个梦中见到过。现在，我健康了，我觉得能够理解马克思的书了，我相信我不论走到哪里，我都有一种新的力量来对付险恶的命运。

拖拉机颠簸着，小伙子一心又放在开车上了。我突然想起来，我还没有告诉马缨花，海喜喜留下了一张炕桌和一麻袋黄豆。炕桌不知会被谁抄走；那埋麻袋的地点只有我知道，这场雪一化，气温再一转暖，黄豆就会浸得发芽了吧。

果然如那小伙子说的，我到山根下这个队，连请假出来的权利和与外面的非直系亲属见面的权利也被剥夺了。两个月以后，一个留在队上的病号悄悄告诉我，这天有个"挺标致的小娘们儿"夹着一个小包来找我，让队上的干部盘问了半天，结果还是被训了回去，小包也不许留下。这天，我在渠口上抬了十小时石头，累得筋疲力尽，我只可怜她走了这么远的路，还没来得及思念她就沉沉入睡了。不久，提出了"阶级斗争要年年讲，月月讲，天天讲"，我以"书写反动笔记"的罪名被判三年管制。"社教运动"中，我又以"右派翻案"的罪名被判三年劳教。劳教期满，回到农场，正遇上"文化大革命"，我升级成为"反革命修正主义分子"，被群专起来。一九七〇年，我被投进农场私设的监狱。那种监狱，不属于公安机关管辖，没有一条现代监狱的规章，纯粹是中文版的罗马宗教裁判所。

一九六八年，我劳教期满回到农场，才得知在我前面那段被管制期间，马缨花一直没有结婚。我被送去劳教后，她就带着尔舍到县城找她哥哥去了,没有多长时间,她和她哥哥全家都回到了青海。据说她哥哥也犯了什么错误。

一九七一年,在那座农场私设的监狱里,连《毛泽东选集》也不让我们"犯人"看,说是我们的主要任务就是劳动改造,看了《毛泽东选集》会学到和农场当局斗争的策略。有一天,我被派到农场子弟学校的教研室砌炉子。教员们上课去了,我如饥似渴地到处翻找有什么可看的书,但办公桌上全是学生的作业簿,只有一本《辞海》放在案头上。我翻到"马缨花"这一条。这一条是这样解释的:

> 植物名。学名Albizzia julibrissin。一名"合欢"。豆科。落叶乔木。二回偶数羽状复叶,小叶甚多,呈镰状,夜间成对相合。夏季开花,头状花序,合瓣花冠,雄蕊多条,淡红色。荚果条形,扁平,不裂。主要产于我国中部。喜光,耐干旱瘠薄。木材红褐色,纹理直,结构细,干燥时易裂,可制家具、枕木等。树皮可提制栲胶。中医学上以干燥树皮入药,性平、味甘,功能安神、解郁、活血,主治气郁胸闷、失眠、跌打损伤、肺痈等症。花称"合欢花",功用相似。又为绿化树。

啊!这条目下所有解释的文字,没有一点不和她相似的:"喜光,耐干旱瘠薄",不就是她的性格吗?

可是,这一晚上我却失眠了——她作为药物的功能没有起到作用。"绿化树!绿化树!……"我眼前总是一株株绿化树,最后变成了一片绿色的海洋……

三十七

整整二十年过去了。二十年，五分之一世纪！我们国家和我都摆脱了厄运，付清了历史必须要我们付的代价。还是在那种多雪的春天，我和省文化厅的负责人及制片厂的同志，分乘两辆"丰田"小轿车，带着一部根据我写的长篇小说拍摄的彩色宽银幕影片，到这个农场来举行答谢演出。电影放映完了，场长、书记们把我们送回招待所。我问场长，谢队长在哪里，他甚至不知道有谢队长这个干部。他是一九七八年调来的，大概谢队长早就离开这个农场了吧。

但是，在深夜，我还是从设备很好的招待所里悄悄走出来。月色朦胧，夜凉如冰。我没有惊动司机，独自一人踏上了通往一队的大路。

白皑皑的雪，还是那种白皑皑的雪，把我居住过的一队整个罩住，羊圈那边传来阵阵狗吠，除此之外，夜静得像梦幻一般。我伫立在桥头，往事如烟如雾，从小桥那边漫卷而来。我耳边分明响起了她的歌声，她的"花儿"，那么清晰，那么悠扬，那么婉转，那么情深：

> 金山银山八宝山，
> 檀香木刻下的地板；
> 若要咱俩的姻缘散，
> 十二道黄河的水干！

我清清楚楚地看见她向我笑盈盈地迎过来。她飘飞着，雪地上没有留下一点足迹。她仍然是那样美丽，那样健康，那样开朗，那样容光焕发。到我面前，她嘻嘻一笑——啊，那种笑我是多么熟悉！——说：

"就是钢刀把我头砍断，我血身子还陪着你哩！"

可是，还是静悄悄的夜，还是白茫茫、灰糊糊的雪。除了我，四周没有一个人，没有一点声息……我发觉，一颗清凉的泪水，在我久已干涸的眼眶中流了出来。它是从记忆的深处渗出来的，冰得真如古井中渗出的水滴。是的，人不应该失去记忆，失去了记忆也就失去了自己。我虽然在这里度过了那么艰辛的生活，但也就是在这里开始认识到生活的美丽。马缨花、谢队长、海喜喜……虽然都和我失去了联系，但这些普通的体力劳动者心灵中的闪光点，和那宝石般的中指纹，已经溶进了我的血液中，成了我变为一种新的人的因素。

一九八三年六月，我出席在首都北京召开的一次共和国重要会议。军乐队奏起庄严的国歌，我同国家和党的领导人，同来自全国各地各界有影响的人士一齐肃然起立，这时，我脑海里蓦然掠过了一个个我熟悉的形象。我想，这庄严的国歌不只是为近百年来为民族生存、国家兴盛而奋斗的仁人志士演奏的，不只是为缔造共和国而奋斗的革命先辈演奏的，不只是为保卫国家领土和尊严而牺牲的烈士演奏的……这庄严的乐曲，还为了在共和国成立以后，始终自觉和不自觉地紧紧地和我们共和国、我们党在一起，用自己的耐力和刻苦精神支持我们党，终于探索到这样一条正确道路的普通劳动者而演奏的吧！他们，正是在祖国遍地生长着的"绿化树"呀！那树皮虽然粗糙、枝叶却郁郁葱葱的"绿化树"，才把祖国点缀得更加美丽！

啊，我的遍布于大江南北的、美丽而圣洁的"绿化树"啊！

1983年9—11月于银川西桥

（原载《十月》1984年第2期）

人　生

路　遥

人生的道路虽然漫长，但紧要处常常只有几步，特别是当人年轻的时候。

没有一个人的生活道路是笔直的、没有岔道的。有些岔道口，譬如政治上的岔道口，事业上的岔道口，个人生活上的岔道口，你走错一步，可以影响人生的一个时期，也可以影响一生。

——柳青

上　篇

第一章

农历六月初十，一个阴云密布的傍晚，盛夏热闹纷繁的大地突然沉寂下来；连一些最爱叫唤的虫子也都悄没声响了，似乎处在一种急躁不安的等待中。地上没一丝风尘；河里的青蛙纷纷跳上岸，没命地向两岸的庄稼地和公路上蹦蹿着。天闷热得像一口大蒸笼，黑沉沉的乌云正从西边的老牛山那边铺过来。地平线上，已经有一些零碎而短促的闪电，但还没有打雷。只听见那低沉的、连续不断的嗡嗡声从远方的天空传来，带给人一种恐怖的信息——一场大雷雨就要到来了。

这时候，高家村高玉德当民办教师的独生儿子高加林，正光着上身，从村前的小河里蹚水过来，几乎是跑着向自己家里走去。他是刚从公社开毕教师会回来的，此刻，浑身大汗淋漓，汗衫和那件漂亮的深蓝的确良夏衣提在手里，匆忙地进了村，上了崾畔，一头扑进了家门。他刚站在自家窑里的脚地上，就听见外面传来一声低沉的闷雷的吼声。

他父亲正赤脚片儿蹲在炕上抽旱烟，一只手悠闲地捋着下巴上的一撮白胡子。他母亲颠着小脚往炕上端饭。

老两口见儿子回来，两张核桃皮皱脸立刻笑得像两朵花。他们显然庆幸儿子赶在大雨之前进了家门。同时，在他们看来，亲爱的儿子走了不是五天，而是五年；像是从什么天涯海角归来似的。

老父亲立刻凑到煤油灯前，笑嘻嘻地用小指头上专心留下的那个长指甲打掉了一朵灯花，满窑里立刻亮堂了许多。他喜爱地看着儿子，嘴张了几下，也没有说出什么来。老母亲赶紧把端上炕的玉米面馍又重新端下去，放到锅台上，开始张罗着给儿子炒鸡蛋，烙白面饼；她还用她那爱得过分的感情，跌跌撞撞走过来，把儿子放在炕上的衫子披在他汗水直淌的光身子上，嗔怒地说："二杆子！操心凉了！"

高加林什么话也没说。他把母亲披在他身上的衣服重新放在炕上，连鞋也没脱，就躺在了前炕的铺盖卷上。他脸对着黑洞洞的窗户，说："妈，你别做饭了，我什么也不想吃。"

老两口的脸顿时又都恢复了核桃皮状，不由得相互交换了一下眼色，都在心里说：娃娃今儿个不知出了什么事，心里不畅快？一道闪电几乎把整个窗户都照亮了，接着，像山崩地陷一般响了一声可怕的炸雷。听见外面立刻刮起了大风，沙尘把窗户纸打得啪啪价响。

老两口愣怔地望了半天儿子的背影，不知他倒究怎啦。

"加林，你是不是身上不舒服？"母亲用颤音问他，一只手拿着舀面瓢。

"不是……"他回答。

"和谁吵架啦？"父亲接着母亲问。

"没……"

"那倒究怎啦？"老两口几乎同时问。

"……"

唉！加林可从来都没有这样啊！他每次从城里回来，总是给他们说长道短的，还给他们带一堆吃食：面包啦，蛋糕啦，硬给他们手里塞；说他们牙口不好，这些东西又有"养料"，又绵软，吃到肚子里好消化。今儿个显然发生什么大事了，看把娃娃愁成个啥！高玉德看了一眼老婆的愁眉苦脸，顾不得抽烟了。他把烟灰在炕栏石上磕掉，用挽在胸前纽扣上的手帕揩去鼻尖上的一滴清鼻涕，身子往儿子躺的地方挪了挪，问："加林，倒究出了什么事啦？你给我们说说嘛！你看把你妈都急成啥啦！"

高加林一条胳膊撑着，慢慢爬起来，身体沉重得像受了重伤一般。他靠在铺盖卷上，也不看父母亲，眼睛茫然地望着对面墙，开口说："我的书教不成了……"

"什么？"老两口同时惊叫一声，张开的嘴巴半天也合不拢了。

加林仍然保持着那个姿势，说："我的民办教师被下了。今天会上宣布的。"

"你犯了什么王法？老天爷呀……"老母亲手里的舀面瓢一下子掉在锅台上，摔成了两瓣。

"是不是减教师哩？这几年民办教师不是一直都增加吗？怎么一下

子又减开了？"父亲紧张地问他。

"没减……"

"那马店学校不是少了一个教师？"他母亲也凑到他跟前来了。

"没少……"

"那怎能没少？不让你教了，那它不是就少了？"他父亲一脸的奇怪。

高加林烦躁地转过脸，对他父母亲发开了火："你们真笨！不让我教了，人家不会叫旁人教？"

老两口这下子才恍然大悟。他父亲急得用瘦手摸着赤脚片，偷声缓气地问："那他们叫谁教哩？"

"谁？谁！再有个谁！三星！"高加林又猛地躺在了铺盖上，拉了被子的一角，把头蒙起来。

老两口一下子木然了，满窑里一片死气沉沉。

这时候，听见外面雨点已经急促地敲打起了大地，风声和雨声逐渐加大，越来越猛烈。窗户纸不时被闪电照亮，暴烈的雷声接二连三地吼叫着。外面的整个天地似乎都淹没在了一片混乱中。

高加林仍然蒙着头。他父亲鼻尖上的一滴清鼻涕颤动着，眼看要掉下来了，老汉也顾不得去揩；那只粗糙的手再也顾不得悠闲地捋下巴上的那撮白胡子了，转而一个劲地摸着赤脚片儿。他母亲身子佝偻着伏在炕栏石上，不断用围裙擦眼睛。窑里静悄悄的，只听见锅台后面那只老黄猫的呼噜声。

外面暴风雨的喧嚣更猛烈了。风雨声中，突然传来了一阵"轰隆轰隆"的声音——这是山洪从河道里涌下来了。

足足有一刻钟，这个灯光摇晃的土窑洞失去了任何生气，三个人都陷入难受和痛苦中。

这个打击对这个家庭来说显然是严重的。对于高加林来说，他高中毕业没有考上大学，已经受了很大的精神创伤。亏得这三年教书，他既不要参加繁重的体力劳动，又有时间继续学习，对他喜爱的文科深入钻研。他最近在地区报上已经发表过两三篇诗歌和散文，全是这段时间苦钻苦熬的结果。现在这一切都结束了，他将不得不像父亲一样开始自己的农民生涯。他虽然没有认真地在土地上劳动过，但他是农民的儿子，知道在这贫瘠的山区当个农民意味着什么。农民啊，他们那全部伟大的艰辛他都一清二楚！他虽然从来也没鄙视过任何一个农民，但他自己从来都没有当农民的精神准备！不必隐瞒，他十几年拼命读书，就是为了不像他父亲一样一辈子当土地的主人（或者按他的另一种说法是奴隶）。虽然这几年当民办教师，但这个职业对他来说还是充满希望的。几年以后，通过考试，他或许会转为正式的国家教师。到那时，他再努力，争取做他认为更好的工作。可是现在，他所抱有的幻想和希望彻底破灭了。此刻，他躺在这里，脸在被角下面痛苦地抽搐着，一只手狠狠地揪着自己的头发。

对于高玉德老两口子来说，今晚上这不幸的消息就像谁在他们的头上敲了一棍。他们首先心疼自己的独生子：他从小娇生惯养，没受过苦，嫩皮嫩肉的，往后漫长的艰苦劳动怎能熬下去呀！再说，加林这几年教书，挣的全劳力工分，他们一家三口的日子过得并不紧巴。要是儿子不教书了，又急忙不习惯劳动，他们往后的日子肯定不好过。他们老两口都老了，再不像往年，只靠四只手在地里刨挖，也能供养儿子上学"求功名"。想到所有这些可怕的后果，他们又难受，又恐慌。加林他妈在无声地啜泣；他爸虽然没哭，但看起来比哭还难受。老汉手把赤脚片摸了半天，开始自言自语叫苦来：

"明楼啊，你精过分了！你能过分了！你强过分了！仗你当个四大队书记，什么不讲理的事你都敢做嘛！我加林好好地教了三年书，你三星今年才高中毕业嘛！你怎好意思整造我的娃娃哩？你不要理了，连脸也不要了？明楼！你做这事伤天理哩！老天爷总有一天要睁眼呀！可怜我那苦命的娃娃啊！啊嘿嘿嘿嘿嘿……"

高玉德老汉终于忍不住哭出声来，两行浑浊的老泪在皱纹脸上淌下来，流进了下巴上那一撮白胡子中间。

高加林听见他父母亲哭，猛地从铺盖上爬起来，两只眼睛里闪着怕人的凶光。他对父母吼叫说："你们哭什么！我豁出这条命，也要和他高明楼小子拼个高低！"说罢他便一纵身跳下炕来。

这一下子慌坏了高玉德。他也赤脚片跳下炕来，赶忙捉住了儿子的光胳膊。同时，他妈也颠着小脚绕过来，脊背抵在了门板上。老两口把光着上身的儿子堵在了脚地当中。

高加林急躁地对慌了手脚的两个老人说："哎呀呀！我并不是要去杀人嘛！我是要写状子告他！妈，你去把书桌里我的钢笔拿来！"

高玉德听见儿子说这话，比看见儿子操起家具行凶还恐慌。他死死按着儿子的光胳膊，央告他说："好我的小老子哩！你可千万不要闯这乱子呀！人家通天着哩！公社、县上都踩得地皮响。你告他，除什么事也不顶，往后可把咱扣掐死呀！我老了，争不得这口气了；你还嫩，招架不住人家的打击报复。你可千万不能做这事啊……"

他妈也过来扯着他的另一条光胳膊，顺着他爸的话，也央告他说："好我的娃娃哩，你爸说得对对的！高明楼心眼子不对，你告他，咱这家人往后就没活路了……"

高加林浑身硬得像一截子树桩，他鼻子口里喷着热气，根本不听二老的规劝，大声说："反正这样活受气，还不如和他狗日的拼了！兔子急了还咬一口哩，咱这人活成个啥了！我不管顶事不顶事，非告他不行！"他说着，竭力想把两条光胳膊从四只衰老的手里挣脱出来。但那四只手把他抓得更紧了。两个老人哭成一气。他母亲摇摇晃晃的，几乎要摔倒了，嘴里一股劲央告说："好我的娃娃哩，你再犟，妈就给你下跪呀……"

高加林一看父母亲的可怜相，鼻子一酸，一把扶住快要栽倒的母亲，头痛苦地摇了几下，说："妈妈，你别这样，我听你们的话，不告了……"

两个老人这才放开儿子，用手背手掌擦拭着脸上的泪水。高加林身子僵硬地靠在炕栏石上，沉重地低下了头。外面，虽然不再打闪吼雷，雨仍然像瓢泼一样哗哗地倾倒着。河道里传来像怪兽一般咆哮的山洪声，令人毛骨悚然。

他妈见他平息下来，便从箱子里翻出一件蓝布衣服，披在他冰凉的光身子上，然后叹了一口气，转到后面锅台上给他做饭去了。他父亲摸索着装起一锅烟，手抖得划了十几根火柴才点着——而忘记了煤油灯的火苗就在他的眼前跳荡。他吸了一口烟，弯腰弓背地转到儿子面前，思思谋谋地说："咱千万不敢告人家。可是，就这样还不行……是的，就这样还不行！"他决断地喊叫说。

高加林抬起头来，认真地听父亲另外还有什么惩罚高明楼的高见。

高玉德头低倾着吸烟，一副老谋深算的样子。过了好一会儿，他才扬起那饱经世故的庄稼人的老皱脸，对儿子说："你听着！你不光不敢告人家，以后见了明楼还要主动叫人家叔叔哩！脸不要沉，要笑！人家现在肯定留心咱们的态度哩！"他又转过白发苍苍的头，给正在做饭的老伴安咐："加林他妈，你听着！你往后见了明楼家里的人，要给人家笑脸！明楼今年没栽起茄子，你明天把咱自留地的茄子摘上一筐送过去。可不要叫人家看出咱是专意讨好人家啊！唉！说来说去，咱加林今后的前途还要看人家照顾哩！人活低了，就要按低的来哩……加林妈，你听见了没？"

"嗯……"锅台那边传来一声几乎是哭一般的应承。

泪水终于从高加林的眼里涌出来了。他猛地转过身，一头扑在炕栏石上，伤心地痛哭起来。

外面的雨不知什么时候停了，只听见大地上淙淙的流水声和河道里山洪的怒吼声混交在一起，使得这个夜晚久久地平静不下来了……

第二章

高加林醒来以后，他自己并不知道时光已经接近中午了。

近一个月来，他每天都是这样，睡得很早，起得很迟。其实真正睡眠的时间倒并不多；他整晚整晚在黑暗中大睁着眼睛。从绞得乱翻翻的被褥看来，这种痛苦的休息简直等于活受罪。只是临近天明，当父母亲摸索着要起床，村里也开始有了嘈杂的人声时，他才开始迷糊起来。他蒙眬地听见母亲从院子里抱回柴火，吧嗒吧嗒地拉起了风箱；又听见父亲的瘸腿一轻一重地在地上走来走去，收拾出山的工具，并且还安咐他母亲给他把饭做好一点……他于是就眼里噙着泪水睡着了。

现在他虽然醒了，头脑仍然是昏沉沉的。睡是再睡不着了，但又不想爬起来。

他从枕头边摸出剩了不多几根的纸烟盒，抽出一支点着，贪婪地吸着，向土窑顶上喷着烟雾。他最近的烟瘾越来越大了，右手的两个手指头熏得焦黄。可是纸烟却没有了——准确地说，是他没有买纸烟的钱了。当民办教师时，每月除过工分，还有几块钱的补贴，足够他买纸烟吸的。

接连抽了两支烟，他才感到他完全醒了。本来最好再抽一支更解馋，但烟盒里只剩了最后一支——这要留给刷牙以后享用。

他开始穿衣服。每穿完一件，总要愣怔半天，才穿另一件。

好长时间他才磨磨蹭蹭下了炕，在水瓮里舀了一勺凉水往干毛巾上一浇，用毛巾中间湿了的那一小片对付着擦擦肿胀的眼睛。然后他舀一缸子凉水，到院子里去刷牙。

外面的阳光多刺眼啊！他好像一下子来到了另一个世界。天蓝得像水洗过一般。雪白的云朵静静地飘浮在空中。大川道里，连片的玉米绿毡似的一直铺到西面的老牛山下。川道两边的大山挡住了视线，更远的天边弥漫着一层淡蓝色的雾霭。向阳的山坡大部分是麦田，有的已经翻过，土是深棕色的；有的没有翻过，被太阳晒得白花花的，像刚熟过的羊皮。所有麦田里复种的糜子和荞麦都已经出齐，泛出一层淡淡的浅绿。川道上下的几个村庄，全都罩在枣树的绿荫中，很少看得见房屋；只看见每个村前的打麦场上，都立着密集的麦秸垛，远远望去像黄色的蘑菇一般。

他的视线被远处一片绿色水潭似的枣林吸引住了。他怕看见那地方，但又由不得看。在那一片绿荫中，隐隐约约露出两排整齐的石窑洞。那就是他曾工作和生活了三年的学校。

这学校是周围几个村子共同办的，共有一百多学生，最高是五年级，每年都要向城关公社中学输送一批初中学生。高加林一直当五年级的班主任，这个年级的算术和语文课也都由他代。他并且还给全校各年级上音乐和图画课——他在那里曾是一个很受尊重的角色。别了，这一切！

他无精打采地转过脸，蹲在埝畔上开始刷牙。

村子里静悄悄的。男人们都出山劳动去了，孩子们都在村外放野。村里已经有零星的吧嗒吧嗒拉风箱的声音，这里那里的窑顶上，也开始升起了一缕一缕蓝色的炊烟。这是一些麻利的妇女开始为自己的男人和孩子们准备午饭了。河道里，密集的杨柳丛中，叫蚂蚱间隔地发出了那种叫人心烦的单调的大合唱。

高加林刷牙的时候，看见他母亲正佝偻着身子，在对面自留地的茄子畦里拔草，满头白发在阳光下那么显眼。一种难受和羞愧使他的胸部一阵绞痛。他很快把牙刷从嘴里拔出来，在心里说：我这一个月实在不像话了！两个老人整天在地里操磨，我怎能老待在家里闹情绪呢？不出山，让全村人笑话！是的，他已经感到全村人都在另眼看他了。大家对高明楼做的不讲理的事已经习以为常了，但对村里任何一个不劳动的二流子都反感。庄稼人嘛，不出山劳动，那是叫任何人都瞧不起的。加林痛苦地想：他可再不能这样下去了！生活是严酷的，他必须承认他目前的地位——他已经是一个地地道道的农民了！

高加林这样想着，正准备转身往回走，听见背后有人说："高老师，你在家哩？"

他转身一看，认出是后川马店村一队的生产队长马拴。

马拴虽然不识字，但是代表马店大队参加学校管理委员会，常来学校开会，他们很熟悉。这是一个老实后生，心地善良，但人又不死板，做庄稼和搞买卖都是一把好手。

他看见平时淳朴的马拴今天一反常态。他推一辆崭新的自行车，车子被彩色塑料带缠得花花绿绿，连辐条上都缠着一些色彩鲜艳的绒球，讲究得给人一种俗气的感觉。他本人打扮得也和自行车一样体面：大热的天，一身灰的确良衬衣外面又套一身蓝涤卡罩衣；头上戴着黄的确良军式帽，晒得焦黑的胳膊上撑一只明晃晃的镀金链手表。他大概自己也为自己的打扮和行装有点不好意思，别扭地笑着。加林此刻虽然心情不好，也为马拴这身扎眼的装束忍不住笑了，问："你打扮得像新女婿一样，干啥去了？"

马拴脸通红，笑了笑说："看媳妇去了！人家正给我说你们村刘立本的二女子哩！"

加林这才明白为什么他今天里外一崭新。眼下农民看对象都是这种打扮。他问："是巧珍吗？"

"就是的。"

"那你这把川道里的头梢子拔了！你不听人家说，巧珍是'盖满川'吗？"加林开玩笑说。

"果子是颗好果子，就怕吃不到咱嘴里！"憨厚的马拴笑嘻嘻地说了句粗话。

"看得怎样？成了吧？"

"离城还有十五里！咱跑了几回，看他们家里大人倒没啥意见，就是本人连一次面也不露。大概嫌咱没文化，脸黑。脸是没人家白，论文化，她也和我一样，斗大字不识几升！唉，现在女的心都高了！"

"慢慢来，别着急！"

"对对对！"马拴哈哈大笑了。

"回我们家喝点水吧？"

"不了，在我老丈人家里喝过了！"

这回轮上高加林哈哈大笑了。他想不到这个不识字的农民说话这么幽默。

马拴戴手表的胳膊扬了扬，给他打了告别，便跨上车子，向川道里的架子车路飞奔而去。

加林靠在埝畔的一棵枣树上，一直望着他的背影没入了玉米的绿色海洋里。他忍不住扭过头向后村刘立本家的院子望了望。

刘立本绰号叫"二能人"，队里什么官也不当，但全村人尊罢高明楼就最敬他。他人心眼活泛，前几年投机倒把，这二年堂堂皇皇做起了生意，挣钱快得马都撵不上，家里的光景是全村最好的。高明楼虽然是村里的"大能人"，但在经济战线上，远远赶不上"二能人"。对于有钱人，庄稼人一般都是很尊重的。不过，村里人尊重刘立本，也还有另外一个原因。立本的大女儿巧英前年和高明楼的大儿子结婚了，所以他的身份在村里又高了一截。"大能人"和"二能人"一联亲，两家简直成了村里的主宰。全村只有他们两家圈围墙，盖门楼，一家在前村，一家在后村，虎踞龙盘，俨然是这川道里像样的大户人家。

从内心说，高加林可不像一般庄稼人那样羡慕和尊重这两家人。他虽然出身寒门，但他没本事的父亲用劳动换来的钱供养他上学，已经把他身上的泥土味冲洗得差不多了。他已经有了一般人们所说的知识分子的"清高"。在他看来，高明楼和刘立本都不值得尊敬，他们的精神甚至连一些光景不好的庄稼人都不如。高明楼人不正派，仗着有点权，欺上压下，已经有点"乡霸"的味道；刘立本只知道攒钱，前面两个女儿连书都不让念——他认为念书是白花钱。只是后来，才把三女儿巧玲送学校，现在算高中快毕业了。这两家的子弟他也不放在眼里。高明楼把精能全占了，两个儿子脑子都很迟笨。二儿子三星要不是走后门，怕连高中都上不了。刘立本的三个女儿都长得像花朵一样好看，人也都精精明明的，可惜有两个是文盲。

虽然这样，加林此刻站在埝畔上只是恼恨地想：他们虽然被他瞧不起，但他自己现在又是个什么光景呢？

一种强烈的心理上的报复情绪使他忍不住咬牙切齿。他突然产生了这样的思想：假若没有高明楼，命运如果让他当农民，他也许会死心塌地在土地上生活一辈子！可是现在，只要高家村有高明楼，他就非要比他更有出息不可！要比高明楼他们强，非得离开高家村不行！这里很难比过他们！他决心要在精神上，要在社会的面前，和高明楼他们比个一高二低！

他把缸子牙刷送回窑，打开箱子找一件外衣，准备到前川菜园下面的那个水潭里洗个澡。

他翻出一件黄色的军用上衣，眼睛突然亮了。这件衣服是他叔父从新疆部队上寄回的，他宝贵得一直舍不得穿。他父亲唯一的弟弟从小出去当兵，解放以后才和家里联系上，几十年没回一次家。一年通几次信，年底给他们寄一点零花钱，关系仅此而已。叔父听说是副师政委，这是他们家的光荣和骄傲，只是离家远，在他们的生活中不起什么作用。

高加林拿起这件衣服，突然想起要给叔父写一封信，告诉一下他目前的处境，看叔父能不能在新疆给他找个工作。当然，他立刻想到，父母亲就他一个独苗儿，就是叔父在那里能给他找下工作，他们也不会让他去的。但他决定还是要给叔父写信。他渴望远走高飞——到时候，他会说服父母亲的。

他于是很快伏在桌子上，用他文科方面的专长，很动感情地给叔父写了一封信，放了了箱子里。他想明天县城逢集，他托人把信在城里很快寄出去。

这个突然冒出来的想法，给他精神上带来很大的安慰。他立刻觉得轻松起来，甚至有点高兴。

他把这件黄军衣穿在身上，愉快地出了门，沿着通往前川的架子车路，向那片色彩斑斓的菜园走去。

黄土高原八月的田野是极其迷人的。远方的千山万岭，只有在这个时候才用惹眼的绿色装扮起来。大川道里，玉米已经一人多高，每一株都怀了一个到两个可爱的小绿棒；绿棒的顶端，都吐出了粉红的缨丝。

山坡上，蔓豆、小豆、黄豆、土豆都在开花，红、白、黄、蓝，点缀在无边无涯的绿色之间。庄稼大部分都刚锄过二遍，又因为不久前下了饱墒雨，因此地里没有显出旱象，湿润润，水淋淋，绿蓁蓁，看了真叫人愉快和舒坦。

高加林轻快地走着，烦恼暂时放到了一边，年轻人那种热烈的血液又在他身上欢畅地激荡起来。他折了一朵粉红色的打碗碗花，两个指头捻动着花茎，从一片灰白的包心菜地里穿过，接连跳过了几个土塄坎，来到了河道里。

他飞快地脱掉长衣服，在那一潭绿水的上石崖上扩胸、下蹲——他已经决定不是简单洗个澡，而要好好游一次泳。

他的裸体是很健美的。修长的身材，没有体力劳动留下的任何印记，但又很壮实，看出他进行过规范的体育锻炼。脸上的皮肤稍有点黑；高鼻梁，大花眼，两道剑眉特别耐看。头发是乱蓬蓬的，但并不是不讲究，而是专门讲究这个样子。他是英俊的，尤其是在他沉思和皱着眉头的时候，更显示出一种很有魅力的男性美。

高加林活动了一会儿，便像跳水运动员一般从石崖上一纵身跳了下去，身体在空中划了一条弧线，就优美地没入了碧绿的水潭中。他在水里用各种姿势游，看来蛮像一回事。

一刻钟以后，他从跌水哨的一边爬上来，在上面的浅水里用肥皂洗了一遍身子，然后躲在一个石窝里换了裤子，光着上身回到石崖上面，躺在一棵桃树下。这棵桃树是一辈子打光棍的德顺老汉的。桃子还没熟的时候，好心的老光棍就全摘了分给村里的娃娃。现在这树上只留下一些不很茂密的树叶，倒也能遮一些阴凉。

高加林把衫子铺到地上，两只手交叉着垫到脑后，舒展开身子躺下来，透过树叶的缝隙，无意识地望着水一般清澈的蓝天。时光已经到了中午，但他的肚子也不觉得饿。河道离得很近，但水声听起来像是很远，潺潺地，像小提琴拉出来的声音一般好听。

这时候，在他右侧的玉米地里，突然传来一阵女孩子悠扬的信天游歌声：

上河里（哪个）鸭子下河里鹅，

一对对（哪个）毛眼眼望哥哥……

歌声甜美而嘹亮，只是缺乏训练，带有一点野味。他仔细听了一下，声音像是刘立本家的巧珍。他一下子记起刚才马拴看媳妇的洋相，又联想到巧珍唱的歌，忍不住笑了，心里说："你哥哥专门来望你哩，没望见你；他人走了，你现在才望他哩……"

他这样想这件可笑事时，就听见他旁边的玉米林子里响起沙沙的声音。坏了！大概是巧珍从这里过路回家呀。

高加林慌忙坐起来，两把穿上了衣服。他的最后一颗扣子还没扣上，巧珍提一篮子猪草已经站在他面前了。

刘巧珍看起来根本不像个农村姑娘。漂亮不必说，装束既不土气，也不俗气。草绿的确良裤子，洗得发白的蓝劳动布上衣，水红的确良衬衣的大翻领翻在外边，使得一张美丽的脸庞显得异常生动。

她扑闪着一双水灵灵的大眼睛，局促地望了一眼高加林，然后从草篮里摸出一个熟得皮都有点发黄的甜瓜递到高加林面前，说："我们家自留地的。我种的。你吃吧，甜得要命！"接着，她又从口袋里掏出自己洗得干干净净的花手帕，让加林揩一揩甜瓜。

高加林很勉强地接过甜瓜，但没有接她的手帕，轻淡地对她说："我现在不想吃，我一会儿再……"

巧珍似乎还想和他说话，看他这副样子，犹豫了一下，低着头向上边地畔的小路上走了。

高加林把甜瓜放在一边，下意识地回过头朝地畔上望了一眼，结果发现走着的巧珍也正回过头望他。他赶忙扭过头，烦恼地躺在了地上。他在感情上对这个不识字的俊女子很讨厌，因为她姐姐是高明楼的儿媳妇！

他并不想吃甜瓜，此刻倒很想抽一支烟。他明知道纸烟早已经抽光，卷着抽的旱烟叶子也没带来，但两只手还是下意识地在身上所有的衣袋上都按了按，结果只是失望地叹了一口气。

"加林！加林！快回去吃饭嘛！躺在这儿干啥哩？"他听见父亲在菜地畔上叫他。

他站起身，把巧珍送的那个甜瓜装在上衣口袋里，向菜地畔上走去。

他上了地畔，先把父亲的烟锅接过来，点着一锅，拼命吸了一口，立刻呛得他弯下腰咳嗽了半天。

他父亲叹息了一声，说："别抽这旱烟了，劲太大！"他把旱烟锅从儿子手里夺过来，说，"加林，我在山里思谋了一下，明儿个县里逢集，干脆让你妈蒸上一锅白馍，你提上卖去！咱家里点灯油和盐都快完了，一个来钱处都没有嘛！再说，卖上两个钱，还能给你买一条纸烟哩！"

高加林揩了揩咳嗽呛出的眼泪，直起腰看了看父亲等待他回答的目光，犹豫了半天。他很快想起他给叔父写好的信，觉得明天上一趟县城也好，他可以亲自把信发出去——要是托给别人邮，万一丢了怎么办？他于是同意了父亲的这个提议，决定明天到县城赶集去。

第三章

　　吃过早饭不久，在大马河川道通往县城的简易公路上，已经开始出现了熙熙攘攘去赶集的庄稼人。由于这两年农村政策的变化，个体经济有了大发展，赶集上会，买卖生意，已经重新成了庄稼人生活的重要内容。

　　公路上，年轻人骑着用彩色塑料缠绕得花花绿绿的自行车，一群一伙地奔驰而过。他们都穿上了崭新的"见人"衣裳，不是涤卡，就是的确良，看起来时兴得很。粗糙的庄稼人的赤脚片上，庄重地穿上尼龙袜和塑料凉鞋。脸洗得干干净净，头梳得光光溜溜，兴高采烈地去县城露面：去逛商店，去看戏，去买时兴货，去交朋友，去和对象见面……

　　更多的庄稼人大都是肩挑手提：担柴的、挑菜的、吆猪的、牵羊的、提蛋的、抱鸡的、拉驴的、推车的；秤匠、鞋匠、铁匠、木匠、石匠、篾匠、毡匠、箍锅匠、泥瓦匠；游医、巫婆、赌棍、小偷、吹鼓手、牲口贩子……都纷纷向县城涌去了。川北山根下的公路上，蹚起了一股又一股的黄尘。

　　当高加林挽着一篮子蒸馍加入这个洪流的时候，他立刻后悔起来。他感到自己突然变成一个真正的乡巴佬了。他觉得公路上前前后后的人都朝他看。他，一个曾经是潇潇洒洒的教师，现在却像一个农村老太婆一样，上集卖蒸馍去了！他的心难受得像无数虫子在咬着。

　　但这一切是毫无办法的。严峻的生活把他赶上了这条尘土飞扬的路。他不得不承认，他现在只能这样开始新的生活。家里已经连买油量盐的钱都没了，父母亲那么大的年纪都还整天为生活苦熬苦累，他一个年轻轻的后生，怎好意思一股劲待下吃闲饭呢？

他提着蒸馍篮子，头尽量低着，什么也不看，只瞅着脚下的路，匆匆地向县城走。路上，他想起父亲临走时安咐他，叫他卖馍时要吆喝。他的脸立刻感到火辣辣地发烧。天啊，他怎能喊出声来！

"可是，"他想，"如果我不叫卖，谁知道我提这蒸馍是干啥哩？"

走到一个小沟岔的时候，高加林突然想：干脆让我先跑到这没人的拐沟里试验喊叫一下，到城里好习惯一些嘛！

他满脸通红朝公路两头望了望，见没什么人，于是就像做一件见不得人的事一样，匆忙地折身走进了公路边的那条拐沟里。

他在这荒沟里走了好一段路，直到看不见公路的时候才站住。

他站住，口张了一下，但没勇气喊出声来。又张了一下口，还是不行。短短的时间里，汗水已经沁满了他的额头。四野里静悄悄的，几只雪白的蝴蝶在他面前一丛淡蓝色的野花里安详地飞着；两面山坡上茂密的苦艾发出一股新鲜刺鼻的味道。高加林感到整个大地都在敛声屏气地等待他那一声"白蒸馍哎——"！

啊呀，这是那么的难人！他感到就像要在大庭广众面前学一声狗叫唤一样受辱。

他用手背擦了一下额头的汗水，决心下一声非喊出来不可！他狠狠地咽了一口唾沫，把眼一闭，张开嘴怪叫一声："白蒸馍哎——"

他听见四山里都在回荡着他那一声演戏般的、悲哀的喊叫声。他牙咬住嘴唇，强忍着没让眼里的泪花子溢出来。

他直愣愣地在这个荒沟野地里站了老半天，才难受地回到公路上，继续向县城走去。从他们村到县城只有十来里路，但他感到这段路是多么的漫长和艰难。他知道，更大的困难还在前头——在那万头攒动的集市上！

当他走到大马河与县河交汇的地方，县城的全貌已经出现在视野之内了。一片平房和楼房交织的建筑物，高低错落，从半山坡一直延伸到河岸上。亲爱的县城还像往日一样，灰蓬蓬地显出了它那诱人的魅力。他没有走过更大的城市，县城在他的眼里就是大城市，就是别一番天地。他对这里的一切都是熟悉的，亲切的；从初中到高中，他都是在这里度过。他对自己和社会的深入认识，对未来生活的无数梦想，都是在这里开始的。学校、街道、电影院、商店、浴池、体育场……生活是多么的丰富多彩！可是，三年前，他就和这一切告别了……

现在，他又来了。再不是当年的翩翩少年，衣服整洁而笔挺，满身的香皂味，胸前骄傲地别着本县最高学府的校徽。他现在提着蒸馍篮子，是一个普通的赶集的庄稼人了。

往事的回忆使他心酸。他靠在大马河桥的石栏杆上，感到头有点眩晕起来。四面八方赶集的人群正源源不绝地通过大桥，进了街道。远处城市中心街道的上空，腾起很大一片灰尘，嘈杂的市声听起来像蜂群发出的嗡嗡声一般。

他猛然想到一个更糟糕的问题：要是碰上他在县城的同学怎么办？

他下意识地抬起头，先慌忙朝前后看了看。这时候他才真正后悔赶这趟集了。一般的赶集倒也没什么，可他是来卖蒸馍的呀！

现在折回去吗？可这怎行呢！他已经走到了县城。再说，家里连一点零花钱都没有了，这样回去，父母亲虽然不会说什么，但他们肯定心里会难受的——不仅为这篮没卖掉的蒸馍，更为他的没出息而难受！

"不，"他想，"我既然来了，就是硬着头皮也要到集上去！"当然，他也在心里祷告，千万不要碰上县城里的同学。

他很快提起篮子，过了桥，向街道上走去。他准备穿过街道，到南关里去。那里是猪市、粮食市和菜市，人很稠，除过买菜的干部，大部分都是庄稼人，不显眼。

当他路过汽车站候车室外面的马路时，脸刷一下白了——白了的脸很快又变得通红。他感到全身的血一下都向脸上涌上来了：他猛然看见他高中时的同班同学黄亚萍和张克南正站在候车室门口。躲是来不及了，他俩显然也看见了他，已经先后向他走过来了。

高加林恨不得把这篮子馍一下扔到一个人所不知的地方。张克南和黄亚萍很快走到他面前了，他只好伸出空着的那只手和克南握了握手。

他俩问他提个篮子干啥去呀？他即兴撒了个谎，说去城南一个亲戚家里走一趟。

黄亚萍很快热情地对他说："加林，你进步真大呀！我看见你在地区报上发表的那几篇散文啦！真不简单！文笔很优美，我都在笔记本上抄了好几段呢！"

"你还在马店教书吗？"克南问他。

他摇摇头，苦笑了一下说："已经被大队书记的儿子换下来了，现在已经回队当了社员。"

黄亚萍立刻焦虑地说："那你学习和写文章的时间更少了！"

高加林解嘲地说："时间更多了！不是有一个诗人写诗说：'我们用镢头在大地上写下了无数的诗行'吗？"

他的幽默把他的两个同学都逗笑了。

"你们出差去吗？"加林问他们俩。他隐约地感到，他两个的关系似乎有点微妙。在中学时，他俩的关系倒也很一般。

"我不出去。克南要到北京给他们单位买彩色电视机。我是闲逛哩……"黄亚萍说着，似乎有点不好意思。

"你还在副食公司当保管吗？"加林问克南。

"不。前不久刚调到副食门市上。"克南说。

"高升了！当了门市部主任！不过，前面还有个副字！"亚萍有点嘲弄地看了看克南，不以为然地撇了一下嘴。

"要买什么烟酒一类的东西，你来，我尽量给你想办法。我这人没其他能耐，就能办这么些具体事。唉，现在乡下人买一点东西真难！"克南对他说。

尽管张克南这些话都是真诚的，但高加林由于他自己的地位，对这些话却敏感了。他觉得张克南这些话是在夸耀自己的优越感。他的自尊心太强了，因此精神立刻处于一种藐视一切的状态，稍有点不客气地说："要买我想其他办法，不敢给老同学添麻烦！"

一句话把张克南刺了个大红脸。

黄亚萍也是个灵人，已经听出他俩话不投机，便对高加林说："你下午要是有空，上我们广播站来坐坐嘛！你毕业后，进县城从不来找我们拉拉话。你还是那个样子，脾气真犟！"

"你们现在位置高了，咱区区老百姓，实在不敢高攀！"加林的坏毛病又犯了！一旦他感到自己受了辱，话立刻变得非常刻薄，简直叫人下不了台。

张克南已经明显地有点受不了了，正好车站的广播员让旅客排队买票，这一下把大家都解脱了。

克南马上和他握了手，先走了。亚萍犹豫了一下，对他说："……我真的想和你拉拉话。你知道，我也爱好文学，但这几年当个广播员，光练了嘴皮子了，连一篇小小的东西都写不成，你一定来！"

她的邀请是真诚的，但高加林不知为什么，心里感到很不舒服。他对亚萍说："有空我会来的。你快去送克南吧，我走了。"

黄亚萍的脸刷一下红了，说："我不是去送他的！我来车站接一个老家来的亲戚……"她显然也即兴撒了个谎。加林心里想：你根本没必要撒谎!

高加林再不说什么,他向她很礼貌地点点头,便转身向大街道上走去。他一边走,一边心里为他和亚萍各自撒的谎感到好笑,忍不住自言自语说:"你去接你的'亲戚'吧,我也得看我的'亲戚'去了……"

但是,刚才和克南、亚萍的见面,很快又勾起了他对往日学校生活的回忆。

在学校时,亚萍是班长,他是学习干事,他们之间的交往是比较多的。他俩也是班上学习最好的,又都爱好文学,互相都很尊重。他和克南平时不是太接近的,因为都在校篮球队,只是打球的时候才在一块交往得多一些。

黄亚萍是江苏人,她父亲是县武装部长和县委常委。亚萍是在他刚上高中的那年随父亲调来县上,插入他那个班的。她带有鲜明的南方姑娘的特点,又经见过世面;那种聪敏、大方和不俗气,立刻在整个学校都很惹眼了。高加林虽然出身农民家庭,也没走过大城市,但平时读书涉猎的范围很广;又由于山区闭塞的环境反而刺激了他爱幻想的天性,因而显得比一般同学飘洒,眼界也宽阔。黄亚萍很快发现了他的这种气质,很自然地在班上更接近他。他同样也喜欢和她在一块儿。因为在这之前,他还没有接触过这样的女生。本地女同学和黄亚萍相比,都有点不大方,有的又很俗气,动不动就说吃说穿,学习大部分都赶不上男同学,他很少和她们交往。他俩有时在一块儿讨论共同看过的一本小说,或者说音乐,说绘画,谈论国际问题。班上的同学一度曾议论过他们的长长短短。他当时并不敢想什么出边的事。他和黄亚萍相比,有难以克服的自卑感。这不是说他个人比她差,而是指家庭、经济条件和社会地位这些方面而言。在这些方面,张克南全部有。克南父亲是县商业局长,他母亲也是县药材公司的副经理,在县上都是很像样的人物。当时克南也对亚萍有好感，经常设法和她接近，但看出她并没有和他过多交往的愿望。

很快，高中毕业了。他们班一个也没有考上大学。农村户口的同学都回了农村，城市户口的纷纷寻门路找工作。亚萍凭她一口高水平的普通话到了县广播站，当了播音员。克南在县副食公司当了保管。生活的变化使他们很快就隔开很远了，尽管他们相距只有十来里路，但在实际生活中，他们已经是在两个世界了。

高加林回村后，起初每当听见黄亚萍清脆好听的普通话播音的时候，总有一种很惆怅的感觉，就好像丢了一件贵重的东西，而且没指望找回来了。后来，这一切都渐渐地淡漠了。只是不知什么时候，他隐约听另外村一个同学说，黄亚萍可能正和张克南谈恋爱时，他才又莫名其妙地难受了一下。以后他便很快把这一切都推得更远了，很长时间甚至没有想到过他们⋯⋯

他刚才碰见他们，感到很晦气。他现在一边提着蒸馍篮子往热闹的集市中间走，一边眼睛灵活地转动着，以防再碰上城里工作的同学。

刚到十字街口，接近人流漩涡的地方，他又碰到了一个熟人！

不过，这回他倒没什么恐慌。当他们城关公社文教专干马占胜有点尴尬地过来和他握手时，他这一刻不觉得胳膊上挽的蒸馍篮子丢人了——哼！让他看看吧，正是他们把他逼到了这个地步！

当专干问他干啥时，他很干脆地告诉他：卖蒸馍！他并且从篮子里取出一个来，硬往马占胜手里塞；他感到他拿的是一颗冒烟的、带有强烈报复性的手榴弹！

马占胜两只手慌忙把这个蒸馍捉住，又重新硬塞到篮子里，手在已经有了胡楂的脸上摸了一把，显得很难受的样子说：

"加林！你大概一直在心里恨我哩！我一肚子苦水无处倒哇！有些

话，我真想给你说，又不好说！现在你听我给你说。"马占胜把高加林拉在十字街自行车修理部的一个拐角处，又摸了一把脸，放低声音说：

"唉，好加林哩！你不知情！咱公社的赵书记和你们村的高明楼是十几年的老交情了。别看是上下级关系，两人好得不分你我。前几年，明楼家没什么要安排的人，就一直让你教书。今年他二小子高中毕业了，他在公社跑了几回，老赵当然要考虑。你知道，这几年国民经济调整哩，国家在农村又不招工招干，因此农村把民办教师这工作看得很重要。明楼当然想叫他小子干这事嘛！下另外村子的教师，人家谁让哩？因此，就只好把你下了，让三星上。这事虽然是我在会上宣布的，可这不是我决定的嘛！我马占胜哪有这么大的牛皮！因此，好加林哩，你千万不要恨我！"

高加林心不在焉地用手指头理了理头发，对专干说：

"老马，你太多心了。你不说，我也都了解这些情况。我们共事几年了，你应该了解我。"

"我当然了解你！全公社教师里面，你是拔尖的！再说，你这娃娃心眼活，性子硬，我就喜欢这号人。不怕！……噢，我忘记告诉你了，我已经调到县政府的劳动局，算是提拔了，当了个副局长。我前几天还给公社赵书记谈过，叫他有机会就考虑再让你当教师。赵书记满口答应了……不怕！你等着！……你快忙你的，我还要开个会哩。新官上任三把火！咱烧不起来火，最起码得按时给人家应酬嘛！……"

马占胜说完，手在脸上摸了一把，和高加林握了一下手，像逃避什么似的很快就钻到了人群里。

高加林因为一直就对这个公社有名的滑头没有好感，所以基本上没认真听他说了些什么。他现在只知道他离开了城关公社，高升到县政府了。但这些和他有什么关系呢？他现在最要紧的是把胳膊上挽的这篮子蒸馍卖掉!

高加林很快从街道里的人群中挤过,向南关的交易市场走去。

第四章

县城南关的交易市场热闹得简直叫人眼花缭乱。一大片空场地,挤满了各式各样买卖东西的人。以菜市、猪市、牲口市和熟食摊为主,形成了四个基本的中心。另一个最大的人群中心是河南一个什么县的驯兽表演团,用破旧的蓝布围了一个大圈当剧场,庄稼人挤破脑袋两毛钱买一张票,去看狗熊打篮球,哈巴狗跳罗圈。市场上弥漫着灰尘,噪音像洪水声一般喧嚣,到处充满了庄稼人的烟味和汗味。

高加林提着那篮子馍,从本县那条主要的大街上满头大汗地挤过来,就投入到这个闹哄哄的人海里了。

他提着篮子在人群里瞎挤了一气,自己也不知道该到哪里去。他是个讲卫生的人,雪白的毛巾一直把馍篮子盖得严严的,生怕落进去灰尘。谁也看不出他是个干什么的,有几次他试图把口张开,喊叫一声,但怎么也喊不出声音来。他听见市场上所有卖东西的人都在吆喝,尤其是一些生意油子,那叫卖的声音简直成了一种表演艺术。他以前听见这样的喊叫,只觉得很好笑。可现在他在心里很佩服这种什么也不顾忌的欢畅舒坦的叫喊声;觉得也是一种很大的本事。他自己明显地感到,他在这个世界里,成了一个最无能的人。

正当他在人堆里茫然乱挤的时候,听见背后有个妇女对旁边一个什么人说:"今儿个死老头子又要喝酒,请下一堆客人,热得不想做饭,国营食堂的馍又黑又脏,串了半天,这市场上还没个卖好白馍的……"

高加林一听,赶忙转过身,准备把蒸馍上的毛巾揭开。可他身子刚转过去，马上又转了过来，慌忙躲到一个卖木锨的老汉身后——他看见那个寻找着买馍的妇女正好是张克南他妈！以前上学时，他去过克南家一两次，克南他妈认识他！

可怜的小伙子像小偷一样藏在那个卖木锨的老汉背后，直等到看不见克南他妈才又走动起来。也许克南他妈早认不得他了，但他的自尊心使他不能和这样一个过去认识的人做这笔买卖。

这时候，满城的高音喇叭响了起来。喇叭里传来了黄亚萍预报节目的声音。亚萍的声音通过扩音器，变得更庄重和柔和；普通话的水平简直可以和中央台的女播音员乱真。

高加林疲乏地背靠在一根水泥电杆上，两道剑眉在眉骨上一跳一跳的。他眼睛微微地闭住，牙齿咬着嘴唇。他想到克南此刻也许正在长途汽车上悠闲地观赏着原野上的风光；黄亚萍正坐在漂亮的播音室里，高雅地念着广播稿……而他，却在这尘土飞扬的市场上颠簸着为几个钱受屈受辱，心里顿时翻起了一股苦涩的味道。

他已经完全无心卖馍了。他决定离开这个他无能为力的场所，到一个稍微清静的地方待一会儿。至于馍卖不了怎么办，现在他也不想考虑了。

到哪里去呢？他突然想起了他已经久违的县文化馆阅览室。

他很快又从大街里挤过来，来到十字街以北的县文化馆。因为他爱好文学，文化馆他有几个熟人，本来想进去喝点水，但他很快又打消了这个念头——他今天怕见任何熟人！

他径直进了阅览室，把馍篮放在长椅的角上，从报架上把《人民日报》《光明日报》《中国青年报》《参考消息》和本省的报纸取了一堆，坐在椅子上看起来。这里没什么人。在城市喧嚣的海洋里，难得有这平静的一隅。

他最近由于生活发生了混乱，很多天没看报纸杂志了。他从初中就养成了每天看报的习惯，一天不看报纸总像缺个什么似的。当他好多天以后重新进入报纸的世界，立刻就把所有的一切都忘了个一干二净。

他首先看《人民日报》的国际版。他很关心国际问题，曾梦想过进国际关系学院读书。在高中时，他曾钉过一个很大的笔记本，里面虚张声势地写上"中东问题""欧洲共同体国家相互政治经济关系研究""东盟五国和印支三国未来关系的演变""中美苏三角关系中美国的因素"等等胡思乱想的"研究"题目。现在他想起来已经有点可笑，但当时的"气派"却把同学们吓了一跳！其实他也并没能"研究"什么，只不过剪贴了一点报刊资料而已。

他先把各种报纸翻着浏览了一遍，然后找了一篇长一点的文章"过瘾"。他身子蜷曲在长椅子里，看起了韩念龙在联合国召开的柬埔寨国际会议上的发言。

他把几种大报好多天的重要内容几乎通通看完以后，浑身感到一种十分熨帖舒服的疲倦。

直到阅览室的工作人员来关门的时候，他才大吃一惊：现在已经到城里人吃下午饭的时光了！

他慌忙提起蒸馍篮子，出了阅览室。

太阳已经远远向西边倾斜过去了。市声基本落下，街道上稀稀落落的没有了多少人。

啊呀，他在阅览室待的时间太长了！现在怎么办呢？庄稼人大部分都已经像潮水一样退出了城市，这时候他要是再出现在街上，很容易碰见熟悉的同学。

想来想去，没有什么办法了。他站在阅览室的门口踌躇了半天，最后只好决定提着篮子回家去。

他垂头丧气出了城，向大马河川道那里走去。一切都还是来的样子，篮子里的白馍一个也没少。他赶这回集，连一分钱的买卖都没做。

他走到大马河桥上时，突然看见他们村的巧珍立在桥头上，手里拿块红手帕扇着脸，身边撑着他们家新买的那辆"飞鸽"牌自行车。

巧珍看见他，主动走过来了，并且站在了他的面前——实际上等于把他堵在了路上。

"加林，你是不是卖馍去了？"她脸红扑扑的，不知为什么，看来精神有点紧张，身体像发抖似的微微颤动着，两条腿似乎都有点站不稳。

"嗯……"高加林应承了一声，很奇怪地看了她一眼，没话寻话地说，"你也赶集去了？"

"嗯……"巧珍用手帕揩着脸上沁出的汗珠，眼睛斜看着她的自行车，但精神却在注意着他，说："我来赶集，一点事也没……加林，"她突然转过脸看着他说，"我知道你一个馍也没卖掉！我知道哩！你怕丢人！你干脆把馍给我，你在这里把我的车子看住，让我给你卖去！"

巧珍说着，两只手很快过来拿他的篮子。

高加林闷头闷脑地还没反应过来这是怎么一回事，巧珍已经从他胳膊上把篮子夺走了。她什么话也没说，提着篮子就反身向街道上走去了。

高加林望着她远去的苗条的背影，不知该如何是好。他两只手在桥栏杆上摸来摸去，怎么也弄不清楚为什么突然出现了这样的事情。

对于巧珍来说，她今天的行动是蓄谋已久的。不是一天两天，而是多少年埋藏在她心中的感情，已经忍无可忍——她要爆发了！否则，她觉得自己简直活不下去了！

刘立本这个漂亮得像花朵一样的二女子，并不是那种简单的农村姑娘。她虽然没有上过学，但感受和理解事物的能力很强，因此精神方面的追求很不平常。加上她天生的多情，形成了她极为丰富的内心世界。村前庄后的庄稼人只看见她外表的美，而不能理解她那绚丽的精神光彩。可惜她自己又没文化，无法接近她认为"更有意思"的人。她在有文化的人面前，有一种深刻的自卑感。她常在心里怨她父亲不供她上学。等她明白过来时，一切都已经为时过晚了。为了这个无法弥补的不幸，她不知暗暗哭过多少回鼻子。

　　但她决心要选择一个有文化、而又在精神方面很丰富的男人做自己的伴侣。就她的漂亮来说，要找个公社的一般干部，或者农村出去的国家正式工人，都是很容易的；而且给她介绍这方面对象的媒人把她家的门槛都快踩断了。但她统统拒绝了。这些人在她看来，有的连农民都不如。退一步说，就是和这样的人结婚了，男人经常在门外，一年回不来几次；娃娃、家庭都要她一个人操磨。这样的例子在农村多得很！而最根本的是，这些人里没有她看得上的。如果真正有合她心的男人，她就是做出任何牺牲也心甘情愿。她就是这样的人！

　　她父亲虽然生了她，养活了她，但根本不理解她。他见她不寻干部、工人，就急着给她找农村的。并且一心看上个马店的马拴。马拴这人前几年公社农田基建会战时，她和他接触不少。他人诚实，心眼也不死，做买卖很利索，劳动也是村前庄后出名的。家里的光景富裕而殷实，拿农村的眼光看，算是上等人家。但她就是产生不了爱马拴的感情。尽管马拴热心地三一回五一回常往她家里跑，她总是躲着不见面，急得她父亲把她骂过好几回了。

　　其实，她并不是没有自己心上的人。多年来，她内心里一直都在为这个人发狂发痴——这人就是高加林！

巧珍刚懂得人世间还有爱情这一回事的时候，就在心里爱上了加林。她爱他的飘洒的风度，漂亮的体形和那处处都表现出来的大丈夫气质。她认为男人就应该像个男人；她最讨厌男人身上的女人气。她想，她如果跟了加林这样的男人，就是跟上他跳了崖也值得！她同时也非常喜欢他的那一身本事：吹拉弹唱，样样在行；会安电灯，会开拖拉机，还会给报纸上写文章哩！再说，又爱讲卫生，衣服不管新旧，常穿得干干净净，浑身的香皂味！

她曾在心里无数次梦想她和这个人在一起的情景：她把她的手放在他的手里，让他拉着，在春天的田野里，在夏天的花丛中，在秋天的果林里，在冬天的雪地上，走呀，跑呀，并且像人家电影里一样，让他把她抱住，亲她……

可是在现实生活里，她的自卑感使她连走近他的勇气都没有。她时时刻刻在想念他，又处处在躲避他。她怕她的走路、姿势和说话在他面前显出什么不妥当来，惹她心爱的人笑话。但是，她的心思和眼睛却从来也没有离开过他啊！

加林上高中时，她尽管知道人家将来肯定要远走高飞，她永远不会得到他，但她仍然一往情深，在内心里爱着。每当加林星期天回来的时候，她便找借口不出山，坐在她家院子的垴畔上，偷偷地望对面加林家的院子。加林要是到村子前面的水潭去游泳，她就赶忙提个猪草篮子到水潭附近的地里去打猪草。星期天下午，她目送着加林出了村子，上县城去了，她便忍不住眼泪汪汪，感到他再也不回高家村了。

加林高中毕业没考上大学，灰溜溜地回到村里以后，巧珍高兴得几乎发了疯。她多少次的梦想露出了希望的光芒。她谋算：加林现在成了农民，大概将来就得找个农村媳妇吧？如果他找农村户口的姑娘，她虽然没文化，但她自己有信心让他爱她。她知道她有一个别的姑娘很难比上的长处：俊。

可是，希望的光芒很快暗淡了。加林当了教师。教师现在是唯一有希望进入商品粮世界的。按加林的能力来说，将来完全有把握转成正式教师。

她又陷入了深深的痛苦之中。她常常一个人躲在她们家埝畔上的那棵老槐树后面，向学校那里呆呆地张望。她目送着加林从那条被学生娃踩得白光刺眼的小路上向学校走去；又望着他从那条路上向村里走来……

她是个心眼很活的姑娘，所有这一切做得谁也看不出来。是的，村里谁也不知道这个俊女孩子的梦想和痛苦！只有她在县城正上高中的妹妹巧玲，似乎有一点觉察，有时对她麻木的发呆和莫名其妙的焦躁不安，诡秘地一笑，或真诚地为她叹息一声！现在，在高加林又一次当了农民的时候，她那长期被压抑的感情又一次剧烈地复活了。这次就好像火山冲破了地壳，感情的洪流简直连她自己也控制不住了。她为他当了农民而高兴，又同时为他的痛苦而痛苦——为此，她甚至还在她大姐面前骂高明楼不是个人。

她不知道该怎样心疼他。昨天中午，她看见他去游泳的时候，匆忙提了猪草篮在水潭边的玉米地里穿过，顺便摘了自留地的一个甜瓜，想破开脸皮去安慰一下他；今天她看见他上集去了，又骑了个车子撵来了。她今天上集的确什么事也没；她赶这回集，完全是想找机会对他说出她全部的心里话！她今天实际上一直都不远不近地跟着加林在集上的人群里挤。她看见亲爱的人提着蒸馍篮子，在人群里躲躲闪闪，一个也卖不了，后来痛苦地靠在水泥电杆上闭起眼睛的时候，她脸上的泪水也唰唰地淌着，手帕揩也揩不及。

后来，她看见加林进了文化馆，知道他的蒸馍是卖不出去了。她当时很想也进阅览室去，但她想自己不识字，进那里去干什么？再说，那里面人多，她不好和加林说什么话。于是，她就骑车来到大马河桥上，在那里等他过来，从中午一直站到下午……

刘巧珍现在提着一篮子蒸馍，兴奋地走在县城的大街上，感到天地一下子变得非常明亮了；好像街道上所有的人都在咧开嘴巴或者抿着嘴向她笑。迎面过来一群幼儿园刚放了学的娃娃，她抱住一个就亲了一口！

直到过了十字街，穿过城里那条主要街道，来到南关的自由交易市场时，她才停住了脚步，忍不住害臊地笑自己的荒唐：她原来根本不是打算来卖这篮蒸馍的，而准备送给城里她的一个姨姨家。她姨姨家住在十字街上面的山坡上，她现在却疯头涨脑地跑到了这里！至于馍钱，她不会向姨姨要的，她早已给加林准备好了。她并且还给加林买了一条好烟，已放在自行车的花布提包里了。

她很快又掉转身，向姨姨家走去。巧珍把一篮子蒸馍给姨姨家放下，折转身就起身。她姨和她姨夫硬拉住让她吃饭，她坚决地拒绝了：她怕加林在桥上等她等得不耐烦。

她提着空篮子从姨姨家出来，几乎是跑着向大马河桥上赶去。

第五章

高加林立在大马河桥上，对刚才发生的事半天百思不得其解。

他后来索性把这事看得很简单：巧珍是个单纯的女子，又是同村人，看见他没把馍卖掉，就主动为他帮了个忙。农村姑娘经常赶集上会买卖东西，不像他一样窘迫和为难。

但不论怎样，他对巧珍给他帮这个忙，心里很感谢她。他虽然和刘立本家里的人很少交往，可是感觉刘立本的三个女儿和刘立本不太一样。她们都继承了刘立本的精明，但品行看来都比刘立本端正；对待村里贫家薄业的庄稼人，也不像她们的父亲那般傲气十足。她们都尊大爱小，村里人看来都喜欢她们。三姐妹长得都很出众，可惜巧珍和她姐巧英都没上过学；妹妹巧玲正上高中，听说是现在中学里的"校花"。对于一个农民来说，找到刘立本家的女子做媳妇的确是难得的。高明楼眼疾手快，把巧英给他大儿子娶过去了。现在巧珍的媒人也是踢塌门槛；这一段马店的马拴又里外的确良穿上往刘立本家愣跑哩。高加林想起马拴那天的打扮，又忍不住笑了。

太阳正从大马河西边无垠的大山中间沉落。通往他们村的川道里，已经罩上了暗影；川道里庄稼的绿色似乎显得深了一些。夹在庄稼地中间的公路上，几乎没有了人迹，公路静悄悄地伸向绿色的深处。东南方向的县城，已经罩在一片蓝色的烟气中了。从北边流来的县河，水面不像深秋那般开阔，平静地在县城下边绕过，向南流去了；水面上辉映着夕阳明亮的光芒。河边上，一群光屁股小孩在泥滩上追逐，嬉耍；洗衣服的城市妇女正在收拾晒在岸边草地上花花绿绿的衣服和床单。

高加林不时回头向县城街道那边张望。他觉得巧珍也不一定能把那篮子馍卖了——因为现在集市都已经散了。

当他终于看见巧珍提着篮子小跑着向他走来时，他认定她没有把馍卖掉——这其间的时间太短了！

巧珍来到他面前，很快把一卷钱塞到他手里说："你点点，一毛五一个，看对不对？"

高加林惊讶地看了看她胳膊上的空篮子，接过钱塞在口袋里，心里对她充满了非常感激的心情。他不知该向她说句什么话。停了半天，才说："巧珍，你真能行！"

刘巧珍听了加林的这句表扬话，高兴得满脸光彩，甚至眼睛里都水汪汪的。

加林伸出手，说："把篮子给我，你赶快骑车回去，太阳都要落了。"

巧珍没给他，反而把篮子往她的自行车前把上一挂，说："咱们一块走！"说着就推车。

加林一下子感到很为难。和同村的一个女子骑一辆车子回家，让庄前村后的人看见了，实在不美气。但他又感到急忙找不出理由拒绝巧珍的好心。

他略踌躇了一下，对巧珍撒谎说："我骑车带人不行，怕把你摔了。"

"我带你！"巧珍两只手扶着车把，亲切地看了加林一眼，又不好意思地低下了头。

"啊呀，那怎行呢！"加林一只手在头发里搔着，不知该怎办。

"干脆，咱别骑车，一搭里走着回。"巧珍漂亮的大眼睛执拗地望着他，突起的胸脯一起一伏。

看来她真诚地要和他相跟着回村了。加林看没办法了，只好说："行，那咱走，让我把车子推上。"

他伸手要推车，巧珍用肩膀轻轻把他推了一下，说："你走了一天，累了。我来时骑车，一点也不累，让我来推。"

就这样，他俩相跟着起身了，出了桥头，向西一拐，上了大马河川道的简易公路，向高家村走去。

太阳刚刚落山，西边的天上飞起了一大片红色的霞朵。除过山尖上染着一抹淡淡的橘黄色的光芒，川两边大山浓重的阴影已经笼罩了川道，空气也显得凉森森的了。大马河两岸所有的高秆作物现在都在出穗吐缨。玉米、高粱、谷子，长得齐楚楚的，都已冒过了人头。各种豆类作物都在开花，空气里弥漫着一股清淡芬芳的香味。远处的山坡上，羊群正在下沟，绿草丛中滚动着点点白色。富丽的夏日的大地，在傍晚显得格外宁静而庄严。

高加林和刘巧珍在绿色甬道中走着，路两边的庄稼把他们和外面的世界隔开，造成了一种神秘的境界。两个青年男女在这样的环境中相跟着走路，他们的心都不由得咚咚地跳。

他俩起先都不说话。巧珍推着车，走得很慢。加林为了不和她并排，只好比她走得更慢一点，和她稍微错开一点距离。此刻，他自己感到了一种从来没有过的精神上的紧张：因为他从来没有单独和一个姑娘在这样悄没声响的环境中走过。而且他们又走得这样慢，简直和散步一样。

高加林由不得认真看了一眼前面巧珍的侧影。他惊异地发现巧珍比他过去的印象更要漂亮。她那高挑的身材像白杨树一般可爱，从头到脚，所有的曲线都是完美的。衣服都是半旧的：发白的浅毛蓝裤子，淡黄色的确良短袖；浅棕色凉鞋，比凉鞋的颜色更浅一点的棕色尼龙袜。她推着自行车，眼睛似乎只盯着前面的一个地方，但并不是认真看什么。从侧面可以看见她扬起脸微微笑着，有时上半身弯过来，似乎想和他说什么，但又很快羞涩地转过身，仍像刚才那样望着前面。高加林突然想起，他好像在什么地方见到过和巧珍一样的姑娘。他仔细回忆了一下，才想起他是看到过一张类似的画。好像是幅俄罗斯画家的油画。画面上也是一片绿色的庄稼地，地面的一条小路上，一个苗条美丽的姑娘一边走，一边正向远方望去，只不过她头上好像拢着一条鲜红的头巾……

在高加林这样胡思乱想的时候，他前面的巧珍内心里正像开水锅那般翻腾着。第一次和她心爱的人单独走在一块，使得这个不识字的农村姑娘陶醉在一种巨大的幸福之中。为了这一天，她已经梦想了好多年。她的心在狂跳着；她推车子的两只手在颤抖着；感情的潮水在心中涌动，千言万语都卡在喉眼里，不知从哪里说起。她今天决心要把一切都说给他听，可她又一时羞得说不出口。她尽量放慢脚步，等天黑下来。她又想：就这样不言不语走着也不行啊！总得先说点什么才对。她于是转过脸，也不看加林，说："高明楼心眼子真坏，什么强事都敢做……"

加林奇怪地看了看她，说："他是你们的亲戚，你还能骂他？"

"谁和他亲戚？他是我姐姐的公公，和我没一点相干！"巧珍大胆地回过头看了一眼加林。

"你敢在你姐面前骂她公公吗？"

"我早骂过了！我在他本人面前也敢骂！"巧珍故意放慢脚步，让加林和她并排走。

高加林一时弄不清楚为什么巧珍在他面前骂高明楼，便故意说："高书记心眼子怎个坏？我还看不出来。"

巧珍一下子停住了脚步，愤愤地说："加林！他活动得把你的教师下了，让他儿子上！看现在把你愁成啥了……"

高加林也不得不停住脚步。他看见他面前那张可爱的脸上是一副真诚同情他的表情。

他没有说什么，只是叹了一口气，就又朝前走了。

巧珍推车赶上来，大胆地靠近他，和他并排走着，亲切地说："他做的歪事老天爷知道，将来会报应他的！加林哥，你不要太熬煎，你这几天瘦了。其实，当农民就当农民，天下农民一茬人哩！不比他干部们活得差。咱农村有山有水，空气又好，只要有个合心的家庭，日子也会畅快的……"

高加林听着巧珍这样的话，心里感到很亲切。他现在需要人安慰。他于是很想和她拉拉家常话了。他半开玩笑地说："我上了两天学，现在要文文不上，要武武不下，当个农民，劳动又不好，将来还不把老婆娃娃饿死呀！"他说完，自己先嘿嘿地笑了。

巧珍猛地停住脚步，扬起头，看着加林说：

"加林哥！你如果不嫌我，咱们两个一搭里过！你在家里待着，我给咱上山劳动！不会叫你受苦的……"巧珍说完，低下头，一只手扶着车把，另一只手局促地扯着衣服边。

血"轰"一下子冲上了高加林的头。他吃惊地看着巧珍，立刻感到手足无措；感到胸口像火烧一般灼疼。身上的肌肉紧缩起来，四肢变得麻木而僵硬。

爱情？来得这么突然？他连一点精神准备都没有。他还没有谈过恋爱，更没有想到过要爱巧珍。他感到恐慌，又感到新奇；他带着这复杂的心情又很不自然地去看立在他面前的巧珍。她仍然害羞地低着头，像一只可爱的小羊羔依恋在他身边。她身上散发出来的温馨的气息在强烈地感染着他；那白杨树一般苗条的身体和暗影中显得更加美丽的脸庞深深地打动了他的心。他尽量控制着自己，对巧珍说："咱们这样站在路上不好。天黑了，快走吧……"

巧珍对他点点头，两个人就又开始走了。加林没说话，从她手里接过车把，她也不说话，把车子让他推着。他们谁也不知该说什么好。

半天，高加林才问她："你怎猛然说起这么个事？"

"怎是猛然呢？"巧珍扬起头，眼泪在脸上静静地淌着。她于是一边抹眼泪，一边把她这几年所有的一切一点也不瞒地给他叙说起来……

高加林一边听她说，一边感到自己的眼睛潮湿起来。他虽然是个心很硬的人，但已经被巧珍的感情深深感动了。一旦他受了感动的时候，就立即产生了一种奇异的激情：他的眼前马上飞动起无数彩色的画面；无数他最喜欢的音乐旋律也在耳边响起来；而眼前真实的山、水、大地反倒变得虚幻了……

他在听完巧珍所说的一切以后，把自行车"啪"地撑在公路上，两只手神经质地在身上乱摸起来。

巧珍看着他这副样子，突然笑了起来。她一边笑，一边抹去脸上的泪水，一边从车子后架上取下她的花提包，从里面掏出一包"云香"牌香烟，递到他面前。

高加林惊讶地张开嘴巴，说："你怎知道我是找烟哩？"

她妩媚地对他咧嘴一笑，说："我就是知道。快抽上一支！我给你买了一条哩！"

高加林走近她，先没有接烟，用一种极其亲切和喜爱的眼光怔怔地看着她。她也扬起脸看着他，并且很快把两只手轻轻地放在他的胸脯上。加林犹豫了一下，轻轻地搂住她的肩背，然后坚决地把他发烫的额头贴在她同样发烫的额头上。他闭住眼睛，觉得他失去了任何记忆和想象……

当他们重新肩并肩走在路上的时候，月光已经升起来了。月光把绿色的山川照得一片迷蒙；大马河的流水声在静悄悄的夜里显得非常响亮。村子就在前边——在公路下边的河湾里，他们就要分手各回各家了。

在分路口，巧珍把提包里的那条烟掏出来，放在加林的篮子里，头低下，小声说："加林哥，再亲一下我……"

高加林把她抱住，在她脸上亲了一下，对她说："巧珍，不要给你家里人说。记着，谁也不要让知道！……以后，你要刷牙哩……"

巧珍在黑暗中对他点点头，说："你说什么我都听……"

"你快回去。家里人问你为啥这么晚回来，你怎说呀？"

"我就说到城里我姨家去了。"

加林对她点点头，提起篮子转身就走了。巧珍推着车子从另一条路上向家里走去。

高加林进了村子的时候，一种懊悔的情绪突然涌上他的心头。他后悔自己感情太冲动，似乎匆忙地犯了一个错误。他感到这样一来，自己大概就要当农民了。再说，他自己在没有认真考虑的情况下就亲了一个女孩子，对巧珍和自己都是不负责任的。使他更难受的是，他觉得他今夜永远地告别了他过去无邪的二十四年，从此便给他人生的履历表上画上了一个标志。不管这一切是愉快的还是痛苦的，他都想哭一场！当他走进自己家门时，他爸他妈都坐在炕上等他。饭早已拾掇好了，可是他们显然还没有动筷子。见他回来，他爸赶忙问他："怎才回来？天黑了好一阵了，把人心焦死了！"

他妈瞪了他爸一眼："娃娃头一回做这营生，难肠成个啥了，你还嫌娃娃回来得迟！"她问儿子，"馍卖了吗？"

加林说："卖了。"他掏出巧珍给他的钱，递到父亲手里。

高玉德老汉嘴噙住烟锅，凑到灯前，两只瘦手点了点钱，说："是这！干脆叫你妈明早上蒸一锅馍，你再提着卖去。这总比上山劳动苦轻！"

加林痛苦地摇摇头，说："我不去做这营生了，我上山劳动呀！"

这时候，他妈从后炕的针线篮里拿出一封信，对他说："你二爸来信了，快给咱念念。"

加林突然想起，他今天为那篮该死的馍，竟然忘了把他给叔父写的信寄出去了——现在还装在他的口袋里！他从他妈手里接过叔父的信，在灯前给两个老人念起来——

大哥、嫂嫂：

你们好！今天写信，主要告诉你们一件事：最近上级决定让我转到地方工作。我几十年都在军队，对军队很有感情，但要听党的话，服从组织安排。现在还没有定下到哪里工作。等定下来后，再给你们写信。

今年咱们那里庄稼长得怎样？生活有没有困难？需要什么，请来信。

加林侄儿已经开学了吧？愿他好好为党的教育事业努力工作。

祝你们好！

弟：玉智

高加林念完，把信又递给他妈，心里想：既然是这样，他给叔父写的信寄没寄出去，现在关系已经不大了。

第六章

刘巧珍刷牙了。这件事本来很平常，可一旦在她身上出现，立刻便在村里传得风一股雨一股的。在村民们看来，刷牙是干部和读书人的派势，土包子老百姓谁还讲究这？高加林刷牙，高三星刷牙，巧珍的妹妹巧玲刷牙，大家谁也不奇怪，唯独不识字的女社员刘巧珍刷牙，大家感到又新奇又不习惯。

"哼，刘立本的二女子能翘得上天呀！好好个娃娃，怎突然学成了这个样子？"

"一天门外也没逛，斗大的字不识一升，倒学起文明来了！"

"卫生卫生，老母猪不讲卫生，一肚子下十几个价胖猪娃哩！"

"哈呀，你们没见，一早上圪蹴在埝畔上，满嘴血糊子直淌！看这洋不洋？"

……

村里少数思想古旧、不习惯现代文明的人，在山里，在路上，在家里，纷纷议论他们村新出现的这个"西洋景"。

刘巧珍根本不管这些议论，她非刷牙不可！因为这是亲爱的加林哥要她这样做的啊！痴情的姑娘为了让心爱的男人喜欢，任何勇气都能鼓起来。她根本不管世人的讥笑；她为了加林的爱情什么都可以忍受。

这天早晨，她端着牙缸，又蹲在他们家的埝畔上刷开了牙。没刷几下，生硬的牙刷很快就把牙床弄破了，情况正如村里人传说的"满嘴里冒着血糊子"。但她不管这些，照样使劲刷。巧玲告诉她，刚开始刷牙，把牙床刷破是正常的，刷几次就好了。

这时候，碰巧几个出山的女子路过她家门前，嬉皮笑脸地站下看她出"洋相"；另外一些村里的碎脑娃娃看见这几个女子围在这里，不知出了啥事，也跑过来凑热闹了；紧接着，几个早起拾粪路过这里的老汉也过来看新奇。

这些人围住这个刷牙的人，稀奇地议论着，声音嗡嗡地响成一片。那几个拾粪老头儿竟然在她前面蹲下来，像观察一头生病的牛犊一样，互相指着她的嘴巴各抒己见。后面来的一个老汉看见她满嘴里冒着血沫子，还以为得了啥急症，对其他老汉惊呼："还不赶快请个医生来？"逗得在场的人都哈哈大笑了。

巧珍本来想和周围的人辩解几句，大大方方开个玩笑解脱自己，无奈嘴里说不成话。她也不管这些了，照样不慌不忙刷她的牙。她本来想结束了，但又赌气地想：我多刷一会儿让他们看，叫他们看得习惯着！

她右手很不灵巧地拿牙刷在嘴里鼓弄了好一阵后，然后取出牙刷，喝了一口缸子里的清水，漱了漱口，把牙膏沫子吐在地上，又喝了一口水漱起来。周围一圈人的眼光就从那牙缸子里看到她的嘴上，又从她的嘴上看到土地上。

这时候，巧珍她爸赶着两头牛正从河沟里上他家的塄畔。这个庄稼人兼生意人前几天又买了两头牛，还没转手卖出去，刚才吆着牲口到沟里饮水去了。

立本五十来岁，脸白里透红，皱纹很少，看起来还年轻。他穿一身干净的蓝卡其衣服，不过是庄稼人的式样；头上戴着白市布瓜壳帽。看起来不太像个农民，至少像是城里机关灶上的炊事员。

刘立本吆牛上了塄畔，见一群人围住巧珍看她刷牙，早已气得鬼火冒心了！他发现巧珍这几天衣服一天三换，头梳个没完没了，竟然还能翘得刷起了牙。他前两天早想发火了，但觉得女子大了，怕她吃消不了，硬忍着没吭声。

现在他看见巧珍在一群人面前丢人败兴，实在起火得不行了。

他丢下两头牛不管，满脸通红，豁开人群，大声喝骂道："不要脸的东西，还不快滚回去！给老子跑到门外丢人来了！"

刘立本一声喝骂，赶散了所有看热闹的人。娃娃女子们先跑了，几个老汉慌忙提起拾粪筐，尴尬地退出了他们本不该来的这个地方。

巧珍手里提着个刷牙缸子，眼里噙着两颗泪珠说："爸，你为啥骂人哩？我刷牙讲卫生，有什么不对？"

"狗屁卫生！你个土包子老百姓，满嘴的白沫子，全村人都在笑话你这个败家子！你羞先人哩！"

"不管怎样，刷个牙算什么错！"巧珍嘴硬地辩解说，"你看你的牙，五十来岁就掉了那么多，说不定就是因为没……"

"放屁！牙好牙坏是天生的，和刷不刷有屁相干！你爷一辈子没刷牙，活了八十岁还满口齐牙，临殁的前一年还咬得吃核桃哩！你趁早把你那些刷牙家具撇了！"

"那巧玲刷牙你为什么不管？"

"巧玲是巧玲，你是你！人家是学生，你是个老百姓！"

"老百姓就连卫生也不能讲了？"巧珍一下委屈得哭开了，她大声和父亲嚷着说，"你为什么不供我上学？你就知道个钱！你再知道个啥？你把我的一辈子都毁了，叫我成了个睁眼瞎子！今儿个我刷个牙，你还要这样欺负我……"她一下背过身，双手蒙住脸哭得更厉害了。

刘立本一下子慌了。他很快觉得他刚才太过分——他已经好多年不这样对待孩子了。他赶忙过来乖哄她说："爸爸不对，你别哭了，以后要刷，就在咱家灶火圪垃里刷，不要跑到埝畔上刷嘛！村里人笑话哩……"

"让他们笑话！我什么也不怕！我就要到埝畔上刷！"巧珍狠狠地对父亲说。

刘立本叹了一口气，回头向院子后面看了看，立刻惊叫一声，撒开腿就跑——他的那两头牛已快把他辛苦务养起来的几畦包心菜啃光了！

巧珍擦去泪水，委屈地转身回了家。她先洗了脸，然后对着镜子认真地梳起了头发。她把原来的两根粗黑的短辫，改成像城里姑娘们正时兴的那种发式：把头发用花手帕在脑后扎成蓬蓬松松的一团。穿什么衣服呢？她感到苦恼起来。

自从那晚上以后，巧珍每时每刻都想见加林；想和他拉话，想和他亲亲热热在一块。可是不知为什么，加林好像一直在躲避她，好像不愿意和她照面。她想起加林哥那晚上那么喜爱地亲她，现在又对她这么冷淡，忍不住委屈得眼泪汪汪了。

她看见他这几天已经出山劳动了，一下子穿得那么烂，腰里还束一根草绳，装束得就像个叫花子一样。他每天早上都扛把老镢头，去山上给队里挖麦田塄子，中午也不回来，和众人一块吃送饭。他有新衣服，为什么要穿得那么破烂？昨天她看见他在井边担水，肩背上的衣服已经被什么划破一个大口子，露出的一块皮肉晒得黑红。她站在自家硷畔上，心疼得直掉泪，想跑下去看他，可加林哥好像不愿理她，担着水头也不回就走了——他明明看见了她啊！

她昨个晚上，一夜都没睡好觉。想来想去，不知道加林为啥又不愿理她了。

后来，她突然想到：是不是加林嫌她穿得太新了？这几天，她可是把她最好的衣服都拿出来穿过了。

可能就是因为这！你看他穿得多烂！他大概觉得她太轻浮了！人家是知识人，不像农村人恋爱，首先换新衣服。她太俗气了！她看见加林哥穿那身烂衣服，反而觉得他比穿新衣服还要俊，更飘洒了！可她却正好相反，换了最新的衣服！加林哥一定看见反感了。可她又难受地想：加林哥呀，我之所以这样，还是为了你呀！

现在她决定把那件米黄的确良短袖衫和那条深蓝色的确良裤子换下来，重新穿上平时她劳动穿的那身衣服：半旧的草绿色裤子，洗得发白的蓝劳动布上衣，再把水红衬衣的大翻领翻在外面。

她打扮好后，就肩起锄头向前村走去。今天组里锄玉米，正好加林就在玉米地对面的山坡上挖麦田塄，他肯定会看见她的……

高加林在赶罢集第二天，就出山劳动了。像和什么人赌气似的，他穿了一身最破烂的衣服，还给腰里束了一根草绳，首先把自己的外表"化装"成了个农民。其实，村里还没一个农民穿得像他这么破烂。他参加劳动在村里引起了纷纷议论。许多人认为他吃不下苦，做上两天活说不定就躺倒了。大家都很同情他；这个村文化人不多，感到他来到大家的行列里实在不协调。尤其是村里的年轻妇女们，一看原来穿得风风流流的"先生"变成了一个叫花子一样打扮的人，都啧啧地为他惋惜。

高家村村子并不大，四十多户人家，散落在大马河川道南边一个小沟口的半山坡上。一半家户住在沟口外的川道边，另一半延伸到沟口里面。沟里一股常年不断的细流水，在村脚下淌过，注入了大马河。大马河两岸的一大片川地，是他们主要舀米挖面的地方。川道两边的山上，耕地面积倒比川里大得多，但都是广种薄收，大部分是麦田。

前些年由于村子小，四十多户人家一直是集体生产和统一分配，实际上是大队核算。这两年随着政策的改变，也分成了两个生产责任组。许多社员要求再往小划一些，有的甚至提出干脆包产到户。但高明楼书记暂时顶住了这种压力。他们直到眼下还没有分开。这两年书记心里并不美气。他既觉得现时的政策他接受不了——拿他的话说，"把社会主义的摊子踢腾光了"；另一方面又觉得他无法抗拒社会的潮流，感到一切似乎都势在必行。他常撇凉腔说："合作化的恩情咱永不忘，包产到户也不敢挡。"实际上，他目前尽量在拖延，只分成两个"责任组"（实际上是两个生产队），好给公社交差，证明高家村也按新政策办事哩。

高加林家在前村一组。川道里现时正锄玉米，他不太会锄地，就跟山上翻麦田的人去挖地畔。

他的劳动立刻震惊了庄稼人。第一天上地畔，他就把上身脱了个精光，也不和其他人说话，没命地挖起了地畔。没有一顿饭的工夫，两只手便打满了泡。他也不管这些，仍然拼命挖。泡拧破了，手上很快出了血，把镢把都染红了；但他还是那般疯狂地干着。大家纷纷劝他慢一点，或者休息一下再干，他摇摇头，谁的话也不听，只是没命地抡镢头……

今天又是这样，他的镢把很快又被血染红了。

犁地的德顺老汉一看他这阵势，赶忙喝住牛，跑过来把镢头从加林手里夺下，扔到一边，两撇白胡子气得直抖。他抓起两把干黄土抹到他糊血的两手上，硬把他拉到一个背阴处，不让他逞凶了。德顺老汉一辈子打光棍，有一颗极其善良的心。他爱村里的每一个娃娃。有一点好东西，自己舍不得吃，满庄转着给娃娃们手里塞。尤其是加林，他对这孩子充满了感情。小时候加林上学，家境不好，有时连买一支铅笔的钱都没有，他三毛五毛的常给他。加林在中学上学时，他去县城里卖瓜卖果，常留半筐子给他提到学校里。现在他看见加林这般拼命，两只嫩手被镢把拧了个稀巴烂，心里实在受不了。

老汉把加林拉在一个土崖的背影下，硬按着让他坐下。他又抓了两把干黄土抹在他手上，说："黄土是止血的……加林！你再不敢耍二杆子了。刚开始劳动，一定要把劲使匀。往后的日子长着呢！唉，你这个犟脾气！"

加林此刻才感到他的手像刀割一般疼。他把两只手掌紧紧合在一起，弯下头在光胳膊上困难地揩了揩汗，说："德顺爷爷，我一开始就想把最苦的都尝个遍，以后就什么苦活也不怕了。你不要管我，就让我这样干吧。再说，我现在思想上麻乱得很，劳动苦一点，皮肉疼一点，我就把这些不痛快事都忘了……手烂叫它烂吧！"

他抬起乱蓬蓬的头，牙咬着嘴唇，显出一副对自己残酷的表情。

德顺老汉点起一锅旱烟，坐在他旁边，一只手在他落满黄尘的头上摸了一把，无可奈何地摇摇白雪一样的脑袋，说："明天你不要挖地畔了，跟我学耕地。你看你的手，再不敢握镢把了，等手好了再……"

加林坚决地摇摇头："不，我要让镢把把我的烂手再拧好！"他说完就站起来，向地畔走去，向两只烂手上唾了两下，掮起镢头又没命地挖起来。阳光火暴暴地晒着他通红的光脊背，汗水很快把他的裤腰湿透了。

德顺老汉看着他这副犟劲，叹了一口气，把崖根下一罐水提过去，放在离加林不远的地方，说："这罐水都是你的。天热，你不习惯，都喝了……"他叹了一口气，又去犁地去了。

高加林一个人把一道地畔挖完，过来抱住水罐，一口气喝了一半。他本想又一下全喝完，但看了看像个土人似的德顺爷爷，就把水又送到地头回牛的地方。

现在他一屁股坐下来，浑身骨头似乎全掉了，两只手像抓着两把葛针，疼得万箭钻心！

不过，他也感到了一种无法言语的愉快。他让所有的庄稼人看见：他们衡量一个优秀庄稼人最重要的品质——吃苦精神，他高加林也具备。从性格上说，他的确是个强者；而这个优点在某些情况下又使他犯错误。

他用一只烂手摸出一支烟，点着，狠狠吸了一口。他觉得这是他有生以来抽得最香的一支烟。

这时，他突然看见巧珍正站在对面川道里的玉米地畔上，仰起头向他这里张望。他虽然看不清她脸上的表情，但他感到她就像要腾空而起，向他这边飞来了。

他的心立刻感到针扎一般刺疼……

第七章

高加林疲乏地躺在土炕上，连晚饭都累得不想吃了。他母亲愁眉苦脸地把饭端上端下，规劝他，像乖哄娃娃一般絮叨说："人是铁，饭是钢，你不想吃，也要挣扎着吃……"他父亲叫他明天干脆别出山去了，歇息一天，好慢慢让他习惯着。

他们说了些什么，加林一句也没听见。此刻他的思想完全集中到巧珍身上了。

赶集那天以后，他一直非常后悔他对巧珍做出的冲动行为。他觉得自己目前的处境，根本不是谈情说爱的时候。他甚至觉得他匆忙地和一个没文化的农村姑娘发生这样的事，简直是一种堕落和消沉的表现；等于承认自己要一辈子甘心当农民了。其实，他内心里那种对自己未来生活的幻想之火，根本没有熄灭。他现在虽然满身黄尘当了农民，但总不相信他永远就是这个样子。他还年轻，只有二十四岁，有时间等待转机。要是和巧珍结合在一起，他无疑就要拴在土地上了。

但是，更叫他苦恼的是，巧珍已经怎样都不能从他的心灵里抹掉了。他尽管这几天躲避她，而实际上他非常想念她。这种矛盾和痛苦，比手被镢把拧烂更难忍受。

巧珍那漂亮的、充满热烈感情的生动脸庞，她那白杨树一般苗条的身体，时刻都在他眼前晃动着。

尤其是晚上劳动回来，他僵硬的身体疲倦地躺在土炕上，这种想念的感情就愈加强烈。他想：如果她此刻要在他身边，他的精神和身体也许马上会松弛下来；她会把他躁动不安的心潮变成风平浪静的湖水。

她是爱他的，爱得那么强烈。他看见她这几天接二连三换衣服，知道这完全是为他的。今天他收工回来，锄地的人都走了，他还看见她站在对面河畔上——那也是在等他。但他却又避开了她。他知道她哭了；也想象得来她一个人在玉米地的小路上往家里走的时候，心情会是怎样的难受啊！他太不近人情了！她那样想和他在一起，他为什么要躲开她呢？他自己实际上不是也渴望和她在一起吗？

他在土炕上躺不住了，激情的洪流立刻冲垮了他建立起的理智防堤。眼下他很快把一切都又抛在了一边，只想很快见到她，和她待在一块。

他爬起来，下了炕，对父母亲说他到后村有个事，就匆忙地出了门。

夜静悄悄的。天上的星星已经出齐，月光朦胧地辉耀着，大地上一切都影影绰绰，充满了一种神秘的气氛。

高加林走到后村，在刘立本家的坡底下站住了。他不知道怎样才能把巧珍叫出来。

正当他犹豫地望着刘立本家的高墙大院时，突然看见大门外那棵老槐树背后转出一个人，匆匆地向坡下走来了。啊，亲爱的人！她实际上一直就在那里不抱什么希望地等待着他的出现！

高加林的心咚咚地狂跳着，也不说话，转而下了沟底，沿小河上面的小路，向村外走去。他不时回头看看，巧珍不远不近地跟着他。

他走到村外河对面一块谷地里，在一棵杜梨树下舒服地躺下来，激动地听着那甜蜜的脚步声正沙沙地走近他。

她来了。他马上坐起来。她稍犹豫了一下，就胆怯地、然而坚决地靠着他坐下了。她没说话，先在他胳膊上衣服被葛针划破一道大口子的地方，在那块晒得黑红的皮肤上亲了一口。然后她两只手抱住他的肩头，脸贴在她刚才亲吻过的地方，亲热而委屈地啜泣起来。

高加林侧身抱住她的肩头，把脸紧贴在她头上，两大颗泪珠也忍不住从眼里涌出来，滴进了她黑漆一般的头发里。他现在才感到，这个亲他的人也是他最亲的人！

巧珍头伏在他胸前，哭着问他："加林哥，你这几天为什么不理我？"

"你一定难过了……"高加林用他的烂手抚摸着她的头发。

"你知道人的心就对了……"巧珍抬起头，闪着泪光的眼睛委屈地望着他。

"巧珍，我再也不那样了。"加林在她额头上亲了一下。

巧珍两条抖索的胳膊搂住他的脖子，笑逐颜开地流着泪，说："加林哥，你给天上的玉皇大帝发个誓！"

加林被逗笑了，说："你真迷信！巧珍，你相信我……你为什么没穿那件米黄色短袖？那衣服你穿上特别好看……"

"我怕你嫌不好看，才又换上了这身。"巧珍淘气地向他噘了一下嘴。

"你明天再穿上。"

"嗯。只要你喜欢，我天天穿！"巧珍一边说，一边从身后拿出一个花布提包，先掏出四个煮鸡蛋，又掏出一包蛋糕，放在加林面前。

高加林感到惊讶极了。他刚才只顾看巧珍，根本没发现她还给他拿这么多吃的。

巧珍一边给他剥鸡蛋皮，一边说："我知道你晚上没吃饭。我们这些满年劳动的人，刚回家都累得不想吃饭，别说你了！"她把鸡蛋和一块蛋糕递给他。"蛋糕是我妈前几天害病时，我姐给拿来的，我妈没舍得吃。我今晚是从箱子里偷出来的！"巧珍不好意思地笑了笑，"你要是不来找我，我今晚上非到你家给你送去不可！"

加林咽下去一口蛋糕，赶忙对她说："千万不敢这样！让你爸知道了，小心把你腿打断！"加林开玩笑对她说。

巧珍又把一个剥了皮的鸡蛋塞到加林手里，亲切地看着他那副狼吞虎咽的样子，然后手和脑袋一齐贴在他肩膀上，充满柔情地说："加林哥，我看见你比我爸和我妈还亲……"

"傻话！你真是个傻女子！"高加林把手里的半个鸡蛋塞进嘴里，在她头上轻轻拍了一下，正好手上一个破了的泡碰在巧珍的发卡上，疼得他"哎哟"叫唤了一声。

巧珍像触了电一般抬起头，不知他发生了什么事。很快，她明白了。她手忙脚乱地在提包里翻起来，嘴里说："看，我倒忘了……"

她从提包里掏出一瓶红药水和一包药棉，把加林的一只手拉过来，放到她膝盖上，给他抹药水。

加林又一次惊讶得张开嘴巴，问她："你怎知道我手烂了？"

巧珍低着头给他手上擦药水，说："天上玉皇大帝告诉我的。"她嘿嘿地笑了一声，"村里谁不知道你的手烂了！你们先生的手真是娇气！"她扬起脸朝他亲昵地笑着，微微咧开嘴巴，露出两排刷过的洁白的牙齿，像白玉米籽儿一般好看。

巨大的感情的潮水在高加林的胸膛里澎湃起来。

爱情啊，甜蜜的爱情！它像无声的春雨悄然地洒落在他焦躁的心田上。他以前只从小说里感到过它的魅力，现在这一切他都全部真实地体验到了。而最宝贵的是，他的幸福正是在他不幸的时候到来的！

巧珍把他的两只手涂满药水以后，他便以无比惬意的心情，在土地上躺了下来。巧珍轻轻依傍着他，脸紧紧贴在他胸脯上，像是专心谛听他的心在如何跳动。

他们默默地偎在一起，像牵牛花绕着向日葵。星星如同亮闪闪的珍珠一般撒满了暗蓝色的天空。西边老牛山起伏不平的曲线，像谁用炭笔勾出来似的柔美；大马河在远处潺潺地流淌，像二胡拉出来的旋律一般好听。一阵轻风吹过来，遍地的谷叶响起了沙沙沙的响声。风停了，身边一切便又寂静下来。头顶上，婆娑的、墨绿色的叶丛中，不成熟的杜梨在朦胧的月下泛着点点青光。

他们就这样静静地、甜蜜地躺在星空下，躺在大地的怀抱里……

当爱情在一个青年人身上第一次苏醒以后，它会转变为一种巨大的力量。甚至对生活完全失去信心的人，热烈的爱情也可能会使他的精神重新闪闪发光。当然，奥勃洛摩夫那样的人是例外，因为他实际上已经等于一个死人。

高加林由于巧珍那种令人心醉的爱情，一下子便从灰心丧气的情绪中，重新激发起对生活的热情。爱的暖流漫过了精神上的冻土地带，新的生机便勃发了。

爱情使他对土地重新唤起了一种深厚的感情。他本来就是土地的儿子。他出生在这里，在故乡的山水间度过梦一样美妙的童年。后来他长大了，进城上了学，身上的泥土味渐渐少了，他和土地之间的联系也就淡了许多。现在，他从巧珍纯朴美丽的爱情里，又深深地感到：他不该那样害怕在土地上生活；在这亲爱的黄土地上，生活依然能结出甜美的果实！

高加林渐渐开始正常地对待劳动，再不像刚开始的几天，以一种压抑变态的心理，用毁灭性的劳动来折磨肉体，以转移精神上的苦闷。

经过一段时间，他的手变得坚硬多了。第二天早晨起来，腰腿也不像以前那般酸疼难忍。他并且学会了犁地和难度很大的锄地分苗。后来，纸烟变得不香了，在山里开始卷旱烟吃。他锻炼着把当教师养成的斟词酌句的说话习惯，变成地道的农民语言；他学着说粗鲁话，和妇女们开玩笑。衣服也不故意穿得那么破烂，该洗就洗，该换就换。

中午回来，他主动上自留地给父亲帮忙；回家给母亲拉风箱。他并且还养了许多兔子，想搞点副业。他忙忙碌碌，俨然像个过光景的庄稼人了。

白天是劳苦的，但他有一个愉快的夜晚。正是因为有这么一个幸福的向往，他才觉得其他的熬累不那么沉重了。

夜晚，天黑严以后，他和巧珍就在村外的庄稼地里相会了。他们在密密的青纱帐里，有时像孩子一样手拉着手，默默地沿着庄稼地中间的小路，漫无目的地走着；有时站住，互相亲一下，甜蜜地相视一笑。走累了的时候，他们就找一个僻静的地方，加林躺下来，用愉快的叹息驱散劳动的疲乏，巧珍就偎在他身边，用手梳理他落满尘土的乱蓬蓬的头发；或者用她小巧的嘴巴贴着他的耳朵，轻轻地、轻轻地给他唱那些祖先留传下来的古老的歌谣。有时候，加林就在这样的催眠曲中睡着了，拉起了响亮的鼾声。他的亲爱的女朋友就赶忙摇醒他，心疼地说："看把你累成个啥了。你明天歇上一天！"她把他的手拉过来蒙住她的脸，"等咱结婚了，你七天头上就歇一天！我让你像学校里一样，过星期天……"

高加林每天都沉醉在这样的柔情蜜意里，一切原来的想法都退得很远了。只是有些时候，当他偶尔看见骑自行车的县上和公社的干部们，从河对面公路上奔驰而过，雪白的确良衫被风吹得飘飘忽忽的惬意身影时，他的心才又猛然感到一种说不出的惆怅；一股苦涩的味道翻上心头，顿时就像吞了一口难咽的中药。他尽量使自己很快从这种情绪中解脱出来。直等到他又看见了巧珍，骚乱的心情才能彻底平息——就像吃完中药，又吃了一勺蜜糖一样。

他现在时时刻刻都想和巧珍在一起。遗憾的是，他们不在一个生产组，白天劳动很难见面，他们都想得要命。有时候，两个组劳动离得很近时，一等休息，他就装着去寻找什么，总要跑到后村组劳动的地方磨蹭一会儿。在这样的场所里，他并不能和巧珍说什么话；他只是用眼睛看看她。这时候，旁的人谁也不知道，只有他们两个心里清楚，这反而更有一种说不出的甜蜜味道。

有时候，他没有什么借口，去不了她那里，她就会用她带点野味的嗓音，唱那两声叫人心动弹的信天游——

　　　　上河里（哪个）鸭子下河里鹅，
　　　　一对对（哪个）毛眼眼望哥哥……

他在远处听见这歌声，总忍不住咧开嘴巴笑。

而在巧珍那边，她刚一唱完，姑娘们就和她开玩笑说："巧珍，马拴骑着车子又来了，快用你的毛眼眼望一下！"

她气得又骂她们，又撺着给她们扬土，可心里骄傲地想："我哥哥比马拴强十倍，你们将来知道了，把你们眼红死！"

在高加林和巧珍如胶似漆地热恋的时候，给巧珍说媒的人还在刘立本家里源源不断地出现。刘立本嘴说如今世事不同以往，主意得由女子拿，可他心里有数。他只看下个马拴——他家光景好，马拴人虽老实，但懂生意，将来丈人女婿合伙做买卖，得心应手。只是巧珍看不下这个黑炭一样的后生，得他好好做一番工作。他甚至想请他亲家明楼出面说服巧珍。

在高加林这方面，也有不少庄户人家不时来登门说亲。加林父母一看他们穷家薄业的，还有人给说媳妇，高兴得老两口嘴巴都合不拢。尤其是山背后村里一个不要彩礼就想跟加林的女子，着实使高玉德老两口动了心。但所有他们认为的大喜事都被加林一笑置之了。

这样，加林和巧珍觉得也好，可以掩一下他们的关系。他们暂时还不想公开他们的秘密；因为住在一个村，不说其他，光众人那些粗鲁的玩笑就叫人受不了。他们不愿让人把他们那种平静而神秘的幸福打破。

有一次，加林和德顺爷爷一块犁地的时候，老汉问他："加林，你要媳妇不？"

加林笑了笑说："想要也没合适的。"

"你看巧珍怎样？"老光棍突然问他。

加林的脸刷地红了，一时不知道该说什么。

德顺爷爷笑眯眯地说："我看你们两个最合适！巧珍又俊，人品又好；你们两个天生的一对！加林，你这小子有眼光哩！"

加林有点惶恐地说："德顺爷爷，我连想也没想。"

"小子，甭哄我，我老汉看出来了！"

加林向他努了努嘴，说："好爷爷哩，你千万不敢瞎说！"

德顺爷爷两只老皱手抓住他的手说："我嘴牢得铁锹都撬不开！我是为你们两个娃娃高兴啊！好啊！就像旧曲里唱的，你们两个'实实的天配就'……"

中午，他和德顺爷爷犁罢地往回走，在村口突然又碰见了马栓。他还和上次一样，里外的确良，推着那辆花红柳绿的自行车。加林有点不愉快地想：他肯定又是到巧珍家去了。

马栓把加林热情地挡在了路上。他先不说什么，等德顺老汉走前一段以后，才开口说："高老师，唉！我在刘立本家都快把腿跑断了，人家巧珍根本不理茬嘛！我这见庙就烧香哩，你是这本村人，又是先生，你大概也和立本的女子熟着哩，你能不能也从旁给我出一把力？"

高加林心里很不痛快，但他尽量不在脸上露出来。他勉强笑了笑，对马拴说：

"你别再瞎跑了，巧珍已经看下对象了。"

"谁？"马拴吃惊地问。

"你慢慢就会知道的……"

高加林说完，绕开丧气的马拴，回家去了。

第八章

关于高加林和刘巧珍的谣言立刻在全村传播开来了。

他们的坏名声首先是从庄里几个黑夜出去偷西瓜的小学生那里露出来的。他们说有一晚上，他们看见以前的高老师在村外打麦场的麦秸垛后面，正和后村的巧珍抱在一块亲嘴哩。又有人证实，他看见他俩在一个晚上，一块躺在前川道的高粱地里……

谣言经过众人嘴巴的加工，变得越来越恶毒。有人说巧珍的肚子已经大了；而又有的人说，她实际上已经刮了一个孩子，并且连刮孩子的时间和地点都编得有眉有眼。

风声终于传到了刘立本的耳朵里。戴白瓜壳帽的"二能人"气得鼻子口里三股冒气！这天午饭时分，他不由分说，先把败坏了门风的女儿在自家灶火圪土劳里打了一顿，然后气冲冲地去找前村的高玉德。

"二能人"现在才恍然大悟：这多天来，巧珍能得刷牙，一天衣服三换，黑天半夜在外面疯跑，原来都是为了高玉德那个败家子儿啊！

他先跑到高玉德家的破墙烂院里，站在门外问高玉德在不在。

加林妈在窑里告诉他：老汉不在。

"这亮红晌午，都在家里吃饭哩，他跑到什么地方去了？"立本在院里坚持问。

"大概又到自留地刨挖去了。"加林妈跑出来,让村里这个体面人进窑来坐坐。

立本说他忙,掉转头就走了。

他出了大门,下了小河,拐过一个小山峁,径直向高玉德的自留地走去。一路上他在心里嘲笑:"哼,就知道在土里刨!穷得满窑没一件值钱东西,还想把我女子给你那个寒窑里娶呀!尿泡尿照照你们的影子,看配不配!"

他老远照见高玉德正佝偻着罗锅腰锄糜子,就加快脚步向那边走去。

他上了地畔,尽管满肚子火气,还是按老习惯称呼这个比他大十几岁的同村人:"高大哥,你先歇一歇,我有话要对你说。"

高玉德看见村里这个傲人,在这大热天跑到地里来找他,慌得不知出了什么事,赶忙把锄往地里一栽,向立本迎过来。

他俩圪蹴在土崖影下。玉德老汉把旱烟锅给他递让过去。立本摆摆手,说:"你吃你的,我嫌那呛!"他说着,从口袋里摸出一根四川出的"工"字牌卷烟噙到嘴里,拿打火机点着,连烟带气长长地吐了一口,拐过头,脸沉沉地说:"高大哥!你加林在外面做瞎事,你为什么不管教?咱这村风门风都要败在你这小子手里了!"

"什么事?"高玉德老汉吃惊地从白胡子嘴里拔出烟锅,脸对脸问立本。

"什么事?"刘立本一闪身站起来,嘴里气愤地喷着白沫子,说,"你那个败家子,黑天半夜把我巧珍勾引出去,在外面疯跑,全村人都在传播这丢脸事。我刘立本臊得恨不能把脑袋夹到裤裆里,你高玉德倒心安理得装起糊涂来了!"刘立本说着,夹卷烟的手指头气得直抖。

"啊呀,好立本哩!我的确不知道这码子事!"高玉德老汉冤枉地叫道。

"我现在就叫你知道哩！你要是不管教，叫我碰见他胡骚情，非把他小子的腿打断不可！"

高玉德虽然一辈子窝窝囊囊，但听见这个能人口出狂言，竟然要把他的独苗儿腿往断打，便"呼"地从地上站起来，黄铜烟锅头子指着立本白瓜壳帽脑袋，吼叫着说："你小子敢把我加林动一指头，我就敢把你脑壳劈了！"老汉一脸凶气，像一头斗恼了的老犍牛。

乖人不常恼，恼了不得了。刘立本看见这个没本事的死老汉，一下子变得这么厉害，吃惊之中慌忙后退了一步，半天不知该如何对付。

他索性转过身，傲然地背操起两条胳膊，从高玉德的土豆地里穿过去，一边走，一边回过头说："我和你没完！咱走着瞧吧！我不信没办法治你父子俩！真个没世事了！"

刘立本穿过高玉德正在吐放白花的土豆地，又从来路下了河湾。

这个能人又急又气，站在河湾里竟不知道自己该到哪里去。

他是农村传统道德最坚决的卫道士。平时做买卖，什么鬼都敢捣，但是一遇伤面子的事，他却看得很重要的。在他看来，人活着，一是为钱，二还要脸。钱，钱，挣钱还不是为了活得体面吗？现在，他那不争气的女子，竟然连体面都不要了，跟个文不上武不下的没出息穷小子，胡弄得满村刮风下雨。此刻，他站在河湾里，把巧珍恨得咬牙切齿：坏东西啊！你做下这等没脸事，叫你老子在这上下川道里怎见众人呀？

刘立本在河湾里趑摸了半天，突然想起了他亲家。他想：好，让明楼出面把他加林小子收拾一顿！他不怕我刘立本，但他怕高明楼！明楼是书记！他小子受不下地里的苦，将来要再谋个民办教师，非得过明楼的关不行！

他于是从河湾里拐到前村的小路上，上了一道小坡，向明楼家走去。

高明楼家和他家一样，一线五孔大石窑，比村里其他人家明显阔得多。亲家不久前也圈了围墙，盖了门楼。但立本觉得他亲家这院地方根本比不上自己的。明楼把门楼盖得土里土气，围墙也是用横石片插起来的；而他的门楼又高又排场，两边还有石刻对联一副。再说，明楼的窑檐接的是石板。石板虽比庄里其他人家的齐整好看，可他家是用一色的青砖砌起，戴了"砖帽"，像城里机关的办公窑一样！更重要的是，他亲家的窑面石都是皮条錾溜的，看起来粗糙多了。而他的窑面石全部是细錾摆过，白灰勾缝，浑然一体！

不过，他今天来这里没心思比较双方院落的长长短短。他今天来是有求于亲家的。在这些方面，不像挣钱和箍窑，他清楚自己不如明楼。

大女儿巧英和亲家母热情地把他招呼着入了中窑。中窑实际上是明楼的"会客室"。里面不盘炕，像公社的客房一样，搁一张床，被褥干干净净地摆着，平时不住人。要是公社、县上来个下乡干部，村里哪家人也别想请去，明楼会把他招待在这里下榻。靠窗户的地方，摆着两把刚做起的、式样俗气的沙发，还没蒙上布，用麻袋片裹着。

立本坐下来，亲家母手脚麻利地端来一壶茶，放在他面前。立本没喝，抽出一根卷烟点着，问："明楼上哪儿去了？"

"你还不知道？他到公社开会已经走了好几天。说今天回来呀，现在还不见回来，大概要到后晌了。"亲家母说。

"我前一段去内蒙草地里买了一匹马，回来这几天也没到哪里去，因此我不知道明楼出去开会……"刘立本轻淡地说。

"有什么事吗？"亲家母问他。

"没什么事。一点小事……他不在家就算了，我走了。"立本站起就准备起身。

巧英掂着两个面手，堵在门口说："爸爸，我都把面和上了，你就在这里吃！"

他亲家母也竭力留他吃饭。

立本想了想，家里刚闹过架，巧珍和他老婆都正在哭，回去也心烦。再说，他肚子也的确有点饿了。这阵回家没人做饭。于是他又重新坐到了明楼家的土沙发上，喝起了茶。他想：吃完饭，我干脆到村前的路上等他明楼回来！

当刘立本重新在高明楼家坐下来的时候，高玉德老汉还下巴支在锄把上，站在他的自留地里发愣怔。

刚才刘立本没头没脑给他发了顿脾气，说他儿子勾引他的女子，实在叫老汉摸不着头脑。

本来，高玉德老汉最近情绪不坏。他看见他的儿子从苦恼中解脱出来，收心务正，已经蛮像一回事了。他已经日薄西山，但儿子正活在旺处。将来娶个媳妇，生儿育女，他就是闭了眼睡在黄土里，也平了心。加林性子比他硬，将来光景肯定能过得去的。

现在他突然听见这码子事，心头感到非常沉痛。乡里人谁不讲究个明媒正娶？想不到儿子竟然偷鸡摸狗，多让人败兴啊！再说，本村邻舍，这号事最容易把人弄臭！

他同时又想：巧珍倒的确是个好娃娃，这川道十几个村子也是数得上的。加林在农村能找这样一个媳妇，那真个是他娃娃的福分。但就是要娶，也应该按乡俗来嘛，该走的路都要走到，怎能黑天半夜到野场地里去呢，如果按立本说的，全村人现在大概都把加林看成个不正相的人了。可怕啊！一个人一旦毁了名誉，将来连个瞎子瘸子媳妇都找不上；

众人就把他看成个没人气的人了。不光小看，以后谁也不愿和他共事了。糊涂小子！你怎能这么缺窍？

高玉德老汉已经没心思锄地了。他拖着风湿性关节炎病腿，一瘸一拐从小路上下了河湾。

虽说他还没吃午饭，但此刻肚子一点也不饿。他坐在河边的一棵老柳树下，瘦手摸着赤脚片，思谋这事该怎么办才好。

他虽然老了，但脑筋还灵。他又从巧珍那方面想。他想：说不定这女娃娃真的喜欢我加林呢！要不要正式请个媒人光明正大说这亲事？

但他一想到刘立本，就心寒了。他这个穷家薄业，怎敢高攀人家？别说是他，就是比他光景强的人家，也攀不上刘立本！

太阳已经偏过了头顶，西面的山把阴影投到了沟底，时分已到后晌了。玉德老汉仍坐在树荫下摸他的赤脚片儿，不知这事该怎样处理。

"哎！你一个人坐在这里思谋什么哩？"有一个人在背后说话。

玉德老汉转过头，看见是老光棍德顺。他很想和他拉拉话。他们虽然年龄相差不少，却是一辈子的老朋友了；旧社会扛长工找的常是一个事主家。他招招手说："德顺，你来坐一坐。我这阵心烦得要命！"

德顺一边往他身边坐，一边把肩上的锄头放下，说："我还忙着哩！今后晌要赶着把我那块自留地再锄一下，满地又草糊了！"他接过高玉德递过来的烟锅，问他："熬煎什么事哩？你有那么彪正个好儿子，光景一两年就翻上来了。加林实在是个好娃娃！别看他明楼、立本现在耍红火哩，将来他们谁也闹不过加林的世事！"

"唉！"玉德老汉长叹一声，"你还夸他哩！这二杆子已经给我闯下乱子了！"

"什么乱子？"德顺一脸皱纹都缩到了眼角边上。

高玉德犹豫了一下，才说："这小子和刘立本那个二女子一块胡鬼

425

混哩，现在满村都在风一股雨一股地传播，我不信你没听说？"

"我早看出来了！谁说他们鬼混哩？年轻人相好，这有个什么？"

"啊呀，你早知道了，为啥不给我早说？"高玉德生气地对老朋友头一拐，把他瞪了一眼。

"我还以为你知道这事哩！两个娃娃正好配一对！年轻人看见年轻人好嘛！"德顺老汉笑嘻嘻地对恼悻悻的玉德老汉说。

"老不正经！要好，也看怎个好哩！怎能黑天半夜胡逛哩！"

"哎呀，你这个老古板！咱又不是没年轻过！我一辈子没娶过老婆，年轻时候也混账过两天，别说而今的时兴青年了！"

"好你哩，别说诳话了！立本刚刚来给我发了一顿凶，还说要把我加林的腿打断哩！我看要出事呀！你看这该怎么办？"高玉德一脸愁相，一只手不断摸着赤脚片儿。

"你别管刘立本那两声吓唬话！刚能把狐子吓跑！他再逞强，也强不过他女子！只要巧珍看下加林，谁都挡不定！就是这话，不信你等着看！你甭愁了，你这人就是爱忧愁！我还忙着哩，你快回去吃饭喀！"

德顺老汉把烟锅交给高玉德，站起身一肩锄就走了，嘴里还有上气没下气地哼起信天游小曲。

高玉德看着他远去的背影，觉得他比自己年龄大得多，但身子骨可比自己硬朗。他在心里说：哼！天下光棍没忧愁！一个人饱了全家都饱了。你能说挣气话哩！叫你也有个儿子看看吧！把你愁不死才怪哩！小时候急得大不了，大了又急得成不了事；更不要说给娘老子闯下一河滩乱子了！

高玉德老汉感到两腿不光疼，而且已经麻了，就站起来，一瘸一拐往家里走去。

高玉德进了家门，见加林正光上身躺在炕上看书。加林他妈不在，大概到旁边窑里睡觉去了。

老汉把锄往门圪里一挂，对正在看书的儿子说："你还看书哩！硬是书把你看坏了！这么大的小子，还不懂人情世故！你什么时候才不叫人操心啊……"

高加林坐起来，摸不着父亲这番话是什么意思。他看着父亲说："我怎啦？"

"怎啦？你做的好事嘛！今儿个刘立本跑到咱自留地找我，说你和巧珍长了短了的，说满村都在议论你们两个的没脸事！"高玉德又蹲在脚地上，用手摸起了脚。

高加林脑子一下子嗡嗡直响。他把手里的书放到炕上，半天才说："我的事你不要管，众人愿说啥哩！"

高玉德抬起苍白头，说："你小子小心着！刘立本说要往断打你的腿哩！"

高加林牙咬住嘴唇，轻蔑地冷笑了一声，说："既然是这样，我会叫他更不好看！"

高玉德站起来，走前一步，痛心疾首地对儿子说："你千万不要再给我闯乱子了！你早早死了心！咱这光景怎能高攀人家嘛！人家是什么光景？这一条大马河川都是拔梢的！"

高加林把两条光胳膊交叉抱在结实的胸脯上，对一脸可怜相的父亲说："谁高攀谁呢？爸，你一辈子真没出息！你甭怕！这事我做的，由我做主！"

高玉德看着儿子那张倔强的脸，痛苦地叫道：

"我的憨娃娃呀，你总有一天要跌跤的……"

第九章

　　高明楼从公社开罢会，独个儿一人在简易公路上步行往回走——他家的自行车被二小子三星推到学校去了。车子是他主动让儿子推去的。儿子当了教师，各方面都要体面一些，没个车子不行！

　　高家村的当家人五十岁已出头，但走起路来精神还蛮好。他一身旧蓝卡其布制服，颜色已经灰白；单布帽檐下面，一张红堂堂的脸上，两只眼睛炯炯有神。

　　明楼此刻走在路上，心情儿不太美气。这次公社召开的还是落实生产责任制的会议。看来形势有点逼人了。旁的许多村已经有联产到劳的。公社赵书记一再要叫大队书记们解放思想，能联产到户、到劳的，要尽快实行。

　　"名词不一样了，可这还不是单干哩？"高明楼心里不满地想。

　　实际上，他自己也清楚，现时的新政策的确能多打粮，多赚钱。尤其是山区，绝大部分农民都拥护。

　　他不满意这政策主要是从他自己考虑的。以前全村人在一块，他一天山都不出，整天圪蹴在家里"做工作"，一天一个全劳力工分，等于是脱产干部。队里从钱粮到大大小小的事他都有权管。这多年，村里大人娃娃谁不尊他怕他？要是分成一家一户，各过各的光景，谁叫再尿他高明楼！他多年来都是指教人的人，一旦失了势，对他来说，那可真不是个味道。更叫他头疼的是，分给他那一份土地也得要他自己种！他就要像其他人一样，整天得在土地上劳苦了。他已多年没劳动，一下子怎能受了这份罪？

　　在强大的社会变化的潮流面前，他感到自己是渺小的。他高明楼挡不住社会的潮流。但他想，能拖就拖吧，实在不行了再说，最起码今年是分不成了！

他一路思谋着，不知不觉已经快到村子了。

"明楼，你回来了？"

高明楼听见公路边的山坡上，有人给他打招呼。

他抬头一看，是德顺老汉。德顺虽然比他死去的父亲小六七岁，但两个人年轻时相好过，他一直叫老汉干大。他虽然是村里的领导，面子上的人情世故他都做得很圆滑，因此对德顺老汉常显出尊重的样子。

"干大，你今年自留地的庄稼还不错嘛！能打不少粮哩！"他站下，朝上面的德顺老汉随便这么说。

"多给我一点地，我还能打更多的粮哩！明楼，人家旁的村都往开分哩，咱们村怎还不见动静？这多少年众人交混在一起，都耍二流子哩，一个哄一个哩，而虽说分成两个组，实际上和没分差不多！"

"干大，不要急嘛！咱集体搞了多少年，一下子就能分个净毛干？这几天两个组麦地都快翻完了吧？"明楼转了话题问老汉。

德顺老汉把锄放下，拿着旱烟锅下来了；老光棍大概不想给书记建个什么议。他总是这样，爱管个闲事，常动不动给干儿在生产上指拨。明楼一般说来还听他的——一辈子的老庄稼人嘛，说什么都在行。

明楼现在看老汉从坡上下来了，知道他又要给他建议什么了，只好耐下心等他唠叨一阵。

他给德顺老汉抽了一根纸烟，两个人就圪蹴在了路畔上。

德顺老汉在明楼的打火机上吸着烟，说："明楼，现时麦地都翻完了，马上就是白露，光一点化肥种麦子怎行？往年这时候，都要到城里去拉一些茅粪，今年你怎不抓这件事？"

明楼摇摇头："往年一个队，说做什么，统一就安排了，今年分成两个组，你长我短的，怎个弄？再说，两个组都还有没锄二遍的地呢，人手怕抽不出来。"

"这有什么难的？这几天先少去两个人嘛！两个组合在一起拉，拉回来两家都能用。"

明楼想了一下，说："这也行。还像往年一样，你把这事领料上。先套上两个架子车，前村连你先去两个人，再让后村巧珍到城里用她姨家的空窑，给你们晚上做一顿饭。过几天等地里的活儿消停了，再多套几个架子车，两个组多去一些人。你看这行不行？"

"行，我去！前村先叫加林去。队里这一段苦重，娃娃没惯了，叫歇息几天；拉粪活总轻一点。"

提起加林，明楼脸有点红，嘴里很快"嗯嗯"着同意了德顺老汉的安排。

老汉见他的"建议"被干儿采纳了，就站起身又锄地去了。

明楼也把纸烟把子一丢，思思谋谋又起身往回走。

德顺老汉刚才提起加林，使他又不由得想到这个被他赶回生产队的本村后生了。

加林是高明楼眼看着长大的。他小时候就脾气倔强，性子很硬，人又聪敏，在庄前村后，显得比他同年龄的娃娃都强。高明楼在那时候就对这娃娃很感兴趣。加林城里上学时，每逢星期六回来，他常爱到加林家串门。他虽是个老百姓，还爱关心点国际大事，加林正好这方面又懂得多，常给他说这个国家那个国家的事，把个高明楼听得半夜不回家。他常在心里感叹：高玉德命好！一辈子死没本事，可生养下一个足劲儿儿子！他自己的两个儿子太平庸了。老大上了两年学，笨得学不进去，老是一年级，最后只好回来当了农民。不是他在村里的威望，刘立本怎能把巧英给他的儿子？三星不是他用队里的东西在公社、县上巴结下几个干部，也怕连初中都上不了。按成绩不行，可那二年是推荐。现在总算把高中混完了。

二儿子高中毕业后，他着实发愁了。旁的工作一眼看见不行——而今入公家的门难！他决心要给儿子谋求个民办教师的位子；他决不愿意两个儿子都当农民。有个教师儿子，他在门外也体面。再说，三星也从没吃过苦，劳动他受不了，弄不好会成个死二流子！

他原来想两全其美，和公社教育专干马占胜商量，看能不能下旁的村一个教师，叫三星上；最好不要叫三星顶加林。他有恻隐之心。他盘算过，别看村里几十户人家，他谁也不怕，但感到加林虽然人小，可心硬人强，弄不好，将来说不定会成为他的仇人，让他一辈子不得安生！再说，他老了，加林还年轻，他就是现在对自己没法，但将来得了势，儿孙手里都要出气呀！他的两个儿子明显不是加林的对手！因此他不想惹这后生，想尽量不下加林的教师。

可马占胜马上嘲笑他想得太美了！是的，哪个村愿把位置让给他们村呢？就这样，他只好狠着心把加林的教师下了，让三星上。

但这以后，这件事总是他个心病。尽管高玉德老两口比以前更巴结他了，可高加林明显地在仇恨他。加林刚开始劳动，听说手上的血把镢把都染红了，谁也说不下他，照样拼命，说要让手烂得更厉害些！他听后心里忍不住打了个冷战。心想：妈呀，这小子的心残着哩！他从这件事上，更看出加林不是个松动货。于是他的心病越来越加重了。

高明楼之所以好多年统辖高家村，说明他不是个简单人。他老谋深算，思想要比一般庄稼人多拐好多弯。

高明楼一路低头走着，思谋着这件事，觉得没什么好办法能使他的心灵安宁一些。

他走到大马河河湾的岔路上，抬起头向村里照了照，突然看见他亲家刘立本圪蹴在一棵老枣树下抽卷烟。他心想：大概到内蒙古又买了匹便宜马，等着给他能哩！

刘立本在亲家母家里吃完饭，就圪蹴在这里等上了明楼。

女儿给他做下的丢脸事，使他感到自己的个子都低了几寸。他现在想让明楼先把加林收拾一顿，把这事先镇压下去。然后得马上给巧珍找人家。今年能出嫁就出嫁，最迟不能拖过明年。女子大了，不寻人家，说出事就出事！他还想让明楼出面，说服巧珍和马店的马拴结亲。他是书记，面子大！

高明楼走到枣树下，很自然地蹲在了立本的对面。两亲家先让了一番烟。明楼嫌卷烟太硬，立本嫌纸烟没劲。两个人只好各吸各的。

"怎样？又买了便宜货了吧？能挣多少钱？"明楼问他的生意人亲家。

"挣钱顶个球！"立本粗鲁地叫道，情绪败坏地把头一拐。

"我头一次听你把钱不当一回事。"明楼脸上露出一丝讽刺的笑容，同时也不知道亲家有什么不高兴。看他满脸气呼呼的样子，就问，"你有什么不顺心的事？你今年钱挣得快把口袋都撑破了，还不满意吗？而今这政策正是你的好政策！"他又不由得露出讽刺的笑容。

"好你哩，不要挖苦我了。我现在滚油浇心哩！"刘立本两条胳膊朝亲家一摊，脸上显出一副哭相。

高明楼一看他这样子，也认真起来，说："哭了半天还不知道你哭谁哩！你说你倒究出了什么事嘛！"

刘立本把正在抽的半截子卷烟扔到旁边的草地上，难受地说："巧珍给我做下丢脸事了！"

"那么好个娃娃，弄下什么事了？"高明楼惊讶地问。

"唉，真叫人没法提！高玉德那个缺德儿子勾引我巧珍，黑地里在外面疯跑，弄得满村都风风雨雨的。你看我这人现在活成个甚了！"刘立本咽了一口唾沫，难受地把头倒勾了下来。

高明楼一下子笑了："哈呀，我还以为是什么事哩！不就是他们两个谈恋爱吗？"

"狗屁恋爱！连个媒人也没经，黑天半夜在外面鬼混，把先人都羞死了！"刘立本抬起头，气愤地吼叫起来。

高明楼把刘立本溅在他脸上的唾沫星子揩掉，说："立本，你整天走州过县做买卖，思想怎还这么古板？你没吃过猪肉，连猪哼哼都没听过？现在的年轻人还像咱们过去那样吗？你还没见的多着哩！我前几年每年都要到大寨参观一回，路过西安、太原，看见城市的青年男女，在大街上的稠人广众面前胳膊套胳膊走路哩！开始看见还觉得不文明，后来看惯了才觉得人家那才是文明……"

刘立本听了亲家这一番话，又气又失望。他原来还想叫明楼训一顿高加林，想不到明楼竟然指教起他来了。他嘴唇子抖着说："加林是个什么东西？文不上武不下的，糟蹋我巧珍哩！"

高明楼眼一瞪："怕人家加林看不下巧珍哩！只要人家看下了，你能都能不过来哩，还说人家糟蹋你女子哩！"

"加林有个什么出息？又不会劳动，又不会做生意，将来光景一烂包！"

"人家是高中生，你女子斗大字不识一升！"

"高中生顶个屁！还不是要戳牛屁股？"刘立本轻蔑地一撇嘴，并且又加添说，"牛屁股都不会戳！"

高明楼身子往立本旁边挪了挪，开始苦口婆心劝解起亲家来：

"好立本哩，你的目光太短浅了。你根本不能小看加林。不是我说哩，这一条川道里，和他一样大的年轻人，顶上他的不多。他会写，会画，会唱，会拉，性子又硬，心计又灵，一身的大丈夫气概！别看你我人称'大能人''二能人'，将来村里真正的能人是他！他什么学不会？他要是愿意做，怕你骑上马都撵不上他哩！现在我把他的教师下了，为的是叫三星上。这事明说哩，我做得有点强。以后有空子，我还要给他找个营生干哩！要是他和巧珍结婚了，不是和我也成亲戚了吗？"

刘立本对他这一番话根本不以为然。他鼻子里哼了一声说："看高玉德那是什么家庭？塌墙烂院，家里没一件值钱东西！高玉德又死没本事，加林他能什么哩？"

"哈呀！值钱东西是哪里来的？还不是人挣的？只要人立得住，什么东西也会有！至于高玉德有本事没本事，那碍不了大事。巧珍是寻女婿哩，又不是寻公公！你别看他家现在穷，加林能把家立起来的！你我当年是什么样子？旧社会，你老子和我老子还都不是给地主刘国璋扛长工吗？"

刘立本仍然没有被他亲家的雄辩折服，反而一闪身站起来，火气十足地说："你别给我灌清米汤了！我长眼睛着哩！难道我自己看不清高玉德家的前程吗？他那不成器的儿子，我看不下！你能说光面子话哩！巧珍是我的女子，我不能把她往黑水坑里垫！"

"你看不下，可巧珍能看下哩！看你还有什么办法！"高明楼也站起来，觉得他亲家已经有点可笑了。

"我没办法？我把他龟孙子的腿往断打呀！"

"咦呀？看把你能的！……好亲家哩，你这阵在气头上，我没办法说服你。不过，你也别太逞能了！这而今都是自由恋爱，法律保护婚姻哩！只要娃娃们同意，别说娘老子，就是天王老子也管不住！你敢动手动脚，小心公安局的法绳！"高明楼终究是大队书记，懂得法律政策，立刻将这武器拿出来警告他亲家。

刘立本的确被他这话唬住了。他怔了半天，在自己的脑袋上狠狠拍了一巴掌，转过身丢下明楼，独自一个人扯大步走了。两亲家今天第一次没把话说到一块！

高明楼在他后面慢慢往家里走。他心想：刘立本做生意算个把式，其他方面实在不精明。

按明楼的想法，巧珍最好能和加林结亲。一方面，他觉得巧珍能寻这么个女婿，也的确不错了；另一方面，他很愿意加林和他大儿子成担子，将来和立本三家亲套亲，联成一体，在村里势众力强。这样一来，加林和他成了亲戚，也就不好意思为下了教师而恨他。本来，高明楼刚听立本说这件事，心里有点高兴——他一路上正盘算怎样平息加林仇恨他的火焰哩！现在他看亲家对此事这样坚决地反对，也就摸不来事情的结局倒究会怎样了。

第十章

早晨，太阳已经冒花了，高加林才爬起来，到沟里石崖下的水井上去担水。他昨晚上一夜翻腾得没睡好觉，起来得迟了。

石头围了一圈的水井，脏得像个烂池塘。井底上是泥糊子，蛤蟆衣；水面上漂着一些碎柴烂草。蚊子和孑孓充斥着这个全村人吃水的地方。

他手里的马勺犹豫了半天，终于还是没有舀水。他索性赌气似的和两只桶一起蹲在了井台边。

此刻他的心情感到烦躁和压抑。全村正在用各种各样的风言风语议论他和巧珍的"不正经";还听说刘立本已经把巧珍打了一顿,事情看来闹得更大了。眼前他又看见水井脏成这样也没人管(大家年年月月就喝这样的水,拿这样的水做饭),心里更不舒畅了。

所有这一切,使他感到沉重和痛苦:现代文明的风啊,你什么时候才能吹到这落后闭塞的地方?

他的心躁动不安,又觉得他很难在农村待下去了。可是,别的出路又在哪里呢?

他抬起头,向沟口望出去,大山很快就堵住了视线。天地总是这么的狭窄!

他闭住眼,又由不得想起了无边无垠的平原,繁华热闹的大城市,气势磅礴的火车头,箭一样升入天空的飞机……他常用这种幻想来满足自己的精神需要。

当他睁开眼睛的时候,他仍然在现实中。他看了看水井,脏东西仍然没有沉淀下去。他叹了一口气,想:要是撒一点漂白粉也许会好一点。可是哪来的这东西呢?漂白粉只有县城才能搞到。

他的腿蹲得有点麻了,就站起来。

他忍不住朝巧珍垴畔上望了望。他什么人也没看见。巧珍大概出山去了;或者被她父亲打得躺在炕上不能动了吧?要么,就是她害怕了,不敢再站在他们家垴畔上那棵老槐树下望他了——他每次担水,她差不多都在那里望他。他们常无言地默默一笑,或者相互做个鬼脸。

突然,高加林眼睛一亮:他看见巧珍竟然又从那棵老槐树背后转出来了!她两条胳膊静静地垂着,又高兴又害臊地望着他,似乎还在笑!这家伙!

她的头向他们家垴畔上面扬了扬,意思叫加林看那上面。

加林向山坡上望去,见刘立本正在撅着屁股锄自留地。

高加林立刻感到出气粗了。刘立本之所以打巧珍，还放肆地训斥他父亲，实际上是眼里没他高加林！"二能人"仗着他会赚几个钱，向来不把他这一家人放在眼里。

加林决定今天要报复他。他要和巧珍公开拉话，让他看一看！把他气死！

他故意把声音放大一点喊："巧珍，你下来！我有个事要和你说！"

巧珍一下子惊得不知该怎办。她下意识地先回过头朝她家的垴畔上看了看。刘立本不知听见没听见，但仍然在低头锄他的地。

巧珍终于坚决从坡里下来了。她甚至连路都不走，从近处的草洼里连跑带跳转下来，径直走向井台。

她来到他面前，鞋袜和裤管被露水浸得湿淋淋的。她忐忑不安地扣着手指头，小声问："加林哥……什么事？村子上面有人看咱两个呢，我爸……"

"不怕！"加林手指头理了一下披在额前的一绺头发说，"专门叫他们看！咱又不是做坏事哩……你爸打你了吗？"

他有点心疼地望着她白嫩的脸庞和亭亭玉立的身姿。

巧珍长睫毛下的眼睛里闪着泪花，含笑咬着嘴唇，不好意思地说："没打……骂了几句……"

"他再要对你动武，我就对他不客气了！"加林气呼呼地说。

"你千万不要动气。我爸刀子嘴豆腐心，不敢太把我怎样。你别生气，我们家的事有我哩！"巧珍扑闪着漂亮的眼睛，劝解她心爱的人。她看了看他身边的空水桶，问，"你怎不舀水哩？"

加林下巴朝水井里努了努，说："脏得像个茅坑！"

巧珍叹了一口气，说："没办法。就这么脏，大家都还吃。"

她转而忍俊不禁地失声笑了，"农村有句俗话，说不干不净，吃了没病……"

加林没笑，把桶从井边提下来，放到一块石头上，对巧珍说："干脆，咱两个到城里找点漂白粉去。先撒着，罢了咱叫几个年轻人好好把水井收拾一下。"

"我也跟你去？一块去？"巧珍吃惊地问。

"一块去！你把你们家的自行车推上，我带你，一块去！咱们干脆什么也别管了！村里人愿笑话啥哩！"加林看着巧珍的眼睛，"你敢不敢？"

"敢！你送桶去！我回去推车子，换个衣服。你也把衣服换一换！你别光给水井讲卫生，看你的衣服脏成啥了！你脱下，明天我给你好好洗一洗。"

加林高兴得脑袋一扬，用农村的粗话对他的情人开了一句玩笑："实在是个好老婆！"

巧珍亲昵地噘起嘴，朝加林脸上调皮地吹了一口气，说："难听死了……"

他们各自都怀着无比激动的心情，各回各家去了。

对于巧珍来说，在家里人和村里人众目睽睽之下，跟加林骑一个车子去逛县城，这无疑是一个大胆的挑战。对于她目前的处境来说，这需要多大的勇气啊！她之所以不怕父亲的打骂，不怕村里人笑话，完全是因为她对加林的痴迷的爱情！只要跟着加林，他让她一起跳崖，她也会眼睛不闭就跟他跳下去的！

对高加林来说，他做出这个决定，是对他所憎恨的农村旧道德观念和庸俗舆论的挑战；也是对傲气十足的"二能人"的报复和打击！

加林把空水桶放到家里，从箱子里翻出那身多时没穿的见人衣裳。

他拿香皂洗了脸和头发，立刻感到容光焕发，浑身轻轻飘飘的。他对着镜子梳了梳头发，觉得自己强悍而且英俊！

他父亲出了山，母亲上了自留地，家里没人。他在一个小木箱里取出几块钱装在口袋里，就出门在埝畔上等巧珍——后村人出来都要经过他家门前埝畔下的小路。

巧珍来了，穿着那身他所喜爱的衣服：米黄色短袖上衣，深蓝的确良裤子。乌黑油亮的头发用花手帕在脑后扎成蓬松的一团，脸白嫩得像初春刚开放的梨花。

他俩肩并肩从村中的小路上向川道里走去。两个人都感到新奇、激动，谁连一句话也不说；也不好意思相互看一眼。这是人生最富有的一刻。他们两个黑夜独自在庄稼地里的时候，他们的爱情只是他们自己感受。现在，他们要把自己的幸福向整个世界公开展示。他们现在更多的感受是一种庄严和骄傲。

巧珍是骄傲的：让众人看看吧！她，一个不识字的农村姑娘，正和一个多才多艺、强壮标致的"先生"，相跟着去县城啰！

加林是骄傲的：让一村满川的庄稼人看看吧！大马河川里最俊的姑娘，著名的"财神爷"刘立本的女儿，正像一只可爱的小羊羔一般，温顺地跟在他的身边！

村里立刻为这事轰动起来。没出山的婆姨女子、老人娃娃，都纷纷出来看他们。对面山坡和川道里锄地的庄稼人，也都把家具撇下，来到地畔上，看村里这两个"洋人"。有羡慕得咂吧嘴的，有敲怪话的，也有撇凉腔的。正人君子探头缩脑地看；粗鲁俗人垂涎欲滴地看。更多的人都感到非常新奇和有意思。尤其是村里的青年男女，又羡慕，又眼红；川道一组锄地的两个暗中相好的姑娘和后生，看着看着，竟然在人背后一个把一个的手拉住了！

高加林和刘巧珍知道这些，但也不管这些，只顾走他们的。一群碎脑娃娃在他们很远的背后，嘻嘻哈哈，给他们扔小土圪塔，还一哇声有节奏地喊："高加林、刘巧珍，老婆老汉逛县城……"

高玉德老汉在对面山坡上和众人一块锄地。起先他还不知道大家跑到地畔上看什么新奇，也把锄搁下过来看了。当他看见是这码子事时，很快在大家的玩笑和哄笑声中跌跌撞撞退回到玉米地里。他老脸臊得通红，一屁股坐在锄把上，两只瘦手索索地抖着，不住气地摸起了赤脚片。他在心里暗暗叫道：乱子！乱子！刘立本这阵在哪里呢？要是叫"二能人"看见了，不把这两个疯子打倒在地上才怪哩！

刘立本此刻就在他家垴畔上的自留地里。所有这一切"二能人"也都看见了。不过，高玉德老汉的担心过分了。"二能人"正像他女子说的，刀子嘴豆腐心。他此刻虽然又气又急，但终于没勇气在众人的目光下，做出玉德老汉所担心的那种好汉举动来。他也只是一屁股坐到锄把上，双手抱住脑袋，接二连三地叹起了气……

第二天早晨，高家村的水井边发生了一场混乱。早上担水的庄稼人来到井边，发现水里有些东西。大家不知道这是何物，都不敢舀水了，井边一下子聚了好多人。有人证实，这些"白东西"是加林、巧珍和另外几个年轻人撒进去的。有人又解释，这是因为加林爱干净，嫌井水脏，给里面放了些洗衣粉。有的人又说不是洗衣粉，是一种什么"药"。

天老子呀！不管是洗衣粉还是药，怎能随便给水井里放呢？所有的人都用粗话咒骂：高玉德的嫩老子不要这一村人的命了！

有人赶快跑到前村去报告高明楼——让大队书记来看看吧！更多担水的人都在急躁地议论和咒骂。那几个和加林一起"撒药"的年轻庄稼人给众人解释，井里撒的是漂白粉，是为了讲卫生的。众人立刻把他几个骂了个狗血喷头：

"你几个瞎眼小子，跟上疯子扬黄尘哩！"

"你妈不讲卫生，生养得你缺胳膊了还是少腿了？"

"胡成精哩！把龙王爷惹恼了，水脉一断，你们喝尿去吧！"

那几个拥护加林这次卫生革命的人，不管众人怎骂，都舀了水，担回家去了；但他们的父亲立刻把他们担回的水，都倒在了院子里。

水井边围的人越来越多了。而刘立本家里正在打架：刘立本扑着打巧珍；巧珍她妈护着巧珍，和老汉扭打在一起。亏得巧英和她女婿正在他们家，好不容易才把架拉开！刘立本气得连早饭也不吃，出去搞生意去了——他是从自家窑后的小路上转后山走的，生怕水井边的人们看见他。

高加林听说井边发生了事，要出来给乡党们说明情况，结果被他爸他妈一人扯住一条胳膊，死活不让他出门。老两口先顾不上责备儿子，只是怕他出去在井边挨打。

这时候，刘立本的三女儿巧玲从后沟里拿一本书走出来。她刚考完大学，在家里等结果。她起得很早，到后沟里背英语单词去了，因此刚才家里打架的事，她并不知道。现在她看见井边围了这么多人，就好奇地走过来打问出了什么事。

有人马上嘲讽地说："你二姐和你二姐夫嫌水井脏，放了些洗衣粉。你们家大概常喝洗衣粉水吧？看把你们脸喝得多白！"

巧玲的脸刷地红到了耳根。她虽然还不到二十岁，但个子已经和巧珍一般高。她和她二姐一样长得很漂亮，但比巧珍更有风度。巧玲早已看出她二姐在爱加林——现在知道她真的和加林好了。她对加林也是又喜欢又尊重，因此为二姐能找这么个对象，心里很高兴。昨晚给水井里撒漂白粉的事，她也知道。于是她就试图拿学校里学的化学原理给众人说漂白粉的作用。

她的话还没完，有人就粗鲁地打断了她："哼！说得倒美！你趴下先喝上一口！和你二姐夫一样咬京腔哩！伙穿一条裤子！"

众人哄然大笑了。

巧玲眼里转着泪花子，羞得掉转身就跑——愚昧很快就打败了科学。

这时，听到消息的高明楼，赶忙先跑到巧珍家问情况。本来他想去问加林，但想了一下，还是没去，先跑到亲家家里来了。

他一进亲家的院子，看见他们家四个女人都在哭。刘立本已经不见了踪影。他的大儿子正笨嘴笨舌劝一顿丈母娘，又劝一顿小姨子。

明楼叫她们都别哭了，说事情有他哩！

他在巧珍和巧玲嘴里问明情况后，很快折转身出了刘立本家的大门，扯大步向沟底的水井边走去。

高明楼来到井边，众人立刻平静下来；他们看村里这个强硬的领导人怎办呀。

明楼把旧制服外衣的扣子一颗颗解开，两只手叉着粗壮的腰，目光炯炯有神，向井边走去，众人纷纷把路给他让开。

他弯腰在水井里象征性看一看，然后掉过头对众人说："哈呀！咱们真是些榆木脑瓜！加林给咱一村人做了一件好事，你们却在咒骂他，实实地冤枉了人家娃娃！本来，水井早该整修了，怪我没把这当一回事！你们为什么不担这水？这水现在把漂白粉一撒，是最干净的水了！五大叔，把你的马勺给我！"

高明楼说着，便从身边的一个老汉手里接过铜马勺，在水井里舀了半马勺凉水，一展脖子喝了个精光！

这家伙用手摸了一把胡楂上的水，笑哈哈地说："我高明楼头一个喝这水！实践检验真理呢！你们现在难道还不敢担这水吗？"

大家都嘿嘿地笑了。

气势雄伟的高明楼使众人一下子便服帖了。大家于是开始争着舀水——赶快担回去好出山呀，太阳已经一竿子高了！

第十一章

高加林在他的"卫生革命"引起一场风波以后，心情便陷入了很大的苦闷中。

夜晚，他有时也不主动去找巧珍了，独自一个人站在村头古庙前那棵老椿树下面，望着星光下朦胧的、连绵不断的大山，久久地出神。全村人都已入了梦乡，看不见一星灯火；夏夜的风把他的头发吹得纷乱。

有时，在一种令人沉重的寂静中，他突然会听见遥远的地平线那边，似乎隐隐约约有些隆隆的响声。他抬头看，天很晴，不像是打雷。啊，在那遥远的地方，此刻什么在响呢？是汽车？是火车？是飞机？不知为什么，他总觉得这声音好像是朝着他们村来的。美丽的憧憬和幻想，常使他短暂地忘记了疲劳和不愉快；黑暗中他微微咧开嘴巴，惊喜地用眼睛和耳朵仔细搜索起远方的这些声音来。听着听着，他又觉得他什么也没有听见；才知道这只不过是他的一种幻觉罢了。他于是就轻轻叹一口气，闭住眼睛靠在了树干上。

巧珍总会在这样的时候，悄悄地来了。他非常喜欢她这样不出声地、悄然地来到他身边。他把他的胳膊轻轻搭在她的肩头。她的爱情和温存像往常一样，给他很大的安慰。但是，已不能完全冲刷掉他心中重新又泛起的惆怅和苦闷了。过去那些向往和追求的意念，又逐渐在他心中复活。他现在又强烈地产生了要离开高家村，到外面去当个工人或者干部的想法——最好把巧珍也能带出去！

他虽然这样想，不知为什么，又不想告诉巧珍。

其实，聪敏的巧珍最近已经看出了他的心思。从内心上讲，她不愿意让加林离开高家村，离开她；她怕失去他——加林哥有文化，可以远走高飞；她不识字，这一辈子就是土地上的人了。加林哥要是工作了，还会不会像现在一样爱她？

但是，当她看见亲爱的人苦闷成这个样子，又很想叫他出去工作。这样他就会高兴和愉快的。要是加林高兴和愉快，她也就感到心里好受一些。她想加林哥就是寻了工作，也再不会忘了她的；她就在家里好好劳动，把娃娃抚养好。将来娃娃大了，有个工作的老子，在社会上也不受屈。再说，自己的男人在门外工作，她脸上也光彩。

这样想的时候，她就很希望加林哥出去工作，好让他少些苦恼。可是，她又认真一盘算，觉得根本没门！现时这号事都要有腿哩！加林哥当个民办教师，都让瞎心眼子高明楼挤掉了，更不要说找正式工作了。

这一天晚上，还是在那棵老椿树下，当她看见加林还是那么愁眉苦脸时，就主动对他说：

"加林哥，你干脆想办法去工作去！我知道你的心思！看把你愁成啥了！我很想叫你出去！"

加林两只手抓住她的肩头，长久地看着她的脸。亲爱的人！她在什么时候都了解他的心思，也理解他的心思。

他看了她老半天，才开玩笑说："你叫我出去，不怕我不要你了吗？"

"不怕。只要你活得畅快，我……"她一下子哭了，紧紧抱住他，像菟丝子缠在草上一般，说，"你什么时候也甭把我丢下……"

加林下巴搁在她头上，笑着说："你啊！看你这样子，好像我已经有工作了！"

巧珍也抬起头笑了。她抹去脸上的泪水，说："加林哥，真的，只要有门道，我支持你出去工作！你一身才能，窝在咱高家村施展不开。再说，你从小没劳动惯，受不了这苦。将来你要是出去了，我就在家里给咱种自留地、抚养娃娃；你有空了就回来看我；我农闲了，就和娃娃一搭里来和你住在一起……"

加林苦恼地摇摇头："咱们别再瞎盘算了，现在要出去找工作根本不行。咱还是在咱的农村好好打主意……你看你胳膊凉得像冰一样，小心感冒了！夜已经深了，咱们回！"

他们像往常一样，相互亲了对方，就各回各家去了。

高加林进了家门，发现高明楼正坐在他们家炕栏石上，和他父亲拉话。

见他进门来，他父亲马上说："你到哪里去了？你明楼叔等了你半天！"

高明楼对他咧嘴笑了笑，说："也没什么事喀！唉，加林！咱这农村，意识就是落后！你好心给水井里放些漂白粉，人还以为你下了毒药呢！真是些榆木脑瓜！"

他父亲笑嘻嘻地对高明楼说："全凭你了！要不是你压茬，那一天早上肯定要出事呀！"

他母亲也赶忙补充说："对着哩！咱村里的事，就看他明楼叔拿哩！"

加林坐在脚地的板凳上，也不看高明楼，说："也怪我。我事先没给大家说清楚。"

高明楼吐了一口烟，说："事情已经过去了，再不提了，过两天两个组都抽几个人，把水井整修一下，把石堰再往高垒一些。哈呀！不整修再不行了！我前一个月看见一头老母猪躺在里面洗澡哩！"他两个手指头把纸烟把子捏灭，丢在脚地上，"我今黑夜来是想和你商量个事。是这，咱准备到城里拉一点茅粪，好准备种麦。后组里正锄地，人手抽不出来；准备前组先去两个人。我考虑了一下，想让你和德顺老汉去，不知你愿意不愿意？"

加林没说话。

他父亲赶忙对他说："你去！你明楼叔给你寻了个苦轻营生嘛！晚上只拉一回，用不了两三个小时，白天一天就歇在家里。往年大家都抢着去做这营生哩！"

高明楼又掏出一根烟，在煤油灯上吸着，看着低头不语的加林说："你大概怕城里碰上熟人，不好意思吧？年轻人爱面子！其实，晚上嘛，根本碰不上！"

高加林抬起头，只说了两个字："我去。"

明楼一看他同意了，便从炕栏石上下来，准备起身了。高玉德慌忙赤脚片溜下炕，同时加林他妈也从灶火圪里撵出来，准备送书记。

高明楼在门口挡住他们，然后对后面的加林说："你大概还不知道，拉粪去的人还是老规程，在城里吃一顿饭，钱和粮由队里补贴。今年还是巧珍去做饭，城里她姨家有一孔空窑。"

高加林点点头，嗯了一声。

高玉德一听是巧珍去做饭，嘴张了几张，结结巴巴说："明楼！做饭苦轻，最好去个老汉！巧珍年轻，现在劳动正繁忙，后组的地还没锄完哩……"

高明楼想笑又没好意思笑出来。他对玉德老汉说："还是巧珍去合适。城里做饭的窑是她姨家的，生人去了怕不方便……"说完就拧转身走了。

德顺老汉和加林、巧珍在村对面的简易公路上套好架子车，已经临近黄昏；远远近近都开始模糊起来了。对面村子里，收工回来的人声和孩子们的叫闹声，夹杂着正在入圈的羊的咩咩声，组成了乡间这一刻特有的热闹和骚乱气氛。

德顺老汉一巴掌在驴屁股上打掉一只牛虻，过来把草垫子放到车辕上，说："甭怕臭！没臭的，也就没香的！闻惯了也就闻不见了。"他走到前面车子旁边，从怀里掏出一个扁扁的酒壶，抿了一口，诡秘地对加林和巧珍一笑，"你们两个坐在后面车上，我打头。吆牲灵我是老把式了，你们跟着就是。现在天还没黑，两个先坐开些！"他得意地眨眨眼，坐在了前面的车辕上。

后面车上的加林和巧珍被德顺老汉说得很不好意思，也真的别别扭扭一人坐在一个车辕上，身子离得很开。

德顺老汉"嘚儿"一声，毛驴便迈开均匀的步子，走开了。两辆车子一前一后，在苍茫的暮色中向县城走去。

德顺老汉在前面又抿了一口酒，醉意便来了，竟然张开豁牙漏气的嘴巴唱了两声信天游——

　　哎哟！年轻人看见年轻人好，
　　白胡子老汉不中用了……

加林和巧珍在后面车子上逗得直笑。

德顺老汉听见他们笑，摸了一下白胡子，说："啊呀，你们笑什么哩？真的，你们年轻人真好！少男少女，亲亲热热；我老了，但看见你

447

们在一块，心里也由不得高兴啊……"

加林在后面喊："德顺爷，你一辈子为啥不娶媳妇？你年轻时候谈过恋爱没？"

"恋？爱？哼！我年轻时候比你们还恋的爱！"他又抿了一口酒，皱纹脸上泛起红潮，眼睛眯起来，望着东边山头上刚刚升起的月亮，不言传了。

驴儿打着响鼻，蹄子在土路上嗒嗒地敲打着。月光迷迷蒙蒙，照出一川泼墨似的庄稼。大地沉寂下来，河道里的水声却好像涨高了许多。大马河隐没在两岸的庄稼地之中，只是在车子路过石硷石崖的时候，才看得见它波光闪闪的水面。

高加林又在后面问："德顺爷，你说说你年轻时候的风流事嘛！我不相信你那时还会恋爱哩！"他朝身边的巧珍做了个鬼脸，意思是对她说：我激老汉哩！

德顺老汉终于忍不住了，抿了一口酒，说："哼！我不会恋爱？你爸才不会哩！那时我和你爸，还有高明楼和刘立本的老子，一块给刘国璋揽工，你爸年龄小，人又胆小，经常鼻涕往嘴里流哩！硬是我把你妈和你爸说成的……我那时已经二十几岁了，刘国璋看我心眼还活，农活不忙了，就打发我吆牲灵到口外去驮盐，驮皮货。那时，我就在无定河畔的一个歇脚店里，结交了店主家的女子，成了相好。那女子叫个灵转，长得比咱县剧团的小旦都俊样。我每次赶牲灵到他们那里，灵转都计算得准准的。等我一在他们村的前硷上出现，她就唱信天游迎接我哩。她的嗓音真好啊！就像银铃碰银铃一样好听……"

"唱什么歌哩？"巧珍插嘴问。

"听我给你们唱！"老汉得意地头一拐，就在前面醉心地唱起来了——

走头头的那个骡子哟三盏盏的灯，

戴上了那个铜铃子哟哇哇的声；

你若是我的哥哥哟招一招手，

你不是我的哥哥哟走呀走你的路……

老汉唱完，长长吐了一口气，说："我歇进那店，就不想走了。灵转背着她爸，偷得给我吃羊肉扁食，荞面饸饹……一到晚上，她就偷偷从她的房子里溜出来，摸到我的窑里来了……一天，两天，眼看时间耽搁得太多了，我只得又赶着牲灵，起身往口外走。那灵转常哭得像泪人一样，直把我送到无定河畔，又给我唱信天游……"

"大概唱的是'走西口'吧？对不对？"加林笑着说。

"对着哩！"说着，老汉又忍不住唱了起来。他的声音是沙哑的，似乎还有点哽咽；并且一边唱，一边吸着鼻涕——

哥哥你走西口，

小妹妹实难留；

手拉着哥哥的手，

送你到大门口。

哥哥你走西口，

小妹妹送你走；

有几句知心话，

哥哥你记心头：

走路你走大路，
万不要走小路；
大路上人马稠，
小路上有贼寇。

坐船你坐船后，
万不要坐船头；
船头上风浪大，
操心掉在水里头。

日落你就安生，
天明再登程；
风寒路冷你一个人，
全靠你自操心。

哥哥你走西口。
万不要交朋友；
交下的朋友多，
你就忘了奴——

有钱的是朋友，
没钱的两眼瞅；
哪能比上小妹妹我，
天长日又久……

德顺老汉上气不接下气地唱着。到后来，已经曲不成调，变成了一句一句地说歌词；说到后来，竟然抽抽搭搭哭起来了；哭了一阵，又嘿嘿笑出了声，说："啊呀，把它的！这是干甚哩！老呀老了，还老得这么不正相！哭鼻流水的，惹你们娃娃家笑话哩……"

巧珍不知什么时候已经靠在了加林的胸脯上，脸上静静地挂着两串泪珠。加林也不知什么时候，用他的胳膊搂住了巧珍的肩头。月亮升高了，远方的山影黑黝黝的，蒙上一层神秘的色彩。路两边的玉米和高粱长得像两堵绿色的墙；车子在碎石子路上碾过，发出轻微的沙沙声；路边茂密的苦艾散放出浓烈清新的味道，直往人鼻孔里钻。好一个夏夜啊！

"德顺爷，灵转后来干啥去了？"巧珍贴着加林的胸脯，问前面车子上黯然神伤的老汉。

德顺老汉叹了一口气："后来，听说她让天津一个买卖人娶走了。她不依，她老子硬让人家引走了……天津啊，那是到了天尽头了！从此，我就再也没见我那心上的人儿！我一辈子也就再不娶媳妇了。唉，娶个不称心的老婆，就像喝凉水一样，寡淡无味……"

巧珍说："说不定灵转现在还活着？"

"我死不了，她就活着！她一辈子都揣在我心里……"

车子拐过一个山峁，前面突然亮起了一片灯火，各种建筑物在月亮和灯火交织的光气里，影影绰绰地显露了出来——县城到了。

德顺老汉摸出酒壶抿了一口。他手里虽然不拿鞭子，也还像一个吆牲灵出身的把式那样，胳膊在空中一抡："嗬儿——"

两辆车子轻快地跑起来，驴蹄子嘚嘚地敲打着路面，拐上了大马河桥，向县城奔驰而去……

第十二章

　　加林和德顺爷灌满一车子粪以后，老汉体力已经有点不支；加上又喝了不少酒，走路都摇摇晃晃的。加林硬把老汉送到巧珍做饭的窑里，让他坐到热炕头上歇着；他就一个人拉着另一个架子车去淘粪。

　　他拉着车，尽量不走大街，也尽量不走灯光明亮处。虽然已经到夜里，街巷里基本没什么行人，但他仍然紧张地防备着，生怕碰见熟人和同学。

　　他拉着架子车，在街道北头那边一些分散的机关单位之间转悠。这个季节，乡里来城里淘粪的人很多；有时在一个单位的厕所里，茅坑底上还刮不了一担粪。他已走了几个单位，架子车的大粪桶还没装满一半。

　　前面就是县广播站。他犹豫地站在了街角一个暗影里。他想起了他的同学黄亚萍。

　　他站了一会儿，决定还是不去广播站的厕所淘粪。

　　他远远地绕开路，向车站那边走去——那里过往人多，说不定厕所里粪要多一些。

　　他在灯光若明若暗的街道上走着，心里忍不住感叹：生活的变化真如同春夏秋冬，一寒一暑，差别甚远！三年前，这样的夜晚，他此刻或者在明亮温馨的教室里读书；或者在电影院散场的人群里，和同学们说说笑笑走向学校。要不，就是穿着鲜红的运动衣，潇洒地奔驰在县体育场的灯光篮球场上，参加篮球比赛，听那不绝耳的喝彩声……

　　现在，他却拉着茅粪桶，东避西躲，鬼鬼祟祟，像一个夜游鬼一样。他忍不住转过头，又望了一眼灯光闪烁的广播站。黄亚萍此刻在干什么呢？读书？看电视？喝茶？

他很快觉得自己有点可笑了。自己现在这副样子，想这些干啥呢？他现在应该赶快把这车子粪装满才对。是的，人做啥就为啥操心哩！他现在的心思主要在淘粪上。哪个厕所要是没粪，他立刻失望丧气；哪个厕所里粪要是多一点，他高兴得直想笑！因为德顺爷爷就是这个样子，他感染了他，也使得他的心理渐渐自觉地成了这个样子。劳动啊，它是艰苦的，但也有它本身的欢乐！

高加林把粪车放在车站大门外，然后进去看厕所有没有粪。

他在厕所前面看了看，高兴得像发现了金子一般：厕所里的粪多得几乎几架子车也拉不完！

当他转到厕所后面的时候，一下子又不高兴了：不知哪里的生产队，已经在茅坑后面做了一个门，并且还上了锁。

高加林气愤地想：屎尿都有人霸占哩！他妈的，我今天要"反霸"了！

高加林的坏脾气遇到这类事最容易引逗起来。他拾起一块石头片，没有砸锁，而是把锁下面的铁扣环撬起来，打开了门。

他从车子上把粪担子和粪勺取下来，开始在车站厕所的茅坑里舀起了粪。

他刚担了一担粪灌到架子车上的粪桶里，正准备去担第二担，突然有两个壮实的年轻人也来拉粪了。他们一色的的确良裤子，红背心上面印着"先锋"两个黄字。

加林知道，这是城关"先锋"队的人。这个队是蔬菜队，富足是全县有名的。

这两个年轻人一看加林正在担粪，气呼呼地放下架子车，过来了。

"你为什么偷我们的粪？"其中一个已经挡住了加林的路。

"粪是你们的？"加林不以为然地反问。

"当然是我们的！"另一个在旁边喊叫。

"怎能是你们的？这是公共厕所，又不是你们队的人屙尿的！"

"放你妈的屁！"前面那个后生已经破口了。

"把嘴放干净！骂谁哩？"加林浑身的肌肉绷紧了。

"骂你哩！你小子知道不知道？我们为了这点粪，满年四季给车站上的干部供菜，一分钱都不要！你凭什么来偷？"旁边那个人横眉竖眼地朝他喊叫。

"放下两块钱！赔锁子！"前面那人双手叉腰，说。

"赔钱？"加林头一扭，"我还要担哩！你们这些粪霸！"说着就担着粪担往前走。

那两个人都握住了拳头。前面的那个眼明手快，当胸就给了高加林一拳。

加林两眼冒火，把粪担往地上一撂，拉起舀粪的粪勺，就向那后生砍去！

前面的人一跳，躲过去了，后面的那个刹那间也操起了粪勺。于是，三个淘粪的人就在车站的停车场上打了起来；长柄粪勺在空中飞舞，粪点子把三个人都溅了满身。迷蒙的月光静静地照耀着这个骚乱的场面。一个小伙子的脚被加林一粪勺打麻了，叫唤了一声蹲在了地下；而加林自己的脊背上却被另外一个人砍了一粪勺。

直到车站的人跑出来，才把架拉开。光头站长把双方劝说了半天，让加林不要拉了；说车站已经和先锋队订了"合同"，粪只能由他们拉。

加林在心里骂道："还有脸说'合同'哩！拿你这个臭厕所白换着吃菜哩！"

他觉得再要担这粪，肯定还要打架的。人家两个人，他一个人，打不过。再说，他们离队近，要是再叫来一群人，把他打不死才怪哩！

他于是只好把粪担放在车上，拉起架子车离开了车站。

这附近只剩副食公司没去拉了。他原来主要考虑他的另一个同学张克南在那里工作，所以没去。

现在他猛然记起，克南不是已经调到副食门市去工作了吗？他很快决定去副食公司的厕所再看看。

他拉着车子，闻见自己满身的臭气；衣服和头发上都溅满了粪便。脊背上被砍了一粪勺的地方，疼得火烧火燎。他也不管这些；他只想着赶快把这车子粪装满，好早点回村——德顺爷和巧珍大概已经等急了。

他把架子车放在副食公司的大门口上，先进去看厕所有没有粪。

他从来没到过这里，找了半天才把厕所找见。他看了看，粪并不多，也很稀，但还是可以把他的粪桶子装满的。可只有一个不方便处：厕所到大门口路不太好，有几个地方很狭窄，粪车拉不到厕所旁边。

他于是决定一担一担往出担；担出来再倒进车上的粪桶里。

高加林忙碌地从车上取下粪担，到后面的厕所里担出了第一担粪。

担过副食公司院子的时候，在院子东南角一棵泡桐树下坐着的几个人，连连咂吧起了嘴，哼哼唧唧，显然嫌臭味打扰了他们在院子里乘凉。

高加林自己也觉得很抱歉。但这是没法的事。他内心里希望这些干部原谅他。

第二回他把粪担出来的时候，情况仍然是这样。但他还是硬着头皮担。

第三回担出来的时候，有一个妇女出口了，声音很大，是故意说给他听的："迟不担，早不担，偏偏在这个时候担，臭死人了！"

高加林听见这刺耳话，忍不住脚步停住了。但他想，再有一两回车上的粪桶就装满了，忍着点，赶快装满就走。

当他把这担粪灌完，又担着空担子进了院子的时候，那妇女竟然站起来，朝他这边喊：

"担粪的！你把人臭死了！你到其他地方去担咯，甭在这里欺负人了！"

高加林一下子站在院子里，两只手气得索索抖，牙齿狠狠咬住了嘴唇：明明是她在欺负人，竟然反咬说他欺负人。

火气从他心里冒上来，又被他强压了下去。他刚才已经和别人打了一架，不愿再发生什么冲突和纠葛；而且车子上的粪桶再有一两担就能装满，忍一忍，今晚上的任务就完成了。

于是他就又去担粪了。

等这回担出来的时候，那妇女竟然又站起来，气更大了，嗓门更粗了，话也更难听了："你这人耳朵坏了？给你说了一遍你不听，还在这里担，讨厌死人了！"

她旁边一个似乎老一点的干部说："你不要费嘴舌了，叫担去；担完了就不臭了！"

"这些乡巴佬，真讨厌！"那妇女又骂了一句。

高加林这下不能忍受了！他鼻根一酸，在心里想：乡里人就这么受气啊！一年辛辛苦苦，把日头从东山背到西山，打下粮食，晒干簸净，拣最好的送到城里，让这些人吃。他们吃了，屁股一撅就屙就尿，又是乡里人来给他们拾掇，给他们打扫卫生，他们还这样欺负乡下人！

他对这个妇女产生了一种强烈的愤恨心理。

他一下子把一担茅粪放在副食公司的院当中，鼻子口里三股冒气向那棵泡桐树下走去。他要和那个放肆的女人辩几句。

当他快走到那几个人跟前的时候，那妇女先站起来，一下子不知这个愣后生要干什么呀。他旁边的几个老干部也紧张地站起来了。

高加林猛地停住了脚步，立刻感到惶愧不安了：天啊，这妇女竟然是张克南他妈！

他离她十几步远，已清楚地认出是她。他一下子不知如何是好了，前不好前，后不好后，两只手慌乱地扣起了手指头。不论怎样，他不能和克南他妈吵嘴呀！这事太叫人尴尬了！他想：怎办呀？给她道个歉？可他又没惹她！要不说个"对不起"？

正在他进退两难时，克南他妈竟然一指头指住他，问："你是哪里的？拉粪都不瞅个时候，专门在这个时候整造人呢！你过来干啥呀？还想吃个人？"

她显然已经记不得他是谁了。是的，他现在穿得破破烂烂，满身大粪；脸也再不是学生时期那样白净，变得粗粗糙糙的，成了地地道道的农民。他以前只去过克南家两三次，她怎能把他记住呢？

既然是这样，他高加林也就不想客气了。但他出于对老同学母亲的尊重，还是尽量语气平静地解释说："您不要生气，我很快就完了。这没有办法。我们在晚上进城拉粪，也是考虑到白天机关工作，不卫生；想不到你们晚上在院里乘凉哩……"

旁边那几个干部都说："算了，算了，赶快装满拉走……"

但克南他妈还气冲冲地说："走远！一身的粪！臭烘烘的！"

加林一下子恼了。他恶狠狠地对老同学他妈说："我身上是不太干净，不过，我闻见你身上也有一股臭味！"

克南他妈一下子气得满脸肉直颤，就要过来拉扯他了；亏得旁边那几个人硬把她挡住，然后叫加林不要闹了，去拉他的粪。

高加林掉转身，过去担起那担茅粪，强忍着泪水出了副食公司的大门。

他把粪倒进车子上的粪桶里，尽管还得两担才能满，他也不去担了，拉起架子车就走。

他拉着架子车，转到了通往街道的马路上，鼻子一阵又一阵发酸。城市的灯光已经渐渐地稀疏了，建筑物大部分都隐匿在黑暗中。只有河对面水文站的灯光仍然亮着，在水面上投下了长长的橘红色的光芒，随着粼粼波光，像是一团一团的火焰在水中燃烧。

高加林的心中也燃烧着火焰。他把粪车子拉在路边停下来，眼里转着泪花子，望着悄然寂静的城市，心里说：我非要到这里来不可！我有文化，有知识，我比这里生活的年轻人哪一点差？我为什么要受这样的屈辱呢？

这时候，他的目光向水文站下面灯火映红的河面上望去，觉得景色非常壮观。他浑身的血沸腾起来，竟扔下粪车子，向那里奔去。

快到河边的时候，他穿过一大片菜地。他知道这是"先锋"队的。想起刚才车站上的斗殴，他便鼻子口里热气直冒，跑过去报复似的摘了一抱西红柿。

他来到河边的一个被灯火照亮的水潭边，先把一抱西红柿抛到水里，然后他自己也跟着一纵身跳了下去。

他在水里憋着气，尽量使自己往下沉；然后又让身体慢慢浮上水面来。

他游了一阵，把西红柿一个个从水面上捞起，洗净，又扔到岸上。他自己也拖着水淋淋的衣服爬上来，一屁股坐下，抓起一个西红柿，狼吞虎咽吃了起来……

高加林折腾了半夜，才和德顺老汉、巧珍拉着两架子车茅粪回到村里。

巧珍先回了家。他和德顺老汉把粪倒在村前的粪坑里，拿土盖起来。

德顺老汉独个儿去经管牲口去了。他便怀着一颗快快不快的心回到了家里。

他父亲在前炕上拉呼噜；他母亲爬起来，问他怎这时候才回来？

他没有回答，在箱子里寻找干衣服。他母亲摸索着，从后炕头的针线篮里取出一封信递给他，说："你二爸来的。你先看，我睡呀，明早上再给我们念……"说完就躺下睡了。

高加林先没换衣服，赶忙拆开信，凑到煤油灯前看起来——

大哥、嫂嫂：

你们好！

我要告诉你们一个好事：组织已经同意了我的请求，让我转业到咱们地区工作了。现在听地方上来函说，初步决定安排让我在地区专署当劳动局长。

我是很高兴的，几十年离别家乡，梦里都常想回来。现在我也年过半百，俗话说，落叶归根；在家乡度过晚年是我最大的愿望。

我的几个孩子都已在新疆参加了工作，为了不给党增添麻烦，就让他们在当地工作吧，不转回来了。我和孩子妈，再有最小的加平，一共三口人回来。

我要是回到咱地区，等工作定下来，就准备回咱村子一回，看望你们。

余言见面再叙。

弟：玉智

459

高加林看完信，激动得在炕栏石上狠狠拍了一巴掌，大声喊：

"爸！妈！快醒一醒……"

第十三章

早饭时分，一辆草绿色的吉普车开进高家村，在村子中央那块空场地上停下来。

高玉德当兵走了几十年的弟弟回来了！消息风快就传遍了全村。村里的人，不论大人还是娃娃，纷纷丢下正在吃饭的碗，向高玉德家的破墙烂院里涌来了。

高家村好多年都没有这样热闹过。老婆老汉们拄着拐杖，媳妇们抱着吃奶娃娃，庄稼人推迟了出山的时间，学生娃们背着上学起身的书包，熙熙攘攘，大呼小叫，纷纷跑来看"大干部"。全村的狗不知这里发生了什么事，也吠叫着跟人跑来了。村子里乱纷纷的，比谁家娶媳妇还红火。

高玉德家的窑里已经挤满了人。更多的人都拥在院子里和畔上，轮流挤到门口，好奇地看他们村在门外的这个最大的人物。

加林妈在旁边窑里做饭。好多婆姨女子都在帮助她。有的拉风箱，有的切菜，有的擀面。遇到这样的事，所有的邻居都乐意帮忙。

高加林从叔父的提包里拿出许多糖，正给人群里的娃娃们散发。他尽量想保持一种含蓄的态度，但掩饰不住的兴奋仍然使他容光焕发，动作也显得比平时零碎了。

高玉德、高玉智两弟兄被一群年纪大的人包围在他家的脚地当中。玉智已经换上了地方干部的服装，比他哥看上去不是小十岁，而是小二十岁。他身材不高，但挺胖，红光满面，很少有皱纹。头发还是乌黑的，只是两鬓角夹杂几根白发。他笑容满面，辨认他小时候的伙伴们。这些人都已年过半百，又亲切又拘束地接过他双手敬上的纸烟。德顺老汉和另外一些长辈进来的时候，玉智把他们一个个搀扶着坐在炕栏石上，问他们的身体和牙口怎样？这些老汉们又都从炕栏石上溜下来，在他身上摸一摸，或者拍一拍，纷纷张开没牙的嘴抢着嚷嚷：

"啊，好身体……"

"听说你身上挂了不少彩？"

"有一阵子，你杳无音信，还传说你牺牲了呢！"

"哈呀，就听说你而今把官熬大了！"

……

高玉智笑呵呵地回答他们的问话。玉德老汉站在他旁边，嘴里噙着旱烟锅，一边笑，一边用瘦手抹眼泪。

陪同高玉智回村的县劳动局副局长马占胜同志，出去解了个手，就再挤不进高玉德家的院里了。

高加林在塄畔上碰见他，硬拉着他往回挤。但马占胜说："先等等。你叔父几十年第一次回家，村里人都想看他哩！你要是不忙，咱先到吉普车里坐一坐！"

加林今天很高兴，说他现在没什么事，就和老马向吉普车那边走去。

吉普车里已经挤满了一群娃娃。占胜要赶他们下来，加林拦住他说："算了，算了，娃娃们没见过这东西，叫坐一坐，咱先就在这树下站一会儿。"

占胜一条胳膊亲热地搂着加林的肩头，对他说："旁的事我先不和你拉搭；我先只对你说一句话，你的工作我们会很快妥善解决的……"

高加林的心猛一阵狂跳。这句话对他的神经冲击太大了！在他还没有反应过来的时候，高明楼已经站在了他们面前。

明楼笑着说："加林，你还不回家招呼你二爸去？你爸你妈人老了，手脚不麻利，家里又再没个人……"他说完转过身，热情地和马占胜握起了手。

加林说："老马挤不到我家里，我陪他在这儿站一会儿。"

明楼说："你去你的。叫马局长先到我家里坐一坐。另外，你告诉你妈，你叔父头一顿饭在你们家吃，下一顿饭就不要准备了，我们家已经准备上了。啊呀，多不容易呀！玉智几十年闹革命不回家，说什么也得在我家里吃一顿饭！"他转过头对占胜说，"玉智是我们村在门外最大的干部，是整个高家村的光荣！"

"高玉智同志现在是咱们地区的劳动局长，我的直接上级。"马占胜对高明楼说。

"我已经知道了！"高明楼一边说，一边让加林回家忙去，他便拉着马占胜到前村他们家去了。

吃过饭以后，加林跟着父亲和叔父上了祖父祖母的坟地。

祖坟在村子后面一个向阳的山坡上。两座坟堆上长满了茂密的蒿柴茅草——两位老人在这里已经长眠十几年了。

玉德老汉从随手提来的竹篮里取出一些馍和油糕，放在石头供桌上；又拿出一把黄表纸点着烧了；然后拉着玉智和加林跪下磕头。玉智稍犹豫了一下，但看见他哥脸像黑霜打了一般难看，就跟着跪下了。在这样的场合，劳动局长只得入乡随俗。

他们三个连磕了三个头。加林和他叔父站了起来。玉德老汉却一头扑在黄土地上，啊嘿嘿嘿嘿地哭开了，弄得他两个都很尴尬。听见他哥伤心的哭声，玉智也掏出手帕抹着不断涌出的泪水。他从小离开父母亲，直到他们入土，他也再没见他们。他记起在他小时候老人们受的苦，又想到他以后一直没有在他们身边，也不由得失声痛哭起来。加林皱着眉头在一边看他们哭。

两弟兄哭了一阵后，玉智把他哥搀扶起来。玉德老汉哽哽咽咽说："咱老人……活的时候……把罪受了……"

高玉智非常内疚地说："我一直在外，没好好管老人，想起来心里很难过。这已经没法弥补了。现在，我已回到咱家乡工作了，以后我要尽量帮扶你们哩……有什么困难，你就说，哥！我要把对咱老人欠的情，在你和嫂子身上补起来……"

高玉德怔了一阵，说："我们老两口也是快入土的人，没什么要牵累你的。现在农村政策活了，家里有吃有穿，没什么大熬煎。要说大熬煎，就是你这个侄儿子！"他朝加林看了看，"高中毕了业，就在村里劳动。人家有腿的，都走后门工作了，他……"

"你不是在村里教书着哩？"玉智转过头问加林。

没等加林回答，玉德老汉赶忙说："现在学生娃少了，用不了那么多教师，就回来了。"他生怕加林在他兄弟面前告高明楼。他不愿意让玉智知道明楼下了加林的教师。不管怎说，明楼是他们村的领导，不能惹！玉智屁股一拍就走了，但他们要和明楼在一个村生活一辈子哩！

高玉智沉默了一会儿，对他哥说："好哥哩，按说，你提出什么要求，我都要尊哩！但这件事你千万不要为难我！我任职后，地委和专署领导找我谈了话，说地区劳动局的前任局长，就是走后门招工太多，民愤很大，才撤换了的。领导说我刚从部队下来，又一直是做政治工作的，就让我担任了这个职务。这是信任我哩！我怎能辜负组织的信任，刚上任就做这些违法事呢？其他事怎样都可以，但这种事我可是坚决不能做啊！哥，你要理解我的心情哩……"

高玉德老汉听兄弟这么一说，思谋了半天，说："既然是这样，也就不能为难你了。唉……"老汉长叹了一口气，拍了拍膝盖上的土，便叫玉智和加林回村；他说走时明楼一再安咐，他们家的饭做好了，专门等着玉智哩……

高明楼此刻正和马占胜在他的"会客室"里拉话。

明楼现在心里很慌，生怕高加林给他叔父告他，说他走后门让自己儿子当了教师，而把他弄回队里参加了劳动。当时这事是他和占胜共同谋划的，因此这两个当事人现在首先就谈这事。

"万一这事让高局长知道了怎办？"明楼问正在喝茶的马占胜。

占胜咧嘴一笑："有个比教师更好的工作让他干，他还能再对咱说一长二短吗？"

"更好的工作？"明楼瞪起眼，"现时国家又不在农村招工招干，哪有比民办教师更好的工作？"

"正好最近地区给咱县上的小煤窑批了几个指标。当然，这几个指标本来没城关公社的，因为城关以前走的人太多了。"马占胜接过明楼递上的纸烟，点着吸了一口。

"加林恐怕不愿去掏炭！"

"谁让他掏炭哩？现在县委通讯组正缺个通讯干事，加林又能写，以工代干，让他就干这工作，保险他满意！"

"这恐怕要费周折哩！"

"我早把上上下下弄好了。到时填个表，你这里把大队章子一盖，公社和县上有我哩。反正手续做得合合法法，捣鬼也要捣得实事是嘛！"

马占胜一句不通顺的笑话，不光逗笑了高明楼，他把自己也逗笑了。

两个人哈哈大笑了一番，明楼才问："高局长提起给加林找工作的事没？"

"啊呀！你就在高家村是个精明人！"马占胜讥讽地看了一眼高明楼，"而今办这类事，哪个笨蛋领导明说哩？这就看手下人的心眼活不活嘛！咱主动给领导把这种事办了，领导表面上还批评你哩，可心里恨不得马上把你提拔了！"

高明楼惊得张开嘴半天合不拢。他心里想：怪不得占胜年纪不大，三十刚出头，就从公社的一般干部提成副局长了！这人不得了，以后的前程大着哩！

正在他俩拉话的时候，三星已经引着高玉智进了院子。

明楼和占胜慌忙迎了出去。

高明楼把地区和县上的两位局长接进"会客室"，他老婆上茶，他的大媳妇敬烟点火。

高玉智本不想来这里，但他哥不让；让他一定得去吃这顿饭！说明楼是村里的领导人，不能伤了他的脸。再说，老先人都姓高！他只好来了。

高明楼让占胜先陪高局长喝茶抽烟，他过来在厨房里安咐他老婆和儿媳妇先别忙着上菜。

他出了院子，把正在院墙角里抽烟的三星叫过来，压低声音问：

"你怎不把你高大叔和加林也叫来？"

"你没给我安咐叫他两个嘛！"他儿子困惑地看着他爸恼悻悻的脸。

"糊脑松！实实的糊脑松！你他妈的把书念到屁股里了！你快给我再叫去！"

在上饭的前一刻，高玉德终于被三星捉着胳膊拉来了。

明楼慌忙出去，亲热地扶住他的另一条胳膊，问："加林怎不来？"

玉德老汉说："那是个犟板筋，不来就算了！"

高玉德立刻被明楼父子俩簇拥着进了窑，扶在了上席上；高玉智和马占胜分坐在两边。明楼在下席上落了座。

饭菜很快就上来了。偌大的红油漆八仙桌，挤满了碟子、盆子、大碗、小碗，山珍和海味都有，比县招待所的客饭要丰盛得多。这家伙不知从哪里搞来这么多稀罕东西！

明楼起来敬酒。第一杯满上，双手齐眉举起，敬到高玉德面前。

高玉德两只瘦手哆哆嗦嗦接过了酒杯。一杯酒下肚，老汉的五脏六腑搅成了一团！他看看高明楼满脸巴结的笑容，又看看身边的弟弟，老汉内心那无限的感慨，还用在这里细细摆出来吗？

半个月以后，高玉德的独生子高加林就成了国家正式工人；并且只去县煤矿报个到，而后就要在县委大院当干部了。他是怎样走到这一步的？中间经过些什么手续？这些连他自己也不知道。他只填了一张招工表，其余的事都由马占胜一手包办了。

生活在一瞬间就发生了巨大的转折！

村里人对这类事已经麻木了，因此谁也没有大惊小怪。高加林教师下了当农民，大家不奇怪，因为高明楼的儿子高中毕业了。高加林突然又在县上参加了工作，大家也不奇怪，因为他的叔父现在当了地区的劳动局长。他们有时也在山里骂现在社会上的一些不正之风，但他们的厚道使他们仅限于骂骂而已。还能怎样呢？

高加林离开村子的时候，他父亲正病着。母亲要侍候他父亲，也没来送他。

只有一往情深的刘巧珍伴着他出了村，一直把他送到河湾里的分路口上。铺盖和箱子在前几天已运走了，他只带个提包。巧珍像城里姑娘一样，大方地和他一边扯一根提包系子。

　　他们在河湾的分路口上站住后，默默地相对而立。这里，他曾亲过她。但现在是白天，他不能亲她了。

　　"加林哥，你常想着我……"巧珍牙咬着嘴唇，泪水在脸上扑簌簌地淌了下来。

　　加林对她点点头。

　　"你就和我一个人好……"巧珍抬起泪水斑斑的脸，望着他的脸。

　　加林又对她点点头，怔怔地望了她一眼，就慢慢转过了身。

　　他上了公路，回过头来，见巧珍还站在河湾里望着他。泪水一下子模糊了高加林的眼睛。

　　他久久地站着，望着巧珍白杨树一般可爱的身姿；望着高家村参差不齐的村舍；望着绿色笼罩了的大马河川道；心里一下子涌起了一股无限依恋的感情。尽管他渴望离开这里，到更广阔的天地去生活，但他觉得对这生他养他的故乡田地，内心里仍然是深深热爱着的！

　　他用手指头抹去眼角的泪水，坚决地转过身，向县城走去。

　　在前面，在生活的道路上，他将会怎样走下去呢？

下　篇

第十四章

　　高加林进县城以后，情绪好几天都不能平静下来。一切都好像是做梦一样。他高兴得如狂似醉，但又有点惴惴不安。他从田野上再一次来到城市。不过，这一次进来非同以往。当年他来到县城，基本上还是个乡下孩子，在城市的面前胆怯而且惶恐。几年活跃的学校生活，使他渐渐把自己的思想感情和生活习惯与城市紧密地融合在了一起；他很快把自己从里到外都变成了一个城里人。农村对他来说，变得淡漠了，有时候成了生活舞台上的一道布景，他只有在寒暑假才重新领略一下其中的情趣。

正当他和城市分不开的时候，城市却毫不留情地把他遣送了出来。高中毕业了，大学又没考上，他只得又回到自己已经有些陌生的土地上。当时的痛苦对这样一个向往很高的青年人来说，是可想而知的，也是可以理解的。但这并不是通常人们说的命运摆布人。国家目前正处于困难时期，不可能满足所有公民的愿望与要求。

如果社会各方面的肌体是健康的，无疑会正确地引导这样的青年认识整个国家利益和个人前途的关系。我们可以回顾一下我国五十年代和六十年代初期对于类似社会问题的解决。令人遗憾的是，我们当今的现实生活中有马占胜和高明楼这样的人。他们为了个人的利益，有时毫不顾忌地给这些徘徊在生活十字路口的人当头一棒，使他们对生活更加悲观；有时，还是出于个人目的，他们又一下子把这些人推到生活的顺风船上。转眼时来运转，使得这些人在高兴的同时，也感到自己顺利得有点茫然。

高加林现在之所以高兴得如狂似醉，是他认识到，这次进县城，再不是一个匆匆过客了；他已经成了县城的一员。当然，他一旦到了这样的境地，就不会满足一生都待在这里。不过，眼下他能在这个城市占据一个位置，已经完全心满意足了。何况，他现在的这个位置在这个城市是多么瞩目啊！通讯干事，就是县上的"记者"；到处采访，又写文章又照相，名字还可以上报纸。县上开个大会，照相机一挎，敢在庄严神圣的主席台上平出平进!

他知道他今天这一切全仰仗马占胜同志。他叔父诚心诚意不给他办事!但是,他不办,有人替他办。他从自己人间天上一般的变化中,才具体地体验到了什么叫"后门"——后门,可真比前门的威力大啊!想到他是从"后门"进来的,心里也不免有些惴惴不安:现在到处都在反这东西!

但他很快又想:查出来的是少数!占胜说,哪个猫都沾腥哩!他让他放心,说出了事有他哩!于是他就尽量不往这方面想了。他觉得他既然已经成了国家干部,就要好好工作,搞出成绩来。这种心情也是真实的。他有时还把他的变化归到了党的关怀上,下决心努力为党工作——并且还庄严地想:干脆,明年就写入党申请书!

他的领导叫景若虹。老景比他大十几岁,瘦高个,戴一副白框眼镜。他"文化大革命"开始那年在省上师范大学中文系毕业。在高加林来之前,老景是县上唯一的通讯干事。

老景初次见面,给人的印象非常和蔼,表面上不多言语,但开口一谈吐,学问很大,性格内涵也很深。高加林很快就喜欢上了他,称他景老师。老景虽然没任命什么官,但不用说是他的当然领导。

上班后的头一两天,老景不让他工作;让他先整顿一下自己的行装和办公室,没事了出去玩一玩。

他和老景的办公室在县委的客房院里,四面围墙,单独开门。他和老景一人占一孔造价标准很高的窑洞。其余五孔窑洞是本县最高级的"宾馆",只有省上和地委领导偶尔来一次,住几天。把通讯干事安排在这里办公,显示了县委领导对舆论宣传工作的重视。这里条件好,又安静,适合写文章。

高加林在外面晾晒完铺盖,放好了箱子。老景带他去县委办公室领了一套办公用具。桌椅板凳和公文柜在他来的前一天都已经摆好了。

所有这些弄好以后，高加林独个儿在窑里走来走去，这里看看，那里摸摸，忍不住嘴里哼起了他所喜爱的一首苏联歌曲《第聂伯河汹涌澎湃》；或者在镜子里照一会儿自己生气勃勃的脸。

一切都叫人舒心爽气！西斜的阳光从大玻璃窗户射进来，洒在淡黄色的写字台上，一片明光灿烂，和他的心境形成了完美和谐的映照。

全部安排好了。在县委的大灶上吃完下午饭，他就悠然自得地出去散步——先到他的母校县立中学。

正在假期，校园里没什么人。他徜徉在这亲切熟悉的地方，过去生活的全部事情都浮现在眼前了。手风琴的醉心的声音，学校运动会上的笑语喧哗，也在耳边喧响起来。当年同学们的脸庞一个个都历历在目。最后，他回忆的风帆才在黄亚萍的身边停下来。他和她在哪一块地方讨论过什么问题，说过什么话，现在想起来都一清二楚。

他在他经常去的几个地方分别按当年的姿势坐了坐，或躺一躺，忍不住热泪盈眶了。所有少年时期经历过的一草一木，在任何时候都会非常亲切地保留在一个人的记忆中，并且一想起就叫人甜蜜得鼻子发酸！

从学校里出来，他又去了县体育场——他是体育爱好者，是学校许多项运动队的队员。尤其是篮球，他和克南都是校队的主力。他曾在这里度过许多激动人心的傍晚！

他从体育场转出来，从街道上走了过去，像巡礼似的把城里主要的地方都转悠了一遍，最后才爬上东岗。

东岗长满了一片一片的小树林，有的树还是当年他们在清明节栽下的。山顶上是烈士陵园，埋葬着一百多名为解放这座县城牺牲了的战士。那已经有些斑驳的石碑告诉人们，从那时到现在已经过去了三十多个年头。

这是县城风景最优美的地方。一般的市民兴趣都在剧院和体育场上。经常来这里的大部分是中学教师、医院里的大夫这样一些本城的知识分子。山冈很大，没几个人来，显得幽静极了。

高加林坐在一棵大槐树下。透过树林子的缝隙，可以看见县城的全貌。一切都和三年前他离开时差不多，只是街面上新添了几座三四层的楼房，显得"洋"了一些。县河上新架起了一座宏伟的大桥，一头连起河对面几个公社通向县城的大路，另一头直接伸到县体育场的大门上。

西边的太阳正在下沉，落日的红晖抹在一片瓦蓝色的建筑物上。城市在这一刻给人一种异常辉煌的景象。城外黄土高原无边无际的山岭，像起伏不平的浪涛，涌向了遥远的地平线……

当星星点点的灯火在城里亮起来的时候，高加林才站起来，下了东岗。一路上，他忍不住狂热地张开双臂，面对灯火闪闪的县城，嘴里喃喃地说："我再也不能离开你了……"

县城南面的一场暴风骤雨，给高加林提供了第一次工作的机会。

暴雨是早晨开始下的。城里雨也不小，但根据电话汇报，雨最大的地方是南马河公社。那里好几个村庄都被洪水淹没。初步统计，有三十多个人被洪水冲走，至今没有一点踪影；窑洞和房屋被水冲垮，许多人无家可归；全公社已经展开紧张的救灾活动……

为了及时报道救灾情况，正在患感冒的景若虹决定当天亲自去南马河公社。高加林坚决不让老景去；因为雨仍然在下着，老景感冒很重，淋雨根本不行。

加林硬不让老景去，而要求老景让他去。他对老景说，他第一次出去搞工作，这正是一个考验，就是稿子写不好，他也可以把材料收集回来让老景写。景若虹只好同意了。

高加林没骑自行车，因为听说南马河的大部分路都被冲坏了。他穿了一件公用雨衣，裤子挽在半腿把上，冒雨向南马河公社赶去。

他一路上热血沸腾。他性格中有一种冒险精神——也可以说是英雄主义品格。这种精神在无聊的斗殴中显示是可悲的，但遇到这样的情况，却显得很可贵了。

他在这种时候，精力充沛，精神集中，动作灵敏，思路清晰，一刹那间需要牺牲什么，他就会献出什么！

他是黄昏前出发的，出城没走几里路，天就黑了。

雨在头上浇盖着，天黑得伸出手看不见巴掌。他尽管路不熟，但仍然几乎是小跑着向南马河走。嗓子眼渴得像要烧着火，他就随便伏在路边的水坑里喝上几口。脚不知什么时候碰破了，连骨头都感到生疼。但所有这一切反而增加了他的愉快心情——这绝不是夸大的说法！真的，高加林此刻感到他真正像个新闻记者了。他尽管一天记者也没当，但深刻理解这个行业的光荣就在于它所要求的无畏的献身精神。他看过一些资料，知道在激烈的战场上，许多记者都是和突击队员一起冲锋——就在刚攻克的阵地上发出电讯稿。多美！

高加林是县上第一个到达南马河公社的干部。县委副书记率领的救灾队伍比他迟到了整整五个钟头——已经临近天明了。

加林到南马河时，公社干部谁也不认识他。他自己给他们介绍说，他是县上新任通讯干事，赶来采访报道救灾情况。大家一看这个二十刚出头的青年人浑身糊成个泥圪塔，脚上还流着血，立刻深受感动，赶忙给他做饭吃。公社干部们也是刚从灾情最重的一个大队回来，吃完饭，准备又起身到另一些大队去。他们一个个也都是浑身透湿，脸被泥糊得只露两只眼睛。公社书记刘玉海浑身负了七处伤，都用纱布缠着，简直就像刚从打仗的火线上下来一般。

他们硬让加林换身衣服，把脚包扎一下，然后由公社文书在家向他汇报情况，其余的人又都出发去做救灾工作了。

加林坚决不依，硬要跟大家一块去。他只从提包里拿出塑料袋包的笔记本和钢笔，就强行跟着他们出发了。公社文书开玩笑说，他要先给县上的通讯干事写一篇报道，表扬他的这种工作精神。

半路上，这支满身泥巴的队伍分成了几组，分别到几个大队去查看情况，组织救灾。

高加林和文书小马跟书记刘玉海到寺佛大队去。一路上，他们谁也看不见谁，摸索着相跟前进。河道里山洪的咆哮声震耳欲聋，雨仍然瓢泼似的倾泻着。公社文书一边跌跌爬爬，一边给他谈全公社已知的受灾情况和公社的救灾措施。高加林在心里记录着。书记刘玉海一声不吭，走在前边。

到寺佛大队后，他们刚一落脚，村里就跑来许多人，一个个哭鼻流泪，纷纷告诉刘玉海塌了多少窑，冲走了多少牲口，毁坏了多少庄稼……

刘玉海胳膊腿都缠着纱布，脸黑苍苍的，大声问队干部：“人怎样？”

大家回答：“人都在哩！”

刘玉海没受伤的左胳膊一抡，吼雷一般喊道：“只要人在，什么也不怕！”

这一声把大家顿时喊得精神振奋了起来。刘玉海马上把队干部们拉在公窑的灶火圪崂里，在地上圪蹴成一圈，商量起了救急的办法。

高加林也被刘玉海这一声喊叫强烈地震动了。他侧过头，看见圪蹴在庄稼人中间的刘玉海，形象就像《红旗谱》里的朱老忠一样粗犷和有气魄。他看到他浑身都带着伤，还这样操心老百姓的事，心里非常感动。生活中有马占胜、高明楼这样的奸猾干部，同时也有刘玉海这样的好干部啊！马占胜虽然给他走了后门，但他在内心里并不喜欢他。刘玉海虽然第一次见面，他就被这个人强烈地吸引住了。

他想起刚才老刘那声喊叫，灵感立刻来了。他把笔记本和钢笔从塑料袋里掏出来，写下了他的第一篇报道的题目：《只要有人在，大灾也不怕》。

他就着公窑里微弱的灯光，专心写起了这篇报道。外面哗哗的大雨和河道里的山洪声喧嚣成了一片巨大的声响，但他都听不见。他激动得笔杆抖颤，在本子上飞快地写着。消息报道的门路架数他都懂得——他经常读报，各种文体早都在心中熟悉了。

写完稿子后，他就跟刘玉海到救灾现场，泥一把水一把地和众人一起干了起来。

第二天早晨，他把他的报道托公社的邮递员送到了老景的手里。

晚上，他和刘玉海、文书一同回到公社，参加了一次紧急会议。会上，各队回来的干部分别汇报了情况。高加林第一次参加这样的会议，但他毫不拘束地向许多人提问，搜集具体的情况和一些英雄模范事迹。

会后，除过值班人员外，刘玉海给大家安排了三个钟头的睡觉时间，然后半夜里又准备出发。

高加林没有睡。他在煤油灯下又连续写了三篇短通讯和一篇综合报道。

他写完后，出来站在公社门前，舒展了一下胳膊腿。

这时候，县上的有线广播开始播音。首先是本县节目，广播上传来了黄亚萍圆润洪亮的普通话："……社员同志们，现在请听加林采写的报道：《只要有人在，大灾也不怕》……"亚萍的声音听起来有点激动，尤其是读到刘玉海那一段事迹时很动感情；播音节奏似乎也比平时要快一点。

高加林站在窑檐下，心咚咚地跳着，一直听完了他的第一篇报道——尊敬的景老师连一个字都没改！

一种幸福的感情立刻涌上了高加林的心头，使他忍不住在哗哗的雨夜里轻轻吹起了口哨。

第二天，加林收到老景一张纸条，上面简短写着几个字：你干得很出色。等着你的下一批报道。什么时候回县城，由你决定……

高加林遵照老景的指示，把南马河抗灾的报道一篇又一篇发回到县上。晚上和早晨，有线广播不时传来黄亚萍圆润洪亮的普通话声："……现在播送加林从南马河抗灾第一线采写的报道……"

一直到第五天，高加林才随县委的慰问团一起回到了城里。

第十五章

高加林从南马河回来以后，倒在床上就什么也不知道了。

他已经整整睡了一个晚上。第二天，他连早饭也没起来吃，继续睡。

他在迷糊中，突然听见好像有人敲门。起先他以为是敲老景的门。仔细一听，却是敲他的门。他想，大概是老景叫他哩！赶忙从床上起来，一边穿衣服，一边对门外说："景老师，你进来！"

门外传来一阵咯咯的笑声。一听是个女的！

他赶忙又朝门外喊："先等一等！"

他很快把衣服穿上，前去开门。

门一打开，他惊讶地后退了一步：原来是黄亚萍！

亚萍手扶住门框，含笑望着他。她已不像学校时那么纤弱，变得丰满了。脸似乎没什么变化，不过南方姑娘的特点更加显著：两道弯弯的眉毛像笔画出来似的。上身是一件式样新颖的薄薄的淡水红短袖，下身是乳白色筒裤，半高跟赭色皮凉鞋——这些都是高加林一瞥之中的印象。

黄亚萍走进高加林的办公室，说："你到县上工作了，为什么不来找我们？当了大记者，把老同学不放在眼里了！"

高加林慌忙解释说，他刚来，比较忙乱；接着很快又去了南马河；说他正准备这两天去看她和克南。

"克南怎没来？"加林一边给老同学倒水，一边问。

黄亚萍说："人家现在是实业家，哪有串门的心思！"

加林把茶杯放在黄亚萍面前，过去坐在床上，说："克南的确是个实业家，很早我就看出他发展前途很大，国家现在正需要这样的人才。"

"别说克南了，让他当他的实业家去！"亚萍开玩笑说，"说说你吧！你一定累坏了！南马河那些抗灾报道写得太好了，有几篇我广播录音时都流了泪……"

"没你说的那么好。头一次写这类文章，很外行，全凭景老师修改。"加林谦虚地说，但他心里很高兴。

"你比在学校时又瘦了一些。不过好像更结实了，个子也好像又长高了。"亚萍一边喝茶，一边用眼睛打量他。

加林被她看得有点不好意思，搪塞说："当了两天劳动人民，可能比过去结实一些……"

亚萍很快意识到了加林的局促，自己也不好意思地把目光从加林身上移开，低头喝起了茶水。

他们沉默了一会儿。

黄亚萍低头喝了一会儿茶，才又开口说："你到了城里，我很高兴，又有个谈得来的人了。你不知道，这几年能把人闷死。大家都忙忙碌碌过日子，天下事什么也不闻不问。很想天上地下地和谁聊聊天，满城还找不下一个人！"

　　"你说得太过分了。这样的人有的是，可能你不太熟悉的缘故。你太傲气了，一般人不容易接近你。"加林笑着说。

　　黄亚萍也笑了，说："可能有这方面的原因，但我的确感到生活过得有点沉闷。我希望能有一点浪漫主义的东西。"

　　"好在有克南哩……"加林自己也不知道为什么顺口说出了这句话。

　　"克南你又不是不知道！人心眼倒不坏，但我总觉得他身上有情趣的东西太少了。不过，这几年他还是给了我不少帮助……你大概知道我们后来的……情况。"黄亚萍的脸红了。

　　"从旁听到过一点。"加林说。

　　"你今天中午到我们家去吃饭吧！"黄亚萍抬起头，热情地邀请他。

　　加林赶忙说："不了，不了，我根本不习惯去生人家吃饭。"

　　"我是生人吗？"黄亚萍有点委屈地问他。

　　"我是说我不认识你父母亲。"

　　"一回生，二回熟！"

　　"谢谢你的好意，我不……"

　　"怕人？"

　　"嗯……"

　　"乡巴佬！"黄亚萍咯咯笑了。

　　高加林并没有为这句嘲笑话生气。他很高兴亚萍这种亲切的玩笑。

以前在学校时，她就常开玩笑叫他乡巴佬。

"乡巴佬就乡巴佬。本来就是乡巴佬。"他高兴地看了一眼黄亚萍。

亚萍也看着他说："你实际上根本不像个乡下人了。不过，有时候又表现出乡里人的一股憨气，挺逗人的……你不去我们家吃饭就算了，但你可要常来广播站，咱们好好聊聊天，像过去在学校一样，行吗？"

高加林一时不知该如何回答。过去学校的生活又一幕一幕在眼前闪过。不过，那时他们还是孩子，都很单纯。而现在，他们都已二十多岁了，还能像过去那样无拘无束地交往吗？说心里话，他很愿意和亚萍交谈。他们性格中共同的东西很多，话也能说到一块。但他知道再很难像学生时期那样交往了。他们都已经成了干部，又都到了一个惹人注目的年龄。再说，她和克南已经是恋爱关系，他必须考虑到这个因素。

他犹豫了一下，见亚萍还看着他，等他说话，便支支吾吾说："有时间，我一定去广播站拜访你。"

"外交部的语言！什么拜访？你干脆说拜会好了！我知道你研究国际问题，把外交辞令学熟练了！"

高加林忍不住大笑了，说："你和过去一样，嘴不饶人！好吧，我一定去广播站找你！"

"你不去也行。我到你这里来！"

加林有点不高兴了，说："亚萍，我请求你不要经常来我这里。我刚工作，怕影响……很对不起……"

黄亚萍也马上觉得，她自己今天已经有点失去了分寸，便很快站起来，没什么合适的掩饰话，只好说："我开玩笑哩！你赶快休息吧，我走了……真的，有时间到广播站来拉拉话，咱们从学校毕业后，分别已经三年多了……"

高加林很诚恳地对她点点头。

黄亚萍从县委大院出来后，感到胸口和额头像火烧似的发烫。高加林的突然出现，把她平静的内心世界搅翻了！

中学毕业以后，她在县上参加了工作，加林回了农村，他们从此就分手了。分别后最初的一年，她时不时想起他。过去在学校他们一块那些很要好的交往情景，也常在她眼前闪来闪去。她有时甚至很想念他。她长这么大，跟父亲走过好几个地方上学，所有她认识的男同学，都没有像加林这样印象深刻。她原来根本看不起农村来的学生，认为他们不会有太出色的人。但和加林接触后，她改变了自己的看法。加林的性格、眼界、聪敏和精神追求都是她很喜欢的。

后来，他们分开了，虽然距离只有十来里路，但如同两个世界。毕业时，他们谁也没有相约再见的勇气啊！就这样，一晃就是三年。直到前不久她在车站送克南出差时，才又看见了他。那次见面，弄得她精神好几天都恍恍惚惚的。

高中毕业后，克南比在学校时更接近她了。他经常三一回五一回往广播站跑，给她送吃送喝。来了什么时兴货，也替她买来了。她起先很讨厌他这样。在学校时，克南就常找机会给她献殷勤，她总是避开了——她的交往兴趣主要在高加林身上。但是，现在她工作了，单位上人生地疏，她的傲性子别人又不好接近，也确实感到有点孤独。克南总算同学几年，相互也比较了解，后来她就渐渐和克南好起来。她发现克南做啥事有股实干劲，心地也很善良，尤其在生活方面，他是一个很周到的人。他身上有些东西她不喜欢，他自己也有所察觉，在她面前尽量克服着。他也真有闲心。她一般生病从不告诉父母亲，常一个人在单位躺着。但瞒不住克南。他立刻就像一个细心的护士和保姆一样守护在她身边。他做一手好菜，一天几换样侍候她吃。

她渐渐受了感动，接受了克南对她的爱情。双方父母也都很满意。这两年，他们的感情已经比较平稳地固定了下来。她对克南也开始喜欢了。他虽然风度不很潇洒，但长得也并不难看。标准的男子汉体格，肩膀宽宽的，这几年在副食部门工作，身体胖了一些，但并不是臃肿，反而增加了某种男子汉气概。她和他一同相跟着看电影，也是全城比较瞩目的一对。

前不久，军分区已基本同意亚萍父亲提出转业到老家江苏地方上工作的请求。父亲在那边的工作地点基本联系好了，在南京市内。亚萍是独生女，按规定，可以在父母身边工作。他父亲的一个老战友在江苏省级机关任领导职务，去年回老家时路过南京，这个叔叔听了她的播音，当时就让她到江苏人民广播电台当播音员。现在她要是回到南京，干这工作基本没问题。问题是克南。但他父亲已经给南京的许多老战友写了信，给克南联系工作单位，准备让克南和他们家一同调过去……

生活本来一切都是在平静、正常和满意中进行的。可是，现在却突然闯进来个高加林！

当亚萍第一次播送加林在南马河采写的抗灾报道时，才从老景那里知道加林已经是县委的通讯干事了。她念着他那才气横溢的文章，感情顿时燃烧了起来，过去的一切又猛然地出现在她的眼前。她在录广播稿时，面对旋转的磁盘，的确落了泪，但并不完全是稿件的内容使她受了感动，而是她想起了她和加林过去在学校里的那些生活。她现在才清楚，她实际上一直是爱他的！他也是她真正爱的人！她后来之所以和克南好了，主要是因为加林回了农村，她再没有希望和他生活在一块儿。不必隐瞒，她还不能为了爱情而嫁给一个农民；她想她一辈子吃不了那么多苦！

现在，加林已经参加了工作，那个对她来说是非常害怕的前提已经不复存在。在同等条件下，把加林和克南放在她爱情的天平上称一下，克南的分量显然远远比不上加林了……于是，她今天早晨刚听说加林回来了，就忍不住跑来看望他……

现在她走在返回广播站的小路上，心情又激动又难受。她现在看见加林变得更潇洒了：顾长健美的身材，瘦削坚毅的脸庞，眼睛清澈而明亮，有点像小说《钢铁是怎样炼成的》里面保尔·柯察金的插图肖像；或者更像电影《红与黑》中的于连·索黑尔。

"如果我和他一块生活一辈子多好啊！"亚萍一边走，一边心里想。可是，她马上又觉得很难受，因为她同时想起了克南。

"哎呀，走路低着个头，小心跌倒！"

迎面一声话音，惊得亚萍抬起了头：她正想克南的事，克南他妈就在她眼前！她不喜欢克南他妈——药材公司副经理身上有一股市民和官场的混合气息。

克南妈把手里提的几条肥鱼扬了扬，说："中午来！南方人在咱这里真是受罪，一年都吃不上个鱼！这是副食公司刚从后山公社的水库里捞出来的……"

"伯母，我不去，我在你们家已经吃得太多了。"亚萍尽量笑着说。

"看这娃娃说的！我们家怎么成了你们家！"

亚萍一下子被克南他妈这句饶口的话逗笑了，也马上饶舌说："你们家怎么成了我们家？"

克南妈也逗得哈哈大笑了。

亚萍对她说："我今天胃不舒服，不想吃饭。我要赶快回去躺一会儿。"

"要不要药？公司门市上新进了一种胃疼片，效果……"

"我有，不麻烦您了。"

亚萍说完，就匆匆从克南妈身边绕过去，向广播站走去。

她一进自己的房子，一下子就躺在床铺上。她从头下面拉出枕巾，把自己的脸蒙起来。

刚躺下不一会儿，就听见有人敲门。她厌烦地问："谁？"

"我。"克南的声音。

她烦躁地下去开了门。

克南一进来，高兴地对她说："中午到我家吃鱼去！刚打出来的鲜鱼！我买了几条，我妈已经提回去了……"

"你们母子就知道个吃！吃！你看你吃得快胖成个猪了！去年新织的毛衣，刚穿一冬，领子就撑得像桶口一般大！"黄亚萍气冲冲地又躺在了床上，拿枕巾把脸盖起来。

这一顿劈头盖脸的冰雹，打得张克南就像折了腰的糜子，蔫头耷脑地站在脚地上，不知如何是好；亲爱的亚萍今天发生了什么事？

他不知所措地两只手互相搓了一会儿，走过去，轻轻把蒙在亚萍脸上的枕巾揭开。

亚萍一把夺过去，又盖在脸上，大声喊叫说："你走开！"

张克南惶惑地倒退了两步，哭一般说："你今天倒究是怎了嘛……"

过了好一会儿，亚萍才坐起来，把脸上的枕巾抹下，尽量平静一点地对呆立在脚地上的克南说："你别生气。我今天身体有点不舒服……"

"那今天晚上的电影你能不能去看？"克南一边从口袋里掏电影票，一边说，"听人家说这电影可好哩！巴基斯坦的，上下集，叫《永恒的爱情》。"

黄亚萍叹了一口气，说："我去……"

第十六章

高加林立刻就在县城成了一个引人注目的人物。他的各种才能很快在这个天地里施展开了。地区报和省报已经发表了他写的不少通讯报道；并且还在省报的副刊上登载了一篇写本地风土人情的散文。他没多时就跟老景学会了照相和印放相片的技术。每逢县上有一些重大的社会活动，他胸前挂个带闪光灯的照相机，就潇洒地出没于稠人广众面前，显得特别惹眼。加上他又是一个标致漂亮的小伙子，更使他具有一种吸引力了。不久，人们便开始纷纷打问：新出现在这个城市的小伙子，叫什么？什么出身？多大年纪？哪里人？……许多陌生的姑娘也在一些场合给他飘飞眼，千方百计想接近他。

傍晚的时候，他又在县体育场大出风头。县级各单位正轮流进行篮球比赛。高加林原来就是中学队的主力队员，现在又成了县委机关队的主力。山区县城除过电影院，就数体育场最红火。篮球场灯火通明，四周围水泥看台上的观众经常挤得水泄不通。高加林穿一身天蓝色运动衣，两臂和裤缝上都一式两道白杠，显得英姿勃发；加上他篮球技术在本城又是第一流的，立刻就吸引了整个体育场看台上的球迷。

在一个万人左右的山区县城里，具备这样多种才能，而又长得潇洒的青年人并不多见——他被大家宠爱是很正常的。

很快，他走到国营食堂里买饭吃，出同等的钱和粮票，女服务员给他端出来的饭菜比别人又多又好；在百货公司，他一进去，售货员就主动问他买什么；他从街道上走过，有人就在背后指画说："看，这就是县上的记者！常背个照相机！在报纸上都会写文章哩！"或者说："这就是十一号，打前锋的！动作又快，投篮又准！"

高加林简直成了这个城市的一颗明星。

不用说，他的精神现在处于最活跃、最有生气的状态中。他工作起来，再苦再累也感觉不到。要到哪里采访，骑个车子就跑了。回到城里，整晚整晚伏在办公桌上写稿子。经济也开始宽裕起来了。除过工资，还有稿费。当然，报纸上发的文章，稿费收入远没有广播站的多；广播站每篇稿子两元稿费，他几乎每天都写——"本县节目"天天有，但县上写稿的人并不多。

他内心里每时每刻都充满了一种骄傲和自豪的感觉，自尊心得到了最大的满足。有时候也由不得轻飘飘起来，和同志们说话言辞敏锐尖刻，才气外露，得意的表情明显地挂在脸上。有时他又满头大汗对这种身不由己的冲动，进行严厉的内心反省，警告自己不要太张狂：他有更大的抱负和想法，不能满足于在这个县城所达到的光荣；如果不注意，他的前程就可能要受挫折——他已经明显地感到了许多人在嫉妒他的走红。

这样想的时候，他就稍微收敛一下。一些可以大出风头的地方，开始有意回避。没事的时候，他就跑到东岗的小树林里沉思默想；或者一个人在没人的田野里狂奔突跳一阵，以抒发他内心压抑不住的愉快感情。

他只去县广播站找过一回黄亚萍。但亚萍"不失前言"，经常来找他谈天说地。起先他对亚萍这种做法很烦恼，不愿和她多说什么。可亚萍寻找机会和他讨论各种问题。看来她这几年看了不少书，知识面也很宽，说起什么来都头头是道；并且还把她写的一些小诗给他看。渐渐地，加林也对这些交谈很感兴趣了。他自己在城里也再没更能谈得来的人。老景知识渊博，但年龄比他大；他不敢把自己和老景放在平等地位上交谈，大部分是请教。

他俩很快恢复了中学时期的那种交往。不过，加林小心翼翼，讨论只限于知识和学问的范围。当然，他有时也闪现出这样的念头：我要是能和亚萍结合，那我们一辈子的生活会是非常愉快的；我们相互之间的理解能力都很强，共同语言又多……

这种念头很快就被另一种感情压下去了——巧珍那亲切可爱的脸庞立刻出现在他的眼前。而且每当这样的时候，他对巧珍的爱似乎更加强烈了。他到县里后一直很忙，还没见巧珍的面。听说她到县里找了他几回，他都下乡去了。他想过一段抽出时间，要回一次家。

这一天午饭后，加林去县文化馆翻杂志，偶然在这里又碰上了亚萍——她是来借书的。

他们在一张椅子上坐下来，马上东拉西扯地又谈起了国际问题。这方面加林比较擅长，从波兰"团结工会"说到霍梅尼和已在法国政治避难的伊朗前总统巴尼萨德尔；然后又谈到里根决定美国本土生产和储存中子弹在欧洲和苏联引起的反响。最后，还详细地给亚萍讲了一条并不为一般公众所关注的国际消息：关于美国机场塔台工作人员罢工的情况，以及美国政府对这次罢工的强硬态度和欧洲、欧洲以外一些国家机场塔台工作人员支持美国同行的行动……

亚萍听得津津有味，秀丽的脸庞对着加林的脸，热烈的目光一直爱慕和敬佩地盯着他。

加林说完这些后，亚萍也不甘示弱，给他谈起了国际能源问题。她先告诉加林，世界主要能源已从煤转变到石油。但七十年代以来，能源消费迅速增多，一些主要产油地区的石油资源已快消耗殆尽；新的能源危机必然要在世界出现。另外，据联合国新闻处发表的一份文件说，一九五〇年，世界陆地面积有四分之一覆盖着森林，但到今天一半的森林已经在斧头、推土机、链锯和火灾之下消失了。仅在非洲，每年大约有五百万英亩森林被当作燃料烧掉。联合国粮农组织的调查表明，全世界有一亿多人口深受燃料严重短缺之苦……

黄亚萍口若悬河，侃侃而谈。她接着又告诉加林，除了石油，现在有十四种新能源和可再生能源的复合能源，即，太阳能、地热能、风力、水力、生物能、薪柴、木炭、油页岩、焦油砂、海洋能、波浪能、潮汐能、泥炭和畜力……

高加林听她滔滔不绝地讲述着，惊讶得半天合不拢嘴。他想不到亚萍知道的东西这么广泛和详细！

接着，他们又一块谈起了文学。亚萍犹豫了一下，从口袋里掏出一片纸，递给高加林说："我昨天写的一首小诗，你看看。"

高加林接过来，看见纸上写着：

赠加林

我愿你是生着翅膀的大雁，

自由地去爱每一片蓝天；

哪一块土地更适合你生存，

你就应该把那里当作你的家园……

高加林看完后，脸上热辣辣的。他把这张纸片递给亚萍说："诗写得很好。但我有点不太明白我为什么应该是一只大雁……"

亚萍没接，说："你留着。我是给你写的。你会慢慢明白这里面的意思的。"

他们都感到话题再很难转到其他方面了；而关于这首诗看来两个人也不好再说什么，就都从椅子上站起来，准备分手了。两个人都有点兴奋。

亚萍先走了。加林把她送给他的诗装进口袋里，从后面慢慢出了阅览室的门。

他心情惆怅地怔怔站了一会儿；正准备到县水泥厂去采访一件事，一辆拖斗车的大型拖拉机吼叫着停在他身边。

加林惊讶地看见，开拖拉机的驾驶员竟然是高明楼当教师的儿子三星！

三星已从驾驶座上跳下来，笑嘻嘻地站在他面前。

"你怎开起了拖拉机？"加林问。

"你走后没几天，占胜叔叔就把我安排到县农机局的机械化施工队了。现在正在咱大马河上川道里搞农田基建。"

"那你走了，谁顶你教书哩？"

"现在巧玲教上了。"三星说。

"她没考上大学？"

"没……"三星犹豫了一下，说，"巧珍看你来了。她就坐我的拖拉机下来的。我路过咱村，她正在公路边的地里劳动，就让我把她捎来……她在前面邮电局门前下车的，说到县委去找你……"

加林胸口一热，向三星打了个招呼，就转身急匆匆向县委走去。

高加林走到县委大门口的时候，见巧珍正在门口旋磨着朝县委大院里张望。她还没有看见他正从后面走来。

高加林望了一眼她的背影，见她上身仍穿着那件米黄色短袖。一切都和过去一样，苗条的身材仍然是那般可爱；乌黑的头发还用花手帕扎着，只是稍有点乱——大概是因为从地里直接上的拖拉机，没来得及梳。看一眼她的身体，高加林的心里就有点火烧火燎起来。

当巧珍看见他站在她面前时，眼睛一下子亮了，脸上挂上了灿烂的笑容，对他说：“我要进去找你，人家门房里的人说你不在，不让我进去……”

加林对她说：“现在走，到我办公室去。”说完就在头前走，巧珍跟在他后面。

一进加林的办公室，巧珍就向他怀里扑来。加林赶忙把她推开，说：“这不是在庄稼地里！我的领导就住在隔壁……你先坐在椅子上，我给你倒一杯水。”他说着就去取水杯。

巧珍没有坐，一直亲热地看着她亲爱的人，委屈地说：“你走了，再也不回来……我已经到城里找了你几回，人家都说你下乡去了……”

“我确实忙！”加林一边说，一边把水杯放在办公桌上，让巧珍喝。

巧珍没喝，过去在他床铺上摸摸，又揣揣被子，捏捏褥子，嘴里唠叨着：“被子太薄了，罢了我给你絮一点新棉花；褥子下面光毡也不行，我把我们家那张狗皮褥子给你拿来……”

“哎呀，”加林说，“狗皮褥子掂到这县委机关，毛烘烘的，人家笑话哩！”

“狗皮暖和……”

“我不冷！你千万不要拿来！”加林有点严厉地说。

巧珍看见加林脸上不高兴，马上不说狗皮褥子了。但她一时又不知该说什么，就随口说：“三星已经开了拖拉机，巧玲教上书了，她没考上大学。”

“这些三星都给我说了，我已经知道了。”

“咱们庄的水井修好了！堰子也加高了！”

“嗯……”

“你们家的老母猪下了十二个猪娃，一个被老母猪压死了，还剩下……"

"哎呀，这还要往下说哩！不是剩下十一个了吗？你喝水！"

"是剩下十一个了。可是，第二天又死了一个……"

"哎呀哎呀！你快别说了！"加林烦躁地从桌子上拉起一张报纸，脸对着，但并不看。他想起刚才和亚萍那些海阔天空的讨论，多有意思！现在听巧珍说的都是这些叫人感到乏味的话；他心里不免涌上了一股说不出的滋味。

巧珍看见他对自己这样烦躁，不知她哪一句话没说对，她并不知道加林现在心里想什么，但感觉他似乎对她不像以前那样亲热了。

再说些什么呢？她自己也不知道了。她除过这些事，还再能说些什么！她决说不出十四种新能源和可再生能源的复合能源！

加林看见巧珍局促地坐在他床边，不说话了，只是望着他。脸上的表情看来有点可怜——想叫他喜欢自己而又不知道该怎样才能叫他喜欢！

他又很心疼她了，站起来对她说："快吃下午饭了，你在办公室先等着，让我到食堂里给咱打饭去，咱俩一块吃。"

巧珍赶忙说："我一点也不饿！我得赶快回去。我为了赶三星的车，锄还在地里撂着，也没给其他人安咐……"

她从床边站起来，从怀里贴身的地方掏出一卷钱，走到加林面前说："加林哥，你在城里花销大，工资又不高，这五十块钱给你，灶上吃不饱，你就到街上食堂里买得吃去。再给你买一双运动鞋，听三星说你常打球，费鞋……前半年红利已经决分了，我分了九十二块钱呢……"

高加林忍不住鼻根一酸，泪花子在眼里旋转开了。他抓住巧珍递钱的手说："巧珍！我现在有钱，也能吃得饱，根本不缺钱……这钱你给你买几件时兴衣裳……"

"你一定要拿上!"巧珍硬给他手里塞。

他只好说:"你如果再这样,我就恼了!"

巧珍看他脸上真的不高兴了,就只好委屈地把钱收起来,说:"我给你留着!你什么时候缺钱花,我就给你……我要走了。"

加林和她相跟着出了门,对她说:"你先到大马河桥上等我;我到街上有个事,一会儿就来了……"

巧珍对他点点头,先走了。

高加林飞快地跑到街上的百货门市部,用他今天刚从广播站领来的稿费,买了一条鲜艳的红头巾。他把红头巾装在自己随身带的挂包里,就向大马河桥头赶去。

高加林一直就想给巧珍买一条红头巾。因为他第一次和巧珍恋爱的时候,想起他看过的一张外国油画上,有一个漂亮的姑娘很像巧珍,只是画面上的姑娘头上包着红头巾。出于一种浪漫,也出于一种纪念,虽然在这大热的夏天,他也要亲自把这条红头巾包在巧珍的头上。

他赶到大马河桥头时,巧珍正站在那天等他卖馍回来的那个地方。触景生情,一种爱的热流刹那间漫上了他的心头。

他和她肩并肩走下桥头,转向大马河川道。

拐过一个山峁,加林看看前后没人,就站住,从挂包里取出那条红头巾,给巧珍拢在了头上。

巧珍并不明白她亲爱的人为什么这样,但她全身心感到了这是加林在亲她爱她!

她也不说什么,一下子紧紧抱住他,幸福的泪水在脸上唰唰地淌下来了……

高加林送毕巧珍,返回到街上的时候,突然感到他刚才和巧珍的亲热，已经远远不如他过去在庄稼地里那样令人陶醉了！

为了这个不愉快的体会，他抬起头，向灰蒙蒙的天上长长吐了一口气……

第十七章

黄亚萍的精神正处于激烈的动荡之中。她现在内心里狂热地爱着高加林，觉得她无论如何要和高加林生活在一块。她已经下决心要和张克南中断恋爱关系了。

问题是她父母亲将会怎样看待她的行为呢？她是他们的独生女儿，从小娇生惯养，父母亲抢着亲她，什么事上也不愿她受委屈。但是他们太爱克南了。这几年里，克南几乎像儿子一样孝敬他们；他们也像对待儿子一样对待他。她要是和克南断了关系，肯定会给父母亲的精神带来沉重的打击。再说，两家四个大人的关系也已经亲密得如同一家人一样。她父亲是军人，非常讲义气，一定认为这是天下最不道德的事！

不管怎样，她想来想去，还是决定非和克南断绝关系不可。不管父母亲和社会舆论怎样看，她对这事有她自己的看法。

在这个县城里，黄亚萍可以算得上少数几个"现代青年"之一。在她看来，追求个人幸福是一个人的权利和自由，"我是我自己的"，谁也没权力干涉她的追求，包括至亲至爱的父母亲；他们只是从岳父岳母的角度看女婿，而她应该是从爱情的角度看爱人。别说是她和克南现在还是恋爱关系；就是已经结婚了，她发现她实际上爱另外一个人，她也要和他离婚！

在她这方面，决心已经是下定了。现在她最苦恼的是，高加林是不是爱她呢？

从她个人感觉，高加林是很喜欢她的；而且他们在学校时就比一般同学相好。她想：就她各方面的条件来说，高加林也应该爱她！她长得虽然不像电影明星，但在这个城里就算数一数二的——她对自己的长相基本上是这样估计的。另外，她的家庭在社会上的地位和经济状况都比高加林强。更主要的是，他们很快要到南京去安家；她将会是江苏人民广播电台的播音员。她知道高加林是一个向往很远大的人，将来跟他们家去南京对他肯定有吸引力。不像张克南，在她父母面前不敢说，私下里还单独劝她不要去南京；说这地方已经人熟地熟生活过得很安乐——这人真没出息！

虽然她对加林爱她有一定的把握，但也不全尽然——有时候，他的脾气很古怪，常常有一些特别的行为。

但不管怎样，她要和他把问题谈明。她已经不能忍受了。最近以来，她吃不下去饭，晚上经常失眠，工作已经出了几次差错。大前天早晨，轮她值班，她一晚上失眠，快天明时才睡着，竟然连闹钟都没吵醒她，结果广播时间整整推迟了十五分钟。广播站长带着好几个人愣打门板才把她叫醒。因为这事，领导已经批评了她。

这天中午，她只吃了几口饭。想来想去，再不能拖下去了，于是就准备到县委去找高加林。

她刚要起身，克南却来了，气得她差点要哭出来。

"你怎又不高兴了？"克南自己也马上一脸愁相，"你最近是不是身上什么地方有病哩？干脆，我下午陪你到医院检查一下！"克南愁眉苦脸地看着她说。

"不要检查！我害的是心脏病！"亚萍往床上一躺，赌气地说，也不看他。

"心脏病？"克南慌了，"你什么时候得的？"

"哎呀！谁有心脏病？你真笨！你连个玩笑都听不来嘛！"亚萍又烦又躁地说。

"我看见不像是开玩笑，也就当成真的了。"克南松了一口气，笑着说。

他给自己倒了一杯水，坐在桌前的椅子上，说："亚萍，加林参加工作，来县上时间已经不短了。我今天才突然想起，咱两个应该请他吃一顿饭。在学校时，咱们关系都不错，你和加林也谈得来，现在在县城里工作的同学也不多……就在国营食堂请他，那里我人熟，一个系统的，方便……"

黄亚萍躺在床上一句话也不说。

克南又问她："你说行不行？"

躺在床上的黄亚萍转过脸，几乎是央告着说："好克南哩，你不要扯这些了，我心烦得要命，你不要再折磨我了！你上班去，让我睡一会……"

克南见她这样，只好站起来。他走到门前，又折转身，准备亲一下亚萍。黄亚萍一下子把头蒙在被子里，喊叫说："不要这样了！你快走！"

克南又失望又急躁地叹了一口气，走了。

黄亚萍躺在床上，好长时间爬不起来。她一刹那间觉得很痛苦：克南太老实了，他竟然看不出来她爱加林，还要请加林吃饭！

她觉得她对克南有点太残酷了。她暂时决定今天中午不去找加林谈了。

吃下午饭时，她心烦意乱地回到了家里。

她父亲正戴着老花镜，仔细地读报纸上的一篇社论，红铅笔在字行下一道一道画着。她母亲见她回来，赶忙从后边箱子里拿出一件衣服，说："克南他爸去上海出差给你买的，克南妈才送来的，你试试……"

她把她妈递到手边的衣服一推，说："先放一边去。我不舒服……"

她爸侧过头，眼睛从镜框上面瞅着她说："亚萍，我看你最近好像精神不大对，像有什么心事？"

亚萍也不看父亲，拿梳子对着镜子认真地一边梳头发，一边说："不久，我可能要做出一个重大的决定。不过，现在不告诉你们。"

"是不是要和克南结婚？"她母亲问她。

"不，离婚！"她说完，忍不住为这句话笑了。

她母亲也笑了，说："永远是个调皮鬼！还没结婚就离婚哩！"

她父亲又低下头看报纸，笑眯眯地，嘴里也嘟囔了一句："真是个调皮鬼……"

两位老人谁都没认真对待女儿的这句话——他们不久就会知道这句话意味着什么了。

黄亚萍现在进一步认定，她得尽快去找加林谈明她的心思。决不能再拖下去了！早一点解决了，所有的当事人精神上也就早一点解脱了。她不能再这样瞒着克南，也不能再这样折磨他了。

她梳完头，换了一身深蓝色学生装，晚饭也没吃，就从家里出来，径直向县委走去。

她来到通讯组，高加林不在办公室，门上还吊把锁。

是不是下乡去了？她感到很难受。她很快到隔壁窑洞问景若虹。老景告诉她，加林没有下乡，今天一天都在办公室写稿子，刚才吃完饭出去散步了。

谁知道他现在在哪里散步呢？这再不好问老景了。

她犹豫了一下，还是开口问："老景，你知道高加林到什么地方散步去了？"

景若虹机警地看了她一眼，说："这我一下也说不准。有急事吗？"

"没……"黄亚萍一下子感到脸上热辣辣的。

她正准备转身走，景若虹突然拍了一下脑门，对她说："可能去东岗了，他常爱去那里溜达。"

"谢谢您。"亚萍向他点点头，便又从县委大院里出来了。

高加林此刻的确在东岗。

他靠在一棵槐树上，手指头夹着一根纸烟。他最近抽烟抽得很厉害。

整整写了一天稿子，头脑一直昏昏沉沉的。现在被野外的风一吹，又加上烟的刺激，脑子很快又清醒了。

他由不得又交替想起了黄亚萍和巧珍。他不知为什么，一闲下来就同时想这两个人。毫无疑问，亚萍已经给了他一些爱情的暗示。但他觉得又有点奇怪：她不是一直和克南很好吗？

从内心上说，亚萍以前一直就是他理想中的爱人。过去他不敢想，现在他也许敢想了，但情况又变得复杂了。她和克南已经恋爱了，而他也和巧珍恋爱了。想来想去，一切都好像已经无法挽回，他也就尽力说服自己不要再多考虑这事了。但亚萍一次又一次找他，除过语言的暗示，还用表情、目光向他表示：她爱他！

他已经是恋爱过的人，对这一切都非常敏感；而且亚萍简直等于给他明说了。

他的心潮早已开始激荡；并且感到一场风暴就要来临——他为之激动，又为之战栗！

一切将会怎样发展？什么时候闪电？什么时候吼雷？什么时候卷起

狂风暴雨？

高加林靠在树干上，一边吸烟，一边胡思乱想。他觉得他想了许多问题，又觉得他什么也没想。

一场普遍的透雨落过以后，大地很快凉了下来。虽然伏天未尽，但立秋已经近二十天。在山区，除过中午短暂地炎热一会儿，一早一晚已经感到有点冷了。

高加林没有穿长袖衫，胳膊已冷得受不了。他于是便起身下山。

一层淡淡的雾气从沟底里漫上来，凉森森地带着一股潮气。他一边慢慢下山，一边向县城瞭望。城里又是灯火一片了。眼下已经没有多少人在外面乘凉，县城的大街小巷变得很清静，像洪水落下的河道。一盏又一盏橘黄色的路灯，静静地照耀着空荡荡的街面。只有十字街头还有一些人；那里不时传来卖小吃的摊贩无精打采的吆喝声……

高加林沿着一条小土路，刚下了一个小坡，看见前面上来了一个人。

他忍不住站下了。直等那人走近，他才大吃了一惊：原来是黄亚萍！

"你怎上这儿来了？"他又兴奋又惊讶地问。

亚萍两只手斜插在衣袋里，笑着说："这又不是你家的祖坟！别人为啥不能上来？"

"一说话就和打枪一样！"加林说，"天这么黑了，你一个人……"

"谁说我一个人？"

加林赶忙又向山下的小路上望了望，说："克南哩？怎不见他？"

"他又不是我的尾巴，跟我干什么？"

"那还有什么人哩？"

"你不是个人？"

"我？"

"嗯！"

加林一下子感到心跳得像要从胸膛里蹦出来似的。

亚萍声音突然变得非常轻柔地说："加林，你别怕，咱们一块坐一坐。"

高加林犹豫了一下，就和她一起走到旁边一片不太茂密的小杏树林里。

他们坐下来。两个人都摘了几片杏叶，在手里捏着，摸着，撕着，半天谁也没说话。

"我要走了……"亚萍突然开口说。

"到什么地方出差去？"加林转过头问。

"不是出差，是永远离开这里！"亚萍怔怔地望着灯火闪烁的城市，说。

"啊？"加林忍不住失口叫了一声。

"……我父亲很快就要转业到南京工作，我也要调过去。"亚萍转过头对加林说。

"你愿意走吗？"加林的眼睛紧紧盯着她的眼睛。

黄亚萍把脸稍微转开一点，憧憬似的望着星光灿烂的远方，喃喃地说："我当然愿意走！南方，是我的家乡，我从小生在那里，尽管后来跟父母到了北方，但我梦里都想念我的美丽的故乡……"她眼里似乎闪动着泪水，喃喃地念道，"江南好，风景旧曾谙：日出江花红胜火，春来江水绿如蓝。能不忆江南！……"

加林忍不住接着她念道："江南忆，最忆是杭州：山寺月中寻桂子，郡亭枕上看潮头。何日更重游？……"

亚萍转过头，热烈地望着加林，说："南京离杭州很近。上有天堂，下有苏杭。苏州就是江苏省的……"

"唉……"加林叹了一口气，"那些地方我这一辈子是去不成了！"

"你想不想去？"亚萍扬起头，脸上露出一种无法描述的微笑。

"我联合国都想去！"加林把手中的树叶一丢，把头扭到一边去。

"我是问你想不想去南京、苏州、杭州，还有上海？"

"不会有到那些地方出差的机会。"

"要是一个人在那些地方玩，也没什么意思！"亚萍说。

"你去不会是一个人，有克南陪你哩……"

"我希望不是他，而是你！"

高加林猛地回过头，眼睛像燃烧似的看着黄亚萍。

黄亚萍眼里泪花闪闪，激动地说："加林！自从你到县里以后，我的心就一天也没有宁静过。在学校时，我就很喜欢你。不过，那时我们年龄都小，不太懂这些事。后来你又回了农村……现在，当我再看见你的时候，我才知道我真正爱的人是你！克南我并不反感，但我实际上对他产生不了爱情。实际上，我父母亲比我更爱他……咱们在一块生活吧！跟我们家到南京去！你是一个很有前途的人，在大城市里就会有大发展。我回去可能在省广播电台当播音员；我一定让父亲设法通过关系，让你到《新华日报》或者省电台去当记者……"

高加林低下头，一只手狠狠从地里拔出一棵羊角草，又随手扔到了坡底下；接着又拔出一棵，自己也跟着站起来。

亚萍也跟着站起来；她闪着泪光的眼睛一直在盯着他的脸。

加林手在自己的光胳膊上摸了一把，说："我冷得实在受不了，咱们走吧……亚萍，你先别急，让我好好想一想……"

黄亚萍对他点点头。两个人转到小土路上，相跟着一前一后下了山……

第十八章

高加林预感到的暴风雨终于来到了。内心激烈的斗争是不可避免的。他虽然只有二十四岁，但已不是一个马马虎虎的人；而且往往比他同龄的青年人思想感情要更为复杂。

他在进行一场非常严重的抉择。

毫无疑问，黄亚萍和刘巧珍放在一起比较，不平衡是显而易见的——在他最初的考虑中，倾向就有了偏重。

他当然想和黄亚萍结合在一起。他现在觉得黄亚萍和他各方面都合适。她有文化，聪敏，家庭条件也好，又是一个漂亮的南方姑娘。在她身上弥漫着一种对他来说是非常神秘的魅力。像巧珍这样的本地姑娘，尤其是农村姑娘，他非常熟悉，一眼就能看到底。他认为她们是单纯的，也往往是单调的。

但是，黄亚萍他又了解又不了解。虽然一块交往很多，但她好像还有无数更多的东西他不知道。家庭出身和经济条件的差别，不同的生活环境和个人经历，使他们天然地隔了一层什么，这反而更增加了他对她的神秘感。他觉得她云雾缭绕，他不能走近她。中学时期的交往像雨后蓝天上美丽的彩虹一般，很快就消失了，变成了一种记忆中的印象。这印象以前也偶然从心头翻上来，叫他若有所失地惆怅一阵；但接着也就很快消失得无踪无影……

现在，这些过去曾幻想过的游丝断缕，突然就变成了一种实实在在的东西。黄亚萍已经向他表示了爱情。只要他现在愿意，他就将和她一块生活啰！生活啊，生活！有时候它把现实变成了梦想，有时候它又把梦想变成了现实！

但他不能不认真考虑他和巧珍的关系。他和她已经热烈地相爱了一段时间。巧珍爱他，不比克南爱亚萍差。所不同的是，亚萍说她对克南没有感情，而他在内心深处是爱巧珍的。巧珍的美丽和善良，多情和温柔，无私的、全身心的爱，曾最初唤醒了他潜伏的青春萌动；点燃起了他身上的爱情火焰。这一切，他在内心里是很感激她的——因为有了她，他前一段尽管有其他苦恼，但在感情生活上却是多么富有啊……

现在，当黄亚萍向他表示了爱情，并准备让他跟她去南京工作的时候，他才把爱情和他的前途联系在一起看了。他想：巧珍将来除过是个优秀的农村家庭妇女，再也没什么发展了。如果他一辈子当农民，他和巧珍结合也就心满意足了。可是现在他已经是"公家人"，将来要和巧珍结婚，很少有共同生活的情趣；而且也很难再有共同语言：他考虑的是写文章，巧珍还是只能说些农村里婆婆妈妈的事。上次她来看他，他已经明显地感到了苦恼。再说，他要是和巧珍结婚了，他实际上也就被拴在这个县城了；而他的向往又很高很远。一到县城工作以后，他就想将来决不能在这里待一辈子；要走走高飞，到大地方去发展自己的前途……现在，这一切就等他说个"愿意"就行了！

他反复考虑，觉得他不能为了巧珍的爱情，而贻误了自己生活道路上这个重要的转折——这也许是决定自己整个一生命运的转折！不仅如此，单就从找爱人的角度来看，亚萍也可能比巧珍理想得多！他虽然还没和亚萍像巧珍那样恋爱过，但他感到肯定要更好，更丰富，更有色彩！

他权衡了一切以后，已决定要和巧珍断绝关系，跟亚萍远走高飞了！

当然，他的良心非常不安——他还不是一个十恶不赦的坏蛋！克南方面他考虑得很少，主要在巧珍方面。他像一个疯子一样在自己的窑里转圈圈走；用拳头捣办公桌；把头往墙壁上碰……

后来，他强迫自己不朝这方面想。他在心里自我嘲弄地说："你是一个混蛋！你已经不要良心了，还想良心干什么……"

他尽量使他的心变得铁硬，并且咬牙切齿地警告自己：不要反顾！不要软弱！为了远大的前途，必须做出牺牲！有时对自己也要残酷一些！

现在，这个已经"铁了心"的人，开始考虑他和巧珍断绝关系的方式。他预想这是一个撕心裂肺的场面，就想用一种很简短的方式向过去告别。使他苦恼的是，巧珍一个字也不识，要不，给她写一封信是最好的断交方式了；这样可以避免双方面对面的痛苦。

他于是一整天躺在床上，考虑他怎样和巧珍断绝关系。

黄亚萍不失时机地来了，问他考虑得怎样？

他犹豫了好一会儿，才把他和巧珍的关系，大略地给亚萍说了一下。

黄亚萍听后，先是半天没说话。后来，她带着一脸的惊讶，说："你原来在农村想和一个不识字的农村女人结婚？"

"嗯。"加林肯定地点点头。

"这简直是一种自我毁灭！你一个有文化的高中生，又有满身的才能，怎么能和一个不识字的农村女人结婚？我真不理解你当时是怎样想的！"

"住嘴！"加林一下子愤怒地从床上跳起来，"我那时黄尘满面，平顶子老百姓一个，你们哪个城里的小姐来爱我？"

亚萍一下子被他的愤怒吓住了，半天才说："你这么凶！克南可从来都没对我发这么大的火！"

"你找你的克南去！"加林一下子躺在铺盖上，闭住了眼睛。一种新的烦恼涌上了心头。他心里也想："哼！巧珍从来也不这样对我说话……"

没过一会儿，亚萍来到他床边，手轻轻在他肩膀上推了一把。

高加林睁开眼，看见她眼里闪着泪光。

他仍在生气，不理她。

亚萍声音有点激动地说："加林！你千万别生气！你给我发火，我心里除不生气，反而很高兴！你不知道，张克南你就是把刀放在他脖颈上都发不起来火！有时，我真想叫这个人愤怒了，美美给我发一通火，把我骂一通，可你怎样骂他，挖苦他，他总是对你笑嘻嘻的，气得人只能流泪。我就喜欢你这种性格！男子汉，大丈夫，血气方刚……"

高加林暂时还不能知道，她这话倒究是真的还是为了与他和好而编的。但他看见亚萍两道弯弯的细眉下，一双眼睛泪汪汪的，心便软了，说："我这人脾气不好……以后在一块生活，你可能要受不了的。"

"加林！"亚萍一把抓住他的肩头，问，"那你是说，你愿意和我一块生活了？"

他恍惚地对她点了点头。

亚萍顺床边坐下，和他挨在一起。加林很快把自己的身子往开挪了挪。不知为什么，他此刻一下子又想起了巧珍。他觉得他这一刻无法接受黄亚萍这种表示感情的方式。

高加林沉默了一会儿，对亚萍说："我得要和巧珍把这事谈清楚……不瞒你说，我心里很不好受……请你原谅，我不愿对你说假话。"

"是的，你应该很快结束你们的不幸！"

"也可能是不幸的结束！"他像宿命论者一样回答她。

"我和克南好办，我给他写一封信就行了。在感情上我没有什么特别痛苦的，只不过同情和可怜他罢了。他倒是真心实意爱我……"

"克南是会很痛苦的……"加林叹了一口气。

"克南我先不考虑，我现在主要考虑我父母亲。他们一心喜欢克南，而且又都是老干部，道德观念完全是过去的……"

"你父亲肯定不会接受我！他们要门当户对的！我一个老百姓的儿子，会辱没他们的尊严！"加林又突然暴躁地喊着说。

亚萍用极温柔的音调说："你看你，又发脾气了。其实，我父母倒不一定是那样的人，关键是他们认为我已经和克南时间长了，全城都知道，两家的关系又很深了，怕……"

"那就算了！"加林打断她的话。

黄亚萍一下子哭了，站起来说："加林！你这样发脾气行不行？我的事由我做主哩！我父母最后一定会尊重我的选择……现在我唯一要知道的是，你爱不爱我！是不是要和我好！"她说着，坚决地挨着他的身边坐下来了……

黄亚萍回到家里，按时作息的父母亲早已在他们的房间里睡着了。

她进了自己的房子，扭开灯，先坐在桌前的椅子上，什么也不做，静静地坐着——她的心在欢蹦乱跳！

她即刻又站起来，在镜子前立了一会儿。她看见自己在笑。

她又躺在床上；躺下后又马上坐起来。

她站在脚地当中，不知自己做什么好；思绪像浪花飞溅的流水一般活跃。先是一连串往事的片段从眼前映过；接着是刚才所发生的从头到尾的一切细节，然后又是未来各式各样幻想的镜头……

直到她洗完脸，脑子才稍微冷了一下。

晚上肯定又要失眠。失眠就失眠吧！反正明早上她不值班，另外一个人广播，她可以在家睡觉——至于明天上午能不能睡着，她也没有把握。

那么，现在该做什么呢？给克南写信？还是给父母亲"发表声明"？

父母亲已经睡着了。那么，就给克南先写信！

她刚拿着信纸、信封和钢笔，马上又改变了主意：不！还是先给父母亲谈谈！这是最主要的！让他们早一点知道更好！

于是她开了自己的门，出了院子。

这个睡不着觉的人也决心不让她父母亲睡了。

她敲了敲父母亲的门，叫道："爸爸，妈妈，你们起来，过我这边来一下！我有个要紧事要给你们说！"

里面的灯开了，听见一阵紧张的唏嘘声。站在外面的任性的女儿这时候抿嘴直笑，回到了自己的房子里。

她母亲先过来了。接着父亲一边穿外套，一边也跌跌撞撞进了她的房间。两个人都先后紧张地问她："出了什么事？"

黄亚萍看见父母亲都这么紧张，先忍不住笑了，然后又严肃起来，说："你们别紧张。这事并不很急，但有些震动性！"

父亲瞪起眼看着她，还没反应过来他的这个任性的小宝贝，为什么黑天半夜把他老两口叫起来。

她母亲揉了揉眼睛，也着急地对她说："哎呀，好萍萍哩！有什么事你就快说！你把人急死了！"

黄亚萍想了一下，说："事情很复杂，但今晚上我先大概说一下。详细情况将来我不说，你们也会追问的……是这样，我已经和另外一个男同志好了，并且已经在恋爱；因此我要和克南断绝关系……"

"什么？什么？什么？……"

她父母亲都从坐的地方站起来，惊慌失措地看着他们的女儿。

"对我来说，这已经不能改变了。我知道你们对克南很爱，但我并不喜欢他……"

一阵长时间的沉默。

她父亲半天才清醒过来，困难地咽了一口唾沫，悲哀地说："克南当初不是你引回来的？这已经两年多了，全城人都知道！我和老张，你妈和克南妈，这关系……天啊，你这个任性的东西！我和你妈把你惯坏了，现在你这样叫我们伤心……"老汉捶胸顿足，两片厚嘴唇像蜜蜂翅膀似的颤动着。

她母亲已伏在她的床上哭开了。

她父亲尽管爱她胜过爱自己，但看来今晚实在气坏了，猛烈地发起了火："你这是典型的资产阶级思想！你们现在这些青年真叫人痛心啊！垮掉的一代！无法无天的一代！革命要在你们手里葬送呀！……"老汉感情过于冲动，什么过分话都往出倒！

黄亚萍一下伏在桌子上哭起来。她父亲从来都没有这样骂过她；她一下子忍受不了。

母亲见女儿哭了，也哭着，过来数说起了老汉："就是萍萍不对，你也不能这样吼喊我的娃娃……"

"都是你惯坏的！"老军人咆哮着说。

"你没惯？"亚萍她妈也喊叫起来。

亚萍她爸一拧身出去了。出去后，他也没回房子去，站在院子里，掏出一根纸烟，在烟盒上敲得嘣嘣直响，也不往着点。

亚萍站起来，两只手硬把她母亲推出房子，然后关上了门。

她过去拿毛巾把脸上的泪水揩干净，然后坐到桌子前，开始给克南写信——

克南：

　　为了我们都好，我必须告诉你：我已经和加林相爱了，咱们的恋爱关系现在应该断绝；以后像过去一样，还是要好的同学和同志。

我知道你会很痛苦的。但你应该想想，为一个不爱你的女人而痛苦，是不值得的。你应该寻找真正爱你的人。我相信你会找到这样的人。我愿你得到幸福。

你自己应该知道，我在学校时就和加林感情好。现在我觉得我真正爱的人是他，而不是你。过去咱们两个之所以发展了关系，完全是因为你适时地关怀了我，使我受了感动。但这并不是爱情。

你是好人，也是一个出色的人。不要因为我影响你的发展。你也不要恨加林。如果你认为你受了伤害，这完全是我一个人造成的；是我追求加林，你恨我吧！

我在内心里永远感谢你。我还要告诉你：在我爱情以外所有友爱的朋友中，你是我的第一个朋友。如果你能原谅我，那么我请求你为我祝福。

亚萍写于匆忙中

第十九章

高加林把自行车放到路边，然后伏在大马河的桥栏杆上，低头看着大马河的流水绕过曲曲折折的河道，穿过桥下，汇入到县河里去了。

他在这里等着巧珍。他昨天让回村的三星捎话给巧珍，让她今天到县城来一下。他决定今天要把他和巧珍的关系解脱。他既不愿意回高家村完结这件事，也不愿意在机关。他估计巧珍会痛不欲生，当场闹得他下不了台。

前天，老景让他过两天到刘家湾公社去，采访一下秋田管理方面的经验，他就突然决定把这件事放在大马河桥头了。因为去刘家湾公社的路，正好过了大马河桥，向另外一条川道拐过去。在这里谈完，两个人就能很快各走各的路，谁也看不见谁了……

高加林伏在桥栏杆上，反复考虑他怎样给巧珍说这件事。开头的话就想了好多种，但又觉得都不行。他索性觉得还是直截了当一点更好。弯拐来拐去，归根结底说的还不就是要和她分手吗？

在他这样想的时候，听见背后突然有人喊："加林哥……"

一声喊叫，像尖刀在他心上捅了一下！

他转过身，见巧珍推着车子，已经站在他面前了。她来得真快！是的，对于他要求的事，她总是尽量做得让他满意。

"加林哥，没出什么事吧？昨天我听三星捎话说，你让我来一下，我晚上急得睡不着觉，又去问三星看是不是你病了，他说不是……"她把自行车紧靠加林的车子放好，一边说着，向他走过来，和他一起伏在了桥栏杆上。

高加林看见她今天穿了一身新衣服，浑身上下都打扮得漂漂亮亮的，顿时感到有点心酸。

他怕他的意志被感情重新瓦解，赶快进入了话题。

"巧珍……"

"唔。"她抬头看见他满脸愁云，心疼地问，"你怎么？"

加林把头扭向一边，说："我想对你说一件事，但很难开口……"

巧珍亲切地看着他，疼爱地说："加林哥，你说吧！既然你心里有话，你就给我说，千万别憋在心里！"

"说出来怕你要哭。"

巧珍一愣。但她还是说："你说吧，我……不哭！"

"巧珍……"

"唔……"

"我可能要调到几千里路以外的一个地方去工作了，咱们……"

巧珍一下子把手指头塞在嘴里，痛苦地咬着。过了一会儿，才说："那你……去吧。"

"你怎办呀？"

"……"

"我主要考虑这事……"

一阵长时间的沉默。两串泪珠静静地从巧珍的脸颊上淌下来了。她的两只手痉挛地抓着桥栏杆，哽咽着说："……加林哥，你再别说了！你的意思我都明白了！你……去吧！我决不会连累你！加林哥，你参加工作后，我就想过不知多少次了，我尽管爱你爱得要命，但知道我配不上你了。我一个字不识，给你帮不上忙，还要拖累你的工作……你走你的，到外面找个更好的对象……到外面你多操心，人生地疏，不像咱本乡田地……加林哥，你不知道，我是怎样爱你……"

巧珍说不下去了，掏出手绢一下子塞在了自己的嘴里！

高加林眼里也涌满了泪水。他不看巧珍，说："你……哭了……"

巧珍摇摇头，泪水在脸上唰唰地淌着，一串接一串掉了桥下的大马河里。清朗朗的大马河，流过桥洞，流进了夏日浑黄的县河里……

沉默……沉默……整个世界都好像沉默了……

巧珍迅疾地转过身，说："加林哥……我走了！"

他想拦住她，但又没拦。他的头在巧珍的面前，在整个世界面前，深深地低下了。

她摇摇晃晃走过去，困难地骑上了她的自行车，然后就头也不回地向大马河川飞跑而去了。等加林抬起头的时候，眼前只剩下了满川绿色的庄稼和一条空荡荡的黄土路……

高加林也猛地骑上了他的车子，转到通往刘家湾公社的公路上。他疯狂地蹬着脚踏，耳边风声呼呼直响，眼前的公路变成了一条模模糊糊的、飘曳摆动的黄带子……

他骑到一个四处不见人的地方，把自行车猛地拐进了公路边的一个小沟里。

他把车子摔在地上，身子一下伏在一块草地上，双手蒙面，像孩子一样大声号啕起来。这一刻，他对自己仇恨而且憎恶！

一个钟头以后，他在沟里一个水池边洗了洗脸，才推着车子又上了公路。

现在他感觉到自己稍微轻松了一些。眼前，阳光下的青山绿水，一片鲜明；天蓝得像水洗过一般，没有一丝云彩。一只鹰在头顶上盘旋了一会，便像箭似的飞向了遥远的天边……

五天以后，高加林从刘家湾公社返回县城，就和黄亚萍开始了他们新的恋爱生活。

他们恋爱的方式完全是"现代"的。

他们穿着游泳衣，一到中午就去城外的水潭里去游泳。游完泳，戴着墨镜躺在河边的沙滩上晒太阳。傍晚，他们就到东岗消磨时间；一块天上地下地说东道西；或者一首连一首地唱歌。

黄亚萍按自己的审美观点，很快把高加林重新打扮了一番：咖啡色大翻领外套，天蓝色料子筒裤，米黄色风雨衣。她自己也重新烫了头发，用一根红丝带子一扎，显得非常浪漫。浑身上下全部是上海出的时兴成衣。

有时候，他们从野外玩回来，两个人骑一辆自行车，像故意让人注目似的，黄亚萍带着高加林，扬扬得意地通过了县城的街道……

他们的确太引人注目了。全城都在议论他们，许多人骂他们是"业余华侨"。

但是他们根本不理睬社会的舆论，疯狂地陶醉在他们罗曼蒂克的热恋中。

高加林起先并不愿意这样。但黄亚萍说，他们不久就要离开这个县城了，别人愿怎样看他们呢！她要高加林更洒脱一些，将来到大城市好很快适应那里的生活。高加林就抱着一种"实习"的态度，任随黄亚萍折腾。

他的情绪当然是很兴奋的，因为黄亚萍把他带到了另一个生活的天地。他感到新奇而激动，就像他十四岁那年第一次坐汽车一样。

他当然也有不满意和烦恼。他和亚萍深入接触，才感到她太任性了。他和她在一起，不像他和巧珍，一切都由着他，她是绝对服从他的。但黄亚萍不是这样。她大部分是按她的意志支配他，要他服从她。

有时正当他们愉快至极的时候，他就猛然会想起巧珍来，心顿时像刀绞一般疼痛，情绪一下子就从沸点降到了冰点，把个兴致勃勃的黄亚萍弄得败兴极了。亚萍一时又猜不透他为什么情绪会这么失常，感到很苦恼。于是，她为了改变他这状况，有时又想法子瞎折腾，使得高加林失常的现象愈加严重，这反过来又更加剧了她的苦恼。他们有时候简直是一种苦恋！

有一天上午，雨下得很大，县委宣传部正开全体会议。隔壁电话室喊高加林接电话。

加林拿起话筒一听，是亚萍的声音。她告诉他，她的一把进口的削苹果刀子，丢在昨天他们玩的地方了，让高加林赶快到那地方给她找一找。

加林在电话上告诉她，他现在正开会，而且雨又这么大，等中午休息的时候他再去。

亚萍立刻在电话上撒起了娇，说他连这么个事都如此冷淡她，她很难受；并且还在电话里抽抽搭搭起来。

高加林烦恼极了，只好到会议室给主持会的部长撒了个谎，说一个熟人在街上让他下来有个急事，他得出去一下。

部长同意后，他就回到宿舍找了那件风雨衣，骑了个车子就跑。

还没到街上，风雨衣就全湿透了。他冒着大雨，赶到县城南边他们曾待过的那个小洼地里。他下了车，在这地方搜寻那把刀子。

找了半天，他几乎把每一棵草都翻拨过了，还是没有找到。

虽然没有找见，这件事他想他已经尽了责任，就浑身透湿，骑着车子向广播站跑去，告诉她刀子没找见。

他推开亚萍的门，见她正兴奋地笑着，说："你去了？"

加林说："去了。没找见。"

亚萍突然咯咯地笑了，从衣袋里掏出了那把刀子。

"找见了？"加林问。

"原来就没丢！我故意和你开个玩笑，看你对我的话能听到什么程度！你别生气，我是即兴地浪漫一下……"

"混蛋！陈词滥调！"高加林愤怒地骂着，嘴唇直哆嗦。他很快转过身就走了。

黄亚萍这下才知道她的恶作剧太过分了，吓得不知如何是好，一个人在房子里哭了起来。

高加林回到办公室，换了湿衣裳，痛苦地躺在了床铺上。这时候，巧珍的身影又出现在了他的眼前，她那美丽善良的脸庞，温柔而甜蜜地对他微笑着。他忍不住把头埋在枕头里哭了，嘴里喃喃地一遍又一遍叫着她的名字……

第二天，黄亚萍买了许多罐头和其他吃的来找他，也是哭着给他道歉，保证以后再不让他生气了。

加林看她这样，也就和她又和好了。黄亚萍就像烈性酒一样，使他头疼，又能使他陶醉。不过，她对他的所有这些疯狂，也都是出于爱他——这点他是能强烈体验到的。在物质方面，她对他更是非常豁达的。她的工资几乎全花在了他身上；给他买了春夏秋冬各式各样的时兴服装，还托人在北京买了一双三接头皮鞋（他还没敢穿）。平时，罐头、糕点、高级牛奶糖、咖啡、可可粉、麦乳精，不断头地给他送来——这些东西连县委书记恐怕也不常吃。她还把自己进口带日历全自动手表给了他；她自己却戴他的上海牌表。这些方面，亚萍是完全可以做出牺牲的……

　　很快，他们就又进入了那种罗曼蒂克式的热恋之中。

　　正在高加林和黄亚萍这样"浪漫"的时候，他父亲和德顺老汉有一天突然来到他的住处。

　　两位老人一进他的办公室，脸色就都不好看。

　　高加林把奶糖、水果、糕点给他们摆下一桌子；又冲了两杯很浓的白糖水放在他们面前。

　　他们谁也不吃不喝。

　　高加林知道他们要说什么了，就很恭敬地坐在他们面前，低下头，两只手轮流在脸上摸着，以调节他的不安的心情。

　　"你把良心卖了！加林啊……"德顺老汉先开口说，"巧珍那么个好娃娃，你把人家撂在了半路上！你作孽呀！加林啊，我从小亲你，看着你长大的，我掏出心给你说句实话吧！归根结底，你是咱土里长出来的一棵苗，你的根应该扎在咱的土里啊！你现在是个豆芽菜！根上一点土也没有了，轻飘飘的，不知你上天呀还是入地呀！你……我什么话都敢对你说哩！你苦了巧珍，到头来也把你自己害了……"老汉说不下去了，闭住眼，一口一口长送气。

他爸接着也开了口:"当初,我说你甭和立本的女子牵扯,人家门风高!反过来说,现在你把人活高了,也就不能再做没良心的事!再说,那巧珍也的确是个好娃娃,你走了,常给咱担水,帮你妈做饭,推磨,喂猪……唉,好娃娃哩!甭看你浮高了,为你这没良心事,现在一川道的人都低看你哩!我和你妈都不敢到众人面前露脸,人家都叫你是晃脑小子哩!听说你现在又找了个洋女人,咱们这个穷家薄业怎能侍候下人家?你,趁早散了这宗亲事……"

"人常说,浮得高,跌得重!"德顺老汉接着他爸又指教他说,"不管你到了什么时候,咱为人的老根本不能丢啊……"

"我常不上城,今儿个专门拉了你德顺爷,来给你敲两句钟耳子话!你还年轻,不懂世事,往后活人的日子长着哩!爸爸快四十岁才得了你这个独苗,生怕你在活人这条路上有个闪失啊……"他父亲说着,老眼里已经汪满了泪水。

两个老人一人一阵子说着,情绪都很激动。

高加林一直低着头,像一个受审的犯人一样。

老半天,他才抬起头,叹了一口气说:"你们说得也许都对,但我已经上了这钩杆,下不来了。再说,你们有你们的活法,我有我的活法!我不愿意再像你们一样,就在咱高家村的土里刨挖一生……我给你们买饭去……"他站起来要去张罗,但两个老人也站起来,说他们人老腿硬,得赶快起身上路,要不赶天黑也回不到高家村。他们根本不想吃饭,实际上却还想对他说许多话;但现在一看他们再说什么也不顶事了——这个人已经有了他自己的一套,用他们的生活哲学已经不能说服他了。于是他们就起身告别。

高加林一看他们坚决要走,只好相伴着他们,一直把他俩送到大马河桥头。两位老人心情相当沉重地走了。

高加林自己也很难过。德顺爷和他爸说的话，听起来道理很一般，但却像铅一样，沉甸甸地灌在了他的心里……

不久，一个新的消息突然又使高加林欣喜若狂了：省报要办一个短期新闻培训班，让各县去一个人学习，时间是一个月。县委宣传部已决定让他去。

他听到这个消息后，德顺爷和他爸给他造成的坏情绪很快消失了。他一晚上高兴得没睡着觉——这可是他有生以来第一次出远门，进省会，去逛大城市呀！

走的那天，亚萍和他相跟着去车站。他身上穿的和提包里提的东西，全是她精心为他准备的。亚萍并且坚持让他穿上了那双三接头皮鞋。第一回穿这皮鞋走路，他感到又别扭又带劲……

当汽车从车站门口驶出来，亚萍的笑脸和她挥动的手臂闪过以后，他的心很快就随着疾驰的汽车飞腾起来，飞向了远方无边的原野和那飞红流绿的大城市……

第二十章

高家村的人好几天没有见巧珍出山劳动，都感到很奇怪，因为这个爱劳动的女娃娃很少这样连续几天不出山的；她一年中挣的工分，比她那生意人老子都要多。

不久，人们才知道，可爱的巧珍原来是遭了这么大的不幸！

立刻，全村人都开始纷纷议论这件事了，就像巧珍和加林当初恋爱时一样。大部分人现在很可怜这个不幸的姑娘；也有个别人对她的不幸幸灾乐祸。不过，所有的人都一致认为，刘立本的二女子这下子算彻底毁了：她就是不寻短见，恐怕也要成个神经病人。因为谁都知道，这种事对一个女孩子意味着什么；更何况，她对高玉德的小子是多么的迷恋啊！

可是，没过几天，村里人就看见，她又在田野上出现了，像一匹带着病的、勤劳的小牝马一样，又开始了土地上的辛劳。她先在她家的自留地里营务庄稼；整修她家菜园边上破了的篱笆。后来，也就又和大家一起劳动了，只不过一天到晚很少和谁说话；但是却仍然和往常一样，该做什么，就做什么。

刚强的姑娘！她既没寻短见，也没神经失常；人生的灾难打倒了她，但她又从地上爬起来了！就连那些曾对她的不幸幸灾乐祸的人，也不得不在内心里对她肃然起敬！

所有的人都对她察言观色。普遍的印象是：她瘦多了！

她能不瘦吗？半个月来，她很少能咽下去饭，也很难睡上一个熟觉。每天夜半更深，她就一个人在被窝里偷偷地哭；哭她的不幸，哭她的苦命，哭她那被埋葬了的爱情梦想！

她曾想到过死。但当她一看见生活和劳动过二十多年的大地山川，看见土地上她用汗水浇绿的禾苗，这种念头就顿时消散得一干二净。她留恋这个世界；她爱太阳，爱土地，爱劳动，爱清朗朗的大马河，爱大马河畔的青草和野花……她不能死！她应该活下去！她要劳动！她要在土地上寻找别的地方找不到的东西！

经过这样一次感情生活的大动荡，她才似乎明白了，她在爱情上的追求是多么天真！悲剧不是命运造成的，而是她和亲爱的加林哥差别太大了。她现在只能接受现实对她的这个宣判，老老实实按自己的条件来生活。

但是，不论怎样，她在感情上根本不能割舍她对高加林的爱。她永远也不会恨他；她爱他。哪怕这爱是多么的苦！

家里谁也劝说不下她，她天天要挣扎着下地去劳动。她觉得大地的胸怀是无比宽阔的，它能容纳了人世间的所有痛苦。

晚上劳动回来，她就悄然地回到自己的窑洞，不洗脸，不梳头，也不想吃饭，靠在铺盖卷上让泪水静静地流。她母亲，她大姐和巧玲轮流过来陪她，劝她吃饭，也和她一起流眼泪。她们哭，主要是怕她想不开，寻了短见。

刘立本睡在另外一个窑里长吁短叹。自从这事发生后，他就病了；头上被火罐拔下许多黑色的印记。他本来对巧珍和加林的事一直满肚子火气未消，但现在看见他娃娃已经成了这个样子，也就再不忍心对她说什么埋怨话了。村里和他家不和的人，已经在讥笑他的女儿，说她攀高没攀上，叫人家甩到了半路上，活该……这些话让仇人们去说吧！做父亲的怎能再给娃娃心上捅刀子呢？但他在心里咬牙切齿地恨高玉德的坏小子，害了他的巧珍！

人世间的事情往往说不来。就在这个时候，马店的马拴竟然正式托起媒人来，要娶巧珍。好几个媒人已经来过了，一看他家这形势，都坐一下就尴尬地走了。

又过了几天，马拴却在一个晚上又自己找上门来了。

刘立本一家看他这样实心，也就在另外一孔窑洞里接待了他。不管怎样说，在巧珍这样不幸的时候，这个小伙子却来求亲，使得刘立本一家人心里都很受感动。至于这事行不行，刘立本现在已不太考虑了。事到如今，立本已经再不愿勉强女儿的婚事。苦命的孩子已经受了委屈，他再不能委屈她了。

他老婆给马拴做饭，他拖着病蔫蔫的身子，来到巧珍的窑洞。

他坐在炕边上，无精打采地摸出一根卷烟，吸了两口又捏灭，对靠在铺盖卷上的女儿说："巧珍，你想开些……高玉德家这个坏小子，老天爷报应他呀！"他一提起加林就愤怒了，从炕上溜下来，站在脚地当中破口大骂，"王八羔子！坏蛋！他妈的，将来不得好死，五雷轰顶呀！把他小子烧成个黑木桩……"

巧珍一下子坐起来，靠在枕头上喘着气说："爸爸，你不要骂他！不要咒他！不要……"

刘立本住了口，沉重地叹息了一声，说："巧珍，过去了的伤心事就再不提它了，你也就不要再难过了。高加林，你把他忘了！你千万不要想不开，自己损蹋自己，你还没活人哩……以前爸爸想给你瞅人家，也是为了你好。从今往后，你的事爸爸再不强求你了。不过，你也不小了，你自己给自己寻个人家吧。心不要太高，爸爸害得你没念书，如今你也就寻个本本分分的庄稼人……唉，马拴这几天又托起了媒人往咱家跑，但这事我再不强求你了。你要是不同意，我就直截了当给他回个话，让他不要再来了……他今天又亲自到咱家。"

"他现在还在吗？"巧珍问她父亲。

"在哩……"

"你让他过来一下……"

她父亲看了她一眼，不知道她这是什么意思，就转身出去了。

不一会，马拴一个人进来了。

他看了一眼炕上的巧珍，很局促地坐在前炕边上，两只手搓来搓去。

"马拴，你真的要娶我吗？"巧珍问。

马拴不敢看她，说："我早就看下你了！心里一直像猫爪子抓一般……后来，听说你和高老师成了，我的心也就凉了。高老师是文化人，咱是个土老百姓，不敢比，就死了心……前几天，听说高老师和城里的女子恋上了爱，不要你了，我的心就又动了，所以……"

"我已经在村前庄后名誉不好了，难道你不嫌……"

"不嫌！"马拴叫道，"这有什么哩？年轻人，谁没个三曲两折？再说，你也甭怨高老师，人家现在成了国家干部，你又不识字，人家和你过不到一块儿。咱乡俗话说，金花配银花，西葫芦配南瓜。咱两个没文化，正能合在一块儿哩！巧珍，我不会叫你一辈子受苦的！我有力气，心眼儿也不死；我一辈子就是当牛做马，也不能委屈了你。咱乡里人能享多少福，我都要叫你享上……"粗壮的庄稼人说到这里，已经大动感情，掏出火柴"啪"地擦着，才发现纸烟还没从口袋里取出来。

眼泪一下子从巧珍红肿的眼睛里扑簌簌地淌下来了，她说："马拴，你再别说了。我……同意。咱们很快就办事吧！就在这几天！"

马拴把掏出的纸烟又一把塞到口袋里，跳下炕，兴奋得满面红光，嘴唇子直颤。

巧珍对他说："你过去叫我爸过来一下。你不要过来了。"

马拴赶忙往出走，在门槛上绊了一下，几乎跌倒。

不一会儿，刘立本黯淡的病容脸上挂着一丝笑意走过来了。

巧珍很快对他说："爸爸，我已经同意和马拴结婚。我要很快办事！就在这三五天！"

刘立本一下子不知所措了，说："这……时间这么紧，要不要两家简单地准备迎送一下？"

"爸爸，你告诉马拴，事情完全按咱的乡俗来。咱家里你们也准备一下。你和我妈当年结婚怎样过事，我结婚也就怎样过事！"

"我们那时是旧式的……"

"旧的就旧的！"她痛苦地喊叫说。

刘立本马上退了出来。他过来先把巧珍的意思给马拴说了。马拴说没问题，他即刻回去就准备，订吹手，准备席面，至于其他结婚方面的东西，他前两年就办齐备了。

刘立本送走马拴以后，很快跑到前村去找高明楼。

明楼听说巧珍已经同意和马拴结婚，先吃了一惊。然后对亲家说："也好！高加林现在位置高了，咱的娃娃攀不上了。马拴在庄稼人里头，也就是像样的……"

"现在主要是巧珍有点赌气，要按咱过去的老乡俗行婚礼，这……"

"不怕！"明楼决断地说，"就按娃娃的意思来！现在党的政策放宽了，这又不是搞迷信活动哩！你就按娃娃说的办！这几天要是忙不过来，叫我大小子和刘巧英给你们帮忙去……"

刘巧珍和马拴举行结婚仪式的这一天，高家村和马店两个村都洋溢着一种喜庆的气氛。两个村的大部分庄稼人都没有出山。在高家村这里，除过门中人当然被邀请为宾客以外，村里的一些外姓旁人也被事主家请去帮忙了。村里的大人娃娃都穿起了见人衣裳。即使不参加婚礼的村民，也都换上了干净衣服；因为看红火，在众人面前露脸，总得要体面一些。

高加林的父母亲当然是例外。高玉德老汉一早就躲着出山去了。加林他妈去了邻村一个亲戚家——也是躲这场难看。

全村只有一个人躺在自己家里没出门。这就是德顺老汉。重感情的老光棍此刻躺在土炕的光席片上，老泪止不住地流。他为巧珍的不幸伤心，也为加林的负情而难过。

娶亲仪式的开头首先在马店那里进行。马拴的一个姨姨和姑姑是引人的主要角色。另一个更主要的角色是马拴他大舅——男女双方的舅家都是属第一等宾客。吹鼓手一行五人走在前面。他们后面是迎新媳妇的高头大马，鞍前鞍后，披红挂彩。黑铁塔一样的马拴现在骑在马上——

这叫"压马",按规程新女婿要"压"到本村的村头,然后再返回自己家里等新媳妇回来。

马拴后面,是他姑和他姨,都骑着毛驴;他姑夫和姨夫分别给自己的老婆牵着驴缰绳。他舅作为"领队"断后,和媒人走在一起——媒人是两家的贵宾,既是引人的,又是送人的。

这支队伍一进高家村,吹鼓手长号一吹,接着便鼓乐齐鸣了;两个吹唢呐的人腮帮子鼓得像拳头一般大,吱里哇啦吹起了"大摆队"。同时,在刘立本家的垴畔上,已经噼噼啪啪响起了欢迎的鞭炮声。

迎亲的人被接下不久后,第一顿饭就开始了;按习俗是吃饸饹。吹鼓手在院墙角里围成一圈,开始吹奏起慢板调。

刘立本家的院子里,垴畔上,窑顶上,此刻都挤满了看红火热闹的人。娃娃们大呼小叫,婆姨女子说说笑笑。

因为要赶时间,第一顿饭刚完,就开始上席。席面是传统的"八碗",四荤四素,四冷四热;一壶烧酒居中,八个白瓷酒杯在红油漆八仙桌上转边摆开。第一席是双方的舅家;接下来是其他嫡亲;然后是门中人、帮忙的人和刘立本的朋亲。吹鼓手们一直在吹着——要等到所有的人吃完之后才能轮上他们……

就在里里外外红火热闹的时候,巧珍正一个人待在她自己的窑里。

她坐在炕头上,呆呆地望着对面墙壁的一个地方,动也不动。外面的乐器声,人的喧哗声,端盘子的吆喝声,都好像离她很远很远。

她想不到,二十二年的姑娘生活,就这样结束;她从此就要跟一个男人一块生活一辈子了。她绝没有想到,她把自己的命运和马拴结合在一起;她心爱过的人是高加林!她为他哭过,为他笑过,做过无数次关于他的梦。现在,梦已经做完了……

她呆呆地坐了一会儿,感到疲乏得要命,就靠在铺盖上,闭住了眼。

渐渐地，她感到迷迷糊糊的，接着便睡着了。

门"吱呀"一声，把她惊醒了。

她侧转头，见是她妈进来了，手里拿着一摞衣服。

"把衣服换上，再洗个脸，梳个头。快起身了……"她妈轻声对她说。

她用手指头抹去了眼角两颗冰凉的泪珠，慢慢坐起来，下了炕。

这时候，外面的鼓乐突然吹奏得更快更热烈了，这意味着最后一席已经起场，吹鼓手正在结束他们的工作，准备吃饭了。

她妈只好赶紧把她扶在椅子上，给她换衣服。换完衣服，她就又倒了一盆热水，给她洗去满脸泪痕，然后就开始给她梳头。

就在这时，她妹妹巧玲进来了。她刚放学，也没去吃饭，就进来看她二姐。

漂亮的巧玲很像过去的巧珍，修长的身材像白杨树一般苗条，一张生动的脸流露出内心的温柔和多情；长睫毛下的两只大眼睛，会说话似的扑闪着。

巧珍看见她妹妹，便伸出自己的一只手，抓住了巧玲的手，非常动情地说：

"巧玲，好妹妹，你不要忘了二姐……你要常来看我。二姐没有念过书，但心里喜欢有文化的人……我现在只有看见你，心里才畅快一点……"

巧玲眼里转着泪花子，说："二姐，我知道你现在心里很苦……"

巧珍说："妹妹你放心，不管怎样，我还得活人。我要和马拴一块劳动，生儿育女，过一辈子光景……"

巧玲在巧珍面前蹲下来，两只手捉住巧珍的手说："二姐，你说得对。我以后一定会经常去看你的。我从小就爱你，虽然你没上过学，但你想的事很多，我虽然上了学，但受了你不少好影响，否则，我的性格很偏，也不会像今天这样开展……二姐！你也不要过分想以往的事了。对待社会，我们常说要向前看，对一个人来说，也要向前看。生活总是这样，不能叫人处处都满意。但我们还要热情地活下去。人活一生，值得爱的东西很多，不要因为一个方面不满意，就灰心。比如说我吧，梦里都想上大学，但没考上，我就不活人了吗？我现在就好好教书，让村里的其他娃娃将来多考几个大学生！就是不能教书，回村劳动了，该怎样还要怎样哩……"

已经在各方面开始成熟的巧玲，这一番话把巧珍说得眼睛亮了起来。她的手紧紧抓着巧玲的手，只是说："你一定常来看我，常给我说这些话……"

巧玲不住地给她点头，然后突然愤愤地说："高加林太没良心了！"

巧珍摇摇头，又痛苦地闭住了眼睛。

准备送人的巧英进来了。她让她妈赶紧收拾齐备，说已经准备起身了。

她妈让巧玲去吃饭。巧玲走后，她把窑里其他东西查看了一下，然后从后面箱子里拿出一块红丝绸，用发卡别在了巧珍的头上——这是蒙面的盖头。

太阳西斜的时候，娶亲的人马一摆溜从刘立本家的土坡里下来了。唢呐、锣鼓、号声、鞭炮声响成一片。出村的道路两旁和村里所有人家的畔上，都挤满了看热闹的人。娃娃们引着狗，在娶亲队伍的前后乱跑。

吹鼓手们在最前面鼓乐齐鸣，缓缓引路；紧跟着是男方娶亲的人马。新媳妇红丝绸盖头蒙面，骑在披红挂彩的高头大马上，走在中间。后面是送人的女方亲戚，按规矩是引人的一倍，几乎包括了刘立本两口子全部参加婚礼的亲戚。立本按乡俗把这支队伍送到坡下，就返回自己家里了——他一进大门，立刻长长舒了一口气……

娶亲的人马在通过村子的时候，行进得特别缓慢——似乎为了让这热闹非凡的一刻，更深刻地留在村民的记忆里……

巧珍骑在马上，尽量使自己很虚弱的身体不要倒下来；她红丝绸下面的一张脸，痛苦地抽搐着。

在估计快要出村的时候，她忍不住用手撩开盖头的一角：她看见了加林家的硷畔；她曾多少次朝那里张望过啊！她也看见了河对面一棵杜梨树——就在那树下，在那一片绿色的谷林里，他们曾躺在一起，抱过，亲过……别了，过去的一切！

她放下红丝绸，重新蒙住了脸，泪水再一次从她干枯的眼睛里涌出来了……

第二十一章

张克南把他的全部苦恼都发泄在了一根榆木树棒上。这根去了根梢的榆木树棒，就躺在他家院子的石炭和柴垛旁。

他们家现在做饭和今年一个冬天的引火柴，本来早已经绰绰有余，根本不需要劈柴了。就是缺少劈柴，他们向来谁又亲自动过手呢？没了买几担就行了，不需要张克南费这大的劲！

这根粗壮的榆木树棒，谁也不记得是哪一年躺在他们家院子的；也忘了是什么人给他们送来的。反正一直就在那里堵挡柴垛，防止摞好的劈柴倒下来。

张克南在接到黄亚萍断交信的第二天，就从副食门市部后边的院子里，带回一把长柄大斧头，一声不吭地破起了这根榆木棒。

在本地的树木中，榆树的纤维是最坚韧的，一般人谁也不做劈柴烧——因为很难破开。

张克南一下班就劈。他好多天实际上没有劈下来几块柴。他也根本不管劈下来了还是没有劈下来，反正只是劈。满头满身的汗，气喘得像拉风箱一般急促。但他一刻也不停地挥动着那把长柄斧头……

实在累得支持不住了，就回去仰面躺在床铺上，头枕着自己的两个手掌，闭住眼一句话也不说。

他母亲有时过来看他这副样子，也一句话不说，只是沉着脸瞅他两眼。她内心有些什么翻腾看不出来，只是戒了一年的烟又开始抽上了。克南他父亲正在县党校学习，经常不回家。这个独院整天都静得没有一点儿声响。

这一天，他拼命劈了一会儿榆木树棒，又闭住眼躺在了床铺上，高大结实的身体像没有了气息似的，动也不动。

他母亲进来了。这次她开了口："南南，你起来！"

张克南好像没听见，仍然一动不动躺着。

"起来！我有个事要给你说！你像你没出息的父亲一样，二十几岁了，看窝囊成个啥！"

克南睁开眼，看了看母亲的阴沉脸，不说话，仍然躺着。

"我给你说！我前两天已经打问清楚了，高加林那小子是走后门参加工作的！是马屁精马占胜给办的！材料我都掌握了！"她脸上露出一丝捉摸不来的笑影。

张克南仍然没有理他母亲。他不知道这个事和自己的失恋有什么关系，淡淡地说："前门后门，反正都一样……"

"你这个窝囊废！我给你说，妈前几天已经给地委纪律检查委员会揭发控告了这件事。今天听县纪委你姜叔叔说，地纪委很重视这件事，已经派来了人，今天已经到了县上。他高加林小子完蛋了！"

张克南一闪身爬起来，眼瞪着他妈，喊："妈！你怎能做这事呢？这事谁要做叫谁做去吧！咱怎能做这事哩？这样咱就成了小人了！"

"放你妈的臭屁！你这个没出息的东西！爱人都叫人家挖走了，还说这一个钱不值的混账话！我为什么不揭发控告他狗日的，一个乡巴佬欺负到老娘的头上，老娘不报复他还轻饶他呀？再说，他走后门，违法乱纪，我一个国家干部，有责任维护党的纪律！"

"妈，从原则上说，你是对的。但从道义上说，咱这样做，就毁了！众人都长眼着哩！决不会认为你党性强，而是报私仇哩！咱不能用错纠错！"

他妈抢前一步，上来啪啪地打了张克南几个耳光，然后一屁股坐在床上哭起来了，嘴里伤心地喊叫说："我的命真苦啊！生下这么个不成器的东西……"

克南手摸着被母亲打过的脸，眼泪直淌，说："妈妈！你知道，我非常喜欢亚萍……我心里一直像刀割一般难受，我甚至想死！我也恨过高加林！但我想来想去，这是没有办法的事！俗话说，强扭的瓜不甜。既然亚萍不喜欢我，喜欢高加林，我就是再痛苦也得承认这个现实。你知道，我心善，从小连别人杀鸡我都不敢看。我一生中最害怕和厌恶的就是屠宰场！我一听见猪的嚎叫，就头发倒竖，神经都要错乱了。因此，我也不愿看见在我的生活周围，在人与人之间，精神上互相屠杀……妈妈！我这人你了解，又不完全了解！我平时是有些窝囊，但我也有自己的生活原则，我虽然才二十五岁，但我已经经历了一些生活；我之所以社会上朋友多，大家也愿意和我交往，就因为我待人诚恳宽厚……我也有我自己的缺点，性格不坚强，在生活中魄力不够，视野狭窄，亚萍正是不喜欢我这些。但她并不知道，我还不至于就是一个堕落的人！亚萍！你不完全了解我啊……"

张克南两只手抓住自己的胸口，先是对他妈说，后来又对他看不见的亚萍说，脸痛苦地扭成了一种可怕的形象。他说完后，一下子倒在了床上，死沉沉的就像谁丢下了一口袋粮食……

很久以后，克南才从床上爬起来。他妈不知道什么时候走了；也不知道她到哪里去了。院子里静得像荒寺古庙一般。

克南出了门，在院墙根下急促地来回走了好长时间。

地上丢了十几根烟把子以后，他出了门，直接向广播站走去。

他找到黄亚萍，很快把他母亲给地纪委写信、地纪委已经派人到县里的情况，统统给亚萍说了，同时也说了他自己的所有心里话。他让亚萍看有没有办法挽救这个局面。

黄亚萍听完后，先顾不上急，出口就骂："你妈是个卑鄙的人！"

然后她眼里闪着泪光，对克南说："克南，你是个好人……"

高加林走后门参加工作的问题，被地纪委和县纪委迅速查清落实了。与此同时，高加林的叔父也知道了这件事，两次给县委书记打电话，让组织坚决把高加林退回去。

眼下，这样的问题一直就是公众最关心的。这事很快就在县城传开；街头巷尾，人们纷纷在议论。

在县委的一次常委会上，这件事被专门列入了议题。调查的人列席了常委会，详细汇报了这个事件的调查情况。

常委会的决定很快做出了：撤销高加林的工作和城市户口，送回所在大队；县劳动局副局长马占胜无视党的纪律，多次走后门搞不正之风，撤销其领导职务，调出劳动局，等候人事部门重新分配工作……

专门的文件很快下达到了有关单位。马占胜急得像热锅上的蚂蚁，到处拜访领导，托人求情，说让他好好检讨，请求县委不要给他处分。

后来，他看一切暂时都无济于事，就只好到处叫冤说："啊呀呀，这下舔屁股舔到他妈的刀刃上了……"

这几天，除过马占胜，另一个事中人黄亚萍也在四处奔跑，打探消息，找她父亲的朋友，看能不能挽回局面，不要让高加林回了农村。

当她看见县委下达的文件后，才知道局面是挽不回来了。

"完了！完了！一切都完了……"她在心里喊叫着，不知该怎么办。

她想不到生活的变化如同闪电一般迅疾；她刚刚开始了愉快，马上又陷入了痛苦！

她揪扯着自己的头发，在床上打滚。她无法忍受这个打击所带来的痛苦。

她痛苦的焦点在哪里呢？

这是不言而喻的：她真诚地爱高加林，但她也真诚地不情愿高加林是个农民！她正是为这个矛盾而痛苦！

如果有一个方面的坚定选择，她也就不会如此痛苦了：假若她不去爱高加林，那高加林就是下了地狱也与她无干；如果她为了爱情什么也不顾，那高加林就是下地狱她也会跟着下去！

矛盾是无法统一的。两个方面她自己认为都很重要：她爱高加林而又怕他当农民啊！

生活对于她这样的人总是无情的。如果她不确立和坚定自己的生活原则，生活就会不断地给她提出这样严峻的问题，让她选择。不选择也不行！生活本身的矛盾就是无所不在的上帝，谁也别想摆脱它！

黄亚萍觉得自己不知如何是好。加林本人不在，她又没有更亲密的朋友和她一块商量。克南倒是可以商量，但他又在他们之间处于这样的位置，根本不能去找。

她于是想起她亲爱的父亲。她现在只能和他谈这件事。

怎样和父亲谈呢？他本来就反对她离开克南而找加林。在这件事上，她已伤了他的心，他会怎样对待她目前的困难处境呢？

不管怎样，她还是去找父亲。

她回家去找他，他不在家。妈妈告诉她：父亲在办公室里。

她就又跑到了他的办公室。

她父亲正戴着老花镜，看《解放军报》。见她进来，就把老花镜摘下，放在报纸上。

"爸爸，高加林的事你知道不知道？"

"我怎不知道？常委会我都参加了……"

"这怎办呀嘛……"

"什么怎办呀？"

"我怎办呀！"

"你？"

"嗯……"

她父亲抬起头，望着窗户，沉默了半天。

他点燃一支烟，也不看她，仍然望着窗户说：

"你们现在年轻人的心思，我很难理解。你们太爱感情用事了。你们没有经受过革命生活的严格训练，身上小资产阶级的东西太多。正是这些东西，导致了你现在的处境……"

"爸爸，你先不要给我上政治课！你知道，我现在有多么痛苦……"

"痛苦是你自己造成的。"

"不！我觉得生活太冷酷了，它总是在捉弄人的命运！"

"不要抱怨生活！生活永远是公正的！你应该怨你自己！"老军人大声说着，激动地从椅子上站起来，长眉毛下的一双眼睛，炯炯有神地望着他的女儿。

黄亚萍跺了一下脚，拉着哭调说：

"爸爸，我想不到你一下子变得对我这样冷酷！我恨你！"

她父亲一下子心软了，走过来用粗大的手掌抚摸了一下她的头发，让她坐在椅子上，掏出手帕揩掉她眼角的泪水。然后他转过身，冲了一杯麦乳精，加了一大勺白糖，给她放在面前，说："先喝点水，你嗓子都哑了……"

他又坐进他办公桌前的圈椅里，手指头在桌子上嘣嘣地敲着，怔怔地看女儿一小口一小口喝那杯饮料。

半天，他才往椅背上一靠，长长出了一口气说："我不怀疑你对那个小伙子的感情。我虽然没见他，但知道我女儿爱上的人不会太平庸，最起码是有才华的人。因此，你那么突然地抛开克南，我和你妈妈尽管很难过，也感觉对老张一家人很抱愧，但我们仍然没有强行制止你这样做。爸爸一生在炮弹林里走南闯北，九死一生，多半辈子人了，才得了你这个宝贝。就你我而言，我把你看得比我重要；我不愿使你受一丝委屈。正因为这样，我对你的关心只限于不让你受委屈，而没有更多地教育你树立正确的人生观……"他突然停顿了下来，手在空中一挥，对自己不满地唠叨说，"扯这些干啥哩！一切都为时过晚了！"

他吸了一口烟，回头看了看静静坐着的女儿，说：

"这事我已经考虑过了，这次你最好能听爸爸的。咱们马上要到南京，那个小伙子是农民，我们怎能把他带去呢？就是把他放到郊区农村当社员，你们一辈子怎样过日子，感情归感情，现实归现实，你应该……"

"你让我去和加林断吗？"黄亚萍抬起头，两片嘴唇颤动着。

"是的。听说他现在在省里开会，快回来了，你找他……"

"不，爸爸！别说了！我怎能去找他断绝关系呢？我爱他！我们才刚刚恋爱！他现在遭受的打击已经够重了，我怎能再给他打击呢？我……"

"萍萍，这种事再不能任性了！这种事也不允许人任性了！如果不能在一块生活，迟早总要断的，早断一天更好！痛苦就会少一点……"

"永远不会少！我永远会痛苦的……"

他父亲站起来，低着头在地上慢慢踱着步，接连叹了两口气，说："一生经历了无数苦恼事，哪一件苦恼事也没你这件事叫人这么苦恼……苦恼啊！"他摇摇头，"本来，你和克南好好的，可是……噢，前天我刚收到老战友的信，说南京那里已经给克南联系下工作单位了……"

黄亚萍一下站起来，大声喊："现在你别提克南！别提他的名字……"她走过去，坐在父亲的圈椅里，拉过一张白纸来。

"你要干什么？"父亲站住问她。

"我要给加林写信，告诉这一切！"

父亲赶忙走到她身边说："你现在千万不要给他写信！这么严重的事，让他知道了，在外面出了事怎办？他不是快回来了吗？"

黄亚萍想了一下，把纸推到一边。父亲的这个意见她听从了，说："按原来省上通知的时间，再一个星期就回来了。"

她走过去，把父亲墙上挂的日历嚓嚓地接连扯了七页。

第二十二章

经过平原和大城市的洗礼，高加林兴致勃勃地回到这个山区县城来了。

他下了公共汽车，出了车站，猛一下觉得县城变化很大，变得让人感到很陌生。城郭是这么小！街道是这么短窄！好像经过了一番不幸的大变迁，人稀稀拉拉，四处静悄悄的，似乎没有什么声响。

县城一点儿也没变。是他的感觉变了。任何人只要刚从喧哗如水的大城市再回到这样僻静的山区县城，都会有这种印象。

高加林出了车站，走在马路上，脚步似乎坚实而又自在。他觉得对他未来的生活更有自信心了。虽然时间很短暂，但他已经基本了解了外边的世界大概是怎一回事。他把眼前这个小世界和外面的大世界一比较，感到他在这里不必缩头缩脑生活。完全可以放开手脚……他的心情就像一个游了一次大海的人，又回到小水潭里一样。

他出车站没走几步，碰见了他们村的三星。他穿一身油污的工作服，羡慕地过来和他握手，问："回来了？"

高加林对他点点头，问："你干什么哩？"

三星说："我开的拖拉机坏了，今早上来城里修理，晚上就又到咱上川里去呀。"

"咱村和我们家里没什么事吧？"他随便问。

"没……就是……巧珍前不久结婚了……"

"和谁？"高加林感到头"嗡"地响了一声。

"和马拴……你在！我还忙着哩！"三星一看他脸色变得很难看，就赶忙走了。

高加林听到这个消息，心里一下子涌起一种说不出的难受滋味。他在马路上若有所失地站了好一阵。他想不到巧珍这样快就结婚了。听到一个爱过自己的姑娘和别人结了婚，这总叫人心里不美气。

　　他马上意识到，这样呆立在马路当中也不合适，就又提着包往县委走。不过，他走得很慢，脚步也有点沉重起来。他感到街上的人也都似乎有点怪眉怪眼地看他，就像他们知道他心里有什么不愉快似的。

　　其实，街上的人这样看他，完全是出于另外的原因——这一点要等他回到县委才能明白。

　　他回到办公室刚把东西放下，老景就过来了。他先问了他这次出去的一些情况，然后突然沉默了起来；脸上的表情也很不自然。高加林很奇怪。他看出了老景好像要和他谈什么，又感到难开口。

　　老景坐在他的椅子上，又沉默了一会儿，才终于把有关他"走后门"参加工作被揭发、县委已经决定让他回农村的前前后后，全部给他说了。并告诉他，是克南母亲给地纪委写信揭发的；还听说克南和他母亲吵了一架，反对她这样做……

　　高加林听完后，脑子一下子变成了一片空白。

　　他麻木地立在脚地当中，甚至不知道自己现在在什么地方。他后来只听见老景断断续续说，他曾找过县委书记，说他工作很出色，请求暂时用雇用的形式继续工作；但书记不同意，说这事影响太大，让赶快给他办清手续，让他立刻就回队；还听说他叔父打了电话，让组织把他坚决退回去……

　　老景什么时候走的？他不知道。当他确实明白过来他面临的是什么时，一下子反应不过来眼下他该做什么。

　　他先把烟掏出来，但没抽，扔到了门背后。烟扔掉后，又莫名其妙地掏出了火柴。他把火柴盒抽出来，哗一下全撒在了地上。然后，他又弯下腰，一根一根往火柴盒里拾；拾起以后，又撒在了地上，又拾……

一个钟头以后，他的脑子才恢复了正常。

事情马上变得单纯极了：他不就是又要回到他们村，回到土地上去当社员吗？

紧接着他第一个想到的是巧珍。他在桌子上狠狠砸了一拳，绝望地叫道："晚了！我这个混蛋……"

接下来他才想到了黄亚萍。她没有引起他过分的痛苦，只是嘴里喃喃地说了一句："生活啊，真是开了一个玩笑……"

是生活开了他一个玩笑，还是他开了生活一个玩笑？他不得而知。正像巧珍认为她和高加林的关系是做了一场梦一样，他感觉他和黄亚萍的关系也是做了一场梦。一切都是毫无疑问的：他现在又成了农民，他和黄亚萍中间，也就自然又横上了一条无法逾越的鸿沟。和亚萍结婚，跟她到南京去……这一切马上变成了一个笑话！即使亚萍现在对他的爱情仍然是坚决的，但他自己已经坚定地认为这事再不可能了；他们仍然应该回到各自原来的位置上。他尽管是个理想主义者，但在具体问题上又很现实。

至于他个人生活道路上这个短暂而又复杂的变化过程，他现在来不及更多地思考。他甚至觉得眼前这个结局很自然；反正今天不发生，明天就可能发生。他有预感，但思想上又一直有意回避考虑。前一个时期，他也明知道他眼前升起的是一道虹，但他宁愿让自己把它看作是桥！

他希望的那种"桥"本来就不存在；虹是出现了，而且色彩斑斓，但也很快消失了。他现在仍然面对的是自己的现实。

是的，现实是不能以个人的意志为转移的。谁如果要离开自己的现实，就等于要离开地球。一个人应该有理想，甚至应该有幻想，但他千万不能抛开现实生活，去盲目追求实际上还不能得到的东西。尤其是对于刚踏入生活道路的年轻人来说，这应该是一个最重要的认识。

可是，社会也不能回避自己的责任。我们应该真正廓清生活中无数不合理的东西，让阳光照亮生活的每一个角落；使那些正徘徊在生活十字路口的年轻人走向正轨，让他们的才能得到充分的发展，让他们的理想得以实现。祖国的未来属于年轻的一代，祖国的未来也得指靠他们！

当然，作为青年人自己来说，重要的是正确对待理想和现实生活。哪怕你的追求是正当的，也不能通过邪门歪道去实现啊！而且一旦摔了跤，反过来会给人造成一种多大的痛苦；甚至能毁掉人的一生！

高加林的悲剧包含诸方面的复杂因素——关于这一切，就让明断的公众去评说吧！我们现在仍然叙述我们的生活故事。

加林现在还顾不得考虑其他。他现在首先要考虑的是，他怎样处理他和亚萍的关系。

实际上，这件事他已经在心里决定了：他要主动找黄亚萍断绝关系！

他洗了一把脸，把那双三接头皮鞋脱掉，扔在床底下，拿出了巧珍给他做的那双布鞋。布鞋啊，一针针，一线线，那里面缝着多少柔情蜜意！他一下子把这双已经落满尘土的补口鞋捂在胸口上，泪水止不住从眼睛里涌出来了……

他换了鞋，就起身去找黄亚萍——现在中午已经下班了，亚萍肯定在家里。他想他这是第一次上亚萍家，也是最后一次。

正在他刚要出门的时候，克南却突然进了他的办公室。

他们相对而立，一阵长时间的沉默。

半天，高加林才说："你坐……"

克南坐在他办公桌旁边的一把椅子上。他自己也在床边坐下来。

"加林，你现在一定很恨我……"克南没有看他，说。

高加林也没有看他，说："不……你应该恨我！"

"你现在心里小看我！认为我张克南是个小人！"

"不，"加林回过头，认真说，"我了解你……关于这件事，和你没关系。这我已经知道了。实际上，就是你写信揭发我走了后门，我也可以理解。因为是我首先伤害了你……你即使报复我，也是正当的……"

张克南猛地抬起头来，怔怔地看着高加林说："你是一个有血性的人。尽管咱们性格不一样，但我过去一直在内心很尊重你。我现在仍然尊重你。过去的事情已经过去了……我现在不知道眼前我该怎样帮助你。我知道你现在很痛苦，亚萍也在痛苦……我不愿意你们痛苦……"

"你更痛苦！"加林站起来，"现在让我们结束这个不幸的局面吧！你和亚萍仍然恢复你们的一切。我现在唯一要求你的，就是你能谅解我以前给你带来的痛苦……"

"不！"克南也站起来，"尽管我爱亚萍，亚萍实际上是爱你的！我的痛苦已经过去了，一切我也都想通了……亚萍也不会离开你……"

"我要离开她！我要主动和她断绝关系！这我已经决定了！"

"她是爱你的……"

"我真正爱的人实际上是另外一个！"高加林大声说。

张克南惊讶地望着他，半天说不出话来了。

高加林又颓唐地坐在床边上，一绺乱蓬蓬的头发耷拉在他苍白的额头上。

克南沉默了一下，然后走到高加林面前，说："……加林，我们不说这些事了。我现在主要考虑你要回农村，生活会很艰苦的。我原来也知道，你们家并不太富裕……我们家经济情况好一点，你如果需要我……"

克南还没说完，高加林一下子愤怒地站起来，大声咆哮："别侮辱我了！你滚出去！滚出去！"

克南一下子呆住了。

他眼里闪着泪花，看了一眼高加林，慢慢转过了身。

高加林又猛然走上前来，用一条胳膊搂住了他的肩膀，用一种亲切低沉的音调说："……克南，对不起。你怎么能说这种话呢？如果我不了解你是出于一种真诚，我就马上会把你打倒在这里……原谅我，你走吧！我要马上找亚萍结束我们之间的一切。原谅我……"

他们在门外沉默地握手告别了。

黄亚萍听说高加林回来了，正准备去找他，想不到高加林已经找到她门上来了。

亚萍在大门口把他接回到自己房子里。她父母亲分别拿着糕点、纸烟、茶壶、茶杯，过来放在桌子上，就都退出去了。

亚萍把一杯茶放到他面前，着急地问："你知道了吗？"

高加林喝了一口茶，平静地说："知道了。"

黄亚萍一下子伏在他旁边的桌子上，呜咽着哭开了。

高加林从侧面看着她耸动着的圆润的肩膀，看着她烫过的蓬松柔软的头发，心里又忍不住隐隐作痛起来。他又记起省城的大街上、公园里，那些一对一对挽着胳膊走路的青年男女。当时他曾想过：不久，我和亚萍也会这样手挽着手，徜徉在南京的大街上；去长江边看朝霞染红的浪花；去雨花台捡五颜六色的雨花石……

他一边想着，一边难受地咽着唾沫。他一直向往的理想生活，本来已经就要实现，可现在一下子就又破灭了。他感到胸口一阵剧烈的疼痛，赶忙用拳头抵住。

亚萍抬起头来，满面泪痕说：

"你明天到地区去！找你叔父，让他重新考虑给你找个工作！"

加林点着一支烟，狠狠吸了一口，说：

"他原来就反对这样做。这次他也打了电话，让把我退回去。对他来说，这样做也是对的，我并不抱怨他。现在我更不准备去找他了。说来说去，路还得自己走。现在事情很简单，我只能再回到我们村去……"

"你不能回去！"她认真地叫道。

加林苦笑了："不是能不能回去，而是必须要回去！"

"回去可怎办呀……"亚萍抬起头，脸痛苦地对着天花板，喃喃地念叨着，两只手神经质地捋着头发。

"怎办呀？还能怎办呀！回去当农民！"

"我们怎办呀？"亚萍脸对着他的脸，像是问自己，又像是问加林。

"我已经想好了。我来找你，也就是说这事的！"加林站起来，走过去靠在墙上，"我们现在应该结束我们的关系。你还是和克南一块生活吧！他是非常爱你的……"

"不，我要和你在一块！"黄亚萍也站起来，靠在桌子上。

"我已经是不可能的了，我已经又成了农民，我们无法在一块生活。再说，你很快要到南京去工作了。"

"我不工作了！也不到南京去了！我退职！我跟你去当农民！我不能没有你……"亚萍一下子双手蒙住脸，痛哭流涕了。可怜的姑娘！她现在这些话倒不全是感情用事。她也是一个有个性的人，事到如今，完全可以做出崇高的牺牲。而她现在在内心里比任何时候都要更爱高加林！

高加林一口接一口地吸着烟，说：

"亚萍，怎能这样呢？我根本不值得你做这样的牺牲。就是你真的跟我去当农民，难道我一辈子的灵魂就能安宁吗？你一直娇生惯养，农村的苦你吃不了……亚萍，我知道你对我的感情是真诚的。为了这，我很感激你。我自己一直也是非常喜欢你的。但我现在才深切感到，从感情上来说，我实际上更爱巧珍，尽管她连一个字也不识。我想我现在不应该对你隐瞒这一点……"

亚萍突然惊讶而绝望地望着他的脸，一下子震惊得发呆了。

她麻木地呆立了好长时间，然后用袖口揩去脸上的泪水，向前走了两步，站在高加林面前，缓缓说："如果是这样，那么……我祝你们……幸福……"她向他伸出手来，两行泪水静静地在脸上流着。

加林握住她的手，说："巧珍已经和别人结婚了……现在让我来真诚地祝你和克南幸福吧！"

他说完，就把他的手从她的手里抽出来，转过身就往门外走。

亚萍从后边一把扯住他，伤心地说："你……再吻我一下……"

高加林回过头，在她的泪水脸上吻了吻，然后嘴里含着一股苦涩的味道，匆匆跨出了门槛……

高加林从黄亚萍家里出来以后，先没回自己的办公室，径直去县农机修配厂找来三星，让他把他的全部行李在当天晚上就捎回家里去了。然后他和老景一起把所有该办的手续全部办清，就一个人关住门在光床板上躺了下来……

第二十三章

（并非结局）

在高三星把加林的铺盖行李捎回村的当天晚上，高家村的大部分人都知道了这件事。全村人都很感慨，谁也没有想到小伙子竟然落了这么个下场！

玉德老两口倒平静地接受了三星捎回来的铺盖卷，也平静地接受了儿子的这个命运。他们一辈子不相信别的，只相信命运；他们认为人在命运面前是没什么可说的。

对这事感到满意的是刘立本。他也认为这是老天爷终于睁了眼，给了高加林应得的报应。他当晚就很有兴致地跑到明楼家，向三星打问这件事的根根梢梢。

但他亲家却没有显出多少兴致来。听了这事，明楼反而显得心情很沉重。这倒不是说他同情高加林，而是他从这件事里敏感地意识到，社会对他们这种人的威胁越来越大了！就连占胜这样的精能人都说垮就垮了台，他一个不识字的农村干部又有多少能耐呢？谁知道什么时候，说不定也会清算到他的头上？另外，他的老心病也马上犯了。他认为高加林不管怎样，都已经在心里恨上了他；往后他们又要同在一个村里闹世事，这小伙子将是他最头疼的一个人。从这一点上说，明楼不愿让高加林回来，宁愿他在外面飞黄腾达去！

就在当晚村里各种人对高加林回村进行各种议论的时候，刘立本的老婆和她的大女儿巧英，却正在立本家一孔闲窑里策划一件妇道人家的伎俩……

第二天一大早，立本的大女儿巧英提了个筐子，出了村，来到大马河湾的分路口附近打猪草。这地方并没有多少猪能吃的东西，巧英弄了半天还没把筐底子铺满。

巧英实际上并不是来打猪草的！她要在这里进行她和她妈昨天晚上谋划过的那件事。两个糊涂的女人，为了出气，决定由巧英在今天把回村的高加林堵在这里，狠狠地奚落他一通！因为今天上午村里的男男女女都在这附近的地里劳动，所以在这个地方闹一下最合适。到时候，田野里的人就都会过来看热闹；而且很快就会在大马河上下川道传得刮风下雨！把他高加林小子的名誉弄得臭臭的！叫他再能！

这件事昨天晚上母女俩谋划时，被巧玲在门外听见了。有文化的高中生进去劝母亲和姐姐千万不要这样；说到时人家不会笑话高加林，而丢人的反倒会是她们！但两个不识字的妇道人家却把她臭骂了一通，弄得巧玲当晚上跑到学校另一个女老师那里睡觉去了。

巧英已经有了一个孩子，不像做姑娘时那般漂亮了，但仍然容貌出众。每逢跟集上会，竟然还有一些远地的陌生小伙子以为她是个姑娘，就倾心地向她求爱；她立刻就用农村妇女最难听的粗话把这些人骂得狗血喷头。和两个妹子不大一样，她从里到外都把父母的一切都全盘继承了，有时心胸狭窄，精明得有点糊涂；但心地倒也善良，还有一股泼辣劲儿。眼下这行为纯粹是一肚子气鼓起来的。

现在她一边心不在焉地打猪草，一边留心望着前川道的公路，心里盘算她怎样给高加林制造这场难看。她一直脸色阴沉，噘着个嘴，早已经像演员一样进入了角色。

她突然听见背后传来一阵慌乱的脚步声。回过头一看，竟然是大妹子巧珍！

这真的是巧珍。她穿一件朴素的印花布衫和一条蓝布裤，脚上是她自己做的布鞋；头发也留成了农村那种普通的"短帽盖"。她一切方面都变成一个农村少妇了，但看起来似乎倒比原来更惹人亲，更漂亮。对于本来就美的人，衣着的质朴更能给人增加美感。巧珍的脸上既没有通常新婚妇女那种特别的幸福光彩，但也看不出不久前那场不幸给她留下的阴影。

"你到这儿干啥来了？"巧英问妹子。

"姐姐，快回！你千万不能这样！人家笑话呀！"巧珍扯住巧英的袖口说。

"什么事笑话我哩？"巧英愚蠢地装出一副惊讶的样子。

"好姐姐哩！巧玲昨晚上跑到我那里，把什么事都给我说了。我昨晚上急得一夜没睡着。今早上，我跑到咱家里，把妈妈数说了一番，她也觉得不该；然后我就来……"

"你真是个受罪鬼！"巧英打断了她的话，一下子恨得牙咬住嘴唇，半天不言语了。过了好一会儿，她才愤愤地说："高加林不光辱没了你，把咱们一家人都拿猪尿脬打了，满身的臊气！你能忍了这口气，你忍着！我们可忍受不了！我今儿个非给他小子难看不可！"

"好姐姐哩！他现在也够可怜了，要是墙倒众人推，他往后可怎样活下去呀……"巧珍说着，泪水已经在眼眶里旋转起来。

巧英执拗地把头一拧，说："你别管！这是我的事！"说着，把手里的筐子往地上一丢，一屁股坐在一块石头上，双手狠狠把膝盖一抱，像一个粗野的男人一样。

巧珍一下子跪在巧英面前，把头抵在姐姐的怀里，哽咽着说："我给你跪下了！姐姐！我央告你！你不要这样对待加林！不管怎样，我心疼他！你要是这样整治加林，就等于拿刀子捅我的心哩……"

善良的品格和对不幸的妹妹的巨大同情心，使得巧英一下子心软了。她一只手上去抹自己眼里涌出的泪珠，另一只手亲热地摩挲着巧珍的头，说："珍珍，你不要哭了！姐姐知道你的心！姐姐不了……"她停了半天，突然又叹了一口气说："我心里知道你最爱他。唉！这坏小子要是早叫公家开除回来就好了……现在可怎办呀？我看得出来，这坏小子实际上心里也是爱你的！说不定他还要你哩，可现在……"

"不！"巧珍抬起泪水斑斑的脸，"这是不可能的，我已经结婚了。再说，我也应该和马拴过一辈子！马拴是好人，对我也好，我已经伤过心了，我再不能伤马拴的心了……"

巧英又长出了一口气，说："那你回喀。我也就回呀……"说着就站起来拿筐子。

巧珍也站起来，问："你公公在不在家？"

"在哩。怎啦？"巧英问。

"是这样的，我昨晚还听巧玲说，公社可能还要叫咱们学校增加一个教师。加林回来一下子又习惯不了地里的劳动，我想看能不能叫他再教书。马拴是校管委会的，他昨晚上说马店村里有他哩，说他一定代表马店村去给公社说。咱村里你公公拿事，我想拉你一块去求明楼叔，让加林再去教书。你在旁边一定要帮我说话，你是他的儿媳妇，面子比我大……"

巧英惊讶地张开嘴，望着妹妹怔了半天。她一条胳膊挽起筐子，过来用另一条胳膊搂住巧珍的肩头，说："那咱们回！妹子，你可真有一副菩萨心肠……"

天还没有明时，高加林就赤手空拳悄然地离开了县委大院。

他匆匆走过没有人迹的街道，步履跟跄，神态麻木，高挑的个子不像平时那般笔直，背微微地有些驼了；失神的眼睛深陷在眼眶里，没有一点光气，头发也乱蓬蓬的像一团茅草。整个脸上像蒙了一层灰尘，额头上都似乎显出了几条细细的皱纹。

漂亮而潇洒的小伙子啊，一下子就好像老了许多岁！

到现在，高加林才感觉到自己像个一无所有的叫花子一般。他感觉到自己孤零零的，前不着村，后不靠店。他不知道自己从什么路上走来，又向什么路上走去……

当他走到大马河桥上的时候，他一下子有气无力地伏在了桥栏杆上。桥下，清清的大马河在黎明前闪着青幽幽的波光，穿过桥洞，汇入了初秋涨宽了的县河里。县河浑黄的流水平静地绕过城下，流向了看不见的远方。

他手抚着桥栏杆，想起第一次卖馍返回的时候，巧珍就是站在这里等他的；想起在这同一个地方，他不久前又曾狠心地和她断绝了关系……眼下他又在这里了，可是他现在还有什么呢？他幻想的工作和未来在大城市生活的梦想破灭了，黄亚萍又退回到了他生活的远景上；亲爱的刘巧珍被他冷酷地抛弃，现在已和别人结了婚。他真想一纵身从这桥上跳下去！

这一切怨谁呢？想来想去，他现在谁也不怨了，反而恨起了自己：他的悲剧是他自己造成的！他为了虚荣而抛弃了生活的原则，落了今天这个下场！他渐渐明白，如果他就这样下去，他躲过了生活的这一次惩罚，也躲不过去下一次惩罚——那时候，他也许就被彻底毁灭了……

严峻的现实生活最能教育人，它使高加林此刻减少了一些狂热，而增强了一些自我反省的力量。他进一步想：假如他跟黄亚萍去了南京，他这一辈子就会真的幸福吗？他能不能就和他幻想的那样在生活中平步青云？亚萍会不会永远爱他？南京比他出色的人谁知有多少，以后根本无法保证她不再去爱其他男人，而把他甩到一边，就像甩张克南一样。可是，如果他和巧珍结了婚，他就敢保证巧珍永远会爱他。他们一辈子在农村生活苦一点儿，但会活得很幸福的……现在，他把生活中最宝贵的东西轻易地丢弃了！他做了昧良心的事！爸爸和德顺爷的话应验了，他害了别人，也害了自己！他搅乱了许多人的生活，也把自己的生活搅了个一塌糊涂……

黎明不知什么时候已经静悄悄地来临了。县城的灯光先后熄灭，大地万物在一种自然柔和的光亮中脱去了夜的黑衣裳，显出了它们各自的面目。时令已进入初秋，山头和川道里的庄稼、树木，绿色中已夹杂了点点斑黄。

城里已经又开始熙熙攘攘了。一天的生活像往常一样开始了它的节奏。

高加林望了一眼罩在蓝色雾霭中的县城，就回过头，穿过桥面，拐进了大马河川道。

他走在庄稼地中间的简易公路上，心里涌起了一种从未体验过的难受。他已经多少次从这条路上走来走去。从这条路上走到城市，又从这条路上走回农村。这短短的十华里土路，对他来说，是多么的漫长！这也象征着他已经走过的生活道路——短暂而曲折！

他折了一枝柳树梢，一边走，一边轻轻抽打着路边的杂草，心想：他回到村里后，人们会怎样看他呢？他将怎样再开始在那里生活呢？亲爱的巧珍已经不在了！如果有她在，他也就不会像现在这样难受和痛苦了。她那火一样热烈和水一样温柔的爱，会把他所有的苦恼冲洗掉。可是现在……他忍不住一下子站在路上，痛不欲生地张开嘴，想大声嘶叫，又叫不出声来！他两只手疯狂地揪扯着自己的胸脯，外衣上的纽扣"嘣嘣"地一颗颗飞掉了……

早晨的太阳照耀在初秋的原野上，大地立刻展现出了一片斑斓的色彩。庄稼和青草的绿叶上，闪耀着亮晶晶的露珠。脚下的土路潮润润的，不起一点黄尘。高加林在路上摇摇晃晃地走着，走几步就站下，站一会儿再走……

离村子还有一里路的地方，他听见河对面的山坡上，有一群孩子叽叽喳喳地说话，其中听见一个男孩子大声喊："高老师回来啰……"他知道这是他们村的砍柴娃娃，都是他过去的学生。

突然，有一个孩子在对面山坡上唱起了信天游——

哥哥你不成材，
卖了良心才回来……

孩子们都哈哈大笑，叽叽喳喳地跑到沟里去了。

这古老的歌谣，虽然从孩子的口里唱出来，但它那深沉的谴责力量，仍然使高加林感到惊心动魄。他知道，这些孩子是唱给他听的。

唉！孩子们都这样厌恶他，村里的大人们就更不用说了。

他走不远，就看见了自己的村子。一片茂密的枣树林掩映着前半个村子；另外半个村子伸在沟口里，他看不见。

他忍不住停下了脚，忧伤地看了一眼他熟悉的家乡。一切都是原来的样子——但对他来说，一切又都不一样了……

就在这时，许多刚下地的村里人，却都从这里那里的庄稼地里钻出来，纷纷向他跑来了。

他不知道这是怎一回事，村里的人们就先后围在了他身边，开始向他问长问短。所有人的话语、表情、眼神，都不含任何恶意和嘲笑，反而都很真诚。大家还七嘴八舌地安慰他哩。

"回来就回来吧，你也不要灰心！"

"天下农民一茬子人哩！进门外和当干部的总是少数！"

"咱农村苦是苦，也有咱农村的好处哩！旁的不说，吃的都是新鲜东西！"

"慢慢看吧，将来有机会还能出去哩。"

…………

亲爱的父老乡亲们！他们在一个人走运的时候，也许对你躲得很远；但当你跌了跤的时候，众人却都伸出自己粗壮的手来帮扶你。他们那伟大的同情心，永远都会给予不幸的人！

高加林忍不住热泪盈眶。他一句话也说不出来，只是掏出纸烟，给大家一人散了一根。

庄稼人们问候和安慰了他一番，就都又下地去了。

当高加林再迈步向村子走去的时候，感到身上像吹过了一阵风似的松动了一些。他抬头望着满川厚实的庄稼，望着浓绿笼罩的村庄，对这单纯而又丰富的故乡田地，心中涌起了一种深厚的情感，就像他离开它已经很长时间了，现在才回来……

当他从公路上转下来，走到大马河湾的分路口上时，腿猛一下子软得再也走不动了。他很快又想起，他和巧珍第一次相跟着从县城回来时，就是在这个地方分手的——现在他们却永远地分手了。他也想起，当他离开村子去县城参加工作时，巧珍也正是在这个地方送他的。现在他回来了，她是再不会来接他了……

他坐在一块石头上，身上像火烧着一般烫热。他用两只手蒙住眼睛，头无力地垂在胸前。他真不知道往后的日子怎么过呀？他嘴里喃喃地说："亲爱的人！我要是不失去你就好了……"泪水立刻像涌泉一般地从指缝里淌出来了……

好久，高加林才抬起头。他猛然发现，德顺爷爷正蹲在他面前。他不知道德顺爷爷是什么时候蹲在他面前的。他只是静静地蹲着，抽着旱烟锅。

他见他抬起头来，便笑眯眯地说："你还有眼泪呢？"接着一脸皱纹一下子缩到眼角边，摇了摇那白雪一般的头颅，痛心地说："娃娃呀，回来劳动这不怕，劳动不下贱！可你把一块金子丢了！巧珍，那可是一块金子啊！"

"爷爷，我心里难过。你先别说这了。我现在也知道，我本来已经得到了金子，但像土圪塔一样扔了。我现在觉得活着实在没意思，真想死……"

"胡说！"德顺爷爷一下子站起来，"你才二十四岁，怎么能有这么些混账想法？如果按你这么说，我早该死了！我，快七十岁的孤老头子了，无儿无女，一辈子光棍一条。但我还天天心里热腾腾的，想多活他几年！别说你还是个嫩娃娃哩！我虽然没有妻室儿女，但觉得活着总还是有意思的。我爱过，也痛苦过；我用这两只手劳动过，种过五谷，栽过树，修过路……这些难道也不是活得有意思吗？——拿你们年轻人的词说叫幸福。幸福！你小子不知道，我把我树上的果子摘了分给村里的娃娃们，我心里可有多……幸福！不是么，你小时候也吃过我的多少果子啊！你小子还不知道，我栽下一拨树，心里就想，我死了，后世人在那树上摘着吃果子，他们就会说，这是以前村里的光棍老汉德顺栽下的……"

德顺老汉大动感情地说着，像是在教导加林，又像是借此机会总结他自己的人生；他像一个热血沸腾的老诗人，又像一个哲学家；那只拿烟锅的、衰老的手在剧烈地抖动着。

高加林一下子站起来了。傲气的高中生虽然研究过国际问题，讲过许多本书，知道霍梅尼和巴尼萨德尔，知道里根的中子弹政策，但他没有想到这个满身补丁的老光棍农民，在他对生活失望的时候，给他讲了这么深奥的人生课题。他望着亲爱的德顺爷爷那张老皱脸，一双失去光彩的眼睛里重新飘荡起了两点火星。

德顺爷爷用缀补丁的袖口揩了一下脸上的汗水，说："听说你今上午要回来，我就专门在这里等你，想给你说几句话。你的心可千万不能倒了！你也再不要看不起咱这山乡圪了。"他用枯瘦的手指头把四周围的大地山川指了一圈，说："就是这山，这水，这土地，一代一代养活了我们。没有这土地，世界上就什么也不会有！是的，不会有！只要咱们爱劳动，一切都还会好起来的。再说，而今党的政策也对头了，现在生活一天天往好变。咱农村往后的前程大着哩，屈不了你的才！娃娃，你不要灰心！一个男子汉，不怕跌跤，就怕跌倒了不往起爬，那就变成个死狗了……"

"爷爷，你的话给我开了窍，我会记住的，也会重新好好开始生活的。刚才我在前川碰见庄里的其他人，他们也给我说了不少宽心话。唉，我现在就担心高明楼和刘立本两家人往后会找我的麻烦，另眼看我……"

"啊呀，这你别担心！就是为了这事，我刚才还去明楼家找了他。我和他爸当年是拜把兄弟，我敢指教他哩！我已经把话给他敲明了，叫他再不要捣你的鬼……噢，我倒忘了给你说了！我刚才去明楼家，正碰见巧珍央求明楼，让他去公社做做工作，让你再教书哩！巧珍说得鼻涕一把泪一把！明楼当下也应承了。不知为什么，他儿媳妇巧英也帮巧珍说话哩。你不要担心，书教成教不成没什么，好好重新开始活你的人吧……啊，巧珍，多好的娃娃！那心就像金子一样……金子一样啊……"德顺老汉泪水夺眶而出，顿时哽咽得说不下去了。

高加林一下子扑倒在德顺爷爷的脚下，两只手紧紧抓着两把黄土，沉痛地呻吟着，喊叫了一声：

"我的亲人哪……"

1981年夏天初稿于陕北甘泉

同年秋天改于西安、咸阳，冬天再改于北京

（原载《收获》1982年第3期）

美食家

陆文夫

一　吃喝小引

美食家这个名称很好听，读起来还真有点美味！如果用通俗的语言来加以解释的话，不妨了：一个十分好吃的人。

好吃还能成家！这是我万万没有想到的。想到的事情往往不来，没有想到的事情却常常就在身边；硬是有那么一个因好吃而成家的人，像怪影似的在我的身边晃荡了四十年。我藐视他，憎恨他，反对他，弄到后来我一无所长，他却因好吃成精而被封为美食家！

首先得声明，我绝不一般地反对吃喝；如果我自幼便反对吃喝的话，那么，我呱呱坠地之时，也就是一命呜呼之日了，反不得的。可是我们的民族传统是讲究勤劳朴实，生活节俭，好吃历来就遭到反对。母亲对孩子从小便进行"反好吃"的教育，虽然那教育总是以责骂的形式出现："好吃鬼，没有出息！"好吃成鬼，而且是没有出息的。孩子羞孩子的时候，总是用手指刮着自己的脸皮："不要脸，馋痨坯；馋痨坯，不要脸！"因此怕羞的姑娘从来不敢在马路上啃大饼油条；戏台上的小姐饮酒时总是用水袖遮起来的。我从小便接受了此种"反好吃"的教育，因此对饕餮之徒总有点瞧不起。特别是碰上那个自幼好吃，如今成"家"的朱自冶以后，我见到了好吃的人便像醋滴在鼻子里。

朱自冶是个资本家，地地道道的资本家，绝不是错划的。有人说资本家比地主强，他们有文化，懂技术，懂得经营管理。这话我也同意。可这朱自冶却是个例外，他是房屋资本家，我们这条巷子里的房屋差不多全是他的。他剥削别人没有任何技术，只消说三个字："收房钱！"甚至连这三个字也用不着说，因为那收房钱的事儿自有经纪人代理。房屋资本家大概总懂得营造术吧，这门技术对社会也是很有用的，朱自冶对此却是一窍不通，他连自家究竟有多少房屋，坐落在哪里，都是糊里糊涂的。他的父亲曾经是一个很精明的房地产商人，抗日战争之前在上海开房地产交易所，家住在上海，却在苏州买下了偌大的家私。抗日战争之初，一个炸弹落在他家的屋顶上，全家有一幸免，那就是朱自冶——到苏州的外婆家来吃喜酒的。朱自冶因好吃而幸存一命，所以不好吃便难以生存。

我认识朱自冶的时候，他已经快到三十岁。别以为好吃的人都是胖子，不对，朱自冶那时瘦得像根柳条枝儿似的。也许是他觉得自己太瘦，所以才时时刻刻感到没有吃够，真正胖得不能动弹的人，倒是不敢多吃的。好吃的人总是顾嘴不顾身，这话却有点道理。尽管朱自冶有足够的钱来顾嘴又顾身，可他对穿着一事毫无兴趣。整年穿着半新不旧的长袍大褂，都是从估衣店里买来的；买来以后便穿上身，脱下来的脏衣服却"忘记"在澡堂里。听说他也曾结过婚，但是他的身边没有孩子，也没有女人。只有一次，看见他和一个妖冶的女人合坐一辆三轮车在虎丘道上兜风，后来才知道，那女人是雇不到车，请求顺带的，朱自冶也毫不客气地叫那女人付掉一半车钱。

朱自冶在上海的家没有了，独自住在苏州的一座房子里。这房子是二十年代末期的建筑，西式的。有纱门、纱窗和地毯，还有全套的卫生设备。晒台上有两个大水箱。水是用电泵从井里抽上来的。这座两层楼的小洋房坐落在一个大天井的后面，前面是一排六间的平房；门堂、厨房、马达间、贮藏室以及用人的住所都在这里。

因为我的姨妈和朱自冶的姑妈是表姐妹，所以在抗战后期，在我的父亲谢世之后，便搬进朱自冶的住宅，住在前面的平房里。不出房钱。尽两个义务：一是兼做朱自冶的守门人，二是要我的妈妈帮助朱自冶料理点家务。这两个义务都很轻松，朱自冶早出晚归，没家没务，从来也不要求我妈妈帮他干什么。倒是我的妈妈实在看不过去，要帮他拆洗被褥，扫扫灰尘，打开窗户。他不仅不欢迎，反而觉得不胜其烦，多此一举。因为家在他的概念中仅仅是一张床铺，当他上铺的时候已经酒足饭饱，靠上枕头便打呼噜。

朱自冶起得很早，睡懒觉倒是与他无缘，因为他的肠胃到时便会蠕动，准确得和闹钟差不多。眼睛一睁，他的头脑里便跳出一个念头："快到朱鸿兴去吃头汤面！"这句话需要做一点讲解，否则的话只有苏州人，或者是只有苏州的中老年人才懂，其余的人很难理解其中的诱惑力。

那时候，苏州有一家出名的面店叫作朱鸿兴，如今还开设在怡园的对面。至于朱鸿兴都有哪许多花式面点，如何美味等等我都不交代了，食谱里都有，算不了稀奇，只想把其中的吃法交代几笔。吃还有什么吃法吗？有的。同样的一碗面，各自都有不同的吃法，美食家对此是颇有研究的。比如说你向朱鸿兴的店堂里一坐："喂！（那时不叫同志）来一碗××面。"跑堂的稍许一顿，跟着便大声叫喊："来哉，××面一碗。"那跑堂的为什么要稍许一顿呢，他是在待你吩咐吃法的——硬面，烂面，宽汤，紧汤，拌面，重青（多放蒜叶），免青（不要放蒜叶），重油（多放点油），清淡点（少放油），重面轻浇（面多些，浇头少点），重浇轻面（浇头多，面少点），过桥——浇头不能盖在面碗上，要放在另外的一只盘子里，吃的时候用筷子搛过来，好像是通过一顶石拱桥才跑到你嘴里……如果是朱自冶向朱鸿兴的店堂里一坐，你就会听见那跑堂的喊出一大片："来哉，清炒虾仁一碗，要宽汤、重青，重浇要过桥，硬点！"

一碗面的吃法已经叫人眼花缭乱了，朱自冶却认为这些还不是主要的；最重要的是要吃"头汤面"，千碗面，一锅汤。如果下到一千碗的话，那面汤就糊了，下出来的面就不那么清爽、滑溜，而且有一股面汤气。朱自冶如果吃下一碗有面汤气的面，他会整天精神不振，总觉得有点什么事儿不如意。所以他不能像奥勃洛摩夫那样躺着不起床，必须擦黑起身，匆匆盥洗，赶上朱鸿兴的头汤面。吃的艺术和其他的艺术相同，必须牢牢地把握住时空关系。

朱自冶揉着眼睛出大门的时候，那个拉包月的阿二已经把黄包车拖到了门口。朱自冶大模大样地向车上一坐，头这么一歪，脚这么一踩，叮当一阵铃响，到朱鸿兴去吃头汤面。吃罢以后再坐上阿二的黄包车，到阊门石路去蹲茶楼。

苏州的茶馆到处都有，那朱自冶为什么独独要到阊门石路去呢？有考究。那爿大茶楼上有几个和一般茶客隔开的房间，摆着红木桌、大藤椅，自成一个小天地。那里的水是天落水，茶叶是直接从洞庭东山买来的；煮水用瓦罐，燃料用松枝，茶要泡在宜兴出产的紫砂壶里。吃喝吃喝，吃与喝是一个不可分割的整体，凡是称得上美食家的人，无一不是陆羽和杜康的徒弟的。

朱自冶登上茶楼之后，他的吃友们便陆续到齐。美食家们除掉早点之外，决不能单独行动，最少不能少于四个，最多不得超过八人，因为苏州菜有它一套完整的结构。比如说开始的时候是冷盆,接下来是热炒,热炒之后是甜食,甜食的后面是大菜,大菜的后面是点心,最后以一盆大汤做总结。这台完整的戏剧一个人不能看,只看一幕又不能领略其中的含意。所以美食家们必须集体行动。先坐在茶楼上回味昨天的美食,评论得失。第一阶段是个漫谈会。会议一结束便要转入正题,为了慎重起见,还不得不抽出一段时间来讨论今日向何方?是到新聚车、义昌福,还是到松鹤楼。如果这些地方都吃腻了,他们也结伴远行,每人雇上一辆黄包车,或者是四人合乘一辆马车,浩浩荡荡,马蹄声碎,到木渎的石家饭店去吃鲃肺汤,枫桥镇上吃大面,或者是到常熟去吃叫花子鸡……可惜我不能把苏州和它近郊的美食写得太详细,生怕会因此而为苏州招来更多的会议,小说的副作用往往难以料及。

二 与我有涉

如果朱自冶仅仅自我吃喝而与我无关的话,我也不会那么强烈地厌恶他。他当他的美食家,我当我的穷学生,本来是能够平安相处的。可是我在前面的一节中只说到朱自冶吃早点,吃中饭,他还有一顿晚饭没有吃呢!

朱自冶吃罢中饭以后,便进澡堂去了。他进澡堂并不完全是为了洗澡。主要是找一个舒适的地方去消化那一顿丰盛的筵席。俗话说饿了打瞌睡,吃饱跑勿动。朱自冶饱餐一顿之后双脚沉重,头脑昏迷,沉浸在一种满足、舒畅而又懒洋洋的神仙境界里。他摇摇晃晃地坐上阿二的黄包车,一阵风似的拉到澡堂里,好像是到医院里挂急诊似的。

朱自冶进澡堂只有举手之劳,即伸出手来撩开门帘。门帘一掀,那坐账台的便高声大喊:"朱经理来哉!"天晓得,朱自冶哪一天当过经理的，对资本家应该喊一声老板才对。不过，老板这种尊称那时已经不时髦了。一是缺少点洋味，二是老板有大有小，开爿夫妻老婆店也能叫作老板的。经理就不同了，洋行经理，公司经理，买卖大，手面阔，给起小账来绝不是三块两块的，五十元的美金券用不着找零头！所以那跑堂的一听到朱经理来哉，立刻有两个人应声而出，一边一个，几乎是把个朱自冶抬到头等房间里。这头等房间也和现在的高级招待所有点相似，两张铺位，一个搪瓷澡盆，有洗脸池，有莲蓬头。只是整个的面积较小，也没有空调设备。不碍，冬天有蒸气，夏天有一只华生老牌的大吊扇，四块木板在头顶上旋个不歇。

朱自冶向房间里一坐，就像重病号到了病房里，一切都用不着自己动手。跑堂的来献茶，擦背的来放水，甚至连脱鞋也用不着自己费力。朱自冶也不愿费力，痴痴呆呆地集中力量来对付那只胃，他觉得吃是一种享受，可那消化也是一种妙不可言的美，必须潜心地体会，不能被外界的事物来分散注意力。集中精力最好的方法就是泡在温水里，这时候四大皆空，万念俱寂，只觉得那胃在轻轻地蠕动，周身有一种说不出的舒坦和甜美，这和品尝美食有异曲同工之妙，但是二者不能相互代替。他就这么四肢不动，两眼半闭地先在澡盆里泡上半个钟头。泡得迷迷糊糊、昏昏欲睡的时候，那擦背的背着一块大木板进来了。他把朱自冶从澡盆里拉出来，把木板向澡盆上一盖，叫朱自冶躺上"手术台"，开始了他那擦背的作业。读者诸君切不可把擦背二字做狭义的理解，好像擦背就是替人擦洗身上的污垢。不对，朱自冶天天一把澡，有什么可擦的？这擦背对他来说实在是一种古老的按摩术，是被动式的运动。饭后百步走被认为是长寿之道，但是奉行此道者需要自己迈开双腿。擦背则不同，只消四肢松弛地躺在"手术台"上，任人上摩下擦，伸拳屈腿，左转右侧，放倒扶起，同样受到运动的功效，却用不着自己花力气。真正的美食家必须精通消化术，如果来个食而不化，那非但不能连续工作，而且也十分危险！

朱自冶的此种运动时间也不太长，大体上不超过半个钟头。然后便在卧榻上躺下，开始那一整套的繁文缛节，什么捏脚、拿筋、敲膀、捶腿。这捶腿是最后的一个节目，很可能和催眠术有点关系，朱自冶在轻轻的拍打中，在那清脆而有节奏的响声中心旷神怡，渐渐入睡。这一觉起码三个钟头，让那胃中的食物消化干净，为下一顿腾出地位。

当朱自冶快要醒来时，我也从学校里下学归来。书包一放，妈妈便来关照：

"今天还在元大昌，快去！"

妈妈的话只有我懂，那朱自冶还有一顿晚饭没有吃呢！

朱自冶吃晚饭也是别具一格，也和写小说一样，下一篇决不能雷同于上一篇。所以他既不上面馆，也不上菜馆，而是上酒店。中午的一顿饭他们是以品味为主，用他们的术语来讲叫"吃点味道"。所以在吃的时候最多只喝几杯花雕，白酒点滴不沾，他们认为喝了白酒之后嘴辣舌麻，味觉迟钝，就品不出那滋味之中千分之几的差别！晚上可得开怀畅饮了，一醉之后可以呼呼大睡，免得饱尝那失眠的苦味，因此必须上酒店。

苏州的酒店卖酒不卖菜，最多备有几碟豆腐干、兰花豆、辣白菜之类。孔乙己能有这些便行了，君子在酒不在菜嘛。美食家则不然，因为他们比君子有钱，酒要考究，菜也是马虎不得的。既不能马虎，又不能雷同，于是他们便转向苏州食品中的另一个体系——小吃。提到苏州的小吃，我又不愿多写了，除掉如前所述的原因外，还因为它会勾起我一段痛苦的回忆，我被一个我所厌恶的人随意差遣！

苏州的小吃不是由哪一爿店经营的，它散布在大街小巷，桥堍路口。有的是店，有的是摊，有的是肩挑手提沿街叫卖的。如果要以各种风味小吃来下酒的话，那就没有一个跑堂的能对付得了，必须有个跑街的到四下里去收集。也许是我的腿长吧，朱自冶便来和我妈商议：

"你家高小庭蛮机灵，阿好相帮我做点事体，我也勿会亏待伊。"

妈妈当然答应啰，她住了人家的房子不给钱，又没有什么家务可料理，心里老是过意不去，巴不得能为朱自冶做点事，以免良心受责备。可怜的妈妈不知道剥削二字，只承认一切现存的社会法规。她教育儿子不能好吃，却对朱自冶的好吃不加反对，她认为那是一种"吃福"，好吃与吃福是两回事体。可我却把它当作一回事，怎么也不愿意去替朱自冶当跑街的。堂堂的一个高中生怎么能去给一个好吃鬼当小厮呢！

妈妈又哭了，父亲谢世后家境贫困，是靠我的大哥当远洋水手挣点钱："去吧小庭，我们头顶人家的天，脚踏人家的地，住了人家的房子不出房租，又不交水电费，算起来相当于全家的伙食费。只要朱经理说个不字，你就念不成书，我们一家就会住在露天里。只怪你爸爸走得早啊，我求求你……"

我只好忍辱负重了，每天提着个竹篮去等候在酒店的门口。等到华灯初上，霓虹灯亮满街头的时候，朱自冶和他的吃友们坐着黄包车来了。一长串油光锃亮的黄包车，当当地响着铜铃，哇哇地揿着喇叭，像游龙似的从人群中夺路而来，在酒店门口徐徐地停下。他们一个个洗得干干净净，浑身散发着香皂味，满面红光，春风得意。朱自冶的黄包车总是走在前面，车夫阿二也显得特别健壮而神气。阿二替朱自冶掀掉膝盖上的毡毯，朱自冶一跃落地，轻松矫捷。在酒店门口迎接他们的不是老板，也不是跑堂的，而是两排衣衫褴褛、满脸污垢、由叫花子组成的仪仗队。乞丐们双手向前平举，嘴中喊着老爷，枯树枝似的手臂在他的左右颤抖。朱自冶似乎早有准备，手一扬，一张小票面的钞票飞向叫花子头："去去。"

　　叫花子们呼啦一声散开，我这个手提竹篮，倚门而立，饥肠辘辘的特殊叫花子便到了朱自冶的面前。这个叫花子之所以特殊，是因为他知道一点地理历史，自由平等，还读过三民主义；他反对好吃，还懂得人的尊严。当叫花子呼啦一声散开而把我烘托出来的时候，我满腔怒火，汗颜满面，恨不得要把手中的竹篮向朱自冶砸过去！可是我得忍气吞声地从朱自冶的手中接过钞票，按照他的吩咐到陆稿荐去买酱肉，到马咏斋去买野味，到采芝斋去买虾子鲞鱼，到某某老头儿家去买糟鹅，到玄妙观里去买油汆臭豆腐干，到那些鬼才知道的地方去把鬼才知道的风味小吃寻觅……

　　我提着竹篮穿街走巷，苏州的夜景在我的面前交替明灭。这一边是高楼美酒，二黄西皮，那霓虹灯把铺路的石子照得五彩斑斓；那一边是街灯昏暗，巷子里像死一般的沉寂，老妇人在垃圾箱旁边捡菜皮。这里是杯盘交错，名菜陆陈，猜拳行令；那里却有许多人像影子似的排在米店门口，背上用粉笔编着号码，在等待明天早晨供应配给米。这里是某府喜事，包下了整个的松鹤楼，马车、三轮车、黄包车在观前街上排了一长溜，新娘子轻纱披肩，长裙曳地，出入者西装革履，珠光宝气；可那玄妙观的廊檐下却有一大堆人蜷缩在麻袋片里，内中有的人也许就看不到明天……"朱门酒肉臭，路有冻死骨。"这句众所周知的诗句常在我的头脑里徘徊。

　　朱自冶倒是不肯亏待我，常常把买剩的零钱塞在我的口袋里："拿去！"那神情和给叫花子是差不多的。

　　我睁眼、僵立，感到莫大的侮蔑。

　　"拿去吧，是给你奶奶买肉吃的。"

　　侮蔑被辛酸融化了。我是有个老祖母，是她把我从小带大的，那时已经七十六岁，满嘴没牙，半身不遂，头脑也不是那么清楚的。可是她的胃口很好，天天闹着要吃肉，特别是要吃陆稿荐的乳腐酱方，那肉入口就化，香甜不腻。她弄不清楚物价与货币的情况，在她的头脑中一切都是以铜板和银圆计算的。她只知我的哥哥每月要寄回来几千块钱（能买一百多斤米），为什么不肯花二十六个铜板给她称一斤肉回来呢？三百个铜板才合一块钱！她把这一切都归罪于我的妈妈，骂她忤逆不孝，克扣老人，而且牵牵连连地诉述着陈年八代的婆媳关系，一面骂一面流眼泪。妈妈怎么解释也没用，只好一面在配给米里拣石子，一面把眼泪洒在淘米箩里。我在这两条泪河之间把心都挤碎！

当我用朱自冶的零钱买回几块肉来，端到奶奶的床前时，她一面吃，一面哭，一面用颤巍巍的手抚摸着我的头："好孙子，还是你孝顺，奶奶没有白带你……"

我一听这话，眼泪便簌簌地往下流，我想大哭，大喊，想问苍天！可是我拼命地哽住喉咙，俯伏在奶奶的床头，把头埋在棉被里。既然在侮蔑中把钱接过来了，为什么不能让奶奶得到一点安慰！

"上有天堂，下有苏杭"啊！这句老话不知道是谁发明的，而且大言不惭地把苏州放在杭州的前面。据说此种名次的排列也有考究，因为杭州是在南宋偏安以后才"暖风熏得游人醉，直把杭州作汴州"。而苏州在唐代就已经是"十万夫家供课税，五千子弟守封疆"了。到了明代更是"翠袖三千楼上下，黄金十万水东西"。近百年间上海崛起，在十里洋场上逐鹿的有识之士都在苏州拥有宅第，购置产业，取其进可以攻，退可以守。苏州不是政治经济的中心，没有那么多的官场倾轧和经营的风险；又不是兵家的必争之地，吴越以后的两千三百多年间，没有哪一次重大的战争是在苏州发生的；有的是气候宜人，物产丰富，风景优美。历代的地主官僚，富商大贾，放下屠刀的佛，怀才不遇的文人雅士，人老珠黄的一代名妓等等，都欢喜到苏州来安度晚年。这么多有钱有文化的人集中在一起安居乐业，吃喝和玩乐是不可缺少的，这就使苏州的园林可以甲天下，那吃的文化也是登峰造极！风景不能当饭，天天看了也乏味，那吃却是一日三顿不可或少的。苏州所以能居于天堂之首，恐怕主要是因为它的美食超过了杭州。这也许是苏州人的骄傲吧，可我那时简直觉得这是一种罪恶，是人间最最不平的表现！我不知道地狱里可有"天堂"，可我知道"天堂"里确有地狱，而且绝大多数的人都在地狱的边缘上徘徊。说老实话，当我开始信仰共产主义的时候，我没有读过《资本论》，也没有读过《共产党宣言》，多半是由朱自冶他们促成的；他们使我觉得一切说得天花乱坠的主义都没有用，只有共产才能解决问题！如果共掉了朱自冶的房产，看他还神气不神气！

我偷偷地唱着一支从北平传来的歌：

山那边呀好地方，
穷人富人都一样，
你要吃饭得做工呀，
没人为你做牛羊。
……

这支歌的曲调很简单，唱起来也用不着尖起嗓门儿费死力，可它却使我从"朱门酒肉臭，路有冻死骨"中找到了出路，出路就在山那边！

我决定到解放区去了，那已经是一九四八年的冬天。我不知道解放区的形势，总以为国民党还很强大，还有美国的原子弹什么的。无产阶级要夺取全国胜利，恐怕还要经过几年、几十年的浴血奋斗！我读过《铁流》与《毁灭》，知道革命的艰难困苦，知道那是血与火的洗礼。

所以当时的心情很悲壮，准备去战死沙场。"风萧萧兮易水寒，壮士一去兮不复还！"当时的心情很有点像荆轲辞别高渐离。

我的高渐离便是苏州，是这个美丽而又受难的城市叫我去战斗！临行之前，我上了一趟虎丘山，站在伏虎阁上把这美丽的城市再看一遍：再见吧，你的儿子将用血来洗尽你身上的污垢！傍晚，我照样去替朱自冶买小吃，照样买了一块乳腐酱方送到奶奶的床前：吃吧，奶奶，孙子从屈辱中接过钱来为你买肉，这恐怕是最后的一回！我的判断没有错，当奶奶发觉最孝顺的孙子失踪之后，她哭喊了三天便与世永别。

年轻时的记忆多么深刻啊！"文化大革命"期间的挂牌、游街、屈辱、受罪如今已经淡忘了，仿佛那是一场不屑一顾的游戏。可是三十多年前离家别井，暗中告别亲人，向着黑暗猛冲的情景却点滴不漏地保存在记忆里。也许我是欢喜记着光荣而忘掉屈辱吧，可又为什么不把三四十年前的屈辱也忘记？每当我在电影或电视中看到受伤的战士从血泊中爬起来，举起枪，高喊着报仇的口号向敌人猛扑过去的时候，我的心便会向下一沉，两眼含着泪水。虽然这种镜头看得太多了，也觉得老一套，可是这种话我不许孩子们说，孩子们一说我就要骂："小赤佬，你懂什么东西！"

三 快乐的误会

没想到我进入解放区已经太晚了，淮海战场上的硝烟已经消散，枪炮声已经沉寂。解放区的军民沉浸在欢乐的高潮中，准备打过长江去！我们这些从蒋管区去的学生被半路截留，被编入干部队伍随军渡江去接管城市。我从苏州来，当然应该回到苏州去，因为我熟悉那里的大街小巷以及那种好听而又十分难懂的语言，带个路也方便。至于回到苏州去干什么，谁也没有考虑，如果那时有人提出什么前途、专业、工资、房子等等，我们这一伙"小资产"便会肯定他是国民党派来的！革命就是革命，干什么都可以，随便。我们的组织部长却不肯随便，一定要根据各人的特长和志趣来分配，因此就出现了十分快乐的场面：

组织部长把我们二十多个学生兵招集到一个祠堂里。祠堂的正中摆着方桌，桌上放着档案和纸笔，二十多人分坐在两边。

组织部长是个大知识分子，早年毕业于交通大学的机械系。他对我们这些小知识分子十分熟悉："现在要给大家分配工作了，组织上尽量照顾各人的特长和志愿，希望你们在回答问题之前好好地考虑，分定之后就不许犯自由主义。"

当时的气氛本来很严肃，却被我的老同学，诨名叫丁大头的人弄得豁了边。丁大头的头其实也不大，可是他的知识很广博，天文、地理、历史、哲学他样样都懂一点。因为他的脑子里包容的东西太多，所以看起来他的头好像比平常的人大了点。他第一个被部长叫起来：

"你想干什么呢？"

"随便。"丁大头回答得很爽气。

部长翻了翻眼睛："随便是个什么东西？说得具体点。"

"具体点……那也随便。"

人们哄堂大笑了："他什么都懂，可以随便！"

部长也笑了，翻翻档案："什么都懂的人到什么地方去呢？……我问你，你对什么东西最感兴趣？"

"看书。"

"那你为什么不早说呀，到新华书店去。"

丁大头被一句定终身，后来在某地的新华书店当经理，而且是个很称职、很懂行的经理。

第二个被叫起来的是个女同学，苏州姑娘，长得很美，粗布的列宁装和八角帽使得她在秀丽中透出矫健的气息。

部长向她看了一眼便问："你会唱歌吗？"

"会。"

"来一段《白毛女》试试。"

"北风那个吹……"女同学拉开嗓子便唱。那时我们天天唱歌，谁也不会扭捏。

"好了，好了，到文工团去！"

这位女同学的命运也不坏，"文化大革命"前唱民歌，很有点名气。如今听不见她唱了，这小老太婆也可能是在哪里教徒弟。

轮到我的时候便糟了，我怎么也想不起最欢喜什么，除掉反对好吃之外，我好像对什么都欢喜。我没有任何特长，连唱起歌来都像破竹子敲水缸。

部长等得不耐烦了："难道你一样事情都不会干？"

"会会，部长，我会替人家买小吃，熟悉苏州的饮食店。"我决不能承认万事不通呀，可这一通便出了问题！

"挺好，干商业工作去，苏州的食品是很有名的。"

"不不，部长，我对吃最讨厌！"

"你讨厌吃？很好，我关照炊事班饿你三天，然后再来谈问题！下一个……"

完了，命运在一阵哄笑声中决定了。可我当时并不懊丧，也不想犯自由主义，扬子江在怒号，南岸的人民在呼喊，要拯救劳苦大众于水深火热之中，要推翻那人吃人的旧社会，再也不能让朱自冶他们那种糜烂的、寄生虫式的生活延续下去！朱自冶呀，朱自冶，这下子可由不得你了。我们决不会让你饿肚子，至少得让你支起个炉灶来烧东西。也不能老是让阿二拉着你，你自己有两只脚，应该是会走路的。

风萧萧兮易水寒，壮士一去兮又复还。我又回到苏州来了，几经转折之后又住在朱自冶的门前。朱自冶对我刮目相看了，他称我同志，我喊他经理；他老远便掏出三炮台香烟递过来，我连忙摸出双斧牌香烟把它挡回去。别跟我来这一套，你那高级烟浸透了人民的血汗，抽起来有股血腥味。朱自冶在解放之初有点儿心虚，生怕共产党会把他关进监牢，那牢饭可不是好吃的！

隔了不久，朱自冶便镇静自若了，因为我们取缔妓女，禁大烟，反霸，镇反，一直到三反五反都没有擦到他的皮。他不抽大烟不赌钱，对妓女更无兴趣，除掉好吃之外什么事儿也没有干过。镇反挨不上他，他不开工厂不开店，谈不上五毒俱全和偷税漏税。所以他经常竖起大拇指对我说："共产党好。如今没有强盗没有小偷，没有赌场没有烟铺，地痞、流氓、妓女都没有了，天下太平，百姓安定，好得很！"他说的可能是真话，可我把他上下打量，心里想，你为什么不说没有赌吃嫖遥呢？赌和嫖你沾不上，吃和遥你是少不了的。等着吧，现在是新民主主义！

朱自冶并没有消极地等待，还是十分积极地吃东西，照样坐着阿二的黄包车上面店，上茶楼，照样找到另一个人帮他跑街买吃的。

那时候我的工作很紧张，没有什么上下班的时间，也没有星期天，没早没晚地干，运动紧张的时候便睡在办公室里。可那朱自冶比我还积极，我起床的时候他已经坐着黄包车走了；我睡得迷迷糊糊的时候才听见他的黄包车到了门前。他每逢到家的时候都要踩一下铃铛。那铜铃的响声在深夜的小巷里像打锣似的。他有时候也不回家，仲夏之夜吃饱了老酒，干脆就睡在公园的凉亭里，那里风凉，还有一阵阵广玉兰的香气。他渐渐地胖起来了，居然还有个小肚子挺在前面。妈妈对他说：

"朱经理，你发福了，人到了四十岁左右都会发胖的。"可他却说："不对，我这是心宽体胖。现在用不着担心那些强盗和流氓了，别看我有几个钱，从前的日子也是很难过的。生日满月，四时八节，我得给人家送礼，一不小心得罪了人，重则被人家毒打一顿，轻则被人家向黄包车上掷粪便。就说那个上饭店吧，以前也是提心吊胆的。有一次我们几个人吃得正高兴，忽然有个人走到我们的房间里来，要我们让座位。我不知道他是什么人，拌了几句嘴，结果得罪了流氓头子，被他的徒子徒孙们打了一顿，还罚掉了四两黄金的手脚钱！现在好了，那些家伙都看不见了，有的进了司前街（苏州的监狱所在地），有的到反动党团特登记处登了记，一个个都缩在家里。饭店里也清净多了，人少东西多，又便宜，我吃饱了老酒照样可以在公园里打瞌睡，用不着防小偷！"朱自冶拍拍小肚子，"你看，怎么能不发胖呢！"

我听了朱自冶的话直翻眼，怎么也没有想到，革命对他来说也含有解放的意义！

当我深夜被朱自冶的铃声惊醒之后，心头便升起一股烦恼，这苏州怎么还是他们的天堂？劳苦大众获得解放的时候，那寄生虫也会趁汤下面，养得更肥！我没有办法触动朱自冶，可我现在有了公开宣传共产主义的权力，便决定首先去鼓动拉黄包车的阿二。

阿二住在巷子的头上，在那口公井的旁边。他和我差不多的年纪，却比我生得高大、漂亮、健壮。小时候我和他在巷子里踢皮球，皮球踢上房顶之后总是他去爬屋面。他的老家是苏北，父亲也是拉车的；父亲拉不动了才由儿子顶替。阿二每天给朱自冶拉三趟，其余的时间可以另找生意。他的那辆车是属于"包车"级的，有皮篷，有喇叭，有脚踏的铜铃，冬春还有一条毡毯盖住坐车的膝头。漂亮的车子配上漂亮的车夫，特别容易招揽生意。尤其是那些赶场子的评弹女演员，她们脸施脂粉，细眉朱唇，身穿旗袍，怀抱琵琶，那是非坐阿二的车子不可。阿二拉着她们轻捷地穿过闹市，喇叭嘎咕嘎咕，铜铃叮叮当当，所有的行人都要向她们行注目礼；即使到了书场门口，阿二也不减低车速，而是突然夹紧车杠，上身向后一仰，嚓嚓掣动两步，平稳地停在书场门口的台阶前，就像上海牌的小轿车戛然而止似的。女演员抱着琵琶下车，腰肢摆扭，美目流眄，高跟鞋橐橐几声，便消失在书场的珠帘里。那神态有一种很高雅的气派，而且很美。试想，如果一个标致的女演员，坐上一辆破旧的硬皮黄包车，由一个佝偻蹒跚的老人拉着，吱吱嘎嘎地来到书场门口，那还像个什么样子呢！人们由于在生活中看不到、看不出美好与欢乐，才甘心情愿地花了钱去向艺术家求教的。

由于上述的种种原因，所以那阿二虽然是拉黄包车，家庭生活还是过得去的。我去动员的时候，他们一家正在天井里吃晚饭。白米饭，两只菜，盆子里还有糟鹅和臭豆腐干，他的老父亲端着半斤黄酒在吱吱咂咂的。我寒暄了几句之后便转入正题：

"阿二，现在解放了，你觉得怎么样呢？"

阿二是个性情豪爽的人，毫不犹豫地说出了他的体会："好，现在工人阶级的地位高了，没有人敢随便地打骂，也没人敢坐车不给钱。"

我听了把嘴一撇："哎呀，你怎么也只是看到这么一点点，工人阶级是国家的主人，绝不是给人家当牛做马的！"

"我没有给人家当牛做马呀！"

"还没有，你是干什么的？"

"拉车。"

"好了，从古到今的车子，除掉火车与汽车之外，都是牛马拉的！"

"小板车呢？"

"那……那是拉货的，不是拉人的，人人都有两条腿，又没有病又不残，为什么他可以架起二郎腿高坐在车子上，而你却像牛马似的奔跑在他的前面！这能叫平等吗？你能算主人吗？还讲不讲一点儿人道主义！"

阿二吸了一口气："唏，这倒是真的。"

阿二的爸爸叹了口气："没有办法呀，他给钱。"

"钱……！"我把钱字的音调拉了个高低，表示一种轻蔑，"你可知道朱自冶他们的钱是从哪里来的？他们榨取了劳动人民的血汗，你拿了一点血汗之后又把他服侍得舒舒服服的！"

阿二的眉毛竖起来了："可不，那家伙坐车很挑剔，又要快，又怕颠。"

我趁热打铁了："问题还不在于朱自冶呢，我们年轻人的目光要放远点，你看人家苏联……"我滔滔不绝地讲起苏联来了，就和现在的某些人谈美国似的，"苏联的工人阶级，一个个都是国家的主人，不管什么事儿，没有他们举手都是通不过的。他们的工作都是开汽车，开机器，开拖拉机，没有一个是拉黄包车的。"我向阿二爸爸的酒杯乜了一眼，"拉车弄几个钱也作孽，仅仅糊个嘴。人家苏联的工人都是住洋房，坐汽车，家里有沙发，还有收音机！半斤黄酒有什么稀奇，人家都喝伏特加哩！"我的天啊，那时我根本不知道伏特加是什么，若干年后才喝了几口，原来是像我们在粮食白酒里多加了点水！

阿二和他的爸爸更不知道伏特加为何物了，他们听到这个名词还是第一回。那老头儿还咂咂嘴，他以为伏特加是和茅台酒差不多的。

阿二也心动了："哦……呃，那才有奔头。爸爸，我们也不要拉车了，你也当了一世的牛马啦！"阿二当然不是为了伏特加，我知道，他是想开汽车。那时候，年轻的人力车工人最高的理想便是当司机。

阿二的爸爸把酒杯向起一竖："唏……快吃饭吧,吃完了早点睡,明天一早要去拉朱自冶上面店。"白搭,我说了半天,他等于没听见。老头儿的思想保守,随他去!

我抓住阿二不放,约他到我家来玩,继续对他讲道理,而且现身说法,拿自己作比:"你看我,高中毕业的时候,有个同学约我到西山去当小学教员,每月三担米,枇杷上市吃枇杷,杨梅上市吃杨梅,不要钱。还有个同学约我到香港去上大学,他的爸爸在香港当经理,答应每月给我八十块钱港币,毕业以后就留在他的公司里当职员。我为什么不去呢,人活着不都是为了吃饭,更不能为了吃饭就替资本家当马牛!"除了讲道理以外,我还借了一大堆《苏联画报》给他看,对他进行形象化的教育,说明我们青年人要为这么一种伟大的理想去奋斗。说实在,我所以能讲苏联如何如何,也都是从画报里看来的,画报总是美丽的!

阿二的觉悟果然提高了,也和他的父亲闹翻了,坚决不再拉车,另找职业。我在旁边使劲儿打气:"好,你这一步走得对,最好是进厂,当产业工人去!"

隔了不久,阿二垂头丧气地来找我:"我把苏州都跑穿了,别说工厂啦,连饭店都不收跑堂的!"

我连忙说:"千万要坚持,不要泄气。"

"气倒没有泄,可是肚皮不争气,没饭吃了!"

我听了也着急:"啊,这倒是个严重的问题,再克服一下,我去帮你想想办法。"

我给了阿二几个钱,立刻到民政局去找一位同志,他是和我一起渡江过来的。

那位同志一听就咂嘴:"你这位老兄毛里毛糙的,做事也不考虑考虑,现在有些资本家消极怠工,抽逃资金,工厂不关门就算好的了,你还想到哪里去找职业？"

"好好，我检讨。可你总不能见死不救呀，想想办法吧。"

那位同志沉吟了一下："这样吧，我正在搞失业工人登记，准备以工代赈，先解决他们的吃饭问题。"

以工代赈的项目是疏浚苏州城里的小河浜，这个工作很辛苦，但也很有意义。旧社会给我们留下了很多污泥浊水，我们要把浊水变清流，使这个东方的威尼斯变得名副其实，使这个天堂变得更加美丽，是我们革命的一个方面。

阿二听说这也是革命工作，二话没说，不讲价钱，天天去挖污泥，抬石头，工作比拉车辛苦几倍，但是每天只有三斤米。

阿二的爸爸也没有办法，为了吃饭，只好在门口摆起一个卖葱姜的小摊头。因为他家就住在公井的旁边，人们往往在洗菜的时候才发现忘了在菜场上买葱姜，所以生意还是不错的，只是那一碟糟鹅和半斤黄酒从此绝迹。那老头儿每天见到我时总是虎着眼睛把头偏过去。我的心里也有歉意，总是在暗中安慰着老头儿："老伯伯，你别生气，总有一天会喝上伏特加的！"我把老头儿的虎眼当作一根鞭子，每天抽一下自己："下劲儿干，争取社会主义的早日胜利！"每当我深夜拖着沉重的双腿走过这空寂无人的小巷时，都要看一看阿二家的窗口，默默地叨念："老伯伯，我高小庭总算对得起你，我没有怕苦，也没有怕累，我和你家阿二都在为明天而奋斗！"

为了阿二的事情，妈妈可生了我的气："你这个不识好歹的东西，朱经理哪一点亏待过我们？人家花钱坐车碍你个屁事呀，你硬要和人家作对，弄得阿二家衣食不周，弄得朱经理出入不便，早晚都要到街上去叫车，有时候淋得像个落汤鸡，你这个缺德的东西！"

我决不和妈妈争辩，解放以后再也不能让她流眼泪，何况她的道德观点和我也没法统一。她还相信三从四德，还认为京戏里的那种老家奴十分了不起。只是我听了妈妈的责骂以后，再也不敢去鼓动那个为朱自冶跑街买小吃的人了，那人是个老头儿，他挖不动污泥，更抬不动石头。

朱自冶对我也有感觉了，再也不喊我高同志，再也不请我抽香烟，在门口碰到我时便把头一低，擦身而去。看不出他的眼神，不知道他对我是恨呢，还是忌？不管怎么样，他的手里总算有了一样东西，一个草提包，包里有双套鞋，包口上横放着一把洋伞。他黎明出门时估不透天气，所以都带着雨具，以免叫不到车时淋成落汤鸡。我看了暗中高兴："你迟早得自食其力，应该一样样地学会。"

四　鸣鼓而攻

也许是组织部长在我的档案里写了点什么，所以我的工作转来转去都离不开吃的。全行业公私合营的时候派不出那么多的公方代表，我也只好滥竽充数，被派到某个有名的菜馆里去当经理。

这个菜馆我很熟悉，但在解放前从来没有进去过，只是在门口看见有许多阔绰的人进进出出，看见有许多叫花子围在门前，看见那橱窗里陈列着许多好吃的东西，在霓虹灯的照耀下使人馋涎欲滴。我读过安徒生的童话《卖火柴的小女孩》，总觉得那卖火柴的小女孩就是死在这个菜馆的橱窗前。我进店的时候正是冬天，天也常常飘雪，早晨踏着积雪跑到店门口时，我的心便突然紧缩，生怕真的有个卖火柴的小女孩倒在那里，火柴盒儿撒满了一地。

我在店里也坐不稳，特别看不惯那种趾高气扬和大吃大喝的行为。一桌饭菜起码有三分之一是浪费的，泔脚桶里倒满了鱼肉和白米。朱门酒肉臭倒变成是店门酒肉臭了，如果听之任之的话，那我还革什么命呢！

我首先发动全体职工讨论，看看我们这种名菜馆究竟是为谁服务的？到我们店里来大吃大喝的人，到底有多少是工人农民，有多少是地主官僚和资产阶级！用不着讨论，这不过是一种战斗的动员而已。每个职工都很清楚，农民根本不敢到我们的店里来，他们一看那富丽堂皇的门面就害怕，不知道一顿要花几石米！还不如到玄妙观里去坐小摊，味道也不错，最多三毛钱。工人一生之中能来几回？除非他有特殊的事体。可是谁都认识朱自冶，都知道他们的吃法和口味。每一个服务员都背得出一大串老吃客的名单，在那长长的名单中没有一个是无产阶级。其中有几个高级职员的成分难以划定，据老跑堂的张师傅反映，他们有的是老板的亲戚，有的是老板手下的红人，而且都有股份。当然，每天来吃的人并不全是老顾客，你也不能叫所有的吃客都填登记表，写明前六项。可是，老的服务员对判断吃客的身份都很有经验，他们能从衣着、举止、神态，特别是从点菜的路数上看得出，来者绝大部分都不是工人农民，至少曾经有过一段并非工农的经历。

实行对私改造的那段时间，资本家的心情并不全是兴高采烈，也不都想敲锣打鼓，有些人从锣鼓声中好像看到了世界的末日，纷纷到我们的店里来买醉。他们点足了苏州名菜，踞案大嚼，频频举杯。待到酒酣耳热时便掩饰不住了："朋友们，吃吧，吃掉他们拖拉机上的一颗螺丝钉！"这话是一种隐喻，因为那时候我们把拖拉机当作社会主义的标志。一讲到社会主义的农业便是像苏联那样，大农场，拖拉机。"吃掉他们拖拉机上的一颗螺丝钉！"当然是对社会主义不满，气焰嚣张，语气也是十分刻毒的！

我把收集的材料，再加上我对朱自冶他们的了解，从历史到现状，洋洋洒洒地写了一份足有两万字的报告，提出了我对改造饭店的意见，立场鲜明，言辞恳切，材料生动确凿，简直是一篇可以当作文献看待的反吃喝宣言！

领导上十分欣赏我的报告，立即批准在本店试行，取得经验后再推向全行业。

我放手大干了！

首先拆掉门前的霓虹灯，拆掉橱窗里的红绿灯。我对这种灯光的印象太深了，看到那使人昏旋的灯便想起旧社会。我觉得这种灯光会使人迷乱，使人堕落，是某种荒淫与奢侈的表现。灯红酒绿的时代早已一去不复返了，何必留下这丑恶的陈迹？拆！

店堂的款式也要改变，不能使工人农民望而却步。要敞开，要简单，为什么要把店堂隔成那么多的小房间呢，凭劳动挣来的钱可以光明正大地吃，只有喝血的人才躲躲闪闪。拆！拆掉了小房间也可以增加席位，让更多的劳动者有就餐的机会。

服务的方式也要改变。服务员不是店小二，是工人阶级，不能老是把一块抹布搭在肩膀上，见人点头哈腰，满脸堆笑，跟着人家转来转去，抽下抹布东揩西拂，活像演京戏。大家都是同志嘛，何必低人一等，又何必那么虚伪！碗筷杯盏尽可以放在固定的地方，谁要自己去取，宾至如归嘛，谁在家里吃饭时不拿碗筷呀，除非你当老爷！

以上的三项改革，全店的职工都没有意见，还觉得新鲜，觉得是有了那么一点革命的气息。可是当我接触到改革的实质，要对菜单进行革命时就不那么容易了。

我认为最最主要的是对菜单进行改造，否则就会流于形式主义。什么松鼠鳜鱼、雪花鸡球、蟹粉菜心……那么高贵，谁吃得起？大众菜，大众汤，一菜一汤五毛钱，足够一个人吃得饱饱的。如果有人还想吃得好点，我也不反对，人的生活总要有点变化，革命队伍里也常常打牙祭，那只是一脸盆红烧肉，简单了点。来个白菜炒肉丝、大蒜炒猪肝、红烧鱼块，青菜狮子头（大肉圆）……够了吧，哪一个劳动者的家里天天能吃到这些东西？

反对的意见纷纷而来，而且都是从老年职工那里来的。

跑堂的张师傅反对了。他说话有点嬉不溜溜的："啊哈，这下子名菜馆不是成了小饭铺啦！高经理，索性来个彻底的改革吧，每人发两块木板，让我们到火车站摆荒饭摊。"

我听了把眼睛一抬："同志，有意见可以提，态度要严肃点，这是革命工作，不是和吃客们打哈哈的！"我知道他和资产阶级的老爷太太们周旋了几十年，说话不上路，所以特地点了他一点。

"好好，没意见，这样做我们也可以省点力。"张师傅服了。

管账的也提意见了："高经理，我的意见也可能不正确，只是我有点担心……喏，这样做当然是对的了，可那赢利是不是会有问题？"他说起话来喽喽缩缩，因为他和原来的老板是亲戚，三反五反时曾经擦破点皮。

"你的担心我也考虑过，可是社会主义的企业是为人民服务，决不能像资本家那样唯利是图！"

"对对，对对对。"管账的马上服帖。

死不服帖的是那几位有名的厨师，如果用现在的职称来评定的话，他们不是一级便是二级。他们可以著书立说，还可以到外国去表演。可我那时并没有把这种宝贵的技术放在眼里，他们也可能没有把我这样的外行放在眼里，特别是那个杨中宝，好像我剥了他的肉似的：

"这不是都卖点儿家常便饭了吗？"

"家常便饭有什么不好呀？"

"家常便饭家家会做，何必上饭店？"

"出门的人哪有背着锅子走路的？"

"出门的人都想尝尝天下的名菜，噢，苏州的名菜就是红烧狮子头？"

"那要看是什么人？"

"什么人都有，包括像你这样的干部在内！"

"我出差每天三毛钱伙食，两毛钱伙补，一顿吃掉五毛钱，还有早晚两顿没有着落哩！"

"不是所有的人都和你一样，他们自己贴。"

"贴，拿什么贴？不少人就是因为出差时嘴馋，才贪污了公款。"

"如果人家请客呢？"

"为什么要请客，拉拉扯扯的。三反五反的教训还不够吗？不少人被资本家拉下水，就是从请客吃饭开始的，说不定那些见不得人的勾当，就是在我们楼上的小房间里干出来的！"

"人家结婚呢？"

"结婚更不能铺张浪费，买几斤糖，开个联欢会，我们机关里就是这样干的。"

杨中宝火了："高经理，你说的都是外行话，机关是机关，饭店是饭店。请你把我调到机关里去当炊事员吧，保证没意见！"

我看着杨中宝直翻眼，把到了嘴边的话咽回去。我不能对一个老工人发脾气，他的工龄和我的年龄差不多，是地地道道的无产阶级，而我的本人成分是学生，属于小资产阶级，再怎么革命也是革不掉的，只好暂时忍耐一点。何况他们所以反对也有道理，因为这一改他们就没有用武之地了。白菜炒肉丝不需要什么高超的手艺，连我都会……是呀，他们的技术不能发挥，也很可惜。调到机关里去当炊事员虽然是气话，调到交际处去当炊事员倒是很合适的……

会场沉寂。

我要设法打开僵局，目光便向青年人投射过去。那时候我已懂得，如果遇事打不开局面，最好是鼓动青年人起来带头。他们不保守，有闯劲，闯过了警戒线也无妨，然后再向回拉一点。矫枉必须过正，也许就是这个道理。

"青年同志们谈谈嘛，你们也是店里的主人，未来是属于你们的，谈谈。"

年轻的职工们只是笑，看看老师傅又看看我，两边都为难，一时拿不定主意。内中有个小伙子，名字叫作包坤年，跑堂的，虽然还没有满师，讲话却是很有水平的：

"同志们，我们的店必须改革，必须彻底地改革！再也不能为那些老爷们服务了，要面向工农兵。面向工农兵绝不是一句空话，要拿出菜单来作证明。烧什么菜，就是为什么人服务。蟹粉菜心不仅工农兵吃不起，而且还要跟着老爷们受罪！为什么，菜心都给他们吃了，菜帮子都到了工农兵的碗里！生炒鸡丁要用鸡脯，鸡头鸡脚都卖给拉黄包车的，这分明是对工农兵的瞧不起。农民进店来只点豆腐汤，有人竟然回道：'嘿，吃豆腐汤到玄妙观去吧，那里的豆腐汤又好又便宜。'玄妙观只卖豆腐脑，分明是捉弄乡下人的。要是朱自冶他们来了就不得了，从堂口到厨房，都是忙得飞飞的。鱼要活的，虾要大的，一棵青菜剥剩了手拇指那么一点点……"

包坤年这么一带头，人们就跟着发表意见，纷纷揭露我们的浪费，以及重视筵席而看不起小生意。这些情况我以前都不了解，听了十分生气，把手指在桌面上敲敲："你看，你们看，不改革怎么得了呢！"

跑堂的张师傅低头不语了，回掉农民的生意可能就是他干的。几个厨师也不讲话了。苏州的名菜选料精细，浪费肯定是有的；围着朱自冶之类的人转也不假，名厨要靠吃家，要靠他们扬名，要靠他们品出那千分之几的差别。最好能碰上孔夫子，孔子曰："食不厌精，脍不厌细！"

改革方案就这么定下来了，包坤年是立了功的，他后来表现得也十分积极，我指向哪里他打向哪里。我也为他的进步创造了很多有利的条件。至于他在"文化大革命"中把我打得半死，那是后话，暂且不提……

我当时把全部精力都扑在改革上，每晚回家都在十一点之后。我改了店堂，换了门面，写了大红海报张贴街头，还向报馆里投了稿，标题是：名菜馆面向大众，大众菜经济实惠！

开张的那一天，景象是十分壮观的。老头儿老太结伴而来，还搀着小孙子、小妹妹。那些拉车的、挑担的、出差的，突然之间都集中到店门口。门前的黄包车、三轮车、马车停了一长溜。这种车水马龙的情景解放前我也曾见过，可那是拉着老爷太太们来的；老爷太太们美酒高楼，拉车的人却瑟缩在寒风里。如今瑟缩的人们都站起来了，昂首阔步地进入店堂，把楼上楼下两个像会场似的堂口都挤得满满的。一时间板凳桌子乒乓响，人声鼎沸如潮水。看起来有点混乱，可那气氛实在热烈！服务员上菜也很迅速，大众菜，大众汤。都用不着现做，汤装在木桶里，菜装在大锅里，一勺一大碗，川流不息地送出去。店门口的行人要靠右走，进出连成两条线，如果用门庭若市来形容，那是十分贴切的。

朱自冶和他的吃友们居然也来了，很好，我倒要看看你们今天想吃点什么东西。谁知道他们先在门口看看广告，再到店堂里瞧瞧热闹，俯下身去看看大众菜，鼻子翕了那么几翕，然后带着不屑一顾的神情走出去，还相互拍拍打打发笑哩！我见了义愤填膺："反对吧，先生们，我改革的目标就是要叫你们反对！"

老头儿老太的反应可就不同了："啊哟，以前只听说这家菜馆有名，越有名越不敢来，今天可算见了世面！"

挑菜的农民也说了："这菜馆我以前来过几回，都是挑着青菜进后门，一直送到厨房里，从来不敢向店堂里伸头！"

多么深刻的写照呀，多么自豪的语言，人民的称赞使我忘记了疲劳，感动得心都发抖。不管将来的历史对我这一段的工作如何评价（放心，它无暇顾及），可我坚信，当时我决无私心，我是满腔热忱地在从事一项细小而又伟大的事业！

当时，我们的领导也到了现场，看了也很满意，虽然秩序有点混乱，那也是前进中的缺点，要我们好好地总结提高，然后推向全行业。

五　化险为夷

这一下朱自冶可就走投无路了！尽管我们的经验很难推开，许多名菜馆都是敷衍了事，弄几只大众菜放在橱窗里装装门面。可是风气一开，那苏州名菜便走了味，菜名不改，价钱不变，制作却不如从前那么精细。朱自冶有一张什么样的嘴啊，他能辨别出味差的千分之几哩！一吃便摇头，便皱眉，便向人家提意见。朱自冶看错皇历了，这时候再也没有人把他当作朱经理，资本家三个字也不是那么好听的。有钱又怎么样，不许收小费，你爱吃便进来，嫌丑请出去，反正营业额的大小和工资没有关系。如果依了你朱自冶的话，还要落得个为资产阶级服务的臭名气！

朱自冶怎么受得了呀，他每吃一顿便是一阵懊丧，一阵痛苦，一阵阵的胃里难过。每天都觉得没有吃饱，没有喝够，看到酒菜又反胃。他精神不振，毫无乐趣，整天在大街上转来转去，时常买些糕点装在草包里，又觉得糕点也不如从前，放在房间里都发了霉，被我的妈妈扫进垃圾堆。那个很有气派的小肚子又渐渐地瘪了下去。

有一天晚上，朱自冶居然推门而入，醉醺醺地站在我的面前：

"高小庭，我……我反对你！"

资产阶级开始反扑了，这一点我早有准备："请吧，欢迎你反对。"

"你把苏州的名菜弄得一塌糊涂，你你，你对不起苏州！"

"这是你的看法，菜碗没有打翻，一塌糊涂是谈不上的。是的，我对不起苏州的地主和资产阶级，对苏州的人民我可以问心无愧！"

"你你……你对不起我！"

"是的，应当对不起你，因为你自己也是资产阶级！"

"小庭啊，人可要凭点儿良心，这些年来我可没有亏待过你！"

朱自冶语无伦次了，他竟然想揭下伤疤当膏药贴，这就惹得我火起："朱经理，我是对不起你，也对不起你的朋友；你的朋友中有三个是地主，有两个是在反动党团特的册子上登记过的，还有三个是拿定息的，包括你自己在内。别以为定息可以拿到老，这资产阶级总有一天要被消灭！"

朱自冶吓了一跳，以为我们的政策又要改变。对他来说吃当然很重要，消灭却是性命攸关的。他的酒意消掉了一半，不由自主地向后退，掏出一根前门牌香烟塞过来，被我用一根飞马牌香烟挡回去。他趁势把香烟一叼，吸了一口："该死，今天托人到常熟去买了一只叫花子鸡，味道还和从前一样，不免多喝了几杯，这就糊里糊涂地跑到你家来了。咦，我是从哪个门进来的呢！"朱自冶想夺门而走了。

"慢点！"

朱自冶站住了。

"朱经理，如果我有什么地方对不起你的话，那就是我没有告诉你一句最要紧的话：你再也不能这样下去了，要逐步地学会自食其力！"

"是是，我一定铭记。"

从此以后，我很少碰到朱自冶，他当然也不会再来向我表示反对。我对他倒是十分关心，常常向妈妈问起。妈妈说她也不清楚，经常不见朱自冶回家，房间里一股霉味。我想，朱自冶也许是去干什么了吧，吃是终身的必需，总不能是终身的职业。

隔了不久，包坤年来向我汇报——他经常向我汇报。

"不得了，杨中宝他们开地下饭店了，是专门为资本家服务的，每天晚上赚大钱！"

"可当真？"

"一点不假，是我亲眼看见的，地点就在你家东面的五十四号里，天天晚上有许多资本家在那里聚会，杨中宝烧菜，一个妖里妖气的女人收钱！"

包坤年说得有根有据，我怎能不问不理？立刻到居民委员会去调查，找杨中宝来谈话，一问一查又找到了朱自冶的踪迹。

朱自冶开始隐退了，他对饭店失望之后，便隐退到五十四号的一座石库门里。这门里共有四家，其中一家的户主叫作孔碧霞。孔碧霞原本是个政客的姨太太，这政客能做官时便做官，不能做官时便教书，所以还有教授的头衔。苏州小巷里的人物是无奇不有的。据说，年轻时的孔碧霞美得像个仙女，曾拜名伶万月楼为师，还客串过《天女散花》哩！可惜的是仙女到了四十岁以后就不那么惹人喜爱了，解放前夕，那政客不告而别，逃往香港，把个孔碧霞和一个八九岁的女儿遗弃在苏州。

孔碧霞年轻的时候打扮惯了，也可能是由于登过台的关系，所以举手投足、顾盼摆扭等等都讲究个形体美。讲究得过了分便变成矫揉造作、搔首弄姿；特别是在无姿可弄而要硬弄时便有点怪里怪气。苏州话骂人也不是那么好听的，人家暗地里叫她"干瘪老阿飞"。

朱自冶一贯地不近女色，为什么突然之间和孔碧霞混到一起去呢？很简单，那孔碧霞烧得一手好菜！

孔碧霞数十年的风流生涯，都是在素手做羹汤中度过的。她丈夫的朋友都是政界、实业界、文化界的高雅得志之士，像朱自冶这样的人是休想登堂入室的。什么美食家呀，在他们看起来，朱自冶只不过是个肉头财主，饕餮之徒，吃食癞皮。哪有一个真正考究吃的人天天上饭店？"大观园"里的宴席有哪一桌是从"老正兴"买来的？头汤面算得什么，那隔夜的面锅有没有洗干净呢？品茶在花间月下，饮酒要凭栏而临流。竟然到乱哄哄的酒店里去吃小吃。荷叶包酱肉。臭豆腐干是用稻草穿着的，成何体统呢！高雅权贵之士，只有不得已时才到饭店里去应酬，挑挑拣拣地吃几筷，总觉得味道太浓，不清爽，不雅致。锅、勺、笊篱不清洗，醇正的味儿中混进杂味，而且总有那种无药可救的、饭店里特有的油烟味！朱自冶念念不忘的美食，在他们看起来仅仅是一种通俗食物而已。他们开创了苏州菜中的另一个体系，这体系是高度的物质文明和文化素养的结晶，它把苏州名菜的丰富内容用一种极其淡雅的形式加以表现，在极尽雕琢之后使其返乎自然。吃之所以被称作艺术，恐怕就是指这一体系而言的。

孔碧霞的烹调艺术，就是得之于这一派的真传。她在当年的社交界是个极其有名的姨太太，会唱戏，会烧菜，还会画几笔兰花什么的。二十多年间她家的庭院里名流云集，两桌麻将让八个男人消遣，一桌酒席由她来做精彩的表演。她家有一个高级的厨娘，这高级的厨娘也只能当她的下手！

朱自冶被逼得走投无路之后，偶尔听到他的一位吃友谈起，说是五十四号里有个孔碧霞，此人当年如何如何，如何身怀绝技。

朱自冶一听便笑了："你老兄是说吃解馋的吧，好菜怎么能在家里做呢。你没有那么多的作料、高汤，没有那么大的炉火与油镬，办不成的。"

"不信？那也没有办法，我请不动那位尊神。她根本就不把我们这些人放在眼里。解放前我想尽天法也没有打得进去……对了，近几年来听说她的家境不好，手头拮据，也许看了孔方兄的面上，能为我们操办一席。你家和她靠近，去试试。"

朱自冶病急乱投医了，他为了吃总会干出一些冒冒失失的事体；他冒冒失失地去敲五十四号的大门，径直说明来意。

如果是在解放前的话，孔碧霞不把朱自冶赶出来才怪呢！可那孔碧霞不如朱自冶，她没有那么多的存款和定息，已经把房子租给了三家，还得靠变卖家具和首饰度日。同时她也多年不操此道，有点技痒难熬，很想重新得到别人的称赞，再现昔日的风流。她内心已经许诺，表面上还要搭搭架子：

"啊呀，朱先生，僚（你）是听啊里（哪里）一位老先生活嚼舌头根，俫尼（我们）女人家会做啥格（什么）菜呢，从前辰光烧点小菜，是呒没（没有）事体弄弄白相（玩儿）格！"这女人的一口苏白像唱歌似的好听，可惜写出来却不是那么好懂的。

朱自冶当然懂啰，涎皮搭脸地恳求着："行行好吧，不管你办什么我们都吃，总归要比饭店里好点。"

"饭店！……"孔碧霞十分轻蔑地拉长了声音，"你们男人家真没出息，闻了饭店里的那股味道之后居然还吃得下东西！"

朱自冶目瞪口呆了，饭店里有什么味道？有的是美食的香味，闻了以后才胃口大开哩！"啊，是是，我们这些人都是凡夫俗子，吃了一世什么也不懂，赏个光吧，让我们开开眼界。"

"好吧，那就献丑了，你们几个人呢？"

朱自冶默算了一下，把食指一环："九个。"

"不行，最多只能七个，人多是没好食的。"

"那就八个，正好一桌。"

孔碧霞笑了："朱先生，你不懂规矩，那下手的一个位子是给烧菜的人留着的。"

"好好，对不起。"朱自冶嘴里叫好，心里犯疑，哪有厨师上桌的？为了吃也只好迁就了，随即从身边掏出一沓钞票，数了五十元放在桌子上，心里盘算，这十块钱就算是小费。

孔碧霞面有难色了："哎呀，这几个钱吃点什么呢？"

朱自冶把心一横，八十块全部豁出去，买个面子。

孔碧霞迟疑了半晌，好像在那里算账，最后忔了朱自冶一眼："好吧，不够的地方我也凑个份子。唉，你这人也实在可怜！"

事情就这样定下了，孔碧霞足足地准备了五天。据说还有一只红焖鳗鱼没有来得及做，因为买回来的鳗鱼必须先用特殊的方法养一个星期，而那朱自冶又馋得等不及。

至于这一顿到底吃了些什么，我没有参加，不能乱吹。

杨中宝是参加了的。那一天他正好休息，在大街上碰到了朱自冶。朱自冶是去通知他的吃友们准时上阵的，没想到有位老友因病不起，需要另找候补的。看见杨中宝便说："走走，跟我去见见世面。"接着便把如何找到孔碧霞等等说了一遍。连说带吹，借以发泄对我们饭店的怨气。

杨中宝从来不服人，艺高人总有那么点傲气。名厨师都是男人，哪来这么个女的！可是，他也听他师傅说过，在清末民初的时候，苏州有一种堂子菜，是从高等妓院里兴起来的。做这种菜的全是聪敏漂亮的女人，连丑丫头都不许帮道，那做工细得像绣花似的。他反正闲着没事，那朱自冶又不用他出钱，何不趁此去见识见识，如果真有可取的话也可学点技术；如果言过其实的话也可把朱自冶揶揄一顿，杀杀他的锐气！

杨中宝只向我讲了事情的来龙去脉，说明他没有开地下饭店，同时对这种捕风捉影的小报告十分恼火，说是有人和他过不去，他一气之下就不谈孔碧霞了，而是缠着我把他调到交际处去。这事儿很快就办成了，所以我一直不知道那天晚上孔碧霞如何大显身手，究竟吃了些什么稀世的美味！读者诸君也不必可惜，在往后的年月里我们还会见到她表演。"文化大革命"可以毁掉许多文化，这吃的文化却是不绝如缕。

我当时只能从朱自冶的行动上来进行推测，肯定那天晚上的一桌菜是"此曲只应天上有，人间哪得几回闻"！

朱自冶一吃销魂，从此很少见到他的踪影。他再也不像没头苍蝇似的在街上乱转，再也听不到他清晨开门去赶朱鸿兴；他不食人间烟火了。一日三餐都吃在孔碧霞的家里。一个会吃，一个会烧；一个会买，一个有钱。两人由同吃而同居，由同居而宣布结婚，事情顺理成章，水到渠成。

朱自冶终于成家了，一个曾经有过无数房屋的人，到了四十五岁上才有了家庭！家庭是个奇妙的东西，他会使人变得有了关栏，言行举止也规矩了点。朱自冶稳重些了，注意言谈，也注意外表。衣着和过去大不相同。笔挺的中山装，小口袋里插着两支钢笔，颇有点学者风度，这恐怕是孔碧霞参照她前夫的形象加以塑造的。

那孔碧霞不仅会烧菜，治家也是能手。结婚以后她千方百计地调整住房，让朱自冶搬过去，把五十四号里的三户人家搬过来。三户人家的住房面积都有了扩大，她自己也不蚀本。因为那五十四号是个中式的庭院，有树木竹石，池塘小桥，空间很大，围墙很高，大门一关自成天地，任他们吃得天昏地黑也没人看见。那时候，像我这样的反吃战士比较多，还有反穿的；谁要是考究饭菜，讲究衣着，那就有被斥之为资产阶级的危险，或者说是和资产阶级的思想沾了边。所以有钱的人也不得不稍加隐蔽，关起门来吃，吃到肚子里谁也看不见！当然，完全看不见也不可能，人们每天早晨都看见朱自冶夫妇上菜场。两个人穿着整齐，一个拎篮，一个拎包，一个人的膀子套在另一个人的膀子里，惹得行人侧目，哧溜一声："干瘪老阿飞！"

我的妈妈从来不说孔碧霞的坏话，她认为这个女人是行了件好事，使得一个败子回头。她买菜回来常常对我说："又碰到朱经理啦，现在变好了，夫妻两个亲亲热热，像个过日子的。"

我听了只是哼哼，心里想：这叫变好？这是关起门来逃避改造！

六　人之于味

朱自冶逃避改造，我对他也无可奈何。他不到我们的店里来吃饭，我也不能冻结他在银行里的存款。说他有资产阶级的思想也白搭，他本来就是资产阶级。让他去吃吧，革命不是一次完成的，只要他规规矩矩，不再叫喊什么苏州菜不如从前，不再闯到我的房间里来提意见。

朱自冶当然不会提意见啰，偶尔碰到我时也是陌若路人，头也不点，挺着那重新凸起来的肚子扬长而去，像个得胜的公鸡，气得我两肺直扇！

更为气愤的是居然有人和朱自冶唱着一个调子，说我们的饭店是名存实亡，饭菜质量差，花色品种少，服务态度恶劣！而且说这种话的人百分之九十以上都不是资产阶级。有干部，有工人，还有老头儿老太什么的。我听了很不服，改革才进行了一年多，你们怎么会从赞扬变成反对？两片嘴唇翻得倒快哪！我只好耐心地加以解释：

"老太太，少说两句吧，一年前你能到这里来吃饭，还算见了世面！"

"世面已经见过了，现在要吃好东西！"老太太晃着几张大钞票，"喏，儿子寄来的，他再三关照我要增加营养，高兴的时候便到你们店里来改善改善。改善个屁，还不如我自己烧的！"

"那就自己烧吧，自己烧的东西合口味。"我想起孔碧霞来了，不觉说漏了嘴。

老太太火了："你……你这话像是开黑店的人说的，我能烧还要你们干什么，白养着你们拿薪水！"

包坤年挺身而出了："什么叫开黑店，你嘴里放干净点！社会主义的企业是黑店？你诬蔑……"

我连忙拦阻："好了，算了算了。老太太，你别生气，这菜如果没有动过的话，我们退钱。"

对干部模样的人我就不大客气了："同志，你是出差的吧？"

"对，咱从北京出差到苏州，听说苏州菜名扬四海，你们的店很有名气，特地来品尝品尝，可你们却拿出这玩意儿！"

"同志，有这样的玩意儿已经不错了，你的伙补一天才几毛钱？"

"咱自己就不能补？现在不是包干儿的时代了，咱花得起！"

"艰苦朴素的作风还得保持。"

"对对，谢谢您的教导，早知如此应该背一袋窝头上苏州，你们这家饭店嘛，存在也是多余的！"袖子一甩，走了。

我叹了口气，觉得这人的资产阶级思想也是很严重的，才拿了几天薪金制，就这么财大气粗地当老爷！至于我们这家饭店的存在……唉，确实有了点问题。这两年国民经济大发展，农村连年丰收，工人调资定级，干部拿了薪水……那人民币又特别见花，肉才六毛多一斤，五香茶叶蛋五分钱一个，二两五的洋河大曲连瓶才两毛二分钱。许多人都阔绰起来了，看到大众菜便摇头，认为凡属"大众"都没有好东西，"劳动牌"也不是好香烟。我想为劳动大众服务，劳动大众却对我有意见。有人把意见放在桌面上，更多的人是不愿费口舌，反正有名的菜馆多的是，他们的改革本来就不彻底，临时弄点大众菜装装门面的。时过境迁连门面也不装了，橱窗里琳琅满目，各种名菜赫然在焉！他们趁着市面繁荣时拼命地掏人家的口袋，掏得人家笑嘻嘻的，那营业额像在寒暑表上哈热气，红线呼呼地升上去！我们也曾有过黄金时代啊！想那改革之初，营业额也曾一度上升，我还以此教育过管账的，说他是杞人忧天。隔了不久便往下降、降、降……降掉了三分之一，再降下去确实会产生能否存在的危机！

好吃的人们啊！当你们贫困的时候恨不得要砸掉高级饭店，有了几个钱之后又忙不迭地向里挤，只愁挤不进，只恨不高级。如果广寒仙子真的开了"月宫饭店"，你们大概也会千方百计地搭云梯！

一九五七年的春天是个骚动不安的季节，到处都在鸣放，还有闹事的。店里的职工开始贴我的大字报了，废报纸上写黑字，飘飘荡荡地挂在走廊里。我看了以后倒也沉得住气，无非是大众菜和营业额等等的问题。只有一张大字报令人气愤，说我是拿饭店的名声，拿职工的血汗来换取个人的名利，说那杨中宝是被我打击、排挤出去的！署名是"一职工"，可从那语气和那么多的形容词来看，肯定是包坤年写的。你这小子也太不应该了，当初改革时你曾热情支持，说杨中宝开地下饭店也是你汇报的，怎么能把一堆屎都甩到我的头上来呢！当然，我也没有必要对此加以解释，只要有千分之一的正确性，都是应该接受的。

正当我惶惑不安、心情烦躁的时候，却来了我的老同学丁大头。

丁大头到北京开会，路过苏州，特地下车来看看我。转眼八年啦，真叫人想念！我情不自禁地叫起来："老伙计，我要好好地请你吃一顿，走，上我们的饭店去！"我叫过以后也觉得奇怪，这话可不像我说的，怎么见了面就想请客呢！

丁大头摇摇头："罢啦，你们的饭店我已经领教过了，还把大字报浏览了一遍。老伙计，你这些年都干了些什么呢？"

"干了点什么？等等，你等等。等会儿我会全部告诉你。"我连忙把我的爱人叫出来，向丁大头介绍，"喏，这就是我的爱人。这就是我常常对你说起的丁大头。"

丁大头欠了欠身子："丁正，绰号大头……哎哎，这个雅号再也不能扩散了，我和你一样，大小也是个经理！"

我爱人掩着嘴笑，盯住丁大头看，好像要弄清楚那头是否比平常人大点。

我说："你别呆看了，快到小菜场去看看，买点儿什么东西。"丁大头对我们的饭店已经领教过了，带他到人家的饭店里去更是制造口舌。所以我想叫爱人随便弄点菜，晚上就在家里吃一点。

谁知道我的爱人没手抓了，结婚两年多她还没有弄过饭哩！她只会替丁大头倒茶、递烟。说："你们先谈会儿吧，妈妈到居民委员会开会去了，等她回来再替你们准备吃的。"

我一听便急了，居民委员会开会是个马拉松，又拉又松，等到他们开完会，那小菜场肯定已经关门扫地。便说："你就烧一顿吧，不能样样事情都依赖妈妈。"

我爱人来话了："怎么，你把说过的话都忘啦，你说年轻人如果把业余时间都花在小炉子上，肯定不会有出息。"她把双手一摊，"你看，我这个有出息的人还不知道油瓶在哪里！"

丁大头哈哈地笑起来了："对，我可以证明，这话肯定是他说的，一切后果由他负责！"

我连忙摆摆手："好了，你到居民委员会去一趟，就说家里来了人，让妈妈早点儿拔签。"

爱人出去之后，我便滔滔不绝地倒苦水，从头说到尾："……那些大字报你都浏览过了，进行人身攻击的不谈。那是一个年轻人跟着人家起哄的。可是我的改革有什么错？旧社会的情景你也见过的，就是为了消灭那种不平去战斗。我不会忘记，临离开这个城市的时候我曾经对她发过誓言。当然，那只是一种壮志，个人的力量是很微薄的，可是在我力所能及的范围内决不能让那些污泥浊水再从阴沟里冒出来，决不能让那些人还生活在他们的天堂里！他们可以关起门来逃避，但是不能让我们的同志在吃的方面去向资产阶级学习。当年我们遥望江南，为的是向旧世界冲击；曾几何时，那些飘飘荡荡的大字报却对着我冲击了！冲吧，我问心无愧！"

丁大头沉默了，直抽烟，他的心情大概也是很不平静的。

"说话呀，你的知识比我广博，这些年又在新华书店工作，整天埋在书堆里，你可以随便抽出一本书来敲敲我的头，最好是那些布面烫金的，敲起来有力！"

丁大头笑了："那不行，敲破了头是很难收拾的，我只是想告诉你一个奇怪的生理现象，那资产阶级的味觉和无产阶级的味觉竟然毫无区别！资本家说清炒虾仁比白菜炒肉丝好吃，无产阶级尝了一口之后也跟着点头。他们有了钱以后，也想吃清炒虾仁了，可你却硬要把白菜炒肉丝塞在人家的嘴里。没有请你吃榔头总算是客气的！"

我跳起来了："你你……你也不能天天吃清炒虾仁呀！"

"谁天天到饭店里吃炒虾仁的，他有那么多的工资吗？"

"可也不少呀，同志，你不能低估这种潮流！"

"是你把大众低估了。大众是个无穷大，一百个人中如果有一个来吃炒虾仁，就会挤破你那饭店的大门！你老是叨念着要解放劳苦大众，可又觉得这解放出来的大众不如你的心意。人家偶尔向你要一盘炒虾仁，不白吃，还乐意让你赚点，可你却像沙子丢在眼睛里。"

"不不，我对大众没意见。"

"我知道，你是对那个朱什么冶有意见，他闭门不出了，你到哪里去揪他呢！"

"也不是全躲在家里。"

"当然，肯定会有许多人跟着劳动大众去吃虾仁，告诉你吧，即使将来地主和资本家都不存在了，你那吃客之中还会有流氓与小偷，还有杀人在逃的，信不信由你。"

我信了。我早就发觉过这一点，住旅馆需要工作证和介绍信，吃饭只要有钱便可以。我只好叹气了："唉，你的话也不无道理，可我总觉得勤俭朴素是我们民族的美德，何必在吃的方面那么较真呢？"

"说得对，这对你个人来说是一种美德，希望你能保持下去。可你是个饭店的经理，不能把个人的好恶带到工作里。苏州的吃太有名了，是千百年来劳动人民创造出来的文化，如果把这种文化毁在你手里，你是要对历史负责的！"

我一听便凉了。我在学校里读过历史，知道那玩意儿可不是好惹的，万一被它钉住了，死都逃不脱的！可我也怀疑，这吃的艺术怎么会是劳动人民创造的呢，说得好听罢了，这发明权分明是属于朱自冶和孔碧霞他们的。

也怪我的妈妈太热情，这天的晚饭竟然是五菜一汤，汤是用活鲫鱼烧的，味道鲜美。

丁大头眉开眼笑了："你看，这社会风气已经渗透到你的家庭中来了，注意！"

七　南瓜之类

丁大头走后，我仔细地检查了我的行为。一个老朋友来了，为什么立即想到要去买菜呢？很简单，这是一种乐趣，也含有尊重与慰劳的意味。过去为什么不是这样的呢？记得渡江后和他在无锡分手时，我也曾为他送行，花了五分钱在摊头上吃了一碗小馄饨，他十分满意，我也情意绵绵。今天为什么不能那样做，一顿花掉五块多钱！也很简单，那时的五分钱是我全部流动资金的十分之一，而我今天的工资是七十五，加上我爱人的工资，再扣去家庭的开支，那五块钱也就等于五分钱。物质和精神的砝码一样大，情谊的天平是平平的。如果我今天还请丁大头吃小馄饨，即使他不介意，我又有什么必要让他忆苦思甜！如果让妈妈和爱人知道的话，肯定要把我一顿臭骂："这些年你一直惦记个丁大头，来了以后只肯花五分钱，你还像不像个人呢！"

我当然像个人，而且自以为像个很好的人，不随波逐流，不见异思迁……可我有没有感到时间在流去，生活在变迁？我只知道忘记了过去就等于背叛，却不知道忘记了变化也和背叛是差不多的，同样是违反了人民的心意。不去管什么朱自冶了，让他在小庭院里快活几天！

正当我想转弯的时候，反右斗争开始了。这个运动没有碰到我，我差点儿还成了英雄哩。谁都承认我立场坚定，方向对头，早就以实际行动打击了资产阶级的"今不如昔"。只是由于我的心中有鬼，说话吞吞吐吐，行动也不积极，白白错过了一个提拔的机会，是个扶不起的刘阿斗。

我想转弯也来不及了，因为跟着便是"大跃进"，"大跃进"之后便是困难年。"大跃进"的时候人人都顾不上吃饭，困难年人人都想吃饭了，却又没有什么东西可吃的；酱油都要计划供应了，谁还会对大众菜有意见？连菜汤都是一抢而空，尽管那菜汤是少放油，多放盐。凡是能吃的东西人们都能下肚，还管它什么滋味不滋味！

这就苦了朱自冶啦！他吃了四十多年的饭，从来就不是为了填饱肚皮，而是为了"吃点味道"。这味道可是由食物的精华聚集而成的。吃菜要吃心，吃鱼要吃尾，吃蛋不吃黄，吃肉不吃肥，还少不了蘑菇与火腿。当这一切都消失了的时候，任凭那孔碧霞有天大的本领也难以为炊。

人也真是个奇怪的动物，有得吃的时候味觉特别灵敏，咸、淡、香、甜、嫩、老，点点都能区别。没得吃的时候那饿觉便上升到第一位，饿急了能有三大碗米饭（不需要上白米）向肚子里一填，那愉快和满足的感觉也是难以形容的。朱自冶尽管吃了一世的味道，却也难逃此种规律。他被饥饿从小庭院中逼出来了，又拎着个草包成天在街上兜。这一次不是寻找美味了，只要看见哪里围着人，便拼命地向里钻，企图能买到一点红薯、萝卜或花生米之类，不管什么价钱。无奈，他总是提着个空包回来，神情沮丧，疲惫不堪地走过我家的门前。我第一次见到他财大并不气粗，他也许是第一次感到金钱并不是万能的。照理说那朱自冶也饿不了，城市不比农村，他有定量供应。"大跃进"之前他家的定量吃不了，经常向外调剂，现在虽说捐献掉两斤，那也不至于饿肚皮。奇怪，一旦缺少了副食品和油之后，那粮食就好像是棉花做的，一天八两一顿下肚，还不知道是塞在哪个角落里！何况那思想也有问题，一顿不饱十顿饥，眼睛一睁便想吃东西。朱自冶以前是眼睛一睁便想吃头汤面，现在却老是睁着眼睛看住桌上的饭碗，总觉得他碗里的饭要比孔碧霞女儿少了点。孔碧霞也没好气：

"是你的肚子里有鬼！"

"我有鬼还是你有鬼？一个是空的，一个是实的！"

孔碧霞一把夺过女儿的饭碗："给你，都给你，反正女儿也不是你养的！"

孩子哇的一声哭起来了，夫妻俩吵得不可开交。吵到后来实行分食制，一只煤炉两只锅，各烧各的。在吃上凑合起来的人，终于因吃而分成两边。再也看不见他们两个套着膀子走路了，再也听不见孔碧霞嗲声嗲气地叫喊："老朱嗳，你来哪！"

资产阶级的家庭关系本来就是建筑在金钱上的，当金钱处于半失效的状态时，那关系也就会处于半破裂。我倒有点为朱自冶庆幸了，这下子他可以不再迷信金钱，也可以知道一粥一饭的来之不易，不要那么无休止地去寻求美味。

我这样想并不是幸灾乐祸，因为我和朱自冶同处于一个灾祸之中，他饿我也饿，同样的饿得难受。按说，我是一个饭店的经理，在吃的方面还是有点儿办法，在这种特定的时刻，权力的作用会明显地超过金钱。可我一贯自认为是个很好的人，饿死事小，失节事大，不去搞那些鬼把戏。老实说，也没有饿到真的爬不起来的地步。况且我的家庭很巩固，妈妈和我的爱人拼命地保证重点。妈妈总是让我先吃："快吃吧，吃了上班去，我反正没事，等一歇。"我知道这"等一歇"是什么意思，总是偷偷地把饭拨掉点。我的爱人重点保证女儿，孩子读小学，正在长身体，放学回家等不及放书包，便喊肚子饿，不管给她多少，她都会呼呼啦啦地吃下去，哪像现在的孩子，吃饭都要大人逼！

我爱人的身体本来就不好，不久便发现腿也肿了，脸也泡了。这是当时的一种流行病，谁都会医，药方也很简单：一只蹄髈，一只鸡，加四两冰糖煎服便可以，到哪里去找呢！

我有点心事重重了，走路也闷着头。走过阿二家门前时，他在门内向我招手。

阿二早已不挖河道了。当年以工代赈时，每天只拿三斤米，他积极工作，毫无怨言，不愧为工人阶级。领导上十分器重他，安排他到搬运站去工作。现在是基层工会的主席。他对我很信任，总以为我说的话都是对的。可不，那黄包车已经进了博物馆，三轮车也不多见，他虽然没有当上司机，却也是司机的领导哩。

我进了阿二家的门，见阿二的爸爸也坐在天井里。这老头儿有好几年对我不予理睬，后来儿子当了干部，定了工资，讨了媳妇，阿三、阿四也都就了业。老头儿也不卖葱姜了，在那摆摊头的地方摆张小桌子，天天晚上弄点老酒抿抿，看见我总是笑嘻嘻地打招呼："来来，弄一杯！"如今的日子又不大好过了，小桌子又搬到了天井里。我喊他一声老伯伯，他想笑却没有张开嘴。

阿二把我拉到一边："怎么样，我看见阿嫂的脸色有点不对！"

"是啊，有点浮肿。"

"这样吧，我们有两辆汽车到浙江去拉毛竹，毛竹没有拉到，却在哪个山沟里弄来两车南瓜。你准备一辆小板车，天不亮便到码头上去，我弄一车给你。"

"不不，我又不是你们单位里的人，怎么好分你们的东西，再说……"

"别说啦，我决不会做那种'狗皮捣灶'的事情，那南瓜有我一份，你先拉去吃。我们经常有车子在外面跑，总比你活络点。"

"那……"

"那什么呀，去拉吧！"老头儿在旁边插话了，"南瓜有什么稀奇，大农场，拖拉机，我还等着喝你的伏特加哩！"老头儿咧开嘴笑了，他是在挖苦我的。

我也笑了："老伯伯，你别挖苦我，我还没有翻你的老底呢。那时候阿二去挖河泥，你看见我连头也不点。后来怎么样啦，天天喊我弄一杯。别着急，目前是暂时的困难，好日子会回来的。"

老头儿真心地笑了，连连点头："对对，我相信，相信。"

千千万万个像阿二爸爸这样的人，所以在困难中没有对新中国失去信心，就是因为他们经历过旧社会，经历过五十年代那些康乐的年头。他们知道退是绝路，而进总是有希望的。他们所以能在当时和以后的艰难困苦中忍耐着，等待着，就是相信那样的日子会回头，尽管等待的时间太长了一点。我很后悔，如果当年能为他们多炒几盘虾仁，加深他们对于美好的记忆，那，信心可能会更足点！

我回家把这件事情告诉了妈妈，妈妈谢天谢地，连忙四处奔走，去借小板车。

小板车借回来了，可那朱自冶却像幽灵似的跟着小板车到了我的家里！他的样子很拘谨，也很可怜。叫他坐也不坐，痴痴呆呆地站在门角落里。我暗自稀奇，现在来找我干什么。难道还对大众菜有意见！

妈妈对朱自冶一直很尊敬，硬拉朱自冶坐下，还替他倒了杯水：

"朱先生，有什么话你就说吧，是不是又和孔碧霞吵架啦！"

"哪有力气吵啊，你们看，瘦的！"朱自冶叹了口气，拍拍他那曾经两度凸出来的肚子，他那肚子是生活的晴雨表。

是呀，朱自冶那个颇有气派的肚子又瘪下去了，红油油的大脸盘也缩起来了，胖子瘦了特别惹眼，人变得像个没有装满的口袋，松松拉拉的全是皮。我说："忍耐一下吧朱先生，这对你也是一种磨炼！"

"啊……也对，也对。"朱自治迟疑着，想站起来，又坐下去。

妈妈是个饱经沧桑的人，她从朱自治的神态上就已经看出，这是一种有求于人而又难以启口的表现。她在解放前被逼得无路可走时，也曾向朱自治借过钱。她曾经对我说过，向人借钱的日子最不好过，失魂落魄地跑进门，开不出口来又跑出去，低声下气地不知道要兜几个圈子。她大概是不想让自己受过的罪再让别人受，便替朱自治壮胆：

"朱先生，有什么话就说吧，说出来也好让我们帮助。人生一世，谁还没有个为难之处！"

"南瓜。"朱自治没头没脑地开了口，"听说你家去拉南瓜，能不能分点给我，我……我给钱。"

妈妈虽然知道朱自治绝不是来借钱的，却没料到他是来讨南瓜，这事儿她不好做主，因为南瓜和我爱人的浮肿病有点关系，万一有个三长两短，那就说不过去。不答应朱自治吧，她也觉得说不过去，因为她知道许多公子落难，义仆救主的故事，只好抬起头来看看我："小庭，你看哪！"

用不着看了，朱自治那可怜巴巴的样子就在眼前。从他趾高气扬地高踞在阿二的黄包车上，大摇大摆地出入茶馆酒肆，直到今天抖抖索索地向人家讨几只南瓜，天意的惩罚也是够受的啦！

我点了点头："好，分点给你。"

朱自治双手一合："谢谢，谢谢，我给钱！"说着便把手伸进口袋，他并没有忘记钱的魔力。

我突然产生了反感："不要钱，你要答应我一个条件！"

"什么条件？"朱自治又惶惶了。

"跟我一起去拉板车。不劳动者不得食，总不能再叫人把南瓜送到你家里！"

"当然当然，我一定劳动！可……可我不会拉板车，弄不好会把车子拉到河里。"

我一想，这倒也是个实际问题："你总会推吧，我在前面拉，你在后面推。"

"会，我一定用力推。"

"那好，明天早晨四点钟，你在巷头上烟纸店的门口等我，过时不候！"我给他把时间定死了，劳动者总要守点儿劳动纪律。

第二天早晨三点五十五分，我把小板车拉出了大门，在空寂的小巷里哐啷哐啷地向前滚。

果然不错，朱自冶站在那里哩。我本来的意思是叫他站在烟纸店的屋檐下，那里可以避一避深秋黎明时的寒露。可他却紧紧地裹着一件旧雨衣，像个电线杆似的站在路灯的下面，为的是能让我一眼便看见。我看了很高兴，劳动是能改造人的，起码叫他懂得了准时准点。

"早啊，朱先生，叫你久等了吧。"

"可不是，我已经抽掉了五根香烟！"朱自冶说着便脱雨衣，弯下身来帮我推。

我连忙说："穿上，空车是用不着推的。"我存心要教会朱自冶一点儿劳动的本领，便把车杠向上一提，"你看，只要前高后低，重心在后，它自己会向前滚的，费不了多少力。等会儿装了南瓜，也只要你在上坡下桥时帮我一把。到了平地，你只要一手搭住车帮，弯腰向前，把体重压到车帮上，跟着跑跑便可以。"

朱自冶嘘了口气，原来这推车也不费力！他把雨衣向手弯里一搭，甩打甩打地走在我的身边。朱自冶东张西望，兴致勃勃，好像是第一次看到这黎明前的苏州，第一次看到清洁工人在路灯下扫地，第一次听到那粪车在巷子里辚辚地滚过去。

"高经理，现在几点啦，我怎么觉得还是在半夜里。"

"四点零三分。怎么，你没有表吗？"我有点奇怪了，朱自冶的时间怎么是用抽几支香烟来计算的？

"不瞒你说，读大学的那一年家里给了我一只浪琴金表，我戴了三天就不想要了，总觉得手腕上多了个东西，很不舒服。"

我差点儿笑出来了，那只浪琴金表大概早已下肚，放在肚子里是最舒服不过的。

"那你不要准时上课吗，迟到了也是很不舒服的。"

"迟到，嘿嘿，我根本就不到。野鸡大学，文凭也可以卖的。唉，书到用时方恨少呀，现在想看点儿书了，还有许多字不识呢！"

我对朱自冶刮目相看了，不会拉板车也罢，能看点儿书总是好的，开卷有益。

"都看点儿什么书呢？"

"喏，当然是关于吃的，食谱。这些时没有什么吃的了，晚上睡不着，想起自己一生吃过的好东西，好像那些大盘小碗，花花绿绿的菜肴就在眼前。不瞒你说，我在这方面的记忆力特别好，我能记得几十年前吃过的名菜，在什么地方吃的，是哪个厨师烧的，进口是什么味道，余味又是怎么样的……你别笑，吃的东西是要讲究余味的，青橄榄有什么吃头？不甜不咸，不酥不脆，就是因为吃了之后嘴里有一股清香，取其余味。人真是万物之灵呀，居然能做出那么多好吃的东西！从天上吃到地下，从河里吃到海里。人要不是会钻天打洞地去吃的话，就不会存在到今天！恐龙只会吃草，那么巨大的东西如今又在哪里？……你别叹气。是的，我也觉得很可惜，当年吃过了也就算了，没有写日记，现在回想起来就不那么全面，所以想看食谱，复习复习，还可以熬馋呢！……哎哎，你慢点走啊，听我说，那些食谱看了叫人生气，记载得很不详细，我认为最好吃的里面都没有，特别叫人生气的是看不起我们苏州的菜，都是些奇里古怪的东西，什么皇帝吃过的。皇帝有什么了不起，每天一百只菜，摆摆场面，还不知道有几只是可以吃的！乾隆皇帝为什么要三下江南呀，就是到苏州来吃的……"

我实在熬不住了："快走吧，拉南瓜去！"我把南瓜二字说得特别响，目的是让他的头脑清醒点。

"对对，我们决不能忽视南瓜，用南瓜照样可以做出上等的美味。你们的店里过去有一只名菜，名叫西瓜盅，又名西瓜鸡。那是选用四斤左右的西瓜一只，切盖，雕去内瓤，留肉约半寸许，皮外饰以花纹，备用。再以嫩鸡一只，在气锅中蒸透，放进西瓜中，合盖，再入蒸笼回蒸片刻，即可取食。食时以鲜荷叶一张衬在瓜底，碧绿清凉，增加兴味。"朱自冶背完了食谱，又摇摇头，"其实那西瓜盅也是假的，鸡里并没有多少瓜味。瓜甜鸡咸，二者不配，取其清凉之色而已。我们可以创造出一只南瓜盅，把上等的八宝饭放在南瓜里回蒸，那南瓜清香糯甜，和八宝饭浑然一体，何况那南瓜比西瓜更有田园风味！……"

够了，这一大篇吃经念下来，已经快到码头了。我也不想打断他的话，也不再希望他有什么转变，这人是本性难移！让你去画饼充饥吧，我可要改变主意。我本来想把南瓜分给他一半，现在重新决定：分给他三分之一！

八　殊途同归

万万没有想到，一个好吃的人和一个反好吃的人居然站到一起来了！"文化大革命"中我成了走资派，朱自冶成了吸血鬼，两个人挂着牌子，一起站在居民委员会的门口请罪。

朱自冶成为吸血鬼犹可说也,我成了走资派……也有道理。因为在困难年过去之后,我觉得时机已到,可以对过去的改革加以检讨,再也不能硬把白菜炒肉丝塞到人家的嘴里了。何况当时的形势和人们的要求也逼着我的转变。领导上提出要开高级馆子、卖高价菜,借以回笼货币。我们本来就是名菜馆,更是义不容辞的。人们在困难年中饿坏了,连我这个素以不馋而自居的人,也想吃点好东西。妈妈也到自由市场上去游转,五块钱一斤豆油,十块钱一只鸡,看了摇头惊呼,还是笑嘻嘻地拎一只回来,加水煎熬,放在我爱人的面前:"吃吧,孩子,这两年苦坏了你!"老人说这话的时候眼泪都掉下来了,其实我爱人的浮肿病早已消退。只有小女儿兴高采烈,到处宣扬:"我们家今天吃了一只鸡!"好像发生了什么惊天动地的事情!

高价菜又把朱自冶吸引到我们的店里来了,而且是和孔碧霞一起来的。两个人虽然没有套着膀子,却是合拎着一只大草包,一人抓住一个拎襻,相视而笑,十分亲热。那包里装满了高级糖,高级饼,两人刚刚剃过高价头,容光焕发,喜气洋溢,一股子高级香水味。金钱又发生作用了,那垂老的爱情当然是可以弥合的。

二十元一盆的冰糖蹄髈,朱自冶一下子便买了两只,分装在两个饭盒子里。我和朱自冶自从拉了那趟南瓜之后,见了面都要点头,说两句天气,以纪念那一段共同的经历。困难终于过去了,店里有了东西卖,我也觉得增添了几分光彩。看见朱自冶来买蹄髈便和他搭话:"好呀,老顾客又回来啦!"

朱自冶也高兴,笑着,拉拉我的手,可那话却是不好听的:"没有办法呀,蹄髈和冰糖自由市场上没有,只好到你们店里来买老虎肉!"

"噢……那你为什么不趁热吃,带回去给孩子?"

"不不,你们的蹄髈没烧透,不入味。我们带回家去再烧一下,再用半斤鸡毛菜垫底，鲜红碧绿，装在雪白的瓷盘里，那才具备了色香味。你们的菜呀，还差得远呢！"

我听了有点懊丧，当年不该把南瓜分给他三分之一。可我也接受了教训，决不把这股气扩散到别人的头上去。一九六三、一九六四年的供应情况又和"大跃进"之前差不多了，我要致力于炒虾仁，使人对这美好的日子留下更深刻的记忆，人总不能老是后悔。可这恢复工作比我当初的改革要困难百倍，从精细到粗放，从严格到马虎，从紧张到懒散，从谦逊到无理，都是比较容易的，要它逆转可得费点劲儿哩！

包坤年早就不当"店小二"了，这是在我的启发下改变的。他的行政职务虽然还是服务员（对此他很有意见），服务的时候却像个会议的主持人，高坐在那会场似的店堂里。吃客拥进店堂时他便高声大喊："喂喂，不要乱坐，先把前面的桌子坐满！听见没有，你为什么一个人溜到窗子口？"

"同志，请你来一下。"

"要点菜吗？看黑板，都写着咧。"

"同志，我想要两只苏州名菜。"

"名菜？每一只菜都有名字，写得清清楚楚的。"

几乎每天都有吃客吵到我的面前："我们是来吃饭的，不是来受气的！"我忙着给人家赔不是，同时抓紧时间开会，做思想工作，订服务公约，批评别人，检查自己。还得感谢我们苏州的滑稽艺术家张幻尔——祝他安息。他那时编演了一个滑稽戏，名叫《满意不满意》。这戏还真帮了我不少忙，我还请他到店里来做了一次报告，他的报告比我的报告有效，所以便招待了他一顿，没有收钱，是在宣传费用中报销的。

以上种种，到了"文化大革命"中自然就成了罪孽，说我是全面复辟了资本主义，伤天害理地强迫革命群众去服侍城市里的老爷！张幻尔的那一顿饭也不是好吃的，陪着我狠狠地被斗了一整天！

包坤年成了头头了，对准着我造反。他那时有一种错觉：认为打倒了局长便可以当局长，打倒了经理便可以当经理。局长已经被人家抢先打倒了，他也只好屈就点。他确实也具备了各种对我造反的条件：历史清白，一贯拥护革命路线，最最难得的是在一九六三年便抵制过我的复辟行为，遭到过我的残酷打击！这话也并非完全捏造，一九六三年我是批评过他，他那名菜都有名字的妙语，还被报纸上的一篇文章引用过，虽然没有点名，总会有点压力。所以他在控诉我的罪行时总是义愤填膺，热泪盈眶："那时候黑云压城城欲摧，我势单力薄，孤军奋斗，只好暂时屈服在他的淫威下面，我盼啊，盼啊……"包坤年经常在店堂里看小说，词儿是不少的，也不空洞，他对我的情况十分熟悉，重磅炸弹都捏在他手里。那时候他老是跟着我转，我也把他当作左右手，可算是无话不谈的。诸如我小时候曾经帮朱自冶买过小吃，住了他家的房子不给钱等等。有些话是为了说明旧社会的不平，有些话纯属闲聊，并无目的。包坤年把这些事儿都串起来了，批道：

"这个死不悔改的走资派，从小便被资本家收买，眼看蒋家王朝的末日已到，便带着不可告人的目的混入我解放区。解放初期伪装积极向上爬，攫取了权力；一有机会便全面复辟资本主义，为他的主子效力！"这些话虽然不合事实，却也很有逻辑性。我是在蒋家王朝末日已到时到解放区去的，解放初期我是很努力，当了经理当然有了权力，一有机会是改变过经营管理！任何事情只要先把它的性质肯定下来，怎么说都有理，而且是不需要什么学问的。"白马非马"，如果我首先肯定了你是只马，那就不管你是白的还是黑的，你怎么玄也休想滑得过去！要不然的话，世界上的黑白为什么会那样容易就被颠倒了呢？

也有人是出于一种好奇心理："是呀，哪有房屋资本家是不收房钱的？不是一天两天啊，一住几十年，这里面到底是什么关系？"这些人并无恶意，只是想知道人与人之间的秘密关系。

包坤年可要抓住这些关系做文章了，立刻通过居民委员会去外调。

这个朱自冶呀，没说头。他除掉好吃之外还有个致命的弱点——怕打。当包坤年把袖管一捋，桌子一拍，他就语无伦次，浑身发抖。

"说，你有没有收买过高小庭？"

"收……收买过的。"

"怎么收买的？"

"经常给他钱。"

"在什么地方给的？"

"在酒店里。"

"总共给了多少？"

"大……大约有几十万。"

"啊！这么多的钱你是怎样从银行里取出来的？"

"用，用不着取，是零钱，对对，是伪币。"

幸亏包坤年要比我的老祖母明白得多，如果他也只知道铜板和银圆的话，很可能要闹笑话。

"伪币？……伪币也是钱！快说，解放以后你们是怎么勾结的？"

"没有。解放以后他对我不大客气。"

"胡说，把他带走！"

"啊啊，我该死，我忘了，困难年他还给了我一车南瓜哩！"该死的朱自冶呀，他忘了说三分之一，为了这个数字，还害得我多挨了几拳头！

这下子不得了啦，证据确凿，罪行累累！更不得了的还在后面呢，三转两绕把个孔碧霞也牵出来了。她的前夫解放前夕逃往香港，困难年还从香港给她寄过罐头，秘密指令就藏在罐头里！她是潜伏特务，我和特务内外勾结，窃取国家机密……包坤年看的都是反特小说，看多了自己也会编。你看：天亮前的三点五十五分，朱自冶穿着一件美制的雨衣（那件破雨衣确实是美国货），歪戴着一顶鸭舌帽（没有戴），站在电灯柱下徘徊，连续不断地抽了五支香烟。准四点，高小庭拉着板车从巷子里出来，左右这么一看，轻轻地说了一声："走……"故事的开头很有吸引力，因而十分畅销，到处请他去做批判发言。他没完没了地讲着。我弯成四十五度角站在那里，还要不时地回答问题：

"你有没有罪？"

"有罪，我有罪！"我确实承认自己有罪。当年包坤年听说杨中宝到孔碧霞家吃饭，便编造出杨中宝开地下饭店，而且还有个妖里妖气的女人收钱。我不但没有批评他，却从自己的需要出发，对他重用，加以鼓励。如果编造谎言能得到好处的话，那他为什么不编呢？好处越大，他就会编得更加离奇！

"回答，你是不是罪该万死！"

我拒不回答。我不想死，我要活。我有错误要纠正，还有那愿意为之牺牲的共产主义事业……

拳头又落到我的身上来了，打得并不重，却像尖刀刺在心头，我总觉得包坤年握着的刀柄，有一半儿是我做成的！

居民委员会也不能没有表示，可那批斗的事儿都给包坤年包了，他们捞不到，只好勒令我和朱自冶、孔碧霞早晨到居委会的门口请罪。我和朱自冶终于站到了一起！

挂着牌子站在居委会的门口请罪，那滋味比"押上台来"更难受。押上台去向下一看，黑压压的一大片，也不知道有几人是我认识的。站在居委会的门口就不同了，巷子里早晨进出的都是熟人。那拎着菜篮的老太是看着我长大的，那阿嫂结婚的时候曾经请我坐过席，那孩子嘛……前几天见了我还喊叔叔哩！我低着头不敢看人，人们也不忍看我。好端端的一个人，又不偷又不抢，怎么突然之间像个吊死鬼似的，一动不动地竖在那里！有人绕道走了，绕不掉的人便匆匆地奔过去，装着没看见。偏偏我又能从他们的脚步和鞋袜上看得出是谁。看得最准确的当然是我的妈妈了，她小时候缠过足，后来才放开，那双半大的脚围着儿子转过多少回啊，如今是那么沉重而零乱，歪斜而迟疑。

只有阿二满不在乎，他走到我身边便高声咳嗽，轻轻地说："别着急，先熬着点。"

孔碧霞可熬不住呀，她是个爱打扮而又讲风度的人，如今剃了个阴阳头，挂着个女特务的牌子站在那里。特务而加女字，更容易引起人们的注目和非议，因为谁都不会想到女特务会做菜，总是想到女特务会搞一些乱七八糟的男女关系。再加上那个该死的朱自冶，居然交代他曾经看到孔碧霞从外国罐头上剥下商标纸，一直压在玻璃台板里，破四旧的时候才烧毁，使得包坤年的故事里又多了一个情节。这密码就在商标纸的背后！孔碧霞又羞、又恨、又急，站了不到半个小时便砰然一声倒地，满脸鲜血，人事不省。亏得居委会主任并不存心要和谁作对，便叫人把她搀了回去。

我对朱自冶更加反感了，请罪的时候都离他远点，表示我和他并非同类。你朱自冶好吃倒也罢了，在那样的情况下，好吃根本就算不了一回事体。可你为什么那么怕打，为了一时的苟安，竟然不顾夫妻情义，提供那种不负责任的细节。由此我也得出结论，好吃成性的人都是懦弱的，他会采取一切手段，不顾任何是非，拼命地去保护、满足那只小得十分可怜而又十分难看的胃！

第二天一早，阿二带着二十多个搬运工人来了，一个个身强力壮，头上戴着柳条帽。队伍由一部大榻车开路，榻车上装着杠棒、绳索和铁钎。车子到了我们的面前时便往下一停，有人大喝一声："是谁叫你们站在这里的？"

朱自冶又吓了，慌忙回答："是居委会主任。"

阿二把手一挥："去几个人，把主任找来。"

五六个人同时拥进大门，把主任拉到了大门口。

"是你叫他们站在这里的？"

"是的，请问你们是哪一派的？"居委会主任感到有些来者不善。

"我们是杠棒派，告诉你，这里不许站人，妨碍交通！"说着便有人到榻车上抽杠棒，拿铁钎。

居委会主任连忙摆手："革命的同志们，这件事情可以商议，可以商议。"

阿二说："这样吧，如果你觉得不好交代的话，那就叫他们到拐弯的弄堂里去扫地。"

居委会主任是个很有社会经验的人，他立刻明白了阿二的用意，也没有必要冒挨打的风险，便对我们挥挥手："回去，各人回家去拿扫帚。"

阿二高兴地瞟了我一眼："不许偷懒，扫得干净点！"

我听了暗自发笑，那拐弯的弄堂是条死弄堂，总共不到三十米，划不了几扫帚。

可是我却无法和朱自冶分开，我扛着扫帚进弄堂，他也紧紧地盯在我后面，我扫他也扫，我歇他也歇，还要找机会向我表示谢意："还是你的朋友好，够交情！"

我忍不住叫出来了："我的朋友是不讲吃喝的！"

九　士别三日

其实并不是别了三日，三三得九，整整九年我没有见到过朱自冶。他大概还住在五十四号里，我与全家下放到农村去了九年。

九年的时间不算太短了，所见所闻再加上亲身的经历，足够我进一步思考吃饭的问题。在思考中度过了五十大寿。

过生日的那一天，妈妈杀了一只老母鸡，开后门弄来一斤洋河大曲，闷闷地喝了几杯。三杯下肚之后突然惶恐起来，怎么搞的，什么事儿还没有干哪，却已经到了五十岁！解放初期我和五十多岁的老先生一起开会，上下台阶都要看着他们，防止有个闪失什么的。在我的印象中，年过半百已经是老人了；在农民的生活中，五十岁的人如果有儿有女而且儿女都很孝顺的话，他是不挑重担的。"一事无成两鬓斑，常使英雄泪满衫！"我虽然不是英雄，却也流下了几滴眼泪。我在泪眼与醉意中胡思乱想：如果能让我重新工作的话，我第一要……第二要……简直像在做梦似的。梦也是一种预感吧，它有时候也能实现，只是实现起来不如梦中那么容易。

灾难过去之后，我又回到了苏州。这一次可不是背着背包回来了，一家大小，瓶瓶罐罐，台凳桌椅，农具家什装满了一卡车。我对苏州城有点不习惯了，觉得它既陌生又熟悉。大街小巷都没有变，可是哪来的这么多人哩！苏州人没有事儿并不是游园林，而是荡马路。如今，你连过马路都得当心点！在大街上碰到多年不见的熟人时，只能站在人行道的边上讲话，讲话要提高嗓门，还不停地有人从你的肩膀上擦来擦去。大批下放并没有能减少城市的人口，却把一个原来比较安静的城市涨得满满的。涨得我连个安身之处也没有了，只好借住在亲戚的家里。也好，这下子可以和那朱自冶离得远点，他在城东，我在城西。

组织部的同志找我去谈话，那位同志也和我差不多的年纪。当年要饿我三天的老部长早已不在了，祝他安息，在"文化大革命"中，他在另外一个城市里"自动跳楼"。什么都懂的丁大头也不在了，他就死在"什么都懂"的上面，而我这个什么都似懂非懂的人却活到了今天……

"组织上考虑，你还是回到原来的工作岗位，有什么意见？"

我什么意见也没有，只是感到一阵心酸，忍不住自己的眼泪。如果坐在我面前的还是老部长的话，我会和他抱头痛哭的！老部长啊，你再也用不着饿我三天了，我已经深深地懂得了吃饭的意义；放心吧，丁大头，我再也不会硬把白菜炒肉丝塞到人家的嘴里。我要拼命地干，我要把时间放大三倍，一份为了老部长，一份为了你……

"不要激动，过去的都过去了，困难还在前面。"

我点点头。这是用不着说的，每次灾难都是首先影响到吃饭；灾难过去之后第一个浪头便是向食品市场冲击，然后才想到打扮，想到电风扇和电视机。

我的估计没有错，但是还有两点没有估计在内。十年动乱以后乱是停止了，可那动却是大面积的！人们到处走动，纷纷接上关系。访战友，看亲戚，老同学，老上级，有的被关押了十年，有的从反右以后便失去了联系。人们相互打听，谁谁有没有死，谁谁又在哪里。"好呀，看看去！"几乎是每一个家庭都会发生一次惊呼："啊呀，你怎么来啦……"我虽然反对好吃，可是在这种情况之下并不反对请客。我也是人，也是有感情的，如果丁大头还能来看我的话，我得好好地请他吃三天！

还有一点没有估计在内，那就是旅游的兴起。旅游这个词儿以前我们不大用，一般地都叫作"游山玩水"，含有贬义。现在有新意了，是领略祖国的山河之美。不管是什么意思，我都不反对，人是动物，应该到处走走。特别是欢迎外国朋友们来走走，请他们看看我们民族的文化，顺便赚点儿外汇。别以为苏州的园林都是假山假水，人工造的，试问：世界上哪有一种文化不是人为的？真山真水虽然伟大，但那算不了文化，是上帝给的。何况苏州的园林假的比真的还典型、集中、完美，全世界独一无二，不是吹的！

苏州的饭菜呢？经理。在这个古老的天堂里吃和玩本来是并驾齐驱的，你既然不反对请客，不反对旅游，还欢迎外国朋友，那就不能落后，落后了是要挨打的。

可不是，开始的那阵子人们意见纷纷，什么吃饭难呀，品种少呀，态度坏呀。有人提意见，有人发牢骚，有人指着我的鼻子骂山门。那包坤年还和一帮年轻的吃客打了起来，真的挨了几拳头！没有办法，包坤年也需要有个恢复的过程。"文化大革命"期间他不是服务员，而是司令员，到时候哨子一吹，满堂的吃客起立，跟着他读语录，首先……然后宣布吃饭纪律：一号窗口拿菜，二号窗口拿饭，三号窗口拿汤；吃完了自己洗碗，大水槽就造在店堂里，他把我当初的改革发展到登峰造极！

别人对我发牢骚，我也对别人发牢骚，我的牢骚只能私下里发："现在的事啊，难哪……"不能在店堂里发，如果伙着大家一起发的话，那不是要把店堂吵炸啦！我得注意点，年岁也不小了，不能那么毛毛躁躁。特别是对包坤年，得讲个团结，他整天都在等着我打击报复呢！不错，他在"文化大革命"中打过人，但也只是打过我，没有打过别人。朱自冶招得快，没有挨过打，孔碧霞也不是他打的。他自己也是上当受骗，又没有能当上经理，牢骚要比我多几倍！

包坤年挨了人家几拳之后，便到办公室里来找我，面部的表情是很尴尬的："高经理，我……过去，对不起你……"

我连忙摇手："算了算了，过去的事情别提，那也不能完全怪你。如果你是来检讨的话，那就到此为止；如果找我有什么事儿的话，那就直说，不必顾虑。"

包坤年翻翻眼睛，半信半疑："我想……我这个人不适宜于当服务员，说话的嗓门儿都是两样的，容易惹人家生气。过去的那些年胡思乱想，都是不切实际。今后再也不能靠吵吵喊喊了，要凭本事吃饭，技术第一。所以我想好好地学点儿技术。"

"你想离开饭店？"

"不，那也是不现实的。我想去当厨师，学烧菜。不管怎么样，我学起来总比别人方便。"

"噢……"我的脑子转悠着，考虑两个问题：一是包坤年的服务态度恐怕一时难改，很难保证他在相当长的时间内不和吃客打起来。二是厨房里确实也需要人，培养年轻的厨师已经成了大问题。我二话没说，马上同意。

包坤年十分满意，到处宣扬："放心，这个走资派是不会打击报复的，我那么打他，他都没有记仇，你贴了张把大字报，发过几次言有什么关系！"

别小看了包坤年的宣扬，还真起了点稳定人心的作用。人心思治，谁也不想再翻来覆去。牢骚虽多，可那牢骚也是想把事情做好，不想把事情弄坏，只不过性急了一点，性急也是一种动力，总比漫不经心好些。

我和同志们仔细地研究了吃客的意见，发现除掉有关服务态度之外，要求也很不统一。有的要吃饱，有的要吃好；有的要吃得快（赶着去玩儿），有的不能催（老朋友相聚）；有的首先问名菜，有的首先问价钱；有人发火是等出来的，有人发牢骚是因为价钱太贵。不能把白菜炒肉丝硬塞在人家的嘴里，可那白菜炒肉丝也是不可少的，只是要炒得好些。

我的思想也解放了，不搞一刀切，还引进了一点洋玩意儿。不叫大众菜，叫"快餐"，一菜、一汤、一碗饭，吃了快去游园林，否则时间来不及。其实那快餐也和大众菜差不多，只是听起来还有点儿效率。否则的话，人家一看"大众"便上楼，谁都欢喜个高级。我们把楼下改成快餐部，一律是火车座，皮靠椅，坐在那里吃饭也好像是在旅行似的。青年人特别满意，带劲儿，又新鲜，又花不了他们几个钱。我年轻的时候只知道拖拉机，他们现在比我当年懂得多，还知道外国有种餐厅是会转的。怎么个转法我也不知道，反正在火车座儿里吃饭也有动的意味。当然，快餐的味道也不错。如果要添菜也可以，熏鱼、排骨、油爆虾、白斩鸡都是现成的。有个青年朋友吃得高兴起来还对着我打响指："喂，最好来瓶威士忌！"这一点我没有同意，我担心那威士忌和伏特加也是差不多的。

楼上设立炒菜部，把会场似的店堂再改过来，分隔成大小不同的房间，一律是八仙桌，仿红木的靠背椅，人多可加圆台面，墙角里还放几盆铁树什么的。老年人欢喜怀旧，进门一看便点头："唔，还是和过去一样的！"其实和过去也不一样了，如果真和过去一样的话，他们也会有意见："怎么搞的，二十多年了，还是这样破破烂烂的！"

当我忙得满身尘土、焦头烂额的时候，背后也有人说闲话："都是这个老家伙，当年拆也是他，现在隔也是他，早干什么的！"我听了心往下沉，什么，我也成了老家伙啦！老……老的还可以嘛，那家伙二字是什么含义？也罢，干活儿不能动手抓，总得使几样家伙的。何况我从拆到造也不是简单的重复，内中有改进，有发展，这就叫不破不立。遗憾的是从破到立竟然花去了二十多年，我的心里也是不好受的。

改进店堂和引进一点洋玩意儿都好办，要恢复传统的名菜，全面地提高质量就难了，难在缺少人才。杨中宝和他的同辈人都纷纷退休了，有的是到了年龄，有的是想尽办法提早退休，好让子女顶替。名菜虽然都有名字，有些菜名，青年人连听也没有听到过，他们的心里也很急，纷纷要求学习，而且对杨中宝十分想念。许多人虽然没有见过杨中宝，但都听师傅说起过，说杨中宝的手艺如何如何，肯定也会说我当年对杨中宝是怎样怎样的。历史不仅是写在书中，还有口碑世代流传！

我决定去求见杨中宝，希望他不计前嫌，来为我们讲课，按教授待遇，每课给八块钱。

我去的那天天下大雨，大雨也要去！

杨中宝见我冒雨而来，十分感动："啊……你还没有忘记我！"他确实老了，行动蹒跚，耳朵也有点不便。当我说明来意并做了检讨之后，他紧紧地握住我的手，拍拍我的手背："你呀，还说这些干什么呢，那些事我早就忘光了。我只记得那里是我的娘家，我在那里学徒，在那里长大。我发过几次狠了，临死之前一定要回娘家去看看兄弟姐妹。你请也要去，不请也要去，听说你们现在忙得不错哩！"

我听了很感动，这是一个老工人的胸怀，也是一个老工人的心意，他对我们的事业是有感情的，那感情比我深厚。

杨中宝来了，是由他的孙子陪同来的。他先把我们的店里里外外看了一遍，不停地点头叫好，说是和过去简直不能比。特别是那宽大的厨房，冰箱，排气风扇，炊事用具，雪白的灶头，他当年在交际处也没有这种条件。我把所有菜单都请他过目，他看得十分仔细。

杨中宝开讲的时候，全店上下都来了，把个小会场挤得满满的，我请他解放思想，放开来讲，多讲缺点。可是杨中宝讲得很有分寸，入情入理："我看了，你们工作得蛮好。要说苏州的名菜，你们差不多全有了，烧得也好。缺点是原料不足和卖得太多引起的。这事很难办，现在吃得起的人太多，十块八块全不在乎。据讲有些名菜你们连听也没有听见过，这也难怪，一种菜往往会有很多名字。比如说苏州的'天下第一菜'，听起来很吓人，其实就是锅巴汤……"

下面轰的一声笑起来了。

"就是锅巴汤，你们的菜单上天天有。有些名菜你们应该知道，但是不能入菜单，大量供应有困难。比如说鲃肺汤，那是用鲃鱼的肺做的。鲃鱼很小，肺也只有蚕豆瓣那么大，到哪里去找大量的鲃鱼呢？其实那鲃肺也没有什么吃头，主要是靠高汤、辅料，还得多放点味精在里面。鲃肺汤所以出名，那是因为国民党的元老于右任到木渎的石家饭店吃了一顿，吃后写了一首诗，诗中写道：'老桂开花天下香，看花走遍太湖旁；归舟木渎犹堪记，多谢石家鲃肺汤。'从此石家饭店出了名，鲃肺汤也有了名气。有些名菜一半儿是靠怪，一半儿是靠吹。"

我向椅背上一靠，深深地透了口气。

"你们的缺点也不少，为什么把活鱼隔夜杀好放在冰箱里？为什么把青菜堆在太阳里？饭店里的东西除掉酒以外，其余的都得讲究新鲜。过去有一只菜叫活炒鸡丁，从杀鸡到上菜只有三分多钟，那盆子里的鸡丁好像还在动哩！"

包坤年举手发言了："杨师傅，请你说说，这么快都有什么秘密？"

"也没有什么秘密，主要手脚快，事先做好一切准备，趁鸡血还未沥干时便向开水里一蘸，把鸡胸上的毛一抹，剜下两块鸡脯便下锅，其他什么也不管。这……这主要是供表演用的，也可以为厨师增加点名气。"

杨中宝为我们讲了两个多钟头，又到厨房里去实地操作表演；老人的兴致极高，不肯休息，回家后便犯老病，睡了十多天。

我本来想打报告，把杨中宝请回来当技术指导，补足他的原工资，外加讲课津贴。现在再也不敢惊动他了，让老人安度晚年。青年人的学习热情很高，不肯罢休，说是刚刚听出点味道来，怎么能停下呢！这话很对，我过去没有重视人才，更没有想到培养的问题，现在悔之未晚，得加紧努力！想来想去，想出了一个主意：出招贤榜！谁熟悉哪个烧菜的名手，都可以推荐，不管是在职的还是退休的，讲一课都是八块钱，年老体弱的人，可以叫出租汽车去接。

这一下可坏了，一张招贤榜又把个朱自冶引到了我的身边！

十　吃客传经

不知道是谁首先想起了朱自冶，一经宣扬以后，人人都同意请朱自冶来讲课。这使我十分吃惊，原来好吃也会有这么大的名气！

是的，请朱自冶来讲课的理由是很充分的。他从一九三八年开始便到苏州来吃馆子——这还没有把他在上海的"吃龄"计算在内，不间断地吃到了"大跃进"之前。三年困难期间虽然一度中断，但他从未停止在理论上的探讨，据外间流传，就是在那极其困难的条件下，他写成了一本食谱。"文化大革命"期间他什么都肯交代，唯有这份手稿却用塑料纸包好埋在假山的下面。此种行为的本身就可以跻身于科学家、理论家、文学家的行列，且不说他到底写了点什么东西。包坤年说得好："只要他讲讲一生都吃了哪些名菜，就可以使我们大开眼界！"我同意了。我再也不能把个人的好恶带到工作里。何况我不见朱自冶已经整整十年，十年寒窗还能中状元，你怎么能把个朱自冶看死呢？可是我没有亲自登门求教，是包坤年叫了一部出租汽车去的。朱自冶六十八岁，符合我所说的坐车条件。包坤年说他想借此机会去向朱自冶和孔碧霞检讨，过去的事情是一时昏了头。我想也对，这个检讨由他去做比较适宜，谁欠的账谁还，我也不能包揽。

朱自冶讲课的那一天，也是我主持会议。他的吃经我已经听过一些了，特别是关于南瓜盅，我的印象是很深的，我要听听这些年他到底有了哪些发展。

朱自冶并不是很会讲话的人，尤其是到了台上，他总是结结巴巴，抖抖索索的。讲起吃来可大不相同了！滔滔不绝，而且方法新颖。他一登台便向听众提出一个问题：

"同志们，谁能回答，做菜哪一点最难？"

会场活跃，人们开始猜谜了：

"选料。"

"刀功。"

"火候。"

朱自冶一一摇头："不对，都不对，是一个最最简单而又最最复杂的问题——放盐。"

人们兴致勃勃了，谁也没有料到这位吃家竟然讲起了连一个小女孩都会做的事体。老太太烧菜的时候，常常在井边上，一面淘米一面喊她的孙女儿："阿毛，替我向锅子里放点盐。"世界上最复杂和最简单的事情都有最大的学问在里面，何况我们的几个老厨师都在频频点头，觉得是说在点子上面。

朱自冶进一步发挥了："东酸西辣，南甜北咸，人家只知道苏州菜都是甜的，实在是个天大的误会。苏州菜除掉甜菜之外，最讲究的便是放盐。盐能吊百味，如果在鲃肺汤中忘记了放盐，那就是淡而无味，即什么味道也没有。盐一放，来了，鲃肺鲜、火腿香、莼菜滑、笋片脆。

盐把百味吊出之后，它本身就隐而不见，从来就没有人在咸淡适中的菜里吃出盐味，除非你是把盐放多了，这时候只有一种味：咸。完了，什么刀功、选料、火候，一切都是白费！"

我听了大为惊讶，这朱自冶确实有点道理！

朱自冶的道理还在向前发展："这放盐也不是一成不变的，要因人、因时而变。一桌酒席摆开，开头的几只菜要偏咸，淡了就要失败。为啥，因为人们刚刚开始吃，嘴巴淡，体内需要盐。以后的一只只菜上来，就要逐步地淡下去，如果这桌酒席有四十个菜的话，那最后的一只汤简直就不能放盐，大家一喝，照样喊鲜。因为那么多的酒和菜都已吃了下去，身体内的盐分已经达到了饱和点，这时候最需的是水，水里还放了味精，当然鲜！"

朱自冶不仅是从科学上和理论上加以阐述，还旁插了许多有趣的情节。说那最后的一只汤简直不能放盐，是一个有名的厨师在失手中发现的。那一顿饭从晚上六点吃到十二点，厨师做汤的时候打瞌睡，忘了放盐，等他发觉以后拿了盐奔进店堂时，人们已经把汤喝光，一致称赞：在所有的菜中汤是第一！

整整的两个小时，朱自冶没有停歇，使人感到他的学识渊博，像冰山刚刚露了点头。他在掌声中走下台来，挺胸凸肚，红光满面，满头的白发泛着银光，更增加某种庄重的气息。包坤年从人群中挤上去，紧紧地拉住了朱自冶的手："朱老，你讲得太好了，我都做了记录，只是记录得不全面，我想带只录音机到府上去拜访，请你再讲一遍。"

"这个嘛……可以，不过最好请你在下午三点以后，我吃了饭得睡一会儿。"

"当然当然，你以后的报告我一定当场录下来，不再麻烦你。我想根据录音再加整理。"

"不必了吧，我是随便讲讲的。"

"哪里，你的讲话太珍贵了，不留下来太可惜！"

"好吧，整理好给我看看。"

"一定，一定要请你过目的。"

朱自冶到底在野鸡大学里混过，老来颇有点教授风度；包坤年一贯重视收集材料，包括收集批斗你的材料，热情都是很高的。我也向朱自冶发出邀请，请他下个星期继续讲下去。

朱自冶连续为我们讲了三课，包坤年借来一只四喇叭，把朱自冶的讲话全部录下。可惜的是讲到第二课大家便有点着急，讲了半天的盐，这盐怎么还没有放下去呢？厨师们不像我那么外行，放盐的重要性他们是知道的；他们更想知道朱自冶在放盐上有哪些绝技。朱自冶不像杨中宝，他只肯在台上讲，不肯到厨房里去表演。讲到第三课的时候便开始说故事了，说是哪一年和哪几个人去游石湖，吃了一顿船菜如何精美；哪一年重阳节吃螃蟹，光是那剔螃蟹的工具便有六十四件，全是银子做的。而且讲来讲去只有一个观点，现在的菜和过去不能比，他以前说皇帝不懂吃，现在又说清朝是如何的。我当然不能说他是宣扬今不如昔，却也产生了一点怀疑，饭菜不比文物，文物是越古的越值钱。如果在山洞里发现了一幅原始社会的壁画，那，了不起！可那山洞里的烤野牛是否也算是最好吃的？厨师们打哈欠了，有的干脆回家去睡觉，说是不听他吹牛。讲到第四课味道就不正了，把什么大姑娘唱小曲儿、卖白兰花、叫堂会等等都夹在菜里面。我决定叫暂停，可那包坤年有意见，说是这样珍贵的材料如果不及时抢救，那是要对历史负责的！

我听到对历史负责就发怵，心里就没有个底。很难说啊，万一那朱自冶还有许多货真价实的东西没有讲出来，或者说他已经讲出来的东西我们并不理解，那倒真是要负责的！好在这一类的难题现在已经难不倒我了，我也学会了一套，即遇事拿不准时，千万不能说死，这里打一个坝，那里要留一个口，让他走着我瞧着，到时候再说话，总归是我对。

"这样吧，朱自冶的报告必须暂停，因为人们已经听不下去。抢救材料的事情当然不能停，反正你已经开始了，那就由你负责到底，我可以提供一定的条件。"

包坤年雀跃了："买个四喇叭！"

"四喇叭不能买，那是属于集团购买力，要上面批。录音磁带你可以买，宣传费用中可以报销，也不要全买TDK，买点儿国产的。"

包坤年十分满意："高经理，谢谢你的信任，我一定把这个任务好好地完成。"

讲课就这样结束了，朱自冶前后讲了三课，三八二十四，外加出租汽车费。可是事情并没有结束，另外的一个口子还开着哩，那录音磁带不停地向外流。

包坤年每隔一个星期便要报销两盒磁带，而且全是TDK，我在批发票的时候便问他："你的任务什么时候才能结束呢？"

包坤年神气活现："啊呀经理，现在的事情闹大了，到处都来请朱自冶做报告，而且都是找我联系，不会有结束的时候。我们也不想结束，决定成立一个烹饪学学会，对外联络可以有个正式的名义。朱自冶当会长，我当副会长，你也是发起人之一。考虑到你的工作忙，所以请你当理事长，挂挂名的。"

"啊！"我的脑袋嗡了一下，立刻产生了一种条件反射，那包坤年又像在"文化大革命"期间一样了，要成立什么战斗队！

"不不，我不能参加，我对烹饪学是一窍不通。"

"不需要你通，表示赞助而已。"

"不不，我赞助不起，我们没有那么多的宣传费，当年请张幻尔吃顿饭，也不过花了一盘磁带的钱。"

包坤年笑了："经理呀，你也真是……赞助不等于要钱，钱我们有办法，可以印讲义。你看地摊上卖的《缝纫大全》，一本一块多，成本才几毛钱？穿的有人要，吃的还愁没有生意！何况我们可以趁做报告的时候往下发，用不着私人掏腰包，人家也有宣传费。"

我看着包坤年直翻眼，佩服。他实在比我还会做生意，我只想到掏私人的腰包，没想到要挖公家的宣传费。可以预料，那比掏私人的腰包更容易。我无权反对他们这样做，只好提一点忠告式的意见：

"讲义也不能瞎编呀，不能把那些大姑娘唱小曲儿等等的东西也编进去。"

"不不，讲义是我执笔的，它和小说不同，全谈学术，牵不到男女关系。"

我笑笑，在发票上签了个名："拿去吧，下次请买国产的。"

包坤年拎起发票抖了抖："放心吧，下次用不着你批了，我们还要买四喇叭，买计算机！"

说实在，我没有把包坤年的话全当真的，他们想得起劲罢了，成立个学会谈何容易！就凭包坤年这点儿烧菜的本领，再加上朱自冶讲放盐，又有多少学术可以研究呢，弄不成的。包坤年欢喜赶时髦，赶那么一阵子就要回头。

我想得太简单了，过分低估了包坤年的活动能力。不错，包坤年在烧菜方面的本领还没有学到家，可是他在估量形势、运用关系方面却很老练。饭店是个公共场所，什么人都有；有名的饭店当然会有有名的人物前来光顾，只要主动热情，多加照顾，帮着订菜订座，那关系便可以搭上去。老的搭不上便搭小的，通过小的也可以牵动老的，包坤年便可由此而登堂入室，看准时机，帮助人家操办家庭宴会。儿女婚事，老友相聚，用得着酒席的地方很多，花几个钱也不在乎，唯一困难的是缺少技术与劳力。包坤年精力充沛，技术虽然不太好，但他能请动技术很好的老师傅。老师傅会烧，朱自冶会吹，包坤年能跑腿，酒席价廉物美，包你满意。趁人家吃得高兴时，他们便宣传烹饪学学会的宗旨，请求赞助。如果他们是成立营养学学会的话，赞助的人可能不多，营养学虽然可以防病健身，延年益寿，但是很难懂，而且也不如烹饪学实惠，烹饪学是看得见摸得着的，硬是有一桌丰美的筵席放在你的面前！"学会"二字也很有吸引力，反动学术权威早已打倒了，现在人人都知道，任何学术总比不学无术好，赞助学术不会犯错误，即使错了，学术问题也是可以讨论的，讨论得越多越有名气！

朱自冶的名气越来越大了：一个老专家，在十年浩劫中写了一本书，某某经理看了佩服得五体投地，用小汽车接他去做报告，出两百块工资请他当顾问，他不去……

包坤年在外面活动的风声，朱自冶那越来越大的名声，呼呼地吹到我的耳朵里。"让他走着我瞧着，到时候再发表意见。"现在时候已经到了，我也无话可说了。我不能说朱自冶讲课是吹牛，大家别去听，听一次讲放盐还是可以的。我也不能揭朱自冶的老底，说他一贯好吃，死不悔改……正中，一个人要做出点学问来，必须终生不渝，坚持到底！对于包坤年我也不好说什么，我不能说他是开地下饭店，他再也不找我在发票上签字。唉，一切实用主义的工作方法都是自搬石头自砸脚，有的随搬随砸，有的从搬到砸要隔几十年！

十一　口福不浅

　　过了不久，我的老朋友阿二到店里来找我。我们两个人虽然不再住在一条巷子里，可是两家人家却经常来往。当我搬进新大楼的时候，他们一家都来道喜，连阿二的爸爸也由孙子们搀扶着爬上楼。他对我的妈妈说："恭喜你呀老嫂子，你活了一生一世，从今以后再也不必担心房东会把你赶出去！"我的妈妈老迈了，回不出话来，只是擦眼泪。阿二更是经常到我家来，说说老话，坐一坐。有时候觉得老话也重复得太多了，便抽烟喝茶，无言相对，好像也是一种享受。他直接到店里来找我，这还是第一次。

　　阿二见了我便把手一举："无事不登三宝殿，有件事情求求你。"

　　"什么事？"

　　"我家大男要结婚了，就在这个星期天。我想到你们店里订两桌酒席，可你们要排到三个星期之后！经理呀，能不能帮帮忙呢？"

　　我为难了："哎呀，你何必来凑这种热闹，人家在饭店里摆酒席是图排场，收人情，省事情。你也准备收人情吗，我应当送几十块呢？"

　　"去，我也不准备大请客。你家、我家、亲家，还有几个小朋友，总共不到二十人。"

　　"那好，两桌酒席你家摆不下吗，不能摆在天井里吗？你到店堂里去看看，闹哄哄的，想说几句高兴的话谁也听不见；到时候服务员要下班，拿着扫帚站在旁边，你能吃得安逸？"

　　"啧啧，哪有卖瓜的说瓜苦的。"

　　"瓜倒不苦，不是吹的，现在的几只菜都不推扳，表扬信收到了一大堆，可我总觉不如家宴随便。还有一个问题不好解决，我们有店规，凡属本店的工作人员，一律不得在本店与熟人同席，以免吃客们产生误会。你叫我怎么办，站在边上看！"

"嗬，那不能。这一次我要好好地请你喝两杯，当年如果不是你动员我参加失业登记，今天的情况也许就是两样的。"

"行，自家办。我可以帮助你请个好厨师，呱呱叫的手艺。"

阿二笑了："那倒不必，我们家人手多，个个能动手。鸟枪换炮啦，伙计，人人都有一两样拿手菜哩！"

"更好，一人烧一只，我烧最后的一只汤。"

阿二拱拱手："免了，你的汤我已经领教过了。星期天晚上早点来，等你。"

我的心里喜滋滋的，真的等着这桌酒席。我给他家惹过麻烦，害得阿二的爸爸摆葱姜摊头；也就是在那个天井里，阿二叫我去拉过南瓜，如今在那里摆上两桌酒啊，不吃也美！

正当我美的时候，包坤年蹦跳着进来了，看样子他也很美；我美他也美，这个世界才会变得更美！

包坤年高高地叫了一声："经理，给！"把一张印着金字的大红请束塞到了我手里。我把请帖翻过来一看："为庆祝烹饪学学会成立，特订于二十八日（星期日）中午假座××巷五十四号举行便宴招待各界人士，务请大驾光临。"好，又是一顿酒席来了！我对这桌酒席的反应很快，不假思索地便说了出来："抱歉，我星期天有个约会，要到人家吃喜酒去。"说着便把请帖向桌上一丢。

包坤年搔搔头皮："你那是什么时候？"

"晚上六点。"我又不假思索地说了出来。

"好极了，不冲突，我们是中午十二点。"

我再把请帖拿起来看看，果然不错，中午二字明明白白地印在那里。我只好摆观点了："不行，我没有参加你们的学会，也算不了是哪一界的人士，去是不合适的。"

"经理呀，正是因为你不肯当理事长，才使得我们的工作进行得十分顺利，空出一个理事长的位子来，解决了大问题！要不然的话，我们早就吵散啦，学会到今天也不能成立！"

"噢！"原来如此，参加是一种赞助，不参加还是更大的赞助！事物的因果关系实在微妙至极！

"去吧经理，某某某都去了，你不去是不像话的。又不是开大会，也不要你发言，纯粹是吃，一顿美餐，不去很可惜。"

"我不大欢喜吃。"

"那就少吃点，见识见识，对你来说也是一种业务学习，老实告诉你吧，这一桌酒席是百年难遇。朱自冶指挥，孔碧霞动手，我们几个人已经忙了四天。所有的理事都想参加，挤不进来大有意见。没有办法，孔碧霞有规矩。最多不得超过八人，再三商量才同意改用圆台面，连你十个。"

包坤年的话使我动摇了。当年杨中宝到孔碧霞家去吃饭，只听说吃得好上天，却一直不知道究竟吃了些什么东西。如今有了机会，不去见识一下是会终身遗憾的。何况我参加不参加都是赞助，如果再空出一个位子来，还不知道会引出什么后果哩！

"好吧，我去。"

"一言为定，不来接你了，五十四号你是熟悉的。"

"太熟悉了，我闭上眼睛也能摸到。"

五十四号我是很熟悉，读中学的时候我每天都要从那里经过，常常看见有许多油光锃亮的黄包车停在门口，偶尔还有一辆福特牌的小轿车驶过来，把巷子里的行人挤得纷纷贴上墙头。那两扇黑漆的大门终日紧闭着，门上有一条缝，一个眼。缝里投信件，眼里装有玻璃，据说这是一种窥视镜，里面能看清外面，外面看不见里面，叫花子是敲不开门的。那时候沿门求乞的人很多，差不多的人家都装有这种东西。我从来不知道那门里是什么样子，只是看见那高高的围墙上长满了爬墙虎，每到秋天便飘送出桂花的香气。如今的桂子又飘香了，我从一个孩子变成了"各界人士"，又到了五十四号的门前。

那两扇黑漆斑驳的大门敞开着，有一位年轻而漂亮的妇女站在门里面。她的穿着很入时，高跟皮鞋，直筒裤，银灰色的衬衫镶着两排洁白的蝴蝶边，衬衫也是束腰的。她笑嘻嘻地迎了上来，我以为是收入场券的，连忙把请柬掏出来给她看。她掩嘴，深深一鞠躬，左手向前一伸："请进。"跟着便高声地叫喊："妈妈，高经理来啦！"

噢……对了，她就是孔碧霞的女儿，是那个政客兼教授留下来的。姑娘也应该有这么大了，连我的女儿都有了孩子。我再回过头来看看她，活像孔碧霞，孔碧霞年轻的时候，也该是一代风流！

孔碧霞从那条铺着石子的花径上走过来了。我抬头一看，简直不认识了，她好像已经把原来的脸型留给了女儿，自己变成了一个半老的贵妇。现在不会有人喊她干瘪老阿飞了，她也发了胖，胖得丰满圆润，比站在居委会门前请罪时年轻得多。她的头发向上反梳着，在后脑上高高隆起。这种高，正好抵消了因发胖而造成的横向发展，所以不会造成人们视觉上的错误，好像发了胖的女人都比以前矮了一点。她的衣着并不花哨，时间已经使她懂得了打扮的真谛；年轻而漂亮的人不管穿什么衣裳都好看，淡妆浓抹总相宜。年老的人如果要打扮的话，主要是用衣着来表示某种风度和气质而已。所以孔碧霞的衣着很素净，一件普通的蓝色西装外套，做工考究，质地高贵，和她的年龄、体形都很相配。

孔碧霞对我很热情，像她这样精细的人，很难忘记细小的事情。

"高经理呀，就怕你不来哪。哟，也老了，当阿爹了吧？"

"没有，刚当上外公。"

"好，都是一样的。快请进，就等你开席。"

我跟着孔碧霞往前走，一个幽雅而紧凑的庭院展现在面前。树木花草竹石都排列在一个半亩方塘的三边，一顶石板曲桥穿过方塘，通向三间面水轩。在当年，这里可能是那位政客兼教授的书房，明亮宽敞，临水是一排落地的长窗。所有的长窗都大开着，可以看得清楚，大圆桌放在东首，各界人士暂时都坐在西头。

包坤年从曲桥上走过来了，把我向各界人士一一引见，其中有两位是朱自冶的老吃友，我当年替他们买过小吃的。有一位是我的老领导，我年轻时便听过他的报告。其余的三位我都不熟悉，一个沉默寡言，两个谈笑风生，谈吐间流露出一股市侩气。

朱自冶穿着一套旧西装，规规矩矩地系着一条旧领带，领带塞在西装马甲里。这套衣裳不知道是从哪个箱子的角落里翻出来的，散发着浓重的樟脑味，可是朱自冶穿着并不显得滑稽，反而使我肃然而有敬意。好熟悉，这种装束是在哪里见过的？对了，我在读高中的时候，老师们的衣着基本上分为两大派。一派是长袍蓝衫，一派是西装革履。国文教员总是穿长袍，物理教师都是穿西装的。烹饪学属于科技，穿长袍蓝衫显得太陈旧，穿制服又没有特点，穿崭新的西装又显得没有根基，西装要是旧的，妙极！好像是一个潦倒多年的老科学家刚被重视，刚被发现！这一身打扮肯定是出于孔碧霞的大手笔，朱自冶穿衣裳一贯是很拆烂污的。

朱自冶多年不穿西装了，行动很不自然，碰碰撞撞地越过几张椅子，把一本烹饪学讲义塞到了我的手里。我拿着讲义在我的老领导的面前坐下，也觉得十分拘谨。解放初期当我还在工作队的时候，曾经和这位领导同志有过一段时间的接触，在我的印象中他是个不苟言笑、要求严格、对知识分子有点不以为然的人。我们那一伙"小资产"在他的面前都装得十分规矩而谨慎。今天在此种场合中相遇，还使人感到有点手足无措，最主要的是找不出话来说，只好把手中的讲义慢慢地翻阅。

"小高。"

"嗷！"

老领导叫了我一声小高以后，也发现我的年纪已经不小了，立刻改了口："老高呀，你要好好地看看这本书，多向人家学习学习。"

"是，我一定好好地拜读。"

"现在不能靠外行领导内行了，要好好地钻进去。"

"是的，我在这方面过去犯过错误。"

"知道错误就好，现在还来得及。"

我点点头，继续把讲义翻下去：发现这本由朱自冶口述、包坤年整理的大作，并不是什么新鲜的东西，是从几种常见的食谱中抄录而来的，而且错漏很多，不知道是抄错的还是印错的。我抬起头来看看朱自冶，想向他提出一点问题，可那朱自冶却避开我的目光，双手向前划着，好像赶鸭子似的请大家入席。

人们鱼贯而出，互相谦让，彬彬有礼，共推我的老领导走在前面。

人们来到东首，突然眼花缭乱，都被那摆好的席面惊呆了。洁白的抽纱台布上，放着一整套玲珑瓷的餐具，那玲珑瓷玲珑剔透，蓝边淡青中暗藏着半透明的花纹，好像是镂空的，又像会漏水，放射着晶莹的光辉。桌子上没有花，十二只冷盆就是十二朵鲜花，红黄蓝白，五彩缤纷。凤尾虾、南腿片、毛豆青菽、白斩鸡，这些菜的本身都是有颜色的。熏青鱼、五香牛肉、虾子鲞鱼等等颜色不太鲜艳，便用各色蔬果镶在周围，有鲜红的山楂，有碧绿的青梅。那虾子鲞鱼照理是不上酒席的，可是这种名贵的苏州特产已经多年不见，摆出来是很稀罕的。那孔碧霞也独具匠心，在虾子鲞鱼的周围配上了雪白的嫩藕片，一方面为了好看，一方面也因为虾子鲞鱼太咸，吃了藕片可以冲淡些。

十二朵鲜花围着一朵大月季，这月季是用钩针编结而成的，很可能是孔碧霞女儿的手艺，等会儿各种热菜便放在花里面。一张大圆桌就像一朵巨大的花，像荷花，像睡莲，也像一盘向日葵。

人们从惊呆中醒过来了，发出惊讶的叹息：

"啊……"

"啧啧。"

还没有入席，我就受到批评了："老高，你看看，这才是学问哪！看你们那个饭店，乱糟糟的。"

我没有吭气，四面打量，见窗外树影婆娑，水光耀廊，一阵阵桂花的香气，庭院中有麻雀吱吱叽叽，想当年那位政客兼教授身坐书房……

朱自冶又把两手向前划着，邀请大家入席。同时把领带拉拉松，做即席讲说：

"诸位，今天请大家听我指挥，喝什么酒，吃什么菜，都是有学问的。请大家不要狼吞虎咽，特别是开始时不能多吃，每样尝一点，好戏还在后面，万望大家多留点儿肚皮……"

人们哈哈地笑起来了，心情是很愉快的。

"……吃，人人都会，可也有人食而不知其味，知味和知人都是很困难的，要靠多年的经验。等会儿我可以一一介绍，敬请批评指教。开席，拿酒杯。"

包坤年立即打开酒橱，拿出一套高脚玻璃杯，两瓶通化的葡萄酒。这一套朱自冶不说我也懂了，开始的时候不能喝白酒，以免舌辣口麻品不出味。可我就想喝白酒，我学会喝酒是在困难、苦闷的时刻，没有六十四度不够味。

包坤年替大家斟满了酒，玻璃杯立刻变成了红宝石，殷红的颜色透出诱人的光辉。葡萄美酒夜光杯，那制作夜光杯的白玉之精也可能就是玻璃。

包坤年是副会长，斟完了酒总要讲几句的，为了要突出朱自冶，多讲了也不适宜，便举起筷子来带头："同志们请吧，请随意……"

朱自冶也不想为别人留点面子，煞有其事地制止："不不，丰盛的酒席不作兴一开始便扫冷盆，冷盆是小吃，是在两道菜的间隔之中随意吃点，免得停筷停杯。"说着便把头向窗外一伸，高喊："上菜啦！"

随着这一声叫喊，大家的眼睛都看住池塘的南面，自古君子远庖厨也，厨房和书房隔着一池碧水。

电影开幕了：孔碧霞的女儿，那个十分标致的姑娘手捧托盘，隐约出现在竹木之间，几隐几现便到了石板曲桥的桥头。她步态轻盈，婀娜多姿；桥上的人，水中的影，手中的盘，盘中的菜，一阵轻风似的向吃客们飘来，像现代仙女从月宫饭店中翩跹而来！该死的朱自冶竟然导演出这么个美妙的镜头，即使那托盘中装的是一盆窝窝头，你也会以为那窝窝头是来自仿膳，慈禧太后吃过的！

托盘里当然不是窝窝头，盖钵揭开以后，使人十分惊奇，竟然是十只通红的番茄装在雪白的瓷盘里。我也愣住了，按照苏州菜的程式，开头应该是热炒。什么炒鸡丁，炒鱼片，炒虾仁等等；第一只菜通常都是炒虾仁，从来没见过用西红柿开头！这西红柿是算菜还是算水果呢？

朱自冶故作镇静，把一只只的西红柿分进各人的碟子里，然后像变戏法似的叫一声："开！"立即揭去西红柿的上盖：清炒虾仁都装在番茄里！

人们兴趣盎然，纷纷揭盖。

朱自冶介绍了："一般的炒虾仁大家常吃，没啥稀奇。几十年来这炒虾仁除了在选料上与火候上下功夫以外，就再也没有其他的发展。近年来也有用番茄酱炒虾仁的，但那味道太浓，有西菜味。如今把虾仁装在番茄里面，不仅是好看，而且有奇味，请大家自品。注意，番茄是只碗，不要连碗都吃下去。"

我只得佩服了，若干年来我也曾盼望着多给人们炒几盘虾仁，却没有想到把虾仁装在番茄里。秋天的番茄很值钱，丢掉多可惜，我真想连碗都吃下去。

唔，经朱自冶这么一说，倒是觉得这虾仁有点特别，于鲜美之中略带番茄的清香和酸味。丁大头说得不错，人的味觉都是差不多的，不像朱自冶所说有人会食而不知其味。差别在于有人吃得出却说不出，只能笼而统之地说："啊，有一种说不出的好吃！"朱自冶的伟大就在于他能说得出来，虽然歪七歪八地有点近于吹牛，可吹牛也是说得出来的表现。在尽情的享受和娱乐之中，不吹牛还很难使那近乎呆滞的神经奋起！

"仙女"在石板曲桥上来回地走着，各种热炒纷纷摆上台面。我记不清楚到底有多少，只知道三只炒菜之后必有一道甜食，甜食已经进了三道：剔心莲子羹，桂花小圆子，藕粉鸡头米。

朱自冶还在那里介绍，这种介绍已经引不起我的兴趣，他开头的一笔写得太精彩了，往后的情节却是一般的，什么芙蓉鸡片、雪花鸡球、菊花鱼等，我们店里的菜单上都有的。

人们的赞叹和颂扬也没有停歇：

"朱老，你的这些学问都是从哪里得来的？"

"很难说，这门学问一不能靠师承，二不能靠书本，全凭多年的积累。"

"朱老，你过了一世的快活日子，我们是望尘莫及。"

"哪里，彼此彼此，'文化大革命'和困难年也是不好过的。"

"算啦，那些事情都过去了，吃吃！"

"是呀，将来到了共产主义，我们大家天天都能吃上这样的菜！"

我听了肚里直泛泡，人人天天吃这样的菜，谁干活呢，机器人？也许可以，可是现在万万不能天天吃，那第五十八代的机器人还没有研制出来哩！

"老高。"

"噢……"

"你为什么不说话呀，像朱老这样的人才你以前一点儿也不知道吗？"

"知道，我很早便知道。"

"那你为什么不请他去指导指导，把你们的饭店搞好？"

"请……请过，我们请他讲过课。"

"那是临时的，没有个正式的名义。"

人们突然静下来，目光都集中在我的身上。我凝神了。在今天的这顿美餐里，似乎要谈什么交易？！

"名义……这名义就很难说了。"

"也是一种专家嘛！"

"叫什么专家好呢？"我等待着人们的回答。科学家、文学家、表演艺术家，你哪一家都靠不上去！

"吃的……"说不下去了，"吃的专家"是骂人的。

"会……"会吃专家也不通，谁不会吃？

包坤年把筷子一举："外国人有个名字，叫'美食家'！"

"好！"

"对！"

"美食家，美食家！"

"来来，为我们的美食家干一杯！"

朱自治踌躇满志了，忍不住把那旧西装敞开，举杯离座，绕台一周，特别用力地和我碰了碰杯，差点儿把那薄薄的玻璃杯都碰碎。是呀，他那吃的生涯如今才达到了顶点；辛辛苦苦地吃了一世，竟然无人重视，尚且有人反对，他的真正的价值还是外国人发现的！

我只恨自己的孤陋寡闻，一下子就败在包坤年的手里。我只知道引进"快餐"，却没有防备那"美食家"也是可以引进的。好吃鬼、馋痨坯等等都已经过时了，美食家！多好听的名词，它和我们的快餐一样，也可以大做一笔生意。如果成立世界美食家协会的话，朱自治可当副主席；主席可能是法国人，副主席肯定是中国的！

人们在欢乐声中拨动了第十只炒菜，这时候孔碧霞走了进来，询问大家对炒菜的意见。人们纷纷道谢，邀请孔碧霞同饮一杯。我站起身来为孔碧霞斟满酒，举起杯：

"谢谢朱师母，你的菜确实精美，谢谢你，也谢谢孩子，她为我们奔走了半天。"我对孔碧霞也没有多少好感，但是我得承认，她的确是做菜的能手，一级厨师的手艺，应该由她来当烹饪学学会的主席或者是副主席。世界上的事情往往是会做的不如会吹的，会烧的也不如会吃的！

孔碧霞很高兴："哪里，能得到经理的称赞很不容易。"她举起杯来划了个大圈子，"怠慢大家了，几只炒菜连我也不满意，现在没有冬笋，只好用罐头。"

"啊，没说的。"

"来来，为美食家的夫人干一杯！"

一杯干了以后，包坤年开始收酒杯了，别以为宴会已经结束，早着呢，现在是转场，更换道具的。

朱自冶又拿出一套宜兴的紫砂杯，杯形如桃，把手如枝叶，颇有民族风味。酒也换了，小坛装的绍兴加饭、陈年花雕。下半场的情绪可能更加高涨，所以那酒的度数也得略有升高。黄酒性情温和，也不会叫人口麻舌辣。我向那酒橱乜了一眼，看见还有两瓶五粮液放在那里，可能是在喝汤之前用的。我暗自思忖，这桌饭不知是谁出钱，是朱自冶的银行存款呢，还是人家的宣传费？

孔碧霞告辞以后，下半场的大幕拉开，热菜、大菜、点心滚滚而来：松鼠鳜鱼，蜜汁火腿，"天下第一菜"，翡翠包子，水晶烧卖……一只"三套鸭"把剧情推到了顶点！

所谓三套鸭便是把一只鸽子塞在鸡肚里，再把鸡塞到鸭肚里，烧好之后看上去是一只整鸭，一只硕大的整鸭趴在船盆里。船盆的四周放着一圈鹌鹑蛋，好像那蛋就是鸽子生出来的。

人们叹为观止了：

"老高。"

"噢……"

"你看看，这算不算登峰造极？"

"算。"

"就凭这一手，让朱老到你们的店里去当个技术指导还不行，每月给个百二八十的。"

我明白了，这恐怕是今天的中心议题，连忙采取推挡术："不敢当，我们的庙小，容不下大菩萨。"

"你们的庙也不小呀，就看方丈的眼力啰……"

幸亏那只三套鸭帮了忙，当它被拆开以后人们便顾不上说话了，因为嘴巴的两种功能是不便于同时使用的。

我看了看表，这顿饭已经吃了将近三个钟头，后面还要喝五粮液（我很想喝），还会有只精彩的大汤做总结，还会有生梨或者是波罗蜜。可我不敢终席了，因为终席之后便是茶话，那圈套便会绕到我的脖子上面。

"实在对不起，我下面还有一个约会，不能奉陪到底。谢谢朱先生，谢谢诸位，谢谢……"我不停地说谢谢，不停地向后退，退了五步便转身，径直奔石板桥而去。过得桥来回头看，见那长窗里的人都待在那里。

我觉得今天的举止很不礼貌，也不光彩，好像是逃出来的。如果不向女主人打个招呼，那孔碧霞会伤心，她是很要面子的。

孔碧霞和她的女儿还在忙着，听说我要走，有点儿扫兴："啊呀，大概是我做的菜不好吧，不合你的口味！"

"哪里，你的菜做得确实不错，什么时候请你到我们的店里去讲讲，交流交流。"

孔碧霞笑了："有什么好交流的，这些菜你们都会做，问题是你们没有这么多的时间，细模细样地做，还得准备个十几天……哎，你不能再坐会儿吗，还有一只大汤咧。"

"知道……"我突然想起件事情来了，"朱师母，今天的甜菜里面怎么没有南瓜盅？困难年朱先生和我一起去拉南瓜的时候，说是要创造出一只南瓜盅，有田园风味！"

孔碧霞咯咯地笑了："你听他瞎吹，他这人是宜兴的夜壶，独出一张嘴！"

十二 巧克力

出了五十四号向西走，到阿二家去。天啊，那里还有一桌酒席等着我哩！我什么也不想吃了，三套鸭不好消化，那一番谈话也值得回味。可我想和阿二和他的爸爸干几杯，当然是白酒，六十四度，喝下一口之后像一条热线似的直通到肚里，哈的一声长叹，人间无数的欢乐与辛酸都包含在内。

秋天对每个城市来说，都是金色的。苏州也不例外，天高气爽，不冷不热，庭院中不时地送出桂花的香气。小巷子的上空难得有这么蓝湛，难得有白云成堆。星期天来往的人也不多，绝大部分的人都在忙家务，家务之中吃为先，临巷的窗子里冒出水蒸气，还听到菜下油锅时刺啦一声炸溜。

从五十四号到阿二家，必须经过我原来住过的地方，这地方的样子一点儿也没有变。石库门，白粉墙，一排五间平房向里缩进一段，朱自冶住过的小洋楼就在里面。我仿佛看见阿二的黄包车就停在门前，朱自冶穿着长袍从门里出来，高踞在黄包车上，脚下铃铛一响，赶到朱鸿兴去吃头汤面。四十年来他是一个吃的化身，像妖魔似的缠着我，决定了我一生的道路，还在无意之中决定了我的职业。我厌恶他，反对他，想离他远点。可是反也反不掉，挥也挥不走，到头来还要当我的指导，每月给个百二八十的。百二八十是多少？加起来除以二，正好是一百元人民币！如果杨中宝能来当指导，我情愿在一百之外再加二十，奖金还不计算在内。可这朱自冶算什么，食客提一级最多是个清客而已，他可以指导人们去消遣，去奢靡，却和我们的工作没有多大的关系。美食家，让你去钻门子吧，只要我还站在庙门口，你就休想进得去！

一直走到阿二家，我心中的怨气才稍稍平息。这里是个欢乐的世界，没有应酬，没有虚伪，也谈不上奢靡。天井里坐满了人，在那里嗑瓜子，吃喜糖。我的一家都来了，包括我那个刚满周岁的小外孙在内。这孩子长得又白又胖，会吃会笑，还会做眯眼，捏捏小拳头和人表示再会。现在都是独生子女，一个娃娃可以有六个大人在他的身上花费物力和精力。满天井的人都以娃娃为中心，给他吃，逗他笑，从这个人的手里传到那个人的手里。

有人把硬糖塞到我那小外孙的嘴里，他立刻吐了出来。

"怎么，他不吃糖吗？"

"他呀，要吃好的！"

"试试，给他巧克力。"

有人拿了一条巧克力来，剥去半段金纸，塞到孩子的手里。果然，这孩子拿了就往嘴里送，吃得嗞嗞哑哑地流口水。

人们哄笑起来了："啊呀，这孩子真聪明，懂得吃好的！"

我的头脑突然发炸，得了吧，长大了又是一个美食家！我一生一世管不了个朱自冶，还管不了你这个小东西！伸手抢过巧克力，把一粒硬糖硬塞到孩子的小嘴里。

孩子哇的一声哭起来了……

满座愕然，以为我这个老家伙的神经出了问题。

附言：本文是小说，纯属虚构，不得已而借用苏州风物。此亦文学之惯技，务请读者诸君不必一一查对。

——作者再拜

（原载《收获》1983年第1期）

中华人民共和国成立70周年

优秀文学作品精选

中篇小说卷 （中）

主编 洪治纲

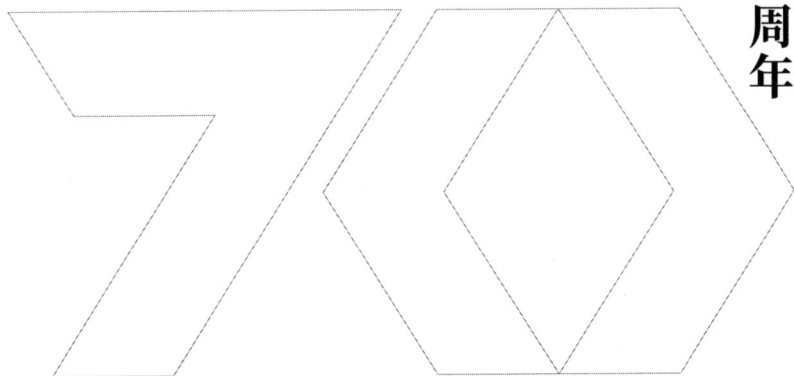

北京出版集团公司

北京十月文艺出版社

出版说明

习近平总书记在中国文联十大、中国作协九大开幕式上的讲话中指出："一个时代有一个时代的文艺，一个时代有一个时代的精神。任何一个时代的经典文艺作品，都是那个时代社会生活和精神的写照，都具有那个时代的烙印和特征。"为庆祝中华人民共和国成立70周年，展现我国70年来文学事业的光辉成就，回顾我国当代文学发展的历史道路，北京十月文艺出版社特编辑出版《中华人民共和国成立70周年优秀文学作品精选》。检视中华人民共和国成立70周年以来的经典文学作品，汇集成卷，既是为中国当代文学的70年立一历史存照，也便于我们的文学工作者和广大读者从中萃取精华、汲取能量，不忘本来、继往开来，使文学成为新时代实现中华民族伟大复兴的重要精神力量。

《中华人民共和国成立70周年优秀文学作品精选》按文学体裁分为8种12卷，各分卷主编为"中篇小说卷"洪治纲，"短篇小说卷"贺绍俊，"报告文学卷"李朝全，"散文卷"王必胜，"诗歌卷"李少君、张德明，"儿童文学卷"李东华，"戏剧卷"傅谨，"文学评论卷"白烨。编选工作坚持"二为"方向，贯彻"双百"方针，从当代文学发展的实际出发，兼顾不同题材、不同创作风格、不同地区（包括港澳台）

和不同作家的作品，力求全面准确地反映中华人民共和国成立70周年来文学发展的风貌。

　　本次编辑工作，我们秉承尊重作品原貌的原则，对于旧版中明显的讹误之处均予以更正，以弥补缺憾；但各部作品因创作年代、作者风格、地域特点等不同，在相关词语用法、儿化音表达方面也存在一定差异，本次编辑处理未作统一，力求最大程度上保持作品的本来面貌。相较于中国当代文学70年来的厚重博大、成就斐然，本套丛书的编辑出版囿于规模及篇目有限，尽管各卷主编在遴选过程中编选的作品均是经过时代淬炼与读者检验的文学佳作，但也难免有遗珠之憾。在编辑出版过程中，我们得到了作者、作者亲属及有关专家学者的大力支持与帮助，在此一并谨致谢意。因部分作品年代久远，我们未能取得相关作者及版权继承人的联系方式及授权，提前收录作品尚希见宥。本书出版后，我们将继续开展联系工作。如作者及版权继承人得知信息，也请及时与我们联系。再次致意。

北京十月文艺出版社

2019年8月1日

目　录　Contents

三寸金莲

冯骥才

书前闲话

人说，小脚里头，藏着一部中国历史，这话玄了！三寸大小脚丫子，比烟卷长点有限，成年论辈子，给裹脚布裹得不透气，除去那股子味儿，里头还能有嘛？

历史一段一段。一朝兴，一朝亡。亡中兴，兴中亡。兴兴亡亡，扰得小百姓不得安生，碍吃碍喝，碍穿碍戴，可就碍不着小脚的事儿。打李后主到宣统爷，女人裹脚兴了一千年，中间换了多少朝代，改了多少年号，小脚不一直裹？历史干它嘛了？上起太后妃子，下至渔女村姑，文的李清照，武的梁红玉，谁不裹？猴不裹，我信。

大清入关时，下一道令，旗人不准裹脚，还要汉人放足。那阵子大清正凶，可凶也凶不过小脚。再说凶不凶，不看一时。到头来，汉人照裹不误，旗人女子反倒瞒爹瞒妈，拿布悄悄打起"瓜条儿"来。这一说，小脚里别有魔法吧！

魔不魔，且不说。要论这东西的规矩、能耐、讲究、修行、花招、手段、绝招、隐秘，少说也得三两天。这也是整整一套学问。我可不想蒙哪位，这些东西，后边书里全有。您要是没研究过它，可千万别乱插嘴；您说小脚它裹得苦，它裹得也挺美呢！您骂小脚它丑，嘿，它还骂您丑哪！要不大清一亡，何止有哭有笑要死要活，缠了放放了缠，再缠再放再放再缠。那时候人，真拿脚丫子比脑袋当事儿。您还别以为，如今小脚绝了，万事大吉。不裹脚，还能裹手、裹眼、裹耳朵、裹脑袋、裹舌头，照样有哭有笑要死要活，缠缠放放放放缠缠，放放缠缠缠缠放放。这话要再说下去，可就扯远了。

这儿，只说一个小脚的故事。故事原带着四句话：

> 说假全是假，
> 说真全是真；
> 看到上劲时，
> 真假两不论。

您自管酽酽沏一壶茉莉花茶，就着紫心萝卜芝麻糖，边吃边喝，翻一篇看一篇，当玩意儿。要是忽一拍脑门子，自以为悟到嘛，别胡乱说，说不定您脑袋走火，想岔了。

今儿，天津卫犯邪。

赶上这日子，谁也拦不住，所有平时见不到也听不到的邪乎事，都挤着往外冒。天一大早，还没亮，无风无雨，好好东南城角呼啦就塌下去一大块，赛给火炮轰的。

邪乎事可就一件接一件来了。

先是河东地藏庵备济社的李大善人，脑袋一热，熬一百锅小米粥，非要周济天下残人不可。话出去音儿没消，几乎全城穷家穷户的瞎子、聋子、哑巴、瘸子、瘫子、傻子，连痫痢头、豁嘴、独眼龙、罗锅、疤眼、磕巴、歪脖、罗圈腿、六指儿、黑白麻子，全都来了。闹红眼发痄腮的，也挤在当中，花花杂杂将李家粥厂围得密密实实。好像水陆画的小鬼们全下来了。吓得那一带没人敢上街，孩子不哭，狗不叫，鸡不上墙，猫不上房。天津卫自来没这么邪乎过。

同天，北门里长芦盐运司袁老爷家，也出一档子邪乎事。大奶奶吃马牙枣，叫枣核卡住嗓眼儿，吞饽饽、咽水、干咳、喝醋、扯着一只耳朵单腿蹦，全没用，却给一个卖野药的，拿一条半尺长的细长虫，把枣核顶进肚子里。袁老爷赏银五十两，可不多时那长虫就在大奶奶肚子里耍巴开了。疼得床上地下打滚翻个捶肚脑袋直撞墙，再找卖野药的，影儿也不见。一个老妈子懂事多，忙张罗人拿轿子把大奶奶抬到西头五仙堂。五仙堂供五大仙，狐黄白柳灰。狐是狐狸，黄是黄鼠狼，白是刺猬，灰是老鼠，柳就是长虫。大奶奶撅屁股刚磕三个头，忽觉屁眼儿痒痒，哧哧响滑溜溜，那长虫爬出来了。这事邪不邪？据说因为大奶奶头天早上，在井边踩死一条小长虫，这卖野药的就是大仙，长虫精。

邪乎事绝不止这两件。有人在当天开张的宫北聚合成饭庄吃紫蟹，掀开热腾腾螃蟹盖，里边居然卧着一粒珍珠，锃光照眼滴溜圆。打古到今，珍珠都是长在蚌壳里，谁听说长在螃蟹盖里边的？这珍珠不知便宜哪家小子，饭庄却落个开市大吉。吃螃蟹的，比螃蟹还多。这事算邪却不算最邪。更邪乎的事还在后边——有人说，一条一丈二尺长（另一说三丈六尺长）"金眼银鱼王"，沿南运河南下，今儿晌午游过三岔河口，奔入白河归东海。中晌就有几千号人，站在河堤上等候鱼王。人多，分量重，河堤扛不住，轰隆一声塌了方，一百多人赛下饺子掉进河里。一个小孩给浪卷走，没等人下去救，脑袋顶就不见了，该当淹死。可在娘娘宫前，一个老船夫撒网逮鱼，一网上来，有红有白，以为大鲤鱼，谁知就是那孩子，居然有气，三弄两弄，眨眨眼站起来活了。在场的人全看傻了，这事算邪到家了吧？

谁料时过中晌，这股邪劲非但不减，反倒愈来愈猛，一头撞进官府里。

东北城角和河北大街两伙混星子打群架，带手把锅店街四十八家买卖铺全砸了。惊动了兵备道裕观察长，派了捕快中的强手，把两边头目冯春华和丁乐然拿了，关进站笼，摆在衙门口，左右两边一边一个。立时来了四五百小混星子，人人手攥本《混星子悔过歌》。这正是头年十月二十五日，裕观察长来津上任时，发给城中每个混星子一本，叫他们人人背熟，弃恶从善。今儿，他们就冲衙门黑压压一片跪着，捧本齐声念道：

> 混星子，到官府，多蒙教训，
> 混星子，从今后，改过自新；
> 细思量，先前事，许多顽梗，
> 打伤人，生和死，全然不论。
> 纵然间，逃法网，一时侥幸，
> 终有日，被拿访，捉到公庭；
> 披枷锁，上镣铐，王刑受尽，
> 千般苦，万般罪，难熬难撑。
> …………

念到这儿，几百个小混星子，脸色全变，脑门上的青筋直蹦，眼里射凶光，后槽牙磨得咯咯响，好像五百个老鼠一起嗑东西。裕观察长坐在后堂听这声音，心里发瘆，浑身起鸡皮疙瘩。他本是气盛胆壮的人，可也顶不住这阴森森声音，竟然抖抖打起冷战来，赛要发热病。三杯烈酒下去也压不住，只好叫人出去，开笼放人。混星子们一散，身上鸡皮疙瘩立时消下去。

再说，县衙门那边，邪得更邪。十七位本地有头有脸有名有姓的人物，平时也都是好事之徒，联名上呈子说，西市上拉洋片的胡作非为，洋片上画的净是光膀子，露脖子，还露半截大腿的洋娘儿们。勾引一些浪荡小子，伸头瞪眼，恨不得一头扎进洋片匣子里去。呈子的措辞有股逼人之气。说这是洋人有意糟蹋咱中国百姓。"污吾目，即污吾心；丧吾心，即丧吾国也。"还说，"洋片之毒，甚于鸦片，非厉禁净除不可！"向例，武人闹事在外，文人闹事在内。故此，文人闹起事更凶。可这次是朝洋人去的。邪乎劲一直冲向洋人。天津卫有句俗话：谁和洋人顶上牛，自有好戏在后头。看吧，大祸临头了！

果然，当天有人打租界那儿来说，大事不妙不好，租界各街口都贴出《租界禁例》，八大条：

一、禁娼妓；二、禁乞丐；三、禁聚赌酗酒打架斗殴；四、禁路上倾积废物垃圾灰土污水；五、禁道旁便溺；六、禁捉拿树鸟；七、禁驴马车轿随处停放；八、禁纵骑在途飞跑狂奔疾驰横行追逐争赛。

都说，这八大条，就是那呈子招惹的。你禁一，他禁八，看谁横？半天里，府县大人们碰头三次，想辙，躲避洋人的来势。估摸洋人要派使者找上门来耍横。大热天，县太爷穿上袍子补褂，备好点心茶水，还预备好一套好话软话脓话，直等到日头落下西城墙，也没见洋人来。县太爷心里的小鼓反而敲得更响。洋人不来，十成有更厉害的招儿。

这儿一大堆邪乎事，扰得人心赛河心的船，晃晃悠悠，靠不着边。有些人好琢磨，琢磨来琢磨去，就琢磨到自己身上。呀！原来今儿自己大小多少也有些不对劲的事儿。比方，砸了碟子和碗儿，丢东西丢钱，犯了小人，跑冤枉腿吃闭门羹，跑肚子，鼻子流血，等等。心里暗怕，生怕自己也犯上邪。有人一翻皇历，才找到根儿。原来今儿立秋，在数的"四绝日"。皇历上那"忌"字下边明明白白写着"一切"两字。不兴做一切事。包括动土、出行、探病、安葬、婚娶、盖屋、移徙、入室、做灶、行船、栽种、修坟、安床、剃头、交易、纳畜、祈福、开市、立券、装门、拔牙、买药、买茶、买醋、买笔、买柴、买蜡、买鞋、买鼻烟、买樟脑、买马掌、买枸杞子、买手纸等，全都不该做，只要这天做了事的，都后悔，都活该。

可又有人说，今儿的邪劲过大，非比一般，皇历上不会写着。这事原本有先兆——住在中营后身一位老寿星说，今儿清晨，鼓楼的钟多敲一下，一百零九下。本该一百零八下，所谓"紧十八，慢十八，不紧不慢还十八"。老寿星活了九十九，头遭碰上钟多敲一下。人们天天听钟响，天天一百零八下，谁会去数？老寿星的话就没人不信。这多出的一下正是邪劲来到，先报的信儿。愚民愚，没用心罢了。这一来，今儿所有邪乎事都有了来头。来头的来头，没人再去追。世上的事，本来明白了七八成，就算到头了。太明白，更糊涂。这些邪乎事、邪乎话，满城传来传去。人嘴歪的比正的多，愈说愈邪乎。可传到河北金家窑水洼一户姓戈的人家立时给挡住了。这家有位通晓世事的老婆子，听罢咧开满嘴黄牙，笑着说："嘛叫犯邪？今儿才是正经八百大吉祥日！您说说，这一档档事，哪一档称得上邪；穷鬼们吃上小米粥还不福气？袁大奶奶惹了大仙，没招灾，打嗓子眼儿进去，可又打屁眼儿出来了，这叫逢凶化吉！兵备道向例最凶，今儿居然开笼了事；饭庄子螃蟹盖里吃出大珍珠，您说是吉是邪？那该死在鱼肚子里的孩子，愣叫渔网打上来，河那么大，哪那么巧，娘娘显灵呵，不懂？要不为嘛偏偏在娘娘宫前边打上来的？这都是一千年也难碰上的吉祥事！吉利难得，逢凶化吉更难得。文人们上呈子闹事，碍您哪位吃饭了，可他们不闹闹，没事干，指嘛吃？洋人的告示哪是冲咱中国人来的？打立租界，咱中国人谁敢骑马在租界里乱跑？这是人家洋人给自己立规矩，咱何苦往身上揽，拿洋人当猫，自己当耗子，吓唬自己玩儿。我这话不在理？再说鼓楼敲钟，多一下总比少一下强，省得懒人睡不醒。东南城角塌那一块，给嘛冲的？邪气？不对，那是喜气！嘛叫'紫气东来'？你们说说呀！"

大伙儿一听，顿时心抻平了。嘛邪？不邪！大吉大利大喜大福！满城人立时把老婆子这些话传开了，前边都加上一句："那戈老婆子说——"可谁也没见过这老婆子。

老婆子一天都在忙自己的事。她有个小孙女刚好到了裹脚的年岁。头天她就蒸好两个红豆馅的黏面团子，一个祭灶，一个给小孙女吃了。据说，吃下黏面团，脚骨头变软，赛泥巴似的，要嘛样能裹成嘛样。

她要趁着这千载难逢的大吉利日子，成全小孙女一双小脚，也了却自己一桩大心事。却没料到，后边一大串真正千奇百怪邪乎事，正是她今天招惹出来的。

第一回　小闺女戈香莲

眼瞅着奶奶里里外外忙乎起来，小闺女戈香莲心就发毛了。一大块蓝布，给奶奶剪成条儿，在盆里浆过，用棒槌捶得又平又光，一排晾在当院绳子上，拿风一吹，翻来翻去扑扑响，有时还拧成麻花，拧紧再往回转，一道道松开。这边刚松那边又拧上了。

随后奶奶打外边买来大包小包。撕开大包，把小包打开摊在炕上，这么多好吃的。苹果片，酸梨膏，麦芽糖，酥崩豆，还有最爱吃的棉花糖，真跟入冬时奶奶絮棉袄的新棉花一样又白又软，一进嘴就烟赛的没了，只留下点甜味——大年三十好吃的虽多也没这么齐全！

　　"奶奶干嘛这么疼我？"

　　奶奶不说，只笑。

　　她一瞧奶奶心就定了。有奶奶嘛也不怕，奶奶有的是绝法儿。房前屋后谁不管奶奶叫"大能人"。头年冬天扎耳朵眼儿时，她怕，扎过耳朵眼儿的姑娘说赛受刑，好好的肉穿个窟窿能透亮，能不受罪？可奶奶根本不当事儿。早早拿根针，穿了丝线，泡在香油碗里。等天下雪，抓把雪在香莲耳朵垂儿上使劲搓，搓得通红发木，一针过去毫不觉疼，退掉针，把丝线两头一结，一天拉几次，血凝不住。线上有油，滑溜溜只有点痒，过半个月，奶奶就把一对坠着蓝琉璃球的耳环子给她戴上了。脑袋一晃，又滑又凉的琉璃球直蹭脖梗，她问奶奶裹脚也这么美？奶奶怔了怔，告她："奶奶有法儿。"她信奶奶有法保她过这关。

　　头天后晌，香莲在院里玩耍，忽见窗台上摆着些稀奇玩意儿，红的蓝的黑的，原来四五双小鞋。她没见过这么小的鞋，窄得赛瓜条，尖得赛五月节吃的粽子尖，奶奶的鞋可比这大。她对着底儿和自个儿的脚一比，只觉浑身一激灵，脚底下筋一抽缩成团儿。她拿鞋跑进屋问奶奶：

　　"这是谁的？奶奶。"

　　奶奶笑着说：

　　"是你的呀，傻孩子。瞧它俊不？"

　　香莲把小鞋一扔，扑在奶奶怀里哭着叫着：

　　"我不裹脚，不裹，不裹哪！"

　　奶奶拿笑堆起的满脸肉，一下卸了，眼角嘴角一耷拉，大泪珠子砸下来。可奶奶嘛话没说，直到天黑，香莲抽抽噎噎似睡非睡一整夜，影影绰绰觉得奶奶坐在身边一整夜。硬皮老手，不住揉擦自己的脚；还拿起脚，按在她那又软又皱又干的起了皮的老嘴上亲了又亲。

转天就是裹脚的日子！

裹脚这天，奶奶换一张脸。脸皮绷得直哆嗦，一眼不瞧香莲。香莲叫也不敢叫她，截门往当院一瞧，这阵势好吓人呀——大门关严，拿大门杠顶住。大黑狗也拴起来。不知哪来一对红冠子大白公鸡，指头粗的腿给麻经子捆着，歪在地上直扑腾。裹脚拿鸡干嘛？院子当中，摆了一大堆东西，炕桌、凳子、菜刀、剪子、矾罐、糖罐、水壶、棉花、烂布，浆好的裹脚条子卷成卷儿放在桌上。奶奶前襟别着几根做被的大针，针眼穿着的白棉线坠在胸前。香莲虽小，也明白眼前一份儿罪等她受了。

奶奶按她在小凳上坐了，给她脱去鞋袜，香莲红肿着眼说：

"求求奶奶，明儿再裹吧，明儿准裹！"

奶奶好赛没听见，把那对大公鸡提过来，坐在香莲对面，把俩鸡脖子一并，拿脚踩住，另只脚踩住鸡腿，手抓着鸡胸脯的毛几大把揪净，操起菜刀，噗噗给两只大鸡都开了膛。不等血冒出来，两手各抓香莲一只脚，塞进鸡肚子里。又热又烫又黏，没死的鸡在脚上乱动，吓得香莲腿一抽，奶奶疯一样叫：

"别动劲！"

她从没听过奶奶这种声音，呆了。只见奶奶两手使劲按住她脚，两脚死命踩住鸡。她哆嗦鸡哆嗦奶奶胳膊腿也哆嗦，全哆嗦一个儿。为了较上劲，奶奶屁股离开凳子翘起来。她又怕奶奶吃不住，一头撞在自己身上。

不会儿，奶奶松开劲，把她脚提出来，血糊淋拉满是黏糊糊鲜红鸡血。两只大鸡奶奶给扔一边，一只蹬两下腿完了，一只还扑腾。奶奶拉过木盆，把她脚涮净擦干，放在自己膝盖上。这就要裹了。香莲已经不知该嚷该叫该求该闹，瞅着奶奶抓住她的脚，先右后左，让开大脚趾，拢着余下四个脚指头，斜向脚掌下边用劲一掰，骨头嘎儿一响，惊得香莲“嗷”一叫，奶奶已抖开裹脚条子，把这四个脚指头勒住。香莲见自己的脚改了样子，还不觉疼就又哭起来。

奶奶手好快。怕香莲太闹，快缠快完。那脚布裹住四趾，一绕脚心，就上脚背，挂住后脚跟，马上在四趾上再裹一道。接着返上脚面，借劲往后加劲一扯，硬把四趾煞得往脚心下头卷。香莲只觉这疼那紧这踒那折，奶奶不叫她把每种滋味都咂摸过来，干净麻利快，照样缠过两圈。随后将脚布往前一拉，把露在外边的大脚趾包严，跟手打前往后一层层，将卷在脚心下的四个脚指头死死缠紧，好比叫铁钳子死咬着，一分一毫半分半毫也动弹不了。

香莲连怕带疼，喊声大得赛猪嚎。邻居一帮野小子，挤在门外叫：“瞧呀，香莲裹小脚啦！”门推得哐哐响，还打外边往里扔小土块。大黑狗连蹿带跳，朝大门吼也朝奶奶吼，拴狗的桩子硬给扯歪。地上鸡毛裹着尘土乱飞。香莲的指甲把奶奶胳膊掐出血来。可天塌下来，奶奶也不管，两手不停，裹脚条子绕来绕去愈绕愈短，一绕到头，就取下前襟上的针线，密密缝上百十针，拿一双小红鞋套上。手一撩粘在脑门上的头发，脸上肉才松开，对香莲说：

“完事了，好不？”

香莲见自己一双脚，变成这丑八怪，哭得更伤心，却只有抽气吐气，声音早使尽。奶奶叫她起身试试步子。可两脚一沾地皮，疼得一屁股蹲儿坐下起不来。当晚两脚火烧火燎，恳求奶奶松松脚布，奶奶一听脸又板成板儿。夜里受不住时，就拿脚架在窗台上，让夜风吹吹还好。

转天脚更疼。但不下地走，脚指头踩不断，小脚不能成型。奶奶干脆变成城隍庙里的恶鬼，满脸杀气，操起炕扫帚，打她抽她轰她下地，求饶耍赖撒泼，全不顶用。只好赛瘸鸡，在院里一蹦一跳硬走，摔倒也不容她趴着歇会儿。只觉脚指头嘎嘎断开，骨头渣子咯吱咯吱来回磨，先是扎心疼，后来不觉疼也不觉是自己的了，可还得走。

香莲打小死爹死妈，天底下疼她的只有奶奶。奶奶一下变成这副凶相，自己真成没着没靠孤孤零零一只小鸟。一天夜里，她翻窗逃出来，一口气硬跑到碱河边，过不去也走不动，抱着小脚，使牙撕开裹脚布，打开看。月亮下，样子真吓人。她把脚插在烂泥里不敢再看。天蒙蒙亮，奶奶找到她，不骂不打，背她回去，脚布重又裹上。谁知这次换了更凶狠的裹法，把连着小脚指头的脚巴骨也折下去，四个卷在脚心下边的小脚指头更向里压，这下裹得更窄更尖也更疼。她只道奶奶恨她逃跑，狠心罚她，哪知这正是裹脚顶要紧的一节。脚指头折下去只算成一半，脚巴骨折下去才算裹成。可奶奶还不称心，天天拿擀面杖敲，疼得她叫声带着尖钻墙出去。东边一家姓温的老婆子受不住，就来骂奶奶：

"你早干嘛去了！岁数小骨头软不裹，哪有七岁的闺女才裹脚的，叫孩子受这么大罪！你嘛不懂，偏这么干！"

"要不是我这孙女的脚天生小，天生软，天生个好模样，要不是不能再等，到今儿我也下不去这手……"

"等，这就你等来的。等得肉硬骨头硬，拿擀面杖敲出样儿来？还不如拿刀削呢！别遭罪了，没法子了，该嘛样就嘛样吧！"

奶奶心里有谱，没言声。去拾些碎碗片，敲碎，裹脚时给香莲垫在脚下边。一走碎碗碴就把脚硌破了。奶奶的扫帚疙瘩怎么轰，香莲也不动劲儿了。挨打也不如扎脚疼。可破脚闷在裹脚条子里头，沤出脓来。

每次换脚布，总得带着脓血腐肉生拉硬扯下来。其实这是北方乡间裹脚的老法子。只有肉烂骨损，才能随心所欲改模变样。

这时候，奶奶不再硬逼她下地。还招呼前后院大姑小姑们，陪她说话做伴。一日，街北的黄家三姑娘来了。这姑娘人高马大，脚板子差不多六寸长，都叫她"大脚姑"。她进门一瞅香莲的小脚就叫起来：

"哎——呀！打小也没见过这脚，又小，又尖，又瘦，透着灵气秀气，多爱人呀！要是七仙姑见了，保管也得服。你奶奶真能，要不叫'大能人'呢！"

香莲嘴一撇，眼泪早流干，只露个哭相：

"还是你娘好，不给你往紧处裹，我宁愿大脚！"

"呀呀，死丫头！还不赶紧吐唾沫，把这些浑话吐净了。你要喜欢大脚，咱俩换。叫你天天拖着我这双大脚丫子，人人看，人人笑，人人骂，嫁也嫁不出去，即便赶明儿嫁出去，也绝不是好人家。"大脚姑说，"你没听过支歌，我唱给你听——裹小脚，嫁秀才，白面馒头就肉菜；裹大脚，嫁瞎子，糟糠饽饽就辣子。听明白了吗？"

"你没受过这罪，话好说。"

"受不就受一时，一咬牙就过去了。'受苦一时，好看一世'嘛！等小脚裹成，谁看谁夸，长大靠这双宝贝脚，求亲保婚少得了？保你荣华富贵，好吃好穿的一辈子享用不尽！"

"三姑说的嘛呀！问你，打今儿，我还能跑不？"

"傻丫头！咱闺女家裹脚，为的就是不叫你跑。你瞧谁家大闺女整天在大街上撒丫子乱跑？没裹脚的孩子不分男女，裹上脚才算女的。打今儿，你跟先前不一样，开始出息啦！"大脚姑小眼弯成月亮，眼里却满是羡慕。

香莲给大脚姑说得云遮雾罩。虽说迷迷糊糊，倒觉得自己与先前变得两样。嘛样，不清楚，好赛高了一截子。大了，大人了，女人了。于是打这天，再不哭不闹，悄悄下床来，两手摸着扶着撑着炕沿、桌角、椅背、门框、缸边、墙壁、窗台、树干、扫帚把，练走。把天大地大的疼忍在心里，嘴里决不出半点没出息没志气的声儿。再换裹脚条子，撕扯一块块带血挂脓的皮肉时，就仰头瞧天，拿右手掐左手，拿牙咬嘴唇，任奶奶摆布，眉头都不皱。奶奶瞧她这样怔了，惊讶不解，但还是不给她好脸儿，直到脓血消了，结了痂又掉了痂。

这一日，奶奶打开院门，和她一人一个板凳坐在大门口。街上行人格外多，穿得花花绿绿，姑娘们都涂胭脂抹粉，呼噜呼噜往城那边走。原来今儿是重阳节，九九登高日子，赶到河对面，去登玉皇阁。香莲打裹脚后，头次到大门外边来。先前没留心过别人的脚。如今自己脚上有事，也就看别人脚了。忽然看出，人脸不一样，小脚也不一样。人脸有丑有俊有粗有细有黑有白有精明有憨厚有呆滞有聪慧，小脚有大有小有肥有瘦有正有歪有平有尖有傻笨有灵巧有死沉有轻飘。只见一个闺女，年纪跟自己不相上下，一双红缎鞋赛过一对小菱角，活灵活现，鞋帮绣着金花，鞋尖顶着一对碧绿绒球，还拴一对小银铃铛，一走一颠，绒球甩来甩去，铃铛叮叮当当，拿自己的脚去比，哪能比哪！她忽起身回屋里拿出一卷裹脚条子。递给奶奶说："裹吧，再使劲也成，我就要那样的！"她指着走远的小闺女说。

不看她神气，谁信这小闺女会对自己这么发狠。

奶奶的老眼花花冒出泪。俩仨月来一脸凶劲立时没了。原先慈爱的样儿又回来了。满面皱纹扭来扭去，一下搂住香莲呜呜哭出声说：

"奶奶要是心软，长大你会恨奶奶呀！"

第二回　怪事才开头

　　世上有些相对的事儿，比方好和坏、成和败、真和假、荣和辱、恩和怨、曲和直、顺和逆、爱和仇等，看上去是死对头，所谓非好即坏非真即假非得即失非成即败，岂不知就在这好坏、曲直、恩怨、真假之间，还藏着许许多多曲折许许多多花样许许多多学问，要不何止那么多事缠成死硬死硬疙瘩，难解难分？何止那么多人受骗、中计、上套，完事又那么多人再受骗、中计、上套？

　　单说这真假二字，其中奥妙，请来圣人，嚼烂舌头，也未必能说破。有真必有假，有假必有真；假愈多，真愈少；真愈多，假却反而愈多！就在这真真假假之中，打古到今，玩出过多少花儿？演过大大小小多少戏？戏接着戏，戏套着戏，没歇过场。以假充真，是人家的高招；以假乱真，是人家的能耐；以假当真，是您心里糊涂眼睛拙。您还别急别气，多少人一辈子拿假当真，到死没把真的认出来，假的不就是真的吗？在真假这俩字上，老实人盯着两头，精明人在中间折腾，还有人指它吃饭。这宫北大街上"养古斋"古玩铺佟掌柜就是一位。这人能耐如何，暂且不论，他还是位怪人。嘛叫怪，做小说的不能说白了，只能把事儿摆出来。叫您听其言观其行度其心，慢慢琢磨去。

　　一大早，佟忍安打家出来，进了铺子就把大小伙计全都打发出去，关上门，只留下少掌柜佟绍华和看库的小子活受。不等坐下歇歇就急着说：

　　"把那几幅画快挂出来！"

　　每逢铺子收进好货，请老掌柜过眼，都这么办。古董的真假，是绝顶秘密，不能走半点风出去。佟绍华是自己儿子，自然不背着。对看库的活受，绝非信得过，而是这小子半痴半残。人近二十，模样只有十三四，身子没长成个儿，还歪胸脯斜肩膀，好比压瘪的纸盒子。说话赛嘴里含着热豆腐，不知大舌头还是舌头短半截。两只眼打小没睁开过，小眼珠含在眼缝里，好赛没眼珠。还有喘病，一年三百六十五天，一口气总憋在嗓子眼里吱吱叫；静坐着也下气不接上气，生下来就这德行。小名活受，大名也叫活受，爹娘没打算他活多久，起名字都嫌费事多余。佟忍安却看上他这副没眼没嘴没气没神的样子，雇他看库。拿死的当活的用，也拿活的当死的用。

活受开库把昨儿收进的一捆画抱来，拿竿子挑着一幅幅挂上墙。佟忍安撩起眼皮在画上略略一扫，便说："绍华，你先说说这几幅的成色，我听着。"这才坐下来，喝茶。

佟绍华早憋劲要在他爹面前逞能，佟忍安嘴没闭上，他嘴就张开：

"依我瞧，大涤子这山水轴旧倒够旧，细一瞧，不对，款软了，我疑惑是糊弄人的玩意儿，对不？这《云罩挂月图》当然不假，可在金芥舟的画里顶头够上中流。这边焦秉贞的四幅仕女通景和郎世宁的《白猿摘桃》，倒是稀罕货。您瞧，一码皇绫裱。卖主说，这是当年打京城大宅门里弄出来的。这话不假，寻常人家绝没这号东西……"

"卖主是不是问津园张霖家的后人？"

"爹怎么看出来的？上边又没落款！"佟绍华一惊。佟忍安两眼通神，每逢过画时，都叫他这样一惊又一惊。

佟忍安没接着往下说。手一指东墙上一幅绢本的大中堂画说：

"再说说那幅……"

以往过画，他一张口，爹就摇头。今儿爹没点头也没摇头，八成自己都蒙对了，得意起来，笑道：

"爹还要考我？谁瞧不出那是地道苏州片子，大行活。笔法倒是宋人的，可惜熏老点儿，反透出假。这造假，比起牛凤章牛五爷还差着些火候。您瞧它成心不落款，怕露马脚，或许想布个迷魂阵——怎么？爹，您看见嘛了？"

佟绍华见他爹已经站起来，眼珠子盯着这中堂直冒光。佟绍华知道他一认出宝贝，眼珠就这么冒光，难道这是真货？

佟忍安叫道："你过去看，下角枯树干上写着嘛？"他指画的手指直抖。

佟绍华上去一瞧，像踩着的鸭子，"呀"的一嗓子，跟着叫："上边写着'臣范宽制'，原来一张宋画。爹，您真神啦！这幅画买进来后，我整整瞧了三天，也没看出这上边有字呀！您、您……"他不明白，佟忍安为嘛离画一丈远，反而看见画上的字。

佟忍安远视眼，谁也不知，只他自己明白。他躲开这话说：

"闹嘛？叫唤嘛！我早告过你，宋人不兴在画上题字，落款不是写在石头上，就夹在树中间，这叫'藏款'。这些话我都说过，你不用心，反大惊小怪问我……"

"可咱得了张宝画呀，您知道咱统共才花几个钱——"

"嘛宝画，我还没细看，谁断定准是宋画了？"佟忍安接过话，脸一沉，扭头看一眼站在身后的活受说，"去把这中堂，大涤子那山水轴，还有金芥舟的《云罩挂月图》，卷起来入库！"

"剩……夏……织鸡古……鹅？"活受觍着脸问。

"叽咕叽咕嘛，去！"佟忍安不耐烦说。

活受绷起舌头，把这几个字儿的边边角角咬住又说一遍："剩、下、这、几、幅、呢？"他指焦秉贞和郎世宁画的几幅。

"留在柜上标价卖！"佟忍安对佟绍华说，"洋人买，高高要价！"

"爹，这几幅难道不是……"

佟忍安满脸瞧不起的神气。忽然长长吐一口气，好一股寒气！禁不住自言自语地念了天津卫流传的四句话："海水向东流，天津不住楼，富贵无三辈，清官不到头。"接着还是自言自语说道，"成家的成家，败家的败家。花开自谢，水满自干，谁也跳不出这圈儿去。唉——唉——唉——"他沉了沉，想把心里的火气压住却压不住，刚要说话，眼角瞅见活受斜肩歪脑袋，好赛等着自己下边的话，便轰活受快把画抱回库里，待活受前脚出去，后脚就冲到儿子面前发火：

"嘛，这个那个的！你把真假正看倒了个儿，还叫我当着下人寒碜你。再说，真假能当着外人说吗？我问你，咱指嘛吃饭？你说——"

"真假。"

"这话倒对。可真假在哪儿？"

"画上呀！"

"放屁！嘛画上？在你眼里！你看不出来，画上的真假管嘛用！好东西在你眼里废纸一张，废纸在你眼里成了宝贝！这郎世宁、焦秉贞，明摆着'后门道儿'，偏当好货。反把宋人真迹当作'苏州片子'！这宋画一张就够你吃半辈子，你睁眼瞎！拿金元宝当狗屎往外扔！再说大涤子那轴，嘛，也假？你不知康熙二十九年到三十一年他客居天津，住在问津园张家？那画上明明写着康熙辛未，正是康熙三十年在张家时画的！凭着皮毛能耐，也稳能拿下来的东西，你都拿不住，还想在古玩行里混。我把铺子交给你还不如放火烧了呢！再有三年，还不把我这身老骨头贴进去！听着，打明儿，你卷被褥卷儿搬过来住，没我的话不准回家去，叫活受把库里的东西折腾出来，逐件看、看、看、看、看……"说到这儿，佟忍安上下嘴唇只在这"看"字上打转悠，好赛叫这字儿绊住了。

佟绍华见他爹眼对窗外直冒光，以为他爹又看出嘛稀世的宝贝来，就顺着佟忍安目光瞧去，透过花格窗棂，后院里几个人正干活。

这后院，外人不知，是"养古斋"造假古董的秘密作坊。

原来佟忍安这老小子与别人不同，他干古玩行，不卖真，只卖假。所有古玩行都是卖假也卖真。凡是逛古玩铺都是奔真的去的，还有能人专来买"漏儿"。佟忍安看到这层，铺子里绝不放真货，一码假的，好比诸葛亮摆空城计，愣一兵一卒不放。古玩行干的就是以假乱真，这一招真把古玩商的诀窍玩玄了玩绝了。只要掏钱准上当，半点便宜拿不到。他更有出奇能耐，便是造假。手底下有专人为他造假字假画，还在铺子后院，关上门造假古董。玉器、铜器、古钱、古扇、宣炉、牙器、砚台、瓷器、珐琅、毯子、碑帖、徽墨……他没不知不懂不能不会的。仿古不难，乱真死难。古董的形制、材料、花纹，一个朝代一个样，甚至一个朝代几百样，鱼龙变化无穷尽，差点道行，甭说摸门，围墙也摸不着。更难是那股子劲儿气儿味儿神儿。比方古玩行说的"传世古"和"出土古"。"传世古"是说一直打世上流传下来的东西，人手摸来摸去，长了就有股子光润含混的古味儿。"出土古"是说一直埋在土底下的东西，挖出来满带着土星子和锈花，有一股子斑驳苍劲味儿。再往细说，比方出土的玉器，发箍、笛头、扳指儿、镯子、佩环、烟嘴这些，在地下边一埋几百上千年，挨着随葬的铜器，日久天长铜锈浸进去生出绿斑，叫"铜浸"；死人的血透进去生出红斑，叫"血浸"。造假怎么造出铜浸血浸来？再说东西放久，不碰也生裂纹，过些时候再生一层裂纹罩在上边，一层一层，自然而然，硬造就假。懂眼的就能挑出来。偏偏佟忍安全有办法。这办法，一靠阅历，二靠眼力，三靠能耐。这叫高手高眼高招，缺一不行。假货里也有下品中品上品绝品，绝顶假货，非得叫这里头的虫子，盯上一百零八天，心里还不嘀咕，那才行。佟忍安干的就是这个。

他雇的伙计，跟一般古玩行不同，不教本事，只叫干活干事。那些雇来造假古董的，对古玩更是一窍不通的穷人，跟腌鸭蛋、烧木炭差不多，叫怎么干就怎么干。满院堆着泥坯瓦罐柴火老根颜色药粉匣子箩筐黑煤黄泥红铁绿铜，外人打表面绝看不出名堂。

当下，吸住佟忍安眼神的地方，两个小女子在拉一张毯子。这正是按他的法儿造旧毯子。毯子是打张家口定制的，全是蓝花黑边，明式的。上边抹黄酱，搭在大麻绳上，两人来回来去拉，毛儿磨烂，拿铁刷子捣去散毛，再使布帚蘸水刷光，就旧了。拉毯子不能快，必得慢慢磨，才有历时久远的味儿。佟忍安有意雇女人来拉，女人劲小，拉得自然慢。这俩女子每人扯着毯子两个角，来回来去，拉得你上我下。

站在毯子这边的背着身儿，站在那边的遮着脸儿，只能看见两只小脚，穿着平素无花、简简单单的红布鞋。每往上一送毯子，脚尖一踮立起来，每往下一拉，脚跟一蹲缩回去，好赛一对小活鱼。

"绍华！"佟忍安叫道。

"在这儿，嘛事？"

"那闺女哪来的？"

"哪个？背影儿那个？"

"不，穿红鞋那个。"

"不知道。韩小孩帮着雇的，我去问问。"

"不，不用，你把她领来，我有话问她。"

佟绍华跑去把这闺女领来。这闺女头次来到柜上又头次见老爷，怕羞胆小，眼睛不知瞧哪儿，一慌，反而一眼瞧了老爷。却见老爷并没瞧她脸，而是死盯着自己一双小脚。眼神发黏，好赛粘在自己脚上，她愈发慌得不知把脚往哪儿摆。佟忍安抬眼时，眼珠赛鎏了金，直冒贼光，跟见鬼差不多。吓得这小闺女心直扑腾。佟绍华在一边，心里已经大明大白，便对这闺女说：

"你往前走一步。"

这闺女不知嘛意思，一怕，反倒退后半步。两脚前后往回一缩，赛过一对受惊的小红雀儿，哆哆嗦嗦往巢里缩去，只剩两个脚尖尖露在裤脚外边，好比两个小小鸟脑袋。佟忍安满面生光问这闺女：

"你多大年纪？"

"十七。"

"姓嘛叫嘛？"

"姓戈，贱名香莲。"

佟忍安先一怔，跟手叫起来：

"这好的名字！谁给你起的？"

戈香莲羞得开不了口。心里头好奇怪，这"香莲"名字有嘛好？可听老爷声音，看老爷神气，真叫她掉进雾里了。

佟忍安立时叫佟绍华把工钱照三个月尽数给她，不叫她干活，打发她先回家。香莲慌了，好好干活，话也不说半句，怎么反给辞了？可看样子又不赛被辞，倒像要重用她。不知老爷打算干嘛？到底好事坏事，当时只当是桩怪事。

要说怪事，在这儿不过才开头罢了。

第三回　这才叫：怪事才开头

小半月后，择一天宜娶也宜嫁的大吉日，戈香莲要嫁到佟家当大儿媳妇，水洼那片人家，无人不知无人不晓无人肯信又无人不信。大花轿子已经摆在戈家门口了。

凭佟家在天津卫的名气，娶媳妇比买鱼还容易。虽说香莲皮白脸俊眉清目秀，腰身也俏，离天仙还差着一截。为嘛佟家非要这穷家小户闺女，还非要明媒正娶，花钱请了城里出名的媒婆子霍三奶奶登门游说。这种家的闺女还用得着游说？给个信儿还不上赶着把闺女送去？据说两家换帖子一看，生辰八字相克，佟家大少爷属鸡，戈香莲属猴，"白马犯青牛，鸡猴不到头"，这是顶顶犯忌的事。佟家居然也认可了。放"定"（定婚）那日，佟家照规矩派人送来八大金——耳环戒指镯子簪子脖链鸡心头针裤钩，外带五百斤大福喜的白皮点心。要说门当户对讲礼摆阔有头有脸人家也不过如此。这为嘛？吃错药了？

人说，多半因为佟家大少爷是傻子，好人家闺女谁也不肯跟这半痴半呆男人过一辈子。这等于花钱买媳妇。可再一想，也不对。

佟家没闺女，四个大儿子，俗话叫"四虎把门"，排绍字辈，名与：末尾的字，一叫荣，一叫华，一叫富，一叫贵。正好"荣华富贵"。都说佟忍安老婆会生，刚把这"荣华富贵"凑齐，就入了阴间。可这四个儿子，一半是残。大儿子佟绍荣是傻子，小儿子佟绍贵自小有心病，娶过媳妇三年，就叫阎王派小鬼抓走了。可这四媳妇董秋蓉，正经是振华海盐店大掌柜董亭白的掌上明珠，明知佟家四少爷早早在阎王那里挂上号，不也把闺女送来了？冲嘛，冲佟家的家底儿。佟忍安买媳妇绝不买假，他买香莲买的嘛？

戈家老婆子笑不拢嘴，露着牙花子说，买就买她孙女一双小脚！

这话不能算错。香莲小脚人人夸人人爱。那年头娶媳妇先看脚后看脸，脸是天生的，脚是后裹的，能耐功夫全在脚上。可全城闺女哪个不裹脚，爹娘用心，自个儿经心，好看的小脚一个赛一个，为嘛一眼盯上香莲？

对这些瞎叨咕戈婆子理也不理。虽说她自个儿对这门鸡上天的婚事也多半糊涂着。糊涂就糊涂吧！反正香莲嫁了，拾个大便宜，佟家根本不管陪嫁多少。只两包袄衣服，两床缎被，一双鸳鸯绣花枕头，一对金漆马桶，佟家来两个用人一抱全走了。

香莲临上轿，少不得和奶奶一通抱头海哭。奶奶老泪纵横对她说：

"奶奶身贱，不能随你过去，你就好好去吧！总算你进了天堂一般的人家，奶奶心里的石头放平了。你跟奶奶这么多年，知道你疼爱奶奶。只一件事——那次裹脚，你恨奶奶！你甭拦我说，这事在奶奶心里憋了十年，今儿非说不可——这是你娘死时嘱咐我的，裹不好脚，她的魂儿要来找我……"

香莲把手按在奶奶嘴上，眼泪簌簌掉：

"我懂，那时奶奶愈狠才愈疼我！没昨儿个，也没今儿个！"

奶奶这才笑了，抹着泪儿，打枕头底下掏出个红包包。打开，三双小鞋，双双做得精细，一双紫面白底绸鞋，一双五彩丝绣软底鞋，还一双好怪，没使针线，赛拿块杏黄布折出来的。不知奶奶打哪弄来干嘛用。奶奶皱嘴唇蹭着她的耳朵说：

"这三双喜鞋，是找前街黑子他妈给你赶出来的，房前屋后就她一个全可人。听奶奶告明白你这三双喜鞋的穿法——待会儿你先把这双紫面白底的鞋换上。紫和白，叫'百子'，赶明儿抱一群胖小子。这双黄鞋要等临上轿子，套在紫鞋外边。这叫'黄道鞋'，记着，套上它就'双脚不沾娘家地'了。得我把你抱上轿子。还有，到了婆家必定要在红毡子上走，不准沾泥沾土，就穿它拜堂，拜过堂，叫它'踩堂鞋'。等进洞房，把这鞋脱下来藏个秘密地界儿，别叫别人瞧见。俗话说，收一代，发一代，黑道日子黄道鞋。有它压在身边，嘛歪的邪的，都找不到你头上……"

香莲听这大套大套的话怪好玩儿。挂着泪儿的眼笑眯眯瞧着奶奶，顺手不经意拿起另一双软鞋，一掰鞋帮，想看鞋底。奶奶一手抢过来，神气变得古怪，说："先别乱瞧！这是睡鞋……入洞房，脱下踩堂鞋，就换这双睡鞋。记着，临到上床时，这鞋可得新郎给你脱，羞嘛！谁结婚都得这样！拿耳朵听清楚，还有要紧的话呢——这鞋帮里边，有画，要你和新郎官一起看……"说到这儿，奶奶细了眼笑起来。

香莲没见过奶奶这样笑过，有点狡猾，有点发坏，好奇怪！她说："嘛画不兴先瞧瞧！"伸手去拿鞋。

奶奶"啪"打她手说："没过门子哪兴看！先揣怀里。进洞房看去！"上手把鞋掖她腰间。

外边呜里哇呜里哇吹奏敲打起来。奶奶赶紧叫香莲换上紫鞋，外套黄鞋，嘴巴涂点胭脂，脑门再扑点粉，戴上凤冠，再把一块大红遮羞布搂头罩上。还拿了两朵绒花插在自己白花花双鬓上，一猫腰，兜腰抱起香莲走出院子大门。这事情本该新娘子的父亲、兄长做的，香莲无父无兄，只好老奶奶承当。

香莲脸上盖着厚布，黑乎乎不透气，耳边一片吵耳朵的人声乐声放炮声。心里忽然难过起来，抓着奶奶瘦骨棱棱的肩膀，轻轻喊：

"香莲舍不得奶奶！"

奶奶年老，抱着大活人，劲儿强顶着，一听香莲的叫声，心里一酸，两腿软腰也挺不住劲儿，"扑通"一下趴下了，两人摔成一团。两边人忙上去把她俩扶起来。奶奶脑门撞上轿杆立时鼓起大包，膝盖沾两块黄土，不管自己，却发急地喊：

"我没事！千万别叫香莲的脚沾地！抱进轿子快抱进轿子！"

香莲摔得稀里糊涂，没等把遮羞布掀开瞧，人已在轿子里。乱哄哄颤悠颤悠走起来，她忽觉自个儿好赛给拔了根儿，没挨没倚没依没靠，就哭起来，哭着哭着忽怕脸上脂粉给眼泪冲花了，忙向怀里摸帕子，竟摸出那双软底绣花睡鞋，想到奶奶刚才的话，起了好奇，打开瞧，鞋帮黄绸里子上，竟用红线黑线绣着许多小人儿，赛是嬉戏打闹的小孩儿，再看竟是赤身光屁股抱在一堆儿的男男女女。男的黑线，女的红线，干的嘛虽然不甚明白，总见过鸡儿猫儿狗儿做的事。这就咯噔一下脸一烧心也起劲扑腾起来。猛地大叫：

"我回家呀！送我回家找奶奶！"

由不得她了。轿子给鼓乐声裹着照直往前走，停下来就觉两双手托她胳膊肘，两脚下了轿子便软软踩在毡子上。走起来，遮羞布摆来摆去，只见脚下忽闪忽闪一片红。一路上过一道门又一道门再一道门。每一抬脚迈门槛，都听见人喊：

"快瞧小脚呀！"

"我瞧见小脚啦！"

"多大？多小？"

"瞧不好呀！"

香莲记着奶奶的话，在阔人家走路，最多只露个脚尖。虽然她这阵子心慌意乱，却留心迈门槛时，缩脚，用脚尖顶着裙边，不露出来，急得周围人弯腰歪脖斜眼谁也瞧不清楚。

最后好似来到一大间房子里。香烛味、脂粉味、花味，混成一团。忽然"唰"的眼前红绿黄紫闪光照眼一亮，面前站着个胖大男人，团花袍褂，帽翅歪着，手攥着她那块盖脸的红布，肥嘴巴一扭说：

"我要瞧你小脚！"

四边一片大笑。这多半就是她的新郎官。香莲定住神四下一瞧，满房男男女女个个披红挂绿戴金坠银，那份阔气甭提啦。几十根木桩子赛的大红蜡烛全点着，照得屋里赛大太阳地。香莲打小哪见过这场面，整个蒙了。多亏身边搀扶她的姑娘推一下那胖大男人说：

"大少爷，拜过天地才能看小脚。"

香莲见这姑娘苗条俊秀赛画里的女子。新鲜的是，她脖子上挂个绣花荷包，插许多小针，打针眼耷拉下各色丝线。

大少爷说："好呀桃儿，叫你侍候我俩的，你帮她不帮我，我就先看你的小脚！"上去就抓这桃儿裤腿，吓得桃儿连蹦带叫，胸前丝线也直飘舞。

几个人上来又哄又拦大少爷。香莲才看见佟家老爷一身闪亮崭新袍褂，就坐在迎面大太师椅上。那几人按着大少爷跪下腿同香莲拜过天地，不等起身，只听一个女人脆声说：

"傻啦，大少爷，还不掀裙子瞧呀！"

香莲一怔当儿，大少爷一把撩起她裙子，一双小脚毫不遮掩露在外边。满堂人大眼对小眼，一齐瞅她小脚，有怔有傻有惊有呆，一点声儿没有。身边的桃儿也低头看直了眼。忽然打人群挤进个黄脸老婆子，一瞧她小脚，头往前探出半尺，眼珠子鼓得赛要蹿出来，跟手扭脸挤出人群。四周到处都响起咿呀唏嘘呜哇喊喳咕嘎哟啊之声。香莲好赛叫人看见裸光光的身子，满身发凉，跪那里动不了劲。

佟忍安说：

"绍荣，别胡闹！桃儿你怔着干嘛，还不扶大少奶奶入洞房？"

桃儿慌忙扶起香莲去洞房，大少爷跟在后边又扯又撩，闹着要看小脚。一帮人也围起来胡折腾瞎闹欢，直到入夜人散，大少爷把桃儿轰走。香莲还没照奶奶嘱咐换睡鞋，大少爷早把她一个滚儿推在床上，硬扒去鞋，扯掉脚布，抓着她小脚大呼大叫大笑个不停。这男人有股蛮劲，香莲本是弱女子，哪敌得过。撑着打着躲着推着撕扯着，忽然心想自己给了人家，小脚也归了人家。爷们儿是傻子也是爷们儿，一时说不出是气是恼是恨是羞是委屈，闭上眼，伸着两只光脚任这傻男人赛摆弄小猫小鸡一样摆弄。

一桩怪事出在过门子之后不几天。香莲天天早上对镜梳妆，都见到面前窗纸上有三两小洞。看高矮，不是孩子们调皮捣蛋捅的；也不像是拿手指头抠的。洞边一圈毛茸茸，赛拿舌头舔的。今儿拿碎纸头糊上，赶明儿在旁边添上两个洞。谁呢？这日中晌大少爷去逛鸟市，香莲自个儿午觉睡得正香，模模糊糊觉得有人捏她脚。先以为是傻男人胡闹，忽觉不对。傻男人手底下没这么斯文。先是两手各使一指头，竖按着她小脚趾，还有一指头勾住后脚跟儿。其余手指就在脚掌心上轻轻揉擦，可不痒痒，反倒说不出的舒服。跟着换了手法，大拇指横搭脚面，另几个手指绕下去，紧压住折在脚心上的四个小指头，一松一紧捏弄起来。松起来似有柔情蜜意，紧起来好赛心都在使劲。一下下，似乎有章有法。香莲知道不在梦里，却不知哪个贼胆子敢大白天闯进屋拿这怪诞手法玩弄她脚，又羞又怕又好奇又快活，还有种欲望自身体燃起，脸发烧，心儿乱跳。她轻轻睁眼吓了一大跳！竟是公公佟忍安！只见这老小子半闭眼，一脸醉态，发酒疯吗？还要做嘛坏事情？她不敢喊，心下一紧，两只小脚不禁咔溜缩到被里。佟忍安一惊，可马上恢复常态，并没醉意。她赶紧闭眼装睡，再睁开眼时，屋里空空，佟忍安已不在屋里。

门没关，却见远远廊子上站个人，全身黑，不是佟忍安，是过门子那天钻进人群看她小脚的黄脸老婆子，正拿一双眼狠狠瞪她，好赛一直瞪进她心窝。为嘛瞪自己？

再瞧，老婆子一晃就不见。

她全糊涂了。

第四回　爷儿几个亮学问

八月十五这天，戈香莲才算头次见世面。世上不止一个面。要是没嫁到佟家，万万不知还有这一面。

都说晚晌佟忍安请人来赏月，早早男女用人就在当院洒了清水，拿竹帚扫净。通向二道院中厅的花玻璃隔扇全都打开。镶罗钿的大屏桌椅条案花架，给绸子勒得贼亮，花花草草也摆上来。香莲到佟家一个多月，天下怪事几乎全碰上，就差没遇见鬼，单是佟家养的花鸟虫鱼，先前甭说见，听都没听说过。单说吊兰，垂下一棵，打这棵里又蹿出一棵，跟手再从蹿出的这棵当中再蹿出一棵来。据说一棵是一辈，非得一棵接一棵一气儿垂下五棵，父辈子辈孙辈重孙辈重重孙子辈，五世同堂，才算养到家，这就一波三折重重叠叠累累赘赘打一丈多高一直垂到地。菊花养得更绝，有种"黄金印"，金光照眼，花头居然正方形，真赛一方黄金印章，奇不奇怪？当院摆的金鱼缸足有一人多高，看鱼非登到珊瑚石堆的假山上不可。里边鱼全是"泡眼"，尺把长，泡儿赛鸡蛋，逛逛悠悠，可是泡儿太大，浮力抻得脑袋顶着水面，身子直立，赛活又赛死，看着难受。这样奇大的鱼，说出去没人肯信……

晌午饭后，忽然丫头来传话说，老爷叫全家女人，无论主婢，都要收拾好头脚，守在屋里等候，不准出屋，不准相互串门，不准探头探脑。香莲心猜嘛样客人，要惊动全家梳洗打扮，在屋恭候。还立出这么多莫名其妙的规矩。

这样，家里就换一个阵势。

这家人全住三道院。佟忍安占着正房三间，门虽开着，不见人影。东西厢房各三间。香莲住东房里外两间，另外一间空着，三少爷佟绍富带着媳妇尔雅娟在扬州做生意，这间房留给他们回来时临时住住，平时空着关着。对面西厢房，一样的里外两间归二少爷佟绍华和媳妇白金宝闺女月兰月桂住，余剩的单间，住着守寡的四媳董秋蓉，身边只有个两岁小闺女，叫美子。虽是这样住，为了方便，都把里边的门堵上，房门开在外边。

香莲把窗子悄悄推开条缝儿，只见白金宝和董秋蓉房间都紧紧关闭。平时在廊子上走来走去的丫头们一个也不见了，连院当中飞来飞去的蜻蜓蝴蝶虫子也不见了，看来今晚之举非比寻常。她忽想到，平时只跟她客客气气笑着脸儿却很少搭话的二媳妇白金宝，早上两次问她，今儿梳嘛头穿嘛鞋，好赛摸她的底。摸她嘛底呢？细细寻思，一团糨糊的脑袋就透进一丝光来。

打过门子来，别的全都不清楚，单明白了自己真的靠一双小脚走进佟家。这家子人，有个怪毛病，每人两眼都离不开别人的脚。瞧来瞧去，眼神只在别人脚上才搁得住。她不傻，打白金宝、董秋蓉眼里看出一股子凶猛的妒恨。这妒恨要放在后槽牙上，准磨出刃来！香莲自小心强好胜，心里暗暗使了劲，今晚偏要当众拿小脚震震她们！趁这阵子傻爷们去鸟市玩儿，赶紧梳洗打扮收拾头脚。把头发篦过盘个连环髻，前边拿齐刷刷的刘海半盖着鼓脑门，直把镜子里的脸调理俊了。随后放开脚布，照奶奶的法儿重新裹得周正熨帖。再打开从家带来的包袱，拣出一双顶艳的软底小鞋。鲜鲜大红绸面，翠绿亮缎沿口，鞋面贴着印花布片儿，上边印着蝴蝶牡丹——鞋帮上是五彩牡丹，前脸趴着一只十色蝴蝶，翅膀铺开，两条大须子打尖儿向两边弯。她穿好试走几步，一步一走，蝴蝶翅膀就一扇一扇，好赛活的。惹得她好喜欢，自己也疼爱起自己的小脚来。她还把裤腰往上提提，好叫蝴蝶露给人看。

正美着，门一开，桃儿探进半个身子说："大奶奶好好收拾收拾脚，今晚赛脚！"香莲没听懂，才要问，桃儿忙摇摇手不叫她出声，胸前耷拉的五彩丝线一飘就溜走了。

赛脚是嘛？香莲没见过更没听说过。

门里门外，羊角灯一挂起来，客人们陆陆续续前前后后高高矮矮胖胖瘦瘦各带各的神气到了。两位苏州来的古玩商刚落座，佟绍华陪着造假画的牛五爷牛凤章来到。说是牛五爷弄来几件好东西，带手拿给佟忍安，问问铺子收不收。牛凤章常去四外搜罗些小古玩器，自己分不出真假，反正都是便宜弄来的，转手卖给佟忍安。佟忍安差不多每次都收下。牛五爷卖出的价比买进的多，以为赚了。但佟忍安也是得到的比花出的多，这里的多多少少却一个明白一个糊涂了。这次又掏出俩小锦盒。一盒装着几枚蚁鼻币，一盒装个小欢喜佛。佟忍安看也没看，顺手推一边，两眼直瞅着白金宝的房门，脸上皱纹渐渐抻平。佟绍华住在柜上，只要逮机会回来一趟，急急渴渴回房插门和媳妇热热乎乎闹一闹。牛凤章天性不灵，看不出佟忍安不高兴，还一个劲儿把小锦盒往佟忍安眼睛底下摆。佟忍安好恼，一时恨不得把锦盒扒落地上去。

门口一阵说说笑笑，又进来三位。一个眉清目朗，洒脱得很，走起路袖口、袍襟、带子随身也随风飘。另一个赛得了瘟病，脸没血色，尖下巴撅撅着，眼珠子谁也不瞧，也不知瞧哪儿。这两位都是本地出名的大才子。一个弄诗，一个弄画。前头这弄诗的是乔六桥，人称乔六爷，作诗像啐唾沫一样容易；这弄画的便是大名压倒天津城的华琳，家族中大排行老七，人就称他华七爷。六爷和七爷中间夹着一个瘦高老头。多半因为这二位名气太大，瘦老头高出一星半点不会被人瞧得见，就一下子高出半头来。这人麻酱色绣金线团花袍子，青缎马褂，红玛瑙带铜托的扣子一溜竖在当胸。眼睛黑是黑白是白，好比后生，人上岁数眼珠又都带浊气，他没有，眼光前头反有个挑三拣四的利钩儿。乔六桥后面的脚还没跨进屋，就对迎上来的佟忍安说：

"佟大爷，这位就是山西名士吕显卿。自号'爱莲居士'。听说今儿您这里赛脚，非来不可。昨儿他跟我谈了一夜小脚，把我都说晕了，兴致也大增，今儿也要尽尽兴呢！"

佟忍安听了，目光打二媳妇白金宝的房门立即移到这瘦高老头脸上。行礼客套刚落座，吕显卿便说：

"我们大同，每逢四月初八，必办赛脚大会，倾城出动，极是壮美。没想到京畿之间，也有赛脚雅事。不能不来饱饱眼福呢，佟大爷不见怪吧！"

"哪的话，人生遇知己，难得的幸会。早就听说居士一肚子莲学。我家赛脚，都是家中女眷，自个儿对自个儿比比高低，兼带着相互磋莲事莲技。请来的人都是正经八百的'莲癖'，这就指望居士和诸位多多指点。方才听您提到贵乡赛脚会，我仰慕已久不得一见，可就是大同晾脚会？"

"正是。赛脚会，也叫晾脚会。"

佟忍安眉梢快活一抖，问道：

"嘛场面，说说看。"

他急渴渴，以致忘记叫人送茶。吕显卿也不在意，好赛一上手，就对上茬儿，兴冲冲说：

"鄙乡大同，古称云中。有句老话说'浑河毓秀，代产娇娃'。我们那儿女子，不但皮白肤嫩，尤重纤足。每逢四月八日那天，满城女子都跷着小脚，坐在自家门前，供游人赏玩。往往穷家女子小脚被众人看中，身价就一下提上去百倍……"

"满城女人？好气派好大场面呀！"佟忍安说。

"确是，确是。少说也有十万八万双小脚，各式各样自不必说。顶奇、顶妙、顶美、顶丑、顶怪的，都能见到。那才叫'天下之大，无奇不有'呢……"

"世上有此盛事！可惜我这几个儿子都不成气候，我这把年纪，天天还给铺子拴着。晾脚会这样的事不能亲眼看一看，这辈子算白活了！"佟忍安感慨一阵子，又蛮有兴趣问道，"听说，大同晾脚时，看客可以上去随意捏弄把玩儿？"

乔六桥接过话说：

"佟大爷向来博知广闻，这下栽了。这话昨夜我也问过居士，人家居士说，晾脚会规矩可大——只许看，不许摸。摸了就拿布袋子罩住脑袋大伙儿打。打死白打！"

众人哈哈笑起来。乔六桥是风流人，信口就说，全没顾到佟忍安的面子。吕显卿露出得意来。佟忍安嘛眼？只装不知，却马上换了口气，不赛求教，倒赛考问：

"居士，您刚刚说那顶美的嘛样，倒说说看。"

"七字法呀，灵、瘦、弯、小、软、正、香。"吕显卿张嘴就说。好赛说，你连这个也不知道。

"只这些？"

这瘦老头挺灵，听出佟忍安变了态度，便说："还不够？够上一字就不易！尖非锥，瘦不贫，弯似月，小且灵，软如烟，正则稳，香即醉，哪个容易？"他面带笑对着佟忍安，吐字赛炒崩豆。叫满屋听了都一怔。

佟忍安当然明白对方在抖搂学问，跟自己较劲，便面不挂色，说了句要紧的话：

"得形易，得神难。"

吕显卿巴巴眨两下眼皮，没听懂佟忍安的话，以为他学问有限，招架不住，弄点玄的。他真恨不得再掏出点玩意儿，压死这天津爷们儿，便抡起舌头说：

"听说您家大少奶奶一双小脚，盖世绝伦，是不是名唤香莲？大名还是乳名？妙极！妙极！是呵，古来称小脚为金莲。以'香'字换'金'字，听起来更入耳入心，还不妙！'金莲'一说由来，不知您考过没有？都说南唐后主有宫嫔窅娘，人俊，善舞，后主命制金台，取莲花状，四周挂满珠宝，命窅娘使帛裹足，在金莲台上跳舞。自始，宫内外妇女都拿帛裹足，为美为贵为娇为雅，渐渐成风，也就把裹足小脚称作'金莲'。可还有一说，齐东昏侯，命宫人使金箔剪成莲花贴在地上，令潘妃在上边走，一步一姿，千娇百媚，所谓'步步生莲花'。妇女也就称小脚为'金莲'了。您信哪种说法？我信前种，都说窅娘用帛缠足，可没人说潘妃缠足。不缠足算不得小脚！"

吕显卿这一大套，把屋里说得没声儿，好赛没人了。这些人只好喜小脚，没料到给小脚的学问踩在下边。佟忍安一边听，一边提着自个儿专用的逗彩小茶壶，嘴对嘴吮茶，咂咂直响。人都以为他也赞赏吕显卿，谁料他等这位爱莲居士一住嘴，就说：

"说到历史，都是过去的事，谁也没见过，谁找着根据谁有理。通常说小脚打窅娘才有，谁敢断言唐代女子绝对不裹脚缠足？伊世珍《琅嬛记》上说，杨贵妃在马嵬坡被唐明皇赐死时，有个叫玉飞的女子，拾得她一双雀头鞋，薄檀木底，长短只有三寸五。这可不是孤证。徐用理的《杨妃妙舞图咏》也有几句：'曲按霓裳醉舞盘，满身香汗怯衣单，凌波步小弓三寸，倾国貌娇花一团。'三寸之足，不会是大脚。可见窅娘之前，贵妃先裹了脚。要说唐人先裹脚，杜牧还有两句诗：'钿尺裁量减四分，纤纤玉笋裹轻云。'一尺减去四分，还剩多少？"

"佟大爷，别忘了，那是唐尺，跟今儿用的尺子不一般大小！"吕显卿边听边等漏儿，抓住漏儿就大叫。

"别忙，这我考过。唐人哪能不用唐尺？唐尺一尺，折合今儿苏尺八寸，苏尺又比营造尺大一寸。诗上说一尺减四，便是唐尺六寸，折合苏尺是四寸八，折合今儿营造尺是四寸三。不裹脚能四寸三吗？您说说。"

吕显卿一时接不上话茬。眼睛嘴全张着。

乔六桥拍手叫起来：

"好呀，看来能人在咱天津卫，别总把眼珠子往外瞧了！"

众人都将吃惊的眼神，打山西人身上挪到佟忍安这边来。可人家吕显卿也是修行不浅的能人。能人全好胜，哪能三下两下就尿，稍稍一缓，话到嘴边，下巴一扬就说："佟大爷的话，听来有理。可使两句诗做根据，还嫌单薄。《唐语林》上说，唐时一般上人妻，服丈夫衫，穿丈夫靴，可见并不缠足。"

"说的是。可我并没说唐朝女子都缠足，而是说有缠足。有没有是一码事，都不都是另一码事。居士所考，是缠足发端哪朝哪代，不是哪朝哪代蔚成风气的，对不？咱议的嘛，先要定准，免得你说东我说西，走了题，不明不白。再说，从唐诗中求根据，绝非这三两句，白乐天有句，'小头鞋履窄衣裳'。说的都是唐朝女子穿鞋好小头。按唐时礼节，走路不直疾促，行步快，即失礼。用布缠裹约束，自然迟缓。这是情理之中的事。至于缠成嘛样？嘛法？多大？另当别论。"

"今儿倒长了见识，天津卫佟大爷把缠足史的上限定到了唐。"吕显卿话里带讥讽，仍遮不住一时困窘。明摆着没话相争，学问不顶饿了。

佟忍安笑笑，好赛话才开头，接着说：

"要说上限，我看唐也嫌晚。《周礼》有屦人，掌管皇上和王妃鞋子，所谓赤舃、黑舃、赤缲、黄缲、青勾、素履、葛履，都是各式各样鞋子。看重鞋，必看重脚。汉朝女子鞋头喜尖，打武梁祠壁画上看，老莱之母，曾子之妻，鞋头都尖。《史记·货殖传》上说，'今夫赵女郑姬，设形容，揳鸣琴，揄长袂，蹑利屣'。所谓利屣，也是尖头鞋子。《汉书·地理志》上有句话挺要紧，'赵女弹弦跕躧'，师古注，躧字与屣同，是种无跟小鞋，跕是轻轻站着。由此看，汉朝女子以尖鞋、细步、轻站为美。自然要在脚上下功夫，那就非小不可。史游《急就篇》有句'靸鞮卬角褐袜巾'，下边的注不知您留意没有。注中说，靸谓韦履，头深而尖，平底，俗名著靸子；鞮薄革小履也，巾者，裹足也。这话说得还要多明？您要听，我还有好多例子，就怕占大伙儿不少时候，犯不上。单把这些书上零零碎碎记载，细心推敲推敲，缠足始于唐，恐怕也不能说死吧！都说历史是死的，我看是活的，谁把它说死，谁都等着别人来翻个儿！"

吕显卿好赛给对方扔到水里，又按到水下边，不傻也呆，轮到了由人摆布的份儿。乔六桥比刚才叫得更欢：

"完了完了！今儿我才明白，没学问，玩小脚，纯粹傻玩儿！"

牛凤章脖子一缩说：

"说得我也想裹小脚了！"

这话惹得众人笑声要掀去屋顶。牛凤章人不怪心眼怪。他总是自觉身贱，时不时糟蹋自己一句，免得别人再来糟蹋。

今儿不比寻常。佟忍安正来劲，满肚子学问要往外倒，逮住牛凤章这句话，笑道：

"牛五爷可别这么说。明朝还真有男人裹足，伪装女子，混在女人堆儿里找便宜。事败后坐几年大狱，放出来人人骂他，藏不成，躲不了，人人能认出他来。"

"为嘛哪？"牛凤章瞪着小眼问。

"脚裹小了，还能大回来？"佟忍安说。

众人又是大笑。牛凤章双脚紧跺，叫着："我可不裹！我可不裹！"卖傻样儿逗大伙儿乐。

华琳摇着白手细指说："不不，牛五爷裹脚准叫人认不出来。"他说完这上半句，等别人追问为嘛才说下半句，"牛五爷造假画，赛真的；裹小脚，更赛真的！"说话时，眼珠子不看牛凤章，也不看佟忍安，好赛看屋顶。

这话够挖苦，可别人说还行，牛凤章和华琳同行，都画画，同行犯顶，不吃这话。他小眼一翻，立时把话撞回去：

"我的假画，骗得了您华七爷，可逃不过佟大爷的眼。对不，对不？嗯？嘻！"

牛凤章这句话既买好佟忍安，又恶心了华琳，说得自己都得意起来。华琳清高，但清高的人拉不下脸儿来，反倒吃亏没辙，脸气白了。

乔六桥说：

"牛五爷，你还是闭嘴拿耳朵听吧！没见佟大爷和这位居士正亮着学问。今儿吴道子、李公麟来了，也叫他滚。爷几个都是冲小脚来的！"

牛凤章立时捂嘴，发出牛叫般粗声儿：

"请佟大爷给诸位长学问！"

佟忍安压倒吕显卿，占了上风，心里快活。可他不带出半点得意，也就不显浅薄，反倒更显得高深。他心想，自己还要退一步，有道是，主不欺客，得意饶人，才算是大度。便看也没看牛凤章，撂下茶壶和颜悦色说道：

669

"这些话算嘛学问，都是闲聊闲扯罢了。世上事，大多都是说不清道不明，公说公有理，婆说婆有理，其实都有理。人说，凡事只有一个理，我说，事事都有两个理。每人抱着自己的理，天下太平；大伙儿去争一个理，天下不宁。古人爱找真，追究鸡生蛋，还是蛋生鸡，管它谁生谁！有鸡吃，有蛋吃，你吃鸡我吃蛋，你吃蛋我吃鸡，或是你吃鸡也吃蛋，我吃蛋也吃鸡，不都吃饱又吃好了？何苦去争先鸡后蛋先蛋后鸡？居士！眼下咱把这些废话全撂下，别耽误正事。马上赛脚给您看，听听您眼瞅着小脚，发一番实论，那才真长见识呢，好不好……"

"好好好！"吕显卿刚刚心里还拧着，这一下就平了。他给佟忍安挤到井边，进不是退也不是。谁料这老小子一番话又给他铺好台阶，叫他舒舒坦坦下来。心想，天津卫地起是码头，码头上的人是厉害；骑驴看景走着瞧，抓着机会再斗一盘！

第五回　赛脚会上败下来

众人听说赛脚开始，都欢呼起来。有的往前挪椅子，有的揉眼皮，有的按捺不住站起身，精神全一振。方才谁也没留意，这会儿忽见大门外廊子上站一个黄脸婆子。人虽老，神气决不凡，脑袋梳着苏头鬏子，油光光翘起来的小鬏上，罩黑丝网套，插两朵白茉莉，一朵半开的粉红月季。身上虽是短打扮，一码黑，大褂子上的宽花边可够艳，胸前掖一块一尘不染的雪白帕子，两只小脚包得赛一对紧绷绷乌黑小粽子。鞋上任嘛装饰也没有，反倒入眼。

吕显卿低声问乔六桥：

"这是谁？"

乔六桥说：

"原来是佟大爷老婆的随身丫头。佟大奶奶死后，一直住在佟家。原叫潘嫂，现叫潘妈。您看那双小黑脚够嘛成色？"

"少见的好！凭我眼力，恐怕脚上的功夫更好。你们这位佟大爷花哨吗？"

乔六桥斜眼瞅一下佟忍安，离得太近，便压低声儿说："跟您差不离儿。"又说，"潘妈这脸儿可够瘆人的，谁也不会找她闹。"

"六爷这话差了！脚好不看脸，顾脚不顾头。谁还能上下全照应着。"

两人说得都笑出声来。

佟忍安这儿对潘妈发了话：

"预备好就来吧！"

大伙儿只等着佟家女眷们一个个上来亮小脚。谁知佟忍安别有一番布置，只听大门两边隔扇哗啦哗啦打开了。现出佟家人深居的三道院。院中花木假山石头栏杆秋千井台瓷凳都给中秋明月照得一清二楚，地面亮得赛水银镜子。可这伙人没一个抬头望月，都满处寻小脚看。只见连着东西南北房长长一条回廊中，挂一串角子灯。每盏灯下一个房门，全闭着。潘妈背过身子，哑嗓门叫一声："开赛了！"又是哗啦哗啦，各个厢房门一下全都打开，门首挂着各色绣花门帘，门帘上贴着大红方块纸，墨笔写着：壹号、贰号、叁号、肆号、伍号、陆号。总共六个门儿。大伙儿几乎同时瞧见，每个门帘下边都留了一截子一尺长短的空儿，伸出来一双双小脚，这些脚各有各的捯饬，红紫黄蓝、描金镶银、挖花绣叶、挂珠顶翠，都赛稀世奇宝，即使天仙下凡，看这场面，照样犯傻。刚刚站在廊子上的潘妈忽然不见，好赛土行孙打地下钻走。

人之中，只有吕显卿看出潘妈人老身子重，行路却赛水上漂，脚上能耐世上绝少。他把这看法放在心里没说。

佟忍安对吕显卿说：

"居士，我家几次赛脚，都是亡妻生前主办。这法儿是她琢磨出的。为的是，请来评脚的客人有生有熟，熟人碍情面，不好持平而论。生人更难开口说这高那低，再有我的儿媳妇都怕羞，只好拿门帘挡脸，可别见怪。"

"这好这好！鄙乡大同是民间赛脚，看客全是远处各地特意赶去的，谁也不认得谁。您这儿全是内眷，这样做再好不过。否则我们真难评头论足了。"

佟忍安点点头，又对大伙儿说：

"前日，乔六爷出个主意说，每个门帘上都写个号码，各位看过脚，品出高低，记住号码，回到厅里。厅里放张纸，写好各位姓名，后边再写上甲乙丙。各位就按心里高低，在甲乙丙后边填上号码。以得甲字最多为首。依次排出三名来。各位听得明白？这样赛成不成？"

"再明白不过！再妙不过！又简单又新鲜又好玩，乔六爷真是才子。出主意也带着才气！来吧，快！"吕显卿已经上劲，精神百倍，急得直叫。

众人也都叫好，闹着快开始。这一行人就给佟忍安带领绕廊子由东向西，在一个个门前停住观摩品味琢磨议论，少不得大惊小怪喧哗惊叫一通。

戈香莲坐在门口。只见一些高矮胖瘦人影，给灯照在门帘上。她有认得也有不认得，乱七八糟分不出哪是哪位，却见他们围在她脚前呼好叫绝议论开：

"这双脚，如有'七十字法'，字字也够得上。我猜这就是佟家大儿媳妇，对不？"

"居士，您刚才说，'七字法'中有个'香'字，现在又说'七十字法’，肯定也跑不掉‘香’字，我问您这‘香’字打哪得来的？”

“乔六爷，咱文人好莲，不能伤雅，大户人家，哪有小香的道理。唯香一字，只能神会。”

“佟大爷，方才说赛脚会上许看不许摸，闻一闻总可以吧！呵？哈哈哈哈！”

香莲见门帘一个人影矮下来。心一紧，才要抽进脚来，又见旁边一个矬胖影子伸手拉住这人，嘻嘻哈哈说：

“乔六爷，提到‘香’字，我们苏州太守也是莲癖，他背得一首山歌给我，我背给您听：‘佳人房中缠金莲，才郎移步喜连连。娘子呵，你的金莲怎的小，宛如冬天断笋尖，又好像五月端阳三角粽，又是香来又是甜。又好比六月之中赛佛手，还带玲珑还带尖。佳人听罢红了脸，贪花爱色恁个贱，今夜与你两头睡，小金莲就在你嘴边，问你怎么香来怎么甜，还要请你尝尝断笋尖！’”

这人苏州音，念起来似唱非唱。完事，有人笑有人拍手，有人说不雅，有人拿它跟乔六桥开心。却给香莲解了围。

忽然一个声音好熟，叫道：

“各位再往下看，好的还在后边呢！”

一群人应声散去，在西边一个个门前看脚谈脚，却没有刚刚在自己门前热闹。后来却在一处赛油锅泼水地喧闹开了。有人说：

“简直闹不清，哪个是您大媳妇了！”

又是那好熟的声音：

“哪脚好，就哪个，这脚好，就这个！”

香莲忽觉得这是二少爷佟绍华的嗓门。模糊有点不妙，蛮有把握的手竟捏起汗来。耳听这伙人，说说笑笑回到前厅，打打闹闹去填号码。好一会儿，佟绍华在厅上唱起票来：

"乔六爷——甲壹乙贰丙陆，吕老爷——甲壹乙贰丙肆，华七爷——甲贰乙壹丙肆，牛五爷——甲壹乙贰丙叁，苏州白掌柜甲贰乙壹丙肆，苏州邱掌柜甲壹乙贰丙伍……把票归起来，壹号得甲最多，为首，贰号次之，第二，肆号第三。"

戈香莲好欢喜，一时门帘都显亮了。又听佟绍华叫道："潘妈，拉下门帘，请各位少奶奶、姑娘，见见诸位客人！"跟着香莲眼前更一亮，几十盏灯照进眼睛。却见前厅辉煌灯火里满是客人，周围各房门口都坐一个花样儿的女人。

佟绍华赛刚给抽了三鞭子，十分精神。那张大油脸鼓眼珠，今儿分外冒光，双手举着一张写满人名号码的洒金朱砂纸，站在前厅外高声儿叫：

"壹号，白金宝，我媳妇！你来谢谢诸位老爷！贰号，戈香莲，我嫂子；肆号，董秋蓉，是我弟妹。余下三个都是我家丫鬟，桃儿、杏儿、珠儿。各位也请出来吧！"

戈香莲傻了！她是大少奶奶，该壹号，怎么贰号？是弄错还是佟绍华成心捣鬼？回头一瞧，门帘上贴的居然就是贰号。可是凭自己的脚，写上嘛号码也该选第一呀！她不信会败给白金宝，但拿眼一瞧就奇了，白金宝好赛换一双小脚，玲珑娇小，隐隐一双淡绿小鞋，分明两片苹果叶子，鞋头顶着珠子，唰唰闪光，又赛叶子上颤悠悠的露水珠儿。这会儿她正打屋里出来，迈步也完全不同往常，绣花罗裙，就赛打地面上飘过，脚尖在裙子下边，忽然露出忽然不见，逗人眼馋。香莲起身走出屋时，本打算拿鞋上的那对蝴蝶压压白金宝，一提裙腰，蝴蝶出来了，可两只脚咋咋呼呼支支棱棱，有露没藏赛叉鱼的叉子，劈着两个大尖。那白金宝走到众人前，道万福行礼，右脚没露，只把左脚成心往外一闪。这一闪叫人看个满眼，再多看一眼又不成。香莲也给这一下闪呆了。原本白金宝的脚比自己大，怎么显得比自己还小？一刀切去一块不成！鞋子更是出奇讲究，连鞋底墙子、底牙、裤腿套上全是精致到家的绣花。香莲打小也没见过这么贵重花哨的鞋子。自己这印花蝴蝶不过奶奶打香粉店花二十个铜子儿买的，一比，太穷气了。

这种场面上，一透穷气，就泄了气！她打脚底到腰叉子全发凉。恨不得拨头跑回屋，关门躲起来。潘妈招呼珠儿、杏儿、桃儿端三个青花瓷礅子，放在当院，请三位少奶奶坐下。香莲想拿裙子把小脚罩住，偏偏刚才为了露蝴蝶，裙腰往上提，腰带扎得又紧，拉不下来，小脚好赛净心晾在外边给她出丑。她不敢瞅自己脚，也不敢瞅白金宝的脚，更不敢瞅白金宝的脸。白金宝脸儿不定多光彩呢！

佟忍安对吕显卿说：

"居士，打这评选结果上看，你果然不凡。您看其他各位有的一错两对，有的两错一对，有的名次顺序填倒，唯有您号码也对，顺序也对。不知您品评金莲按嘛规格？"

吕显卿听了好得意，才要开口，乔六桥抢过话打趣道：

"还是那七字法呗！"

吕显卿刚刚比学问栽了，这次不能再栽，嘴皮子也鼓起劲儿说：

"七字法是通用之法。品莲要分等级的。"

"怎么分法，请指教。"佟忍安一追问，两人又较量上了。

"这要先说六个字。"

"不是七字又六字？愈说愈糊涂了！"乔六桥嘻嘻哈哈说，一边跟旁人挤眉弄眼，想拿这山西佬找乐子。

吕显卿是老江湖，当然明白。他决意给这些家伙点真格的瞧瞧，正色说：

"听明白就不糊涂。小脚美丑，在于形态。所谓形态，形和态呗！

先说形，后说态。形要六字具备，即短、窄、薄、平、直、锐。短指前后长度，宜短不宜长。窄指左右宽度，宜窄不宜宽。还须前后相称，一般小脚，往往前瘦后肥，像猪蹄子，不美。薄指上下厚度，宜薄不宜厚；直指足跟而言，宜正不宜歪，这要打后边看。平指足背而言，宜平不宜突，如能向下微凹更好。锐指脚尖而言，宜锐不宜秃，单是锐还不成，要稍稍向上翘，便有媚劲儿。向上撅得赛蝎子尾巴，或向下耷拉得赛老鼠尾巴，都不足取。这是说小脚的形。"

这几句就叫香莲听得云山雾罩，从不知小脚上还这么多道理讲究。拿这些道理一卡，自己的脚哪还算脚，只赛坠在脚脖下两块小芋头。前厅里诸位把吕显卿这套听过，不觉拿眼全瞄向佟忍安。盼望这位天津卫能人，再掏出点真玩意儿，把这外边来的能耐梗子压住。佟忍安单手端小茶壶，歪脖眯眼慢条斯理吮着，不知有根还是没词，不搭腔，只是又追了一句：

"这说了形，还有态呢？"

吕显卿瞥他一眼，心想不管你有根没根，先痛快压你一阵再说。

"态字上要分三等。上等金莲，中等金莲，下等金莲。"

香莲心里一惊，想到自己得第二名，生怕这老头把自己归入中等。

"先说上等！"苏州那商人听得来劲，急着说。

"好，我说。上等金莲中间又分三种。两脚缠得细长，好比笋尖，我们大同叫'黄瓜条子'，雅号叫钗头金莲。两脚缠得底窄背平，好比弯弓，雅号叫单叶金莲。两脚缠得头尖且巧，好比菱角，雅号叫红菱金莲。这三种小脚中间垫高底，又叫穿心金莲，后边蹬高底，又叫碧台金莲。都是上等。"

"居士敢情有后劲，快说说中等嘛样！"乔六桥说。

"脚长四五寸，还端正，走起来不觉笨，鞋帮没有棱角鼓起来，叫锦边金莲。脚丰而不肥，好赛鹅头，招人喜爱，叫鹅头金莲。两脚端正，只是走路内八字，叫并头金莲；外八字的叫并蒂金莲。这都是中等。"

"这名字真比全聚德炒菜的名儿还好听！"乔六桥笑道。

"六爷你是眼馋还是嘴馋？"

"别打岔！居士，你别叫他们一闹把话截了，接着说下等的金莲。"

吕显卿说：

"今儿佟家府上没下等金莲。三位少奶奶都是上等的。要在我们大同赛脚会上，我敢说也能夺魁！"

他这几句话，不知真话假话客气话应酬话，却说得三位少奶奶起身向他道谢。一站一坐当儿，白金宝无意打裙缝露出小脚，叫戈香莲逮住着意一看，吓一跳，竟然真比平时小了至少一寸！是自己看错还是人家用了嘛魔道法术？

吕显卿对佟忍安说：

"我虽嗜好金莲，比您，至少还差着三磴台阶。方才班门弄斧，可别笑话我无知，多多指点才对呢！"

佟忍安眼瞅一处，不知想嘛，一听吕显卿这话好比跑到自己大门口叫阵，略一沉便说：

"秦祖永《桐阴论画》，把画分作四品。最高为神品，逸品次之，妙品又次之，最末才是能品。能品最易得，也最易品。神品最难得，也最难品。拿我们古玩行说，辨画的真伪，看纸，看墨，看裱，看款，看图章，看轴头，都容易，只要用心记住，走不了眼。可有时候高手造假画，用纸、用墨、用绫、用锦，都用当时的，甚至图章也用真的，怎么办？再有，假宋画不准都是后来人造的，宋朝当时就有人造假！看纸色墨色论年份都不错，就没办法了？其实，盯准更紧要的一层，照样分辨出来，就是看'神'！真画有神，假画无神。这神打哪儿来的呢？比方，山林有山林气，画在纸上就没了。可画画的高手，受山林气所感，淋淋水墨中生出山林一股精神。这是心中之气，胸中之气，是神气。造假绝造不出来。小脚人人有，人人下功夫，可都只求形求态。神品……人世间……不能说没有……它，它……它……"

佟忍安说到这儿忽然卡住，眼珠子变得浑浑噩噩蒙蒙眬眬虚虚幻幻离离叽叽，发直。香莲远远看，担心他中了风。

吕显卿笑道："未免神乎其神了吧！"他真以为佟忍安肚子里没货，玩玄的。

"这神字，无可解，只靠悟。一辈子我只见过一双神品，今生今世再……唉！何必提它！"佟忍安真赛入了魔。弄得众人不明不白不知该说嘛好。

忽然，门外闯进一个胖大男人。原来大少爷佟绍荣，进门听说今儿赛脚，白金宝夺魁，他老婆败了阵。吼一声："我宰了臭娘儿们！"把手里鸟笼子扯了，刚买的几只红脖儿走了运，都飞了。他绰起门杠，上来抢起来就打香莲，众人上去拉，傻人劲大，乔六桥、牛凤章等都是文人，没帮上忙，都挨几下，牛凤章门牙也打活了。一杠子抢在香莲坐的瓷礅子上，粉粉碎。佟忍安拍桌子大叫："拿下这畜生！"男用人跑来，大伙儿合力，把大少爷按住，好歹拉进屋，里边还一通摔桌子砸板凳，喊着：

"我不要这臭脚丫子呀！"

客人们不敢吱声，安慰佟忍安几句，一个个悄悄溜了。

当晚，傻爷们儿闹一夜，把香莲鞋子脚布扒下来，隔窗户扔到院里。三更时还把香莲叽哇喊叫死揍一顿轰出屋来。

香莲披头散发，光着脚站在当院哭。

第六回　仙人后边是神人

戈香莲赛脚一败，一跟斗栽到底儿。

无论嘛事，往往落到底儿才明白。悬在上边发昏，吊在半截也迷糊。在佟家，脚不行，满完。这家就赛棋盘，小脚是一个个棋子儿，一步错，全盘立时变了样儿。

白金宝气粗了。香莲刚过门子时，待她那股子客客气气劲儿全没了。好赛憋了八十年的气，一下子都撒出来。时不时，指鸡骂狗，把连钩带刺的话扔过来，香莲哪敢拾。原先不知白金宝为嘛跟她客气，现在也不知白金宝干嘛跟她犯这么大性。白金宝见这边不拾茬，性子愈顺愈狂。不知打哪弄一双八寸大鞋，俗名叫大莲船，摆在香莲门口，糟蹋香莲。香莲看得气得掉泪却不敢动。别人也不敢动。

守寡的四媳妇董秋蓉在家的地位有点变化。过去白金宝总跟她斗气，板死脸给她看。赛脚会后换了笑脸，再逢亲朋好友来串门，就把秋蓉拉出来陪客人说话，甩开香莲理也不理，弄得秋蓉受宠若惊，原是怕白金宝，这会儿想变热乎些又转不过来，反而更怕见白金宝了。

佟绍华沾了光。只要在铺子里待腻了想回家，打着二少奶奶旗号，说二少奶奶找他，挺着肚子就回来了，佟忍安也没辙。可后来，二少奶奶自己出来轰他，一回来就赶回去。本来佟绍华骑白金宝脖子上拉屎当玩儿，这阵子白金宝拿佟绍华当小狗儿。谁也不知二少奶奶怎么一下子对二少爷这么凶。戈香莲明白。她早早晚晚三番五次瞧见佟忍安往白金宝屋里溜。但她现在躲事都难还去招惹是非？再说家里人都围着白金宝转，知道也搁肚子里，谁说？丫头们中只桃儿待香莲好，她原是派给香莲用的，可当下只要她一脚迈进香莲屋，白金宝就叫喊桃儿去做事，两只脚很难都进来。一日中晌,趁着白金宝睡午觉当儿,桃儿溜进香莲屋来悄悄说,自打白金宝不叫二少爷着家,二少爷索性到外边胡来,过去逛一回估衣街的窑子,到家话都少说,怕走了嘴。现在嘛也不怕,整天花街柳巷乱窜。憋得难受时竟到落马湖去尝腥,那儿的窑姐都是野黑粗壮的土娘们儿,论钟头要钱,洋表转半圈,四十个铜子儿。到时候老鸨子就摇铃铛,没完事掏钱往外一扔。桃儿说,这一来柜上的钱就由二少爷尽情去使。乔六桥一伙摽上了他,整天缠他请吃请喝请看请玩儿再请吃请喝请看请玩儿。

"老爷可知道?"

"老爷的心思向来没全摽铺子里,你哪知道!"

香莲也知道,但不知自己知道一多半还是一少半。

这家里,看上去不变的唯有潘妈。她住在后院东北角紧挨佟忍安内室的一间耳房。平时总待房里,偶然见她在太阳地晒鞋样子、晾布夹子,开门叫猫。她养这猫倒赛她自己,全黑、短毛、贼亮、奇凶、赛只瘦虎。白天在屋睡觉,整夜上房与外边流窜来的野猫厮打,鬼哭狼嚎吼叫,有时把屋顶的砖头瓦块"啪嗒"撞下来。桃儿说,全家人谁也离不开潘妈,所有鞋样子都归她出。赛脚那天白金宝的小脚就靠她捯饬的。她的鞋样敢说天下没第二个。

"十天半个月,她也往各屋瞧瞧,鞋不对,她拿去弄。可她就不往您屋里来。您没瞧见赛脚前她天天都往二少奶奶屋跑。就是她把您打赛会上弄下来的。不知她为嘛偏向二少奶奶,恨您!"

香莲没搭腔,心里却有数。香莲心细,看出潘妈打赛脚后不再去白金宝屋子了。

变得最凶,要数香莲的傻爷们儿。香莲真不懂傻人也把小脚看得这么重。原先是傻，这一下疯了。疯人更没准，犯起病就跟香莲瞎闹。有时拿拴床帐的带子，把香莲两脚捆一块儿，就要拿出去卖。买鸟儿，这是高兴时候。凶狠起来就拿针锥扎小脚，鲜血打裹脚布里往外冒。香莲已有了身孕，桃儿等几个丫头来哄大少爷说，大少奶奶肚里有他孩子，孩子有双天下没比的小脚，叫他必得好好待大少奶奶，等着好小脚生出来。这话管用，大少爷一听立时变样，天天捧着香莲小脚亲了又亲。一天打外边回来，居然给香莲买一包蜜枣，叫香莲心里一热直掉泪。可过几天，街上两个坏小子拦着大少爷说："听说你爹给你娶个大脚媳妇，还要再生个大脚闺女。"他眼就直了，进门绰起菜刀踹门进屋，非要切开香莲肚子看小脚不可，扯脖子叫喊着：

"我爹诳了我，谁也不信，打开看！"

香莲这两天正是心如死灰时候。不知谁把赛脚会的事传给香莲的奶奶。奶奶听了，气闭过去。香莲得信赶到家，奶奶拿最后一口气对她说："奶奶也不知怎么会毁的你！"糊里糊涂，抱着悔恨作古了。香莲绝了后路，见傻爷们儿也不叫她活，心一横，把衣服两边一扯唰地撕开。露出鼓鼓白肚皮，瞪着眼对大少爷说：

"开吧！我活腻了，要嘛给你嘛！"

谁知当啷一声，菜刀扔在地上，傻爷们儿居然给香莲磕起头来。脑门撞得青砖地"嗵、嗵、嗵"直响，十来下就撞昏了，脑门鼻子都流血。再醒来，不打不闹，也不说话，只是傻笑，饭菜全不吃，到后来滴水不进，药汤没法灌，人就完了。挺大一个活人，完了，真容易。

应上"白马犯青牛，鸡猴不到头"这句话。香莲结婚没一年，守了寡。人强心不死，她只盼着生个小子。白金宝和董秋蓉两房头都是闺女，董秋蓉一个，白金宝两个，据说在南边的三少奶奶尔雅娟生的也是闺女。香莲要生个小子，给佟家留根，日子还能喘过口气。偏偏心强命不强，生的是丫头！想改也改不了，想添再也添不了！生下来不久还满身疹子。她心凉得赛冰块，天天头不拢脚不裹，孩子死就死，死完自己死。可自己身上掉下的这块肉，满是红点，痒得整天整夜哭，哭声叫她待不住，每天一趟去到娘娘宫，给斑疹娘娘烧香。娘娘像前还有三个泥塑长胡的男人，人称"挠司大人"，专给出疹子的孩子挠痒，还有一条泥做的黑狗，专给孩子舔痒痒痘。她一连去七天，别说娘娘不灵，孩子的疹子竟然退了。

一天潘妈忽进来，抓起孩子的小脚看了看，惊讶地说："又是天生一块稀罕料。"随后拿着吓人的鼓眼盯住香莲说，"老爷叫我给她起个名儿。就叫莲心吧！"

香莲听了，两眼立时发直，潘妈走出去时，看也不看。桃儿端饭进来了。自打大少爷死后，香莲落得同丫头们地位差不多，吃饭也不敢和老爷少爷少奶奶们同桌。桃儿问她：

"不是二少奶奶又骂闲街了？甭搭理她，她骂，您就把耳朵给她，也不掉块肉。"

香莲直呆呆不动。

桃儿又说：

"我看四少奶奶心眼倒不错。这汤面上的肉丝，还是她夹给您的呢！原先她那双脚，不比二少奶奶差。倒霉倒在一次挑鸡眼，生了脓，烂掉肉，长好了就嫌太瘦。那天赛脚，我劝她垫点棉花，她不肯。她怕二少奶奶看出来骂她。可我看……您可别往外说呀——二少奶奶脚尖就垫了棉花。本来她脚尖往下耷拉！不单我瞧出来，珠儿杏儿全瞧出来了，谁也不敢说就是了！"

桃儿引香莲说话。本来这话十分勾人谈兴的。但香莲还是不吭声也不动劲，神色不对，好赛魂儿不在身上。桃儿以为她一时心思解不开，不便扰她，就去了。香莲在床边直坐到半夜，拿着闺女雪白喷香的小脚，口里不停念叨着潘妈的话：

"又是天生一块稀罕料……天生一块稀罕料……天生一块稀罕料……"

三更时，香莲起来插上门，打开一小包砒霜，放在碗中，拿水沏了，放在床头。上床放了脚，使裹脚条子把自己和闺女的脚捆在一块儿，这才掉着泪说：

"闺女！不是娘害你！娘就是给这双脚丫子毁成这样，不愿再叫你也毁了！不是娘走了非拉着你不可，是娘陪你一块儿走呀！记着，闺女！你到了阎王殿也别冤枉你娘呀！"

闺女正睡。眼泪掉在闺女脸上，好赛闺女哭的。

香莲猛回身，端起毒药碗就要先往闺女嘴里灌。

忽听"哗啦"一响，窗子大敞四开，黑乎乎窗前站着一个人。屋里灯光把一张老婆子的脸照得清清楚楚。满脸横七竖八皱纹，人眼死盯着自己，真吓人！

"鬼！"香莲一叫。毒药碗掉在地上。

恍惚间，以为是奶奶的鬼魂儿找来了，又以为是自己从没见过、早早死去的婆婆。耳朵却听这老婆子发出声音，哑嗓门，口气很严厉：

"要死还怕鬼！再瞅瞅，我是谁？"

香莲定住神，一看是潘妈。

"开开门，叫我进去！"潘妈说。

香莲见是她，心一定，不解脚条子，把头扭一边。

潘妈打窗子进去，站在炕前，冷笑道：

"活不会活，死倒会死！"

香莲心还横着，在死那边。根本不理她。

潘妈上去，拿起香莲的脚，摆来摆去又捏又按上下左右前前后后地瞧了又看看了又瞧，真赛端详一个精细物件。香莲动也不动，好似这脚不跟她身子连着。心都死了，脚还活着？潘妈手拿她的脚，眼瞅一边，深深叹一口长气说："他眼力真高！我要有这双脚，佟家还不是我的！"她沉一下忽扭头对香莲说，"您要肯，把您这双脚交给我，我保您在佟家横着走路！"这两句话说得好坐实，一个字儿在板上钉一个钉子。

她等着香莲回答，停一刻，没听香莲吭声，便冷冷说："戴金镯子穷死，活该去当窝囊鬼吧！"转身就走，小脚还没迈出门槛，香莲的声音就撞在她后背上：

"你说的算，我就依你！"

潘妈回过身。香莲打进佟家，头次见潘妈笑脸。脸板惯了，一笑更吓人。可跟着笑容就消失，不笑反比笑更舒服。潘妈问：

"这脚谁给您缠的？"

"我奶奶。"

"算她对得起您！您听好了——您这双脚，要论天生，肉嫩骨软，天下没第二双；要论缠裹，尖窄平直，也没挑儿。您奶奶算能人，没给您缠坏，就算成全了您。可是怨就怨您自己没能耐收拾它。好比一块好肉，只会水煮放盐，不会煎炒烹炸，白叫您给淹浸了！再好比一块玉，没做工，还不跟石头一样！单说赛脚那天，那双蝴蝶鞋还算鞋？破点心盒子！酱菜篓子！要嘛没嘛，嘛好脚套上它还有样？再说您为嘛不穿弓底？人家二少奶奶四寸脚，穿上弓底，脚一弯，四寸看上去赛三寸。您这脚本来三寸，反叫这破鞋连累得显得比二少奶奶脚还大，这不屈了！不等着败等嘛？"

香莲眼珠子闪一道蓝光：

"告我，还有救吗？"

"要没有，跟您说它干嘛！"

香莲解开脚上带子，下炕"扑通"趴下来给潘妈磕三个头：

"潘妈，求您给我指个明道儿，叫我翻过身来吧！"

她眼里直冒火。

潘妈冷言道：

"您起来，您是主家，不兴给用人跪着。再说，我又不是为您。您为您自己，我也为我自己。可都得用您这双脚。谁也别谢谁了！"

香莲听懂一半，另一半不懂。

潘妈不管她懂不懂，"叭"地打开桌上一个漆盒子。不知这盒子嘛时候摞在桌上的。黑漆面，朱漆里，铜蝙蝠包角，盒里一块绣花黄绸子。掀开花绸，拿出一双花团锦簇般的小鞋，绣工可谓盖世无双，花边一层套一层，细得快看不出来，拿眼一盯，藤萝鱼鸟博古走兽行云海浪万字回纹，都是有姿有态精整不乱。拿出来就喷香浓香异香，赛两朵花儿。放在手中，刚和手掌一般大小。又软又轻又俏又柔，弯弯的，好比一对如意紫金钩。再看底儿竟是紫檀木旋的。

"您穿上试试。"

"这鞋怕不到三寸吧，我哪能穿？"

"不能我叫您穿？"

香莲提着鞋跟，把脚尖伸进去一蹬，只觉光溜溜鞋底蹭着脚掌一滑，哧溜穿上，不大不小，正正好好。咦，看上去比脚小的鞋，怎么正好？她瞧着潘妈发怔。潘妈说：

"我说了，三寸脚一弯，就比三寸小。这是古式鞋底，样好，弯得赛桥，正经八百叫弓底，不比现时市面上的柳木底子，随便有个弯儿就得。照规矩，三寸鞋，木底长二寸六，弯七分。您再量您那双，顶多弯三分，哪成？好了，您把这双裤腿套儿套在外边，看看嘛样儿吧！"

潘妈打盒里又拿双裤腿套，香莲接过一看，恐怕这样好的绣活别处甭想见到。潘妈说：

"都是桃儿绣的，往后你就找她。"

香莲惊得说不出话来。低头套上这裤腿套，鞋是绿的，套是粉红的，绣线全是淡色，浅紫浅蓝浅黄浅棕浅灰浅酱，加上白和银，又素又艳，愈显得脚儿玲珑娇小可爱。想不到这小脚就连在自己腿下边。她瞅瞅潘妈，心想潘妈也要夸赞几句。潘妈却说：

"您站起来走几步看。记着，小脚有四忌，坐着忌讳晃裙子，躺着忌讳抖脚尖，站着忌讳踮脚跟，走路忌讳跷脚趾。"

香莲想起身试试，身子一立，只觉自己好赛给挂在杆子上，摇摇晃晃，脚发空又发紧。赶紧收拢脚尖，人就往前栽，差点来个马趴；脚跟一使劲，人又往后仰，险些来个老头钻被窝。潘妈按她坐下，叫她脱下鞋子，自己坐对面，把香莲的裹脚条子揪下来一扔，边说："大少奶奶，再受次罪吧，我给您重缠。您穿惯小弯底儿，脚弓不够，全靠缠了！"说着手里已拿了一卷又窄又齐整的青布条子，不管香莲乐不乐意，这脚丫子好比她的东西。大拇指一挑，"嗒"地脚布头就按在脚上，这下真比逮小飞虫还快。她说："您看好了，下次就照这样裹！"

香莲用心看，也用心记。只见潘妈——先把脚布直头按在脚内侧靠里怀踝骨略前，打脚内直扯大拇指尖兜住斜过来绕到脚背搂紧，再打脚背外斜着往下绕裹严压向脚心，四个脚趾拉住抻紧再转到脚外边翻上脚背，搭过脚外边挂脚跟前扯勾脚尖回到脚内侧又直扯大拇指斜绕脚背，下绕四脚趾打脚心脚外边上脚背外挂脚跟勾住脚尖二次回到脚内侧，跟手还是脚内脚尖脚背脚心脚外脚背脚跟脚尖三次回到原处再来。香莲看出，和奶奶裹法差得并不大，不过手底下更利索，脚布绕来绕去绝不折边，一道道紧紧包着密不透气，使力均匀，没有半点松劲地方。可缠到第八道，手法忽变，又加进一条宽裹脚条子，嘴里说一句：

"这叫拦裹布。用的是'拦脚背法'，专治你脚弓不够弯的毛病！"

随这话，脚布上手一勾脚尖，返过足背，竟打外边向下绕，反着拉脚跟，转上去刚好缠脚巴骨，跟着就打内边绕过脚背，来回几圈，算把裹脚布扣住。跟手转过脚跟上脚脖，把脚背前半截拦上，不松劲地打脚跟后直拉大拇趾头，连着脚巴骨一包上足背，这算拦一扣，再裹再拦，再拦再裹，直到把一卷一丈多的裹脚条子全用完。香莲便觉脚背发胀，脚心发空，脚跟和脚心好比叫人两手攥着往下使劲掰，就赛脚抽筋一样。看是好看，有模有样，上弓前翘，俏丽俊巴，可穿上潘妈拿给她另一双扳脚用的青布鞋，难受多了，迈步赛踩高跷。

"能受？"潘妈问。鼓眼珠子瞧着她，分明考问她。

香莲毫不含糊：

"打算活，都能受。还怎么着，你就说吧！"

潘妈冷冷盯她一眼，点点头。打盒里又拿出一把小尺，尺三寸，象牙做的，用得久，发旧发黄发亮，上边的星子都是嵌银的。她把尺子给她时说："这是专量脚使的。二少奶奶使不了，她脚比这尺大。"潘妈嘿嘿一笑。这笑，赛股寒气，往人骨头里钻。"你天天晚上拿热水洗脚，洗完照我刚才那样缠上。记住！一双好脚睡觉时候也不能松开。只要缠好就拿它量。我这儿还有张表，脚上每个关节上边都有尺寸，不能错过半分半毫，哪儿胀出来就勒哪儿。给你——"又递给香莲一张破旧的元书纸，木版印的表格，满是字是尺寸。

香莲拿过一看，这才算打小脚的门缝往里边瞅一眼。一眼就看花了——

足部尺度一览表（营造尺）

各部	径	赤足尺度	紧缠尺度	注
足尖至后跟	直	三寸二分	二寸九分	即足之大小
大趾	直	八分	八分	
大趾	中部横	五分	三分五	
二趾	直	六分	六分	
二趾	中部横	三分	二分七	
中趾	直	七分	七分	
中趾	中部横	四分	三分七	
四趾	直	六分	六分	
四趾	中部横	四分	三分六	
小趾	直	四分	四分	
小趾	中部横	二分		缠后小趾会被挤没，不占宽度
足心足跟间缝口	中部垂直深	一寸	一寸一分	
里缝口	垂直	一寸三分	一寸四分	
外前缝口	垂直	七分	八分	趾跟肉折成之深缝
外后缝口	垂直	一寸	一寸一分	足跟前大深横缝
缝底	横	一寸	九分	
下缝口	横	一寸二分	一寸	
下缝口	原宽	二分		开时如刀削
	分开宽	四分		缠时合一线
缝至足尖	直	二寸一分	一寸八分	
足跟下	横	一寸	九分	
足跟下	直	一寸一分	一寸一分	
后跟	高	一寸五分	一寸七分	缠后自然高起
足跟下至膝盖	直	一尺三寸	一尺三寸二分	
起足尖至胫腕	斜高	四寸	四寸	
足尖	圆	一寸三分	一寸一分	大趾中部

各部	径	赤足尺度	紧缠尺度	注
胫腕	圆	三寸八分	三寸八分	
足腰	圆	二寸五分	二寸	
足面至后跟	直	二寸三分	二寸	
足面至足心	厚	一寸三分	八分	三四趾处
足心下至平地	空	三分	五分	
足面上至膝盖	直	一尺一寸四分		
赤足站立时	直	三寸四分		

自打这夜，天天三更，潘妈准时推门进来，帮她调理小脚，教给她种种规矩、法度、约束、讲究、忌讳、能耐和诀窍，怎么洗脚怎么治脚怎么修脚怎么爱脚怎么调药和怎么挑鸡眼。渐渐还教会她自制弓鞋，做各种各样各门各类鞋壳子，削竹箆、钉曳拔、缘鞋口、缝裤腿套，这一切，不论制法、配色、选料、尺度，都有苛刻的规法。错了不成，否则叫行家笑话。不懂就糊涂着，懂了就非照它办不可。规矩又是一层套一层，细一层，紧一层，严一层。愈钻反而愈来劲愈有趣愈有学问，在它下边受制，在它上边制它。她真不知潘妈肚子里还有多少东西，也许一辈子也学不尽，可香莲是个会用心的女子，非但用心还尽心。一样样牢牢学到手。

虽然她的脚天生质嫩，骨头没硬死，但毕竟成人，小脚成形，要赛泥人张手中胶泥可不成。强弓起来的脚，沾地就疼，赛要断开，真好比重受当年初裹的罪。她不怕！有罪挨着，疼就强忍，硬裹硬来硬踩硬走，硬拿自己干。白金宝眼尖，看出来，就骂她："臭蹄子，裹烂了，还不是只死耗子！"她只装没听见。这话赛刀子，她死往肚里咽。只想一天，拿出一双盖世绝伦的小脚，把这佟家全踩在脚底下。就不知她命里，叫不叫她吐出这口恶气。她叫自己的命差点制死呵！

这日，她抱着莲心在廊子上晒太阳，佟忍安站在门口揪鼻子毛，一使劲，一扭脸，远远一眼就盯上香莲的脚。佟忍安何等眼力，立时看出她的脚大变模样，神气全出来了。佟忍安走过来只说一句："后晌，你来我屋一趟。"转身便走了。

她打进了佟家门，头次进公公屋，也很少见别人进去过。这屋子一明两暗，满屋书画古董，一股子潮味儿、书味儿、樟木味儿、陈茶味儿、霉味儿，浓得噎人。她进来就想出去换口气。忽见佟忍安的眼正落在她脚上。这目光赛只手，一把紧紧抓住她脚，动不得。佟忍安忽问：

"谁帮你捯饬这脚？"

"我自己。"

"不对，是潘妈。"佟忍安说。

"没有。我自己。"香莲不知佟忍安的意思，怕牵扯潘妈，咬住这句话说。

"你要有这能耐，上次赛脚也败不下来……"佟忍安眼瞧别处，不知琢磨嘛，自个儿对自个儿说，"唉！这老婆子！再收拾好这双脚，更没你的份啦……"他起身走进东边内室，招手叫香莲跟进去。

香莲心怕起来。不知公公是不是要玩她脚。反过来又想，反正这双脚，谁玩儿不是玩儿，祸福难猜，祸福一样，进去再说。

屋里更是堆满书柜古玩儿，打地上到屋顶。纸窗帘也不卷，好暗。香莲的心怦怦跳，只见佟忍安手指着柜子叫她看。柜子上端端正正放一个宋瓷白釉小碟儿，碟上反扣着一个小白碗儿。佟忍安叫香莲翻开碗看。香莲不知公公耍嘛戏法，心里揪得紧紧，上手一翻拿开碗！咦呀！小白碟上放着一对小小红缎鞋，通素无花，深暗又鲜，陈旧的紫檀木头底子，弯得赛小红浪头，又分明静静停在白碟上。鞋头吐出一个古铜小钩，向上卷半个小圆，说不出的清秀古雅精整沉静大方庄重超逸幽娴。活活的，又赛件古董。无论嘛花哨的鞋都会给这股沉静古雅之气压下去。

"哪朝哪代的古董？"香莲问。

"哪来的古董，是你婆婆活着时候穿的。"

"这样好看的小鞋，怕天下没第二双！"香莲惊讶瞪圆一双秀眼说。

"我原也以为这样，谁知天不绝此物，又生出你这双脚来，会比你婆婆还强！"佟忍安脸上唰唰冒光。

"我的？"香莲低头看自己的小脚，疑惑地说。

"现在还不成。你这脚光有模样！"

"还少嘛？"

"没神不成。"

"学得来吗？"

"只怕你不肯。"

"公公，成全我！"香莲"扑通"跪下来。

谁料佟忍安"扑通"竟朝她跪下来，声儿打战地说："倒是你成全我！"他比她还兴奋。

她不知佟忍安怎么和潘妈一样，到底为嘛都指望她这双脚。只当公公想玩儿。香莲有自己一盘算盘珠儿，通身一热，站起来把脚伸给他。佟忍安抱着香莲小脚说："我不急，先成就你这双脚再说。"他问她，"你认得几个字儿？"

"蹦蹦跳跳，念得了《红楼梦》。"

"那好！"佟忍安立时起来拿几套书给她，"反反复复看了，等你心领神会，我再给你开个赛脚会，保你拿第一！"

香莲这会儿才觉得，一脚把佟家大门踢开。她把书抱回屋，急急渴

· 691 ·

渴打开，是三种。一是《缠足图说》，带画的；一是李渔写的《香艳丛谈》，也带画带小人；还有薄薄一小本，是《方氏五种》，全是字。打粗往细看上几遍才懂得，小脚里头比这世界还大。潘妈那些玩意儿，还是皮毛，这才摸到神骨。打比方，奶奶给她是囫囵一个大肉桃，潘妈给她剥出核儿来，佟忍安敲开核儿，原来里边还藏着核仁。核仁还有一百零八种吃法。这叫作：

能人背后有仙人。

仙人背后有神人。

第七回　天津卫四绝

今儿，爷几个凑一堆儿，要论论天津卫的怪事奇人，找出四件顶绝的，凑成"津门四绝"。这几位事先说定，四件里头，件件都得有事，还得有人，还非得大伙儿全点头才能算数。更要紧的是这事这人拿出去必能一震，叫外地人听了张口瞪眼，苍蝇飞进嘴里也不觉得才行。这样说来论去，只凑出三件。

头件叫作恶人恶事。

这是说，城内白衣庵一带，有个卖铁器的，大号王五，人恶，打人当玩儿，周围的小混星子们都敬他，送他个外号叫小尊，连起来就叫小尊王五。前几年，天津卫的混星子们总闹事，京城就派一位厉害的人来当知县，压压混星子，这人姓李，都说是李中堂的侄子。上任前，有人对他说天津卫的混星子都是拿脑袋别在裤带上的，惹不得，趁早甭去。姓李的笑笑，摇摇头，并不在意。他后戳硬，怕谁？上任这天贴出告示，要全城混星子登记，凡打过架即使不是混星子也登记，该登记不登记的抓来就押。还嘱咐县里滕大班头多预备些绳子锁头。这滕大班头，人黑个大，满脸凶相，出名的恶人，混星子们向来跟他井水不犯河水，今儿他公务在身，话就该另说。小尊王五听到了，把一群小混星子召到他家，一抬下巴问道："天津卫除我，还谁恶？"小混星子当下都怵李知县和滕大班头，就说出这二人。小尊王五听罢没言语，打眉心到额顶一条青筋鼓起来，腾腾直跳，转天一早操起把菜刀来到滕大班头家，举拳头"咣咣"砸门。滕大班头正吃早饭，嚼着半根馃子出来，开门见是小尊王五，认得，便问："你干嘛？"小尊王五扬起菜刀，刀刃却朝自己，"咔嚓"一下把自己脑袋砍一道大口子，鲜血冒出来。小尊王五说："你拿刀砍了我，咱俩去见官。"滕大班头一怔，跟着就明白，这是找他"比恶"来的。照天津卫规矩，假若这时候滕大班头说："谁砍你了？"那就是怕，认栽，那哪行！滕大班头脸上肉一横说："对，我高兴砍你小子，见官就见官！"小尊王五瞅他一眼，心想这班头够恶！两人进了县衙门，李知县升堂问案，小尊王五跪下来就说："小人姓王名五，城里卖香干的，您这班头吃我一年香干不给钱，今早找他要，他二话没说，打屋里拿出菜刀给我一下。您瞧，凶器在这儿，我抢过来的，伤在这儿，正滴答血呢！青天大老爷得为我们小百姓做主！"李知县心想，县里正抓打架闹事的，你堂堂县衙门的班头倒去惹事。他转脸问滕大班头这事当真？假若滕大班头说："我没砍他，是他自己砍的自己。"那也是怕吃官司，一样算栽。滕大班头当然懂得混星子们这套，又是脸上肉一横说："这小子的话没错，我白吃他一年香干不给钱，今早居然敢找上门要账，我就给他一刀，这刀是我家剁鸡切疙瘩头的！"小尊王五又瞅他一眼，心想："别说，还真有点恶劲！"李知县又惊又怒，对滕大班头说："你怎么知法犯法？"一拍惊堂木叫道："来人！掌手！五十！"衙役们把架子抬上来，拉着滕大班头的手，将大拇指插进架子一个窟窿眼儿里，一掰，手掌挺起来，拿枣木板子就打，"啪啪啪啪"十下过去，手心肿起两寸厚，"啪啪啪啪啪"又十五下，总共二十五下才一半，滕大班头就挺不住，硬邦邦肩膀子好赛抽去筋，耷拉下来。小尊王五在旁边见了，嘴角一挑，"嘿"地一笑，抬手说："青天大老爷！先别打了！刚才我说那些不是真的，是我跟咱滕大班头闹着玩儿呢！我不是卖香干是卖铁器的。他没吃我香干更没欠我债，这一刀不是他砍是我自个儿砍的，菜刀也不是他家是我铺子里的。您看刀上还刻着'王记'俩字呢！"李知县怔了，叫衙役验过刀，果然有"王记"两字，便问滕大班头怎么档事。滕大班头要是说不对，还得再挨二十五下，要是点头说对，就算服栽。可滕大班头手也是肉长的，打飞了花，多一下也没法受，只好连脑袋也耷拉下来，等于承认王五的话不假。这下李知县倒难了！王五自己砍自己，给谁定罪？如果这样作罢，县里上上下下不是都叫这小子耍了？可是，如果说这小子戏弄官府给他治罪，不就等于说自己蠢蛋一个受捉弄？正是骑虎难下、气急冒火的当儿，没料到小尊王五挺痛快，说道："青天大老爷！王五不知深浅，只顾取乐，胡闹乱闹竟闹到衙门里，您不该就这么便宜王五，也得掌五十。这样吧，您把刚刚滕大班头剩下那二十五下加在我这儿，一块算，七十五下！"李知县火正没处撒，也没处下台阶，听了立时叫道："他这叫自作自受。来人！掌手！七十五！"小尊王五不等衙役来拉他，自个儿过去把右手大拇指插进架子，肩膀一抬手心一翘，这就开打。"啪啪啪啪"一连二十五下，手掌眼瞅着一下下高起来，五十下就血肉横飞了。小尊王五看着自己手掌，没事，还乐，就赛看一碟"爆三样"，完事谢过知县，拨头就走。没过三天，李知县回京卸任，跟皇上说另请能人，滕大班头也辞职回乡。这人这事，恶不恶？

众人点头，都说这事叫外地人听了，后脖子也得发凉，够上一绝。

第二件叫作阔人阔事。

天津卫，阔人多，最阔要数"八大家"。就是天成号养船的韩家、益德裕店高家、长源店杨家、振德店黄家、益照临店张家、正兴德店穆家、土城刘家、杨柳青石家。阔人得有阔事，常说哪家办红白事摆排场，哪家开粥厂随便人来敞开吃，一开三个月等。都不能算。必得有件事，叫人听罢，这辈子也忘不了才行。当年卖海盐发财的海张五，掏钱修炮台，算一段事，但细一分析，他花钱为的是买名，算不上摆阔，就还差着点儿。今儿，一位提出一段事，称得上空前绝后。说的是头年夏天，益德裕店的高家给老太太过八十大寿。儿子们孝顺，费尽心思摆个大场面，想哄老太太高兴。不料老太太忽说："我这辈子嘛都见过，可就没看过火场，连水机子嘛样也没瞧过，二十年前锅店街的油铺着火，把西半边天烧红了，亮得坐在屋里人都有影儿。城里人全跑去看，你们爹——他过世，我不该说他——就是不叫我看。这辈子白来不白来？"说完老太太把脸耷拉挺长，怎么哄也不成。三天后，高老太太几个儿子商量好，花钱在西门外买下百十间房子，连带房里的家具衣物也买下，点火放着。又在半里地外搭个高棚子，把老太太拿轿抬去，坐在棚里看救火。大火一起，津门各水会敲起大锣，传锣告警。天津卫买卖人家多，房子挤着房子，最易起火，民间便集合"水会"，专司救火，大小百八十个，这锣一起，那锣就跟上，城里城外，河东河西，顷刻连成一片，气势逼人。紧跟着，各会会员穿各色号坎，打着号旗，抬着水柜和水机子，一条条龙似的，由西城门奔出来，进入火场。比起三月二十三开皇会威风多了。火场中央，专有人摇小旗指挥，你东我西你南我北你前我后你进我退，决不混乱，十分好看。水机子上有横杆，是压把儿，两头有人，赛小孩儿打压板，一上一下，柜里的水就从水枪喷出来，一道道青烟蹿入烟团火海里，激得大火星子，噌噌往天上飞，比大年三十的万花筒不知气派几千几万倍。高老太太看直了眼。大火扑灭，各会轻敲"倒锣"，一队队人撤出去。高家人在西门口，拿二十辆大马车装满茶叶盒点心包，犒劳各会出力表演。这下高老太太心里舒坦了，连说今儿总算亲眼看过火场，天下事全看齐了。这事够不够阔？

众人说，阔人向例爱办穷事。这一手，不单叫穷人看傻了，也叫阔人看傻了，甚至叫办事的人自己也看傻了，这不绝嘛绝。当然算一绝！这可就凑上两绝啦！

第三件叫作奇人奇事。

这人就是眼睛不瞅人的华琳。此人名梦石，号后山人。家住北城里府署街。祖上有钱，父亲好闲，喜欢收罗天下怪石头。这华琳在天津卫画人中间，称得上一位大奇人。他好画山水，名头远在赵芷仙上边，每天闭门作画，从不待客，更不收弟子。他说："画从心，而不从师。"别人求画，立时回绝，说："神不来，画不成。"问他："神何时来？"答："不知，来无先兆，多在梦中。"又问："梦里如何画得？"答："梦即好画。"再问："嘛叫好画？"答："画山不见山，画水不见水。"接着问："如何才能见？"答："心照不宣。"再接着问："古人中谁的画称得上好？"答："唯李成也。李成后，天下无人。"可是，打古到今，谁也没见过李成真迹。古书上早有"无李论"一说。他只承认李成好，等于古今天下不承认一人。这是他的奇谈，还有件事，便是无论谁也没见过的画。据说，他每画完，挂起来，最多看三天就扯掉烧了。有天邻居一个婆子打鸡，鸡上墙飞到他院中。这婆子去抱鸡，见他家门没锁，推门进去，抓着鸡，又见他窗子没关，屋内无人，桌子有画，顺手牵羊隔窗偷走他的画，拿到画铺去卖。他知道后，马上使四倍的钱打画铺把画买回，撕了烧掉。好事者去打听那婆子、那画铺，那画画得怎样，经手人糊里糊涂全都说不清道不明，只好作罢。但谁也弄不明白，既然没画，哪来这么大的名气？这算不算奇人奇事？绝不绝？众人都说绝，唯有牛凤章摇头，说他是骗子。其余人都不画画。隔行如隔山，隔行不认真，隔行气也和。乔六桥笑道："嘛都没见着，靠骗能骗出这么大名气，也算绝了。"牛凤章这才点头。于是又多一绝，加起来已经三绝了。

今儿是大年十四，乔六桥、牛凤章、陆达夫等几位都闲着没事，在归贾胡同的义升成饭庄摆一桌聚聚。陆达夫也是跟大伙儿常混在一堆儿的名士，也是莲癖也是一肚子杂学。阅历文章都比乔六桥老梆得多。他个儿小，苹果脸，大褂只有四尺半，人却精气头大，走起路两条胳膊甩得高高。乔六桥三盅酒进了肚子，就说单吃喝没劲，蹦出个主意，要大伙儿聊聊天津卫的奇人怪事，凑出"津门四绝"来。这主意不错，东扯西扯，话勾着酒，酒勾着话，嘻嘻哈哈就都喝得五体流畅红了脸。可第四绝难凑出来。牛凤章说：

"这第四绝，依我看，该给养古斋的佟大爷。咱不说他看古董的能耐，小脚的学问谁能比，顶了天。"

乔六桥笑着说："真是吃人嘴短，他买你假画，你替他说话……提到小脚，我看他家够上小脚窝，哪个都值捏一捏。"他的酒有点过量，说得脑袋肩膀脖子小辫一齐摇晃。

牛凤章说：

"这话您只说对一半。他家小脚双双能叫绝。可这些小脚哪来的，还不都是他看中的？拿看古董的眼珠子选小脚，还有挑？不是我巴结他——他又没在场，我怎么巴结他——他那双眼称得上神眼。头年，一幅宋画谁也没认出来，当假画破画买进铺子，可叫他站在十步开外一眼居然把款看出来，在树缝里，是藏款。"

"好家伙！他家有宋画！你也看见了？"乔六桥说。

"不不不！"牛凤章失了口，摇着双手说，"没瞧见，影儿没瞧见，都是听人说的，谁知确不确。你甭去问他，再说问他也不会告你。还是说说他家小脚来劲。"

"没想到牛五爷小脚的瘾比我还大。好，你跟他家近，我问你，佟大爷到底喜欢谁的小脚？"

"我不说，你也猜不着。"牛凤章笑眯眯说。看样子他不轻易说。

乔六桥叫道："好呀！你不说，把你灌醉就说了，陆四爷，来，灌他！"一手扯牛凤章耳朵，一手拿酒壶。其实灌酒该掰嘴，揪耳朵干嘛？没灌别人自个儿先醉了！这手扯得牛凤章直叫，那手的酒壶也歪了，酒打壶嘴流出来，滴滴答答溅满菜盘子。

陆达夫仰着脑袋大笑：

"说不说没嘛，灌一灌倒好！"

牛凤章呀呀叫着说：

"我耳朵不值钱可连着脑袋呢，扯下来拿嘛听，呀呀……我说我说，先撒手就说！"

乔六桥叫着笑着闹着扯着：

"你说完，我再撒手！"

"你可得说了算，我说——先前，他最喜欢他老婆的，听说是双仙足。那时我还不认识佟家，没见过那脚。他老婆死后……他……他……"

"怎么，又是吃人嘴短？快说，是大少奶奶还是二少奶奶的？"

"六爷真是狗拿耗子管闲事。人家两个媳妇守寡在家，另一个媳妇又不准她爷们儿回去，还不随他今天这个明天那个。嘻！"

"去！佟大爷是嘛修行，当你呢！弄不透小脚就弄不透佟大爷，弄不透佟大爷就弄不透小脚。牛五爷你再不说，我使劲扯啦！"

"别别，我说。他一直喜欢他……他那老妈子！"

"嘛！""嘛！""嘛嘛！"一片惊叫。

"潘妈？那肥婆子？不信，要说那几个小丫头我倒信。"

"骗你，我是你小辈。"

"呀，这可没料到。"乔六桥手一松，放了牛凤章耳朵，"那猪蹄子好在哪。别是佟大爷爱小脚爱得走火入邪了？"

"乔六爷，你可差着火候了。小脚好坏，更看脚上的玩意儿。你又没玩过，打哪知道？"陆达夫又说又笑好开心，单手唰唰把马褂一排蜈蚣扣全都解开。

乔六桥还是盯住牛凤章问：

"这话要是佟家二少爷告你的，就靠不住了。那次赛脚后，二少奶奶不叫他着家，他总在外边拿话糟蹋他爹。"

牛凤章说：

"告你吧，可不准往外传。砸了我饭碗我就跑你家吃去。这话确是佟二少爷告我的，可远在两年前。信了吧！"

乔六桥先一怔，随后说：

"我向例不信佟家的话。老的拿假当真的，小的满嘴全是假的。"

这话音没落，就听背后一人高声说：

"什么真的假的，我反正不折腾假货！"

大伙儿吓一跳，以为佟大爷忽然出现。牛凤章一慌差点出溜到桌子下边去，定住神一瞧，却是一个瘦长老头，湖蓝色亮缎袍子，外套羔皮短褂子，玄黑暗花锦面，襟口露出出针的白羊毛，红珊瑚扣子，给铜托托着，赛一颗颗鲜樱桃，头戴顶大暖帽，精气神派头都挺足。原来是山西的吕显卿，身后跟着个穿戴也考究的小胖子。

"恭喜发财，居士，前天就听说您来了。必是专门赶着来看明儿佟家的赛脚会吧！真是好大的瘾呀！"乔六桥打着趣儿说。

"哪里是。我是来取……"吕显卿一眼瞅见牛凤章垂在下边的手，使劲朝他摇，转口变作笑话说，"向佟大爷取小足经来呀，什么事你们谈得好快活。"

大伙儿相互一客气，坐下了。吕显卿并不跟这些人介绍随来的小胖子。这些人都是风流才子，多半都醉，谁也没在意。乔六桥急着把刚刚议论"津门四绝"的话说了，便问：

"居士，依您看，我们的佟大爷够不够一绝？"

吕显卿琢磨一下说：

"平心而论，这人够怪，够不够怪绝还难说。才跟他见一面，不摸他的底。这样吧，明儿他家赛脚，咱都去。我料他既然这样三请四邀下帖子，必有令人意想不到的阵势。上次跟他斗法，一对一，没胜没败，这次他要叫我吕某人服了——我就在大同给他挂一号，天津这里当然就得算一绝了！"

"好好好，绝不绝，外人说。"乔六桥叫道。跟着鸡鸭鱼肉又要一桌，把荤把素把酒把油把汤把劲，填满一肚子，预备明儿大尽兴。

第八回　　如诗如画如歌如梦如烟如酒

大早一睁眼，小雪花就没完没了。午后，足足积了两寸厚，地上、墙沿、缸边、石凳面、栏杆，都松松软软。粗细树杈全赛拿粉勾一遍，粗的粗勾，细的细勾。鲜鲜蜡梅花儿，每朵都赛含一口白绵糖。

今儿是灯节，佟家两扇大门关得如同一扇。串门来的拍门环，守在门洞里一个小用人，截门就喊一嗓子：

"全瞧灯去啦，家没人！"

其实人都在家，媳妇们在房里收拾脑袋捯饬脚，小丫头们在廊子上走来走去，往各房送热水送东西送吃的送信儿。个个穿鲜戴艳，脸上庄重小心，又赛大年三十夜拜全神那阵子那劲头。

这当儿，佟忍安正在前厅，陪着乔六桥、华琳、牛凤章、陆达夫和山西来的爱莲居士吕显卿喝茶说话。几位一码全是新衣新帽，牛五爷没戴帽子却刚刚剃过头，飘赛的光溜溜。乔六爷也不比平时那样漫不经心，大襟上没折，扣也扣得端正，看上去赛唱戏一样。

这次不比上次，大冬天门窗全闭着，人中间放着大铜盆，盆里的火炭打昨后晌烧个通宵，压也没压过，此刻烧得正热。隔寒气的玻璃都热得冒汗，滴答水儿。迎面红木大条案上摆着此地逢年必摆的插花，名叫"玉堂富贵"。是拿朱砂海棠白碧桃各一枝，牡丹四朵，水仙四头，杂着样儿色儿，栽在木槽子里。红是红白是白黄是黄绿是绿高是高矮是矮嫩是嫩俏是俏，没风吹，却一种一种香味替换着飘过来。打这人鼻眼儿钻出来，再钻进那人鼻眼儿去。好不快活好不快活！

乔六桥一口茶下去，美滋滋咂咂嘴说：

"佟大爷，今儿这茶好香，可是打正兴德买的？"

佟忍安说：

"正兴德哪来这样好茶？这是我点名打安徽弄来的。一般茶喝到两碗才有味，这茶热水一冲味儿色儿全出来了。不信，你们就相互瞧瞧，赛不赛蹲在荷花塘里照得那色，湛绿湛绿。它不单喝着香，三碗过后，再把茶叶倒进嘴嚼，嫩得赛菠菜心子。"

乔六桥瞧众人脸，忽叫道：

"可不是，大伙儿快瞅牛五爷的脸，活赛阴曹地府的牛头，碧绿！"

众人一齐哈哈哈哈大笑。陆达夫笑得脑袋使劲往后仰，喉结在脖子上直跳。

牛凤章晃着大脑袋说：

701

"牛肉是五大荤。驴、马、狗、骡、牛，各位不嫌腻，只管来吃我！"

陆达夫说：

"要吃快吃，立春过后再杀牛，就得'杖一百，充乌鲁木齐'了！"

众人又是笑。

佟忍安偏脸朝吕显卿说：

"您喝这茶名叫'太平猴魁'，居士可知它的来历？"

吕显卿摇头没言语。他和佟忍安一直暗较劲，谁摇头谁就窘。

乔六桥说：

"这茶名好怪，八成有些趣事。"

佟忍安正等这个话引子。马上说：

"叫六爷说着了——这是安徽太平产的茶。据说太平县有石峰，高百丈，山尖生茶，采茶人上不去，就驯养一群猴子，戴小竹帽，背小竹篓，爬上去采。所以叫'太平猴魁'。这茶来得稀罕吧！再说它长在山尖上，整天叫云雾煨着，味儿自然空灵清远。"

"空灵清远这四个字用得好。"华琳忽说，他手指着茶，眼珠子却没瞧茶，说，"难得人间有这好茶，可惜没这样好画！"

佟忍安说：

"今儿我可不是把茶和画配一块儿，而是拿它和小脚配一块儿的。"

吕显卿抓住话茬就说："佟大爷，您上次总开口闭口说什么神品。眼见为实耳听虚，要说这茶倒有股子神劲，小脚的神品还没见着。可就等今儿赛脚会上看了，要是总看不着，别怪我认为您佟家'眼高'——'脚低'了。"说完嘿嘿笑，赛打趣儿，又赛找碴儿。

佟忍安听罢面不更色，提起小茶壶，拿指头在壶肚上轻轻敲三下。应声忽然哗啦哗啦一阵响，通向三道院的玻璃隔扇全打开，一阵寒气扑进来。热的凉的一激，差不多全响响地打喷嚏。这几下喷嚏，反倒清爽了。只见外边一片银白雪景，又静又雅。吕显卿抬起屁股急着出去瞧。佟忍安说："居士少安毋躁，这次变了法儿，不必出屋，坐着看就行。各位只要穿戴暖和，别受凉冻了头。"众人全都起来，有的拿外边的大氅斗篷披上，有的打帽筒取下帽子戴上。

嘛声儿没有，又见潘妈已经站在廊子上。还是上下一身皂，只在发箍、襟边、鞋口，加了三道黄边。这三道就十分扎眼。黑缎裹腿打脚脖子人字样紧绷绷直缠到膝盖下边，愈显出小脚，钉头一般戳在地上。乔六桥忽想到昨儿在义升成牛五爷的话，着意想打这脚上看出点邪味来。愈想看愈看不出来。回头正要请教陆达夫，只见佟忍安朝门口潘妈那边点点头，再扭过头来潘妈早不见了，好赛一阵风吹走。跟着一个个女子，打西边廊子走来。走到门前，或停住俏然一立，或左右错步转来转去绕两圈，或半步不停行云流水般走过，却都把小脚看得清也看不清闪露一下。那些女子牛五爷全都认得，是桃儿杏儿珠儿，还有个新来的小丫头草儿。四少奶奶压场在顶后边。个个小脚都赛五月节五彩丝线缠的小粽子，花花绿绿五光十色一串走过。已经叫诸位莲癖看花了眼。陆达夫笑着说：

"这场面赛过今年宫北大街的花灯了！"

"我看是走马灯，眼珠子跟不上，都快蹦出来了！"乔六桥叫着。

座中只有吕显卿和华琳不吭声。不知口味高还是这样才显得口味高。

忽然潘妈上来说：

"大少奶奶头晕，怕赛不了。"

众人一怔，佟忍安更一怔，瞅瞅潘妈，似是不信。潘妈那张石头脸上除去横竖褶子，嘛也看不出来。佟忍安口气发急地说：

"客人都等着，这不叫人家扫兴！"

潘妈说：

"大少奶奶说，请二少奶奶先来。"

佟忍安手提小茶壶嘴对嘴慢慢饮，眼珠子溜溜直转，忽冒出光，好赛悟出嘛来，忙点头对潘妈说：

"好，去请二少奶奶先来亮脚。"

潘妈一闪没了。

只等片刻，打西厢房那边站出四个女子，身穿天蓝水绿桃红月黄四样色的衣裙，正是桃儿杏儿珠儿草儿，一人一把长杆竹扫帚，两人一边，舞动竹帚，齐刷刷，随着雾轻扬，渐渐开出一条道儿，黑黑露出雪下边的方砖地，直到这边门前台阶下。丫鬟们退去，门帘一撩，帘上拴的小银铃叮叮一响，白金宝人火苗子赛的站在房门口。只见她一身朱红裙褂，云字样金化绣满身，外披猩红缎面大斗篷，雪白的羊皮里子，把又柔又韧又俏又贼的身段全托出来。这一下好比戏台上将帅出场，看势头就是夺魁来的！头发高高梳个玉葱朝天髻，鬏髻尖上插一支金簪子，簪子头挂着玉丰泰精制的红绒大凤，凤嘴叼着串珠。每颗珠子都是奇大宝珠，摇摇摆摆垂下来，闪闪烁烁的珠子后头是张红是红、白是白、艳丽照人的小脸儿。可她站在高门槛里，独独不见小脚。乔六桥、牛凤章、陆达夫，连同吕显卿，都翘起屁股，伸脖子觑脸往里瞧。

瞧着，瞧着，终于瞧见一只金灿灿小脚打门槛里迈出来，好赛一只小金鸡蹦出来。立即听到乔六爷一声尖叫，嗓子变了调儿。打古到今，没人见过小金鞋，是金线绣的，金箔贴的，纯金打的，谁也猜不透。跟手另一只也迈到门槛外边，左挨右，右挨左，并头并跟立着，赛一对小金元宝摆在那里。等众人刚刚看好，便扭扭摆摆走过来，每一步竟在青砖地上留下个白脚印。这是嘛，脚底没雪，哪来的白印子？白金宝一直走上这边台阶。众人眼珠子跟在她脚跟后边细一看，地上居然是粉印的白莲花图案，还有股异香扑鼻子。一时众人都看傻了。吕显卿站起来恭恭敬敬躬身道：

"二少奶奶，我爱莲居士自以为看尽天下小脚小鞋，没料到在您跟前才真开了眼。您务必告我，这银莲怎么印在地上的。您要是不叫我在外边说，我担保不说，什么时候说了，什么时候我就把我的姓倒着写。"

乔六桥叫道：

"别听他的，'吕'字倒过来还是'吕'字！"

吕显卿连忙摇手说：

"别听六爷的！他是念书的，心眼儿多，我们买卖人哪这么多心计。您要是不信，告了我，我马上把舌头割去！"

陆达夫取笑道：

"割了舌头，你还会拿笔写给别人看。"

"说完干脆就把他活埋了。"乔六桥说。

众人笑。吕显卿好窘，还是要知道。

白金宝见戈香莲不露面，不管她真有病还是临阵怯逃，自己上手就一震到底，夺魁已经十拿九稳，心里高兴，便说：

"还能叫居士割舌头，您自管张扬出去我也不在乎。我白金宝有九十九个绝招，这才拿出一招。您瞧——"

白金宝坐在凳上，把脚腕子搁在另一条腿上，轻轻一掀裙边，将金煌煌月弯弯小脚露出来，众人全站起身，不错眼盯着看。白金宝一掰鞋帮，底儿朝上，原来木底子雕刻一朵莲花，凹处都镂空，通着里边。她再打底墙子上一拉，竟拉出一个精致小抽屉，木帮，纱网做底，盛满香粉。待众人看好，她就把抽屉往回一推，放下脚一踩一抬，粉漏下来，就把鞋底镂刻的莲花清清楚楚印在地上了。

众人无不叫绝。

吕显卿也禁不住叫起来：

"这才叫'步步生莲花'，妙用古意！妙用古意！出神入化！出神入化！佟大爷，我今儿总算懂得您说的'神品'二字是……"

吕显卿说到这儿，不知不觉绊住口。只见佟忍安直勾勾望向院中，眼珠子唰唰冒光。看来好赛根本没听到吕显卿的话，回过头却摇脑袋说："你这见的，最多不过是妙品！"这话叫满屋人，连同白金宝都怔住。

吕显卿才要问明究竟，乔六桥忽指着院里假山石那边，直叫："看，看，那儿是嘛？"他眼尖。牛凤章把眼闭了又睁，几次也看不见。

没会儿，众人先后都瞧见，那堆山石脚下有两个绿点儿，好赛两片嫩叶。大冬天哪来的叶子？但在白雪地里，点点红梅间，这绿又鲜又嫩又亮又柔又照眼又扎眼又入眼。嘛东西呢？不等说也不等问，两绿点儿一波一动，摇颤起来，好赛水上漂的叶片儿，上边正托着个女子，绕出山石拐角处，修竹般定住不动。一件银灰斗篷裹着身子，好赛石影，低头侧视，看不见脸。来回来去轻轻挪几步，绿色就在裙底忽闪忽闪，才知道是双绿鞋，叫人有意无意把眼神都落在这鞋上。天寒地冻，红梅疏落，这绿色立时使得满院景物都活起来。

吕显卿入了迷，却没看出门道。乔六桥究竟是才子，灵得好，忽有醒悟，惊叫道：

"这是'万翠丛中一点红'的反用，'万红丛中一点翠'！"

这句话把众人眼光引上一个台阶。

可是一晃绿色没了，人影也没了。院子立时冷清得很，梅也无色，雪也无光。众人还没醒过味儿来，更没弄清这人是谁，连白金宝也没看明白，东厢房的房门"哗啦啦"一开，那披斗篷的女人走出来，正是戈香莲。她两手反过腕儿向后一甩，甩掉斗篷，现出一身世上没有画上也没有的打扮。再看那模样韵致气度风姿神态，这个香莲与上次赛脚的香莲哪里还是一个人儿？白金宝也吓一跳，竟以为香莲耍花活找个替身！

先说打扮，上边松松一件月白丝绸褂子，打前襟右下角绣出一枝桃花，花色极淡，下密上疏，星星点点直上肩头，再沿两袖变成一片落瓣，飘飘洒向袖口。单这桃花在身上变了两个季节，绝不绝？袖口领口镶一道藤萝紫缎边，上边补绣各色蝴蝶，一码银的。下身是牙黄百褶罗裙，平素没花，条条褶子折得赛折扇一样齐棱棱。却有一条天青丝带子，围腰绕一圈，软软垂下来，就赛风吹一条柳条儿挂在她腰上。再说她脸儿，粉儿似擦没擦，胭脂似涂没涂，眉毛似描没描，这眉毛淡得好比在眼睛上边做梦。头发更是随便一卷，在脑袋上好歹盘个香瓜髻，罩上黑线网，没花没玉没金没银更没珍珠。打上到下，颜色非浅即淡，五颜六色，全给她身子消融了。这股子疏淡劲儿自在劲儿洒脱劲儿，正好给白金宝刚刚那股子浓艳劲儿精神劲儿玩命劲儿紧绷劲儿，托出来，比出来。这股子与世无争的劲儿反叫人看高了。世上使劲常常给别人使，真是累死自己便宜别人。还说戈香莲这会儿——她脸蛋斜着，眼光向下，七分大方，三分羞怯。直把众人看得心里好赛小虫子爬，痒痒痒痒却抓不着。更尤其，人人都想瞧她小脚，偏偏给百褶裙盖着。一路轻飘飘走来，一条胳膊斜搭腰前，一条胳膊背在身后，腰儿一走一摆，又弱又娇，百褶裙跟着齐齐摇来摆去，可无论怎么摆怎么摇，小脚尖绝不露出半点。直走到阶前停住，把背在后边的手伸向胸前，胳膊一举，手一张，掌心赛开出一朵黑黑大花，细看却是个黑毛大毽子。陆达夫好似心领神会，大叫一声：

"好呀，这招叫人美死呀！"

香莲把毽子向空中一抛，跟手罗裙一扬，好赛打裙底飞出一只小红雀儿，去逮那毽子，毽子也赛活的，一逮就蹦，这只小红雀刚回裙底，罗裙扬处，又一只小红雀飞出去逮。那毽子每一腾空飞起，香莲仰头，露出粉颈，眼睛光闪闪盯住那毽子，与刚才侧目斜视的神气全不同了；毽子一落下，立即就有只小红雀打裙底疾飞而出，也与刚才步履轻盈完全两样。只见百褶罗裙来回翻飞，黑毛大毽子上下起落。两只小雀一左一右你出我回出窠入窠，十分好看。众人才知这对小雀是香莲一双小脚。原先那双绿鞋神不知鬼不觉换了红鞋，才叫人看错弄错。亏她想得出，一身素衣，两只红鞋，外加黑毛大毽子，还要多爽眼！

舞来舞去的小红鞋，看不准看不清却看得出小、尖、巧、灵，每只脚里好赛有个魂儿。忽的，香莲过劲，把毽子踢过头顶，落向身后，众人惊呼，以为要落地。白金宝尖嗓子高兴叫一声："坏了！"香莲却不慌不忙不紧不慢来个鹞子翻身，腰一拧，罗裙一转，一脚回勾底儿朝上，这式叫作"金钩倒挂"，拿鞋底把毽子弹起来，黑乎乎返过头顶，重新飘落身前，另只脚随即一伸，拿脚尖稳稳接住。这招为的是把脚亮出来，叫众人看个满眼。好细好薄好窄好俏的小脚，好赛一牙香瓜。可好东西只能给人瞧一眼。香莲把脚轻巧一踮，毽子跳起来落回手中，小脚重新叫罗裙盖住。

香莲又是亭亭立着，眼神不瞧众人羞答答斜向下瞧。刚刚那阵子蹦跳过后，胸口一起一伏微微喘，更显得娇柔可爱。

厅内外绝无声息死了半天，这时忽然爆起一阵喝彩。众莲癖如醉如狂，乔六桥高兴得手舞足蹈，叫人以为他假装疯魔瞎胡闹；陆达夫脸上没笑，只有傻样；牛凤章眼神不对，好赛对了眼一时回不了位；华琳的傲气也矮下一截。乔六桥闹一阵，静下来，叹口气说：

"真是如诗如画如歌如梦如烟如酒，叫人迷了醉了呆了死了也值了。小脚玩到这份儿，人间嘛也可以不要了！"

众莲癖听罢一同感慨万端。

吕显卿对佟忍安说：

"昨儿乔爷他们议论'津门一绝'，把您归在里边，老实说，我还不服。今儿我敢说，您不单津门一绝，天下也一绝！这金莲出海到洋人那边保管也一绝！洋女人的脚，一比，都是洋船呵！"

"居士，你们内地人见识有限。那不叫洋船，叫洋火轮！"陆达夫叫着。

佟忍安满脸冒光，叫人备酒备菜，又叫戈香莲和白金宝、董秋蓉陪客人说话。可再一瞧，白金宝不在了，桃儿要去请她，佟忍安拦住桃儿只说句："多半绍华回来了，不用管她！"就和客人们说笑去了。很快酒肉菜饭点心瓜果就呼噜呼噜端上来。此时是隆冬时节，正好吃"天津八珍"。银鱼、紫蟹、铁雀、晃虾、豆芽菜、韭黄、青萝卜、鸭梨，都是精挑细拣买来加上精工细制的，黄紫银白朱红翠绿，碟架碟碗摞碗摆满一桌。

酒斟上刚喝，陆达夫出个主意，叫香莲脱下一只小鞋，放在三步开外地方，大伙儿拿筷子往里扔，仿照古人"投壶"游戏，投中胜，投不中输罚一大杯。众莲癖马上响应，都说单这主意，就值三百两银子。只怕香莲不肯。香莲却大方得很，肯了。脱鞋之时，众莲癖全都盯着看脚，不想香莲抿嘴微微一笑没撩裙子，双手往下一操，海底捞月般，打裙底捧上来一只鲜红小鞋，通体红缎，无绣无花，底子是檀木旋的，鞋尖弯个铜钩儿，式样很是奇特。吕显卿说：

"底弯跟高，前脸斜直，尖头弯钩，古朴灵秀，这是燕赵之地旧式坤鞋，如今很少见到，也算是古董了。是不是大少奶奶家传？"

香莲不语，佟忍安嘿嘿两声，也没答。

潘妈在旁边一见，立时脸色就变，一脸褶子，"扑啦"全掉下来，转身便走，一闪不见。大伙儿乱嘈嘈，谁也没顾上看。

小红鞋摞在地上，一个个拿筷子扔去。大伙儿还没挨罚就先醉了。除去乔六桥瞎猫撞死耗子投中一支。牛凤章两投不中，罚两杯。佟忍安一支筷子扔在跟前，另一支扔到远处铜痰桶里，罚两杯。吕显卿远看那小小红鞋，魂赛丢了，手也抖，筷子拿不住，没扔就情愿罚两杯。几轮过后，筷子扔一地，小鞋孤零零在中间。佟忍安说：

"这样玩太难，大伙儿手都不听使唤，很快就给罚醉了，扫了兴致，陆四爷，咱再换个玩法可好？"

陆达夫马上又一个主意。他说既然大伙儿都是莲癖，每人说出一条金莲的讲究来，说不出才罚。众莲癖说这玩法更好，既风雅又长学问，于是起哄叫牛凤章先说。

"干嘛？以为我学问跟不上你们？"牛凤章站起来，竟然张口就说，"肥，软，秀。"

乔六桥问：

"完啦？"

"可不完啦！该你说啦！"

"三个字就想过关，没门儿，罚酒！"

"哎，我这三个字可是在本的！"牛凤章说，"肥、软、秀，这叫'金莲三贵'。你问佟大爷是不。学问大小不在字多少，不然你来个字多的！"

"好，你拿耳朵听拿嘴数着——我这叫金莲二十四格。"乔六桥说，"这二十四格分作形、质、姿、神四类，每类六字，四六正好二十四。形为纤、锐、短、薄、翘、称；质为轻、匀、洁、润、腴、香；姿为娇、巧、艳、捷、稳、俏；神为闲、文、超、幽、韵、淡。"

吕显卿说：

"这'神'类六个字，若不是今儿见到大少奶奶的脚，怕把吃奶的劲使出来也未必能懂。可这中间唯'淡'一字……还觉得那么飘飘忽忽的。"

乔六桥说：

"哪里飘忽，刚才大少奶奶在石头后边一场，您还品不出'淡'味儿来？淡雅淡远淡泊淡漠，疏淡清淡旷淡淡淡，不是把'淡'字用绝了吗？"

这山西人听得有点发傻，拱拱手说："乔六爷不愧是天津卫大才子，张嘴全是整套的。好，我这儿也说一个。叫作'金莲四景'，不知佟大爷听过没有？"他避开满肚子墨汁的乔六桥，扭脸问佟忍安。还没忘了老对手。

"说说看。"佟忍安说，"我听着。"

"缠足，濯足，制履，试履。怎么样？哈哈！"吕显卿嘴咧得露黄牙。

在座的见他出手不高，没人接茬。只有造假画的牛凤章连连点头说："不错不错！"佟忍安连应付一下的笑脸也没给。他瞧一眼香莲，香莲对这山西人也满是瞧不上的神气。华琳的眼珠子狠命往上抬，都没黑色了，更瞧不上。牛凤章见了，逗他说：

"华七爷，别费劲琢磨了，您也说个绝的，震震咱耳朵！"

华琳淡淡笑笑，斜着眼神说：

"绝顶金莲，只有一字诀，曰：空！"

众莲癖听了大眼对小眼，不知怎么评论这话的是非。

牛凤章把嘴里正嚼着的铁雀骨头往地上一啐，摆手说：

"不懂不懂！你专拿别人不懂的糊弄人。空无所有叫嘛金莲？没脚丫子啦？该罚，罚他！"

没料到香莲忽然说话：

"我喜欢这'空'字！"

话说罢，众莲癖更是发傻，糊涂，难解费解不解无法可解。佟忍安那里也发怔，真赛这里边藏着什么极深的学问，没人再敢插嘴。

陆达夫哈哈笑道：

"我可不空，说的都是实在的。我这叫'金莲三上三中三下三底'。你们听好了，三上为掌上、肩上、秋千上，三中为醉中、睡中、雪中，三下为帘下、屏下、篱下，三底为裙底、被底、身底……"

乔六桥一推陆达夫肩膀，笑嘻嘻说：

"陆四爷你这瞒别人瞒不了我。前边三个三——三上三中三下，是人家方绚的话，有书可查。后边那三底一准是你加的。为嘛？陆四爷向例不吃素，全是荤的。"

陆达夫大笑狂笑，笑得脑袋仰到椅子靠背后边去。

轮到佟忍安，本来他开口就说了，莫名其妙闷住口。事后才知，他是给华琳一个"空"字压住了，这是后话。眼下，佟忍安只说："我无话可说，该罚。"一扬脖，把眼前的酒倒进肚里，随后说，"又该换个玩法，也换换兴致！"

众莲癖知道小脚学问难不倒佟忍安，只当他不愿胡扯这些不高不低的话。谁也不勉强他。乔六桥说：

"还是我六爷给你们出个词儿吧——咱玩行酒令，怎么样？规矩是，大伙儿都得围着小脚说，不准扯别的。就按'江南好'牌子，改名叫'金莲好'，每人一阕，高低不论，合辙押韵就成。咱说好，先打我这儿开始，沿桌子往左转，一个挨一个，谁说不出就罚谁！"

这一来，众莲癖兴趣又提到脑袋顶上。都夸乔六桥这主意更好玩更风雅更尽兴。牛凤章忙把几块坛子肉扒进肚子里，垫底儿，怕挨罚顶不住酒劲儿。

"金莲好！"乔六桥真是才子，张口就出句子，"裙底斗春风，钿尺量来三寸小，袅袅依依雪中行，款步试双红。"

"好！"众莲癖齐声叫好，乔六桥"嗒"手指一弹牛凤章脑袋就说，"别塞了，该你啦！"

"我学佟大爷刚才那样，喝一杯认罚算了！"牛凤章说。

"不行，你能跟佟大爷比？佟大爷人家是天津卫一绝。你这牛头哪儿绝？你要认罚，得喝一壶。"乔六桥说。

众人齐声喊"对"。

牛凤章给逼得挤得整得抓耳挠腮，直翻白眼，可不知怎么忽然蹦出这几句：

"金莲好，大少奶奶脚，毽子踢得八丈高，谁要不说这脚好，谁才喝猫尿！"

这话一打住，众莲癖哄起一阵疯笑狂笑，直笑得捂肚子掉眼泪前仰后合翻倒椅子，华琳一口茶"噗"地喷出来。

"牛五爷这几句，别看文气不够，可叫大少奶奶高兴！"吕显卿说。

直说得香莲掩口咯咯笑，笑得咳嗽起来。

牛凤章得意非凡，一把将正在咬螃蟹腿儿的陆达夫拉起来，叫他马上说，不准打岔拖时候，另只手还端起酒壶预备罚。谁料陆达夫好赛没使脑袋，单拿嘴就说了：

"金莲好，入夜最销魂，两瓣娇荷如出水，一双软玉不沾尘，愈小愈欢心。"

香莲听得羞得臊得扭过脸去。乔六桥说:"不雅,不雅,该罚该罚!"众莲癖都闹着灌他。

陆达夫连连喊冤叫屈说:"这叫雅俗共赏。雅不伤俗,俗不伤雅,这几句诗我敢写到报上去!"他一边推开别人的手,一边笑,一边捂嘴不肯认罚。

乔六桥非要灌他。这会儿,人人连闹带喝,肚子里的酒逛荡上头,都想胡闹。陆达夫忽起身大声说:

"要我喝不难,只一条,依了我喝多少都成!"

"嘛,说!"乔六桥朝他说,赛朝他叫。

"请大少奶奶把方才做投壶用的小鞋借我一用。"陆达夫把手伸向香莲。

香莲脱了给他,不知他干嘛用。却见陆达夫竟把酒杯放进鞋跟里,杯大鞋小,使劲才塞进去。"我就拿它喝!"陆达夫大笑大叫。

"这不是胡来?"牛凤章说,扭脸看佟忍安。

佟忍安竟不以为然,反倒开心地说:

"古人也这么做,这叫'采莲船',以鞋杯传酒,才真正尽兴呢!"

这话一说,众莲癖全都不行酒令,情愿挨罚。骂陆达夫老奸巨猾,世上事真是"吓死胆小的,美死胆大的"。愈胡来愈没事,愈小心愈来事。五脏六腑里还是胆子比心有用!于是大伙儿打陆达夫手里夺过鞋杯,一个个传着抢着争着霸着,又霸又争又抢又夺,斟满就饮,有的说香,有的说醉,有的说不醉,还喝。乔六桥夺过鞋杯捧起来喝。两手突然一松,小鞋不知掉到哪里,人都往地上看地下找,忽然陆达夫指着乔六桥大笑,原来小鞋在乔六桥嘴上,给上下牙咬着鞋尖,好赛叼着一只红红大辣椒!

第九回　真人真是不露相

这歪歪扭扭小人儿，头顶瓜皮小夹帽，一副旧兔皮耳套赛死耗子挂在脑袋两边，胳肢窝里夹着个长长布包。冻得缩头缩脖缩手缩脚，拿袖子直抹清鼻涕汤了。小步捯得贼快，好赛条恶狗在后边追。一扭身，"咗"地扎进南门里大水沟那片房子，左转三弯，右转两弯，再斜穿进条小夹股道。歪人走道，逢正变斜，逢斜变正。走这小斜道身子反变直了一般。

他站在一扇破门板前，敲门的声儿三重一轻，连敲三遍，门儿才开。开门的是牛凤章，见他就说：

"哎！活受！你小子怎么才来，我还当你掉臭沟里呢，人家滕三爷等你好半天！"

活受呼哧呼哧喘，嗓子眼儿还咝咝叫，光张嘴说不出话。牛凤章说："甭站在这呼哧啦，小心叫人瞧见你！"引活受进屋。

屋里火炉上架一顶大铁锅，正在煮画。牛凤章给热气蒸得大脸通红发紫，真赛鼓楼下张官儿烧的酱牛头，那边八仙桌旁坐着个胖人，一看就知保养得不错，眼珠子、嘴巴子、手指肚儿、指甲盖儿，哪儿哪都又鼓又亮。穿戴也讲究。腰间绣花烟壶套的丝带子松着，桌上立着个挺大的套蓝壶，金镶玉的顶子，还摆个瓷烟碟，碟子上一小撮鼻烟。活受打眼缝里一眼看出这烟碟是拿宋瓷片磨的，不算好货。

这位滕三爷见活受，满脸不高兴，活受嘴不利索，话却抢在前头："铺织（子）有锅（规）矩，正（真）假不能湿（说）。杏（现）在跟您湿（说）实在的，您扰（几）次买的全是假的……"说到这儿，上了喘，边喘边说，"您蛇（谁）也不能怨，正（真）假全凭自己养

（眼），交钱提货一出摸（门），赔脑袋也认头……今儿是冲牛五爷面织（子），您再掏儿（二）百两，这轴大涤子您拿赤（去），保管头流货……"说着打开包儿又打开画儿，正是前年养古斋买进的那张石涛真迹。

滕三爷俩眼珠子在画上转来转去，生怕再买假，便瞧一眼牛凤章，求牛凤章帮忙断真假。牛凤章造惯假画，真的反倒没根，反问活受：

"这画确实经佟大爷定了真的？可别再坑人家滕三爷了。三爷有钱，也不能总当冤大头。自打山西那位吕居士介绍到你们铺子里买古董，拿回去给行家一瞧就摇头。这不是净心叫人家倾家荡产吗？活受，俗话可是说，坑人一回，折寿十岁！"

"瞧您湿（说）的……要是假的，河（还）不早墨（卖）了……这画撂在沽（库）里，我看湿（守）它整整乐（两）年多……"

"你把这画偷着拿出来，不怕你们佟大爷知道？"滕三爷问。

"这好布（办）……我想好了，请牛五爷织（造）轴假的，替出这轴真的耐（来）……"

牛凤章冷笑道："打得好算盘。钱你俩赚，毁就毁我！谁能逃出佟大爷那双眼，他不单一眼就看出假，还能看出是我造的！"他手一摆说，"我老少三辈一家子人指我吃饭呢，别坑完滕三爷再来坑我！"

"这也好布（办），我有……夫（法）子。"活受脸上浮出笑来。

"嘛法儿？"牛凤章问。他盯着活受的眼，可怎么也瞧不见活受的眼珠子。

活受没吭声。牛凤章指着滕三爷说：

"人家花钱，你得叫人家心明眼亮。死也不能当冤死鬼！"

活受怔了怔，还是说：

"古董行的事，湿（说）了他未必明白。不管佟家铺织（子）坑没坑人，我活受保管不坑滕三爷就是了……"

牛凤章听出活受有话要瞒着滕三爷，就改了话题说：

"这画要造假，至少得在我这儿撂个把月，少掌柜要是找不着它不就坏事了？"

活受再一笑，小眼几乎在脸上没了。他说：

"少掌柜哪河（还）有兴（心）管画。"

"怎么？"滕三爷是外人，不明白。

"您问牛五爷，佟家事，他情（全）知道。自打灯节那条（天）比脚，大少奶奶制（占）杏（先），二少奶奶玩完，佟家当下是大少奶奶天下。不光小丫头们都往大少奶奶屋里跑，佟大爷也往大少奶奶屋里跑，嘻嘻……少爷没脏（沾）光脏（沾）一脚屎！二少爷二少奶奶两口子天天弄（闹），头夫（发）揪了，药（牙）也打掉了……"

"听吕居士说，你们大少奶奶本是穷家女人，能挑得起来这一大家子？"滕三爷问。

牛凤章说：

"滕三爷话不能这么说。人能，不分穷富。我看她——好家伙，要是男人，能当北洋大臣。再说……还有佟大爷给她坐劲。谁不听不服？"

"这佟家的事奇了，指着脚丫子也能称王！"滕三爷听得来劲，直往鼻眼抹鼻烟。

牛凤章笑道：

"小脚里头的事你哪懂？你要想开开眼，哪天我带你去见见世面，那双小脚，盖世无双，好赛常山赵子龙的枪尖！哎，吕居士头次带你来天津那天，我们在义升成饭庄说的那些话你不都听到了？吕居士也心服口服称佟家脚是天下一绝！"

谁料滕三爷听罢嘴巴肉堆起来，斜觑着眼儿说："吕居士心服口服，我不准心服口服。老实给您说，吕居士跟我论小脚，我在门里，他在门外。要不赛脚那天你们请我去，我也不去。我敢说，我能制服你们大少奶奶！"

"嘛？你？凭你的脚，大瓦片，大鸭子，大轮船。别拿自个儿开心啦！"牛凤章咧开嘴大笑。

"谁跟你胡逗，咱们动真格的。你今儿去跟佟家说好，明儿我就把闺女带去！"滕三爷正儿八经地说。

"嘛嘛，你闺女，在哪儿呢？我怎么没听说过。"

"在客店里，我把她带来逛天津了。你上京城里扫听扫听去，二寸二，可着京城我闺女也数头一份儿！"

"二寸二，是脚的尺寸？多大多大？"牛凤章瞪圆牛眼。

滕三爷拿手指头把烟壶捅倒，说：

"就这么大。你们大少奶奶比得了？"

"呀呀呀，天下还有这么大的脚，听也没听过。我不会儿得先瞧瞧去。我好歹也算个莲癖，你要叫我开开眼，我也叫你开开眼。我还藏着些真古董！"

牛凤章说着，站起身打开柜子，拿出一面海兽祥鸟葡萄镜，一尊黑陶熏炉，一块葫芦状的歙砚，半套失群的岫岩玉雕八仙人。只剩下吕洞宾、蓝采和、汉钟离、曹国舅四个，刻工却是一流，个个须眉手指襟带衣袂都有神气。滕三爷看花了眼，高兴得嚓嚓搓手心，活受在一旁不吭声，却看出来，这几件东西，只有那铜镜是块唐镜，炉子砚台全是假货。四个玉人是玩意儿，算不上古董物件。活受说：

"滕三爷，您织（真）拿葱（出）二寸二小脚，把我们大少奶奶压下秋（去），我担保少掌柜送个揪（周）鼎谢您。"

"这不难。你回去说好，明儿就登门拜访。"滕三爷说。

活受高高兴兴起身告辞。牛凤章送他到门外，带上门说：

"你刚才说有嘛法造大涤子的假画，我可够呛，怕不像，顶多像五分……甭说五分，像三分就不错！"

活受凑上来，踮起脚跟立脚尖，嘴对着牛凤章扇风大耳朵吭吭巴巴，直把牛凤章说得嘴岔子咧得赛要裂开，吃惊地说：

"你小子能耐比我还大！"

他呆呆瞅着活受。那模样不知见鬼还是见神了。他不明白这半死不活的小子，打哪知道这些造假画的绝招！

这才叫真人不露相。真人真是不露相。

活受说：

"往喝（后）咱俩一秋（齐）干。您单会弄假的不成。我这叫半正（真）半假，有正（真）有假，想风（分）也风（分）不出来！"

"绝是绝，可我的心直扑腾，我怕佟大爷！"

"怕他干嘛？佟家人兴（心）思都在脚丫子上，没人锅（顾）得了铺织（子）。您再拨拨算泼（盘）珠子，这一张顶上您过去一本（百）张还不止……"

牛凤章牛眼立时一亮，来了胆子。只说："到时候你别咬我就成！"又嘀咕两句，"你得留神，这大件东西拿进拿出，太招眼儿！"

活受又白又歪又光又凉小脸上，一笑，满是瞧不起神气，没接对方话茬，却说：

"你盯住滕三爷，明儿务布（必）叫他领闺女去。只要那二寸二腰（压）住大少奶奶，佟家又是一次大翻锅（个）儿，您就是把铺织（子）搬耐（来），也没人锅（顾）得上……"

牛凤章两眼发直，嘀咕着：

"可以假换真这事，我还是有点拿不准。"

活受已经给他瞧后背了。

第十回　白金宝三战戈香莲

几位少奶奶，打头到脚收拾好，等候滕三爷带闺女来访。说来访是句好听话，实在是斗法来的！

白金宝今儿挺兴致，人也轻松。她知道滕家小姐不是冲她来的，倒是帮她来的。她完全不必使劲，只当一场好戏看就是了。她扭脸凑向身边的三少奶尔雅娟说："听说这闺女的脚顶多才二寸二，我不信，要是真的，咱们佟家的脚还往哪儿摆？对吗？"这声儿不大不小，刚好能叫坐在另一边的戈香莲听见。

尔雅娟低眼瞅瞅戈香莲，没敢吱声。香莲的脸好静好冷，让人没法子知道她今儿这一战，有根没根，胜败如何。

尔雅娟前天才打南边回来，本该随着三少爷绍富早早回来过年。临到启程，绍富叫架眼儿掉下来一个铜乌龟砸断脚背，一步挪不动。尔雅娟只好同远房一位姊子搭伴，回天津看看婆家人老熟人，也想见见没见过面的嫂子戈香莲。她早就听说嫂子的脚赛过当年的婆婆，耳闻不如目见，她心里还暗存着比试比试的劲儿。回到家白金宝就把她拉进屋翻腾事儿，先说戈香莲在家如何一手遮天，随后就挑唆尔雅娟跟香莲斗脚。

扬州小脚也是闻名天下，尔雅娟又是佟忍安去扬州买帖时看上的，更是万里挑一。在扬州向例也是一震，有能耐的人都傲，再叫白金宝左挑右挑，心里的暗劲变成明劲，当即穿上一双白铜鞋去见嫂子。白金宝跟在后边，她算计好，只要尔雅娟一胜，她就给香莲闹个"破鼓乱人捶"！

香莲见了尔雅娟，谈东谈西，似笑不笑，不冷不热，不咸不淡。两眼只瞧尔雅娟一张月季花赛的小脸儿，就是不看她的脚。自己的脚也给裙子盖着，叫尔雅娟没法子跟她干。可香莲说着笑着忽然手指尔雅娟的脚说：

"你这双白铜鞋，是找人打的？"

尔雅娟可逮住机会，马上说：

"一位湖南的客商送我的。他在湘西碰见个耍马戏的女子。那女子穿这双鞋走钢丝，还拿它踢木板，一寸厚的板子，一脚一个窟窿。客商花了好几百两银子买下这双鞋，非要送我。这鞋可比不得一般鞋，面子底子帮子哪儿哪全都是硬的，没半点柔和劲儿。脚肥一点，长一点，歪一点，都进不去。它不将就你，你将就它也不行。谁知我一试，正好。"

尔雅娟说到这儿，脸赛花开似的一笑，还瞅一眼白金宝。白金宝跟着就说：

"那得看谁的脚。驴蹄子鸡爪子当然不成！"

香莲只当没听见，含笑对尔雅娟说：

"妹子给我试试成吗？"

尔雅娟一怔，巴不得给香莲试穿，叫她出丑。这铜鞋是硬的，十双脚九双半不合适。没料到自己拾套，香莲不知轻重傻往里钻，正好！尔雅娟毫不犹豫脱下铜鞋给香莲。谁知香莲的脚往里一伸，好赛东西掉进袋子里，一仰脸朝站在后边的丫头桃儿说：

"去拿些丝绵来，这鞋好大！"

这话等于一斧子砍死尔雅娟！

尔雅娟没见过这样又小又俏又软又美的脚。铜鞋再硬，卡不住比它小的脚。

香莲笑眯眯又对白金宝说：

"二少奶奶，你也试试玩儿？"

这话又赛一斧子砍向白金宝。白金宝自知这鞋穿也穿不进去，摇摇头，脸上好窘。香莲起身，没言语，带着桃儿回了屋子，打这儿尔雅娟就怵她了。白金宝更怵香莲，多少天没敢正眼看香莲的脸，还总觉得香莲蔫坏损瞧着她。其实香莲根本不挂相，好赛没这回事。

今儿白金宝又活起来。二寸二的脚，单是小，就叫香莲没辙。香莲心里的小鼓要不咚咚敲才怪呢！

四位少奶奶等候滕家小姐的当儿，乔六桥、陆达夫几个来请佟大爷到海大道庆来坤戏园子看《拾玉镯》。佟忍安打算在家等着瞧二寸二小脚。乔六桥说："咱那边也有双脚，比这二寸二强十倍，诳你就割我鼻子！"说话时，门口连篷车都预备好了。佟忍安疑惑着："比二寸二再强十倍，就二分二了，跟蚂蚱一般大？"就出门上车一路嘻嘻哈哈去了。其实这戏票是佟绍华买的，由乔六桥出面请，为的是把佟忍安架出来，没人给香莲坐劲。这边只要滕家小姐一赢，白金宝就翻天。真是一边看戏，一边唱戏。演戏瞧戏闹戏捧戏哄戏做戏，除去没戏全是戏。再往深处说，没戏更是戏。

那边，佟忍安进了园子，戏已开唱。孙玉姣坐在台中央一张椅子上，左腿架在右腿上，娇声娇气说："小女孙玉姣，母亲烧香拜佛去了，我在家中闲着没事，不免做些针黹，散闷罢了。"说到这儿，小锣当儿一响，跷着的左脚腕子一挺，把鞋底满亮出来，青白细嫩，真赛笋尖。这下差点叫佟忍安看昏过去。急着问这花旦名姓，绍华忙说叫月中仙。佟忍安口中就不停念叨着："月中仙来月中仙……"下边一出垫戏《白水滩》看赛没看。等到再下一出《活捉三郎》，又是月中仙的戏。

演到阎惜娇的鬼魂儿，小脚满台跑，赛一溜溜青烟，佟忍安顾不得旁人，一个劲傻叫："好！好呵——好！好！"惹得一帮子戏迷说他劝他骂他拿苹果核儿砍他也止不住他。

这边，牛凤章一手提着袍襟"噔噔噔"奔进佟家来。四位少奶奶见他，白金宝劈面就问："人呢？滕家小姐呢？在哪儿？"不等牛凤章转起舌头，只见一个胖男人抱一个娇小女子大步来到。一个大活人再轻也七八十斤，难怪这胖男人呼呼喘粗气。看样子这就是滕三爷和滕家小姐了。几位少奶奶都当是滕家小姐半道病了，忙招呼丫头们上来侍候，不想这胖男人撂下小姐，掏出块大帕子抹汗，一边笑呵呵说："没事没事，她挺好！"滕家小姐跟手也笑了。众人不明白是嘛事，好好的干嘛抱进来？

可谁也不管为嘛，都一窝蜂围上去看滕家小姐二寸二的脚。一看全蒙住！这脚就赛打脚脖子伸出个小尖。再一弯，也就橘子瓣大小，外套鲜亮银红小鞋，精致绣满五色碎花，鞋口的花牙子，跟梳子齿一般细。不赛人穿的，倒赛特意糊的小鞋样子，可它偏偏有姿有态不残不缺，大脚趾还不时动它一动。人能把脚缠这么小，真算得上世间奇迹，不看谁也不信。

甭比，佟家脚连亮也不敢亮！

香莲脸色刷白，一眼瞅见站在身旁的牛凤章，小声说：

"好呵，五爷，你原来也恨我不死！"

牛凤章听这话打个冷战，忙说：

"不瞒您说，这是少掌柜请来的，不过叫我跑跑腿，我不好推辞罢了。我是佟大爷的人，哪敢跟您捣蛋。心想也是叫您瞧个新鲜。别瞧她脚小，可小过了劲儿，站不住。走路必得人扶着，出门必得人抱着，站都站不住，京城人都称她'抱小姐'。可别人抱不成，非她爹不可，娇着呢！那滕三爷，阔佬一个，任嘛不懂。"

香莲情不自禁"噢"一声，眼睛一亮，心也一亮。好赛意外忽然抓到得胜的招数。

白金宝在人群中间叫着："不管别人服不服，反正我服了，不服就比，谁比谁完蛋！人家这脚是明摆着的！对吗？雅娟、秋蓉、桃儿、杏儿……"她挨个问，声音愈来愈高，就是不问香莲，句句却是朝香莲去的。

谁也不抬头看香莲，都怕香莲。

香莲不言不语站一边。不等白金宝闹到头，她不出招。

白金宝只当她怵了，索性大喊大叫："反正有这双脚，别人嘛脚我也瞧不上！待会儿老爷回来，叫他也开开眼。别总拿南瓜当香瓜，拿瞎蛾子当蝴蝶儿。"又扭脸冲滕三爷说，"叫您小姐留在我家住些天好吗？就跟我住一屋，我还叫桃儿给她绣双红雀鞋……"

滕三爷说：

"二少奶奶这么厚爱，敢情好。只是我这闺女……"

香莲看准火候，走到抱小姐身前，笑眯眯说：

"小姐，跟我到当院看看桃花可好？前两天一乍暖，满树都是骨朵，居然开了不少，还招来蜜蜂，好看着呢！"

抱小姐说："我走不好！"她奶声奶气，倒赛七八岁的娃娃卷着舌尖说话。

"这没事，我扶你，几步就到当院。"

香莲说着扶她起来。谁也不知香莲用意，只见她一挽一扶与抱小姐走出前厅，下了台阶。这一走，就看出毛病来。抱小姐好比一双烂脚，沾不得地；香莲每一步都是肩随腰摆，腰随脚扭，无一步不美。到了院中，香莲抬头看花，好赛不知不觉松开挽着抱小姐的手臂，自个儿往前走两步，忽然叫道："抱小姐你看！你看！那片花全开了，赛朵红云彩，多爱人，抬头呀，就在你脑瓜顶上！"她手指头顶上方。

抱小姐一抬头，脚没拿稳，没等叫出声，"扑通"一下，死死摔个硬屁股蹲儿。抱小姐皮薄肉少，屁股骨头撞在砖地那一声，叫人听得心里一揪。香莲惊慌叫道："好好站着，没石子绊脚，怎么倒了！快快，桃儿珠儿，还不快扶起小姐！"滕三爷和众人都跑来搀抱小姐。抱小姐栽了面子，坐在地上捂着脸哭，不起来，谁也弄不动。

"我真该死，叫她摔了。怎么？她站不住吗？"香莲对滕三爷说。

"这不怪大少奶奶。小女没人扶，站不住。"滕三爷说。

"这倒怪了。脚有毛病？"香莲说。看不出她是装傻，还是有意讥讽。

"毛病倒没有，就是太小，立不住。"滕三爷说着低头冲闺女说，"还不起来，赖在地上什么样儿！"

这话更伤了抱小姐，拼命晃肩膀不叫人扶，谁伸手打谁，两脚乱踹乱蹬，直把鞋子踹掉，脚布也散了。香莲看着，恨不得她踹光了脚才好。嘴上却说：

"桃儿，帮着小姐穿上鞋，别着了凉！"

滕三爷见闺女这样胡闹，满脸挂窘，不住向香莲道歉。香莲说：

"这么说就见外了。可是我打心里疼您家小姐。人脚哪能不能站不能走的，这脚不算废了？我看这脚没救了，您真该在鞋上给她想点辙。是吧！"

这两句是拐着弯儿把抱小姐骂死。

滕三爷连说"是、是、是"，猫腰抱起抱小姐就走。出去的步子比进来的还大。牛凤章也赶紧向香莲告辞。只见香莲脸上的笑透股寒气，吓得牛凤章没转身三步倒退出屋门。

抱小姐走后，香莲当着众人对桃儿笑道：

"真哏，这牛五爷不长牛眼，长一对狗眼，愣看上这对烂猪蹄了！"

桃儿不笑不答，她知道这话是给白金宝听的。白金宝脸上早就不是色。香莲话说得轻松，神气也自如，直到回屋，"咯噔"一下，悬着的心才回位。

可是过了三天，香莲的心又提起来。白金宝站在当院嚷嚷开，说佟大爷请来一双飞脚，饭后就到。还说这是宝坻县红得发紫的彩旦，名唤月中仙。不单脚小脚美，还满台赛珠子在盘子里飞转，这同头三天那个不会走道的抱小姐全然两样。一个站不能站走不能走立都立不住，一个如驰如飞如鱼游水如鸟行空。白金宝的嗓门向例脆得赛青萝卜，字儿咬得一个是一个赛崩豆，香莲还听到这么一句："听说飞起来，逮也逮不着。"香莲虽胜了抱小姐，不敢说也能胜这个月中仙。天下之大，无奇不有，香莲不敢不信。假若不是真的，白金宝也不会这么咋呼。香莲心里早懂得，人要往上挣，全是硬碰硬，不碰碎别人就碰碎自己。只有把对手都当劲敌才是。她闭上门，想招儿。可是一点不知月中仙的内情，哪知嘛招当用，这真难了！最好的办法是先在屋里秘着，等机会。

午后，一阵人声笑语进了前厅。忽听一句："佟大爷在上，奴家月中仙有礼了！"声调又娇又脆又清又亮，赛黄莺子叫，用的都是戏里道白的口儿。说完就一阵喧笑哗闹。

就听佟大爷的声音：

"我家众位都是爱莲人。听说月中仙有金莲绝技，巴不得饱眼福，就请到当院表演一番。"

跟手这些声音挪到当院。只听月中仙两个字儿："献丑。"没有行走奔跑声，却有一片咂嘴赞叹和拍巴掌声音。尔雅娟吃惊的声音：

"哟，快得我只见人影儿。"

佟绍华的声音：

"金宝，你不跟着转两圈？"

白金宝的声音：

"我哪有这脚。吓得只想回屋关门关窗躲起来。"

又是说又是笑又是叫又是闹，还听佟忍安声音：

"是呵，怎么还不见香莲来呢？"

白金宝的声音：

"猫一来，耗子还看得见。"

香莲憋在屋，心里的火腾腾往上蹿，胜败反正都得拼过才能说。她"哗啦"打开门，走出来一瞧，院里站满人，一时眼花，看不清谁是谁。桃儿跑到跟前来挤挤眼说：

"您看那就是月中仙，男的！"

香莲顺着桃儿细巧的手指头望去，人群中果然站着一个瘦弱男人，再瞧，下边竟是一双精灵的女人小脚。看模样是个男旦，可哪来一双女人小脚？这天底下的事真是不知道的比知道的多得多得多。这会儿，那瘦男人正上下打量她，忽叫一声："啊呀，这就是闻名津门的佟家大少奶奶戈香莲吧！"说着风吹似的跑过来，两脚好赛不沾地，眨眼工夫到了香莲面前，双手别在腰间道万福，说话的调儿还是戏腔，"月中仙拜见大少奶奶。"

香莲还没弄明白怎么档子事，有点发傻。那边白金宝和佟绍华大声哈哈笑，好赛在看香莲的笑话。

这月中仙忽扬起一条腿扛在肩上，脚过头顶，来招童子功，说："您看我月中仙的脚，比得上您大少奶奶的脚吗？"

香莲一看这扛过头顶底儿朝上的小脚，才明白原来是木头造的假小脚，上头有布套，套在真脚上，用丝绳扎牢，好比踩高跷，叫衣裙一遮，跟真的一样。原来这就是男扮女装的彩旦使的踩跷呀！过去听说今儿才见。香莲赛打梦里醒来，松口大气。众人当作趣事咯咯地笑。唯有白金宝佟绍华笑得邪乎，白金宝笑岔了气，直弯腰捂肚子。香莲立时明白，这是白金宝搬来尔雅娟和抱小姐斗不过她，才剜心眼儿，弄来月中仙唬她，看她乐子，当众糟践她。可她脑子一转，又想，白金宝拿她没辙，才使这招。这招够笨，毕竟假玩意儿，不过一时解解气罢了，更显出自己一双脚谁也扳不倒。想到这儿，反而精神起来，脸上的笑也有根了。她对月中仙说：

"你这假脚唬住我不算嘛，可唬住我公公？我公公是火眼金睛，绝不会叫你骗过。"

佟忍安听出香莲的话带刺，便说：

"我头一眼也给蒙住了。原以为死物有真假，没料到活物也有真假。不过，假的再绝，也不如平平常常真的。"

香莲这是逼着佟忍安替自己说话。待佟忍安的话说完，就朝白金宝佟绍华挑起嘴角一笑，话却反着佟忍安说：

"老爷的话可得罪人家月中仙了。戏台上不论真假。戏里的人都是假的，管他脚假不假，唬住人就成！"

"这话在理，这话在理！"佟忍安忙应和着。请众人到厅里说话。

月中仙对戈香莲说："有请大少奶奶——"虽然不再用戏腔，声音还是女声女气。神气动作举手投足也都扭捏羞涩婀娜娇柔，活赛女的。

香莲见对方不是对手，来了兴头，一提气，与月中仙一同走上前厅。这几步，月中仙好比腾云驾雾，戈香莲竟如行云流水，步子又疾又稳，肩不动腰不动腿也不动，看不见哪儿动，只有裙子飘带子飞，好赛风里穿行，转眼一同站在前厅里。

月中仙拍着手说："大少奶奶真是名不虚传，这几步强我十倍！"他拍手时，翘着细白手指，只拿掌心拍，小闺女嘛样他嘛样。随后月中仙说他非要瞧瞧香莲的小脚不可。对着这半男半女不男不女的人，香莲也不觉羞了，亮出来给他瞧，他又拍手叫：

"我跑遍江南江北，敢说这脚顶到天了。少掌柜还叫我来震震您，倒叫您把我震趴下了！"

香莲听罢一笑便了，也不去瞧佟绍华，只向月中仙要取那跷一看。月中仙这老大男人，屁股在椅子面儿上一转，腰一拧，头一歪，眼一斜，居然做出忸怩样子。然后两手手指摆出兰花样儿，解开跷上的丝带说：

"您要喜欢，就送您好了。"

香莲接过话顺口就说：

"不，送给我们二少奶奶吧，她看上这玩意儿了！"

这话一说，只听身后"哐当"一响，随着一片呼叫，尔雅娟叫声最尖。回头瞧，原来白金宝一口气闭过去，仰脸摔在地上。几个丫头又掰胳膊又折腿又弯脖子又推腰，绍华拿大拇指头死命掐白金宝鼻子下边的人中，直掐出血，才回过这口气来。

唯有香莲坐在那边动也不动，消消停停喝茶，看着窗外飞来飞去追来追去几个虫子玩儿。

第十一回　假到真时真即假

天没睁眼，地没睁眼，鬼市上的人都把眼珠子睁得贼亮。打赵家窑到墙子河边，这一片窝棚土铺篱笆灯小房中间，那些绕来绕去又绕回来的羊肠子道儿上，天天天亮前摆鬼市。最初都是喝破烂的，把喝来的旧衣破袄古瓶老钟烂鞋脏帽废书残画，缺这儿少那儿的日用杂物，拿大筐挑来卖。借着黑咕隆咚看不清，打马虎眼，以坏充好，有钱人谁也不来买这些烂货。可是，事情不能总一个样，话不该老这么说。渐渐有人拿来好货新货真货，却都是一手交钱，一手交东西。买卖一成，拨头便走，回头再找，互不认账。人称"把地干"。为嘛？因为干这行当大多是贼，偷到东西来销赃。胆大的敢卖，胆大的就敢买。也有些有钱人家的败家子，脸皮薄，不愿在当铺古玩铺旧货铺露面，就拿东西到这儿找个黑旮旯一站等买主。哪位要是懂眼，真能三子儿两子儿，买到上好的字画珠宝玉器瓷器首饰摆饰善本书孤本帖。这一看能耐，二看运气，两样碰一块儿，财能发炸了。

今儿，挤来挤去人群里，有个瘦老头子，缩头藏脸，也不打灯笼，眼珠子却在人缝里乱钻。忽然，赛过猫见耗子，撞开几个人一头扑过去。墙边，挨着个破担子，蜷腿蹲着一个男人，跟前地上铺块布，摆着一个白铜水烟袋，一个大漆描金梳妆匣儿，几卷绣花被腰子，还有三双小鞋，都是红布蓝布，双合脸，极窄极薄，鞋尖又短又尖赛乌鸦嘴，天津卫看不见这样的鞋。瘦老头子一把抓起来，翻过来掉过去一看，就喊：

"呀！鸦头履，苏北坤鞋！"

这男人瘪脑门鼓眼珠子，模样赛蛤蟆。仰脸瞅瞅这瘦老头子说："碰到内行，难得。您想要？"

瘦老头子两个膝盖"嘎巴"一响也蹲下来，低声说：

"全要！这儿压根也碰不上这鞋！"

这瘦老头子好怪。在鬼市买东西，碰上中意的也得装不懂不在意不中意，哪能见了宝似的！可更怪的是卖东西的蛤蟆脸男人，并不拿出卖东西的架势，也赛见了宝。问道：

"您好喜这玩意儿吧？"

"说的是。告我您这鞋哪弄来的？您是南边人？"

"您甭问，反正不是北边人。老实告您，我也好喜这玩意儿，可如今江南几省都闹着放脚，小鞋扔得到处都是，连庙里也是，河里还漂着……"

"造孽造孽！"瘦老头子连说两句，还不尽意，又加一句，"还不如把脚剁去呢！"沉一下把气压住便说，"您该逮这机会把各样小鞋赶紧收罗些，赶明儿说不定也是宝贝。"

"说得好，您真懂眼。听说，北边还不大时兴放脚？"

"闹也闹了，放脚的还不多，叫唤得却够凶，依我看这风刹不住，有今天没明天。"瘦老头子直叹气。

"是呵，我听说了，这才赶紧弄几麻袋南边的小鞋，到北边转转，料想能碰上像您这样有心人肯花钱存一些。我打算卖一些南边的，买一些北边的，说不定把天下小鞋凑全了呢！"这蛤蟆脸男人说，"我已然存了满满一屋子！"

"一屋子？"瘦老头子眼珠子唰唰冒光，"好呵，宝呵，你这次带来都是嘛样的？"

蛤蟆脸男人抿嘴一笑，打身后麻袋里掏出两双小鞋递给瘦老头子，也不说话，好赛要考考这瘦老头子的修行。

瘦老头子接过鞋一看，是旧鞋，底儿都踩薄了，可式样怪异之极。鞋帮挺高，好赛靴子高矮，前脸竖直，通体一码黑亮缎，贴近底墙圈一道绣花缎边。一双绣牡丹寿桃，花桃之间拿红线缝几个老钱在上头，这叫"富贵双全"。另一双绣松叶梅花竹枝，松托梅，梅映竹，竹衬松，这叫"岁寒三友"。再看木底和软底中间夹一片黄铜，打跟到尖，再打尖吐出来，朝上弯半个圈再伸向前，赛蛇出洞。瘦老头子说：

"这是古式晋鞋。"

蛤蟆脸男人一怔，跟手笑了：

"您真行！能看懂这鞋的人不多！"

"这鞋也卖？"

"货卖识家。别说价了，您给多少，我都拿着。"

这前后五双瘦老头全要，掏出五两给了。要说这些钱买五双银鞋也富余。蛤蟆脸男人赶紧把银子掖进怀里，满脸带笑说道：

"说句老实话，这鞋现在三文不值二文。我不是图您钱，是打算拿它多买些北方小鞋带回去。您要是藏着各样北方小鞋，咱们换好了，省得动钱！"

"那更好！您还有嘛鞋？"

"老先生，您虽然见多识广，浙东八府的小鞋恐怕没见过吧！""打早听说浙东八府以小称奇，我二十年前见过一双宁波小脚，二寸四。可头两年见过京城一女子，小脚二寸二。那真叫小到家小到头啦！"

"那也比不过广州东莞小脚，二寸刚刚挂点零。一双小鞋，一抓全在手心里。还有福建漳州一种文公履，是个念书人琢磨出来的，奇绝！"

"嘛绝法？"

"竟然有股书卷气。有如小小一卷书。"

"好呵！你都有？带来了吗？"

"在旅店里。您要换，咱说好时候。"

急不如快，两人定准转天这时候在前边墙子河边一棵歪脖老柳树下边碰面。转天都按时到，换得十分如意，好赛互相送礼。又约第三天，互换之后，这瘦老头提着十多双小鞋穿过鬼市美滋滋乐呵呵往回走。走到一个拐角，都是些折腾碑帖字画古董玩器的。只见墙角站着一个矮人，头上卷檐小帽儿压着上眼皮，胳肢窝里夹一轴画，上边只露个青花瓷轴。

瘦老头子一看这瓷轴就知这画不一般。上去问价。

对方伸出右手。把食指中指叠在一起，翻两翻，只一个字儿："青。"

鬼市的规矩，说价递价给价要价还价争价，不说钱数，打手势用暗语。俗称"暗春"。一是肖，二是道，三是桃，四是福，五是乐，六是尊，七是贤，八是世，九是万，十是青。手势一翻加一倍。

对方这"青"字再加上手势一翻，要二十两。

瘦老头子说："嘛画这个价，我瞧瞧。"撂下半口袋小鞋，拿过画，只把画打开一小截，刚刚露出画上的款儿，忽一惊，问道："你是谁？"

这矮子一怔，拨头就跑。

瘦老头子本来几步赶去能追上，心怕半袋小鞋丢了，一停的当儿，矮子钻进小胡同没了。

瘦老头子叫道："哎，哎，抓……"

旁边一个大个子，黑乎乎看不清脸，影子赛口大钟，朝他压着粗嗓门说：

"咋呼嘛，碰上就认便宜，赶紧拿东西走吧，小心惹了别人，把你抢了，还挨揍！"

瘦老头子听见又没听见。

这天早上，佟忍安打外边遛早回来，就要到铺子去，满脸急相，不知道为嘛。门外备了马，他刚出门一咪溜坐在台阶上，只说天转地转人转马转树转烟囱转，其实是他脑袋转。用人们赶忙扶他进屋坐在躺椅上。香莲见他脸色变了，神气也不对，叫他到里屋躺下来睡个觉。他不干，非要人赶紧到柜上去，叫佟绍华和活受马上来。还点了些画，叫活受打库里取出带来。过了很长时候，才见人来，却只是柜上一个姓邬的小伙计，说少掌柜不在柜上，活受闹喘，走不了道儿，叫他把画送来。佟忍安起不来身半躺半坐，叫人打开一幅幅看。先看一幅李复堂的兰草，看得直眨眼，说：

"我眼里是不是有眵目糊？"

香莲瞅瞅他眼珠，说：

"不见有呢，头昏眼花吧，回头再看好了！"

佟忍安摇手非接着看不可。小邬子又打开一幅，正是那幅大涤子山水幅。

平时佟忍安过画，顶多只看一半画，真假就能断出来。下一半不看就叫人卷上，这一是他能耐，二是派头。活受知道他这习惯，打画就打开一半，只要见他点头或摇头，立时卷起来。今儿要是活受来打画给他瞧，下边的事就没有了。偏偏小邬子唰地把画从头打到底儿。佟忍安立时呆了，眼珠子差点掉下来，身子向前一撅，叫着：

"下半幅是假的！"

"半幅假的，怎么会？别是您眼闹毛病吧！"香莲说。

"没毛病！这画，字儿是真，画是假的！"佟忍安指着画叫，声音扎耳朵。

香莲走上前瞧，上半幅给大段题跋诗款盖着，下半幅画的是山水。"这不奇了，难道换去下半幅，可中间没接缝呀！"香莲说。

"你哪懂？这叫'转山头'，是造假画的绝招。把画拿水泡了，沿着画山的山头撕开，另外临摹一幅假的，也照样泡了撕开。随后，拿真画上的字配假画上的画，接起来，成一幅；再拿假画上的字配真画上的画，又成一幅。一变二，哪幅画都有真有假，叫你看出假也不能说全假，里头也有真的。懂行拿它也没辙。可是……这手活没人懂得，牛五爷也未必知道。难道是我当初买画时错眼了……"

"您看画总看一半，没看下半幅呗！"

"那倒是……"佟忍安刚点头忽又叫，"不对，这幅画是头几年挂在铺子墙上看的！"说到这儿，也想到这儿，眼珠子射出的光赛箭。他对小邬子说，"你拿画到门口，举起来，透亮，我再瞧瞧！"

小邬子拿画到门口一举，外边的光把画照透，清清楚楚明明白白看出，画中腰沿着山头，有一道接口，果然给人做了假！佟忍安脑袋顶涨得通红，跟着再一叫："我明白了，刚才李复堂那幅也做了假的！"不等香莲问就说，"这是'揭二层'，把画上宣纸一层层揭开，一三层裱成一幅，二四层裱成一幅。也是一变二！虽然都是原画，神气全没了，要不我看它笔无气墨无光，总疑惑眼里眵目糊呢！"

香莲听呆了！想不到世上造假也有这样绝顶的功夫。再看佟忍安那里不对劲了，一双手簌簌抖起来，长指甲在椅子扶手上，"嘚嘚嘚"磕得直响，眼神也滞了。

香莲怕他急出病来，忙说：

"干嘛上火，一两幅画不值当的！"

佟忍安愈抖愈厉害，手抖脚抖下巴抖声音也抖："你还糊涂着，铺子里没一幅真的了！我佟忍安卖一辈子假的，到头自己也成假的了。一窝全是贼！"说到这儿，脑门青筋一蹦，眼珠子定住不动了。香莲见不好，心一慌，不知拿嘛话哄他。只见他脸一歪嘴一斜肩膀一偏，瘫椅子上了。

立时家里乱了套，你喊我我喊他，半天才想起去喊大夫。

香莲抹着泪说：

"谁叫您懂呢！我不懂真的假的，反不着这么大急。"

不会儿，大夫来了，说前厅有风，叫人把佟忍安抬到屋里治。

香莲定一定心。马上派小邬子去请少掌柜，并把活受叫来。小邬子去过一会儿就回来说，活受卷包跑了，佟绍华也不见了。香莲听罢好赛晴天打大雷，知道家里真出大事了！白金宝问嘛事。香莲只说："心里明白还来问我。"就带着桃儿坐轿子急急火火赶到铺子。

只见铺子里乱嘈嘈赛给抄过。两个小伙计哭着说："大少奶奶骂我们罚我们打我们都成，别怪我们不说，我们嘛都不知道呵！"香莲心想家那边还一团乱呢，就叫他们挑出真玩意儿锁起来，小伙计们哭丧脸说："我们不知哪个真哪个假。老掌柜少掌柜叫我们跟主顾说，全是真的。"香莲只好叫他们不管真假全都拣巴一堆封起来再说。

回到家，白金宝不知打哪儿听到佟绍华偷了家里东西跑了，正在屋里哭了叫叫了哭又哭又叫：

"挨千刀的，你这不是坑了老爷子，也坑我们娘仁吗……你准是跟哪个臭婊子胡做去了，你呀你呀你……"

香莲板着脸，叫桃儿传话给杏儿草儿，看住白金宝的屋子，不准她出来也不准人进去，更不准往里往外拿东西。白金宝见房门给人把守，哭得更凶，可不敢跟香莲闹。她不傻，绍华跑了，没人护她。她要闹，香莲能叫人把她捆上。

这时，佟忍安给大夫治得见缓，忽叫香莲。他虽然不知道家里家外到底出了嘛事，却赛全都明白。两眼闪着惊光，软软的嘴里硬蹦出三个字儿：

"关、大、门！"

香莲点头说："好，马上就办。"赶紧传话吩咐家里人急急忙忙把两扇大门板吱吱呀呀一推，哐啷一声，紧闭上。

第十二回　闭眼了

佟忍安赛块稀泥瘫在床上，头也抬不动，后背严丝合缝压在床板上，醒不醒睡不睡，眼神赛做梦。说话一阵清楚一阵含糊。清楚时，看不见绍华就死追着问，大伙儿胡诌些理由糊弄他；糊涂时，没完没了没重样地数落着各类小脚的名目。城里苏金伞、妙手胡、关六、神医王十二、铁拐李、赛华佗、不望不切黄三爷、没病找病陆九爷……各大名医轮着请到，都说他大腿给阴间小鬼拉住，药力夺不回来。

这天，桃儿领着香莲的闺女莲心看爷爷。莲心进门就爬上床玩儿，忽然尖哭尖叫，桃儿只当莲心给爷爷半死不活样子吓着，谁料是小脚叫爷爷抓住。不知佟忍安哪来的劲，攥住拉不开。死脸居然透出活气，眼珠子冒光，嘴巴的死肉也抖动起来，呼呼喘气，一对鼻眼儿忽大忽小。桃儿不知老爷是要活过来还是要死过去，吓得喊叫。香莲闻声赶来，一见这情景脸色变得纸白，一把将莲心硬拉下来，骂桃儿：

"哪玩儿不好，偏到这来，快领走！"

桃儿赶快抱走莲心，佟忍安眼里一直冒光，人也赛醒了，后晌居然好好说话了，虽不成句，一个个字儿能听清。他对香莲说："下、一、辈、该、裹、脚、了！"

香莲沉一下，光点头没表情，静静说：

"我明白。"

佟忍安没病倒之前，已经天天念叨这事。外边有的说放足有的说禁缠，闹得不安生。佟家下一代又都是闺女，莲心四岁，白金宝两个闺女，一个五岁，一个六岁，董秋蓉的闺女也六岁了。都该裹，只因为香莲说莲心还小，拖着压着，佟忍安表面不敢催香莲，放在心里总是事。这会儿再等不及，心事快成后事了。

佟忍安叫着：

"找、潘、妈，找、潘、妈。"

裹脚的事非潘妈不可。

可是自打赛脚那天，潘妈见香莲穿上当年佟家大奶奶的小红鞋，拨头回屋就绝少再出屋。除去几个丫头找她画鞋样，缝个帮儿纳个底儿糊个面儿，再有便是开门关门送猫出屋迎猫进屋，不知她在屋干些嘛事。偶尔在当院碰见香莲，谁不搭理谁。香莲现在佟家称王，唯独对潘妈客气三分，有好吃的好喝的不好买的，都叫丫头们送去。唯独自个儿不进潘妈屋。可以说，她压根儿就没进过潘妈屋。

这会儿，无论佟忍安怎么一遍遍说叫潘妈，香莲也不动劲，守在旁边坐。直到深更半夜，佟忍安不再叫，睁大眼眨眼皮，好赛听嘛，再一点点把手挪到靠床墙边，使劲抓墙板，不知要干嘛，忽然柜子那边咔咔连响，有人？香莲吓得站起身，眼瞅着护墙板活了，竟如同一扇门一点点推开，走进一个黑婆子，香莲差点叫出声来，一时这黑婆子也惊住，显然没料到她也在这屋里。这黑婆子正是潘妈！她怎么进来的？难道穿墙而入？她忽地大悟，原来这墙是个暗门，潘妈住在隔壁呀！这一下，香莲把佟家的事看到底儿，连底儿下边的也一清二楚三大白了！

无论嘛事，只要她一明白，心立时就静下来。她几年没正眼看潘妈，今儿一瞅大变模样，头发见白不见黑，脸上肉都没有，剩下皮包骨。皮一松褶子更多，满脸满了。只一双鼓眼珠子打黑眼窝里往外冒寒光。潘妈同香莲面对面站着怔着傻着瞪着，好半天。到底还是香莲更有内劲，先说话，她指着佟忍安对潘妈说：

"他有话跟你说。"

潘妈到床前站着等着。佟忍安说：

"预、备、好、明、天、裹，全裹！"

最后两个字儿居然并一起说出来的。

潘妈点点头，然后抬起眼皮望了香莲一眼，这一眼赛刀子，扎进香莲心口。香莲明白这一眼就是潘妈闷了几年来要说没说的话。随后潘妈扭身就走，却不走暗门，打房门出去。黑衣一身，立时化在夜里。

转天一早，香莲把全家人都叫到院里说道："老爷子发话了，今儿下晌，各房小闺女一齐裹脚，先预备预备去吧！"说完回自己屋。

各房，有的没声有的哭声有的说话声，都是低声低气。可快到晌午时候，桃儿忽然在当院大声叫喊莲心。香莲跑出房一问，莲心不见了！几个丫头和男用人房前屋后找，连山石眼里、灶膛里、鱼缸里、茅坑里、屋顶烟囱里都找了，也不见。香莲脸色变了，左右开弓，一连抽了桃儿十八个嘴巴，把桃儿左边一个虎牙打掉，嘴角直流血。桃儿不吭声不求饶掉着泪听香莲尖吼：

"大门关着，人怎么没了？你吃啦，吃啦，你给我吐出来呀！"哭得闹得叫得折腾得人都不赛人样。

莲心丢了，当天裹脚裹不成。佟忍安知道后说："等、等、一、块、裹！"那就一边等一边找。

家里没有就到外边找。左邻右舍，房前屋后，巷头巷尾，城里城外，河东水西，连西城外的人市都去了，也不见影儿。这一跑，才觉得天津城大得没边，人多得没数。把桃儿两只脚都跑肿了，还到处跑。有的说叫大仙糊弄去了，有的说叫拍花的拍走，卖给教堂的神甫挖心掏肝剜眼珠子割舌头掏肠子揭耳朵膜做洋药去了。自打洋人在天津修教堂，老百姓天天揪着心，怕孩子被拐去做洋药。

桃儿当着众人给香莲跪下，两眼哭得赛红果儿。她说：

"莲心怕真丢了，我也没心思活了，您说叫我怎么死我就怎么死！"

香莲说不出话来。脸上的泪，一会儿湿一会儿干。

潘妈那边，早做好一二十副裹脚条子，染了各种颜色，晾在当院梅枝上，赛过节。几个小丫头看了都暗暗流泪说：

"莲心怪可怜的……"

香莲听了就到佟忍安屋里说：

"莲心回不来了，别等了，先裹吧！"

佟忍安半死的脸一抖，发狠说一个字：

"等！"

七天过去了，佟忍安熬不住顶不住，只一口气在嗓子眼里来回串。说话嘴里赛含热豆腐，咕噜咕噜谁也听不清，跟着只见嘴皮动，连声儿也没有。早晌大伙儿在前厅吃过饭，董秋蓉留下来对香莲说：

"嫂子，我看老爷子熬过初一熬不过十五了。说句难听的，就这两天的事啦，莲心丢了，我的心也赛撕成两半。可你当下是一家之主，总得打起精神来，该给老爷子筹办后事了。再有，趁老爷子糊涂，裹脚的事快点了算了。"

香莲这才默默点头，吩咐人把前厅的桌子椅子柜子架子统统挪走，打扫净了，摆上灵床。白事用品样样租来，还派人去天后宫、财神殿和吕祖堂，备齐和尚老道尼姑喇嘛四棚经，跟手还请来棚铺，驴车马车牛车推车，运来木杆竹竿苇席木板黄布白布蓝布粗细麻绳，在二道院扎几座宽大阔绰的经棚……可这时外出去寻莲心的人还没逮着影儿，佟忍安又硬熬三天，人色都灰了，说死就死，抬上了灵床，可就不咽气，反倒两眼睁开，亮得赛玻璃珠子。杏儿说："你们看老爷眼珠子，别是要还阳吧！"香莲赶来瞧，这亮光发贼，贼得怕人。她心里明白，俯下头悄声对佟忍安说："莲心找到了，这就给孩子们裹上！"这话说过，佟忍安眼珠子的贼光立时没了，只是还瞪着。

香莲在桃儿耳边说了几句，叫桃儿马上去办。又叫杏儿去请潘妈赶紧预备裹脚家伙，再派珠儿草儿，分头到白金宝和董秋蓉房里去，快把孩子领到院里，这就开裹！

不会儿场面摆开。白金宝的两个闺女月兰和月桂，董秋蓉的闺女美子，都弄到院里，排一横排。杏儿珠儿草儿三个丫头，分管三个孩子，一切全叫潘妈指派。丫头们把盆儿壶儿剪儿布儿药瓶药罐儿各样物品往上一拿，孩子们全吓哭了。全赛死了人一样。这场面直对前厅，前厅门大敞四开，便正对着厅内直挺挺躺在灵床上不闭眼的佟忍安。

香莲坐在一边瓷礅子上。桃儿守在身后。

潘妈还是一身黑，可这回打头到脚任嘛别的颜色没有。她走到各个孩子前，把鞋往下一揪，扔了，拿起脚儿前后左右上下里外全看过，放进温水盆泡上，赛要宰鸡。一边把裹法一一不同告诉杏儿珠儿草儿，再选出几双尖瘦短窄不同的鞋分发下来，跑到院当中，人一站眼一瞪手一摆哑嗓子叫一声：

"裹！"

几个丫头同时下手，把孩子们小脚丫打盆里捞出来就干。孩子们哇哇大哭，月桂抓着白金宝衣袖叫道：

"娘，我再不弄你的胭脂盒了，饶我这次吧！"

白金宝"啪"打她一巴掌说："这是你福气，死丫头！别人想裹还裹不成，留双大脚就绝你的根啦！"满院子人谁都明白这话是说给香莲听的。

香莲稳稳坐着，脸上看不出是气是恼，表情似淡似空，好赛天后宫的娘娘，总那个样儿。只听孩子哭大人叫，几个丫头手里裹脚条子唰唰唰响，还有潘妈哑嗓子死命喊："紧！紧！紧！"董秋蓉哭得比美子还厉害，却不出声，浑身抽成一个儿，前襟叫泪泡得赛泼半盆水。白金宝一滴泪没有，花似的小脸满是狠笑，时不时打杏儿珠儿手里抢过裹脚条子使劲勒一勒，看意思，这辈儿仇，要下辈儿报。

潘妈冲草儿叫：

"干嘛弄得她叽哇喊叫？"

草儿说：

"她指头硬，掰这个，那个就跷起来。"

潘妈骂道：

"死鬼！你掰第二个和最小一个指头，中间那个和第四个不用掰就带着弯下去了！"

草儿改了法儿，美子也不叫了。

香莲心想，潘妈真是地道行家。当初若不是她救自己，自己哪来的今天。不管后来的仇怨，总得记得人家过去的恩德才是。她便叫桃儿搬个瓷礅子过去。

桃儿把瓷礅子撂在潘妈身边说：

"大少奶奶叫您坐下来歇歇。"

谁料潘妈理也不理，只盯着几个孩子每一双脚。裹好后，上去一一查看。有的拿手握正，有的往弯处勒勒，有的往脚心压压，每只脚都得打内侧够得上脚尖才行。最后从头上摘下个篦子，一边是篦头发的齿儿，一边是三寸小尺，挨着个儿横量竖量直量斜量整个量分段量。量罢，冷冷说声："成啦！"眼也不瞅香莲，扭头回房去了。

香莲对桃儿悄悄说一句，桃儿去打香莲房里领出个小闺女，大伙儿全都一惊，以为莲心找到，脚也裹上穿着小鞋。待到近处看脸儿并不是，只穿戴都是莲心的。原来给莲心找的替身。这也叫白金宝小小虚惊一场。

香莲带着两个男用人走进灵堂，三人一左一右一上，托住佟忍安的头一抬，香莲说：

"看吧，中间那就是莲心，左边是月桂、月兰，另一边是美子，全裹上了！"

佟忍安本来好赛没了气儿，可这一下赛活了！眼珠子滴溜溜一扫，把这些孩子下边一横排裹成粽子似菱角似笋尖似小脚看过，立时唰唰冒光分外神采，就赛一对奇大珍珠。香莲知道这叫"回光返照"。没等跟左右用人说声"当心"，只见佟忍安大气一吐，直把嘴唇上的胡子吹立起来，眼珠子一翻，胸脯一拱，腿一蹬，完了。甭说香莲，两个男用人也怕了，手托不住，脑袋"哐当"一声落在床板上，赛个瓜掉在地上。眼睛没用人合，自己就闭上。脸皮再没有那种可怕灰色。润白润白，一片静，好比春天的湖面。

香莲大叫一声："老爷子，您可不能扔下我们一大家子孤儿寡母走啊！"又跺脚，又捶床边。满院子大人小孩也都连喊带叫大哭大闹，小孩哭得最凶，不知哭爷爷死还是哭自己小脚疼。香莲一声接一声喊着，"您太狠啦，您太狠啦……您叫我怎么办呀！"这声音带尖，往人耳朵里去可就不往死人耳朵里钻。

只有潘妈那里没动静，门闭着。大黑猫趴在墙头，下巴枕在爪子上，朝这边懒懒地看。

依照老祖宗传下的规矩，人死后停在灵堂，摆道场请和尚老道念经，超度亡魂，这叫摆七作斋。作斋多少天自己定，一七是七天，二七十四天，三七二十一天，七七往上摆。有钱人都尽劲往上摆。这据说是道光五年，土城刘家死了老爷子，念经念到第三天，轮到一群尼姑念着细吹细打的姑子经。老爷子忽然翻身坐起，吓得家里守灵的人乱跑，姑子们都打棚子跳下来，扭了脚，以为老爷子炸尸了。只见老爷子伸出两条胳膊打个哈欠，揉揉眼，冲人们嚷："你们这是干嘛？唱大戏？我饿啦！"有胆大的上去一看，老爷子真的还了阳。那年头，假死的事常有。打那儿天津有钱人家作斋要作到七七四十九天，把人摆味儿了才入殓出殡下葬安坟。

佟家作斋已经入了七七。出大殡使的銮驾黄亭伞盖魂轿鬼幡铭旌炉亭香亭影亭花亭纸人纸马金瓜玉杵朝天凳开道锣清道旗闹哀鼓红把血柳白把雪柳等，打大门口向两边摆满一条街，好赛一条街都开了铺子。倚在墙外边的拦路神开路鬼，足有三丈高，打墙头探进半个身子，戴高帽，披长发，耷拉八尺长的红舌头，吓得刚裹了脚赖在床上的小闺女们，不敢扒窗往外瞧。戈香莲、白金宝、董秋蓉三位少奶奶披麻穿孝，日夜轮班守在灵前。怪的是佟绍华一直没露面，多半跑远了不知信儿，要不正是打回来独掌佟家的好机会。白金宝盼他回来，戈香莲盼佟忍安还阳。无论谁如了愿，佟家大局就一大变。可是四十多天过去了，绍华影儿也不见，佟忍安脸都塌了，还了阳也是活鬼。派去给佟绍富尔雅娟送信的人，半道回来说，黄河淮河都发水截住过不去，再打白河出海绕过去也迟了。守灵的只是几个媳妇。这就招来许多人，非亲非友，乃至八竿子打不着的，没接到报丧帖子也来了，借着吊唁亡人来看三位少奶奶尤其大名鼎鼎戈香莲的小脚。平时常来的朋友反倒都没露面。这真是俗话说的，马上的朋友马下完，活时候的朋友死了算。香莲的心暗得很。

可嘛话也不能说死。出殡头一天，大门口小钟一敲，和尚鼓乐响起，来一位爷们儿，进门扑到灵前趴下就咚咚咚咚咚连叩五个头，人三鬼四，给死人向例叩四个，这人干嘛多叩一个头？香莲的心一下跳到嗓子眼儿，以为佟绍华抱愧奔丧来了。待这人仰起一张大肉脸，原来是牛凤章，哭丧脸咧大嘴说："佟大爷，您一辈子待我不薄，可我有两件亏心事对不住您。头件事把您坑了……这二件事您要知道也饶不了我，我没辙呀！您这……"说到这儿，只见香莲眼里射出一道光，比箭尖还尖，吓得他跳过下边句话，停一下才说，"您变鬼可别来抓我呀！您看着我二十多年来事事依着您，我还有上下一大家子人指我养活呢！"说完哇哇大哭起来。

本来，香莲应该陪叩孝子头，完事让人家进棚子喝茶吃点心。可香莲说："别叫牛五爷太伤心了！"就派人把他硬送出门。好赛押走的，谁也不知为嘛。

牛凤章走后，天已晚，里里外外香烛灯笼全亮起来。明儿要出大殡，一大堆事正给香莲张罗着。忽然桃儿跑来大叫：

"不好，不好……"

香莲看桃儿脸上唰唰冒光，手指她身后，张嘴说不出话来，霎时间香莲恍恍惚惚糊糊涂涂真以为佟忍安炸尸或还阳了。回头一瞧，里院腾腾冒红光，这光把周围的东西，人脸，照得忽闪忽闪。是神是佛是仙是鬼是妖是魔是怪？只听一个人连着一个人叫起来：

"起火了——起火了——起火了——"

香莲随人奔到里院，只见西北边一间小屋打窗口往外蹿火。一条条大火苗，赛大长虫拧着身子往外钻，黑烟裹着大火星子打着滚儿冲出来。香莲一惊，是潘妈屋子！

幸好火没烧穿屋顶，没风火就没劲，不等近处水会锣起，家里人连念经的和尚老道们七手八脚，端盆提桶，把火压灭。香莲给烟呛得眼珠子流泪，一边叫着：

"救人呀——把潘妈弄出来！"

几个男的脑袋上盖块湿布钻进屋，不会又钻出来，不见抬出潘妈，问也不吭声，呛得不住咳嗽。那只大黑猫站在墙头，朝屋子死命地叫，叫声穿过耳朵往心里扎。香莲顾不得地上是水是灰是炭是火，踩进去，借灯笼光一照，潘妈抱着一团油布，已经烧死，人都打卷儿了。周围满地到处都是烧煳的绣花小鞋，足有几百双。那味儿勾人要吐，香莲胃一翻，赶紧走出来。

转天，佟忍安给六十四条杠抬着，一路浩浩荡荡震天撼地送到西关外大小园坟地入葬；潘妈给雇来的四个人打后门抬出去不声不响埋在南门外一块义地里。这义地是浙江同乡会买的，专埋无亲无故的孤魂。其实，不管怎么闹怎么埋都是活人干的事。

死人终归全进黄土。

第十三回　乱打一锅粥

当下该是宣统几年了？呀，怎么还宣统呢，宣统在龙椅上只坐三年就翻下来，大清年号也截了。这儿早是民国了。

五月初五这天，两女子死板着脸来到马家口的文明讲习所，站在门口朝里叫，要见陆所长。这两女子模样挺静，气挺冲，可看得出没气就没这么冲，叫得立时围了群人。所长笑呵呵走出来，身穿纺绸袍褂，大圆脑袋小平头，一副茶色小镜子，嘴唇上留八字胡。收拾得整齐油光，好赛拿毛笔一左一右撇上两笔。这可是时下地道的时髦绅士打扮。他一见这两女子先怔一怔，转转眼珠子，才说：

"二位小姐嘛事找我？"

两女子中高个儿的先说：

"听说你闹着放小脚，还演讲说要官府下令，不准小脚女子进城出城逛城？"

"不错。干嘛？怕了？我不过劝你们把那臭裹脚条子绕开扔了，有嘛难？"

周围一些坏小子听了就笑，拿这两女子找乐开心。陆所长见有人笑，得意地也笑起来。先微笑后小笑然后大笑，笑得脑袋直往后仰。

另一个矮个女子忽把两根油炸麻花递上去，叫陆所长接着。

"这要干嘛？"陆所长问。

矮女子嘿嘿笑两声说：

"叫你把它拧开，抻直。"

"奇了，拧开它干嘛。再说麻花拧成这样，哪还能抻直？你吃撑了还是拿我来找乐子？"

"你有嘛乐子？既然抻不直它，放了脚，脚能直？"

陆所长干瞪眼，没话。周围看热闹的都是闲人，哪边风硬帮哪边哄，一见这矮女子挺绝，就朝陆所长哈哈笑。高女子见对方被难住，又压上两句：

"回去问好你娘，再出来卖嘴皮子！小脚好不好，且不说，反正你是小脚女人生的。你敢说你是大脚女人生的？"

这几句算把陆所长钉在这儿。嘴唇上的八字胡赛只大黑蝴蝶呼扇呼扇。那些坏小子们哄得更起劲，嘛难听的话都扔出来。两女子"叭"地把油炸麻花摔在他面前，拨头便走。打海大道贴着城墙根进城回家，到前厅就把这事告诉戈香莲，以为香莲准会开心，可香莲没露笑容，好赛家里又生出别的事来。摆摆手，叫杏儿珠儿先回屋去。

桃儿进来，香莲问她：

"打听明白了？"

桃儿把门掩了，压低声说：

"全明白。美子说，昨晚，二少奶奶去她们房里，约四少奶奶到文明讲习所听演讲。但没说哪天，还没去。"

"你说她会去？"香莲秀眉一挑。这使她心里一惊。

"依我瞧……"桃儿把眼珠子挪到眼角寻思一下说，"我瞧会。四少奶奶的脚吃不开，脚不行才琢磨放。美子说，早几个月夜里，四少奶奶就不给她裹了。四少奶奶自己也不裹，松着脚睡。这都是二少奶奶撺掇的！"

"还有嘛？"香莲说。雪白小脸涨得发红。

"今早晌……"

"甭说啦！不就是二少奶奶没裹脚拖拉着睡鞋在廊子上走来走去？我全瞧见了，这就是做给我看的！"

桃儿见香莲嘴巴赛火柿子了，不敢再往下说。香莲偏要再问：

"月兰月桂呢？"

"……"桃儿的话含在嘴里。

"说，甭怕，我不说是你告我的。"

"杏儿说，她姐俩这些天总出去，带些劝说放脚的揭帖回来。杏儿珠儿草儿她们全瞧见过。听说月兰还打算去信教，不知打哪儿弄来一本洋佛经。"

戈香莲脸又"唰"地变得雪白，狠狠说一句："这都是朝我来的！"猛站起身，袖子差点把茶几上的杯子扫下来。吓桃儿一跳。跟手指着门外对桃儿说，"你给我传话——全家人这就到当院来！"

桃儿传话下去，不会儿全家人在当院会齐了。这时候，月兰月桂美子都是大姑娘，加上丫头用人，高高站了一片。香莲板着脸说："近些日子，外边不肃静。咱家也不肃静。"刚说这两句就朝月兰下手，说道，"你把打外边弄来的劝放脚的帖子都拿来，一样不能少，少一样我也知道！"香莲怕话说多，有人心里先防备，索性单刀直入，不给招架的空儿。

白金宝见情形不妙，想替闺女挡一挡。月兰胆小，再给大娘拿话一蒙，立时乖乖回屋拿了来，总共几张揭帖一个小本子。一张揭帖是《劝放足歌》，另一张也是《放足歌》，是头几年严修给家中女塾编的，大街上早有人唱过。再一张是早在大清光绪二十七年四川总督发的《劝戒缠足示谕》，更早就见过。新鲜实用厉害要命的倒是那小本子，叫作《劝放脚图》。每篇上有字有画，写着"缠脚原委""各国脚样""缠脚痛苦""缠脚害处""缠脚造孽""放脚缘故""放脚益处""放脚立法""放脚快活"等几十篇。香莲唰唰翻看，看得月兰心里小鼓嘣嘣响，只等大娘发大火，没想到香莲沉得住气，再逼自己一步：

"还有那本打教堂里弄来的洋佛经呢？"

月兰傻了，真以为大娘一直跟在自己身后边，要不打哪知道的？月桂可比姐姐机灵多了，接过话就说：

"那是街上人给的，不要钱，我们就顺手拿一本夹鞋样子。"

香莲瞧也不瞧月桂，盯住月兰说：

"去拿来！"

月兰拿来。厚厚一本洋书，皮面银口，翻开里边真夹了几片鞋样子。香莲把鞋样抽出来，书交给桃儿，并没发火，说起话心平气和，听起来句句字字都赛打雷：

"市面上放足的风刮得厉害，可咱佟家有咱佟家的规矩。俗话说，国有国规，家有家法，不能错半点。人要没主见，就跟着风儿转！咱佟家的规矩我早说破嘴皮子，不拿心记只拿耳朵也背下来了。今儿咱再说一遍，我可就说这一遍了，记住了——谁要错了规矩我就找谁可不怪我。总共四条，头一条，谁要放足谁就给我滚出门！第二条，谁要谈放足谁就给我滚出门！第三条，谁要拿、看、藏、传这些淫书淫画谁就给我滚出门！第四条，谁要是偷偷放脚，不管白天夜里，叫我知道立时轰出门！这不是跟我作对，这是成心毁咱佟家！"

最后这三两句话说得董秋蓉和美子脸发热脖子发凉腿发软脚发麻，想把脚缩到裙子里却动不了劲。香莲叫桃儿杏儿几个，把那些帖儿画儿本儿拣巴一堆儿，在砖地上点火烧了，谁也不准走开，都得看着烧。洋佛经有硬皮，赛块砖，不起火。还是桃儿有办法，立起来，好比扇子那样打开，纸中间有空，忽忽一阵火，很快成灰儿，正这时突然来股风"噗"一下把灰吹起来，然后纷纷扬扬，飞上树头屋顶，眨眼工夫没了，地上一点痕迹也没有。好好的天，哪来这股风。一下过去再没风了。杏儿吐着舌头说：

"别是老爷的魂儿来收走的吧！"

大伙儿张嘴干瞪眼浑身鸡皮疙瘩头发根发夈，都赛木头棍子戳在那里。

这一来，家里给震住，静了，可外边不静。墙里边不热闹墙外边正热闹。几位少奶奶不出门，姑娘丫头少不得出去。可月兰月桂美子杏儿珠儿草儿学精了，出门回来嘴上赛塞了塞子，嘛也不说，一问就拨楞脑袋。嘴愈不说心里愈有事。人前不说人后说，明着不说暗着说，私下各种消息，都打桃儿那儿传到香莲耳朵里。香莲本想发火，脑子一转又想，家里除去桃儿没人跟自己说真话，自己不出门外边的事全不知道，再发火，桃儿那条线断了，不单家里的事儿摸不着底儿，外边的事儿更摸不到门儿。必得换法子，假装全不知道，暗中支起耳朵来听。这可就愈听愈乱愈凶愈热闹愈糊涂愈揪心愈没辙愈有底愈没根。傻了！

据外边传言，官府要废除小脚，立"小足捐"，说打六月一号，凡是女人脚小三寸，每天收捐五十文，每长一寸，减少十文，够上六寸，免收捐。这么办不单禁了小脚，国家还白得一大笔捐钱，一举两得，一箭双雕。听说近儿就挨户查女人小脚立捐册。这消息要是真的就等于把小脚女人赶尽杀绝。立时小脚女人躲在家担惊受怕，有的埋金子埋银子埋首饰埋铜板，打算远逃。可跟着又听说，立小足捐这馊主意是个混蛋官儿出的。他穷极无聊，晚上玩小脚时，忽然冒出这个法儿，好捞钱。其实官府向例反对天足。相反已经对那些不肯缠脚中了邪的女人们立法，交由各局警署究办。总共三条：一、只要天足女人走在街上，马上抓进警署；二、在警署内建立缠足所，备有西洋削足器和裹脚布，自愿裹脚的免费使用裹脚布，硬不肯裹脚的，拿西洋削足器削掉脚指头；三、凡又哭又闹死磨硬泡耍浑耍赖的，除去强迫裹脚外，假若闺女，一年以上三年之下，不得嫁人，假若妇人，两年以上，五年以下，不得与丈夫同床共枕，违抗者关进牢里，按处罚期限专人看管。这说法一传，开了锅似的市面，就赛浇下一大瓢冷水霎时静下来。

香莲听罢才放下心。没等这口气缓过来，事就来了。这天，有两个穿靠纱袍子的男人，哐哐用劲叩门，进门自称是警署派来的检查员，查验小脚女人放没放脚。正好月兰在门洞里，这两个男子把手中折扇往后脖领上一插，掏把小尺蹲下来量月兰小脚，量着量着借机就捏弄起来，吓得月兰尖叫，又不敢跑。月桂瞧见，躲在影壁后头，捂着嘴装男人粗嗓门狂喝一声：

"抓他俩见官去！"

这俩男人放开月兰拔腿就跑。人跑了，月兰还站在那儿哭，家里人赶来一边安慰月兰一边议论这事，说这检查员准是冒牌的，说不定是莲癖，借着查小脚玩小脚。佟家脚太出名太招风，不然不会找上门来。

香莲叫人把大门关严，进出全走后门。于是大门前就一天赛过一天热闹起来。风俗讲习所的人跑到大门对面拿板子席子杆子搭起一座演讲台，几个人轮番上台讲演，就数那位陆所长嗓门高卖力气，扯脖子对着大门喊，声音好赛不是打墙头上飞过，是穿墙壁进来的。香莲坐在厅里，一字一句都听得清楚：

"各位父老乡亲同胞姐妹听了！世上的东西，都有种自然生长的天性。如果是棵树长着长着忽然不长了，人人觉得可惜。如果有人拿绳子把树缠住，不叫它长，人人都得骂这人！可为嘛自己的脚缠着，不叫它长，还不当事？哪个父母不爱女儿？女儿害点病，受点伤，父母就慌神，为嘛缠脚一事却要除外？要说缠脚苦，比闹病苦得多。各位婆婆婶子大姑小姑哪个没尝过？我不必形容，也不忍形容。怪不得洋人说咱中国的父母都是熊心虎心豹心铁打的心！有人说脚大不好嫁，这是为了满足老爷们儿的爱好。男人是人，女人也是人。为了男人喜欢好玩儿，咱姐妹打四五岁起，早也缠晚也缠，天天缠一直到死也得缠着走！跑不了走不快，连小鸡小鸭也追不上。夏天沤得发臭！冬天冻得长疮！削脚垫！挑鸡眼！苦到头啦！打今儿起，谁要非小脚不娶，就叫他打一辈子光棍，绝后！"

随着这"绝后"两字，顿起一片叫好声呼喊声笑声骂声冲进墙来，里边还有许多女人声音。那姓陆的显然上了兴，嗓门给上劲，更足：

"各位父老乡亲同胞姐妹们，天天听洋人说咱中国软弱，骂咱中国糊涂荒唐窝囊废物，人多没用，一天天欺侮起咱们来。细一琢磨，跟缠脚还有好大关系！世上除去男的就女的，女人裹脚待在家，出头露面只靠男人。社会上好多细心事，比方农医制造，女人干准能胜过男人。在海外女人跟男人一样出门做事。可咱们女人给拴在家，国家人手就少一半。再说，女人缠脚害了体格，生育的孩子就不健壮。国家赛大厦，老百姓都是根根柱子块块砖。土本不坚，大厦何固？如今都嚷嚷要国家强起来，百姓就要先强起来，小脚就非废除不可！有人说，放脚，天足，是学洋人，反祖宗。岂不知尧舜禹汤、文武周公、孔圣人时候，哪有缠脚的？众位都读过《孝经》，上边有句话谁都知道，那就是'身体发肤，受之父母，不敢毁伤'，可小脚都毁成嘛德行啦？缠脚才是反祖宗！'"

这陆所长的话，真是八面攻，八面守，说得香莲两手冰凉，六神无主，脚没根心没底儿。正这时忽有人在旁边说：

"大娘，他说得倒挺哏，是吧！"

一怔，一瞧，却是白金宝的小闺女月桂笑嘻嘻望着自己。再瞧，再怔，自己竟站在墙根下边斜着身儿朝外听。自己嘛时候打前厅走到这儿的，竟然不知道不觉得，好赛梦游。一明白过来，就先冲月桂骂道：

"滚回屋！这污言秽语的，不脏了你耳朵！"

月桂吓得赶紧回房。

骂走月桂，却骂不走风俗讲习所的人，这伙人没完没了没早没晚没间没断没轻没重天天闹。渐渐演讲不光陆所长几个了，嘛嗓门都有，还有女人上台哭诉缠脚种种苦处。据说来了一队"女子暗杀团"，人人头箍红布，腰扎红带，手握一柄红穗匕首，都是大脚丫子都穿大红布鞋，在佟家门前逛来逛去。还拿匕首在地上画上十字往上啐唾沫，不知是嘛咒语。香莲说别信这妖言，可就有人公然拿手"啪啪啪啪"拍大门，愈闹愈凶愈邪，隔墙头往里扔砖头土块，稀里哗啦把前院的花盆瓷桌玻璃窗金鱼缸，不是砸裂就是砸碎。一尺多长大鱼打裂口游出来，在地上又翻又跳又蹦，只好撂在面盆米缸里养，可它们在大缸里活惯，换地方不适应，没两天，这些快长成精的鱼王，都把大鼓肚子朝上浮出水来，翻白，玩完。

香莲气极恨极，乱了步子，来一招顾头不顾尾的。派几个用人，打后门出去，趁夜深人静点火把风俗讲习所的棚子烧了。但是，大火一起，水会串锣一响，香莲忽觉事情闹大。自己向例沉得住气，这次为嘛这么冒失？她担心讲习所的人踹门进来砸了她家。就叫人关门上闩，吹灯熄灯上床，别出声音。等到外边火灭人散，也不见有人来闹，方才暗自庆幸，巡夜的小邬子忽然大叫捉贼。桃儿陪着香莲去看，原来后门开着，门闩扔在一边，肯定有贼，也吓得叫喊起来。全家人又都起来，灯影也晃，人影也晃，你撞我我撞你，没找到贼，白金宝突然号啕大哭起来，原来月桂没了。月桂要是真丢，就真要白金宝命了。

当年，"养古斋"被家贼掏空，佟绍华和活受跑掉，再没半点信息。香莲一直揪着心，怕佟绍华回来翻天，佛爷保佑她，绍华再没露面，说怪也怪，难道他死在外边？乔六桥说，多半到上海胡混去了。他打家里弄走那些东西那些钱，一辈子扔着玩儿也扔不完。这家已经是空架子，回来反叫白金宝拴住。这话听起来有理。一年后，有人说在西沽，一个打大雁的猎户废了不要的草棚子里，发现一具男尸。香莲心一动，派人去看，人脸早成干饼子，却认出衣服当真是佟绍华的。香莲报了官，官府验尸验出脑袋骨上有两道硬砍的裂痕。众人一议，八成十成是活受下手，干掉他，财物独吞跑了。天大的能人也不会料到，佟家几辈子家业，最后落到这个不起眼的小残废人身上。这世上，开头结尾常常不是一出戏。

白金宝也成了寡妇，底气一下子泄了，整天没精打采。人没神，马上见老。两个闺女长大后，渐渐听闺女的了。人小听老的，人老听小的，这是常规。月兰软，月桂强，月桂成了这房头的主心骨，无论是事不是事，都得看月桂点头或摇头。月桂一丢，白金宝站都站不住，趴在地上哭。香莲头次口气软话也软，说道：

"我就一个丢了，你丢一个还有一个，总比我强。再说家里还这么多人，有事靠大伙儿吧！"

说完扭身走了。几个丫头看见大少奶奶眼珠子赛两个水滴儿直颤悠，没错又想起莲心。

大伙儿商量，天一亮，分两拨人，一拨找月桂一拨去报官。可是天刚亮，外边一阵砖头雨飞进来，落到当院和屋顶，有些半头砖好比下大雹子，砸得瓦片噼里啪啦往下掉。原来讲习所的人见台子烧了，猜准是佟家人干的。闹着把佟家也烧了，小脚全废了。隔墙火把拖着一溜溜黑烟落到院里，还咚咚撞大门，声音赛过打大雷。吓得一家子小脚女人打头到脚哆嗦成一个儿。到晌午，人没闯进来，外边还聚着大堆人又喊又骂，还有小孩子们没完没了唱道：

"放小脚，放小脚，小脚女人不能跑！"

香莲紧闭小嘴，半句话不说，在前厅静静坐了一上午。中晌过后，面容忽然舒展开，把全家人召集来说：

"人活着，一是为个理，二是为口气。咱佟家占着理，就不能丧气，还得争气。不争气还不如死了肃静。他们不是说小脚不好，咱给他们亮个样儿。我想出个辙来——哎，桃儿，你和杏儿去把各种鞋料各种家伙全搬到这儿来，咱改改样子，叫他们新鲜新鲜。给天下小脚女子坐劲！"

几个丫头备齐鞋料家伙。香莲铺纸拿笔画个样儿，叫大伙儿照样做。这家人造鞋的能耐都跟潘妈学的，全是行家里手。无论嘛新样，一点就透。香莲这鞋要紧是改了鞋口。小鞋向例尖口，她改成圆口，打尖头反合脸到脚面，挖出二三分宽的圆儿，前头安个绣花小鸟头，鸟嘴叼小金豆或坠下一溜串珠。再一个要紧的是两边鞋帮缝上五彩流苏穗子，兜到鞋跟。大伙儿忙了大半日，各自做好穿上，低头瞧，从来没见过自己小脚这么招人爱，翻一翻新，提一提神，都高兴得直叫唤。

桃儿把一对绣花小雀头拿给香莲，叫她安在鞋尖上。

香莲说："大伙儿快来瞧！"拿给大伙儿看。

初看赛活的，再看一根毛是一根丝线，少数几千根毛，就得几千根丝线几千针，颜色更是千变万化，看得眼珠子快掉出来还不够使的。

"你嘛时候绣的？"香莲问。

桃儿笑道：

"这是我压箱底儿的东西。绣了整整一百天。当年老爷就是看到我这对小鸟头才叫我进这门的。"

香莲点头没吭声。心里还是服气佟忍安的眼力。

"桃儿，你这两下子赶明儿也教教我吧！"美子说。

桃儿没吭声，笑眯眯瞅她一眼，拿起一根银白丝线，捏在食指和大拇指中间一捻，立时捻成几十股，每股都细得赛过蜘蛛丝，她只抽出其中一根，其余全扔了。再打坠在胸前的荷包上摘一根小如牛毛的针儿，根本看不见针眼。桃儿翘翘的兰花指捏着小针，手腕微微一抖，丝线就穿上，递给美子说：

"拿好了。"

美子只觉自己两只手又大又粗又硬又不听使唤，叫着："看不见针在哪儿线在哪儿。"一捏没捏着，"哦，掉了？"

桃儿打地上拾起来再给她。她没捏住又掉了。这下不单美子，谁也没见针线在哪儿。桃儿两指在美子的裙子上一捏，没见丝线，却见牛毛小针坠在手指下边半尺的地方闪闪晃着。

"今儿才知道桃儿有这能耐。我这辈子也甭想学会！"美子说。又羡慕又赞美又自愧又懊丧，直摇头，咂嘴。

众人全笑了。

这当儿，香莲已经把绣花雀头安在自己鞋上。鞋尖一动，鸟头一扬，五光十色一闪。

丢了闺女闷闷不乐的白金宝，也忍不住说：

"这下真能叫那些人看傻了眼！"

董秋蓉说："就是这圆口……看上去有点怪赛的。"刚说到这儿马上打住，她怕香莲不高兴，便装出笑脸来对着香莲。

桃儿说：

"四少奶奶这话差了。如今总是老样子甭想过得去，换新样还没准成。再说，改了样儿还是小脚，也不是大脚呀。"

桃儿虽是丫头，当下地位并不在董秋蓉之下。谁都知道她在当年香莲赛脚夺魁时立了大功，香莲那身绣服就是桃儿精心做的，眼下又是香莲眼线心腹，白金宝也怵她一头。说话口气不觉直了些，可她的话在理，众人都说对，香莲也点头表示正合自己心意。

转天大早，外边正热闹，佟家一家人换好新式小鞋，要出门示威。董秋蓉说："我心跳到嗓子眼儿了。"她拿美子的手按着自己心口。

美子另只手拿起杏儿的手，按在她自己胸口上。杏儿吐舌头说：

"快要蹦出来啦！"

美子说：

"哟，我娘的心不跳了！"

一下吓得董秋蓉脸刷白，以为自己死了。

香莲把脸一绷说："当年十二寡妇征西，今儿咱们虽然只三个，门外也没有十万胡兵！小邬子，大门打开！"这话说得赛去拼死。众人给这话狠狠捅一家伙，劲儿反都激起来。想想这些天就赛给黄鼠狼憋在笼里的鸡，不能动弹不能出声，窝囊透了。拼死也是拼命呗。想到这儿，一时反倒没一个怕的了。

外边，一群人正往大门扔泥团子，门板上粘满泥疙瘩，谁也不信佟家人敢出来。可是大门"哗啦"一声大敞四开，门外人反吓得往后退，胆小的撒丫子就跑。只看香莲带领一群穿花戴艳的女人神气十足走出门来。这下事出意外，竟没人哄闹，却听有人叫："瞧小脚，快瞧佟家的小脚，多俊！多俊呀！"所有人禁不住把眼珠子都撂在她们小脚上。

这脚丫子一看官傻，妇人闺女们看了更傻。香莲早嘱咐好，今儿上街走道，两只鞋不能总藏着，时不时亮它一亮。每一亮脚，都得把鞋口露一下，好叫人们看出新奇之处。迈步时，脚脖子给上劲，一甩一甩，要把钉在鞋帮上的穗子甩起来。佟家女人就全拿出来多年的修行和真能耐真本事真功夫，一步三扭，肩扭腰扭屁股扭，跟手脚脖子一扬，鞋帮上的五彩穗子唰唰飘起，真赛五色金鱼在裙底游来游去。每一亮脚，都引来一片惊叹傻叫。没人再敢起哄甚至想到起哄。一些小闺女们跟在旁边走着瞧，瞧得清也瞧不清，恨不得把眼珠子扔到那些裙子下边去瞧。

香莲见把人们胃口吊起，马上带头折返回家，跨进门槛就把大门"哐"地关上，声音贼响，赛是给外边人当头一闷棍。一个不剩全蒙了，有的眼不眨劲不动气不喘，活的赛死的了。

这一下佟家人翻过身来。惹起全城人对小脚的重新喜爱。心灵手巧的闺女媳妇们照着那天所见的样子做了鞋，穿出来在大街上显示，跟手有人再学，立时这鞋成时髦。认真的人便到佟家敲门打听鞋样。香莲早算到这步棋，叫全家人描了许多鞋样预备好，人要就给。有人问：

"这叫嘛鞋？"

鞋本无名。桃儿看到这圆圆的鞋口，顺嘴说：

"月亮门。"

"鞋帮上的穗子叫嘛？"

"月亮胡子呗！"

一时，月亮门和月亮胡子踏遍全城。据一些来要鞋样子的女人们说，混星子头小尊王五的老婆是小脚，前些天在东门外叫风俗讲习所的人拦住一通辱骂，惹火王五带人把讲习所端了。不管这话真假，反正陆所长不再来门口讲演，也没人再来捣乱闹事。香莲占上风却并不缓手，在配色使料出样上帮粘底钉带安鼻内里外面前尖后跟挖口缘墙，没一处没用尽心思攒尽心血，新样子一样代替一样压过一样，冲底鞋网子鞋鸦头鞋风头鞋弯弓鞋新月鞋，后来拿出一种更新奇的鞋样又一震，这鞋把圆口改回为尖口，但去掉"裹足面"那块布，合脸以上拿白线织网，交织花样费尽心思，有象眼样纬线样万字样凤尾样橄榄样老钱样连环套圈样祥云无边样，极是美观。更妙的是底子，不用木头，改用袼褙，十几层纳在一块儿，做成通底。再拿洱茶涂底墙，烙铁一熨成棕色，赛皮底却比皮底还轻还薄还软还舒服。勾得大闺女小媳妇们爱得入迷爱得发狂。香莲叫家里人赶着做，天天放在门口给人们看着学着去做，鞋名因那象眼图案便叫作"万象更新鞋"，极合一时潮流，名声又灌满天津卫。连时髦人、文明人也愿意拿嘴说一说这名字——万象更新。爱鞋更爱脚，反小脚的腔调不知不觉就软下来低下来。

这天，乔六桥来佟家串门。十年过去，老了许多，上下牙都缺着，张嘴儿个小黑洞。脸皮干得发光没色，辫子细得赛小猪尾巴了。佟忍安过世后他不大来，这阵子一闹更不见了。今儿坐下来就说：

"原来你还不知道，讲习所那陆所长就是陆达夫陆四爷！"

香莲"呀"一声，惊得半天才说出话来：

"我哪里认出来，还是公公活着时随你们来过几趟，如今辫子剪了，留胡儿，戴镜子，更看不出，经您这么一说，倒真像，声音也像……可是我跟他无冤无仇，干嘛他朝我来？"

"树大招风。天津卫谁不知佟家脚，谁不知佟大少奶奶的脚。人家是文明派，反小脚不反你反谁去？反个不出名的婆子有嘛劲！"乔六桥咧嘴笑了。一笑还是那轻狂样儿。

"这奇了，他不是好喜小脚吗？怎么又反？别人不知他的底吧，下次叫我撞上，就揭他老底给众人看。"香莲气哼哼说。

"那倒不必，他已然叫风俗讲习所的人轰出来了！"

"为嘛？"香莲问，"您别总叫我糊涂着好不好？"

"你听着呵，我今儿要告你自然全告你。据说陆四爷每天晚上到所里写讲稿，所里有人见他每次手里都提个小皮箱，写稿前，关上门，打开小皮箱拿鼻子赛狗似的一通闻。这是别人打门缝里瞧见的，不知是嘛东西。有天趁他不在，撬门进去打开皮箱，以为是上好的鼻烟香粉或嘛新奇的洋玩意儿，一瞧——你猜是嘛？"

"嘛？"

乔六桥哈哈大笑，满脸褶子全出来了：

"是一箱子绣花小鞋！原来他提笔前必得闻闻莲瓣味儿，提起精神，文思才来。您说陆四爷怪不怪？闻小鞋，反小脚，也算天下奇闻。所里人火了，正巧您的月亮门再一闹，讲习所吃不住劲，起了内讧，把他连那箱子小鞋全扔出来。这话不知掺多少水分，反正我一直没见到他。"

香莲听罢，脸上的惊奇反不见了。她说：

"这事，我信。"

"您为嘛信呢？"

"您要是我，您也会信。"

乔六桥给香莲说得半懂不懂似懂非懂。他本是好事人，好事人凡事都好奇。但如今他年岁不同，常常心里想问，嘴懒了。

香莲对他说：

"您常在外边跑，我拜托您一件事。替我打听打听月桂有没有下落。"

四天后，乔六桥来送信说："甭再找了！"

"死了？"香莲吓一跳。

"怎么死，活得可好。不过您决不会再认这个侄女！"

"偷嫁了洋人？"

"不不，加入了天足会。"

"嘛，天足会，哪儿又来个天足会？"

她心一紧，怕今后不会再有肃静的一天了。

第十四回　缠放缠放缠放缠

半年里，香莲赛老了十岁！

天天梳头，都篦下小半把头发，脑门渐渐见宽，嘴巴肉往下耷拉脸也显长了，眼皮多儿圈褶子，总带着乏劲。这都是给天足会干的。

虽说头年冬天，革命党谋反不成，各党各会纷纷散了，唯独天足会没散，可谁也不知它会址安在哪儿。有的说在紫竹林意国租界，有的说就在中街戈登堂里，尽管租界离城池不过四五里地，香莲从没去过，便把天足会想象得跟教堂那样一座尖顶大楼。一群撒野的娘儿们光大脚丫子在里头打闹演讲聊大天骂小脚立大顶翻跟斗，跟洋人睡觉，叫洋人玩大脚，还凑一堆儿，琢磨出各种歹毒法子对付她。她家门口，不时给糊上红纸黄纸白纸写的标语。上边写道：

"叫女子缠足的家长，狠如毒蛇猛兽！"

"不肯放足的女子，是甘当男子玩物！"

"娶小脚女子为妻的男子，是时代叛徒！"

"扔去裹脚布，挺身站起来！"

署名大多是"天足会"，也有写着"放足会"。不知天足会和放足会是一码事还是两码事。月桂究竟在哪个会里头？白金宝想闺女想得厉害，就偷偷跑到门口，眼瞅着标语上"天足会"三个字发呆发怔，一站半天。这事儿也没跑出香莲眼睛耳朵，香莲放在心里装不知道就是了。

这时，东西南北四个城门，鼓楼，海大道，宫南宫北官银号，各个寺庙，大小教堂，男女学堂，比方师范学堂，工艺学堂，高等女学堂，女子小学堂，如意庵官立中学堂，这些门前道边街头巷尾旗杆灯柱下边，都摆个大笸筐，上贴黄纸，写"放脚好得自由"六个字。真有人把小鞋裹脚布扔在筐里。可没放几天，就叫人偷偷劈了烧了抛进河里或扣起来。教堂和学堂前的筐没人敢动，居然半下子小鞋。布的绸的麻的纱的绫的缎的花的素的尖的肥的新的旧的破的嘛样的都有。这一来，就能见到放脚的女人当街走。有人骂有人笑有人瞧新鲜也有人羡慕，悄悄松开自己脚布试试。放脚的女人，乍一松开，脚底赛断了根，走起来前跌后仰东倒西歪左扶右摸，坏小子们就叫："看呀，高跷会来了！"

一天有个老婆子居然放了脚，打北门晃晃悠悠走进城。有人骂她："老不死的！小闺女不懂事，你都快活成精了也不懂人事！"

还有些孩子跟在后边叫，说她屁股上趴个蝎子，吓得这老婆子撒腿就跑，可没出去两步就趴在地上。

要是依照过去，大脚闺女上街就挨骂，走路总把脚往裙边裤脚里藏。现在不怕了，索性把裤腰提起来裤腿扎起来，亮出大脚，显出生气，走起路，噔噔噔，健步如飞。小脚女人只能干瞪眼瞧。反挤得一些小脚女人想法缝双大鞋，套在小鞋外边，前后左右塞上棉花烂布，假充大脚。有些洋学堂的女学生，找鞋铺特制一种西洋高跟皮鞋，大小四五寸，前头尖，后跟高。皮子硬，套在脚上有紧绷劲儿，跟裹脚差不多，走路毫不摇晃，虽然还是小脚，却不算裹脚，倒赢得摩登女子美名。这法儿在当时算是最绝最妙最省力最见效最落好的。

正经小脚女人在外边，只要和她们相遇，必定赛仇人一样，互相

· 762 ·

开骂。小脚骂大脚"大瓦片""仙人掌""大驴脸""黄瓜种子""大抹子"，大脚骂小脚"馊粽子""臭蹄子""狗不理包子"，骂到上火时，对着啐唾沫。引得路人闲人看乐找乐。

这些事天天往香莲耳朵里灌，她没别的辙，只能尽心出新样，把人们兴趣往小鞋上引。渐渐就觉出肚子空了没新词了拿不住人了。可眼下，自己就赛自己的脚，只要一松，几十年的劲白使，家里家外全玩完。只有一条道儿：打起精神顶着干。

一天，忽然一个短发时髦女子跌跌撞撞走进佟家大门。桃儿几个上去看，都尖声叫起来："二小姐回来了！"可再看，月桂的神色不对，赶忙扶回屋。全家人闻声都扭出房来看月桂，月桂正扎在她娘怀里哭成一个儿，白金宝抹泪，月兰也在旁边抹泪。吓得大伙儿猜她多半给洋人拐去，玩了脚失了贞。静下来，经香莲一问，嘛事没有，也没加入天足会放足会。她是随后街一个姓谢的闺女，偷偷去上女子学堂。女学生都兴放足，她倒是放了脚。香莲瞅了眼她脚下平底大布鞋，冷冷说：

"放脚不可以跑吗？干嘛回来？哭嘛？"

月桂抽抽搭搭委委屈屈说："您瞧，大娘……"就脱下平底大鞋，又脱下白洋线袜，光着一双脚没缠布，可并没放开，反倒赛白水煮鸭子，松松垮垮浮浮囊囊，脚指头全都紧紧蜷着根本打不开，上下左右磨得满是血泡，跗面肿得老高。看去怪可怜。

香莲说："这苦是你自己找的，受着吧！"说了转身回去。

旁人也不敢多待，悄悄劝了月桂金宝几句，纷纷散了。

多年来香莲好独坐着。白天在前厅，后晌在房里，人在旁边不耐烦，打发走开。可自打月桂回来，香莲好赛单身坐不住了，常常叫桃儿在一边做伴。有时夜里也叫桃儿来。两人坐着，很少三两句话。桃儿凑在油灯光里绣花儿，香莲坐在床边呆呆瞅着黑黑空空的屋角。一在明处，一在暗处，桃儿引她说话她不说，又不叫桃儿走开。桃儿悄悄撩起眼皮瞅她，又白又净又素的脸上任嘛看不出。这就叫桃儿费心思来——这两天吃饭时，香莲又拿话戗白金宝。自打月桂丢了半年多她对白金宝随和多了，可月桂一回家又变回来，对白金宝好大气。如果为了月桂，为嘛对月桂反倒没气？

过两天早上，她给香莲收拾房子，忽见床幛子上挂一串丝线缠的五彩小粽子。还是十多年前过端午节时，桃儿给莲心缠了挂在脖子上避邪的。桃儿是细心人，打莲心丢了，桃儿暗暗把房里莲心玩的用的穿的戴的杂七杂八东西全都收拾走，叫她看不见莲心的影儿。香莲明知却不问，两个人心照不宣。可她又打哪儿找到这串小粽子，难道一直存在身边？看上去好好的一点没损害，显然又是新近挂在幛子上的。桃儿心里赛小镜子，突然把香莲心里一切都照出来。她偷偷蹬上床边，扬手把小粽子摘下拿走。

下晌香莲就在屋里大喊大叫。桃儿正在井边搓脚布，待跑来时，杏儿不知嘛事也赶到。只见香莲通红着脸，床幛子扯掉一大块。枕头枕巾炕扫帚床单子全扔在地上。地上还横一要竹竿子。床底下睡鞋尿桶纸盒衣扣老钱，带着尘土全扒出来，上面还有一些蜘蛛潮虫子在爬。桃儿心里立时明白。香莲挑起眉毛才要质问桃儿，忽见杏儿在一旁便静了，转口问杏儿：

"这几天，月桂那死丫头跟你散嘛毒了？"

杏儿说："没呀，二少奶奶不叫她跟我们说话。"

香莲沉一下说："我要是听见你传说那些邪魔外道的话，撕破你们嘴！"说完就去到前厅。

整整一个后晌坐在前厅动都不动，赛死人。直到天黑，桃儿去屋里铺好床，点上蜡烛，放好脚盆脚布热水壶，唤香莲去睡。香莲进屋一眼看见那小粽子仍旧挂在原处，立时赛活了过来似的。叫桃儿来，脸上不挂笑也不吭声，送给桃儿一对羊脂玉琢成的心样的小耳环。

杏儿糊里糊涂挨了骂，挨了骂更糊涂。自打月桂回家后，香莲暗中嘱咐杏儿看住月桂，听她跟家里人说些嘛话。白金宝何等精明，根本不叫月桂出屋，吃喝端进屎尿端出，谁来都拿好话拦在门槛外边。只有夜静三更，娘仨聚在一堆儿，黑着灯儿说话。月桂噘起小嘴，把半年来外边种种奇罕事喊喊喳喳叨叨出来。

"妹子，你们那里还学个嘛？"月兰说。

"除去国文、算术，还有生理跟化学……"

"嘛嘛？嘛叫生——理？"

"就是叫你知道人身上都有嘛玩意儿。不单学看得见的，眼睛鼻子嘴牙舌头，还学看不见的里边，比方心、肺、胃、肠子、脑子，都在哪儿，嘛样儿，有嘛用。"月桂说。

"脑子不就是心吗？"月兰说。

"脑子不是心，脑子是想事记事的。"

"哪有说拿脑子想事，不都说拿心想事记事吗？"

"心不能想事。"月桂在月光里小脸甜甜笑了，手指捅捅月兰脑袋说，"脑子在这里边。"又捅捅月兰胸口说，"心在这儿。你琢磨琢磨，你拿哪个想事？"

月兰寻思一下说：

"还真你对。那心是干嘛用的呢？"

"心是存血的。身上的血都打这里边流出来，转个圈再流回去。"

"呀！血还流呀！多吓人呀！这别是糊弄人吧！"月兰说。

"你哪懂，这叫科学。"月桂说，"你不信，我可不说啦！"

"谁不信，你说呀，你刚刚说嘛？嘛？你那个词儿是嘛？再说一遍……"月兰说。

白金宝说：

"月兰你别总打岔，好好听你妹子说……月桂，听说洋学堂里男男女女混在一堆儿，还在地上乱打滚儿。这可是有人亲眼瞧见的。"

"也是胡说。那是上体育课，可哏啦，可惜说了你们也不明白……要不是脚磨出血泡，我才不回来呢！"月桂说。

"别说这绝话！叫你大娘听见缝上你嘴……"白金宝吓唬她，脸上带着疼爱甚至崇拜，真拿闺女当圣人了，"我问你，学堂里是不是养一群大狼狗，专咬小脚？你的脚别是叫狗咬了吧！"

"没那事儿！根本没人逼你放脚。只是人人放脚，你不放，自个儿就别扭得慌。可放脚也不好受。发散，没边没沿，没抓挠劲儿，还疼，疼得实在受不住才回来，我真恨我这双脚……"

第二天一早，白金宝就给月桂的脚上药，拿布紧紧裹上。松了一阵子的脚，乍穿小鞋还进不去，就叫月兰找婶子董秋蓉借双稍大些的穿上。月桂走几步，觉得生，再走几步，就熟了。在院里遛遛真比放脚舒服听话随意自如。月兰说：

"还是裹脚好，是不？"

月桂想摇头，但脚得劲，就没摇头，也没点头。

香莲隔窗看见月桂在当院走来走去，小脸笑着，露一口小白牙，她忽然灵机一动有了主意，打发小邬子去把乔六桥请来。商量整整半天，乔六桥回去一通忙，没过半月，就在《白话报》上见了篇不得了的文章。题目叫作《致有志复缠之姐妹》，一下子抓住人，上边说：

古人爱金莲，今人爱天足，并无落伍与进化之区别。古女皆缠足，今女多天足，也非野蛮与文明之不同。不过"俗随地异，美因时变"而已。

假若说，缠足妇女是玩物，那么，家家坟地所埋的女祖宗，有几个不是玩物？现今文明人有几个不是打那些玩物肚子里爬出来的？以古人眼光议论今人是非，固然顽梗不化；以今人见解批评古人短长，更是混蛋之极。正如寒带人骂热带人不该赤臂，热带人骂寒带人不该穿皮袄戴皮帽。

假若说缠足女子，失去自然美，矫揉造作，那么时髦女子烫发束胸穿高跟皮鞋呢？何尝不逆返自然？不过那些时髦玩意儿是打外洋传来的，外国盛强，所以中国以学外洋恶俗为时髦，假若中国是世界第一强国，安见得洋人女子不缠足？假若说小脚奇臭，不无道理，要知"世无不臭之足"。两手摩擦，尚发臭气，两脚裹在鞋里整天走，臭气不能消散，脚比手臭，理所当然。难道天足的脚能比手香？哪个文明人拿鼻子闻过？

假若说，缠足女子弱，则国不强。为何非澳土著妇女体强身健，甚于欧美日本，反不能自强，亡国为奴？

众姐妹如听放脚胡说，一旦松开脚布，定然不能行走。折骨缩肉，焉能恢复？反而叫天足的看不上，裹脚的看不起，姥姥不疼舅舅不爱。别人随口一夸是假的，自己受罪是真的。不如及早回头，重行复缠，否则一再放纵，后悔晚矣！复缠偶有微疼，也比放缠之苦差百倍，更比放脚之苦强百倍。须知肉体一分不适，精神永久快乐。古今女子，天赋爱美。最美女子都在种种不适之中。没规矩不能成方圆，无约束难以得至美。若要步入大雅之林，成就脚中之宝，缠脚女子切勿放脚，放脚女子有志复缠，有志复缠女子们当排除邪议，勇气当胸，以夺人间至美锦标，吾当祝尔成功，并祝莲界万岁!

文章署名不是乔六桥,而是有意用出一个"保莲女士"。这些话,算把十多年来对小脚种种贬斥诋毁挖苦辱骂全都有条有理有据有力驳了,也把放脚种种理由一样样挖苦尽了辱骂个够。文章出来,惊动天下。当天卖报的京报房铁门,都给挤得变形,跟手便有不少女人写信送到京报房,叙述自打大脚猖獗以来自己小脚受冷淡之苦,放脚不能走道之苦,复缠不得要领及手法之苦。真不知天底下还有这么多人对放脚如此不快不适不满。抓住这不满就大有文章可做。

这保莲女士是谁呢,哪儿去找这救人救世的救星?到处有人打听,很快就传出来"保莲女士"就是佟家大少奶奶戈香莲。这倒不是乔六桥散播的,而是桃儿有意悄悄告诉一个担挑卖脂粉的贩子。这贩子是出名的快嘴和快腿,一下比刮风还快吹遍全城。立时有成百上千放脚的女人到佟家请保莲女士帮忙复缠。天天大早,佟家开大门时,好比庚子年前早上开北城门一样热闹。一瘸一拐跌跌撞撞晃晃悠悠拥进来,有的还搀着扶着架着背着扛着抬着拖着,伸出的脚有的肿有的破有的烂有的变样有的变色有的变味嘛样都有。在这阵势下,戈香莲就立起"复缠会",自称会长。这保莲女士的绰号,城里城外凡有耳朵不聋的,一天至少能听到三遍。

保莲女士自有一套复缠的器具用品药品手法方法和种种诀窍。比方:晨起热浸,松紧合度,移神忌疼,卧垫高枕,求稳莫急,调整脚步。这二十四字的《复缠诀》必得先读熟背熟。如生鸡眼,用棉胶圈垫在脚底,自然不疼;如放脚日子过长,脚肉变硬不利复缠,使一种"金莲柔肌散"或"软玉温香粉";如脚破生疮瘀血化脓烂生恶肉就使"蜈蚣去腐膏"或吞服"生肌回春丸"。这些全是参照潘妈的裹足经,按照复缠不同情形，琢磨出的法儿，都奏了奇效。连一个女子放了两年脚，脚跟胀成鸭梨赛的，也都重新缠得有模有样有姿有态。津门女人真拿她当作现身娘娘，烧香送匾送钱送东西给她。她要名不要利，财物一概不收，自制的用品药物也只收工本钱，免得叫脏心烂肺人毁她名声。唯有送来的大匾里里外外挂起来，烧香也不拒绝。佟家整天给香烟围着绕着罩着熏着，赛大庙，一时闹翻天。

忽一天，大门上贴一张画：

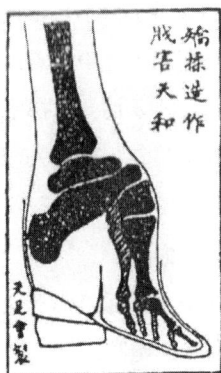

下边署着"天足会制"，把来复缠的女人吓跑一半，以为这儿又要打架闹事。香莲忙找来乔六桥商量。乔六桥说：

"顶好找人也画张画儿，画天足女子穿高跟鞋的丑样，登在《白话报》上，恶心恶心她们。可惜牛五爷走了，一去无音，不然他准干，他是莲癖，保管憎恨天足。"

香莲没言语，乔六桥走后，香莲派桃儿杏儿俩去找华琳，请他帮忙。桃儿杏儿马上就走，找到华家敲门没人，一推门开了，进院子敲屋门没人，一推屋门又开了。华琳竟然就在屋里，面对墙上一张白纸呆呆站着。扭脸看见桃儿杏儿，也小惊奇，好赛不认得，手指白纸连连说：

"好画！好画！"随后就一声接一声唉唉叹长气。

桃儿见他多半疯了，吓得一抓杏儿的手赶紧跑出来。迎面给一群小子堵上，看模样赛混星子，叫着要看小脚。她俩见势不妙，拨头就跑，可惜小脚跑不了，杏儿给按住，桃儿反趁机蹿进岔道溜掉。那些小子强把杏儿鞋脱了，裹脚布解了，一人摸一把光光小脚丫，还把两只小鞋扔上房。

桃儿逃到家，香莲知道出事，正要叫人去救杏儿，人还没去杏儿光脚回来了，后边跟一群拍手起哄小孩子。她披头散发，脸给自己拿土抹了，怕人认出来。可见了香莲就不住声叫着："好脚呵好脚，好脚呵好脚！"叫完仰脸哈哈大笑，还非要桃儿拿梯子上房给她找小鞋不可，眼神一只往这边斜，另一只往那边斜，好吓人，手脚忽东忽西没准。香莲见她这是惊疯，上去抢起胳膊使足劲"啪"一巴掌，骂道：

"没囊没肺，你不会跟他们拼！"

这大巴掌打得杏儿趴在地上哭起来，一地眼泪。香莲这才叫桃儿珠儿草儿，把她弄回屋，灌药，叫她睡。

桃儿说：

"这一准是天足会干的。"

香莲皱眉头呆半天，忽叫月桂来问：

"你可知道天足会？"

"知道。不过没往他们那儿去过。只见过他们会长。"

"会长？谁？"

"是个闺女，时髦打扮，模样可俊呢！"月桂说得露出笑容和羡慕。

"没问你嘛样，问你嘛人！"

吓得月桂赶紧收起笑容，说：

"那可不知道。只见她一双天足，穿高跟鞋，她到我们——不，到洋学堂里演讲，学生们待她……"

"没问学生待她怎样。她住在哪儿？"

"哟，这也不知道。听说天足会在英国地十七号路球场对过，门口挂着牌子……"

"你去过租界？"

月桂吞吞吐吐：

"去过……可就去过一次……先生领我们去看洋人赛马，那些洋人……"

"没问你洋人怎么逗妖。那闺女叫嘛？"

"叫俊英，姓……牛，对，人都叫她牛俊英女士。她这人可真是精神，她……"

"好！打住！"香莲赛拿刀切断她的话。摆摆手冷冷说，"你回屋去吧！"

完事香莲一人坐在前厅，不动劲，不叫任何人在身边陪伴，打天亮坐到天黑坐到点灯坐到打更整整一夜。桃儿夜里几次醒来，透过窗缝看见前厅孤孤一盏油灯儿前，香莲孤零零孤单单影儿。迷迷糊糊还见香莲提着灯笼到佟忍安门前站了许久，又到潘妈屋前站了许久。自打佟忍安潘妈死后，那俩屋子一直上锁，只有老鼠响动，或是天暗时一只两只三只蝙蝠打破窗洞飞出来。这一夜间，还不时响起杏儿的哭声笑声说胡话声……转天醒来，脑袋发沉，不知昨夜那情景是真眼瞧见还是做梦。她起身要去叫香莲起床，却见香莲已好好坐在前厅。又不知早早起了还是一夜没回屋。神气好比吃了秤砣铁了心，沉静非常，正在把一封书信交给小邬子，嘱咐他往租界里的天足会跑一趟，把信面交那个姓牛的小洋娘们儿！

中晌，小邬子回来，带信说，天足会遵照保莲女士倡议，三天后在马家口的文明大讲堂，与复缠会一决高低。

第十五回　天足会会长牛俊英

马家口一座灰砖大房子门前，人聚得赛蚂蚁打架。虽说瞧热闹来的人不少，更多还是天足缠足两派的信徒。要看自己首领与人家首领，谁强谁弱谁胜谁败谁更能耐谁废物。信徒碰上信徒，必定豁命。世上的事就这样，认真起来，拿死当玩儿；两边头儿没来，人群中难免互相摩擦斗嘴做怪脸说脏话厮厮打打扔瓜皮梨核柿子土片小石子，还把脚亮出来气对方。小脚女子以为小脚美，亮出来就惹得天足女子一阵哄笑；天足女子以为天足美，大脚一扬更惹得小脚女子捂眼捂鼻子捂脸，各拿自己尺子量人家，就乱了套。相互揪住衣襟袖口脖领腰带，有几个扯一起，劲一大，打台阶呼噜噜骨碌下来。首领还没干，底下人先干起来，下边比上边闹得热闹，这也是常事。

一阵开道锣响，真叫人以为回到大清时候，府县大人来了那样。打远处当真过来一队轿子，后边跟随一大群男男女女，女的一码小脚，男的一码辫子。当下大街上，剪辫子、留辫子、光头、平头、中分头、缠脚、"缠足放"、复缠脚、天足、假天足、假小脚、半缠半放脚，全杂在一起，要嘛样有嘛样。可是单把留辫子男人和小脚女人聚在一堆儿，也不易。这些人都是保莲女士的铁杆门徒，不少女子复缠得了戈香莲的恩泽。今儿见她出战天足会，沿途站立拈香等候，轿子一来就随在后边给首领壮威，一路上加入的人愈来愈多，香烟滚滚黄土腾腾到达马家口，竟足有二三百人，立时使大讲堂门前天足派的人显得势单力薄。可人少劲不小，有人喊一嗓子："棺材瓢子都出来啦！"天足派齐声哈哈笑。

不等缠足派报复，一排轿子全停住，轿帘一撩，戈香莲先走出来，许多人还是头次见到这声名显赫的人物。她脸好冷好淡好静好美，一下竟把这千百人大场面压得死静死静。跟手下轿子的是白金宝、董秋蓉、月兰、月桂、美子、桃儿、珠儿、草儿，还有约来的津门缠足一边顶梁人物严美荔、刘小小、何飞燕、孔慕雅、孙姣凤、丁翠姑和汪老奶奶。四围一些缠足迷和莲癖，能够指着人道出姓名来。听人们一说，这派将帅大都出齐，尤其汪老奶奶与佟忍安同辈，算是先辈，轻易不上街，天天却在《白话报》上狠骂天足"不算脚"，只露其名不现其身，今儿居然拄着拐杖到来。眼睛虚乎面皮晃白，在大太阳地一站好赛一条灰影。这表明今儿事情非同小可。比拼死还高一层，叫决死。

众人再看这一行人打扮，大眼瞪小眼，更是连惊叹声也发不出。多年不见的前清装束全搬出来。老东西那份讲究，今人绝做不到。单是脑袋上各式发髻，都叫在场的小闺女看傻了。比方堕马髻双盘髻一字髻元宝髻盘辫髻香瓜髻蝙蝠髻云头髻佛手髻鱼头髻笔架髻双鱼髻双鹊髻双凤髻双龙髻四龙髻八龙髻百龙髻百鸟髻百鸟朝凤髻百凤朝阳髻一日当空髻。汪老太太梳的苏州鬏子也是嘉道年间的旧式，后脑勺一缕不用线扎单靠挽法就赛喜鹊尾巴硬挺挺撅起来。一些老婆婆，看到这先朝旧景，勾起心思，噼里啪啦掉下泪来。

佟家脚，天下绝。过去只听说，今儿才眼见。都说看景不如听景，可这见到的比听到的绝得何止百倍。这些五光十色小脚在裙子下边咪哧溜溜忽出忽进忽藏忽露忽有忽无，看得眼珠子发花，再想稳住劲瞧，小脚全没了。原来，一行人已经进了大讲堂。众人好赛梦醒，急匆匆跟进去，马上把讲堂里边拥个大满罐。

香莲进来上下左右一瞧，这是个大筒房，倒赛哪家货栈的库房，到顶足有五丈高，高处一横排玻璃天窗，耷拉一根根挺长的拉窗户用的麻绳子。迎面一座木头搭的高台，有桌有椅，墙壁挂着两面交叉的五色旗，上悬一幅标语："要做文明人，先立文明脚。"四边墙上贴满天足会的口号，字儿写得倒不错，天足会里真有能人。

两个男子臂缠"天足会"袖箍飞似的走来一停，态度却很是恭敬，请戈香莲一行台上去坐。香莲率领人马上台一看，桌椅八字样分列两边，单看摆法就拉开比脚的阵势。香莲她们在右边一排坐下来。桃儿站在香莲身后说：

"到现在还不见乔六爷来。小邬子给他送信时他说准来。六爷向例跟咱们那么铁，难道怕了不肯来？"

香莲听赛没听，脸色依然很冷很淡，沉一下才说：

"一切一切不过那么回事儿！"

桃儿觉得香莲心儿是块冰。她料也没料到。原以为香莲斗志很盛，心该赛火才是。

这时人群中一个戴帽翅、后脑勺垂一根辫子的小个子男人蹦起来说："天足会首领呢？脓啦？吓尿裤出不来啦！"跟着一阵哄笑，笑声才起，讲台一边小门忽开，走出几个天足会男子，进门就回头，好赛后边有嘛大人物出场。立时一群时髦女子登上台，乍看以为一片灯，再看原是一群人。为首一个标致漂亮精神透亮，脸儿白里透红，嘴唇红里透光，黑眼珠赛一对黑珍珠，看谁照谁。长发披肩，头顶宽檐银色软帽，帽檐插三根红鸟毛。一件连身金黄西洋短裙，裙子上缝两圈黄布做的玫瑰花。没领子露脖子，没袖子露胳膊，溜光脖子上一条金链儿，溜光腕子上一个金镯儿，镶满西洋钻石。短裙才到膝盖，下边光大腿，丝光袜子套赛没套，想它是光的就是光的，脚上一双大红高跟皮鞋，就好比蹬着两朵大火苗子，照得人人睁不开眼闭不上眼。许多人也是头次见到这位声势逼人的天足会会长。虽然这身洋打扮太离奇太邪乎太张狂太放肆

774

太欺人，可她一股子冲劲兴劲鲜亮劲，把台下想起哄闹事的缠足派男男女女压住。没人出声，都傻子赛的拿眼珠子死死盯在牛俊英露在外边的脖子胳膊大腿。天足派人见了禁不住咯咯呵呵笑起来。这边反过来又压住那边。

戈香莲一行全起身，行礼。唯有汪老太太觉得自己辈分高不该起来，坐着没动劲，可别人都站起来，挡住她，反看不见她。桃儿上前，把戈香莲等一一介绍给牛俊英。

戈香莲淡淡说：

"幸会，幸会。"

牛俊英小下巴向斜处一扬，倒赛个孩子，她眼瞧戈香莲，含着笑轻快地说：

"原来你就是保莲女士。文章常拜读。认识你很快乐。你真美！"

这话说得缠足派这边人好奇怪，不知这小娘们怀嘛鬼胎。天足派都听懂，觉得他们头头够气派又可爱，全露出笑脸。

戈香莲说：

"坐下来说可好？"

牛俊英手一摆，说句洋话："OK！"一扭屁股坐下来。

缠足派人见这女人如此放荡，都起火冒火发火撒火喷火，有的说气话有的开骂。月桂对坐在身边的月兰悄声儿说：

"我们学堂里也没这么俊的。瞅她多俊，你说呢？"

月兰使劲瞧着，一会儿觉得美，一会儿觉得怪，不好说，没说。

戈香莲对牛俊英发话：

"今儿赛脚，怎么赛都成，你说吧，我们奉陪！"

牛俊英听了一笑，嘴巴上小酒窝一闪，把右腿往左腿上一架，一只大红天足好赛伸到缠足派这边人的鼻尖前，惹得这派人台上台下一片惊呼，如同看见条大狗。

戈香莲并不惊慌，也把右腿架在左腿上，同时右手暗暗一拉裙子，裙边下一只三寸金莲没藏没掖整个亮出来。这小脚要圆有圆要方有方该窄就窄该尖就尖有边有角有直有弯又柔又韧又紧又润。缠足派不少人头次见戈香莲小脚，又是没遮没掩看个满眼，大饱了眼福。中间有人总疑惑她名实不符，拿出带钩带尖带刺最挑剔的眼，居然也挑不出半点毛病。再说这双银缎小鞋，层层绣花打底墙到鞋口一圈压一圈，葫芦万代，缠杖牡丹，富贵无边，锦浪祥云，万字不到头，没法再讲究了……为这双鞋，没把桃儿累吐血就认便宜。再配上湖蓝面绣花漆裤，打古到今，真把莲饰一门施展到尽头。这一亮相，鼓足缠足派士气，欢呼叫好声直撞屋顶，天窗都呼扇呼扇动。只有桃儿心里一抖，她猛然看出这鞋料绣线，除去蓝的就是白的灰的银的，这是丧鞋？虽然这一切都是戈香莲点名要的，自己绣活时怎么就没品出来，这可不吉利！

牛俊英那边却眯着眼咧嘴笑，露出一口齐齐小白牙，一对打着旋儿小酒窝，这一笑倒真是讨人喜欢。她对戈香莲说：

"你错了！"

"怎么？"

"你这叫赛鞋，不叫赛脚，赛脚得这样，你看——"

说着她居然一下把鞋脱下来，大红皮鞋"啪啪"扔在地上，又把丝光袜子赛揭层皮似的，也脱下来扔一边，露出光腿光脚肉腿肉脚，缠足派大惊，这女子竟然肯光脚丫子给人瞧！有骂有叫有哄也有不错眼的看。居然得机会看一个陌生女子的光脚，良机千万不能错过。天足派的人却都"啪啪"起劲鼓掌助兴助阵，美得他们首领牛俊英摇脚腕子晃大脚，拿脚跟台下自己人打招呼。汪老太太猛地站起，脸刷白嘴唇也刷白，叫道："我头晕！我头晕！"晃晃悠悠站不住，桃儿马上叫人搀住汪老太太，一阵忙乎架出去，上轿回家。

香莲脸上没表情，心里咚咚响。这天足女子也叫她看怔看惊看呆看傻了。光溜溜腿，光溜溜脚丫子，皮肤赛绸缎，脚趾赛小鸟头，又光又润又嫩又灵，打脚面到脚心，打脚跟到脚尖，柔韧弯曲，一切天然，就赛花儿叶儿鱼儿鸟儿，该嘛样就嘛样，原本嘛样就嘛样，拿就拿出来看就看，可自己的脚怎么能亮？再说真亮出来一比，还不赛块烤山芋？

偏偏天足派有人叫起阵来：

"敢脱鞋光脚叫我们瞧瞧吗？包在里头，比嘛？"

"保莲女士，看你的啦！"

"你有脚没脚？"

"再不脱鞋就认输啦！"

愈闹愈凶。

多亏缠足派有个机灵鬼，拿话顶住对方：

"母鸡母鸭子才不穿鞋呢！伤风败俗，不以为耻，反以为荣，还不快把那皮篓子穿上！"

这一来，两边对骂起来。挨骂的却是两派的首领。戈香莲脸皮直抖，手尖冰凉脚尖麻。天足会那闲女牛俊英倒赛没事，哈哈乐，觉得好玩儿。索性打裙兜里掏出洋烟卷点着，叼在嘴上吸两口，忽然吐出一个个烟圈，颤颤悠悠往上滚，一圈大，一圈小，一圈急，一圈缓。这又小又急的烟圈，就那又大又缓的烟圈中间稳稳当当穿过去。众人——不管缠足还是天足，都齐出一声"咦"，没人再闹再骂再出声，要看这闺女耍嘛花样，只见这小烟圈徐徐降落，居然正好套在她跷起的大脚指头上，静静停了不动。这手真叫人看对眼了。跟手见她大脚趾一抖，把烟圈搅了，散成白烟没了。烟圈奇，脚更灵。缠足派以为这是牛俊英亮功夫，明知自己一边没人有这功夫，全都闭嘴拿眼看。只见又一个烟圈落下来又套在脚指头上，再搅散再来，一个又一个，最后那大烟圈就稳稳降下不偏不斜刚好套在脚正中，她脚脖子一转，雪白天足带着烟圈绕个弯儿，脚心向上一扬，白烟散开，脚心正对着戈香莲。戈香莲一看这掌心正中地方，眼睛一亮，亮得吓人，跟着人往前头一栽"哐当"趴在地上。

一个女子嘴极快，跟手一嗓子：

"保莲女士吓昏了！"

一下子，缠足派兵败如山倒。天足派并没动手，小脚女人吓得杀鸡宰羊般往外跑，有的叫声比笛儿还尖，可跑也跑不动，你撞我我撞你，砸成一堆堆。等看出天足派人没上手，只站在一边看乐，才依着顺序打上边到下边一个个爬起来撒丫子逃走。

佟家人一团乱回到家，赶紧关大门，免不了有好事的闹事的爱惹事的跟到门前，拿砖头土块一通轰击。里外窗户全部砸得粉粉碎，复缠会也就垮了。转天小脚女人没人再敢上街。可谁也不明白，为嘛天足会那闺女脚丫子一扬，复缠会这样有身份有修行的首领，立时就完蛋呢？

第十六回　高士打道三十七号

隔着复缠会惨败后近一个月，一个瘦溜溜中国女子，打城里来到租界。胳膊挎个小包袱，脚上一双大布鞋，走起来却赛裹脚的，肩膀晃屁股扭身子朝前探。迎面来两个高大洋人，一个红胡子，一个黑胡子。见她怔住看，拿半生不熟的中国话问她："小脚吗？"四只蓝眼珠子直冒光。

这女子慌忙伸出大鞋给他俩看，表示自己不是小脚。俩洋人连说

"闹、闹、闹",不知要闹嘛,还使劲摇头还耸肩还张嘴大笑。打这黑的红的胡子中间直能看到嗓子眼儿。吓得这女子连连往后退,以为俩洋人要欺侮她。不料俩洋人对她说两声"拜拜"之类浑话便笑呵呵走了。

这女子就分外小心,只要远远见洋人走来时远远避开。见到中国人就上去打听道儿,幸好没费太大周折找到了高士打道三十七号门牌。隔着大铁栅栏门,又隔着大花园,是座阔气十足白色大洋楼。她叫开门,就给一位大脚女用人领进楼,走进一座亮堂堂大厅。看见满屋洋摆饰有点见傻,她却没心瞧这些洋玩意儿,一眼找到见到天足会会长牛俊英,懒懒躺在大软椅上,光溜溜脚丫子架在扶手上边,头上箍一道红亮缎带。一股子随随便便自由自在劲儿,倒也挺舒服挺松快挺美,不使劲不费劲不累。她见这女子进来,没起身,打头到脚看两遍,白嘴巴现出一对酒窝,笑道:

"你把小脚外边的大鞋脱去,到我这儿来,用不着非得大脚。"

这女子怔了怔,脱下鞋,一双小脚踏在地板上。牛俊英又说:

"我认得你,复缠会的,那天在马家口比脚,你就站在保莲女士身后,对吧?你找我做什么?替那个想死在裹脚布里的女人说和,还是来下帖子,再比?"

她眼里闪着挑逗的光。

"小姐这么说要折寿的。"没料到这女子的话软中带硬,"我找你有要紧的事。"

"好——说吧!"牛俊英懒懒翻个身,两手托腮,两只光脚叠在一起直搓,调皮地说,"这倒有趣。难道复缠会还要给我裹脚?你看我这双大脚还能裹成你们保莲女士那样的吗?"

"请小姐叫旁人出去!"这女子口气如下令。

牛俊英秀眉惊奇一扬,见复缠会的死党真有硬劲犟劲傲劲,心想要和这女子斗一斗，气气她。便笑了笑，叫用人出去，关上门，说：

"不怕我听，你就说。"

可是牛俊英料也没料到这女子神情沉着异常，声调不高不低，竟然不紧不慢说出下边几句话：

"小姐，我是我们大少奶奶贴身丫头，叫桃儿。我来找你，事不关我，也不关我们大少奶奶了，却关着你！有话在先，我先问你十句话，你必答我。你不答，我扭身就走，将来小姐你再来找我，甭想我搭理你。你要有能耐逼死我，也就再没人告你了！"

这话好离奇好强硬，牛俊英不觉知，已然坐起身。她虽然对这女子来意一无所知，却感到分明不是一般，但打脸上任嘛看不出。她眨眨眼说：

"好。咱们真的对真的，实的对实的。"

这牛俊英倒是痛快脾气。桃儿点点头，便问：

"这好。我问你，牛凤章是你嘛人？"

"他……你问他做什么？你怎么认得他的？"

"咱们说好的，有问必答。"

"噢……他是我爹。"

这女子冷淡一笑——这才头次露出表情，偏偏更叫人猜不透。不等牛俊英开口，这女子又问：

"他当下在哪儿？小姐，你必得答我。"

"他……头年死在上海了。抓革命党时，大街上叫军警的枪子儿错打在肚子里。"

"他死时，你可在场？"

"我守在旁边。"

"他给了你一件东西，是吧！"

牛俊英一惊，屁股踮得离开椅面：

"你怎么会知道？"

桃儿面不挂色，打布包里掏出个小锦盒。牛俊英一见这锦盒，眼珠子瞪成球儿，瞅着桃儿拿手指抠开盒上的象牙别子，打开盒盖，里边卧着半个虎符。牛俊英大叫：

"就是它，你——"

桃儿听到牛俊英这叫声，自己嘴唇止不住哆嗦起来，声音打着战儿说：

"小姐，把你那半个虎符拿来，合起来瞧瞧。合不上，我往下嘛也不能说了。"

牛俊英急得来不及穿鞋，光脚跑进屋拿来一个一模一样小锦盒，取出虎符，交给桃儿两下一合正好合上，就赛一个虎打当中劈开两半。铜虎虎背嵌着纯银古篆，一半上是"与雁门太守"，一半上是"为虎符第一"。桃儿大泪珠子立时一个个掉下来，砸在玻璃茶几上，四处迸溅。

牛俊英说：

"我爹临死才交我这东西。他告我说，将来有人拿另一半虎符，能合上，就叫我听这人的。无论说什么我都得信。这人原来就是你！你说吧，骗我也信！"

"我干嘛骗你。莲心！"

"怎么——"牛俊英又是一惊，"你连我小名都知道？"

"干嘛不知道。我把屎把尿看你整整四年。"

"你到底是谁？"

"我是带你的小老妈。你小时候叫我'桃儿妈妈'。"

"你？那我爹认得你，为什么他从没提过你……"

"牛五爷哪是你爹。你爹姓佟，早死了，你是佟家人，你娘就是那

· 781 ·

天跟你比脚的戈香莲！"

"什么？"牛俊英大叫一声，声音好大，人打椅子直蹿起来。一时她觉得这事可怕到可怕之极，直怕得全身汗毛都乍起来。"真的？这不可能！我爹生前为嘛一个字儿没说过？"

"那牛五爷为嘛临死时告你，跟你合上虎符的人说嘛都让你信？你还说，骗你都信。可我为嘛骗你？我倒真想瞒着你，不说真的，怕你受不住呢！"

"你说，你说吧……"牛俊英的声音也哆嗦起来。

桃儿便把莲心怎么生，怎么长大，怎么丢，把香莲怎么进佟家门，怎么受气受欺受罪，怎么掌家，一一说了。可一说起这些往事就沉不住气，冲动起来不免东岔西岔。事是真的，情是真的，用不着能说会道，牛俊英已是满面热泪，赛洗脸似的往下流……她说：

"可我怎么到牛家来的？"

"牛五爷上了二少爷和活受的贼船，就是他造假画坑死了你爷爷。你娘要报官，牛五爷来求你娘。你娘知道牛五爷人并不坏，就是贪心，给人使唤了。也就抓这把柄，给他一大笔钱，把你交给他，同时还交给他这半个虎符，预备着将来有查有对……"

"交他干嘛？你不说我是丢的吗？"

"哪是真丢。是你娘故意散的风，好叫你躲过裹脚那天！"

"什么？"这话惊得牛俊英第二次打椅子蹿起来，"为什么？她不是讲究裹脚的吗？干什么反不叫我裹？我不懂。"

"对这事，我一直也糊涂着……可是把你送到牛家，还是我抱去的。"

牛俊英不觉叫道：

"我娘为什么不早来找我？"

"还是你爷爷出大殡那天，你娘叫牛五爷带你走了，怕待在城里早晚叫人知道。当时跟牛五爷说好无论到哪儿都来个信，可一走就再没音信，谁知牛五爷安什么心。这些年，你娘没断叫我打听你的下落。只知道你们在南边，南边那么大，谁都没去过，怎么找？你娘偷偷哭了何止几百抱儿。常常早晨起来枕头都赛水洗过那么湿。哪知你在这儿，就这么近！"

"不，我爹死后，我才来的。我一直住在上海呀……可你们怎么认出我来的？"

"你右脚心有块记。那天你一扬脚，你娘就认出你来了！"

"她在哪儿？"牛俊英"唰"地站起来，带着股热乎乎火辣辣劲儿说，"我去见她！"

可是桃儿摇头。

"不成？"牛俊英问。

"不……"桃儿还是摇头。

"她恨我？"

"不不，她……她不会再恨谁了。别人也别恨她就是了。"桃儿说到这儿，忽然平静下来。

"怎么？难道她……"牛俊英说，"我有点怕，怕她死了。"

"莲心，我要告诉你晚了，你也别怪我。你娘不叫我来找你。那天她认出你回去后，就把这半个虎符交给我，只说了一句：'事后再告她'。随后就昏在床上，给她吃不吃，给她喝不喝，给她灌药，她死闭着嘴，直到断气后我才知道，她这是想死……"

牛俊英整个呆住。她年轻，原以为自己单个一个，无牵无扯无勾无挂自由自在随心所欲，哪知道世上这么多事跟她相连，更不懂得这些事的缘由根由。可才有的一切，转眼又没了，抓也抓不住。她只觉又空茫又痛苦又难过又委屈，一头扑在桃儿身上，叫声"桃儿妈妈"，抱头大哭，不住嘴叫着：

"是我害死我娘的！是我害死我娘的！要不赛脚她不会死。"

桃儿自己已经稳住了劲儿。说的话也就能稳住对方：

"你一直蒙在鼓里，哪能怪你。再说，她早就不打算活了，我知道。"

牛俊英这才静一静，扬起俊俏小脸儿，迷迷糊糊地问：

"你说，我娘她这是为嘛呢？她到底为嘛呀！"

桃儿说嘛？她拿手抹着莲心脸上的泪，没吭声。

人间事，有时有理，有时没理，有时有理又没理没理又有理。没理过一阵子没准变得有理，有理过一阵子又变得没理。有理没理说理争理在理讲理不讲理道理事理公理天理。有理走遍天下，没理寸步难行。事无定理，上天有理。公说公有理，婆说婆有理。别再绕了，愈绕愈糊涂。

佟家大门贴上"恕报不周"，又办起丧事来。保莲女士的报丧帖子一撒，来吊唁的人一时挤不进门。一些不沾亲不带故的小脚女人都是不请自来，不顾自己爹妈高兴不高兴，披麻戴孝守在灵前，还哭天抹泪，小脚跺得地面"噔噔噔噔"响。天足会没人来，也没起哄看乐的，不论生前是好是歹，看死人乐，便是缺德。只是四七时候，小尊王五带一伙人，内里有张葫芦、孙斜眼、董七把和万能老李，都是混星子中死千一类人物，闹着非要看大少奶奶的仙足。说这回看不上，这辈子甭想再看这样好脚了。佟家忙给一人一包银子，请到厢房酒足饭饱方才了事。至此相安无事，只等入殓出殡下葬安坟。可入殓前一天，忽来一时髦女子，穿白衣披白纱足蹬雪白高跟皮鞋，脸色也刷白，活活一个白人，手捧一束鲜花，打大门口，踩着地毡一步步缓缓走入灵堂，月桂眼尖，马上说：

"这是天足会的牛俊英！瞧她脚，她怎么会来呢？"

月兰说：

"黄鼠狼给鸡吊孝，准不安好心！"

桃儿拉拉她俩衣袖，叫她俩别出声。只见牛俊英把鲜花往灵床上一放，打日头在院子当中，直直站到日头落到西厢房后边，纹丝没动，眼神发空，不知想嘛。最后深深鞠四个躬，每个躬都鞠到膝盖一般深，才走。佟家人全副戒备候着她，以为她要闹灵堂，没料到这么轻而易举走掉，谁也不明白怎么档子事。活人中间，唯有桃儿心里明白，又未必全明白。但这一切就算在她心里封上了，永远不会再露出来。

此时，经棚里鼓乐奏得正欢。这次丧事，是月桂一手经办。照这时的规矩，不仅请了和尚、尼姑、道士、喇嘛四棚经，还请来马家口洋乐队和教堂救世军乐队，一边袈裟僧袍，一边制服大檐帽，领口缝着"救世军"黄铜牌；一边笙管笛箫，一边铜鼓铜号，谁也不管谁，各吹各的，声音却混在一块儿。起初，白金宝反对这么办，可当时阔人办丧事没有洋乐队不显阔。这么干为嘛无人知也无人问，兴嘛来嘛，就这么摆上了。

牛俊英打佟家出来时，脑袋发木腿发酸，听了整整一下午经乐洋乐，耳朵不赛自己的了，甚至不知自己是谁，姓牛还是姓佟。这当儿大门口，一群孩子穿开裆裤，正唱歌：

　　救世军，
　　瞎胡闹，

乱敲鼓，

胡吹号。

边唱边跳，脑袋上摇晃着扎红线的朝天杵，裤裆里摇晃着太阳晒黑的小鸡儿。

（原载《收获》1986年第3期）

棋　王

阿　城

一

　　车站是乱得不能再乱，成千上万的人都在说话。谁也不去注意那条临时挂起来的大红布标语。这标语大约挂了不少次，字纸都折得有些坏。喇叭里放着一首又一首的语录歌儿，唱得大家心更慌。

　　我的几个朋友，都已被我送走插队，现在轮到我了，竟没有人来送。父母生前颇有些污点，运动一开始即被打翻死去。家具上都有机关的铝牌编号，于是统统收走，倒也名正言顺。我虽孤身一人，却算不得独子，不在留城政策之内。我野狼似的转悠一年多，终于还是决定要走。此去的地方按月有二十几元工资，我便很向往，争了要去，居然就批准了。因为所去之地与别国相邻，斗争之中除了阶级，尚有国际，出身孬一些，组织上不太放心。我争得这个信任和权利，欢喜是不用说的，更重要的是，每月二十几元，一个人如何用得完？只是没人来送，就有些不耐烦，于是先钻进车厢，想找个地方坐下，任凭站台上千万人话别。

　　车厢里靠站台一面的窗子已经挤满各校的知青，都探出身去说笑哭泣。另一面的窗子朝南，冬日的阳光斜射进来，冷清清地照在北边儿众多的屁股上。两边儿行李架上塞满了东西。我走动着找我的座位号，却发现还有一个精瘦的学生孤坐着，手笼在袖管儿里，隔窗望着车站南边儿的空车皮。

我的座位恰与他在一个格儿里，是斜对面儿，于是就坐下了，也把手笼在袖里。那个学生瞄了我一下，眼里突然放出光来，问："下棋吗？"倒吓了我一跳，急忙摆手说："不会！"他不相信地看着我说："这么细长的手指头，就是个捏棋子儿的，你肯定会。来一盘吧，我带着家伙呢。"说着就抬身从窗钩上取下书包，往里掏着。我说："我只会马走日，象走田。你没人送吗？"他已把棋盒拿出来，放在茶几上。塑料棋盘却搁不下，他想了想，就横摆了，说："不碍事，一样下。来来来，你先走。要不，让你车、马、炮？"我笑起来，说："你没人送吗？这么乱，下什么棋？"他一边码好最后一个棋子，一边说："我他妈要谁送？去的是有饭吃的地方，闹得这么哭哭啼啼的。来，你先走。"我奇怪了，可还是拈起炮，往当头上一移。我的棋还没移到，他的马却"啪"的一声跳好，比我还快。我就故意将炮移过当头的地方停下。他很快地看了一眼我的下巴，说："你还说不会？这炮二平六的开局，我在郑州遇见一个高人，就是这么走，险些输给他。炮二平五当头炮，是老开局，可有气势，而且是最稳的。嗯？你走。"我倒不知怎么走了，手在棋盘上游移着。他不动声色地看着整个棋盘，又把手袖起来。

就在这时，车厢乱了起来。好多人拥进来，隔着玻璃往外招手。我就站起身，也隔着玻璃往北看月台上。站上的人都拥到车厢前，都在叫，乱成一片。车身忽地一动，人群"嗡"地一下，哭声四起。我的背被谁捅了一下，回头一看，他一手护着棋盘，说："没你这么下棋的，走哇！"我实在没心思下棋，而且心里有些酸，就硬硬地说："我不下了。这是什么时候！"他很惊愕地看着我，忽然像明白了，身子软下去，不再说话。

车开了一会儿，车厢开始平静下来。有水送过来，大家就掏出缸子要水。我旁边的人打了水，说："谁的棋？收了放缸子。"他很可怜的样子，问："下棋吗？"要放缸子的人说："反正没意思，来一盘吧。"他就很高兴，连忙码好棋子。对手说："这横着算怎么回事儿？没法儿看。"他搓着手说："凑合了，平常看棋的时候，棋盘不等于是横着的？你先走。"对手很老练地拿起棋子儿，嘴里叫着："当头炮。"他跟着跳上马。对手马上把他的卒吃了，他也立刻用马吃了对方的炮。我看这种简单的开局没有大意思，又实在对象棋不感兴趣，就转了头。

这时一个同学走过来，像在找什么人，一眼望到我，就说："来来来，四缺一，就差你了。"我知道他们是在打牌，就摇摇头。同学走到我们这一格，正待伸手拉我，忽然大叫："棋呆子，你怎么在这儿？你妹妹刚才把你找苦了，我说没见啊。没想到你在我们学校这节车厢里，气儿都不吭一声儿。你瞧你瞧，又下上了。"

棋呆子红了脸，没好气儿地说："你管天管地，还管我下棋？走，该你走了。"就又催促我身边的对手。我这时听出点音儿来，就问同学："他就是王一生？"同学睁了眼，说："你不认识他？哎呀，你白活了。你不知道棋呆子？"我说："我知道棋呆子就是王一生，可不知道王一生就是他。"说着，就仔细看着这个精瘦的学生。王一生勉强笑一笑，只看着棋盘。

王一生简直大名鼎鼎。我们学校与旁边几个中学常常有学生之间的象棋厮杀，后来拼出几个高手。几个高手之间常摆擂台，渐渐地，几乎每次冠军就都是王一生了。我因为不喜欢象棋，也就不去关心什么象棋冠军，但王一生的大名，却常被班上几个棋篓子供在嘴上，我也就对其事迹略闻一二，知道王一生外号棋呆子，棋下得很神不用说，而且在他们学校那一年级里数理成绩总是前数名。我想棋下得好而且有个数学脑子，这很合情理，可我又不信人们说的那些王一生的呆事，觉得不过是大家"寻逸闻鄙事，以快言论"罢了。后来运动起来，忽然有一天大家传说棋呆子在串连时犯了事儿，被人押回学校了。我对棋呆子能出去串连表示怀疑，因为以前大家对他的描述说明他不可能解决串连时的吃喝问题。可大家说呆子确实去串连了，因为老下棋，被人瞄中，就同他各处走，常常送他一点儿钱，他也不问，只是收下。后来才知道，每到一处，呆子必要挤地头看下棋。看上一盘，必要把输家挤开，与赢家杀一盘。初时大家看他其貌不扬，不与他下。他执意要杀，于是就杀。几步下来，对方出了小汗，嘴却不软。呆子也不说话，只是出手极快，像是连想都不想。待到对方终于闭了嘴，连一圈儿观棋的人也要慢慢思索棋路而不再支着儿的时候，与呆子同行的人就开始摸包儿。大家正看得紧张，哪里想到钱包已经易主？待三盘下来，众人都摸头。这时呆子倒成了棋主，连问可有谁还要杀？有那不服的，就坐下来杀，最后仍是无一盘得利。后来常常是众人齐做一方，七嘴八舌与呆子对手。呆子也不忙，反倒促众人快走，因为师傅多了，常为一步棋如何走自家争吵起来。就这样，在一处呆子可以连杀上一天。后来有那观棋的人发觉钱包丢了，闹嚷起来。慢慢有几个有心计的人暗中观察，看见有人掏包，也不响，之后见那人晚上来邀呆子走，就发一声喊，将扒手与呆子一齐绑了，由造反队审。呆子糊糊涂涂，只说别人常给他钱，大约是可怜他，也不知钱如何来，自己只是喜欢下棋。审主看他呆相，就命人押了回来，一时各校传为逸事。后来听说呆子认为外省马路棋手高手不多，不能长进，就托人找城里名手近战。有个同学就带他去见自己的父亲，据说是国内名手。名手见了呆子，也不多说，只摆一副据说是宋时留下的残局，要呆子走。呆子看了半晌，一五一十道来，替古人赢了。名手很惊讶，要收呆子为徒。不料呆子却问："这残局你可走通了？"名手没反应过来，就说："还未通。"呆子说："那我为什么要做你的徒弟？"名手只好请呆子开路，事后对自己的儿子说："你这同学倨傲不逊，棋品连着人品，照这样下去，棋品必劣。"又举了一些最新指示，说若能好好学习，棋锋必劲。后来呆子认识了一个捡烂纸的老头儿，被老头儿连杀三天而仅赢一盘。呆子就执意要替老头儿去撕大字报纸，不要老头儿劳动。不料有一天撕了某造反团刚贴的"檄文"，被人拿获，又被这造反团裁诬于对立派，说对方"施阴谋，弄诡计"，必讨之，而且是可忍，孰不可忍！对立派又阴使人偷出呆子，用了呆子的名义，对先前的造反团反戈一击。一时呆子的大名"王一生"贴得满街都是，许多外省来取经的革命战士许久才明白王一生原来是个棋呆子，就有人请了去外省会一些江湖名手。交手之后，各有胜负，不过呆子的棋据说是越下越精了。只可惜全国忙于革命，否则呆子不知会有什么造就。

这时我旁边的人也明白对手是王一生，连说不下了。王一生便很沮丧。我说："你妹妹来送你，你也不知和家里人说说话儿，倒拉着我下棋！"王一生看着我说："你哪儿知道我们这些人是怎么回事儿？你们这些人好日子过惯了，世上不明白的事儿多着呢！你家父母大约是舍不得你走了？"我怔了怔，看着手说："哪儿来父母，都死屄了。"我的同学就添油加醋地叙了我一番，我有些不耐烦，说："我家死人，你倒有了故事了。"王一生想了想，对我说："那你这两年靠什么活着？"我说："混一天算一天。"王一生就看定了我问："怎么混？"我不答。呆了一会儿，王一生叹一声，说："混可不易，一天不吃饭，棋路都乱。不管怎么说，你父母在时，你家日子还好过。"我不服气，说："你父母在，当然要说风凉话。"我的同学见话不投机，就岔开说："呆子，这里没有你的对手，走，和我们打牌去吧。"呆子笑一笑，说："牌算什么，瞎睡着也能赢你们。"我旁边儿的人说："据说你下棋可以不吃饭？"我说："人一迷上什么，吃饭倒是不重要的事。大约能干出什么事儿的人，总免不了有这种傻事。"王一生想一想，又摇摇头，说："我可不是这样。"说完就去看窗外。

一路下去，慢慢我发觉我和王一生之间，既开始有互相的信任和基于经验的同情，又有各自的疑问。他总是问我与他认识之前是怎么生活的，尤其是父母死后的两年是怎么混的。我大略地告诉了他，可他又特别在一些细节上详细地打听，主要是关于吃。例如讲到有一次我一天没有吃到东西，他就问："一点儿都没吃到吗？"我说："一点儿也没有。"他又问："那你后来吃到东西是在什么时候？"我说："后来碰到一个同学，他要用书包装很多东西，就把书包翻倒过来腾干净，里面有一个干馒头，掉在桌上就碎了。我一边儿和他说话，一边儿就把这些碎馒头吃下去。不过，说老实话，干烧饼比干馒头解饱得多，而且顶时候儿。"他同意我关于干烧饼的见解，可马上又问："我是说，你吃到这个干馒头的时候是几点？过了当天夜里十二点吗？"我说："噢，不。是晚上十点吧。"他又问："那第二天你吃了什么？"我有点儿不耐烦。讲老实话，我不太愿意复述这些事情，尤其是细节。我觉得这些事情总在腐蚀我，它们与我以前对生活的认识太不合辙，总好像是在嘲笑我的理想。我说："当天晚上我睡在那个同学家。第二天早上，同学买了两个油饼，我吃了一个。上午我随他去跑一些事，中午他请我在街上吃。晚上嘛，我不好意思再在他那儿吃，可另一个同学来了，知道我没什么着落，硬拉了我去他家，当然吃得还可以。怎么样？还有什么不清楚？"他笑了，说："你才不是你刚才说的什么'一天没吃东西'，你十二点以前吃了一个馒头，没有超过二十四小时。更何况第二天你的伙食水平不低，平均下来，你两天的热量还是可以的。"我说："你恐怕还是有些呆！要知道，人吃饭，不但是肚子的需要，而且是一种精神需要。不知道下一顿在什么地方，人就特别想到吃，而且饿得快。"他说："你家道尚好的时候，有这种精神压力吗？恐怕没有什么精神需求吧？有，也只不过是想好上再好，那是馋。馋是你们这些人的特点。"我承认他说得有些道理，禁不住问他："你总在说你们、你们，可你是什么人？"他迅速看着其他地方，只是不看我，说："我当然不同了。我主要是对吃要求得比较实在。唉，不说这些了，你真的不喜欢下棋？'何以解忧？唯有象棋。'"我瞧着他说："你有什么忧？"他仍然不看我："没有什么忧，没有。'忧'这玩意儿，是他妈文人的作料儿。我们这种人，没有什么忧，顶多有些不痛快。何以解不痛快？唯有象棋。"

我看他对吃很感兴趣，就注意他吃的时候。列车上给我们这几节知青车厢送饭时，他若心思不在下棋上，就稍稍有些不安。听见前面大家拿吃时铝盒的碰撞声，他常常闭上眼，嘴巴紧紧收着，倒好像有些恶心。拿到饭后，马上就开始吃，吃得很快，喉结一缩一缩的，脸上绷满了筋。常常突然停下来，很小心地将嘴边或下巴上的饭粒儿和汤水油花儿用整个儿食指抹进嘴里。若饭粒儿落在衣服上，就马上一按，拈进嘴里。若一个没按住，饭粒儿由衣服上掉下地，他也立刻双脚不再移动，转了上身找。这时候他若碰上我的目光，就放慢速度。吃完以后，他把两只筷子吮净，拿水把饭盒冲满，先将上面一层油花吸净，然后就带着安全到达彼岸的神色小口小口地呷。有一次，他在下棋，左手轻轻地叩茶几。一粒干缩了的饭粒儿也轻轻地小声跳着。他一下注意到了，就迅速将那个干饭粒儿放进嘴里，腮上立刻显出筋络。我知道这种干饭粒儿很容易嵌到槽牙里，巴在那儿，舌头是赶它不出的。果然，呆了一会儿，他就伸手到嘴里去抠。终于嚼完，和着一大股口水，"咕"地一声儿咽下去，喉结慢慢地移下来，眼睛里有了泪花。他对吃是虔诚的，而且很精细。有时你会可怜那些饭被他吃得一个渣儿都不剩，真有点儿惨无人道。我在火车上一直看他下棋，发现他同样是精细的，但就有气度得多。他常常在我们还根本看不出已是败局时就开始重码棋子，说："再来一盘吧。"有的人不服输，非要下完，总觉得被他那样暗示死刑存些侥幸。他也奉陪，用四五步棋逼死对方，略带嘲笑地说："给你棋脸，非要听'将'有瘾？"

我每看到他吃饭，就回想起杰克·伦敦的《热爱生命》，终于在一次饭后他小口呷汤时讲了这个故事。我因为有过饥饿的经历，所以特别渲染了故事中的饥饿感觉。他不再喝汤，只是把饭盒端在嘴边儿，一动不动地听我讲。我讲完了，他呆了许久，凝视着饭盒里的水，轻轻吸了一口，才很严肃地看着我说："这个人是对的。他当然要把饼干藏在褥子底下。照你讲，他是对失去食物发生精神上的恐惧，是精神病？不，他有道理，太有道理了。写书的人怎么可以这么理解这个人呢？杰……杰什么？嗯，杰克·伦敦，这个小子他妈真是饱汉子不知饿汉子饥。"我马上指出杰克·伦敦是一个如何如何的人。他说："是呀，不管怎么样，像你说的，杰克·伦敦后来出了名，肯定不愁吃的，他当然会叼着根烟，写些嘲笑饥饿的故事。"我说："杰克·伦敦丝毫也没有嘲笑饥饿，他是……"他不耐烦地打断我说："怎么不是嘲笑？他把一个特别清楚饥饿是怎么回事儿的人写成发了神经，我不喜欢。"我只好苦笑，不再说什么。可是一没人和他下棋了，他就又问我："嗯？再讲个吃的故事？其实杰克·伦敦那个故事挺好。"我有些不高兴地说："那根本不是个吃的故事，那是一个讲生命的故事。你不愧为棋呆子。"大约是我脸上有种表情，他于是不知怎么办才好。我心里有一种东西升上来，我还是喜欢他的，就说："好吧，巴尔扎克的《邦斯舅舅》听过吗？"他摇摇头。我就又好好儿描述了一下邦斯这个老饕。不料他听完，马上就说："这个故事不好，这是一个馋的故事，不是吃的故事。邦斯这个老头儿若只是吃而不馋，不会死。我不喜欢这个故事。"他马上意识到这最后一句话，就急忙说，"倒也不是不喜欢。不过洋人总和咱们不一样，隔着一层。我给你讲个故事吧。"我马上感兴趣：棋呆子居然也有故事！他把身体靠得舒服一些，说："从前哪，"笑了笑，又说，"老是他妈从前，可这个故事是我们院儿的五奶讲的。嗯——老辈子的时候，有这么一家子，吃喝不愁。粮食一囤一囤的，顿顿想吃多少吃多少，嘿，可美气了。后来呢，娶了个儿媳妇。那真能干，就没说把饭做煳过，不干不稀，特解饱。可这媳妇，每做一顿饭，必须抓出一把米藏好……"听到这儿，我忍不住插嘴："老掉牙的故事了，还不是后来遇了荒年，大家没饭吃，媳妇把每日攒下的米拿出来，不但自家有了，还分给穷人？"他很惊奇地坐直了，看着我说："你知道这个故事？可那米没有分给别人，五奶没有说分给别人。"我笑了，说："这是教育小孩儿要节约的故事，你还拿来有滋有味儿地讲，你真是呆子。这不是一个吃的故事。"他摇摇头，说："这太是吃的故事了。首先得有饭，才能吃，这家子有一囤一囤的粮食。可光穷吃不行，得记着断顿儿的时候，每顿都要欠一点儿。老话儿说'半饥半饱日子长'嘛。"我想笑但没笑出来，似乎明白了一些什么。为了打消这种异样的感触，就说："呆子，我跟你下棋吧。"他一下高兴起来，紧一紧手脸，啪啪啪就把棋码好，说："对，说什么吃的故事，还是下棋。下棋最好，何以解不痛快？唯有下象棋。啊！哈哈哈！你先走。"我又是当头炮，他随后把马跳好。我随便动了一个子儿，他很快地把兵移前一格儿。我并不真心下棋，心想他念到中学，大约是读过不少书的，就问："你读过曹操的《短歌行》？"他说："什么《短歌行》？"我说："那你怎么知道'何以解忧，唯有杜康'？"他愣了，问："杜康是什么？"我说："杜康是一个造酒的人，后来也就代表酒，你把杜康换成象棋，倒也风趣。"他摆了一下头，说："啊，不是。这句话是一个老头儿说的，我每回和他下棋，他总说这句。"我想起了传闻中的捡烂纸的老头儿，就问："是捡烂纸的老头儿吗？"他看了我一眼，说："不是。不过，捡烂纸的老头儿棋下得好，我在他那儿学到不少东西。"我很感兴趣地问："这老头儿是个什么人？怎么下得一手儿好棋还捡烂纸？"他很轻地笑了一下，说："下棋不当饭。老头儿要吃饭，还得捡烂纸。可不知他以前是什么人。有一回，我抄的几张棋谱不知怎么找不到了，以为当垃圾倒出去了，就到垃圾站去翻。正翻着，这老头儿推着筐过来了，指着我说：'你个大小伙子，怎么抢我的买卖？'我说不是，是找丢了的东西，他问什么东西，我没搭理他。可他问个不停，'钱，存折儿？结婚帖子？'我只好说是棋谱，正说着，就找到了。他说叫他看看。他在路灯底下挺快就看完了，说'这棋没根哪'。我说这是以前市里的象棋比赛。可他说，'哪儿的比赛也没用，你瞧，这叫棋路？狗脑子。'我心想怕是遇上异人了，就问他当怎么走。老头儿哗哗说了一通谱儿，我一听，真的不凡，就提出要跟他下一盘。老头儿让我先说。我们俩就在垃圾站下盲棋，我是连输五盘。老头儿棋路猛，听头几步，没什么，可着子真阴真狠，打闪一般，网得开，收得又紧又快。后来我们见天儿在垃圾站下盲棋，每天回去我就琢磨他的棋路，以后居然跟他平过一盘，还赢过一盘。其实赢的那盘我们一共才走了十几步。老头儿用铅丝扒子敲了半天地面，叹一声：'你赢了。'我高兴了，直说要到他那儿去看看。老头儿白了我一眼，说：'撑的？'告诉我明天晚上再在这儿等他。第二天我去了，见他推着筐远远来了。到了跟前，从筐里取出一个小布包，递到我手上，说这也是谱儿，让我拿回去，看瞧得懂不。又说哪天有走不动的棋，让我到这儿来说给他听听，兴许他就走动了。我赶紧回到家里，打开一看，还真他妈看不懂。这是本异书，也不知是哪朝哪代的，手抄，边边角角儿，补了又补。上面写的东西，不像是说象棋，好像是说另外的什么事儿。我第二天又去找老头儿，说我看不懂，他哈哈一笑，说他先给我说一段儿，提个醒儿。他一开说，把我吓了一跳。原来开宗明义，是讲男女的事儿。我说这是四旧。老头儿叹了，说什么是旧？我这每天捡烂纸是不是在捡旧？可我回去把它们分门别类，卖了钱，养活自己，不是新？又说咱们中国道家讲阴阳，这开篇是借男女讲阴阳之气。阴阳之气相游相交，初不可太盛，太盛则折，折就是'折断'的'折'。我点点头。'太盛则折，太弱则泻。'老头儿说我的毛病是太盛。又说，若对手盛，则以柔化之。可要在化的同时，造成克势。柔不是弱，是容，是收，是含。含而化之，让对手入你的势。这势要你造，需无为而无不为。无为即是道，也就是棋运之大不可变，你想变，就不是象棋，输不用说了，连棋边儿都沾不上。棋运不可悖，但每局的势要自己造。棋运和势既有，那可就无所不为了。玄是真玄，可细琢磨，是那么个理儿。我说，这么讲是真提气，可这下棋，千变万化，怎么才能准赢呢？老头儿说这就是造势的学问了。造势妙在契机。谁也不走子儿，这棋没法儿下。可只要对方一动，势就可入，就可导。高手你入他很难，这就要损。损他一个子儿，损自己一个子儿，先导开，或找眼钉下，止住他的入势，铺排下自己的入势。这时你万不可死损，势式要相机而变。势势有相因之气，势套势，小势导开，大势含而化之，根连根，别人就奈何不得。老头儿说我只有套，势不太明。套可以算出百步之远，但无势，不成气候。又说我脑子好，有琢磨劲儿，后来输我的那一盘，就是大势已破，再下，就是玩了。老头儿说他日子不多了，无儿无女，遇见我，就传给我吧。我说你老人家棋道这么好，怎么还干这种营生呢？老头儿叹了一口气，说这棋是祖上传下来的，但有训——'为棋不为生'，为棋是养性，生会坏性，所以生不可太盛。又说他从小没学过什么谋生本事，现在想来，倒是训坏了他。"我似乎听明白了一些棋道，可很奇怪，就问："棋道与生道难道有什么不同么？"王一生说："我也是这么说，而且魔怔起来，问他天下大势。老头儿说，棋就是这么几个子儿，棋盘就是这么大，无非是道同势不同，可这子儿你全能看在眼底。天下的事，不知道的太多。这每天的大字报，张张都新鲜，虽看出点道儿，可不能究底。子儿不全摆上，这棋就没法儿下。"

我就又问那本棋谱。王一生很沮丧地说："我每天带在身上，反复地看。后来你知道，我撕大字报被造反团捉住，书就被他们搜了去，说是四旧，给毁了，而且是当着我的面儿毁的。好在书已在我脑子里，不怕他们。"我就又和王一生感吁了许久。

火车终于到了，所有的知识青年都又被用卡车运到农场。在总场，各分场的人上来领我们。我找到王一生，说："呆子，要分手了，别忘了交情，有事儿没事儿，互相走动。"他说当然。

二

这个农场在大山林里，活计就是砍树，烧山，挖坑，再栽树。不栽树的时候，就种点儿粮食。交通不便，运输不够，常常就买不到煤油点灯。晚上黑灯瞎火，大家凑在一起臭聊，天南地北。又因为常割资本主义尾巴，生活就清苦得很，常常一个月每人只有五钱油，吃饭钟一敲，大家就疾跑如飞。大锅菜是先煮后搁油，油又少，只在汤上浮几个大花儿。落在后边，常常就只能吃清水南瓜或清水茄子。米倒是不缺，国家供应商品粮，每人每月四十二斤。可没油水，挖山又不是轻活，肚子就越吃越大。我倒是没有什么，毕竟强似讨吃。每月又有二十几元工薪，家里没有人惦记着，又没有找女朋友，就买了烟学抽，不料越抽越凶。

　　山上活儿紧时，常常累翻，就想：呆子不知怎么干？那么精瘦的一个人。晚上大家闲聊，多是精神会餐。我又想，呆子的吃相可能更恶了。我父亲在时，炒得一手好菜，母亲都比不上他。星期天常邀了同事，专事品尝，我自然精于此道。因此聊起来，常常是主角，说得大家个个儿腮胀，常常发一声喊，将我按倒在地上，说像我这样儿的人实在是祸害，不如宰了炒吃。下雨时节，大家都慌忙上山去挖笋，又到沟里捉田鸡，无奈没有油，常常吃得胃酸。山上总要放火，野兽们都惊走了，极难打到。即使打到，野物们走惯了，没有膘，熬不得油。尺把长的老鼠也捉来吃，因鼠是吃粮的，大家说鼠肉就是人肉，也算吃人吧。我又常想，呆子难道不馋？好上加好，固然是馋，其实饿时更馋。不馋，吃的本能不能发挥，也不得寄托。又想，呆子不知还下不下棋。我们分场与他们分场隔着近百里，来去一趟不容易，也就见不着。

　　转眼到了夏季。有一天，我正在山上干活儿，远远望见山下小路上有一个人。大家觉得影儿生，就议论是什么人。有人说是小毛的男友吧。小毛是队里一个女知青，新近在外场找了一个朋友，可谁也没见过。大家就议论可能是这个人来找小毛，于是满山喊小毛，说她的汉子来了。小毛丢了锄，跌跌撞撞跑过来，伸了脖子看。还没等小毛看好，我却认出来人是王一生——棋呆子。于是大叫，别人倒吓了一跳，都问："找你的？"我很得意。我们这个队有四个省市的知青，与我同来的不多，自然他们不认识王一生。我这时正代理一个管三四个人的小组长，于是对大家说：“散了，不干了。大家也别回去，帮我看看山上可有什么吃的弄点儿。到钟点儿再下山，拿到我那儿去烧。你们打了饭，都过来一起吃。”大家于是就钻进乱草里去寻了。

我跳着跑下山，王一生已经站住，一脸高兴的样子，远远地问：“你怎么知道是我？”我到了他跟前说：“远远就看你呆头呆脑，还真是你。你怎么老也不来看我？”他跟我并排走着，说：“你也老不来看我呀！”我见他背上的汗浸出衣衫，头发已是一绺一绺的，一脸的灰土，只有眼睛和牙齿放光，嘴上也是一层土，干得起皱，就说：“你怎么摸来的？”他说：“搭一段儿车，走一段儿路，出来半个月了。”我吓了一跳，问：“不到百里，怎么走这么多天？”他说：“回去细说。”

说话间已经到了沟底队里。场上几只猪跑来跑去，个个儿瘦得赛狗。还不到下班时间，冷冷清清的，只有队上伙房隐隐传来叮叮当当的声音。

到了我的宿舍，就直进去。这里并不锁门，都没有多余的东西可拿，不必防谁。我放了盆，叫他等着，就提桶打热水来给他洗。到了伙房，与炊事员讲，我这个月的五钱油全数领出来，以后就领生菜，不再打熟菜。炊事员问：“来客了？”我说：“可不！”炊事员就打开锁了的柜子，舀一小匙油找了个碗盛给我，又拿了三只长茄子，说：“明天还来打菜吧，从后天算起，方便。”我从锅里舀了热水，提回宿舍。

王一生把衣裳脱了，只剩一条裤衩，呼噜呼噜地洗。洗完后，将脏衣服按在水里泡着，然后一件一件搓，洗好涮好，拧干晾在门口绳上。我说：“你还挺麻利的。”他说：“从小自己干，惯了。几件衣服，也不费事。”说着就在床上坐下，弯过手臂去挠后背，肋骨一根根动着。我拿出烟来请他抽。他很老练地敲出一支，舔了一头儿，倒过来叼着。

我先给他点了，自己也点上。他支起肩深吸进去，慢慢地吐出来，浑身荡一下，笑了，说："真不错。"我说："怎么样？也抽上了？日子过得不错呀。"他看看屋顶，又看看在门口转来转去的猪，低下头，轻轻拍着净是绿筋的瘦腿，半晌才说："不错，真的不错。还说什么呢？粮？钱？还要什么呢？不错，真不错。你怎么样？"他透过烟雾问我。我也感叹了，说钱是不少，粮也多，没错儿，可没油哇。大锅菜吃得胃酸。主要是没什么玩儿，没书，没电，没电影儿。去哪儿也不容易，老在这个沟儿里转，闷得无聊。他看看我，摇一下头说，"你们这些人哪！没法儿说，想的净是锦上添花。我挺知足，还要什么呢？你呀，你就是叫书害了。你在车上给我讲的两个故事，我琢磨了，后来挺喜欢的。你不错，读了不少书。可是，归到底，解决什么呢？是呀，一个人拼命想活着，最后都神经了，后来好了，活下来了，可接着怎么活？像邦斯那样？有吃有喝，好收藏个什么，可有个馋的毛病，人家不请吃就活得不痛快。人要知足，顿顿饱就是福。"他不说了，看着自己的脚趾动来动去，又用后脚跟去擦另一只脚背，吐出一口烟，用手在腿上掸了掸。

我很后悔用油来表示我对生活的不满意，还用书和电影儿这种可有可无的东西表示我对生活的不满足，因为这些在他看来，实在是超出基准线之上的东西，他不会为这些烦闷。我突然觉得很泄气，有些同意他的说法。是呀，还要什么呢？我不是也感到挺好了吗？不用吃了上顿惦记着下顿，床不管怎么烂，也还是自己的，不用窜来窜去找夜宿的地方。可我常常烦闷的是什么呢？为什么就那么想看看随便什么一本书呢？电影儿这种东西，灯一亮就全醒过来了，图个什么呢？可我隐隐有一种欲望在心里，说不清楚，但我大致觉出是关于活着的什么东西。

我问他："你还下棋吗？"他就像走棋那么快地说："当然，还用说？"我说："是呀，你觉得一切都好，干吗还要下棋呢？下棋不多余吗？"他把烟卷儿停在半空，摸了一下脸，说："我迷象棋。一下棋，就什么都忘了。待在棋里舒服。就是没有棋盘、棋子儿，我在心里就能下，碍谁的事儿啦？"我说："假如有一天不让你下棋，也不许你想走棋的事儿，你觉得怎么样？"他挺奇怪地看着我说："不可能，那怎么可能？我能在心里下呀！还能把我脑子挖了？你净说些不可能的事儿。"我叹了一口气，说："下棋这事儿看来是不错。看了一本儿书，你不能老在脑子里过篇儿，老想看看新的。下棋可不一样了，自己能变着花样儿玩。"他笑着对我说："怎么样，学棋吧？咱们现在吃喝不愁了，顶多是照你说的，不够好，又活不出个大意思来。书你哪儿找去？下棋吧，有忧下棋解。"我想了想，说："我对棋实在不感兴趣。我们队倒有个人，据说下得不错。"他把烟屁股使劲儿扔出门外，眼睛又放出光来："真的？有下棋的？嘿，我真还来对了。他在哪儿？"我说："还没下班呢。看你急的，你还是来看我的吗？"他双手抱着脖子仰在我的被子上，看着自己松松的肚皮，说："我这半年，就找不到下棋的。后来想，天下异人多得很，这野林子里我就不信找不到个下棋下得好的。现在我请了事假，一路找人下棋，就找到你这儿来了。"我说："你不挣钱了？怎么活着呢？"他说："你不知道，我妹妹在城里分了工矿，挣钱啦，我也就不用给家寄那么多钱。我就想，趁这工夫儿，会会棋手。怎么样？你一会儿把你说的那人找来下一盘？"我说当然，心里一动，就又问他："你家里到底是怎么个情况呢？"他叹了一口气，望着屋顶，很久才说："穷。困难啊！我们家三口儿人，母亲死了，只有父亲、妹妹和我。我父亲嘛，挣得少，按平均生活费的说法儿，我们一人才不到十块。我母亲死后，父亲就喝酒，而且越喝越多，手里有俩钱儿就喝，就骂人。邻居劝，他不是不听，就是一把鼻涕一把泪，弄得人家也挺难过。我有一回跟我父亲说：'你不喝就不行？有什么好处呢？'他说：'你不知道酒是什么玩意儿，它是老爷们儿的觉啊！咱们这日子挺不易，你妈去了，你们又小。我烦哪，我没文化，这把年纪，一辈子这点子钱算是到头儿了。你妈死的时候，嘱咐了，怎么着也要供你念完初中再挣钱。你们让我喝口酒，啊？对老人有什么过不去的，下辈子算吧。'"他看了看我，又说："不瞒你说，我母亲解放前是窑子里的。后来大概是有人看上了，做了人家的小，也算从良。有烟吗？"我扔过一根烟给他，他点上了，把烟头儿吹得红红的，两眼不错眼珠儿地盯着，许久才说："后来，我妈又跟人跑了，据说买她的那家欺负她，当老妈子不说，还打。后来跟的这个是什么人，我不知道，我只知道我是我妈跟这个人生的。刚一解放，我妈跟的那个人就不见了。当时我妈怀着我，吃穿无着，就跟了我现在这个父亲。我这个后爹是卖力气的，可临到解放的时候儿，身子骨儿不行，又没文化，钱就挣得少。和我妈过了以后，原指着相帮着好一点儿，可没想到添了我妹妹后，我妈一天不如一天。那时候我才上小学，脑筋好，老师都喜欢我。可学校春游、看电影我都不在，给家里省一点儿是一点儿。我妈怕委屈了我，拖累着个身子，到处找活。有一回，我和我母亲给印刷厂叠书页子，是一本讲象棋的书。叠好了，我妈还没送去，我就一篇一篇对着看。不承想，就看出点儿意思来。于是有空儿就到街上看人家下棋。看了有些日子，就手痒痒，没敢跟家里要钱，自己用硬纸剪了一副棋，拿到学校去下。下着下着就熟了。于是又到街上和别人下。原先我看人家下得挺好，可我这一跟他们真下，还就赢了。一家伙就下了一晚上，饭也没吃。我妈找来了，把我打回去。唉，我妈身子弱，都打不疼我。到了家，她竟给我跪下了，说：'小祖宗，我就指望你了！你若不好好儿念书，妈就死在这儿。'我一听这话吓坏了，忙说：'妈，我没不好好儿念书。您起来，我不下棋了。'我把我妈扶起来坐着。那天晚上，我跟我妈叠页子，叠着叠着，就走了神儿，想着一路棋。我妈叹一口气说：'你也是，看不上电影儿，也不去公园，就玩儿这么个棋。唉，下吧。可妈的话你得记着，不许玩儿疯了。功课要是落下了，我不饶你。我和你爹都不识字儿，可我们会问老师。老师若说你功课跟不上，你再说什么也不行。'我答应了。我怎么会把功课落下呢？学校的算术，我跟玩儿似的。这以后，我放了学，先做功课，完了就下棋，吃完饭，就帮我妈干活儿，一直到睡觉。因为叠页子不用动脑筋，所以就在脑子里走棋。有的时候，魔怔了，会突然一拍书页，喊棋步，把家里人都吓一跳。"我说："怨不得你棋这么好，小时候棋就都在你脑子里呢！"他苦笑着说："是呀，后来老师就让我去少年宫象棋组，说好好儿学，将来能拿大冠军呢！可我妈说：'咱们不去什么象棋组，要学，就学有用的本事。下棋下得好，还当饭吃了？有那点儿工夫，在学校多学点儿东西比什么不好？你跟你们老师们说，不去象棋组，要是你们老师还有没教你的本事，你就跟老师说，你教了我，将来有大用呢。啊？专学下棋？这以前都是有钱人干的！妈以前见过这种人，那都是身份，他们不指着下棋吃饭。妈以前待过的地方，也有女的会下棋，可要的钱也多。唉，你不知道，你不懂。下下玩儿可以，别专学，啊？'我跟老师说了，老师想了想，没说什么。后来老师买了一副棋送我，我拿给妈看，妈说：'唉，这是善心人哪！可你记住，先说吃，再说下棋。等你挣了钱，养活家了，爱怎么下就怎么下，随你。'"我感叹了，说："这下儿好了，你挣钱了，你就能撒着欢儿地下了，你妈也就放心了。"王一生把脚搬上床，盘了坐，两只手互相捏着腕子，看着地下说："我妈看不见我挣钱。家里供我念到初一，我妈就死了。死之前，特别跟我说，'这一条街都说你棋下得好，妈信。可妈在棋上疼不了你。你在棋上怎么出息，到底不是饭碗。妈不能看你念完初中，跟你爹说了，怎么着困难，也要念完。高中，妈打听了，那是为上大学，咱们家用不着上大学，你爹也不行了，你妹妹还小，等你初中念完了就挣钱，家里就靠你了。妈要走了，一辈子也没给你留下什么，只捡人家的牙刷把，给你磨了一副棋。'说着，就叫我从枕头底下拿出一个小布包来，打开一看，都是一小点儿大的子儿，磨得是光了又光，赛象牙，可上头没字儿。妈说：'我不识字，怕刻不对。你拿了去，自己刻吧，也算妈疼你好下棋。'我们家多困难，我没哭过，哭管什么呢？可看着这副没字儿的棋，我忍不住了。"

我鼻子有些酸，就低下眼，叹道："唉，当母亲的。"王一生不再说话，只是抽烟。

山上的人下来了，打到两条蛇。大家见了王一生，都很客气，问是几分场的，那边儿伙食怎么样。王一生答了，就过去摸一摸晾着的衣裤，还没有干。我让他先穿我的，他说吃饭要出汗，先光着吧。大家见他很随和，也就随便聊起来。我自然将王一生的棋道吹了一番，以示来者不凡。大家就都说让队里的高手"脚卵"来与王一生下。一个人跑去喊，不一刻，脚卵来了。脚卵是南方大城市的知识青年，个子非常高，又非常瘦。动作起来颇有些文气，衣服总要穿得整整齐齐，有时候走在山间小路上，看到这样一个高个儿纤尘不染，衣冠楚楚，真令人生疑。脚卵弯腰进来，很远就伸出手来要握，王一生糊涂了一下，马上明白了，也伸出手去，脸却红了。握过手，脚卵把双手捏在一起端在肚子前面，说："我叫倪斌，人儿倪，文武斌。因为腿长，大家叫我脚卵。卵是很粗俗的话，请不要介意，这里的人文化水平是很低的。贵姓？"王一生比倪斌矮下去两个头，就仰着头说："我姓王，叫王一生。"倪斌说："王一生？蛮好，蛮好，名字蛮好的。一生是哪两个字？"王一生一直仰着脖子，说："一二三的一，生活的生。"倪斌说："蛮好，蛮好。"就把长臂曲着往外一摆，说："请坐。听说你钻研象棋？蛮好，蛮好，象棋是很高级的文化。我父亲是下得很好的，有些名气，喏，他们都知道的。我会走一点点，很爱好，不过在这里没有对手。你请坐。"王一生坐回床上，很尴尬地笑着，不知说什么好。倪斌并不坐下，只把手虚放在胸前，微微向前侧了一下身子，说："对不起，我刚刚下班，还没有梳洗，你候一下好了，我马上就来。噢，问一下，乃父也是棋道里的人么？"王一生很快地摇头，刚要说什么，但只是喘了一口气。倪斌说："蛮好，蛮好。好，一会儿我再来。"我说："脚卵，洗了澡，来吃蛇肉。"倪斌一边退出去，一边说："不必了，不必了。好的，好的。"大家笑起来，向外嚷："你到底来是不来？什么'不必了，好的'！"倪斌在门外说："蛇肉当然是要吃的，一会儿下棋是要动脑筋的。"

大家笑着脚卵，关了门，三四个人精着屁股，上上下下地洗，互相开着身体的玩笑。王一生不知在想什么，坐在床里边，让开擦身的人。我一边将蛇头撕下来，一边对王一生说："别理脚卵，他就是这么神神道道的一个人。"有一个人对我说："你的这个朋友要真是有两下子，今天有一场好杀。脚卵的父亲在我们市里，真是很有名气哩。"另外的人说："爹是爹，儿是儿，棋还遗传了？"王一生说："家传的棋，有厉害。几代沉下的棋路，不可小看。一会儿下起来看吧。"说着就紧一紧手脸。我把蛇挂起来，将皮剥下，不洗，放在案板上，用竹刀把肉划开，并不切断，盘在一个大碗内，放进一个大锅里，锅底蓄上水，叫："洗完了没有？我可开门了！"大家慌忙穿上短裤。我到外边地上摆三块土坯，中间架起柴引着，就将锅放在土坯上，把猪吆喝远了，说："谁来看看？别叫猪拱了。开锅后十分钟端下来。"就进屋收拾茄子。

有人把脸盆洗干净，到伙房打了四五斤饭和一小盆清水茄子，捎回来一棵葱和两瓣野蒜、一小块姜，我说还缺盐，就又有人跑去拿来一块，捣碎在纸上放着。

脚卵远远地来了，手里抓着一个黑木盒子。我问："脚卵，可有酱油膏？"脚卵迟疑了一下，又返身回去。我又大叫："有醋精拿点儿来！"

蛇肉到了时间，端进屋里，掀开锅，一大团蒸气冒出来，大家并不缩头，慢慢看清了，都叫一声好。两大条蛇肉亮晶晶地盘在碗里，粉粉地冒鲜气。我嗖的一下将碗端出来，吹吹手指，说："开始准备胃液吧！"王一生也挤过来看，问："整着怎么吃？"我说："蛇肉碰不得铁，碰铁就腥，所以不切，用筷子撕着蘸料吃。"我又将切好的茄块儿放进锅里蒸。

脚卵来了，用纸包了一小块儿酱油膏，又用一张小纸包了几颗白色的小粒儿，我问是什么，脚卵说："这是草酸，去污用的，不过可以代替醋。我没有醋精，酱油膏也没有了，就这一点点。"我说："凑合了。"脚卵把盒子放在床上，打开，原来是一副棋，乌木做的棋子，暗暗地发亮。字用刀刻出来，笔画很细，却是篆字，用金丝银丝嵌了，古色古香。棋盘是一幅绢，中间亦是篆字：楚河汉界。大家凑过去看，脚卵就很得意，说："这是古董，明朝的，很值钱。我来的时候，我父亲给我的。以前和你们下棋，用不到这么好的棋。今天王一生来嘛，我们好好下。"王一生大约从来没有见过这么精彩的棋具，很小心地摸，又紧一紧手脸。

我将酱油膏和草酸冲好水，把葱末、姜末和蒜末投进去，叫声："吃起来！"大家就乒乒乓乓地盛饭，伸筷撕那蛇肉蘸料，刚入嘴嚼，纷纷嚷鲜。

我问王一生是不是有些像蟹肉，王一生一边儿嚼着，一边儿说："我没吃过螃蟹，不知道。"脚卵伸过头去问："你没吃过螃蟹？怎么会呢？"王一生也不答话，只顾吃。脚卵就放下碗筷，说："年年中秋节，我父亲就约一些名人到家里来，吃螃蟹，下棋，品酒，作诗。都是些很高雅的人，诗做得很好的，还要互相写在扇子上。这些扇子过多少年也是很值钱的。"大家并不理会他，只顾吃。脚卵眼看蛇肉渐少，也急忙捏起筷子夹，不再说什么。

不一刻，蛇肉吃完，只剩两副蛇骨在碗里。我又把蒸熟的茄块儿端上来，放少许蒜和盐拌了。再将锅里热水倒掉，续上新水，把蛇骨放进去熬汤。大家喘一口气，接着伸筷，不一刻，茄子也吃净。我便把汤端上来，蛇骨已经煮散，在锅底唰啦唰啦地响。这里屋外常有一二处小丛的野茴香，我就拔来几棵，揪在汤里，立刻屋里异香扑鼻。大家这时饭已吃净，纷纷舀了汤在碗里，热热的小口呷，不似刚才紧张，话也多起来了。

脚卵抹一抹头发，说："蛮好，蛮好的。"就拿出一支烟，先让了王一生，又自己叼了一支，烟包正待放回衣袋里，想了想，便放在小饭桌上，摆一摆手说："今天吃的，都是山珍，海味是吃不到了。我家里常吃海味的，非常讲究，据我父亲讲，我爷爷在时，专雇一个老太婆，整天就是从燕窝里拨脏东西。燕窝这种东西，是海鸟叼来小鱼小虾，用口水粘起来的，所以里面各种脏东西多得很，要很细心地一点一点清理，一天也就能搞清一个，再用小火慢慢地蒸。每天吃一点，对身体非常好。"王一生听呆了，问："一个人每天就专门是管做燕窝的？好家伙！自己买来鱼虾熬在一起，不等于燕窝吗？"脚卵微微一笑，说："要不怎么燕窝贵呢？第一，这燕窝长在海中峭壁上，要舍命去挖。第二，这海鸟的口水是很珍贵的东西，是温补的。因此，舍命费工时，又是补品，能吃燕窝，也是说明家里有钱和有身份。"大家就说这燕窝一定非常好吃。脚卵又微微一笑，说："我吃过的，很腥。"大家就感叹了，说费这么多钱，吃一口腥，太划不来。

天黑下来，早升在半空的月亮渐渐亮了。我点起油灯，立刻四壁都是人影子。脚卵就说："王一生，我们来下一盘？"王一生大概还没有从燕窝里醒过来，听见脚卵问，只微微点一点头。脚卵出去了。王一生奇怪了，问："嗯？"大家笑而不答。一会儿，脚卵又来了，穿得笔挺，身后随来许多人，进屋都看看王一生。脚卵慢慢摆好棋，问："你先走？"王一生说："你吧。"大家就上上下下围了看。

走出十多步，王一生有些不安，但也只是暗暗捻一下手指。走过三十几步，王一生很快地说："重摆吧。"大家奇怪，看看王一生，又看看脚卵，不知是谁赢了。脚卵微微一笑，说："一赢不算胜。"就伸手抽一颗烟点上。王一生没有表情，默默地把棋重新码好。两人又走。又走到十多步，脚卵半天不动，直到把一根烟吸完，又走了几步，脚卵慢慢地说："再来一盘。"大家又奇怪是谁赢了，纷纷问。王一生很快地将棋码成一个方堆，看看脚卵问："走盲棋？"脚卵沉吟了一下，点点头。两人就口述棋步。好几个人摸摸头，摸摸脖子，说下得好没意思，不知谁是赢家。就有几个人离开走出去，把油灯带得一明一暗。

我觉出有点儿冷，就问王一生："你不穿点儿衣裳？"王一生没有理我。我感到没有意思，就坐在床里，看大家也是一会儿看看脚卵，一会儿看看王一生，像是瞧从来没见过的两个怪物。油灯下，王一生抱了双膝，锁骨后陷下两个深窝，盯着油灯，时不时拍一下身上的蚊虫。脚卵两条长腿抵在胸口，一只大手将整个儿脸遮了，另一只大手飞快地将指头捏来弄去。说了许久，脚卵放下手，很快地笑一笑，说：

"我乱了，记不得。"就又摆了棋再下。不久，脚卵抬起头，看着王一生说："天下是你的。"抽出一支烟给王一生，又说："你的棋是跟谁学的？"王一生也看着脚卵，说："跟天下人。"脚卵说："蛮好，蛮好，你的棋蛮好。"大家看出是谁赢了，都高兴松动起来，盯着王一生看。

脚卵把手搓来搓去，说："我们这里没有会下棋的人，我的棋路生了。今天碰到你，蛮高兴的，我们做个朋友。"王一生说："将来有机会，一定见见你父亲。"脚卵很高兴，说："那好，好极了，有机会一定去见见他。我不过是玩玩棋。"停了一会儿，又说："你参加地区的比赛，没有问题。"王一生问："什么比赛？"脚卵说："咱们地区，要组织一个运动会，其中有棋类。地区管文教的书记我认得，他早年在我们市里，与我父亲认识。我到农场来，我父亲给他带过信，请他照顾。我找过他，他说我不如打篮球。我怎么会打篮球呢？那是很野蛮的运动，要伤身体的。这次运动会，他来信告诉我，让我争取参加农场的棋类队到地区比赛，赢了，调动自然好说。你棋下到这个地步，参加农场队，不成问题。你回你们场，去报名就可以了。将来总场选拔，肯定会有你。"王一生很高兴，起来把衣裳穿上，显得更瘦。大家又聊了很久。

将近午夜，大家都散去，只剩下宿舍里同住的四个人与王一生、脚卵。脚卵站起来，说："我去拿些东西来吃。"大家都很兴奋，等着他。一会儿，脚卵弯腰进来，把东西放在床上，摆出六颗巧克力，半袋麦乳精，纸包的一斤精白挂面。巧克力大家都一口咽了，来回舔着嘴唇。麦乳精冲成稀稀的六碗，喝得满屋喉咙响。王一生笑嘻嘻地说："世界上还有这种东西？苦甜苦甜的。"我又把火生起来，开了锅，把面下了，说："可惜没有调料。"脚卵说："我还有酱油膏。"我说：

810

"你不是只有一小块儿了吗？"脚卵不好意思地说："咳，今天不容易，王一生来了，我再贡献一些。"就又拿了来。

大家吃了，纷纷点起烟，打着哈欠，说没想到脚卵还有如许存货，藏得倒严实，脚卵急忙申辩这是剩下的全部了。大家吵着要去翻，王一生说："不要闹，人家的是人家的，从来农场存到现在，说明人家会过日子。倪斌，你说，这比赛什么时候开始呢？"脚卵说："起码还有半年。"王一生不再说话。我说："好了，休息吧。王一生，你和我睡在我的床上。脚卵，明天再聊。"大家就起身收拾床铺，放蚊帐。我和王一生送脚卵到门口，看他高高的个子在青白的月光下远远去了。王一生叹一口气，说："倪斌是个好人。"

王一生又待了一天，第三天早上，执意要走。脚卵穿了破衣服，肩着锄来送。两人握了手，倪斌说："后会有期。"大家远远在山坡上招手。我送王一生出了山沟，王一生拦住，说："回去吧。"我嘱咐他，到了别的分场，有什么困难，托人来告诉我，若回来路过，再来玩儿。王一生整了整书包带儿，就急急地顺公路走了，脚下扬起细土，衣裳晃来晃去，裤管儿前后荡着，像是没有屁股。

三

这以后，大家没事儿，常提起王一生，津津有味儿地回忆王一生光膀子大战脚卵。我说了王一生如何如何不容易，脚卵说："我父亲说过的，'寒门出高士'。据我父亲讲，我们祖上是元朝的倪云林。倪祖很爱干净，开始的时候，家里有钱，当然是讲究的。后来兵荒马乱，家道败了，倪祖就卖了家产，到处走，常在荒村野店投宿，很遇到一些高士。后来与一个会下棋的村野之人相识，学得一手好棋。现在大家只晓得倪云林是元四家里的一个，诗书画绝佳，却不晓得倪云林还会下棋。倪祖后来信佛参禅，将棋炼进禅宗，自成一路。这棋只我们这一宗传下来。王一生赢了我，不晓得他是什么路，总归是高手了。"大家都不知道倪云林是什么人，只听脚卵神吹，将信将疑，可也认定脚卵的棋有些来路，王一生既然赢了脚卵，当然更了不起。这里的知青在城里都是平民出身，多是寒苦的，自然更看重王一生。

将近半年，王一生不再露面。只是这里那里传来消息，说有个叫王一生的，外号棋呆子，在某处与某某下棋，赢了某某。大家也很高兴，即使有输的消息，都一致否认，说王一生怎么会输呢？我给王一生所在分场队里写了信，也不见回音，大家就催我去一趟。我因这样那样的事，加上农场知青常常斗殴，又输进火药枪互相射击，路途险恶，终于没有去。

一天脚卵在山上对我说，他已经报名参加棋类比赛了，过两天就去总场，问王一生可有消息？我说没有。大家就说王一生肯定会到总场比赛，相约一起请假去总场看看。

过了两天，队里的活儿稀松，大家就纷纷找了各种借口请假到总场，盼着能见着王一生。我也请了假出来。

总场就在地区所在地，大家走了两天才到。这个地区虽是省以下的行政单位，却只有交叉的两条街，沿街有一些商店，货架上不是空的，即是"展品概不出售"。可是大家仍然很兴奋，觉得到了繁华地界，就沿街一个馆子一个馆子地吃，都先只叫净肉，一盘一盘地吞下去，拍拍肚子出来，觉得日光晃眼，竟有些肉醉，就找了一处草地，躺下来抽烟，又纷纷昏睡过去。

醒来后，大家又回到街上细细吃了一些面食，然后到总场去。

一行人高高兴兴到了总场，找到文体干事，问可有一个叫王一生的来报到。干事翻了半天花名册，说没有。大家不信，拿过花名册来七手八脚地找，真的没有，就问干事是不是搞漏掉了。干事说花名册是按各分场报上来的名字编的，都已分好号码，编好组，只等明天开赛。大家你望望我，我望望你，搞不清是怎么回事儿。我说："找脚卵去。"脚卵在运动员们住下的草棚里，见了他，大家就问。脚卵说："我也奇怪呢。这里乱糟糟的，我的号是棋类，可把我分到球类组来住，让我今晚就参加总场联队训练，说了半天也不行，还说主要靠我进球得分。"大家笑起来，说："管他赛什么，你们的伙食差不了。可王一生没来太可惜了。"

直到比赛开始，也没有见王一生的影子。问了他们分场来的人，都说很久没见王一生了。大家有些慌，又没办法，只好去看脚卵赛篮球。脚卵痛苦不堪，规矩一点儿不懂，球也抓不住，投出去总是三不沾，抢得猛一些，他就抽身出来，瞪着大眼看别人争。文体干事急得抓耳挠腮，大家又笑得前仰后合。每场下来，脚卵总是嚷野蛮，埋怨脏。

赛了两天，决出总场各类运动代表队，到地区参加地区决赛。大家看看王一生还没有影子，就都相约要回去了。脚卵要留在地区文教书记家再待一两天，就送我们走一段。快到街口，忽然有人一指："那不是王一生？"大家顺着方向一看，真是他。王一生在街另一面急急地走来，没有看见我们。我们一齐大叫，他猛地站住，看见我们，就横过街向我们跑来。到了跟前，大家纷纷问他怎么不来参加比赛。王一生很着急的样子，说："这半年我总请事假出来下棋，等我知道报名赶回去，分场说我表现不好，不准我出来参加比赛，连名都没报上。我刚找了由头儿，跑上来看看赛得怎么样。怎么样？赛得怎么样？"大家一迭声儿地说早赛完了，现在是参加与各县代表队的比赛，夺地区冠军。王一生愣了半晌，说："也好，夺地区冠军必是各县高手，看看也不赖。"我说："你还没吃东西吧？走，街上随便吃点儿什么去。"脚卵与王一生握过手，也惋惜不已。大家就又拥到一家小馆儿，买了一些饭菜，边吃边叹息。王一生说："我是要看看地区的象棋大赛。你们怎么样？要回去了吗？"大家都说出来的时间太长了，要回去。我说："我再陪你一两天吧。脚卵也在这里。"于是又有两三个人也说留下来再耍一耍。

　　脚卵就领留下的人去文教书记家，说是看看王一生还有没有参加比赛的可能。走不多久，就到了。只见一扇小铁门紧闭着，进去就有人问找谁，见了脚卵，不再说什么，只让等一下。一会儿叫进了，大家一起走进一幢大房子，只见窗台上摆了一溜儿花草，伺候得很滋润。大大的一面墙上只一幅主席诗词的挂轴儿，绫子黄黄的很浅。屋内只摆几把藤椅，茶几上放着几张大报与油印的简报。不一会儿，书记出来，胖胖的，很快地与每个人握手，又叫人把简报收走，就请大家坐下来。大家没见过管着几个县的人的家，头都转来转去地看。书记待了一下，就问："都是倪斌的同学吗？"大家纷纷回过头看书记，不知该谁回答。脚卵欠一欠身，说："都是我们队上的。这一位就是王一生。"说着用手掌向王一生一倾。书记看着王一生说："噢，你就是王一生？好。这两天，倪斌常提到你。怎么样，选到地区来赛了吗？"王一生正想答话，倪斌马上就说："王一生这次有些事耽误了，没有报上名。现在事情办完了，看看还能不能参加地区比赛。您看呢？"书记用胖手在扶手上轻轻拍了两下，又轻轻用中指很慢地擦着鼻沟儿，说："啊，是这样。不好办。你没有取得县一级的资格，不好办。听说你很有天才，可是没有取得资格去参加比赛，下面要说话的，啊？"王一生低了头，说："我也不是要参加比赛，只是来看看。"书记说："那是可以的，那欢迎。倪斌，你去桌上，左边的那个桌子，上面有一份打印的比赛日程。你拿来看看，象棋类是怎么安排的。"倪斌早一步跨进里屋，马上把材料拿出来，看了一下，说："要赛三天呢！"就递给书记。书记也不看，把它放在茶几上，掸一掸手，说："是啊，几个县嘛。啊？还有什么问题吗？"大家都站起来，说走了。书记与离他近的人很快地握了手，说："倪斌，你晚上来，嗯？"倪斌欠欠身说好的，就和大家一起出来。大家到了街上，舒了一口气，说笑起来。

大家漫无目的地在街上走，讲起还要在这里待三天，恐怕身上的钱支持不住。王一生说他可以找到睡觉的地方，人多一点恐怕还是有办法，这样就能不去住店，省下不少钱。倪斌不好意思地说他可以住在书记家。于是大家一起随王一生去找住的地方。

原来王一生已经来过几次地区，认识了一个文化馆画画儿的，于是便带了我们投奔这位画家。到了文化馆，一进去，就听见远远有唱的，有拉的，有吹的，便猜是宣传队在演练。只见三四个女的，穿着蓝线衣裤，胸撅得不能再高，一扭一扭地走过来，近了，并不让路，直脖直脸地过去。我们赶紧闪在一边儿，都有点儿脸红。倪斌低低地说："这几位是地区的名角。在小地方，有她们这样的功夫，蛮不容易的。"大家就又回过头去看名角。

画家住在一个小角落里，门口鸡鸭转来转去，沿墙摆了一溜儿各类杂物，草就在杂物中间长出来。门又被许多晒着的衣裤布单遮住。王一生领我们从衣裤中弯腰过去，叫那画家。马上就乒乒乓乓出来一个人，见了王一生，说："来了？都进来吧。"画家只是一间小屋，里面一张小木床，到处是书、杂志、颜色和纸笔。墙上钉满了画的画儿。大家顺序进去，画家就把东西挪来挪去腾地方，大家挤着坐下，不敢再动。画家又迈过大家出去，一会儿提来一个暖瓶，给大家倒水。大家传着各式的缸子、碗，都有了，捧着喝。画家也坐下来，问王一生："参加运动会了吗？"王一生叹着将事情讲了一遍。画家说："只好这样了。要待几天呢？"王一生就说："正是为这事来找你。这些都是我的朋友。你看能不能找个地方，大家挤一挤睡？"画家沉吟半晌，说："你每次来，在我这里挤还凑合。这么多人，嗯——让我看看。"他忽然眼里放出光来，说："文化馆里有个礼堂，舞台倒是很大。今天晚上为运动会的人演出，演出之后，你们就在舞台上睡，怎么样？今天我还可以带你们进去看演出。电工与我很熟的，跟他说一声，进去睡没问题。只不过脏一些。"大家都纷纷说再好不过了。脚卵放下心的样子，小心地站起来，说："那好，诸位，我先走一步。"大家要站起来送，却谁也站不起来。脚卵按住大家，连说不必了，一脚就迈出屋外。画家说："好大的个子！是打球的吧？"大家笑起来，讲了脚卵的笑话。画家听了，说："是啊，你们也都够脏的。走，去洗洗澡，我也去。"大家就一个一个顺序出去，还是碰得叮当乱响。

　　原来这地区所在地，有一条江远远流过。大家走了许久，方才到了。江面不甚宽阔，水却很急，近岸的地方，有一些小洼儿。四处无人，大家脱了衣裤，都很认真地洗，将画家带来的一块肥皂用完。又把衣裤泡了，在石头上抽打，拧干后铺在石头上晒，除了游水的，其余便纷纷趴在岸上晒。画家早洗完，坐在一边儿，掏出个本子在画。我发觉了，过去站在他身后看。原来他在画我们几个人的裸体速写。经他这一画，我倒发觉我们这些每日在山上苦的人，却矫健异常，不禁赞叹起来。大家又围过来看，屁股白白的晃来晃去。画家说："干活儿的人，肌肉线条极有特点，又很分明。虽然各部分发展可能不太平衡，可真的人体，常常是这样，变化万端。我以前在学院画人体，女人体居多，太往标准处靠，男人体也常静在那里，感觉不出肌肉滚动，越画越死。今天真是个难得的机会。"有人说羞处不好看，画家就在纸上用笔把说的人的羞处涂成一个疙瘩，大家就都笑起来。衣裤干了，纷纷穿上。

这时已近傍晚，太阳垂在两山之间，江面上金子一样滚动，岸边石头也如热铁般红起来。有鸟儿在水面上掠来掠去，叫声传得很远。对岸有人在拖长声音吼山歌，却不见影子，只觉声音慢慢小了。大家都凝了神看。许久，王一生长叹一声，却不说什么。

大家又都往回走，在街上拉了画家一起吃些东西，画家倒好酒量。天黑了，画家领我们到礼堂后台入口，与一个人点头说了，招呼大家悄悄进去，缩在边幕上看。时间到了，幕并不开，说是书记还未来。演员们化了装，在后台走来走去，抻一抻手脚，互相取笑着。忽然外面响动起来，我拨了幕布一看，只见胖书记缓缓进来，在前排坐下，周围空着，后面黑压压一礼堂人。于是开演，演出甚为激烈，尘土四起。演员们在台上泪光闪闪，退下来一过边幕，就喜笑颜开，连说怎么怎么错了。王一生倒很入戏，脸上时阴时晴，嘴一直张着，全没有在棋盘前的镇静。戏一结束，王一生一个人在边幕拍起手来，我连忙止住他，向台下望去，书记不知什么时候已经走了，前两排仍然空着。

大家出来，摸黑拐到画家家里，脚卵已在屋里，见我们来了，就与画家出来和大家在外面站着，画家说："王一生，你可以参加比赛了。"王一生问："怎么回事儿？"脚卵说，晚上他在书记家里，书记跟他叙起家常，说十几年前常去他家，见过不少字画儿，不知运动起来，损失了没有？脚卵说还有一些，书记就不说话了。过了一会儿书记又说，脚卵的调动大约不成问题，到地区文教部门找个位置，跟下面打个招呼，办起来也快，让脚卵写信回家讲一讲。于是又谈起字画古董，说大家现在都不知道这些东西的价值，书记自己倒是常在心里想着。脚卵就说，他写信给家里，看能不能送书记一两幅，既然书记帮了这么大忙，感谢是应该的。又说，自己在队里有一副明朝的乌木棋，极是考究，书记若是还看得上，下次带上来。书记很高兴，连说带上来看看。

又说你的朋友王一生，他倒可以和下面的人说一说，一个地区的比赛，不必那么严格，举贤不避私嘛。就挂了电话，电话里回答说，没有问题，请书记放心，叫王一生明天就参加比赛。

大家听了，都很高兴，称赞脚卵路道粗。王一生却没说话。脚卵走后，画家带了大家找到电工，开了礼堂后门，悄悄进去。电工说天凉了，问要不要把幕布放下来垫盖着，大家都说好，就七手八脚爬上去摘下幕布铺在台上。一个人走到台边，对着空空的座位一敬礼，尖着嗓子学报幕员，说："下一个节目——睡觉。现在开始。"大家悄悄地笑，纷纷钻进幕布躺下了。

躺下许久，我发觉王一生还没有睡着，就说："睡吧，明天要参加比赛呢！"王一生在黑暗里说："我不赛了，没意思。倪斌是好心，可我不想赛了。"我说："咳，管它！你能赛棋，脚卵能调上来，一副棋算什么？"王一生说："那是他父亲的棋呀！东西好坏不说，是个信物。我妈妈留给我的那副无字棋，我一直性命一样存着，现在生活好了，妈的话，我也忘不了。倪斌怎么就可以送人呢？"我说："脚卵家里有钱，一副棋算什么呢？他家里知道儿子活得好一些了，棋是舍得的。"王一生说："我反正是不赛了，被人作了交易，倒像是我沾了便宜。我下得赢下不赢是我自己的事，这样赛，被人戳脊梁骨。"不知是谁也没睡着，大约都听见了，咕噜一声："你真是呆子。"

四

第二天一早儿，大家满身是土地起来，找水擦了擦，又约画家到街上去吃。画家执意不肯，正说着，脚卵来了，很高兴的样子。王一生对他说："我不参加这个比赛。"大家呆了，脚卵问："蛮好的，怎么不赛了呢？省里还下来人视察呢！"王一生说："不赛就不赛了。"我说了说，脚卵叹道："书记是个文化人，蛮喜欢这些的。棋虽然是家里传下的，可我实在受不了农场这个罪，我只想有个干净的地方住一住，不要每天脏兮兮的。棋不能当饭吃的，用它通一些关节，还是值的。家里也不很景气，不会怪我。"画家把双臂抱在胸前，抬起一只手摸了摸脸，看着天说："理想没有了，只剩下目的。倪斌，不能怪你。你没有什么不得了的要求。我这两年，也常常犯糊涂，生活太具体了。幸亏我还会画画儿。何以解忧？唯有——唉。"王一生很惊奇地看着画家，慢慢转了脸对脚卵说："倪斌，谢谢你。这次比赛决出高手，我登门去与他们下。我不参加这次比赛了。"脚卵忽然很兴奋，攥起大手一顿，说："这样，这样！我呢，去跟书记说一下，组织一个友谊赛。你要是赢了这次的冠军，无疑是真正的冠军。输了呢，也不太失身份。"王一生呆了呆："千万不要跟什么书记说，我自己找他们下。要下，就与前三名都下。"

大家也不好再说什么，就去看各种比赛，倒也热闹。王一生只钻在棋类场地外面，看各局的明棋。第三天，决出前三名。之后是发奖，又是演出，会场乱哄哄的，也听不清谁得的是什么奖。

脚卵让我们在会场等着，过了不久，就领来两个人，都是制服打扮。脚卵作了介绍，原来是象棋比赛的第二、三名。脚卵说："这位是王一生，棋蛮厉害的，想与你们两位高手下一下，大家也是一个互相学习的机会。"两个人看了看王一生，问："那怎么不参加比赛呢？我们在这里待了许多天，要回去了。"王一生说："我不耽误你们，与你们两人同时下。"两人互相看了看，忽然悟到，说："盲棋？"王一生点一点头。两人立刻变了态度，笑着说："我们没下过盲棋。"王一生说："不要紧，你们看着明棋下。来，咱们找个地方儿。"话不知怎么就传了出去，立刻嚷动了，会场上各县的人都说有一个农场的小子没有赛着，不服气，要同时与亚、季军比试。百十个人把我们围了起来，挤来挤去地看，大家觉得有了责任，便站在王一生身边儿。王一生倒低了头，对两个人说："走吧，走吧，太扎眼。"有一个人挤了进来，说："哪个要下棋？就是你吗？我们大爷这次是冠军，听说你不服气，叫我来请你。"王一生慢慢地说："不必。你大爷要是肯下，我和你们三人同下。"众人都轰动了，拥着往棋场走去。到了街上，百十人走成一片。行人见了，纷纷问怎么回事，可是知青打架？待明白了，就都跟着走。走过半条街，竟有上千人跟着跑来跑去。商店里的店员和顾客也都站出来张望。长途车路过这里开不过，乘客们纷纷探出头来，只见一街人头攒动，尘土飞起多高，轰轰的，乱纸踏得嚓嚓响。一个傻子呆呆地在街中心，咿咿呀呀地唱，有人发了善心，把他拖开，傻子就依了墙根儿唱。四五条狗窜来窜去，觉得是它们在引路打狼，汪汪叫着。

到了棋场，竟有数千人围住，土扬在半空，许久落不下来。棋场的标语标志早已摘除，出来一个人，见这么多人，脸都白了。脚卵上去与他交涉，他很快地看着众人，连连点头儿，半天才明白是借场子用，急忙打开门，连说"可以可以"，见众人都要进去，就急了。我们几个，马上到门口守住，放进脚卵、王一生和两个得了荣誉的人。这时有一个人走出来，对我们说："高手既然和三个人下，多我一个不怕，我也算一个。"众人又嚷动了，又有人报名。我不知怎么办好，只得进去告诉王一生。王一生咬一咬嘴说："你们两个怎么样？"那两个人赶紧站起来，连说可以。我出去统计了，连冠军在内，对手共是十人，脚卵说："十人是满数，不吉利的，九个人好了。"于是就九个人。冠军总不见来，有人来报，既是下盲棋，冠军只在家里，命人传棋。王一生想了想，说好吧。九个人就关在场里。墙外一副明棋不够用，于是有人拿来

· 820 ·

八张整开白纸，很快地画了格儿。又有人用硬纸剪了百十个方棋子儿，用红黑颜色写了，背后粘上细绳，挂在棋格儿的钉子上，风一吹，轻轻地晃成一片，街上人们也嚷成一片。

人是越来越多。后来的人拼命往前挤，挤不进去，就抓住人打听，以为是杀人的告示。妇女们也抱着孩子们，远远围成一片。又有许多人支了自行车，站在后架上伸脖子看，人群一挤，连着倒，喊成一团。半大的孩子们钻来钻去，被大人们用腿拱出去。数千人闹闹嚷嚷，街上像半空响着闷雷。

王一生坐在场当中一个靠背椅上，把手放在两条腿上，眼睛虚望着，一头一脸都是土，像是被传讯的歹人。我不禁笑起来，过去给他拍一拍土。他按住我的手，我觉出他有些抖。王一生低低地说："事情闹大了。你们几个朋友看好，一有动静，一起跑。"我说："不会。只要你赢了，什么都好办。争口气。怎么样？有把握吗？九个人哪！头三名都在这里！"王一生沉吟了一下，说："怕江湖的不怕朝廷的，参加过比赛的人的棋路我都看了，就不知道其他六个人会不会冒出冤家。书包你拿着，不管怎么样，书包不能丢。书包里有……"王一生看了看我，"我妈的无字棋。"他的瘦脸上又干又脏，鼻沟儿也黑了，头发立着，喉咙一动一动的，两眼黑得吓人。我知道他拼了，心里有些酸，只说："保重！"就离了他。他一个人空空地在场中央，谁也不看，静静的像一块铁。

棋开始了。上千人不再出声儿。只有自愿服务的人一会儿紧一会儿慢地用话传出棋步，外边儿自愿服务的人就变动着棋子儿。风吹得八张大纸哗哗地响，棋子儿荡来荡去。太阳斜斜地照在一切上，烧得耀眼。前几十排的人都坐下了，仰起头看，后面的人也挤得紧紧的，一个个土眉土眼，头发长长短短吹得飘，再没人动一下，似乎都把命放在棋里搏。

我心里忽然有一种很古的东西涌上来，喉咙紧紧地往上走。读过的书，有的近了有的远了，模糊了。平时十分佩服的项羽、刘邦都在目瞪口呆，倒是尸横遍野的那些黑脸士兵，从地下爬起来，哑了喉咙慢慢移动。一个樵夫提了斧在野唱。忽然又仿佛见了呆子的母亲，用一双弱手一页一页地折书页。

我不由得伸手到王一生书包里去掏摸，捏到一个小布包儿，拽出来一看，是个旧蓝斜纹布的小口袋，上面用线绣了一只蝙蝠，布的四边儿都用线做了圈口，针脚很是细密。取出一个棋子，确实很小，在太阳底下竟是半透明的，像是一只眼睛，正柔和地瞧着。我把它攥在手里。

太阳终于落下去，立即爽快了。人们仍在看着，但议论起来。里边儿传出一句王一生的棋步，外边儿的人就嚷动一下。专有几个人骑车为在家的冠军传送着棋步，大家就不太客气，笑话起来。

我又进去，看见脚卵很高兴的样子，心里就松开一些，问："怎么样？我不懂棋。"脚卵抹一抹头发，说："蛮好，蛮好。这种阵势，我从来也没见过，你想想看，九个人与他一个人下，九局连环！车轮大战！我要写信给我的父亲，把这次的棋谱都寄给他。"这时有两个人从各自的棋盘前站起来，朝着王一生一鞠躬，说："甘拜下风。"就捏着手出去了。王一生点点头儿，看了他们的位置一眼。

王一生的姿势没有变，仍旧是双手扶膝，眼平视着，像是望着极远极远的远处，又像是盯着极近极近的近处，瘦瘦的肩挑着宽大的衣服，土没拍干净，东一块儿，西一块儿。喉结许久才动一下。我第一次承认象棋也是运动，而且是马拉松，是多一倍的马拉松！我在学校时，参加过长跑，开始后的五百米，确实极累，但过了一个限度，就像不是在用脑子跑，而像一架无人驾驶飞机，又像是一架到了高度的滑翔机，只管滑翔下去。可这象棋，始终是处在一种机敏的运动之中，兜捕对手，逼向死角，不能疏忽。我忽然担心起王一生的身体来。这几天，大家因为钱紧，不敢怎么吃，晚上睡得又晚，谁也没想到会有这么一个场面。看着王一生稳稳地坐在那里，我又替他赌一口气：死顶吧！我们在山上扛木料，两个人一根，不管路不是路，沟不是沟，也得咬牙，死活不能放手。谁若是顶不住软了，自己伤了不说，另一个也得被木头震得吐血。可这回是王一生一个人过沟过坎儿，我们帮不上忙。我找了点儿凉水来，悄悄走近他，在他眼前一挡。他抖了一下，眼睛刀子似的看了我一下，一会儿才认出是我，就干干地笑了一下。我指指水碗，他接过去，正要喝，一个局号报了棋步。他把碗高高地平端着，水纹丝儿不动。他看着碗边儿，回报了棋步，就把碗缓缓凑到嘴边儿。这时下一个局号又报了棋步，他把嘴定在碗边儿，半晌，回报了棋步，才咽一口水下去。"咕"的一声儿，声音大得可怕，眼里有了泪花。他把碗递过来，眼睛望望我，有一种说不出的东西在里面游动，苦甜苦甜的嘴角儿缓缓流下一滴水，把下巴和脖子上的土冲开一道沟儿。我又把碗递过去，他竖起手掌止住我，回到他的世界里去了。

我出来，天已黑了。有山民打着松枝火把，有人用手电照着，黄乎乎的，一团明亮。大约是地区的各种单位下班了，人更多了。狗也在人前蹲着，看人挂动棋子，不知是懂不懂，只是眼神凄凄的，像是在担忧。几个同来的队上知青，各被人围了打听。不一会儿，"王一生""棋呆子""是个知青""棋是道家的棋"，就在人们嘴上传。我有些发噱，本想到人群里说说，但又止住了，随人们传吧，我开始高兴起来。这时墙上只有三局在下了。

忽然人群发一声喊。我回头一看，原来只剩了一盘，恰是与冠军的那一盘。盘上只有不多几个子儿。王一生的黑子儿远远近近地峙在对方

· 823 ·

棋营格里，后方老帅稳稳地待着，尚有一"士"伴着，好像帝王与近侍在聊天儿，等着前方将士得胜回朝；又似乎隐隐看见有人在伺候酒宴，点起尺把长的红蜡烛，有人在悄悄地调整管弦，单等有人跪奏捷报，鼓乐齐鸣。我的肚子拖长了音儿在响，脚下觉得软了，就拣个地方坐下，仰头看最后的围猎，生怕有什么差池。

红子儿半天不动，大家不耐烦了，纷纷看骑车的人来没有，嗡嗡地响成一片。忽然人群乱起来，纷纷闪开。只见一老者，精光头皮，由旁人搀着，慢慢走出来，嘴嚼嚼动着，上上下下看着八张定局残子。众人纷纷传着，这就是本届地区冠军，是这个山区的一个世家后人，这次"出山"玩玩儿棋，不想就夺了头把交椅，评了这次比赛的大势，直叹棋道不兴。老者看完了棋，轻轻抻一抻衣衫，跺一跺土，昂了头，由人搀进棋场。众人都一拥而起。我急忙抢进了大门，跟在后面。只见老者进了大门，立定，往前看去。

王一生孤身一人坐在大屋子中央，瞪眼看着我们，双手支在膝上，铁铸一个细树桩，似无所见，似无所闻。高高的一盏电灯，暗暗地照在他脸上，眼睛深陷进去，黑黑的似俯视大千世界，茫茫宇宙。那生命像聚在一头乱发中，久久不散，又慢慢弥漫开来，灼得人脸热。

众人都呆了，都不说话。外面传了半天，眼前却是一个瘦小黑魂，静静地坐着，众人都不禁吸了一口凉气。

半晌，老者咳嗽一下，底气很足，十分洪亮，在屋里荡来荡去。王一生忽然目光短了，发觉了众人，轻轻地挣了一下，却动不了。老者推开搀的人，向前迈了几步，立定，双手合在腹前摩挲了一下，朗声叫道："后生，老朽身有不便，不能亲赴沙场。命人传棋，实出无奈。你小小年纪，就有这般棋道，我看了，汇道禅于一炉，神机妙算，先声有势，后发制人，遣龙治水，气贯阴阳，古今儒将，不过如此。老朽有幸与你接手，感触不少，中华棋道，毕竟不颓，愿与你做个忘年之交。老朽这盘棋下到这里，权做赏玩，不知你可愿意平手言和，给老朽一点面子？"

王一生再挣了一下，仍起不来。我和脚卵急忙过去，托住他的腋下，提他起来。他的腿仍是坐着的样子，直不了，半空悬着。我感到手里好像只有几斤的分量，就示意脚卵把王一生放下，用手去揉他的双腿。大家都拥过来，老者摇头叹息着。脚卵用大手在王一生身上，脸上，脖子上缓缓地用力揉。半晌，王一生的身子软下来，靠在我们手上，喉咙嘶嘶地响着，慢慢把嘴张开，又合上，再张开，"啊啊"着。很久，才呜呜地说："和了吧。"

老者很感动的样子，说："今晚你是不是就在我那儿歇了？养息两天，我们谈谈棋？"王一生摇摇头，轻轻地说："不了，我还有朋友。大家一起出来的。还是大家在一起吧。我们到、到文化馆去，那里有个朋友。"画家就在人群里喊："走吧，到我那里去，我已经买好了吃的，你们几个一起去。真不容易啊。"大家慢慢拥了我们出来，火把一圈儿照着。山民和地区的人层层围了，争睹棋王丰采，又都点头儿叹息。

我搀了王一生慢慢走，光亮一直随着。幼年曾见过荷兰画家伦勃朗名作《夜巡》，恍惚觉得就是这般情景。进了文化馆，到了画家的屋子，虽然有人帮着劝散，窗上还是挤满了人，慌得画家急忙把一些画儿藏了。

人渐渐散了，王一生还有些木。我忽然觉出左手还攥着那个棋子，就张了手给王一生看。王一生呆呆地盯着，似乎不认得，可喉咙里就有了响声，猛然"哇"的一声儿吐出一些黏液，眼泪就流了下来，呜呜地哭着说："妈，儿今天明白事儿了。人还要有点儿东西，才叫活着。

妈——"大家都有些酸，扫了地下，打来水，劝了。王一生哭过，滞气调理过来，有了精神，就一起吃饭。画家竟喝得大醉，也不管大家，一个人倒在木床上睡去。电工领了我们，脚卵也跟着，一齐到礼堂台上去睡。

夜黑黑的，伸手不见五指。王一生已经睡死。我却还似乎耳边人声嚷动，眼前火把通明，山民们铁了脸，肩着柴禾在林中走，咿咿呀呀地唱。我笑起来，想：不做俗人，哪儿会知道这般乐趣？家破人亡，平了头每日荷锄，却自有真人生在里面，识到了，即是幸，即是福。衣食是本，自有人类，就是每日在忙这个。可囿在其中，终于还不太像人。倦意渐渐上来，就拥了幕布，沉沉睡去。

（原载《上海文学》1984年第7期）

你别无选择

刘索拉

一

李鸣已经不止一次想过退学这件事了。

有才能，有气质，富有乐感。这是一位老师对他的评语。可他就是想退学。

上午来上课的讲师精神饱满，滔滔不绝，黑板上画满了音符。所有的人都神志紧张，生怕听漏掉一句。这位女讲师还有一手厉害的招数就是突然提问。如果你走神了，她准会突然说："李鸣，你回答一下。"

李鸣站起来。

"请你说一下，这道题的十七度三重对位怎么做？"

"……"

"你没听讲，好，马力你说吧。"

于是李鸣站着，等马力结巴着回答完了，在一片莫名其妙的肃静中，李鸣带着满脸歉意坐下了。他仔细注意过女讲师的眼睛，她边讲课边不停地注意每个人的表情。一旦出现了走神的人，她无一漏网地会叫你站起来坐不下去。

有时李鸣真想走走神，可有点儿怕她。所有的讲师教授中，他最怕她。他只有在听她的课和做她布置的习题时才认真点儿。因为他在做习题时时常会想起她那对眼睛。结果，他这门功课学得最扎实。马力也是。他旷所有人的课，可唯独这门课他不敢不来。

自从李鸣打定主意退学后，他索性常躲在宿舍里画画，或者拿上速写本在课堂上画几位先生的面孔。画面孔这事很有趣，每位先生的面孔都有好多"事情"，画了这位的一二三四，再凭想象去添上五六七八。不到几天，每位先生都画遍了，唯独没画上女讲师。然后，他开始画同学。同学的脸远没先生的生动，全那么年轻，光光的，连五六七八都想象不出来。最后他想出办法，只用单线画一张脸两个鼻孔，就贴在教室学术讨论专栏上，让大家互相猜吧。

马力干的事更没意思，他总是爱把所有买的书籍都登上书号，还认真地画上个马力私人藏书的印章，像学院图书馆一样还附着借书卡。为了这件事，他每天得花上两个钟头。他不停地购买书籍，打了一个书柜、一个写字台，把琴房布置得像过家家。可每次上课他都睡觉，他有这样的本事，拿着讲义好像在读，头一动不动，竟然一会儿就能鼾声大作。

宿舍里夜晚12点以前是没有人回来的，全在琴房里用功。等12点过后，大家陆陆续续回到宿舍，就开始了一天最轻松的时间。可马力一到这时早已进入梦乡。他不喜欢熬夜，即使屋里人喊破天，他还是照睡不误。李鸣老觉得他会突然睡死掉，所以在12点钟以后老把他推醒。

"马力！马力！"

马力腾地一下坐起，眼睛还没睁开。李鸣松了口气，扔下他和别人聊天去了。

"今天的题你做完了吗？"

"没有。太多了。"

"见鬼了，留那么多作业要了咱们老命了。"

"又要期中考试了。"

"13门。"

"我已经得了腱鞘炎。"同屋的小个子把手一伸，垂下手背，手背上鼓出一个大包。

马力对什么都无动于衷，他从不开口，除了他的本科——作曲得80分，别目都是"中"。

李鸣跑到王教授那儿请教关于退学问题的头天晚上，突然发生了地震。全宿舍楼的人都跑出来站在操场上。有人穿着裤衩，有人披着毛巾被。女生们躲在一个黑角落里叽叽喳喳，生怕被男生看见，可又生怕人家不知道她们在这里。据说声乐系有两个女生到现在还在宿舍里找合适的衣服，说是死也要个体面。站在操场上的人都等再震一下，可站了半天，什么事也没发生。后来才知道，根本没地震，不知是谁看见窗外红光一闪，就高喊了一声地震，于是大家都跑了出来。

第二天，李鸣就到王教授那儿向他请教是否可以退学。王教授是全院公认的"神经病"，他精通几国语言，搞了几百项发明，涉及十几门学科，一口气兼了无数个部门的职。他给五线谱多加了一根线，把钢琴键重新排了一次队，把每个音都用开平方证实了。这种发明把所有人都能气疯。李鸣最崇拜的就算王教授了，尽管听不懂他说的话，也还是爱听。

"嗯。"

"我不学了。我得承认我不是这份材料。"

"嗯。"

"就这样，我得退学。"

"嗯。"

"别人以为自己是什么就是什么，我以为我不行。"

"嗯。"

"也许我干别的更合适。"

"嗯。"

"我去打报告。"

"嗯。"

李鸣站起来，王教授也站起来：

"你老老实实学习去吧，傻瓜。你别无选择，只有作曲。"

二

现在唯一的事情就只好是做题。无数道习题，不做也得做。李鸣只做上两分钟，就想去上厕所或者喝水。更多的时候是找旁边235琴房管弦系的女孩站在236琴房门口聊天。边聊天那女孩还边让弓子和琴弦发出种种噪音，气得236琴房的石白猛砸钢琴。

和石白，李鸣永远也处不好。一道和声题要做六遍，得出六种结果。他已经把一本《和声学》学了七年，可他的和声用在作曲上听起来像大便干燥。但在课上老师要是讲错了半个字，他都能引经据典地反驳一气。

"不对，老师。在271页上是这样说的……"他站起来说。

这时同班的女生就会咳嗽，打喷嚏。

"我不愿和你们这些人在一起。"石白对所有的人说。他不参加任何活动，碰上人家在那儿"撞拐"，他就站在一旁拉小提琴。他学了15年琴，可还走调。

"你得像个作曲家！"他对小个子说，"作曲家要有风度，比方说吧……"

连个儿都没长全的小个子只能缩缩肩膀从他的眼皮下溜走。要是玩起"撞拐"来，小个子还老占大家上风。

石白对"撞拐"这事气得嘴唇直哆嗦。他在一首自作的钢琴曲谱旁边注上："这首乐曲表达了人生的最高理想境界。"其结果就是使一个作曲系的女生写了同样长短的一首钢琴曲来描写石白，一连串不均等节奏和不谐和音。这曲子在全系演奏，所有人都听得出来它说的是什么。

李鸣住的宿舍是一间房子四个人。屋子里有发的存衣柜、写字台和钢琴，还有马力自己打的家具，弄得宿舍里不能同时站四个人。原来石白和他们一个宿舍，后来石白申请到理论系宿舍睡觉去了，因为理论系的人到了夜里两点谈话的内容仍是引经据典。这使他觉得脱了俗。于是指挥系的聂风搬进李鸣宿舍，他以一种与作曲系迥然不同的风度出现在这间屋里，头发烫成蓬松的花卷，衬衣雪白，胸脯笔挺。随着他的到来，女孩子就来了。本来四个人已站不下的屋子，现在要装八个人不止。一到晚上，全宿舍的人自动撤出，供聂风指挥女孩子们的重奏小组用。从此，晚上12点以后回到宿舍，大家都能闻见女孩们留下的满屋香气。

隔壁的四个全是作曲系的。戴齐钢琴弹得出众，人长得修长苍白，作品中流露出肖邦①的气质，可女孩们爱管他叫"妹妹"。留了大鸟窝式长发的森森，头发永远不肯趴在头上，就像他这个人一样。他不洗衣裳不洗澡，有次钢琴课上把钢琴老师熏得憋气五分钟。那是个和蔼的教授老太太，终于她命令森森脱下衣服，光着膀子离开琴房。一个星期

---

① 肖邦，19世纪上叶波兰钢琴演奏家、作曲家。有"钢琴诗人"之称。

后，管邮件的女生收到一个给森森的包裹，当众让他打开一看，是那件脱给老太太的衬衣，已经洗得干干净净，连扣子也钉上了。有个女生当场说，为这事，如果全世界只剩下森森一个男人，她也不会理他。森森当场反驳说，如果全世界只剩下他和她，他就干脆自杀。

三

李鸣一人躲在宿舍里，不打算再去琴房了，他宁可睡在被窝里看小说，也不愿到琴房去听满楼道的轰鸣。琴房发出的噪音有时比机器噪音还可怕。即使你躲在宿舍里，它们照样还能传过来，搅得你六神无主。刚入学的时候，也不知是哪位用功的大师每天早晨四点起来在操场上吹小号，像起床号似的，害得所有人神经错乱。李鸣甚至有几个星期夜晚即使在梦中仍听见小号声。先是女生打开窗户破口大骂，然后是管弦系的男生把窗户开开，拿着自己的乐器一齐向楼下操场示威，让全体乐器发出巨大的声响，盖住了那小号。第二天，小号手就不再起床了。可又出现了一个勤奋的钢琴手，他每天早晨五点开始练琴，弹奏和弦连接时从来不解决，老是让旋律在"7"音上停止，搞得人更别扭。终于有位教授（那时教授还没搬进新居，也住在大楼道里）忍不住了，在弹琴人又停止在"7"音上时，他探出脑袋冲着那琴房大吼了一声"i——"，把"7"解决了。所有人的感觉才算一块石头落了地。

李鸣把不去琴房看成神仙过的日子，他躺在被子里拿着一本小说。

"喂，哥们儿，借琴练练。"森森推开门，大摇大摆走到钢琴那儿，打开琴盖就弹。

"你没琴房？"

"没空。我要改主科。"

"少出声。"

"知道。"

可是森森不仅没少出声，而且他的作品里几乎就没有一个和弦是谐和的，一大群不谐和和弦发出巨大的音响和强烈的不规则节奏，震得李鸣把头埋在被子里，屁股撅起来冲天，趴了足有半小时，最后终于把头从被子里伸出来：

"行行好吧。"

"最后四小节，最后四小节。"

"我已经神经错乱了。"

"因为我在所有的九和弦上又叠了一个七和弦。"

"为什么？"

"妈的力度。"森森得意洋洋。他说完就用力地砸他的和弦，一会儿在最高音区，一会儿在最低音区，一会儿在中音区，不停地砸键盘，似乎无止无休了。李鸣看着他的背影，想拿个什么东西照他脑后来一下，他就不会这么吵人了。

"妈的力度。"森森砸出一个和弦，"还不够。我发现有调性的旋律远远不如无调性的张力大。"

"你的张力就够大了，我已经变成乌龟了。"

森森看着被子里的李鸣大笑："你干吗要睡觉？"

"我讨厌你们。"

"你小子少不务正业。"

"你把12个音同时按下去非说那是个和弦，这算什么务正业？"

"我讨厌三和弦。"

"可你总不能让所有的人听了你的作品都神经分裂吧？"

"我不想。可他们要分裂我也没办法。但我的作品一定得有力度。

不是先生说的那种力度，是我自己的力度，我自己的风格。"说完他又砸出一串和弦。

李鸣了解森森，他想干什么谁也阻拦不了。不像孟野。孟野的才气不在森森话下，可一天到晚让女朋友缠住不放，经常莫名其妙地失踪好几天。有几次都是面临考试时失踪的。孟野也长得太出众了点儿，浓密的黑发和卷曲的胡子，脉脉含情的眼睛老给人一种错觉，由此惹得女生们合影时总爱拉上他，被他女朋友发觉免不了要闹个天翻地覆。有一次那姑娘追到学校把孟野大骂了一顿，然后哭着跑到街上，半夜不归，害得作曲系女生全体出动去叫她。她坐在电线杆子底下，扭动着肩膀，死活不肯回去。最后还是李鸣叫马力戴上保卫组的红袖章，走过去问："同志，你是哪儿的？"她才一下从地上站起，跟着大家回去了。

"你这讨厌鬼。"李鸣对森森骂道。森森砸完最后一串和弦，晃着肩膀走了。他一开门，从外面传来一声震天的巨响，那是管弦系在排练孟野作品中的一个高潮。

每次作曲系的汇报演出，都能在院里引起不小的骚动。教十个作曲系学生的主科教授只有两位，一位是大谈风纪问题的贾教授，一位是才思敏捷的金教授。贾教授平时不苟言笑，假如他冲你笑一下，准会把你吓一跳。他的生活似乎只有一件事情，就是讲学。他从不作曲，就像他从不穿新衣服；偶尔作出来的曲调也平庸无奇，就像他即使穿上件新衣服也还是深蓝涤卡中山装一样。但所有人都得承认他的教学能力，循序渐进，严谨有条，无一人可比。但在有些作曲系学生眼里，贾教授除了严谨的教学和埋头研究古典音乐之外，剩下的时间就是全力以赴攻击金教授。金教授太不注意"风纪"，一把年纪的人总爱穿灯芯绒猎装，劳动布的工裤，有时甚至还散发出一股法国香水的味道。以前他在上大课时总爱放一把花生米在讲台上，说几句话就往嘴里扔一颗。自从他无意中扔进一颗粉笔头之后，就再也没看见他吃过花生米了。

金教授在讲课时，几乎不会慷慨陈词，老是懒洋洋地弹着钢琴。如果你体会不到他手下的暗示，你就永远也不明白他讲的是什么。随便几个音符的动机他都能随意弹成各种风格的作品，但他懒得讲，有时自己一弹起来，就谁也不理了。马力是贾教授的学生，有次破天荒跑到金教授班上听课，结果什么也没听懂，打了个长长的呵欠。金教授腾地从琴凳上站起来，冲马力鞠了个躬，笑着说："祝您健康。"然后又坐下去弹起琴来。从此马力就不爱在贾教授班上听课了。

每次作曲系学生汇报会，实际上也是这两位教授的成就较量。自从金教授的学生在一次汇报会上演出了几首无调性的小品后，贾教授大动肝火，随即要给全体作曲系学生讲一次关于文艺要走什么方向的问题。开会的事情是让李鸣去通知的，李鸣本来连学也要退的，更不愿开什么会，于是，在黑板上写了一个通知，即某日某时团支部与学生会组织游园，请届时参加，等等。于是害得贾教授在教室里等了学生一下午，又无法与团支部学生会抗争。

为了弥补这次会议，贾教授呼吁全体作曲系教员要开展对学生从生活到学习的一切正统教育，不仅作品分析课决不能沾20世纪作品的边儿，连文学作品讲座也取消了卡夫卡。同时，体育课的剑术多加了一套，可能是为了逻辑思维，长跑距离又加了三圈，为了消耗过剩的精力。搞得男生们脸色蜡黄，女生们唉声叹气，系里有名的"懵懂"——因为她能连着睡三天不起床，中间只起来两次吃饭，两次上厕所——自从贾教授的教育运动开展后，躺在床上大叫："我宁可去劳改！"

李鸣先撕了一本作业，然后去找王教授。

"没劲，没劲。"他边说边在纸上画小人。

"你为什么不学学孟野？你听过亨德米特^①的《世界的和谐》吗？"

李鸣走回去把作业本又拼起来了。

孟野这疯子，门门功课都是五分，可就是不照规章办事。他的作品里充满了疯狂的想法，一种永远渴望超越自身的永不满足的追求。音程的不协和状态连本系的同学都难接受。可金教授还是喜欢他。

"孟野的结构感好，分寸把握好。"金教授对"懵懂"说，"所以他可以这么写，你不行。"

"懵懂"正想模仿孟野，也写个现代化作品。

孟野一说起自己的作品来就滔滔不绝，得意非常。长手指挥上挥下，好像他正在指挥一个乐队。有时他的作品让弦乐的音响笔直地穿过人们的思维，然后让铜管像炸弹似的炸开，打击乐像浓烟一样剧烈地滚动。这可以使乐队和听众都手舞足蹈。而李鸣却不考虑乐队和听众对自己作品的看法，他只想着写完了就算解放了。

"这地方和声是不是这样？"圆号手问。

"什么和声？"李鸣在自己谱子上根本找不到圆号手吹的是哪儿。他早走神了，"随你便吧，管它呢。"

于是圆号手和长号手吹的不在一个和弦里，演奏完了，竟有人说李鸣也搞现代派。

"你们把握不住就不要这样写，"金教授说，"孟野的基本功好。"

孟野用手指勾住大提琴的弦，猛然拨出几个单音，然后把弦推进去、拉出来，又用手掌猛拍几下琴板，突然从喉咙里发出一种非人的喊叫。森森大叫："妈的力度！"然后把两只手全按在钢琴键上。李鸣捂

---

① 亨德米特，20世纪上叶德国作曲家、指挥家、提琴家。

着耳朵钻进被窝。

楼道里充满了孟野像狼一样的嚎叫。

世界的和谐。疯了。李鸣想。

四

李鸣觉得董客这人，踏实得叫人难受。可因为孟野和森森太疯，他只好去找董客聊天，但在董客眼里，李鸣也不正常，他竟然放着现成的大学不愿上。

"请坐，Please。"董客彬彬有礼地让李鸣。好像他身后有一张沙发。

李鸣坐在床上。董客端上一小杯咖啡。他这人很讲究，尽管脚臭味经常在教室里散发。咖啡杯是深棕色的，谁也弄不清它到底有多卫生，李鸣闭着眼把咖啡吞下去。

"西方现代化哲学的思维是非客观与主观形式的相交。"董客老爱说这种驴唇不对马嘴的话，他一张嘴就让人后悔来找他，"和声变体功能对位的转换法则应用于……"

李鸣想站起来，他觉得自己走进一个大骗局里了。

"人生的世故在于自己的演变，不要学那些愚昧的狂人，你必须为自己准备一块海绵，恐怕你老婆也愿意你是个硕士。"

李鸣站起来就走。董客为他打开门：

"Please."。

关于创作方向问题的会议到底还是开了。贾教授特地请来团支部书记和学生会主席。这样的专题讨论会要每星期开一次。这使学生每星期失去一个晚上做习题，所以大多数人都拿着作业来讨论。照例是先让贾教授讲两小时的话，讲的是什么谁也不知道。下面的笔在唰唰响，教室的秩序极好。可紧接着团支书作了一个提议，建议开始自由发言，并请贾教授回去休息由他来主持会议。贾教授只好摆摆手，坐到后面墙角处去了。团支书是管弦系的乐队队长，他说的第一个问题是关于在排练时作曲系男生冲乐队女生挤眼睛的问题。

"这样就会分散她们的注意力，不去看指挥。"

作曲系的男生大来情绪。

"谁呀？"

"让我去当指挥不就解决问题了？"

"什么？"

"你们管弦系女生压根就不想好好给我们排练。"

"我的竖琴手说反正是不谐和和弦，怎么弹都是对的，她就从来不照谱子弹。"

"管弦系的小姐呀，难侍候。"

"还要我们怎么样？"

"娶过来？"

"你？"

贾教授已经坐不住了。

董客突然说了一句："人生像沉沦的音符永远不知道它的底细与音值。"

大家一齐回头冲他看，但谁也不知道他要说什么。

"假如，"董客接着说下去，"三和弦的共振是消失在时空里只引起一个微妙的和谐幻想，假如你松开踏板你就找不到中断的思维与音程的延续像生命断裂，假如开平方你得出了一系列错误的音程平方根并以主观的形象使平方根无止境地演化，试想序列音乐中的逻辑是否可以把你的生命延续到理性机械化阶段与你日常思维产生抗衡与缓解并产生新的并非高度的高度并且你永远忘却了死亡与生存的逻辑还保持了幻想把思维牢牢困在一个无限与有限的结合中你永远也要追求并弄清你并且永远弄不清与追求不到的还是要追求与弄清……"

贾教授大喊了一声："好了！"他的长手臂向前伸出来，有点儿哆嗦，"你们的讨论就到这儿。"他走到讲台前，眼神变得游移不定。他提出一道思考题：试想20世纪以来搞现代派作曲的人物有哪个是革命的？

大家谁也没说话。等散了会，森森大声在楼道里喊了一声："勋——伯——格！"①贾教授回头看了一眼。他又喊了一声："勋伯格！"然后手舞足蹈地大叫："I can't remember everything! I must have been unconscious of the time..."②

"全疯了。"马力嘟哝着。

"干吗他们要缠住创作方式问题争执不休？"

"这事还是挺有意思。"

"真的？"

"全部意义就是拖延时间。"

"最好是不想。"

"你说到底有什么意思？"

"你真想抽烟？"

---

① 勋伯格，20世纪上叶一位极严谨的奥地利作曲家。他创立了源于而又否定西欧传统技法的十二音序列技法。被作为"现代派""形式主义"和"无调性"音乐的重要代名词。

② 英文选自勋伯格《华沙的幸存者》中歌词，意为："我不可能记住全部经过！我一定是长时间地失去了知觉……"此作品反映了第二次世界大战德国纳粹对犹太人的迫害。

"想戒戒不掉。"

"愁什么？写不出教书。"

"噗……"

"他们干吗要缠住创作方式问题争执不休？"

"还不明白？不干这个还干什么？"

五

戴齐的钢琴确实弹得太好了。他可以不像别人那样，每天必练两小时琴，一学期参加两次钢琴考试。可他并不能因此轻松，即使不练琴，各门功课的作业堆在桌上，好像永远也做不完。他把作业放在左边，做完的放在右边，还没等左边的都到右边去，右边的已经又变成了左边的。为此他经常萎靡不振，老想找点什么开心的事干干。他喜欢看聂风带着管弦系女孩子排四重奏，更喜欢把自己写的协奏曲拿去和小提琴手姑娘们协奏一番。他喜欢凑到姑娘堆里，因为在男生那儿他老占不了上风。

"你不灵，小个子，像个小爬虫似的。"他在食堂里和小个子开玩笑。食堂是最开心的地方，男女生凑在一桌上吃饭，是该出风头的时候。小个子一下急了："有能耐出去！操场上见！"戴齐一下子不作声，低头吃起饭来。

他的气质不适合和男生交往。他苍白、清秀，修长的手指可以和女性的手指媲美，鼻梁挺直，端正的嘴唇说起话来快得像个女人。只要一下课，他必得走到钢琴前奏一段什么，假如是弹他自己的作品，肯定会使人赞叹不已，而假如他弹个什么名作，则就会蹦出个女生和他较量。这也是作曲系的女生，外号叫"猫"。因为只要她不愿做习题就像猫一样喵喵叫。"猫"和戴齐的较量是古典音乐和爵士音乐的较量。"猫"把戴齐从琴凳上挤下来，把他刚弹过的曲子马上改成爵士，一开始弹，"懵懂"就从座位上蹦起来，边跳边笑。只有在听爵士的时候她不想睡觉。

这个班上有三个女生，已经把全班搅得不亦乐乎。为此，后面几届的作曲班就再也没招进女生。主要是贾教授大为头疼。风纪、风化，都被这三个女生搅了。"猫"是个娇滴滴的女孩，动不动就能当着所有人咧开嘴大哭，哭起来像个幼儿园的孩子一样肆无忌惮。这使老师也拿她没办法。遇到她做不好的习题，她把肩膀一扭，冲老师傻呵呵地咧嘴一笑，老师就放她过关了。"懵懂"一天到晚只想睡觉。她能很快弄懂老师讲的，又能很快把它们忘掉，她当天听，就得当天做题，还得当天给老师改，否则过了几天，她就会否认这道题是自己做的。你再告诉她对错都是白搭，她早忘了准则。

一次，"懵懂"去上金教授的个别课。整整两小时，金教授在改她的作品，她一句话没听进去。下了课她走出课堂，冲着等在外面的"猫"说："今天金教授洒了那么多香水。"说完就回去睡觉了。"猫"夹着谱子走进教室，金教授又埋头修改她的作品，"猫"把头凑过去闻了闻金教授身上的香水，正好教授一抬头，吓得"猫"冲着教授"喵"的一声。"你这里写得好，音响丰满。"金教授一本正经地说。"当然，那是森森帮我写的。"过后"猫"对李鸣说。

第三个女生是女生中的楷模，由此得了个"时间"的封号。她精确非常，每天早晨6点铃声一响，腾地就从床上坐起来，中午和晚上无论那两个人说什么她都能马上入睡。"这家伙简直是机器！""猫"对"懵懂"说。"嘘！她能听见。""她早睡着了。""你们在骂我。""时间"嘟哝了一声。

她认真做所有课程的笔记，连开一次班会也要掏出本来。没有一门功课她不认真。作曲系的学生通常是同时开10门课，她则是连运动会也要拿个名次。本来这样的女生是不会使贾教授后悔的，但当同时有两个男生追求"时间"，并且"时间"全不拒绝时，贾教授气真是不打一处来。

入学一年后，天下大乱。晚上8点钟，李鸣找"时间"谈话，9点钟董客就挤进来把"时间"叫走了。10点钟"时间"回到琴房开始用功。11点钟，查夜的保卫组来了，勒令所有人都回宿舍睡觉，只见"猫"噌的一下从琴房蹿出来，咯哒一声，把琴房锁了。等保卫组走后，又打开锁溜了进去，那里面坐着森森。

至于孟野因为和"懵懂"跳了一场舞，被人拍了照，拿回家去，招惹出的麻烦已经使人啼笑皆非。

贾教授几乎对这个班的学生感到绝望。但他不能表示出无能，他得管，可又一点儿办法没有。他既说不出办法，又觉得绝望，这使他的脸变得乌黑。他的衣服穿得更破，到后来两个裤腿已经不一样长了。可还是一点儿办法也没想出来。

六

石白对这些人与贾教授无形的对抗又气又恼。他凭直觉认为贾教授是无所不知的圣人。并且他学了七年的和声学，假如在作品中去打破它，不是存心和自己过不去？巴赫①的赋格他从来没背下来过，即使考试时他也总不得已地照谱子弹，为此被减了很多分。但那是圣经中的圣

---

① 巴赫，18世纪上叶德国风琴演奏家、作曲家。有"音乐之父"之称。

经，是不可企及的，既然不可企及，就不要多想。人家已经干过了不可企及的事，你就不要想再去干什么新的了，你再干也是白费，也超不过巴赫。超不过巴赫你就成不了大师，成不了大师你就超不过巴赫。超不过巴赫你只有惭愧，你只有惭愧但不能超过巴赫。石白觉得自己对这些问题理解得比森森孟野透彻得多。争执是无聊的，所谓"创新"也毫无意义。你认为的创新不过是西方玩儿剩下的东西，玩儿剩下的再玩儿就未免太可笑，玩儿没玩儿过的又玩儿不出来，不如去背巴赫，反正模仿巴赫不会受到方向性抨击。

石白是个心跳本不剧烈但每天去追求剧烈心跳的天才。谁都说他呆，但他对音乐的任何一本理论书都狂热地崇拜。他对音乐的狂热似乎全球无一人可比，他从不迈出琴房去作无意义的聊天，但他每门成绩都勉强得"良+"或"良-"。他既不参加班会，也不参加任何活动，更不去无目的地游山玩水，即便看完一场电影，坐在食堂里神情严肃地和你讨论电影的主题展开、时代背景、作家生辰、演员技巧。他在这方面的知识少得可怜，但说起来又字字铿锵有力。那股认真劲只能使人毛骨悚然。

他除了音乐书，别的什么书也不看，但每部作品前又都要加上文学语言注释。李鸣每次看到他那么苍白消瘦地追求狂热，都禁不住要可怜他。

那次钢琴考试他又得了四分，大概又是因为背不下巴赫。他大为恼火，问李鸣为什么他得了四分而李鸣不常练琴却能得五分？这问题让"懵懂"帮着解答了。在下一次钢琴考试前，她带着他去逛了四个美术馆，看了10个当代最新画展。第二天他满怀激情与信心走进钢琴考场，结果又得了四分。为这事，他发誓再不与"懵懂"打交道。

小个子对他的行为大为诧异："你怎么能这样？"他们那时是在去

"采风"的路上，搜集民歌并游览名胜。

"别管我。"石白只是看着自己的游览图，把上面的名胜用笔圈起来，每走到一个地方，不管刮风下雨，掏出照相机就照，甚至连光圈距离都不调。

"难道不是名胜，再好看的风景也不照了？"小个子怒气冲冲，他没带相机，指望着和石白一起照相。

"别废话，你懂个屁。"石白嚓的一声按动快门，然后用笔在游览图的某一个圈上又打了一个对勾。

"你简直是胡闹。"小个子嘟嘟哝哝，"这人真怪，天下第一白痴。"

"你才是白痴，只知道浪费胶卷。"

小个子气得直踩脚。当游艇在一个著名的河上开时，石白根本无兴致和大家说笑。河两边的名胜与讲解员的滔滔不绝，使他无暇顾及天空和脚下，只是抬眼看看岸边，又低头写下讲解员的话，然后匆匆看一眼游览图上的圈，打个对勾。

为此，有个叫莉莉的小提琴手爱上了他。说从他身上能闻到一股神圣的气味。并且据说石白长得有点儿像聂耳，不过可能比聂耳要高十几公分。

莉莉长得像个运动员，肩宽腰细，两腿细长笔直。整天穿着一双回力鞋，没有什么事她不敢干。她常常夜里12点钟从学院的高围墙上翻下来，偷偷溜回宿舍，或者晚上在阳台上只穿着胸罩短裤练习体操。那个阳台设在女生宿舍与琴房之间，因此总有男生要路过。每当男生走来，她就用浴巾围住身体，只露出个瘦瘦的肩膀和长长的细腿，站在那儿一动不动。到了夏天，她的裙子短得不能再短，有时在琴房就索性只穿胸罩和短裤练琴。

她和石白的相识也是从这儿开始的。那是个炎热的夏天中午，莉莉正穿着她的"三点式"练琴，没锁门，门突然被石白推开了。石白和莉莉是一个琴房的，他是来取谱子，结果被吓了一大跳，连忙退了出去。莉莉想他反正不会再回来，就接着拉琴，没想到石白又把门推开，恭敬地说了声"对不起"，然后飞快地缩回脑袋把门关上，气得莉莉冲着门连踢了两脚，大骂："傻瓜蛋！"

事后只要一提此事，石白就推推眼镜，连连给她鞠躬。

自从他们成了朋友，莉莉总是说："陪我出去玩儿玩儿吧。"

"我没时间，真的。"石白央求她，"我快考试了。"

石白不愿去陪莉莉，但愿意让莉莉陪着他，可又不许莉莉出声。搞得莉莉觉得很窝囊。有一次，他让莉莉给他试奏他的小提琴曲，莉莉为了让他在视觉上也满意，特意穿着演出服，一身黑色的长裙和高跟鞋来为他试奏。搞得石白只顾看她站在那儿边拉琴边摇头晃脑地自我表现，根本没听清楚自己的作品。石白一肚子气恼，把眼睛捂住。

"为什么不看着我？"莉莉问。

"你为什么要穿这么一身衣服试奏？为什么要穿跟这么高的鞋子？"石白喊起来。

"这又碍你什么事？"

"碍了！碍了！我听不见我的作品！"

莉莉把高跟鞋一甩，就甩到石白眼前的钢琴键上。然后光着脚哭着跑到操场去了。

"跟他吹了！""懵懂"愤愤不平地看着莉莉，她穿着拖地长裙光着脚站在风里，眼睛都哭肿了。

此后莉莉就把琴房里的所有家当都搬到戴齐的琴房里去了。

七

又要考试了。贾教授当众公布了考试时间、科目，又是10门。一下课，马力就嘟哝了一句"×"。从此身上老带着一盒清凉油。

所有人桌上的谱子又高出一尺。每个人的体重都在下降。脸色由白变成青。早晨的出操成了下地狱，连孟野也停止了洗冷水浴。早晨6点钟，"时间"腾地从床上蹦起，跳到地上，飞快地跑到琴房，然后到天黑也没见出来。"猫"一睁眼，先伸手在钢琴上按了一个"A"音，以校正自己的耳朵，然后大声唱视唱练耳的习题，"懵懂"为了让自己醒过来，闭着眼就把录音机打开了，跟着迪斯科的节奏穿好衣服、洗好脸，可却无论如何不能使习题也跟着节奏走。

全校的学生都在准备考试，琴房里一片嘈杂声，气得作曲系的学生骂声乐系是叫驴，是一群只长膘不长脑子的家伙，而声乐系骂作曲系是发育不全的影子。作曲系学生为了躲开噪声，就找了个僻静的大课室，作为复习基地，一到晚上大家就都躲在这儿。可是不知是谁，在这课室的黑板上贴了个大大的功能圈①。T—S—D。这个功能圈大得足以使全体同学恐惧。李鸣想把它撕了，可小个子拦住不让。小个子跳上讲台，告诉大家，牢记功能圈，你就能创作出世界上最伟大的作品，世界上最伟大的作品就离不开这个功能圈。结果谁也不敢把它撕下来，只好天天对着它准备考试。

"当然，你们不要把考试看得过分严重。成绩好坏是小事，重要的是你们掌握了没有。你们在复习上要有所偏重，你的体育再好，也进不

---

① 功能圈，和声学专用名词。西欧传统音乐中和声运动的循环逻辑。

了体育学院。"贾教授说。

"可是，体育不达标准，要补考，什么时候及格了，才能通过。你永远不及格，就永远要补考。"体育教员说。

"不懂得文艺理论你算什么艺术家？从第一章背到第二十三章。"

"40位哲学家的生平及主要观点与10位自然科学哲学家的主要科学成就及基本哲学思想，这就是我们的考试内容。"

"背下所有不规则动词。"

"连鏊字都不认识，你们还算什么大学生？冇字当什么讲？"

…………

晚上，阳台上又多了几个穿"三点式"的姑娘，都在练剑术和拳术。

"背剑术比背谱子还难。"

"难多了。"

"我刚发现我是进了体育学院。"

"不，是北大文科。"

"经济学院。"

"气——贯——丹——田。"

阳台下传来嗒嗒的脚步声和呼哧呼哧的喘息。

"8000米的长跑，跑死他们。""猫"探头看着下面围着楼绕圈子的男生。

"喂，冇字是什么意思？"一个男生抬起头冲她喊。

"喵！""猫"尖叫一声把身子缩回去。

"他们太累了。"金教授温和地说。

"可我们作曲系历来就是很累的，否则还叫什么作曲系？英国皇家音乐学院今年根本没有作曲系本科生，就是因为太累。"贾教授骄傲地说。

"那一定要考了？"金教授无可奈何地问。

"一定要考。而且还要严格。"贾教授从眼镜后面盯着金教授。

金教授召集了他的全体学生上大课："要看你们的真本事了。不要用钢琴，当场写出一首三部结构的作品，关于动机的展开，你们要去多分析诸如肖邦舒曼之类的作品，不要走远了，不要照你们平时的方式写，尤其是你们，"他指指孟野和森森，"至于和声——"

"功能圈。""懵懂"接了一句。

"功能圈？"金教授问。

"功能圈。""猫"说。

"噢，对，功能圈吧。"

八

真的考试来了，恐慌也就变成了平静。一声不响的平静。所有的人都懒得多说一句话，低着头匆匆地走路，脑子飞快地转动。

"噢！什么时候完呀？""猫"在快进考场前伸了个懒腰。

石白赶快捂住耳朵，转过身去。

视唱练耳的考试被一个声乐系的男高音搅了。听写已经考了两个小时，和弦都听完了，只剩下最后一道长长的有临时离调的三声部复调，这道题占分最多。这是全体考生最最紧张的时候。可这时，隔壁声乐系教室的门打开了，放出来一个刚考完语文的男高音。他痛痛快快地唱了一句很高很高的"妈——"。这下，作曲系教室里就有好几个人耳朵随着这声"妈"走调了。再也想不起刚才教师在琴上弹的是什么调，再也想不起标准音。甚至有人把这声"妈"也算成了最高声部。

大家希望有哪科教员突然病倒或者是家里着火什么的。结果有个语文教员真让车撞了，但语文考试并没停止，而且换了个更厉害的监考官。为了缓和气氛，学校决定拖延考试期，把每科考试的间隔再拉长一点，可这么越拖延，大家越紧张，越紧张，就越希望考试索性快点来临，哪怕在一天里全考完，全不及格也行。准备复习用的小卡片上写满了各科的复习题，已经背得串了行。"懵懂"在艺术理论考卷上写道："右：没有。"

小个子手上的腱鞘炎鼓包又大了。他弹琴的时候总让人以为他手背上有个核桃。他一边弹一边吸冷气，一边弹一边骂娘，终于到了钢琴考试那天，他飞快地弹完肖邦的左手练习曲，这曲子正是那只有腱鞘炎的手当主力。弹完以后，他趴在琴上就不起来了。等考官轰他退场时，他一出门就跑到声乐系的视唱练耳考场外，大声唱了一个"妈——"。

李鸣在民族戏曲考场上，刚摇头晃脑地唱完："李白斗酒……酒中仙……"没等老师点头，他就匆匆跑到操场上，冲着体育老师大叫："来吧，8000米！"于是气喘吁吁地围着楼绕圈子。体育老师还算好说话，天天拿着秒表和剑等在操场上，任何人只要有时间就可随时参加考试。

终于只剩作曲考试一关了。还有一天的时间，可全体作曲系的人都不再去琴房，躺在床上一声不出。只有石白终于跳起来，跑进琴房，砰地关上门，开始分析作品。

"谁能让这整个一天都变成黑夜？"李鸣在被窝里问。

"能。"马力爬起来，把一床毯子用钉子钉在窗户上。

"唉呀，天永远不亮就好了。"小个子高兴地叫。

可第二天早晨铃声一响，所有人都迅速跳下床，连早饭都顾不上吃，就跑进琴房，几乎毫无头绪地在那儿分析作品。等考试的铃声一响，"猫"的牙齿已经发出嗒嗒的颤音。"懵懂"过来把她搂在怀里，贾教授见了很奇怪，"她发烧了吗？"

"我也发烧了。""懵懂"的牙也抖起来。

空白的五线纸一拿在手上，李鸣觉得精力集中得全分散了，怎么也不能思考。有张纸上写着五个动机，你可以任意挑一个发展成一首三部结构的作品。他把每一个动机全发展了，可看每一个都不顺眼。他想谨慎行事，可耳朵里全是拥挤的噪音，无论哪个和声都听起来不顺耳。任何一个和弦都可能是错的，谁知道对的标准是什么？他硬着头皮挑了一个动机写下去，写着写着就进了一个混沌的圈套。一个反功能的圈套。他不顾一切地想把功能扭过来，但脑子里却是一团糟。功能圈。功能圈。他想。有人开始抽烟了。他急得直想上厕所。关键在于不知道对错，根本不知道对错。写着写着，他脑袋里开始出现了一个长音，一个总是不变音高，高得不能再高的长音。这长音抹掉了他一系列的构思，他赶也赶不走，抽烟的人越来越多。他把它横着写了八遍，竖着又写了八遍。抽烟的人咳嗽起来。突然，他在一瞬间看透了什么他妈的对错。根本无所谓对错，反正你永远也无法让贾教授说对。这样一想，他就心花怒放，浑身轻松，跑到厕所里痛痛快快地撒了一泡尿。

考试一直进行到晚上8点钟，大家才陆陆续续交了卷。这一天除了上厕所、吃饭，谁也没出考场，更不许把作品带出去，以防用琴校对。好歹算是结束了，尤其是谱面写得漂亮的，看着还很得意。

贾教授站在那儿收谱子。一边收谱子，一边通知要走的人："明天8点准时还到这儿来。"

"干什么？"

"再考一次。"

九

第二天的考试内容是歌曲作曲。"懵懂"一拿到歌词，就失去了全部勇气。那上面写着："青山绿水小村庄，革命精神大发扬，条条渠水绕山间，金光大道直向前。"并且有好几段。她不知道这到底算是民谣还是诗词，到底用大调还是用小调，到底写成民歌还是宣传歌曲或艺术歌曲。而且还要求配上钢琴伴奏。她看着歌词先发了两个小时的呆，然后写了10种方案，全都难听得要了人的命。

"这是什么东西呀？"一直到晚上，她还拿着那10种方案发呆，"这是什么破东西呀！"

"别叫，怎么啦？"马力走过来。

"这10首歌是谁写的？"

"这不是你写的吗？"

"我一辈子也不可能写出这样的破玩意儿。"

"不是你写的是谁写的？"

"我不可能写出这首歌词。不是我。"

"为什么？"

"噢，我写不出来，写不出来！"

"哎呀，女的就是不行，啧啧。"石白不耐烦地跺着脚。

这时考场上已经没几个人了。连贾教授都困得不得不回去睡觉了。临走时他留下话，不写完不许出这屋子，但时间不限。

"你这首写得挺好，把这儿改成这样就行。"马力看看"懵懂"的谱子。

"为什么？"

"告诉你这么改你就这么改。"

"为什么？"

已经夜里10点钟了，一股凉意从窗外扑来。"懵懂"向马力要了一根烟。

"我不明白为什么要这么改。"

她把烟点着，看着那10种方案发呆。石白已经走到钢琴旁弹起来了，苍白的脸显得更瘦削，看上去虚弱不堪。"懵懂"冲他大叫："别弹琴！别弹琴！"

石白瞪了她一眼。

"懵懂"凑过去看他的谱子，除了歌词，那上面还标着各种石白的文字注解，使谱子看上去像篇带音符的散文优美如歌："好像看到一缕青烟从村庄飘起……啊，祖国的山河多么壮丽……如醉如痴地、意志坚定地……"

"你写作文哪?！""懵懂"冲他喊了一句。

石白瞪了她一眼，把耳朵堵上了。

"懵懂"用双手在钢琴上使劲一按。然后又跑到马力那儿叫起来："我为什么要那么改？"

"你干脆回去睡觉吧。"

"为什么？"

马力把自己的谱子写好了，把兜里的烟全掏出来留给"懵懂"。

"懵懂"并不抽烟，她把烟一根接一根地点燃，看着它们一根一根地消耗，然后闭着眼睛把10种方案每种抽出一句凑成一首歌，配上钢琴伴奏。那是首哪句和哪句都没关系，横竖全没关系的曲子。她毫不客气地让人声跨了三个八度，精心设计了一个谁弹起来都会痛苦不堪的钢琴伴奏。第二天早晨5点钟，她把谱子交给石白，石白还坐在钢琴旁，研究自己的文字注解是否有光彩。然后她把铅笔、橡皮、尺子和余下的谱纸统统从窗户中扔出去了。

这是个空气清新的早晨，阳光已经柔和地照在她那张发青的脸上，她想让自己精神起来，可就是不行。她使劲揉眼睛，按太阳穴，太阳穴两边就像有两个铅砣在夹击她。她觉得满脑子都是那10种方案，赶也赶不走，并且随便一凑又是一首蹩脚的旋律。她只好开始跑步，想把它们甩开。但没跑几步，她就睡着了。一下子跪在地上，然后就趴在那儿进入梦乡，直到天又重新黑下来，作曲系课室里传来放得很响的迪斯科音乐。

十

作曲系课室迪斯科放得山响。全体同学都凑在这里庆祝考试结束。森森醉醺醺地凑到李鸣面前，说他最近又发现了一个新的音响，名字叫"原始张力第四型"。

"原始张力第四型？"

"就是把所有可能的有力度的音型都叠在一起，分成48个声部，还可以变成复调。"森森说得唾沫星乱飞，指手画脚，直立的头发直抖。李鸣边喝着啤酒边说："你行行好，让我把这首迪斯科听完。""猫"突然跳过来，抓住森森的后脖领子，把他抓到跳舞的行列里去了。

"这算什么音乐？这算什么音乐？"小个子有点儿坐立不安。

"你说的是森森还是迪斯科？"

小个子没回答，咕嘟咕嘟地喝啤酒。

森森像个原始人一样扭动着身躯。孟野边跳边找机会倒立。他们谁也不跟着拍子，有时比拍子快，有时慢，有时让脚步老和音乐差半拍。

他们疯狂地扭动，旁若无人，气喘吁吁，汗流满面。突然，"懵懂"在他俩中间出现了，她一出现，全场都喝起彩来，因为她把自己打扮得像个非洲土著，精确地踏着节奏，使三个人的舞姿一下就融成一体了。

"嘿！"聂风和管弦系的男生女生突然闯进来。"乌拉！"作曲系的人眼睛一亮。管弦系的女孩子一个个光彩夺目，每人手里还拿着一份作曲系写的谱子。"你们的谱子太难啦。""我再不拉了。""真见鬼了。""可是真带劲！"她们把谱子纷纷扔在地上，然后围着它们跳起舞来。管弦系的男生拿着铜管，聂风手一挥，突然，一个震天动地的和弦使全屋的人都痛苦不堪。当这声音结束时，长号手抱歉地对森森说："对不起，我们没吹出你要的力度来。""猫"跳过来，冲着森森喊道："你写的东西都像臭狗屎！我一辈子也没听过这么讨厌的音响，简直讨厌透了！要是你变成一根琴弦，我一定把它折断！"森森边跳边说："何必，何必。"然后冲着地上的谱子呵呵大笑。孟野正躺在地上，把谱子往自己的身上盖。

小个子还在咕嘟咕嘟喝啤酒。

"你可喝得太多了。"李鸣提醒他。

"你最好别管我。"

"你这个糊涂虫。"

"你这个懒虫。"

"好，你喝吧。"李鸣又给他拿来一瓶啤酒。

孟野自从躺在谱子下面后再没动，外面的世界已经和他无关了，谁要是翻动一下谱纸，他就会骂一声："滚你妈了个蛋！"于是谁也不理他了。他闭起眼睛听着震天响的迪斯科，跳舞的人把尘土都踢起来了，楼板也随着节奏抖动。他突然感到一阵烦躁，他必须去看看女朋友了。

她比他大两岁，是个神经质并患有歇斯底里症的女人。也许是由于这种特殊的素质，她擅长文学写作，在一所文科大学里上学。不知是他们谁更崇拜谁，使他俩一见如故，然后就发誓"白头到老"。她喜欢戏剧性，什么事都想追求戏剧化。比如她看了部爱情片，在电影院哭一场还不够，出电影院门后还要耸着肩模仿片里的女主角走路，而且整整一天都要陶醉在女主角的气氛里。那时你要是和她搭一句话，保你背过气去。

"你饿吗？"孟野问她。

"为什么？为什么？"她肩膀一耸，眉毛挑起来，眼睛露出绝望的神色。

孟野只好在心里背总谱。

假如在孟野的音乐会上，她必得四处周旋，出人头地，像收入场券的招待员一样忙个不停。假如在同学聚会时，她必得满口成语地滔滔不绝，使作曲系的学生深恨自己没文化。假如她笑，她必得大睁着眼睛，不会使眼睛也随着肌肉抽动而小下来。假如她坐着，只要不是在上课，她必得把两腿扭向一边，使身体侧卧倾斜，显出线条来。

总之，她是个非凡的女性，是个女才子。能从诗经一直背到郭沫若，而且还在背下去。她不能容忍孟野轻易地和"懵懂"跳了舞，拍了照，和那么一个头脑简单的东西。

"你爱她？"

"不。"

"你爱她。"

"没有。"

"你爱她！"

"我不是。"

"世界如此黑暗，人是如此轻薄，你爱她你不承认，卑鄙，卑鄙，卑鄙，卑鄙！"

她把照片用剪子剪碎，扔进马桶里冲了。

她喜欢用剪子这个工具，它可以把任何东西在一会儿时间就毁掉。自己看不上的手稿、男性的情书、新做的连衣裙、还没冲出来的胶卷……

每次一看到她哆嗦着用亮闪闪的剪子咔嚓咔嚓地破坏这一切时，孟野就想晕过去。剪着剪着，她已经从气愤变成一种专心致志的工作，最后看看一堆碎片，她就得意起来了。孟野一想到说不定哪天他也会被一剪刀一剪刀地剪成这样，一想到剪他时她脸上可能会出现的表情，他真想晕过去。

"远岸收残雨，雨残稍觉江天暮。拾翠汀洲人寂静，立双双鸥鹭。"那次他俩一起旅游，她紧紧挽着他的手臂，把头靠在他肩上，"刚断肠，惹得离情苦……"她抬眼看看孟野，孟野眼神迷茫地看着远处。"此去何时见也？襟袖上，空惹啼痕……"她又看看孟野，孟野仍望着远处。"我们结婚吧。"她冲着孟野的耳朵轻轻地说。

"你说什么？"孟野好像吓了一跳。

"你真没听见？"

"真没听见。"孟野一脸诚实。

"那你在想什么？"

"我在想我最近的作品已经不能使我满意了，在下部作品里我得抛弃那种手法。"

"啊？你原来在想这些？你原来爱音乐胜于爱我，我恨你的音乐！恨你的音乐！"她用手撕着书包。

又有人在揭谱纸。

"孟野在想那位——文学家？"

"音乐，音乐，再大点儿声。"

"这音乐永远也不要停。"

"音乐——音乐——音乐——"

"再喝吧。"

"音乐——音乐——音乐——"

"干杯！"

"音乐——音乐——音乐——"

十一

自从李鸣躲进宿舍不打算再去琴房，他给自己找了很多理由。其中最大的理由是他觉得自己生了病，症状之一是身体太健康、神经太健全。这使他只能躲在宿舍里躺着。在宿舍里没人会使他想起他神经太健全；没人会使他想起乐谱与疯狂的竞争；没人会使他想起关于有调性和无调性、三和弦与空五度的争执。在宿舍他可以什么都忘掉。忘掉功能的走向、忘掉作品分析时的错误、忘掉乐器配置法、忘掉九度三重对位引起的神经错乱。什么都忘掉了，可就是忘不了马力。马力在那次考试后，回家探亲让塌方的窑洞给砸死了。

"小力子！"他娘一定这么叫。

"我的儿！"他爹一定哭得像个稻草人。可是他什么也不会听见，早就变成一团血肉，甚至直接就变成了一堆黄土。马力，马力，一声不吭，站在那儿像个黑塔的马力，可就是不爱吭声，像个空五度在一个极沉闷的音区撞了一下就再没发展下去。他的床和铺盖原封不动地放在这儿，似乎生怕人把他忘掉。没人来搬它们，这样李鸣就只有想着马力。想马力不用考虑和声，不用考虑结构，你可以永无休止地想下去，没人会说你对错，说你不该终止。这比去教室面对那个大功能圈要好受得多。

功能圈已经被人正式用镜框挂在了墙上，挂在黑板的正上方。功能圈是在一块雪白的确良上画的。用黑漆涂的TSD三个大的符号上又涂了一层金粉。每个字有人头大小。正上方是T，左面是D，右面是S。这三个符号用一个极圆的圆圈连起来，金粉在阳光下晃人眼睛。镜框是黑色的，玻璃被小个子擦得锃亮，能把全班人在上课时的动作都反映下来，结果全班人都不敢抬头看它，也不敢在课上轻举妄动。只有在回答问题时才敢冲它翻翻眼睛。

"我觉得有一天它得活过来。"戴齐飞快地说，"早知道这样我就转到钢琴系去了。"

"行了，小个子，你有这劲头不如给贾教授洗衣服。"

当时小个子正站在讲台桌上卖劲地用一块棉纸在镜框上擦，边擦边呵气。自从马力死后，他就和这个镜框交上朋友了。

"它不妨碍你们任何人。"他眯起一只眼，踮起脚，歪着头观看那玻璃。

"它都跟你说什么了？"

"说得多了。你们这些俗人懂个屁。"

"懵懂"把嘴里的口香糖用手指一下弹到镜框玻璃上，小个子吓了一跳。

"谁干的？"

"孟野。"

小个子回头看看。

"'懵懂'，你别老把罪过往孟野身上栽，什么事情都会有报应。"

"狗屁。""懵懂"又往嘴里塞进一块巧克力。

"别装疯卖傻了，你他妈给我下来。"李鸣冲小个子说，"你去擦宿舍的玻璃吧。"

李鸣是宿舍长，管着小个子。小个子只好从讲台桌上跳下来。

"我看擦擦功能圈比擦玻璃有价值，人生所负原则众多，生命的代价在于注意事项的严密周到。"董客突然慢慢地说。

没注意到的原则太多了，李鸣要是仔细想起来就会糊涂。做和声题时你想着30个和弦，等作曲时你就得想着300个。你从第一个音开始唱起，中途转了八次调，到了最后一个音，你已经走调得一塌糊涂，你必定没脸再活下去。还有那首长得不能再长的二胡曲，没完没了的发展，像胡思乱想一样让背的人摸不着头脑，可你还得背，还得硬说它写作有规律，再没规律的东西教授也能说它有规律只要他们认为是好的。如果他们知道李鸣是怎么想马力的，如果他们认为李鸣那些关于马力的想法有发表价值，他们也一定能画出结构来。

小个子继承了马力的事业，不仅把自己的书全盖上图章写上书号、填上借书卡，而且把一生该注意的准则都写在一张张卡片上。

"你应该背背常用食品营养表。"李鸣告诉他。

"为什么？"

"我担心你这些准则过几天都得变。"

李鸣确实担心这些准则要变。所以他想永远这么躺着，哪怕躺到毕业，躺到老，躺到死。他可以这么舒服地躺着，不管门外发生了什么变化，不管森森与贾教授的争执，不管孟野与女友的纠纷，不管董客拐弯抹角要说什么，不管石白对所有人的敌视。他不理解小个子怎么不能分辨出那些准则从第一次出现时就已经走了样，反复出现后已经面目全非，也许到最后出现时，到了大家都不需要它们时，它们才可能回到本来面目。但是他又担心他们永远不会需要它们。

十二

一天，"懵懂"一进钢琴课教室，就抱怨说手疼。

"你要这样用力度。"教钢琴的教授老太太挥手就打了她一拳，她身子一晃倒在钢琴上，撞得钢琴轰轰响。

"我知道要这样。"她冲老太太比画着。

"你不知道，要这样。"老太太打了她一拳，"而不是这样。"又打了她一拳，"假如你不是这样而是这样，"她又打了她一拳，"你就手疼。"

"懵懂"坐下弹起来，"可是我还手疼。"

"你的手指简直像面条。你要像打篮球那样跑呀跑呀，跑呀跑呀，然后三步上篮儿，嗒，就这样，"老太太飞快地在键盘上弹奏，"到了这儿，你就要这样用力，就像打人一拳，不是这样打，而是这样打。"她转过身又打了她一拳，"懂了吗？"

"懂了，是这样打。""懵懂"打了老太太一拳。

"对，就是这样！现在你可以弹了。"

"干吗非要练琴呢？"晚上"懵懂"委屈地问"时间"。

"作曲家嘛。"

"干吗不能拿跑步代替练琴？"

"作曲家嘛。"

"干吗不能拿跑步代替音乐？"

"作曲家嘛。"

"干吗不能拿跑步代替作曲？"

"嗯？""时间"正埋头抄一份总谱。

"好。""懵懂"一下把录音机打开，震天的摇滚乐突然充满宿舍。"时间"的动作一下变得有节奏起来。她边抄边有节奏地点着头，抄错了，就有节奏地用刀片刮着谱纸，又在一个强拍上吹去了纸屑。这一切使"懵懂"高兴得发狂，在纸上画满了跳舞的小猫，把这种纸贴了一墙。突然，她把灯关掉，头发披散开，用手电打亮自己的下巴，冲着门口，一动不动。这时"猫"夹着谱子一推门，看见这情景"喵"的一声撒腿就跑。"懵懂"追出去："回来，不吓你了。""我晚上会做噩梦的。"她还是跑个不停，上身不动，跑得飞快。眼看她一拐弯就进了森森的琴房。

"懵懂"没办法，只好转身推开孟野琴房的门。孟野正匆匆把谱子拿到钢琴上，可钢琴处的光线太暗。钢琴上有一个小台灯，孟野想拉开台灯，才发觉没插插头。他想插插头，才发觉插座板在写字台上，正插着写字台上的台灯插头。他想拉过插座板，才发觉写字台的台灯电线太短。他只好把写字台上的台灯插头拔了，把插座板从写字台拉到钢琴上，插上钢琴上的台灯插头，开始在钢琴上弹刚才的总谱。"懵懂"凑过去，看着总谱，一会儿模仿小号一会儿模仿小提琴地乱唱，唱着唱着，她突然大叫："绝了！绝！"然后大声模仿乐队的效果，孟野也越弹越兴奋，手上弹着嘴里还唱着另一声部，"懵懂"手舞足蹈起来。

轰！音乐突然停止了。孟野匆匆又把钢琴上的台灯插头拔掉，把插座板拉到写字台上，把写字台上的台灯插头插上，开始继续写谱子。

"懵懂"双手在钢琴上一砸："你懂礼貌不懂？"

孟野连忙把写字台上的台灯插头拔了，把插座板拉到钢琴上，把钢琴上的台灯插头插上。他坐在钢琴旁，斜眼看着"懵懂"："你真讨厌。"

她笑起来。

"你真讨厌透了。"

她笑得更厉害。

"真讨厌讨厌讨厌透了。"

"懵懂"笑得脸直抽筋，她用手揉着脸："哎哟——哎哟——"

"你笑什么？"

"谢谢你夸我。哎哟——哎呀——噢——"

"我说你讨厌。"

"你说我可爱。"

"你是个混蛋。"

"我没说嫁给你。"

"我想让你现在马上出去。"

"我没时间留在这儿。"

"我想让你留在这儿。"

"试试看吧。"

等"懵懂"回到宿舍，"猫"正冲着墙上所有的猫跳舞。

十三

贾教授是个不屈不挠、刻苦不倦的人。因为他一辈子兢兢业业地研究音乐，而几乎无一创新，他尤为恨那些自命不凡没完没了地搞创新的家伙。因为他在40岁时才找到了一个年轻的妻子，他尤为恨那些20岁就开始谈恋爱的"小流氓"。他表面上很学究气，是个不拘小节、不修边幅的学者，内心却常因为别人的一点儿小事或流言蜚语气得发抖，因此他活得很紧张，心情老是烦躁。在他看来，金教授什么都不懂，只会作曲，是个肤浅的家伙，而无论国内国外的作曲家会议又老是邀请金教授，这更是肤浅之举。当20世纪的作曲技术冲击着古典音乐时，他正年轻，还没来得及反应过来，就有人告诉他，那些鬼东西不屑一顾。他在自己的金字塔中研究了大半生，毫不怀疑任何与他不同的研究都是堕落。他庆幸没有人否定过他，没有人战胜过他，没有人对他提出过疑问，即使是金教授，也没有对他形成巨大的威胁。但，老了老了，突然蹦出这么几个学生，他们偏偏要在课堂上提出无数的问题来使你措手不及，他们偏偏要违反几百年的古老常规，而去研究那些早已过时并被否定甚至遭唾弃的20世纪现代技法，这使他不仅担心自己的金字塔，而且担心全国、全世界都必堕落无余了。当在某国举行的国际青年作曲家比赛的通知送到他手上时，他皱起眉头，心事重重地找金教授商量。

"你有什么具体想法？"他指着通知。

"主要看学生们，让他们自愿报名参加，由我们把关把最好的作品送出去。"

"什么算最好的作品呢？"

"当然从各方面来看。"

"难道那些鬼哭狼嚎、歇斯底里、毫无美学可言的东西也可以参加评选吗？"

"歇斯底里这词不能乱用，那是妇科病的专用词。"

"为什么不能搞一些美好的作品，比如有着明确的旋律线，严格的声部进行，完整的曲式构思，充分显示我们教学的成就？要么，就鼓励他们学习柏辽兹①，写出充满激情的作品来，但决不许学现代派。"

"柏辽兹？好吧，让他们写出11部柏辽兹的交响乐来。这也不愧为壮举了。"

———————————

① 柏辽兹，19世纪上叶法国浪漫派作曲家。

"你对柏辽兹有意见？"

"没有。"

"你真的认为要随他们的意写？"

"嗯。"

"你能对音乐的前途负责吗？"

"嗯？"

"你能对音乐的前途负责吗？"

"要么放弃比赛，要么让世界知道他们。"

"无聊。"贾教授站起身来要走，"你不知道你的想法有多无聊。"

比赛的事情在班会上正式公布。贾教授一字一板地公布了比赛日期、程序、要求等等。全班人屏住呼吸连眼睛也不肯轻易眨一下。等最后一个字从贾教授嘴里吐出来，课室里轰的一下像放出一窝苍蝇。石白啪地拍了一下大腿，然后手捧住下巴开始沉思。戴齐看着他，叫了一声"嗬——"然后扑哧笑出声来。石白没理他，仍在那儿沉思，腿也有节奏地抖着，森森和孟野越说声音越大，突然发出一声大笑。李鸣"嘘——"的一声，使全场安静了一秒钟。当发现"嘘"者是李鸣，孟野就反过来"嘘"他。

"嘘——"李鸣也不让步。

"嘘——"戴齐跟着起哄。

"嘘——"小个子真烦了。

"嘘——""猫"和"懵懂"也加入进来。

"啧啧啧啧啧啧啧！""时间"无可奈何地冲着他们。

石白又啪地拍了一下桌子，瞪了所有人一眼。这一拍把贾教授倒吓了一跳，贾教授气哼哼地瞪着石白，又看着其他人。这一拍倒使全场安静下来。贾教授从这种现象中更证实了他以前的想法：这些人是干不出好事来的，他们是一批无可救药的人。

"怎么回事？"他瞪着石白，石白吓得端坐不动。

"你们使我很失望，很痛心，你们太没教养，你们平时的作品就证实了这点。你们分不清好坏，你们不知道准则，你们没长脑子，你们无知无识，你们……"贾教授把一肚子怒气撒出来一半，咽下去一半，接着讲参加比赛的重要意义以及他个人所希望大家遵守的法则。

十四

"出了什么事？"所有的人都围在系办公室门口向里观望。马力的母亲坐在办公桌旁不停地抹眼泪，马力的父亲两只手平放在膝盖上，坐立不安地咳嗽。小个子两眼肿得像烂桃似的从人群中挤出办公室。他径直走到教室，爬上讲台，把功能圈擦了又擦。在宿舍里，马力的铺盖已经捆好只等着人来扛走了。李鸣用锤子叮叮当当地把马力的书箱钉死，他敲进最后一个钉子时松了口气，才突然意识到马力确实不在了。

董客推门进来："我打扰吗？"

"不。"李鸣让他坐，"我不明白，你搞的是什么名堂？"

"你是指什么？"

"你要参加比赛的作品。"

"命运命运。"

"怎么？"

"我准备给贾教授的是一部古典作品，而请金教授过目的是序列音乐，评委主席喜欢印象派我已经准备好了，全部乐队的大抒情我在一部浪漫派的作品中已经充分发挥了。"

"哪部是你的个人特点？"

"个人特点一文不值。"

"你要的是什么？"

"获奖。"

"可决定发奖的不在这儿。"

"但决定谁去参加比赛的在这儿。"

"你想把你的所有风格的作品都送出去？"

"可能。你为什么不写？"

"我不感兴趣。看马力这个书箱多大。"

"获了奖你就获得了一切，哪怕人生充满重压……"

"别说了，我不感兴趣。"

"其实那不是一切也只不过是一半儿。"董客有点儿尴尬。

李鸣没有理他，继续在箱子上涂马力的名字。

董客的各种风格作品在全院到处排练，充满了各个角落，已经成为作曲系的众矢之的。因为管弦系的骨干都被他拉走，私下签了"合同"，要保证他的作品排练时间之余才能给别人排练。大家不明白他是用了什么诀窍使乐队对他心悦诚服。他还教会乐队首席一套话："古希腊柏拉图的美学在当今的作品中得到反映的为数甚少，我们在追求各种形式的至善至美。"

这套话专用在有人来阻止他们无休无止地排练董客作品的时候。比如有一次石白抱着自己的总谱和分谱，前脚刚跨进排练厅，嘴还没来得及张开，乐队首席已经把这套话大声说了三遍。弄得石白不知是该把自己的谱子扔了还是也给董客充当一名小提琴手更合适。

可是有一次"时间"把自己的谱子拿给乐队时，首席刚要说那套话，被"时间"一声冷笑给压回去了："这么搞太庸俗了吧？再说这些作品……啧啧啧。"

董客一夜未眠，连夜又写了一部新的。这是一部混合了各种风格的作品，让所有的人在短短15分钟里就能够跨越几个时代体验各种人的情绪。这部作品一拿给乐队，就把乐队整得满脸鼻子眼睛乱爬。

"你难道不知道你要参加的是国际比赛而不是大杂烩？你为什么不看看别人怎么写作？你为什么拿乐队试奏当儿戏？""时间"问。

"别人？他们太固执而不知所云。是国际比赛我知道。但你不知道谁会买下这些作品谁是这些作品的主人谁会拥有比你更大的权力来掌握这些作品的命运我不知道你更不知道你知道吗？"

"你真是俗气得不可救药。""时间"看也不看他一眼。

董客突然变得坐立不安起来。那天天气闷热，他不停地抹去脸上的汗污，大口大口喘着粗气。眼睛里很快就充满了泪水，又很快变成汗水滴下来。他直盯盯地望着"时间"："你看看，看看吧，看看它们！"他把一叠叠总谱扔到地上，"我费了多少心血，花了多少夜晚，我是在玩儿吗？难道它们一钱不值？全是破烂？全是小市民、商人的玩意儿？不值得他们演奏？这儿，是艺术艺术！全是高尚的心灵！全是超脱尘世包含无限的音响！从没有人去演奏、欣赏，甚至是指责它们，连我自己也不知道它们是什么声音。你不知道它们的价值，连我自己也不知道它们的价值，不知道，没把握，这能怪我吗？"

总谱堆在地上，多得令人吃惊。却没人知道它们，的的确确没有人知道它们。"我也有很多总谱我不知道音响。""时间"跪下来把它们捡起来。

"谁让你们写那么难的作品？活该！"圆号手边吃饭边说话。那时大家凑在食堂里。

"演奏起来吃力不讨好。"一个乐队队员插话。

"我的手拉得快抽筋了，可台下的人像木瓜一样坐着。"莉莉说。

"台下的人80%是傻瓜蛋，你别理他们，他们是要让广播员给解说完了才会恍然大悟的那种人。"聂风手一挥。

"可你不觉得演奏作曲系的作品不如演奏贝多芬？贝多芬有唱片供参考，可他们的作品你根本摸不着头脑，不知道他们想的是什么，等你好不容易弄明白了，台下的人却一辈子也弄不明白。"乐队首席说。

"我愿意演奏新作品。其实世界名曲指挥好更不容易。不过，看着台下坐满了白痴一样的脸可真不舒服。"这时候，食堂里的立体声音箱中播放出拉赫玛尼诺夫的第二钢琴协奏曲，聂风情不自禁地动起来，"像这种通俗易懂的东西，来得多轻松。"他的手臂轻轻划动着。

为此，董客采取了最科学的方法，就是连一分钟也不让乐队停止给他的作品排练。他从家里要来一笔钱，每顿饭都请乐队大吃一顿，还用火车托运来一筐筐新鲜水果，买了橘子汁、糖果、糕点，使乐队在排练中提神。这样乐队只好把别人的作品搁在一边来给董客排练。

"你真是疯了，何苦这么破费？"

董客不理别人的劝说，最后把自己的录音机和手表全卖了。

"你太缺德了，这样别人也得学你的样子。"

董客毫不理会。乐队的人疯狂地给他排练，各种风格的作品搞得他们晕头转向，好不容易排完一遍，大家刚想停下来喘喘气，就听董客说："不行，重来。""重来?！""你们根本没拉出音乐的本质。"首席无可奈何地架起弓子："本质是什么？""本质，本质。比如这首贯穿理性的序列作品是哲学思维的根结。哲学是什么？大地是什么？人类是什么？"首席被问得毛骨悚然，决不敢再问下去。

自从董客开创了这种自费排练的方法，作曲系人人效仿。这样一来，离学校最近的一家委托商店就开始买卖兴隆了。

李鸣让董客和他一起把马力的箱子抬到桌子上，然后他钻进被窝，只露出个脑袋。

"你干吗老在被子里思索？是在追求孤独？"董客自作聪明地问。

"我不愿意去琴房。"

"超脱？"

"我累。"李鸣把身子往被子里又拱了拱。

"如果我再写一部关于死亡与永恒主题的交响诗你看如何？"

"为什么？"

"给马力。"

"马力不需要。"

"为什么？"

"马力真的不需要死亡与永恒主题的交响诗。"

"他真的让窑洞塌方压死了？"

李鸣没说话，又往被子里缩了缩。

"为什么不写个交响诗纪念他？"

"你饶了他吧，他不需要。"

"你不信任我？"

"我不是不信任你。什么死亡与永恒，对马力有什么用？如果有用，你为什么不写一部关于你自己的音乐是如何包罗万象、如何至高无上的交响诗来让全世界知道呢？"

"我想写，可是没用，没用。"

"不过你别灰心，还是能有用。"

"真的马力不需要死亡与永恒主题的交响诗？"

十五

比赛的事情公布后，森森一直在自己的作品中徘徊。他对自己最近追求的和声效果不太满意，但又没想出更好的。他甚至难以容忍自己的音响。

他除了音乐对什么都漠不关心。包括自己的饮食起居。如果说他留长发，那是他忘记了剃头，常常忘记吃饭，又使他两腮消瘦。他衣冠不整，但举止洒脱，苍白的脸上有一双聪明的黑眼睛，明朗开阔的额头与他整个五官构成一副很自信的面孔。他唯一遗憾自己的就是手指短了点儿。

这是个遗传学上的错误。他是个天才的大音乐家，却长着10根短手指。他知道这无法补救，因此常常看着"猫"的修长而秀丽的手指在钢琴上流动出神。但更多的出神是因为钢琴上滚动出来那些谐和美妙的音响使他越来越纯粹地感到他自身需要的不是这种音响。他需要的是比这更遥远更神秘更超越世俗更粗野更自然的音响。他在探索这种音响。他挖掘了所有现代流派现代作品，但写出来的只是那些流派的翻版。

这种探索不断折磨他。有没有一种真正属于他自己的音响？他自己的追求在哪儿？他自己在哪儿？从谐和到不谐和，从不谐和又返回谐和，几百年来，音乐家们都在忙什么？音乐的上帝在哪儿？巴托克①找到了匈牙利人的灵魂，但在贾教授的课上巴托克永远超不过贝多芬。匈牙利人的灵魂是巴托克找到的，但也许匈牙利人更懂得贝多芬。这是最让森森悲哀的事。森森要找自己民族的灵魂，但自己民族的人也会说森

---

① 巴托克，20世纪上叶匈牙利作曲家。作品取材于民歌，是20世纪作曲大师之一。

森不如贝多芬。贝多芬，贝多芬，他的力度征服了世界，在地球上竖起了一座可怕的大峰，靠着顽固与年岁，罩住了所有后来者的光彩。

那天，孟野在森森的琴房，悠长地哼着一首古老简单的调子。森森问孟野："你感到没感到这里面的力度？"孟野把大提琴拿起来，深深地拉动琴弓，这首古老简单的曲调骤然变得无比哀伤。森森觉得呼吸都急促了，他拿起小提琴用双弦拉出几个刺耳的和弦，又拉出一连串民间打击乐的节奏。他想和孟野合力去体验那种原始的生存与神秘。他明显地感到他与孟野有一种共同但又不同的追求。他比孟野更重视力度，而孟野比他更深陷于一种原始的悲哀中。孟野就像一个魔影一样老是和大地纠缠不清。尽管他让心灵高高地趴在天上，可还是老和大地无限悲哀地纠缠不清。而森森想表现的是人。是人的什么？他其实说不清，也许是哪块肌肉的抽动？

他喜欢"猫"。"猫"能把他从那种混浊的探索中拉出来，使他得到片刻的休息。"猫"手底下能生出各种动听简单的音乐，听到这种音乐他甚至想放弃任何探索。世界上有那么简单动人的声音，要那些艰涩难懂的音响干什么用？就像这个不爱动脑子的女孩子一本正经地弹着小品，单纯、年轻，修长的手指使他相形见绌。他坐在这儿彻头彻尾是个动荡不安混沌不堪的怪物。所以他不能爱她。可是他又真想爱。

就在森森为自己的种种追求苦恼时，小个子有一天突然对他说："我求你别摘那个功能圈。"

"为什么？"森森觉得离奇古怪。

"因为我要走了。"

"我并没有要摘它的意思。"

"那我就放心了。"

"你上哪儿？"

"出国。"

"干什么去？"

"去找找看。我在这儿什么也找不到。"

"怎么可能呢？"

小个子低下头，由于老用水擦功能圈把手指都泡白了，像干了好多家务的主妇一样粗糙。森森突然感到这种举动有种神圣的所在。他开始尊重小个子了。

"你一个人走吗？"

"嗯。"

"谁照顾你？"

"走到哪儿都会有女人。"

森森苦笑了一下："如果你什么也找不到呢？"

"我就不找了。"小个子坦白地说。

小个子对他说的这些使他又感到一种震动。他更觉得有许多事情得做，尽管贝多芬压在这儿。也许贝多芬压根没见过用方块表达文字的人。音乐的上帝在哪儿？他自己的力度在哪儿？真正属于他的音响在哪儿？也许他一辈子也不会忘记小个子抠着泡白了的手指对他说的话："去找找看。"

十六

戴齐把自己关进琴房已经三天了。他想酝酿一部充满他内心渴望的作品，但始终写了上句没了下句，每想一个音符都像抠肠扒肚一样吃力。他想得多写得少。直到崇拜他的莉莉听得连连打呵欠，他才深深感到歉意。他从没见过这么忠实的听众。

莉莉自从到戴齐琴房之后，经常和戴齐合作协奏曲。她相信戴齐完全有才能写出世界第一流的优美作品，有时她听着戴齐的钢琴小品就感到像浸在纯净的空气和水中一样。但自从戴齐想投入比赛后，戴齐却什么像样的句子都没写出来。莉莉天天坐在那里听，失望之余又觉得精疲力尽。但她仍旧坚持坐在那里，在戴齐需要时就拿起提琴。她替戴齐买饭打水，照顾得无微不至，可戴齐还是老重复着一个很美的乐句。

"这不是很好吗？为什么不进行下去？"莉莉奇怪地问。

"进行不下去。"戴齐哭丧着脸，又弹了一遍这个乐句。

"我已经可以倒着唱它了。"莉莉疲倦地打个呵欠。

戴齐把这句倒着弹了一遍，然后茫然地在琴键上摸索。

"真奇怪。"莉莉坐在椅子上伸直长腿，"怎么这么难？"

"我已经死了。"

"什么？"

"我已经死了。"戴齐指指脑袋，"全僵死了。不能动了。"

"你是不是觉得冷？"莉莉摸摸戴齐的头。

"可能吧，反正在作曲史上这个人已经没了。"

"你这是神经失常，你的头是温的，"莉莉使劲摇着戴齐的脑袋，"你别装蒜了，你必须写出第二句来。"

戴齐在琴上又倒着弹了一遍那个乐句："这就是第二句。"

"扯淡！"莉莉大叫一声。

戴齐哀伤地弹起一首德彪西[①]的曲子。聂风推门而入。

"怎么样？进展如何？肖邦。"聂风一进门就带来一股活力。

戴齐摇摇头，接着弹他的德彪西。

---

① 德彪西，19世纪下叶法国印象派作曲家。

"他说他已经死了。"莉莉说。

"我看他真死了。"聂风的手在琴上给戴齐捣乱,"你要是真死了,我会想你的,不过你死了我还挺高兴的。"

戴齐仍旧弹他的德彪西。

"你得相信你自己,肖邦。"聂风大声说。

戴齐全力以赴弹那串儿固定低音。

"我给你指挥,保你满意。"聂风冲着戴齐耳朵喊。

戴齐的手指飞快地在琴键上滚动,吵得莉莉心烦意乱。"别弹了!别弹了!你这个神经病!"她大叫。

两只手全飞快地弹奏琴键,像一群苍蝇一样讨厌。莉莉捂住耳朵。但很快她就松开手,仔细去倾听,那滚动出来的旋律注入了戴齐的灵魂。戴齐的全身充满了活力,他手上飞快地弹奏,脚下飞快地换着踏板,这些动作加上那些穿透一切的音响,使他从头到脚都仿佛浸透了透明的音符。

"我去钢琴系。"戴齐轻轻弹下去最后一组和弦。

戴齐真的去了钢琴系。他的演奏即使在钢琴系也出类拔萃,因为他全身充满了乐感。在舞台上,他端坐在三角钢琴前,灯光打出他的脸侧部的秀美轮廓,他的手无论是表现力与外形都令人惊叹。"简直就是肖邦。"大家说。戴齐也觉得自己是肖邦再世。

"你算个什么?"莉莉问。

戴齐从三角琴前抬起头。他们正在排练,莉莉指着空旷黑暗的观众席:"你真想让他们觉得你是肖邦?"

戴齐得意地看了一眼台下。

"其实你连狗屁都不是。"

"谁说的?"

"我说的。你不是钢琴王子。"

"那是什么？"

"一个病号。神经病院里逃出来的病号。"莉莉笑起来，"人家都说你们作曲系全是神经错乱。"

"我现在不是了。"

"更是。"

"为什么？"

"因为你本来就是个神经错乱。"

"为什么？"

"你应该继续来你的神经错乱，因为你本来就是。"

"我不愿意。"

"所以你更是神经错乱，是个胆小的神经错乱。"莉莉用弓子拉出一声怪叫。

"噢，你别管我的事！"戴齐把耳朵堵上。

十七

小个子擦功能圈比以前次数多了10倍，另外还拼命打扫宿舍和马力的床铺。马力的铺盖卷还没有被拿走，他就把它们又打开铺好了。他把马力的床完全照老样子铺来铺去，甚至在睡觉前还要帮马力铺好被窝，起床后再把它们叠起来。他把宿舍的窗户擦得几乎像没玻璃一样，把地板擦得像打了一层蜡。然后在上面又垫上一层报纸，生怕别人的鞋印会把它们踩脏。这使李鸣烦得不得了，因为地板反而显得更脏更乱。李鸣好不容易劝小个子把报纸取消了，可这样一来，小个子就不停地擦地板。害得李鸣连脚都不敢沾地，也就更不愿起床了。

"来，吃块糖吧。"小个子把巧克力糖盒端到李鸣面前，笑着看李鸣。李鸣看着小个子，伸手取了一块巧克力。

"你别，"他把巧克力塞进嘴里，带着央求的口气说，"别再擦地板了。"

"我想擦。"小个子固执地说。

"你每天擦50次地板有什么意义？"

"意义就在这儿。"小个子咽下一块糖，"你不是宿舍长吗？你不愿意让宿舍是最干净的？"

"可我没法下地。"

"反正你也不需要下地。"

"可我要上厕所。"

"你买把夜壶就行了。"小个子狡猾地笑着。

"你这个小混蛋。"李鸣探出身子揪住他脖领，"你真是个混蛋。"

"这儿离厕所太近。如果擦不干净地板，屋子里就老有一股厕所味儿，你不觉得？"小个子认真地说，"我想把这一块地板擦成新的，就不会有厕所味儿了。还有门、窗，如果我把它们擦得永远再沾不上灰就好了。那你们住在这儿多安逸。"

"你不是也住在这儿？"

"我？我住不长了。"小个子神秘地看着马力的床，"我要走了。"

李鸣吃惊地看着小个子："你去哪儿？"

"我要出国了。"小个子小声说。

"出国留学？"

"嗯。可也说不定。"

"那你要离开我们了？"

"嗯。我不太愿意。可是你瞧，马力老也不回来。该不该去找找？"小个子笑起来。

"你别胡说了。出国是好事。"

"怎么见得？"

"当然是好事。"

"你想知道我为什么老擦功能圈吗？"

"你说吧。"

"哼！"小个子眯起眼睛看着马力的床一笑，进入一种自我状态。

李鸣知道他不会说什么，也就不再问了。李鸣看着宿舍的玻璃窗、地板、马力的床铺。连书桌和椅子、钢琴都是小个子擦干净的。好像他感兴趣的只有擦洗东西。也许他出国后就不再擦洗什么了。也许他还会长高、长胖、长成个男人模样。

"你猜我想什么？"小个子问李鸣。没等他回答就说，"我在想为什么你们不让我擦功能圈。"

"你说为什么？"

"不知道。可是我爱那个镜框。"

"你可以把它带走。"

"不，我带不走。你不知道，我带不走，也许还会再带回一个来。"小个子笑起来。

"我希望你带回一个姑娘而不是一个功能圈。"

"谁知道呢？"小个子笑着。

小个子临走时，在桌子上留下张纸条，没让任何人去送他。李鸣一点儿也不觉得小个子真的走了。马力的床还铺在那儿，好像晚上还是有人把它们打开，早晨又把它们叠好。窗户的玻璃还是一尘不染，教室里功能圈黑白分明地端挂在黑板正上方，所有的地方都有小个子的痕迹。李鸣打了很多开水等小个子晚上从琴房回来之后好洗脸洗脚。早晨，开

877

水被聂风倒走了一大半。直到李鸣看着擦得锃亮的地板上人们来回走动的脚印越来越多，才感到小个子是真的走了。

十八

全体作曲系参加比赛的作品在礼堂进行公演，由专家鉴定，决定送谁的作品出去。莉莉死拉活拽才把戴齐从琴房揪出来让他去听。李鸣破例从床上爬起来坐在最后一排最边上的一个角落。音乐会正常进行，有的作品充满激情但思绪混乱，有的作品逻辑严谨但平淡无味。倒是董客的几种风格的作品引起大家注意。但他毕竟照顾不周，每部作品都有些地方能让人感到天才作曲家的手忙脚乱。随后是森森的五重奏。这部作品给人带来了远古的质朴和神秘感，生命在自然中显出无限的活力与力量。好像一道道质朴粗犷的旋律在重峦叠嶂中穿行、扭动、膨胀。李鸣听着听着突然产生一种向前伸手抓住琴弦的欲望。一种想让肌肉紧张的欲望。他龇牙咧嘴地发出无声的傻笑。

当森森的作品演奏完，全场竟无一人鼓掌。所有的人都不想说话，只想抓住什么揍一顿。森森被人们包围住，正要尝受那些激动的拳头袭击，孟野的大提琴协奏曲响起来了。

弦乐队像一群昏天黑地扑过来的幽灵一样语无伦次地呻吟着。大提琴突然悲哀地反复唱起一句古老的歌谣。这句歌谣质朴得无与伦比，哀伤得如泣如诉。把刚才人们听森森作品引起的激动全扭成了一种歪七扭八的痛苦。好像大提琴这个魔鬼正紧抱着泥土翻来滚去，把听众搅得神志不安。"懵懂"哭起来了。李鸣想哭可哭不出来，一个劲张大嘴呵气。森森走到孟野坐的地方，掐住孟野的脖子，孟野看了他一眼，死命握住森森的手腕。

· 878 ·

全体乐队情绪高涨，铜管劈天盖地地铺下来，把所有高山巨石所有参天古树一齐推倒让它们滚落，而那魔鬼似的大提琴仿佛是在这大地的毁灭中挣扎，挣扎出来又不停地给万物唱那首质朴的古老曲调。

"噢——"演奏会结束了。台上台下的学生叫成一片。有人把森森举到台上打算再扔到台下去，有人想把孟野一弓子捅死。谱纸被抛得满天飞。"猫"飞奔到台上，飞快地吻了森森一下，随后就被大家扔到台下去了。

只有戴齐没有上台，他离开礼堂，跑进琴房，拿起肖邦的谱子飞快地往教学楼跑，越跑越快。他爬上教学楼的最高层，冲着操场大叫起来，然后把肖邦的谱子拼命扔向操场，正好砸在莉莉的头上。莉莉一看是本肖邦曲集，就抱着头坐在地上不起来了。

演奏会的当天晚上，孟野不见踪影。

十九

演奏会大大震动了贾教授。董客毕竟走得太远，作得又过于聪明，但他还是有一部作品接近海顿。至于森森和孟野，那简直不像话，纯粹在蹂躏音乐，是音乐世界的大破坏者。

森森和孟野。这两个学生的名字是两个危险，是神圣的世界的污点。贾教授一想起那两部作品就怒不可遏。竟然会有那种音响！在堂堂的音乐学府。

他们想表达什么？

贾教授想在全院会议上说说这件事，有必要要让全国人也知道知道。这是非同小可的事，竟然出现了这种音乐。你能说什么？法西斯、杀人犯。这两种词全用不上。贾教授绞尽脑汁想批评这两部作品。

"你想改变自己的风格？"贾教授对石白在上课时提出的要求感到诧异，"为什么？"

石白推推眼镜："这次演奏会就证实了我的风格已经过时了，森森孟野的作品更受欢迎。"

"他们不过用了20世纪一些过时的手法再加上他们自己想的一些鬼花招，而你可是承袭了17世纪以来最古典最正统的作曲技法。"

石白摇摇头："光把和声题做好是不够的。"

"当然，但你是怎么想的呢？"

"和他们竞争。"

"争什么？"

"作曲技法。"

"如果我不同意呢？"

"恐怕他们这样作是对的。作曲家的创作不应局限。"

贾教授皱了皱眉："你学和声几年了？"

"七年了。"

"真的？"

"真的。七年了，没有长进。"

"不，很好。你学了七年和声，你认为你学好了吗？"

"不，没有。"

"问题就在这儿。你学了七年和声，尚且不够。还谈什么别的呢？"

"但……"

"当然我不强迫你，你想没想过他们这样作的危险性？"

"危险？"

"他们那样作是很危险的。"

"为什么？"

"那是种法西斯的音乐。"

"？"

"可他们却沉浸在那种荒谬反动的狂热里，那种虚荣心！"

"我也激动。"

"法西斯是什么？就是杀人犯。杀人犯的音乐。充满疯狂，充满罪恶，充满黑暗，充满对时代的否定。"

石白忙把这些话写在五线谱上。

"我说得不会错。石白，你要听我的话，你现在搞的决不比他们差，而且比他们要高明得多。你要成为一个真正的音乐家，一个神圣的、有教养的、规规矩矩的音乐家。你还要向他们这种作法挑战！"

"？！"

"你要写文章批评他们，好让他们改过来。"

"可是……"

"你不能袒护错误。"

"可是……"

"你这是帮助同学。"

"可是……"

"杀人犯音乐。"

石白急忙回去绞尽脑汁写了篇文章把贾教授的原话抄上去。那文章在校刊上发表后，引起了全院的轰动，但却无一人响应石白，反而在下面冲着石白开起火来。石白一看形势不对，就使出浑身解数替自己辩解，他有口说不清，本来是贾教授的原话却又自己重复了一遍，本来是自己想的反倒说成是贾教授的。一怒之下，他去砸贾教授家里的门，可教授夫人说贾教授没时间接见任何人。他觉得自己是一头扎在一个无底深渊里了，笨重地头朝下旋转，即使是掉下去溅起一个巨大的蘑菇云来也无人问津。

二十

石白的批评文章在关键时刻发挥了作用。在评选委员会考虑送出国参加比赛的作品中撤销了孟野的作品。因为有"法西斯音乐"出现这个说法不可不信也不可全信，于是保留了森森的作品。董客也算如愿以偿了，他的几部各种风格的作品全部被送了出去，照贾教授的意思是"以此来证实我们的教学"。但孟野的作品被撤销也不能全怪石白，孟野在音乐会当场失踪，尔后院方就收到了一封控告信，写信人是孟野的妻子。

孟野已经迫于女朋友爱情的压力和她偷偷结了婚，但他拒绝把音乐的位置和妻子颠倒过来。音乐就是音乐。没有音乐他就不存在，没妻子他照样存在。这是他的想法，女作家写了五篇短文申明女性的重要地位仍没有把孟野的想法给颠倒过去。在妻子写控告信之前，他已经练习倒着走和她散步，这样可以少听几句"空惹啼痕"之类的诗词。结果有一天他无意中漏出一句："有人说我的音乐中缺少升华。""谁说的？""懵懂。"孟野这句话刚一落地，女作家就伤心地尖叫了一声，拿起一把剪刀向他冲过来。他们是住在妻子父母家，房间很小，孟野无处躲闪，只能紧贴墙角站着。

"又是她又是她！"

"我是在说音乐。"

"又是她又是她！"她的剪刀直冲着他的腮帮子。孟野破天荒地用手抓住她一只手，使劲向她背后扭，直到剪刀掉在地上。她全身不停地抽动："你就这样对待我吗？"

孟野松开手："你要怎么样？"

她的泪水像快干涸了的小瀑布一样淌下来。她的头发披散着，手指痉挛。她扑通一声跪在地上，眼巴巴看着孟野，孟野一下受了大震动，忙也跪下抱住她的头："对不起，我是在说音乐。"哪知她的手在地上摸索起来，终于摸到了那把剪刀，而且一下把孟野的衣服剪成了一面旗子。

孟野"噢"的一声跳起来，他想抡起拳头揍她一顿，可又怕把她打死。只得恶狠狠地脱下那件变成旗子的外衣扔到她面前，拔腿想往外跑。

她一下扑上去拽住他的腿轻轻地哭泣。

孟野不知如何是好，他走回来弯下腰，把她从地上搀起，伤感地吻着她的肩膀。她神志恍惚，哭得凄凄凉凉，令人可怜，更显得骨瘦如柴。孟野一把将她抱到床上，想用爱抚使她平静下来。"别哭，别哭。"这使他陡然想起在乐队里他也用这种口气对大提琴手说："Piano①，Piano！"那时大提琴手就会心领神会地使演奏弱下来，全体乐队就会沉浸在一种宁静的气氛中。"别哭，别哭，别哭，别哭。"

她可能累了，把头靠在他胳膊上安静了一会儿。突然她凑到他耳边说："再不要提。""不提了。"孟野闭着眼睛。"不要提你们班！""不提。""不要提你们学校。""不提！""不要提你们的音乐。""不提！""不要提音乐。"孟野睁开眼睛。"不要提音乐！"孟野站起来。"不要提音乐！"

"你想让我变成什么？"

"变成我的。"

---

① Piano（意文），音乐术语。弱奏。

孟野一动不动地站在那儿。

她大睁着两眼，每一字都加重了语气："我能为你牺牲一切，我什么都可以不要，学位、名誉，我都不在乎。我只求和你在一起，什么人都不见，什么都不想，只有你，只有你在我眼前。如果你需要我现在放弃学习，做你的主妇，我马上就可以退学，如果你需要我和你一起逃走，逃到荒无人烟的地方去，我马上就收拾东西。"

"逃走？为什么要逃走？"

"因为我爱你，我需要你，而你需要你的音乐。"

"逃走就可以忘掉音乐了？"

"逃到没有音乐的地方去。"

"没有没有音乐的地方。"

她痛苦绝望地捂着脸，自言自语地说："为什么没有没有音乐的地方？为什么没地方可逃？"

孟野走过去吻着她的头发："因为我选择了音乐。"

"要是我让你改变呢？"她抬眼望他。

"谁也没法改变。"

"但你又选择了我。"她的眼睛露出决断的神色。

孟野惊恐地向后退了一步。然后拔腿就跑出门。

在孟野妻子给学院写来的控告信中，列举了大量事实足以使孟野被开除学籍。首先，他违反了校方规定而私自结婚，这是规定中决不允许的。再者，他不仅非法结婚，还在学校与别的女生闹作风问题。比如跳舞、拍照，甚至在一起游泳，等等。作为妻子，她要求学院严厉惩办孟野这种破坏校规的学生，以端正校风。作为妻子，为了维护学风，她宁可牺牲丈夫，牺牲自己的前途，与丈夫一同流放边疆。

二十一

戴齐的那个优美的乐句有了新发展，这使他欣喜若狂。他钻进琴房，一张谱纸一张谱纸地写下去。越写乐思越多，越写越觉得自己整个都铸在里面了。莉莉坐在旁边看着他，只见他嘴角微微抽动，手指不停地在桌上敲打。他的头发垂在前额，形容憔悴。他更不爱说话，还把莉莉撵出琴房，说等写好了再让她听。于是莉莉完全不知他在写什么，只看到他每天进出琴房时，两眼都闪着一种病态的光芒。

戴齐的钢琴协奏曲是由聂风指挥的。第一次排练时，钢琴手被谱子上的临时升降号和无调性的主题搞得莫名其妙，完全找不着感觉。乐队更是怨气冲天。刚试奏一遍，乐队就开始跺脚、唉声叹气、叽叽喳喳怨个不停。

"安静，安静！"聂风对乐队说，"这是一首很美的曲子。是给聪明人演奏的作品。我想你们应该知道怎么办。"他用指挥棍敲敲谱台，"好，从头开始。"他手一挥。

弦乐队安静而悠长地引出了钢琴的主题。这主题像诗而不像歌，无调而有情。它是用一种极弱极轻柔的力度演奏出来的。莉莉坐在弦乐队中刚听完一乐段就被深深打动了。这时，竖琴突然蹩脚地蹦出几个音来。聂风一打手势，乐队全体停下来。

"竖琴要像流水，要像流水。"聂风说，"好，开始。"聂风手一挥。竖琴像流水一般洒下来。伴着梦一样的弦乐队，钢琴骤然清晰悦耳，一串流畅委婉的无调性旋律在人耳边伸延。莉莉边拉琴边把脸上的泪水往胳膊上蹭。乐队越来越沉浸在一种肖邦般优美与典雅但具有典型的现代气质的热情中。

当戴齐这部作品在学院正式公演时，有人感动得前合后仰，有人百思不得其解。但他拒绝报幕员在演出前对作品作文字解释的要求，演出后他也一句话不说。于是理论系的学生只好就"竖琴像流水"这一指挥家的启示去请教聂风。

"竖琴就是竖琴。怎么能是流水呢？竖琴就是竖琴。"聂风手一挥。

孟野没有按妻子的意思被流放。学校对他从宽处理，劝他中途退学。他草草收拾完行装，到森森琴房去告别，门没有推开，也许森森正在里面创造新的音响。孟野不再敲门，路过"懵懂"琴房时，他犹豫了一下，就径直走过去了。他一下楼来到操场，就开始倒退着走路，尽量让整个校园慢慢和自己拉开距离。有人说这个学校就像一座旧工厂。新的礼堂正在建设，到处堆着砖瓦、木料，还有一座现代化的教学楼刚刚动工，推土机把旧平房推成一片废墟，机器的轰鸣和敲打声整天跟音乐捣乱。他在这里已经待了四年半，再有半年就正式毕业了。现在他只得作为一名肄业学生离开这里。刚入学时校门不是冲这个方向开，而是在相反的方向。他来到传达室，那儿坐着看门的老头。

"我走了。"孟野把背包扔在椅子上，坐在火炉边。

"分哪儿啦？"老头热情地问。

"回去。"

"分回去啦？"老头喝了口茶。

孟野没说话，拿起当天的报纸。

"你们这就毕业啦？"老头又喝了一口茶。

孟野冲他笑了一下。

"你看快不快，转眼你们已经毕业了。"

"晚上不再来敲您的门了。"

"可不，该给他们开门了。"老头指着刚出去的两个学生。他们很年轻，刚入学不久，走起路来像要跳高似的。

孟野仿佛一下看到几年前的自己，接到录取通知书那天，满脸通红地在地上倒立了五次，然后莫名其妙地跟着公共汽车跑了两站地才停下来。那天有几个像他那样的幸运儿呢？今天又有几个像他这样的倒霉鬼？这也许是结局？也许说不上结局？他想起在假期里曾爬上峨眉山看到佛光下有一层深蓝的云雾，从那时起，他就从没对自己失去过信心。他是生来就注定要创造音乐的，把他这一生的好与坏、幸与不幸都加在一起，再减掉，恐怕就只剩下音乐了。没有没有音乐的地方。他拿起背包走出传达室。看门老头看了看闹钟，伸手按了下电铃。顿时全校各个角落里都充满了铃声。

二十二

新年到了，"猫"提前几天就买了各种五光十色的糖果食品，"懵懂"把教室从这头到那头都装上彩灯。"时间"带着几个男生去街上跑来跑去采购礼品。

这个冬天来得很早，11月份就开始下雪，因此到了年底冷风刺骨，窗户被风刮得砰砰响。所有宿舍都糊上了窗户缝，只有教室的窗户没有封上。一夜就落上一层风沙。功能圈的镜框不再那么亮了。不知是怎么搞的，镜框向一边倾斜下来。所有人都装没看见，觉得总会有小个子去把它扶正。可小个子没来扶，所有人就只好装没看见。镜框就这么在冷风中倾斜地摇曳。

乘新年之机，大家都想高兴一下，吃过晚饭，作曲系管弦系就要一起在教室开联欢会。教室被布置得灯红酒绿。为了扮成圣诞老人，一个管弦系小伙子闯进李鸣宿舍，非要把马力的红被面拆下来作外衣，被李鸣一拳打了个趔趄。李鸣堵住门，不让任何人到他的宿舍来捣乱，连聂风也不让进门。他把钢琴推到门后，又把书桌顶上。他把马力的被窝铺好，用棉花纸擦了擦地板，然后自己钻进被窝。

在教室，联欢会开得热闹非常。莉莉和"猫"、"懵懂"和"时间"四人表演了"双簧"。演的是一个小伙子向姑娘表白爱情遭到了拒绝，绝望之余自杀了。全场被这个古老的故事逗得哈哈大笑。藏在"时间"后面的"懵懂"在扯"时间"的假头发时把她脸上的胡子也扯掉了。吹圆号的胖子和吹黑管的瘦子表演莫索尔斯基的《两个犹太人》时，胖子边吹圆号边在脚下跳着天鹅湖，瘦子则哆哆嗦嗦地满地找烟头，然后吃掉了一张结婚证书。乐队首席让啤酒像喷泉一样从他嘴里冒出来，谁也不知道他是真喝多了还是在变戏法，酒流了一地，他一跟头又摔在上面。这时，圣诞老人拿着无数礼品出场了，所有的人都乱成一团去抢礼品。

"噢！"

"我要那个！"

"别挤。"

"扔过来！"

"你这个笨蛋！这儿！"

"别挤！别挤！"

"懵懂"被推了一个跟头，随后腿又被人踩了一脚。戴齐一下绊倒了，摔在她身上，紧跟着后面几个人都摔倒了。压在最下面的"懵懂""噢"的一声哭起来。

"呜——""猫"一看见她哭，也跟着哭。

"呜——"森森也起哄。

"呜——"

"呜——"

全教室里的人都"呜呜"起来，好像变成了一种很大的乐趣。管弦系的女孩用琴拉出"呜呜"的声音，圆号和长号也"呜呜"起来，"呜呜"声越来越大，震耳欲聋，致使好几个人真的哭起来。"懵懂"已经哭得伤心之极，好像她的腿断了一样。最后还是圣诞老人用小号尖叫了一声，把这"呜"声骤然中止了。

"我要吃蛋糕。""猫"说。

"我也要吃蛋糕。"莉莉说。

聂风端来了一个他去定做的大蛋糕，奶油上用巧克力挤出几个字：T、S、D。

"懵懂"一看见这个蛋糕就尖叫起来。大家不约而同地往黑板上方看。那个镜框在冷风中摇啊摇，"懵懂"跑过去就想把它摘下来。

"别动。"森森止住她。

"全是它，全是它干的。"

"别动！"森森抓住她的胳膊。

"全是它，全是它干的。""懵懂"扫着胳膊。

"别去动它！"

"你别管！全是它，全是它干的，全是它干的！""懵懂"挣开森森的手，咬牙切齿地冲"镜框"跑去，爬上讲台桌，伸手去揪那个"镜框"。

森森在下面一下把讲台桌撤了，"懵懂"从讲台桌上滚下来。她躺在地上，泪流满面。森森扶着她肩膀一个劲儿说："对不起对不起。为了小个子你别摘它。对不起对不起。""懵懂"捂住眼睛，让泪水从指缝里流出来。

二十三

又是一个夏季，作曲系这班学生的毕业典礼快开始了。森森在国际作曲比赛中获奖的事恰在毕业典礼前公布。当那张布告一贴上墙，作曲系全体师生无论在干什么，都跳起来了。连李鸣也从被窝里钻出来，跑到森森琴房打了森森一顿。森森简直不相信这是发生在自己身上的事，他想揪住李鸣问个明白，可李鸣打完他就大笑着溜走了。森森的手心出了一层冷汗，他狠狠揪了揪自己的长头发，对着在镜子里龇牙咧嘴的脸使劲打了一拳。然后捂着发疼的脸跑出来看布告。等他发现这是事实时，就跑回琴房，把门锁上了。

李鸣为了森森的作品获奖之事从被窝里钻出来后，就再不打算钻进去了。他把马力的铺盖重新捆好，整整齐齐地和马力的书箱摆在一起。明天就会有人来取它们，这次是真的。但李鸣仍不放心，还是写了个条子在上面："请你爱护它们。"李鸣坐在马力床上，想起马力最后一次在宿舍里的情景。那天是假期的前一天，晚上不到9点，马力就钻进被窝。李鸣想叫他起来打扑克，他死活不肯出来。"你放了假有的是时间睡觉。"李鸣隔着被子打他，他还是死活不肯出来。床下放着的全是他要带走的书，从西洋音乐史一直到梅兰芳京剧曲谱。李鸣怀疑他带这么多书回去是否看得完。"你想在这儿把觉睡够，回家去看书？"马力没理他，鼾声大作，李鸣站起来，走到钢琴旁，想用琴声吵醒马力，可脚下又被绊了一下。他低头一看，是马力的另一个挎包，那里面又是书，全是精装的总谱和音乐辞典。李鸣把那包书拎起来，一下放在马力身上，然后把所有马力的书包都堆在他身上。现在想起来，李鸣真后悔。那天晚上，李鸣拿书活埋了马力。可马力却是让黄土压死的。但李鸣还是觉得对不起马力。

要是他不把书放在马力身上多好，要是他把马力从被窝里叫出来多好。马力，马力。他干吗老睡觉？死亡可不管你醒过多长时间，它叫你接着睡，你就得接着睡；它叫你消失你就得消失；它叫你腐烂你就得腐烂。马力马力，你干吗老睡觉呢？毕业典礼就要开始了，毕业典礼一结束，大家就各奔东西。李鸣急于想去的就是教室。他想在典礼前去摘下那个功能圈。这是他唯一想带走的东西。他走到教室，新年拉的红纸条还留在那儿，功能圈的镜框还是歪斜着。他登上讲台桌，伸手去取那镜框，突然小个子的话在他耳边响起来："不，我带不走。"李鸣的手缩回来。他想了想，随后把镜框摆正，掏出手绢擦了擦，跳下讲台桌。

毕业典礼开始时，森森还在琴房里。楼道里空无一人。这个充满噪音的楼道突然静下来，使空气加了分量。森森戴着耳机，好像已经被自己的音响包围了半个世纪了。他越听思路越混乱，越听心情越沉重。一股凉气从他脚下慢慢向上蔓延。他想起孟野；想起"懵懂"冲着功能圈为孟野大哭；想起小个子到处给人暗示；想起李鸣从来不出被窝……所有的人在他眼前掠过，像他的重奏那种粗犷的音响一样在搅扰他。他把抽屉打开，用手无目的地翻来翻去。还有一支香烟，可火柴已经没了。有半张总谱纸躺在里面，还够起草一道复调题。他把整个抽屉都抽出来，发现最里面有一盘五年都不曾听过的磁带，封面上写着：《莫扎特朱庇特C大调交响乐》。他下意识地关上了自己的音乐，把这盘磁带放进录音机。顿时，一种清新而健全、充满了阳光的音响深深地笼罩了他。他感到从未有过的解脱。仿佛置身于一个纯净的圣地，空气中所有混浊不堪的杂物都荡然无存。他欣喜若狂，打开窗户看看清净如玉的天空，伸手去感觉大自然的气流。突然，他哭了。

（原载《人民文学》1985年第3期）

小城之恋

王安忆

　　小小的时候，他们就在一起了。在一个剧团里跳舞，她跳"小战士"舞，他则跳"儿童团"舞，她脚尖上的功夫，是在学校宣传队里练出来的，家常的布底鞋，站坏了好几双，一旦穿上了足尖平坦的芭蕾鞋，犹如练脚力的解去了沙袋，身轻似燕，如履平地，他的腰腿功夫则是从小跟个会拳的师父学来的，旋子，筋斗，要什么有什么。下腰，可下到头顶与双脚并在一处；踢腿，脚尖可甩至后脑勺，是真功夫。这年，她只十二，他大几岁，也仅十六。过了两年，《红色娘子军》热过去了，开排《沂蒙颂》的时候，有省艺校舞蹈系的老师来此地，带着练了一日功，只这一日，就看出他们练坏了体形，一身上下没有肌肉，全是圆肉，没有弹性和力度。还特特地将她拉到练功房中央，翻过来侧过去的让大家参观她尤其典型的腿，臀，胳膊。果然是腿粗，臀阔，膀大，腰圆，大大地出了差错。两个乳房更是高出正常人的一二倍，高高耸着，山峰似的，不像个十四岁的人。一队人在省艺校老师的指拨下，细细考察她的身体，心里有股不是滋味的滋味。她自然觉着了羞耻，为了克服这羞耻，便作出满不在乎的傲慢样子，更高的昂首挺胸撅腚，眼珠在下眼角里不看人似的看人。这时候的她，几乎要高过他半个脑袋。

他的身体不知在什么地方出了问题，不再生长，十八岁的人，却依然是个孩子的形状，只能跳小孩儿舞。待他穿上小孩儿的装扮，却又活脱脱显出大人的一张脸，那脸面比他实际年龄还显大。若不是功夫出色，团里就怕早已作了别样的考虑。

两人虽都算不上主角儿，却都勤于练功。一早一晚的，练功房里常常只见他们两人。大冷的天气，脱得只剩一身单薄的练功服，不用靠近，便能互相嗅到又香又臭的汗味儿和人体味儿。他的味儿很重，她也不比他轻。似懂非懂的同屋的小女孩儿便说她有狐臊臭，都不愿与她床挨床住。她不在乎，还想："狐臊就狐臊，你们还没有呢！多有人没、少有人有的东西，才是真正稀罕呢！"想归想，心里总还微微地有些难过，有点自卑。岂不知，那与狐臭是风马牛不相及，只不过人体味儿稍重些就是了。间或，练到一半会立定下来，喘一口气，互相看看，吸吸鼻子，她便好奇了，说道："咦，你身上有西瓜味儿。"他便侧过头低下脸，抬起胳膊朝腋下嗅嗅，笑道："我是甜汗儿，夏日里蚊子最好吃我。"可不是，白生生的皮肤上，这里那里全是褐色的小疤，夏天里留下的，再褪不去了。随后，他则惊讶地说："你身上可是有股蒸馍味儿！"她也抬起胳膊嗅嗅腋下，回答道："我是酸汗儿，蚊子不吃。"果然是光洁得连个针尖大小的斑点都没有，黑黝黝的发亮。两人便喘喘地笑，笑过了，再练，各练各的，有时也互相帮着。她的胯紧，他便帮她开胯，让她仰面躺在地板上，蜷起两腿，再朝两边使劲分开，直到膝盖两侧各自触到地面。待到她爬起身来，红漆地板上便留下了一个人形的湿印子，两腿蜷着朝两边分开，活像只青蛙。那印子要过一时才能干了褪去。他练着吸腿转，总绕着那人形，转不开去，遇了鬼打墙似的，直到那人形隐在地板宽阔的条子里边，他则期待着再长高若干公分，以为韧带的松紧是关键，便努力地拉韧带。背靠墙站好，请她帮助将绷直的腿朝头顶上推。她推得下力，脸蛋贴着他腿的弯处。他常靠的扶把尽头的那块墙壁，天长日久，石灰水刷白的墙上便有了一个黄黄的人形，独腿的，再褪不去了。她如站在那端的扶把上压腿，看着那独腿的人形，便觉有趣，沿着脚跟朝上瞅，直瞅到腿根。

这么着辛勤地练下去，他是越练越不长，她则越来越多圆肉，个子倒是很长，离那顾长却甚远。只是依着时间的规律，各人都又添了一岁。

这地方，是小小儿的一座城，环了三四条水，延出一条细细的汽车路，通向铁道线。最大的好处便是树了，槐，榆，柳，杨，椿，桃，李，杏，枣，柿，水灵灵的碧绿。轮船顺着水下来，早早的就看见一片郁郁葱葱的小洲，渐渐近了，便看见那树丛里的青砖红瓦，再近了，才听着一阵阵不卑不亢的歌声，是水客拉水的号子。此地人吃惯了河水，一吃机井水便肚疼腹泻，水客做的就是拉水送水的营生。平车上安着柏油桶，桶里盛着河水，随着道路不平的颠簸，溅出水花。河边的道儿，被车轮辗出深深浅浅的沟。无数条沟交错着。车轮从这条沟岔进那条沟，车轱辘在坎儿上硌一下，号子便打个顿，颤音似的，还有着节奏。一颤一颤的刚去远，又有后来的响起，萦绕不绝，与那绿荫荫的树丛常在。轮船却开走了丢下几十个人，十几个挑子，踩着颤悠悠的跳板，沓沓地走上岸来，走上通向街心的土路。

城里的街，大都是石块拼成的路，人脚磨得光滑滑的，太阳晒得热烘烘的，透过布底鞋烫着脚心，一身都舒坦了。挑子在肩上颤悠，脚板敲得石路沓沓的响，到了街心，才下了挑子，原来是一挑鲜嫩鲜嫩的韭菜，头刀割下，还带着露珠。这一日，城里十户有九户吃的是韭菜馅的扁食，一街的韭菜香。那韭菜挑子闲了，搁进一扎炸果子，悠悠地去了。

上南边买草的马车，"嘚嘚"地当街走过，车上张着被单作帆。老马低着头啃吃啃吃的走，身边跑着没有羁绊的马驹子，摇头摆尾地撒欢，四条细长腿跨得老高，一忽儿跑前，一忽儿落后，一忽儿又左右四下地乱走。撞了老妈妈的凉粉摊子，也没计较，谁都给它让道，任它闹去。

脱落了石灰，露出青砖的墙上，贴了大幅的海报，电影院演的电影，戏院演的戏。电影是一角的票，戏院则是三角；电影是人影儿动，身手很不平凡，戏院里虽是武艺低了几筹，却是真人形的。价钱很公道。到了夜里，都能满场，刚够满的场，正好的。

到了夜里，街上的挑子走净，店铺上了门板，黑黝黝的一条街，石子路在月光下闪着莹莹的光亮。门闭了，窗关了，过了一阵子，灯也灭了。孩子开始做梦，梦到大了时候的情景，老人却想心事，想那少年时候的光阴，不老不少的男女们则另有一番快乐，黑暗里运动着，播下了生命的种子。来年这个时候，小城里便又有了新生的居民，呱呱地哭着。

这会儿，是黑漆漆的静。

影院里，唯有一块屏幕光明着，活动着人影儿，人影儿演着悲欢离合的故事。戏院里，是一方戏台辉煌灿烂着，真人扮着假角儿。

他们总是不间断的练功，是想停也停不了。一旦停了下来，她会越发地圆胖肥硕，而他身上是连一分膘也不敢长的，横里多一分，竖里便更短了一分。他们只有这样苦苦地练下去了。

其实，也并不是很苦的，甚至还很有趣。她的身材已经到了穿什么都不合适的地步，并且，做什么事情都嫌笨拙，很不自在。只有当衣服一件一件脱去，只剩下一身练功服时，才略微地匀称起来。当她做着日常生活绝不需要举手投足的舞蹈动作，良好的自我感觉便逐渐上升。她对照着前后左右的镜子，心想：以为她丑陋是绝不公平的，以为她粗笨也是绝不公平的。汗珠从她缎子般光滑的皮肤上滚落，珍珠似的。头发全汗湿了，一绺一绺地粘在长而粗壮的脖子上。她的发根生得很低，几乎延到脖子与背脊的交际之处，脖子上的短发湿透又干，全翻卷了起来，太阳照在上面，侧面极像一只绵羊。他也只有在穿着练功服时才显得修长一些，并且，能有那么些凡人不及的武艺，身体的短处又能算得上什么。当他耍着难度极大的功夫时，心中的感情竟是壮阔的。他将上衣脱了，袒露出极白却粗糙的背脊。他的脸上与周身都起着茂盛的青春痘，犹如吸收了养料总要有出处，不是高，便是胖，他的养料与能源，全部茁壮了这群疙瘩，赤豆似的，饱满着，表示着他旺盛的青春的体力与精力。待到慢慢儿地平复下去，便留下一个个褐色的井似的凹坑，这凹坑尤其布满在背脊上，使那面部背脊极像一块粗糙坚硬的岩石。每一口褐色的井上都溢着一颗硕大的汗珠，通明着。

出汗犹如沐浴，汗水将身体深处的污垢冲洗出来，一身大汗过后，会有一种极其轻快舒适的感觉。

只有一间小小的水泥地的小屋作洗澡用，靠着茶炉子，茶炉子紧靠着一口机井，可将掺好了的冷暖相宜的水端进去，搁在一个水泥砌的小台子上，台子下面有一道阴沟，可供出水。此外，门后还有一排衣钩，专给挂衣服用，这便是全部了。男女用的都是这一间，倘若门关着，就须大声问道："有人吗？"里面则回答："有人。"如是女声，男的便止步折头等待，相反也是。否则，里面就拔了插销，闪在门背后，等人进去再关上门。天热的时候，这里是颇拥挤的，为此引起的争端也很经常。而到了冬天，就寥落了。由于是一间朝北的屋子，且没窗户，终日没有阳光，十分阴冷，又没有任何御寒的装置。没有油漆的板门开了半扇，裸出被水冲洗得发白的水泥地。如不是还有他俩每日轮流地进去冲洗，留下一摊摊水迹，便更凄凉了。他总是先让她洗，趁着一身热汗，还不至于觉得很冷，可也不敢久留，很快就会觉出逼人的寒气。等她的时候，为了保持身体的温度，他还继续练着，环绕练功房作着大跳，每跳到北边一排窗下，似乎就听到那洗澡房里泼水的声响。眼前不免要现出，水从她光滑、丰硕的背脊上泻下，分为两泓，顺着两根决不匀称的象腿似的腿，直流到底，洇进水泥地里的情景。有一日，因为她从头至尾没有挪动双脚，待他端了水进去的时候，竟看见地上一摊水迹当中，有着一双干干的脚印，是穿着海绵拖鞋的脚印，他凝视着脚印，渐渐从那双脚印上延出了双踝，小腿，膝盖，大腿，一直向上，一整个人形都伫立在眼前似的。不知不觉，一盆水凉了。

过了一天，他便买了一只苹果绿色的塑料桶送给她，因他记起她曾经抱怨脸盆太小，即使端两盆也不够洗的。一桶水可就多了，他想。大约是水多了，洗得很痛快，从此，湿地上再没有留下干干的脚印儿，脚印儿被水淹了。

微烫的水，盛在桶里，桶不由得变了形状，提起在手中，变成扁圆形的了。阳光照透了苹果绿的桶壁，将水照成鲜嫩的颜色，冉冉地冒着淡绿的热气。水在她手下颤颤着，进了阴暗的小屋，隐在没有油漆，半朽了的板门后面。屋里极暗，没有窗，也没有灯，只从门下漏进扁扁的一条光线。那桶水却微明着，莹光似的，盈盈的绿着。水是烫手的，干燥挺硬的毛巾迅速地湿透了。她将泡满着热水的毛巾撩到肩上，水直流下胸前和背后，如千万枚针刺在了皮肤上。她"嘶嘶"着，接连地撩着毛巾，朝身上泼水。水，渐渐地浅了，也暗了。这时，她开始穿衣服了。推开门，阳光刺痛了眼，犹如热烈而粗暴的抚摸，她幸福极了。

看见汗水淋漓的他依然在作着不间断的大跳，一块稀脏的护膝裹着漆黑的腿，不觉有点怜悯，便慷慨地将桶借他使用。第二天，她提着他还来的桶去接水，却发现那桶用过之后没有涮洗，桶底上有着一些浅灰色的残水，桶壁周围也布了一层浅灰色的颗粒。她正想张嘴骂人，却又止住了，怔怔着。她斜着桶转了一圈，看那浅灰色的水里有着一些微粒，不由揣摩着那是什么，可不会是他身体上的皮屑？她晓得皮肤不仅会沁出油汗，也会有颗粒状的皮屑。并不是灰，也不是土，只是皮肤的微粒。她想到这些，不觉又嫌恶起来，压上一股清水，泼了，再压上半桶，才下手擦洗桶壁，那塑料的桶壁在手掌下，总有些粗糙似的，有一些再也洗不去的东西，摩掌着手心。她捧起每一握清水，都看得见其中有些微屑，鱼一般活跃地游着，无论房里是多么黑暗。这一天，洗过澡，她总有一种没洗净的感觉，背上有些刺痒，就经常耸动着肩背，做出一些不甚雅观的动作。同屋的女孩儿更有些嫌恶她几乎要以为她是长了虱子之类的东西，尽管她是天天洗澡，而她们一个星期到澡堂去洗一次。

澡堂是那样的澡堂，和男子的一样，也是在一个大池子里，下饺子似的下进去，烫着。到了下午，那水便稠了似的混沌起来。由于剧团在这城里有着特殊的身份，每个星期六的早晨，在那些乡里人进城之前，澡堂提前为剧团开放两个小时，让演员男女们进去洗澡。她们都自带着脸盆，将水从池子里舀上来冲洗，等她们一个个沐浴完毕，披着湿淋淋的头发，红润着脸蛋，西施浣纱似的将盛了脏衣服的脸盆斜端在腰间，走出澡堂，门口已经候满了脸上巴着眼屎嗦嗦抖着的乡里人，仰慕地看着她们，再也无从想象她们皇后般的幸福境遇。

冬日的下午，街上总走着一些被澡堂的热汽蒸红了脸庞的乡里男人和女人。

蒸红了脸庞的男人和女人，掮着挑子或挎着篮子，或拉着平车，满足地，急匆匆地走在出城的道路上：一条是通向轮船码头，一条则跨过分洪闸，直朝北而去。傍晚时分，太阳从分洪闸顶上，高高的泥塑的三面红旗后面，渐渐下去，将早已褪了色的红旗重新染红，那便是闸下最喧腾的时刻，平车辘辘地滚过，间着自行车寥落的铃响，女人自家纳的鞋底，踩在盖了薄灰的水泥地上，印上了整齐的抑或不很整齐的针脚儿，赶着日头，一路下去，下到泥路上，脚印儿淹没在飞扬的尘土里了。

那是干燥的季节，一连三个月没有雨下，大路上起了一寸厚的浮土，埋住了脚面，地里裂了口儿。塘里的水干了，井里的水浑了，坝下大河低了，裸出暗绿的苔藓。落日是火红火红的，落下闸顶之后，却隐在了极远处的一丛绿树后边，变魔术似的，凡是绿树丛处，便是一个村庄，看得到，走不到，犹如海市蜃楼，到了夜极深沉的谧静时刻，却传来了悠长的狗吠。城里的狗不叫，成千上万只猫则沸腾着。是这样的时候，夜夜都叫出尖锐的声音，似哭，似笑，似喘，似叹，激荡着一整座县城，扰得人不能安眠。有那单身的光棍儿，便来不及地起床。提起扁担就抢，却是抢也抢不开的，犹如出生就长在了一起。再细瞅，却发现是两条静默的狗。猫儿早已跑散，继续撕肠裂肝地叫。第二日早起，揉着布了血丝的眼睛，首先是咒猫儿，然后骂狗儿，继而抬头看天，并没有下雨的意思，再咒天儿。最后，想起了前面中学校里外边来的一对男女，竟穿了条纹与蓝花的裤子，虽是在屋里睡觉，并不见人，可究竟是裤子，怎能用条纹布与蓝花布制作，无论如何也是不对的。

他们辛勤地度过了一个严冬，迎来了干燥的春季，她的身体已经丰硕到了无法再丰硕的地步，犹如早熟的果子，只是不匀称。而他那身体犹如他的意志那样坚定地凝固了，再不长一分。她长成了个大人似的，却依然是孩子脾性，说喜就喜，说悲就悲，喜过即悲，悲过即喜，转瞬万变，却自然得如同夏日的天，并不令人觉着无常和虚假。只是憨得可以。逗院里小孩儿玩笑，七逗八逗，逗出那样一句话："俺爸夜里咬俺妈嘴巴子。"别人听见，心里窃喜，脸上却作不听见，岔了开去。唯有她喜得前仰后合，不知如何是好，非但自己毫不掩饰，也破坏了别人的回避。纷纷红了脸，想要止住她，她则很懂似的说："这孩子什么也不懂。"人们叫她逼得没法子，只得说道："真是个憨丫头。"她却又极不服气："其实我一点不憨，什么都了解的。"只有不理睬罢了。随着她日益长成个女人的形状，那脾性则越发地显出稚气与颠顸。

她依然如小时那样，请求他帮她开胯。这工作于他却越来越为艰难，可他无法推却。由于无法推却，这要求便更加折磨了。她躺在他的面前，双腿曲起在胸前，再慢慢向两侧分开，他再克服不了内心的骚乱了。他喘着粗气，因为极力抑止，几乎要窒息，汗从头上，脸上，肩上，背上，双腿内侧倾泻下来。在他孩子般的形体里，心灵似乎是一种补偿，加快着速度成长，完全是成熟男人的心了。当他为她开胯的时候，他心里生出了一股凶恶的念头，他想要弄痛她。便下了狠劲。她不由尖叫了起来，那尖叫如同汽笛长啸，把他吓了一跳，手软了，松开了她的膝头。她并拢了双膝，用胳膊抱在胸前，继续叫着，随后便骂，骂出一串男人才能骂的粗话，比如："我操你。"她完全不懂那真实的含义只当是很有力的袭击，很解气的，却不料反而启发了他的想象，使他越发焦躁，便也回骂了同样的粗话，这却有着确切的实用的含义，她同样的不懂这含义，依然赖在地上不起，抱着双膝，还不是老实的抱着，时而伸直一条，只抱一个膝盖。时而伸直另一条，只抱另一个膝头。当她伸曲腿的时候，饱满的腹部与胸部，便十分结实的波动一遍。见他回骂，她越发激怒，越发骂出一串不堪入耳且又逻辑不通的粗话，比如：

"我操你姐夫！"他更加激动起来，用加倍粗野却含义真切的话反击。她不再让他说话，一迭声的骂，声音又尖又高，企图压住他的骂声。他的骂声低沉而有力，具有一种缓慢的穿透力。当她自以为胜利停下来休息的时候，他的声音却雄浑地回荡着。这才发觉，他的咒骂一直没有停息，与她并行，犹如乐队里的大提琴似的，虽少有旋律，那音响却永远不灭。她来不及换气，接连的大骂，试图压倒他。他毫不退让，沉着地伴随她的聒噪，直到她声嘶力竭，躺在地板上滚来滚去哭泣起来，他才住口，阴沉沉地注视着她。

她浑身已经滚得漆黑，两只漆黑的手无所顾忌地揉着眼睛，染黑了泪水，脸上流满了肮脏的眼泪。他忽有些心酸，便提了她的桶，盛满了冷暖相宜的水，叫她洗澡。她不听，依然哭着。由于有了安慰，哭得更加伤心，那伤心也更加真实。他只得近前去拉她。她的身体虽是沉重，况且又硬往下坠着，可他却是力大无穷，十分轻易地拽起她来，将她推进洗澡房。听到里面插销声响，继而传出夹了呜咽的泼水声，他的心忽而充满了柔情，温存起来。

水泼在身上，那泥汗剥皮似的褪了下去，她觉着了轻松。眼泪早已干了，只是仍不屈地抽泣，示威似的。而心里却奇怪地充斥了一股温暖，那温暖渐渐地注满了全身，如同被人很亲爱地抚摸。她几乎觉到了快乐，却仍不愿停止抽泣，那抽泣也像是一种安慰了。

从此，他们不再说话，成了仇人。

虽不说话，练功却还是练的，只是不说话了。他练他的，她练她的，自己练自己的，他不帮她开胯，她也不帮他搬腿，各自独立练着。两人都严肃着面孔，过分地认真着，像是进行着一场很重要很庄严的活动。练功房没了他们往日的说话声和笑声，那说笑声在空旷的练功房里，原本是会有些微回声似的反响。如今，只剩了脚掌落地的"嘭嘭"

声，回声是"空空"的寂寥，更显得单调了。与这寂静的气氛相反，心里是热闹而紧张的。她心里仍在激烈地与他争吵，用一千一万个她了解与不了解的肮脏字眼骂他。骂过之后，却觉着自己是受了欺侮的，可怜而无助，便十二分地自爱起来。每一举手与每一投足，都是用着既委屈又自尊的态度作着，完全没意识到自己的作态，却只茫茫地感到练功有了新的目的似的，更富有意义了。那不仅是自娱，不仅是为了长进，似乎还格外地有了一份表演的意味。于是，她练功更比平日刻苦，对自己极为苛求，听任自己的身体由于失败狠狠地摔在地板上，痛得几乎要叫出声，她却忍着，挣扎爬起，再做第二次绝无成功希望的尝试。似乎是为了要使什么人大受感动，而实际上，自己却早已将自己感动得几乎要下泪。这同时，他更是折磨自己，将自己的身体一无必要地弯曲成不可思议的形状。他弯下腰，头达到了两脚之间，还不为止，便从两脚间伸出来，昂起来，平视着世界。那身体的路线令人困惑不已，哪是上，哪是下，一时有些迷乱。而他的眼睛经过了一个完整的三百六十度的历程，却更为镇静地看着这世界。历经了两次倒置之后，似乎变了一个状态。他以这样的姿势，可以静静地持续二十分钟，他好像是在恨着自己的身体，有意要惩罚它似的。那身体似乎是在他灵魂以外的，与他灵魂作着对，由他灵魂作着裁决。而他的惩罚由于太过，不免带了一点矫揉的成分。他们各自为了自己也不明了的心情，艰苦卓绝着。迎来了入春以来第一场雨。

雨是这样下起来的。

序幕是一个酷热的七月般的天气，来不及地扒下两件毛衣，却连衬衣都穿不住了。院子里开始出现飘逸的裙子，却还没有走出院门的勇气，只在剧团内部遗憾地招摇着。然后，天却陡然阴了，阴了整整一天，豆大的雨点掉了下来，时光倒流般的凉了。眨眼间，鲜艳的裙裾没了，晾了满院的衣服棉被收了，露出了湿淋淋的水泥地，一处高，一处低，低处汪着水，雨点下在水洼上，敲出一圈一圈水波。这时，已到了黄昏，雨里的黄昏，有些暖暖的凄凉，或者是凉凉的温暖。雨从练功房的屋顶上，顺着瓦楞，弯弯曲曲，磕磕绊绊地走下屋檐，转眼，屋檐上就挂了一张水帘。

家家屋檐上挂了一张水帘，人们半掩着门，倚着那半边门框，隔着水帘，拉着家常，内容不外乎是今春的旱和今春的雨。也说话也吃饭，饭盛在大瓷碗里，托在左手上，右手操着一双弯曲了的白木筷。木筷挑着大米的稀饭，由于放了碱，稀饭呈红褐色，分外地香甜，碗边有一些腌豆子和咸菜，散发出霉烂的气味，那气味闻久了，竟有些鲜美起来。雨，落在碎石地上，竟是那样的响亮，盖住了一切声响，需大着嗓门说话，才能交谈。谁家的门紧锁着，主人还没回来，门口的衣服没人收，让雨淋得透湿，是一条蓝花布的裤子。那蓝花由于湿了，便格外地鲜艳起来。

天又凉了，需穿毛衣，没有毛衣的乡里人，便穿棉袄，棉袄几乎一律是黑色的。雨后的街上，竟有些萧瑟起来。碎石的地面被雨水彻底地洗刷了，黑是黑，白是白，鲜明得好比墨笔描写过的。河里的水涨高了，淹过了布着青苔的河岩，清澄极了。闸下的水泥道也白了，水泥道下的泥路却黑了，那一丛、这一丛的树荫则是葱绿葱绿，那是村庄。哪个村庄里，大雨时死了一个小孩，是下湖割猪菜，蹚大沟时滑了脚。故事传过几里地，被风吹散似的没了。城里人依然夸这雨好，下得及时，滋润了天气，人舒服。乡里人也夸，地里的小麦都绿了。

他们依然不说话，仇人似的。旁人都看出来了，觉得蹊跷。蹊跷了一阵便习惯了，不再见怪。等到习惯了一阵，却又有点奇怪，因为那敌对的时期终究有些漫长了，其中像有着什么不寻常的缘故，自然不能由他们任意地仇人下去。问她，她不说。问他，他也不说。再问她，由于他们郑重的态度，她不觉也觉着严重起来，态度生硬而又固执。这态度使他们更为重视，以为即将打开她的心扉，更努力地问道。不觉勾起了她的委屈，那委屈因他们的严肃态度而夸张扩大，她便哭了。这一哭，加强了人们的信心，加紧地盘根索底。她则摇头哭道：

"我不说，我没有可说的。"这确实是实话，可听起来意味却极其深长。再问下去，她便再没说话，只是一径地哭，且还哭得伤心。那伤心少半是因为委屈，多半则是由于惶惑和难堪，因她知道确实没有发生什么事情。什么事情都不曾发生，情形却弄得这样严重，她以为自己是有责任的，因此，还有一点害怕。有了她这个态度，大家至少也满意了一半，再去问他，便也有了理由。他被逼不过，只得骂人了。他咬紧牙关，恶狠狠地骂着，骂些什么，为什么要骂，自己却不明白，觉着荒唐，则又收不住口。大家一径朝他嚷着，勒令他住口，勒令他向她赔礼，究竟赔什么礼，心中都有了数似的。只有他俩不明白，而其实真正明白的也只有他俩。可他俩并不以为自己是明白的，他们只当自己是什么都不明白，大大受了委屈，受了捉弄。被大家拥着，由舞蹈队长捉住他们一人一只手，使劲往一起凑，凑拢了好握手言和。他们挣扎着，挣扎得很凶，多少人合力才按住了他们。她哭着，他骂着，因为挣扎不动，气得要命，恼得要命。手终于触到了手，他们还挣着躲闪，而那躲闪却有点做作起来。他们互相触到了手，心里忽然地都有些感动似的，挣扎明显地软弱了。两只手终于被队长强行握到了一起，手心贴着手心。他再没像现在这样感觉到她的肉体了，她也再没像现在这样感觉到他的肉体了。手的相握只是触电似的极短促的一瞬，在大家的哄笑中，两人骤然甩开手逃脱了。可这一瞬却如此漫长，漫长得足够他们体验和学习一生。似乎就在这闪电般急促的一触里，他意识到了这是个女人的手，她则意识到了这是个男人的手。他们逃脱开去，再次见面都觉着了害羞，不敢抬头对视，更不敢说话了。

因此，他们依然是不说话。不过，这时候的不说话，是得到大伙的认可了，便不再多做计较，由他们去了。练功是照常地练，练得依然艰苦。她拼命地摔打自己，肉体的疼痛给了她一种奇妙的快感，几乎为了这疼痛而陶醉。越是疼痛，越是怜惜自己，也越是不屈不挠。他则是尽力地扭曲自己的身体，将身体弯成什么也不像的形状，这才镇定下来，对自己的严酷使他骄傲。而当他们之中任何一人走开，单独留下任何一人的时候，那种自我折磨的决心和信心便会消散，浑身的兴奋与紧张一下子松弛了。他们这样对自己上着酷刑，原本是为了显示，可惜的是，他们的思想全集中在自己身上，分不出哪怕是十分之一、百分之一的注意去观赏对方忘我的表现。他们是白白地辛苦了。他们是为了自己才需要着对方。有了对方在，那艰苦与忍耐才会有快感，有意义。说到究竟，他们还是在向自己显示，向自己表现，要使自己信服和感动。

可是，年轻而浅薄的他们，自然不会意识到这些，他们只是单纯地乐意练功，练功的时候必须是两个人同在。由于莫名的需要对方在场，他们便建立了默契，如是单独一个人，决不会来练功，只要有一个人先到了场，另一个便不招即来，然后，也不会有任何一个人轻易地擅自离开。

三场雨下来，天是一日一日地热了，夏天到了。蝉是从天不明就开始长歌，一直到天黑。烈日晒透了练功房薄薄的瓦顶，热气包围了，从敞开的门窗里涌进。他们的汗水每日都把地板洗刷了一遍，地板渐渐褪了红漆，露出苍白的原色，汗水从每一个毛孔汹涌地流出，令人觉着快意，湿透的练功服紧紧地贴住了她的身体，每一条最细小的曲线都没放过。她几乎是赤身裸体，尽管没有半点暴露，可每一点暗示都是再明确不过的了。那暗示比显露更能激起人的思想和欲念。她的身体是极不匀称的，每一部分都如漫画家有意的夸张和变形一样，过分地突出，或过分地凹进。看久了，再看那些匀称标准的身体，竟会觉着过于平淡和含糊了。而他浑身上下只有一条田径裤头，还有左腿上一只破烂不堪的护膝。嶙峋的骨头几乎要突破白而粗糙的皮肤，随着他的动作，骨头在皮肤上活动。肋骨是清晰可见，整整齐齐的两排，皮肤似乎已经消失，那肋骨是如钢铁一般坚硬，挡住了汗水。汗水是一梯一梯往下流淌或被滞住，汗水在他身上形成明明暗暗的影子。而她却丝绒一般的光亮细腻，汗在她身上是那样一并的直泻而下。两个水淋淋的人儿，直到此时才分出了注意力，看见了对方。在这之前，他们从没有看见过对方，只看见、欣赏，并且怜惜自己。如今他们忽然在喘息的机会里，看到了对方。两人几乎是赤裸裸的映进了对方的眼睑，又好似从对方身体湿漉漉的反照里看出了自己赤裸裸的映象。他们有些含羞，不觉回避了目光。喘息还没有停止，天是太热了，蝉则是太聒噪了。

正午的时分，只有蝉在叫，一街的门洞开着，里面却寂静无声。那午时的睡眠，连鼾声都没了，只有一丝不知不觉的口涎，晶亮地拖在枕畔，似还冒着热气。百货大楼阔大的店堂里是格外的空寂，苍蝇嗡嗡地飞，画着圆圈。营业员趴在柜台上沉睡，玻璃冰着脸颊，脸颊暖热和湿漉了玻璃。偶有不合时宜的人，踟蹰在寂静的店堂，脚步搓着水磨石地，无声地滑行。码头没有船到，河水在烈日下刺眼地反光，一丝不挂的小孩沿着河岸走远，试探地伸脚下水，水是热得滚开了似的。停了几挂拉水的平车，翘起的车板下，睡着水客。

她想作一个"倒踢紫金冠"，终没有作成，重重地摔下来，地板像是迎了上去似的，重重地拍在她的身下。她接触到温热的地板，忽然地软弱了。她翻过身来，伸开胳膊，躺在地上，眼睛看着练功房三角形的屋顶，那一根粗大的木梁正对着她的身体，像要压下来似的。幽暗的屋顶像是深远广阔的庇护，心里空明而豁朗。顺着黑暗的椽子往下移动，不料却叫阳光刺痛了眼睛，那檐下的日光是分外地明亮，反叫人心情黯淡了，万念俱灰似的。她静静地躺在地板上，时间从她身边流过，又在她身边停滞，院里那棵极高极老的槐树，将树叶淡淡的影子投在窗户边上，她几乎看得见那只长鸣的蝉的影子，看得见它的翅膀在一张一合。这时候，在她的头顶，立了两根钢筋似峭拔的腿骨。腿骨是那样地突出挺拔，肌肉迅速地收缩到背面，隐藏了起来。她将头朝后仰着，抬着眼睛望着那腿，腿上有一些粗壮而疏落的汗毛，漆黑的从雪白的皮肤里生出。她默默地凝视着，觉得滑稽。那腿骨却向她倾斜下来，他蹲在了她的前面，看着她的眼睛，忽然问道：

"要我帮你起来？"

"不要！"

她想嚷，不料声音是喑哑的，嚷不起来。她一猛劲，抬起上身，他早已将手挟住她的腋下，没等她坐好身子，已经将她推了站起。她站不稳，他的手却像钳子般挟住了她的腋窝，迫使她站稳了脚。他的两只手，握住了她的腋，滚烫滚烫，身体其他部分反倒阴凉了。这两处的热力远远超过了一切，她不觉着热了，汗只是歌唱般畅快地流淌。等她站稳，他的手便放开了她的腋下，垂了下去，垂在膝盖两侧。她腋窝里的汗，沾湿了他的手掌和虎口，而那腋窝里的暖热，整个儿的裹住了他的两只手。这会儿，他垂下的双手觉得是那么寂寥和冷清，他不由自主地伸张了几下，妄图抓住什么，却什么也没抓住。她站稳了，径直走向扶把，一下一下地踢腿。脚尖画着空洞的半圆形，阳光耀眼地挂在腿尖，在空中甩出去半个光圈。她过分突出，突出得已经变形了的臀部活动出丑陋的形状，他十分，十分的想在上面踢上一脚。她觉出他的注视，心里则是十分的快意。他的目光滚热地抚摸着她粗壮的腿，那腿早已失了优美的线条，却是一派天真地丑陋着。她无休止地踢腿，韧带一张一弛，又轻松又快乐，不由要回过脸去瞅他。不料他早已走了开去，去进行自己的功课。她顿时泄了气，腿仍是一下一下地踢着，却失了方才的精神。他正劈腿，左右劈成一条直线，身子却慢慢地伏在地上，胳膊与腿平等的伸直，贴在地面，手却握住了跷起的脚尖。他感觉到她目光的袭击，击在他最虚弱最敏感的地方，他情不自禁地一哆嗦，收缩起四肢，蜷成了一团，她的目光早已收回。他心灰意懒地蜷在地上，蜷了一会儿，站起身体，重新抖擞起来。他走到她的身边，站住了，努力挣扎了一会儿，不由憋红了脸，喃喃地开口了：

"你究竟对我有什么意见？"

她没提防他会说话，更没提防说出这种认真的话来，不由也窘了，脚尖慢慢低落，脸也涨红了回答说："没什么意见。"还好笑地笑了一声。

"我们不要这样了。"他说，又补充了一句，"还是应该互相帮助。"

"我无所谓。"她说，心里却怦怦地跳着，觉得事情有点不平常了。

就这样，从此，他们又说话了。可是，说话的境界似乎还没有不说话的美妙。一旦说话；那紧张便消除了，随之，那一种兴奋；那一种莫名其妙的等待事情发展的激动与好奇，那一种需以默契来交流的一种神秘的意识，也消失殆尽了。然而，彼此终究是轻松了，要承受那一种紧张毕竟是太吃力，也太危险了。究竟是什么样的危险，谁都不明白，然而那一种冒险的心情，却是谁也都有的。

他们重又正常地交往了，可却再恢复不了以往那一种明澈的心情，都怀了鬼胎似的，有点躲闪，也不再互相帮着练功了。他们只说话。话说得简短而生硬。他要通知她食堂已经开饭，晚了便买不到好菜，明明是好心的意思，出口却变成警告一般："开饭了啊！"她则恶声答道："谁不知道！"她用完了洗澡房让他来洗，口气却如最后通牒："我可是洗好了啊！"他答应得也很不耐烦："谁不知道你洗好了！"他们好像不会用别的口气说话了，至于先前，他们是怎样和颜悦色而又自然而然地说话，是谁也记不起来了。这样的恶言恶语，却并不吵闹起来。他们谁也不愿吵了，再不愿像个仇敌似的不说话。好不容易才打破了那尴尬的局面，他们是都懂得珍惜的。可是，那尴尬局面的转变，又使两人心里都有点遗憾似的。他们本以为事情会有什么不寻常的发展，都在颤颤地，怯怯地，等待着。而如今却一切正常了，不会有什么不寻常的事发生了，或者说，不寻常的事情发展了一点点就截止了，两人的期待都落了空似的，互相都有些奇怪的怨恨。因此他们生硬的口气不尽是做作，而是有一些儿真实的原因的。她常常会莫名其妙地给他白眼，她的眼白因为黝黑皮肤的衬托，格外地醒目，效果也特别地显著。他的脸色则是常常阴郁，布满了乌云似的，由于他苍白的皮色，这阴郁也格外地黑沉，有时竟叫她有些害怕，不敢太对他撒性了。

不过，他们毕竟是说话了，自从他们彼此开始说话的那天起，两人的练功却都有些松懈，这样的折磨自己失去了意义，他们将改换一种交流和交战的方式。却又找不到新的方式，双方都有些迷茫。在有一段日子里，两人却像是失了生活目标似的，有点无精打采。天又是特别的热。正午的太阳底下，有人在街上的石子路上，摊熟了一个鸡蛋。围了有上百个人参观，头上冒着油汗，惊讶得忘了热，只有小孩为了满头化了脓的疖子，死命地号。到了夜晚，太阳落了，吸饱了热气的地面喘不过气来，将那热气一团一团吐了出来，蒸着满街的凉床凉席子。外面和屋里其实是一样的热，热得连蚊子也没有了。一连几日的喘不过气来，后来，天阴了，飘来了雨云，下雨点子了。如能撤退的军队，凉床子凉席子"唰"地不见了，进屋了，大人孩子转眼间睡熟了，如同死过去似的。到了夜半，却又热醒，枕上身下是一摊汗水，浸着身子。撑开肿着的眼皮，只见窗外又是一轮明月，碧晴的天上，云影儿也没一丝。

城外的庄稼却说长得特别喜人，黄豆绿油油的，出嫩荚子了。乡里老头热得狗似的伸出舌头喘，却还说："该热的时候使劲热，该冷的时候使劲冷，才是正经的天气。"瓜也长得好，小小的籽籽瓜，三分钱就可买得一个，薄削的皮，鲜红的瓤，乌黑的籽，走街穿巷的叫卖。一早就热得出油，喊了个卖瓜的进院，大伙儿凑了他的筐子吃，吃得肚胀，再让会计销账，直接往防暑降温费上销。卖瓜的消消停停，坐在伙房边的背阴的走道里，竟也有了几丝穿堂风。一得意，就开了讲，讲瓜田里的故事。有守瓜田却捉到男女奸情的，还有大姊妹守瓜贪吃尿了裤子的，种种丑闻恶事。有人去报告了团领导，险些儿扣发了他的瓜钱。他还是便宜，没受煎熬就卖出了一挑瓜，算完了一日的营生，挑着空挑子悠悠地出城。那一路，每隔二里地就有一口甜水井，又冰又凉，喝了好消暑。卖瓜的心想，凭啥，街上人就得受这个罪，热热的天，挤住在一堆儿，连个歇凉的树荫地也没有，不凭日头的高低，靠住钟点地做活儿。不过，那城里的姊妹真好，白生生的皮儿，嫩生生的肉儿。那是城里男人福分。

街上的人可怜的是乡里人，毒辣辣的日头底下，连个躲处也没有，胳膊腿燎起了水泡，一层层地褪皮。衣服也褪了色，从不见身上有一点鲜亮的颜色，活个什么趣啊！就是那瓜好。不解的是县中学里那对夫妇，大热的天，却也紧闭着门，黑夜尚可想象，大白天的却又何心，不成是青天白日的也耐不住了，这可是何等的燥热啊！白里黑里的，却又不见半个崽子下地，女人的肚子姑娘似的扁扁平平。姑娘似的细腰窄腚，姑娘似的细皮嫩肉。

出了三伏，立了秋，还有十八天的赛火呢！

出了赛火的十八天，剧团派人去南边靠大海的大地方的大剧团，学节目。去的都是主演和主力，轮不着他们，他们依然是每日的练功。依然练得不得法。她长高长大了一轮，不长的他看起来就像是缩小了一轮。她觉着自己长得太高大了，身体简直成了累赘。洗澡时，望着自己那对丰硕得奇异的乳房，不由得诧异却又发愁，她不明白它们怎么长成了这样，不明白它们究竟还将怎么下去？她甚至以为是得了什么奇怪的毛病。想到此，头皮都发紧，害怕得想哭。她打量着自己硕大的每一个部分，连自己都有些惧怕。她想她是太大了，而她又无法使自己缩小。处在苗条秀气的女伴中间，她硕大得不禁自卑自贱起来。加上她没头没脑没有分寸的言辞，伶俐的女伴叫她作大憨子。幸而她不是个肯用脑子的人，这一点惧怕与自卑的心情，丝毫伤害不了她的健康。她精力旺盛，胃口很大。夜里，睡进被窝，两条胳膊搂抱自己，心里对自己是十分的宠爱。然后便像个婴儿一样香甜，没有一点儿心事地睡着了。睡梦中会咂嘴，咂出很受娇宠的声音。对他来说，累赘的是他心灵的成熟。他的心似乎是熟透了，充满了那么多无耻的欲念，那欲念卑鄙得叫他胆战心惊。他不知道这些欲念来自他身体的哪一部分，如果知道的话，他一定会毅然将那一部分毁灭。后来，有一个夜里，他在不该醒的时候醒来时，忽然明白了那罪恶的来源，他自以为那全是罪恶。可是这时候，他忽然发现要毁灭那个部位是如此的不可能，并且，那些欲念也因这个部位的宝贵而为他珍爱起来。他不明白这出于什么样的理由。

这时候，外出学习的人回来了，穿着样式别致的衣服，提了更新换代的旅行包，走下了轮船，踩上颤巍巍的跳板，一步一步走上了岸。他们两人也去接了，她总是挤不前去，连一件行李也抢不到手，却也一样的激动，一样的热烈。或开路般的走在前边，或压阵似的走在后边，叽里呱啦地说些风马牛不相及的话，谁也不回答，谁也没听见。可是，如没了她和她的聒噪，这迎接的场面便要冷静许多了。沉默的他却走在了中心，由那位跳洪常青或方排长的主演搭了肩膀，一起走着。并不起眼的他，却是这位主演的好朋友，军师一般的地位，从码头回团的路上，那主演告诉他：

"有你的角色演了。"

那角色是双人舞《艰苦岁月》里的小红军，再找不出像他那样矮小而又武艺精湛的演员了。在别的很多剧团里，这角色都是由女演员演的。这角色就像为他而设计的，几乎不用研究讨论，就定了下来。这本就是属于他的角色。一切都顺利极了，只有一件困难，便是那舞蹈里有不少托举，更有很长的一段，老红军需背负着小红军行走，且还要走出健美的舞步，做出刚劲的动作。这时候，方显出他的不利。看上去瘦小的他，却有着令人吃惊的体重。"老红军"背不动他，一上肩便弯了腰，再不可能走出舞蹈的步伐。并且，他们双方都没经受过托举的训练，不会借助巧力而使身体轻便，他只会死死地攀负在人背上，一心的惶惑与抱歉终是无用。当他又一次重重地从人背上跳下来的时候，那人再止不住怨言了：

"你是太重了。"

他红了脸，转而反击道："你是太熊了！"

那人面有愠色，眼看一场冲突就要起来，大主演便出场解围道："让我来试试。"于是负了他背上走了一遭，走是走了下来，却是喘个不休。接着，旁边的人也纷纷上前尝试，将他在背上背来背去，走来走去，嘻嘻地笑着。他终于捺不住了，挣着跳一下，把身下的人推了一个趔趄，人们这才收敛了。

这天晚上，他没有吃饭，留在练功房里练弹跳。他知道那最初的纵跳是很关键的，一旦能轻松地上了肩。后边的路程便好走了。如果在上肩时就耗尽了力气，且又调整不好呼吸与步子，就麻烦了。除此以外，他希望自己能轻松一点。不过一会儿她也来练了，像是帮助消食，每顿饭后，她都要练功。这样她才有理由多吃。她是极爱吃的，吃得极多。今天，她新换了一套肉色的练功服，是这回出去学习的人买回来统一发下的。是那些大剧团里正规的练功服，领口开得极低，尤其是背后，几乎裸到了腰际。裤头是平脚的，绷得过紧，深深地勒进大腿根部。

他忽然很和蔼地向她请求，帮助他排练这托举的一段。由于他久已陌生的温和口吻，更由于她从下午起就憋在心里的那一段愚蠢的撑强心情，她欣然答应了。他先向她交代了动作，不料她站在一边早已将动作记熟，竟做得一丝不差。他便跑去问电工索来录音机和磁带，快转到那个地方，开始了音乐。他上了她的背，她竟不觉得吃力，由于激越的音乐的伴奏，还很快活。他在她背上动作，很感踏实，他没想到她的肩背是那样的宽厚而有力量。他们极顺利地走完了一遍，她只微微地有一些正常的喘息。没等他开口，她便跃跃地说道："再来一遍。"这回，他们是从头来起，她将老红军的动作全学了下来，做得倒并不难看，尚有激情，到了托举的时候，十分自然地上了肩。她的胳膊又结实又有力。由于她承受得轻松，使他也有了自信，动作大胆了，反倒灵巧了，减轻了她的负担。他们渐渐熟练起来，竟比他原有的搭档更为默契。五遍六遍下来，他们可以一无负担地，轻松自如地去做所有的动作。他们忘记了技巧上的困难，忘记了托举前须作的思想准备。那每一举手，每一投足，犹如他们的本性一样自然，音乐又是那样的激动人心，重复使它更亲切更悦耳。她忘了那角色是一个老红军，只以为就是她自己。他也忘了那角色是一个小红军，也以为就是他自己。每一个动作都是他们自己的动作，出自他们的心愿和本能。他们忘情地舞着，大镜子里闪过他们的身影，他们的身影迅速地从这一面镜子闪到那一面镜子，他们的身影包围了他们自己，他们竟觉得他们是很美的了。再没有比舞蹈里的自我感觉更为良好的了，况且，还有着音乐。

当他再一次伏到她背上的时候，嗅到了浓重的汗味儿。他的胸脯感觉到了她厚实的背脊，那背脊裸在低低的后领外面，暖烘烘，湿漉漉。他同样暖热而汗湿的胸脯，与她背脊滞涩地摩擦，发出声响，轻微地牵扯得疼痛。他的膝头觉出了她努力活动的腰，他的手觉出了她浑圆结实的肩头和粗壮的脖子，那脖颈由于气喘，一紧一松。沿着汗湿的头发，他的鼻子觉出了她脑后盘起的发辫的触碰，带着一股浓郁的油汗气息，上面有一枚冰凉的夹子，戳痛了他的脸颊。他全身的感觉都苏醒了过来，从舞蹈的技巧中解脱了出来，于是又重新地紧张起来。与方才那抑止了全身心的紧张相反，这会儿，所有的感官和知觉全都紧张地调动起来。活跃起来，努力地工作着，舞蹈已成了机械性的动作，分不去他丝毫的注意了，他负在一个火热的身体上面，一个火热的身体在他身下精力旺盛地活动着，哪怕是一丝细微的喘息都传达到他最细微的知觉里，将他的热望点燃，光和火一样喷发出来。

这光与热传达给了她，她什么也感觉不到，只觉得背上负了一个炭盆似的燎烤，燎烤得按捺不住。可一旦等他下去，燎烤消失，背上又一阵空虚，说不尽的期待，期待他重新负上背来，一旦上来了，则连心肺都燃烧了起来，几乎想睡倒在地上打个滚，扑灭周身的火焰。可是音乐和舞蹈不允她躺倒。她像是一个巨大而又无形的意志支配着，操纵着，一遍一遍动作着，将他负上身，又将他抛下地，她忽然轻松起来，不再气喘，呼吸均匀了，合着动作的节拍。躯壳自己在动作。两具躯壳的动作是那样的契合。他每次跳上肩背都那样轻松自如而又稳当，不会有半点闪失，似乎这才是他应有的所在，而在地上的跳跃全成了焦灼的等待。当他负上背时，她才觉心安，沉重的负荷却使她有一种压迫的快感。他们所有的动作都像是连接在了一起，如胶如漆，难舍难分，息息相通，丝丝入扣。他在她背上滚翻上下，她的背给了他亲爱的摩擦，缓解着他皮肤与心灵的饥渴。他一整个体重的滚揉翻腾，对她则犹如爱抚。她分明是被他弄痛了，压得几乎直不起腰，腿在打颤，可那舞蹈却一步没有中断。音乐是一遍又一遍，无尽的重复，一遍比一遍激越，叫人不得休息。夜已经深了，有人在对着练功房怒吼，骂他们吵了睡眠，还有人用力的开窗，又用力的关窗。这一切，他们都听不见了，音乐笼罩了整个世界，一个激越的不可自制的世界。

最后，终于有人扳动了电闸，灯一下子灭了，音乐戛然止住，一片漆黑。院里所有的灯都灭了，连月亮都没有，是个没有月亮的夜晚，伸手不见五指，如同堕入了深渊。他已负在她的背上，动作与音乐一起止住，凝固了似的不动了。足有半分钟，他从她背上落了下来，掉在了地板上。两人没顾上说一句话，惶惶地逃跑了。奇怪的是，在那样漆黑的夜晚中，竟没有碰撞，也没有跌跤，就那么一溜烟似的逃窜了。

后来，《艰苦岁月》中的小红军，还是由一名女演员取代了。他是如同铅块一样沉重，而且日益地沉重，日益地笨拙，谁也负不起他了，而他竟失去了先前那一点轻巧，在谁的背上也无法放松自如，这紧张与笨拙更加重了身体的分量。他再找不到那噩梦一样迷乱的夜晚，在她肩背上的感觉。他与谁都建立不了息息相关的默契了，除了她。可她见了他，却有点躲闪，他也同样，害怕见到她。他们甚至不敢在一起练功了。有她在，他便不去，有他在，她也不去。渐渐地，他们又有了新的默契，不在一处相遇的默契。可是他是那样刻骨地想念她，她虽不像他那样地明确想念，却是心躁。她变得十分易怒，不明来由的就与人吵架，吵到最后，即使是她占了上风也免不了一场惊心动魄的哭号。院子里是那么小小的一方，她放肆的哭闹声几乎注入了每一个角落。他远远地躲在屋里，听着那哭声，充满了心碎然而快乐的感觉。

大热过后的秋天，是格外的天高气爽，阳光是透明的，空气如水洗过一般，白杨树很高的树梢上，挑着一缕阳光，即使乡里人的面色也显得白皙了。这一个秋天，街上很流行铁灰的褂子，西服领，微微地掐腰。要有人穿着这样的褂子从街上走过，一街的人都会停住脚嫉羡地望。第一个穿这褂子的，是县中学那外方来的女人，她很招摇地从街上走过，提着菜篮，向沫河口来的"猫子"买螃蟹。此地将船民叫作"猫子"，打心底里可怜他们，没个安生的家，常年漂流在水上，没个根似的。螃蟹张牙舞爪地到了她篮里，滋滋地吐着气泡，巴着篮子的竹壁向外爬。她竟不怕，一只一只捉了回去。到了晌午，街上就传遍了，县中学那对男女，竟吃那样的东西。说这话时，"猫子"已经回了船上，一橹一橹地去远了。他想着这些人吵吵嚷嚷的真可笑，几辈子地待在一地，生了根似的，什么世面也见不着了。他望望蹲在船头奶孩子的女人，女人很安心地看着船下的绿水，一波一波地荡着，撩着衣襟，腾出一只食指，在孩子脸颊上画着。岸边是整齐的大柳树，柳丝儿低垂，一排几十里，"猫子"心里很宽畅。

这个秋天，她满十七岁，他则是二十一岁了。依然是互相的躲闪和逃避。那一个夜晚，时时缠绕在他们心上，想甩也甩不脱。他们想作出忘记或不在意的样子，为了可以坦荡地重新在一起相处。可是只须短短的一瞥，便再也佯装不下去，匆匆地缩回头去，还是不敢见面。然而，虽是不见面，彼此却被对方全部占据了。他的想象自由而大胆，那一夜的情景在心里已经温习了成千上万遍，温故而知新，这情景忽然间有了极多的涵义，叫他自己都吃惊了。她是不懂想象的，她从来不懂得怎么使用头脑和思想，那一夜晚的感觉倒是常常在温习她的身体，使她身体生出了无穷的渴望。她不知道那渴望是何物，只觉得身体遭了冷遇，周围是一片沙漠般的寂寥，从里向外都空洞了。莫名的渴念折磨了她，她无法排遣，只是加倍地吃，吃的时候似可解决许多，于是就吃得极多，极饱，吃到肚胀为止，而练功却懒怠了。她的体重迅速地增加，各个部位都努力膨胀，她变得又丑又笨，而他却在消瘦，每一根骨头都暴露了出来，挑着皮肤，皮肤上每一个毛孔都生出疙瘩，伤痕累累。他简直像一只拔光了毛的雏鸡。食欲不振，为了唤起食欲，他总是买了最多最好的饭菜，摆开在练功房门外的水泥地上，自己则坐在门槛上，瞪着怨恨的眼睛望着饭菜，久久不动筷子。他也不常去练功了。

练功房显得很寂寥。

他们都很寂寥。

后来，演出了，在县城里唯一的戏院里。戏院像一个巨大的仓房，粗大的木梁架住三角的房顶，场灯缀在没有油漆的木梁上，一盏一盏一盏。同样没有油漆的木柱立在场内，正好挡住那后面两个座位的视线，每一场都必有这座位的观众的争吵，可是每一场都仍然将这座位照价售出，谁也不记得这座位的号码。水泥地上粘着痰迹和烟蒂，浮着一层永远扫不尽的洋灰与土。时常的停电，一旦停电，会场一片漆黑，乱过一阵，才有一盏汽油灯幽幽地点燃，照亮在丝绒已经磨平了的紫红色大幕跟前。然后又有了第二盏，第三盏，第四盏，沿着幕沿一溜儿排开，从底向上将人脸照亮，留下一些丑陋的阴影。

没有他俩的事，他俩在后台，她照管服装，他照管道具。没事的时候，就跑到幕侧看演出。幕侧有着一排排的硬景片，隔了几重几进，她站在这片的暗影里，他站在那片的暗影里，彼此只隔了两步的距离。可是台上的光明将幕侧遮得更为幽暗，他们谁也没有发觉谁，孤独地看着台上的节目。节目一个一个向下走，终于走到那个舞蹈《艰苦岁月》。熟悉得几乎陌生的音乐陡然响起，他们不由同时哆嗦了一下，这颤抖如同是电流一般，在空中相遇，流通，他们忽然觉出彼此就在附近。心跳了，脚步却没有移开。他回头望了一下，正望见她的目光，她忽然向后退了一步，退进一个高大的景片的遮蔽里，那景片是一间营房。他随即也追了进去，景片后面一片漆黑，激越的音乐从幕前传来，充满了一整个剧场，笼罩了一切，他站了一会儿，伸手凭空地摸了一下，什么也没摸到，却感觉到她的躲闪。她笨拙的躲闪搅动了平稳的气流，他分明听见了声响，如潮如涌的声响。然后，他又向前去了半步，伸手抓住她的手，她的手在向后缩，他却攥紧了，并且拧了一下。她似乎"哎哟"了一下，随即她的背便贴到了他的胸前，他使劲拧着她和胳膊，她只能将一整个上身倚靠在他的身上。他是力大无穷，无人能挣脱得了。他的另一只手，便扳过她的头，将她的脸扳过来。他的嘴找到了她的嘴，几乎是凶狠地咬住了，她再也不挣扎了。音乐已到了尾声，小号，定音鼓，全上了，汹涌澎湃，气震山河，一切卑微琐细的声响都被吞没了。

　　犹如冰河解冻，一江春水直泻而下，谁都不能明白的，他们忽然之间，容光焕发。她面色姣好得令人原谅了她硕大笨重的体态，眸子从未有过的黑亮，嘴唇从未有过的鲜润，气色从未有过的清朗，头发则是浓黑浓密。她微黑的皮肤细腻光滑，如丝绸一般。身体依然是不匀称，可每一个不匀称的部位，线条却都柔和起来，不同先前那样的刺目。并且，她的神情也有了明显的改变，似乎是自信了，脸上总满不在乎地带着沾沾自喜的笑容，虽然愚蠢得很，可那一种明朗灿烂，也不由叫人心动。他，则是平复了满脸满身的疙瘩，褐色的疤痕不知不觉地浅了颜色，毛孔似也停止分泌那种黄腻腻的油汗，脸色清爽得多了，便显出了本来就十分端正的五官。鼻梁是高而挺直，眉棱突起，眼睛陷下，很有些像阿尔巴尼亚人，阿尔巴尼亚电影是这些年唯一能看到的西方电影，那里面的人种，渐渐形成了一派审美的标准。他的眼睛有一种天然的思考的光芒，使他很肃穆，也很深沉，一点不轻薄，使他十五岁孩子形状的形体也有了男人的意味。他们和生命，似乎冲过了阻碍，又流畅了，显出那样一股欢欣鼓舞的活力。他们彼此不再惧怕，躲避只是在众人眼前。由于只在人前避，那躲避便有了一种神秘的趣味，似乎一整个人类都被他们嘲弄了似的。他们假作仇敌似的互不理睬地擦肩走过，目不斜视，心灵却诡秘地交换着眼色和微笑，心中是十分的得意和骄傲。在没有人的时候，他们便如胶如漆，再也分不开了。他们并不懂什么叫爱情，只知道互相是无法克制的需要。

每天晚上，夜幕降临时分，两人便不见了，撇下一大个黑沉沉的练功房。直到雾气白了黑夜，三星沉西的时候，两人才像幽灵似的先后出现在院里，蓬着头发，乱着衣襟，眼睛在黑暗里灼灼地闪亮，踩着湿漉漉的石板地，各自摸回了自己的宿舍。这一夜是出奇的幸福，经过激动的抚摸与摩擦的身体，是那么幸福地疲乏，骄傲地懒惰着。那爱抚好像是从毛孔里渗透了，注进了血液，血是那样欢畅的高歌着在血管里流淌。幸福得几乎要叹息，真恨不能将这幸福告诉每一个人，让每一个人都来妒忌他们。可又必得将这幸福牢牢地圈在心里，不可泄露一点一滴。因为这全是罪孽。尽管她什么都不懂，可却懂得这是犯罪。什么是应该的，她不知道，可什么是不应该的，她却很知道。而什么都懂的他，便更明白这是非同小可的犯罪了。可这罪孽是那样的有趣，那样的吸引人，不可抗拒。当两人身体一旦接触，合二为一的时候，什么犯罪，什么不应该，什么造孽，便什么都不存在了，只有欢乐，欢乐的激动，欢乐的痛苦，欢乐的惊惧。他们最初的感觉是恐惧，最先克服的也是恐惧。没有头脑的她最是容易消除恐惧的，而极有头脑的他，则更懂得如何克服恐惧。当恐惧消失了以后，他们竟还有些遗憾，有些哀悼它的逝去。无论是没有头脑的她，还是有头脑的他，都永远的记在那恐惧的颤动里的亲爱，是何等的快意。那惊惧顽强的抵抗，欲望顽强的进攻，在这激烈的交战中，身体得到了如何强大而又微妙的快感。

两个身体是那样的相亲相爱，爱得无法爱了，灵魂便也来参战了。他们忽然的那样亲密无间，并且不再避讳任何人，那是任何人都没有思想准备的。他们又在一起练功了，重新互相帮助，互相体贴入微，连一句重话都是亲昵的。两个的饭菜票合在了一起，买来了饭菜，一起吃着。他的衣服全由她包洗了，而装台卸台时，她的那一份活也由他包干了，尽管她一点不比他软弱，可他不让她插手。她便只能闲着，吃着脆生生的红心绿皮萝卜。如有人责备她，她便不客气地回嘴，到了说不赢的时候，自有他来支援，两人结成了这样坚强的同盟，简直可以永远立于不败之地了。可是，当身体和灵魂合在一起，那爱仍然不足以排遣的时候，会采取一种绝然相反的宣泄的形式，一种反目的形式。犹如他们好得那么招摇一样，他们也常常坏得惹人非议。那一段日子里，他们便成了真正的敌人，单独在一起的时候，身体以强烈的排斥为吸引，如同搏斗似的，互相抵抗，谁都不愿撤离，撕扯着，纠缠着，直至筋疲力尽，然后便是温情脉脉的亲爱，亲爱过后，又是搏斗。到了人前，他们便冷眼相对，反唇相讥，吐不出一句好话，以那种污秽的语言相骂。人们吓唬着要去找团长惩治，也无济于事，就这么样，好好坏坏；坏坏好好，就像互相欠了宿债一般，不知什么时候才能清算了结。

这是一个多事之秋。

连天的雨，大河隐在雨丝和雾气里面，船像个魂似的，在茫茫水天中靠了码头，又离了码头。城外泥地全被踩烂了，被乡里人的赤脚带进街上，搅了一城的泥浆黑水。泥鳅都钻到街上来了，还发现了一条南方的蚂蟥，一城的人都慌了，明知道是城郊大队旱改水，养了几亩水稻田所带来的，却仍然赶不走大祸临头的预感。那蚂蟥活动得那样机敏，一旦咬住了腿，便再不松口，使劲地拍了下来，腿上便是一个深不见底的洞，过了半晌，血才潺潺地流了出来。

雨，渐渐地停了，地，渐渐地干了，天气却陡地冷了起来，入冬了。

这年的冬天，犹如夏天出奇的热一般，却是出奇的冷。没有风，太阳好得喜人，天晴和得像春日，却只刀割似的手疼，脚疼，脸也疼。鼻子耳朵都红了，萝卜似的。在街心，即使是太阳地里，也休想能站定半分钟，冷得够劲，却不动声色。就像要发生什么不寻常的事了，有一股不安的心情，游魂似的在街上飘移。

果然，过了阳历年，就死了当家的——总理。

事情有了答案，那不安便渐渐平息了。

后来，又死了大元帅朱老总；

后来，又地震；

后来，又死了领头的——毛主席；

后来，"四人帮"倒台了。

这一个秋天里，他们各自长了一岁，她十八，他二十二，却就像长了一百岁似的，上一个秋天里的事，回想起来，则好像是上一辈子。

他们爱得过于拼命，过于尽情，不知收敛与节制，消耗了过多的精力与爱情，竟有些疲倦了。为了抵制这疲倦，他们则更加拼命，狂热地爱。身体所受的磨炼太多太大，便有些麻木，需更新鲜的刺激才能唤起感觉与活力。他们尽自己想象地变换着新的方式。互相却稔熟得渐渐失去了神秘感，便也减了兴趣。可他们是欲罢不能，彼此都不能缺少了。尽管每次归来，都是又疲倦，又厌烦，却又很不尽兴的失望，可是每次出发的时候，那期待仍然是热烈而迫切的。

他们一身大汗地回来，走上狭窄的木梯，梯子在脚下吱嘎着，搔着他们的脚心。他们觉着又疲乏，又肮脏，却没有兴致到那洗澡房去洗澡。茶炉子是早已熄了火，急急忙忙出去时，忘了打热水，水瓶空空的，又不敢倒别人的水瓶，怕别人就此识破了什么。院子里是一片寂静。他们疲乏地躺在床上，黏黏的皮肤极不舒服，连被窝都潮湿了。他们简直不明白，怎么这样的拼力也达不到最初的境界了，十分的苦恼，他们又忍不住的自惭形秽，很想脱胎换骨，重新做人，暗暗下着决心。可是到了下一天，互相见了面，不约而同地都做了那约定俗成的手势和眼神，暗暗约了会面的时间。在那约会前的几个小时里，心中的焦灼使得他们坐立不安，幸而他们已久经锻炼，竟可做得一点破绽也没有，不被察觉地度过了那焦灼的几个小时，溜出了院子。

身体那么狂热地扑向对方，在接触的那一瞬间，却冷漠了，一切感觉都早已不陌生，没有一点新鲜的好奇，惊慌与疼痛。如同过场似的走了一遍，心里只是沮丧。得不着一点快乐，倒弄了一身的污秽，他们再不能做个纯洁的人了。这时方才感到了悲哀与悔恨，可是，一切早已晚了。

剧团里，谈恋爱的人日益增多，几乎都成双成对，一起进，一起出。他们本也应该加入这二路纵队，并且可作领队的，可是却深觉惭愧，很不够格似的。眼看着别人，都比自己纯洁，都有着美丽的前途，而自己却早早地掉下了泥淖，再也洗不净了。因此，在这大谈恋爱的风气之中，他们却悄悄地藏匿了起来，形同陌路。别人只当他们又有了新的纠葛，早已不觉稀罕，只由他们闹去，谁都不知道他们心里的苦衷。这苦衷因是两个人的，本就是两份，便也谈不上什么分担与解忧，一起地扛在了身上。却又不能做点交流，互相安慰。互相都十分明白，可稍一点破都会无限地难堪与烦恼。没有一点解决的办法。因此，在这苦恼里，他们是极其地孤单了。他们孤独地各自担着自己的一份苦恼，只觉得世上所有的人都比自己快乐。他们是过于性急，不知忍耐，不知节省，早早地将快乐都享用尽了，现在只剩下惭愧和苦恼了。

由于这苦恼，由于这苦恼只能由他们分别各自地承担，他们互相怀恨了。这是认真的怀恨，很严重的怀恨。其中严肃的意味使他们不再当着人前纠缠不清，当着人前的纠缠叫他们以为是轻佻并造作的了。他们只在没人的时候纷争。他们吵得极凶，说出极其刻毒的话，去刺痛对方最容易受伤的部位，她对他哭喊着："我恨你，我要杀你！"他将两手的虎口对准了她的咽喉，压低声说："再嚷，就掐死你。"她恨他是真实的，他要掐死她也是真实的，于是互相都有些骇怕，软了手下来。他们真实的激动着，互相骂着，彼此气得打战，最后终于扭在一起厮打起来。他是力大无穷，她激烈的情绪使她就像打不倒似的。厮打到后来，那忿怒却渐渐平息，只是激动还在。他们不知是厮打还是亲热，或许又是厮打又是亲热，一时上，昏天黑地，什么都退去了，只有一股无名的狂躁。这时候，身体内侧升起了一股奇异的快乐，他们逝去已久，呼唤已久，早已等待得绝望的快乐，出人意料地来了，在人一无准备的时候来了。他们终于搏斗到了精疲力尽，瘫软下来，却是久已未有的满足。他们渐渐安静下来，互相看了一眼，眼光里已没了怨恨，只有亲昵的爱。两人这才挽着手，像放假回家的小学生一样，只是纯洁地挽着手一悠一悠地回去了。仅仅是两只手的接触也使他们觉着了亲爱。一直走到离开剧团院子一百米的地方，他们才松了手，忽又觉着自卑的压抑。院子里传出的琴声与歌声，就好像从另一个世界上传来。他们又觉出了身上的肮脏，好像两条从泥淖中爬出来的野狗似的，互相都在对方面前丢尽了脸，彼此都记载了对方的刁陋的历史，都希望对方能远走高飞，或者干脆离开这世界，带走彼此的耻辱，方能够重新地干干净净地做人。那仇恨重又滋长出来，再也扑不灭了。

分洪闸下，总是有手扶拖拉机突突突地来来去去的大路上，总有人看见有男鬼女鬼在打架，女鬼披了头发，男鬼血口喷人，打得吱吱叫。这故事顺着大路走远了，添了枝加了叶，等它折回头走进街里时，完全是另一个陌生的面貌了。他们和别人一起，胆战心惊地听着这故事，在比较安宁的和平的夜晚。

他们想要摆脱对方了，先是他冷淡了她，然后她也冷淡了，这冷淡并不使双方难过，甚至有些轻松，好像是激战过后的休息。他仍回复了以往的生活节奏，每天仍然练功，练罢之后洗澡，吃饭，睡觉，睡得尚平静，心情开朗了，性情也平和了。可是经历过了这一段以后，两人都有些显老，超出了他们的实际年龄。她竟瘦了，皮肤松弛下来，大腿根上现出了水波般的花纹，他却胖了。在内心里，他们都有些苍老似的，团里那些少男少女的恋情，在他们眼里，好像是一场幼稚的游戏，早已看透了幕帷，识见了真谛。她有些失了廉耻，忘了自己还是未出阁的女儿家，照例有些不该听不该说的故事。她可全然的不在乎，觉着一切都十分自然，就连误入了男厕所也是十分的坦然。别人的嘲笑一点不被她理解，心里只是委屈和纳闷。而在他，男女之间的避讳，早已是撕得粉碎。任何女人在他眼里都是赤裸的，一眼便看到了最隐秘的部位。他无法对任何一个异性留有距离，而使心里充斥了神圣纯洁的感情，这使他痛苦万分，这世界，早早地向他揭示了秘密，这样一目了然地活着，再有什么能激起他的好奇与兴趣呢？他不由得万念俱灰，人生好像刚起步就到了尽头。这时候，他们才明白，无论他们怎么冷淡，不在一起，都已经是有罪的人了，依然是有罪的人了。他们终是个不洁净的人了，他们小小的年纪就不洁净了，要不洁净地度过多长的岁月才了结啊！因此，当他们分开的时候，灵魂却相依了。

可是，他们依然没有勇气再走到一起，彼此都有些害怕，害怕那样的下去，最终会是什么结果。可是在他们最最坚决的时候，心底深处，却是谁也不曾真正的相信，他们之间的关系，就这样告终了。他们只是在等待，等待到那终于等待不下去的一天，再说吧。他们依然和平日一样的生活，晚晚早早地各自回了宿舍，上了床，自以为十分安宁又十分幸福，其实不过是在度过暗自契约的限期。他们彼此都有个预感，事情不会就此结束，因为冥冥之中，他们实在是谁也不愿意就这样结束。不过，这时分的轻松与安宁，也不是虚拟的。他们实在是太活动，太疲劳，需好好的养息才能够恢复。

那样的罪恶，就好比是种子，一旦落了土，就不可能指望它从此灭亡。他们处在一个蒙昧的时期，没有一位先行者来启开他们的智慧。况且有一些事情，即使是圣人都无法启明的，只有自己在黑暗中摸，碰，爬，滚，从污泥浊水中找出一条出路。好比偷吃了禁果的亚当与夏娃，上帝都无法拯救了，只得将他们逐出伊甸园，世世代代地受苦。他们又是那样平凡卑微的孩子，怎能期望他们与自然的力量抗衡。他们只凭着自己小小的善恶的天性与聪明，忽明忽暗着。

这一个春天，平安度过了。

他们似乎已经到了境界似的安静下来，彼此之间既不好，也不坏，和平常的关系一样，偶尔在一处说一些没要紧的闲话，偶尔在一起做一些不收效的练功。甚至，关于他们的流言，也渐渐地平息了。即使实在闲了，谈起来也都当作已经过去了的旧事。连他们自己都认为，事情是过去了，如暴风雨般急骤的情欲已经过去了，再没危险了。精神便也慢慢地松弛下来，解除了警戒。甚至有点恢复到最初的时候，她没有顾忌地对他大喊大叫，他也宽容地忍让着，就像什么事情也没发生过的一样。即使单独在一起时，也能平和地相处了。他们简直有点怀疑，他们曾经有过那样的关系吗？回想起来，每一次，每一个细节，都那么清晰可见，历历在目，可却总像梦中，事实上，他们双方都正处在一个养息的、初愈的阶段，疲劳与紧张刚刚消除了，可元气尚未恢复，身体仍然是虚弱的，微醉般懒洋洋的，软绵绵的，似睡似醒的。这确是一个心旷神怡的境界，可为时却极为短暂，甚是转瞬即逝的。紧接着，一场更为汹涌澎湃的波动将会来临。他们将会发现，先前的一切仅只是暴风雨之前掠过天空的闪电，远方滚来的雷鸣，是一个序幕，一个序曲，一个引子，一个预言。由于他们弱小而胆怯，这些已经几乎将他们吓破了胆，他们几乎溃散，幸而他们年轻，身体又健康，头脑则简单，且有充分的好奇心，因此，他们居然能以不慢的速度恢复起来，等待接受生命狂潮般的，正式的洗礼。

他们又开始每天的练功了，似乎共同在回想以往的美好的生活。那身体违拗了本来原理的伸展与收缩，那剧痛与疲劳之后快乐轻松的喘息；将身体内部的污垢冲刷出来的淋漓的大汗，以及大汗过后的洗澡，滚热的水针扎般地从身上滑过。已被遗忘的练功的一切快乐都重新唤起了。她几乎觉得自己是身轻如燕的，一连可以做成百上千个吸腿转而不停歇，直至身体终于支持不住摔倒在地上，一整个练功房的三角形的屋顶还在一扬一抑地旋转。她竟以为她仍然在转，她将永远这样旋转下去。她感觉到身体的健康、有力，服从她的意志，得心应手地做着各种动作。各种动作由于一段时间的疏远，又由于实在是太稔熟了，再不可能忘怀，便格外地亲切，新鲜。练功房的镜子上折射出几十个她旋转的身影，她看见前后左右有几十个自己在旋转，犹如几十个自己在舞蹈，又如几十个自己在欣赏自己。她便深深地陶醉了。而他的身体则是前所未有的柔软坚韧，他垂手直立着，静静地凝视着眼前，然后，上身极慢极慢朝后仰去，仰去，头朝了下，世界在他镇静的凝视里倒置了。这才举起手，举至齐肩，头顶将要落底时，手正好抵住地面，缓缓地向前挪动，挪到脚跟，头再度昂起。颠倒的一切又重新在他凝眸中调正过来。他便静静地看着，身体觉不出一点勉强的痛苦，十分的自然，似乎这才是最正常不过的站立了。她旋风似的闪进他平静的视野，又旋风似的闪出。随着她的旋涡似的转圈，顺着他身体弯曲的轨道，有什么在缓慢而顺畅地流泻。他们似乎都能体验到那一种暗河般的流动，几乎听见了它潺潺的水声。

这时候，剧团要出发，上南边演出了。

走的那天，街上家家都在煮粽子，一街的粽叶清香。天蒙蒙亮的时候，轮船磨磨蹭蹭地靠岸了，"哗"地涌出人来，沓沓踩着跳板上岸，扁担篮子碰撞着。人下过了，剧团才上船。一箱箱的道具。服装，灯光，软景，幕条，往上搬着。好容易搬完，连人也上齐了，船动了，太阳已经升起，被对岸大柳行婆婆娑娑地遮着，含羞似的。水客们的号子响起了，一声高，一声低，间着车轮的辘辘声，荡漾在金晃晃的水面上。雾气散了，那号子声陡然地明亮起来，十分高亢，却含着一股说不出来的荒凉，贴着水面向上腾起，越升越高。车轮在泥污的车辙里行走，从这条车辙滚到那条车辙，每一滚动，车身便颠簸一下，水忽悠一下，从桶口泼了出来，号子打了个颤。从此，那号子便永远有着不断的停顿与颤音，记录着道路的坎坷。

太阳是越升越高。

船，迎着水流慢慢地行走，太阳跟随着，在柳枝垂帘的廊里行走。

水波粼粼的闪光，一泓清水，一泓浊水，从船底滚过。舱里是水洗过的潮湿，又似从未洗过的肮脏。烟蒂，浓痰，瓜子皮，鸡屎，涂了一地。人们挤挤地坐在朽了一半的连椅上，耳畔被隆隆的马达声堵住了，什么也灌不进了。他们坐在底舱，不知是有心，还是无意，竟坐在了一起。底舱是加倍的气闷和潮湿，一排气窗外面，是站在船栏边上的人脚，像是站在了舱内人的肩上，走来走去，时而密集，时而分开，天光便时而漏进，时而遮住，舱内却总是黑暗，点了一盏电灯，灯泡裹了一层灰垢，被一舱的烟雾缭绕了。是那种劣等的烟叶，塞在烟袋锅里，一口一口吸进，一蓬一蓬呼出，熏得呛鼻，时间长了，就微微地头晕。船微微地晃着，昏暗的灯泡轻轻地摇晃，一舱的烟雾也在慢慢地摇晃，人脚在人肩上走来走去，恍若梦中。都有些沉沉欲睡。连椅上人挤着人，肩膀与肩膀挤得太紧，只得佝偻了，两排连椅又离得太紧，膝盖夹着膝盖，再没有比从两行人中间走过更难的了。人们将额头抵着膝盖，辛苦地睡着。头在膝盖上滚来滚去，互相碰着。

他们紧紧地挤在一起，胳膊贴着胳膊，腿贴着腿。她枕着膝盖上的书包几乎要睡着了。他则透过气窗，从人腿的缝隙里望着白茫茫的水和天出神，也几乎是睡着了。机器的轰隆充满了整个头脑，整个世界都沉入在这轰鸣之中。劣等的烟味渐渐失却了那股辛辣苦涩，反倒甜了起来，是一种令人昏迷的腥甜。他们几乎睡着，只留有一线知觉还悠悠地醒着，游丝般的飘移。这醒着的一线知觉萦绕着他们彻底松弛、没有戒备的身体，漫不经心似的撩拨，好比暖洋洋的太阳下，凉沁沁的草地上，一只小虫慢慢地在熟睡的孩子的小手臂上爱抚似的爬行；好比婴儿的时候，从母亲乳房里细丝般喷出的奶汁轻轻扫射着娇嫩的咽喉；好比春日的雨，无声无息地浸润了干枯的土地；好比酷暑的夜晚，树叶里渗进的凉风，拂过汗津津的身体。他们睡得越是深沉，那知觉动得越是活泼和大胆，并且越来越深入，深入向他们身体内最最敏感与隐秘的处所。它终于走遍了他们的全身，将他们全身都触摸了，爱抚了。他们感到从未有过的舒适，几乎是醉了般的睡着，甚至响起了轻轻的鼾声。那知觉似乎是完成了任务，也疲倦了，便渐渐地老实了，休息了，也入睡了。这时，他们却像是被什么猛然推动了一下，陡地一惊，醒了。心在迅速地跳着，钟摆般地晃悠，浑身的血液热了起来，顺着血管飞快却沉着地奔腾。他们觉着身体里面，有什么东西醒了，活了，动了。是的，什么东西醒了，活了，动了。他们不敢动一动，不敢对视一眼，紧贴着的胳膊与腿都僵硬了似的，不能动弹。彼此的半边身体，由于紧贴着，便忽地火热起来，一会儿又冰凉了。他们脸红了，都想挣脱，却都下不了决心，就只怔怔地坐着。前边的气窗，忽然豁亮了，没有一点点的遮挡，都是白茫茫的水，船就像在河岸行走，他们就像在河岸行走。他们被挤得动弹不得，捆住了似的。似有一根无形的绳索，将他们从头到脚捆住了，捆得那样结实，他们挣不脱一点点了。

太阳早已落了，落在船头很远的地方，烟叶也吸得疲倦了，烟雾却像凝固了似的，消散不去，罩在头顶，令人觉着了压迫。脖子有点发硬，顶了磨盘似的。肚子叽叽咕咕地叫，不知是他的叫，还是她的叫，几乎压过了机器的轰隆。他们饿了，刚才开饭的时候，他们都睡着了，同伴没招呼醒他们，只好由他们错过了。好在，船将抵码头了。

这一天，这里的孩子，都用五色线织成的小网袋，兜着一只青皮大鸭蛋，挂在胸前，网袋底下，缀着一束五彩的流苏，随着鸭蛋在胸前的晃悠，一摇一摆。火车直接从街心轰隆隆地驶过，路面都震动了。每个人的鼻孔都如烟囱般的漆黑。楼，是不尽其数了，高高低低，如火柴盒样四角四方地立着，既傲慢，又呆笨。到了夜晚，四面亮出一方一方的窗口，街上是喧闹多了。路灯是玉兰花瓣形状的，隐在梧桐树叶里，隔一段亮出一盏，隔一段亮出一盏。汽车来去的穿行，自行车如潮般的在汽车两侧，为它们开道，叮叮铃铃响成一片。橱窗被日光灯照得雪亮，花红柳绿，五彩斑斓。旁边的墙上贴了层层叠叠的海报，借了橱窗的灯光照亮了：四面八方的剧团，南北东西的戏种，形形色色的节目，真是一片繁荣似锦。

他们的海报印小了，比人家的小了一半。是淡黄色的薄纸，很容易被风刮破了边。不敢复在人家上面，只挨在边上，孙子似的。不过，头三场还是满座。此地的人多呢！此地有的是人，挤来挤去，泰然自若地在疾驶的车辆间穿行。汽车揿着喇叭，尖厉得刺耳，响彻了云天。冷不防，一声呼啸平地而起，喇叭声忽地没了，一列火车轰隆隆地驰过，然后，喇叭声响才又显现出来，却总有点鬼祟了。越过一方一方明亮着的楼房，朝前望去，深蓝的天空上，有着一柱黑烟，冉冉地升起，渐渐地漾开，十分优美地飘荡，扩展，盛开成一朵美丽的黑色的牡丹。慢慢地移目，便可看见。四周围的天空上，缀满了这样美丽的黑色的图案，先后变幻，织成一个神话般的包围圈。黑烟溶解在碧蓝的空气里，天色逐渐加深了颜色，于是，那灯光衬着漆黑的夜幕，便格外地明亮起来。

码头上，一日有七八条轮船靠岸，又离岸，汽笛声此起彼落，声长声短。

这城市，有近一半的人是流动的，车带来，船带走，或者船带来，车带走。

这城市里，就格外地不安静了。

他们租的是一家小小的剧场，八百个座位，却赫赫然地叫作个"人民影剧院"。没有专门的宿舍，剧场介绍了附近的招待所，每人每天的宿费正够抵消演出的收入，只得婉言谢绝，自力解决了。女宿舍安在放映间里，那是窄窄的一条走廊，墙上仅有几方安置放映机的窗洞，正传送进剧场里的喧嚣和热腾腾的人气，出奇地闷热。一长条木板，如东北的大炕，人挨人挤着。第一夜，谁都没有睡安稳，浑身刺痒得难忍，使劲撑起眼皮，开开灯看，却发现，有绿豆大的臭虫在席缝间自由地爬行。男人则四处为家，等观众走尽，哪里都可睡得了。离开老婆的第一夜，结过婚的男人都有些不惯，空落落的不踏实，辗转反侧，只得以回忆和想象来自勉。声音在空寂的剧场里响亮地回荡，总是一些不雅的玩笑，一字不漏地送进放映间的窗洞。女人只当听不见，又忍不住要笑，硬憋着，互相不敢对视，眼睛稍一交流便会揭开帷幕。折腾了一夜。第二日早起，都红肿了眼泡，脸色不清不白，花了似的。

演出照常进行。

此地的观众不好将就，微微的一点差错，便会灵敏地起了反应，还会说出一些刻毒的话。演出便须分外地小心，十分认真。将疲劳硬压下去，抖擞着精神。精神振作得太过，闭幕散场还绰绰有余，况且又吃了夜宵，深夜十一二点却还一无睡意。天气又闷热，人们便三三两两在台前台后闲话讲古，还有的，干脆出了剧场到街上凉快。先是在门口马路走走，后来就越走越远，直走到了河岸上。夜晚的河岸十分安静，河水缓缓地流动，轻轻拍打着。几点隐隐的灯光，风很凉，裹着湿气扑来。先是大家一群一伙的走，然后便有成双成对的悄悄地分离出来，不见了。反正，河岸是那样的长，又那样的暗。这一天，他们竟也分离了出来。起先，他们是落了后，落在了人群的后面。他似乎没发现她也落后了，她似乎也没有发现他的落后。他们只是分开着，自顾自走着。那天，没有月亮，也没有星星，天很暗，他们全被黑暗裹起了，各自裹着一披黑夜的幕幛独自走着。其实，彼此才只有十来步的距离。他走在河边的柳树林里，她则走在堤岸内侧的柳树林里，露水浸湿的土地在脚下柔软而坚韧，脚步落在上面，再没有一点声响。她张开两只手，轮番摸着两边的大柳树。左手扶住一棵，等右手扶住另一棵时，左手便松了，去够前边的。粗糙的树皮摩擦着她的手心，微微地擦痛了，却十分的快意。那是很慈祥的刺痛，好比姥姥的手搀着她的手。她调皮地，有意地将手掌在树身上搓着，搓痛了才放手。他则扯下了一根柳枝，缠在脖子上，凉阴阴的。他将柳枝缠成一个绞索的形状，小心地用力地扯紧了两头，沁凉的柳条勒进了脖子，越勒越深，那沁凉陷进了肉里，他几乎要窒息，却觉得很快乐。如不是柳枝断了，他还将更用力扯紧。他重新又折了一枝，重新来那套玩意儿。不一会儿，折断和没折断的柳枝便披挂了一身，他像个树妖似的。前边的人群越走越远，只是说笑的声音清晰地传来，还有歌声，唱得很不入调。河水轻微地拍响了。这时候，天上忽然亮起了一颗星星，很小很远，却极亮。黑暗褪色了，他看见那边柳树林里活泼泼的人影。她也看见那边柳树林里，奇怪的披挂着的人影。他们彼此都不太确定，却彼此都心跳了。天上又亮了一颗星星，这一颗，要大一点，近一点，就要落下河里似的。黑暗又褪去了一些，露出白蒙蒙的雾气。蒙蒙的雾气里，他看见了她，她也看见了他。都没有回头，却都看见了。她依然用手轮换着摸着树向前走，土地是越来越柔软，每一次抬脚，似乎都受到温情脉脉的挽留。树是越来越慈祥，像是对她手心粗糙又纯洁的亲吻。他继续折着柳枝，用柳枝制做圈套，勒索自己的脖子。那凉爽的窒息越来越叫他愉快，他没有发觉，脖子上已经印下了血痕。他只是非常的轻松和快乐，忍不住自语般的说道：

"天很好啊！"

不料那边有了清脆的回响："是很好！"

于是他又说："星星都出来了。"

那边回答："是都出来了。"

他接着说："月亮也要出来了。"

那边又回答："是要出来了。"

话没落音，月亮出来了半轮，天地间一下子豁亮了，可那雾气更朦胧了。他渐渐地从柳树底下走出来，她也渐渐地从柳树底下走出来，走到中间的大路上，这是掺了沙石的土路，沙石在月光下闪着莹莹的光彩。

"这几天，天很热啊。"他对着已经肩并了肩的她说。

"热，我不怕。"她回答，手上湿湿的，黏黏的，好像沾了树的眼泪。她将手合在一起，使劲搓着，搓得太用力，发出"咕嗞咕嗞"的声音，他便用柳枝去打她的手：

"搓什么，别搓了！"

柳枝凉阴阴的打在火热的手上，一点不疼，她却躲开去，说：

"就搓！"

他便再用柳枝打她。她左躲右躲，他左打右打。她拔腿就跑，他就追。她撒开两条又粗又长的腿，像一只母鹿似的跑，心跳着，好像被一只狼追着，紧张极了，却又快乐极了，就咯咯的笑了。他哈下腰，如同一只野兔子那样，几乎是贴着地面射出去的，又激动又兴奋，微微战栗着，咬紧了牙关，不出一点声响。他们俩只相距一步之遥，他伸长手臂，差一点就可触到她了，可她不让他触到。前边的说笑声、歌声接近了，影影绰绰地看见了人群，她不由慢下了脚步，被他一把逮住。似乎是从河的下游，极远极远的，逆着水上来了水客们悠扬苍凉的号子，细细听去，却被风声盖住了。

半轮月亮又回去了，星星好暗淡了，雾气更浓了，五步以外就不见人影，只听前边的歌声攀上了堤坝，离了河岸，渐渐远去了，回荡了许久。河水是漆黑漆黑地流淌，几点忽明忽暗的灯光。

他们激动而又疲惫地手拉着手，走在回去的路上，渐渐进了市区，灯光依然明亮，火车轰隆隆地驶过，车站与码头沸腾的人声充斥了一整座城市，连夜都不安宁了。他们走在窄窄的街道上，水泥的坚硬的路面再不隐匿他们的脚步，发出分外清脆的叩响。无论他们怎么小心，怎么轻轻地迈步，那叩响总是清脆，悦耳。天空边缘微明，他们以为是破晓了，不由得心里着慌，如同犯了大忌，加快了脚步，分开了手。"太晚了！"他们一起想到。他们觉着四周的一切，全在黑黝黝地监视着他们。"以后再不敢了。"他们不约而同的一起想到，自觉着犯了大罪，奔进了剧场。

天边微明，是终夜不息的灯光，这城市的夜晚总是这样微明的。

剧场里一片漆黑，连场灯都关了。她在伸手不见五指的黑暗里摸索着，爬上了放映间，终于摸到了自己的铺位，双膝触地摸了进去。因为怕惊扰了别人，衣服也没敢脱，就这么和衣睡了。他则还在漆黑的台侧摸索，他找不到自己的铺盖卷了。最终放弃了努力，便想找一只箱子凑合睡了，每一只箱子上都睡了人，被他的摸索打扰，恶狠狠地骂。他只好住了手，摸到幕条，将拖曳到地的幕条垫了半个身子，脸贴着幕条睡了。幕条渗透了几十年的灰尘，灰尘扑了他一脸，他却觉着了安全的偎依。

明知道这一切发生的不是时候，也不是地方，他们却再也遏止不住了。养息过来了的他们是越加的健康，身心都强壮极了。经验过了的他们是越加的成熟，懂得如何保留旺盛的精力，让这精力倾注在最关键的当口。这肮脏罪恶的向往搅扰着他们，他们坐立不安，衣食无心。可是他们找不到一处清静的地方，到处都是人，每一个旮旯里都是人，人是成团成团地在着。他们只有在演出之后去河岸。可是，这时候他们却发

· 934 ·

现，连河岸都不是那么清静的，人来人往，还有手扶拖拉机，车斗上坐着又粗鲁又下流的乡里人，只要是单独走着的一对男女，都可招来他们无耻的笑骂。这些人的眼光是特别敏锐，兴趣又是特别强烈。如同探照灯似的从柳树林间扫过，是无法躲过的。并且，此后再没有那么深沉的黑夜了，月亮与星星总是照耀如同白昼，连一棵小草也看得清亮。没有黑暗的幕帷，即使是绝对的安全，也没兴致了，也要分出心警戒着，羞着，内疚着，自责着，再也集中不了注意力享用那种奇异的痛苦和快乐了。最初的那一个夜晚，如今回想起来就像一个神话似的不可能，不真实，像是命运神秘的安排。自从有一次，他们在最是如火如荼的时刻，被一辆驶过的手扶大吼了一声，那沮丧，那羞辱，使得他们再不敢来河岸，甚至提一提河岸都会自卑和难堪。他们只得在小小的挤挤的剧场里硬挨着，其中的煎熬只有他们自己才明白了。他们觉着这一整个世界里都是痛苦，都是艰苦的忍耐。他们觉着这么无望地忍耐下去，人生，生命，简直是个累赘。他们简直是苟延着没有价值没有快乐的生命，生命于他们，究竟有何用呢？可是，年轻的他们又不甘心。他们便费尽心机寻找单独相处的机会。最后一个节目是一个较大型的舞蹈，几乎所有的女演员都上了，她虽不上，却需在中途帮助主演抢换一套衣服，换完这套衣服以后，还有七分钟的舞蹈，方可闭幕。照理说，演员们还须换了衣服卸了装才回宿舍，可是后台实在太拥挤，有好些女演员，宁可回到宿舍来换衣服。不过，她们从台前绕到观众席后面上楼进放映间，至少也需要三分钟时间，加在一起，一共就有了十分钟。这十分钟于他们是太可宝贵了。前台，从放映机的窗洞里传进的每一句音乐，全被他们记熟了，每一句音乐，于他们都是一个标志，提醒他们应该做什么了。一切都须严密地安排好程序。狂热过去以后，那一股万念俱灰的心情，使他们几乎要将头在墙上撞击，撞个头破血流才痛快。可是等到下一天，那欲念炽热地燃烧，烧得他们再顾不得廉耻了。

"我们是在做什么呢！"

他们喘息还没平静，就匆匆地起身。他飞快地下楼，她则飞快地清理战场，不由得这样惶惑地想：

"我们是在做什么呢？"

这屈辱，这绝望竟使向来没有头脑的她，也开始这样询问自己了：

"我们是在做什么啊！"

却没有回答，他们自己回答不了自己，也没有任何人可以回答他们，他们只能自责自苦着。

然而，由于匆忙紧张而不能的尽兴，却更令他们神往了。由于他们深觉着外人的干扰，便分外地感觉到孤独，禁不住紧紧地偎依在一起，相濡以沫，敌视地面对着一整个世界。他每天要买东西给她：花露水，冰糕，手绢，发夹，香粉。她整天地对着镜子扑粉，黑黝黝的脸蛋上敷着厚厚的白粉，犹如一只挂了白霜的柿饼。自己觉得很俊，却又没有心思为这俊俏高兴。她愁苦得什么都不在意了。由于这愁苦，她竟也知道温柔体贴了。她从集市上买了新鲜的肉蛋，借了别人的火油炉子，煮给他吃。煮得少油没盐的，火候也不对，他却也充满感激地吃完了。她坐在旁边，紧张地注视着他，等候他作出反应。他默默地吃，不说一句话。看着他一点一点吃完，她便也松弛下来，满足了。他们没有地方单独地谈话，可是灵魂却已经一千遍一万遍地立下了海誓山盟。他们又孤苦又焦灼，身心受着这样的煎熬，却非但不憔悴，反而越来越茁壮，越来越旺盛。他们几乎忍无可忍，却必须要忍受。心里如同有一把烈火在燃烧，却又没有地方逃脱，只能直挺挺，活生生地任凭烧灼，没有比这更苦的了。傍晚，从码头那面传来汽笛的长鸣，他们揣测是从那小城过来的轮船，便不可抑制地，疯狂地想回去，想离开这个沸沸腾腾的地方。那小城，这时候想起来，是多么清静，安宁得可人。

好在，这一个台口已经演完，要换台口了。他们期待在下一个台口，能有一处清静的地方供他们消磨去那灼人的欲念。

这一次转移，乘坐的是火车，他们耐心地等待着卸台，装箱，将布景，灯光，道具，服装装上一节包下的车皮，然后在一无遮挡的车站上，顶着正午的烈日，等来了火车。挤上了火车，却没有座位，只能站在过道里，站也站不安稳，一会儿送饭的车来了，一会儿送水的车来了，都需他们迅速地让开，挤着坐客的腿了，则要遭到不耐烦的呵斥。可他们耐着性子，压着火气，由于对下一站充满了热望，甚至有些快活起来。他们面对面站着，背靠着两边的椅背，却都扭着脸，谁也不看谁，心里的愿望却是共同的，不用言语也能了解的。火车哐唧哐唧的开着，不紧不慢，每一个小站都要停车，可是他们有着足够的耐心，真心地以为，到了地方就好了。那河岸越来越远地抛在了身后，谁也不去想它，却谁也忘不了它，它与他们同在了，要挟似的永远追随他们。

这是一个酷热的暑季，挥汗成雨。他们疲惫不堪地下了车，终于到了地方。剧场有一千个座位，还有个小小的后院，四面三排平房，紧紧围了个机压水井，一天到晚水声不断，如同下雨一般。太阳却早已晒透了薄薄的瓦顶，屋里像个蒸笼样的闷热。男人们耐不了这闷热，挟了席子出来，睡在院子的石板地上，一院子的人。他们这才惊异起来，原先的期望究竟有何根据，究竟是期望什么样的好处？难道会有一人一间房不成？他们觉出了那期望的荒谬和虚无，不由得垂头丧气。而在这里，其实是远远不如先前，上上下下，究竟将人分离了。如今，这许多人到了一个平面上，无遮无蔽，无隐无藏，一切均在光天化日众目睽睽之下，并且连那极不安全的河岸也没有了。他们不禁怀念起那已经走过了的城市，忽然发现了那里实在有着许许多多的机会，却没有好好珍惜和利用，错过了时机。在这里，是再没什么主意好打的了，再没什么指望的了。沮丧和失望叫他们对以后的台口也不敢有什么期待了，而眼下的日子又是那样难挨。他们灰心极了，绝望极了，他们变得极其的烦躁。刚到的晚上，她便与人吵了一架。起因是极小的事情，她正挂帐子，却被人碰撞了一下，刚理好的帐子又落下来乱了。乱七八糟的时候，有一点碰撞是再正常不过的了，她却大吵大闹起来，噙着一包眼泪，嘶哑着嗓子，哽咽着说不成句，那女孩儿不是个肯饶人的，与她对骂了起来。一旦拉下了脸，可是比她厉害了一百倍，什么样尖刻的话都说了，还说出一些再明确不过的暗示，连蠢笨的她都听明白了，却无法回嘴，只是一径地发抖，咆哮，像野兽似的。如不是人们使劲地拖住了她，她必定会扑上去将这伶俐的女孩儿撕碎。可这初次的较量却使她明白了，她不是这里所有人的对手，她的嘴是极笨的，说出话是极可笑而没有力量，并且，自从那一次起，女伴们都明显地远离她，一边疏远她，一边有心说给她听，道："咱们惹不起还躲不起吗？"气得她干噎，却没有一点理由与她们去分辩，心里窝着一团无名的火焰，与那炽热的欲念汇合在一起，她总得有个出口才行哪！她只能向着他发作了，这是求援的发作，他立即接应了过来，两人干了起来。他心里是早已窝了一团火气，如不是他的头脑的抑止，他早已和一百个人打过一千次架了，可他毕竟比她明事理，懂得自制。可是，那燃烧对他比对她更要强烈和残酷，他早已经按捺不住了，他早已是被灼得走投无路了。如不是她先开了头，他立刻就也要发作了，同样是求援一般的发作。对于他，她是唯一可以提供发泄的出路，对于她，他也同样是唯一的出路了。他们互相都是唯一的，他们只有自己对着自己开火。这一次干架，是剧团历史上罕见的，他是那样地把她踩在脚下，踹得几乎要死去，而她竟还爬得起来，反将他扑倒在地，随手抓起了一块石头，就朝他头上砸去。没有任何声响的，一注殷红的血流了出来，流到石板地上。周围的人吓呆了，拦腰抱住了也同样吓呆的她，将他抬起往医院去了。半路却让他挣了下来硬是走回来了。用手捂着伤口走了回来。血从捂着的手掌下淌，下滴在裸着的胸脯上。他却觉得心里松快了，也稍稍平静了。一天，他们难得地安静了下来，心里灼人的燃烧也缓和了一些。

可是，从此以后，他们便成了天下最大、最敌对、最不共戴天的仇人了。他们几乎不能单独相处了，偶一碰撞，便会酿成一场灾难性的纠纷。不需要几句口角的来去，立即撕成了一团，怎么拉扯都拉扯不开，好比两匹交尾的野狗似的。多少人想起了这个比喻，却没有一个人敢说出口，太刻薄了，并且，也都真心地有些害怕。于是，就想方设法地将他们隔离开来，不让在一处，以免摩擦。可是，他们却是谁也离不开谁了，要一日不见，他们便着魔似的互相寻找，一旦找到，不分青红皂白，上去就是一拳或一脚，然后，一场搏斗就始料不及地开始了。

这是一场真正的肉搏，她的臂交织着他的臂，她的腿交织着他的腿，她的颈交织着他的颈，然后就是紧张而持久的角力，先是她压倒他，后是他压倒她，再是她压倒他，然后还是他压倒她，永远没有胜负，永远没有结果。互相都要把对方弄疼，互相又都要把对方将自己弄疼，不疼便不过瘾似的。真的疼了，便发出那撕心裂肺的叫喊，那叫喊是这样刺人耳膜，令人胆战心惊。而敏感的人却会发现，这叫喊之所以恐怖的原因则在于，它含有一股子奇异的快乐。而他们的身体，经过这么多搏斗的锻炼，日益坚强而麻木，需很大的力量才能觉出疼痛。互相都很知道彼此的需要，便都往对方最敏感最软弱的地方袭击。似乎，相互都要置对方于死地而后快。彼此又都是一副死而无悔的坦然神色。

他们越来越失去控制，已经没有理性，如同挑逗情欲似的，互相挑衅生事，身体和身体交织在一起，剧烈地摩擦着，犹如狂热的爱抚。

他们都恨死了对方，没有任何道理的，想起对方，气都粗了。他们真恨啊！简直恨之入骨。因为找不出理由，就越恨越烈了。当他们撕扯着在地上滚来滚去的时候，常常忘记了他们的所在，忘记了四下里围观的人群。他们处在一种狂热的迷乱中，旁人的拉架如同打扰了他们的沉醉似的，激起他们的愤怒与反抗。而他们知道，他们所有的怨气和暴力都只可向对方一个人进行，于是便更加倍地折磨对方，这一点，又是他们极其清醒的地方。他们真是苦啊！苦得没法说，他们不明白，这么狂暴地肆意地推动他们，支使他们的究竟是来自什么地方的一股力量。他们不明白，这么残酷地烧灼他们，燎烤他们的，究竟是从哪里升起的火焰。他们不明白自己是

怎么了？是

怎么了？是

怎么了？

他们身上的一股知觉，被这么漫不经心，没有同情地玩弄着，撩拨着。他们本是纯洁无瑕的孩子，可是究竟是什么东西，在冥冥之中，要将他们推下肮脏的黑暗深渊。他们如同堕入了一个陷阱，一个阴谋，一个圈套，他们无力自拔，他们又没有一点援救与帮助，没有人

帮助他们。没有人

能够帮助他们！

他们只有以自己痛苦的经验拯救自己，他们只能自助！

回去的希望是那么渺茫，还有十来个台口在等待，都是半年前就签好了合同，双方鲜红的大印盖在了白纸黑字上面，如同法律一样不可违抗。决不可能为了照顾两个无人知的孩子的无人知的情欲而有所改变，他们只有等待，等待是没有尽头的，中间不允许一点点偷欢。每一个城市和每一处剧场情形都不尽相同，有大有小，有坏有好，可是有一

点却是同样的，就是没有一方可供他们独处的清静之地，那柳枝垂帘的河畔越来越远，再是见不到了。那河畔不可冥灭地印进了他们的记忆，还有那从河的下游逆着水上来的汽笛声声，传达着那熟悉亲切的小城的消息。他们饥渴难熬，只有以互相折磨来消灭彼此过于旺盛的精力与体力。渐渐地，人们开始习惯他们的厮打，不再努力地阻止和离间他们了。而在没有外力拉扯的情形下，他们单对单的搏斗，似乎又少了一种快乐。免去了同外力的拼搏，那狂热的精力便得不到充分的发泄。各自的力量一旦集中于对方，则是足以置人死地的，这叫他们自己都害怕了，毕竟他们心里都还明白，对方对自己的重要。如若没了对方，哦，那可怎么得了。因此，不知不觉地收敛了一些，天气是那样的热，外面的热与心里的热交流在一起，他们几乎要死去了，要能死去倒是福分了，他这么想。她虽则没有多大的智慧能想到生与死的问题，却也是一样的不怕死。可是他们年轻的生命是那样强壮，百折不挠，又经受了锻炼，他们简直是不死的了。他脸上身上喷发出一批赤色的疙瘩，如同熟透的果子，即将绽开了。而她，这样的折磨不仅不使她消瘦，却反常地肥胖了起来。多出的肉十分累赘，她的体形改变了。以前虽说也不匀称，可毕竟是女孩儿家，总是有一股抹不去的清静秀丽，如今却蠢笨了，像个村妇一样，臀部沉重地垂在了腿上，走路像鸭子那样摇摆身子。并且日益地邋遢，毫不讲究衣着，穿得乱七八糟，却还扑粉。举止也无半点注意，将条皱巴巴的裙子向后一撩，就坐了下去，站起时，凳上便留下一摊汗迹，正是一个屁股的形状。有好心的女伴对她说了，她也不加在意，一会儿就忘了。

"她像个娘们儿了。"女孩儿们背后议论道。又有结过婚的人断定：

"她是个娘们儿了。"

天气实在太热，几十个人的大通铺里简直睡不得人，男人们早已露天睡了，女的也逐个逐个地移出了宿舍，移上了剧场顶上平台。男女各半边，谁也惹不着谁，虽说下半夜的露水将身子打了个透湿，可谁也没勇气进那房间。房里是一片黑暗，蚊子如同一万把提琴拉着的空弦，嘤嘤嗡嗡地响彻个天地。有一日，深夜里，他们事先谁也没有说好的，偷偷地溜下了顶楼，进了没有一人的房间。蚊子肆意地飞翔着，一排排地掠过脸上，手上，身上。他们静静地站立着，只听见对方的急急地呼吸。站了一会，他抓住了她的胳膊将她揉进了一座不知谁的蚊帐里，蚊子也跟随进来了，轰炸般的在耳边鸣响。顿时，身上几十处地方火燎似的刺痒了，可是，顾不得许多了。他们一身的大汗，在肮脏腥臭的汗里滚着，揭了席子的，粗糙木板拼成的床板，硌痛了他们的骨头，擦破了他们的皮肤，将几十几百根刺扎进了他们的身体，可，他们什么也觉不出了。忽然，蚊子的轰鸣唰地静了，闷热退去了，竟觉着了凉爽，那是转瞬即逝的一刹那，紧接下来便是屈辱的悔恨。她嘤嘤地哭了起来，泪汗纵横。他虽不哭，却是起心的懊恼，眼泪往心里流着。

天哪！这是不是要死了？是不是得了什么不治之症了？是不是要去看看大夫，问问人了？可是，多么羞耻啊！这是不能为第三个人知道的啊！因为有了这必须严守的秘密，他们便再也摆脱不了孤独与寂寞了。他们永远有着一份肮脏的隐秘，他们永远无法泰然自若地与人相处。他们永远孤独了！他用手握成拳，重重地不敢出声地捶击着床沿。蚊帐里飞进成千上万只蚊子，包围住他们，尽情地喝着他们的血。他们周身已经麻木，再不觉得疼或者痒。世界处在一片呻吟般的轰鸣中间，没有东西南北中了。

秋凉时分，他们回了县城。傍晚时就看见了那簇绿荫荫的树丛，太阳从那后边一点一点往下落，将那绿色的树丛映得金光四射。慢慢地暗了颜色，最终成为黑漆漆的一团一团，隐在越来越深的暮色里了。天黑了，船才靠了岸，走下剧团的大队人马，疲惫不堪地捐着行李，走过窄窄的跳板，上了岸。水客依旧在唱着，悠长而曲折，荡漾在黑沉沉的水天之间，传得极远。他们走在人群里，走过颤颤悠悠的跳板，那跳板在他们脚下颠簸得厉害，却决不将他们甩下河去，那颤悠于他们既是熟悉极了的，却又陡地陌生了。他们的即使黑夜也没遮掩住憔悴的脸，微微昂起着，淡漠地看着这分离了三个月的小城，止不住有点心酸似的。一切都那样的亲切，却又有点隔阂了。他们走上河岸，停了一下，不远的地方，有一架水车努力攀登着陡峭的河岸，水客深埋着头，号子的歌唱在最低沉处有力地回旋，平车摇晃着，水从桶口泼了出来。前边通往街心的大路，被月光照耀着，走着稀疏的人和一驾车，车是毛驴拉着的，蹄子清脆地叩着土路"嗒嗒"地响。他们走上了大路，大路直通街心，却也分出了几条岔路，去向看不见的远处。毛驴拉着小车，走上一条岔路，不见了，只有清脆的蹄声，传来了很久。

大路通往街心，街上的商店与人家，全已经闭了门，静悄悄的。他们一群人杂沓的脚步，惊扰了这宁静。有人推开半扇门张望着，伸出披了衣衫的半边身子。照相馆的橱窗暗了灯光，依然摆着那几幅上了颜色的照片，大多是剧团的女演员的剧照，眼圈化得又粗又浓，嘴是鲜红欲滴的两瓣。其中也有她的一幅，没有上彩，挤在角落里，是"喜儿"的装扮，半身，天真而做作地拧着脖子。他们走过窗，不由得向里张望了一下，那就像是很远很远的事情了，又好像是另一个他们都不熟识的人。他们极淡漠地看了一眼，走了过去。

脚踩在月光下的石子路上，碎石子光滑地反射着光亮。每一块石子的边缘都勾勒得清晰，看久了倒不像是一路碎石，而是一张线条纵横交错曲折迂回的网络。他们走在这张网络上，犹如走进一个梦境，一个十分清静的梦境。他们竟有些恍惚起来。可周围的一切又是那样的切实，路在脚下是坚硬得拍出了声响。月光如水，泻在身上是凉而暖的。路边粘着的柿子皮是滑的，不小心踩上了，就要跌倒。小饭铺紧闭的门前，封住的炉子是热的，闪着隐隐现现的火星。街边茅厕的气味是臭的，弥漫得那么广泛，已经不觉着臭了。

"我们终于回来了。"他们在心里想。

"我们到底回来了。"他们又想。

可是心里却出奇的平淡，还有些怅怅的。他们好像将什么丢失了，没有好好儿的全部带回来。他们好像是两个陌生人走进了这不陌生的小城。这三个月犹如三十年，三百年那样的漫长。小城却依然如故，只是多出了几万只野猫。十分的安静，悄无声息地窜来窜去，或趴在墙头静静地注意地看人。有一座新扒倒的墙，新房起了一半，半截新房安静的坐在一地的砖瓦石木中间。

他们终于走进了剧团大院，剧团的大门敞开着，灯光通明，传达室亮着灯，茶水炉亮着灯，伙房亮着灯，有家属的人家也亮了灯，看门老头站在门口翘首等待。他们在热烈的欢迎里进了院子，各自去了宿舍，开了门，开了窗，灯一盏一盏亮了。练功房的灯也都大开着。他们穿过练功房去伙房吃夜餐，走在褪色的红漆地板上，地板微微有些动摇，发出吱吱的声响。他们不由得都在镜子前停留了一下，镜子里的自己竟有点陌生。她小小的年纪，下眼睑却有点松弛，脸上的皮肤很粗糙，鼻沟里的汗毛孔也张大了，走路的姿态那样蠢笨，老鹅似的。他竟瘦出了皱纹，疙瘩留下的疤痕很深很深地布满了全身，他急切地渴望彻头彻尾地洗一个澡。洗澡房门口排起了长队，有等不及的，便端了水去自己宿舍洗，水泼了一地。二楼的水透过疏漏朽烂的地板，滴到一楼，一楼如下雨似的大声地叫喊，却没有酿成纠纷，大家都很快活，终于回来了啊，如同流浪似的漂泊了一百天，终于回到了安定的窝里，都十分的快意。

　　他们也快乐，却平静得多。在外三个月，天天想回来，似乎回来就是另一番境界，另一番生活。如今真的回来了，却又不明白，究竟有什么新的情境和生活等待他们。当然，他们在一起的事情将容易多了。在此地，他们熟门熟路，知道哪一处是僻静的地方。这样僻静地方，他们可以一口气举出十几个。在外面的日子里，他们苦思冥想的，可不就是清静的，可以独处的，可以肆无忌惮无所不为极尽下流的一方藏身之处？如今，这地方不愁了。可是，他们是多么苦恼啊！他们苦恼的心情，使这渴望许久的日子，也显得平淡了。可是，他们到的第二天晚上，他们就悄悄地出去了，不用开口明言，这里已经有了坚强的默契。此后，几乎是每一个夜晚，他们都出去，直至深夜才归。有时也并不等夜深，一旦完毕就分手了。那已经平常得如同日常起居饮食，没有特殊的意义，却不可或缺。他们只能这么样了，似乎除此以外，不可能有别样的日子了。似乎在一次极强大的推动之下，产生了永久的惯性，他们再也止不住了。可是，快乐是越来越少，就只那么短促的一瞬，有时连那一瞬都没了。而到了这时候，却又焦急起来，似乎失去了什么极重要的东西，非得将它找回来不可，他们便接连地尝试着，直到将自己折腾得精疲力竭而止。他们真不明白，人活着是为什么？难道就是为了这等下作的行事，又以痛苦的悔恨作为惩治。他们好像是失了脚，踩到了以红花绿草伪装的陷阱，无可阻止地往深渊里堕落；他们好像是滑入了奔腾的急流，又旋进了湍急的漩涡，身不由己。他们自以为是世界上最倒霉的人了，简直想一死了之，可又下不了决心，居然还有一点眷恋，眷恋的和痛苦的竟是一件东西，就是那一份肮脏的欢情了。好比命中的劫数还没有完，他们是逃也逃不脱的。

　　秋去冬来，这一个冬天却出奇的暖和，连雪都没有大下，薄薄的一层，刚及地面就融化了，晶莹的雪花即刻变成了漆黑的泥淖。然后，便接着一个多病的春天。几乎每个人都生了病。感冒，肚疼，咳嗽，气喘，乙型肝炎突然地流行起来。医院成了最最热闹的地方，门庭若市，更有一种人人难免的不大不小的怪病，就是肚泻。先是拉稀，然后是小泻，泻到最后，就微微地发烧，然后就好了，并没有大的后果，却是十天半月的无力虚弱，食欲不振。县医院的大夫为此病伤透了脑筋，翻遍了所有的医书都找不到答案，最后才发现是饮水的问题。此地没有自来水，机井的水是苦涩的，吃水全是那条河水，河上长年载舟走船，船是烧的柴油，废油漏在水里，冷眼便能看见一摊一摊的油污发亮，水结起了皮膜似的。加上今年冬暖，不仅许多细菌没有冻死，还平生出许多新鲜活跃的病菌，于是，那河水就脏得很了。水是人人都吃的，自然人人都得泻肚了，不泻才奇了。医院里自己配了个方子，制出草药，就在门口摆个案子，不用挂号，只说是肚泻，便发上一包。街上有工作的人交上一张记账单即可，如是没有工作，或乡里人，也只需付五分钱。乡里人得此病的倒是极少，没福喝街上的水呢！他们幸灾乐祸地说，乐得很。由于忠厚的秉性却也十分的同情。这些日子，乡里人进城却进得勤了，赶着大车，车上置着黑色的人造革皮囊，专装粪水的。城里的茅厕满得飞快，半日不去，就淌了一地的黄水，慢慢地出了茅厕口，向街心漫去。猫狗也得了这病，却没人给它们吃药，泻得个满街满地，到处都可见到神情委顿，行动迟缓的猫狗，垂着尾巴慢慢地走。好端端个清静的城，一刹那变得臭气冲天，满目污秽。简直不知道是犯了什么大戒，老天在惩罚似的。

即使是这样的时刻，他们也间歇不了。为了寻找一块干净的，没有屎粪的地方，他们不辞劳苦地跑得很远，直跑到十里外的场上，藏身在草垛里，将乡里人金贵的牛草压得粉碎。有一夜，因为连日水泻，身体十分虚弱，竟昏昏沉沉地在麦垛里睡去了。这一夜，睡的是又浮沉又不安，两人都做了许多噩梦，似真似假，惊出一身一身的冷汗，露水浸透了盖在身上的隔年的麦穰子，渗进了衣衫又渗进了肌肤，冷得哆嗦，却醒不过来，只是紧紧地蜷成一团，时而滚在一起，时而又分开，不知过了多少时间，他们几乎是同时的睁开眼睛，天色已经微明。他们望着鱼肚白的天空，心里很不明白，只愣愣着。然后，又忽然一同想起，原来是一整个夜晚都过去了。便惊叫翻身而起，仓皇向城里赶去。早起的农民看见这一对衣衫不整，一头一身碎麦穰子的年轻男女，诧异地注视着，看着他们跑过。远处传来生产队里上早工的钟声，当，当，当，悠悠扬扬传来，在他们耳里听起来，是那样的不吉祥，可也来不及去想了。当他们气急败坏地赶到剧团时，人们已经起床了，有的在水池子边刷牙洗脸，有的倚在墙角蹲着吃早饭，还有的已经在练功房里练功了。吃饭的，洗脸的，有说有笑，练功房里放着练功用的钢琴伴奏录音，那是二拍子的舞曲，又清新又美好，这一切，都像是众人有意安排好，向他们展览自己的幸福，面对着这清洁而和平的幸福，他们羞愧地惊住了，他们以为自己是世上最最不幸的人了。这一天的晚上，她终于决定，死去算了。

她是个头脑简单的孩子，小小的年纪就来到剧团做学员，只读了三年书，连给邻县的父母写封整齐的家信也不成。她本是个快乐的孩子，不知人事不知愁，成天只知坐了吃，吃了睡，什么事情都不晓得开动脑筋。因此，她比别人添加三五倍的练功，收效却甚微。如同她把生想得很简单一般，她把死也想得简单。她下这样的决心并不十分困难，并不须十分的勇气和十分的思考。她隐隐地以为，死就是睡觉，就是出远门，走远路，出发似的。当然，这出发与那出发不同，不同的地方仅是她不能将她的任何一件东西带走，她的任何一件东西，无论多么心爱，都必得留下。留下就留下，这也没什么，头脑简单的她想道。可是，当她认真地开始为死去做准备的时候，忽然发现要将她的东西好好地留下，也并不是一件省心的事情。如同每一次的准备出发一样，她首先整理的是衣服。她将一大个柳条箱的东西都倒在床铺上，一件一件抖开，抚平，再叠好，心里思量着留给谁更合适。她看到了一些刚进团时穿的旧衣服，又瘦又小，样式极土气。她将衣服在自己身上比量着，怎么也不能相信，这里面曾经套下过自己的身体，与自己如今的身体比起来，那简直是婴儿的衣服了。她想起了那时候，她才十二岁。十二岁的自己，回想起来像是极遥远的事，其实这中间也只有九年的日子。她摆弄着那些衣服，注意到上面的针脚，是妈妈用蝴蝶牌缝纫机轧的。她耳边似乎听见了那缝纫机"嚓嚓嚓"轻快的声音。那声音有时会变得粗糙，爸爸就拿着一盏绿色的油壶，给机器喂油，油壶细细的壶嘴鸡啄米似的在机器各个部位点着，点过之后，那声音就又轻快了，"嚓嚓嚓"，唱歌似的。可惜这些衣服实在太旧，太难看了，谁要呢？谁也不会愿意穿的，就凭着那大红大绿的花样，也没有人会喜欢。当然，乡里人除外，乡里人什么都稀罕的。记得有一次，上水利工地去演出，那房东家的女孩，连裤子都没有，只好成天坐在被窝里。被窝是一床没里子也没面子的鱼网似的棉花套子。于是，她便找了一张纸，把这些衣服包好，在纸包上写明：请领导转送给贫下中农的小孩。然后放在箱子的角落里，再接着整理。当时最时兴的军便服，肥腿裤，都还在，半旧不新的。腰身很细，她如今是再也套不上了。这些，可以送给妹妹穿。妹妹只比她小两岁，高中毕业已经工作了。在肉店里收钱开票。这些衣服虽不时兴了，可剧团里的穿扮总被人以为率领了服装的新潮流。妹妹当时可是眼红得要死。她也用纸包了，在包上写道：给亲爱的妹妹。不知为什么，要在"妹妹"两字前边加上"亲爱"两字，这不由叫她一阵鼻酸。妹妹于她决不能算是"亲爱"的。有一次，妹妹来看她，正巧与她错过，同屋的女伴就负起了招待妹妹的责任，用姐姐搁在窗台上的饭票盒，日日给她买最好的菜吃。等到五天后她从家里回来，饭票盒已经空了，她骂了妹妹一顿，妹妹当晚就走了。因为她工作得早，在家里有着特殊的地位，早已不把妹妹放在眼里了。她把纸包放进箱子，继续整理。她看见了那件她最心爱的铁锈红的外套，这是托人从省城捎来的，正合她当前的身量，领子是低低的西服领，尽管在外面大地方是早已过了时的，可在此地，就是很时髦的了。多少女孩儿羡慕这件衣服，讹她，要她让呢！怎么说她都没让，她不舍得。她不舍得将这件衣服送给任何人，就决定留给自己穿着，再配上那条合身的黑色三合一裤子，丁字形皮鞋。这是她最摩登，最珍爱的一套，穿上之后，整个人变了样似的。她一件一件整理好东西，每一件东西都奇怪地勾起了回忆。她不曾想到自己竟有着这么多的回忆，有些得意，却又有些酸酸的难过。她忽然有点不想死了，并不是永远不想死，而是今天，有点不想死，明天吧！她一边锁着箱子，一边想着，还有好些粮票和钱没有处理呢，要给家里寄去。粮票有一百多斤。她三个月没去领粮票，后来去领了，会计就说，给你全国通用的吧。于是她就有了一百多斤全国粮票。她不懂得粮票是可以寄特种挂号信的，所以就很怕寄丢，放在身边，打算下次回家带去。可是等不及了，她叹了一口气，把箱子塞进床底，抚平床单。床单，褥子，被子也须交代一下，总得拆洗一下吧，总有几个月没洗了，她终于嗅到了那上面的难闻的气味。她发现事情很多，便安心了，反正今天是死不了了。吃过晚饭，想到应该先去观察一下死的地方，看看环境，于是，洗了碗筷，让同屋的女伴捎回宿舍，就独自个儿去了。

她选择的地点是河边。

她顺着微微倾斜的大路走着，看到码头了，看到那红瓦的票房了。大路通下河岸，陡峭了起来。她止不住脚步，一阵小跑，跑得太冲，险些儿跑进了水里，赶紧收住了脚，这时，陡地响起了水客高亢的号子。这一回，不知为什么，水客唱得出奇地高亢，叫人听了，灵魂都颤动了。她不由得停住了，水客的号子越来越激越，呼喊似的，扯直了嗓子，发出声嘶力竭的声音。她忽然想到，要是到了明天，正式要死的时候，这号子也是这样嚎着，可怎么死得安心。于是她便顺着河岸走去了，她要走到一个号子声音传不到的地方。

剧团的饭早，这会儿，太阳才刚刚落到底，河水金碧辉煌。她沿着金碧辉煌的河边走去，暮色渐浓，罩住了湍湍的河水，罩住了她的身影，号子的歌唱却还在苍茫的暮色中久远地回荡。她走不出去了，那号子跟着了她，她却固执地朝前走着。

这时分，他正在老地方焦急的徘徊。她从来不失约的，况且这本来无所谓"约会"，这本是两个人的本性所至。他不明白她出了什么事情，月亮升起的时候，他便往另一个也是常去的地方跑去，或许她会在了那里。那里也没有人影，风吹过草丛，寂寥的嗖嗖着，他又急急地跑到第三个地方……他是不会去死的，因为他比她头脑复杂，比她多一点智慧与理性，他明白死是怎么样一件可怕的事情。他是宁可赖活着，也不去好死的。他一个人在嗖嗖的风里跑着，从一个地点跑到另一个地点，最后才想到了河岸，想到的是这里的河岸，脑海中出现的却是河的上游那一处柳枝垂帘的河岸。他不怀希望地向河岸跑去，跑到河岸时，她却已经走了。她怎么朝前跑都跑不出那忽而高亢忽而柔和的号子声，便赌气回去了。他们失臂而过。这是他们第一次交臂而过，第一次错过。他不知道这是错过，只当是再也找不着她。她从来在他的预料里面等待，迎合着他的走向；而这回却不了，他知道其中一定有着重要的缘由，却不明白究竟是什么缘由。一股预感笼罩了他，他不知是凶是吉，只是有点害怕，有点空虚，有点灰心的茫然。号子声已经沉寂，只有河水轻轻地拍击着河岸。

这时候，她早已睡熟了。很长时间以来，她没有这样安详而清洁地沉睡过了。没有梦的搅扰。睁开眼睛，天虽还很早，只蒙蒙的亮，她却感到十分的清新和振作。周身很温暖，很干燥，很光滑，于是便觉出了被子和床单的腻滑。她想到这一天的事是很多的，再也躺不下去，翻身起床，就拆洗被子和床单。被里床单都是黑擦擦的。摸在手里，很厚，又很软，抹了油似的。透明的机井水哗哗地冲击着它们。她用双手揉着它们，让水浸透。手在冰凉的水里，说不出的清爽。然后，她便开始擦肥皂，擦了有半块肥皂，开水一烫，在搓板上很轻松地搓出了丰富的泡沫。泡沫温暖着她的手，她轻快地在搓板上一上一下推着，推出"吭哧吭哧"的声音。这样挺好的！她忽然觉着，心里竟有些快活起来。正洗着，他端着脸盆来了，阴沉着脸，小声问她昨晚怎么了。她回答说：肚疼，疼得打滚。他信了，却又不很信。又问，今天晚上来吧？她说来的。反正，她想，今天她要去死了，说什么谎话都可以不负责任了。他也不很信，偷眼看她，她的脸色很平静。这平静叫他有些不安，又不好再问下去，因为看门老头来捅茶炉了。她愉快地搓着被子，雪白的泡沫溅得四处都是，并且，飞出了一些泡泡。泡泡反射了初升的太阳，赤橙青蓝黄绿紫，美妙的飞扬开去了。她竟哼起了歌。她的嗓门极粗，却不哑，听多了，还有些圆润。她哼着歌儿搓被单，被单埋在一盆雪白的泡沫里。她将袖子挽得高高的，一双黝黑结实的手臂插进泡沫里，觉着说不出的凉爽和温暖。她觉出自己双臂里饱满的力气。这一大堆床单，被她像搓洗手帕似的揉搓着，毫不觉吃力。待到搓完，清水一过，那床单与被里出人意料地洁白起来。她清过之后，绞干晾上，太阳已经升高，新鲜的阳光照在洁白的床单上，将她的身影投在上面。她看见了自己的身影，正伸直双臂拉平着被单。"这是我吗？"她心里说，好像有点陌生似的看着自己的身影，然后便拾起脸盆跑开去了。她忽然想好好地洗一个澡。

她打了许多水，满满一洗脸盆，满满一洗脚盆，还有满满一塑料桶，一样一样搬进小小的洗澡房，然后关上门。屋里一片漆黑，只看见清水在发亮，一圈一圈地发亮，像是三口深井，包围了她。她将手埋进脸盆，热水湿透了头发，浸润着油腻污垢的头皮，头皮针扎般地痛痒起来，却说不出的舒服，止不住打了个哆嗦。她用毛巾拖了水泼在身上，泼到的地方，便如针刺般地发疼：好像长久的麻木之后苏醒一般。周身的皮肤，一片一片地苏醒了，张开了毛孔，吞吐着滚热的水汽，体内的污垢流了出来似的，她觉着轻松极了。她一遍一遍地往身上抹肥皂，一遍比一遍搓出越来越丰富洁白的泡沫。皮肤在一遍一遍地搓洗之下变得薄削，柔软，细腻。当她揩干身子，穿好衣服，推开了木门，近午的阳光，一下子刺痛了她的眼睛，不由得眯缝起来。这时候，她又有点不想死了。她觉得身上很舒服，她不记得曾有过这样的舒服没有。于是，她决定再推迟一天。

被里被单被太阳晒得又松又脆，一股阳光的香味儿，她干干净净地睡在干爽清洁的被窝里，心想，这一天是留对了，然后就很安心地睡着了。在她睡得香甜的时候，他却在那几个老地方来回奔波着找她，心里充满了凶吉未卜的预感，十分的慌乱，却又欲火难耐。他咬着牙想道，一旦找着了她，必将她撕成碎块，捣成齑粉。他隐隐地意识到她是背叛他了，背叛他们的默契了。心中更加愤怒。这背叛有一种逃离的意味，似乎是将他一个人抛弃在这无底的苦难的深渊里，而自己却脱身了。她怎么能这样狠心，她怎么能抛下他孤零零的一人，在这深渊里无望地挣扎，连一点可以攀援的东西也没有。他狂躁地在齐膝的荒草里走来走去，踩着地上的枯枝，枯枝将他的脚踝戳破了，流出血来，他才略感平静了一些，垂头丧气地坐倒在地，两手捧着头，一只虫顺着他的脚往上爬，爬上他的大腿，他竟没觉着。那只虫干脆在他腿上"曜曜"地唱了起来。

这一天，她是一定要死了，她想。她是再挨不下去，也没有理由挨下去了。因为要去死，她才能这样坦然地对着一脸激怒的他连连撒谎，她才能快快活活地和大家一处吃饭，一处说笑，甚至有了一种平等的感觉。因为她就要去死了，心里的一切重负便都卸了下来。她不曾想到，决定了去死，会使她这么快乐。她这个决心是下对了，她很欣慰地想。由于这轻松与快活，她却又舍不得去死，尽是一日一日的赖了下来，延长这享受。每天都洗澡，将自己收拾得干干净净。由于怕把自己弄脏，对那样的事情，则很自觉地抑止了渴望。可是，总有点羞愧，欺骗了谁似的。

这一天，她终于要去死了。晚上，她一个人走到了河岸，河岸静悄悄的，轮船已经开过，红瓦顶的票房关了门，人都走尽了。水客们都歇着，停止了歌唱。她沿着河岸走了一阵，停住了脚步。没有月亮，也没有星星，河水黑漆漆的波动，像一头巨兽在缓缓地沉重地喘息。她忽然害怕，打了个寒噤。就在这一瞬间，月亮陡地跳出了云间，水客的号子拔地而起，无比地激昂。她浑身抑止不住地打着寒噤，心里害怕极了。她这才明白，死不是一件简单的事情，死是很不简单的，这一死就不能再活了，这一走就不能再来了，她哭了。一颗一颗很大的泪珠滚过她脸颊，水客的号子却婉转起来，抑抑扬扬，在黑黝黝的河水上方回荡。月亮照见了一切，河对岸的柳树都显出了婆婆娑娑的影子，难道一定要死了吗？

她问自己。难道非死不可了吗？

她哭着问自己。不死可不可以呢？就这样挺好的！她觉着十分绝望，就绝望地哭着。

不死不行吗？以后一定好好的，安安分分的，她哀求着自己。得不到一点回答，只得哀哀地哭着。

这时候，在另外的地方，他们时常会面的杂草地上，他一个人也在哀哀地哭。他总算彻底地明白了，她是欺骗了自己，她是撇下了自己，她怎么能撇下自己呢？他是那么软弱，那么可怜，他哭得在地上打滚，石头和枯枝戳痛了他，他也不觉得，哭得凄凄的。他不明白，以后的日子将怎么挨下去，人生像无尽的长夜，看不见一点黎明的曙光。她怎么这样无情无义呢！本来他们是应该在一起受苦的，他们必得在一起受苦，除了受苦，他们又还能做什么呢？

她在河岸哭着，坐在河水边上，双手抱着膝盖，头埋在膝间。水客的号子一声高一声低，像在呼唤迷路的孩子。月亮在云间一会隐，一会现，像在照亮迷失的归途。

他将头埋在深深的杂草里，用黑暗的杂草将自己深埋起来。他在伸手不见五指的黑暗里恸哭，哭他以后的孤独的苦难的日子。

她像贼似的溜进院子，溜进自己的房间，她满心以为她是不该再回来的，心里十分地羞愧。肚子却不识趣地饿了起来，还叫出很响亮的咕噜声。她只得去吃晚饭剩下的半块馍馍，难为情地嚼着。她为自己的生命觉着不好意思，好像这一条生命是偷来的似的。馍馍嚼出了甜味，肚子安静了，她才悄悄地上床，心想着明日天亮了，可怎么见人啊！可是明日天亮，人们对她同过去一样，丝毫没有两样，令她又诧异又感激，这一日便是格外地勤勉，帮同屋的打来了开水，还帮看门老头扫了院子，茶炉开了，也是她小跑着取来"开水"的牌子，挂在茶炉上。这一天平安无事地度过了，她开始心安的时候，却在伙房门口遇见了他。她惊得手里的稀饭都泼了出来。他在宿舍里整整躺了一天，她一天没看见他，一天也都没想起他。这会儿，她才恍悟过来，这才是最最没法交代的事情。他阴沉沉地看着她，问她怎么回事，她结结巴巴地说又肚疼，他就说："我叫你疼个痛快！"飞起一脚，踢在她的小腹上；她弯下腰，手里的碗摔在了地上。可她没吭声，她想她是活该挨打的，想好去死却没死。旁边的人呼啸着围上来，抓住他，又抓住她。不料她并没有还手的意思，连嘴都没回一句，只是赶紧地拾了自己的碗，跑了。他在大家的拉扯下没有目的地挣扎着，骂着一些谁也听不明白的脏话。她跑上楼梯，跑进自己房间，一下子扑倒在床上，心里嚷着：我不干了，反正我不干了，我再不干那样的事了，要是能叫我再不干，让我做什么都愿意！小腹在微微疼痛，他这一脚可真是下了力了。小腹在轻轻地疼痛。那疼痛像一个活物在慢慢地蠕动，搔痒着她，撩拨着她。她忽然有一阵恐惧，她发现自己身体里那一股欲念又抬头了，那欲念随着她决定不死而复活了。这一个晚上，她非常地不安宁，她知道，他一定在那老地方等她。她险些儿跑了去，她心里骚动得厉害，身上如发疟疾似的，一阵冷，一阵热。她真是糟了，真是病入膏肓了。可不能去啊！可不能去啊！她大声地在心里警告自己。"最后一次，她太可怜了！"另一个意志又在说，她明明知道可怜他是假，可怜自己是真，早已识破了，可却消灭不了这个既软弱又坚强的意志。然而，她知道，这一去便再也收不了场了，这一去是再也收不了场了。这时候，她忽然变得非常明理，世界上的是非善恶，全都通晓了似的。她在她内心两种意志的战争中成长了。这一夜，她终于没去，可是心里冲动得厉害。所以说服了自己没有去，是由于自我安慰道：明晚再去吧。

明日的一整天，都是惊惧不安的，心里的欲念更加活跃，更加强烈，由于这多天没有满足而分外地饥渴。到了晚上，她实在实在忍不住了，奔到那地方，却不见他的人影。她又跑到第二个地方，依然不见人影，第三个地方，第四个地方，全都落空了。她连连地跺脚，怅惶地回顾着。他是前一天晚上已经对她彻底失望，不再来等待了。他们又一次失臂而过。这是第二次失臂而过。这一次的失臂便注定了他们必须分离的命运。她惶惶然地走回剧团，练功房里大开着灯，钢琴叮叮咚咚响着，有笑声，还有歌声。她忽然打了个寒战：幸而他不在那里，侥幸啊！她为刚才的行为后怕起来，心里充满了恐惧，又充满了庆幸。他不在，这犹如神明的保护。

河里的流水忽又洁净了，肚泻病渐渐止了。满街的粪臭一日一日消散，透出了槐花的清香。夏天到了，这一个夏天，热得非常适中，阳光清澄地直泻下来，草木长得极绿。城郊的菜地里，蔬菜长得格外的肥壮喜人。城里平添了一百架录音机，日日放着港台和大陆的歌星的歌唱，亦不知是流行歌曲推广了录音机，还是录音机推广了流行歌曲，新店铺开张之际，门口放着录音助威，毫不相干地咏叹着无常的爱情。出丧大殓，送殡的队伍里播着录音，唱的也是关于爱情。流行歌总也逃不了爱情的主题，就如流行的人生总也逃不脱爱情的主题。小城在爱情的讴歌里失了宁静，变得喧闹了。轮船却还是每日两次靠岸，捎来一些奇怪的东西，比如录音机和邓丽君，还比如，那一种失踪已久的半边黑半边白的骨牌。同时，也带了一些奇怪的东西，比如，重阳时分，一筐二筐的两钳八脚的螃蟹，还比如，县里那一对寡言的夫妇，据说是去了地球那一边，此地白，那里黑，此地黑，那里白的地场，与一些金发碧眼的人们在了一起。甚至，"猫子"从这里飘过，也要留下一点东西，比如，女人罩在奶上的小兜兜，拳头大的裤衩，比如，可以折成三截又"哗"一下张开的洋伞。"猫子"都阔了，腕上戴着晶亮的手表。

他们的事情还没有完，他发誓不能这样轻易地放了她。她也深觉得这样被他放过不算回事，反有些惴惴的。不争气的是她的身体。她的身体背离了她的灵魂，如痴如狂地渴望着与他的身体接触，摩擦，即使是虐待而至，也在所不惜。而她几乎要妥协，使她不得妥协的则是他阴沉险恶的目光。她晓得他是不会来满足她的，他似乎是晓得她在受着煎熬，晓得她将有求于他，于是便格外地傲慢。尽管他同样地也在受着熬煎，夜夜梦见与这个女人的厮混，可他决意要报复她，他决计不会叫她痛快。两个人的灵魂站了出来，站在肉体前边作着交锋。

这场事端是她先挑起来的，她几乎有点后悔，与这个男人厮混的情景也常常在梦中出现。她不明白，是这样好，还是那样好，身体的饥渴实在难耐，它是周期性的出现，每一次高潮的来临都折磨得她如同生了一场大病，每一次过去，则叫她松口气下来，蓄积起精力以等待下一次高潮的来临。她竟然渐渐消瘦了，这时候，她已经毫不在意消瘦给她带来的好处，她秀气了一些。她的注意却全在于如何克服身体的欲望。那样的时候，她是多么渴望着看见他，只要他有一点点暗示，她就会奋不顾身地走向他去。可是，他是连看也不看她一眼，他深知这渴念于他和于她是一样的强烈，他如今硬耐着性子是为了将她完全召回，再不要起一丝一毫离心离德的念头。他是太知道这个女人了，他知道她健壮的身体所需要的是怎样强壮的抚爱。他料定她是会来伏倒在他的脚下，他的余光将她的消瘦与憔悴全看了进去，心中不由暗喜。由于要惩治她的决心那样强烈，他竟将身体的欲望压抑了。

如今，她是傍着他的报复在软弱地坚持，如不是他的惩罚，她的坚持就全崩溃了，她也将不复新生。可是，这样的坚持是太艰苦，也太危险了，她随时害怕着自己会忍耐不下去，奔到他面前，抱住他的腿，怎么踢也不松手。她又去了两次河岸，可是死是那么恐怖，生的愿望则那么强烈，水客的歌声萦绕在耳畔，她又走了回来。

他们这样僵持着，她想到他是真的恼了，他却想不到她怎么会是这样固执。他禁不住软弱了下来，这一软弱，火样的欲念便腾起了，那样的炽烈和汹涌，他是再怎么努力也压不下去了，他开始密切地注视着她的动向，寻找着机会，无论如何要抓住她了。这一个晚上，他看见她独自个儿出了院门，便远远地跟上了。

她走过石子路的街心，走上了通向河岸的大路，月光将大路照得白生生的，大路缓缓地倾斜。她走下了堤坎，到了河岸，又沿着河岸向远处走。他这才加紧了脚步，渐渐地接近了她。她并没有发觉，反将脚步放慢了，最后停了下来。这时，他扑了上去。她吃了一惊，然后便作着有力的挣扎。尽管这一扑是她渴望的，尽管她正是被这渴望折磨才独自来到河岸，尽管如今是她意志最最虚弱不堪一击的时候，可是，一旦接触到了他的身体，她却真正的恐怖起来，她知道这一来便前功尽弃了。她好像站在了悬崖的边上，看见脚下浮着白云，她知道白云下面是深不可测的山谷。她是真正地作着挣扎。可是他已经完全失去了理性，他就像一头野兽，怀着决一死战的决心。她渐渐地用尽了力气，徒然地做着抵抗，由于她的身体已经寂寞了很长的时间，由于她的渴念已经绝望而不复存在，由于她的抗拒是真心而努力的，由于这一时刻是她的身心都一无准备的，意外的，一股巨大的快感充满了她的全身，她是从未得到过这样的快乐。这一次的快乐使她觉得以前那一切都算不了什么，而此后是死而无憾了。那快乐弥漫了她身体的每一个角落，再没得到过这样的满足了，这满足似乎带了一种永恒的意味，犹如一次成功的告别仪式。连他都觉着了异常，翻身躺在地上，与她并排躺着，望着一天的星星。

这时候，水客的号子从烟气笼罩的河面上升了起来，似乎是一百个水客如一个人般的歌唱，浑厚有力却又单纯齐整。他们并排地躺着，一种从未经历过的感觉挟住了他们，他们都觉得事情有点奇怪，与往常很不一样，一种强大的预感笼罩了他们。

以后的日子，她一直觉着很奇怪。她开始想吃酸的，向来喜爱的荤腥却叫她作呕，她呕吐了几回，头晕了几回，然后便好了。即使在最最糟心的日子里依然运转正常的来潮如今却停止了，与这周转同步起复的那一股不安静的欲望竟也平息了下来，她觉得身体的某一部分日益的沉重，同时，却又感到无比的轻松，好像卸下了长久的负荷。她终于明白，她要做妈妈了。

她将布带子紧紧缠住腹部，以免露出破绽。她是连一点常识都没有，以为这样就可消灭。可是她却又极心爱那腹中的生命，好奇得不得了，到了夜晚，便在被窝里松开绑带，抚摸肚子，似乎触到了那生命柔软的躯体。如今，她是非常的平静，心里清凉如水，那一团火焰似乎被这小生命吸收了，扑灭了。而这时候，她却更加害怕他了。她怕他会扼杀这生命。她想他那种粗暴的蹂躏是会毁了这生命的。于是她便不敢一个人胡乱走了，哪里也不敢去，总是待在宿舍里，她一点没去想以后将怎么办，她甚至没有想到，这生命总有一天会喷薄而出，别人将怎么看待呢？她只是将它牢牢地守在肚子里，守在她无比宁静的心田里。

后来，腹部却越来越隆起。首先发现的是他，于是就牢牢盯着，想找机会问一问。这一天，午休的时候，她下楼上厕所，在院子里遇见了他。他蹲在练功房门口，守株待兔似的等着，他问她："你的肚子……"不等问完，她便匆匆答道："没你的事。"匆匆地折回头回宿舍了。她怕他会伤了这肚子，她不允许任何人伤这肚子，然后，便有了些议论，领导终于找她谈话了。她先是否认，否认不下去便承认了，却是怎么也不说是和谁的，只说是自己的，自然荒谬得可笑。领导说出了他的名字，这全在大家的有目共睹之中，她却惊惧地连连摇头："不，不，不，不，是我的，是我一个人的。"说着便哭了起来，哭得很伤心，领导要她去动手术，她死也不愿意，竟跪在地上求饶。领导威胁着要开除她，她则说随你们的便，反倒不哭了。

这时候，他躲在办公室紧隔壁的灰尘弥漫的道具室里，趴在墙上，紧贴着耳朵，头上挂了半张残破的蜘蛛网。脱落了石灰的砖缝里传来他们的谈话。他知道他是闯祸了，他们闯祸了！这是什么样的祸啊！他沿着墙渐渐地滑了下来，滑坐到地上，蜷成了一团。他们的造孽会有一天遭到惩罚，这是他从来不曾怀疑的。可事实上，对这一天，他一无准备，也一无想象。现在，好了，惩罚来了。他们的欲念，竟有了果实，他们竟无意地播下了生命的种子。这生命是怎么回事？意味着什么，要把他们怎么样？他真是害怕极了。那不期而至的生命在他眼里，变成了巨大的危险的鸿沟，彻底地隔离了他和她。他以为他们是被这生命隔离了，而丝毫没有想到这本是最紧密的连接。她的哭声从墙缝里漏进，刺着他的心，他不由得热泪盈眶，充满了绝望的怜悯，为她，为他，为他们之间的一切，他知道，那一切终于告终了。

孩子是在一个秋天的黎明出生的。全团的人都去了医院，只剩下他自己，坐在黑漆漆，空荡荡的练功房中央，那一片坚硬的地板就好像干涸的沙漠。他双手抱着腿，头垂在膝间，万籁俱寂，连虫鸣都灭了，他竟变得迟钝，无法运用他的头脑，百思不得其解，不明白将要发生什么么，不明白这是怎么了！那生命发生在她的身上，不能给他一点启迪，那生命里新的血液无法与他的交流，他无法感受到生命的萌发与成熟，无法去感受生命交予的不可推卸的责任与爱。其实，那生命里的一半是他的，然而，他尚需要间隔着肉体去探索，生命给予的教育便浅显了。况且，他被自己的痛苦攫住了，得不到一点援助，他动弹不了了。从这一刻起，他被她超越了。

她躺在血污里，痛苦得发不出声。孩子在血污中降生了，居然有两个，一个男，一个女。

听见孩子此起彼落的哭声，谁也不忍将她开除，只给她记了一个大过，然后安排她去看门。就在孩子出生的几天前，看门老头去烧茶炉，走到一半就倒在院子当央，等人发现，已经没气了，诊断是脑溢血。

她一个人带着两个孩子，住在传达室里。每日要收发报纸信件，烧茶炉，还要叫电话，一份微薄的工资却要养活三口人，很艰难。好心而多事的人劝她送掉一个孩子，她死不答应。因她听说，一对双是不能分离的，必须在一起养，尤其是一个男一个女，就更不能分离了，分离了就更活不了了。日子虽然艰难，可是她却十分地愉快，心里明净得如一潭清水，她从没有这样明净清彻的心境。多年来折磨她的那团烈焰终于熄灭，在那欲念的熊熊燃烧里，她居然生还了。她以为是这两个孩子的帮助，对他们是无比感激无比恩爱，全心全意地保护他们，不让他们受一点伤害，并且，总是奇怪地认为他们处在险象环生之中，最大的危险便是他了。她不让他看他们，她怕他会掐死他们，如同掐她一般，她极力否认他们与他的关联，岂不知，他对他们仅只是一点点好奇而已，甚至还有些害怕。而他们就好像要抓住他不放似的，竟越长越与他相似。那额，那鼻，那嘴，所有的人都看出了他们与他的相似，他是再逃不过这血缘的圈套了。他只能远远地，匆匆地瞥见一眼，她总是躲着他，看见他就仓皇地逃离。仅这一瞥也足够攫住这印象了，他又惊讶又害怕，孩子要以自己的灵魂去追捕他了，他唯有逃避。他无法承担这一个事实，那便是，他有孩子了。不，不，他没有，他毫无准备，他毫不能理解这里面的意义，因此，他注定得不到解救，注定还要继续那股烈焰对他的燃烧。由于她的脱生，必由他一个人单独地承受，那燃烧便更加狂烈，他想尽一切办法去宣泄体内岩浆般的热量。

开始，他赌博。在牌桌上，再没比他更焦躁不安的了。红着眼，手指痉挛着，脚在桌下剧烈地颤抖，抖动了一整张牌桌咯咯地响。他赢进许多，又输出许多，将赢进的全输了，本也输了，手表也卖了，还欠了债。然后又想结婚。底下小镇上的人家为他说了个镇上的媳妇，三个月后，两人就成了亲。婚后的日子很不顺心，每次老婆来探亲，住不满日子就要回去。旁人问她急什么，她就掉泪，说受不了，究竟什么受不了，却说不出口，抹着眼泪就走了。他也不挽留，阴沉沉地笑笑。功是早已不练了，却喝酒，喝得烂醉。然后就得了肾炎，治好了以后，剧团也不好留他了，把他分去百货大楼守柜台。他嫌堂堂男人守柜台丢人现眼，一气之下，就回了家乡的镇上，老婆为他在镇粮管所谋了份开票收钱的事儿。走的那天，一伙人送他，走过传达室，她正一手抱一个孩子，站在门口，看街上孩子玩方宝，意外地没有躲避，而是看着了他。他也定定地看了她一眼，走了过去。

这时候，他们都是大大的人了，他二十八，她也二十四了。曾有热心的人要给她说个男人，她也并不反对，一个人究竟是太寂寞了。可是没有人愿意，她是这城里出了名的女人，烂了帮的破鞋，带了两个私孩子，连爸爸都不知道是哪个，提起过了还要朝地上唾三口，除去晦气和脏气。而事实上，经过情欲狂暴的洗涤，她比以往任何时候都更干净，更纯洁。可是没有人能明白这一点，连她自己也不明白，只是一味地自卑。没人愿意娶她，她也不怨恨，只是带了两个孩子，勤勤恳恳地过日子。

岁月如流水，缓缓地流过，流水如岁月，渐渐地度过。水客的歌声一日一日稀薄，城里建起了自来水塔，直接把水引了过来，没水客的生计了，于是那歌声便沉寂了，再没人听见，也没有记起。只在剧团出发的日子里，她一个人带着两个孩子守着空寂的院子，睡着的时候，她深沉平静的梦里，便隐隐地响起了那忽而高亢忽而低回的歌唱。孩子一日一日地长大，会叫"妈妈"了，把个"妈妈"叫得山响，喜欢在练功房越来越褪色的红漆地板上玩耍。那一片地板在他们的眼里，简直是辽阔的了，四周都是镜子，往中间一站，四面八方都是自己，他们便害怕地逃走，却又按捺不住好奇心，手牵手慢慢地走回来，定定地站住，观望着。她倚着门框等茶炉的水开，手里提着那块写了"开水"字样的木牌，望着她的孩子在地上滚爬，怅怅地微笑着。

"妈妈！"孩子叫道。

"哎。"她回答。这是能够将她从任何沉睡中唤醒的声音。

"妈妈！"孩子又叫。

"哎！"她答应。

"妈妈！"孩子耍赖地一迭声地叫，在空荡荡的练功房里激起了回声。犹如来自天穹的声音，令她感到一种博大的神圣的庄严，不禁肃穆起来。

1986年5月9日一稿

1986年5月31日二稿

（原载《上海文学》1986年第8期）

射天狼

朱苏进

> 会挽雕弓如满月，西北望，射天狼。
>
> ——苏轼《密州出猎》

一

电话兵通过轻型被复线，报话兵通过微微摇曳的鞭状天线，同时收到阵地信息，又同声复诵出："发射完毕！"

寂静最令人不安。此刻，一枚数十斤重的弹丸正在天空飞行。炮口距目标九千五百米，弹丸需飞行四十余秒，对于观察所指挥人员来说，这是个折磨，长得不堪忍受。谁知道将得到什么，远弹？近弹？命中弹？还是最讨厌的"不见弹"？肉眼根本看不见蓝玻璃似的天空会有一颗压满TNT炸药的合金杀伤大爆破弹。它一出炮口，人们就无可奈何它了，任何力量都不能使它停止飞行或是改变弹道。它按照火炮身管赋予它的方向和角度冲上天，然后不管人们愿意不愿意，都要落下来触地爆炸，迸出六七百块齿状弹片，疯狂地咬向敢于阻碍它的一切。因此，在实弹射击时，弹道所通过的地域常常没有居民地、公路和建筑物，目标区也设在一片大山里。处于弹道下方并抵近目标区的，只有炮兵观察指挥所，他们要观测这只没有翅膀的铁鸟。

可是为什么看不到爆光？这个散布死亡的东西飞到哪儿去了？

副团长颜子鹄放下望远镜——它虽然能使人望得更远，代价却是把人的视野限制在很小的范围内。果然，他放下望远镜视野开阔了，看到右前方褐色山坡后面蹿出一股烟柱，接着传来沉闷的爆炸声，它大大偏出目标区域。根据响声判断，炮弹炸在松软的土地上。

观察所发出的一片混乱的惊叫，被颜子鹄的高声命令截断："查图，找出落弹区！"又朝三连连长罗怀牧下令，"停止射击！炮手脱离炮位，叫副连长逐炮检查。"

营长递过一比五万的军用地图，食指尖指着一处："这里。"地图显示，褐色山坡后面是大片农田。万一有人，可就糟了。

颜子鹄朝旁喊道："小车！"又催问罗怀牧，"查出来没有？"

罗怀牧脸色灰白，担任射击的是三连，射击指挥员就是他。他吃力地说："射击指挥无差错，问题出在阵地。副连长报告，三炮方向错了一百密位。"

如此大错！阵地上只有四门炮，却有五位连排干部。颜子鹄气道："我命令你们坐下来，坐它三天！"他喊上营长坐进小车，赶去查看事故后果。

小车从凹凸的山坡蹦跳着冲下来，拐上公路，高速驰向落弹区。颜子鹄去掉军帽，双手抓牢车把手，上身倾出车门，在急风中极力睁眼注视迅速滑后的田野。他忽然叫道："在这儿，停车！"

颜子鹄和营长跑下公路，从长满草藤的田埂旁边，扶起一位年约五十的农村妇女。她已经昏过去了，左肩和小腿处有血迹。蓝头布落在地上，旁边翻倒一个茶水桶，弹坑距她四十米，不知是否受了致命伤。

颜子鹄和营长匆匆给她裹扎好伤处，把她抬进小车。远处，一个小男孩正朝村庄狂跑乱喊，十几位群众朝这里奔来。阳光下，一张张惶恐的、愤怒的、惊讶的脸越来越清晰，有人匆忙中还提着锄头和扁担；有人已经看清发生的事情，跑得更快，急声大呼……颜子鹄他们就要落入十分难堪的境地了。

营长道："阵地有军医，我们快把老人家送去吧。"

"好！"颜子鹄同答着，又望着拥来的群众，对营长说，"你害怕吗？"

"不，我理解他们。但这时候什么都说不清楚。"

"那你就留下！无论人家动口动手，你都不准躲避，不准发作，不准辩解。否则，就处分你。告诉他们事故的真实原因，找到老人的亲属和大队领导，很快我就派车来接你们去看大娘。你这儿比较困难，不是低声下气就能取得群众原谅的，越那样人家越气。我们错了就是错了，要认账。但在大错之下也要体现革命军人的品格，你明白我的意思吗？"

"明白。"

颜子鹄把老人抱上车，关好车门，双臂把老人家拢在怀里。小车平稳地驰走了。他从后窗望去，群众围在大弹坑边上看了看，然后，慢慢地从三面围住营长。营长垂手站着……

小车停在三连炮阵地的通路出口，响了两声喇叭。颜子鹄钻出车，对快步奔来敬礼的副连长吴晓义道："拿担架，把老大娘抬下来，快把军医找来！"

"谁呀？"副连长吃惊地看着颜子鹄胸前的血迹。

"你母亲！"颜子鹄绷紧脸，无法控制自己了，"大家不是天天喊，我们是人民子弟兵、子弟兵吗！"

军医赶来半跪在地上为老大娘检查伤情，然后重新包扎。颜子鹄在他耳旁问："怎样哇？"声音微颤。

"还好。没有伤到动脉和骨头。不过要快送医院。向团里要救护车吧？"

"不等了。"颜子鹄对吴晓义道，"调一辆炮车，把火炮卸下来，把老人家抬上去。出事的是哪个班？"

"三班。"

"让三班撤出阵地，在车上轮流抬着老人家，立刻送医院。"

吴晓义在前，军医在后，抬着担架往阵地后面绕。颜子鹄喝道："干吗躲躲闪闪，想藏住自己的失败？不准绕，就从炮阵地上过去。"

所有炮手都笔直地站在炮旁，呆呆注视着担架通过，一看到颜子鹄的脸，好些战士心怯地转开目光。老人家醒了，呻吟着偏转头，恍惚地朝火炮和战士们望着。

"呜……"一位战士扶着火炮瞄准具大哭，接着，跳过火炮大架，钻到相思树林里去了，两个战士急忙跟去。颜子鹄估计他可能就是错了一百密位的瞄准手，低声问："入伍几年？"

吴晓义答："一年，工作不错，是党员。"

"现在入党真快，军事素质呢？你们要分工一名干部看护他，不能恶化他的情绪，也不能让他改行当一般炮手，他自己要求也不许。他还是瞄准手，下回实弹射击还是要上。"

颜子鹄是强忍着一团怒气走进阵地的，然而，沿阵地走了一遭后，恼怒便化为一种复杂的感情。他看到，炮车通路两侧的树林，竟无碰断一根树枝；田边必定要碾碎的几棵白菜，早已被战士们包着土挖出来，移到通路远处，准备撤出阵地后再栽回去。在重炮和大型牵引车的缝隙里做到这一点，需要多么严明的军纪和良苦的用心啊！用弹药箱板子钉成的语录牌，插在掩体最高处，写着大家最熟悉的毛主席语录和战斗口号。和一年前不同的是，没有林彪的语录了。不过，这能说明他的一切都埋进温都尔汗沙海了吗？群众纪律执行得很好，没损坏群众一针一线。阵地的政治气氛搞得很浓，简直像打一场灵魂仗。不过，他们疏忽了一点，阵地要隐蔽，要伪装，要和现场保持一致。本属于心灵的语言，不必在嘴上重复了千万遍还嫌不够，又制成语录牌竖在最明显的地方，使敌机在两千米高空都能看到。花架子！

颜子鹄走到阵地指挥所，用电话向政委报告了这里的情况。政委说：“我马上到落弹区去做善后工作，你放心吧。问题出在三连，你看还打不打？”

“打，射击还没完嘛。”

“我也同意打，但是要你亲自掌握。另外，师里刚才问到明天一连的实弹射击。一连更难办啊。你看他们还打不打？”

政委是忧虑一连连长袁翰。袁翰返乡探亲已经超假，团里两次电报催归，还不见音信。这件事激怒了颜子鹄。连队临近实弹射击，连长居然无故不在位。颜子鹄和政委的最初决心是：就当袁翰“死了”，一连还是要打仗的，让指挥排长代理连长指挥射击。可是，三连出了事故，政委犹豫了：指挥排长毕竟没有指挥过全连呀。

“袁翰的超假，”颜子鹄通过电话说，“属于执意违背命令，性质比三连的偏弹更为严重，简直不像个军人，非处分不可。但连队的实弹射击，我的意见还是打。垮了连长，不能垮掉连队。打好打坏是一回事，不上炮场，这个连队的人心就散了。我坚持打！”

“知道了。”政委放下话机。

二

一连指挥排长坐在车内连长的位置上，这对他简直是过分的幸福，他将占领观察所，指挥全连火炮实弹射击。阵地指挥员副连长，虽是他的上级，也将逐字逐句地复诵和执行他的口令。每个炮手把他的意志填进炮膛，他将看到弹群按自己的意愿爆炸，仿佛是自己手臂延长了，伸过去捏碎了坚固的目标。热爱军事的人谁不珍重掌中的权力，这权力可以实现自己所追求、所热爱的意愿，和渺小的个人权力欲完全是两码事！尽管他嘴上也讷讷地道："副团长，我怕不行啊。"这是因为他觉得不谦虚一下就太不像话了，其实，他心里早把三连看矮了半截：哼！打个偏弹，练兵练到脑后去了？他储藏下的本事，使他忍住笑意接下重任，那一刻，他深深感激连长袁翰平时对他的培养。

他刚当排长时，袁翰就逼他学习连长的全盘指挥业务，说："一年以内，你必须成为全营指挥排长中最强的一个！别怕人家说你有当官的野心，那是蠢猪式的嫉妒。不但理解本职而且理解上级的职能，才能更灵活地完成自己的工作。满足于仅仅完成本职工作的指挥员永无出息。"好几次野外协同训练，实际指挥一连的是他这个指挥排长，袁翰只在边上传达口令，营指挥所都没察觉。有一回，袁翰竟然在"暂停"时睡着了，醒来后苦笑着说："我也会偷懒啦。说实话，这一套，六四年我当班长时就会了一半。如今当个连长，比那时候当排长还容易，老是这一套程式，好像敌人听我们调动似的。我要是当敌人的话，别人不敢说，咱们营长就会输给我。"

像那时的不少干部一样，军事上幼稚，阅人览世却过早成熟，小小年纪的指挥排长，因为袁翰急迫地要把他推上连长位置，竟狐疑起袁翰的用心："连长，上级要提拔你了吧？"

"天真。他们情愿提你，也不会提我。我是大比武出来的，和罗瑞卿握过手，沾上啦。"

"这是暂时的，"指挥排长很坚决地说，"什么'单纯军事观点'，什么'骄傲自大'，一打起仗来，人们就会改变看法了。"

指挥排长的坚定信念，使得袁翰对他特别亲近，甚至有些钦佩他。但袁翰的苦恼消散一阵后，重新聚结起来会更重。"算啦，谈起来心烦。你只要做到在任何时候都能指挥全连，就帮了我大忙了。"

"怎么是帮了你大忙呢？"

"等你顶上我的时候，连队不需要我了，我也可以脱军装了。唉，什么时候才有仗打！"

这是一段往事。现在，指挥排长膝头铺开军用地图，手指间夹着一支管状照明灯，不时探头辨认路旁墨堆似的山影，率车按照图上的开进路线奔向观察所。

指挥车跑着跑着忽然减速，驾驶员上身前倾："看，像是连长。"

果然是袁翰提着旅行袋，出现在公路拐角处，眼睛抗不住强烈车灯，偏开脸躲避着，脚步歪歪斜斜，差点走到路沟里去，好像刚刚从灾难中脱逃出来似的。

"闭灯，停车。"指挥排长很惊讶，连长怎么狼狈到这个程度！他跳下车奔过去。

袁翰几乎连上车的劲也没了，倒身坐在踏板上，背靠着车门，仰头闭目，享受着全身筋骨骤然松弛后带来的畅快。指挥排长"噼里啪啦"地拍去他身上的尘土，连连问话，但没有得到回答。车上的战士纷纷下来围在连长身边。

指挥排长朝报话班长道："快报告，连长归队了。"报话班长拿起话筒喊开了密语。指挥排长把地图摊在袁翰面前，手指在图上快速移动："这儿，是我连阵地，这儿是观察所，我们现在正行进到四十公里路标处。基准射向30—00，目标区在天马山北面，凌晨五时完成一切射击准备。副连长率战炮分队从这条路占领阵地了。指挥排齐装满员，'无线'正与上级和阵地保持联络，'有线'还没开设。"说到这里，他把指挥包交在袁翰怀里，"连长，你指挥吧！"

两道雪白的灯柱上下抖动着，一辆小车驰近戛然刹住。灯光灭了，但发动机没停转。颜子鹄在黑暗中质问："为什么停下来？"

指挥排长道："连长回来了。"

"那也不能停止前进。看你们，都在公路上窝成一团了。"

战士们迅速登车，袁翰端正军帽，上前敬礼。颜子鹄压低嗓音："你超假整整二十天，什么原因？"

"老婆生孩子。"

"就这个？"

"就这个。"

"这个我知道，你在请假报告上写了。我问你为什么超假？"

颜子鹄等待几秒，没听到滔滔不绝的申辩、对意外事件的渲染，或是絮絮叨叨的检讨。而这些，正是从超假干部口中常常听到的。他很想按亮手电筒照照袁翰的脸，这个违犯军纪的人究竟知不知愧！

"你等待处理。实弹射击仍然由指挥排长指挥，任务不变。"颜子鹄回到车上，重重地关上车门，"开车！"

袁翰问指挥排长："他是谁？我没看清。"

"刚从军里调来的颜子鹄副团长，恐怕会当团长呢！"

袁翰从颜子鹄的语气和上下车的动作里，预料到事情不妙了。犯了错误，偏偏碰上个刚上任的新官。

指挥排长抱住袁翰双肩，动情地急切地说道："连长，到底为什么超假？说啊，连我都不告诉？"

"确实是老婆生孩子。"

"都好好的吗？"

"好好的。"

"那你为什么超假？"

"唉，你没结婚，不懂什么叫老婆。车上有干粮吧？我饿一天了，身上只剩三分钱，买个面包都不够……"袁翰难堪地说不下去了。

"你的钱呢？"

"都甩给她了。"

车上战士赶忙递下馒头和咸鱼。指挥排长看见扔在车踏板上的瘪瘪的旅行袋，鼻眼酸涩。连长家庭生活困难，可是每回探家归来，也和别人一样带许多土特产让大家尝鲜，这是连队的不成文法，空手回来，真不好意思见人。连长这回只带来满身尘土和一副饥肠，看来他是被榨干了。

"再给块雨布吧，我实在走不动了，就在路旁山坡上歇一会儿，你们返回时喊上我。快走！副团长准保掐着秒表在前头等着。"袁翰连连挥手。车快开时，他突然跳上车踏板，对指挥排长说，"记住，别抢时间，保证精度。实弹射击比我俩平日练的那些射击法简单，不同的只是带个响儿。你只要不慌，一定能打好！"说完，他跳下车。

指挥排长双手扣紧指挥包，心安理得了，因为连长也愿意让他指挥。等待自己的将是一场痛快的钢铁格杀，等待袁翰的是什么？副团长的命令太冷酷了，连长既已归队，就该让他指挥全连嘛。指挥排长想到这里，激情已经冷却，而激情对于取胜是不可少的。他的信心碎裂成胡思乱想，对飞快的车速也有些恐惧："慢点，别慌。"其实他内心却很慌，总在想，自己指挥的这次射击可能比三连还要糟糕。

下车就找不到登山的小道了，地图上明明有嘛。指挥排长和战士们沿山脚急急搜索，蓦然，看到颜子鸽默立在前边，他身旁就是小道，可他偏偏一声不吭，准是在气恼指挥排长到得太晚。他看了看腕上的夜光表，大概没超出规定时间，所以仍然保持沉默。

指挥排长庆幸着：找到了路，还没开灯。否则，灯光一亮，准遭来斥责。打得再好也要扣掉十分。

直至下午实弹射击才结束。归途中，指挥排长在四十公里路标处寻找袁翰。他频频按响车喇叭，但不见袁翰出现。他跳下车跑过草坡攀上山顶，才见袁翰坐着雨布靠着一株歪头小松树酣睡。从这里可以远远望见射击目标区域。指挥排长意识到：不必向连长报告射击结果了，他什么都看到了，他刚刚睡着。

袁翰睁开滞重的眼皮，哑声问："全部命中，是不是？"

"除了首发试射，那是个靠近弹。其他嘛，时间、集火、齐射，都还可以。"指挥排长的语气仿佛说一件平淡小事。但他毕竟年轻，不善于把巨大欢乐禁锢在心里，笑意最初就流露在眼角，然后一点点扩大，终于变成"咯咯"的欢笑，把滑到身前的指挥包猛力甩到身后。"我做梦也想不到，咱们连打得那么好。不只是'命中'，完全是粉碎，对，粉碎！炮弹像被目标吸引过去，把目标都炸没了。真的，一点没剩下。真他妈的痛快！"

"别骄傲啊，沾上这个毛病就终生难改。"袁翰站起来叠好雨布，淡淡地问，"那位颜副团长有什么表示？"

"笑，笑！还给我追加四发炮弹，让我多打了一个转移射。"这是真值得骄傲的，全团指挥排长中，没有谁得到过这种幸运。

袁翰有些惊异："哟，这位副团长还真知道什么是对炮兵的最好奖赏。"

"哎呀，连长，"指挥排长叫道，"人家是火炮专家！秒表一掐，就知道了全连的协同情况。他看出你是有真本事的连长，要不就带不出这样的炮兵连。他问了我好多你的情况，还说：'一个连队失去连长仍然能打胜仗，正说明这个连长不平常。'他是在电话里对政委说的，我听到后高兴死了。"

袁翰快步走到前面，不能让指挥排长看出自己的激动。啊，有这句话就够了，完全够了。由他批吧、骂吧、处分吧，因为他有一双明辨贤愚的眼……袁翰真想立刻见到颜子鹄。

指挥排长在后面追赶着说道："连长、连长，你去见见颜副团长嘛，就在那边。他见到你准保高兴，你再把超假的事和他谈一谈，详细地谈一谈，他总有个家吧，还不理解你！"

"叫我了吗？"袁翰止步。

"干吗非要叫，你不会主动点。"

"不去！"

指挥车开到阵地，与炮车会合返回营区。

营区北头的一片营房就是三连，战士们正在炮场上擦炮——即使只打过一发炮弹，炮膛也需要擦洗数次。暗红色的洗刷杆在炮口出出进进，深黄的炮衣平铺在沙地上曝晒。一连的车炮接近时，他们都朝这边看，对各车厢的歌声和欢笑，对一连战士打去的手势和招呼，他们竟无一回答。

袁翰从车门伸出头朝车厢唤道："指挥排长，三连怎么了？"

指挥排长从车厢弯下身，胜利的欢乐还浅留在嘴角："噢，他们打了个偏弹，整整偏出去一百密位，伤了一位老大娘。"

"你……怎么不早告诉我？"袁翰发怒了。

"我忘了。"指挥排长声音很轻,只能从口型中猜出他是这么说的。

"你只想自己的事,"袁翰冰冷地说道,"通知各车,停止唱歌。"

"车距一百米,怎么通知呵?"

"发防空信号。"

指挥排长朝后面挥舞红绿旗,第二部车立刻平静了,同时把信号传到第三部车……整个车队无人高声说话,探出来的脑袋也全缩了回去。喇叭也不响了,各车减速,拉大距离,缓缓通过三连,仿佛是一路哀兵。

袁翰注视前方,白色的营区通路,无尽头地滑进车底。路两旁的小樟树是他带兵栽的,分别两月,好像粗了些,小树叶像人眼一样闪烁着脉脉神情……袁翰恍如进入一个陌生世界。"偏弹,伤人。"这几年来连队的军事水准,怎么下跌得这么厉害。他曾经在三连当过班长,是三连把他培育成射击指挥员的。他心儿忽有所动,直到这时候,他才隐约地后悔自己不该超假。

三

窗内比外面晦暗许多,主要是因为几个烟鬼抽得太狠了。烟雾最初灰白色,还能飘出窗,后来越积越多,竟聚成凝重的蓝色,飘不动似的悄悄扯起柔软而厚实的帷幕,遮住人们的脸,从而,使彼此不能从对方脸上看到心语。人们各自陷在自己的深沉情感里。

在这种地方,你不想吸烟也不行,烟能把你硬熏出瘾来。劣质烟草在猛吸中竟跳出一团团火苗,光块与暗影在脸上乱切乱拼,把人脸歪曲得不像个样子。不安的,忧虑的,没有一张脸是平日所熟悉的了,它们给人的印象比平日强烈数倍。面前的会议桌——除去球网的乒乓球台上，放着一张盖有两颗大印的公文纸，是上级对袁翰的处分决定。营长刚刚宣读完毕，大家等待着袁翰表态。

袁翰沉默许久，简短地说："我知错。我想好好考虑一下，再向支部汇报思想。"

营长说："还有两件事。刚才颜副团长打电话来问，你们谁向全连战士公布处分决定？"

"我。"袁翰拿过决定，他明白颜子鹄问话的意思：必须向全连做检讨。

"下午三点，全团在团部大操场集合，宣读上级关于三连实弹射击出现偏弹事故的通报。"营长望着袁翰，"时间快到了。"

"集合吧！"袁翰随即起身。指挥排长快步出门。袁翰先回宿舍喝了口水，让激动的心清凉下来，然后整理军容，走上炮场。

全连已成四列横队集合完毕，看战士们笔挺的身体和紧张的眼神吧，指挥排长一定先说过什么。

"立正！"

如果精密测量，可以发现袁翰是发令后第一个完成立正动作的。他酷爱此令。此令振人心魄。看，全连霎时凝聚成一群雕像。手足、腹部、脊椎、目光、表情甚至内心欲念，全部固定进条令规范。生命被此令锁住。力量压缩到临炸前的瞬间。每片衣襟驯服地贴在僵硬的躯体上。蚊蝇可以恣意蹿上他们的脸庞……这口令控制的一个整体，可以随你出征任何一个经纬点。

"稍息！"袁翰举起那张公文纸说，"上级决定。"全体立正。"炮兵团榴炮营一连连长袁翰，在今年九月至十月探亲期间，擅自超假二十天。为严肃军纪，教育本人，决定给予袁翰以行政记大过处分！听清楚没有？"

"清楚！"声音稀落。

"清楚没有？"袁翰高声问。

全连振奋地回答："清楚！"

"今晚，我在全连大会上做检讨，现在到团部大操场开会。向右转，齐步走！"

一连进入大操场时，全团都朝他们望去。那毫无杂音、顿打地面的整齐步伐，袁翰响亮的口令和全连海潮汹涌般的复令，战士们帽檐阴影下一双双正视前方的眼睛，仿佛是来比武的。他们的威风与豪气竟使人们连呼吸也轻细下来。

袁翰很激动，这么好的队列，他当了五年连长也很少见到，他感激战士们，又觉得对不起他们。

"好啊……傲啊！"颜子鹄心内响着两个声音。

各连整队，上千人聚成方阵，颜子鹄站在与全团排面成等腰三角形的指挥位置上，目光掠去，一眼就认出那一片是一连。他们普遍比其他连队的战士黑些瘦些，一声"向右看齐"，腹部回收，胸脯一概挺起来，胸兜里没有凸出香烟盒、打火机之类的杂物，也没有歪腰扭腔、抽动腮帮子的。这高质量的队列，就像一串环环相扣的铁链，胆小鬼夹杂其中也会勇敢起来。有的连队也笔直站立，也昂首不动，实际上差得远呢。严肃的面容下面，也许鼓个吃得太饱的肚子；宽大裤管里，可能有悄悄放松了的膝部关节。老兵熟谙此道，不用劲也站得挺像样。新兵只知憋足一股憨劲，脸儿让血冲得通红，身子明显倾歪，还以为自己站得最直。入伍第一课目就是队列，可是服役三年也未必能来个标准的立正，你也是一身军装，但绝不是完全合格的兵。没有对操场、对机械般动作的痴爱，没有指挥员的威力，就得不到一行真正的队列。

颜子鹄目光又回到一连，这个整体中最触目的部分。唉，这支连队虎威与熊力兼有，可惜也像公鸡那么骄傲。一些战士，甚至为获得骄傲的评语而骄傲。"你们想骄傲还骄傲不起来哪！"元帅和将军离他们太远，眼前最有本事的就是"咱连长"。袁翰好像生来就不信任太谦虚的人，手下几个班长都有点"傲骨"，外出执行任务，使得外单位领导喜忧参半，要使出通身本事才能领导他们。

　　颜子鹄的声音传至最后一排战士耳里，仍然有力有威："刚才各连入场，哪个连最好？"

　　"一连。"

　　"我最不满意的，是大部分带队干部的口令。"颜子鹄逐个望着队列前排的各连干部，"软声软调，破锣破鼓，男不男女不女，比我这半条喉咙差远啦（他的脖子挨过弹片）。一个炮兵指挥员，必须在炮声中把口令喊出去，还要保证每个炮手在炮声中听到，不仅是听到口令，还要从口令里听出你的必胜信心！我要求你们平时的口令要和战场上一样响，不然的话，到时候你就喊不出来。现在给你们一个标准。袁翰，站到这里来。"颜子鹄用脚跺跺立足点。

　　袁翰跑步出列。

　　"一套队列口令。开始！"颜子鹄下了命令。

　　袁翰采取立正姿势，根本看不到他鼓气、用力，便发出了音调不高但极有力度的声浪，仿佛是门小炮："立正！向右看齐！……"

　　全团都在执行他的口令。喊毕，他主动入列。颜子鹄回到指挥位置，大声道："下次全团集合，各连带队干部的口令，必须达到袁翰水平。回去，你们自己练！"

四

从团部归来，一连战士显得很安静，几乎没人到连部里走动，只从宿舍门窗朝这里望上一眼。好像都这么认为：连长遭难了，再像以前那样随意说笑，就太没良心了，连长现在需要静静待着。

袁翰闷坐在屋里，忽然感到说不出的难受——缺氧似的。他透过窗玻璃看到空旷的炮场、冷清的炮库和安静得有些反常的战士，这不是他熟识的连队了。孤独可真难受，他受不了别人用怜惜筑起来的墙来包围他。看看表，竟吃一惊，他快三小时没在班排露面了。他振作精神走出连部。

远处的岗哨有些懒散，像在晒太阳。袁翰瞟他一眼，他立刻振奋地持枪立正，钉住不动。进了排宿舍，战士们纷纷起立，有一位脑壳重重碰到上床铺板，疼得他咬牙红脸，却直直挺立着不肯揉一揉。班长抱怨地看他一眼，嫌他在这时候出丑，然后注视着连长。周围的瞳仁里都流溢着热切的关怀，像在问：有什么心事？说吧，瞧，我们都在这儿呢。

深沉而笨拙的安慰，更使袁翰心里难受。他在这世界上除开妻子，最难割舍的便是这些战士们了，是他们把他从妻子那里夺了来。说实话，两道电报催归令，都不及来自他们的引力能量大。虽然，他可以随意指挥他们，像随意动弹自己的手指头，但他们一双双眼里，不也正向他的心发布命令吗？"你属于连队。"袁翰很想燃起快活的气氛，用坦然的笑容啦，又酸又辣的趣话啦，亲热地碰碰肩膀啦，让他们宽心，别为自己担忧，袁翰还是以前的袁翰。可惜他不会遮饰自己的感情，还容易被人家的感情感染，他常为此诅咒自己军人气质不足。

你看，通信员肩挎邮件包从营部归来了。袁翰矜持地转开脸，而脑后好像长了眼睛，感觉到通信员越走越近，心也随着那脚步越跳越紧。他焦急等待着，但通信员没唤他，略停顿一下便走过去了。没信，他心儿白白恍动了一阵，重被忧虑失望攫住。没信也好嘛，说明她们平安无事。嗯，明天肯定会有……自从他归队后，他妻子一封信也没来过。

一位面容憔悴，看上去比实际年龄大五六岁的女人，散乱着头发，斜倚在床边，失神地望着床上两个睡去的婴儿，好像一直要望到婴儿大起来才罢休。这就是他妻子的形象，浮上心便难拂去。他月薪五十三元五角，妻子是半工资半工分的民办小学教师，家里有一位老人还有一位在外地上学的妹妹，都依靠这些收入。袁翰像个一月只拿六元钱的新兵那样谨慎开销，把大部分薪金寄回家。干部们讨论应该给他困难补助费时，他好羞呵，没勇气看他们，也没有勇气拒绝那几十元钱，每年都要被这样折磨一两回。妻子四年不孕，今年居然生下一对双胞胎，都是女儿，都只比袁翰的手掌大一点儿。姊妹俩给父亲的第一个感觉，就是世上竟有这么小的人！他不敢抱，怕她们从掌中掉下去，又怕捏痛了她们。他用手指头轻碰她们那细嫩的脸儿，手指简直没有触觉。他的心被一种猛烈的情感碰痛了，说不清是喜是忧。他甚至担心自己的呼吸会伤了她们，屏住气息，俯身下去，瞧精密军用地图似的瞧她们玩偶般小巧的鼻子、嘴儿。他分不出谁是老大谁是老二，左边那个蓦然啼哭，在襁褓里很有劲地划动手脚，袁翰吓了一跳，于是，便暗暗唤她"大姑娘"。婴儿的哭声是父亲心灵里的壮歌，在啼声中，他感到翻滚而来能够淹没一切的情感狂潮，恨不能朝什么凶神恶煞扑过去，捣碎了它，看护好两个可怜的小天使。

妻子心里一阵滚热，她从袁翰瘦脸上的爱怜猜到了自己的变化，于是投去感激的一笑。笑容停在嘴角，显出早衰的皱纹，反给丈夫留下一片苦涩。每当半夜，妻子给孩子喂奶，放下这个抱起那个，脸上涌出病态的红潮，两眼痴热地望着怀中婴儿，袁翰就很痛苦，恨自己不是女人……假期的最后一周，夫妻俩时常沉默，目光碰一下又躲开。一到黄昏，妻子就轻声叹息，终于，她提出来，让袁翰给部队发个请求延长假期的电报，即使不批准，等答复也可多住几天。主意很乖巧，但袁翰认为那是老兵油子拖延假期的手段，不肯办。妻子抱怨袁翰只顾自己的名声不管家，小女儿好像有病，吃了就吐，做父亲的能撂下就走吗？她气道："你要走，抱一个孩子去，我养不活这么多，血给她们喝也不够。"袁翰那几天累极了，肝火特别旺，顶撞道："养不了干吗一家伙生两个？"话刚脱口，他就被妻子晕眩的模样吓坏了。最后一天早上，袁翰起身，见妻子睁大两眼也要起来，他急忙按住她："别动，我自己来，我什么都会。"妻子一动不动，只有眼睛随袁翰身子转着。袁翰点火、做饭，吃了些东西，提起旅行袋，走到床边和妻子告别，妻子却侧过身去："你走吧！"手护着两个睡婴。

南去的列车晚点了，烦躁中的时间就显得特别长，看谁都不顺眼，恨不得碰上个无理的人吵上一架。袁翰极力抑制着，规规矩矩坐在门旁靠椅上，看大墙上的车票价格表，计算路途花费，总是神不守舍，一会儿算多了，一会儿算少了。

"快呀，叫爸爸。"一位年轻母亲把小女儿往前推，迎向一位高个儿、被海风吹黑了脸庞、畅快笑着的军人。这人提着两个鼓鼓的旅行袋，还有一挂香蕉，显然是刚下火车。小女儿正在受罪，小胖腿儿迈上一步，就回头求救地看母亲，母亲急声催促："快呀，快呀，别怕。"（这个"怕"字让袁翰心酸）军人等不住了，雄鹰似的展开双臂，搂住小女儿。小女儿猛一挣扎，从军人怀里漏下去，跌进母亲怀里，小手死死揪住母亲的衣领，哭着往她身上爬。哭声惊扰了候车的人们，父亲狼狈地忍受着四面八方投来的目光。蓦地，他看到袁翰，认定这是个知音，便朝袁翰苦笑，以解脱窘境。袁翰呆子似的毫无反应。母亲抱着小女儿和军人一起走出候车室。小女儿在母亲怀里还竭力躲远那位军人，但不时从母亲脖子后头偷看。他们不知道，这短短的几个镜头激起袁翰的思绪翻腾。

车站广播喇叭又发出通知，袁翰要乘坐的那列车又要晚点到傍晚，又得等九个小时。他本不想回家，可是，在车站外烦乱地踱了几分钟后，忽然意识到：要再这么踱下去，就会引来行人的疑视，交通警的大喊，甚至医生的关注了。他下定决心，快步回家。

妻子从桌前扬起头，惊异的眼里满是泪水。她在给刚刚离去的狠心丈夫写信。

袁翰走近，她站起身扑过来，头顶着袁翰胸膛，撞了两下，靠住他肩膀，剧烈地啜泣。笔在桌面上滚了很远。"别哭，别……"袁翰安慰着，但妻子却止不住。唉，能在丈夫怀里哭，也是幸福的，你怎么会知道呢！

桌上半截信写着：

袁翰：我的救星，求你转业回来吧，做军人的妻子太痛苦了，一年十二个月，你只能给我一个月，刚刚熟悉共同生活，你又走了。就是这一个月里，头十几天痴狂，匆匆忙忙跟偿债似的。后几天发慌，老是想：你要走了，要走了。中间又有几天安稳日子！我是个弱女子，受不了没有依靠的生活。看见这两个小女，我好害怕，简直不知道怎样把她们养大。老是想：她们会从床上掉下去，会给什么东西咬一口，会发烧……总之会死在我怀里，真是怕极了！这些念头你在时我没有，你一走就冒出来，我是不是疯了。还有经济问题，今后几年我们会很困难，受不了两地生活的花费，还是苦在一处吧……

　　袁翰迈不动腿了，一拖就是二十天。他写过延假信，但写不下去，没有"过硬的"理由，又不肯编造或是夸张，于是，干脆不写。"写那个还不如写检讨报告哪！"他甘愿承担一切后果，也许因此转业，他隐隐有些高兴。

　　妻子把部队拍到她单位里去的两封电报，都藏了起来。袁翰在家的日子，她总觉得是自己偷来的，因此一点幸福感也没有。

五

　　整幢房子都用大块花岗岩石砌成，它是战士们自己采石盖的，笨厚牢固又显着威武，好像砌进了他们的某些性格。太阳已经西斜，花岗岩正在散发正午吸收的热量，靠墙便感到暖意。西头一大间是团党委会议室，全团战士每日的工作、思想乃至梦里的部分内容，都会在这里被研究、被决定。会开完了，颜子鹄想去一连和袁翰谈谈，他在房外两株塔状扁柏之间踱步，等候小车到来。这几分钟时间里，他整理着对袁翰的印象。

　　去年，师司令部就要调袁翰去当作训参谋，团领导通过努力把他作为储备作训股长留下了，计划让他在副营长的位置上熟悉一下营的工作后，就负责作训股工作。档案材料都报上去了，政委准备他探家归队后找他谈话，正在这个节骨眼上他却超了假。师长很恼火地质问："炮团怎么搞的，刚刚报袁翰当副营长，马上又得处分他，你们怎么考察干部的？袁翰超假是什么原因，他到底想不想在部队干？你们要就这个情况，专门写个报告。"

袁翰的超假，使团里几位领导很伤心，他们的观察力和判断力显得太弱了。袁翰的超假不但损害了自己，也损害了看重他的人。

颜子鹄对袁翰感到兴趣，接触时间虽然不长，但却在袁翰内心世界充分暴露的时刻。这时看上一眼，可能比相处几年更能了解一个人。"他会带兵。"颜子鹄最爱这点。一连的军事素质就是强于其他连，连队是连长的镜子。袁翰的优点和缺点都很明显。比如说骄傲，唉，有点本事的人怎么常有这个毛病呢？有的人藏住了，有的人藏不住，当然也有人纯粹因为别人强于自己，就送人家一顶骄傲的帽子戴戴。袁翰的超假完全是因为骄傲吗？似乎也不一定。他过去组织纪律性一贯不错，如今明知超假会受处分，他还是敢超，恐怕另有原因。也许他真是不想在部队干了？颜子鹄最担心的就是这点。不想干的人，任凭你有天大本事，也不能长久留用。

小车在一连炮场边刹住，颜子鹄透过有机玻璃车窗望去，一连副连长正组织炮场训练，各炮手无一被突然而至的小车所吸引。这个小细节让颜子鹄高兴：有些挺过硬的连队里的战士也常在一瞬间走神，这一瞬间常造成一百密位的误差。

颜子鹄用手势告诉副连长：干你的吧，不要中断。他走进连部找袁翰。

"我是想转业的。"袁翰垂下目光，不看颜子鹄眼睛，说话胆子更壮。他一直暗中期待颜子鹄来看自己，但头一句话就使颜子鹄心凉。"我不像有些人那样，成天叫唤'岁数大啦，放咱走吧'其实他不想走，那是一种牢骚，是提醒领导：自己在这个职务上干了多年，再不提就不干了。我可真心想走。家里有困难，不走怎么办？像个别人那样闹，甩手不干工作，处处跟领导为难，或是老提一些你根本解决不了又是实际存在的问题，让你觉得刺头，不得不放……这些鬼名堂我比他们知道的还多，但实在做不来。对这次处分我完全接受，超假二十天再不处分简直没有军法了。如果我当领导，也许得给袁翰来个更重的处分。干脆说吧，这个处分是我自找的，当时有个念头，处分就处分吧，不受这个处分，你们老觉得袁翰太好用了，没一点个人问题。"

"这个念头，和你说的闹转业的做法，性质一样。"颜子鹄严肃地说。

"但是我说出来了，难道要再来个处分？我原本可以什么都不说的，可以用其他办法达到走的目的，而且不受处分。"袁翰沉闷地扭开脸。

"这倒也是事实。说吧，我很愿意听大胆的谈话，好多年没听到了。既然连处分也不怕，总该有你自己的道理。"

"处分有什么了不起，失掉了什么？当兵以来，我立过三次功，立功又有什么了不起，又得到了什么？它们统统睡在档案袋子里。这是气话了，我知道这样看问题很不好，但我的经历就是这样。"袁翰朝营部方向伸出手指，"我们营长是个很好的同志，但他没经过严格训练，连炮兵营海湾战斗队形也摆不清楚。要论射击指挥，我的指挥排长在某些打法上也比他强。这样的同志带兵也可以打胜仗，不过十条命能拿下的山头，他要送出去三十条命，然后会说出了三十位英雄。当然不是有意掩盖失误，而是他确实不知道这个山头只需付出十条生命就可以拿下来。在他面前，我特别谨慎，他年轻，经验少，应该撑台，不能拆台。可不胜任的人在台上难受，台下的人也不轻松，我不是想当个什么官，我想走，心里闷哪……"

"想当官不一定不好，热爱自己事业的人，谁不希望手中有权。官和老爷是两码事嘛！懂军事的人不当指挥官，难道把战士交给不懂军事的人指挥？"

"对对，我为这个想法骂过自己。人哪，有时是会错骂自己的。嘿嘿……副团长，我不把你当领导说话了，行吗？"

"行，当然行。"

"你扛枪的时候，我连细胞还没有哩，而你现在仍然是个上了年纪的副团长，不会没有苦恼吧？苦恼是苦恼，干是干！你不用做我的思想工作，你的存在就能影响人的思想。可我也担心，这样干下去不会又是单纯军事观点吧？"

颜子鹄"哈哈"大笑。

袁翰急步在屋内走动，忽然站住，睁大眼："副团长，咱们偷偷喝两杯吧，已经开饭了。"

颜子鹄不语。

袁翰朝外唤道："通信员。"又从抽屉里拿出一本书，从中翻出一张十元钞票。"去，到小卖部买筒罐头，让炊事班长热一热。"

颜子鹄道："你这么干，老婆孩子吃不吃饭了？越穷越大方啊。"

"没事，没事。"

"还是说说吧，家里难到什么程度？"

"一个好军人，很难是个好丈夫。"袁翰叹息道，"能给她的都给她了，不能给的抱怨也没用。咱们归部队掌管，不是归自己掌管，这就要求她自立喽。可她偏是个胆小女人，我不在家，天一黑就关门，过年过节更不好受。再有，老子让她一胎生下两个，结果自己当甩手掌柜，扔给她抚养，一个月寄几十元钱就算完成任务了。其他事，就是天塌地陷，反正我看不着。"袁翰从床下摸出两瓶酒，晃晃道，"这是她酿的。"倒上两杯，望下门外，菜还没来，他等不住了："来！副团长，品品味。"举杯饮尽，然后轻轻吁口气，胸膛急剧起伏，脸上是饥渴的神情，粗声道，"我们是军队，而军队又和战争分不开……"颜子鹄举起另一杯酒，细细品咂着酒和话的滋味。

哦，战争，你在哪里？我们默默警惕着你，注视着天空、陆地、海洋……

都知道战争不可避免，也都在切齿痛恨它，即使今生不能消除，也愿把它推得远些，再远些。战争的产儿——军人，袁翰他们，便落入两扇感情的磨盘中。对于各种非正义战争的厌恶，他们一点不比世人少，那一杆枪，正是为了把它们驱入坟墓。正因为这样，他心热，神迷，像数学家爱古怪方程式；像雕塑家对着一尊精灵流泪；像老牛温柔地舔着嫩犊；像少女臆想着情人的胸膛……他有他的事业呀。

"有点冷。"颜子鹄扭动肩膀叽咕道。实际上想说的是：有点累。

"这儿有大衣。"袁翰站起来。

"不用，才十一月，穿什么大衣，站岗的都没穿嘛！"每每听到关切的话语，颜子鹄都感觉到另一种意思："你不行了，没几年干头了，歇着吧。"他自尊，像姑娘需要打扮得美貌些，他也需要显示自己的年轻。可是年轻人总用关切来刺激他，让他正视自然规律。

"不喝了，你也别喝了。"颜子鹄把杯盘推开，"第一，我们不考虑你的转业问题，希望你打消这个念头。第二，我们准备让你到三连去当连长，你一定要把三连带上来。第三，你们营长很尊敬你，想把你的一套本事全学过去，希望你既当好他的下级，又做好他的师傅。这三条，你好好想一想，我出去看看战士们，回头听你的想法。"

在袁翰呆直的目光中，颜子鹄走出房门。

一排二排正在炮场上拔河，每方十五人，拽住一根胳膊粗的拉炮绳。二排总是被一排拉垮。颜子鹄是这种观众：无论看什么比赛，总是希望弱队取胜，然后笑呵呵地把强队挖苦一顿。四班长对颜子鹄说："一排要参加师里比赛的，我们是陪练。"

颜子鹄大为不满："输就输在多了你。你下来，你们十四人和他们比比看。"

"我明白你的意思了，我们拿出勇气来赢他们。我就别下了吧，多个人多份劲，他们也是十五人嘛。"四班长分辩着。

"不不，你还是下来歇歇，多个人未必多份劲。"

四班长下来了，满脸委屈、不平的样子，心中盼望自己排输。再战，系在炮绳中央的红绸又渐渐拉向一排阵地。"顶住！？"颜子鹄大喊，酒后的嗓子发出的声音格外刺耳。"一——二！一——二！"他在旁边竭力统一二排的动作。结果二排胜利了，他们把一排拉垮之后，统统摔倒在地上，喘息着，欢叫着。

颜子鹄回到连部，他相信袁翰会有一个正确态度，会干好新的工作，起码会强迫自己干好。但他不愿意完全靠命令的力量去推动一个人。他想和他深长地谈一谈，他基本上还没谈哪。

袁翰醉倒在床上，发出急迫、不匀的呼吸声。看来他不善饮酒，醉得这么厉害。颜子鹄把大衣轻轻盖在他身上，伫立许久。

六

三连的这些兵像屋里着了火，统统拥出房门，散到宽敞的炮场上，一个碰一个地往前挤，争着站在别人前头。有些人并不知道出来干嘛，只不过见别人往前挤，他也就挤别人；别人一激动，他也有些气息不匀了。新兵一般不注意控制情绪，一瞧见什么，就吃惊地张大各种型号的嘴，眼球儿统统给冻住，怪可爱地发呆。穿破几套军装的老兵，矜持地居于后排，像大哥哥把好位置让给小弟弟那样。他们对新兵惊惊乍乍的事不屑一顾，否则就显得太浅薄了。这回可有些不同，他们虽然从人群里退了出来，可锐利的目光仍然射向连部。那儿停着一辆摩托，"吭吭吭"地咳嗽，全身不停地抖动。本来没有熄火，驾驶员还是用十分惬意的姿态猛蹬一下起动踏杆，摩托又雷霆般暴叫几声。他知道有许多人看自己，他尽可能地显示出不同于别人的样子。

排长们朝连部奔去，战士们纷纷让路。不一会儿，值班排长跑出来喊：

"注意军容，准备集合，新连长到了。"

新兵们判断事物的重要与否主要凭据老兵的脸色声调，这最保险。此刻，他们严肃起来，提前回屋扎上腰带，端正军帽，出门后彼此靠拢，会意地交换眼神。有几人腰带扎得太紧，把人束成了一只葫芦。偏偏有几位顶老的老兵，像是吃腻了这一套似的，别人越紧张，他们越随心漫意地走动。

吴晓义把集合好的队伍带进饭堂，饭桌板凳都已退居墙角。袁翰站在场地左侧，纹丝不动。大家刚跑进屋时看不到他，然而看到后，就强烈感到他的位置和姿态都强化了他的权威。

吴晓义向袁翰报告全连集合完毕。袁翰打开花名册"晚点"。

全体立正。袁翰惊异地抬头，他听出：靠脚无力，声音杂乱。这是他到三连后的第一个印象：作风散漫。如果在一连，他非得重来一遍不可。此刻他忍住了，不想给战士一个急匆匆树立威信的感觉。他开始呼点姓名，结束后，开始自我介绍："有的同志可能听说了，我刚受过处分，有的同志可能还不知道，那就不用到处打听了，我把上级的处分决定再宣布一遍。"袁翰清晰缓慢地把处分决定背诵出来，然后谈自己犯错误的原因，向大家做了检查。"情况就是这样，来了个受过处分的连长，希望不伤害同志们的自尊心，我决心在工作中改正错误，希望同志们监督帮助我。但我这次调动工作和犯错误毫无关系，该管的我还是要管，决不会因为自己犯过错误，就降低对同志们的要求。我也是有自尊心的，说实话，决心改正错误的连长，干起工作来可能更努力，也可能有过头的地方，请大家有个思想准备……"袁翰注视一位战士，正要唤他，一声闷响，那个战士跌倒在地上。周围人急忙扶他，再远些的人，扒在别人肩上伸长脖子望，一片惊异的议论：

"他病啦？"

"缺氧，快开窗子。"

袁翰已经看出那战士眼神发散，上身钟摆似的摇晃。这在未经过严格训练的部队中经常见到，体质弱，适应不了挺拔稳固的站立。使袁翰气恼的，不仅是昏倒一个人，而是昏倒一个人之后，竟然丧失了整个队列。他大声发令："立正！本班班长把他扶下去。还有谁感觉头晕，手脚发凉，立刻报告。"

"我。"又一位胖胖的战士在后排低声道。

"出列，不准躺下，到操场上去走三圈！"

袁翰再次整队，他一直笔直站立。

"条令规定，晚点名最长时间不超出三十分钟，现在只有二十五分。在十九分时倒下去一个，二十三分时又退下去一个。两个同志一个是连部的，一个是炊事班的，说明这两个单位很少出操。当然，责任主要在我们干部，我们要求不严。这两个同志不错，如果他俩在队列里马马虎虎动手动脚，就不会昏倒了。我重申队列纪律，在队列中，口令指挥一切。没有口令，不准乱动。明天的工作：早晨，全连出操……"

队伍带走后，后排剩下一人，是营长。他两眼有所思地、凝神地注视袁翰。袁翰很不自在，他受不了别人目光里的探究意味，特别是这位年轻营长。他暗想：干吗要这样看人，领导者的特点？

营长坦率地说："三连长，我现在知道咱俩一块训练时，你为什么那么难受了。你应该像刚才对待战士那样对待我。那样，我可能学得更多更快些，你也不会感到难受了。对吗？"

营长这几日正跟袁翰学习射击指挥中的大间隔转移射。袁翰羞愧地笑了。其实，那样做更难，但他决心做到。他用营长刚才注视他的目光注视营长了。

七

三连原连长罗怀牧，已被命令转业，见袁翰和营长走过来，夸张地惊叫："哎——乖乖！"大笑着，头一个迎上前握手，探身在袁翰耳旁道，"三连的救星到啦。"

干部们齐聚会议室后，罗怀牧却不进去，一手握住门把，一手摆动表示告辞："你们忙吧，我该退出了。"没等营长说话，他关上了会议室的门。

袁翰送走营长，刚回到宿舍，就听到窗外有人唤道："老袁，给你送来啦。"话音刚落，罗怀牧像端着一桌丰宴，用阔大的射击图版端着指挥包、望远镜、手枪、红绿旗、照明具……全套连长装备，步履轻快地走进来，往袁翰床上一倒，舒畅地道："我算解放啦，让他们跟你立大功吧！快点点，一粒子弹一把指挥尺都不少，我从来不把连队的东西带出连队。"

炮连长的装备里有不少美观精巧的小用具：三用照明笔，综合指挥尺。这东西军事上能用，地方工作也能用。每任连长移交时，上了簿册的大东西不会少，小玩意儿就很难说。也许是想带回家给孩子，也许是依恋太重，藏进怀里做终生的纪念物了。如同离开大海时采走一支珊瑚，它是感情的凝结。

袁翰不肯点，意思是：你不会拿的，即使拿走什么也不要紧。罗怀牧受不了这种信任，逼着袁翰清点。袁翰在清理时发现，不但没少，还有好几样自己用有机玻璃制作的图版量具，做得那么精致，现在也乱糟糟地倒在自己床上。

罗怀牧坐下，感慨地说："三连的突出问题是军事素质差，素质！"他强调着，"这不仅是个时间和精度问题、战士问题，还有干部……你多大岁数？"

"三十。"袁翰有点意外地回答，接着也就明白他让罗怀牧失望了，作为连长，这个年龄无异于"年过半百，两鬓斑白"。

"你老人家有前途啊，"罗怀牧戳一下袁翰，"知道吧，差一点当作训股长哪！作训股长常常是参谋长的接班人，参谋长常常是团长的接班人……"罗怀牧一声响过一声。

"你饶了我吧，我当个连长不戴单纯军事观点的帽子就万岁了，别的啥也不想。"

"哈，想不想是你的事，"罗怀牧眯起眼，"把一支后进连队交给你，正是重用你的表示。我可以预告：第一，三连会在你手里改变面貌，我还不了解你！第二，改变面貌后，上面即使不提你当股长，也会提你当营长。"

"对下级来说，最宝贵的就是上级的信任，我真怕让上级失望。"

"你不该这么想，三连要靠你。你来了，我走得安心。"

"我想努力干两年，带出一支让领导满意的连队，然后转业回家。"

"矛盾就在这里，你干得越好，领导越留你干，年纪大了，再转业就不受欢迎，官越大越不好安排。就拿我来说吧，我要回去的那个厂子才二百来人，你知道有多少领导干部？党委书记、副书记、革委会主任、副主任，十几个呀！还不算没解放的老家伙，把我往哪放？亏我只是个小连长，塞到政工科就行了，可批走资派，批唯生产力论，批……谁知道以后还有什么花样，都得从头学呀。所以，让我走也好，趁还不老，到地方上可以重打鼓另开张。我惭愧的是，没有交出一支好连队，最次实弹射击，偏弹伤人。我打过十几回优秀，可是给人印象最深的是最后一弹……"见袁翰面容阴郁，他把话收住，"我真可恶，自己跑了不说，还干扰你的决心。谈话，谈话，你忙吧。我卸任后也忙啊，不过是为自己忙，以前没工夫啊！"

罗怀牧经过窗户时又站住，探进半截身子："哎，现在我是老百姓，咱俩是军民关系。所以，有些没把握的话我也敢说，供你参考嘛。你没来时，吴晓义以为他会当连长，我看出来了。这个同志好抓权，爱管事，我的方针是'让他管去'，管得越多越好，我和他相处得挺融洽。我看，你也要用这个方针才是。"

袁翰初到一连当连长时，曾有一位副连长是和他一样的强有力人物，两人磕磕碰碰特别多，过了好长时间才谐调起来。两个强手相处如同两把同型号钢锯相对，配合不好，每个钢齿都顶在尖上，互相损伤；配合准了，每一个齿儿都可以嵌进对方的凹处，严丝合缝。这种人，有时嫌，有时想，友谊很难保持在一条水准线上，总是大起大落，崩溃了再重建，冷了的目光再热起来。袁翰沉吟一会儿道："放心，我不会把自己的尊严看得太重。"

"哎，听说你得了一对胖丫头，来来，拿照片让我欣赏欣赏。结实吧？漂亮吧？"

"没照片，真的没有。"袁翰又想起两个婴儿，她们不但瘦弱，而且更谈不上漂亮，营养不足呵。袁翰眼睛潮湿了，妻子到现在还不来信！

"我有俩小子，咱们结亲家吧？"罗怀牧笑着走开了。他拨翻了人家的苦水，让人不得不再次吞咽，他全然不觉地大咧咧地离去。

袁翰迈下台阶，走到水泥篮球架下。这时，天完全黑了，明月在身后，把他浓黑的身影投到面前，他动，它也动，仿佛在给他引路。几颗星在寒气中颤抖，他望着它们焦虑地喃喃着："快来信吧，快……"

袁翰走进排宿舍，灯关着，战士们都已睡去。凡是军营，床位排列都是一致的，袁翰在黑暗中也不会撞着什么。但他恍如走进一个梦境，身子竟有些不稳了。"哧"的一声，他觉得踢走了战士一只鞋，于是蹲下身去摸，把它和另一只并列放好。万一紧急集合，战士起身就可以习惯地踩住两只鞋。袁翰稍稍平静下来，于是听见在四周起伏的、高低不同的鼾声。呵，战士的鼾声有一股奇妙力量，它使你身心宽解，感到夜的安宁。它像把你浸润在平缓的河流中，温柔而又轻盈地浮动着，忘却烦恼。

八

袁翰看着通信员的手伸进邮件袋，拿出来的不是信，而是封套上豁然印着两个大黑字的电报。通信员说："连长，你的。"

袁翰背过身拆开电报，上写：两女病重速归。"糟糕，两个呀，要毁了！"那一行字是黑色路标，总把他的思虑引向死亡的崖头。怎么办哪？不可能回去，只好用老办法——寄钱。袁翰把全部钱都找出来，只有十四元三角，向别人借吗？真不好意思，刚上任就借钱，这就是来改变面貌的连长？而且，只要你借过一回钱，别人就记住你了，干部们讨论困难补助时，目光自然转向你。原先领困难补助费的同志，因为你的到来，便反复推让。在一连受过的窘迫又要在三连继续下去，以至于你想改变也改变不了。再说各人觉悟水平不同啊，那几十元钱是烫手的。

四周目光忽明忽暗、有冷有热……

他赶到邮局，在汇款单上填写"拾叁元"几个字时，不禁抬起左手遮挡着，继而又对这个动作感到痛楚。尾数既不是五也不是零，而且是寄给妻子的，这等于向她表示：我枯竭了，从而让她更加难受。妻子的同事会用怎样的神情把汇款单交给她呀，她接过去时能保持平静吗？霎时，袁翰竟想把"拾叁"改成"拾"，或者等下月薪金发下来后一块寄去，但这些念头都让他感到羞耻。

回到连队看到战士，袁翰才镇定下来，连队的事物和气氛令他高兴。侦察班从营部考核归来，正在擦拭观测器材。他走过去问："成绩怎么样？"

"咦，报告过你啦。4.9分，高水平的优秀。"胖胖的炮队镜手说。

"哦……我忘了。"袁翰歉然道，恢复了往日的带兵习惯，"那么，不足在哪里？"

"我们这次考得最好，最大误差才0.5密位。不足嘛……当然要继续努力。"后一句话也是习惯，仅仅是语言习惯。

"我来个小考。"袁翰觉察到他们的自满情绪，说，"占领观察所，通常是近敌隐蔽前进，而且要快。现在，前面那个小高地，大约五百米，就是观察所，够近的吧？实弹射击还难碰到这么近的观察所哪。跟我来。"

袁翰带着侦察班向前跑去。他开始速度并不快，后来越跑越猛，最后弯腰冲上小山包，命令道："基准射向15—00，架器材！"

侦察班一个没落，在袁翰两旁半跪着，一边喘息一边架器材。赋予射向是一套精细动作，又是观测技术的基础，非要心静气平不可。两个战士连居中水泡也控制不住了，费了很大劲才架设完毕。袁翰又命令他们拆收器材，以更快的速度跑回连队炮场，重新架设器材。这时他们只有喘息之功，没有架设之力了。

"我有什么过分的要求吗？"袁翰问他们。

"没……有。"炮队镜手苦恼地拉长声调。"不过这样做，太难掌握了，最好有个具体标准。"

"有有，你跑瘦了，就达到了标准。说实话，炮队镜手不应该这么胖。以后任何一次外出训练，都必须跑出去，再跑回来。平日里少喝水，多打球，上场就要猛打猛冲。连队的球场不是为了出篮球健将，而是为了出强兵。"袁翰在炮场边走边看，各种训练计划交替在脑海升现。他重新享受到事业带来的快感，两眼特别清爽，听觉特别灵敏，全身暖意涌流，这差不多是幸福了。……通信员又从旁边冒出来：

"连长，电报。"

袁翰呆了几秒钟才接过去，依然是背转身拆开：两女病危速归。

统共才几小时啊，死神就来找他两次，都是在任新职的第二天。他默默走出炮场。开饭哨响了，声浪震动他耳鼓，但他似乎没有听到。他已经明白，很快，也许就是今天，还会接到第三封电报，上面写着他多次默语又竭力躲避的字眼。既然要来就快些来吧，大痛之后会有复苏，希望总是跟在困难后头。然而来之前的时间怎么度过呀，他在无人处不停地走着。

山洼里响起枪声，袁翰眼里闪出微弱的光亮。

修理所两位同志刚完成一挺机枪的大修，正在这里试射，二百米处插着一个墨绿色全身靶。袁翰从左前方出现，一个人对着他大叫："没看见小红旗吗？退后退后，小心飞弹。"

袁翰走上来低声请求："让我打几发吧。"语调和神情让人心软。

"想过个瘾？行啊。"

袁翰卧倒，端起枪把，"嗒嗒嗒……"但他心里断续响着这个声音："会毁掉的，会的。"十几发子弹射完，又接上弹带，他扣动扳机，枪身发狂地抖动，渐渐发热，暗红色火舌不停地从枪口喷射出去。靶子下方一块水牛般大的黑石头，被子弹打得碎渣四溅，出现了许多白点，渐渐密布，相连，扩大，最后大石头上只剩几个黑点了。子弹打光了，着靶的无几。他听到修理所同志喝止的声音，爬起身来。

"你是一连的袁连长吧？"他们仍唤他两天前的职称。

"是的。"

"打炮还不错，打枪真差劲。"

"是的，差劲。"

袁翰感谢了他们，疲惫地往连队走去。营长站在门前正焦急地四处观望，见袁翰回来了，便关心地问："情况我们都知道了。你的意见呢？"

袁翰明白，只要自己说一声"回家看看"，营长也会说一声"好吧"。但袁翰想了又想，说："我离不开，这里更重要。我是连长，不是医生。"

"你回去吧，我可以来代理你的职务。"

袁翰急于工作，再不想什么电报了。对于自己无能为力的事，苦恼越久损失越大。中午，他列出了下一季度军训方案，拿着它去找罗怀牧商量。一路暗暗叮咛：家里的事，千万不能让他知道，一点声色都不能露呵。否则，他会觉得自己转业，走对了道。

袁翰没找到罗怀牧，却碰到吴晓义。

"他呀，忙啊。"吴晓义笑着，"往那儿走，仓库左边，对对，就那个门，进去呀。"他光用手指点，身体不动一步。

袁翰推开门就脸热了，罗怀牧在用连队的木板做箱子。报话班长入伍前学过木匠手艺，此刻正在板上打线。罗怀牧点上一支烟，淡淡地问："有事？"

"我想和你研究一下训练计划。"袁翰觉得不是自己的声音。

如果换个场合，罗怀牧会高兴的：自己要走了还被人重视，有求必应。但此刻却不很愉快，推托地说："没时间！"

"就一会儿。"袁翰坚持着。

"大一点，再大一点。"罗怀牧指示报话班长，根本不看袁翰。

"连长，罗连长就要走了。当了那么多年兵，什么东西都没有啊。"报话班长在为罗怀牧说情，解释。

"说那些干吗，干我的私活。"罗怀牧大声道。

袁翰关门走开。再不走，他们非吵起来不可。吴晓义还在连部廊道口站着，见袁翰独自归来，他意味深长地笑了一下，既表示理解又显得神妙，是发现别人并不比自己更强时、无论如何都隐忍不住的一笑。他没说话，进了自己房间。

管不管呵？木板是连队留做军训用具的。战士们知道后会怎样想象干部？噢，你们是大口大舌大道理，首先自己就不相信；你们的觉悟是有时间性的，管我们时比我们高，一脱下军装就和我们一样了，甚至还不如我们哪……不行，得管哪，就是战士不知道也得管。瞧副连长见我的软弱时那张笑脸吧！真叫人受不了。可怎么管，老罗是连长我也只是连长。退伍转业的军人最难对付，天老大他老二，就是师长军长，他们也敢笑嘻嘻顶撞几句。再说，老罗当了十年兵，除了一身绿，屁都没有……要管，但不能吵！一吵起来，他即使不带走箱子，也会把箱子砸给你看，让全连战士目瞪口呆，那局面就难收拾了。

傍晚，罗怀牧从小屋走出来，碰到袁翰便冷冷走过，一言不发，也没给袁翰说话的机会。

晚上，罗怀牧又进那间屋子。袁翰两次经过屋门，都没有进去。他想起老罗明天一早就要离连，以后一辈子难相见，心就软了。他承认自己的失败。

第二天一早，罗怀牧很早就起来，吃了炊事班长特意做的荷包蛋肉丝面，提起通信员为他收拾好的零星物品，他不想再惊动别人，悄悄走出房门。可走到外边一看，全连在炮场上列成四排，在寒风里等待跟他告别。他不由有些心酸。

袁翰想了一夜，做了最后决定：箱子你拿走吧，我们不好责怪你，但你一定要认识到这样做不对。大家向你敬礼告别的时候，你的怨恨会消失，友情会抬头，想起美好的以往……而且，那箱子一部分战士已经看见了，那干脆让大家都看见。不错，老连长是拿走了连队一只箱子，我们没能够阻止他，但我们也没把这事藏掖起来。送走老连长后，召开军人大会，大道理还是要讲几句，主要是和大家谈谈心，谈谈老连长的苦恼和自己的心情，再从自己薪金中扣出钱偿还给连队，但必须明白：这种事在三连是最后一次了，最后一次！

袁翰整队、发令，然后跑步至罗怀牧面前五米处立定，敬礼："报告连长，全连集合完毕，请指示。"

罗怀牧走上去和战士们握手告别，行至一半，那些充满恋意的眼睛就让他走不动了。他喉咙发出压抑的哭声，蹲在地上，双肩颤抖。队伍没有乱，后排的战士还在等待着罗怀牧。

罗怀牧终于站起来，含泪向战士们点点头，算是告别。干部们拥上去送他，他一一把大家推回来，坚持要独自离去。出操时间到了，悬在电柱上的大喇叭，播出醒神的军号声。罗怀牧在炮场边停住，回脸望望，通信员再也忍不住了，跑出队列，追上去夺他手中背包，非要送他走不可。罗怀牧又把他推回来："出操去。快！"

"连长，"吴晓义急道，"咱们怎么能让老罗独自走到营部，营长看见了会怎么想？咱们集合全连跟上去吧。"

袁翰不语。如果他转业，也会独自离开炮场，不愿任何人相送。吴晓义和两个排长快步跟上去了。袁翰望着他们走远，心情复杂，……袁翰忽然看到他没拿箱子，那两个行李包和背包，并不比一个退伍战士的东西更多。袁翰唤道："报话班长，出列！"

袁翰来到那间屋子里，箱子完整地放在当中，他不禁叹息了："罗连长为什么不要？"

报话班长道："他说太大了。"

"这不是原因。"

"哦，"报话班长眼睛从墙壁转到袁翰脸上，思索着，猜到了，"可能是你的脚步声让他留下的吧，昨天晚上你在门外来回走……"

屋内残留着隔夜的烟味和许多烟头。

九

袁翰野外训练归来，一进屋，就看见营长和教导员都在屋里，都盯住自己。营长说了句多余的话："回来啦？……"就转脸看教导员，似乎让他接下去说。桌上摆着一封电报，袁翰早已熟悉它的样式，但这封是刚到的，被拆阅过。

袁翰立刻感觉到气短心跳，脚下一股凉气正往上蔓延，他竭力站好："哦，没什么。你们忙去吧，不必安慰我，真的。"

"三连长……"

"让我自己待一会儿。"

两人对望一下，也许是营长更了解袁翰，他起身走开。教导员犹疑地跟出去，在门口停立一会儿，回手关上了门。

袁翰坐下来，朝桌上电报望了几分钟，才走去拿它。这电报已经不是妻子拍来的了，因为上面写着："大女已亡小女仍病危妻尚好速归。"

"妻尚好，"袁翰默语。就是说她还活着，怎样活着的？小女病危，需要她活着。袁翰眼前迷蒙一片，他头顶住坚硬的墙壁站着，深深喘息着。耳鸣就像婴儿细弱的啼声……

营长坐在门口台阶上，两拳支着腮，所有想来宽慰袁翰的干部战士，都让他用猛烈的手势撵了回去。他坐了一个中午，保护门前这块地方的安静。

身后有响动，袁翰出门了，沙声问："营长，你如果有时间的话，我们去练一段精密法准备诸元，行吗？"

"现在？"营长望着袁翰洗过的眼睛。

"是的。"袁翰进屋拿出射击图版箱。

营长现在什么也练不下去，但他不愿违悖袁翰的心意，暗想：或许他可以借此获得平静呢。两人并排向营部走去，步伐阔大，一路无语。

十

颜子鹄已经升任了团长，随之也撩动起一个渴望：要到全团每个连、每条路、每个角落去走一遭。以前大都是乘车下来的，脚一落地，便是营部或连部。而战士们踩出来的蜿蜒小路，山洼里的鱼塘猪圈，最偏远的岗哨位置，还并不熟悉。今天，他选择一条能够穿过许多连队的小路，缓缓走来。陆续遇到的一些战士向他敬礼，他估计一下，大约只认识三分之一，这使他挺懊恼的。

到榴炮营外围，远望去，火炮都脱去了炮衣，身管平衡在水平线

· 1001 ·

上。技师正在进行零位零线检查，这是射击前的火器准备。炮场上的战士，脚步灵快，动作幅度大，不时喊着说话……呵，这是士气。他肩负着近百门大炮、上千名战士的使命，比任何时候都渴望部队去经受一场战争的考验。可惜年过五十了，脚步结实但缓慢了，这步子不适于跑，特别适于深思。小路顶头是三连，还离好远，路就变得宽敞平直了。三连的车炮都在库房里，战士们在处理个人事务：写信，看书，洗涮，不像战前反像战后，因为今天是星期日。一路走来不断添积的兴奋感，到这里就消散掉了。颜子鹄不想干涉，各连有各连的特点嘛，他只管在战斗中检验各连。

袁翰正在写信，但一个字也没写。面前有个立功证，他望着它犹豫：要不要把立功的事告诉妻子？半年来的家庭变化涌上心头，想着想着，竟把写信给忘了。

营党委会上，大部分委员为他请功，说：半年时间里，三连变化很大，他费尽了心血。袁翰不同意，自己在一连当连长时，也是这样工作，并没有记功嘛。由于三连太差，而太差的连队开始赶队，那步子一时会显得很大，在人们印象中会是个了不起的变化，其实是正常现象。以后还能保持这样的步伐吗？连队能进入高峰线不衰不落吗？他有远虑。再说，全连干部都一样苦干，为什么把他突出起来？他的意见被大家否定了。有人说："袁翰同志刚刚到职，两个女儿就病了，不久，大女儿死去了。他在悲痛中坚持工作，不肯回家。"听到这句话，袁翰惊痛交集："为什么这么说啊？"他窥见了一些同志为他请功的心理，"哦，大女儿死去了，……"袁翰愈发觉得不能接受这个功，也受不了这个功。但是营党委通过了，上级党委也批准了，随后发下来立功证。

颜子鹄进屋："嗬，在写信。"他想退出去。

袁翰赶忙拉住颜子鹄："团长，坐一会儿。"

颜子鹄拿过立功证，对着窗户翻着："这东西越印越漂亮了。三等，不嫌小吧？打下厦门岛后，我再没得过它，倒给人家发过不少。哈哈……"他又体会到为下级记功时的快活了，那是领导者自豪的时刻。"怎么，一片空白？"颜子鹄扫了一眼桌上的信纸。

"正犯愁呢，不知道要不要把立功的事告诉她。"

"告诉了会怎样？"

"会伤心，我们失去了一个女儿，"袁翰注意看颜子鹄的反应，"而我立了个三等功。"

"告诉她！立功证上是你一个人的名字，但名字后面有你的一家，包括你那才活了时间不长的女儿。她们默默无闻地为你做出了牺牲，也是为我们这支军队做出了牺牲。不管你爱人怎么想，都应该告诉她。我们感激她呀，她承受的太多了。"

袁翰连连点头，他忽然开朗了许多。

"死去的女儿叫什么名字？"

"还没来得及起名字。"

"起一个吧，好好起一个。"

"团长给起一个。"袁翰笑道。

颜子鹄肃然地缓缓摇头："让母亲起吧。"

这动情的声音，使袁翰为妻子羞愧。大女儿死去后，她很少来信，来信也是电报般的，像应付袁翰的询问。她一定在考虑什么，怨愤、伤感从纸上消失了，或许她已经麻木了。

"袁翰同志，准备让你担任团里作训股长，你有什么想法？"

袁翰从颜子鹄眼里，知道了他问的是什么，回答说："想法，……我还是想转业。我知道这想法不好，但是又克服不掉……请领导放心，让我干什么工作，我一定全力以赴，让我干多久，我就干多久，我是党员，又是军人。"

"能这样已经不错了。"颜子鹄思索着说，"有人想走，有人愿留，千姿百态啊。"

颜子鹄走后，袁翰找出个小铁箱，倒空里面的零碎东西，从抽屉里拿出三封电报，重读一遍，一一放进去。又拿起立功证看看，也放进去。然后把钥匙丢进去，最后再用弹簧锁锁上。这样，他再也不打开了。

一辆小车开到连部前刹住，驾驶员探头问袁翰："团长在哪儿，参谋长让我来接他。"

"从小路回团部了。有事吗？"

"不知道。"驾驶员掉转车头返回。吴晓义正从对面走来，小车驶近时，他站在路边，严肃地向车内敬礼，他以为团长坐在里面。驾驶员还他一声喇叭，接受了他的敬礼。吴晓义走到袁翰跟前："团长走了？"

"走了。"袁翰不多说，他不想让他受窘。

"说些什么？"吴晓义挺紧张。

"调我到作训股工作。"

"当股长？正营职！"吴晓义高兴地推了下袁翰胸膛，"股长同志，我早说了，你在三连干不长，迟早要拔上去。怎样，没错吧！"

袁翰并没听吴晓义说过这话。前一段时间，吴晓义不知从哪儿听说自己可能转业，晚上，他愤愤地闯进袁翰屋里："走就走，早晚都是个走，我早就知道。"……眼睛也潮红了。袁翰竭力宽解他。那天晚上，吴晓义对袁翰的感情跨进了一大步，说了好些知心话。

袁翰判断着：为什么突然来车接团长回去？吴晓义却另有所思，眉间浮动淡淡的忧虑。他显然是被袁翰升任股长的消息震动了。从现在起，到下一位连长任职，他的忧虑不会消失的。

文书推开窗喊："连长，电话！"

袁翰对吴晓义道："注意，开始了。"吴晓义这才振作起来。袁翰急步跑到窗前，文书把听筒从窗内递出去。袁翰一边听一边朝吴晓义做个手势，吴晓义飞跑去摇响警报器。营区翻滚一阵巨风，战士们携带装备冲进车炮库，装车挂炮。脚步声，口令声，汽车引擎声，使人感到浑身发热。

袁翰坐在急驰的指挥车驾驶室内，膝盖上铺盖着一张军用地图。开进路线穿进一圈圈密匝匝的山岭，越过两条小河，进入另一张地图。袁翰急忙找出来，大略地拼结上，统观着。这是"战区"了，各色粗的箭头和断裂的弧形线显示：对方的"天狼工程"已经突破了我方大部防线，"战局"十分险恶。下角有许多我方炮阵地和观察所的符号，其中一个，是袁翰他们的。

汽车突然减速，晃动了一下，靠向路边，然后再回到公路中心线，加速行驶。驾驶员抱怨着：

"那个女人有点不正常，走路也不好好走。"

袁翰并未留意，目光回到"战区"地图上。可是，印象中的那位女人垂在肩后的青色羊毛围巾触动了他，他急忙举起望远镜朝右后方望去。啊，是自己的妻子，她抱着孩子，匆匆拐进通往三连方向的小路。小女儿在她肩上伸出一只小手，好像要抓住威武的火炮，也好像要爸爸抱她。看不见妻子的脸，她要是转过来，看看车辆和火炮该多好啊。"她从家乡赶来干什么？哭诉，扔孩子？……"袁翰心内掠过一个个不祥念头，桉树林遮断视线，袁翰放下望远镜，一切都要等回来后才知道。

"亲人哪，为了你们，我才离开你们。"

1981年冬于北京高碑店

（原载《昆仑》1982年第1期暨创刊号）

棉花垛

铁　凝

这里的人管棉花叫花。

种花呀。

摘花呀。

拾花呀。

掐花尖、打花杈呀。

·············

这里的花有三种：洋花、笨花和紫花。

洋花是美国种，一朵四大瓣，绒长，适于纺织；笨花是本地种，三瓣，绒短，人们拿它絮被褥，经蹬踹。洋花传来前，笨花也纺织，织出的布粗拉但挺实。现在有了洋花，人们不再拿笨花当正经花，笨花成了种花时的捎带。可人们还种，就像有了洋烟，照样有旱烟。

紫花不是紫，是土黄，和这儿的土地颜色一样。土黄既是本色，就不再染，织出的布叫紫花布。紫花布做出的单衣叫紫花汗褂、紫花裤子，做出的棉袍叫紫花大袄。紫花大袄不怕沾土：冬天，闲人穿起紫花大袄倚住土墙晒太阳，远远看去，墙根儿像没有人；走近，才发现墙面上有眼睛。

五月、六月、七月，花地和大庄稼并存，你不会发现这儿有许多花。直到八月、九月，大庄稼倒了，捆成个子上了场，你才会看见这儿尽是花地，连种了一年花的花主们也像刚觉出花就在身边。花地像大海，三里五乡突起的村落是海中的岛屿。那时花叶红了，花朵白了，遍地白得耀眼。花朵被女人的手从花碗儿里一朵朵托出来，托进倚在肚子上的棉花包。棉花包越来越鼓，女人们你看看我，我看看你，互相笑，彼此都看到了大肚子。一地大肚子，有媳妇的，也有闺女的。媳妇们指着媳妇们的肚子问："几个月了？还不吃一把酸枣儿。"闺女们扭着脸。

摘花时，花主站在房上喊："摘花呀，摘花呀！"喊来当块儿的闺女媳妇，摘完，过秤付工钱。

米子和宝聚

米子做媳妇前也凑群摘花，那时米子也有过这雪白的大肚子。后来她不摘了，她嫌摘的多，工钱少。她有理由不摘，她长得好看：明眉大眼，嘴唇鲜红，脸白得不用施粉。她穿紧身小袄，钟一样的肥裤腿，一走一摆一摆。那时肥裤腿时兴，肥到一尺二，正是一幅布宽。一条棉裤要一丈四尺布，但臀部包得紧。这款式不是谁都敢穿。

米子的裤腿越来越肥，走起路来像挟带着春风，把村里男人、女人的眼都摆得直勾勾的。男人心动，女人忌妒。可她不再摘花。遇到谁家摘花时，花主站在房上一迭声地喊，米子也不出来。摘花人走过米子家的土院墙，就撺掇年轻的花主喊米子。花主不喊，花主自知米子不出门的缘故。

米子不种花，不摘花，可家里也有花。里屋的炕头上，油黑的墙旮旯里，她常有一小堆。花被一张印花包袱盖严。米子不愿人看到她的花，她自知那花色杂，来路不正，可它来得易。花碗儿不再刺她的手，她愿意男人看见她的手嫩。

米子和爹两人过日子。她爹叫宝聚，摆糖摊儿、卖煤油，晚上"摇会儿"。黄昏了，宝聚推出小平车，点起四方四正的罩子灯。车上摆着脆枣、糖球、山里红、花生、烟卷，鸣锣开张。"摇会儿"的锣叫糖锣，响铜做成，有碗口大，敲起来比大锣高亢，比戏台上的小锣喑哑：噇、噇噇，噇、噇噇！

宝聚敲开百舍的夜，这村叫百舍。

敲阵糖锣，宝聚念诵出口成章的口诀：

> 抽抽签，摇摇会儿，
> 哪年不摇两亩地儿。
>
> 赢的东西不算少，
> 哪能见好就要跑。
> …………

"摇会儿"的车子被紫花大袄围严，人往车上扔铜子毛票，拿起宝聚的竹签筒，哐哐摇。开会儿了，宝聚对照你摇出的会儿底，该给烟的给烟，该给糖球的给糖球。烟不强，就"双刀"和"大孩儿"；糖球花色多，有红有黄有绿，一个色儿一个味儿，扭着螺丝转儿，像蚕茧大。

宝聚是个细挑高儿，公鸭嗓。先前他在村里唱本地秧歌，演青衣、花衫，唱时调门高，尾音拖得长。看家戏是《劝九红》，他演九红。九红被贪财的父亲劝，要九红嫁给一个财主老头儿。九红不听劝，和爹讲理，唱着"跺板"："有九红坐在了正房儿上，禀老父听女儿细说端详……"振振有词地诉说这门亲事的不般配，批判父亲的贪财思想。扮父亲的演员比宝聚矮，穿着紫花布做的偏领员外衣，下摆拖着地。嘴上没有髯口，用酒泡松香沾几朵洋花瓣。九红梳着大头，榆皮贴鬓，但行头含糊：裙、袄都是白布染成，水袖打挺儿，甩不起来。可宝聚有嗓子。

九红的哭诉、批判没有感动爹爹，却感动了台下邻村一个闺女，生是嫁给了地无一垄的宝聚。过门后夫妻恩爱，生了米子，那闺女却得了产后风，死了。如今人们听见宝聚的呐喊，如同听到了九红在爹面前的哭诉。

宝聚"摇会儿"收铜子、毛票，也收花。他收的花和米子的花一样不整状。米子不让宝聚的花归里屋，宝聚就把这花笼统地倒在外屋水瓮旁。那儿潮，卖时压秤。

米子和明喜

洋花的成色好，使花主们更看重花。三伏天缺水，花主扔下大庄稼不管，净浇花地。井水浸着干渴的土垄沟，土垄沟渗水，水头像是不动弹。可水在流，流进花地，漫过花畦，花打起精神，叶子像张开的巴掌。花桃湛绿，硬邦邦打着浇花人的小腿。

花主明喜在看水。明喜躺在花叶下睡，花搭搭的阴影在他光着的胸脯上晃。明喜不真睡，他估摸着水势，畦满了，便从花叶下蹿起来，改过畦口，再躺下。他浇得水大，浇得仔细。明喜最惦记他的花地，他盼花地今年比往年好，他盼大庄稼快倒了。那时他就会有一个看花的窝棚，那时他就从媳妇炕上卷起一套新被褥来花地看花。明喜愿意看花，虽然看花要离开媳妇，媳妇又是新娶的。可媳妇知道这花地的娇贵，知道这事不能拦，索性就不拦，还把新被褥给明喜准备出来。新被褥是娘家的陪送，洋花纺线，鬼子绿、鬼子紫、煮青和槐米染线，四蓬缯织布。

明喜要看花了，媳妇总是和明喜恩爱着一夜不睡，就像明喜要出征，要远行，要遇到不测风云，那不测风云就是窝棚里的事。她知道现在丈夫对她的热情都是提前给予她的歉意。明喜和媳妇高兴一阵，翻个身，叹口气，像在说：看花，祖辈传下来的，我又不能不去。要看花，莫非还能不搭窝棚，还能不抱被褥，还能不离开你，还能……他不再想，仿佛不想就不再有下文。

明喜八月抱走被褥，十月才抱回家。那时媳妇看看手下这套让人揉搓了两个月的被褥，想着发生在褥子上面，被子底下的事，不嫌寒碜，便埋头拆洗，拆洗干净等明年。

谁都知道米子钻窝棚挣花，也不稀罕。这事也不光米子，不光本地人。还有外路人，外路女人三五结伴来到百舍，找好下处，昼伏夜出。

花主们都有这么个半阴半阳含在花地里的窝棚。搭时，先在地上埋好桩子，桩子上绑竹弓，再搭上箔子、草苫，四周戳起谷草，培好土。里面铺上新草、新席和被褥。这窝棚远看不高不大，进去才觉出是个别有洞天：几个人能盘腿说话，防雨、防风、防霜。

花主们早早把窝棚搭起来，直到霜降以后满街喊拾花时，还拖着不拆。拖一天是一天，多一夜是一夜。就是宝聚用糖锣敲醒的那种夜。

宝聚用糖锣宣布了夜的开始，旷野里也有了糖锣声。旷野里的糖锣比宝聚的糖锣打出的花点多，但更暗哑，像是带着夜这个不能公开的隐私在花地里游走。糖锣提醒你，提醒你对这夜的注意；糖锣又打扰着你，分明打扰了你的夜。它让你焦急让你心跳，你就盼望窝棚不再空旷。

在旷野敲糖锣的人叫"糖担儿"，但他们不挑担儿，只扛一只柳编大篮，篮子系儿上绑个泡子灯。篮里也摆着宝聚车上的货，烟比宝聚的好，除了"双刀""大孩儿"，还有"哈德门""白炮台"。他们用好烟、大梨给窝棚"雪里送炭"，他们知道，窝棚里的人在高兴中要"打茶围"。

有个糖担儿每天都光临明喜的窝棚，明喜的窝棚里每天都有米子。糖担儿来了，挑帘就进。那帘子叫草苫儿，厚重也隔音，人若不挑开，并不知里面有举动。糖担儿挑开了明喜的草苫儿，泡子灯把窝棚里照得赤裸裸。明喜在被窝里骂："狗日的，早不来晚不来。"他用被角紧捂米子。米子说："不用捂我，给他个热闹看，吃他的梨不给他花。"糖担儿掀掀被角，确信这副溜溜的光肩膀是米子的，便说："敞开儿吃，哪儿赚不了俩梨。"他把一个凉梨就势滚入米子和明喜的热被窝。明喜说："别他妈闹了，凉瘆瘆的。"米子说："让他闹。你敢再扔俩进来？"糖担儿果然又扔去两个，这次不是扔，是用手攘着往被窝里送。送进俩凉梨，就势摸一把长在米子胸口上的那俩热梨，热咕嘟。米子不恼，光哧哧笑。明喜恼了，坐起来去揪糖担儿的紫花大袄。米子说："算了，饶了他吧，叫他给你盒好烟。"明喜说："一盒好烟，就能沾这么大的便宜？"米子说："那就让他给你两盒。"明喜不再说话。明喜老实，心想两盒烟也值二斤花，这糖担儿顶着霜天串花地也不易，算了。哪知米子不干，冷不丁从被窝里蹿出来，露出半截光身子，劈手就从糖担儿篮子里拿。糖担儿说："哎哎，看这事儿，这不成了砸明火。"米子说："就该砸你，叫你动手动脚，腊月生的。"说着，抓起两盒"白炮台"就往被窝里掖。糖担儿伸手抢，米子早蹴到被窝底，明喜就势把被窝口一摁，糖担儿眼前没了米子。糖担儿想，你抢走我两盒

"白炮台"，我看见了你的俩馋馋①，不赔不赚。谁让你自顾往外蹿。我没有花地，没有窝棚，不比明喜。看看也算开了眼。

明喜见糖担儿不再动手动脚，说："算了，天也不早了，你也该转游转游了。我这儿就有几把笨花，拿去吧。"明喜伸手从窝棚边上够过一小团笨花，交给糖担儿。糖担儿在手里掂掂分量、看看成色说："现时笨花没人要。还沾着烂花叶，留给你媳妇絮被褥吧。"明喜说："算了，别来这一套了，我不信二斤笨花值不了仁梨两盒烟。"糖担儿不再卖关子，接过花搋进篮子，冲着被窝底说："米子，我走了，别想我想得睡不着。赶明儿我再来看你。"明喜说："还不快走。"糖担儿这才拱起草苫儿，投入满是星斗的霜天里。明喜披上衣服跟出来，他看见糖担儿的灯顺着干垄沟在飘。看看远处，远处也有灯在飘。他想起老人说的灯笼鬼儿，他活了二十年还从来没见过灯笼鬼儿什么样。可老人们都说见过，说那东西专在花地里跑。

糖担儿用糖锣敲着花点，嘴里唱着"叹五更"。

明喜见糖担儿已经走远，钻回窝棚。米子在被窝底蹴着。明喜掀开被窝对着里面说："米子，出来吧，糖担儿走了。"米子不出来，只伸出一条白胳膊拽明喜，让明喜也蹴到被窝底。明喜先把腿伸进被窝，摸黑儿在枕头上坐一会儿，然后褪下大袄向下一溜，也溜到被窝底。米子早用头顶住了他的小肚子，顶得明喜想笑。明喜把米子推开，米子打个挺儿舒展开身子说："你顶我还不行。"明喜不说话，也用头去顶米子。米子说："扎死我。"说着扎，她捶着明喜的背，搂着明喜的脖子。明喜的脸贴着米子的身子一愣：我×！敢情米子的身上这么光滑，我怎么这会儿才知道。明喜觉着自己的手糙、脸糙、身上也糙，米子生

---

① 馋馋：乳房。

是和明喜的糙身子滚⋯⋯

两人觉出身上冷才知道被窝散了许久。明喜歪起身子掖被窝，米子说："我该走了，也省了你左掖右掖了。"明喜说："这就走？"米子说："你也乏了，睡吧。"明喜说："看你说的，别把我看扁了。"米子说："扁不扁的吧，莫非你听不见你的呼噜？"明喜不说话了。米子早已摸黑穿好了棉裤棉袄，又摸到自己的鞋，跪在明喜身边说："你睡吧，我走了。"

明喜躺着不动，只说："外边有洋花，干草挡着哩，你自己抓吧。哎，可不许你再到别处串了，干草底下的花你尽着抓。你听见没有？"

米子答应一声，从窝棚顶上拽下她掖在那儿的空包袱皮，拱开了草苫儿。明喜听见她在掀干草抓花。

米子把明喜捂在干草底下的洋花尽撸入包袱，系上包袱便松心地蹲在花垄里撒尿。尿滋在干花叶上豁嘟嘟地响，明喜被这响声惊醒，知道米子还没走，披上大袄拱出窝棚两步迈在米子跟前。米子从花垄里站起来挽腰系裤说："又起来干什么？"明喜说："我还得嘱咐你一句，你听了别烦。可不许你再往别处去了，快回家吧。"米子说："我不是答应过了！"明喜说："我没听见。"米子说："那是你没听见。"米子把一包捶布石大小的棉花抡上了肩，她觉得，明喜留给她的花还真有些分量哩。

米子望望四周，糖担儿的泡子灯又出跳了一个窝棚，糖锣打着花点。她迈过几条花垄，跨进一条干垄沟。明喜盯着米子的背影，看见米子并没有朝村里走。米子只朝村里走了一小截就斜着拐了回来。明喜想，说话不算数，还钻。赶明儿看我还给你留好花。

赶明儿米子来了。明喜问："怎么总是说话不算话，不是说回村吗？"米子说："是回村了。"明喜说："得了吧，别哄我了，走了一小截就往回拐。又串了几处？"米子说："你愿意听？"明喜说："不。"米子说："不愿意听还问。"明喜说："问是得问，不问问还能给你留好花？"米子说："就那几把洋花，也有脸说。你别给我留了，你娶了我吧。娶了我，就不要你的花了，还让你敞开儿打我。"

国

国跟他爹来百舍赶集买花，国他爹开花坊。这年国十二，头上留着"瓦片儿"。

花市设在茂盛店里。茂盛店临街，三间土坯房，房前常年搭着罩棚。棚下设两张白茬长桌，赶集的、住店的在棚下吃豆芽焖饼、喝糊汤。有个卖咸驴肉的在棚下操刀卖肉，有人买了肉，借茂盛的盘子盛，还找茂盛要醋蒜。茂盛不用徒弟，自己掌勺自己跑堂。

茂盛店面狭窄，后院宽敞，一带土坯院墙圈起两亩大的院子。院里常年滚着牛马粪，人和牛马把墙的边边缘缘蹭得溜光。贴墙几棵老椿树让牲口啃光了皮，可树照样疯长，瘦高。这里晚上留宿过往车马，白天清静，只在逢五排十大集时才热闹——花市占着。外地开花坊的在这儿收花，给茂盛好处。

国他爹沿着一溜摊开的花包查看，和卖花的讨价还价。他不急于买进，只等行市。太阳正南时才是收花的好时辰：卖花的都急着回家，放松花价。

国替他爹守着花堆。刚买进两份，花堆还小，堆前横着大秤和杠。国坐在花堆上玩秤砣，提起秤砣往花上扔。秤砣沉入花堆，国就插进胳膊找，找出来再往里扔。他一次比一次扔得高，秤砣一次比一次沉得深。

米子在卖花，穿着藕荷小袄，黑薄棉裤，头上蒙块素白羊肚手巾。米子不蒙花手巾，她觉着花红柳绿反倒贫气。这手巾两头各有一行红字，这头是"祝君早安"；那头是英文老花体的"Good Morning"。这儿的人都蒙这种手巾，这儿的人都不深究这两行字的含意。可人们都假装研究米子的手巾。米子知道人们不是看手巾，是看她。

每次米子卖花，宝聚都叫米子连外屋水瓮旁边的花一块儿包走。米子不。她只顾自己，这是体己。外屋的留给宝聚卖，那才是她和爹的缠缴①，哪怕缠缴不够时米子再往外拿，她也要攒体己。她钻窝棚也想着以后，她要寻人，她要生儿育女，她不愿意只带着一张穷嘴走。

宝聚的花包小，在花市尽头。

国他爹从米子跟前走了好几趟，不看米子的花包，也不看米子的手巾。米子拿眼瞟他，心想：充什么大尾巴牲口，你不就是开花坊的。你那小算盘我知道，左不是耗人呗。

米子看见国他爹在远处抓挠着卖主的花和卖主杀价，知道他杀价杀得狠。可等钱用的卖主还是扛起花包跟着国他爹走。

也不知转了多少趟，米子到底憋不住叫住了国他爹。米子说："哎，我说买花的，怎么光走，也不怕把鞋底子磨出窟窿呀。"国他爹站住，说："你的花我收过，被伤②。"米子说："谁被伤？"国他爹说："开花坊的被伤，买主被伤。"米子说："怎么被伤？"国他爹笑笑，又走了。米子觉出有点讪。她想着等这个汉们再过来怎么对付。她觉着太阳走得很慢，日子过得很慢。

国他爹又过来了，这次米子不再叫他，倒把脸狠狠一扭，一行

---

① 缠缴：生活费用。

② 被伤：不划算。

"Good Morning"正对准国他爹的眼。国他爹觉出了眼前这行字。他头上也有一块这样的羊肚手巾，却从未觉出手巾上有字，可眼前有字。他捉摸这行字像什么，像蚰蜒，他想。像蚰蜒爬。

像长虫吧。

像蚰蜒。

米子知道买主在看她的背影，腾地转过来说："转够了，转饿了，咱俩到前头吃焖饼喝糊汤去，我掏钱还不行。"

米子一句话把国他爹说红了脸，不知是因为私看了米子的手巾还是米子说要请他吃焖饼。他打算站住，打算和米子认真点。可他一时叫米子的话给说闷了，寻思一阵，伸出胳膊就到米子花包里抓花。米子说："哎、哎，放下放下，不卖不卖。"国他爹把弓下的腰又直了起来，把伸出的手又缩了回来，不敢正眼看米子，说："不卖撂这儿作什么，撂这儿就能看。"米子说："递说你不卖就是不卖。"国他爹说："莫非你的花和别人的花两样？"米子说："还三样哪。"国他爹说："四样我也得看看。"

他看了一眼米子，米子正拿眼睛直勾勾地盯他。可她不恼怒，像受了谁的屈。国他爹心里说：敢情你早盯了我半天。莫不是我说话说走了嘴？我说的两样不是那个意思，你分明是多了心，才"三样""四样"地拿话点我。花，也来之不易，我收了吧。国他爹又去抓花，米子说："怎么还抓？"国他爹收住手，拍拍说："我要了。"米子说："你要，还有个我卖不卖呢。就不兴不卖？"国他爹说："出个大价还不行？"米子说："纵然给匹金马驹也妄想扛走。"国他爹说："怎么这宗买卖越说越远。"米子说："刚知道。"国他爹猜不透米子的心思，干吃米子的话头，也讪了。他看了米子一会子，看不出什么，心想走吧。

国他爹刚走，米子却说："你回来。"国他爹站住了，说："还有事儿？"米子说："怎么不扛你的花？"国他爹说："不是说不卖？这死说活说。"米子说："不卖花谁在这儿站着，站得都腿酸。"国他爹说："扛过来吧。"米子说："还没出价呢。"国他爹撩起大袄，拽住米子的手，把两人的手捂住说："这整，这零儿。"这里买花，买牲口有唱码成交的，也有拉手成交的。国他爹拽米子的手不算过分，可他拽住了米子的手。米子想想这价倒不算小，嘴里却说："就算白扔给你吧。"国他爹说："还不快扛过来。"米子说："让谁扛？"国他爹说："你扛。"米子说："扛不动。"国他爹看看米子，扛起了米子的花包。

卖主们都在笑这宗买卖。

国他爹扛着米子的花包走，排列在地上的花包拍打着他的腿。米子在后头跟着，钟样的薄棉裤腿拍打在花包上。

国他爹放下花包用大秤钩住过过，解开就往花堆上倒，花堆高了。国他爹给米子数钱，国把扑散下来的花往上攒，指着花对他爹说："爹，你快看。"米子知道国让他爹看什么，就斥打着国说："有什么看头儿。"国他爹信手从花堆上抓起一把笑笑说："杂。"米子说："杂？是不是花？！再给你扛一包袱好的去。"

米子把一叠老绵羊票掖进衣兜，跑着去找宝聚，一路想着她那花的不整状。在买主雪白的花堆上，她的花像故意寒碜她，洋花里掺着笨花，还有人头大一团紫花。

宝聚的花还没卖。米子扛过宝聚的花包，硬逼着国他爹过秤。国他爹抗不过米子，米子旋风般地把宝聚的花也倒上花堆。国又指着花让他爹看，国他爹又信手抓起一把说："怎么又使潮又使白土？"

乔和小臭子

后来米子寻了当村一个鳏夫，带着体己从东头嫁到西头，不再钻窝棚，一心想跟丈夫生儿育女，却几年不生。丈夫说她是钻窝棚钻的，可不打她。米子说："没听过这说法。我那地方什么也没缺。"又过了几年，米子果然生了一个闺女，叫小臭子。小臭子不如米子好看，小鼻子小眼儿，爱找比她大的闺女玩，爱听大闺女说大人的事，十岁上净跟着十五的乔玩。

乔家有个大院子，院里净是枣树：大串杆、二串杆，还有灵枣。那灵枣个儿不大，像算盘子儿，细甜。孩子们就在枣树底下凿拐、跳房，玩做饭饭过日子。乔不爱玩，爱坐在远处看着他们想事：蜜蜂拱住枣花餐，家雀鸽架，鸡配对……她都要想。乔家的鸡病了，被她娘她爹杀了，煺了毛，开了膛，她就偷看鸡的屁股。她想，公鸡、母鸡屁股那地方都一样为什么还有公母？不像人，也不像狗，也不像牛羊、骡马。人、狗、牛、羊、骡、马她都看过。

乔爱想事，长得快。胸脯早早发了鼓，屁股和从前也不一样了，腰却显出细来，生是想事想的。凿拐、跳房的孩子都觉着乔好看，乔也知道自己的出众，当着众人更显些好看：细眉下面的黑眼总是很亮，脸很粉，连牙都显白。

小臭子愿意找乔，就是盼望自己长得和乔一样。她想，她娘米子为什么不给她起个名儿叫乔，却叫个最最难听的小臭子。

谁都知道乔爱想事。乔的爹娘去花地拔草了，乔想着想着就锁门儿走了。孩子们从墙外看着被乔锁上的两扇门，打问乔呢？乔呢？没人知道。小臭子知道。小臭子也不在。

乔拉着小臭子早去了东头。东头新开了一座主日学校，每逢礼拜，有位神召会的外国牧师骑八里地自行车，从城里来百舍一趟。这牧师叫班得森，他先给大人传教布道，然后就教一班大小不等的孩子背诵金句。那是《新约全书》上的一句话，印在一张比烟盒大点的电光纸片上。那纸片一面是字一面是洋画，画上净是穿着宽松衣衫的外国男女。女人都好看，都白，有的还半露着胸脯。班得森让孩子们背诵上张的金句，谁背过了就能得到一张新的。孩子们管上主日学叫"背片儿"。

　　乔来主日学背片儿。乔背片儿是为了正面那张洋画。她并不多想金句上的"神爱世人，甚至将他的独子赐给他们"是什么意思，不想"虚心的人有福了"多么重要，她只爱惜正面的洋画。回得家，她把洋画压在枕头底下等家里只剩下她和小臭子时，才拿出来看。只有一次背面的金句引起了乔的注意，那金句说：淫乱的人终归要下地狱。正面的画是爱淫乱的人在地狱里的受难图，有下油锅炸的，有被锯子锯的。

　　小臭子也记住了班得森教人念的淫乱，从主日学校回来问了乔一路，问乔淫乱是什么意思。乔光拿手打小臭子的后脑勺，打得小臭子直纳闷儿。回到家乔才把小臭子款待到炕上，倚在墙角一堆笨花说："你就喊吧，一喊一道街，也不怕有人听。"小臭子说："不是片儿上的？"乔说："片儿上的事也不是谁都能听。"小臭子说："那班得森还说，还教人背。"乔说："班得森说行，他是牧师。"小臭子说："班得森能说，咱们就能说。淫乱、淫乱就淫乱。"乔说："好，你还说，看我下回还带你去背片儿。"

　　小臭子一听乔不带她去背片儿了，才从花堆里坐了起来，赶紧说："乔，我不说了还不行。"乔说这还差不多。知道淫乱是什么意思吗？"小臭子说："好，你说。"乔说："我是要递说你。你不是问那俩字是什么意思？就是啊……来，你先躺下我才递说你。"小臭子又躺上花堆，使劲挤住乔。乔说："把你那耳朵对住我的嘴。"小臭子把耳朵对住乔。乔像往小臭子耳朵里吹气一样，说："就递说你一个人，可不兴你递说第二个人。你要是递说第二个人，我知道了就扭你。"小臭子说："我不说还不行。"乔说："递说你吧，淫乱就是配对儿。"小臭子说："就是狗配对儿？"乔说："不算狗。"小臭子说："算鸡不算？"乔说。"也不算鸡。"小臭子说："算牛不算？"乔说："不算。"小臭子说："算猪不算？"乔说："不算。"小臭子说："那羊、驴、骡子哪？"乔说："不算不算，你别问了。"小臭子说："都不算天下哪还有配对儿的物件？"乔说："再猜你也猜不着。递说你吧，指的就是人。"小臭子一听说是人，便纳闷来："人也配对儿？"乔说："是男女就配对儿。不信回家问问你娘。"小臭子说："我娘打我。"乔说："就别问了，指的也不是你爹和你娘，是别的。"小臭子说："别的是什么？"乔说："指的是汉们串门儿娘儿们养汉。知道了吧？"

乔、小臭子和老有

老有上身穿一件白细布汗褂，下身穿一条紫花单裤，站在乔家墙外打量乔家的枣树。他看见有几个大串杆红了"眼圈儿"，想起大人常说的一句话："七月十五红眼圈儿，八月十五挨枣杆儿。"现在刚七月，老有头上有汗，白布汗褂穿在身上也沾肉。

老有是明喜的兄弟，是老生。明喜的年纪像老有的爹，可他爹在城里二高当校长，教国文和地理，通音阶，会按照简谱填词："麦已收割，豆已收割……"他跟班得森作朋友，主张信徒对主虔诚，儿童们殷勤，却不信教。班得森也请他为主日学校作歌词：

手舞足蹈唱新诗，

赞美真活神，

米珠薪桂够我用，

应该学殷勤。

    老有爹教老有殷勤，也教老有文明：不许老有吃集上的饸子、咸驴肉，不让他买切开的西瓜，不让他坐在剃头挑子上剃头，领他到城里理发馆留分头，衣裳也比别人穿得严谨，不能敞怀挽裤腿，更不许光膀子。老有常觉着自己是个大人，可他才十岁。

    老有平时不敢出门，怕人看，怕别的孩子拿坷垃投他。他没事就一个人到花地边上散步，他知道散步就是闲溜达。老有散步，顺便察看全村的花情，用竹劈儿做把尺子丈量花的长势。他看见城里"棉产改进委员会"的人都这么丈量，量出花棵的高度就把尺寸记在纸上。他不知那是为什么，可他丈量，他记。棉产改进委员会里有两个日本人，穿西服，和班得森的西服一样。有一次他在散步察看花情时碰见小臭子，小臭子问他量青花柴干什么，老有看看小臭子，却不理她。小臭子说："知道你是跟人家学，有什么用。"老有把纸和尺子装进口袋就走。小臭子在后面说："看这架势，快跟丈量棉花的走吧。"老有走远了。他在花地畦背上走，两只手插在口袋里。小臭子觉得他有点大模大样，还有点罗锅。

    老有不理小臭子就是嫌她净找乔。老有管乔叫表姑，怎么个表法儿他不知道，反正他知道不近。不然为什么他家的花地一眼望不到边，值得他哥明喜看，乔家的花地才有乔家的两个院子大呢。老有家常年吃二八米窝窝，而乔家不到春天就吃起干马勺菜团子。可老有喜欢乔，喜欢乔就更不喜欢小臭子。乔拉他去上主日学校，他抹不开，可他不喜欢小臭子跟乔去。

老有在墙外看枣树，听听院里没动静，才推开乔家的街门。他不像别人，有门不进，专爬乔家的墙头进院子。他进门。

老有走进乔家不再看枣儿，却看见地上有厚厚的一层椿树花。椿树正落花，花像小星星，比黄米大点，有花瓣也有花心，闻起来有点臭有点香。臭椿的花最臭，茂盛店里的椿树就是臭椿。除了臭椿，还有香椿、菜椿。乔家的这棵是菜椿，能吃，不如香椿香。春天乔她娘给老有他娘送一把嫩椿芽，他们就吃，可不香。在椿树里，菜椿长得最高，木头暄。它长过房顶，长过枣树、槐树，树干树枝朝天竖着，像朝天烧的香。爬到椿树顶上的人不多，小臭子能爬上去。

老有蹲在椿树底下，敛一捧椿树花，从这只手倒进那只手，再从那只手倒进这只手——星星在闪耀。香味和臭味不住往他鼻子里钻，他爱闻这味儿。

老有玩椿树花，他后面正站着乔。乔一说话吓了老有一跳。

乔说："老有，看你那一身汗。快，我给你擦擦吧。"

老有扔下手里的椿树花，转过脸看乔，乔很高。乔拽起了老有，提起大襟就给老有擦汗，老有的头刚齐到乔的胸脯。乔给老有擦汗，老有却闻见了乔身上的汗味儿。他觉得乔出的汗比他出的汗好闻，他很快就忘了椿树花味儿。

乔给老有擦完汗，放下衣襟又胡噜老有的分头。老有不愿让人注意他留着分头，他不愿意和别人有什么不一样。可乔胡噜。老有知道乔不嫌他，还递他说，不让他把分头推了去。老有几次想推，一想起乔的话，就算了。心想留就留着吧，反正乔喜欢。老有知道乔是他表姑，可不叫，他叫她乔。

乔胡噜老有的分头问老有："你没去背片儿？"老有说："没

去。"乔说："怎么不去,这张片儿和别的片儿可不一样。"老有说:"不一样在哪儿?"乔说:"画着地狱,你没见有多吓人。"

原来小臭子正在屋里。她知道老有不待见她,就不敢乱栖乎。乔跟老有说起话,小臭子才从屋里出来,一出来接上茬儿就帮乔说背片儿的事,说:"片儿上画着炸人的、锯人的,生是淫乱的过。"老有白了小臭子一眼说:"什么的过?"小臭子说:"淫乱的过。不去背片儿,连淫乱都不知道。"乔推了小臭子一把说:"行了,行了,没人拿你当哑巴卖。当人家不知道你嘴快。"乔把小臭子推出老远对老有说:"走,我给你看片儿。"

乔领老有进屋看片儿,小臭子又跟了进来。乔让老有上炕,老有不上。乔掐住老有的胳肢窝把老有一举,小臭子就势抱住老有的腿往上一搊,才把老有搊上炕。老有说:"叫我先脱了鞋呀。"

老有不上炕是嫌自己的鞋破。人不上炕谁也不看谁的鞋,一上炕一抬腿就看出了鞋的好坏。老有裤褂洁净,鞋头却有窟窿。他娘说他的大拇指长,拱的。做新的做不过来。乔和小臭子搊老有上炕,搊了老有一个"仰摆饺子"。老有就势把鞋一扒,扔到远处。

老有要看乔新背的片儿,乔从枕头底下抽出一张给他。老有研究一番正面的洋画,就背过去认后面的金句。他认不下来,也忘记了刚才小臭子在院里说的那俩字,就问乔,乔把脸贴住老有的脸小声说:"我单独递说你吧。"她躲开小臭子把老有拉到炕角,对住老有的耳朵说出了那俩字。小臭子在炕这头忙不迭地喊:"噢,噢,闺女和小子小声说话。噢,噢!"乔对小臭子说:"看张致的你吧。小声说话怎么啦?"小臭子说:"闺女和小子玩,迈门槛儿,门槛高,一摔摔个仰摆饺。"老有说:"那你还净找人家,巴不得人家听你小声说话。"乔说:"算了,算了,别搁气了,咱仁玩一会儿吧。小臭子,还不插上门去。"小臭子说："他怎么不去？"乔说："他不去行，你不去就不要你了。"
小臭子慌忙站起来说："我这不是去了。"小臭子也不穿鞋，咕咚一声
跳下炕，插了门。

乔、小臭子和老有

小臭子又爬上炕，乔就问老有和小臭子："你们说咱们玩什么
吧？"小臭子抢着说："玩卖花，现成的花。"乔不说话，看老有。老
有也不说话，嘟噜着脸嫌小臭子抢话说。乔说先玩一会儿卖花也行。这
样吧，我跟老有卖，小臭子买。"小臭子又抢着说："不，都是娘儿们
卖，汉们买。"乔说："也行。老有，你买吧。"

小臭子早把炕角的笨花用几块铺衬包成包，在炕席上排列起来。
乔看看小臭子已摆开花市，也转到小臭子一边当卖主。老有光脚踩着炕
席，转悠着买花。小臭子净要高价，还让老有伸出手在衣襟底下和她
摸手。老有伸出手和她摸，她又说老有摸得不对。她纠正老有的手势，
说："九勾子，八杈子，七撮子。不信问问乔。"乔说："是，九勾
子，八杈子，七撮子。"乔让老有把手伸到她衣襟底下和她摸手，老有
觉出乔的手很热，手心有汗。老有的手背蹭着乔的裤腰。

小臭子卖花计较，乔却任老有出价，任老有扛。老有扔下小臭子的
花不买，把乔的花一包一包扛走倒上花堆。

乔由着老有扛，乔觉出这玩的没意思。

直到快晌午，太阳才穿过枣树把光洒上窗纸，树叶和阳光在窗纸上
晃成一片，几只家雀在细枝上跳，窗纸上便有了家雀的影子。

乔说："算啦，咱们不玩卖花了。你们看家雀在干什么。"小臭子
说："鸽架。"乔说："光鸽架？再看看，看清了再说。"

窗纸上有四只家雀，两只在鸹闹；两只在配对儿：公的鸹住那母的脑袋，摁住母的脊梁，就是不下来。母的扎挣着跑了，公的又追了上去。小臭子和老有都看清了。小臭子说："这是配对儿，还没配上呢，配上了公的就不赶母的了。"老有说："也不嫌臊，臊煞你。"老有踢了小臭子的花包，还要打小臭子。乔拉住老有说："老有，别闹了，她说得也对。咱们快玩咱们的吧。"小臭子拧着身子说："还玩，那花包呢？"乔说："不是说好玩别的呀。"小臭子说："这回你说，我可不说了。"乔说："我说还不行？我对你们俩一个一个地说。"小臭子说："为什么非得一个一个地说？"乔说："这你就别管了。"小臭子说："那得先跟我说。"乔说："行，你先过来吧。"

乔趴在花堆上等小臭子，小臭子闪过老有也趴在花堆上，把耳朵送给乔。乔把嘴对住小臭子的耳朵小声说话，小臭子一面听一面拿眼瞟老有。乔跟小臭子小声说了好一阵，又大声说："你先盖房去吧，盖上房盘上炕。"小臭子站起来又闪过老有，开始从山墙根搬枕头搬包袱"盖房"。

乔又叫过老有。老有也趴在花堆上把耳朵对住了乔的嘴。乔又把对小臭子说的话跟老有讲了一遍，没想到老有红着脸就跑。乔搂住老有的脖子又把他搂回来说："你先别跑，我的话还没说完哩。都是假装的。"老有说："假装我也不干。"乔想了想说："我还有话哩。你把耳朵伸过来，这句话连小臭子我都不递说她。"

乔又和老有小声说话。小臭子一看乔对老有说的话多，一噘嘴说："我不盖房了，净瞒着我事。"乔说："给你说的话说够了。他是汉们，和咱们的事不一样。"小臭子才又放心去"盖房"。也不知乔又对老有说了什么，老有不再想跑。可脸还红着。乔说："老有，也用不着臊，咱们这是过日子。大人过日子怎么过，咱们就怎么过。大人过日子有什么事咱们就有什么事。莫非谁还长不成大人。"老有想了想，觉着乔的话也对，就去和小臭子一块儿"盖房"。

乔也开始"盖房""盘炕"。小臭子抢走了她的枕头，她不能用枕头当墙，就将了一抔笨花掐成一溜"墙头"，只搬个包袱堵住墙的豁口当门，再抱个被窝叠得方方正正作炕。小臭子也叠个被窝当炕。

现在乔家的炕上是两处院子、两个家，两处院子隔着一条街。小臭子又举过一把扫炕笤帚往自家"门口"一靠，说："这是棵香椿。"小臭子叫臭子，愿意自家门口长香椿。她又拿过个量米的升子放在乔家"门口"对乔说："这是块上马石。我们家门口有棵香椿，你们家门口有块上马石。"乔说："行，我喊一二，咱们就奥起头玩儿，都按我说过的做，谁也不许走样，谁也不许不干，要不一辈子不跟他玩。"

小臭子知道乔的话是说给谁的，那是给老有听的。乔说老有，小臭子高兴。

乔又问："都听见了呗？"小臭子说："听见了。"老有也说："听见了。"乔说："都听见就是了，插门吧，我也该插门了。"

乔挪挪包袱挡住那豁口。小臭子不插门，她让老有插。老有说："怎么你不插？看人家都是娘儿们插门。"小臭子说："没看见她家男人不在家。"乔在这院赶紧接上说："老有，是该你插门。小臭子说得对，汉们在家就得汉们插门。"老有这才学着乔挪包袱的样子把门插严。

乔插上门，一个人盘腿在炕上"纺花"，右胳膊摇，左胳膊拽，两条胳膊在胸前很忙。

老有插上门只在墙角蹲着打火镰抽烟。他知道右手拿火镰，左手拿火石火绒。打呀打，光打不着。嘴上叼根筷子当烟袋，空叼着。

小臭子早脱成光膀，躺在炕上扇扇子。扇子是一小块做鞋的袼褙。

这都是乔规定下的。

小臭子翻了个身，打个呵欠叫老有："天这咱晚啦，睡吧。光熬油。"

老有说："谁熬油？又没点灯。"

小臭子忽地坐起来说："不都是假装吗，不兴乱改话。"

老有看看那院"纺花"的乔，想起乔的话，就说："行，你从头说吧。"

小臭子重复乔的规定。

小臭子说："天这咱晚儿啦，睡吧。光熬油。"

老有把烟袋在地上磕磕说："嗯，睡。"他站起来吹灯，朝一边吹了一口气，就趿拉着鞋往炕边走。老有坐上炕沿，脱掉汗褂，骗腿上炕，抱腿坐在小臭子一边，叹了口气。

小臭子说："怎么光坐着发愁。"

老有说："花卖不出去。"

小臭子说："再赶个城里集吧。"

老有说："家里没小车。"

小臭子说："不兴借个。"

老有说："到谁家借，都用。"

小臭子说："找东邻家吧。"

老有想了想，说："行，我去试试借给不借给吧。"

小臭子说："先睡吧，天明再去。"

老有说："不行，天明借车的多。"

小臭子冲里翻了个身，一脱脱个光屁溜儿，拽个被单盖住说："我先睡了。"

老有说："睡吧。"

小臭子摇着扇子睡，老有披上汗褂出了门。他推了推东邻家的门，心想乔对他说过不让他由门进院，让他跳墙进。他看看墙外有块上马石，便蹬着上马石翻墙。

乔还在纺线，两条胳膊还在眼前空抡打。听见老有跳墙，乔便说："不是让你先咳嗽两声呀。"

老有说："我忘了。"

乔说："再从头来吧。"

老有说："行。在墙外头咳嗽，还是在墙里头咳嗽？"

乔说："先跳墙后咳嗽，假装你眼前还有屋里门。"

老有返回街上，重新跳墙。他跳过墙，咳嗽两声，果然乔不再纺花，推开纺车就给老有开门。

老有跟乔进了屋。

乔说："这回对了。说吧，往下接着说。"

老有四周看看，坐上炕沿说："就你一个人在家？"

乔说："嗯。"

老有说："你女婿哩？"

乔说："到外县卖穰子①推煤去了。"

老有说："小车在家呗？"

乔说："他推走了。"

老有说："我走吧。"

乔说："你走了就剩下我一个人？"

乔挨着老有坐下，挨得很近。老有觉出乔的屁股挤住了他的腿。

老有说："你想我啦？"

---

① 穰子：皮棉。

老有的心跳起来。

乔说："一村子汉们，也不知为什么单想你一个人。"

乔用胳膊一搂搂住老有。老有觉着搂得很紧，他心跳得更快。

乔撒开老有一骗腿上了炕，挂着胳膊斜躺下来，给老有使了个眼色说："还不上来。"

老有也一骗腿上了炕。

乔开始解扣。

老有也学着乔开始解扣。

乔脱了个光膀。

老有也脱了个光膀。

乔躺下拉过条被单把自己盖住，撩起一个角让老有也往里钻。

老有钻进来一摸，摸到了乔的两条光腿。乔的光腿蹭着老有的裤子。

乔说："你怎么不脱裤子就光一下膀子呀，不想玩了？不是说的好好的吗。"

老有说："就这样吧，盖着被单脱不脱的谁知道。"

乔说："这不是为的别人知道，是咱俩知道。这就是咱俩人的事。"

老有还不脱。乔就去替老有解裤带。老有说："你别解了，痒痒。我个人脱吧。"

乔从上到下摸老有，老有身上光了。

老有说："然后呢？"

乔仰面躺平，说："我躺成这个样，你该什么样，莫非真不知道？连猫狗都知道的事。"

老有有点明白了，可还是平躺着抿着胳膊不动。

乔从上到下摸老有，她摸到了一个地方，停住手说："你想想，你这儿为什么多一块儿，我那儿为什么少一块儿？多那一块儿为什么，少那一块儿又为什么？都说明了，还不知道？你就傻吧，傻死你吧！看以后我还要你。"

乔一面说，手在老有那个地方停着只是不走，老有就觉出裆里有乔的手。乔把老有的身子拧过来，老有眼下是乔的一张红脸。这是老有从来没见过的红，鼻子尖上还有汗，鼻孔一翕一翕。老有觉得现在的乔最好看。他忘了他是个借车的，他忘了他正和乔钻在花垒墙、包袱当门的一间假房子里，他觉得真房子、真炕才能配真人。

有人敲"门"喊老有，是小臭子，是老有媳妇找老有。老有和乔"受着惊吓"冷不丁都坐了起来，被单出溜到脚底下。屋里的老有和门外的小臭子都看见了乔的光身子，他们都觉得乔比穿着衣服还好。小臭子想了想，不能光看乔，她现在要骂，那骂也是乔规定下的，她不能忘。

小臭子在门外一跺炕席，大喊了一声："出来！养汉老婆还不出来，俺家汉们哪？"

乔站了起来，一边系扣一边往外迎。她用被单把老有一盖盖严，对小臭子说："你骂谁哪？"

小臭子说："谁养汉骂谁。"

乔说："谁养汉？"

小臭子说："你。"

乔说："没有凭据，别胡呲，我还说你养汉哩。"

小臭子说："没凭据敢堵着街门骂？"

乔说："凭据在哪儿？"

小臭子说："就在被单底下盖着，不信你看。"

小臭子又使劲跺了两下炕席，席缝里的浮土扬起来。她把乔推开，进屋就掀被单，她勇猛地抓出了老有。

老有说："完了没有？"

乔说："完了。"

小臭子说："没完。敢情光你们俩，不能完。"

乔对老有说："你跟小臭子回家吧。"

小臭子说："不是小臭子，是他媳妇。"

乔说："快跟你媳妇回家吧。"

小臭子拽住老有的胳膊，老有趔趄着被小臭子拽回了家。

既是媳妇拽回了女婿，既是媳妇从养汉老婆的炕上拽回了串门的汉们，既是乔也说了让老有跟媳妇回家，那么媳妇就自有媳妇的气势。

媳妇要女婿来确认自己的位置。

两口子回到家，媳妇就在炕上脱光衣服躺了个仰面朝天。她也问老有："为什么你那多一块儿，为什么我那儿少一块儿，这都是为什么？"

老有真当了一回小臭子的女婿。他趴在小臭子身上回头看乔，看见乔的眼里含着真泪，鼻尖上的汗久久不退，鼻孔翕着。

吃中午饭时，老有才回他的真家。他掰着二八米窝窝总闻着手臭。想着小臭子和小臭子的味儿，他用水瓢舀水一遍遍洗手。

国和老有他爹

过了六年小臭子十六。头秋，小臭子给个人絮了一件花洋布棉袄，做了一件阴丹士林棉裤。她娘米子帮她纫。米子知道小臭子絮新棉裤棉袄干什么，想着每天后半夜小臭子扛回来的花包，卖的时候一定也有人说"杂"。

这年棉花刚摘头喷就赶上事变，日本人七月占保定府，八月占石门。花主来不及搭窝棚，跑了。大花主把洋钱蒸在饼子里日夜兼程下西安；小花主用小平车推起铺盖口粮只是向南走，走不动就住下，走得动还走。

不久，日本人占了县城，老有他爹辞了二高校长回了百舍。临走他去看班得森，班得森请他喝羊奶，吃土豆蘸盐，和他一起分析中国的前途。羊奶膻，可老有爹喝。他想班得森能喝，他就能喝，也是文明。两人喝着羊奶，不约而同地想起先前日本人那个"棉产改进委员会"。班得森问老有爹："你说那个委员会的真正目的是什么？"老有爹说："我也正在想这件事。"班得森说："我想这就是日本人的……"班得森想不出准确的中文，就说瑞典话，班得森是瑞典人。老有爹说："或许应该叫经济渗透。"班得森说："对，应该翻译成渗透。日本人在这里搞棉田改进，就像在东三省让中国人种植鸦片一样，是渗透。是经济的，也是文化的、军事的。"老有爹说："你分析得透彻。"喝完羊奶，班得森把老有爹送出东门外，二人握手告别。

老有爹回了百舍，班得森不再来主日学校上课。

花主们打听到老有爹还在村里，哩啦着都回了村。一时间土匪军头们都打起了抗日的旗号，趁机找花主索要给养。他们晚上砸门，花主们有钱的隔着门缝往外塞钱，没钱的就把花包系上房扔到街上。遇到不给钱也不给花的花主，土匪就搭人梯进院绑票。他们把花主绑到邻县水泊里，摁进小船，捎信让家人去回。回人就得倾家荡产，带着花柴卖花地。这年花地没收成，这年花地易主多。

又过了两年，有个姓范的人来找老有爹。这人二十多岁年纪，个儿不高，赤红脸，短脖子，刷子眉。姓范的见老有爹开宗明义地说："我是上级派来开辟工作的，当前离城远的村子都建立了抗日政权。

百舍离城虽近，迟早也得建立。要建立就得宣传群众，组织群众。我们知道你具有爱国思想，应该为宣传群众尽力。"老有爹知道姓范的说的"我们"是指谁，便说："当如何尽力？"姓范的说："我们了解你是当地名士，爱国心切。抗日政府要实行统一战线，一致对敌，统一战线里少不了各类爱国人士和人才。打个比方吧，你教书有经验，还会谱歌，为抗日出力的前途宽阔得很。将来政府要成立参议会，你就是政府的参议员。"老有爹说："我纵然办过教育，可眼下你来我往也不是办校的时候。"老范说："也不尽然。外村就有先办起夜校的，咱不妨也办个夜校。"老有爹说："要办也不难，本村倒有一班男女青年都荒废着。可教材呢？经费呢？"老范说："目前政府没有统一教材，你自选课文达到识字的目的就行。政治课本我们解决。你讲讲反封建也是政治呀，尤其闺女媳妇，不打破封建思想，大模大样地上学都很难。其他方面就得因陋就简。"老有爹不再推托。

姓范的在老有家一住三日。老有已长大成人，哥哥明喜和他分了家：花地以垄沟为界一劈两半。老有爹娘跟老有吃饭。老有给姓范的端饭，觉出姓范的面熟。姓范的光笑也不说。过了好久，姓范的和老有爹接触多了，才吐露了真名，说，他不姓范，姓安，本县代安人，和百舍相距四十里，可也没出县。他家以前开花坊，小时候还跟他爹到百舍赶集买过花。他的小名叫国。

事变那年国正在保定上师范，在学校入了党。事变后回县接上了关系，现在区里担任青联抗助理员。

老有爹配合国利用主日学校的旧址，办了一所夜校。人们改不过口，都还叫主日学。这是一家闲宅院的三间北房，屋子高大空旷。原先屋里只有几张旧方桌，几条长凳。班得森对着方桌上课，跟老有爹说，这格局像中国私塾。现在老有爹叫人搬走了方桌，用土坯垒成墩儿，搭上木板当课桌，课桌后面再搁上条凳，买高丽纸把窗户糊严实。学生们还效仿着村里唱秧歌的戏台上的照明方式照明：他们把新林秸的粗头劈四瓣，编个马莲座，把头弯个对头弯插到梁缝里。马莲座上放只吃饭的黑碗，添上花子油，用好花搓捻儿，点起来。主日学校三间房子十来盏灯，高灯下明。

学生中闺女居多，也有半大小子，他们坐在后排很是不显眼。闺女居多的地方，小子就不显。

上课时，老有爹在堂上讲课，闺女们从头上摘下卡子不住拨灯。灯花掉在纸上、本儿上，她们就一惊一乍。秩序乱了，老有爹就在堂上拍桌子，说没见过这样的学生。

老有爹教她们识字，讲什么是封建，如何反。没有合适的识字课本，他就用一本半文言的实用国文代替。这实用国文的第一课是：国旗。"国旗者，一国之标志也。无论何处如见本国之国旗，必表行礼。某日学校开学，悬国旗于堂上，教员率学生向之鞠躬者三。礼毕，随开课。"课文里还有"曾参之子泣""雁，候鸟也"。后来国拿来油印小册子《新民主主义论》让老有爹讲，可识字还得用实用国文。课文对于闺女们虽然深不可测，但老有爹讲得明白，学生对字们也认得死。有时国来百舍也坐在后面听得入神。遇到老有爹拍桌子镇不住学生时，国就站到堂上讲话。他说："不遵守课堂秩序，就是对抗日政府办夜校还没有起码的认识。让你们坐在这儿不是光让你们拿卡子拨灯来了，掉个灯花也值得大呼小叫。坐在这儿就要想到抗日，想到爱国。我问你们想脱产不想，你们都说想。想脱产就得先明白夜校对你们的意义，夜校也是个抗日摇篮。你们要是再不明白，我就给你们作个时事报告。"学生们一听国要作报告，才安静下来。国说："就目前的形势而言，形势是残酷的，而且越来越残酷。别看骑马的日本兵还没到百舍来，光是骑自行车的新民会催促老百姓种花，还贷给洋泵、肥田粉，可日后你的花必须交给日本人低价收购。这也是侵略，也是搜刮掠夺。你们琢磨琢磨是不是这个道理。都安心听讲吧。"

国镇住了课堂，转到后头坐下，听见还有个别女生在黑影里吃吃笑着和男生打闹。国朝黑影使劲找，看见一个身穿新洋布棉袄、小鼻子小眼、个儿不高的女生。国想，个儿不高可往前坐。

老有爹一字一句地念《新民主主义论》，当念到"反共声浪忽又甚嚣尘上"时，课堂一下又乱了，人们忍不住互相打问什么叫"甚嚣尘上"。国从后面站起来说："什么是甚嚣尘上，你们这就是甚嚣尘上。知道了吧？"

学生们听懂了，不再甚嚣尘上。

每天下课前学唱歌。老有爹参照"渔翁乐""苏武牧羊"的曲牌填了几首有抗日内容的歌词教唱，国说不如找两首本地瞎子唱曲的牌子唱起来上口，还说县里刚发下来一首，就是"卖饺子"的调。他取代老有爹站起来亲自教：

> 棉花籽，
> 两头尖，
> 城里的公事往外传。
> 乡下宣传的新民会，
> 呀儿哟，
> 强迫咱老百姓多种棉一个呀儿哟。
> 棉花籽，
> 土里生，
> …………

小臭子

小臭子和乔都在夜校里。

放学时，小臭子站在院里等乔。乔走出屋对小臭子说："你先走吧，老范找我还有点事哩。"小臭子说："什么事还不能公开？"乔说："你就先走吧，不用管了。"小臭子和人们推打着走出院门。

乔返回屋，屋里就国和老有爹，他们夹坐在课桌中间。乔也坐下，说："一上课就像乱了营似的，生是让个别人给闹的。"国说："黑影里有个穿花洋布袄的闺女叫什么？"乔说："你说的准是小臭子。"国说："她就是？光听说这仨字就是对不上号。她没有大名？"乔说："上学登记时上了个大名叫贾凤珍，就是没人叫。"国说："你们妇救会应该带头叫大名。总不能光叫小臭子，十七大八的。"乔说："妇救会起头也不一定能叫起来，一叫她大名她先笑个没完。"老有爹插话说："都是根里不行，少知无识的。"国有些疑问，说："她的家庭情况呢？"乔说："他爹倒是老实人，平时不言不语。"老有爹接上说："摆杂货摊，卖花椒、茴香、榆皮面儿。"国又问："她娘呢？"乔和老有爹都不说话。国说："莫非还有点问题？"乔连忙说："让臣大哥说吧。"老有爹叫臣，在村里有叫他臣大伯的，有叫他臣大哥的。老有爹说："问题也不大，都是当闺女时候的事。"国懂了，不再问。乔说："她比她娘可疯。别看小臭子平时爱和我一块堆儿，我也不赞成她那样儿。现时村里对她的风言风语更多了，要不咱夜校别要她了，省得一块肉坏满锅汤。我去递说她，叫她别来了，她也能考虑通。"国想想，制止说："也不必。能团结的还得团结，对小臭子的风言风语也要注意，心中有数就是了。形势也许很快就要残酷起来，敌人要开始扫荡，日本人要实行'三光'政策。"

国谈了形势，又谈了夜校和妇救会的任务。乔是新选的妇救会长。

村里对小臭子的风言风语都有根据，现时她正和一个叫秋贵的人靠着。先前秋贵家开着摸牌场，招一群娘儿们。秋贵也和娘儿们坐在炕上摸牌，一摸半宿。秋贵媳妇缺魂儿，一辈子不会认牌，就给摸牌的人烧水买包子。秋贵是小臭子的邻居，小臭子看秋贵家半夜还常亮着灯，忍不住就蹬着梯子爬上秋贵家房顶，再从椿树上出溜到秋贵家学起了摸牌。她兜里没钱，就到秋贵褥边底下拿。秋贵看见假装没看见。自此秋贵和小臭子就靠上了。遇到秋贵那个缺魂的媳妇不在家，小臭子就翻房过来找秋贵。两人尽兴时秋贵出言不恭地问小臭子："臭子，整天从椿树上往下出溜，也不怕蹭破了你那裤裆。"臭子就扭秋贵，手碰到哪儿扭哪儿。一边扭一边骂："真不成款，得（děi）煞你！你给拉条新的去，还不进城给拉新布。"秋贵蹬跶着腿说："好啦别扭啦，疼着哩。赶明儿进城给你拉几尺哗叽还不行。"小臭子说："谁没见过哗叽。"秋贵说："拉织贡呢吧。"小臭子说："也算好的？"秋贵说："那拉什么样的？"小臭子说："拉毛布，要葱绿的。"秋贵说："行。"小臭子松开手。秋贵便赶紧说："也得煞你。你知道穿上那物件怎么走道儿？"小臭子又扭住秋贵说："就你知道，就你知道。"

秋贵进城给小臭子拉来了毛布，再买块新手绢包住，看个空儿递给小臭子。小臭子掂着分量，心想，这不是块裤料，比裤料长。她准备做件毛布大褂。她看见城里的日本娘儿们都穿毛布大褂，警备队上的太太们也穿。毛布是日本布。

这一年秋贵家不再开牌场，秋贵经常进城不回来。小臭子没抓挠才找乔报名上了夜校。她不愿意听老有爹讲"国旗"，讲"曾参之子泣"，她愿意听反封建，愿意听妇女解放。老有爹说，妇女们大门不出二门不迈，看见男人就脸红就低头，整天围着锅台转，讲三从四德，这都是封建，封建就是主张把妇女先封住。小臭子兴奋，她听着讲光想站起来，心想，你们都快听听吧，我从来都是反封建的。

小臭子跟秋贵要毛布，也受着抗日的吸引。晚上，当抗日干部开始活动时，小臭子也尽量效法抗日干部那样打扮自己。有一阵子抗日干部不论男女都披件紫花大袄，小臭子也披件紫花大袄，胳膊在袄里裹着走路，大襟拖落着地。孩子们跟着小臭子起哄，喊："八路过来喽，八路来喽！"小臭子不理，只往前走。有一次秋贵回家，小臭子披着紫花大袄去找秋贵。秋贵说："先脱了你那大袄，穷酸相儿。快投奔八路去吧，八路就要你这模样的。"小臭子自知此时的穿着有误，把大袄一扔扔到迎门椅子上，才敢上炕。

秋贵在炕上靠着被摞问小臭子："臭子，我问你，你还去上夜校？"小臭子说："你成年价没踪影儿，没个抓挠。那儿人多，怎么也是个抓挠。"秋贵问："那个姓范的还常来不？"小臭子说："不常来了。"秋贵又问："乔还跟你好呗？"小臭子说："好。"秋贵想了想说："他们说话不瞒着你？"小臭子说："也不能什么事都递说我，人家是会长。"秋贵说："还是吧。"

小臭子和秋贵说着话，看见有块红绸子从秋贵腰里嘟噜出来，上手就拽。一拽拽不动，顺藤摸瓜摸到一个枪把儿，抓住枪把儿又拽枪。秋贵打了一下她的手说："哎哎，怎么什么物件都上手拽，这也是你拽的？"小臭子说："还没见过哩，村里人都说你腰里掖着盒子炮。"秋贵问："都这么说？"小臭子说："反正有人说过。"秋贵说："我掖枪他们怎么知道？"小臭子说："人，精猴一样。再说，你那红绸子整天在屁股后头卜摔卜摔的，还能瞒过一村子人的眼。"秋贵说："看见就看见吧，早晚也瞒不住，再说日本人占在这儿也不是一天两天的事，让人们知道知道我也好。"

小臭子跟秋贵说了一阵子话,抽了秋贵两根烟,就从炕上下来披大袄。秋贵说:"又去上你那夜校。"小臭子说:"还点名哩,我叫贾凤珍。"秋贵说:"我说贾凤珍,我整天也不回个家,你就这么着走?"小臭子把紫花大袄披上肩,拿眼角扫着秋贵说:"你媳妇哩?"秋贵说:"给她娘上坟去了,后天寒食哩,从城里过才叫我回家看门。也得走两三天。"小臭子说:"那乔要是点名点到我呢?"秋贵说:"什么正经学校,我上二高那会儿说不去还净不去哩。你卖给夜校啦?再者说,你们那夜校也不知还能办几天。"

小臭子一听秋贵的话碴着了夜校,就赶紧问秋贵:"夜校不办了?可范同志给俺们作报告说,目前是持久战,夜校也要持久。"秋贵说:"你人儿不大中毒还不浅,也给我讲起了持久。咱俩持久持久吧,你还不进来。"

原来小臭子和秋贵说话时,秋贵早在炕上斜码着身子铺下了被窝,把带绸子的盒子炮压在炕头底下。小臭子又把大袄扔回椅子上,也不脱鞋就先迈上炕。秋贵就去摸索她的棉袄扣儿。

小臭子偎到秋贵一边,坐着枕头吹灭灯,从枕头上出溜下来。小臭子的嘴拱着秋贵的被头,闻到一股新洋布味儿,就说:"被窝倒不赖,新里儿新面儿,没见你盖过。新做的?"秋贵说:"可不新做的。要不是和你谁舍得盖。"小臭子隔着新被里又抓了抓絮花,絮花也很绵软,心想,是洋花,也舍得絮被窝,到底不一般。怨不得他媳妇站在当街顾头不顾尾地喊:"看这口子,吃什么有什么,花钱儿有钱儿。"

后半夜,街上有闺女们在走,闺女们在笑。小臭子想:放学了,她们正往家走哪,乔也不知回家了没有。她推推秋贵,秋贵脊梁冲着她正睡,她就觉着个人像丢失了点什么,心里空得慌。窗户上有月光,她扒头看看他们盖的被窝，才看清了这花洋布被面的颜色和花样，也看清了被窝旁边正堆着她一小堆棉裤棉袄。心想准都给我压褶巴了，刚才也忘了放到远处。

小臭子坐起来够过棉袄想穿，秋贵嘟囔着说："你过去呀。"小臭子说："嗯。"秋贵说："往后也许我回来得就更少了。"小臭子说："怎么啦？"秋贵说："让我去代安哩。"小臭子说："四五十里地，去那儿干什么？你不在新民会了？"秋贵说："这你就别问了。还有，你甭去上夜校了，长不了啦！"小臭子没搭理他，穿好衣服开门去爬椿树。

乔

秋贵去了代安，代安临着封锁沟，是日本人的一个大据点，住着日本人也住着警备队。秋贵当了警备队，在代安当班长。

敌人开始扫荡，环境果真变得残酷了。封锁沟隔断了八路军的活动，警备队死守着据点。老百姓要过沟都得受盘查。

国由区青联抗调到县敌工部。

百舍的夜校应了秋贵的言，散了。老有爹沾抗日，开始东躲西藏。乔要脱产，代替国去青联抗。晚上国找乔告别。

国说："通过这个时期的接触，我们逐渐熟悉了。区里让我推荐脱产干部，我推荐了你。青联抗的工作你也不陌生，抗日离不开这个部门，它直接联系着各界群众。临走我只嘱咐你两句话：注意团结，提高警惕。人本来就难理解，环境一残酷，人的脾气秉性更不好摸。常言说老百姓老百姓，百人百姓百脾气。"乔说："我努力吧。你一走反正心里是没了主心骨。"国说："我相信你的工作能力，在夜校又识了不少字，抗日觉悟也有所提高，还懂了政策。"乔说："要说也是，多亏了你和臣大哥。臣大哥对抗日还是有认识的。"国说:"是主要的团结对象。"

乔把国送出村,又送过一个壕坑,还往前走。国停住脚步说:"回去吧。越送越远,四周也没个青纱帐遮掩。"乔说:"我想再听你说几句话,光想听你说话。"乔背着手,低着头,用脚揉搓路边的茅草。霜后的茅草黄了,挂着霜。国也用脚揉搓茅草,说:"一时我也不愿离开百舍。"

月亮正南,国和乔的影子都很短,铺在一条黄土小道上。月光下黄土小道显得很明亮,人影挺黑。乔也不看国,说:"老范,我想问你一句话,你离开百舍还想百舍不想。"国说:"你怎么专拣不该问的话问。你说呢?"乔把齐肩的黑发往脑后一摇,才朝国歪过头说:"谁知道。你不是说百人百姓百脾气?谁知你是什么脾气秉性。"国说:"这句话并不适用于自己的同志和战友。"乔说:"我是你的战友?"国说:"那是。"乔说:"我听的就是这句话。你走吧。"国说:"大明我还得走到代安附近,一两天过沟,县委会和敌工部要过沟到分区开会。握握手吧。"

国向乔伸出了手,乔也向国伸出了手。乔已经学会了握手。

国转身不走大道,噔着一块干花柴地向远处走去。哪知走了几步乔又喊住他。乔跑了上来。

国听见有人噔花柴,停下来,扭头又看见乔站在跟前。国说:"怎么又跑过来,莫非还有事?"乔说:"还有件事,也不重要。"国说:"就说吧,别吞吐了。"乔说:"我想动员你一样东西。"国看看自己身上说:"你说吧。"乔说:"不是钢笔就是皮带,看你舍得舍不得吧。"国迟疑了一下,说:"那就送给你一条皮带吧。"乔说:"皮带也行。我还以为你准得送我钢笔呢,谁曾想你舍不得。"国说:"也不是舍不得，这杆钢笔我正用。"国把别在口袋上的钢笔摘下来放进文件包。乔说："逗逗你，看把你吓的。"国说："也不是吓的，是怕丢在路上。现在分别吧。"乔说："你还没见过我系上皮带什么样呢，就走？"国说："我倒真想看看。"

乔把国送给她的半新皮带系在黑棉袄上，立上畦背把胳膊一抿对国说："看吧。"

国面前的乔是一个崭新的乔，皮带把乔系得很英气。月光下国才像第一次看清了乔的身材、乔的眉眼，心想战争中人总是忽略人自己。好看。他想。

国再次和乔握了手，乔再次把手伸给国。国握着乔的手看乔，乔的鼻子尖上还有汗，鼻孔一翕一翕。

乔系上皮带往百舍走，觉得离抗日更近了。她不知是因为贴身系上了国的皮带，还是她就要脱产。也许两方面都有。她想，要是只脱产没有皮带，一时间和老百姓也没什么区别，并不属于国说的自己的同志、战友；要是只有条皮带系着不脱产，也有点儿张致，就像小臭子，非得披个紫花大袄让孩子喊她女八路，可她本是个老百姓。

乔系上皮带脱产，还想去见见老有爹。现在她像抗日干部进村一样，专绕着村外走，走到老有家门口轻轻敲门。老有给她开门，乔问老有："臣大哥在家呗？"老有说："在哩，在屋里看《聊斋》哩。"

乔进了屋，看见灯下的老有爹和《聊斋》。这两年老有爹光说眼不好也配不上镜子，灯离他的书很近。

乔说："臣大哥，这么晚还看书，灯也不明。"

老有爹说："没事，抓本闲书看。进步的书籍都坚壁了，人不能一下闲起来，要闲出病来。"

乔说："除非臣大哥。现在的形势谁还有心思看闲书。"

老有爹说，"其实闲书并不闲。世间哪有闲着的知识。看来是消遣，总比光坐着发愁强。"

乔说："大哥说得对。我就要走了，这两年多亏了臣大哥，让我懂了多少事。"

老有爹说："也在自个人。上着夜校也有不走正道的，还少呀。"

乔说："什么时候也断不了，任你青联抗、妇救会也管不住。"

老有爹说："乔，说说你吧，你哪天走？"

乔说："走不走，我还是围着百舍转，多会儿也离不开臣大哥帮助。形势一转，我看还得把夜校办起来。下面还有小一垡的哪。"

老有爹说："我想得远。办夜校总是个权宜之计，抗日终有一天会胜利，到那时候就不再是办座夜校的问题。国计民生，国计民生，终究离不开教育。"

乔说："还是臣大哥说得透彻。"

乔跟老有爹说话，老有只在旁边听，不插嘴。老有没上夜校，他自修的文化不必再上夜校。他能看懂《纲鉴易知录》，有时乔认不下来的字也找老有。但老有大了不愿再找乔。现在老有听说乔要脱产，心里也自有些舍不得，就想从家里找一样东西送给乔。老有在灯下左看右看，一眼看见了他爹放在条几上的自来水笔，心想，这倒是个稀罕儿，干部们都四处动员这物件。老有看看笔又看看乔，心里嘭嘭跳，知道这也是爹的心爱。老有心跳一阵，话还是脱口而出："爹，乔姑要走了，不送给乔姑一样东西哟？"老有爹说："就看乔缺什么了。"老有说："准缺杆钢笔。"乔不说话，心里一阵酸楚。心想老有怎么知道我的心思用，刚才我还想动员老范的哪，可万万想不到动员臣大哥的。

老有一提条几上的钢笔，倒提醒了他爹。这虽是件珍奇，但也是抗日干部们的朝思暮想。他眼前又是乔。老有爹攥住那钢笔说："这物件我虽心爱，给了你吧。是对你脱产的支持，也是我对抗日的贡献。它也来之不易，班得森送我的，美国派克。"

乔接过自来水笔说："万万也想不到。叫我给它钩个笔套吧。"

小臭子

日本一个小队、警备队一个中队来了百舍，没搜出八路，烧了夜校，拉走了不少花。他们把花装上车，让百舍人套上牲口送，送到城里连牲口带人一齐扣住，再让百舍人拿花回人回牲口。

乔和老有爹都提前转移到外村。

国一行人没能过去沟。他们沿着横在眼前的这条两房多深的大沟转游了几天寻不到机会。领导见硬过不行，商量出新的方案，派国回百舍找乔。

乔不在百舍，国就插野地一个村子一个村子地找，才找到。乔正在一个村里给民兵们讲形势，国让人把乔叫过来。乔看见突如其来的国说："怎么这么稀罕，刚走就转回来啦。"国说："会没开成，过不去沟。没想到形势紧张起来，给行动添了这么多困难。"乔说："是不是不过啦？你还是回来好。你看我，顾了这村顾不了那村。"国说："你说得天真。过还得过，上级派我回来就是找你商量这件事哩。"乔说："找谁商量？"国说："找的就是你。"乔说："我还能有什么锦囊妙计，又没经过什么事。"国说："不是说你有什么锦囊妙计。找到你，咱俩还得去找贾凤珍。"乔说："小臭子有什么用。"国说："也别小看谁。上级认为小臭子完成这件事最合适。"乔说："你怎么越说越糊涂。"国说："也不必糊涂。我只提醒你一个线索你就明白了。你忘了，你们村秋贵在代安据点上。"乔愣了一会儿问国："莫非让小臭子找秋贵？"国说："就是这个计划。"乔想想，又说："我不相信这种人还能为抗日尽什么心，都死心塌地哩。"国说："也要看我们的本事，也是对我们的考验。再说我们也分析过秋贵这个人，只是生性浪荡，这几年对百舍也没形成危害。他去代安也是为躲开家门口，兔子不吃窝边草。再说他媳妇还在百舍，做事也不会太过分。让小臭子去找他，他又是班长，找俩兄弟见机行事给放一下吊桥，不是没有可能。再说后头还有我。"乔说："你也去，上代安据点？"国说："也不足为奇，这也是搞敌工的本职工作。现在要紧的是说服小臭子。"乔没再说话，和国连夜赶回百舍。

当晚乔敲开小臭子家的门，把小臭子叫到乔家。国正在炕沿坐着，脸上很严肃，看到小臭子也不像平时在夜校那样热情，只拿眼把小臭子上下打量了一遍。之后，乔也不知说什么。小臭子一看眼前的阵势，知道不一般，心里便扑腾、扑腾乱跳起来，心想我这是犯了什么案，像审人一样。莫非有人说了秋贵送我毛布的事？也怪我，做大褂不偷偷地缝，还非到城里成衣局扎不可。扎完又在百舍可世界找绲子边儿沿大襟，这就是暴露了目标。小臭子想到这儿，忍不住就先说了那块毛布的事，说："那块毛布也不是我张嘴要的，是他许的。"国和乔互相看看，还是不说话。小臭子就说："不论要的吧，许的吧，反正穿在了我身上。人家别人怎么不穿？这不是，他也走了，和他的事我都坦白了吧，也没当着外人。都怪他家的后山墙靠着俺家的院子。"

小臭子开头就说她和秋贵的事，倒给国做小臭子的工作辟了捷径。国这才显出点和颜悦色，刷子眉一挑一挑地想笑。国说：

"贾凤珍。"小臭子一愣怔。这次她没笑，可不知国平白无故叫她贾凤珍干什么，莫非动员她也脱产？国又说："你做了一件毛布大褂？"小臭子说："嗯。"国说："什么色儿的？"小臭子说："葱绿的。"国说："沿着什么边儿？"小臭子说："藕荷绦子边儿，绦子上还有小碎点儿。"国又问："你有皮底鞋没有？"小臭子看看国又看看乔说："有一双，充服呢面的。"国说："赶明天都穿上，头上再使点油，别俩化学卡子。"小臭子说："这是干什么？"国说："待会儿我走了让乔递说你，你们再具体谈谈。"

国先走了，住在东头一个堡垒户家里。当晚小臭子没走，住在乔家。乔在那领老炕席上绽开俩被窝，和小臭子对脸说话。乔说："有时候我还想起咱俩小时候的事。"小臭子说："你也长，我也长，看你长的，看我长的。就像早有鬼神给定规下的，你说是不是主定规的？莫非真有魔鬼牵着我往地狱里走？"乔说："看你说的，可别这么说。眼下我脱产了是抗日的需要，也不是谁给定规的。谁信过主？你没脱产也不一定是废人。不过你也不能光由着个人的性子做事，由着个人的性子做事收都收不住。你看你跟秋贵的事，就不能说恰当。秋贵是什么人？你要过人家的毛布？"小臭子说："他说给我块哔叽，我说给哔叽就不如给毛布。谁稀罕哔叽，比洋布也强不了多少。谁愿意净挨他糊弄。"乔说："还觉着你沾了多大的相应一样。"小臭子说："反正毛布比哔叽强。"乔说："你还说。"小臭子不再说，便咕哝着裹被子。她把自己裹严，只把一张小脸对着乔。乔想：不应该光跟小臭子说这种没原则的话，是该给她布置任务的时候了。

乔给小臭子布置任务。开始小臭子推托着不干，说她害怕，说没见过这场面，明火执仗的，要是有人认出她和国来，人家还不把她崩了。乔说：也不必那么害怕，代安离百舍远，没人认识她。国虽是本地人，可从小跟他爹在外头开花坊，后来又去保定上学。再说，一切都要看她和秋贵的联系。秋贵也不敢不保护他俩，常言说好狗护三邻，好汉护三村。都是麻秸秆儿打狼两头害怕。他人在代安，家属还在百舍。

小臭子接受了乔的布置，睁了一夜的眼。

第二天一早从百舍走出了小臭子和国。小臭子穿着葱绿毛布大褂，黑充服呢面的皮底鞋，用生发油把头发抿光，找俩粉红化学卡子把两边卡住，脸上施些脂粉，再把一块白纱手绢掖进袖筒。这毛布大褂细袖管，卡腰，下摆紧包着腿，把小臭子的体形卡巴得都哪儿是哪儿。先前小臭子只是试过，没正经穿过。现在穿上，一时还真有点迈不开腿。她在国后头走。

国在前头推辆半新不旧的"富士"二六自行车，上身穿前短后长、圆下摆的西式衬衣，把下摆掖进裤腰里。这裤子也不抵腰，是卷裤脚的西服裤，用条弓弦编的腰带系住，像是从大城市来的一个文职。

小臭子和国走了十里才走上直通代安的汽车道。国看小臭子走得吃力，就说："来，坐在大梁上吧，我驮着你。"二六车子不高，小臭子把身子一欠便坐上大梁。国骗上腿骑起来。

小臭子没被人驮过，后面又是正经八路，她在车上扭着身子直较劲。国说："你完全可以放松一点儿，不必太较劲。现在我既是你舅舅，你既是我外甥女，咱就得有这个架势。要是赶到据点上你还缓不过来，就得让敌人看出破绽。"

小臭子随和起来，手扶着车把不再较劲。她问国："赶到跟秋贵说成了，咱俩哩？是去沟那边儿，还是回沟这边儿？"国说："当然要先过沟那边儿。不是说好你跟你贸舅过沟回老家，咱就得先过去。待到半夜里，秋贵让人放下吊桥，你再就势回沟这边儿。"小臭子说："我个人回家？深更半夜里。"国说："你过了沟走五里下汽车道，那有个村子，东口杨树上有俩老鸹窝。你进村找武委会一个姓高的，宿一宿再走，我们早作了布置。天明换下你这身衣裳再回百舍，这身衣裳扎眼，路上容易出事，汽车道上人杂。"

小臭子在前头一迭声地答应，脂粉气不住向后飘。

正午，小臭子和国赶到代安据点。炮楼顶上站岗的打老远就问："干什么的，还不站住。"小臭子和国站住。小臭子冲那站岗的喊："俺找秋贵。"站岗的说："秋贵是你什么人？"小臭子说："是俺邻家，叔伯哥。"站岗的不再喊。小臭子和国走到吊桥边，又一个站岗的擂下吊桥。

秋贵一听有人找他，早从炮楼里迎了出来，站在吊桥那头往这头儿看。这头站着小臭子，是邻居，叫他叔伯哥也可以；怎么后头还有一个人。秋贵还没闹清吊桥这头儿的事，人已迎到生人跟前。国一看秋贵和站岗的拉开了距离，便抢先说："我姓范，知道你净打听我。现在我是小臭子她舅，从石门来，找你有事。快领我们上楼。"秋贵还没顾得说什么，小臭子又喊："渴煞人！快叫俺们上去喝口水再走吧。"国也跟着说："还不领我们上去。"

乔

在代安据点上，国说服了秋贵，便和小臭子装着探亲先过了沟。

当晚秋贵当班，又串通他班上一个弟兄放下吊桥，开会的人也过了沟。国在沟那厢把人迎过来，就势又把小臭子送过沟。小臭子走五里果真看见了两个老鸹窝。

后来，抗日的人来往过沟又让小臭子找过秋贵，有赶上花白的时候，有赶上花放铃的时候。

小臭子找了几次秋贵，觉着为抗日做了贡献，有了资本，就去找乔，说她想脱产。乔请示了区里，区领导说不行，一来是她脱产对抗日阵营的威信有影响，二来她就这么着对抗日倒有用。乔只把后一句话告诉小臭子，保留了前一句。小臭子不知道前一句，乔和国给她任务她从不推托。她去代安、进城去警备队都不怵。她摸到了敌人的动向，就把消息带回来。百姓们害怕扫荡，没头苍蝇似的瞎跑，小臭子碰见就说："还不回来，十天之内日本不来百舍。"果然十天之内日本人净隔过百舍走。人们大多不再嫌小臭子的毛布大褂不顺眼，他们找乔分析形势，也找小臭子分析形势。小臭子说："回家等着吧，等着我一声令下，你们再跑也不迟。"百姓们等着小臭子下令。小臭子说，快跑吧，别愣着了。百姓们前脚躲进青纱帐，日本人后脚就进了百舍。敌人来抓干部、抢花，几次扑空。

代安据点向城里报告说，有个穿葱绿毛布大褂、个儿不高的女人净找秋贵。把守城门的也报告说有个穿葱绿毛布大褂、个儿不高的女人净进城。日本宪兵队问警备队，警备队了解到这女人进城找的是大队上一个副官。有一次这女人又来警备队找这副官，却碰见一个日本人和一个翻译。他们把这女人问了个底朝天，也翻了个底朝天，却又叫人端来槽子糕和日本汽水给她吃喝。吃完喝完，那个翻译对她说："你既是露了馅儿，就该给日本人做点事。不立功赎你的罪，日本人当场就崩了你。"他们知道了这女人叫小臭子。小臭子一听身上发毛，上牙磕起了下牙，心想，怪不得我早就想过日本人要崩我，正是应了言。可不能挨枪崩，小小不言给他们点好处也不算过分，莫非我对抗日立的功劳还小？她吃了眼前的槽子糕，喝了眼前的汽水，她看见汽水瓶上贴着个红日头。那汽水有点辣有点甜有点咸，直蜇舌头。可她觉着味儿新鲜……

敌人又来了一趟百舍，没扑空，抓走了区里粮秣助理和村武委会主任，还抢走了一部分花——百姓们听了小臭子的话，说最近敌人不来，产生了麻痹，忘了躲藏，忘了坚壁。

敌人走了，晚上乔回到百舍，在一个堡垒户家里住。小臭子知道乔回了村，就去找乔。乔说："我也正要找你。这次敌人可来得蹊跷，事先也没有一点情报。损失点花倒没什么，抓走两个同志实在叫人心疼。"

小臭子说："谁说不是，那头儿生是没有一星点儿风吹草动。咱不知为什么。"

乔说："上回你进城，去过警备队？"

小臭子说："去过，那些个不要脸的还请我吃槽子糕喝汽水，蜇得我舌头生疼，就是什么正经事也不说，一个个都像封住了嘴。"

乔说："你什么也没听出来？"

小臭子说："吐一个字我也能猜出个八九，生是一个字也不吐露，我还问他们哩。"

乔说："也不能愣头愣脑地张口就问敌人的行动。"

小臭子说："我净绕着问，先前都是。"

乔说："这就是了。"

小臭子说："这次见面还给我任务不给？"

乔沉吟片刻，说："眼下倒没什么具体任务需要你跑。你先回去吧，有事我再找你。"

小臭子说："看这世道，进了村生是连个自个儿的家都不敢回了，也不能多跟你说会子话。"

乔说："环境残酷虽是暂时的，可也得作长期准备，说不定再过几天连村子也不能进了。越残酷，蹊跷事也就越多。对抗日群众不能乱怀疑，可汉奸也出在抗日群儿里。"

小臭子说："谁说不是。"

小臭子走时，乔不让小臭子走街门，让她跳后墙，绕道村外回家。乔把小臭子送过墙。

一连个把月乔没回村，一连个把月小臭子没出村。当块儿的找小臭子问情况，小臭子就和人搭讪："没看见我整天坐在家里纳底子？想知道城里的事，个人怎么不找警备队问去，要不就直接找日本人问。"

秋贵回来了，插上门对他媳妇说："今天你回趟娘家吧，我要叫小臭子过来。我给你明侃了吧。这是公事，你也不用吃醋。"他媳妇没言声儿，只跟秋贵要了几张准备票。

晚上秋贵跳房过来敲小臭子的窗户，小臭子开了门说："我还当是乔呢，是你。是哪阵风又把你吹回来？"秋贵说："你就知道乔，怎么乔还不让你脱产？你过来吧，我那厢严实，说话方便。"

秋贵在前小臭子在后，翻到秋贵家。

秋贵不敢点灯，插上门让小臭子上炕，小臭子只在迎门桌前坐着不动。秋贵在炕上说："怎么叫过来不过来，生分了？"小臭子说："我这心里大乱，乱煞个人。"秋贵说："乱什么，不比我在炮楼上强。在炮楼上你一趟一趟地找我跑事，我这心里也不清静。让八路军也占了不少便宜。"

小臭子不说话。

秋贵说："你怎么不说话？"

小臭子说："也指不定谁占谁的便宜。我也说不清。你没听说前些日子百舍出的事？"

秋贵说："还能听不见。不就是抓了他们俩人。"

小臭子说："算了，不说它了。"

秋贵走到迎门桌前把小臭子拦腰一抱，抱上炕。

秋贵说："我换防了，又回城里警备队。"

小臭子说："不兴不回来。"

秋贵说："军令如山倒。哎，你为什么不愿让我回来？"

小臭子说："怕。"

小臭子听见秋贵也躺在炕上叹气，就想：为什么不仁不义光扫人家的兴，也是常年不回来，难得见一面。

小臭子和秋贵去亲热。只在鸡叫三遍时，秋贵又说："我不能等天亮走，临走前我还得对你说几句正经话。我不是换防，是单独从代安调回来的。你净去代安，日本人知道了我跟你靠着，让我单独给你布置事。这倒遮人耳目，不让你乱跟别人联系了。上回队上来百舍抓人的事我也知道，连日本弘部都说你的情报准。"

小臭子一听秋贵是为了这件事回来的，一头扎在了秋贵怀里说："我的天，可别让我干这事了，饶了我吧。"

秋贵说："也值不当吓成这样，拿出上代安炮楼找我的劲儿来不就是了。"

小臭子说："我不，我舍不得乔。"

秋贵说："要不是你先提起了乔，这头一件事我也说不出口，乡里乡亲的，可上边让我跟你交代的就是她。"

鸡又叫了一遍，秋贵扣上街门捏上锁子走了。

秋贵一走，小臭子又躲在家里一躲好些天。当块儿的人都说小臭子躲在家里不出来是害脏病，走不了道儿。

秋贵在城里也给小臭子顶着，有眉有眼地说小臭子害脏病，还专当着人给小臭子买治那病的药。谁知后来日本人又作了调查，知道小臭子是装病，就要下秋贵的枪，赶秋贵去当伙夫。秋贵顶不住了又找小臭子，告诉小臭子装是装不下去了，再装两人的小命都难保。

不久乔回了一次村，躲在村南一个窝棚里。小臭子给乔送了一趟烧山药，送完山药又进了一趟城。

晚上，一个霜天，月明星稀。有黑压压的一片人猫着腰朝窝棚压过来，用刺刀挑开沉甸甸的草苫儿，绑走了乔。在黑压压的人群里，有日本人也有警备队，秋贵领的路。

这天夜里小臭子睡觉捂着头，捂得严严实实。她不敢闭眼，一闭眼就梦见地狱里油锅炸人的情景。她想那都是淫乱的过。长大她没有再听过这两个字，现在却又想起来：淫乱，啊，淫乱。她想。

乔没有被绑到城里，他们把她绑到一个坍了的枯井里。那井老辈子坍了，是个一房深的大坑，属百舍。警备队在井外站岗，站成一圈儿；日本人下井审问。其实那不是审问，一切无须审问，日本人需要游戏。

有人给乔松开绑，那解放了的乔的手劈手就从衣襟上摘下那杆钢笔死死攥住。有人解下乔的皮带，又有人扒乔的衣裳……

也许连日本人都没想过现在为什么要游戏，然而谁都觉出现在要的就是游戏。于是，人们争先恐后排队。他们贴着枯井壁站成一圈儿，一个象征轮番的圈儿；他们拍打着自己的光腔往前挤，有人扑下去，有人站起来……

这身子底下是俺家的旧炕席吧。乔想。

这身子旁边是笨花垒的那"院墙"吧。乔想。

快蹬住上马石往墙里跳，跳呀。乔想。

你看我躺成这样儿还不懂，连猫狗都知道的事。乔想。

你那儿为什么多一块儿，我那儿为什么少一块儿。乔想。

有人听见乔叫了一声"老有"。

乔只见过老有，乔和老有都没长大过。

又是村里鸡叫三遍的时刻。

井外的岗撤了，井下的人散了。

太阳很晚才晒化花柴上的霜。太阳晒不到枯井里，枯井里的霜化得慢。百舍人围住枯井看，眼花了，觉着乔身边的霜是花。有人眼不花，看见流在外面的肠子，心想这是让人用刺刀从裆里挑开的。有人看见乔胸脯上一边一个碗大的血坑，露着肋条，心想这是刺刀旋的。

乔死攥着手，手里有杆钢笔，谁都看见了。

小臭子和国

抗日一次次遭受损失，人们急了。民兵们见洋人就打，见骑自行车的就打。班得森在汽车道上被打了伏击，他骑自行车从邻县布道回来。

班得森死了，他的车子成了民兵们的战利品。他身上背的口袋没人要，口袋里只有一本《新约全书》和一把"金句"。

老有爹装扮成开药铺的先生进城办货，参加班得森的追悼会。班得森埋在自己种的菜园里，有块膝盖高的石碑，上面横刻着：

　　班得森　瑞典传教士
　　1897—1942

小臭子真病了，整天对着她娘米子喊头晕。米子不到五十就弯了腰，身上干枯得像柴火。她给小臭子拌疙瘩汤吃，放上香油葱花。小臭子不吃，说不能闻葱花味儿。秋贵不敢回村，就托人给小臭子捎挂面馓子①。

小臭子在家将养俩仨月，好了。脸捂得比过去白，又显出一身新鲜。她不愿再想过去的事，小时候的事，长大了的事。好事坏事她都不愿再想，她一心想嫁个人，嫁远点，最好是沟那边，今生今世也不再回

---

　① 馓子：一种油炸面食。

百舍。没有人来说亲,小臭子就盼。

有一天国来了。小臭子有多少日子不见国了,她也不知道,好像是上辈子认识过的人。可这是国,她熟。他装过她舅,她装过他外甥女。

这是个下午。下午,敌人少活动,一般是回城的时候。

国穿一身白纺绸裤褂。国什么衣服都穿,他还在敌工部。

小臭子一见国,不知怎么好,又找烟,又让她娘米子烧水。国说:"我抽根烟吧,不用烧水,烟囱一冒烟有目标。"国接过小臭子递给他的烟,自己挑开锡纸,闻见一股霉味儿,心想这烟潮了,隔了夏天,没人抽过。他还是拿出一棵,光在桌子上磕,不点。小臭子也不留意。

小臭子病了几个月,就几个月没抽烟。国磕了一会儿烟对小臭子说:"贾凤珍同志,上级让我来看看你。听说你闹了一阵子病。"

小臭子坐在炕沿,把两只巴掌夹在膝盖缝里揉搓。国坐在迎门椅子上。

国又说:"这一阵子见好?"

小臭子说:"好了,利索了。"

国左看看右看看,眼睛绕着屋子看,看见炕上堆着小臭子该洗的衣服,衣服里也有那件毛布大褂,这毛布不洗不熨也不起褶。国看见那大褂上的绦子边儿,想起小臭子对那绦子边儿的形容:上面有碎点儿。国想:先前没留意过,真有碎点儿,是一排十字形小花,黑的。国把眼光停在小臭子身上,小臭子的两个膝盖还夹着两只巴掌。三伏天,小臭子穿着斜大襟短袖布衫,手腕子以上圆滚滚的。

国收住眼光说:"有点事。"

小臭子一愣说:"什么事,莫非还是从前那事儿?"

国说:"也可以这么说。"

小臭子把手从膝盖里抽出来摁住炕沿说:"这些日子我净想别

的。"国笑了笑，说："怎么，动摇了？"

小臭子说："也不是动摇，我娘净给我提寻人的事，说我都二十出头儿了。"

国说："噢，是这么回事。这倒不能阻拦，可也得兼顾呀。"

小臭子说："你是说不能忘了抗日？"

国说："你看，一捅就破。"

小臭子说："我当是闹了阵子病，八路早把我给忘了，敢情还记矜哪。"

国说："看你说的，还能把你忘了。"

小臭子说："你给我布置吧。"

国说："这次的事不同往常，我一个人怕说不十分准确，你跟我走一趟吧。"

小臭子说："莫非去见区长？"

国说："去县敌工部。"

小臭子说："就走？"

国说："就走，天黑得赶到。还有二十里地哩。"

国把没点的烟又插进烟盒，用手推开。小臭子扒着衣裳堆找替换的衣裳。

国说："也不用换衣裳了，穿这一身出门就挺合适，天这么热。"

小臭子说："老百姓都不时兴穿短袖的。"

国说："不碍。"

小臭子思忖片刻说："依旧吧。"她只拿扫炕笤帚把浑身上下扫了个遍，才进屋对她娘米子说，她跟国出去有事，今天不回来也不必着急。有人问，就说上外村染布去了。

小臭子真收拾个包袱一夹，跟国出了门。

三伏天，大庄稼正吐穗，花正放铃。但环境残酷，抗日政府又抵制日本人的号召种花，花在旷野里成了稀有。人们种，不再为了买卖，只为了生产自救，浆线织布，当絮花。

国在前，小臭子在后，他们在大庄稼掩映着的土路上走。今年缺雨，土路坚硬，路上常年少行人，少车马，连浮土都不起。路中间长着"车前子""羊角蔓"。

国和小臭子在交通沟里走，小臭子在前，国在后。这交通沟是专为跑情况把老路破开挖成的，一人深，能走大车。人在沟里猫腰走，沟上看不见；直着腰走，光能看见脑袋顶儿。

小臭子在前，国在后。国又看见小臭子裸露着的甩动着的两条胳膊。一件天蓝布衫紧勒着腰，沿腰皱起几个横褶儿。国想，都是这件布衫瘦的过，也许是小臭子的肉瓷实。是瓷实，屁股也显肥，走起来一上一下，两边不住捯替。国又想，那次我驮她上代安，她坐在车大梁上我倒没注意过这个背影，生是离我太近的过。原来人一拉开了距离，反倒能看清一切。算了，不看了，走路吧。

国不再注意小臭子，伸手向腰后摸，摸到了他的德国撸子——勃朗宁。他想，这才是战争的需要。

小臭子在前，国在后。走着走着，小臭子突然站住回过头问国："也不歇会儿。"国说："累了？"小臭子说："有点儿。"

国看见小臭子额上的齐眉穗儿浸着汗，粘在脑门上；胸前也有汗，布衫中间湿了一小溜儿，衣裳有点往身上贴。国的心一动，想：刚才我光注意了她的后影儿，把个前影儿忽略了，要不是衣服粘在身上你还当人就只有件衣服呢，人忽略的往往就是衣服底下这个人。

累了，国想。是累了。

国见小臭子站着只是不动，便说："交通沟里不平整，是容易走累。歇会儿吧。"

小臭子屈腿就想坐，国说："不行，沟里碍事，总有来往行人。咱不如上去。找个垄沟边儿坐会儿。"小臭子说："你不怕耽误走道儿？"国说："你看天还早，太阳还有两竿子高哩。"小臭子说："也是下坡子日头。"

国早蹭着斜坡出了交通沟，小臭子伸出胳膊让国拽，国一使劲把小臭子也拽出了沟。

挨沟是块玉米地，走出玉米地是不大一块花地。花地四周都是大庄稼，花地在这里像什么？国觉着像块林间空地，很是幽静。小臭子却觉得像一铺炕。

国说："这还是百舍的地？"

小臭子说："是，过了这块地才算出了百舍。"

国说："这是谁家的花？"

小臭子说："老有家的。"

国说："长得倒不赖。"

小臭子说："也不看是谁种的。你们怎么还不让老有脱产？放哪儿是哪儿，普天下找不出那么灵便的人儿。"

国说："也快了，老有早有这要求。"

国看看四处无人便踏进花地，坐下来撩起衣襟扇汗。他的勃朗宁手枪拱着垄沟边上的青草。

小臭子不坐，站在垄沟边上揪星星草。她专拣长的揪了一把，用个草棍儿系住，对国说："你看这像个什么？"

国说："看不出来。"

小臭子说："这是把笤帚，给，拿回家扫地吧。"

国说："我看看能不能使。"

小臭子走过来，挨着国坐下，把那把新"笤帚"举到国眼前说："不能使不要钱，白给你扶①。"

国说："你是扶笤帚的？"

小臭子说："是，掏钱吧。"

国说："我看你一点也不累，刚才还喊累得慌。"

小臭子说："人一说笑话就不累了，干着高兴的事更不累。"

小臭子比画着手说话，胳膊净往国身上蹭。

国用手兜住后脑勺躺到花垄里，想着小臭子刚才那句话。他想准是无意识说的，不，也许有意识，小臭子不忽略个人。不，是无意识，至少我应该这么认为。他觉出他的枪正硌着他的腰。

国解开皮带，连皮带带枪放在脸前。

小臭子一看国躺在了花垄里，说："光兴你躺，我也躺一会儿，什么事也是你领导的。"

国说："你躺吧，这地又不属于我。"

小臭子："属于你就不兴躺了？也得躺。"

小臭子躺下还故意往国这边挤，挤倒了好几棵花柴，说："这青花柴碍事，叫我拔了它，一垄地躺不下俩人。"

小臭子拔花柴，国也不制止。

小臭子躺下，脑袋碰着了国的枪。国把枪够过来说："可别碰走了火，压着子弹呢。"

小臭子说："快拿过去吧，吓煞人。"

国脸朝天喘气，显得很严肃。小臭子侧过身子不错眼珠地看国，看着看着冷不丁说："你家里有媳妇呗？"国说："你看哩？"小臭子

---

① 扶：专指做笤帚。

说："这可看不出来。先前我光看着有的女干部对你好。"国说："那是同志式的友谊。"

国面前站着乔。

小臭子面前也站着乔。

乔还没被他俩看清便随风走了。现在国和小臭子就愿意乔快走。

小臭子见国还在看天，就说："咱俩就不兴来个同志式友谊？"

国说："那都是自然形成。再说咱俩也用不着那么……那么……"

小臭子说："用不着什么，快说呀。"

国嘴不说，心里说：用不着那么拘谨吧。战争中人为什么非要忽略人本身？他松开自己的手，扭头看小臭子。小臭子还是小鼻子小眼，可胸脯挺鼓，正支着衣服，一个领扣没系，惹得人就想往下看。国想，要是再上手给她解开一个呢，人距离人本身不就不远了吗。

国伸手给小臭子解扣，小臭子假装不知道。

国的手不利索，解不开，小臭子才个人去解。

小臭子一个挨一个地把扣儿解完，国看见了她的裤腰带——一条拧着麻花的红绸子。国想，不定系的谁的。他没再等小臭子自己解……

国对此谈不上有经验，家里有个媳妇，常年不见。可早年在保定书摊上看杂书，间接了解却不少。他想起有些书上不堪入目的木板插画：这样的，那样的……难道真不堪入目？他想。

国拱着小臭子心口上的汗，手抓挠着小臭子的腿，紧对小臭子的耳朵说："来个这样的吧。"

小臭子觉出国在摆她，可她不较劲。

太阳只剩下半竿高时，国才穿好衣裳坐起来。小臭子只是闭着眼装睡，对身上任何地方都不管。

国穿好衣裳，系上皮带，从枪套里掏出枪。他发现枪叫太阳晒得很烫。他拉了一下枪栓，确信顶上了子弹。

小臭子听见枪栓响才睁开了眼。这些年她见过各式各样的枪，听过各式各样的枪栓响。她想：这撸子强，准是个德国造。

小臭子睁开眼，心里说，我一猜一个准儿。她看见国的德国撸子正对着她的脑袋。

小臭子一愣怔，说："哟哈！可别瞎闹，万一走了火我就没命了。死也不能死在这儿，你看我这样儿。"

国往小臭子身上看，小臭子身上头上滚着细土，尽管她身子底下铺着她的衣裳，头枕着她的包袱。

国的枪还冲她比画。

小臭子说："怎么还闹，我就见不得这个。"

国说："今天就是让你见见。这枪和枪子儿都是德国造，没有臭子儿，我不用勾第二下。"

小臭子发现国的脸色不同往常，铁青、瘆人。她猛地坐起来从身子底下拽出布衫就捂胸口。

国说："不用捂了，快穿衣裳吧，穿好衣裳再解决你。本来我要带你到敌工部听审的，算啦，不带你走了，回去我就说你想跑。你得穿着衣裳跑。跑，莫非还能光着？"

小臭子哆嗦着手提裤子、系扣儿。她系不准，说："天呀，你这是怎么啦？不是刚才还好好的，把你好成那样儿！"

国说："不用提刚才了，还是快把你那扣儿系上吧。"

小臭子到底也没把扣儿系准，跪着就去搂国的腿。国向后退了几步，闪开了小臭子。他瞄准小臭子的头，手指抠了一下扳机，勃朗宁只在国手里轻微震动了一下，像没出声儿，漫地里不拢音。可小臭子却瘫在了当地，有血从太阳穴向外冒。

眼下上级有规定，敌工人员办案，遇到以下三种情况可将办案对象就地枪决：拒捕，逃跑，赖着不走。

国在花垄里躺到太阳下山才走出花地，走下交通沟。

这天老有在地里锄高粱，看见国和小臭子进了花地半天不出来，就躲在高粱地里一个人纳闷儿。不知为什么，花地里什么动静他都听清了，唯独没有听见枪响。

天擦黑儿，他看见国一个人闪出花地下了交通沟，便去花垄里找小臭子。

有灯笼大的一团青光从花垄里飘出来，在花尖上转游。老有头发一竖，心想："灯笼鬼儿。"头一次见，先前他哥明喜净跟他讲。后来明喜死了，死于"虎烈拉"。

老有和……

大约四十五年后。夏季的一天，老有上了火车。他找到了他的包厢，他的铺位。

这包厢里数他上车最晚。他看了一下手表，可不，再过一刻钟就要开车了。他想起行前老伴和女儿送他出门的情景，她们轮番往他的箱子里、旅行袋里装衣物，生嫌他带的衣服少。老伴说，海边早晚凉，去年她去疗养，患了感冒不得不提前回来。老伴说着海边，他的大龄小女儿又往他箱子里塞了一条尼龙短裤，说是刚从个体户摊上给他买的。葱绿底儿，印着黑条纹，条纹上还有十字花点。老有想：多余，莫非我还能下海游泳？又这么花哨。可他还是夸了女儿的周到，心想如今说话都得有保留，女儿和游泳裤也不能例外。一句话说不对付，女儿也许就会冲他使性子。老有夸了女儿的周到，又夸了这游泳裤的花色。

衣物总算打点停当，老伴和女儿又要送他去车站。老有拦住了她们，他愿意保持晚节：自己的车自己坐，家里正厅级就他一个人。

老有离休了，要到一个海滨城市去度假。

目前老有自有别的名字，老伴和女儿都不知他曾经叫过老有。当年他脱产后先在区里当教育助理，抗战胜利后调县教育科当督学。解放初，他不顾近三十岁的年纪又进省城插班上了速成中学，然后还考上了医学院，毕业时只在实习中接触了临床，便留校当了政工干部。先是团委书记，再是系总支书记，离休前是院党委书记。老同志跟老有开玩笑，说他老干部、知识分子全占了，老有说他一辈子就盼拿手术刀，可惜只拉过俩疝子。

软包的行李龛上已放满东西，老有把一个不大的箱子和旅行袋塞到铺位底下，只在洁白的小桌上留些零星，老有是下铺。

老有放好东西，腾出眼睛打量了一下包厢里的旅客：对面是一位比他年龄还大的男人，上铺是两位妇女。老有这代人习惯称女同志，不管年龄、职业一律称女同志。现在她们一字排开却坐在老有的铺位上。

车刚开，对面的旅客便把自己的旅行杯伸向桌下的气压水瓶，老有也忙把茶杯伸过去"排队"。排队的观念原来总使人变得计较。老有往茶杯里注满水，又打量对面的旅客。对面已把腿伸上床铺，脚上是一双灰尼龙袜，铺前是一双老式皮凉鞋。老有穿凉鞋却不穿袜子，女儿说这倒文明，穿尼龙袜子倒"土"。

两位女同志也光脚穿凉鞋，她们把脚从凉鞋里褪出来再踩上去。老有一时看不准她们的年龄，便想：如今的女同志看不出年龄的居多，又有染发剂。那东西尽管破坏头发的蛋白质，也经常脱销。

老有伸手胡噜一下自己的头发，他的头发是本色，花白，但不秃顶。

对面的旅客秃顶。

没人说话，只有广播，有人唱《三百六十五里路》。

对面的旅客正喝茶，茶叶在杯子里一片一片地下沉。是好茶，新龙井。老有也喝茶。他也有龙井。老有不吸烟不喝酒，喝龙井。如今的"梅特"虽然涨到五百克一百元，可他喝。

两位女同志不喝茶，她们看衣服，看新买的衣服，一位从尼龙袋里抽出一件给另一位看。这是一件分不清男女的衬衫，白底细黄条。她们把它展开在并着的四条腿上，看得仔细，连个扣子、针脚都不放过。看一阵，又分析起缀在领子下的商标，一位念着"百分之百考特恩（cotton）"说："纯棉，百分之百的棉啊，好不容易抢到手。"

老有也常听女儿说百分之百纯棉什么的。他下意识拽拽自己的衬衫，一件白特丽灵，便觉出有些背时。莫非尼龙时代已过去？虽然中国的尼龙时代比国外晚了二十年。

"考特恩"，棉。纯棉。纯棉不就是百分之百的棉花么？棉花——花。

纯的花。

一位女同志又举出一件连衣裙开始辨认。这裙子没商标，两人便有所争论。这位说是纯棉，那位说是混纺，她们都用自己的经验说服着对方，还显出些激动。这争论也吸引了老有，他说："对不起，我能看看吗？"

一位立刻把老有当熟人似的说："您说，这是不是纯棉？"

老有拽过那裙子，两手摩挲一阵说："不见得是。"

一位说："看来您很内行，一定是这方面专家。是服装专家？"

老有说："不是，我只认识棉花。"

一位说："您经营棉花？"

老有说："不，目前我离棉花很远，可我懂，我小时候种过花。对，我们那个地方管棉花叫花。"

火车正经过一个小镇，闪过一家紧贴铁路的轧花厂。在一带红砖墙内，籽棉垛成了垛，像楼房。老有指着那花垛说："棉花垛，洋花。噢，过去人们管美棉叫洋花，好品种。现在有许多新品种，我想都应该属洋花。你们再看那近处的花地，也是洋花。"

一片棉花地从窗外闪过，棉花正放铃，淡藕荷的花铃，温馨着大地和列车。

两位女同志听老有说花，却没显出多大兴致。她们把展开的衣服一件件叠好收起来。

对面的旅客在喝茶，老有在喝茶。老有和对面旅客的目光相遇，发现那人赤红脸，短脖子，刷子眉总是一挑一挑。他喝口茶放下茶杯，打开一只小箱子，从里头拣出两个药瓶摆上小桌，却并不吃。

老有想，好面熟。熟。那时候我脱产他调分区；我进城，听说他南下。四十多年为什么连做梦都没梦见过，今天却喝起了一个壶里的水。现在是认他还是躲他？躲吧，对，躲。老有拿起一张随身带的小报半遮半掩地看，看不见报上的大块文章，却盯住了报缝里一则寻人启事："某男，戴旧军帽，离家七日不归……"那么得找，不能躲。找就得引他说话，一说话就能百分之百地肯定。说说花，拿花引他。

老有对身边的女同志说："现在许多花种都失传了。我们那地方的花分三种，除了洋花还有笨花和紫花。"

女同志似听非听。

老有看看对面，对面在研究药瓶上的字。

老有说："那紫花也并非是紫，是土黄，先前我们那地方的人都穿。"

女同志似听非听。

老有看看对面，对面还在分析药瓶，对瓶上的字读得仔细、认真。

老有说："那笨花是本地种，绒短，产量低，只能絮被褥。"

女同志似听非听。

老有看看对面，对面放下药瓶哪儿也不看，摘下花镜散着眼光呆起来。

老有又对女同志说："我给你们唱个歌吧，也是关于棉花的。那时候日本人强迫种棉，抗日政府抵制，这歌是青抗联教的：棉花籽，两头尖，城里的公事往外传……"

老有只唱了两句就扭脸看对面，对面的眼光更散，像不知有人唱歌。

女同志倒笑起来。一位说："没想到你还会唱歌，有个通俗歌就是这个调儿，一定是根据这首歌改编的。"她们开始往上铺爬，要睡觉。上铺一阵窸窣，包厢里静下来。

火车停了一站，又走。

已是晚上，包厢里有广播说火车要经过一个大站。这广播却招呼起对面开始收拾东西了。这是老有没料到的，他原以为对面也在终点下车。

对面的收拾也带动起老有。

车停了，对面的出了包厢下了车，老有也出了包厢下了车。

站台上早有人接过了对面手里的东西，几个人簇拥着他向前走。

老有在后边走，只觉得那人的脖子更短了。他想，你也有七十出头了吧。

出了站，有人殷勤地为那人打开一辆"尼桑"的车门。

老有上了一辆"TAXI"。

尼桑在一所独门独院的旧洋房前停下。

老有也停在这洋房百米以远。

那人进了门，楼上一个大窗子亮了，传出些欢欣的人声，分明是一个大家庭的欢欣。

老有看了一阵听了一阵，就像刚发现眼前有房子，身后有树，脚下是柏油路。这使他终归想起了自己。我这是在哪儿？从哪里来，到哪里去？梦游一般。莫不是在寻人？寻谁，一个老熟人？老同志？一个老……他就一准是？是又怎么样？不是又怎么样？他忽然想起百舍人常说的一句话：是不的吧。四十多年为什么没想起这人、这话。

现在老有去哪儿？回车站，去度假。他身旁闪过许多灯，无论如何他是见过灯笼鬼儿的。那天黄昏，鬼在花尖上狠飘了一阵子。后来鬼走了，老有才走进花地。他看见小臭子身下有几棵青花柴，湛绿的花桃硌着她的肉。

老有往车站走，身旁闪过许多灯。他想这分明是灯，只能是灯。为什么非要有青花柴、绿花桃，还有赤红脸、短脖子什么的不可。一切都是因了火车上那个"考特恩"，百分之百的"考特恩"。

对面那人的个子也许并不矮，进轿车时，老有分明看见他深深地弯了一下腰。

（原载《人民文学》1989年第2期）

风　景

方　方

　　……在浩漫的生存布景后面，在深渊最黑暗的所在，我清楚地看见那些奇异世界……

——波特莱尔

一

　　七哥说，当你把这个世界的一切连同这个世界本身都看得一钱不值时，你才会觉得自己活到这会儿才活出点滋味来，你才能天马行空般在人生路上洒脱地走个来回。

　　七哥说，生命如同树叶，来去匆匆。春日里的萌芽就是为了秋天里的飘落。殊路却同归，又何必在乎是不是抢了别人的营养而让自己肥绿肥绿的呢？

　　七哥说，号称清廉的人们大多为了自己的名声活着，虽未害人却也未为社会及人类做出什么贡献。而遭人贬斥的靠不义之财发富的人却有可能拿出一大笔钱修座医院抑或学校，让众多的人尽享其好处。这两种人你能说谁更好一些谁更坏一些么？

七哥只要一进家门，就像一条发了疯的狗毫无节制地乱叫乱嚷，仿佛是对他小时候从来没有说话的权利而进行的残酷报复。

父亲和母亲听不得七哥这一套，总是叫着"牙酸"，然后跑到门外。京广铁路几乎是从屋檐边擦过。火车平均七分钟一趟，轰隆隆驶来时，夹带着呼啸而过的风和震耳欲聋的噪音。

在这里，父亲和母亲能听到七哥的每一个音节都被庞大的车轮碾得粉碎。

依照父亲往日的脾气，七哥第一次这么干时，父亲就会拿出刀割下他的舌头。而现在父亲不敢了。七哥现在是个人物。父亲得忍住自己全部的骄傲去适应这个人物。

七哥已经很高很胖了。他脸上时常地泛出红油油的光。肚子恰如其分地挺出来一点点。很难想象支撑他这一身肉的仍然是他早先的那一副骨架，我怀疑他20岁那次动手术没有割去盲肠而是换了骨头。否则就不好解释打那以后他越长越胖这个事实了。七哥穿上西装打上领带便仪表堂堂得像个港商。后来又戴了副无框眼镜便酷似教授抑或什么专家。七哥走在大街上常有些姑娘忍不住含情脉脉地凝视他。七哥在外面说话毫无疯狗气，文质彬彬地卖弄他那些据说是哲人也得几十年修炼才能悟出的思想。

七哥住过晴川饭店。起先父亲不信。父亲每天到江边溜达都能看到那高白高白的房子，父亲在汉口活了偌些年从来还没见过这么高的房子，便咬定只有毛主席或者是周总理这个级别的人才能住。母亲说毛主席和周总理来不及住进去就升天了。父亲说那还有胡总书记和赵总理能住哩。父亲说这话时是1984年。

七哥解释不清，便说那大楼里的"晴川饭店"写得像"暗"川饭店，不信你们去查证。

父亲和母亲自然是不敢设想自己有机会去那里瞧瞧。直到有一天报上登着个体户住进晴川饭店的消息后，五哥和六哥各带一千块钱去了一趟，第二日回来对父亲说小七子的确在那里住过，那字真的写得像"暗"川饭店。

七哥说我去那里总是坐"的士"，每回都有穿红衣服的小侍者为我打开车门，然后还鞠个躬，说："欢迎您的光临。"

五哥和六哥是坐公共汽车去的，下了大桥，还走了好远的路，无法证实七哥的话。但父亲母亲不必做何证实也完全相信了。

父亲再往江边转悠时，遇见熟人便忍不住说："那个晴川饭店也就那样，我小七子住过好些回数。"

"哦？就是睡床底下的那个小七子？"熟人常惊叹着问。

父亲说："是呀，是呀，硬是睡出个人物来了。"父亲说这话时，脸上充满慈爱和骄傲之气。

其实，过去父亲总怀疑七哥不是他的儿子。在母亲肚皮隆起时，父亲才知道有这么回事。父亲蹲在门口推算日期。算着算着便抓过母亲扇了两嘴巴。父亲说那时候他跟一只货船到安庆去了。一个老朋友要死了想再见他一面。他前后去了15天，而母亲却在这段日子里怀上了七哥。母亲风骚了一辈子，这一点父亲是知道的。他一走半月，母亲如何能耐得住寂寞？父亲觉得隔壁的白礼泉最为可疑。白礼泉精瘦精瘦，眼珠滴溜溜地不怀好意，薄嘴皮能言会道勾引女人还有富余。而最关键的是父亲亲眼见过他和母亲打情骂俏。父亲越想越觉得真理在握。为此在母亲生七哥坐月子的时间里，父亲看都不看七哥一眼，若无其事地坐在屋门口大口喝酒，把下酒的炒黄豆嚼得"巴喀巴喀"地响。

服侍母亲的事全是大哥干的。大哥那时已经17岁了。他十分庄严地照料这个小肉虫一样软软的七弟。半年后父亲头一次看了七哥。他看得很仔细，然后像扔个包袱一样把七哥朝床上一甩。七哥瘦瘦巴巴的，全然不似高高壮壮的父亲的骨肉。父亲揪住母亲的头发，追问她七哥到底是谁的儿子。母亲声嘶力竭地同他吵闹，骂他是野猪是恶狗瞎了眼的魔鬼，说他到安庆去为他过去的情人送终还有脸回家吵架。父亲和母亲的喉咙都大得惊人。平均七分钟一趟的火车都没能压住他们的喧闹。于是左邻右舍来看热闹，那时正是晚饭时候，一个个的观众端着碗将门前围得密密匝匝。他们一边嚼着饭一边笑嘻嘻地对父亲和母亲评头论足。母亲朝父亲吐唾沫时，就有议论说母亲这个姿势没有以前好看了。父亲怒不可遏地砸碗时，好些声音又说砸碗没有砸开水瓶的声音好听。不过了解内情的人会立即补充说他们家主要是没有开水瓶，要不然父亲是不会砸碗的。所有人都能证明父亲是这个叫河南棚子的地方的一条响当当的好汉。

这个问题毋容置疑，父亲的确是条好汉。全家人都崇拜父亲，母亲自然更甚。母亲一辈子唯一值得她骄傲的就是她拥有父亲这么个人。尽管她同他结婚40年而挨打次数已逾万次，可她还是活得十分得意。父亲打母亲几乎是他们两人生活中的一个重要内容。母亲需要挨完打后父亲低三下四谦卑无比且极其温存的举动。为了这个，母亲在一段时间没挨打后还故意地挑起事端引得父亲暴跳如雷。母亲是个美丽的女人，自然风骚无比。但她的确从未背叛过父亲。她喜欢在男人们面前挑逗和卖弄，那是她的天性，仅此而已。母亲说难道世界上还会有比父亲更像男人的吗？母亲说如果有那才是真的见鬼了。母亲说除非父亲先她而死她才会滚到另一个男人怀里。母亲说这话时才25岁，而现在她已60岁了，父亲仍然健在。母亲毫无疑问地履行着她的诺言。所以父亲怀疑七哥是隔壁白礼泉的崽子显然是不讲道理。白礼泉比母亲小18岁，母亲常忍不住去逗弄他，偶尔也动手动脚，但七哥绝对无误是父亲的儿子。因为只有父亲这样的人才可能生出七哥这样的儿子。这个道理直到25年后七哥突然一天说他被调到团省委当一个什么官了之后父亲才想明白。父亲从七哥那里听说团省委的人下一步就是去党省委。有运气到中央也是不难的。父亲几乎有点接受不了这个事实。父亲这辈子连县一级的官都没见过。父亲跟他认识的同样对方也认识他的最大的官员——搬运站的站长一共只说过两句半话。有半句是站长没听完就接电话去了。而现在，他的小七子居然比站长大好些级别且还只有二十来岁。鉴于这点，对七哥一进家门就狂妄得像个无时无刻不高翘起他的尾巴的公鸡之状态，父亲一反常规地宽容大度。

二

　　父亲带着他的妻子和七男二女住在汉口河南棚子一个十三平方米的板壁屋子里。父亲从结婚那天就是住在这屋。他和母亲在这里用17年时间生下了他们的九个儿女。第八个儿子生下来半个月就死掉了。父亲对这条小生命的早夭痛心疾首。父亲那年48岁。新生儿不仅同他一样属虎而且竟与他的生日同月同日同一时辰。15天里，父亲欣喜若狂地每天必抱他的小儿子。他对所有的儿女都没给予过这样深厚的父爱。然而第16天小婴儿突然全身抽筋随后在晚上咽了气。父亲悲哀的神情几乎把母亲吓晕过去。父亲买了木料做了一口小小的棺材把小婴儿埋在了窗下。那就是我。我极其感激父亲给我的这块血肉并让我永远和家人待在一起。我宁静地看着我的哥哥姐姐们生活和成长，在困厄中挣扎和在彼此间殴斗。我听见他们每个人都对着窗下说过还是小八子舒服的话。我为我比他们每个人都拥有更多的幸福和安宁而忐忑不安。命运如此厚待了我而薄了他们这完全不是我的过错。我常常是怀着内疚之情凝视我的父母和兄长。在他们最痛苦的时刻我甚至想挺身而出，让出我的一切幸福去与他们分享痛苦。但我始终没有勇气做到这一步。我对他们那个世界由衷感到不寒而栗。我是一个懦弱的人，为此我常在心里请求我所有的亲人原谅我的这种懦弱，原谅我独自享受着本该属于全家人的安宁和温馨，原谅我以十分冷静的目光一滴不漏地看着他们劳碌奔波，看着他们的艰辛和凄惶。

那时是1961年。九个儿女都饿得伸着小细脖呆呆地望着父母。父亲和母亲才断然决定终止他们年轻时声称的生他一个排的计划。

小屋里有一张大床和一张矮矮的小饭桌。装衣物的木箱和纸盒堆在屋角。父亲为两个女儿搭了个极小的阁楼。其余七个儿子排一溜睡在夜晚临时搭的地铺上。父亲每天睡觉前点点数，知道儿女们都活着就行了。然后他一头倒下枕在母亲的胳膊上呼呼地打起鼾来。

父亲说这地方之所以叫河南棚子就是因为祖父他们那群逃荒者在此安营扎寨的缘故。河南棚子在今天差不多是在市中心的地盘上了。向南去翻过京广铁路便是车站路。汉口火车站阴郁地像个教堂立在路的尽头。走出车站路向右拐，便上了中山大道。这一段中山大道，几乎有门即是店。铁鸟照相馆老通城饭店首家服装厂扬子街江汉路六渡桥诸如此类汉口繁华处几乎占全。父亲每天越过中山大道一直走到滨江公园去练太极拳。父亲总是骄傲地对他的拳友们说他是河南棚子的老住客。而实际上老汉口人提起河南棚子这四个字如果不用一种轻蔑的口气那简直是等于降低了他们的人格。

父亲说祖父是在光绪十二年从河南周口逃荒到汉口的。祖父在汉口扛码头。自他干上这一行后到四哥已经是第三代干这了。三哥总说爷爷若一来便当兵，没准参加辛亥革命，没准还当上一个头领，那家里就发富多了。说不定弟兄姐妹都是北京的高干子弟。父亲便吼放屁。父亲说人若不像祖父那样活着那活得完全没有意思。祖父是个腰圆膀粗力大如牛有求必应的人。祖父老早就加入了洪帮。那时"打码头"风气极盛，祖父是打码头的好手。洪帮所有的龙头拐子都对他倍加赏识。祖父认朋友而不认是非，每有所唤都狂热地冲在最前面。父亲说他14岁就跟着祖父打码头。他亲眼见过祖父是何等的英勇和凶悍。后来祖父在一次恶战中负了重伤。肋骨被打断了好几根，全身血流如注宛若红布裹着一般。祖父被抬到家时已经奄奄一息。尽管如此祖父却一直带着微笑。父亲说大头佬殷其周专门派人为祖父送来了云南白药。殷其周是当时汉口最有名的"码头皇帝"。父亲至今提起他的名字还激动得颤栗不已。不过那药仍然没能救活祖父。祖父把手在父亲的肩上拍了两下便咽了气。那时父亲正跪在祖父面前垂泪。他见祖父头一歪便号叫一声扑在他身上。立即所有人都知道祖父已经走了。啜泣声便如远天滚过的雷。为祖父洒泪哀伤的人几乎是一望无边。父亲至今也没想明白究竟是怎么回事。父亲猜测大约是祖父善打码头的缘故。父亲时年20岁，除了身子比祖父稍稍单薄一点以外差不多同祖父一模一样。父亲安葬了祖父的第三天便被头佬叫去打码头。他虎视眈眈地往那儿一站，对方的人立即目瞪口呆。竟有人颤着声问他是人还是鬼。

父亲每回说到这里都要仰面哈哈大笑。笑罢又大饮一口酒，把十来颗黄豆扔进嘴里嚼得"巴喀巴喀"响。

父亲每回喝酒都要没完没了地讲述他的战史。这时刻他所有的儿子都必须老老实实坐在他的身边听他进行"传统教育"。有一次二哥想上他的朋友家去温习功课以便考上一中，不料刚走到门口，父亲便将一盘黄豆连盘子扔了过去。姐姐大香和小香立即尖声叫起。黄豆撒了一地，盘子划破了二哥的脸，血从额头一直淌到嘴角。父亲说："给老子坐下，听听你老子当初是怎么做人的。"从此，逢到父亲这种时候谁也不敢把屁股挪动一下。七哥有几回都把尿憋了出来，湿了一裤。

最喜欢听父亲说往事的只有母亲。母亲记忆力比父亲强多了。父亲忘却的日期地点人名字全靠母亲提醒，如果母亲也忘记了，父亲就得使劲地搔着脑袋想，想得一脸痛苦表情。父亲不想出来是绝不往下讲的。遇到这种意外，父亲的儿女们才如同大赦。有一回父亲为了想民国三十六年轰动武汉的徐家棚码头之争的日期整整地想了一星期。一星期后仍没想起便只好用季节代替日期重新召拢他的听众。父亲说那是民国三十六年的冬天，日本人刚跑掉，粤汉铁路通了车，徐家棚码头业务大增油水肥厚，一些头佬都眼馋得发疯，相互寻衅械斗好几次都没有结果，洪帮头子王理松托人约了父亲。父亲那几日正手痒，便一口应允了。父亲为了打徐家棚码头凌晨三点就起了床，过江的时候天还漆黑，凛冽的风横吹过来刺得脸皮一阵阵发麻。父亲穿一件黑袄，搭肩往腰间一扎，显得威风凛凛。他上船前喝了至少八两酒，酒精把他的血烧得一蹿一蹿的周身痒痒，故而他对挤进骨缝的寒风感到莫名的欢喜。他望着浩渺长江，脸上像拿破仑一样毫无惧色。父亲手上拿的是扁担，父亲每次用的都是这根，深棕色油光油光的。他挥动起来得心应手，他觉得这玩意儿不比关公的青龙偃月刀逊色。父亲的同伴熊金苟坐在船舱里瑟瑟发抖。父亲指着他的腿笑得全身抽搐，然后说："老子恨不得把你这个熊包扔到江里喂鱼。"江水混浊不堪，小船咿呀地摇着一支很媚人的歌，在浅黑色的凌晨显得清丽幽婉。熊金苟总是哆嗦。不管父亲怎么辱骂他都不停止这个活动。这使得他旁边的几个人都一块儿干起这活儿来。熊金苟有个瞎眼的老母和三个细弱如草的小姑娘，第四个又把他老婆的肚子撑得老高老高了。父亲他们抵岸时天还没亮。他们捷足先登立即抢占了徐家棚的上中下码头。父亲他们全都剽悍体壮，吓得对方手足发软。当有人发现华清街的哑巴打手队之后，更是屁滚尿流地边跑边哀号爹妈何故只给了两条腿。华清街的哑巴们是鲁老十豢养的一群打手。那时说起"华清街之虎"鲁老十，人们会情不自禁地发抖。他的打手心毒手辣且从来不问为什么出手便打。不过他们也的确不会问为什么。父亲与鲁老十从无交情，哑巴中倒有一二曾崇拜过祖父。父亲他们那次自然打赢了。天亮以后他们把对方丢下的尸体绑上石头沉入江底。父亲是给一个姓张的人系的石头。父亲说他认识这个人。他们在一个码头干过活。父亲记得他曾经在父亲趔趄一下时扶了父亲一把。父亲晓得张是很老实的，但不晓得这回死在乱棒之下的怎么恰恰是他。想来想去父亲还是说这是命。父亲的腿在那一天被铁棍撕了个三角口，血流如喷。父亲对流血已经很习惯，他只用土擦了一下，第二天就去码头干活。那道伤痕至今还染着泥土的色彩留在父亲的腿上。打赢了的头佬总是在当夜便灯红酒绿地频频举杯祝捷。而那时，父亲他们却在自己的茅棚中擦洗伤口抑或为受伤的同伴寻医为死去的朋友落泪。打哆嗦的熊金苟连轻伤都没负。他把父亲搀到屋里然后笑吟吟地走了。父亲说没打死他实在是件遗憾的事，因为半个月后的又一次械斗，他被头佬定为"打死"对象。头佬们为了扛着尸体打赢官司悄悄派手下人在混乱中将熊金苟打死了。父亲亲眼看见一根铁棍砸向熊金苟的。父亲喊了他一声，结果在他迟钝地一扭头时，铁棍正砸在他天灵盖上。他连哼也没哼便"噗"地倒地，血浆流淌着把他的头变得像个新品种西瓜。

父亲那一晚喝得酩酊大醉。他揍了母亲一顿然后起誓说他再不去打码头了。不过，父亲自然是要食言的。他打架斗殴像抽了鸦片一样难得戒掉。

父亲的精力过剩。他不这么消耗便会被堵塞在体内而散发不出的精力折磨而死。

那一幕幕悲壮的往事总是能让父亲激动得手舞足蹈。他有时还大口地喝着酒然后叫喊道："儿子们，你们什么时候能像老子这样来点惊险的事呢？"

三

父亲现在落寞得有些痛苦了。而像父亲这样的人能为什么事情产生痛苦感那的确不是件很容易的事。毋容置疑的是父亲确实痛苦了。父亲还是住在老房子里，而他的儿女们却一个个飞了出去。地铺上起伏的鼾声和讨厌的骚动以及阁楼上无端的娇笑，统统被寂静所替代。房子倒显得空荡起来。过年时，每个儿女各出十块钱为他买了一个沙发。沙发靠着墙壁，父亲从来不坐它。父亲说坐了屁股疼。晴天的时候，父亲便去马路边打牌，而雨天里便靠在床上长吁短叹。父亲说："只有小八子陪我了。"父亲说这话时让我感动了好几天。后来父亲在我的覆身之土上种了些一串红。父亲对母亲说像小八子的头发。

苍凉的冬天到来的时候，父亲便闷着头默默地喝他的酒。北风吹得门板和窗哐哐地响。火车蓦然鸣一下整个房子在颤动中几乎意欲醉倒。母亲用她满是眼屎的目光凝望父亲。父亲退休之后就再也没揍过母亲，这使得母亲一下子衰老了起来。父亲和母亲之间已经没什么话好谈了，他们只是默契地生活。语言成了多余的东西。

回家次数最多的是七哥。七哥还没有成家。他总是在星期六回来。这天晚上偶尔也有其他弟兄拖儿带女地过来小坐片刻。父亲对他花团锦簇且粉团团的孙辈们毫无兴趣，父亲说人要像这么养着就会有一天变成猪。这话使父亲所有的媳妇对他恨之入骨。父亲说她们懂个屁。看我们

· 1077 ·

小七子，不就是老子的拳脚教出来的吗？要当个人物就得过些不像人的日子。

父亲每次这么说都令七哥心如刀绞。七哥不想对父亲辩白什么。他想他对父亲的感情仅仅是一个小畜生对老畜生的感情。是父亲给了他这条命。而命较之其他的一切显然重要得多。七哥总是在星期天一早就走，他厌恶这个家。他不想看父亲喝酒骂人然后"叭"地在屋中央吐一口浓绿浓绿的痰。他看不惯骨瘦如柴的母亲一见男人便作少女状，然后张嘴便说谁家的公公与媳妇如何，谁家的岳母勾引女婿。小屋里散发着永远的潮湿气，这气息总是能让七哥不由自主地打寒噤。

七哥在星期天一早出门时多半手里拿根鱼竿。有熟人路遇便说"你可真有闲情逸致啊"，七哥只是笑笑。七哥从河南棚子穿巷走街，总摆一副富态高雅的架势，以显示他并非此地土著。七哥的外貌变化之大如沧海桑田以至于人们绝不可能想象他就是十几年前常在这一带转悠着拾破烂捡菜叶的小七子。

七哥表面上很是平静。他抿着嘴一副神态自若的样子。但他的眼睛里却充填着仇恨。倘若仔细地盯着他三分钟，你就会发现他的眼珠宛若两颗炸弹随时可能起爆。而他的生命则正是为了这起爆而存在。

七哥捡破烂的时候是五岁。那是孪生的五哥六哥在一天偷吃了水果铺腐烂的苹果同时患急性痢疾送进医院时，七哥主动提出的。当时父亲正暴跳如雷。住院那一笔开销将他三个月所有的工资贴进去还远不够数。七哥蹲在门槛上看父亲吐着唾沫骂人。七哥感到喉咙痒了便轻咳了一声。父亲听见一步上前，一脚把他踢翻在门外。父亲说你再咳我掐死你。七哥说我不是咳我是想说我去捡破烂。父亲说你早就该去了。老子养了你五年，把你养得不如一条狗。

七哥对于他五岁就敢在河南棚子穿梭于小巷小道中拾破烂的胆略极

其诧异。大香姐姐的孩子五岁还每天要叼着大香姐姐的奶头而小香姐姐的孩子五岁却还不会自己蹲下撒尿。七哥记得他捡的第一件东西是一块破了角的手绢。手绢上有些黏黏糊糊的东西。七哥用舌头舔了一下，是甜的，便又舔了好多下，直到那手绢湿漉漉的。七哥相信他至死都不会忘记他蹲在墙根下虔诚地舔手绢的模样。七哥很少说话，有大人指着他的小篮子说些什么他也从来不理。七哥每天要把小篮子装到他提不动为止。他拾的破烂都堆在窗口下。那里因为埋了他的弟弟而有一块空地。七哥见过他的这个小弟弟，见过父亲亲他的小脸。那一刻七哥还摸了摸自己的脸，他不记得父亲在他这儿亲过没有。七哥对小弟弟能永远安宁地躺在那下面羡慕至极。他看见父亲把小弟弟放进一个盒子里然后又盖上了土。他很想让父亲也给他一个盒子让他老是睡在里面动也不动。然而他不敢开口。

七哥常常很饿很饿，看见别人吃东西便忍不住涎水往下巴那儿流。久而久之，下巴处流了两道白印子。那天七哥走过天桥到了火车站。又往前一点还走进了儿童商店。那里面有很多打扮得像画上一样的小娃娃。他们在买衣服和皮鞋。七哥对衣服皮鞋毫无欲望，他看见一个穿粉红衣的小姑娘在吃桃酥。她嚼得沙沙直响。七哥走到她身边，他闻到了那饼的香味，那香使七哥的胃和肠子一起扭动起来。七哥便一伸手抓住了那桃酥。小姑娘"妈呀"一叫松了手，桃酥便在七哥手上了。小姑娘的妈妈瞪着眼说了句"小要饭的"便拉走了她的女儿。七哥简直不敢相信这块小饼归他所有了。他战战兢兢咬了一口，没有任何人干涉，的确是他的。便发了疯一样吞咽下去。七哥从来没有过这样的幸福时刻，那一瞬间获得的快感几乎使他想奔跑回去告诉家里的每一个人。七哥后来就常去儿童商店。他从任何一个小孩手上抓来的东西都归他所有。他吃了许多他根本想不出来应该叫什么名字的东西。儿童商店给了七哥童年中最璀璨的岁月。

七哥七岁上了小学。这是父亲极不情愿的事。父亲自己不识字，但他觉得自己活得也很自在也很惬意。父亲说世界上总得有人不识字才行。要不那些苦力活谁去干呢？父亲说这话是针对二哥的。二哥初中毕业坚持要考高中而不肯去帮父亲拉板车。二哥说读完了中学又去扛包完全是浪费人才。二哥同父亲吵了三夜，三哥也为二哥帮忙，父亲才气哼哼地向儿子妥协。这是在父亲做人的历史上极少出现的事情。父亲说政府怎么糊里糊涂的？让人都学了文化码头还办不办？凭良心说父亲的认识还是深刻的。码头要办下去就得有人扛码头。而读过书的人都不肯干这活儿，可不就是得让一些人不读书专门充实码头吗？父亲是不会知道科学能发展到用金属做一个机器人出来的。

七哥终于在政府的要求下去上小学了。七哥对上学不感兴趣。他头一天衣衫褴褛地走进教室就听到有声音说怎么来了这么个脏狗。后来，全班人都叫他脏狗。七哥对学校和同学的厌恶便从第一天就开始了。

七哥不再捡破烂。母亲说破烂卖不了什么钱不如去黑泥湖捡点菜回来。七哥便去捡菜了。七哥每天下午都逃学。一吃过中饭他就挎上篮子往郊外走。他要走过黄浦路从黄家墩穿刘家庙然后到黑泥湖一带。这里地多人少，到处是农民的菜园。有时只走到刘家庙就能拾到很好的菜叶。夏天的时候七哥还得带上叉子。父亲说每天都得叉一串青蛙回来给他下酒。七哥喜欢叉青蛙。他在河沟边跳来跳去敏捷而迅疾地叉中一个青蛙时总是高兴得想笑出声来。七哥在家里却从来没笑过。所有认识他的人都说这孩子天生缺少笑神经。

那一天，七哥走到刘家庙附近，见农民们都坐着小凳在田里给白菜间秧，七哥便静静地蹲在了一个大嫂身后。大嫂间一把秧往自己篮子里扔去时，手边总是要漏掉几棵。这便是属于七哥的了。七哥捡了半篮之后，大嫂身后又跟了一个小姑娘。七哥厌恶地瞥瞥她。她的手比七哥利索，总是先将大嫂漏下的拾进自己的小篮子。七哥几乎为此想砍掉她的手。这时刻大嫂回了头，大嫂问你们这是何苦呢？就这几棵菜？小姑娘说不捡菜就没有吃的。七哥说我也是。大嫂说你们就不累？小姑娘说累比挨打好受多了。七哥说我也是。那大嫂便叹口气扯下许多很好的菜秧给了七哥和小姑娘，把他们的篮子装得满满的。小姑娘高兴得笑个不停。七哥没笑，但心里也高兴极了。

后来七哥认识了小姑娘。她叫够够。够够说她住三眼桥。她是老五。生下她时她父亲一看是个女孩气得大吼她母亲一声："你够没够？"她母亲慌忙回答："够，够。"两人吵了一架后，就给她起个名字叫够够。尽管有了够够，她父亲却还是没让她母亲停止生产。够够又添了两个妹妹。够够说她妈妈又要生了，这回大家都说生男孩。她家已有七仙女了。就是八仙过海也得有一个异性。

七哥常常能碰上够够，碰上够够就约她一起走，于是他们总是在铁路边碰头。够够小嘴灵得像鸟儿，七哥总怀疑她是鸟变的。够够叽叽喳喳起来没个完，七哥便安静地听着，刚开始时有些不耐烦，后来就习惯了，再后来就喜欢听她讲。七哥想要是小香姐姐也能像够够这样该多好。够够和七哥的小香姐姐一样大，都比七哥大两岁。小香姐姐却从来不理睬七哥。她要是想起七哥时就是七哥倒霉的时候到了。那天晚上父亲喝酒喝得高兴，小香姐姐连忙凑上去对父亲说七哥见到白礼泉就一面哭一面喊爸爸，还从白礼泉手上接过一块糖。父亲一听勃然大怒，他使劲地放下酒杯，吼着七哥："给老子过来！"七哥已经吓得站不起来了。他如狗一般爬到父亲脚下。父亲用大脚趾抬起他的下巴，骂道："你这个杂种。"然后一脚蹬翻了他。父亲令五哥提起七哥，将七哥推到墙壁前面壁而立。之后又指示六哥扒下七哥的裤子，用竹条抽打五十下，五哥和六哥乐呵呵地干这些。父亲赏识他们时才会让他们干这些活儿。小香姐姐坐在床沿边让大香姐姐用红药水给她染指甲。她俩尖声地笑着。七哥忍着全部的痛苦去听她们笑得如歌一般流畅。父亲又坐下喝酒了，嘴唇晒得"叭叭"地响。而母亲自始至终地低头剪着脚指甲，还从脚掌上剪下一条条的硬皮。母亲喜欢看人整狗，而七哥不是狗，所以母亲连头都没抬一下。火车轰隆隆从门外驰过。雪亮的光一闪一闪。和它们叠在一起的是竹条以及它挥舞出来的音响。这一切成为七哥脑海中永恒的场景。

铁道线不知从何而来。伸延前去，又不知指向何处。够够在哪儿呢？或许她的灵魂一直在这儿飘荡，引得七哥无法克制自己而一次次走向那里。

这日子，是七哥最美丽和善良的日子。它在无数黑浓黑浓的日子里微弱地闪烁几星绚烂的光点。

四

只要大哥在家的日子，七哥就用他迷迷蒙蒙的眼睛一眨不眨地盯着大哥。大哥不理他。大哥不编造谎言让父亲的拳脚砸得他透不来气。大哥不用最刻薄的语言诅咒他，大哥不把他当白痴当玩物当一头要死没死的癫狗。小时候七哥以为大哥是他的父亲，后来才弄清他只是大哥。大哥和父亲是两类完全不同的东西。

大哥对七哥现在这副不可一世的模样从心底生厌。时间简直是个魔术师。当年睡在父母床底下的七弟居然蜕掉了他那副可怜巴巴的外表而人模狗样地在小屋中央指手画脚。每逢大哥在家，七哥若酸溜溜地炫耀他的哲言，大哥必定会暴吼一声："小七子，你再动一下嘴皮看我割了你的舌！”

可惜大哥在家时间少极了，少极了。七哥从记事起就知道大哥从来不在家睡觉。弟兄们一天天长大，地铺上已经挤不下七条汉子了。父亲便一脚把七哥踢到了床底下，而大哥则开始成日成月成年地上夜班。

大哥总是在星光灿烂的时刻推门而出。他手里提着一个饭盒，里面有半斤米和一小碟咸菜。清早大哥回到家时，父亲和母亲都上班了，大哥便一头栽到床上呼呼地睡到太阳落山，然后起来同一家人一起吃晚饭。到星光灿烂父亲打长长的呵欠时，大哥便又推门而出，手里拎着那个饭盒。日复一日。年复一年。

大哥小学四年级没读完就进工厂了。大哥曾经留过两级。他跟二哥同了一年学之后又跟三哥同学。大哥比三哥大四岁，几乎高出三哥一个整头。班上同学都如三哥般弱小。他们管大哥叫“刘大爷”。起先大哥还乐呵呵地答应，后来三哥说那是骂他留级生大爷哩，大哥这才一听人如此叫唤便翻下虎脸。大哥打架出奇勇敢，出手迅猛有力，打在兴头上敢抢刀杀人。这是父亲最赏识他的地方。所有的同学对大哥都畏之如虎。其实大哥很少揍他的同学。他们太弱了。大哥不屑于对这种“小萝卜”——大哥的话——动手。大哥说他绝不学父亲。他不打比自己弱小的人。而父亲，打起自己的妻子和儿女像喝酒一样频繁且兴奋。

大哥是被学校开除的。那天上体育课。体育老师油头粉面的，他让大哥抬了跳箱又抬垫子。垫子是给女生翻跟斗的。大哥说他不抬。体育老师便说“刘大爷”不抬谁又会去抬呢？大哥便走上前，挥起小臂给了老师一肘，只一会儿，那白粉捏的一样的鼻子便淌出了两道红血。所有的学生都吓傻了，女生还嘤嘤地有人哭泣。大哥扫了他们一眼扬长而去。学校原本不想开除大哥，因为在场同学都证明是老师骂了大哥，大哥才动的手。晚上，那老师灰着脸跟在教导主任身后来到了河南棚子。

父亲在门口堵住了他们。教导主任说是来向大哥道歉并也希望大哥向老师道歉的。父亲一瞪眼骂了几句直指祖宗的脏话然后说："幸亏你撞在我儿子手下，他实在比老子小时候窝囊。换了我，莫说你的鼻子，叫你的牙都一颗剩不下。"父亲说完笑得洪钟一样嘹亮。教导主任和体育老师都不约而同地发起抖来。然后他们连退几步。大惶大惑的一副神态望着父亲，踉跄着远去。

大哥从此不再上学了。这是他第一天背起书包就盼望的事。大哥刚满15岁。父亲把他送进了铁厂当学徒。大哥当了锻工。父亲说干这行拿钱多而且练身体。果然没多久大哥的胳膊就粗了起来，浑身黑油油的闪着乌光。大哥20岁的时候已经像父亲那样粗壮了。他的下巴上浮出毛茸茸的胡子。大哥有时就用他这一点可怜的胡子扎七哥的脸。七哥一直等待着大哥的胡子长长。他常想如果长长了不是也可以像小香姐姐那样扎起小辫子吗？

大哥过了20岁以后，脾气就变大了。晚饭时动不动就发火。进家门总是用大脚轰然一下踢开。大哥和父亲母亲都吵过架，吵得天翻地覆的。七哥总是爬进床底一动不敢动，他不明白大哥为了什么。后来有一天，大哥同父亲打了一场恶架，那以后家里就平安了好多。

大哥和父亲打架，说起来完全是隔壁白礼泉的责任。白天里大哥是回家睡觉的。中午的饭总是母亲从她工作的打包社回来做。那时五哥六哥都刚上小学不久，而七哥还在从事拾破烂的事业。

母亲打包的手脚极利索。母亲的舌头嘴唇都仿佛是蜜做的。打包社的领导都吃她那一套，额外让母亲每天提前半个钟头回家弄饭。母亲洗菜时得去公用水管。母亲在那里经常碰得到白礼泉。白礼泉在武钢上班。三班倒的工作让人觉得他总在家里。母亲跟男人说话老使出一股子风骚劲，她扭腰肢的时候屁股也一摆一摆的像只想下蛋的母鸡。母亲的眼光很独特，从那里面射出来的光能让全世界的男人神魂颠倒。母亲在白礼泉面前从无顾忌。白礼泉的老婆漂亮苗条是他手掌上的明珠。但明珠生不出一个孩子而母亲却一气生了九个。这使得母亲常常嘲笑白礼泉而且一直要笑到他无地自容为止。无地自容的结果便是抬起头来同母亲调情。那天母亲洗完菜同白礼泉一起嘻嘻哈哈地走回屋里。白礼泉调侃着跟在母亲身后也嘻嘻地笑。白礼泉的手指细长细长跟父亲短粗短粗的手指感觉完全不一样。母亲弯下腰切菜时，她的乳房便像两只布袋一样垂了下来。白礼泉站在母亲背后将双手绕着母亲，然后细长的手指便捏揉起那两只布袋。母亲不理会他的动作，只是嘴里假骂道馋猫馋狗馋猪之类。白礼泉挨着骂手指却依然熟练而快速地运动。他的手越来越灵活，活动的地域也越来越广，母亲不由得兴奋地咯咯大笑。就在这个时候躺在床上的大哥醒了。大哥没吭气只是长长地打了一个呵欠。

母亲说："贱货！这时间了还不起？"大哥说："贱货也是你生的。全都一块儿贱也不错。"白礼泉说："哎呀，老大白天就这么睡？下午小五小六小七几个不闹翻天？"大哥说："摊上这样的爹娘，只给了这一点地方，有什么法子。"白礼泉忙说："你要不嫌弃，白天可以睡我屋里。我两口子都上班，你去睡觉还可以看个门。我那个收音机是五灯的，不放心得很哪。"大哥说："这主意倒不坏。"母亲说："那太谢谢你白叔叔了。"

白礼泉倒是言行一致。果然，大哥在白天住到他家里去了。先一段时间日子也过得相安无事。后来那天"三八"妇女节放假半天，白礼泉的老婆枝姐在家休息，于是日子便有异峰突兀而起了。枝姐在半天的休息时间里要把房间重新摆布一下，大哥便上前帮了忙。一阵折腾，大哥汗流浃背顺手脱下外衣。他露出鳖黑的臂膀，凸起的肌肉在黑皮肤下鼓胀。阳光从窗口斜射进来，落在大哥熠熠发光的肩膀上。大哥有几次都不小心碰着了枝姐，让枝姐心里颤抖了好几回。在架床的时候，枝姐的手指叫床板夹了一下，疼得她尖声叫起，眼睛里一下子涌出泪花。大哥便一步上前捉住她的手将她的手指放进嘴里。大哥用他厚软的舌在枝姐手指上舔来舔去。大哥说这是止痛的祖传秘方。枝姐全信了。这之后她就老是夹着手，每次都要大哥动用祖传秘方。

枝姐比大哥大9岁，早过三十了。可是枝姐因为没有生小孩便依旧一副粉脸含春的少女模样。枝姐珠黑睛亮，眉若新月，随意瞟人一眼，便见得柔情如水似的娇羞。这对于青春勃发的大哥自然如铁遇磁。

从那天起，枝姐老是上半天班。不是病假就是调休什么的。最先察觉的是母亲。母亲一字不识但直感却像所有杰出的女人那样灵敏。母亲对大哥说："你小心那骚狐狸，她要勾引你哩。"大哥说："就不会说我在勾引她？"母亲说："你这王八蛋小子简直和你父亲一个样。"大哥说："那女人简直跟你一样。"母亲说："怎么跟我一样？"大哥说："见男人就化了，巴不得上钩。"母亲说："你小心点，她男人别看骨瘦如柴，倒也不是个好惹的货。"大哥说："未必比我父亲还厉害一些？"母亲说："你那天看见了什么？"大哥说："什么都看见了。女人不值钱。"母亲便身体后倾着朗声大笑起来："好小子，有出息。你老娘可没让他占多少便宜。你得比白礼泉高明点才行。"大哥也笑了，说："那当然。我儿子大概已经在她肚子里了。"母亲惊喜地问："真的？"

大哥和白礼泉的女人不干不净弄得邻近的人家都晓得了。那都是母亲在外面说的。母亲逢人就夸口，说是别看白礼泉的女人一扭三摆的妖精样，可在我大小子怀里比猫还乖哩。父亲好晚才知道，只是说想不到儿子也到了偷鱼吃的年岁了。

白礼泉最后一个听说。他不敢在枝姐面前逞凶便找上门来同大哥对骂。大哥说："你再骂一句，我叫枝儿跟你离婚。她现在听我的。"白礼泉说："我离了你想要她？"大哥说："那当然。"白礼泉说："好吧。那房子是我的，我要收回。你娶她吧，让她住在你们那个猪窝里。跟你的父亲住一起，跟你的弟兄住一起。让你全家人把她从头发根到脚丫都看个一清二楚。还顺便看你俩是怎么过夜的。"白礼泉的话便是砸在大哥胸口上的石头。大哥突然脸色苍白，眼泪差点没落下来。这副熊样子不光被白礼泉看到了也被刚干完活下班回家的父亲以及看热闹的观众们看到了。白礼泉阴险地笑出了声。他嘴上继续说一些刻毒且下流的话。而大哥却默然不语。父亲上前"叭"地扇了大哥一个耳光，大骂大哥窝囊得不如一条虫。然后说："白礼泉的女人看上你这种东西那成色也就跟拉客的窑姐儿没什么两样。"大哥听完父亲的话便猛虎一样扑向父亲和父亲扭打成一团。大哥咒骂父亲，说世界上像父亲这样愚蠢低贱的人数不出几个。混了一辈子，却让儿女吃没吃穿没穿的像猪狗一样挤在这个十三平方米的小破屋里。这样的父亲居然还有脸面在儿女面前有滋有味地活着。

这场架打得灰尘四起，旁观者皆避之不及。父亲的脸被大哥拳头打得青肿满是，而大哥的门牙叫父亲打脱了，手臂也被父亲用刀砍了一道深口，缝了14针。

第二日白礼泉没去上班，中午乐滋滋地到家里来对大哥说上午他陪枝姐一起去了医院，只一会儿，就把她肚子里的胎儿打掉了。白礼泉说他虽然想要个小孩，但也不能养着个野种。大哥怒目圆睁暴吼了一声："给老子滚！"

从此大哥再也没理睬枝姐，每当两人路遇，枝姐忧戚戚地频频顾盼大哥，大哥则抱拳当胸，傲然而去。

到大哥同大嫂结婚已是十年以后的事了。十年间，他除了自己家里的女人外，对全世界的女人都摆出一副不屑一顾的架势。母亲曾打算给他说门亲。大哥说："你只要带她进这个家门我就杀了她。"

这十年中的第九年里，枝姐上班时被卡车压断大腿，流血而尽死去。在场的人都听见她一直叫着"大根"的名字。人们以为那是她丈夫。而实际上，"大根"是大哥的名字。

五

七哥最痛恨他的姐姐大香和小香。七哥从记事起就没同她们说过话。七哥记得他很小很小的时候尿湿了裤子，姐姐大香便用指甲拼命地掐他的屁股。大香为了学有钱人家的女孩，总是把指甲留得尖尖的。而小香更毒。只要她在家里，她就不许七哥站起来走路。小香说七哥是狗投生的，必须爬行。七哥忍气吞声，从不敢违抗。晚上吃饭时，小香则多半会指着七哥的黑膝盖告诉父亲说七哥故意学狗爬不学人走。小香长得像父亲又像母亲。小香伶牙俐齿活泼爱笑却心狠手辣。父亲宠爱她，每次为了让她高兴不惜惩治七哥。小香比七哥大两岁，出生在双胞胎五哥和六哥之后，在家排行也算老八了，故而娇得鼻眼不正。七哥在父亲的拳脚下奄奄一息，而小香则捂着嘴"吃吃"笑个不停，还把七哥麻木地忍受的姿态学给大香看。小香干这样的事一直干到七哥下乡那天。

在大哥同父亲打架之后，家里能给七哥一点温暖的就是二哥了。很久很久，七哥对二哥都没什么印象。二哥总是和三哥一起进出。七哥在他眼里似乎有又似乎无。七哥不记得二哥同他说过话没，直到那件事发生之前。

那是一个夏天，七哥被父亲揍过之后便爬回到大床底下。他只有到这个黑洞洞的充满他熟悉的潮湿气的地方才感到几分安全。七哥那天浑身火辣辣地疼。他趴在那里一动也不想动。伤疼和闷热闷热的天气几乎让他觉得自己快要死了。他这样趴了一天一夜。屋外每过一列火车都仿佛从他身上碾过。轰隆隆的声音使劲地撞击着他的脑袋，撞得似乎就要爆炸，他想爬出来，可一动弹大腿内侧便如刀剐割一样。七哥想干脆让我死吧，便"呵"了一声死了过去。

等他醒来之时，七哥感到自己被人抱着。他的腿依然如刀剐割。他睁开眼睛见到一个陌生的脸庞，恍惚之中听到滴水之声。水滴了很长时间，七哥才渐渐看清那陌生的脸庞原来是二哥。二哥用毛巾擦着他的身体。七哥温顺地倚在二哥怀中一动不动。他第一次感到生命的安全，第一次认识到人体的温暖。晚上直到父亲回来的时候二哥仍小心地抱着七哥。"怎么搞得像个小少爷？"父亲说。

二哥将七哥放在床上，撩开盖在他腿上的布，对父亲说："他还是条命。你也不要太狠了。他的腿伤口烂了，长了蛆。你要想让他活，就不能让他再睡床底下。里面又湿又闷，什么虫都有。"父亲看了看七哥，冷冷地说："他是老子养出来的，用不着你来教训。"二哥说："正因为他是你的儿子也是我的弟弟，我才要求你好好爱护他。"父亲顺手重重地给了二哥一耳光。父亲说："让你读点书你就邪了，在老子面前咬文嚼字。你给我滚。"

二哥愤怒地盯了父亲一眼，一跺脚出去了。七哥自然又回到了床底下，把他的小棉絮弄成弯的，他想象那是二哥的手臂，他躺在那手臂里宛如在二哥的怀中。

以后，二哥便格外地关照七哥了。每天吃饭时，二哥都有意坐在七哥旁边。二哥一筷子一筷子为七哥夹菜。而在此之前，七哥几乎全靠吃白饭填肚子，尽管家里的菜几乎全都是他捡来的。

那年冬天，七哥差不多满12岁了。母亲说原先小五小六到这时候总能挖一些藕回来，小七子倒好，只会捡些烂菜叶。二哥说何必哩，捡什么吃什么好了。小香立刻叫道妈妈我要吃藕。七哥便用极干瘪的声音说我明天就去挖藕。

第二天刮风，寒飕飕的。七哥一出家门就被风吹斜了身子。他斜斜地行走，小竹篮里还搁了一条麻袋。他一路走一路在算计哪一块藕塘比较好。风把七哥的脸吹得红通通的。左脸颊上的冻疮又鼓胀了起来。七哥并不觉得这日子有什么特殊的苦，他已经习惯这样的生活了。万一哪一天让他安安逸逸地享受一天，他倒是会惊恐不安地以为出了什么大事。七哥在铁路边碰上了够够。够够当时正迎着风尖起嗓门唱歌。那歌子的词是七哥一辈子忘不了的。"美丽的哈瓦那，那里有我的家，明媚的阳光照进屋，门前开红花。"够够总是唱这支歌，一遍又一遍地对七哥说如果有一个新家在哈瓦那，门口种满了鲜艳的花朵那该多好哇。讲得他俩都极羡慕哈瓦那了。

藕塘里的水已经抽干了。大人们已经仔细地挖过一遍。七哥绕着藕塘四周看了看，然后迅疾地扒下棉衣棉裤，等不及够够冲上来劝阻，他便下到了塘里。泥浆一下子淹到了他的胸部。七哥太矮小了。他的脸上现出恐惧状，吓得够够惊呼大叫快来人救命呀。几个路过的中学生把七哥扯了出来，然后把他送进一个牛棚里。牛棚里有一个独眼的老头。他给七哥倒了一杯滚烫的开水。七哥浑身筛糠一般颤抖。够够像大人一样用生气的口吻令七哥脱下泥浆浸透的衣裤。七哥穿着空心棉衣棉裤，和独眼老头一起蜷在屋角的稻草堆中。七哥看着够够拿着脏衣服往湖边走去。在风中她像一只奇怪的大虾，弓着背越走越远。够够为他洗净泥浆，然后在牛棚中的火盆前为他烘烤。她的脸焕发出一层奇特的红光，眼珠嵌在红光之中宛若两块宝石。七哥呆呆地看着她。外面的风刮得干枝干叶噼噼啪啪地响。时而几声呼啸在长天中一划而过。七哥突然感到眼睛潮湿了。他觉得这时刻如若能痛哭一场该是多么愉快。够够无意思地瞟了七哥一眼，七哥便立即装作一副平常的神态。七哥从来不曾把他的心向任何人袒露过。七哥从不愿意让别人能猜测出他心里正想些什么。

天全黑了，够够才将七哥的衣裤烘干。七哥穿上后说了句很舒服。但他心里知道，今天又难逃过一顿毒打了。出门时，独眼老人叹着气从屋里拿出两节藕，分给七哥和够够。

七哥一路无言。分手时，够够将那一节藕也给了七哥说我家里不爱吃藕。七哥默默地接过放入麻袋。够够说你这个人怎么总是有心事的样子。七哥憋了半天终于说明天再告诉你。

七哥刚跨入家门，小香便叫："爸、妈，野种回来了。"母亲冲上来揪住七哥的耳朵吼道："你还晓得回家？你玩得好快活，害得你二哥一晚上去黑泥湖了。"七哥未缓过劲来，迎面又挨了一嘴巴，这是父亲扇过来的。父亲说："你怎么不死？回家干什么？铁路又没有栏杆。为你这个小臭虫全家人都睡不成觉。你以为我们都像你这样舒服？"父亲骂了又打。七哥不语。他挨打从来都不语。他以往常想着长大了他将首先揍父亲还是首先揍母亲这个问题。而这回，他一直在回忆牛棚中红红的火光中够够的脸庞和眼睛。他的表情竟出奇地平静，这使得父亲极为恼怒。小香说："爸，你看他还在笑。"父亲立即一脚踢向七哥的小腿，七哥轰然摔倒在地。红光在他的眼前烧成一片红云，腾腾地升起。所有的一切：人、物及声音，都在这红云中弥漫和溶化。七哥真的不禁咧嘴笑了一笑。

七哥的腿红肿得无法迈步。他一步也不能行走。几乎在床底下躺了三天。他视线里的红云依然飘浮和升腾，七哥这三天过得安静极了。二哥几次唤他出来要带他去医院，七哥都没答应。七哥说我是在休息哩。

第四天父亲说我家里的儿子命贱，没有人生病躺好几天这事。母亲弯下腰对着床下叫："你还弄得像个阔少爷哩，你再不去捡菜就休想吃一颗米。"

父亲和母亲上班之后，七哥爬了出来，他摇晃着走出门。他走到那次同够够碰面的那一段铁路上。他坐在铁轨上一边等，一边想把什么都对够够说。等了好久好久，够够没来，七哥只好自己独自捡菜去了。

回来的路上，七哥又遇到牛棚。他想见见那独眼老人，想再去那稻草堆中蜷缩着看奇特的红光。七哥进去时，老人愣了一愣，然后问："跟你一起的小姑娘呢？"七哥说："她没来。我等了她好半天。"老人说："前两天你们都一起回去的？"七哥说："前两天我病了没出来。"老人说："前天下午，一个女孩被火车碾了，不晓得是不是她。"七哥立即呆了。世界上所有的女孩都死掉也不能死够够。七哥拼了全身力气疯狂地向铁路边奔跑。他一声声呼唤"够够"的声音像野地里饿狼凄厉的嚎叫。

那出事的地方已经看不出有什么血迹了。只有在路坡底下，七哥看到一节竹篮上的提把，提把上拴着一根白纱布做的小绳子。这是够够编的，是很久前的一天七哥亲眼看见她编的。

够够永远消失了。七哥为此大病一场，几乎一星期昏迷不醒。这场病耗去了家里很多钱。父亲答应给大香和小香一人买一条围巾的钱；答应给五哥六哥一人买一双凉鞋的钱；答应为母亲买一双尼龙袜子的钱以及大哥存了多年打算买手表的钱全部被七哥这场病消耗一空。所有人都沉下脸不理睬七哥。连大哥都阴郁着面孔一句话不说。

此后七哥每天还是沿着他和够够的路线去捡菜。他每天都在够够死去的地方默默地坐十几分钟。他坐在这里用心向够够诉说他的一切。

八年的捡菜史给至今28岁的七哥留下了深深的印记。他曾尽情地怀念过够够和享受过完全归他所有的孤独。七哥大学毕业回来的第二天便不知不觉去了一趟黑泥湖。那里变化惊人。昔日的菜地上几乎全部覆盖着高低不等的房子。他已经无法辨认哪条路通向哪里了。只有一个地方无论发生什么变化，七哥也能一眼认出。七哥喜欢独自地坐在那里。七哥想够够该有三十了。说不定够够能成为他的妻子。尽管够够比他大两岁，可这又算得了什么呢？只要是够够，就是大十岁大一百岁七哥也不在乎。然而够够永远只能是14岁。

铁轨纠缠一起又分离开来，蜿蜒着扭曲着延伸向远方。七哥不知道它从何处而来又将指向何处。七哥常想他自己便是这铁轨般的命运。

六

当七哥觉得家里唯一能同他对话的人只有二哥时，二哥却已经死了。七哥想起二哥的死因，心底里总是升出一股冰凉的怜惜之感。

父亲却对二哥的死愤愤然至极。每逢二哥忌日父亲便大骂二哥是世界上最没出息的男人，混蛋一个，却装得像个情种。然后接下去必然骂这都是读书读木了脑袋。父亲骂二哥时若遇三哥在场二人便有一场恶战。

三哥和二哥关系好得让人难以思议。三哥是个粗鲁得像父亲一般不打人就难受的人，而二哥却文质彬彬的不像是父亲的儿子。二哥只比三哥大一岁。他俩共睡一个枕头几乎直到二哥死去的前夜。二哥是个极细瘦的人，个子高得不那么顺眼。父亲对二哥这副骨架非常之不满，常愤愤然说这哪里像我哪里像我？然后捶着三哥的胸脯说真货是这样的是这样的。母亲为此跟父亲怄过好多回气。母亲疼爱二哥超过她另外六男二女，这原因是二哥救过母亲一条性命。那时二哥才三岁，摇摇晃晃地刚学会小跑步。一天母亲牵着二哥去买盐。行至路口遇见父亲搬运站的几个朋友。母亲便挑逗着同他们打情骂俏。搬运工男女相遇常有骇人之举，这便是扒下对方裤子或伸手到对方裤裆。虽是下流无比却也公开无遗。母亲撇下二哥同他们疯打到一辆货车旁，笑得长一声短一声接不上气。突然二哥颠颠地小跑到母亲身边，极怪异地大叫："妈妈，我要撒尿！"那正是初冬时分，二哥若湿了裤子便没有了穿的。于是母亲立即抱着二哥往背风处跑。母亲刚一跑开，货车上的绳子便断了。货箱垮下来砸死了那群男人中的三个，其中之一刚喊完母亲的绰号还没来得及说完下面的话便脑浆四溅。母亲听得身后巨响如爆几乎魂飞魄散。她抱起二哥放肆地号啕大哭起来。二哥这时说："妈妈，要回家。不尿尿了。"事后母亲想起二哥是临出门时才撒的尿，按正常情况那时他不应该叫撒尿的。而且那声音的怪异使母亲在回忆时还感到几丝丝毛骨悚然。父亲说看来是有些莫名其妙。

二哥是一个言语极少的人。他的眼睛凹入脸庞显得阴郁而深沉。倘若不是他的鼻梁挺拔且嘴角的线条很好看的话，他那双眼睛就令人不堪入目了。恰恰上帝给了他相应那对眼睛的鼻子和嘴，这使得他显示出一种很独特的漂亮。邻人常夸双胞胎五哥和六哥算得上河南棚子最英俊的小伙子，而七哥，还有我都认为：五哥六哥同二哥相比还差一个等级。五哥六哥一肚子浅俗的人生哲学和空洞洞的眼睛使他们脸庞上那漂亮的组合毫无生气。

二哥用眼神就能治服父亲用拳头都难以治服的三哥，对这一点父亲始终感到是一种耻辱。尽管耻辱，他却不能不接受这一事实。二哥和三哥结成的是钢铁同盟。这使得父亲想揍他们中的一个时不能不踌躇再三。为此二哥和三哥挨打次数极少。五哥六哥先是嫉妒后来则是献媚，意欲加入二哥三哥的联盟。二哥不置可否而三哥却严词拒绝了。三哥说不能让小七子一个人挨打，你俩得分担一些。三哥是家中的"二霸王"，这绰号是大香姐姐起的。"大霸王"自然是指父亲。三哥比大香姐姐大两岁。在一次争吵中大香姐姐脱口叫出"二霸王"三个字。三哥听了很得意，竟不再与大香姐姐吵闹且俨然是她的一个什么保护人。三哥在相当长一段时间充当河南棚子小年轻的"拐子哥"，名气一直蔓延到球场街及西马路一带。所有知道他的人都尽可能不去惹他。三哥手下有一帮小喽啰。他们在百姓面前虎狼般凶煞恶极蛮不讲理，但在三哥面前却低三下四如同猪狗。他们都知道三哥的厉害。三哥曾跟一个走江湖卖狗皮膏药的师傅学过几年武艺。那师傅是父亲早年拜把子的兄弟，对三哥的教导极为尽心。三哥一巴掌砍下能使块砖同时断裂是河南棚子的小哥们儿亲眼所见。三哥赤手空拳能使十个像他一样粗壮的小伙子在进攻他时全都仰翻在地。三哥威武有力鲁莽无比却能屈服于二哥的眼神。三哥跟二哥好得像一个人。而二哥却是同三哥全然不同的人。

其实若不是一件偶然的事改变了二哥的命运，二哥是不会同家里人有什么质的变化的。那件事的出现使二哥步入一条与家里所有人全然不同的轨道。二哥愉快地在这轨道上一滴一滴地流尽鲜血而后死去。

那一瞬间发生的事还是在七哥刚出生的年月。二哥和三哥每天都去铁路外抑或货场偷煤。家里的煤从来都是这样弄来的。偷窃者对于这么干是否合法不予考虑。家里要煤烧而家里又无钱买煤，无条件地向外界索取便成了自然而然的事。二哥和三哥从多大开始干这活儿已经记不清了，只知道初始只是拾煤渣而已，而后是三哥进行了改革才发展成为后一阶段的用麻袋偷。冬天里，煤块烧得噼噼啪啪响时，父亲便放口称赞三哥聪明能干，是块好料。

那天火车经黄浦路道口时放慢了速度。三哥一挥手便扒了上去。二哥略一迟疑，也上去了。火车轰隆隆地向前开着。他俩在车上将煤装了满满一麻袋。快进煤厂时，三哥将麻袋往下一扔，然后自己飘然而下。二哥又迟疑了一下。待他小心翼翼跳下来时，却没能见到三哥的影子。二哥沿铁路往回走。当他走到一个池塘附近忽听见一个女孩惊恐万状的声音："救命呀！""哥哥，你可别死呀！"二哥便朝那声音奔了去。我知道，就是这个惊恐的颤抖的声音改变了二哥整个的人生，使他本该活80岁的生命在30岁时戛然中断，把剩余的50年变成蒙蒙的烟云，从情人的眼前飘拂而去，无声无息。

池塘里一双手挣扎的姿势像一个优秀的舞蹈演员在用空间线条感召他的观众们。二哥连鞋也没脱便跳了下去。二哥的游泳技术是没话说的，从河南棚子翻过天桥到长江边至多只要半个钟头甚至更少。夏天里的中午和黄昏，二哥三哥以及许多他们这样的人常去那里玩水。他们游到对岸然后再游回来简直像吃完饭用手抹抹嘴一样容易。尽管每年都有一两个伙伴沉入江底而成为长江的儿子，但这种悲剧一点也没影响他们畅游长江的情绪和兴致。二哥在同伴之中不是游得最好但也不差。这个小池塘对他来说便有澡盆之嫌了。二哥只几下就扑到了溺水者身边。那家伙性急而死死地勒住了二哥的脖子。二哥便只好凶狠地给了他一拳然后托着他的头从容地游到岸边。那家伙的肚子隆得圆圆像个孕妇。二哥拍了拍便一屁股坐在上面一松一压。女孩子尖叫道你不要弄死他你不要弄死他，然后去撕扯二哥衣服，二哥只好又给了她一巴掌。那一下委实重了一点，女孩苍白的脸上顿时起了五条红杠。女孩"哇"地大哭掉头跑了，这动作使二哥呆愣了好一会儿。

女孩再来时身后跟了两个张皇失措的大人。女孩说这是她的父母。他们的儿子此刻已经苏醒了，只是疲惫不堪地躺在地上不想动弹。他见到父母的第一句话是："没有他我就完了。"然后将目光移向二哥。那眼光中的感激、钦佩、真诚、温情一下子竟使二哥的心好一阵颤栗。二哥从来没见过这样的眼光。

二哥以恩人的姿态出现在这个家庭里自然成为了最受欢迎的人。溺水的男孩跟二哥一样大,叫杨朦。他的妹妹小三岁,叫杨朗。他们的父亲是市里一所大医院的著名医生,而他们的母亲则是中学里的语文教员。为此他们的家庭显得极洁净且极雅致。他们住在天津路英租界的一幢红楼房里。他们有七间房子,整整占据了一层楼。仅保姆许姨住的房间都比二哥家的屋子大两个平方米。他们一家四口人住四间屋子还剩下一间客厅和一间贮藏室。杨朦说这房子是他的外祖父留下来的。他祖父的一幢房子更漂亮,前面还有花园。但他父亲老早就把它贡献给国家了。

说实话,这个家庭对二哥来说仿佛是外星来客。二哥是河南棚子长大的。他几乎都认定夫妻打架,父子斗殴,兄妹吵闹是每个家庭中最正常的现象。只有这些纠纷,才使家像个家,使自家人像自家人。否则跟公共场所有什么区别?而杨家却全然另一种活法。一家人这般的相亲相爱,这般的民主平等,这般的文质彬彬,这般的温情脉脉。二哥初次进杨家门时差不多不知道手如何动作脚如何迈步,两三个月后才稍稍适应过来。二哥完全被杨家的气氛所陶醉了。他觉得只有到了这儿他的心才感觉到它是为一个真正的人在跳动。他不知不觉地三天两头闯进杨家。

杨朦准备考到男一中去读高中。他是学校的尖子,胜利在握。而就学于民办中学的二哥学习成绩却平平淡淡。杨朦对自己的恩人极诚恳热情,谈话亦十分投机。于是二人结为莫逆之交。二哥渐渐地学会了喝咖啡。开始他以为那深褐色的水是中药,是杨大夫给他消毒的。后来才明白那玩意儿叫咖啡,上等人都爱喝它。二哥在杨家品尝到许多他从未吃过或见过的东西。有一天喝银耳汤,杨朗牙疼不喝多出一碗。杨朦硬叫二哥喝了。结果二哥一夜浑身燥得无法入睡。半夜里还怀疑汤里是不是放了什么怪药。问杨朦时，叫杨朦哈哈大笑了一阵。

二哥也打算考到男一中去。杨朦帮他补习了几天功课说凭二哥的智力今后考清华问题不大。这使得二哥的生活中陡然树起了一个目标。

晚上，做完功课，语文老师常常拿出一本书来，轻言慢语地朗读给大家听。她的声音极柔美。缓缓的，像是从天上飘下来的。与二哥幻觉中神仙的声音完全一样。二哥常想母亲若也能这样那该是多么好呵。母亲说话仿佛有只手在她喉管里拼命地撑大她的声音。母亲唾沫横飞常使她旁边的人不得不时时用衣袖抹抹脸。母亲从来不读书，但母亲绝顶聪明。母亲会从许多语言中挑出最俏皮最刻毒且下流得让人发笑的话来骂人，令对方哭笑不得左右不是。而语文老师和她的儿女连最一般的粗话都不曾讲过。有一回二哥讲家里的玻璃窗被人砸了的事时不留意带出一句"他妈的"，立即让一屋人都皱上了眉头。杨朗还捂着耳朵说："难听死了，像小流氓一样。"二哥当即脸红得像抹了彩，好半天抬不起头来。没人再说他什么，自此他在杨家不敢吐一个脏字。二哥听语文老师读过高尔基的《海燕》，朱自清的《荷塘月色》以及但丁的《神曲》。一个星期六，月亮很好。月光穿透窗外的树影把屋里映得斑驳一片。杨朗让大家都坐在这碎月零光之下，然后把留声机上足发条。音乐轻缓地升起时，杨朗着一身白裙，赤着脚飘然上前，对着月光低吟：

我看见，那欢乐的岁月、哀伤的岁月——我自己的年华，把一片片黑影连接着掠过我的身。紧接着，我就觉察（我哭了）我背后正有个神秘的黑影在移动，而且一把揪住了我的发，往后拉，还有一声吆喝（我只是在挣扎）："这回是谁逮住你？猜！""死。"我答话。听那，那银铃似的回音："不是死，是爱！"

她最后一句爆发出热烈的欢笑，然后房间里的灯大亮。所有人都被她美丽的表演所感染，杨朦跳了起来，大叫："朗朗太了不起了！"

二哥被月光下飘动的那条白色之影震惊了。那一句一句的诗将他的心一层一层缠绕得紧紧。最外一层显赫地裸露着"不是死，是爱"五个字。在热烈的掌声鼓完后的那一刹那，二哥从心底涌出无限无限的忧伤。这忧伤之泉直到他死都不曾停止过喷涌。二哥咽气的最后一瞬还说的是"不是死，是爱"。然后才垂下他的头。他的眼睛是杨朦去关上的。那两口深奥的洞穴中装着没有人能够理解的忧伤。

二哥开始发奋。借着复习功课的名义，他三天两头到杨家去。他只要一进这家的大门，骚动的心立即变得安宁而平和。

二哥这么做使得三哥颇为不满。三哥不想读书，也觉得二哥犯不着读。三哥说父亲没文化不也活得挺快活？二哥说可他的儿女们活得并不快活。三哥说我觉得还蛮好嘛。二哥说我觉得像狗一样，特别是小七子，连狗都不如。二哥说这话时，七哥正一脸污垢地坐在门口，把鼻涕往嘴里抹，嘴还喷喷地咂响。

三哥对杨家有一种天生的厌恶。尤其对杨朗。他说这女孩子完全是妖精投胎。他说头一回时二哥只是瞪了他一眼。说第二回时，是二哥在路上碰到杨朗之后。那天是二哥和三哥在去偷煤的路上遇到杨朗和杨朦的。杨朦见二哥和三哥手里拿着麻袋便问你们去哪里。二哥支吾说去弄些煤。二哥回避了偷字也回避了捡字。杨朦说需要我帮忙吗？杨朦话音刚落，杨朗就拽着他的衣服说："那怎么行？脏死了，脏死了。"三哥这时板着脸对二哥说："我一个人先走。"二哥忙对杨氏兄妹说了声："我走了。"便同三哥匆匆而去。三哥脱口骂了句"臭妖精"。二哥立即站定，眼睛里喷着火，他咬牙切齿说："你这是第二次骂了，如果我再听到第三次，我跟你的兄弟关系从此了结。"三哥莫名其妙，委屈得

· 1099 ·

很。只得嘴上连连喊叫几句："我怎么啦？我怎么啦？"

过了好多天，杨朗说"脏死了"的话被她母亲——语文老师知道了。语文老师要杨朗向二哥赔礼道歉。杨朗说"请原谅"时倒是大大方方而二哥却"唰"的一下红了脸。二哥嗫嚅着向语文老师说他和弟弟实际是去偷煤的。语文老师没说什么只是长叹了一口气。那叹声显得那般沉重以致二哥的心被压迫得一阵阵发疼。那一晚复习功课老是走神。临走前，语文老师第一次把二哥送上了马路。月光铺在沥青路上泛起一片白色。语文老师说："我知道你家里很困难，但人穷要穷得有骨气。这一点你应该理解。"二哥使劲地点了点头。

二哥错就错在他不该把语文教师的话原版说给父亲听。父亲气得当即把手里的酒瓶朝地上一砸，怒吼道："什么叫没有骨气？叫她来过过我们这种日子，她就明白骨气这东西值多少钱了。"二哥吓得不敢吭气。父亲说："你小子再敢去什么羊家猪家的，老子定砍了你的腿。"母亲也说："哼，他们那种人不就是靠我们工人养活的吗？他们是吸我们的血才肥起来的。"二哥说："他们家是医生，又不是资本家。"母亲说："你若替他们讲话，就跟他们姓杨好了。"父亲说："小子，什么叫骨气让我来告诉你。骨气就是不要跟有钱人打交道，让他们觉得你是流着口水羡慕他们过日子。"

二哥叫父亲说得一脸羞愧。他觉得自己的确有点像流着口水的角色。二哥果然一连几天没去杨家。他很难受，心口像坠着许多石头沉甸甸地在胸膛内摆来摆去。第七天，二哥和三哥背着煤回来时，遇到了杨朗。杨朗迎上前，说："你怎么不来了呢？"二哥张了张嘴，答不出。杨朗说："你恨我是不是？我不是已经承认错误了吗？"二哥凝神望了她几秒才偏过头低沉地回了一句："我不配去。"杨朗随二哥进了屋，她第一次看清了这是一个什么样的家。杨朗说："你晚上还去吧，要不哥哥又要责怪我了。"二哥说："你告诉杨朦，我家里有事，这几天不能来。"杨朗说："好吧。"她退出去的时候，手不小心碰着了正往屋里走的七哥。她尖叫一声，迅速跳到门外，然后掏出小手绢一边走一边使劲地擦。直到她人影消失前的最后一个动作还是在擦手。

二哥最终还是没去杨家。他也没能考上一中。但这实在不能怪他没努力。好长一段时间他总是在路灯下复习功课，而临考前的一个星期，天一直下着雨。这使他根本找不到一块读书的地方。只得在家里窝在众弟兄中，一遍又一遍地听父亲讲他当年的故事。八点钟和全家人一起睡觉。

二哥被录取到八中。这在我们家已经是第一个了。如果不是七哥在极偶然的情况下去上了大学，那么，二哥这个高中生就算是家里学历最高的人了。杨朦自然上了一中。这也是二哥早料到的。假期中，杨朦曾经到家里玩过几次。他和二哥坐在门口看着一辆辆火车从眼边掠过，两人谈了很多很多。开学之后，渐渐二哥与杨家日益淡泊以致完全没有了往来。

二哥是一个出色的学生。他的派头和说话的口气同家里人越来越不一样了。他对父亲说他要上大学，他想当一个建筑师。他要让父亲和母亲住进他亲手设计的世界上最美丽的房子里。他说这些话时，深奥的眼睛里放射的光芒能照进所有人的心。父亲和母亲像被电击了一般呆望了他好一会儿。屋外一阵汽笛长鸣，小屋在火车的轰隆中摇摆时，父亲才一下子醒悟。父亲一反常态像一个小孩子一样狂喜叫道："我儿子有出息。像我的种。"然后把二哥横看竖看拍拍打了好半天。那一天全家人都兴奋至极，只有七哥一如往日小狗般爬进床底睡得死沉。

二哥上大学当建筑师的梦自然和许多许多人的梦一样，叫一场"文化大革命"冲得粉碎。二哥尽管可以干红卫兵司令，但他仍然感到心灰无比。他没参加任何一派，他被父亲指示回来干活。他有一排半截子大的弟妹，他得为生活劳碌。父亲给二哥弄了一辆板车，二哥每天到黄浦路货场往江边拖货，他能挣不少钱。冬天的时候，他让他的弟妹们都穿上了线袜子。

一天晚上，家里人全都睡下了。家里人总是睡得很早，因为明天要干活也因为不睡下小屋里便拥挤不堪嘈杂不堪。在屋里的鼾声此起彼伏时，突然门被敲得轰响。所有人都在同一刻被惊醒。这似乎是记忆中未曾有过的事情。父亲首先喊骂起来："魂掉了？哪有这样个敲法？"不料答话的竟是杨朦。二哥从地铺上一跃而起，他显然有些紧张，仿佛预料到了什么。二哥开了门，他看见杨朦的右手紧紧揽着杨朗而杨朗全身哆嗦着两眼红肿。二哥急问："出了什么事？"杨朦脸色很冷峻，说话时却很悲哀。他说他们的父母下午双双出去，到现在尚未回来。他们兄妹等到晚上觉得奇怪，便到父亲卧室里看看有没有什么纸条。结果发现父母联名给杨朦的信。信上要杨朦对家里所有发生的事都不要太吃惊。他唯一的责任就是照顾好妹妹。然后在最后一行写下"别了，亲爱的孩子们"几个字。杨朦的话还没说完，屋里的父亲立即吼了起来："蠢猪，还慢慢说什么？他们去找阎王爷了。还不快去找。"杨朦说："朗朗已经受不了了，许姨上个月就被赶回了老家。我想请你照顾她一下。"二哥说："我去替你找，你照顾朗朗。"杨朦说："那怎么行？"此刻父亲已经下了床。他用脚踢着正趴在地铺上听杨朦说话的三哥四哥五哥六哥，嘴上说："起来起来，今晚都去找人。"父亲转身对杨朦说："让二小子陪姑娘，这几个小子都派给你，你尽管指使他们。"杨朦说："伯伯我该怎么感谢您呢？"父亲说："少说几句废话就行了。"

二哥几乎是将杨朗背回去的。她软弱得无法走路，嘴上喃喃地说些二哥完全听不清楚的话。二哥三天三夜没有合眼。杨朗到家之后便发起了高烧。她的眼泪已经哭干了。脸烧得通红通红，嘴唇上的燎泡使她的模样完全变了。二哥为她请医生为她煮稀饭喂药然后小心地趴在她床边哀声求她一定要坚强些。

第四天杨朦精疲力竭回来说父母找到了。他俩双双跳了长江。他母亲结婚时的一条白纱绸将他们的腰紧紧扎在一起。尸体在阳逻打捞出时已经肿胀得变了形。杨朦说完这些，双腿一软跪在地上痛苦地呕吐起来。他几天没吃什么，呕出一些黄水。脖子上的青筋扭动和鼓胀得令二哥无法直视。如果不是二哥急中生智，突然伏在他耳边说："千万别这样，朗朗见了，就完了。"杨朦恐怕也挺不住了。朗朗正在屋里昏睡，一切情况都尽可能瞒着她。

一个星期后，丧事在二哥三哥及诸兄弟共同帮助努力下，算是比较顺利地办完了。医生和语文老师的骨灰合放入一口小小的白坛之中。父亲帮忙在扁担山寻了一块墓地，于是他们便长眠在那座寂寥的山头。二哥站在坟边，望着满山青枝绿叶黑坟白碑，心里陡生凄惶苍凉之感。生似蝼蚁，死如尘埃。这是包括他在内的多少生灵的写照呢？一个活人和一个死者之间又有多大的差距呢？死者有没有可能在他们的世界里说他们本是活着的而世间芸芸众生则是死的呢？死，是不是进入了生命的更高一个层次呢？二哥产生一种他原先从未产生过的痛苦。这便是对生命的困惑和迷茫而导致的无法解脱的痛苦。这痛苦后来之所以没能长时间困扰他并致使他消沉于这种困扰之中，只是因为他几乎在产生这痛苦的同时也产生了爱情。爱情的强烈和炽热溶化了他的生命。在爱情的天空之下，他活得那么坚强自如和坦然。直到一个阴天里爱情突然之间幻化为一阵烟云随风散去，他的生命又重新凝固起来。他的为生命而涌出的痛苦才又顽固地拍击着他的心。他想起扁担山上那幅青枝绿叶黑坟白碑的图景，也蓦然记忆起自己关于生命进入高一层次的思考。那个夜晚他便用刮胡子刀片割断了手腕上的血管。他将手臂垂下床沿，让血潺潺地流入泥土之中。同他挤在一床的三哥到清晨起床时才发现他已命若游丝了。闻讯而来的杨朦杨朗惊骇地看着一地的血水。杨朗失声叫道："为什么非得去死呢？"二哥那一刻睁开了眼睛，清晰地说了一句："不是死，是爱！"然后头向一边歪去。

这是1975年在江汉平原东荆河北岸发生的事。迄今业已十个年头了。

七

七哥现在想起来当年他听到二哥的死讯之时完全像听到一个陌生人之死一样，表情很淡泊，尽管二哥曾有一段时间待他相当不错。七哥那时下乡也有一年了。他在大洪山中一座被树围得密密实实的小山村里。他一直没有回去。大哥歪歪倒倒的几个字告诉他二哥已死这个消息。这是他收到家中的唯一的一封信。他没有回信。

七哥下乡那天家里很平静。他一个人悄悄走的。走到巷口时，遇到小香姐姐同一个黑胡子男人。小香姐姐正同那男人搂搂抱抱地迎面而来。这是小香姐姐的第几个男人七哥已经搞不清了。只是不久前听母亲对父亲说小香姐姐要嫁给这个男人。一来她可以不下乡了，二来她已经有了他的孩子。小香姐姐已经不能再打胎了，要不她以后就根本不能生育。这是医生对陪小香姐姐去检查的母亲说的。小香的风骚劲同当年的母亲一模一样。唯一不同的是小香的男人换了许多而母亲的男人却只有父亲一个。七哥见到小香姐姐时忙谦卑地站到路边，让她嬉笑着过去然后自己再踽踽而行。小香姐姐仿佛根本没见到七哥一样，连瞟都没瞟他一眼。七哥最仇恨家里的三个女性，尤其以小香姐姐为最。七哥曾发过一个毒誓：若有报复机会，他将当着父亲的面将他的母亲和他的两个姐姐全部强奸一次。七哥起这个誓时是15岁。原因是那一天他在床底下睡觉时五哥六哥带了一个女孩到屋里来。一会儿七哥听见那女孩挣扎着哭泣，床板在七哥上面咯咯吱地响得厉害。七哥不知出了什么事便伸出了头。七哥看见五哥和六哥都赤裸着下身。五哥伏在女孩身上而六哥则按着她分开的腿。六哥看见七哥便使劲照他的头击了一下，吼道："你什么也没看见，说！"七哥嗫嚅着说："我什么也没看见！"然后缩回床底。他听见那女孩一阵阵的呻吟声，那呻吟中的痛苦使七哥感到浑身刺痛。他觉得只有眼见着世界灭亡的人才能发出那样的痛苦之声。当即他便想他得让他仇视的人：他的母亲和他的姐姐们也这么痛苦一次。

七哥的誓言当然成了他嘲笑自己的材料。当他后来有无数机会之时，他却毫无这种报复的欲望。

七哥是孤独一人进的小山村。这是七哥自己挑的地方。这里下了汽车还得走整整一天的山路。七哥就是想到这么一个地方，让所有人都不知道他在哪里。

七哥和他房东的儿子共睡一张床。这是他有生以来第一次在正经八百的床上睡觉。油污的床单下垫着玉米秆和稻草。满屋里散发着一股植物的香味。屋后有三棵香果树。七哥仰躺着，两尺之外的空间不再有黑压压的床板和父母翻身而引起的吱嘎之声。三步开外没有他并排躺在地铺上的一排兄长起伏的鼾声和梦呓。空间很大，有老鼠从梁上"唰"地跑过。月光白惨惨地从屋瓦的缝里泄了下来。云遮云开，那光如在屋子里飘忽。七哥突然感到万分恐惧。房东的儿子睡在那一头，死寂一般毫无声响。这让七哥觉得他正躺在人类之外的另一个世界。他从未想到过的关于死的问题在那一晚却想了数次。七哥想是不是他已经死了而他本人还不知道。人们把他埋在这里并告诉他这是到农村去而实际上却是在阴间的一个什么地方。七哥一连许多天都这么想个不停。他还试图在男人中找到他的弟弟——我。他想他的弟弟很可能是在这群人里，只不过他们分别已久彼此认不出来了。七哥他很高兴自己知道很多别人悟不到的东西。他明白他周围的人都是先他而来的阴魂。这些阴魂也不知道自己死了。他们很自豪地认定自己在阳世而且活得很舒服。七哥想只要看他们走路那种飘来飘去的劲儿，就知道换了世界。

七哥不同村里任何一个人交往。不到非说话不可的时候他绝不开口。他像一条沉默的狗，主人叫舔哪儿就乖乖地去哪儿舔上几口。村里人开始都说七哥老实透了，后来又说七哥其实是阴险至极。不叫的狗最为厉害这是老幼皆知的古训。最后大家还是一致认为七哥是个怪物。七哥对那些纷纷繁繁的议论充耳不闻。七哥认定正常的死人是不说话的。

七哥到村里住了三个月后听说村里最近开始闹鬼了。七哥觉得好笑，我们自己不都是鬼吗？七哥对那些越说越惊心动魄的鬼的故事毫不理会。但他倒是希望自己能碰上那鬼。说不定那是小八子，七哥这么想。

房东的儿子每天吃饭时都带回鬼的故事。那鬼是极瘦的。喏，像他那样。他指了指七哥。走起路来像飘一样。鬼每天围着村口的银杏树飘三圈然后就进林子。进了林子鬼就变成了白的。从一棵树飘到另一棵树。每飘到一棵树下就发出一阵凄厉的叫声。那声音极古怪。从林子上空缓缓越过村子然后转一个弯又回到林子里。就这么一直到下半夜，鬼才化作一股烟气消散。

过几日房东儿子又说：鬼现在要在林子很深很深的地方尖叫。那里的野兽都吓跑了。猎民在那里连一只野鸡都打不到。

再几日，房东儿子又报道：村头老鱼头的女儿回娘家，上山时崴了脚，半夜才跛到家。她在林子边遇见了鬼。起先她没发现，是鬼先飘到她跟前的。她吓得使劲把鬼一推拔腿就跑。到家后她说鬼是滑溜溜的。

村里到处都是鬼影，奇怪的是鬼并没有干恶事。便有人商讨是不是把鬼抓来看看究竟是什么样的。这主意自然是青年人出的。七哥原本也想去看看鬼到底是怎么回事，但他那天实在太困便在天一擦黑时倒床睡下了。

那天夜里没有月亮。七八个年轻人都伏在林子里。房东的儿子也去了。他们个个都发着抖。抖得一边的灌木都不断发出簌簌的声音。子夜时分，鬼就围着树绕圈子了。果然极瘦，果然飘一般地走路。走入林子之后发现它果然是白色的。年轻人胆怯着不敢动手。终于其中一个干过猎人的小伙子抛了一根圈套，一下圈住了鬼。鬼凄厉地叫了。一连三声，又长又亮。全村人都听见了。它叫完之后，轰然倒下，不再声响。年轻人用绳子捆住了鬼。手摸上去，那鬼果然滑溜溜的。抬到村边亮处，才发现是一个活人。他均匀地呼吸着。沉睡一般。房东的儿子点了火，他失声叫了起来。人们都认出了，这是七哥。七哥浑身赤裸着。他身上的肌肤极白，他依然平稳地呼吸着，还很随意地翻了一个身。

有人照七哥屁股上狠踢了一脚。七哥"哎哟"一声，突然醒了。他莫名其妙地看着一圈又一圈围着他的男人和女人，眨了眨眼，低下头又发现自己一丝不挂。他低吼一句："你们要干什么？"那声音沉闷而有力，仿佛是从远天穿过无数山脊之后落在这儿的。于是有人问七哥你是不是天神派来的。七哥说不是，我一直在阴间里老老实实做真正的死人。七哥是按自己的思路回答的，却叫所有的人毛骨悚然。天亮了，人们惶惶惑惑地散去。房东的儿子找回七哥的衣裤，极恭敬和谦卑。

七哥好久不明白到底他那一晚出了什么事。"鬼"仍然每夜出来在林子里飘荡。

七哥是1976年突然被推荐上大学的。他去的那所学校叫"北京大学"。在此前，七哥几乎没听过这所学校的名字，更不知道北京大学是中国最了不起的学府。七哥走的是狗屎运。七哥的父亲是苦大仇深的码头工人，这使其他知青望尘莫及。再加上村里人一直吵闹着要将七哥送走，鬼气在他们的生活中已日见浓郁了，为此他们不能再忍受下去。北大不怕鬼，却极欣赏七哥苦大仇深的家史。父亲自七哥出生那天起就与他为敌，这会儿却不期然为他办了件好事。

七哥惆怅着走出那树林密绕的小山村。七哥觉得自己在那里已经活了一个世纪，眼下他又重新投胎回到人间了。七哥走上公路时，太阳已经当顶，光线明亮得让他感到一阵阵晕眩。一阵风过，路旁的树扬起轻松的呼呼声。鸟也叫得十分轻快。七哥喘了口气。他摸摸心口，觉得心跳动得比原先要响亮多了。

七哥要去北京，而且要堂堂正正坐火车去北京，而且火车要耀武扬威地从家门口一驰而过，这消息使得全家人都愤怒得想发疯。就凭癞狗一样的七哥，怎么能成为家里第一个坐火车远行的人呢？七哥到家那晚，父亲边饮酒边痛骂。七哥默默地爬到他的领地——床底下，忍着听所有的一切。

七哥走的那天下着大雨。七哥只有一双洗得发白的球鞋。他怕到了学校没有鞋穿所以光着脚上的路。父亲和母亲一早都上班了，他们连一句话都没说，仿佛眼中并没有七哥这么个人。大哥把七哥送到巷口，然后给了他一毛钱，说雨太大了你坐一段公共汽车吧。七哥没有坐车。他淋着雨穿过大街小巷。他的行李越来越重，衣服紧紧贴在身上。他的骨头凸了出来使得七哥很有立体感。七哥想得很清楚，棉絮打湿了是没什么关系的，夏季的太阳一个下午就能把它晒干。

七哥一走三年未归。家里人简直不知他的死活。没人打听他，他也未曾写信。直到三年后七哥神采奕奕地出现在家门口时，所有在家里见

1108

到他的人都大吃了一惊。

"怎么都发呆了？还不是和你们一样的一个脑袋上七个孔。"七哥说。

归来的七哥已经完全是另一副样子了。

八

三哥宽肩细腰上身呈倒三角形，是女人尤为欣赏的体形。三哥在夏日里脱去汗衫，光膀子摇着大蒲扇坐在路边歇凉时，所有路过的女人都忍不住心跳要将他多看几眼。三哥袒臂露胸，肌肉神气活现地凸起，将皮肤撑得饱满。邻居白礼泉那天看了美国电影《第一滴血》后回来吹嘘说："嗬，那个美国佬好块头，简直快赶上隔壁的小三子了。"弄得河南棚子好些人争相去看史泰龙的好块头。结果回来都说真不错，是快赶上小三子的块头了。但是三哥的相貌不及史泰龙，这也是公认的。三哥原先倒也长得像父亲年轻时一样英俊。但三哥脸上老是露一副凶相，渐渐地，便长出父亲所没有的横肉。那横肉便使三哥的模样不容易叫人接受。

父亲说，心里没有女人的男人才生长出这种霸王肉来。

三哥心里是没有女人的。三哥对女性持有一种敌视态度。三哥尽管已经过了35岁几乎奔四十了他却仍然没有结婚。他根本不想结婚。常常有女人去找他去向他献殷勤。三哥也不拒绝，在她们愿意的情况下三哥也留她们过夜。三哥怀着一股复仇的心理与她们厮混。三哥发泄的全是仇恨而没有爱。而女人们要的是三哥的身体倒并不在乎感情是怎样的色彩。三哥是在二哥死后招到航运公司的。二哥的死给了三哥生命中最沉重的一击。二哥是三哥在人间一睁开眼就朝夕相处的亲哥哥。他爱他甚于超过爱自己是因为三哥清楚记得他小时候莽莽撞撞干的许多坏事都被二哥勇敢地承担了。二哥为此遭过不少毒打但在他长大后从来没对三哥提过一句。三哥把这一切都牢记在心里。三哥正是这样一种人：谁要真心对他好，他也是肝脑涂地以心相报。而二哥除此外，还是与他一脉相承的兄长。二哥却被女人折磨死了。女人从那天起便像一把匕首插在三哥的心口上，使得三哥一见女人心口便痛得渗出血来。他常常愤怒地想女人怎能配得上男人的爱呢？男人竟然愚蠢到要去爱一个女人的地步了么？每当在街上他看见男人低三下四地拎一大堆包跟在一个趾高气扬的女人身后抑或在墙角和树下什么的地方看见男人一脸胆怯向女人讨好时，他都恨不得冲上去将那些男女统统揍上一顿。这种事三哥不是没干过。一天晚上他送醉了酒的他的船长回家，返回时他抄近道走的是龟山上的小路。月光如水，山静如死。三哥打着饱嗝跌撞着乱窜，忽然他看见一棵树下的两个人影。他原本走过去视而不见的。不料人影中之一扑通一下跪到地上。他听见那是个男人的声音。那男人可怜巴巴地说："求求你答应我。没有你我活不下去。"另一个人影只是用鼻子"哼"了一声，这果然是个女人。三哥七孔都冒出怒火。他连犹豫都没有，大吼一声冲上去，朝那熊包一般的男人拳打脚踢。然后回过身将吓傻的女人胸口抓住，用全力横扫几巴掌。巴掌在女人脸颊上撞击得啪啪响。声音清脆悦耳。三哥的心这才舒坦了许多。如此他才丢下那对男女继续打着饱嗝下山了。

三哥在驳船上当水手。他的船长十分赏识他。三哥安心住在船上从不觉得水手是份丢人的职业。三哥身高力大干起活儿来从不耍滑。三哥还能陪船长喝酒。这是船长感到最兴奋的事。船长说三哥是他有生以来最默契的酒友。他们俩在一起能将两斤白酒喝得瓶底朝天。夏天的时候，船长常会冒出些疯狂念头。他叫驳船继续行驶而自己拉了三哥跳入长江一路游去。船长和三哥游泳的本事也不相上下。他俩胆大包天，在长江里宛如两条棕色的龙。船长对三哥说如果掉进漩涡就平摊开身体不要动，漩涡就会把你自动地甩出来。三哥故意激他，说你又没进去过怎么倒向我传授经验？船长急了说你不信？这是老水手都清楚的。三哥说我没见过的都不信。船长突然指着一个漩涡说那我就叫你见一次。没等三哥阻止他便几下冲了进去。三哥大汗淋漓呆愣愣地踩着水不敢往前。漩涡转得比想象的要快，三哥看不清船长在什么地方。但是一会儿他听见了呼叫。是船长在他的侧面嘻嘻地招手。当三哥游过去后船长说险些丢了命。三哥说如何？船长说像是有许多手把你往江底拽。我已经觉得完了的时候一下子被放出来了。船长说平摊着不动也不行，得看什么时候动。三哥默然不语。忽而他见到一个漩涡立即对船长说了句看我的，便一头扎了进去。三哥在漩涡里身不由己。他被许多只巨手像掷球一样掷来掷去。他的肚皮上有另一种磁力将他往水底吸。三哥不由得失声叫了起来："救命呀。"他没有叫完又喝了好几口水。三哥瞬间想也好，进阴曹地府可能还能见到二哥哩。这一刻三哥被一只手"轰"的一下抛了出来。三哥傻瓜一样不明了方向。直到船长游到他跟前他才清醒。船长游过去扇了三哥几耳光，大声训斥道："小命也是可以开玩笑的？你死了，我还要受处分哩。"三哥的脸上火辣辣的但他感到很舒服。三哥说："我以漩涡报答漩涡。"

晚上抛锚后船长和三哥在甲板上饮酒。船长敬了三哥三杯酒，连声说一条好汉一条好汉一条好汉。

船长和三哥在甲板对酌时常叹说要有女人就好了。船长有老婆和两个小子，夜里也牵肠挂肚地想。三哥唯在这点上与船长不投。三哥说酒比女人好。最便宜的酒也比最漂亮的女人有味道。三哥说时常咂咂嘴连饮三杯。江上清风徐来，山间明月笼罩。取不尽用不竭。三哥说人生如此当心满意足。船长说你没有女人为你搭一个窝没有女人跟你心贴着心地掉眼泪你做人的滋味也算没尝着。三哥不语。

　　三哥想他宁愿没尝着做人的滋味。女人害死了他的二哥，他还能跟女人心贴着心么？三哥说这简直是开玩笑。当年二哥对杨朗好到什么地步几乎没人想得出来。二哥原本可以不下乡然而杨朗下乡二哥也就下了。他把板车交给了四哥。三哥为了二哥也一块儿下到杨朗的队里。二哥几乎把该杨朗干的活儿全部揽下了，连杨朦都插不上手。那时间杨朗绕着二哥又是说又是笑。两人在河边草滩上抱着打滚连三哥都不好意思多看几眼。二哥一分一分地存钱。他要买最漂亮的家具布置新房。他要把家弄得像杨朗过去的家一样舒适。三哥也为这个目的同二哥一起奋斗着。一次又一次招工，没有杨朗。二哥一次又一次放弃自己的机会。三哥也陪伴着。每年修水利，二哥一星期都要回村一次。几十里路连夜走哇，只是为了看一眼他心爱的人。每年如此每星期如此。直到有一天杨朗终于拿到了表格。杨朗填了表到县里去了。她一去就是三天。回来告诉大家这次必走无疑。职业是护士。二哥几乎将全公社的知青都请来喝了酒。有人告诉他杨朗是用贞操换来的职业。二哥呆愣了，手上的酒瓶落在地上。杨朦转身而去。他揪住了他妹妹的头发。杨朗承认了。但她没说那男人是谁。三哥手上已经拿了刀。三哥准备杀人去的。杨朗说她既然把身子交给了那个男人就打算和那人结婚。二哥让杨朦松开了他的手。他忍受不了他心爱的人被她哥揪扯住头发。二哥一缕一缕替杨朗理顺发丝，颤着声说："我知道你是迫不得已。我不怪你。我不计较那些。但你不能同那人结婚。那是个禽兽。"杨朗说："你就死了心吧。我不可能嫁给你了。"二哥惊问为什么，杨朗说："我从来就没爱过你，我只是看你可怜才应付你一下。你千万不要当真。"二哥脸色煞白，他长啸一声冲出门去。三哥扔下刀追了出去。三哥把二哥拖到自己

1112

的屋里，他让半昏迷的二哥躺下了。他自己也躺在一边。三哥的怒火一蹿一蹿，他想去狠狠教训一顿杨朗，然而他寸步不敢离开二哥。他知道这给他的二哥是致命的一击。他知道二哥活不长了。三哥忧郁地想着迷迷糊糊睡了过去。他没料到他的二哥失去了爱情连一夜都不打算活。

杨朗终于走了而杨朦留了下来。他在二哥的坟前盖了个草棚。他说他将陪伴他的朋友直到他死，他替他的妹妹赎罪。三哥为此扔掉了那把准备杀死杨朗的刀子。这兄妹俩迥异的表现使三哥猜不透究竟是什么原因。三哥只能去设想：女人天生阴毒。

船长对三哥所说的一切不置可否。他只是对三哥说等你有一天碰上一个好女人时，你就知道男人跟女人比简直是臭虫一个。

可惜船长没能见到三哥碰到好女人的日子。船长对三哥说那一番话不久，驳船在青山岬水道翻了。全船人都沉到江底包括船长，而唯独三哥逃了出来。

这是八五年的初春时节。三哥从此不敢上船，连游泳都不敢了。于是他辞了职。他像一个孤魂飘飘荡荡来无影去无踪。好多天好多天后，三哥申请了一个执照，添置了一套工具。每天坐在地下商场侧门，见人买了皮鞋便追着问："钉个掌怎么样？"

九

七哥成天里忙忙碌碌。又是开这个会又是起草那个文件又是接待先进典型又是帮助落后青年。每晚一头倒下床脑袋里混沌一片。他不知道自己究竟在干些什么事和干这些事的意义何在。他只知道如此这般卖命干了就能博得领导好印象。好印象的结果是提拔。而提拔的结果是有社会地位有权力。而有权力的结果是工资高加房子分到手福利优厚以及来自四方的尊敬。如此，一个人的命运才能得到最为彻底的改变。七哥觉得他活着的目的就是为了改变命运。他想象不出来如果不上大学他将是什么样子。

七哥到学校第一个晚上梦游时就被同寝室的同学抓到了。

七哥睡的是上铺。下床时他蹬倒了床边的方凳子。他的下铺立即醒来。他看见七哥一件件脱下背心短裤然后赤裸着往外走，心里甚是骇然。七哥出门后，他便叫醒全屋人一起悄然跟上。他们跟着七哥出了宿舍楼，七哥看见树就绕圈子。绕了几圈后便发出令人毛骨悚然的尖啸。几个同学由害怕到不解，继而终有人悟出，说恐怕是梦游。于是一起上前，几双手拼命摇撼七哥。七哥睁开眼猛眨几下，身体一惊颤。说你们干什么？一同学说：你梦游了，我们想叫你回去。七哥茫然四顾，再低头看自己一身，突然醒悟。他挣脱同学的手，疯狂地奔进房间，爬上床铺，一动不动。七哥想起曾经有过的关于鬼的故事。他想这么说来村子里白色的皮肤光滑的鬼就是他自己了。

七哥自小卑微惯了。入校后依然眉眼中露出怯生生之气，一副极委琐的样子。梦游的事成为全体同学的话柄，这使七哥愈加缩头缩脑自惭形秽。七哥每天三点一线。宿舍—教室—食堂。无人睬他他也懒睬旁人。如此相安无事几乎一年。

学校的生活自是清苦。而对于七哥却是好得不得了的日子。七哥削尖的脸由此而圆润起来。七哥毕竟是父亲的儿子。父亲所有儿子中没有一个不是身架均匀五官搭配极佳的好男儿。七哥委琐归委琐，但相貌在那儿搁着。班上有极风流俊雅的女生叹惜说七哥如果有三分洒脱也可称全系的美男子。而七哥却嗫嗫嚅嚅的完全与洒脱无缘。美男子的称号只得落在七哥的下铺身上。

七哥的下铺是从苏北一个乡下来的。苏北佬在公社读高中时很能写文章。曾写过好几篇公社书记的先进事迹报道。这些报道通过有线广播弄得全县人都知道了那书记的大名。出了名的书记便在苏北佬毕业一年后乐呵呵地将他推荐到了大学。临走前欢送会上又开了他的入党宣誓会。为此，苏北佬一到学校便成了班上党支部的宣传委员。苏北佬白白净净典型的江南小生模样，加上大眼小唇温文尔雅故而很得那些女生的喜爱。班上女生大多高干子弟或女干部。自己泼辣能干张牙舞爪成性却对温顺柔弱的男人有兴趣。这当然也是奇怪之至的事情。苏北佬被几个豪放过人的女孩子追得狗一样乱窜却不见他对其中某个产生兴趣。这劲头弄得女生泪眼涟涟男生醋意十足。

不料一日系里召集全系性会议，在会上宣读了一封来信。信写得情真意切。写信人是一位女清洁工，说是她因患骨癌对生活感到绝望之时遇上了田水生。七哥想田水生不就是苏北佬？是田水生诚恳的谈话使她放弃了死的计划。这之后田水生常常去看望她鼓励她。陪她去长城饱览万里河山去香山欣赏深秋红叶，教会了她很多做人的真理。于是他们俩相爱了，爱得很深很深。但是近半年来，她的病情恶化得很厉害。癌细胞已遍布全身。水生却对她忠心耿耿百般照顾。为了使她享受到做人的幸福，水生已答应同她结婚。信中说："我即将告别这个世界走向死亡那遥远的甬道。在我踏上那甬道之前，我有责任将这个青年美好的灵魂展现出来。我渴望向全世界人宣布我的丈夫是一个了不起的人。"

来信引起的反响不啻于有人在图书馆放了炸弹且准时爆响了。苏北佬一下子成了英雄。报社记者络绎不绝。每一篇报道都催人泪下。苏北佬出去讲用过好多次。据说每一次讲用效果皆佳。动人心弦的故事给命运套上了极艳丽的花环。苏北佬同清洁工结婚了。半年不到，她死了。而她给苏北佬带来的花环却依然栩栩如生大放异彩。

七哥却从苏北佬极诚挚的语言和极慷慨的激情之后看出那一丝丝古

怪而诡谲的笑意。那笑意随着女人的离世而愈加明朗。一天早上起来苏北佬竟拿着小梳子对着小圆镜梳头发而嘴里却哼着一支极欢快的歌子。房间里同学都去早锻炼了。七哥刷牙回来听见这歌子不由得直勾勾地盯着他。苏北佬放下镜子看见了七哥也看见了七哥直勾勾的目光。他尴尬地假咳两声逃也似的出了房门。那女清洁工死了才23天。这数字是七哥掐指算了好一会儿才算出的。

苏北佬知道七哥已勾去了他的真正的魂灵。苏北佬对七哥一下子亲善起来。七哥得了阑尾炎住院动了手术。这期间只有苏北佬天天来看望他。七哥从来没领教过时时被人记挂的感觉。面对苏北佬的殷勤和关心，七哥苍白的脸上不由自主浮出许多感激之情。苏北佬总是淡然一笑说没什么没什么。

七哥的伤口快合拢的那一天，七哥斜躺在病床上看书。那一堆书都是苏北佬带给七哥解闷的。七哥过去几乎没读过几本文学书籍，倒是这次住院开了一点眼界。窗外干风吹打着树枝啪啪地响。劈栅栏木条的人居然成为美国总统这一事使七哥激动不安，以至苏北佬进门来时七哥仍满额汗珠手指颤抖。

苏北佬坐在七哥床边，无言地也用那直勾勾的目光看着七哥。七哥感到他的魂灵也要被这目光勾走了。七哥突然说我理解了你。苏北佬说理解了就好。七哥说我应该怎么办？苏北佬说换一种活法。七哥说怎么活？苏北佬说干那些能够改变你的命运的事情，不要选择手段和方式。七哥说得下狠心是么？苏北佬说每天晚上去想你曾有过的一切痛苦，去想人们对你低微的地位而投出的蔑视的目光，去想你的子孙后代还将沿着你走过的路在社会的底层艰难跋涉。

七哥果然想了整整一夜。往事潮水一样涌来而又卷去。七哥惊恐地叫出了声。护士来时他正大汗淋漓地打着哆嗦。伤口又崩裂了。一丝一线地渗着血。护士说："做噩梦了？"七哥说："是，做噩梦了。"

一场噩梦已过。当太阳高升之时，七哥突然感到生命的原动力正在他周身集聚感到血液正欢快而流畅地奔涌感到骨骼为了他的青春正巴格巴格地作响，他感到由衷的解脱和由衷的轻松。

那一年，七哥20岁。两年后他分回了武汉。他在汉口一所普通的中学教书。七哥明白这里绝不是他的久留之地。七哥对寂然地活着已经腻味了。七哥渴望着叱咤风云而这种机会只要去寻找和创造总归还是会出现的。

十

七哥现在最难见到面的是他的四哥。七哥对四哥无好感亦无恶感。四哥对七哥也是这般。

四哥是个哑巴。他在六个月时发高烧而父亲那天打码头负了伤母亲为父亲忙碌去了。高烧之后四哥虽然活了下来却丧失了听和说的能力。四哥能吃能喝心情愉快地在这个家庭中生长。只有他从来没挨过父亲的拳脚。这使得四哥对父亲格外亲热。只有四哥在看见父亲下班后才会欣喜地迎上前用他混浊不清的话叫着"爸……爸"。四哥只会叫这一个字，他不会叫妈。为此母亲并不因为他的残疾而格外怜爱他。

四哥14岁就出去干零工了。先跟泥瓦匠打下手。后来二哥随杨朗下乡后把他名下的板车给了四哥，四哥便当了装卸工。一直稳定地干到今天。

四哥的经历平凡而顺畅。四哥24岁便和一个盲女子结了婚。四哥有眼而她有灵敏的耳和灵巧的嘴。这是一个完整人的家庭。四哥分了间16平方米的房子。这比父母住了一辈子的那间还要大一点。四哥便在这里和他的妻子生儿育女。四哥先生了一个女儿后来又生了一个儿子。四哥是赶在只许生一个的前面生的这个儿子。四哥的儿女漂亮如父聪明如母。这使得四哥每日咿咿哦哦地兴奋不已。四哥家里已添置了电视机和洗衣机。四嫂说电冰箱的钱也快攒齐了。

七哥到四哥家里去过一次。他看见四哥家的墙壁上贴满了各种奖状。那全是四嫂和侄儿侄女的。没有四哥一张。七哥问四嫂：为什么没有四哥的呢？四嫂说他又不会说甜言蜜语，人家选先进时他又不晓得是干什么。四哥四嫂留七哥吃了饭。四哥拿出一瓶洋河大曲。四哥在这点上同父亲一模一样。只是四哥酒后绝不打他的儿女。七哥想这大约是四哥从未挨过打的缘故吧。

能有几人像四哥这样平和安宁地过自给自足的日子呢？这是因为嘈杂繁乱的世界之声完全进入不了他的心境才使得他生活得这般和谐和安稳的么？

四哥又聋又哑啊。

十一

七哥在该恋爱的年龄里就自然而然地恋爱了。那女孩比七哥小两岁，长得眉清目秀的。连父亲都诧异万分，说小七子还真有能耐，把这样的姑娘都弄到了手。这是有七哥以来父亲夸奖他的第一句话。女孩教英语，外语学院毕业的。女孩的父亲是大学里的教授。儒雅之家使得女孩天生一股娴静悠然落落大方的风度。这气质使七哥大为倾倒。七哥同她恋爱了两年，便将自己也熏染得如教授之子般温文尔雅。七哥已经同他的女朋友一起商量买家具的事了。但因学校里一直没有房子，买家具和结婚的事就搁了下来。按照工龄和级别，七哥还得等上三年才能有一个小小的单间。这怨不了谁。学校里的老教师也不过如此，更何况小字辈。七哥几乎快没了耐心。

暑假里，七哥出了一趟差，到上海去观摩学习了20天。回来时船逆流而行，时间极枯燥难熬。七哥认识了他的上铺，一个眼角已叠起鱼尾纹的女士。女士穿着很时髦谈吐不凡与七哥的女朋友比又有另外一番大家气派。三天的路程，七哥同她很聊得来。下船时，她给七哥留了地址和她家的电话号码。七哥看着她写下"水果湖"几个字就知道他遇上的不是一个普通人家的女性，及至她写下电话号码时，七哥心里猛然划过一道闪电。这电光刺得他的心有些隐隐作疼而疼过之后蓦地生出许多的兴奋。七哥含笑说去你那里玩儿欢迎吗？女士说大门永向有识之士敞开。

三天后，七哥给女士打了一个电话。她说她一直在等七哥电话。七哥的心陡地动了一动。于是七哥开始约她散步或吃饭她也约七哥看内部电影或看演出。

七哥已经知道了她的父亲是何许人物。她比七哥大八岁，是老三届的学生。她父亲倒霉时她下了乡。她为了赎罪拼命地干活。结果她得了病。她丧失了生育能力。那是一个暴风雨的日子，她不顾月经来临而坚持上大堤抢险。在堤坝有裂缝时她像男人一样跳进水里同大家手挽手地阻止了洪水的冲击。最后她昏倒在了大浪里，人们将她拖出来后她住了一个月的医院。出院时医生告诉了她这个对于女人来说最不幸的消息。她当时22岁，还没想过找男朋友的事为此对生育问题更不介意。她只是淡淡地笑了笑。随着年龄的增长，这个问题才显得越来越严重。每次结识一个男朋友她都把这个情况诚实地告诉对方。大多人都叹口气终止了同她的交往。她过了35岁后，心灵上的创伤已经无法愈合。她想如果40岁她还是这样孑然一身地生活那么她就到当年使她丧失她最宝贵东西的大堤上去自杀。就在她把这个问题一遍又一遍地考虑时，她认识了七哥。她愿意同七哥接触的初衷仅仅是像所有女人一样喜欢同外貌漂亮而又显得有知识的男人接触，喜欢同陌生的异性谈自己心里深处的东西。但她万没料到半个月后她遭到七哥猛烈的追求。她在告诉七哥她不能为他生育时，七哥连惊异的表示都没有，一如既往地出现在她身边，陪她买东西喝咖啡走亲友，在人烟稀少的地方把手臂揽在她的腰上偶尔还微笑着在她额上留一个吻。在她的充满女性气息的房间里七哥总是拥抱着她使她气都喘不上来。这种充满热烈之情的拥抱使她感到迷醉而她的心底却痛苦不堪。在情绪稍稍平静时就有一个声音警钟似的呼叫这个男人感兴趣的不是你而是你的父亲。她想摆脱这个警钟而这声音却响得愈加频繁。

有一天她终于忍不住了。她问七哥："如果我父亲是像你父亲一样的人，你会这样追求我吗？"七哥淡淡一笑，说："何必问这么愚蠢的问题呢？"她说："我知道你的动机、你的野心。"七哥冷静地直视她几秒，然后说："如果你还是一个完整的女人你会接受我这样家庭这样地位的人的爱情吗？"她低下了头。

几天后，七哥把她带到了河南棚子，带到了我们的家。七哥掀开床板指着那潮湿幽暗的地方告诉她他曾在那儿睡到他下乡的前一日。七哥搬开新添的沙发用脚划出一块地盘说那是他的五个哥哥睡觉的地方。七哥说他的大哥因为没有地方住便成年累月上夜班。

屋里除了多出一架长沙发和小方桌上的一台黑白电视机外，一切都还是老样子。小屋的窗子因搭厨房而封死了，为此只剩得屋顶上嵌着的那片琉璃瓦。屋里全部的光线都是由那儿透入。墙壁还是当年的报纸糊的。泛黄的纸上还展示着昔日那些极有趣的文章。七哥说："你如果在这样的地方生活过一年，你就明白我所做的一切是多么重要。我选择你的确有80%是因为你父亲的权力。而那20%是为了你的诚实和善良。我需要通过你父亲这座桥梁来到达我的目的地。"七哥说:"我还可以告诉你在我认识你之前我有过一个女朋友。她父亲是个大学教授。我同她的关系已经很深了。我在几乎快打结婚证时碰到了你。你和你父亲比她和她父亲对我来说重要得多。"七哥说:"在中国教授这玩意儿毫不值钱。他对我就像这些过时的报纸一样毫无帮助。所以我很果断地同原先那个女友分了手。我是带着百倍的信心和勇气走向你的。我一定要得到。"七哥的话语言之凿凿掷地作金石声。她惊愕得使那张青春已逝的脸如被人扭了一般,歪斜得可怖。她跨了一步给了七哥一个响亮的耳光然后抽身逃走。

七哥淡淡地笑了笑没说什么。七哥怀着无限的自信等待她的回心转意。七哥知道她需要他比他需要她更为强烈。有人写了一部小说叫《悲剧比没有剧好》。七哥没看过那小说但他觉得那题目起得棒极了。有魔鬼比什么都没有要好。七哥想她最终会得出这么个结论的。

七哥的判断像诸葛亮一样准确无误。三天刚过,她红肿着眼泡来找七哥了。她没有别的男人可找。她只有七哥。况且七哥的确还不是个很差的角色。她对七哥说她是一时冲动,没能从七哥的角度去理解七哥。她请求七哥谅解。七哥一言未发,只是上前吻了吻她。她激动得热泪盈盈。七哥固然利用她达到自己的目的而她也一样地利用七哥去获得全新的生活。七哥当天就把她所渴望的给了她。那种生命最彻底的快感使她衰败下去的容颜又焕发出光彩。当她神采奕奕出现在她的朋友们的面前时,人们几乎没法将她同昔日的形象相比。这是七哥为她创造的青春。由此她对七哥更是死心塌地和严加看管。

其实七哥全然不是寻花问柳之辈。七哥全部的用心不在那上面。如果认识不到这一点那就实在小看了七哥。七哥觉得把情欲看得很重是低能动物的水平。七哥不属于这些。七哥的目的在于进入上层社会，做叱咤风云的人物做世界瞩目的人物做一呼百应的人物。七哥想将他的穷根全部斩断埋葬，让命运完整地翻一个身。七哥想拯救自己。他觉得他有责任使自己像别人一样过上极美好的日子。否则他会因为感到世界亏待了他而死后阴魂不散。

七哥调到了团省委，这是七哥提出的去处。七哥看过一张统计表，那上面记有解放以来历届团干离任后的情况。七哥记不得他们各自都干了些什么具体职业。但他唯一的印象是：从那扇门出来的人几乎全部升上了高处而且还在继续上升着。那些相当级别的职位一个挨一个排列着如一条冰凉的蛇从七哥心头爬过。七哥打了个寒噤然后欣喜若狂。七哥知道他已经找到了他的终南捷径。

七哥分到了很宽敞的房子。在他原先的学校拥有30年教龄的老师也没资格住上七哥现在的这房子。七哥的房子布置得像宫殿。落地的双层窗帘，先锋的组合音响，遥控的彩色电视还有松软宽大的席梦思。七哥结婚前夕，父亲和母亲相携着去过一次。父亲坚持说那床一定要睡坏骨头的，而母亲则生气地说那窗帘浪费了好几件褂子的衣料。

七哥的蜜月是在广州和深圳度过的。七哥住在深圳湾大酒店的那几夜几乎夜夜都失眠。他的全身如火灼一般难受而又如火灼一般兴奋。他在他的妻子睡着之后还忍不住一次次把脸埋进她的胸脯里。七哥对她感激涕零。七哥有一种预感，那就是她给他带来的幸运，很可能在某一个日子超出他的想象。

那一段日子七哥纵情享受恣意欢笑如入天堂之门，却有另一个女孩子把眼泪哭干了把嘴唇咬破了。她的老父老母只能咬牙切齿地痛骂几句"小人"之类无伤大雅的话然后陪着伤心欲绝的女儿长长地叹气。

十二

　　五哥辞职干个体户时并不知道六哥也辞职干个体户了。他俩碰面时是在轮船上。五哥进餐厅吃晚饭时看见了正在端菜的六哥，五哥惊叫了一声以致六哥手一滑菜盘掉在了地上。他俩相视片刻哈哈大笑了。五哥到南京去订购一批汗衫而六哥则去南通进货棉纱长袜。

　　五哥和六哥是一对双胞胎。他俩的心似乎是沟通的。五哥想到的东西六哥也能想到。五哥感冒六哥百分之百也要伤风流鼻涕。最奇特的是小学时一次语文考试，三个造句，他俩造得完全一样而实际上他俩的座位却隔得很远。五哥六哥自小是一对坏种。打架骂人偷盗玩女孩无恶不作。直到各自娶了老婆添了儿子才走上正轨，像模像样地过开了日子。

　　五哥第一次带女朋友到家里来时，父亲和母亲正在吵架。那是为了母亲买回来的酒是兑过水的，父亲一怒之下连酒壶都扔到了铁路上。恰巧一列火车开过，酒壶碾成了薄铁皮。于是母亲便横着嗓子同父亲吵开了。五哥的女朋友如同巡视大员般，毫不把父亲和母亲放在眼里，只傲慢地将屋子环视一遍，说："就这屁点破屋？"五哥未曾来得及答话，父亲却撇开母亲朝这边吼开了。父亲说："嫌老子屋破，这里还没你的地盘哩。"那女朋友也不示弱："这老家伙吃错了药，怎么见什么人就吼什么人？"说罢扬长而去。气得五哥跳起来对父亲乱叫了一通便又噔噔噔地去追赶那女朋友。父亲发了一会儿呆，摇摇头说："日月颠倒了，颠倒了。"然后自己找了个空瓶，长吁短叹地打酒去了。

　　结果是，五哥的女朋友再也不肯来家了，五哥只好做了上门女婿。五哥的女朋友是汉正街的。六哥常陪五哥去那里，于是六哥也找了个汉正街的姑娘。六哥知趣，不敢带女朋友回家，主动对父亲说想要倒插门。父亲大手一挥："去去去，少废话。你俩反正是一对。"六哥如获大赦，轻松地告别了这个家，住进了老婆屋里。五哥和六哥几乎同时（只差三天呀）各得一子。肥墩墩的，让岳父岳母们欢天喜地。五哥六哥当女婿比当儿子舒服多了。渐渐地不太记得河南棚子的老父老母。

汉正街自古便是商贾云集之处。以谦祥益商店为中心，上至武胜路下至集家嘴，沿街经商的个体户而今已达两千多户。长街小摊，百货纷呈。五哥问清楚几乎有一千家已经成了万元户，立即心慌意乱头脑混沌了。五哥是建筑队的泥瓦工，工资不算低。即便不低，细细想来辛辛苦苦一个月还不及个体户一天赚的钱多。五哥觉得自己活得窝囊，他得赚大钱致富日子才不枉做人一遭。五哥连同老婆商量一下的情绪都没有，当天便打了辞职报告。六哥只比五哥早一天。六哥的邻居仅从150元的资金起家，不到一年已成了万元富户。这变化是六哥亲眼所见。六哥眼珠都快突出来了，他想了一夜，辞去了运输公司汽车修理工的职务。

五哥订购的汗衫原本就是积压货。五哥订了一万件但却只销出了一千五。钱周转不了，五嫂夜夜指着五哥的鼻尖骂祖宗。五哥怕老婆，五哥在这一点上完全不像父亲。连日里五哥东奔西跑得下巴都尖了，汗衫还是积压着。

那天五嫂又砸杯子扔碗地骂祖宗了，五哥只好溜之乎也。五哥信步溜达到航空路。航空路到商场一带是"飞虎队"的地盘。"飞虎队"是市民给那些流动小贩们的绰号。"飞虎队"的小贩们拉起生意来可以说是死皮赖脸。抬高价短斤两是他们的拿手好戏。圈套也做得像真的。五哥看见几个女子围着一个小贩高声议论羊毛衫的价格。五哥一眼看出他们都是一伙的。假卖假买地哄来一些真正的顾客。一个红衣女子的眉眼不断地向路人扫来扫去。她看到了五哥。她叫了声："哎呀，这羊毛衫要是让这个男的穿上简直可以成为三镇第一美男子。"五哥笑了笑，走过去。问小贩："多少钱一件？"小贩说："看你穿着肯定合适，我心里高兴，就便宜点卖给你，二十六吧，别人我都是卖三十呢。"五哥用手捏了捏，深知毛线中腈纶多于羊毛，便又笑笑说："出厂价，16块，这我清楚。"然后意味深长地丢下一声笑，甩手而去。他听见小贩和几个女子冲着他的背脊骂骂咧咧的声音。五哥从来都不是好惹的家伙。五哥在家以外的地盘上还从来没输过。这回自然也是。五哥心里暗笑一下，拐到一个稍清静的地方，然后放开嗓子爆喊一声："工商局的人来了！"

这声喊宛如扔下一枚炸弹。五哥的眼前炸窝了。抢收衣服的，逃窜的，装作顾客若无其事地混杂入人群的，互相叮咛的，应有尽有丑态万千。一忽儿，"飞虎队"无踪无影，只丢些空纸盒在路上。五哥看得有趣，不由得倚在墙根下捧腹大笑。待五哥笑得上气难接下气时，他的肩膀被一只手拍了一下。五哥回过头，认出了是红衣女子。五哥一笑，说："怎么不跑？"红衣女子冷冷地说："想看看你还有几手。"五哥说："闹着玩玩，何必当真。"红衣女子说："闹着玩也得看地方看人。"五哥呵呵一笑："你们拉客过后又骂人也没有看人看地方呀。"红衣女子打量了一下五哥，说："你还像个人物呀。"五哥说："当然。河南棚子的儿子汉正街的女婿，堂堂正正是个人物。"红衣女子说："汉正街的？万元户？"五哥说："万元户还得过两年。"红衣女子说："这么说是同行了？何必拿一路人开心，不都是端这个饭碗的？"五哥说："那我就道声对不起了。要不要去云鹤酒楼压惊？"红衣女子说："哥们儿还痛快，去就去。"

五哥同红衣女子一道上了三楼，红衣女子拿起菜谱就点。心狠手辣地完全不顾及五哥腰里并没带几块钱。烧甲鱼炖海参炒虾米白斩鸡外带一碗三鲜汤和四瓶青岛啤酒。点得五哥暗叫苦也。

红衣女子问五哥生意做得如何。五哥灌几口啤酒长叹一气说正在倒霉。红衣女子问缘故。五哥便如实说了汗衫的滞销。红衣女子说："再不好销的东西，只要想好了办法，总是能赚到钱的。"五哥说："有什么好点子？"红衣女子说："就这么白给你出？"五哥说："当然给好处。"红衣女子说："怎么讲？"五哥伸出右手："五十张。"红衣女子说："半千还算钱？如果让你一件汗衫赚一块钱，那你得了多少？给我了多少？简直小气得不像男人。"五哥说："未必给你一千？"红衣女子说："说良心话，这我还不一定要呢。做生意眼光要放长远一点。"五哥默然不语。见啤酒已尽，说："我再去要两罐啤酒来。"五哥在服务台拿了啤酒刚转身欲回饭桌，见红衣女子正背对服务台，不禁心头一转，将啤酒装进裤兜里，自言自语道："再去买两盘冷菜。"便悠悠然地下了楼。五哥下了楼便直奔一路汽车站，一口气坐到了六渡桥，打着饱嗝到朋友家推了一夜麻将，第二日凌晨才摇摇晃晃地回到了家。

五嫂开门第一件事便是送给了五哥几耳光。五哥不动气，慢慢说："跟你讲件滑稽事。"便添油加醋地将昨日白吃一顿的事细细讲述了一遍。五嫂不由得笑得倒在了床上。大骂女人的愚蠢和男人的狡猾。骂声中不禁为这男人是自己的丈夫而感到自豪起来。五哥这时则歪在沙发上呼呼地大睡开了。

一清早六哥大汗淋漓奔来时五哥还没起来。六哥将五哥打起，愤怒地叫道："今天无论如何帮兄弟一把。"五哥忙问什么事。六哥说："我一早刚把摊子摆出去，一个女的带了几个人，二话不说砸了我的摊子。他们人多，我又不敢对抗。临了，那女的丢下这件汗衫说一千块准备好，我到时来取。"五哥跳起来抓过汗衫细细查看。汗衫的胸前用圆珠笔勾勒了一个霍元甲打拳的形象。五哥心头豁然一亮，眉头舒展，连声叫："妙极了妙极了。"倒将六哥弄得莫名其妙。五哥方将昨日之事一五一十说了一遍，拍着胸脯对六哥说："你今天的损失我负责加倍赔你。绝不放空屁。"

五哥将他积压的近万件汗衫五千件印上了霍元甲三千件印上了陈真。电视连续剧刚放过不久，人们对这二人印象颇深。五哥拿出二十件送给玩武术的小伙子，不到三天，五哥的摊前购者如云。五哥暗暗又抬了三次价，汗衫依然畅销。五哥发了财，五嫂每日见五哥都眉开眼笑，又端茶又打扇还撒娇般地在五哥面前扭来扭去。五哥脑子里却抹不掉那红衣女子的模样。但是那女人却一直没有出现。

三个月后，五哥从广州回来，刚出汉口火车站，一个女人朝他嫣然一笑。蓦然他认出那是红衣女子，只不过红衣被一件橄榄绿的棒针衫所代替。五哥立即向她迎去。红衣女子说："怎么，还认识？"五哥说："恩人嘛，当然不敢忘。"红衣女子说："我家在这附近，要不要去坐坐？"五哥说："当然想，只要你瞧得起。"红衣女子笑道："你一表人才又聪明又能干，我巴结都来不及哩。"五哥说："我唯一佩服的女人就是你。"红衣女子眼一斜说："是吗？"五哥被那一眼望得心乱了。五哥觉得这女人同他老婆比简直像仙女同讨饭婆相比一样。五哥想要是能同这女人享受一场那么他也就宛若神仙了。五哥说："你家里……还有谁？"红衣女子说："就我一个。我丈夫到深圳去了。"五哥说："我刚从南边回。我提前了两天。我老婆还当我是后天到哩。"红衣女子笑了笑。五哥趁机把手放在了她的腰上。

五哥跟着她拐弯抹角。五哥满心欢喜。他几乎是怀着甜蜜的感情打量他身边这个女人的一切，眼睛眉毛嘴唇以及胸脯。五哥都有点按捺不住了。

五哥刚跟红衣女子走进家门，后脚便跟进几个彪形大汉。五哥觉出有些不对，忙堆起笑，说："上次你帮了大忙。我准备了两千块钱酬劳你。"红衣女子冷笑一声："我说一千就只要一千。钱我已经从你兄弟那儿取来了。不过事情还不那么简单。"五哥出汗了，说："还有什么，尽管说，尽管说。"红衣女子说："你姑奶奶不是随便让人耍的。冒充工商局的，是耍第一次；在云鹤酒楼一拍屁股开溜是耍第二次；今日一路不怀好意是耍第三次。我明白告诉你，我今天只想叫人揍你一顿，叫你记清楚闹着玩玩得看人看地方。"

五哥无言以对。五哥自然也不会轻易讨饶。五哥毕竟是父亲的儿子。父亲说过做男人就是把刀架在脖子上也要硬着筋骨。五哥此刻便硬着了筋骨。五哥见几条大汉脱下了衣服，每人都露一件由他摊上卖出去的印有霍元甲的汗衫，不由得心一沉。突然，五哥说："朋友，我讲几句话。"红衣女子说："有屁快放。"五哥说："我们是一账还一账，所以今天这顿打我认了。打伤了我看病，打残了我躺床，打死了我不怪。不过这笔账了结后，我们井水不犯河水，不必死结冤家。生意兴旺靠朋友，互相拆台栽跟头。"红衣女子说："你还是条汉子。你放心。你死不了残不了。血还是要放一点的。拆台的事我不做，其他的人我不保证。"

红衣女子说罢出了门。五哥立即被拳脚包围了。很快五哥便人事不知地瘫倒在地。五哥醒的时候，天已黑了。屋里亮着灯。红衣女子正哗啦哗啦地滑动着编织机织毛衣。五哥艰难地站起来，一言不发，向门外走去。五哥快要跨出大门，忽飘来那女子软软的声音："代我跟你兄弟道个歉。说那天我认错了人。"

五哥回家时叫了出租车。一家人见他血淋淋的模样都惊呼大叫。五哥没敢说也没脸皮说挨打之故，只说在汽车上同流氓争吵结果动起手来。五哥躺了整一星期。父亲闻知后，鼻子一嗤说五哥是笨蛋加癞皮狗一个。笨在居然能被人打到这种地步。癞在居然还大大方方地躺上七天。父亲委实感叹一代不如一代。

一切都恍如梦般。五哥伤好之后生意照常做了下去。五哥担心还会有人前来挑衅，结果，一连几个月都相安无事。五哥不由得从心底服了那女子。他曾到处打听过红衣女子的下落。五哥想同她交个朋友。可惜五哥至今仍未打听到。

五哥现已是汉正街万元户之一了。六哥自然也不例外。汉正街的万元户说起来只千来户人家而其实远远不止。潜伏在地底下的万元户们至少也有几百。五哥和六哥这种人，发富之后学会的第一桩事便是赌钱。起先是麻将。后来嫌麻将太磨人也太费脑子，便掷骰子。有人读过金庸的小说《鹿鼎记》，知道那里面有个善赌的韦小宝。便在摇骰子时爆喊一声："韦小宝来啦！"五哥六哥均不知韦小宝为何物，但每次轮到他们掷时，也长长地吆喝："韦小宝哇！"

偶尔五哥回河南棚子看看父亲母亲时，见父亲端端地坐在小凳上与一帮老朽们以一毛两毛钱这样的数目打牌，脸红脖子粗地叫喊这个是臭牌那个是霉星，便也如父亲嗤他一样对父亲嗤一鼻子。五哥说他们现在下赌注根本不数钞票的张数。父亲不服便傲然问道那么怎么算账？五哥说把钱摞起来用尺量厚薄。五哥说我下得最凶的一次赌注是十个厘米。父亲说十个厘米有多少？未必比一百块还多？五哥说压紧一点也就差不多一千块。父亲"呸"地朝五哥吐了一口浓痰，怒道："吹牛找你孙子去莫找你老子。"五哥大骂着父亲混蛋透顶而去。而同父亲一起的牌友们直到五哥走得没影儿了惊愕的面孔还没复原。

这回父亲怀疑五哥和六哥是不是他的儿子了。

十三

七哥瞧不起五哥和六哥到了极点。七哥常在肚子里用最恶毒最尖刻的话骂五哥和六哥。童年时代五哥和六哥给七哥的伤害令七哥永生难忘。但七哥在组织个体户们座谈时却每一次都以自豪的口吻提到他有两个哥哥都是个体户。七哥说他对他的这两个哥哥极其敬重，因为他们全靠自己的勤劳和智慧创造自己的生活。七哥鼓励个体户青年不要自卑要自信，要认识到自己这个职业的高尚和伟大。七哥还诙谐地说他们这些搞政治工作的人只能靠嘴皮吃饭，别的什么本事都没有。假如有一天我干腻了这一行就辞职去干个体户。七哥说起码可以到深圳广州跑几趟而这两处他还没去过哩。七哥的话让那些常往南边跑的个体户们都笑了起来。个体户们都纷纷称赞七哥说这个人难得，便将七哥视为知音。而实际上他们都不知道七哥度蜜月在深圳住了20天。

元旦时，七哥回了一趟家。恰恰五哥六哥也偕子来家了。五哥六哥自小就没把七哥放在眼里，到现在依然是。他们完全不顾七哥是广大个体户的知音这一事实。五哥和六哥你一言我一语大声讥刺七哥费心思往上爬不如费心思赚点钱，然后故意把儿子的胖脸亲得"叭叭"地响。那响声在七哥的心上像是锤子砸下一样，一锤一锤地让他痛苦。

父亲对七嫂极不满意。父亲想这女人大概有妖术。要不凭她那年龄和不能生儿子这罪该万死的毛病怎么能把七哥给勾引上呢？父亲想没有男人愿意讨一个不会生孩子的女人。而女人生不下孩子，父亲想，那还有什么用？父亲说不孝有三无后为大。父亲说现如今又不能讨小，看小七子你今后怎么办？父亲说不如把你那个休掉，再找个年轻漂亮的。七哥说瞎吵什么，你懂个屁。七哥一句话噎得父亲说不上来了。父亲在七哥面前显得很谦卑。父亲常想着七哥是省里头的人。

元旦刚过几天，父亲突然颠颠赶到武昌来找七哥。父亲说大香和小香都要请七哥吃饭，叙叙姐弟之情。七哥听得大吃一惊，那惊愕的程度不亚于听说里根总统请他赴宴。片刻，七哥冷笑一声："黄鼠狼给鸡拜年，哪有好心。"父亲说："她们当不了黄鼠狼，你也不是鸡。"七哥说："我从来都只当没有姐姐的。"父亲说："你们都是我养的。都是从你妈一个人肚子里钻出来的，有没有姐姐由不得你。"七哥又是一声冷笑。七嫂说既然请，那就去吧。何况父亲又老远跑来了。七哥听七嫂的，便淡淡地回父亲说："请就请。有吃的何乐而不为？"

小香姐姐住在黄孝河边。小香姐姐当年嫁的那个黑胡子男人是个无业游民。小香姐姐跟他结婚三个半月后生了一个女孩。那黑胡子要的是男孩而小香姐姐却没有办到。小香姐姐在七哥面前可以为所欲为地打骂撕咬，却不能将她的丈夫奈何下去。没等女孩满两岁黑胡子假称回老家将小香卖到了河南。河南乡下的日子清苦，这使小香一次又一次地逃跑，终于三年后跑了回来。到家里怀里又抱着一个男孩。那天母亲几乎以为她是个讨饭的。直到小香姐姐凄苦地喊了声妈妈，母亲才认出这是她的小女儿。

小香姐姐一年不到又结了婚。没有男人小香姐姐是活不下去的。甚至只有一个男人她也依然觉得日子难熬。小香姐姐为这回的丈夫生了一个儿子。小香的丈夫是菜农，因为妻子生了一个女孩而一怒之下与之离婚。这回小香称了他的心愿，便万事百事由着小香姐姐。儿子已经有了，老婆的意义就不大了。逗儿子逗得高兴时，即使小香领了情人来家调情他也无所谓。他抱着儿子给小香做菜还殷勤地问客人味道如何。

小香姐姐有了一女二子。河南带回的那个连户口都没有。小香姐姐想起了七哥。

几乎同时，大香姐姐也在想七哥了。大香结婚甚早。大香有三个小老虎似的儿子。小的也都初中毕业了，而大的业已开始了待业。大香姐姐18岁就结了婚。大香姐姐丈夫是木匠，木匠比大香大10岁。大香姐姐小日子过得十分富足。大香常常在休假之日坐在门口晒太阳，嗑着瓜子同一帮老娘们扯三拉四地聊天。星期天则提一点吃的或酒回河南棚子看望父母亲，大香姐姐住三眼桥，这也是汉口下层人历来所居之地。

　　父亲告诉大香和小香，说是七哥答应去她们那里吃饭。大香说那就先去我那儿吧。小香说不不不，先去我那儿。大香说你那破地方，七弟怎么能踏得进脚。小香说你不要什么都想得到手，你的日子过得够好的了。大香说就是日子过得好了，才要多为子孙后代想。小香说我则是一心为七弟着想。大香说，你心肠好，怎么小时候不为七弟想？小香说你比七弟大那么多却从不照顾他。大香姐姐和小香姐姐争吵得互相骂了祖宗，倒没想到她俩是同一个祖宗下的儿女。

　　父亲说吵个什么名堂，就在我这儿吧。你们俩一起做东，打点好酒来。老子陪小七子喝酒，你俩有什么屁就在饭桌上放。父亲的话令两个女儿皆大欢喜。

　　七哥那天进门时见到大香姐姐和小香姐姐的笑容几乎当场呕吐。火车依旧哐啷哐啷地从门前开过，震得房子微微颤动。小桌放在了屋中央。桌面上加了一层圆桌面。扩大了的桌面上已摆上了香肠卤牛肉花生米之类冷盘。酒是黄鹤楼牌的。父亲眯着眼边闻边咂着嘴唇。桌上倒了三杯酒。父亲把大哥也叫来了。七哥父亲大哥，三个男人坐在桌旁。而所有的女人——母亲大香小香——都在他们身边忙碌，谦卑地问七哥菜如何酒如何。七哥不知道到底为了什么事。他只觉得自己仿佛在一个陌生人家里做客。

　　父亲在三杯酒下肚后，舌头便又润滑了起来。父亲说："小七子你这辈子不能光你两口子过。"七哥说:"您这是什么意思?"父亲说:"得有儿子。要不你费老命奔的前途有谁能接着走下去?"大哥说:"小七子,爸爸的话说得对。你的社会地位再高,你一死百事全了。还是得有儿子继承才是。"七哥没言语。他觉得父亲和大哥的话倒是不错。七哥想自己把自己的命运彻底地翻了个面,可又怎么样呢?没有儿孙为自己的这番奋斗自豪,亦没有儿孙能享受到自己的成果。这岂不是有些枉然?父亲说:"小七子,你可以过继一个儿子。"小香姐姐立即说:"我的老二,你晓得的,身体又结实,长相也不错,为了弟弟到老有依靠,我豁出去把他交给你。"七哥吃了一惊:"你儿子?"小香姐姐夹了一只鸡腿给七哥,说:"是呀,那是个好小子。"大香姐姐说:"小七子别听她的。那小子是她跟河南乡下农民养的,蠢头蠢脑。我那个老三,一表人才,年龄虽大了点,不过,过继给你也合适。"七哥又一惊:"你说三毛?"大香姐姐说:"是呀,三毛常说他最佩服的人就是他七舅哩。"小香姐姐说:"三毛15岁了怎么合适?"大香姐姐说:"那也比杂种要好呀。"大香姐姐和小香姐姐又一顿好吵。七哥心烦意乱毫无吃兴。一桌酒菜便如毒药般让他汗毛耸起。七哥站起来,对父亲和大哥说:"我不吃了。"父亲喝息了大香和小香的战火对七哥说:"再坐坐,你不陪你老子也陪陪你大哥。"大哥说:"七弟要走就让他走。不过话还是得跟你说明白。你小时在家里受够了苦,这我清楚。吃得苦中苦方为人上人。现如今你出息了,再出息的人也得有子嗣。大香和小香的儿子是你的外甥。你们血缘亲近,你过继哪一个可以挑,但最好还是要过继有血缘关系的。否则,我们家不承认那个孙子。"七哥说:"我得想想。"七哥一出家门,大香姐姐和小香姐姐的声音便在身后炸起。走了老远,还能听见她俩尖锐的叫喊。这一切使七哥恍若又回到了他过去的日子。七哥恐惧地加快了脚步,而心底里却一忽儿一个寒噤。七哥终于忍不住了，他扶着一棵树，勾下头将适才的饭菜呕吐一尽。他想将心底的恐惧和寒气一起呕出去。吐完，七哥望着灰蒙蒙的天空，想：家里过去又在什么时候承认过我这个儿子的呢？

三天后七哥回家了一趟。七哥告诉父亲：他已到孤儿院领了一个小男孩子，那孩子刚一岁。七哥说："不管你们承认不承认他是你们的孙子，但我得说，他是我的儿子！"七哥说完扬长而去。七哥的行为叫父亲目瞪口呆。父亲想骂人而终未骂出。父亲不敢骂七哥。父亲心里的七哥是政府的儿子而不是他的。

十四

河南棚子盖起了好些新房子。那些陈旧的板壁屋便如衣衫褴褛的童养媳夹杂在青枝绿叶般的新娘子之间。据说新火车站要修到建设大道的方向去，教堂般的汉口火车站从此结束它的使命。穿越城市的铁路要改为高质量的公路，公路两边的破旧房屋全部拆除，重新起盖高楼大厦。

邻居们都欢呼雀跃，纷纷盘算旧屋该折价多少，如何向政府讨价还价多分几套房子。只有父亲愁眉不展。父亲说没火车叫他是睡不着觉的。父亲说住楼房沾不到地气人要短寿。父亲说小八子怎么办？那几日父亲常坐在窗口下唠唠叨叨地说："我只有一个小八子还留在身边。"

我知道我再也不可能和父亲母亲一起了。二十多个幸福的岁月，我享受到了无比无比多而热烈的亲情之爱。那温暖的土层包裹着我弱小的身躯。开放在这热土之上的是一串红火一般的艳丽。火车雄壮地隆隆而过，那播洒的光芒雪亮地照耀父亲的小屋。很难想象没有父亲这小屋会是什么样子。

父亲把我挖出的那天是个大晴天。太阳刺眼地照射着大地。父亲叫来了三哥。三哥将小木盒置入一个大纸盒里，然后用绳子捆绑好。三哥说："我把他埋到二哥旁边吧，有个伴儿。"三哥把纸盒架在自行车后，左脚一蹬，右脚飞越过纸盒踩上踏板。三哥的车铃叮铃按响的时候，父亲和母亲，相拥着望着我们远去。他们像一对恩爱的老夫妻慈善着面孔望了很远很远，然后一起颓然地坐在门槛上。这一天我才发现，父亲和母亲已经非常苍老非常憔悴非常软弱了。

三哥将我埋在二哥身边，然后抚着二哥的墓碑，阴着面孔长舒了一口气。直到天黑三哥才缓缓地向山下走去。他的脚步是那么沉重和孤独，一声声敲着地心仿佛告诉这山头所有的朋友，他累极了累极了。

星星出来了。灿烂的夜空没能化解这山头上的静谧，月光惨然地洒下它的光，普照着我们这个永远平和安宁的国土。

我想起七哥的话。七哥说生命如同树叶，所有的生长都是为了死亡。殊路却是同归。七哥说谁是好人谁是坏人直到死都是无法判清的。七哥说你把这个世界连同它本身都看透了之后你才会弄清你该有个什么样的活法。我将七哥的话品味了很久很久，但我仍然没有悟出他到底看透了什么到底作怎样的判断到底是选择生长还是死亡。我想七哥毕竟还幼稚且浅薄得像每一个活着的人。

而我和七哥不一样。我什么都不是。我只是冷静而恒久地去看山下那变幻无穷的最美丽的风景。

（原载《当代作家》1987年第5期）

一种谜语的几种简单的猜法

史铁生

X

有一部很老的谜语书，书中收录了很多古老的谜语。成书的具体年月不详，书中未注明，各类史书上也没有记载。

这是现存的最老的一部谜语书，但肯定不是人类的第一部谜语书，因为此书中谈到了一部更为古老的谜语书，并说那书中曾收有一条最为有趣而神奇的谜语。书中说，可惜那部更为古老的谜语书失传已久，到底它收了怎样一条有趣而神奇的谜语，业已无人知晓。

书中说，现仅知道这条谜语有三个特点：一、谜面一出，谜底即现；二、己猜不破，无人可为其破；三、一俟猜破，必恍然知其未破。

书中还说，这似乎有违谜语的规则，但相传那确是一条绝妙的、非常令人信服令人着迷的谜语。

书中在说到这似乎有违谜语的规则时还说，人总是看不见离他最近的东西，譬如睫毛。

那究竟是怎样一条谜语呢？——便成为这部现存最老的谜语书中收录的最后一条谜语。

A+X

要想回答譬如说——世界是从什么时候开始的？——这样的问题，我想最大的难点就在于：我只能是我。因为事实上我只能回答——世界对我来说开始于何时？——这样的问题。因为世界不可能不是对我来说的世界。当然可以把我扩大为"我"，即世界还是对一切人来说的世界，但就连这样的扩大也无非是说，世界对我来说是可以或应该这样扩大的。您可以反驳我，您完全可以利用我的逻辑来向我证明：世界同时也是对您来说的世界。但我说过最大的难点在于我只能是我，结果您的这些意见一旦为我所同意，它又成了世界对我来说的一项内容了。您豁达并且宽厚地一笑说：那就没办法了，反正世界不是像你认为的那样。我也感到确实是没有办法了：世界对我来说很可能不是像我认为的那样。

如果世界注定逃脱不了对我来说，那么世界确凿是开始于何时呢？

奶奶的声音清清明明地飘在空中："哟，小人儿，你醒啦？"

奶奶的声音轻轻缓缓地落到近旁："看什么哪？噢，那是树。你瞧，刮风了吧？"

我说："树。"

奶奶说："嗯，不怕。该尿泡尿了。"

我觉到身上微微的一下冷，已有一条透明的弧线蹿了出去，一阵叮叮喇喇的响，随之通体舒服。我说："树。"

奶奶说："真好。树——刮风——"

我说："刮风。"指指窗外，树动个不停。

奶奶说："可不能出去了，就在床上玩儿。"

脚踩在床上，柔软又暖和。鼻尖碰在玻璃上，又硬又湿又凉。树在动。房子不动。远远近近的树要动全动，远远近近的房顶和街道都不动。树一动奶奶就说，听听这风大不大。奶奶坐在昏暗处不知在干什么。树一动得厉害窗户就响。

　　我说："树刮风。"

　　奶奶说："喝水不呀？"

　　我说："树刮风。"

　　奶奶说："树。刮风。行了，知道了。"

　　我说："树！刮风。"

　　奶奶说："行啦，贫不贫？"

　　我说："刮风，树！"

　　奶奶说："嗯。来，喝点儿水。"

　　我急起来，直想哭，把水打开。

　　奶奶看了我一会儿，又往窗外看看，笑了，说："不是树刮的风，是风把树刮得动换儿了。风一刮，树才动换儿了哪。"

　　我愣愣地望着窗外，一口一口从奶奶端着的杯子里喝水。奶奶也坐到亮处来，说："瞧风把天刮得多干净。"

　　天。多干净。在所有的房顶上头和树上头。只是在以后的某一时刻才知道那是蓝。蓝天。灰的房顶和红的房顶。树在冬天光是些黑的枝条，摇摆不定。

　　奶奶扶着窗台又往楼下看，说："瞧瞧，把街上也刮得多干净。"

　　街。也多干净。房顶和房顶之间，纵横着条条炭白的街。

　　奶奶说："你妈就从下头这条街上回来。"

　　额头和鼻尖又贴在凉凉的玻璃上。那是一条宁静的街。是一条被楼阴遮住的街。是在楼阴遮不住的地方有根电线杆的街。是有个人正从太阳地里走进楼阴去的街。那是奶奶说过妈妈要从那儿回来的街。玻璃都被我的额头和鼻尖焐温了。

奶奶说:"太阳快没了,说话要下去了。"

因此后来知道哪是西,夕阳西下。远处一座高楼的顶上有一大片整整齐齐灿烂的光芒。那是妈妈就要回来的征兆,是所有年轻的妈妈都必定要回来的征兆。

奶奶指指那座楼说:"你妈就在那儿上班。"

我猛扭回头说:"不!"

奶奶说:"不上班哪儿行呀?"

我说:"不!"

奶奶说:"哟,不上班可不行噢。"

我说:"不——"

奶奶说:"嗯,不。"

那楼和那样的楼,在以后的一生中只要看见,便给我带来暗暗的恓惶;或者除去楼顶上有一大片整齐灿烂的夕阳的时候,或者连这样的时候也在内。

奶奶说:"瞧瞧,老鸹都飞回来了。奶奶得做饭去了。"

天上全是鸟,天上全是叫声。

街上人多了,街上全是人。

我独自站在窗前。隔壁起伏着当当当奶奶切菜的声音,又飘起爆葱花的香味。换一个地方,玻璃又是凉凉的。

后来苍茫了。

再后来,天上有了稀疏的星星,地上有了稀疏的灯光。

世界就是从那个冬日的午睡之后开始的。或者说,我的世界就是从那个冬日的午后开始的。不过我找不到非我的世界,而且我知道我永

1139

远不可能找到。在还没有我的时候这个世界就已存在了——这不过是在有我之后我听到的一种传说。到没有了我的时候这个世界会依旧存在下去——这不过是在还有我的时候，我被要求同意的一种猜测。

就像在那个冬日的午后世界开始了一样，在一个夏天的夜晚，一个谜语又开始了。您不必管它有多么古老，一个谜语作为一个谜语必定开始于被人猜想的那一刻。银河贯过天空，在太阳曾经辉耀过的处处，倏而变为无际的暗蓝。奶奶已经很老，我已懂得了猜谜。

奶奶说："还有一个谜语，真是难猜了。"

我说："什么？快说。"

奶奶深深地笑一下，说："到底是怎么个谜语，人说早就没人知道了。"

我说："那您怎么知道难猜？"

奶奶说："这个谜语，你一说给人家猜，就等于是把谜底也说给人家了。"

我说："是什么？"

奶奶说："你要是自个儿猜不着，谁也没法儿告诉你。"

我说："您告诉我吧，啊？告诉我。"

奶奶说："你要是猜着了呢，你就准得说，哟，可不是吗，我还没猜着呢。"

我说："那怎么回事？"

奶奶说："什么怎么回事？就是这样儿的一个谜。"

我说："您哄我呢，哪有这样的谜语？"

奶奶说："有。人说那是世上最有意思的一个谜语。"

我说："到底是什么样儿的呢，这谜语？"

奶奶说："这也是一个谜语。"

我和奶奶便一齐望着天空，听夏夜地上的虫鸣，听风吹动树叶沙沙响，听远处婴儿的啼哭，听银河亿万年来的流动……

好久好久，奶奶那飘散于天地之间的苍老目光又凝于一点，问我："就在眼前可是看不见，是什么？"我说："眼睫毛。"

B+X

多年来我的体重恒定在五十九点五公斤，吃了饭是六十公斤，拉过屎还是回到五十九点五公斤。我不挑食，吃油焖大虾和吃炸酱面都是吃那么多，因为我知道早晚还是要拉去那么多的。吃掉那么多然后拉掉那么多，我自己也常犯嘀咕：那么我是根据什么活着的？我有时候懒洋洋地在床上躺一整天，读书看报抽烟，或者不读书不看报什么事也不做光抽烟，其间吃两顿饭并且相应地拉两次屎，太阳落尽的时候去过秤，是五十九点五公斤。这比较好理解。但有时候我也东跑西颠为一些重要的事情忙得一整天都不得闲，其间草率地吃两顿饭拉两次屎，月亮上来了去过秤，还是五十九点五公斤。就算这也不难解释。可是有几回我是一整天都不吃不喝不拉不撒沿着一条环形公路从清晨走到半夜的，结果您可能不会相信，再过秤时依旧是五十九点五公斤。

还有一件奇怪的事就是，我每天早晨醒来的时间总是在六点三十，不早不晚准六点三十，从无例外。我从不上闹钟。我也没有闹钟。我完全不需要什么闹钟。如果这一夜我睡着了，谁也别指望闹钟可以让我在六点三十分以前醒。那年地震是在凌晨三点多钟，即便那样我也还是睡到了六点三十才醒。醒来看见床上并没有我，独自庆幸了一会儿发现完全是扯淡，我不过是睡在地上，掸掸身上的土爬起来时看出房顶和门窗都有一点歪。如果我失眠了一直到六点二十九才睡着的话，我也保证可以在六点三十准时醒，而且没有诸如疲劳之类不好的感觉。人们有时候以我睡还是醒来判断时光是在六点三十以前还是以后。

因此我对这两组数字——595和630——抱有特殊的好感，说不定那是我命运的密码，其中很可能隐含着一句法力无边的咒语。

譬如我决定买一件东西，譬如说买拖鞋、餐具、沙发什么的，我不大在意它们的式样和质量，我先要看看它们的标价，若有五块九毛五的、五十九块五的、五百九十五块的，那么我就毫不犹豫地买下。再譬如看书，譬如说是一本很厚的书，我拿到它就先翻到第六百三十页，看看那一页上究竟写了些什么，有没有什么不同寻常的暗示。我一天抽三包香烟，但最后一支只抽一半，这样我一天实际上是抽五十九点五支。除此之外我还喜欢在晚饭之后到办公室去嗑瓜子，那时候整座办公大楼里只亮着我面前的一盏灯，我清晰地听到瓜子裂开的声音和瓜子皮掉落在桌面上的声音，从傍晚嗑到深夜，嗑五百九十五个一歇，嗑六小时三十分钟之后回家。总之我喜欢这两个数字，我相信在宇宙的某一个地方存在着关于我和这两个数字的说明。再譬如我听相声，如果我数到五百九十五或六百三十它仍然不能使我笑，我就不听了。

所以有一次我走到一座楼房的门前时我恰恰数到五百九十五，于是我对这楼房充满了幻想，便转身走了进去。我感到一种从未有过的激动，我相信我必须得做一件不同凡响的事情来记住这座楼房了。我在幽暗的楼道里走，闭上眼睛。我想再数三十五下也就是数到六百三十时我睁开眼睛，那时要是我正好停在一个屋门前的话，我一定不再犹豫一定不管三七二十一就敲门进去，也不管认不认得那屋里的主人我一定要跟他好好谈一谈了。六百三十。我睁开眼睛。这儿是楼道的尽头，有三个门，右边的门上写着"女厕"，左边的门上写着"男厕"，中间的门开着上面写着"隔音间"。右边的门我不能进。左边的门我当然可以进，但我感觉还不需要进。我想中间这门是什么意思呢？我渐渐看清门内昏黑的角落里有一部电话。我早就听说有这样的无人看管的公用电话。我站在第六百三十步上一动不动想了五百九十五下，我于是知道该做一件什么事情了。我走进电话间，把门轻轻关上，拿起电话，慎重地拨了一个号码：595630，慎重得就像母亲给孩子洗伤口一样。这样的事我做过不止一次了。有两次对方是男的，说我有病，"我看您是不是有病啊？"说罢就把电话挂了。有两次对方是女的，便骂我是流氓，"臭流氓！"这我记得清楚，她们通过电话线可以闻到你的味儿。

"喂，您找谁？"这一回是女的。

"我就找您。"我还是这么说。

她笑起来，这是我没料到的。她说："您太自信了，您的听力并不怎么好。我不是这儿的，我偶尔走过这儿发现电话在响没人管，这儿的人今天都休息。您找谁？"

"我就找您。"

她愣了一会儿又笑起来："那么您以为我是谁？"

"我不以为您是谁，您就是您。我不认识您，您也不认识我。"

电话里没有声音了。我准备听她骂完"臭流氓"就去找个地方称称体重，那时天色也就差不多了，我好到办公室嗑瓜子去。但事情再一次出乎我的意料，她没有骂。

"那为什么？"她说，声音轻得像是自语。

"干吗一定要为什么呢？我只是想跟您谈谈。"

"那为什么一定要跟我呢？"

"不不。我只是随便拨了一个号码，我不知道这个号码通到哪儿。您千万别误会，我根本不知道您是谁，我向您保证我以后也不想调查您是谁，也不想知道您在哪儿。"

她颤抖着出了一口长气，从电话里听就像是动荡起一股风暴，然后她说："您说吧。"

　　"什么？"

　　"您不是想跟我谈谈吗？您谈吧。"

　　"您别以为我是个坏人。"

　　"当然不会。"

　　"为什么呢？为什么是当然？"

　　"坏人不会像您这么信任一个陌生人的。"

　　多年来我第一回差点哭出来。我半天说不出话，而她就那么一直等着。

　　"您也别以为我是个无聊透顶的人。"

　　她说她也对我有个要求，她说请我不要以为她是那种惯于把别人想得很坏的人。她说："行吗？那您说吧。"

　　"可我确实也没什么有意思的话要说。我本来没指望您会听到现在的。"

　　"随便说吧，说什么都行，不一定要有意思。"

　　我想了很久，觉得一切有意思的话都是最没意思的话，一切最没意思的话才是最有意思的话，所以我想了很久还是犹豫不决难以启口。我几次问她是否等得不耐烦了，她说没有。最后我想起了那个谜语。

　　"有一个早已失传了的谜语，现在已经没有人知道那是怎么一个谜语了。现在只知道它有三个特点。您有兴趣吗？"

　　"哪三个特点？"

　　"一是谜面一出谜底即现，二是如果你自己猜不到别人谁也无法告诉你，三是如果你猜到了你就肯定会认为你还没猜到。"

　　"噢，您也知道这个谜语？"她说。

"怎么，您也知道？"我说。

"是，知道。"她说，"这真好。"

"您不是想安慰我吧？"我说。

"当然不是。我是说这谜语真绝透了。"

"据说是自古以来最根本的一个谜语。离你最近可你看不见的，是什么？是睫毛。"

"我懂真的我懂。您也知道这个谜语真是绝透了。"电话里又传来一阵阵小小的风暴。我半天不说话，多年来我就渴望听到这样的风暴。然后她在电话里急切地喊起来："喂，喂！下回我怎么找您？"

我说："别说'您'好吗？说'你'。"我说我们最好是只作电话中的朋友，这样我们可以说话更随便些，更自由更真实些。她说她懂而且何止是懂，这也正是她所希望的。

以后我就每星期给她打一次电话，都是在595630电话所在之地的人们休息的那一天。我从不问她姓什么叫什么，是干什么的，多大年龄了，等等。她也是这样，也不问。我们连为什么不问都不问。我们只是在愿意随便谈谈的时候随便谈谈。第二次通电话的时候，她告诉我，男人到底是比女人敢干，她早就想干而一直不敢干的事让我先干了。我说："你是怕人说你是臭流氓吧？"她听了笑声灿烂。第三次我们谈的是蔬菜和森林，蔬菜越来越贵，森林越来越少。第四次是谈床单和袜子，尤其谈了女人的长裤太容易跳丝，有一处跳丝就全完了。我说："你挺臭美的。"她说："废话你管着吗？"我说第一我根本不管，第二臭美在我嘴里不是贬义词。她便欣然承认她相当喜欢臭美："但得是褒义词！"我说就如同我认为"臭流氓"是褒义词一样。第五次谈猫，二月正是闹猫的季节，于是谈到性。我没料到她会和我一样认为那是生活中最美的事情之一，同时她又和我一样是个性冷漠患者。"这很奇怪是吗？""很奇怪。"第六次谈狗，我说可惜城市里不让养狗，我真想搬到农村去住，那样可以养狗。她说："是吗？那我真搬到农村住去。"我说："算了吧，我们都是伪君子。"第七次说到钱，钱是一种极好的东西，连拉屎撒尿放屁都得受它摆布。她笑得喘不过气来："你夸张了，怎么会管得了最后一种？"我说："你想要是你能住到高级饭店去你还敢随便放屁吗？""干吗要随便？""所以我说钱是好东西。"第八次我们自由自在地骂了半天人，骂得畅快淋漓。第九次谈到上帝和烩猪肠子，她说："嘻，那东西多脏啊！"我问她是指上帝还是指猪肠子？她说你知道那是装什么的吗？我说你是说上帝还是说猪肠子？她说："算了算了，和你这人缠不清。"第十次谈到宇宙、飞碟、特异功能、四维时空、测不准原理和蚂蚁。第十一次我们一块唱了好多真正的民歌，真正的民歌都是极坦率极热情又极露骨的情歌。第十二次是说气候、季节、山野河流、鹿的目光与释迦牟尼何其相似，以及她的一只非常好看的扣子挤汽车时挤丢了，而我昨天差点让煤气罐给炸死。第十三次说到了爱情，她说这是说不清的事。我说什么是说得清的事呢？她说就连这也说不清，我们不过是在胡说八道。我说有谁不是在胡说八道呢？她便又笑声灿烂。我说我冒了被骂为臭流氓的危险就是为了能胡说八道和能听到纯正的胡说八道。她听了许久无声然后哭声辉煌经久不息，使我振奋不已。她说她骨子里非常软弱。我说你别怕，我也一样。她说她外强中干其实自卑极了。我说我也一样，你别在意。她的哭声便转而娇媚。我说我何止于此，我还是个枯燥乏味的人。她说她也是。我说我还很庸俗简直无聊透顶。她让我别急，她说这下就好了她也是个俗不可耐的人。我说我无才无能一无可取之处。她让我别急，她说她也一样没有一点吸引人的地方。她不哭了，问我："你是个好人吗你觉得？"我说我觉不出来，你呢？她说她就是因为不知道怎样才能觉出自己是不是个好人，所以才问我的，可惜我也不知道。我说要是这样说，我大概是个灵魂肮脏的人。她说为什么呢？我便给她举一些实例，讲我当着人是怎样说，背着人是怎样想，讲我所做过的一切事情，讲我所有的一切念头，讲我白天的行为，也讲我黑夜的梦境，直讲到口干舌燥气喘吁吁，直讲到我自己也很难不承认自己是个臭流氓时，我才害怕了不讲。类似这样的害怕是最可怕的事，好在我知道她不知道我是谁，不知道我在哪儿，即便在街上擦肩而过她也认不出我而我也认不出她，这样我才不害怕了。我说："嘿，怎么样，我是个坏人吧？"她说她不知道。我说那你究竟知道什么呢？她说她只知道她多年来一直在找我这样的人。"找我干什么？""找你，然后嫁给你。"于是我们约定在晚六点三十见面，在一条环形公路的五百九十五公里处，她穿一身白，我穿一身黑。

我提前赶到了那里，这个提前很可能是个绝大的错误。我找到了五百九十五公里处的小石碑，并且坐在上头。我相信这个数字很吉利而这个姿势又很保险，但我没想到会在这儿碰上了我的妻子。我想不出有谁能告密。大概这是因为我提前来了，因为我没有恪守630这个数字。我们相距差不多有二十米至二十万光年远。我把帽子压得低些，我见她也把围巾围得高些。这说明我们都已发现了对方，并且都不想让对方发现自己。我想这也好，何必这样呢？但她并不离开，当然我也没离开。她想监视我，那好吧，我正好可以抓住她监视我的证据，免得她过后又不承认。这样过了有十几分钟，到了六点三十。我坦荡地朝四周望望，我看见她也在朝四周望而且毫不掩饰。这时我发现她穿了一身白，她正朝我走来。

她说："我怎么没听出来是你？"

我说："可不是吗，我也没听出是你。"

我们相对无言，很久。公路上各种车辆从我们身边呼啸而过。

她看看我，看我的时候仍然面有疑色。她说："你再把那个谜语说一遍行吗？"

我说："我不知道那个谜语，既不知道它的谜面也不知道它的谜底，只知道它有三个特点，第一……"

"行了，别说了。"她说，"看来真的是你。你的声音跟多年以前不一样了。"

我说："你也是。"

她说："你要是在电话里打打呼噜就好了，像每天夜里那样。那样我就知道是你了。"

我说："我听见你夜里总咬牙。我给你买了打虫药一直没机会给你。"

我们就在小石碑旁坐下，沉默着看太阳下去，听晚风起来。

"我们明天还能那样打打电话吗？"

"谁知道呢？"

"还那样随便谈谈，还能那样随便谈谈吗？"

"谁知道呢？"

"试试行吗？"

"试试吧，试试当然行。"

然后我们一同回家，一路上沉默着看月亮升高，看星星都出来。快到家的时候我顺便去量了量体重，不多不少五十九点五公斤，我便知道明天早晨我会在六点三十醒来。

C+X

她向我俯下身来。她向我俯下身来的时候，在充斥着浓烈的来苏味的空气中我闻到了一阵缥渺的幽香，缥渺得近乎不真实，以致四周的肃静更加凝重更加漫无边际了。

她的手指在我赤裸的胸上轻轻滑动，认真得就像在寻找一段被遗忘的文字。我把脸扭向一旁，以免那幽香给我太多的诱惑，以免轻轻的滑动会划破我濒死的安宁。

我把脸扭在一旁。我宁愿还是闻那种医院里所特有的味道。这味道绝非是因为喷洒了过多的来苏，我相信完全是因为这屋顶太高又太宽阔造成的。因为墙壁太厚，墙外的青苔过于年长日久。因为百叶窗的缝隙太规整把阳光推得太远。因为各种治疗仪器过于精致，而她的衣帽又过于洁白的缘故。

她的手指终于停在一个地方不动。我闭上眼睛。我感到她走开。我感到她又回来。我知道她拿了红色的笔，还拿了角尺，要在我的胸上画四道整齐的线。笔尖在我的骨头上颠簸，几次颠离了角尺。笔和尺是凉的硬的，恰与她纤指的温柔对比鲜明。轻轻的温柔合着幽香使我全身一阵痉挛。我睁开眼睛，看见四道红线在我苍白嶙峋的胸上连成一个鲜艳的矩形，灿烂夺目。

然后她轻声说："去吧。"

然后她轻声问："行吗？"

我就去躺到一架冰冷的仪器下面，想到室外正是五月飞花的时光。

我问1床："也是她管你吗？"

1床眯起浑浊的眼睛看我："怎么样，滋味不坏吧，咮？"

我摸摸胸上的红方块。我说："不疼。"

"我没说这个。"1床狡黠地笑起来，"她。刚才我们说谁来着？"他在自己身上猥亵地摩挲一阵，"咮？滋味不坏吧？"

3床那孩子问："什么？什么滋味不坏？"

我对那孩子说："别理他，别听他胡说。"

1床哧哧地笑着走到窗边，往窗外溜一眼，回身揪揪那孩子的头发："真的2床说得不错，你别理我，我眼看着就不是人了。"

"你现在就不是！"我说。

那孩子问："为什么？"

"眼看着我就是一把灰了。"1床说。

那孩子问："为什么？"

1床又独自笑了一会儿。

柳絮在窗外飘得缭乱，飘得匆忙。

1床从窗边走回来，眼里放着灰光，问我："说老实话，那滋味确实不坏是不是？"

"我光是问问，是不是也是她管你。"

"你这人没意思。"他把手在脸前不屑地一挥，"你这年轻人一点不实在。"

3床那孩子问："到底什么呀滋味不坏？"

1床又放肆地笑起来，对我说："我情愿她每天都给我身上多画一个红方块，画满，你懂吗？画满！"

那孩子笑了，从床上跳起来。

"用她那暖乎乎的手，你懂吗？用她那双软乎乎的手，把我从上到下都画满……"

3床那孩子撩起了自己的衣裳，喊："她今天又给我多画了一个！你们看呀，这个！"

1床和我整宿整宿地呻吟，只有3床那孩子依旧可以睡得香甜。只有3床那孩子不知道红方块下是什么。只有他不知道那下面是癌。那下面是癌，但他不知道。他不知道。但确实是癌。他说是他爸爸说的，那不是癌。他说他妈妈跟他说过那真的不是癌。他妈妈跟他这样说的时候，用乞求的目光看着我和1床。他的父母走后，他看看1床的红方块，说："这不是癌。"他又看看我的红方块，说："你也不是癌。"我说是的我们都不是癌。

"那这红方块下是什么呀？"

"是一朵花。"

"噢，是一朵花呀？"

是一朵花。一朵无比艳丽的花。

月亮把东楼的阴影缩小，再把西楼的阴影放大，夜夜如此。在我和1床的呻吟声中，3床那孩子睡得香甜。我们剩下的生命也许是为盼望那艳丽的花朵枯萎，也许仅仅是在等待它肆无忌惮地开放。

细细的风雨中，很多花都在开放。很多花瓣都伸展开，把无辜的色彩染进空中。黑土小路上游移着悄无声息的人。黑土小路曲折回绕分头隐入花丛，在另外的地方默然重逢。

掐一朵花，在指间使它转动，凝神于它的露水它的雌蕊与雄蕊，贴近鼻尖，无比的往事便散漫到细雨的微寒中去。

把花别在扣眼上，插在衣兜里，插在瓶中再放到床头去，以便夜深猛然惊醒时，闪着幽光的桌面上有一片片轻柔的落花。

3床的孩子问："就像这样的花吗？"

"兴许比这漂亮。"我说。

"那像什么？"

"也许就是这样的花吧。"

孩子仔细看自己小小肚皮上的红方块，仔细看很久，仰起脸来笑一笑承认了它的神秘："它是怎么长进去的呢？"

1床双目微合，端坐花间。

"他在干吗？喂！你在干吗？"

"他在做梦。"

"他在练功？"

"不，他在做梦。"

1床端坐花间，双手叠在丹田。

"今天会给他多画一个红方块吗？"

"你别信他胡说。"

"你呢？你想不想让她多给你画一个？"

"随她。"我说。

"你看那不是她来了？"

她正走上医院门前高高的白色的台阶，打了一把红色的雨伞，在铅灰色的天下。

1床端坐花间，双手摊开在膝盖上掌心朝天。天正赐细细的风雨给人间。

每天都有一段充满盼望的时间：在呻吟着的长夜过后，我从医院的东边走到西边，穿过湿漉漉的草地和阳光和鸟叫，走进另一条幽暗的楼道，走进那个仪器林立的房间，闻着冰冷的金属味和精细的烤漆味等她。闻着过于宽阔的屋顶味和过于厚重的墙壁味，等她。室内的仪器仿佛旷古形成的石钟乳。室外的青苔厚厚地漫上窗台。

所有仪器的电镀部分中都动起一道白色的影子，我渐渐又闻到了缥缈的幽香。

她温柔的手又放在我赤裸的胸上。她鬓边的垂发不时拂过我的肩膀。我听见她细细的呼吸就像细细的风雨，细细的风雨中布进了她的体温。我不把头扭开。我看见她白皙脖颈上的一颗黑痣。我看见光洁而浑实的她的脊背，隐没在衬衫深处。隐没了我从未见过的女人的躯体，和女人的花朵……她又走开。她又回来。在我的胸上，把褪了色的红方块重新描绘得鲜艳，那才是属于我的花朵。

然后她轻声说："去吧。"

然后她轻声问："行吗？"

然后她轻盈而茁壮地走开，把温馨全部带走到遥远的盼望中去。我相信1床那老混蛋说得对，画满！把那红方块给我通身画满吧，无论出于什么样的原因。

1床问我："你怎么没结婚？"

我说："我才二十一岁。"

1床浑浊的眼睛便越过我，望向窗外深远的黄昏。

3床那孩子在淡薄的夕阳中喊道："我妈跟我爸结过婚！"

1床探身凑近我，踌躇良久，问道："尝过女人的味了没有？"

我狠狠地瞪他，但狠狠的目光渐渐软弱并且逃避。"没有。"我说。

3床那孩子在空落的昏暗中喊道："我妈跟我爸结婚的时候还没有我呢！"

1床不说话。

我也不说。

那孩子说："真的我不骗你们，那时候我妈还没把我生出来呢。"

1床问我："你想看那个女人吗？"

"你少胡说！"

1床紧盯着我，我闭上眼睛。

很久，我睁开眼睛，1床仍紧盯着我。

我说："你别胡说。"却像是求他。

我们一齐看那孩子——月光中他已经睡熟。月光中流动着绵长的夜的花香。

我们便去看她。反正是睡不着。反正也是彻夜呻吟。我们便去看她，如月夜和花香中的两缕游魂。

1床说他知道她的住处。

走过一幢幢房屋的睡影，走过一片片空地的梦境，走过草坡和树林和静夜的蛙声。

1床说："你看。"

巨大的无边的夜幕之中，便有了一方绿色的灯光。灯光里响着细密柔和的水声。绿蒙蒙的玻璃上动着她沐浴的身影。幸运的水，落在她身上，在那儿起伏汇聚辗转流遍；不幸的便溅作水花化作迷雾，在她的四周飘绕流连。

1床说："要不要我给你讲些女人的事？"

"嘘——"我说。

水声停了。那方绿色的灯光灭了。卧室的门开了。卧室中唯有月光朦胧，使得那白色的身影闪闪烁烁，闪闪烁烁。便响起轻轻的钢琴曲，轻轻的并不打扰别人。她悠闲地坐到窗边，点起一支烟。小小的火光把她照亮了一会儿，她的头发还在滴水，她的周身还浮升着水汽。她吹灭了火，同时吹出一缕薄烟，吹进月光去让它飘飘荡荡，她顺势慵懒地向后靠一靠，身体藏进暗中，唯留两条美丽的长腿叠在一起在暗影之外，悠悠摇摆，伴那琴声的节拍。

1床说："你不会像我，你还能活。"

"嘘——"我说。

她抽完了那支烟。她站起来。月亮此刻分外清明。清明之中她抱住双肩低头默立良久，清明之光把她周身的欲望勾画得流畅鲜明。钢琴声换成一段舞曲。令人难以觉察地，她的身体缓缓旋转，旋转进幽暗，又旋转进清明，旋转进幽暗再旋转进清明，幽暗与清明之间她的长发铺开荡散她的胸腹收展屈伸，两臂张扬起落，双腿慢步轻移，她浑身轻灵而紧实的肌肤飘然滚动，柔韧无声。

1床说："你不会死，你才二十一岁。"

"嘘——"我说。

她转进幽暗，很久没有出来。月光中只有平静的琴声。

她在哪儿？在做什么？她跳累了。她喘息着扑倒在地上，像一匹跑累了的马儿在那儿歇息，在那儿打滚儿，在那儿任意扭动漂亮的身躯，把脸紧贴在地面闭上眼睛畅快地长吁，让野性在全身纵情动荡，淋漓的汗水缀在每一个毛孔，心就可以快乐地嘶鸣……

她从暗影中走出来，已经穿戴齐整，端庄而且华贵而且步态雍容。她捧了一盆花，走到窗前，把花端放在窗台。她后退几步远远地端详，又走近来抚弄花的枝叶，便似有缥缈的幽香袭来。然后，窗帘在花的后面徐徐展开，将她隐没，只留花在玻璃和窗帘之间，只留满窗月色的空幻。

1床说："我给你讲一个谜语。你不会死你还年轻，听我给你讲一个谜语。"

一个已经没人知道了的谜语。没人知道它的谜面，也没人知道它的谜底。它的谜面就是它的谜底。你要是自己猜不到，谁也没法告诉你。你要是猜到了，你就会明白你还没有猜到你还得猜下去。

我躺在冰冷的仪器下面等她，她没有来。我们去看她，她的窗户关着，窗帘拉得很严。那盆花在玻璃和窗帘之间，绿绿的叶子长得挺拔。

1床又给3床的孩子讲那个谜语。

"那到底是个什么样的谜语呀？"孩子问。

"嗷，这一样是个谜语。"

我闻着医院里所特有的那种味道，等她，她还是没来。去看她，窗户关着窗帘还是拉得很严。那盆花在玻璃和窗帘之间，在太阳下，冒出了花蕾。

1床用另一个谜语提醒3床的孩子。

"就在眼前可是看不见的，你说是什么？"

"是什么？"

"眼睫毛。"

她一直没来。她的窗户一直关着。她的窗帘一直拉得很严。玻璃和窗帘之间已绽开鲜红的花朵，鲜红如血一样凄艳。

那孩子一直在猜那个谜语。

"你敢说那不是你瞎编的吗？"

"嗷，当然。传说那是所有的谜语中最真实的一个谜语。"

有一天我们去看她，她的住处四周嗡嗡嘤嘤挤满了围观的人群。

据说她在死前洗了澡，洗了很久，洗得非常仔细。据说她在死前吸了一支烟，听了一会儿音乐，还独自跳了一会儿舞。然后她认真地梳妆打扮。然后她坐到窗边的藤椅中去，吃了一些致命的药物。据最先发现她已经死去的人说，她穿戴得高雅而且华贵，她的神态端庄而且安详，她坐在藤椅中的姿势慵懒而且苗壮。

她什么遗言也没留下。

她房间里的一切都与往日一样。

只是窗台上有一盆花，有一根质地松软的粗绳一头浸在装满清水的盆里另一头埋进那盆花下的土中。水盆的位置比花盆的位置略高，水通过粗绳一点点洇散到花盆中去，花便在阳光下生长盛开，流溢着缥缈的幽香。

D+X

我常有些古怪之念。譬如我现在坐在桌前要写这篇小说，先就抽着烟散散漫漫呆想了好久：触动我使我要写这篇小说的那一对少年，此时此刻在哪儿呢？还有那个上了些年纪的男人，那个年轻的母亲和她的小姑娘，他们正在干什么？年轻的母亲也许正在织一件毛衣（夏天就快要过去了），她的小姑娘正在和煦的阳光里乖乖地唱歌；上了年纪的那个男人也许在喝酒，和别人或者只是自己；那一对少年呢？可能正经历着初次的接吻，正满怀真诚以心相许，但也可能早已互相不感兴趣了。什么都是可能的。什么都不确定。唯一可以确定的是，就在我写下这一行字的同时，他们也在这天底下活着，在这宇宙中的这颗星球上做着他们自己的事情。就在我写下这一行字的时候，在太平洋底的某一处黑暗的珊瑚丛中，正有一条大鱼在转目鼓腮悄然游憩；在非洲的原野上，正有一头饥肠辘辘的狮子在焦灼窥伺角马群的动静；在天上飞着一只鸟，在天上绝不止正飞着一只鸟；在某一片不毛之地的土层下，有一具奇异动物的化石已经默默地等待了多少万年，等待着向人类解释人类进化的疑案；而在某一个繁华喧嚣城市的深处，正有一件将要震撼世界的阴谋在悄悄进行；而在穷乡僻壤，有一个必将载入史册的人物正在他母亲的子宫中形成。就在我写下这一行字迹的时候，有一个人死了，有一个人恰恰出生。

那天我坐在一座古园里的一棵老树下，也在作这类胡思乱想：在这棵老树刚刚破土而出的时候，我的爷爷的爷爷的爷爷的爷爷是不是刚好走过这里呢？或者他正在哪儿做什么呢？当时的一切都是注定几百年后我坐在这儿胡思乱想的缘由吧？我这样想着的时候，落日苍茫而沉寂的光辉从远处细密的树林间铺展过来，铺展过古殿辉煌落寞的殿顶，铺展过开阔的草地和草地上正在开花的树木，铺展到老树和我这里，把我们的影子放倒在一大片散落的断石残阶上面，再铺开去，直到古园荒草蓬生的东墙。这时我看见老树另一边的路面上有两条影子正一跃一跃地长大，顺那影子望去，光芒里走着一男一女两个少年。我听见他们的嗓音便知道他们既不再是孩子了也还不是大人。说他是小伙子似乎他还不十分够，只好称他是少年。另一个呢，却完全是个少女了。他们一路谈着。无论少女说什么，少年总是不以为然地笑笑，总是自命不凡地说"那可不一定"，然后把书包从一边肩上潇洒地甩到另一边肩上，信心百倍地朝四周望。少女却不急不慌专心说自己的话，在少年讥嘲地笑她并且说"那可不一定"的时候，她才停下不说，她才扭过脸来看他，但不争辩，仿佛她要说那么多的话只是为了给对方去否定，让他去把她驳倒，她心甘情愿。他们好像是在谈人活着到底是为什么，这让我对他们小小的年纪感到尊敬，使我恍惚觉得世界不过是在重复。

"嘿，那儿！"少年说。

他指的是离老树不远的一条石凳。他们快步走过去，活活泼泼地说笑着在石凳上坐下。准是在这时他们才发现了老树的阴影里还有一个人，因为他们一下子都不言语了，显得拘谨起来，并且暗暗拉开些距离。少女看一看天，又低头弄一弄自己的书包。少年强作坦然地东张西望，但碰到了我的目光却慌忙躲开。一时老树周围的太阳和太阳里的一对少年，都很遥远都很安静，使我感到我已是老人。我后悔不该去碰那样的目光，他们分明还在为自己的年幼而胆怯而羞愧。我只是欣喜于他们那活活泼泼的样子，想在那儿找寻永远不再属于我了的美妙岁月；无论是他的幼稚的骄狂，还是她的盲目的崇拜，都是出于彻底的纯情。这时少女说："我确实觉得物理太难了。"少年说："什么？噢，我倒不。"过了一会儿少女又说："我还是喜欢历史。"少年说："噢，历史。"不不，这不是他们刚才的话题，这绝不是他们跑到这儿来想要说的，这样的话在一定程度上是说给我听的。我懂。我也有过这样的年龄。他们准是刚刚放学，还没有回家，准是瞒过了老师和家长和别的同学，准是找了一个诸如谈学习谈班上工作之类的借口，以此来掩盖心里日趋动荡的愿望，无意中施展着他们小小的诡计。我想我是不是应该走开。我想我是不是漫不经心地转过身去，表示我对他们的谈话丝毫不感兴趣最好。这时候少年说："嗬，这儿可真晒。"少女说："是你说的这儿。"少年说："我没想到这儿这么晒。"少女说："我去哪儿都行。"我想我还是得走开，这初春的太阳怎么会晒呢？我在心里笑笑，起身离去，我听见在这一刻他们那边一点声音都没有。我猜想他们一定也是装作没大在意我的离去，但一定也是庆幸地注意听我离去的脚步声。没问题，也是。世界在重复。

太阳更低垂了些，给你的感觉是它在很远的地方与海面相碰发出的声音一直传到这里，传到这里只剩下颤动的余音；或许那竟是在远古敲响的锣鼓，传到今天仍震震不息。

世界千万年来只是在重复，在人的面前和心里重演。譬如，人活着到底是为什么？人应该怎么活，人怎么活才好？这便是千万年来一直在重复的问题。有人说：你这么问可真蠢真令人厌倦，这问不清楚你也没必要这么问，你想怎么活就去怎么活好了。就算他说的对，就算是这样我也知道：他是这么问过了的，他如果没这么问过他就不会这么回答，他一刻不这么问他就一刻不能这么回答。

我走过沉静的古殿，我就想，在这古殿乒乒乓乓开始建造的时候，必也有夕阳淡淡地照耀着的一刻，只是那些健壮的工匠们全都不存在了，那时候这天下地上数不清的人，现在一个都没有了。自从我见到那一对少年，我就知道我已经老了。我在这古园里慢慢地走，再没有什么要着急的事了，稀奇古怪的念头便潮水似的一层层涌来，只不过是毫无用处的乐趣。也可以说是休息，是我给我自己这忙忙碌碌的一生的一点酬劳。一点酬劳而已。我走过草地，我想，这儿总不能永远是这样的草地吧，那么在总要到来的那一天这儿究竟要发生什么事呢？我在开花的树木旁伫立片刻，我想，哪朵花结出的种子会成为我的孙子的孙子的孙子的孙子的面前的一棵大树呢？我走在断石残阶之间，这些石头曾经在哪一处山脚下沉睡过？它们在被搬运到这儿来的一路上都经历过什么？再譬如那一对少年，六十年后他们又在哪儿？或者各自在哪儿呢？万事万物，你若预测它的未来你就会说它有无数种可能，可你若回过头去看它的以往你就会知道其实只有一条命定之路。

这命定之路包括我现在坐在这儿，窗里窗外满是阳光，我要写这篇叫作小说的东西；包括在那座古园那个下午，那对少年与我相遇了一次，并且还要相遇一次；包括我在遇见他们之后觉得自己已是一个老人；包括就在那时，就在太平洋底的一条大鱼沉睡之时，非洲原野上一头狮子逍遥漫步之时，一些精子和一些卵子正在结合之时，某个天体正在坍塌或正在爆炸之时，我们未来的路已经安顿停当；还包括，在这样的命定之路上人究竟能得到什么——这谁也无法告诉谁，谁都一样，命定得靠自己几十年的经历去识破这件事。

我在那古园的小路上走，又和少年少女相遇。我听见有人说："你不知道那是古树不许攀登吗？"又一个声音嗫嚅着嘴辱："不知道。"我回身去看，训斥者是个骑着自行车的上了些年纪的男人，被训斥的便是那个少年。少女走在少年身后。上了些年纪的男人板着面孔："什么你说？再说不知道！没看见树边立的牌子吗？"少年还要说，少女偷偷拽拽他的衣裳，两个人便跟在那男人的车边默默地走。少女见有人回头看他们，羞赧地低头又去弄一弄书包。少年还是强作镇定不肯显出屈服，但表情难免尴尬，目光不敢在任何一个路人脸上停留。

世界重演如旭日与夕阳一般。

就像一个老演员去剧团领他的退休金时，看见年轻人又在演他年轻时演过的戏剧。

我知道少女担心的是什么，就好像我记得她曾经跟我说过：她真怕事情一旦闹大，她所苦心设计的小小阴谋就要败露。我也知道少年的心情要更复杂一点，就好像我曾经是他而他现在是我：他怎么能当着他平生的第一个少女显得这么弱小，这么无能，这么丢人地被另一个男人训斥！他准是要在她面前显摆显摆攀那老树的本领，他准是吹过牛了，他准是在少女热切的怂恿的眼色下吹过天大的牛皮了，谁料，却结果弄成现在这副狼狈的模样。

我停一停把他们让到前面。我不远不近地跟在他们身后走。我有点兔死狐悲似的。我想必要的时候得为这一对小情人说句话，我现在老了我现在可以做这件事了，世界没有必要一模一样地重复，在需要我的时候我要过去提醒那个骑车的男人（我想他大概是古园的管理人）：喂，想想你自己的少年时光吧，难道你没看出这两个孩子正处在什么样的年龄？他们需要羡慕也需要炫耀，他们没必要总去注意你立的那块臭牌子！

我没猜错。过了一会儿，少女紧走几步走到少年前边走到那个男人面前，说："罚多少钱吧？"她低头不看那个男人，飞快地摸出自己寒碜的钱夹。

"走，跟我走一趟，"那个男人说，"看看你们到底知不知道自己是哪个学校的。"

我没有猜错。少年蹿上去把少女推开，样子很凶，把她推得远远的，然后自己朝那个男人更靠近些，并且瞪着那个男人并且忍耐着，那样子完全像一头视死如归的公鹿。年轻的公鹿面对危险要把母鹿藏在身后。我看见那个男人的眼神略略有些变化。他们僵持了一会儿，谁也没说话，然后继续往前走。

我还是跟在他们身后。如果那个男人仅仅是要罚一点钱我也就不说什么，否则我就要跟他谈谈，我想我可以提醒他想些事情，也许我愿意请他喝一顿酒，边喝酒边跟他谈谈：两颗初恋的稚嫩的心是不能这么随便去磕碰的，你懂吗？任何一个人在恋爱的时候都比你那棵老树重要一千倍你懂吗？你知不知道你和我是怎么老了的？

三个人在我前面一味地走下去。阳光已经淡得不易为人觉察。这古园着实很大，天色晚了游人便更稀少。三个人，加上我是四个，呈一行走，依次是：那个上了些年纪的骑车的男人、少年、少女和我。可能我命定是个乖僻的人，常气喘吁吁地做些傻事。气喘吁吁地做些傻事，还有胡思乱想。

渐渐地，我发现骑车的男人和少年之间的距离越拉越大了。我一下子没看出这是怎么回事。只见那距离在继续拉大着，那个男人只顾自己往前走，完全不去注意和那少年之间的距离。我心想这样他不怕他们乘机跑掉吗？但我立刻就醒悟了，这正是那个男人的用意。噢，好极了！我决定什么时候一定要请这家伙喝顿酒了。他是在对少年少女这样说呢：要跑你们就快跑吧，我不追，肯定不追，就当没这么回事算啦，不信你们看呀我离你们有多远了呀，你们要跑，就算我想追也追不上了呀——我直想跑过去谢谢他，为了世界在这个节骨眼上没有重演。我心里轻松了一下，热了一下，有什么东西从头到脚流动了一下，其实于我何干呢？我的往事并不能有所改变。

但少年没跑。他比我当年干得漂亮。他还在紧紧跟随那男人。我老了我已经懂了：要在平时他没准儿可以跑，但现在不行，他不能让少女对他失望，不能让那个训斥过他的男人当着少女的面看不起他，自从你们两个一同来到这儿你就不再是一个人了你就不再是一个孩子，你可以胆怯你当然会胆怯，但你不该跑掉。现在的这个少年没有跑掉，他本来是有机会跑的但他没有跑，他比我幸运。他紧紧跟着那个男人。现在我老了我一眼就能看得明白：他并非那么情愿紧跟那个男人，他是想快快把少女甩得远远的甩在安全的地方，让她与这事无关。这样，他与少女之间的距离也在渐渐拉大。

少女慢慢地走着，仿佛路途茫茫。她心里害怕。她心里无比沮丧。她在后悔不该用了那样的眼色去怂恿少年。她在不抱希望地祈祷着平安。她在想事情败露之后，像她这样小小的年龄应该编一套什么样的谎话，她心乱如麻，她想不出来，便越想越怕。

当年的事情败露之后，我的爷爷问我："你为什么要跑掉？"他使劲冲我喊："你为什么要跑掉！"我没料到他不说我别的，只是说我："你为什么要跑掉！"他不说别的，以后也没说过别的。

我跟在少女身后，保持着使她不易察觉的距离。我忽然想到：当年，是否也有一个老人跟在我们身后呢？我竟回身去看了看。当然没有，有也已经没有了。我可能真是乖僻，但愿不是有什么毛病。

少女也没有跑掉。她一直默默地跟随。有两次少年停下来等她，跟她匆匆说几句话又跟她拉开距离。他一定是跟她说："你别跟着你快回家吧，我一个人去。"她呢？她一定是说："不。"她说："不。"她只是说："不。"然后默默地跟随。在那一刻，我感到他们正在变成真正的男人和女人。

那个上了些年纪的男人最后进了一间小屋。过了一会儿，少年走到小屋前，犹豫片刻也走进去。又过了一会儿少女也到了那里，她推了推门没有推开，她敲了敲门，门还是不开，她站在门外听了一会儿，然后就在门前的台阶上坐下。她坐下去的样子显得沉着。这一路上她大概已经想好了，已经豁出去了，因而反倒泰然了不再害什么怕，也不去费心编什么谎话了。她把书包抱在怀里，静静地坐着，累了便双手托腮。天色迅速暗下去了。少女要等少年出来。

我也坐下，在不惊动少女的地方。我走得腰酸腿疼。我一辈子都在做这样费力而无用的事情。我本来是不想看到重演，现在没有重演，我却又有点悲哀似的，有点孤独。

当年吓得跑散了的那一对少年这会儿在哪儿呢？有一个正在这儿写一种叫作小说的东西。另一个呢？音信皆无。自从当年跑散了就音信皆无。

我实在是走累了。我靠在身旁的路灯杆下想闭一会儿眼睛。世界没有重演，世界不会重演，至少那个骑车的男人没有重演，那一对少年也没有重演他们谁也没有抛下谁跑掉。这真好，这让我高兴，这就够了，这是我给我自己这气喘吁吁的一个下午的一点酬劳。那对少年不知道，他们永远不会知道，正像我也不知道当年是否也有一个乖僻的老人跟在我们身后。大概人只可以在心里为自己获得一点酬劳，大概就心可以获得的酬劳而言，一切都是重演，永远都是重演。我老了，在与死之间还有一段不知多长的路。大鱼还在游动，狮子还在散步，有一颗星星已经衰老，有一颗星星刚刚诞生，就在此时此刻，一切都已安顿停当。但在这剩下的命定之路上能获得什么，仍是个问题，你一刻不问便一刻得不到酬劳。

我睁开眼睛，路灯已经亮了，有个小姑娘站在我面前。她认真地看着我。看样子她有三岁，怀里抱着个大皮球。她不出声也不动，光是盯着我看，大概是要把我看个仔细，想个明白。

"你是谁呀？"我问。

她说："你呢？"

这时候她的母亲喊她："皮球找到了吗？快回来吧，该回家啦！"

小姑娘便向她母亲那边跑去。

Y+X

Y=50亿个人=50亿个位置

Y=50亿个人=50亿条命定之路

Y=50亿个人=50亿种观察系统或角度

"测不准原理"的意思是：实际上同时具有精确位置和精确速度的概念在自然界是没有意义的。人们说一辆汽车的位置和速度容易同时测出，是因为对于通常客体，这一原理所指的测不准性太小而观察不到。

"并协原理"的意思是：光和电子的性状有时类似波，有时类似粒子，这取决于观察手段。也就是说它们具有波粒二象性，但不能同时观察波和粒子两方面。可是从各种观察取得的证据不能纳入单一图景，只能认为是互相补充构成现象的总体。

"嵌入观点"得出这样的结论：我们是嵌入在我们所描述的自然之中的。说世界独立于我们之外而孤立地存在着这一观点，已不再真实了。在某种奇特的意义上，宇宙本是一个观察者参与着的宇宙。

现代西方宇宙学的"人择原理",和古代东方神秘主义的"万象唯识",好像是在说着同一件事:客体并不是由主体生成的,但客体也并不是脱离主体而孤立存在的。

那么人呢?那么人呢?他既有一个粒子样的位置,又有一条波样的命定之路,他又是他自己的观察者。在这样的情况下要猜破那个谜语至少是很困难的。那个谜语有三个特点:

一、谜面一出,谜底即现。

二、己猜不破,无人可为其破。

三、一俟猜破,必恍然知其未破。

(此谜之难,难如写小说。我现在愈发不知写小说应该有什么规矩了。好不容易忍到读完以上文字的读者,不必非把它当作小说不可,就像有些人建议的那样——把它当作一份读物算了。大家都轻松。)

(原载《收获》1988年第6期)

冈底斯的诱惑

马　原

当然，信不信都由你们，打猎的故事本来是不能强要人相信的。

一

我知道这么晚来找你你要骂我，要骂你就骂吧。这次我是非来不可，知道要挨骂我还是来了，我说你到底开不开门？啊?！下雨呢，我不骗你，你到窗前来听听。不是我屙尿，一泡尿哪有这么长久的？哎哎，起来嘛。真的有要紧事，天字第一号重要的大事，是世界最大的事。快开门，我都给淋透了，我打哆嗦呢。别装睡了，我停自行车你才关灯的，你知道我又来找你了。不是扰你，是真有事，真的。

我也是刚刚听说，听了就睡不着了，我激动得心里一个劲儿发抖。这事太重大了，我不能站在雨地里隔着门板告诉你，隔墙有耳。谁故弄玄虚?！骗你是那个。哎呀！我三十来岁的人跟你起誓还想怎么的？我直说了吧，是叫你参加我的探险队，我是组织者也是队长，还有个顾问。我们需要几条枪，两架好一点的照相机，几个有胆子的汉子。你是我头一个想到也头一个来相邀的。我知道你是个有种的。我看过关于你和你弟弟的那篇传奇故事，陆高是那些血性男儿的偶像——你看我在当面捧你了，本来我讨厌这样。我们认识十年，时间不算很短了，我没有当面说过你一句好听的，现在我来找你，你不开门我才说了这句话。也许你以为我也是个姚亮吧。是又怎么样呢？虽然我不是。姚亮讲了关于你和陆高的故事，姚亮使我们知道了你，为了这一点我感谢姚亮。

可我一直闹不清楚，姚亮为什么要说——

《海边也是一个世界》

我不明白这个也字是什么意思。莫非姚亮早知道陆高将来要上大学？知道你大学毕业要到西藏？知道注定还有一个关于陆高的故事：

《西部是一个世界》

不然为什么姚亮要说：海边（东部）也是个世界呢？姚亮肯定知道一切。天哪，姚亮是谁？

二

这是穷布。穷布不会说汉话，而你们不会说藏话。你们喝茶。晚上我刚把这件事讲给姚亮（为什么又是姚亮），他就向我讲了你和你那条狗的故事，那是个很动人的故事。我们还是谈眼前这件事。你们连夜来了，说明你们很激动，我也一样。我五十岁，常言道已经是知命之年。我是老十八军的，五〇年进藏，不用细算你们也知道有三十三年了。进藏的时候我还是个小鬼，刚穿上军装，穷布你喝茶。不，我不想回去。第二次内调名额就有我，我不打算回去，我要求留下了。我有胃病，没有老伴儿，我没结婚。你们看，头发也快掉光啦，说好听一点要叫谢顶，其实我知道人家背后叫我什么。大秃瓢。人到这个年纪叫什么也没有关系。我在这习惯了，这里安静，可以完全不受干扰地看书写东西。我知道你们笑我，笑我是个徒有虚名的作家。是的，我有很多年拿不出作品了，我的剧都是五十年代的，用你们的话说是唱颂歌的。我文化水平很低，当兵前只读过三年私塾，当兵以后又补了文化课，我也是穷人家出身，是共产党把我教育成人，我当然要为共产党唱颂歌。这是心里话。喝茶。

我不抽烟，也没预备烟来招待你们。我知道现在的年轻人都抽烟。刚才扯远啦。在自治区里，我也算个所谓老作家了。是年龄老了，作品可不多。开始在部队文化工作队编节目，相声快板书都搞过，是关于部队生活的。后来搞过一个独幕剧，得了军区文艺汇演二等奖。转业以后就留在自治区文化局当创作员，也完成了一个三幕剧，那是五七年的事。七百年谷子八百年糠，都是老仓底子。这些年，除了日记我什么都没写过，说来你们也许不信，我连信都没写过。没有人好写，小时候爹妈就都死了，还有个姥姥不识字，我从小跟姥姥长大。你们看，这些年写了十三本日记，没有社会上的大事，都是我个人的琐碎事。我不愿意找麻烦，谁知道哪次运动搞到我头上，抄家给抄去可就不是闹着玩的了。

前年我收拾旧东西，找出张国华军长和我们文工队的合影照片，也找出那张奖状，我觉得该写点东西了。我这些年白吃了人民的粮了。我又开始写东西，可是不知道写什么，我过去写的是剧本，我还是想写剧本。那不，搞了两年还没有眉目。我写了七遍稿，连自己也不满意，也许还要写七遍。这是我这辈子最后一部作品了，我力争写好它。我写的是强曲坚赞，是历史剧，我很喜欢这个藏民族的英雄。他是元朝皇帝册封的大司徒。这些年我唯一的收获是学会了藏语藏文，接触了藏族各阶层的人，大贵族，热巴艺人，农民，牧民，商人。我在各阶层人士中都有朋友。穷布是我猎人中的朋友，是个典型的西部硬汉。我征求了穷布的意思。他同意我把这件事讲给几个可以信赖的青年朋友。姚亮是队长，穷布是第一个队员。

三

你就生在那山里。山势多半是平缓的，只有地衣和矮棵的几种叫不出名字的植物是标志季节变化的自然色彩。平缓的山坡覆满地衣。每当六月份地衣开始泛绿，山也就变成一派青翠。过了十月地衣重又变得褐黄，山又恢复了它本来的颜色。谷地是碱土，既然是碱土作物就不能愉快地生长，所以小片草地是不能养活大群牲畜的。你和父亲一样靠山吃山。草地上最多的是老鼠，老鼠洞一个挨一个，你捎着枪走过草地，老鼠们一个个缩进洞子向你挤眉弄眼儿。你从不因此生它们的气，你和它们一样世代在这里繁衍生息，你自然相安无事。

草地和不长草的碱滩通常给一些弯弯曲曲的涓流分割开，谷地因此逐渐丰饶。是流水洗涤了土里的碱，使碱地逐渐变成草地因而养育了牲畜。你常在两道溪水之间和野兔遭遇，你的火枪从来都是斜挎在左肩，你只对它们会意地吹吹口哨。

更多的时候你逆流而上，在黄褐或者青绿的山冈缓慢地踱步。你当然不是陶醉在高地的景色当中，你是冈底斯山的猎人，你是山的儿子。你不是不知道麝香很值钱，可以卖好多钱换好多子弹，可是你为什么看着那只漂亮的雄獐在你近处疑神疑鬼地走过，你甚至连枪也不碰一下？你的火枪从来都是装满火药和铁霰弹的。你对雄獐肚脐这块珍贵的药材完全不感兴趣吗？山坡是一直向上的，看上去覆盖雪顶的山巅并不算高，像就在前面不远处。你知道那只是由于这里空气稀薄能见度太好的缘故。你是这山的儿子，你从来不曾到过这山最高处，从来没有人到过。那块在阳光下白得耀眼的所在远着呢，而且其间充满凶险和神秘，特异的气候和雪崩，还有深不可测的冰川裂缝。你知道这些，这是座神山，这是冈底斯主脉上的一座。在这块地球上最高也是最大的高地上，虽然没有葱茏繁茂的森林草地，却同样生息着更有活力的生物。人是其中最聪明的；也有小动物和各种猛兽。你是猛兽的天敌正如你父亲一样——然而你父亲还是死在他斗了一辈子的猞猁的爪下。你从小就记下了你父亲的话，"有棕熊和雪豹，有最凶恶最狡诈的猞猁，那些小家伙们已经够难的了。我们不要再去打扰它们，我们还是来对付棕熊雪豹和猞猁吧。"你因此在接过你父亲的枪成为一个正式猎手之后没打过任何小动物，哪怕是人们讨厌的狐狸。对狼你是不客气的，但你更有兴致的是更凶残的熊豹猞猁这些猛兽。那些远在拉萨的皮毛贩子以及更远的来自尼泊尔、印度的商人都知道你，都来到这大山里找神猎手穷布。

三百颗火枪弹壳等于一张老棕熊皮，一个熊胆是一对象牙手镯，四只熊掌换三大把铁霰弹。你腰上那柄镂花银鞘藏刀是刚刚咽气的黑花白底大尾巴雪豹。那豹子是你平生见过的最大的一个。当它从十几步远的一块石头向你迎头扑下，你沉住气完全不躲闪，对准它两条前腿中间的又软又白的长毛扣了扳机。它在空中毙命，在死时也仍然是斗势扑下来，死豹的前爪击伤了你的额头，使你脸上留下大块标志勇气的伤疤。那个早讲好价的贩子就在村子里等你。那把刀实在太漂亮了，你心里说要两头豹子我也答应。你不知道，那贩子可以用豹骨去换三把同样的刀子，不要说还有豹皮豹肉了。那是头像虎一样大的雪豹呵！

我不说你猎熊的故事，有那么多好作家讲过猎熊的故事。美国人福克纳，瑞典人拉格洛夫，还有一部写猎熊老人的日本影片。可是村里人，邻村人都不会忘了你是怎样制服了那头使百里震慑的山地之王。那是你一生最辉煌的时刻。那张熊皮你留下了，盖满你石砌的小屋整整一面墙壁。你不会忘了两个伙伴给它拍成肉团，你不会忘了二十天追击的疲惫和放松。我说了我不说你猎熊的故事。

你和你父亲不一样，你父亲一生和猞猁打交道，而你似乎更喜欢熊。你没有继承父亲那熊一样硕大的体魄，也许因此你喜欢熊。你深知这些看上去笨拙的巨兽其实聪颖灵巧，这次你开始以为还是一头棕熊。只有熊才这样，你这样认为，那些喊你来的牧民也这样认为。他们是把你当作猎熊人请来的。

"这头熊好大，有这么高。"

说话的人用手臂高扬起比画着，唯恐不能说清熊的高度又踮起脚跟。他是很老实的牧牛人，他给熊吓坏啦。你这么想。

"它很瘦，可是力气特别大，手掌也大。"

他是给吓坏啦。你比他更清楚熊和熊掌。

"开始我听见牛群发惊，我心里也突然害怕了。我从地上拿起火枪往四下看。等我看到它已经晚啦，它从老远的地方不知怎么一下就到了我跟前，我的枪口还没抬起来就被它抢去了。我看得清清楚楚，它手指比我手指长这么多；喏，有这么长。"

他用自己的手比量着，说那熊的手指有他手指两倍那么长；他是吓坏了，这个老实人。

"它跑得太快啦，从老远一下就到眼前了——我完全来不及把枪口抬起来瞄准。"

他是怕别的牧羊牧牛的伙伴们笑他胆小，他吓坏啦，也难怪他。你比这些牧人更知道熊是怎么跑的，追击的时候和被追击的时候。

"它力气真大，把我的火枪像一根干树枝似的折断了枪柄，连枪管也弄弯啦。"

你不想要他把折断枪柄的火枪拿来看看，你知道他没有，他会说给那长着长手指的熊扔掉了，你知道他准会这么说，然而他返身到帐篷里把折断了枪柄弄弯了枪管的火枪拿给你，当时你的确惊愕了，完全没料到会是这样。你是个有经验的猎熊人，你马上找一个解释说明你是有经验的。是熊把火枪在石上砸断的，熊最恨火枪。你没有把这解释给他听，你不想使他脸红。并不是每个人都不怕熊的，害怕不是什么过错，是他自己觉得见不得人才编出这许多神话的。你知道熊，你从心里宽宥了他。

他也讲了那熊奇怪地没有伤害他。

"它不再理会我，转身冲进牛群，抓过我最大的一头牦牛的角。那牛角又粗又长，那头牛哞叫着用力挣扭着牛头，我心里想它也许会顶穿那熊的肚皮。可是我当时几乎吓死啦！它一扭索性把牛扭倒了，它显然动了气。这次它干脆拽住牛的两只角用力掰，它居然把整个牛头掰成两半！白花花的脑子和血掺在一起顺着脖子淌下来，一个有小拳头那么大的眼珠也挤出来啦，我简直吓死啦。我就一边站着看着。"

你不知道他为什么编派这些话讲给人们，这是你认识的牧人里最多话的一个。他看上去很老实，牧人一般都不多话。

"那牛有六七百斤，我肯定有六七百斤。它拽过两条后腿往身上一搭就背走了，掰成两半的牛头牛角垂在它屁股后面，血和脑子滴滴答答往下淌，它一点也不在乎。"

"半个月以后，平措在一个崖下看到那个掰成两半的带角的头骨，看到脊骨腿骨都给弄断了，骨油也给吃干净了。"

你不是他找来的，他讲的也都是前两个月的事。他是作为目击者讲这头又瘦又高长着长手指的熊。据他说它从不爬行，一直都是直立着行走的，而且奔走起来连看都来不及。他不是唯一的目击者，在这以后两个月里看到这熊的有四个人。

"就是像他说的，那熊跑起来真快，一眨眼的工夫就到跟前啦，真的真快。我还没明白怎么回事，它一下抢过我手里赶羊的棍子就折断啦。它像来时一样一眨眼就去了，它有那么高，直着身子，一下就不见啦。"

"过去这地方也闹熊，就没看过这么瘦的熊，又瘦又高，还长着那么长的手指头。开始年轻人说，我没信他们。这一辈子熊我见多啦，我要不是亲眼看着说什么也不会信的。那天半夜狗突然乱叫成一团，我听声音不对，就出去了。快七十岁的人我什么也不怕，我知道准是又闹熊啦。那天有月亮，熊就在羊栏跟前。透着月亮我看到它伸出长指头，我就没看过长着长指头的熊，就像大手似的。它也看见我出来了，它抓起羊就走啦，一点也不着急，不像他们说的跑得那么快。它太瘦啦，准饿坏了。"

四

现在要讲另一个故事，关于陆高和姚亮的另一个故事。应该明确一下，姚亮并不一定确有其人，因为姚亮不一定在若干年内一直跟着陆高。但姚亮也不一定不可以来西藏工作呵。

不错，可以假设姚亮也来西藏了，是内地到西藏帮助工作的援藏教师，三年或者五年。就这样说定了。读者已经知道陆高分在地区体委做干事工作。体委隔壁是经计委大院，陆高有时到隔壁办一点杂事，他因此知道这院里有个非常漂亮的藏族姑娘。他只知道她是这院子里的，至于她在哪个科室具体做什么工作他不知道也没打听过。我猜他是不好意思，一个小伙子没道理到一个地方就打听周围的漂亮姑娘。陆高三十岁了，他平时胡子头发乱糟糟的，其实如果收拾打扮一下他是蛮漂亮的。一米八几的个子……我不在他的相貌上兜圈子了，不然读者肯定要认为这是个爱情故事（理由很明显：先有个漂亮姑娘，然后再说小伙子也蛮漂亮，不是么？）。声明不是爱情故事。

姚亮有时到陆高单位来，也发现了她。

"我说那姑娘怎么那么白？是你们体委的吗？这么白的藏族姑娘我还是头一次看见。你看那双耳环把耳坠都拉长了，准是翡翠的。听我姥姥说，好的翡翠耳环比金的还贵重，我姥姥说……"随他姥姥说什么吧。

也算有缘分，经计委礼堂演电影，主任给经计委办公室打电话要了几张票，别人都不在，只好由陆高去取一趟。正巧那姑娘在办公室。

"主任出去了。你有什么事么？"

"是这样，我是体委的，隔壁……"

"我知道。你是新来的大学生，你是来取票的。你坐嘛。"

"呵，不了，你们主任……"

"你从哪儿来？他们说你是东北的。"

"辽宁。你是藏族……同志？"

她笑得可谓婉约了，点头首肯。

"你普通话说得挺好的。"

"我在北京读了七年书。你坐嘛。"

这时陆高来得及看清她细长的眉，她的鼻子尤其漂亮，看得出她是施过淡妆的。她的头发束到头顶用一个很大的银发饰别住，使挂着绿耳环的小耳朵格外醒目。她的确美，嘴巴很小，嘴唇也很薄。脖颈也是细细的长长的。她很瘦，加上过臀的紧身雪青色毛外套和牛仔裤配衬，就显得格外瘦削。她话不多也庄重，可是陆高觉得心慌，觉得她略凹的瞳仁里还有什么话要说。陆高觉出了自己的变态，觉到了过去没有过的窘迫，他接过票告辞离去了。

有时候我们说某人漂亮，有时候也说某人比某人漂亮（当然前提是后者必须公认漂亮），这样说的时候容易引起争执，因为各人的审美标准不甚相同。比如张瑜、陈冲、刘晓庆，到底谁最美？五个人起码有三种结论。这藏族姑娘到底有多美陆高也说不清，反正他觉得她够美的，他觉得比以上三位比另外一些演员都要美一些。丛珊？殷亭如？真由美？

他想不好。他想也许她该当演员。

那以后他和她算认识了，如果走对面要碰额头的时候她准会款款一笑，他拿不准她的会说话的瞳仁说的什么（对不起？你好？），他知道该有所反应就条件反射似的点点头。

姚亮提议去看天葬，这没有说的。陆高看过一组天葬照片，六十几张，一男一女两位老人。天葬是藏族独有的丧葬方式，很神圣。死去的人由亲属陪送到天葬台，由天葬师在曙色到来之前把死者肢解成碎块（包括骨头），然后点燃骨油引来鹰群；当第一线曙光照上山梁，死者已经由神鹰带上天庭了。这是庄严的再生仪式，是对未来的坚定信心，是生命的礼赞。肢解尸身的过程是在天亮前进行的，照片不甚清晰，然而还是可以看到被肢解的尸体内脏。正如医科学生第一次参加解剖尸体，看了照片后有两天陆高吃东西就呕，不过仅两天就过去了。陆高知道自己和其他人也都是一样的血肉之躯，最终也都不免一死。陆高甚至想过自己死时也取这种仪式。他不是相信关于上天的传说，但是他喜欢这样壮阔的想象，这充满想象的仪式本身使他着迷。

他们说好了一道找台车去。天葬台在远郊山上，有十几里远，他们决定去。陆高找本单位司机小何。小何也没看过天葬，一口应承。可是主任给陆高派下差来，陆高需要到拉萨去几天。他们说好了陆高回来第二天一早就去天葬台。陆高出差来回正好一星期，这星期中发生了一件事，那位姑娘遇车祸死了。

那是个一般性车祸，司机酒后开车。小何说她脸全烂了，血肉模糊；小何说她是爱国人士大贵族巴朗的女儿，她和父母亲七七年由挪威回国的，她在北京读书也是刚刚毕业。

经计委明天为她开追悼会。

晚上姚亮来了，他们去找小何。

"明天还去吗？"

"不是说好了么？怎么不去？"

"去要起早。小何，你把车弄好。"

"我睡你这吧，省得一早来回跑了。"

"那就早点睡。"

"睡吧，早点躺下。"

"我有闹表，我叫你们。四点半起来。"

开始下雨了，他们都没睡着就下雨了。西藏的夏季气候有一个特点，通常都是白天晴夜里下雨，早上起来空气洗涤一新。

"那姑娘死了，你听说了？"

"听说了。"

"她是我见过的最美的姑娘。"

"……"

"要是别人死了，我不会多想。"

"想什么？"

"想她不应该死。别人都能死，可她就不能，她不应该死。她死的时候我听说了，我没到肇事现场去，我不想看她死时的样子。"

"怎么回事？"

"你说我爱她了？没有。她太美了，她的美和我和人们拉开了距离，她成了一种象征。就像花朵、雄鹰、大海、雪山这些东西一样代表着某种精神上的东西。美丽的姑娘比任何别人都更能让人直观地感受到生命的存在，感受到生活的价值和意义。这么说有点抽象，我有时就觉得因为姑娘们，特别是因为那些漂亮姑娘人类才生气勃勃地延续和发展……"

"睡吧睡吧，明天要起大早呢。"

"我忘了你刚出差回来，你累了。"

陆高觉得好像睡着的时候，姚亮又开口了。

"你睡了么？我想起件事，大概追悼会没有和遗体告别的节目吧。她是藏族，说不定明天早上我们赶上的是她的天葬呢，你睡了？"

第二天回来的时候，经计委的追悼会刚刚散场，陆高不知为什么想要到灵堂去看看，礼堂布置成灵堂。人们已经离去，陆高进去的时候没有任何人。她的带笑靥的放大照片挂在舞台正中墙上，舞台上下摆满花圈挽幛。

灵堂自有一种肃穆气氛，陆高不由自主地带上了哀伤的情绪。昨晚睡前姚亮的话留下了重量。陆高走近照片，照片放得很大很大，大约是二十四寸吧。她活灵灵地看着他，他竟感觉不到她已经死了。照片效果很好，明暗适度层次分明，而且她表情极其自然，几乎还原了她和陆高唯一一次对话时的真切神情。细长又圆润的颈项，线条清隽的嘴角，跟耳朵比起来略嫌大些的耳坠，好看的鼻翼微张着，特别是那双凹陷的眸子仍然一如既往地像有话要说。她就这么看着他。他从挽联上知道她叫央金。西藏成千上万的女孩子女人都叫这个名字。

他累了，他要回去换换衣服，擦擦身洗洗脚，最好用热水烫烫脚，然后钻被窝睡上一觉。这天是星期天，公休日。

五

我刚才说我不想回内地，不仅仅是因为我要完成这个剧本（剧本当然要完成），我还有另一些原因。今天你们来了我很高兴，想讲一点从来没对人讲的关于我自己的事。不是爱情故事，我没有爱情故事好讲。

我小时候喜欢听神话故事，大概人小时候都喜欢吧。大一点了就不再喜欢，以为那是专门编出来给孩子们听的，是大人为了哄孩子顺口胡诌出来的。后来搞创作看了些文学理论方面的书，又把这些神话归入民间文学类，认为这是广大劳动人民在劳动之余创作的，是人们对善恶是非的褒贬好憎，是对生活理想化的概括和向往。我们生活在科学时代，神话这个概念对我们是过于遥远了。

刚从内地来西藏的人，来旅游的外国人，他们到西藏觉得什么都新鲜：磕长头的，转经的，供奉酥油和钱的，八角街的小贩诵经人，布达拉山脚下凿石片经的匠人，山上岩石雕出的巨大着色神祇，寺院喇嘛金顶，牦牛，五颜六色的经幡，沐浴节赛马节，一下子说不完。来的人围观、照相煞有介事（恐怕你们也一样），须知这根本不是什么新鲜事，这里的人们千百年来就一直这样生活着。外来的人觉得新鲜，是因为这里的生活和他们自己的完全不一样，他们在这里见到了小时候在神话故事里听到的那些已经太遥远的回忆。他们无法理解，然而他们觉得有趣，好像这里是迪斯尼乐园中某个仿古的城堡。不是谁都能亲眼看到回忆的。

听说我们国家要在西安搞一个唐城，在那里开酒馆旅店茶肆的人都穿唐朝衣服，街道房屋也一律照唐代式样兴建。这是从开辟旅游区的角度考虑：西安附近名胜古迹居全国之首，一个仿唐的旅游城会给国家收入大量外汇。

尽管穿上唐代服装住进唐代式样的建筑，唐城的居民仍然是现代人，和你我一样；可这里不一样。我在藏多半辈子了，我就不是这里的人；虽然我会讲藏语，能和藏胞一样喝酥油茶、抓糌粑、喝青稞酒，虽然我的肤色晒得和他们一样黑红，我仍然不是这里的人。我这么说不是我不爱这里和这里的藏胞，我爱他们。我到死也不会离开他们，不会离开这里。我说我不是；我也不止一次和朋友们一起朝拜，一起供奉；我没有磕过长头，如果需要我磕我同样会磕。我说我不是，因为我不能像他们一样去理解生活。那些对我来说是一种形式，我尊重他们的生活习俗。他们在其中理解的和体会到的我只能猜测，只能用理性和该死的逻辑法则去推断，我们和他们——这里的人们——最大限度的接近也不过如此。可是我们自以为聪明文明，以为他们蠢笨原始需要我们拯救开导。

你们可以在黄昏到拉萨八角街去，加入转经的行列；你们可以左顾右盼看一看穿着皮藏袍的，穿着人民服的，穿着袈裟的人们。他们旁若无人，个个充满信心大步向前，一圈两圈三圈。你会觉得自己空虚无聊，吃饱没事干到这里东张西望，你会觉得自己走错了地方——这不是你该来的地方。跟你们说的这些都是我直接经历过的。

美国人为印第安人搞了一些保留地，这些保留地成了以活人为实物的文史博物馆。这里——世界屋脊青藏高原上完全是另一番情景，我的一百八十万同胞在走进了社会主义的同时——在走进科学和文明的同时，以他们独有的方式仍然生活在自己的神话世界。他们用自来水（城镇），穿胶鞋，开汽车，喝四川白酒，随着录音机的电子乐曲跳舞，在电视前看到中国和世界的大事小情。

这些使我想到，光从习俗（形式）上尊重他们是不够的；我爱他们，要真正理解他们，我就要走进他们那个世界。你们知道，除了说他们本身的生活整个是一个神话时代，他们日常生活也是和神话传奇密不可分的。神话不是他们生活的点缀，而是他们的生活自身，是他们存在的理由和基础，他们因此是藏族而不是别的什么。美国在哪？除了地理和物质的差异它和世界其他民族有什么两样呢，没有。（请原谅在这段文字里用了诡辩术——作者注）

（作者又注——在一篇小说中这样长篇大论地发感慨是很讨厌的，可是既然已经发了作者自己也不想收回来，下不为例吧。）

春天的时候我到阿里去了一个月，我跟着一个地质小队的车到了西藏西部的无人区。巧了，那里也是冈底斯山脉的延伸区域。像往常一样我在小队安营扎寨之后离开地质队员们（他们有他们的工作），背着干粮睡袋往西去。我带了指南针望远镜和一支旧驳壳枪。

这里地理情况比较复杂，有草地，有绵亘远至千里的大山脉，有沙漠，也有干涸了的沼泽地。第一天没遇到人，也没发现人留下的踪迹，如果第二天还没有人迹我就要回头了。我的给养只够四天用的。第二天仍然没有人迹，但是我来到一个不大的小湖泊旁边，这真是天不绝我。我先试着尝了湖水，是淡水，温温的淡水。我走累了，天也黑下来，我找了块不长草的沙窝安顿下来。我不打算点火；这里只有枯草，我不能一夜不睡守着火堆添草。我的睡袋挺不错的，是朋友送的抗美援朝战利品。

看白天出太阳挺暖和的，到了夜间气温仍然在零下二十度上下，我索性整个钻进睡袋，把出入口的拉链拉合。睡了一觉我起身解手，突然发现身上沉甸甸地压了好多东西，我拉开拉链时湿乎乎的雪团灌了满脸，是下雪了。我抖抖脑袋钻出来，埋下头解手。等我抬起头，我一下惊呆了。

雪已经停了一些时候，满地素白色，空间很亮，可以看出去很远。不远处的湖面竟像沸水一样腾起老高的白气。天是暗蓝色的，没有月亮，星星又低又密；白气柱向上似乎接到了星星，袅袅腾腾向上浮动着。我相信这景致从没有人看见过。我甚至不相信我就站在这景致跟前。这是一条通向蓝色夜幕的路，是连接着星星的通道。

我以我所剩无几的白头发向你们起誓，那条通道就在我跟前，那天晚上，在那个地图上也没标出的小湖畔，我就这样像个傻孩子似的站了许多时候。我没有向湖泊走近，我怕那是海市蜃楼，走近就消失了。

后来我重又钻进睡袋，这次我把头转在外面，看着星星一闪一闪地眨动，我没做梦就睡着了，睡得沉沉的，直到嘎嘎的野鸭群把我吵醒。这时我知道我可以不必往回去了，我起身后打了两只肥肥的黄鸭。

鸭群只在湖边嬉水，湖心仍然蒸腾着白色的水汽。我为昨日夜里的激动感到好笑，这不过是个温泉湖。在地热源非常丰富的青藏高原上，这样的小温泉湖何止一个呢，可夜里我简直像到了天堂。天气晴朗无风，太阳很快使气温上升，半尺厚的春雪到中午时已经融化得不留一点痕迹，渗入沙质草滩了。

第四天中午我走到了那个巨大羊头所在的沼泽边缘，不能再向前了，我站的地方离它大约三四百米。我沿着沼泽边缘走，试图寻找一条哪怕是能够稍稍接近它一点的途径，我失败了。没有任何一条可以接近它的路。

我是前一天晚上发现它的，当时暗红色的夕阳正缓慢地向地平线滑去。它的剪影意外地印到已经不再刺眼的巨大的落日上，我用望远镜什么也看不清楚，只模模糊糊地知道那是个平地兀立而起的什么东西。

那是个巨大的羊头，两只巨角都已经折断了，凭着几百米外的目测，我估计它有二十几米高。用我的五倍望远镜可以比较清楚地看到它是石质，表面蚀剥得很厉害。

开始我想到的，这是尊石雕。

不对。如果是石雕，它是怎么移到这里来的呢，就体积说它有几千吨，而周围没有大块的石料来源，这里又是沼泽地，它位于沼泽地里面几百米。这是一。第二，在世界各民族的宗教偶像中还从来没有以羊头塑雕的，况且又是这样规模巨大的雕像。第三，望远镜可以清楚看到羊头的各部分比例是合理的精细的，形象酷肖，下颌淹没在积水的沼泽里。我们知道东方的绘画和雕塑都是写意传神的，只有西方古代美术艺术品才是写实的，莫非这是尊希腊石雕？第四……第五。它肯定不是石雕。

这个结论有了，马上也就有了另一个结论。

它是史前生物，是什么恐龙吧，也许可以叫它羊角龙吧。最遗憾的是我没带相机，没有留下这个珍贵的印象。我说了没有人相信，地质小队的不信，其他人也不信。我神经出毛病了，我得了狂想症。这是我自己的诊断。

我曾经给有关部门写了信，没有回音。

那么我也不再认真，当玩笑当故事说说而已。可是穷布呢？穷布也得了神经病？

六

这还不是全部，不是他们请你来的缘由。你随他们到山里去，他们指给你一个很大的碎石堆，你看见了他们叫你看的。

那是只朝上伸着的马的短腿，圆的蹄壳，棕红色的短毛。他们告诉你这马就是那熊弄走的，大概它一下没吃完就埋在石地里，留出一条腿来做记号以便下次能够找到。他们说这是早晨发现的，发现了就及时去请你。他们把你当成了保护神。他们迷信你，相信你可以为他们杀死那头瘦熊。

你知道你得杀死它，你自然是能够杀死它的，因为你是猎熊人，你只能杀死它。他们要留下两个带枪的帮助你，你把他们劝回了。打孤熊不需人多，人多只会增加伤亡的可能性。那次在山地之王的巨掌下丧命的伙伴使你记忆犹新。你一个人留下来，在埋死马的石堆近处隐下身子。你知道来了这么多人，熊一定可以闻到气味，它短时间是不会来的。只有在它饿了又觅不到食物的时候，它才可能来。

你不敢打瞌睡，那样你就成了送上门的瘦熊的又一顿美餐。他们的话重新响在你的耳鼓；第一个人说的你完全不信，可是其他人说的它的情况无疑等于为第一个人的话作佐证，你不能不信大家的话呵。

那么准有一方面错啦，是你还是大家？你当然相信自己是对的，可是难道大家会对你一个人说谎吗？搞不清楚搞不清楚。"到时候就知道啦。等我打死它就知道它是不是长着像手那样的长指头啦。"你对打死它满怀信心。

周围有种你不习惯的静默。你是个猎人，通常你是一个人，按说你早该习惯安静和孤寂了。你其实早就习惯了，只是这一次不同，你觉到了这一次和往常不一样。

山巅一如既往，炫目的白色使你蛊惑，这时你想起该有条狗来和你做伴。连你自己也说不清，为什么你不要一条好狗崽子来养。你是整个冈底斯山唯一不养猎犬的猎人，而且是猎人里最悍勇的猎熊人。

你突然明白了，没有鹰隼和貌似凶恶的秃鹫。往日的寂静里，澄碧的天穹上总有几只褐鹰像风筝一样缓缓盘桓，移动的鹞影使你觉到了蓝天、白云、雪顶之间的相互位置，因而天地间也就有了生气，大自然是你活的伴侣。你想，是该要个狗崽子了。

你又记起，大约有半天时间了，你没看到任何小动物。而平时，那些兔子、秃鹫、黄羊和獐子都时不时地来和你互道一声你好，它们知道你不会伤害它们。你记得有一次你坐在篝火旁擦枪，那只漂亮的草狐走过篝火旁竟站住了，你和它长时间对视；你因此断定它并不像人们说得那么狡黠可憎，你从它的眼神感到你完全能够理解的轻柔和善意。现在它们都到哪儿去了呢？

还有那只小毒蝎，那只差点要了你命的小家伙。你在一块平滑的山石上打盹儿，觉得谁在搔你的痒，你睁开眼缝就看见它雄踞在你鼻尖上，威严地四下巡视。你不敢动一下，不敢大睁开眼睛，甚至不敢出气了。它似乎完全不知道这对你多么残酷地开着玩笑。你不敢在它伫立不动的时候下手，你怕它那时和你一样正严阵以待；你等着它移动。移动的时候也就是它麻痹的时候，是它以为平安无事对自己神经稍加放松的时候。它终于移动了，你突然挥动手臂挥掉了它。它掉在碎石上挣扎着要重新爬来，你本想上前踏烂它；最后你只是不知其然地摇摇脑袋去了。现在你无端想起它，这许是你觉得静默使你不堪忍受的缘故吧。

这时你才发现了其中的问题，它不伤人。先后有五个人见过它，把它说得非常凶残，然而五个人中间没有一个受到它哪怕是轻微的伤害。这才是关键。还有一个细节，它一次抢过火枪折断了，又一次抢过棍棒也折断了；而且每次都是先做这件事。这么说它知道枪。知道人拿着这种棍棒会对它造成致命的伤害？不然它为什么总是先行下手把枪毁掉呢？

你知道熊，熊尽管聪颖却没有这么具体；熊是伤人的，特别要伤害拿枪的人。熊没有指头这谁都知道；熊并不总是直立着奔跑的；最大的棕熊也没有他们说的那么高；也没有他们说的那么瘦的熊。你觉到这里有个误会。

你初步肯定它不是熊。不是熊，那么可能是什么呢？这里的巨兽除了熊就只有虎了，而虎只有在冈底斯山脉东南麓的森林地带才有；按他们说的不是熊也更不是虎呵。

不去想它，只有看见它才知道它是什么。你开始把思绪转向父亲。父亲死的时候你只有十一岁，那一年你算正式继承了父亲的衣钵，你有了自己的火枪（它曾经在父亲手里震慑了百里山区的猛兽）。

那对年轻的猞猁夫妇在成功地袭击了三只幼獐之后，卧在草丛里挑剔地用长舌舔净对方皮毛上的血点，灼热的阳光使吃饱喝足的它们昏昏欲睡，与枯草颜色相近的华贵的毛皮不时地痉挛般抽动一下。这时你父亲故意弄出个声音使它们惊觉。雄猞猁显然看到了枪筒在阳光下的闪亮，它后腿慢慢弓起，前腿扑倒在地，头以下颏着地的姿势平放在地上。你父亲知道它就要蹿起来了，食指浸出的汗渍润滑着枪扳机。雌猞猁在这个不长的时间里悄没声息地钻进身边的草丛。这是最糟糕的。雄猞猁没有马上扑击猎人。

结果可想而知，雌猞猁向侧翼包抄，雄猞猁为它赢得了时间。你父亲的枪声和惨叫引来近处的猎獐人，刚刚吃饱的猞猁没有把你父亲的身体拽走。

你父亲死于他的孤傲，通常猎人是不用单管枪打成双的猛兽的。你父亲自恃勇武过人，自恃弹无虚发，自恃有熊一样的体魄。他多次猎过双豹，双猞猁。他一枪干掉一个，然后用猎刀和另一个肉搏，除了活着的这个跑掉他每次都可以同时弄死它们两个。它们在他脸上身上留下无数痕迹，他因此自豪而变得孤傲。

这种时候想想你父亲是有益的。现在你相信他们绝无诳言。他们请你来帮助，他们没有必要编出一些耸人听闻的话来开你的玩笑。"我居然不相信他们，我真够糊涂。"你开始自责。

你开始意识到带枪来是个错误，你起身把枪塞进一处岩缝，那处岩缝远离你藏身处。它不想与人为敌，这是显而易见的。那又为什么袭击与人相依而存的牲畜呢？只有一种解释。它无法理解牲畜对人的从属关系。你不懂生物链原理，但你知道只有人才拥有草场，拥有牛羊；你也知道这些它是不懂的。它袭击牲畜和袭击野兽一样，都是为着它自身生存的需要。它分不出野兽和家畜，它不知道它因此成了人类的敌人。它是不愿与人为敌的。也就是说它无意中对人造成了损害。

这一次是你对了，你是一个孤傲猎人的儿子，你是一个猎熊人，更主要的你是人。因而你的智力使你又一次成了强者。它来的时候是那么安静，它从石堆里扒出马的残骸，它把这残骸撕成碎块放在嘴里嘎嘎地咀嚼。

你看得很清楚，它的确有他们说的那么高大，那么瘦削，但也看得出它非常有力气。它的皮毛比较稀疏，它的头不像熊那么臃肿，嘴巴也不那么朝前伸出，它的长手指完全像人一样灵活。它大吃大嚼，突然抬头盯住你藏身的地方。你干脆走出来，慢慢地有节奏地向它走近，太阳在你身后渐渐下沉，它的面部突然暗下去了。刚才是日落前最好的一瞬，落照平射使你能够非常清晰地看到它的整个形象，现在一切都过去了。但你来得及记下它注视你时，眼里射出的完全是你所熟悉的人的表情。

它就那么一蹿就离开了。你过去到岩缝里拿出火枪。它真的像他们说的跑得那么快，一眨眼就不见了。它有你一个半人高，可你断定他（它？）也是人；虽然有长毛的皮肤他一定也是人。你跟他们没说什么，你想到了一个头发快掉光的汉族朋友。

七

现在你们知道了，穷布遇到的是野人，也叫喜马拉雅山雪人。这是个只见于珍闻栏的虚幻传说；喜马拉雅山雪人早已流传世界各地，没有任何读者把这种奇闻逸事当真的。在世界各地相继发现一些有关野人的线索，好多国家派出专门科学考察队花费巨资考察都没有见到死的或活的野人整体，所得都是些传闻和支离破碎的所谓"物证"。我国也在湖北神农架发现一些有关野人的传闻和线索，并且据说还成立了中国"野人"考察研究协会。

了解野人的奥秘在科学上有非常重大的价值，也许可以借此揭开人类起源的奥秘。野人是世界四大谜之一，百慕大"魔鬼"三角，飞碟，野人，你们谁知道第四个是什么？

八

小何过来推醒陆高，陆高看表整四点半。

外面淅淅沥沥，听声音雨没有停。陆高穿好衣服又推醒姚亮，姚亮先是迷迷糊糊嘟囔着："谁呀……干什么……"随即一下坐起来。

"几点啦？还好嘛，来得及。好长时间没起过早啦，起早真不是滋味。哎，你什么时候起来的？去叫小何一下吧，他准还睡呢。"

陆高推门出去。雨不大，天还阴得黑漆漆的，要等段时间眼睛才能适应。小何在大门前开锁，那台北京吉普就停在大门边。

"哎，哎！还下雨呢？陆高。"

陆高不吭声。姚亮该懂得这是深夜，别人都在睡觉。他总算穿好出来了，陆高进屋里关了灯。小何轻轰油门把车开出城区。

他们三个人都没去过天葬台，只知道在西山。姚亮的学校在西郊，姚亮指挥汽车走大道先接近西山脚下。车灯一闪一闪的，雨丝断断续续地闪烁很美。到了山脚汽车离开大路，沿着一条贴进山岩的小路向北去。山路起伏颠簸得很厉害，车走得很慢。过了一小片藏式房子以后路不清晰了，好像上了一片长着稀疏茅草的碱滩。姚亮借着灯光给小何打气。

"大方向没错，开吧。没有路也没有太大的沟，往前开没问题。好像再往前一段就差不多啦。反正我们沿着山脚走，又没有岔路，不会走错。"

大方向是没有错。车灯照出前面是一道陡坡，好像往左右两侧延伸很远，没法绕过去。姚亮自告奋勇冒雨下车探路，他一溜小跑上了坡顶，发傻地在雨里站了好一阵。他回过身对着汽车沮丧地摇着手。那是一道水渠干线。

怎么办？也许前面不远就是了。那么可以弃车步行走去。干渠是有单板桥的，过单人没问题。可是谁知道前面多远才到地方呢？从这里听不到一点声音，离天亮也不过两小时了，总不至于现在人还没来。小何是司机，他不放心车。现在已经五点了。

"这样吧，我们回到城区先往北走，然后有路再向西拐，那样就可以绕过这道水渠了。来回二十多里，小车跑用不了二十分钟。你们看呢？"

只好这样了。他们又上公路的时候，车灯照出迎面来的一群穿红戴绿的人。雨又大了。

"是旅游的，是港客。他们准是也要去看天葬的。停下，我去问问他们，他们有向导。"

他们没有向导，而且他们都没带雨具。他们十来个人都穿的羽绒服，已经看出差不多都淋透了。他们事先没有联系，他们和我们都还不知道天葬是不许外人围观的。他们步行，可以过去。这里距市区十一里，他们怕走了一个多小时了。我们的车往回开到市区。

陆高看看表，姚亮骂了声倒霉。

雨夜气温很低，小何问他俩是否回去取件棉衣，陆高说算啦。他不愿再次惊动邻里。这次刚出市区过一个三岔路口的时候，小何瞄见岔路不远处有个黑乎乎的东西，他停下车。他和姚亮一起朝那黑乎乎的暗影走过去。

"不是醉鬼吧？要不是哪个车轧人了？"

小何说着给自己的话吓住了，姚亮不管一直朝前去。姚亮回头告诉小何是个麻袋包。小何也到跟前来了，两个人都不想伸手解开封口的绳子，陆高那边又按起喇叭。

"走吧，回去。抓紧赶路吧。"

"是呵，天大概快亮了。"

再开车时谁都不说话。车向北然后向西，这是一条简易公路。雨没有停下来的趋势，时大时小，雨刷在车前窗玻璃上不停地来去。有对开的拖拉机，双方都熄了大灯礼让。前面是同向的一辆拖拉机，小何按喇叭要让路。路很窄对方没法让路，小何只好自认晦气，跟在拖拉机后面慢吞吞地爬。陆高姚亮蜷缩在后排，昏昏欲睡。车里温度很低，他们都没穿棉衣。

小何低低的声音喊他们。

"哎，哎，你们看前面车上——"

吉普车灯透过雨帘照出前面拖拉机挂车的轮廓。上面有三个人披着东西背靠在前车帮坐着，大约是脸朝着车灯照去的方面，也就是说和吉普车里的三个人对面。因为雨大，他们又都披着东西，车里的人看不清车上人的脸。

"你们说他们会不会是去天葬的？"

"谁知道？真够冷的。"

"我看了他们好一阵，右边那两个人一会儿动一动，左边角上那个一直没动过一下。你们说能不能是死人？刚刚你们都迷糊着，我一个人都有点害怕了，我才叫你们也看看。"

"别吓唬自己啦，哪有那么巧的？"

陆高想的是睡前姚亮那句话。能否真碰上肢解她呢？要真是她，还要不要看呢？什么都是可能的。一星期前，你可曾想过她会死么？好多事情都难以预料。小何说那可是去天葬的，为什么不可能呢？不然它有什么必要冒雨赶夜路呢？西藏生活节奏慢，开车运货完全不必冒这么大的雨，况且又是夜路。那么如果是去天葬的，又为什么不可能是她呢？时间上也差不了许多。那么如果是她，还要不要去看呢？姚亮说得对，看一个前不久还是活灵灵的美丽姑娘死了，看着这个大自然完美的造物在钝刀分割下变成一堆碎肉，那准不是一件好受的事情。陆高一边假设前面车上左角的人是她，一边也决定了如果这样就不再看。

姚亮和小何还在有兴致地观察分析。

"等着前车过沟时你细看，车头爬坡时正好拖车向后倾斜，我把车停下来你细看。"

"下沟啦——哎上沟啦，停下呀！嗳！"

观察仍然没有确定的结果，分析却有了进展：拖拉机向偏左方向拐上一条小路，那是天葬台的大致方向。这下小何很有几分得意。

"我说怎么的？我看就是去天葬的，这下可以肯定左边的是死人了。这么长时间，又颠又挨雨淋，你看他（她）动过一下吗？"

“不管怎么说我不信。人死了可以平放在车厢板上，有什么必要让他（她）坐着？还有死人能坐得那么老实吗？人死就打挺了，根本坐不住，况且车又那么颠来颠去的。”

“可以把他（她）固定一下嘛。”

“怎么固定？你以为死者亲属会同意把人勒上几道绳子？你也不想想……”

作为旁观者，陆高觉得有意思。各执一端是人的天性，他们争来吵去，其实连他们自己也未必就相信自己要说服对方的那番推理。他们和他一样，不过都在猜测罢了。任何谜底无非都只有两种可能，正确的或错误的。谁对没有把握的事抱绝对的信心呢？相信没有谁。不过各执一端也并非是什么坏事，人们开动脑筋，为自己在争辩中占上风把各种有益于己的可能性都摆出来，争辩到最后虽然没有说服对方，事情倒也完全清楚了。另外争一争吵一吵也痛快，刚才不就使姚亮小何忘记喊冷了么。

车开始爬山路了，其间还过了一道铺满砾石的浅水沟。这时可以看到前面半山上点起了一堆火。三个人都松了口气，天还没亮，人还没到，一切都来得及。看来他们运气不坏。

有一点还不可心，天还下着雨。他们看天葬时要给雨淋湿的，他们穿的不多，天又冷。

九

经过姚亮推荐，陆高成了这支小队伍的队长，姚亮甘当副手。结果是四个人各司其职，都弄了个不大不小的官衔，穷布是向导，老作家是当然的顾问。他们动身前每人借了一支长枪，这样三支半自动加上穷布的火枪组成了一股很强的火力。按计划他们带了两部相机十几个胶卷，另有两桶军需品压缩干粮。

走前他们再三商量了各种可能性。诸如多少时间；如果发现线索怎样；看到它（他？）是否射击；怎样拍照；打死了怎样处置；照片怎样收藏；等等。到了后来简直那个它已经放在他们前面了，想象可以带来十倍的热情。他们也商讨了遇险的可能性，陆高姚亮都给家里写信讲清了情况。还有什么没考虑到？

三天后他们到了穷布所在的县，到了穷布遭遇野人的山脚下那个牧村。穷布为他们借了顶帐篷。他们以这个牧村为站脚点，转了附近几十里山谷。他们在这里住了四天。

其间两个内地来的年轻人知道了老作家和穷布相识的一段故事。他们没有机会和野人遭遇，因为各自的工作和其他一些原因，他们在第五天走上了归途。看上去他们毫无沮丧。那是穷布们的生活，强巴和央金们的生活。那四天里经历的一切足够他们三个人各自写整本书的。老作家和两个年轻作家的书不久就会问世的。在这之外，陆高还写了个关于说唱艺人的真实故事。那故事里虽然没有讲到野人和羊角龙，仍然使巨脉冈底斯山充满了诱惑。

故事就发生在他们驻脚的牧村。

十

是他们过分乐观了。

拖拉机已经到火堆跟前停下了，机器没有熄灭，继续轰响着。北京吉普在后面三百米左右慢慢地跟进。可以看到火堆周围有一些人影活动。小何有点拿不定主意。

"就把车停这吧？前面太陡了。"

"你是不是害怕啦？拖拉机上得去北京吉普上不去？你怎么这么……"

"得得，我上就是了。"

山路的确很陡，小何用低挡大油门爬坡。

迎面来人了，正冲着汽车气势汹汹吼着。小何踩住刹车，陆高下车了。对方大约四十岁，用汉话问陆高要介绍信，陆高看出这是个藏族同胞。陆高耐心地问什么介绍信，对方忽然动气了，大声嚷着要自治区公安局的介绍信。陆高一下明白了。他们不要人看，特别不要外来的人看。陆高还是耐心地说只是在远处看一看，不会影响他们的工作。他更生气了，直接用藏话对着陆高的脸吵。看这样子也说不通，陆高进车里让小何掉头开回去了。

车驶离刚才停留的地方有一里远，小何锁了车门，三个人徒步往上去。这时南面有来回跳闪的亮光向这里移动，可以看出是袖珍手电的亮光。同时可以看到朦胧的拿手电的人影。姚亮猜是那批港客到了。他们三个人站下，等港客过来结伴往半山的火堆方向去。

"大家一齐去，人多；他们人不多。"

他们差不多全湿透了，有几个女的冻得脸色青里泛白。当时是名副其实的毛毛雨，小何刚下车就开始喊冷了。港客看来知道不让看，他们并不急于向前靠近，有五个人干脆绕过火堆从侧面爬山。从高处鸟瞰也不失是个办法，陆高他们三个也跟着那五个人向上爬。

天色渐白，细雨仍然下个不停。从高处看这伙人简直像……像什么呢？犹豫，畏缩，又贼心不死。由于能见度好了一点，火堆那边也可以看得清楚些了。一台解放卡车，和后来的拖拉机；火堆周围人也不少，大约有十来个吧。

有人熄灭了火堆，坐着的人站起来在两台车周围活动，现在六点半了。这里距下面的人们有二三百米，这里可以隐约看到离熄灭的火堆不远一块巨大的有水平面的石阶，看来那就是天葬台了。天葬台不像他们原来想的那样在山顶，它只是半山的一块巨大的石头台。

这里毕竟离得太远，几乎就看不清下面活动着的人们在干什么。也许在抬死者？也许已经开始肢解？陆高决定再靠近些；别人似乎也都这么想，也在向前蠕动。没有事先约定，可是谁都不说话；这使姚亮想到去陵园墓地的时候，那种时候即使是爱说爱笑的姑娘们也都自觉缄口。是什么因素促使人们一下变得沉默？是对死者的敬慕？并不完全如此。姚亮以为还有别的。一定还有别的。比如设想生命和死亡之间该有一条界；通常这界限在人们感觉中太飘忽，而到这种时候就具体了。肯定是人们到此便清晰地感觉到这条界，说句玩笑叫一脚门里一脚门外，跨在界上。

得寸进尺是一句成语，与贪心不足蛇吞象意思差不多。也许他们老实待在原地就不会惹出这场麻烦了。酸苹果总比没有苹果好，这道理虽然明了透彻，真正理解也并不那么容易。都是得寸进尺的心理作祟。当他们被赶开后，他们才开始懂得前面那句格言的意义。

天葬师终于被彻底激怒了，三个戴大围裙的汉子朝漫在附近山冈的人们发狠地叫着，虽然语言不通但可以猜出是在骂人。向前蠕动的人们都停下了，静候事态发展。这时候他们如果聪明，最好自己乖乖离去，人们都知道被激怒的人是不可通融的，聪明人对此不该抱幻想。事实上他们这些人都不聪明，都在做梦。

太阳还没出来，现在是做梦的时候。

他们的蜷伏进一步使天葬师恼恨，他们开始用石头朝最近的人砸去。石头都飞向空中，可以看出只是吓吓，无意伤人。

胆小的已经在撤了。小何撤在最前面。现在可以看到北京吉普停在山下的石滩，陆高心里有点急，大声叫小何回车上去。天葬师像赶羊似的赶着这群人，陆高姚亮和一个粗胖的港客小伙子走在最后。姚亮不甘心，一再回头停下脚，结果到底给一块石头砸在腿上。

姚亮试图讲理，对方不说汉话只是用藏话恶狠狠地对他吵，并且又一次弯腰捡石头。这下稍在前面一点的港客们放开步子跑下山。两个天葬师也就往回走了，只有那个年龄稍大的（也就是用石头打姚亮的）还跟在人群后面。

坡路很滑，泥泞不堪，后撤的人们脚步跌跌撞撞。陆高狠狠打了个寒噤，外衣水淋淋地抖动了一下。姚亮跟在他后面。

那个天葬师放慢步子，他们拉开了一段距离。姚亮捅一下陆高。

"就这么回去?!"

陆高也站下，回头看天葬师站在上面。

天葬师见他们不走了，便又嚷着追下来。姚亮跺一下脚，压着嗓子向对方吆喝。

"你要再动手我就不客气了!"

对方终于又叫汉话了。

"你不客气又能怎么样!"

说着把石头朝姚亮飞过来，这次石头是要打人的，石头离姚亮的头只有二尺远。姚亮低头也捡起两块石头；天葬师用藏话大喊，远处天葬台跟前的人们都站起来了，往回走的两个天葬师又回转身朝这边跑。陆高使劲拉了姚亮一把，他们也快跑起来。陆高跑着向坐在车里的小何挥手，小何知道这是让他先走别砸了车，开动汽车先向前去了。

陆高姚亮快跑着，还要提防后面飞来的石子。港客们都站下了。他俩跑过他们后回头，看追赶的天葬师不理睬港客们只向他俩追过来。天葬师跑得不是很快，他俩也就放慢速度。

“尽找麻烦。”

“我气坏了。”

“那也不能动手。”

“我只想吓吓他。”

“别忘了这是民族地区。”

“今天真晦气透了。早知道这样还不如离远点在山上看了。看不清楚也比看不见强呵。”

“别跑啦，他不追了。你不该捡石头。”

酸苹果总比没有苹果好。

真的如此吗？陆高不以为如此。姚亮说过的话说过就过去了；可是陆高到现在一直不能够断定，拖拉机里（或解放牌卡车里）的是不是她。当然陆高也知道追悼会今天开，回去问一下就知道她是否今天早上天葬，可是现在陆高不知道。他希望知道。这时陆高发现自己是很希望看到这个姑娘的天葬的，并不像他在来时车上想的那样——如果是她就不再看。

天已经亮啦，然而乌云荫蔽，而且下着绵密的毛毛雨。姚亮脸色铁青，陆高想自己大概也差不多；他们的毛衣也都透湿，上下牙齿碰得咯咯响，小何在前面等他们。上到车里也仍然禁不住打颤，姚亮又在抱怨。小何问陆高：

“回去吗？”

姚亮抢着说走吧走吧。他们往回走了。

陆高听到什么声音，回头见是那个天葬师朝汽车摆手，他让小何停车。看到车停下来，天葬师又朝他们走过来，一面摆手说着什么。姚亮让快开车，别把车给砸啦；陆高说不像，说他像有什么事，也许是搭车回城里去。姚亮还是催促小何把车开动了，姚亮说即使是要搭车也不必冒这份险，万一车给砸了……陆高想自己下去，姚亮不同意不让小何停车，还说侵犯了他们的风俗习惯，他们会打死你的。

车终于上了公路，天葬师还在后面挥手。车加速了，他们不再回头。

故事到这里就算结束了。这是陆姚探险队的第一次探险。他们要在这里工作几年，来日方长。我们已经知道他们的第二次探险是去寻访野人。两次探险都以没有结果而告结束。

我们也知道他们在第二次探险后各写了一部关于冈底斯山的故事，那是若干年以后的事了。我们还知道在这之外陆高另写了一篇关于说唱艺人的真实故事。在讲这个故事之前，先讲一下离开天葬台后的一个意外的小小插曲。

"那时候我还在部队汽车连开车。有次刹车失灵肇事了，撞伤了一个藏族男孩。当时我被男孩父亲揪住头往车前挡泥板上撞。我当时十八岁，个子又小。我吓坏了。"

"连长从前面折回来。我求救地看着连长，希望他能替我说情。连长是我同县的老乡，平时待我像自己弟弟一样。藏胞们对解放军首长向来是尊重的。连长没替我说一句好话。他到跟前时，男孩父亲停下手放开我。"

"我万万没想到，连长到我跟前狠狠地给我一个耳光，我一下给打倒了，也给打蒙了。我从来没看过他这样黑着脸；平时他甚至有一点婆婆妈妈的。别的同志把车开走了，连长和我留下来，连长和镇里的派出所警察一道把我送到公安局。"

小何低头看了看仪表盘。

"糟糕！没油了。"

"也许能凑合开回去？"

"不行啦。加不上油啦。我昨天晚上就忘了看看油表，到这个院里去借点吧。"

这是郊外的一个什么工厂。

"现在要是天葬师追上来就糟啦。"

"这里的车库在哪？"

院里出来的一个人指了指方向，小何锁上车，三个人到车库去借油。

姚亮异想天开说这时候有碗热粥就好啦。

真是天从人愿。陆高居然从一个房子里出来的人脸上找到了这碗热粥。这是陆高同车进藏的一个大学生，分在厂里做助理工程师；而且当时刚好是早饭时间。他和陆高热情地相互问候，然后让三个冻坏了的人在电炉旁烤火；他熬了粥，让他们暖了身子，又到隔壁借了一瓶白酒，开启了两听罐头。小何说要开车不能喝，主人陪陆高姚亮喝了几杯。然后主人去找司机要了些汽油。这里离市区不到十里路了。主人挥手喊着一路顺风回去了。真够惬意的，虽然湿衣服还在身上，心里可暖和多啦。

他们把车开出院子，这时坐在后排的姚亮看到通往天葬台方向的路上那群港客正朝这走。

"应该问问他们，他们到底看到没有？"

"问问天葬师挥手到底有什么事。"

他们的香港话（也许是广东话，粤语）什么也搞不清，不过从他们沮丧的表情可以知道他们没有接近天葬台。那个粗胖的小伙子像要跟小何商量什么事情，他指着一个抱肩发抖的姑娘大约是要小何搭她回去。她上了车坐在后排，姚亮看到她鸡肠一样的细腿，知道她给冻坏了。跟这些港客比，他们境遇总要好些。

她向她的伙伴们挥挥手；姚亮催促小何。

"后来呢？"

"后来男孩的父母都赶到公安局来。男孩已经咽气了。他们守到他咽气后都赶来了。"

"真糟透了！"

"母亲找到交警中队长，找到连长。"

"'放了他吧。我儿子死啦。放了他吧。'"

母亲是哭着对他们说的。

"求求你们啦。放了他吧。他不是有意的不是有意的。求求你们啦。放了他吧。"

"我就这样给放回来啦，驾驶执照吊销了五个月。后来连长告诉我，说藏族是真心向善的，他们对佛祈祷的都是心里话。她说已经死了一个，再不能死另一个了。她怕要我去为她儿子抵命。"

小何把她一直送到旅游局招待所，她下去以后用不熟练的普通话说了声"谢谢你们"。

姚亮也给送回学校，姚亮自认晦气。

车里只剩陆高小何两个人。

"你应该给那个母亲做干儿子。"

"我是那么做的。"

十一

这里原来就有一个关于顿珠顿月兄弟的故事，人们把这个故事排成藏戏。顿珠、顿月，这实在是两个很美的名字。不过那故事是很久远了，久远到连年龄最大的老人都说这故事是听曾祖父讲来的。

我不知道凡人是否也可以转世，不过这对双胞胎确实也叫顿珠和顿月。有一点可以冒昧肯定，这对兄弟都不可能当国王；也许这就是所谓天意吧。顿珠是个牧羊人。开汽车的叫顿月，是弟弟，大约比顿珠小一个小时。

不像其他双胞胎，两兄弟完全是两副模样——顿珠是名副其实的哥哥，高身材大块头，褐紫色的大脸盘像刚用刀子削成半成品的石雕头像；顿月纤巧精细，和哥哥恰成对照，头顶也只抵到顿珠颈上的桃核珠串底下。

开始顿月和哥哥一样，也是个牧羊的小伙子。他爱笑爱动，他的羊也显得比哥哥的羊有活力。人们常常可以在西山的峭壁上看到他的红帽子。看到红帽子跟前像蛆虫一样蠕动着的并不很白的羊群。西山上多巨石，也有分布不匀的点点绿色，是柳树和小片草坪。西山只有羊才能走的羊路。总之顿月是个活泼爱动的小伙子。他没有硕大的体魄，但他很灵活，也很结实，还会唱歌，而且唱得非常好听。

终于有一天，顿月找顿珠说起悄悄话了。

"我要去当兵了。"

"跟阿妈说了？"

"我想，我想……"

他们坐的地方离帐篷并不远。旁边就是羊栏，他们躺着，身下是冻得硬硬的干草地。顿月还是坐起来。

"我想……哥，你说阿妈能让我走吗？"

他根本不在乎顿珠怎样回答，只是自顾自地边想边说。

"我想不能，阿妈不能让我走。我想她准不让我走。"

他似乎蛮有把握，可他又突然搡了顿珠一拳："你说呢，哥？"

"不管怎么说你得告诉阿妈一声。"

"阿妈准不让我走，我知道她不会让我走的。可是我一定得走。我想出去看看，到内地各地去走一走。到成都，到西安，到北京和上海，我还想看看海。"

"那你跟阿妈说吧。"

"我还想学点手艺，我想开汽车。我最想开汽车了；小时候就想。要是能开汽车，我就把什么地方都跑遍。我一定把车开到日喀则，开到黑河，开到拉萨，也开到山南和昌都，当然要跑遍咱们整个阿里。"

"你什么时候跟阿妈说呢？"

"我还要在晚间开着车灯追黄羊。我记得九岁那年坐郭班长的车，现在想起来还觉得够味儿。就在南边那片草甸子上那群黄羊有十几只；车灯一照到它们，它们就伸直脖子机灵灵的，等车开到近处它们才跑。真怪，它们一直不拐弯；郭班长说它们是沿着汽车灯光照亮的方向，它们不愿跑进黑暗；这下它们就倒霉了。那天晚上，我们轧了五只羊子，真带劲！"

"你明天跟阿妈说吧，慢慢说……"

"那时候你就不用背柴草了。我可以用车把你带到西边有林子的地方，在那里砍满满一车树枝回来。我在西山顶上可以看到西边那片林子；太远了，看不清楚，只看到黑森森的一大片。还可以看到神湖的水在阳光下的闪亮。我真看到了，我保证那是片大林子，有的是树枝和干树叶。那时候我一定把你带去，拉满一车柴草回来，足够阿妈烧一整个冬天的。那样你就再也用不着背了。也用不着捡牛粪了。哥，那样你不高兴吗？"

"我高兴，跟阿妈说的时候慢慢来，别着急。别让阿妈着急。"

"到时候我把尼姆也接去。那时她阿爸准同意她嫁给我了，你说呢？她阿爸早就说了，要把尼姆嫁给一个开汽车的，尼姆说她阿爸说话算话的——你说呢，哥？尼姆爱我，可她还是听她阿爸的；她让我无论如何都要去学开汽车。我能去开汽车，就能把尼姆娶到家里了。"

"阿妈也喜欢尼姆，你跟阿妈说，她准会高兴的。不过说的时候要注意……"

"我还要给尼姆家里拉柴草。她阿爸想的就是这个。我得给她家拉，不过说心里话我真不情愿。我不喜欢她阿爸。真不情愿。哥，你知道不情愿我也得拉，不然尼姆会不高兴的。我不愿意做尼姆不高兴的事，我愿意她高兴。"

"你打算怎么和阿妈说呢？阿妈喜欢你，喜欢听你唱歌，你走了阿妈会想你的。"

"那样我可以看很多歌舞了。你记得么，那次歌舞团来演出，我跟着他们跑了三百多里路，连续看了七场演出。要不是他们走远了我还会跟着他们的。看了七遍我还是没看够，他们演得太好了。他们就住在拉萨，住在冈底斯山的那一面。以后我可以常去拉萨看他们演出了，开上车就去了。听说拉萨有好几个歌舞团呢！还有藏戏团，还有曲艺队，还有话剧团。我每场演出都去看。哥，我也带你去看……我忘了你不爱看演出，那我就带你去看电影，到拉萨看电影。听说拉萨每天每天都放电影哪。你挺喜欢看电影的。"

"顿月，你知道我不会唱歌。阿妈年轻的时候就爱唱。现在她老了就只爱听你唱了。"

"哥，我真后悔没把中学读完，中学里学的地理课我全忘了。这下我要到各处去了，要是把地理课学好就好了。可惜我没读完，读过的又都忘了。唉！我只知道成都、西安、北京和上海。还有格尔木。剩下的全忘光了。我一直想看看海是什么样子，听说比玛旁雍错神湖还大，比整个草原还大，一眼看不到边呢。听说用机器开动的大船一个月也走不到头呢。我太想看看大海了。哥，你就一点都不想么？"

"我想。可是阿妈呢？阿妈会想你的。"

"阿妈会想我的，我也会想阿妈的。"

"阿妈会哭的，阿妈肯定会常常掉泪。"

"我知道。"顿月说，"我知道。"

牧羊犬不出声音地走过来，插到兄弟两个中间，懂事地蜷伏下来。说不上是不希望狗听他们谈话，还是该谈的都谈了，顿月再没有继续他的憧憬，顿珠也不再追问弟弟什么时候跟妈妈谈怎么谈。星星在头上慢慢移动位置，羊皮藏袍给夜露沾得湿漉漉的了。他们没有手表，但是他们知道天快亮了。

这个晚上弟弟顿月显然有些兴奋，平时他和哥哥顿珠一样并不多话；不同的只是他爱唱牧歌，而且唱得好听。

另一个晚上，来了电影放映队，大家都去看电影了。这次坐到羊栏附近的是顿月和尼姆姑娘。寒星寒月，天更清冷了，他们长久不说一句话。顿月其实不是个饶舌的小伙子。

尼姆难得晚间出来一次。阿爸不让。阿爸不能不让她出来看电影。阿爸自己也看电影。那么尼姆就出来了，来到顿月身边。两天后顿月就要动身走了。

顿月把新发的军用皮大衣披到尼姆身上，尼姆还是禁不住发抖，就是顿月搂紧她也仍然抖个不停。电影散场还早，阿妈和顿珠回来还早，他和尼姆还是钻到帐篷里去了。顿月伸手摸火柴要点酥油灯，尼姆把他抱住了。结果帐篷里一直黑着，而且一直没有声音。

读者们一定猜到了，顿月如愿以偿，当了汽车兵。顿月当然是唱着歌子走的。

十二

在附近百里牧区，有许多关于顿珠的各种各样的传说。顿珠这个老实巴交的牧羊汉子，居然成了这里的传奇式人物。

乡亲们都知道，老寡妇曲珍为了供小儿子顿月读书，和大儿子顿珠吃了不少苦。现在小儿子出去了，还当了连长，曲珍没有白白吃苦受累。隔上两个月她可以收到儿子的汇款。乡亲们还知道顿月是个开汽车的连长。

又开汽车，又当连长，顿月真是个有出息的。乡亲们都说早就看出小伙子有出息。

那么顿珠呢？这个不识字的汉子，这个高大壮健又很少做声的汉子。也许这是不可思议的，然而乡亲们异口同声地作证，说他的确没读到书，他从小就拽着羊尾巴跟着羊群跑，他没有阿爸。阿爸是个过路汉子，阿爸只留给阿妈一个温存和这一对双胞胎。连阿妈也记不得阿爸的样子了，阿妈只记得他左面颊上有条寸把长的刀疤。阿妈说他是个打铁的。

说是顿珠和他的羊群曾经失踪了一个月，说是那以后顿珠就成了说唱艺人，他开始给乡亲们说唱《格萨尔王传》了。这是一部堪称世界最长的藏族英雄史诗，据研究学者们说，全部《格萨尔王传》有一千万或者几千万行。没读过一天书的牧羊汉子顿珠开始说唱这部英雄史诗了。这件事真的那么不可思议么？

一种比较流行的说法。顿珠和他的羊群误入神地，顿珠不知怎么就睡了，是睡在一块又平又大的巨石上（这个细节很要紧，请注意）。周围有很好的草场，也有很多野花。总之是块神地，像神山、神湖、神鹰和神鱼一样，传说带有藏民族特有的美丽的神话色彩。他睡了。

然后他醒了，羊群还在安闲地吃草。他用手肘支起身子，浑身倦怠地茫然四顾，这时他发现这地方他没来过，从来没有。不过这里是天然的好牧场，水草丰饶，环境也美。

太阳还高，他不着急，他想让羊群多吃一阵，而且他倦得要命。他又躺下来了。这次顿珠没有睡，没有睡意了。天像格外高远，空气显现出一种罕见的透明质，就像连续多天阴霾梅雨之后那样的清朗和透明。也有白云，丝丝片片的，宛如撕烂的哈达。他饿了，把手伸进腰间的糌粑口袋，把捏成团团的糌粑往嘴里大团地塞。那个黑点划过云片，径直朝下落，越来越大。是鹰把他当成了一具腐尸。转眼间鹰就扎到他的脸上了。顿珠猛坐起来，顺势拔出尺把长的藏刀。鹰给惊起，变线飞开了。云片更薄更烂，逐渐淡化了；鹰重又变成黑流星或快或慢在天空上划过。天蓝得叫人惊奇。

顿珠起身到一处水泊，用两手掬了几捧清水喝，然后拍拍肚皮，好痛快呵！他突然想唱点什么，这是从来没有过的，他开始唱了。过去总是顿月在唱，他从不应和，默默干着什么。没有人知道他是否在听，他从来没有所表示，兴趣——还是没兴趣？

这一次是他在唱了。他只是想唱，想不停地唱下去，而且——他在唱着格萨尔，唱着关于格萨尔的传奇故事。他毫不惊奇（这一点就足以使那些熟悉的人们惊奇了），仿佛他原就从师多年学唱这部恢弘的民族史诗。更使人们惊奇的，是他竟然对人们的疑问反而惊奇。他不能理解人们何以这样大惊小怪。在他看来，唱《格萨尔王》是他最自然不过的举动了。他为什么不唱，为什么不能唱呢？人们为什么要问是谁教他的呢？谁教过你吸吮乳头么？

当乡亲和母亲说他失踪了一个月时，顿珠觉得像痴人说梦。阿妈怎么啦？还有乡亲们？阿妈瘦了，瘦得脱了相，这简直不像真的。早上出去的时候，他的糌粑口袋是阿妈给装的，阿妈笑盈盈的，阿妈好健康呵！顺心顺气，有两个好儿子的幸福的阿妈呵！可是现在……

另有一些不那么流行的说法。

顿珠顿月的阿爸是个打铁的流浪说唱艺人——他的真传骨血传给了双胞胎的母亲，顿珠是得了阿爸的真传，是天生天成的。这种说法倒似乎有一点现代科学——遗传工程学——的味道，只是仍然是一种超验主义哲学的思想方法。看得出，多数人是宁可相信神话的，虽然神话中更多唯心或唯灵的成分，但是它美。这类传说显然不宜掺杂太多的唯理成分。

彻底的唯物主义者对凡此种种传说都付之一笑。他们有比较令人信服的解释，说这不过是艺人自己为渲染民族史诗和其自身的神秘而故意编出这许多奥秘的，说汉族无法理解藏民族那种与宗教、神话以及迷信杂糅在一起的崇尚神秘事物的原始意识；说藏民族天生就是产生优美神话的民族，正如他们天生崇尚各种精美的雕饰——镂银藏刀，金玉耳环、戒指，各种珍宝、桃核、骨刻的珠串，多种头饰、发辫，多种服饰，织花地毯、卡垫，不一而足！

反正顿珠自己知道。他知道这是个神话；他知道自己是个铁匠的儿子；他还知道自己怎么就唱起了《格萨尔王》。他虽然不懂哲学及其五花八门的概念，但他会唱，会唱这部世界最长的藏族的英雄史诗。他看不出这有什么值得如此大惊小怪。后面自然还有关于顿珠的故事。

十三

尼姆为顿月生了一个男孩。顿月收到尼姆捎去的口信没有？这不好说。顿月没给她写信，尼姆盼着的信没来；尼姆以为他准会来信。顿月把她忘了。

总之顿月没有信来，没有回来看看儿子。尼姆曾经挨了阿爸的咒骂。很怕人的咒骂。阿爸是个虔信佛教的老人，从来到这个世界那天就开始膜拜释迦牟尼。他中年得女丧妻，性情格外孤僻乖戾，酒喝得很凶，一天里很少有清醒的时候，而且他心地狭窄，习惯斤斤计较。

尼姆生了私孩子，他骂，他绝不原谅，因而对着他的偶像诅咒女儿，酒喝得更凶了。尼姆只好搬出去住，在远离阿爸的地方支起一顶小帐篷。一个女人带着一个孩子，生活可想而知。

没有人知道孩子是顿月的，尼姆没讲过。她似乎有几年没说话了，没有人听见她说过什么话。也许她说过，对儿子，对她那群羊和那只卷毛蓬松的牧羊犬。还有可能在一人独处时自言自语，只是没有人听她说过什么。她过分地离群索居，以至使多数乡亲甚至忘记了她的存在。

她也回来，那通常是天黑下来的时候，她像躲避豹子似的躲躲闪闪地溜回家里。这种时候阿爸总是流着口涎歪倒在卡垫上，经常已经鼾声大作，而且吐得一塌糊涂。她不出声音地把呕吐的秽物拾掇干净，然后架起锅，烧上浓茶，再把阿爸搁到卡垫上躺好，盖上皮大衣，之后默默地对着冒烟的灰烬站了一阵，又像来时一样幽灵似的闪出帐篷，在黑处消失了。

儿子可以到处跑了。尼姆仍然时常偷偷溜回家。只是她从来都是一个人回去，儿子不认得外祖父。三岁的孩子连一句话也不会说，这一定是完全离开了语言环境的缘故，他完全习惯于一个人玩，有时像成年人一样发呆。这个孩子很少对人感兴趣，无论是从他帐篷跟前走过的乡亲或路人，无论是他阿妈，谁都不能使他分神去看一眼。吆喝也罢，柔声呼唤也罢，结果都一样。他原来干什么仍然干什么，丝毫不会受到惊扰。

那个晚上尼姆照例一个人在夜里去阿爸那里。天黑得有点怕人。她急急地出了门，用头巾兜住两颊。路上有点儿磕绊，没有碰到什么人。阿爸一如既往，早醉成一摊泥。她进去就开始收拾，自己也说不清为什么心里发急。天阴得实在反常，儿子已经睡下了，这之间有什么联系呢？尼姆确实心神不宁。锅里有冷茶水，今晚就这样吧。阿爸夜里醒来需要的就是这个。当然有热茶或温茶更好些，可是今晚的天气！她没有多耽搁，掖好帐篷的门帘子就往回赶了。天黑心急，她一路跌倒两次，这不算什么。走近自己的小帐篷时，她听到低沉而悸心的呜咽，是她的牧羊犬。她马上又看到更忧目的：帐篷门帘掉了，原来点着酥油灯的里间一片漆黑。瞬间，她突然知道完了，全完了。她知道自己为什么心神不安，为什么发急。当她从怀里摸出火柴擦燃时，那个大约三秒钟的光明使她身子发瘫，她就地坐下了，好半天想不起该点亮灯，该把血肉模糊的牧羊犬抱进帐篷。可怜的畜生，它断了一条腿和两根肋骨，上颚的毛皮给抓豁了。后来，它居然活下来了。

　　是熊。

　　她也说不清，为什么她借着火柴光亮看到儿子安然入睡时竟全无惊喜和庆幸的感觉，她不该庆幸或者惊喜么？她只记得浑身瘫软下去了，她不记得自己这样坐了多久。后来还是狗的呻吟呜咽提醒了她。它是这个家庭里的第三个成员，现在是它的痛苦使她清醒了。只是她永远闹不明白，熊怎么能和儿子相安无事？牧羊犬的伤残，翻倒在地的酥油桶和摔碎的茶碗，这许多在夜里肯定很刺激的音响竟没有使儿子醒转过来，尼姆知道儿子听觉正常，很正常。

　　这以后，每当儿子睡下，尼姆都就着跳荡的油灯长久地守在儿子跟前。她看着儿子的厚嘴唇，看着儿子轮廓粗糙的脸型，她努力去想很久以前她和顿月共有的那个夜晚，去想那以后她发现自己怀了孩子的种种感觉。她努力想回忆起顿月的相貌和他仅有的那次粗暴（多么令人回味的粗暴呵），可是不成，她什么也回忆不起来；不成，不成了。于是，她又努力试图俯身从眼下这个小家伙的睡相上找出顿月的影子，也不成，她不禁惊奇了。

她奇怪儿子居然像顿珠。笨拙，反应相当迟钝，脸廓尤其显著。顿月可不是这种样子，她想不出道理，也不再费力去想。

牧羊犬终于痊愈了，这个三口之家又以过去的形式度过了一段重复的时间。

十四

顿珠成了说唱艺人之后，同时也还是一个羊倌，还是个孝顺儿子。他和阿妈不识字。每次邮递员把汇款单交给他时，都告诉他简短附言栏上写着的话，诸如：阿妈买点好吃的，别舍不得花钱——我在这挺好的，部队番号保密，不要回信了——我现在是班长了……我现在是排长了……我现在是连长了……我还在开车……部队任务紧，请阿妈原谅我不能回家探望云云。顿珠每次都一字不误地记下来转述给阿妈。阿妈挺知足的，娘俩也就不用多惦记了。

尼姆的事顿珠是否多想过，不得而知。大概只有顿珠知道顿月和尼姆有恋情，然而这不能使顿珠因此就认定尼姆的私生子就是弟弟顿月的。牧羊汉子顿珠不可能潜心计算尼姆生产距顿月离家整整九个月，他知道的简单事实是尼姆在顿月走后很久生了一个私孩子，谁知道是哪个的野种呢？另一个人所共知的事实，是尼姆的阿爸因此把尼姆赶出去了。她阿爸咒她，骂她，到死也没原谅她（他是在某个上午在自己的帐篷里被邻人发现的，身子硬了，仍然带着酒气）。顿珠还知道那个从不说话的男孩子从熊掌下脱生的故事。那孩子有五六岁了，长得粗大笨拙，尼姆赶着羊群出去的时候，这孩子总是拽住某只大羊的尾巴跟上去。与孩子为伴的只有牧羊犬，羊和鹰或者其他鸟儿。这些顿珠都是知道的。

现在，就是白天放牧的时候，仍然有人凑在顿珠的羊群附近，听顿珠说唱那些又古老又亲切又悲壮的故事。时间久了，再没有人问顿珠是怎么学会的，跟谁学会的；顿珠的关于格萨尔王的故事，自然而然地成了这里的藏族牧民们自古以来的生活的有机部分。

如果顿珠不健忘的话，他肯定记得顿月走前的晚上那些愉快的憧憬。如果他富于联想，有足够的浪漫气，他肯定会设想在过去的这些年里头，弟弟顿月开着汽车不止一次地去到成都、西安、北京和上海这些地方。开始带着一班人，后来是一个排，现在是一个整连，幸运的顿月呵！顿月应该看了几百场演出了吧？有内地的，也有拉萨的，他一定不会错过任何机会的。顿珠最知道弟弟了。

也许顿月已经跑遍全藏了。日喀则，阿里，拉萨，山南，对了，还有昌都。他追过大群的黄羊吗？一定追过的，就是压了千把只也说不定，他是个多么好玩的家伙呵。

还有，为了到各地开眼界，顿珠想顿月肯定会把什么地理课重新好好学一学。顿月是个肯学习肯动脑筋的，顿珠知道自己不如弟弟。

现在顿珠和从前一样，利用闲暇到处捡牛粪，到处弄柴草，从老远老远的地方往回背。顿珠一定还记得弟弟的许诺，等着弟弟开汽车回来，带他到西山西面老远的大林子里拉满车的干树枝干叶子回来。那里是太远了，乡亲们没有一个人到过那呢。

还有，顿珠是喜欢看电影的，他是否同时期待着弟弟开车送他到拉萨看电影呢？

也许是，什么都是可能的。

然而——

尼姆呢？顿月走前讲的关于尼姆那些话？顿珠并不健忘，他记得，全记得，那么我不知道那么后面该是什么，删节号？或者一些可以连缀上下文的文字？我不知道，我找不到合适的东西，因为结果大出我的意料。我尤其不知道该用什么伦理道德标准去衡量这个结果。问题明摆的清楚。顿月对于尼姆是失踪了，对于顿珠正在纵横驰骋于自我想象。尼姆对于顿珠，是某个野孩子的母亲（她早已不是弟弟顿月的恋人了），同时又是一个年龄相近的女人；尼姆不丑也不算老。就这些。

是这样，尼姆水葬了阿爸，之后在河边站了半天半宿，据说她没有掉泪。周年过了，她找到顿珠，顿珠正在捡牛粪，冬天就要到了。没有人知道尼姆对顿珠说的什么，也许就是"跟我结婚吧"，或者"把我娶到家里去吧"这么简单又直接的一句话。尼姆好久没说一句话了，她一定不会讲更多的。我想，反正她和她那拽羊尾巴长大的不说话的儿子一起和顿珠家合了帐篷。真想知道顿珠的阿妈对这件事作何感想——读者知道，那是她老人家的嫡生孙子，她该不会把孙子当成一个小野种吧。

十五

故事到这里已经讲得差不多了，但是显然会有读者提出一些技术以及技巧方面的问题。我们来设想一下。

a. 关于结构。这似乎是三个单独成立的故事，其中很少内在联系。这是个纯粹技术性问题，我们下面设法解决一下。

b. 关于线索。顿月截至第一部分，后来就莫名其妙地断线，没戏了，他到底为什么没给尼姆写信？为什么没有出现在后面的情节当中？

又一个技术问题，一并解决吧。

c. 遗留问题。设想一下：顿月回来了，兄弟之间，顿月与嫂子尼姆之间将可能发生什么？三个人物的动机如何解释？

第三个问题涉及技术和技巧两个方面。

好了。先看c。

首先顿月不会回来（也不可能回来，排除了顿月回来的可能性，问题就简单了）。因为他入伍不久就因公牺牲了。他的班长为了安抚死者母亲，自愿顶替了这个儿子角色；近十年来他这个冒名儿子给母亲寄了近两千元钱。然后——

还用然后么，我亲爱的读者？

十六

姚亮一直自诩是个诗人，陆高叫他情种。诗人也罢，情种也罢，姚亮倒会不以为然。姚亮有时也开陆高的玩笑，野人是姚亮送陆高的雅号。

陆高偶尔也做诗，甚至不逊于姚亮的诗。

当有人问及姚亮，问他为什么要到这块号称第三极的不毛之地来，姚亮完全以一个大诗人的气势和气度答复这句话。也有陆高的。

（原载《上海文学》1985年第2期）

中华人民共和国成立70周年
优秀文学作品精选

中篇小说卷 （下）

主编 洪治纲

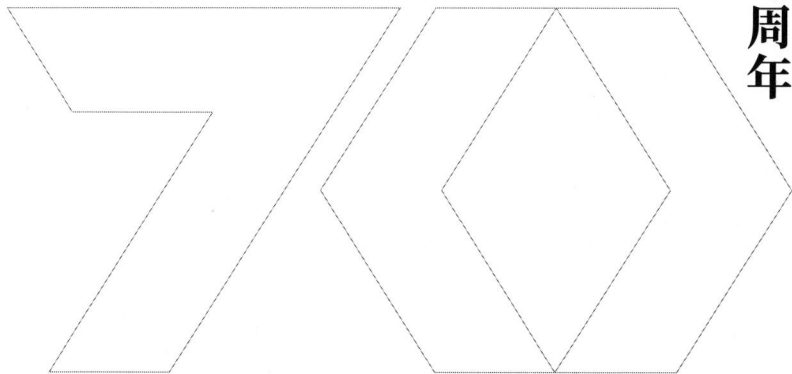

北京出版集团公司

北京十月文艺出版社

出版说明

习近平总书记在中国文联十大、中国作协九大开幕式上的讲话中指出："一个时代有一个时代的文艺，一个时代有一个时代的精神。任何一个时代的经典文艺作品，都是那个时代社会生活和精神的写照，都具有那个时代的烙印和特征。"为庆祝中华人民共和国成立70周年，展现我国70年来文学事业的光辉成就，回顾我国当代文学发展的历史道路，北京十月文艺出版社特编辑出版《中华人民共和国成立70周年优秀文学作品精选》。检视中华人民共和国成立70周年以来的经典文学作品，汇集成卷，既是为中国当代文学的70年立一历史存照，也便于我们的文学工作者和广大读者从中萃取精华、汲取能量，不忘本来、继往开来，使文学成为新时代实现中华民族伟大复兴的重要精神力量。

《中华人民共和国成立70周年优秀文学作品精选》按文学体裁分为8种12卷，各分卷主编为"中篇小说卷"洪治纲，"短篇小说卷"贺绍俊，"报告文学卷"李朝全，"散文卷"王必胜，"诗歌卷"李少君、张德明，"儿童文学卷"李东华，"戏剧卷"傅谨，"文学评论卷"白烨。编选工作坚持"二为"方向，贯彻"双百"方针，从当代文学发展的实际出发，兼顾不同题材、不同创作风格、不同地区（包括港澳台）

和不同作家的作品，力求全面准确地反映中华人民共和国成立70周年来文学发展的风貌。

　　本次编辑工作，我们秉承尊重作品原貌的原则，对于旧版中明显的讹误之处均予以更正，以弥补缺憾；但各部作品因创作年代、作者风格、地域特点等不同，在相关词语用法、儿化音表达方面也存在一定差异，本次编辑处理未作统一，力求最大程度上保持作品的本来面貌。相较于中国当代文学70年来的厚重博大、成就斐然，本套丛书的编辑出版囿于规模及篇目有限，尽管各卷主编在遴选过程中编选的作品均是经过时代淬炼与读者检验的文学佳作，但也难免有遗珠之憾。在编辑出版过程中，我们得到了作者、作者亲属及有关专家学者的大力支持与帮助，在此一并谨致谢意。因部分作品年代久远，我们未能取得相关作者及版权继承人的联系方式及授权，提前收录作品尚希见宥。本书出版后，我们将继续开展联系工作。如作者及版权继承人得知信息，也请及时与我们联系。再次致意。

北京十月文艺出版社

2019年8月1日

目 录 Contents

一九八六年

余 华

多年前，一个循规蹈矩的中学历史教师突然失踪。扔下了年轻的妻子和三岁的女儿。从此他销声匿迹了。经过了动荡不安的几年，他的妻子内心也就风平浪静。于是在一个枯燥的星期天里她改嫁他人，女儿也换了姓名。那是因为女儿原先的姓名与过去紧密相连。然后又过了十多年，如今她们离那段苦难越来越远了，她们平静地生活。那往事已经烟消云散无法唤回。

当时突然失踪的人不只是她丈夫一个。但是"文革"结束以后，一些失踪者的家属陆续得到了亲人的确切消息，尽管得到的都是死讯。唯有她一直没得到。她只是听说丈夫在被抓去的那个夜晚突然失踪了，仅此而已，告诉她这些的是一个商店的售货员，这人是当初那一群闯进来的红卫兵中的一个。他说："我们没有打他，只是把他带到学校办公室，让他写交代材料，也没有派人看守他，可第二天发现他没了。"她记得丈夫被带走的翌日清晨，那一群红卫兵又闯了进来，是来搜查她的丈夫。那售货员还补充道："你丈夫平时对我们学生不错，所以我们没有折磨他。"

不久以前，当她和女儿一起将一些旧时的报刊送到废品收购站去，在收购站乱七八糟的废纸中，突然发现了一张已经发黄，上面布满斑斑霉点的纸，那纸上的字迹却清晰可见。纸上这样写着：

五刑：墨、剕、劓、宫、大辟。

先秦：炮烙、剖腹、斩、焚……

战国：抽肋、车裂、腰斩……

辽初：活埋、炮掷、悬崖……

金：击脑、棒杀、剥皮……

车裂：将人头和四肢分别拴在五辆车上，以五马驾车，同时分驰，撕裂躯体。

凌迟：执刑时零刀碎割。

剖腹：剖腹观心。

……

废品收购站里杂乱无章，一个戴老花眼镜的小老头站在磅秤旁。女儿已经长大，她不愿让母亲动手，自己将报刊放到秤座上去。然后掏出手帕擦起汗来，这时她感到母亲从身后慢慢走开，走向一堆废纸。而小老头的眼睛此刻几乎和秤杆凑在了一起。她觉得滑稽，便不觉微微一笑。随后她蓦然听到一声失声惊叫，当她转过身去时，母亲已经摔倒在地，而且已经人事不省了。

他们把他带到自己的办公室后，让他坐下，又勒令他老老实实写交代材料。然后都走了，没留下看管他的人。

办公室十分宽敞，两只日光灯此刻都亮着，明晃晃的格外刺眼。西北风在屋顶上呼啸着。他就那么坐了很久。就像这幢房屋在惨白的月光下，在西北风的呼啸里默默而坐一样。

他看到自己正在洗脚，妻子正坐在床沿上看着他们的女儿。他们的女儿已经睡去，一条胳膊伸到被窝外面。妻子没有发现，妻子正在发呆。她还是梳着两根辫子，而且辫梢处还是用红绸结了两个蝴蝶结。一如第一次见到她走来一样，那一次他俩擦肩而过。

现在他仿佛看到两只漂亮的红蝴蝶驮着两根乌黑发亮的辫子在眼前飞来飞去。

三个多月前，他就不让妻子外出了。妻子听了他的话，便没再出去过。他也很少外出。他外出时总在街上看到几个胸前挂着扫帚、马桶盖，剃着阴阳头的女人。他总害怕妻子美丽的辫子被毁掉，害怕那两只迷人的红蝴蝶被毁掉。所以他不让妻子外出。

他看到街上整天下起了大雪，那大雪只下在街上。他看到在街上走着的人都弯腰捡起了雪片，然后读了起来。他看到一个人躺在街旁邮筒前，已经死了。流出来的血是新鲜的，血还没有凝固。一张传单正从上面飘了下来，盖住了这人半张脸。那些戴着各种高帽子挂着各种牌牌游街的人，从这里走了过去。他们朝那死人看了一眼，他们没有惊讶之色，他们的目光平静如水。仿佛他们是在早晨起床后从镜子中看到自己一样无动于衷。在他们中间，他开始看到一些同事的脸了。他想也许就要轮到他了。

他看到自己正在洗脚。水在凉下去，但他一点也不觉察。他在想也许就要轮到他了。他发现自己好些日子以来都会无端地发出一声惊叫，那时他的妻子总是转过脸来麻木地看着他。

他看到他们进来了，他们进来以后屋内就响起了杂乱的声音。妻子依旧坐在床沿上，她正麻木地看着他。但女儿醒了，女儿的哭声让他觉得十分遥远，仿佛他正行走在街上，从一幢门窗紧闭的楼房里传出了女儿的哭声。这时他感到水已经完全凉了。然后那杂乱的声音走向单纯，一个人手里拿着一张纸走了过来。纸上写些什么他不知道。他们让他看，他看到了自己的笔迹，还看到了模糊的内容。随即他们把他提了起来，他就赤脚穿着拖鞋来到街上。街上的西北风贴着地面吹来，像是手巾擦脚一样擦干了他的脚。

他打了个寒战，看到桌上铺着一沓白纸。他朝白纸看了一会，然后去摸口袋里的钢笔，于是发现没带笔来。他就站起来到别的桌上去寻找，可所有的桌上都没有笔。他只得重新坐回去，坐回去时看到桌上有了两条手臂的印迹。他才知道自己已有三个多月没有来这里了。桌面上积了厚厚的一层灰尘。他想别的教师大概也有三个多月没来这里了。

他看到自己和很多人一起走进了师院的大门，同时有很多人从里面走出来。他看到自己手里正在翻着一本厚厚的书。那时他对刑罚特别热衷，那时他准备今后离开学校后专门去研究刑罚。他在师院图书馆里翻阅了很多资料，还做了笔记。但那时他恋爱了。那次恋爱没有成功。他的刑罚研究也因此有始无终。后来毕业了，他在整理东西时看到了那张纸。当时他是打算扔掉的，而后来怎样也就从此忘了。现在才知道当初没扔掉。

他看到自己正在洗脚，又看到自己正在师院内走着。同时看到自己正坐在这里。他看到对面墙上有一个很大的身影，那颗头颅看上去像篮球一样大。他就这样看着他自己。看久了，觉得那身影像是一个黑黑的洞口。

他感到响亮的西北风跑进屋里来叫唤了。并且贴在他衣角上叫唤，钻进头发里叫唤。叫唤声还拼命地擦起了他的脸颊。他开始哆嗦，开始冷了。他觉得那风越来越嘹亮。于是他转过脸去看门，门关得很严实。他再去看窗户，窗也关得很严实。

他发现所有的玻璃都像刚刚擦过一样洁净无比,那些玻璃看上去像是没有一样。他觉得费解,桌上蒙了那么厚的灰尘,窗玻璃居然如此洁净。这时他看到了一块破了的玻璃,那破碎的模样十分凄惨。他不由站起来朝那块玻璃走去,那是一种凄惨向另一种凄惨走去。

走到窗前他大吃一惊,他才发现这破碎的竟是唯一幸存的玻璃。其他的窗格里都空空皆无。他不禁伸出手去抚摸,他感到那上面非常粗糙和锐利。摸了一会他觉得有一股热乎乎的东西正在手指尖上微微溢出来。摸着的时候,他看到玻璃正一小块一小块地掉落下去,一声一声清脆的破裂声在他听来如同心碎。不一会,玻璃只剩下一个小小的三角了。

他蓦然看到一双皮鞋对着他微微荡来又微微荡去。他伸出的手立刻缩回,他听到自己的心脏正在咚咚跳得十分激烈。他站住一动不动,看着这双皮鞋幽幽地荡来荡去。接着他发现了两只裤管,裤管罩在皮鞋上面,正在微微地左右飘动着。他猛地推开窗户,于是看到了一具吊着的僵尸。与此同时他听到了一声惊叫,声音来自左前方。他看到黑暗中一棵模糊的树和树底下一个模糊的人影。人影脱离地面,紧张的喘息声从那里飘来,传到他耳中时已经奄奄一息。过了好久他仿佛听到那人影低声嘟哝了一句——"是你",然后看到那两条胳膊举起来抓住了一个圆圈,接着似乎是脑袋钻了进去。片刻后他听到了一声轻微的凳子被踢倒在地的声音,而一声窒息般的低语马上接踵而至。他扶着窗沿慢慢地倒了下去。

很久以后,他渐渐听到了一种野兽般的吼声。那声音逐步接近,同时又在慢慢扩散,不一会声音如巨浪般涌来了。

他猛地从地上跳起来,凝神细听。他听到屋外一片鬼哭狼嚎,仿佛有一群野兽正在将他包围。这声音使他异常兴奋。于是他在屋内手舞足蹈地跳来跳去，嘴里发出的吼声使他欣喜若狂。他想冲出去与那吼声会合，却又不知从何处冲出去。而此刻屋外吼声正在越来越响亮，这使他心急火燎却又不知所措。他只能在屋内跳着吼着。后来累了，便一屁股坐在刚才那个座位上，呼哧呼哧地喘气了。

这时他看到了墙上的身影，于是他看到了一个使他得以冲出去的黑洞。他立刻站了起来，朝那黑洞冲出，可冲到跟前他猛然收住了脚。他发现那黑洞一下子变小了。他满腹狐疑地重又退到原处，犹豫了片刻他才慢慢地重新走过去。他看到黑洞也在慢慢小起来。走到跟前时他发现黑洞和他一样大小了。他疑惑地看了很久，肯定了黑洞没再变小，黑洞仍容得下他的身体后，便一头撞了过去。他又摔倒在地。

一阵狂风此刻将门打开，门重重地打在墙上，发出吱吱的骨折般的声音。风从门口蜂拥而进，又立刻在屋内快速旋转了起来。

他从地上昏昏沉沉爬起来，对着门口昏昏沉沉地站了一会。然后他看到了一个长方形的黑洞。他小心翼翼地朝黑洞走去，走到跟前时他又满腹狐疑了。因为这次黑洞没有变小。这次他没再一头撞去，而是十分小心地伸过去一个手指。他感到手指已经进入黑洞了，然后手臂也进去了。于是他侧着身体更加小心地往黑洞里挤了进去。随即他感到自己已经逃脱了，因为他感到自己进入了漆黑而且广阔无比的空间。

那吼声此刻更为热烈更为响亮，于是他也就更为热烈更为响亮地吼了起来，跳了起来，同时他朝声音跑去。尽管有各种各样大小不一的黑影阻挡了他的去路，但他都巧妙地绕过了它们。片刻后他就跑到了大街上。他收住脚步，辨别起声音传来的方向。他感到那声音似乎是从四面八方奔腾而来的。一时间他不知所措，他不知该往何处去。随后他看到东南方火光冲天，那火光看上去像是一堆晚霞。他就朝着火光跑了过去。越跑声音越响，然后他来到了那吼声四起的地方。

一座巨大的楼房正在熊熊燃烧。他看到燃烧的火中有无数的人扭在一起，同时无数人正在以各种姿态掉落下来。他在桥上吼着跳着，同时还哈哈狂笑。在一阵像下雨般掉下了一批批人后，他看到楼房没有了，只有一堆巨大的熊熊燃烧的火。这情景叫他异常激动。他在桥上拼命地吼，拼命地跳。随即他听到了轰隆一声巨响。他看到这堆火突然变矮了，也变得宽阔了。他发现火离自己越来越近了，火像水一样漫涌过来。这时他感到累了，他便在桥栏上坐了下来，不再喊叫，不再跳跃。但他依然兴致勃勃地看着这堆火。慢慢地这堆火开始分裂，分裂成一小堆一小堆了。他一直看着火势渐渐熄灭。

火势熄灭后，他才从栏杆上跳下来，开始往回走，走了几步重新走回来，站了一会他又往回走。他在桥上走来走去。

后来黎明来临了，早霞开始从漆黑的东方流出来，太阳还没有升起，但是一片红光已经燃烧着升腾而起了。于是他看到了一堆火在遥远的地方燃烧起来，于是他又吼叫了，并且吼叫着朝那里跑去。

从废品收购站回来后，她就变得恍恍惚惚起来。这天夜晚，她听到了一个奇妙的脚步声。那时没有月光，屋外一片漆黑而且寂静无声。就在这个时候，她听到一个脚步声从远处嚓嚓走来，那声音既像是擦地而来，又让人感到是腾空走来。而且那声音始终没有来到近旁，始终停留在远处。但她已经听出来了，是谁的脚步声。

此后的几个夜晚，她都听到了那种脚步声。那声音让她心惊肉跳，让她撕心裂肺地喊叫起来。

当初丈夫就是在这样一个漆黑的晚上被带走的。那一群红卫兵突然闯进门来的情景和丈夫穿着拖鞋嚓嚓离去时的声音，已经和那个黑夜永存了。十多年了，十多年来每个夜晚都是一样的漆黑，黑夜让她不胜恐惧。就这样，十多年来她精心埋葬掉的那个黑夜又重现了。

这一天，当她和女儿一起走在街上时，她突然看到了自己躺在阳光下漆黑的影子。那影子使她失声惊叫。那个黑夜居然以这样的形式出现了。

一

那人一瘸一拐地走进了这座小镇。那是初春时节。一星期前一场春雪浩荡而来，顷刻之间将整座小镇埋葬。然而接下去阳光灿烂了一个星期，于是春雪又在几日之内全面崩溃。如今除了一些阴暗处尚残留一些白色外，其他各处都开始生机勃勃了。几日来，整个小镇被一片滴答滴答的声音所充塞，那声音像是弹在温暖的阳光上一样美妙无比。这雪水融化的声音让人们心里轻松又愉快，而每一个接踵而至的夜晚又总是群星璀璨，让人在入睡前对翌日的灿烂景象深信不疑。

于是关闭了一个冬天的窗户都纷纷打开来了，那些窗口开始出现了少女的嘴唇，出现了一盆盆已在抽芽的花。风也不再从西北方吹来，不再那么寒冷刺骨。风开始从东南方吹来了，温暖又潮湿。吹在他们脸上滋润着他们的脸。他们从房屋里走了出来，又从臃肿的大衣里走了出来。他们来到了街上，来到了春天里，他们尽管还披着围巾，可此刻围巾不再为了御寒，开始成了装饰。他们感到衣内紧缩的皮肤正在慢慢松懈，而插在口袋里的双手也在微微渗汗了。于是就有人将双手伸出来，于是他们就感到阳光正在手上移动，感到春风正从手指间有趣地滑过，也是在这个时候，他们看到了河两岸那些暗淡的柳树突然变得嫩绿无比，而这些变化仅仅只是在一个星期里完成的。此刻街上自行车的铃声像阳光一样灿烂，而那一阵阵脚步声和说话声则如潮水一样生动。

那人就是在这个时候走进小镇的。他的头发像瀑布一样披落下来，发梢在腰际飘荡。他的胡须则披落在胸前，胡须遮去了他三分之二的脸。他的眼睛浮肿又混浊。他就这样一瘸一拐走进了小镇，那条裤子破旧不堪，膝盖以下只是飘荡着几根布条而已。上身赤裸，披着一块麻袋。那双赤裸的脚看上去如一张苍老的脸，那一道道长长的裂痕像是一条条深深的皱纹，裂痕里又嵌满了黑黑的污垢。脚很大，每一脚踩在地上的声音，都像是一巴掌拍在脸上。他也走进了春天，和他们走在一起。他们都看到了他，但他们谁也没有注意他，他们在看到他的同时也在把他忘掉。他们尽情地在春天里走着，在欢乐里走着。

女孩子往漂亮的提包里放进了化妆品，还放进了琼瑶小说。在宁静的夜晚来临后，她们坐到镜前打扮自己，打扮得漂漂亮亮后就捧起了琼瑶的小说。她们嗅着自己身上的芬芳去和书中的主人公相爱。

男孩子口袋里装着万宝路、装着良友，天还没黑便已来到了街上，深更半夜时他们还在街上。他们也喜欢琼瑶，他们在街上寻找琼瑶书中的女主人公。

没待在家中的女孩子，没在街上闲逛的男孩子，他们则拥入影剧院，拥入工会俱乐部，还拥入夜校。他们坐在夜校课桌边多半不是为了听课，是为了恋爱。因为他们的眼睛多半都没看着黑板。多半都在搜寻异性。

老头那个时候还坐在茶馆里，他们坐了一天了，他们坐了十多年，几十年了。他们还要坐下去。他们早已过了走的年龄。他们如今坐着就跟当初走着一样的心满意足。

老太太们则坐在家中，坐在彩电旁。她们多半看不懂在演些什么，她们只是知道屏幕上的人在出来进去。就是看着人出来进去，她们也已经心满意足。

往那些敞着的窗口看看吧，沿着这条街走，可以走进两边的胡同。将会看到什么，将会听到什么，而心里又将会想起什么。

十多年前那场浩劫如今已成了过眼烟云，那些留在墙上的标语被一次次粉刷给彻底掩盖了。他们走在街上时再也看不到过去，他们只看到现在。现在有很多人都在兴致勃勃地走着，现在有很多自行车在响着铃声，现在有很多汽车在掀起着很多灰尘。现在有一辆装着大喇叭的面包车在慢慢地驰着，喇叭里在宣传着计划生育，宣传着如何避孕。现在还有另一辆类似的面包车在慢慢地驰着，在宣传着车祸给人们生活带来的不幸，街道两旁还挂着牌牌，牌牌上的图画和照片吸引了他们。他们现在知道已经人满为患了，他们中间很多人都掌握了好几套避孕方法。他们现在也懂得了车祸的危害。他们知道尽管人满为患，可活着的人还是应该活得高高兴兴，千万不能让车祸给葬送了。他们看到中学生都牺牲了自己的星期天，站到桥边，站到转弯处来维持交通秩序了。

那人就是在这个时候出现的，他一瘸一拐地走进了小镇。

他看到前面有一个人躺着，就躺在脚前，那人的脚就连着自己的脚。他提起自己的脚去踢躺着的脚。不料那脚猛地缩了回去。当他把脚放下时，那脚又伸了过来，又和他的脚连在了一起。他不禁兴奋起来，于是悄悄地将脚再次提起来，他发现地上的脚同时在慢慢退缩，他感到对方警觉了，便将脚提着不动，看到对方的脚也提着不动后，他猛地一脚朝对方的腰部踩去。他听到一声沉重的响声，定睛一瞧，那躺着的人依旧完好无损，躺着的脚也依旧连着他的脚。这使他怒气冲冲了，于是他眼睛一闭，拼命地朝前奔跑了起来，两脚拼命地往地上踩。跑了一阵再睁眼一看，那家伙还躺在他前面，还是刚才的模样。这让他沮丧万分，他无可奈何地朝四周张望。此刻阳光照在他的背脊上，那披着的麻袋反射出粗糙的光亮。他看到右前方有一汪深绿的颜色，于是他思索起来，思索的结果是脸上露出滞呆的笑意。他悄悄地往那一汪深绿走去。他发现那躺着的人斜过去了一点，他就走得更警觉了。那斜过去的人没有逃跑，而是擦着地面往池塘滑去，走近了，他看到那人的脑袋掉进了池塘，接着身体和四肢也掉了进去。他站在塘沿上，看到那家伙浮在水面上没往下沉，便弯腰捡起一块大石头打了下去。他看到那人被打得粉身碎骨后，才心满意足地转过身去。一大片金色的阳光猛然刺来，让他头晕眼花。但他没闭上眼睛，相反却是抬起了头。于是他看到了一颗辉煌的头颅，正在喷射着鲜血。

他仰着头朝那颗高悬在云端的头颅走去，他看到头颅退缩着隐藏到了一块白云的背后，于是白云也闪闪发亮了。那是一块慢慢要燃烧起来的棉花。

他是在那个时候放下了头，于是他的视线中出现了一个巨大的障碍。他不能像刚才那样远眺一望无际的田野，因为他走进了一座小镇。

这巨大的障碍突然出现，让他感到是一座坟墓的突然出现。他依稀看到阳光洒在上面，又像水一样四溅开去。然而他定睛观瞧后，发现那是很多形状不一的小障碍聚集在一起。它们中间出现了无数有趣的裂隙，像是用锯子锯出来似的。阳光掉了进去，像是尘土撒了进去，无声无息。

此刻他放弃了对逃跑的太阳的追逐，而走上了一条苍白的路。因为两旁梧桐树枝紧密地交叉在一起，阳光被阻止在树叶上，所以水泥路显得苍白无力，像一根新鲜的白骨横躺在那里。猛然离开热烈的阳光而走到了这里，仿佛进入阴森的洞穴。他看到每隔不远就有两颗人头悬挂着，这些人头已经流尽了鲜血，也成了苍白。但他仔细瞧后，又觉得这些人头仿佛是路灯，他知道当四周黑暗起来后，它们会突然闪亮，那时候里面又充满流动的鲜血了。

有几个一样颜色的人在迎面走来，他们单调的姿态也完全一样。那时他听到了古怪的声音，然后看到有两个人走到了一起。他们就在他前面站住不动，于是他也站住不动。他听到刚才那种声音在四溅开来。随后他看到一个瘸子在前面走着，瘸子的走姿深深吸引了他。比起此刻所有走着的人来，瘸子走得十分生动。因此他扔开了前面这两个人，开始跟着瘸子走了。

不一会他感到四周一下子热烈起来，他看到四周一片金黄，刚才看到的那些灰暗的人体，此刻竟然闪闪发亮了。他不禁仰起头来，于是又看到了那辉煌的头颅。现在他认出刚才看到的障碍其实是楼房，因为他认出了那些敞着的窗和敞着的门。很多人在门口进进出出。出来的那些人有的走远了，有的经过他的身旁。他嗅到一股暖烘烘的气息，这气息仿佛是从屠场的窗口散发出来。他行走在这股气息中，呼吸很贪婪。

后来他走到了河边，因为阳光的照射，河水显得又青又黄。他看到的仿佛是一股脓液在流淌，有几条船在上面漂着，像尸体似的在上面漂着。同时他注意到了那些柳树，柳树恍若垂下来的头发。这些头发几经发酵，才这么粗这么长。他走上前去抓一根柳枝与自己的头发比较起来。接着又扯下一根拉直了放在地上，再扯下一根自己的头发也拉直了放在地上。又十分认真地比较了一阵。结果使他沮丧不已。于是他就离开了它们，走到了大街上。

他看到有两根辫子正朝他飘来，他看到是两只红蝴蝶驮着辫子朝他飞来。他心里涌上了一股奇怪的东西，他不由朝辫子迎了上去。

那一家布店门庭若市，那是因为春天唤醒了人们对色彩的渴求。于是在散发着各种颜色的布店里，声音开始拥挤起来，那声音也五彩缤纷。她们多半是妙龄女子。她们渴望色彩就如渴望爱情。她们的母亲也置身于其中，母亲们看着这缤纷的色彩，就如看着自己的女儿，也如看着自己已经远去还在远去的青春。在这里，两代人能共享欢乐，无须平分。

她带着无比欢乐从里面走出来，左边是她的伙伴。她的两根辫子轻轻摆动。原先她不是梳着辫子，原先她的头发是披着的。她昨天才梳出了这两根辫子。那是她看到了一张母亲年轻时的照片，她发现梳着辫子的母亲格外漂亮。于是她也梳起了两根辫子，结果她大吃一惊。她又往辫子上结了两个红蝴蝶结，这更使她惊讶。现在她正喜悦无比地走了出来，她的喜悦一半来自布店，一半来自脑后微微晃动的辫子。她知道辫子晃动时，那两只红蝴蝶便会翩翩飞舞了。

可是迎面走来一个疯子，疯子的模样叫她吃惊，叫她害怕。她看到他正朝自己古怪地笑着，嘴角淌着口水。她不由惊叫一声拔腿就跑，她的伙伴也惊叫一声拔腿就逃。她们跑出了很远，跑到转了个弯才收住脚。然后两人面面相觑，接着咯咯大笑起来，笑得前仰后合。

她的伙伴说："春天来了，疯子也来了。"

她点点头。然后两人分手了，分手的时候十分亲密地拉了拉手，接着就各自回家。

她的家就在前面，只要在这条洒满阳光洒落各种声音的街上再走二十步。那里有一家钟表店，里面的钟表闪闪发亮，一个老头永远以一种坐姿坐了几十年。朝那戴着老花眼镜的老头望一眼，就可以转弯了，转进一条胡同。胡同里也洒满阳光，也走上二十步，她就可以看到那幢楼房了，她就可以看到自己家中那敞开的玻璃如何闪闪烁烁了。不知为何她开始心情沉重起来，越往家走越沉重。

母亲独自坐在家中，脸色苍白，她知道母亲又在疑神疑鬼了。母亲近来屡屡这样，母亲已有三天没去上班了。

她问母亲："是不是昨天晚上又听到脚步声了？"

母亲无动于衷，很久后才抬起头来，那双眼睛十分惊恐。

"不，是现在。"母亲说。

她在母亲身后站了一会，她感到心烦意乱，于是她就走向窗口。在那里能望到大街，在大街上她能看到自己的欢乐。可是她却看到一个头发披在腰间，麻袋盖在背脊上，正一瘸一拐走着的背影。她不由哆嗦了一下，不由恶心起来。她立刻离开窗口。这时她听到楼梯在响了，那声音非常熟悉，十多年来纹丝未变。她知道是父亲回来了。她立刻变得兴奋起来，赶紧跑过去将门打开。那声音蓦然响了很多，那声音越来越近。她看到了父亲已经花白的头发。便欢快地叫了一声，然后迎了上去。父亲微笑着，用手轻轻在她头上拍了一下，和她一起走进家中。

她感到父亲的手很温暖，她心想自己只有这么一个父亲。她记得自己七岁那年，有一个大人朝她走来，送给了她一个皮球。母亲告诉她："这是你的父亲。"从此他和她们生活在一起了。他每天都让她感到亲切，感到温暖。可是不久前，母亲突然脸色苍白地对她说："我夜间常常听到你父亲走来的脚步声。"她惊愕不已，当知道母亲指的是另一个父亲时，不禁惶恐起来。这另一个父亲让她觉得非常陌生，又非常讨厌。她心里拒绝他的来到，因为他会挤走现在的父亲。

她感到父亲轻快的脚步一迈入家中就立刻变得沉重起来，那时候母亲正抬起头来惊恐不安地望着他。她发现母亲的脸色越来越苍白了。

二

那时候黄昏已经来临，天色正在暗下来。一个戴着大口罩的清洁工人在扫拢着一堆垃圾。扫帚在水泥地上扫过去，发出了一种刷衣服似的声音，扬起的灰尘在昏暗中显得很沉重。此刻街上行人寥寥，而那些开始明亮起来的窗口则蒸腾出了热气，人声从那里缥缈而出。街旁商店里的灯光倾泻出来，像水一样流淌在街道上，站在柜里暂且无所事事的售货员那懒洋洋的影子，被拉长了扔在道旁。那个清洁工人此刻从口袋里掏出了火柴，划亮了那堆垃圾。

他看到一堆鲜血在熊熊燃烧，于是阴暗的四周一片明亮了。他走到燃烧的鲜血旁，感到噼噼啪啪四溅的鲜血有几滴溅到了他的脸上，跟火星一样灼烫。这时他感到自己手中正紧握着一根铁棒，他将手中的铁棒伸了过去，但又立刻缩回。他感到只一瞬间工夫铁棒就烧红了，握在手中手也在发烫。此刻那几个人正战战兢兢地走过来，于是他将铁棒在半空中拼命地挥舞了起来，他仿佛看到一阵阵闪烁的红光。那几个人仍在战战兢兢地走过来，他们没有逃跑是因为不敢逃跑。于是他停止了挥舞，而将铁棒刺向走来的他们。他仿佛听到一声漫长几乎是永无止境的"嗤——"的声音，同时他仿佛看到几股白烟正升腾而起。然后他将铁棒浸入黑黑的墨汁中，提出来后去涂那些已被刺过的疮口，通红通红的疮口立刻都变得黝黑无比。他们就这样战战兢兢地走了过去。这时疯子心满意足地大喊一声："墨！"

那几个人走过去的时候，显然看到了这个疯子。看到疯子将手伸入火堆之中，又因为灼烫猛地缩回了手。然后又看到疯子的手臂如何在挥舞，挥舞之后又如何朝他们指指点点。他们还看到疯子弯下腰把手指浸入道旁一小摊积水中，伸出来后再次朝他们指指点点。最后他们听到了疯子那一声古怪的叫喊。

所有一切他们都看到都听到，但他们没有工夫没有闲心去注意疯子，他们就这样走了过去。

往往是这样，所有地方尚在寂静之中时，影剧院首先热烈起来了。

它前面那块小小的空地已经被无数双脚分割，还有无数双脚正从远处走来，于是他们又去分割那条街道。那个时候电影还没有开映，口袋里装着电影票的人正抽着烟和没有电影票的人闲聊。而没有电影票的人都在手中举着一张钞票，朝那些新加入进来的人晃动。售票窗口已经挂出了"满"的招牌，可仍然有很多人挤在那里，他们假设那窗口会突然打开，几张残余的票会突然出现在里面。他们的脚下有一些纽扣散乱地躺着，纽扣反映出了刚才他们在这里拼抢的全部过程。这个时候一些人从口袋里拿出电影票进去了，他们进去时没有忘记向那些无票的打个招呼。于是那人堆开始出现空隙，而且越来越大。最后只剩下那些手里晃动着钞票的人，就是这时候他们仍然坚定地站在那里，尽管电影已经开演。

他感到自己手中挥舞着一把砍刀，砍刀正把他四周的空气削成碎块。他挥舞了一阵子后就向那些人的鼻子削去，于是他看到一个个鼻子从刀刃里飞了出来，飞向空中。而那些没有了鼻子的鼻孔仰起后喷射出一股股鲜血，在半空中飞舞的鼻子纷纷被击落下来。于是满街的鼻子乱哄哄地翻滚起来。"剐！"他有力地喊了一声，然后一瘸一拐走开了。

那时候，有一个人手里举着几张电影票出现了，于是所有的人都一拥而上。那人求饶似的拼命叫喊声离疯子越来越远。

咖啡厅里响着流行歌曲，歌曲从敞着的门口流到街上，随着歌曲从里面流出了几个年轻人。他们嘴里叼着万宝路，鼻子里哼着歌曲来到了街上。他们是天天要到这里来的，在这里喝一杯雀巢咖啡，然后再走到街上去。在街上他们一直要逛到深更半夜。他们在街上不是大声说话，就是大声唱歌。他们希望街上所有的人都注意他们。

他们走出咖啡厅时刚好看到了疯子，疯子正挥舞着手一声声喊叫着

"剀"走来。这情景使他们哈哈大笑。于是他们便跟在了后面，也装着一瘸一拐，也挥舞着手，也乱喊乱叫了。街上行走的人有些站下来看着他们，他们的叫唤便更起劲了。然而不一会他们就已经精疲力竭，他们就不再喊叫，也不再跟着疯子。他们摸出香烟在路旁抽起来。

砍刀向那些走来的人的膝盖砍去了，砍刀就像是削黄瓜一样将他们的下肢砍去了一半。他看到街上所有人仿佛都矮了许多，都用两个膝盖在行走了。他感到膝盖行走时十分有力，敲得地面咚咚响。他看到满地被砍下的脚正在被那些膝盖踩烂，像是碾过一样。

街道是在此刻开始繁荣起来的。这时候月光灿烂地飘洒在街道上，路灯的光线和商店里倾泻而出的光线交织在一起，组成了像梧桐树阴影一般的光块。很多双脚在上面摆动，于是那组合起来的光亮时时被打碎，又时时重新组合。街道上面飘着春夜潮湿的风和杂乱的人之声。这个时候那些房屋的窗口尽管仍然亮着灯光，可那里面已经冷清了，那里面只有一两个人独自或者相对而坐。更多的他们此刻已在这里漫步。他们从商店的门口进进出出，在街道上来来往往。

他看到所有走来的人仿佛都赤身裸体。于是刀向那些走来的男子的下身削去。那些走来的男子在前面都长着一根尾巴，刀砍向那些尾巴。那些尾巴像沙袋似的一个一个重重地掉在地上，发出沉闷的响声。破裂后从里面滚出了奇妙的小球。不一会满街都是那些小球在滚来滚去，像是乒乓球一样。

她从商店里走出来时，看到街上的人像两股水一样在朝两个方向流去，那些脱离了人流而走进两旁商店的人，看去像是溅出来的水珠。这时候她看到了那个疯子，疯子正一瘸一拐地走在行人中间，双手挥舞着，嘴里沙哑地喊叫着"宫"。但是走在疯子身旁的人都仿佛没有看到他，他们都尽情地在街上走着。疯子沙哑的喊叫被他们杂乱的人声时而湮没。疯子从她身旁走了过去。

她开始慢慢往家走去，她故意走得很慢。这两天来她总是独自一人出来走走，家中的寂静使她难以忍受，即便是一根针掉在地上的声音，也会让她吓一跳。

尽管走得很慢，可她还是觉得很快来到了家门口。她在楼下站了一会，望了望天上的星光，那星光使此刻的天空璀璨无比。她又看起了别家明亮的窗户，轻微的说话声从那里隐约飘出。她在那里站了很久，然后才慢吞吞地沿着楼梯走了上去。她刚推开家门时，就听到了母亲的一声惊叫："把门关上。"她吓了一跳，赶紧关上门。母亲正头发蓬乱地坐在门旁。

她在母亲身旁站着，母亲惊恐地对她说："我听到了他的叫声。"

她不知该对母亲说些什么，只是无声地站着。站了一会她才朝里屋走去。她看到父亲正坐在窗前发呆。她走上去轻轻叫了一声，父亲只是心不在焉地嗯了一声，继续发呆。而当她准备往自己屋里走去时，父亲却转过头来对她说："你以后没事就不要出去了。"说完，父亲转回头去又发呆了。

她轻轻答应一声后便走进了自己的房间，在床上坐了下来。四周非常寂静，听不到一丝声响。她望着窗户，在明净的窗玻璃上有几丝光亮在闪烁，那光亮像是水珠一般。透过玻璃她又看到了遥远的月亮，此刻月亮是红色的。然后她听到了自己的眼泪掉在胸口上的声音。

三

铁匠铺里火星四溅，叮叮当当的声音也在四溅，那口炉子正在熊熊燃烧，两个赤膊的背脊上红光闪闪，汗水像蚯蚓似的爬动着，汗水也在闪闪发光。

疯子此时正站在门口，他的出现使他们吓了一跳，于是锤声戛然而止，夹着的铁块也失落在地。疯子抬腿走了进去，咧着嘴古怪地笑着，走到那块掉在地上的铁块旁蹲了下去。刚才还是通红的铁块已经迅速地黑了下来，几丝白烟在袅袅升起。疯子伸出手去抓铁块，一接触到铁块立刻响出一声嗤的声音，他猛地缩回了手，将手放进嘴里吮吸起来。然后再伸过去。这次他猛地抓起来往脸上贴去，于是一股白烟从脸上升腾出来，焦臭无比。

两个铁匠吓得大惊失色，疯子却是大喊一声："墨！"接着站起来心满意足地走了出去。他一瘸一拐地走出了胡同，然后在街旁站了一会，接着往右走了。这时候一辆卡车从他身旁驶过，扬起的灰尘几乎将他覆盖。他走到了街道中央，继续往前走。走了一阵他收住腿，席地而坐了。那时有几个人走到他身旁也站住，奇怪地望着他。另外还有几个人正十分好奇地走来。

母亲已经有一个来月没去上班了。这些日子以来，母亲整天都是呆呆地坐在房间，不言不语。因为她每次外出回来推开家门时，母亲都要惊恐地喊叫，父亲便要她没事别出去了。于是从那以后她就不再外出，就整日整日地待在自己房间里。父亲是要去上班的，父亲是早晨出去到晚上才回来，父亲中午不回家了。她独自而坐时，心里十分盼望伙伴的来到。可伙伴来了，来敲门了，她又不敢去开门。因为母亲坐在那里吓得直哆嗦，她不愿让伙伴看到母亲的模样。可当她听到伙伴下楼去的脚步声时，却不由流下了眼泪。

近来母亲连亮光都害怕了，于是父亲便将家中所有的窗帘都拉上。窗帘被拉上，家中一片昏暗。她置身于其间，再也感受不到阳光，感受不到春天，就连自己的青春气息也感受不到了。

可是往年的现在她是在街上走着的，是和父母走在一起。她双手挽着他们在街上走着的时候，总会遇上一些父母的熟人走来。他们总是开玩笑地说："快把她嫁出去吧。"而父亲总是假装严肃地回答："我的女儿不嫁任何人。"母亲总是笑着补充一句："我们只有这么一个女儿。"

那年父亲拿着一个皮球朝她走来，从此欢乐便和她在一起了。多少年了，他们三人在一起时总是笑声不断。父亲总是那么会说笑话，母亲竟然也学会了，她则怎么也学不会。好几次三人一起出门时，邻居都用羡慕的口气说："你们每天都有那么多高兴事。"那时父亲总是得意扬扬地回答："那还用说。"而母亲则装出慷慨的样子说："分一点给你们吧。"她也想紧跟着说句什么，可她要说的没有趣，因此她只得不说。

可是如今屋里一片昏暗，一片寂静。哪怕是三人在一起时，也仍是无声无息。好几次她太想去和父亲说几句话，但一看到父亲也和母亲一样在发呆，她便什么也不说了，她便走进自己的房间将门关上。然后走到窗前，掀开窗帘的一角偷偷看起了那条大街。看着街上来来往往的人，看着有几个人站在人行道上说话，他们说了很久，可仍没说完。当看到几个熟人的身影时，她偷偷流下了眼泪。

那么多天来，她就是这样在窗前度过的。当她掀开窗帘的一角时，她的心便在那春天的街道上行走了。

此刻她就站在窗前，通过那一角玻璃。她看到街上的行人像蚂蚁似的在走动，然后发现他们走到了一起，他们围了起来。她看到所有走到那里的人都在围上去，她发现那个圈子在厚起来了。

他在街道上盘腿而坐，头发披落在地，看去像一棵柳树。一个多月来，阳光一直普照，那街道像是涂了一层金黄的颜色，这颜色让人心中充满暖意。他伸出两条细长的手臂，好似黑漆漆过又已经陈旧褪色了的两条桌腿。他双手举着一把只有三寸来长的锈迹斑斑的钢锯，在阳光里仔细瞅着。

她看到一些孩子在往树上爬，而另一些则站到自行车上去了。她想也许是一个人在打拳卖药吧，可竟会站到街道上去，为何不站到人行道上去。她看到圈子正在扩张，一会儿工夫大半条街道被阻塞了。然后有一个交通警走了过去，交通警开始驱赶人群了。在一处赶开了几个再去另一处时，被赶开的那些人又回到了原处。她看着交通警不断重复又徒然地驱赶着。后来那交通警就不再走动了，而是站在尚未被阻塞的小半条街上，于是新围上去的人都被他赶到两旁去了。她发现那黑黑的圈子已经成了椭圆。

他嘴里大喊一声："劀！"然后将钢锯放在了鼻子下面，锯齿对准鼻子。那如手臂一样黑乎乎的嘴唇抖动了起来，像是在笑。接着两条手臂有力地摆动了，每摆动一下他都要拼命地喊上一声："劀！"钢锯开始锯进去，鲜血开始渗出来。于是黑乎乎的嘴唇开始红润了，不一会钢锯锯在了鼻骨上，发出沙沙的轻微摩擦声。于是他不像刚才那样喊叫，而是微微地摇头晃脑，嘴里相应地发出沙沙的声音，那锯子锯着鼻骨时的样子，让人感到他此刻正怡然自乐地吹着口琴。然而不久后他又一声一声狂喊起来，刚才那短暂的麻木过去之后，更沉重的疼痛来到了。他的脸开始歪了过去。锯了一会，他实在疼痛难熬，便将锯子取下来搁在腿上。然后仰着头大口大口地喘气。鲜血此刻畅流而下了，不一会工夫整个嘴唇和下巴都染得通红，胸膛上出现了无数歪曲交叉的血流，有几道流到了头发上，顺着发丝爬行而下，然后滴在水泥地上，像溅开来的火星。他喘了一阵气，又将钢锯举了起来，举到眼前，对着阳光仔细打量起来。接着伸出长得出奇也已经染红的指甲，去抠嵌入在锯齿里的骨屑，那骨屑已被鲜血浸透，在阳光里闪烁着红光。他的动作非常仔细，又非常迟钝。抠了一阵后，他又认认真真检查了一阵。随后用手将鼻子往外拉，另一只手把钢锯放了进去。但这次他的双手没再摆动，只是虚张声势地狂喊了一阵。接着就将钢锯取了出来，再用手去摇摇鼻子，于是那鼻子秋千般地在脸上荡了起来。

她看到那个椭圆形状正一点一点地散开去，那些走开的人影和没走开的人影使她想起了什么，她想到那很像是一小摊不慎失落的墨汁，中间黑黑一团，四周溅出去了点点滴滴的墨汁。那些在树上的孩子此刻像猫一样迅速地滑了下去，自行车正在减少。显然街道正在被腾出来，因为那交通警不像刚才那么紧张地站在那里，他开始走动起来。

他将钢锯在阳光里看了很久，才放下。他双手搁在膝盖上，休息似的坐了好一会。然后用钢锯在抠脚背裂痕里的污垢，污垢被抠出来后他又用手重新将它们嵌进去。这样重复了好几次，十分悠闲。最后他将钢锯搁在膝盖上，仰起脑袋朝四周看看，随即大喊一声："刲！"皮肤在狂叫声中被锯开，被锯开的皮肤先是苍白地翻了开来，然后慢慢红润起来，接着血往外渗了。锯开皮肤后锯齿又搁在骨头上了。他停住手，得意地笑了笑。然后双手优美地摆动起来了，沙沙声又响了起来。可是不久后他的脸又歪了过去，嘴里又狂喊了起来。汗水从额上滴滴答答往下掉，并且大口呼哧呼哧地喘气。他双手的摆动越来越缓慢，嘴里的喊叫已经转化成一种呜呜声，而且声音越来越轻。随后两手一松耷拉了下去，钢锯掉在地上发出清脆的声响。他的脑袋也耷拉了下来，嘴里仍在轻轻地呜呜响着。他这样坐了很久，才重新抬起头，将地上的钢锯捡起来，重新搁在膝盖上，然而却迟迟没有动手，接着他像是突然发现了什么，血红的嘴唇又抖动了，又像是在笑。他将钢锯搁到另一个膝盖上，然后又是大喊一声："刲！"他开始锯左腿了。也是没多久，膝盖处的皮肤被锯开了，锯齿又挨在了骨头上。于是那狂喊戛然而止，他抬头得意地笑了起来．笑了好一阵才低下头去，随即嘴里沙沙地轻声叫唤，随着叫唤，他的双手摆动起来，同时脑袋也晃动，身体也晃动了。那两种沙沙声奇妙地合在一起，听去像是一双布鞋在草丛里走动。疯子此刻脸上的神色出现了一种古怪的亲切。从背影望去，仿佛他此刻正在擦着一双漂亮的皮鞋。这时钢锯清脆地响了一声，钢锯折断了。折断的钢锯掉在了地上，他的身体像是失去了平衡似的摇晃起来。剧痛这时来了，他浑身像筛谷似的抖动。很久后他才稳住身体，将折断的钢锯捡起来，举到眼前仔细观瞧。他不停地将两截钢锯比较着，像是要从里面找出稍长的一截来。比较了好一阵，他才扔掉一截，拿着另一截去锯右腿了。但他只是轻轻地锯了一下，嘴里却拼命地喊了一声。随后他又捡起地上那一截，又举到阳光里比较起来。比较了一会重新将那截扔掉，拿着刚才那截去锯左腿了。可也只是轻轻地锯了一下，然后再将地上那截捡起来比较。

她看到围着的人越来越少，像墨汁一样一滴一滴被弹走。现在只有那么一圈了，很薄的一圈。街道此刻不必再为阻塞去烦恼，那个交通警也走远了。

他将两段钢锯比较来比较去，最后同时扔掉。接着打量起两个膝盖来了，伸直的腿重又盘起。看了一会膝盖，他仰头眯着眼睛看起了太阳。于是那血红的嘴唇又抖动了起来。随即他将两腿伸直，两手在腰间摸索了一阵，然后慢吞吞地脱下裤子。裤子脱下后他看到了自己那根长在前面的尾巴，脸上露出了滞呆的笑。他像是看刚才那截钢锯似的看了很久，随后用手去拨弄，随着这根尾巴的晃动，他的脑袋也晃动起来。最后他才从屁股后面摸出一块大石头。他把双腿叉开，将石头高高举起。他在阳光里认真看了看石头，随后仿佛是很满意似的点了点头。接着他鼓足劲大喊一声："宫！"就猛烈地将石头向自己砸去，随即他疯狂地咆哮了一声。

这时候她看到那薄薄的一圈顷刻散失了，那些人四下走了开去，像是一群聚集的麻雀惊慌失措地飞散。然后她远远地看到了一团坐着的鲜血。

四

天快亮的时候，她被母亲一声毛骨悚然的叫声惊醒。然后她听到母亲在穿衣服了，还听到父亲在轻声说些什么。她知道父亲是在阻止母亲。不一会母亲打开房门走到了外间，那把椅子微微摇晃出几声"吱呀"。她想母亲又坐在那里了。父亲沉重的叹息在她房顶上无力地敲打了几下。她没法再睡了，透过窗帘她看到了微弱的月光，漆黑的屋内呈现着一道惨白。她躺在被窝里，倾听着父亲起床的声音。当父亲的双脚踩在地板上时，她感到自己的床微微晃了起来。父亲没有走到外间，而是在床上坐了下来，床摇动时发出了婴儿哭声般的声响。然后什么声音也没有了，只有她自己的呼吸声。

后来她看到窗帘不再惨白，开始慢慢红了起来，她知道太阳在升起，于是她坐起来，开始穿衣服。她听到父亲从床上站起，走到厨房去，接着传来了一丝轻微的声音。父亲已经习惯这样轻手轻脚了，她也已经习惯。穿衣服时她眼睛始终看着窗帘，她看到窗帘的色彩正在渐渐明快起来，不一会无数道火一样的光线穿过窗帘照射到了她的床上。

她来到外间时，看到父亲从厨房里走了出来。父亲已将早饭准备好了。母亲仍然坐在那里一动不动。她看到母亲那张被蓬乱头发围着的脸时，不觉心里一酸。这些日子来她还没有这么认真看过母亲。现在她才发现母亲一下子苍老了许多，苍老到了让她难以相认。她不由走过去将手轻轻放在母亲肩上，她感到母亲的身体紧张地一颤。母亲抬起头来，惊恐万分地对她说："我昨夜又看到他了，他鲜血淋漓地站在我床前。"听了这话，她心里不禁哆嗦了一下，她无端地联想起昨天看到的那一团坐着的鲜血。

此刻父亲走过来，双手轻轻地扶住母亲的肩膀，母亲便慢慢站起来走到桌旁坐下。三人便坐在一起默默地吃了一些早点，每人都只吃了几口。

父亲要去上班了，他向门口走去。她则回自己的房间。父亲走到门旁时犹豫了一下，然后转身走到她的房间。那时她正刚刚掀开窗帘在眺望街道。父亲走上去轻轻对她说："你今天出去走走吧。"她转回身来看了父亲一眼，然后和他一起走了出去。

来到楼下时，父亲问她："你上同学家吗？"她摇摇头。一旦走出了那昏暗的屋子，她却开始感到不知所措。她真想再回到那昏暗中去，她已经习惯那能望到大街的一角玻璃了。尽管这样想，但她还是陪着父亲一直走到胡同口。然后她站住，她想到了自己的伙伴，她担心伙伴万一来了，会上楼去敲门。那时母亲又会害怕得缩成一团。所以她就在这里站住。父亲往右走了，这时候是上班时间，街上自行车蜂拥而来又蜂拥而去，铃声像一阵阵浪潮似的涌来和涌去。她一直看着父亲的背影，她看到父亲不知为何走进了一家小店，而不一会出来后竟朝她走来了。父亲走到她跟前时，在她手里塞了一把糖，随后转身又走了。她看着父亲的背影是怎样消失在人堆里。然后她才低头看着手中的糖。她拿出一颗，其余的放进口袋。她将糖放进嘴里咀嚼起来。她只听到咀嚼的声音，没感觉出味道来。这时她看到有个年轻人正飞快地骑着自行车在车群里钻来钻去。她一直看着他。

她的伙伴此刻走来了，来到她跟前。伙伴说："你们全家都到哪去了？"

她迷惑地望着她，然后摇摇头。

"那怎么敲了半天门没人应声，而且窗帘都拉上了。"

她不知所措地搓起了手。

"你怎么了？"

"没什么。"她说，然后转过头去看刚才那辆自行车，但已经看不到了。

"你脸色太差了。"

"是吗？"她回过头来。

"你病了吗？"

"没有。"

"你好像不高兴？"

"没有。"她努力笑了笑，然后振作精神问："今天去哪？"

"展销会，今天是第一天。"伙伴说着挽起了她的胳膊，"走吧。"

伙伴兴奋的脚步在身旁响着，她在心里对自己说："忘记那些吧。"

春季展销会在另一条街道上。展销会就是让人忘记别的，就是让人此刻兴奋。冬天已经过去。春天已经来了。他们需要更换一下生活方式了。于是他们的目光挤到一起，他们的脚踩到一起。在两旁搭起简易棚的街道里，他们挑选着服装，挑选着生活用品。他们是在挑选着接下去的生活。

每一个棚顶都挂着大喇叭，为了竞争每个喇叭都在声嘶力竭地叫唤着。跻身于其间的他们，正被巨大的又杂乱无章的音乐剧烈地敲打。尽管头晕眼花，尽管累得气喘吁吁，可他们仍兴致勃勃地互相挤压着，仍兴致勃勃地大喊大叫。他们的声音比那音乐更杂乱更声嘶力竭。而此刻一个喇叭突然响起了沉重的哀乐，于是它立刻战胜了同伴。因为几乎是所有的人都朝它挤去，挤过去的人都哈哈大笑。他们此刻听到这哀乐感到特别愉快，他们都不把它的出现理解成恶作剧，他们全把它当作一个幽默。他们在这个幽默里挤着行走。

她们已经身不由己了，后面那么多人推着她们，她们只能往前不能往后走了。她怀里抱着伙伴买下的东西，伙伴买下的东西两人都快抱不下了，可伙伴的眼睛还在贪婪地张望着。她什么也没买，她只是挤在人堆里张望，就是张望也使她心满意足。挤在拥挤的人堆里，挤在拥挤的声音里，她果然忘记了她决定忘记的那些。她此刻仿佛正在感受着家庭的气息，往日的家庭不正是这样的气息？

她们就这样被人推着走了出去，于是后面那股力量突然消失。她站在那里，恍若一条小船被潮水冲到沙滩上，潮水又迅速退去，她搁浅在那里。她回身朝那一片拥挤望去，内心一片空白。

她听到伙伴在说："那裙子真漂亮，可惜挤不过去。"

伙伴所说的裙子她也看到的，但她没感到它的迷人。是的，所有的服装都没有迷住她。迷住她的是那拥挤的人群。

"再挤进去吧。"她说，她很想再挤进去，但不是为了再去看那裙子一眼。

伙伴没有回答，而是用手推推她，随着伙伴的暗示，她又看到了那个疯子。

疯子此刻就站在不远的地方。他满身都是斑斑血迹，他此刻双手正在不停地挥舞，嘴里也在声嘶力竭地喊着什么。仿佛他与挤在一起的他们一样兴高采烈。

无边无际的人群正蜂拥而来，一把砍刀将他们的脑袋纷纷削上天去，那些头颅在半空中撞击起来，发出的无比的声响，仿佛是巨雷在轰鸣。声响又在破裂，破裂成一小块一小块的声音，而这一小块一小块的声音又重新组合起来，于是一股撕心裂胆的声音巨浪般涌来了。破碎的头颅在半空中如瓦片一样纷纷掉落下来，鲜血如阳光般四射。与此同时一把闪闪发亮的锯子出现了，飞快地锯进了他们的腰部。那些无头的上身便纷纷滚落在地，在地上沉重地翻动起来。溢出的鲜血如一把刷子似的，刷出了一道道鲜红的宽阔线条。这些线条弯弯曲曲，又交叉到了一起。那些没有了身体的双腿便在线条上盲目地行走，他们不时撞在一起，于是同时摔倒在地，倒在地上就再也爬不起来。一只巨大的油锅此刻油气蒸腾。那些尚是完整的人被下雨般地扔了进去，油锅里响起了巨大的爆裂声，一些人体像鱼跃出水面一样被炸了起来，又纷纷掉落下去。他看到半空中的头颅已经全部掉落在地了，在地上铺了厚厚的一层，将那些身体和下肢掩埋了起来。而油锅里那些人体还在被炸上来。他伸出手开始在剥那些还在走的人的皮了。就像撕下一张张贴在墙上的纸一样，发出了一声声撕裂绸布般美妙无比的声音。被剥去皮后，他们身上的脂肪立刻鼓了出来，又耷拉了下去。他把手伸进肉中，将肋骨一根一根拔了出来，他们的身体立即朝前弯曲了下去。他再将他们胸前的肌肉一把一把抓出来，他便看到了那还在鼓动的肺。他专心地拨开左肺，挨个看起了还在一张一缩的心脏。两根辫子晃晃悠悠地独自飘了过来，两只美丽的红蝴蝶驮着两根辫子晃晃悠悠飞了过来。

她看到疯子又在盯着自己看了，口水从嘴角不停地滴答而下。她听到伙伴惊叫了一声，然后她感到自己的手被伙伴拉住了，于是她的脚也摆动了起来。她知道伙伴拉着她在跑动。

五

那场春雪如今已被彻底遗忘，如今桃花正在挑逗着开放了，河边的柳树和街旁的梧桐已经一片浓绿，阳光不用说更加灿烂。尽管春天只是走到中途，尽管走到目的地还需要时间。但它们开始摆出迎接夏天的姿态了。女孩子们从展销会上挂着的裙子里最早开始布置起她们的夏天，在她们心中的街道上，想象的裙子已在优美地飘动了。男孩子则从箱底翻出了游泳裤，看着它便能看到夏天里荡漾的水波。他们将游泳裤在枕边放了几天，重又塞回箱底去。毕竟夏天还在远处。

这时候在那街道的一隅，疯子盘腿而坐。街道洒满阳光，风在上面行走，一粒粒小小的灰尘冉冉升起，如烟般飘扬过去。因为阳光的注视，街道洋溢着温暖。很多人在这温暖上走着，他们拖着自己倾斜的影子，影子在地上滑去时显得很愉快。那影子是凉爽的。有几个影子从疯子屁股下钻了过去。那时他正专心致志地打量着一把菜刀。这是一把从垃圾中捡来的菜刀，锈迹斑斑，刀刃上的缺口非常不规则地起伏着。

他将菜刀翻来覆去举起放下地看了好一阵，然后滞呆的脸上露出了满意的笑容，口水便从嘴角滴了下来。此刻他脸上烫出的伤口正在化脓了，那脸因为肿胀而圆了起来，鼻子更是粗大无比，脓水如口水般往下滴。他的身体正在散发着一股无比的奇臭，奇臭肆无忌惮地扩张开去，在他的四周徘徊起来。从他身旁走过去的人都嗅到了这股奇臭，他们仿佛走入一个昏暗的空间，走近了他的身旁，随后又像逃离一样走远了。

他将菜刀往地上一放，然后又仔细看了起来，看着看着他将菜刀调了个方向，认真端详了一番后，接着又将菜刀摆成原来的样子。最后他慢慢地伸直盘起的双腿，龇牙咧嘴了一番。他伸出长长的指甲在阳光里消毒似的照了一会后，就伸到腿上十分认真十分小心地剥那沾在上面的血迹。一个多星期下来，腿上的血迹已像玻璃纸那么薄薄地贴在上面了，他很耐心地一点一点将它们剥离下来，剥下一块便小心翼翼地放在一旁，再去剥另一块。全部剥完后，他又仔细地将两腿检查了一番，看看确实没有了，就将玻璃纸一样的血迹片拿到眼前，抬头看起了太阳。他看到了一团暗红的血块。看一会后他就将血迹片放在另一端。这里拿完他又从另一端一张张拿起来继续看。他就这么兴致勃勃地看了好一阵，然后才收起垫到屁股下面。

他将地上的菜刀拿起来，也放在眼前看，可刀背遮住了他的眼睛，他只看到一团漆黑，四周倒有一道道光亮。接下去他把菜刀放下，用手指在刀刃上试试。随后将菜刀高高举起，对准自己的大腿，嘴里大喊一声："凌迟！"菜刀便砍在了腿上。他疼得嗷嗷直叫。叫了一会低头去，看到鲜血正在慢慢溢出来，他用指甲去拨弄伤口，发现伤口很浅。于是他很不满意地将菜刀举起来，在阳光里仔细打量了一阵，再用手去试试刀刃。然后将腿上的血沾到刀上去，在水泥地上狠狠地磨了起来，发出一种粗糙尖利的声响。他摇头晃脑地磨着，一直磨到火星四散，刀背烫得无法碰的时候，他才住手，又将菜刀拿起来看了，又用手指去试试刀刃。他仍不满意，于是再拼命地磨了一阵，直磨得他大汗淋漓精疲力竭为止。他松开手，歪着脑袋喘了一会气，接着又将菜刀举在眼前看了，又去试试刀刃，这次他很满意。

他重新将菜刀举过头顶，嘴里大喊一声后朝另一侧大腿砍去。这次他嘴里发出一声尖细又非常响亮的呻吟，然后呜呜地叫唤了起来，全身如筛谷般地抖动，耷拉着的双手也不由自主地摇摆了。那菜刀还竖在腿里，因为腿的抖动，菜刀此刻也在不停地摇摆。摇摆了好一阵菜刀才掉在地上，声响很迟钝。于是鲜血从伤口慢慢地涌出来，如屋檐滴水般滴在地上。过了很久，他才提起耷拉着的手，从地上捡起菜刀，菜刀便在他手里不停地抖动，他迟疑了片刻，双手将刀放进刚才砍出的伤口，然后嘴里又发出了那种毛骨悚然的呜呜声，慢慢地他从腿上割下了一块肉。此刻他全身剧烈地摇晃了起来，那呜呜声更为响亮。那已不是一声声短促的喊叫，而是漫长的几乎是无边无际的野兽般的呜咽声了。

这声音让所有在不远地方的人不胜恐惧。此刻这条街上已空无一人，而两端却站满了人。他们怀着惊恐的心情听这叫人胆战心惊的声音。有几个大胆一点的走过去看了一眼，可回来时个个脸色苍白。一些人开始纷纷退去，而新上来的人却再不敢上前去看了。

那声音开始慢慢轻下去，虽说轻下去可不知为何更为恐惧。那声音现在鬼哭狼嚎般了，仿佛从一个遥远的地方传来，阴沉又刺耳。尽管他们此刻挤在一起，却又各自恍若是在昏暗的夜间行走时听到的骇人的声音，而且声音就在背后，就在背后十分从容地响着，既不远去也不走近。他们感到一股力量正在挤压心脏，呼吸就是这样困难起来。

"去拿根绳子把他捆起来。"一个窒息的声音在他们中间亮了出来。于是他们开始说话，他们的声音仿佛被一根绳子牵住似的，响亮不起来。他们都表示赞同。有人走开了，不一会工夫就拿来了一根麻绳。但是没人愿意过去，刚才说话的那人已经消失了。此时那声音越来越低，像是擦着地面呼啸而来。他们已经无法忍受，却又没有离去。他们感到若不把疯子捆起来，这毛骨悚然的声音就不会离开耳边，哪怕他们走得再远，仍会不绝地回响着。于是大家都推荐那个交通警走过去，因为这是他的职责。但交通警不愿一人走过去，交涉了好久才有四个年轻人站出来愿意陪他去。他们每人手里都拿着一根棍子，以防疯子手中的刀向他们砍过来。

他已不再呜咽，已不再感到疼痛，只是感到身上像火烧一样燥热。

他嘴里吐着白沫，神情僵死又动作迟缓地在腿上割着。尽管那样子看上去已经奄奄一息，可他依旧十分认真十分入迷。最后他终于双手无力地一松，菜刀掉在了地上。然后他如死去一般坐了很久，才长长地吐了口气，又吃力地从地上捡起了菜刀。

他们五个人拿着绳子走过去，有一个用木棍打掉他手中的菜刀，另四人便立刻用麻绳将他捆起来。他没有反抗，只是费劲地微微抬起头来望着他们。

他看到五个刽子手走了过来，他们的脚踩在满地的头颅和血肉模糊的躯体上，那些杂乱的肋骨微微翘起，他们的脚踩在上面居然如履平地。他看到他们身后跟着一大群人，那些人都鲜血淋漓，身上的皮肉都被割去了大半，而剩下的已经无法掩盖暴露的骨骼。他们跟在后面，无声地拥来。他看到五个刽子手手里牵着五辆马车走来，马蹄扬起却没有声音，车轮在满地的头颅和躯体上碾过，也没有声音。他们越来越近，他知道他们为何走来。他没有逃跑，只是默默地看着他们走来。他们已经走到了跟前，那后面一大群血淋淋的骨骼便分散开去，将他团团围住。五个刽子手走了上来，一人抓住他的脖子，另四人抓起他的四肢。他脱离了地面，身体被横了起来。他看到天空一片血色，一团团凝固了的暗红血块在空中飘来飘去。他感到自己的脖子里套上了一根很粗的绳子，随即四肢也被绑上了相同的绳子。五辆马车正朝五个方向站着。五个刽子手跳上了各自的马车。他的身体就这样荡了一会儿。然后他看到五个刽子手同时扬起了皮鞭，有五条黑蛇在半空中飞舞起来。皮鞭停留了片刻，然后打了下去。于是五辆马车朝五个方向奔跑了起来。他看到自己的四肢和头颅在顷刻之间离开了躯体。躯体则沉重地掉了下去，和许多别的躯体混在了一起。而头颅和四肢还在半空中飞翔。随即那五个刽子手勒住了马，他的头颅和四肢便也掉在了地上，也和别的头颅和四肢混在一起。然后五个刽子手牵着马朝远处走去，那一大群血淋淋的骨骼也跟着朝远处走去。不一会他们全都消失了。于是他开始去寻找自己的头颅，自己的四肢还有自己的躯体。可是找不到了，它们已经混在了满地的头颅、四肢和躯体之中了。

黄昏来临时，街上行人如同春天里掉落的树叶一样稀少。他们此刻大多围坐在餐桌旁，他们正在享受着热气腾腾的菜肴。那明亮的灯光从窗口流到户外，和户外的月光交织在一起，又和街上路灯的光线擦身而过。于是整个小镇沐浴在一片倾泻的光线里。

他们围坐在餐桌旁，围坐在这一天的尾声里。在此刻他们没有半点挽留之感，黄昏的来临让他们喜悦无比，尽管这一天已进入了尾声，可最美妙的时刻便是此刻，便是接下去自由自在的夜晚。

他们愉快地吃着，又愉快地交谈着。所有在餐桌旁说出的话都是那么引人发笑，那么叫人欢快。于是他们也说起了白天见到的奇观和白天听到的奇闻。这些奇观和奇闻就是关于那个疯子。

那个疯子用刀割自己的肉，让他们一次次重复着惊讶不已，然后是哈哈大笑。于是他们又说起了早些日子的疯子，疯子用钢锯锯自己的鼻子，锯自己的腿，他们又反复惊讶起来，还叹息起来。叹息里没有半点怜悯之意，叹息里包含着的还是惊讶。他们就这样谈着疯子，他们已经没有了当初的恐惧。他们觉得这种事是多么有趣，而有趣的事小镇里时常出现，他们便时常谈论。这一桩开始旧了，另一桩新的趣事就会接踵而至。他们就这样坐到餐桌旁，就这样离开了餐桌。

接着他们走到了窗前，走到了阳台上。看到月光这么明亮，感到空气这么温馨。于是他们互相说："去走走吧。"他们便走了出去，他们知道饭后散步有益于健康。不想出去的则坐在彩电旁，看起了与他们无关，却与他们相似的生活来。而此刻年轻人已经在街上走来走去了。

孩子是什么时候出去的，父母根本没觉察，只记得吃饭时他们还坐在桌旁。

年轻人来到了街上，夜晚便热烈起来。灯光被他们搅乱了，于是刚才的宁静也被搅乱了。尽管他们分别走向影剧院，走向俱乐部，走向朋友，走向恋爱。可街道上依旧人来人往，人群依旧如浪潮般从商店的门口涌进去，又从另一个门口退出来。他们走在街上只是为了走，走进商店也是为了走。父母们稍微走走便回家了，他们还要走，因为他们需要走。他们只有在走着的时候才感到自己正年轻。

可是夜晚竟是那样的短暂，夜晚才刚刚来临，却已是深更半夜。尽管夜晚快要结束，尽管他们开始互道"明天见"了，开始独个回家了，可他们心中仍是充满喜悦。因为他们已经尽情享受了这个夜晚，而且他们明天还要继续享受。于是他们兴致勃勃地回家了，于是街道重又宁静了。

此刻商店的灯火已经熄灭，而那些家庭的灯火也已经或者正在熄灭。唯有路灯还亮着，唯有月光还在照耀着。他们开始沉沉睡去，小镇也开始沉沉睡去。但睡不了多久了，因为后半夜马上就会过去，那清晨的太阳也马上就会升起。

那疯子依旧坐着，身上绳子捆得十分结实，从那时到现在他一动不动。直到天快亮的时候，他才从深深的昏迷中醒过来。那时太阳快要升起了，一片灿烂的红光正从东方放射出来。他从昏迷中醒来时，第一眼就看到了那一片红光。于是这时候他仿佛听到了一种吼声，吼声由远至近，由轻到响，仿佛无数野兽正呜咽着跑来。这时候他精神振奋起来了，因为他还看到了一堆熊熊燃烧的大火。现在他可以断定吼声就是从那里飘来。他似乎看到了无数人体以各种姿态纷纷在掉落下来。于是他兴高采烈地跳跃着朝那里跑去。

恍若从沉沉昏睡中醒来，他的内心慢慢洋溢出一种全新的感觉。他的眼睛在无知无觉中费力地睁了开来。于是看到了一条街道躺在黎明里，对面的梧桐树如布景一样。

像是昏迷了很久，此刻他清醒过来了。在清醒过来的时候里，他脑中似乎一团烟雾在缭绕，然而现在开始慢慢散去。等到烟雾消散后，他脑中竟像一座空空的房屋一样，里面什么也没有。但透过那个小小的窗口，他开始看到了一些什么，而一些全新的情景也从那个窗口走了进来。

但是现在他感觉不到自己，他想活动一下四肢，可四肢没动静，于是他想晃动一下脑袋，脑袋没有反应。然而他内心却渐渐清晰起来。可是越是清晰便越麻木了，麻木是对身体而言。他明显地感到自己正在失去身体，或者说正在徒劳地寻找自己的身体。竟然会没有了身体，竟然会找不到身体。他于是惊讶起来。

那个时候他开始想起了一些什么，那些东西很多，挤在一起乱糟糟的。他很费力地把它们整理起来。不久后他终于想起自己是在学校的办公室里，两只日光灯明晃晃地闪着，西北风正在屋顶上呼啸。桌上的灰尘很厚，而窗玻璃却格外明净。他想起了自己是在街上走着，是穿着拖鞋在街上走着，有很多人拥着他也在走着。他想起了一群人闯进了他的家，那时他正在洗脚，妻子正坐在床沿上，他们的女儿已经睡了。

现在他完全清醒了，他发现刚才自己所想到的一切都发生在昨夜。现在早霞已经升起来了，太阳尽管还没有升起，可也快了。他肯定那些是发生在昨天夜晚。他是昨天夜晚离开家的，是被人带走的，那时妻子仍然坐在床沿上，妻子麻木地看着他被人带走了。他的女儿哭了，女儿为什么要哭呢？

但是现在他感到自己不在学校办公室里，因为他看到的不是明净的窗玻璃和积满灰尘的办公桌，他看到的是街道和梧桐树。他不知道自己怎么会来到这里。他费劲将脑袋整理了一番，仍然不知道自己为何会在这里。于是他不再想下去。他感到自己应该回家了。妻子和女儿也许还在睡，女儿正枕在妻子的胳膊上睡着，而妻子应该将头枕在他的胳膊上，可他现在竟然在这里。他要回家了。他想站起来，可他的身体没有反应。他不知道自己的身体被丢到什么地方去了。没有身体他就不能回家，不能回家让他感到非常伤心。现在他似乎认出这条街道来了。他想只要沿着它往前走，走不远就可以拐弯，拐弯以后就可以看到自己家的窗户了。他发现自己此刻离家很近，可他没有了身体，他没法回家。

他仿佛看到自己正拿着厚厚的书在师院里走着。他看到妻子梳着两根辫子朝他走来，但那时他们不相识，他们擦身而过。擦身而过后他回头看到了两只漂亮的红蝴蝶。他仿佛看到街上下起了大雪，他看到在街上走着的人都弯腰捡起了雪片，然后读了起来。他看到一个人躺在街旁邮筒前死了。流出来的血是新鲜的，血还没有凝固，一张雪片飘了下来，盖住了这人半张脸。

太阳已经升起来了，光芒从远处的云端滑了过来，无声无息。他看到有人在那条街道上走动了。他看到他们时仿佛是坐在远处看着一个舞台，他们在舞台上出现，在舞台上说话并摆出了各种姿势。他不在他们中间，他和他们之间隔着什么。他们只是他们，而他只是他。然后他感到自己站起来走了，走向舞台的远处。然而他似乎仍在原处，是舞台在退去，退向远处。

天亮的时候，她醒了过来。她听到了厨房里碗碟碰撞的声音，她想父亲已经在准备早饭了。而母亲大概还是在原先的地方坐着，还是原先的神态。她不知道这样还要持续多久，不知道发展下去将会怎样。她实在不愿去想这些。她开始起床了，她看到窗帘又如往常一样在闪闪烁烁，她看到阳光在上面移动。她真想去扯开窗帘，让阳光透过明净的玻璃照到床上来，照到她身上来。她下了床，走到镜前慢慢地梳起了头发，她看到镜中自己的脸已经没有生气，已经在憔悴。她心想这一天又将如何度过，这样想着她来到了外间。她突然发现外间一片明亮，她大吃一惊。她看到是窗帘被扯开来，阳光从那里蜂拥而进。那把椅子空空地站在那里，阳光照亮它的一角。

母亲呢？她想。这么一想使她万分紧张。她赶紧往厨房走去。然而在厨房里她看到的不是父亲，而是母亲。那时母亲刚好转过身来，朝她亲切地一笑。她发现母亲的头发已经梳理整齐了，那从前的神色又回到了母亲脸上，尽管这张脸已经憔悴不堪。看着惊讶的她，母亲轻轻说："天亮时我听到他的脚步，他走远了。"母亲的声音很疲倦。她如释重负地微笑了。母亲已经转回身去继续忙起来，她朝母亲的背影看了很久。然后她突然想起了什么，赶紧转过身去。她发现父亲正站在背后，父亲的脸色此刻像阳光一样明亮。她想父亲已经知道了。父亲的手伸过来轻轻在她脑后拍打了几下。她看到父亲的头发全白了。她知道他的头发为何全白了。

吃过早饭，母亲拿起菜篮，问他们："想吃点什么？"母亲的声音里充满内疚，"已经很久没让你们好好吃了。"

父亲看着她，她也看着父亲。父亲不知如何回答，她也不知说什么。母亲等了一会，然后微微一笑，又问："想吃什么？"

她开始想了，可想了很久什么都没想起来。于是只得重新看起了父亲。这时父亲问她了："你想吃什么？"

“你呢？”她反问。

“我什么都想吃。”

“我也什么都想吃。”她说。她感到这话说对了。

母亲说：“好吧，我什么都买。”

三人轻轻笑了起来。她说：“我和你一起去吧。”母亲点点头，于是他们三人一起走了出去。

她的双手重新挽住父母了，因此从前的生活也重又回来了。他们现在一起走着，一些熟人又和他们开玩笑了，开的玩笑也是从前的。她走在中间，心里充满喜悦。

来到胡同口，父亲往右走了，他要去上班。她和母亲就站在那里，看着父亲潇洒的背影和有力的双腿。父亲走了不远又回过头来看她们，发现她们正看着自己，他就走得越发潇洒了。她和母亲都禁不住笑了起来。

这时她突然想起了什么，急忙喊了起来。父亲站住脚回头望来。

她继续喊：“给我买一个皮球。”

父亲显然一怔，但他随即点点头转身走去了。她不禁潸然泪下。母亲转过脸去，装作没有看到，然后她们两人就这样默默无语地走了起来。

她们看到前面围着一群人，便走上去看。于是她们看到了那个疯子。疯子还被捆着，疯子已经死了，躺在一个邮筒旁，满身的血迹看去像是染过一样。有几个人正骂骂咧咧地把他抬起来，扔到一辆板车上。另一个骂骂咧咧地提着一桶水走来，往那一摊血迹上一冲，然后用扫帚胡乱地扫了几下便走了。板车被推走了，围着的人群也散了开去。于是她们继续走路。她在看到疯子被扔进板车时，蓦然在心里感到一阵轻松。走着的时候，她告诉母亲说这个疯子曾两次看到她如何如何，母亲听着听着不由笑了起来。此刻阳光正洒在街上，她们在街上走着，也在阳光里走着。

<h1 style="text-align:center">六</h1>

就这样春天走了，夏天来了。夏天来时人们一点也没有觉察，尽管还是阳春时他已在准备迎接夏天了，可他们还是没有听到夏天走来的脚步。他们只是感到身上的衣服正在轻起来。但他们谁也没有觉察到夏天来了，他们始终以为自己依旧生活在春天里，他们感到每一天都是一样的美好，所以他们以为春天还在继续着，他们以为春天将会无休止地继续下去。可当他们穿着西装短裤、穿着裙子来到街上时，他们才发现夏天早就来了。他们开始听到知了在叫唤，开始听到敲打冰棍箱的声音。他们开始感到阳光不再美好，而美好的应该是树荫。于是他们比春天里更喜爱现在的夜晚，那夜晚像井水一样清凉，那夜晚里有微风在吹来吹去。于是在夜晚里所有的人都跑出房屋来了，他们将椅子搬到阳台上搬到家门口，他们将竹床搬到胡同里，而更多的他们则走向田野。在无边无际的田野里，他们寻找到了一条条弯弯曲曲的田埂，他们便走上去，走在洒满月光的田埂上。青蛙在两旁稻田里声声叫唤，萤火虫在他们四周闪闪烁烁地飞舞。

总是太阳刚刚落山，晚霞刚刚升起的时候，她从家里走了出来，在胡同口和她的伙伴相遇。她看到伙伴穿着和她一样漂亮的裙子。于是她们并肩走上了大街，她感到伙伴的裙子正在拂打着自己的裙子，而自己的裙子也在拂打着伙伴的裙子。她看到街上飘满了裙子，还有不少裙子正从一个个敞着的门口，一个个敞着的胡同口飘出来。街上的裙子就这样汇聚起来，又那样分散开去。街上的裙子像是一个舞蹈。

这时她们看到一个疯子正一跃一跃地走来，像是跳蚤般地走来。那是个干净的疯子，他嘴里一声声叫唤着"妹妹"走来。

　　她们想起来了，这人是谁？她们知道他是在"文革"中变疯的，他的妻子已和他离婚，他的女儿是她们的同学。他嘴里叫着"妹妹"，那是在寻找他的妻子。

　　"好久没看到他了，我还以为他死了。"伙伴这么说，说毕伙伴轻轻拉了拉她的手，随即暗示她看前面走来的母女两人。"就是她们。"伙伴低声说，其实不说她也知道。

　　她看到这母女俩与疯子擦身而过，那神态仿佛他们之间从不相识。疯子依旧一跃一跃走着，依旧叫唤着"妹妹"。那母女俩也依旧走着，没有回过头。她俩走得很优雅。

（原载《收获》1987年第6期）

迷　舟

格　非

一九二八年三月二十一日，北伐军先头部队突然出现在兰江两岸。孙传芳部守军31师不战而降。北伐军迅速控制了兰江和涟水交界处的重镇榆关。孙传芳在临口大量集结部队的同时，抽调精锐之师驻守涟水下游棋山要塞。棋山守军所属32旅旅长萧在一天深夜潜入棋山对岸的村落小河，七天后突然下落不明。萧旅长的失踪使数天后在雨季开始的战役蒙上了一层神秘的阴影。

引　子

萧接到师部给他的秘密指令是四月七日的上午。师部让他率32旅驻军棋山对岸的小河村落。这个仅有几十户农家的村落像犄角一样突出在涟水拐道的河口，是一个理想的防御地点。按照师部的命令他必须于九日凌晨潜入小河村，尽快查明那里可以知道的一切详细情况。师部提醒他：既然我部已注意到这片没有遮掩的神秘区域，同样，北伐军对它也不会无动于衷。就在萧准备渡船出发的前夕，发生了一件意想不到的事。

四月八日，闷热的午后阳光使人恹恹欲睡。萧在涟水岸边的柳林里骑马独行。他经过棋山北坡谷底一片炫目的军用帐篷时，一匹枣红色的马追上了他。

警卫员拽住马的缰绳斜侧在萧的左边。阳光正对着他，他的双眼不能完全睁开，警卫员在还没有完全安静下来的枣红马上挺了挺身体，迅疾地举起右手掠过帽檐：

"有一位老太在旅部等着见你。"

萧继续稳稳地朝前遛了几步才拨回马头。天太闷热了，凉风越过山脊，从他的头顶上滑过，北坡谷底的空气是凝固的。警卫员还站在原地，他没有伸手抒掉脸上不断滚动的汗珠，而是怔怔地看着萧，等待着他的答复。

"你想个法把她支走——"萧不耐烦地挥了挥手，警卫员驱马朝前走了几步，压低嗓门怯怯地说：

"她，说是从小河来的。"

萧漫不经心地扫了他一眼，没有搭腔。他已经策马朝旅部疾走，警卫员在离他十丈左右的尘土中紧紧跟随着。战争使他厌倦了那些令人心烦的琐事。他知道，因为战争中的阵亡，士兵的家属突然出现在指挥部里是司空见惯的，这些捏着写有儿子和丈夫姓名字条的陌生面孔会提出一些荒唐的要求：索取遗物或打听士兵临终前的种种细节。由于这支没有番号的部队从来没有保留任何阵亡将士的名册，这些可怜的百姓常常在下级军官的叱骂声和枪托的威逼下悻悻离去。尽管萧所在的师是一支精锐的嫡系部队，他也不得不常在供给奇缺的情况下在前沿阵地作战。他的部下有时像夜与昼一样更替得非常彻底，一群仅玩过鸟枪的庄稼人也被临时招募来履行最艰巨的狙击使命。在这几乎和以前一样寂静的午后，对即将开始的大战的某种不祥的预感紧紧地困扰着他。

萧捏着马鞭走进旅部临时指挥所时，一眼就认出了这位来自故乡的老人。她是村子里的媒婆马三大婶。他离开家从军只有短短的几年，这位风流热情充满活力的女人一下子变老了。马三大婶对于村里大部分青壮男人的诱惑和慷慨大度曾引起女人间无穷无尽的纠纷。在战争的间隙中，她常常成为萧对故乡往事回忆的纽结。马三大婶是来向他报告他父亲的死讯的。

　　他的父亲一天傍晚在灶下生火，呛鼻的回烟使他想起很久没有捅一下烟囱了。这位七十八岁的老人颤巍巍地拿着一根绑满稻草的竹竿爬上了屋顶。他在踩碎了三片瓦和两根烂橼后，摔死在灶屋的水缸里。萧在媒婆尖细的嗓门几乎是滑稽地描述了父亲的死之后，显得格外的平静。他没有丝毫突兀的恐惧和悲痛的感觉。他简略地回忆了一下父亲生前的时光，就向警卫员要来一支烟抽。他划火柴的手指有些颤抖，他知道，那不是源于悲痛而是睡眠不足。萧旁若无人地走出了指挥所，朝着系马的一棵老杨树走去，萧在解马缰的时候听到了身后脚步踩乱草丛的声响。那是警卫员不安地跟了出来。萧回过头狠狠地瞪了他一眼，警卫员不由得止住了脚步。

　　已是黄昏时分，他独自一个人骑马从北坡登上了棋山的一个不高的山头。连日梅雨的间隙出现了灿烂的阳光。浓重的暮色将涟水对岸模糊的村舍染得橙红。谷底狭长的甬道中开满了野花。四野空旷而宁静。他回忆起往事和炮火下的废墟，涌起了一股强烈的写诗的欲望。他的父亲是小刀会中为数不多的幸存者，也是绝无仅有的会摆弄洋枪的头领之一，他的战争经历和收藏的大量散佚在民间的军事典籍使萧从小便感受到了战火的气氛。萧的梦中常常出现马的嘶鸣和隆隆的炮声。终于有一天，他走到父亲身边询问他为什么投身于一支失败的队伍，父亲像是被碰到了痛处，他的回答却是漫不经心的：从来就没有失败或者胜利的队伍，只有狼和猎人。母亲是一个谨小慎微的女人，对她来说，连绵不断的战争和孩子们突然长大使她寝食不安。他哥哥去黄埔军校的前夕，母亲哭得死去活来，她大声叱骂丈夫的放纵和对于战争的荒唐的预料而将儿子送上绝路。她突然变得专横和坚强起来。她将瘦弱的兄长和两只山羊一起关了三天。第三天深夜萧偷来了坚固的木栅栏门锁上的钥匙。他哥哥几乎没跟他说什么话就踏着月光走了，当时他的父母正在熟睡。后来，母亲担心萧会走上他兄长相同的道路，就雇来一只小船将他送到了繁华的榆关镇，让萧跟他的一位表舅学医。那是一个炎热的夏季。萧从哥哥出走的一连串麻烦中积蓄了经验。当萧准备跟孙传芳的一位部将当勤务兵时，他穿着浆得笔挺的衣衫回到村子里。他的无声的告别使母亲误以为他是去邻村相亲。

暮色四合。凉爽的晚风吹来了涟水河潮湿的气息。他的白马在山头不安地躁动着，四蹄刨着泥土。和他遥遥相对的村子已经淹没在黑暗之中了。他的白马在跃下山坡的时候，他想起了前些日子在师部开会时听到的战报：三月二十一日攻占榆关的恰恰是他哥哥的部队。

第一天

萧和警卫员是拂晓渡河的。他们的船到达对岸时听到了村中传出的第一声鸡叫。萧将小船划向岸边垂落下来的枝叶繁盛的晚茶花丛，那是藏船的好地方。汩汩的流水轻轻地摇动着小船，一只黑色的水鸟倏地飞出，沿河岸低飞而去。萧在挂满露珠的藤蔓中觉察到了一丝凉意，浓郁的花香和水的气息使他心中充满了宁静的美妙遐想。他对这个美丽的村落不久以后给他带来的灾难一无察觉。

萧上岸后经过一片密密的竹林进入他所熟悉的村舍。村子的背后是西沉的弦月，东方曙河欲晓。在井边打水的女人没有认出他来。偶尔也有一些早起的老人咳嗽着从他身边走过，消失在薄雾里。村民对陌生人早已没有了兴趣，他们只是对补锅的风箱、弹棉花的马头木弓和换麦芽糖人的笛声感到亲切。萧横穿过那些狭长的弄堂和茅舍，没有人打量他，只是引起了经久不息令人战栗的狗的狂吠。萧的平静的心中泛起了一层涟漪，但他很快又在桃花和麦苗的清香中陶醉了。

萧家的宅子在村子的最西边。他远远地看见屋子的门是关着的，走近才发觉开着的门上挂着一匹黑色的孝布。他掀开孝布走进院子时，他的母亲正巧手里擎着一盏煤油灯，两个黑影突然挑起门帘闯了进来把她吓了一跳。不过，那盏煤油灯她还是紧紧地握着。当她认出长着一撮漂亮胡子的儿子时，才把灯扔在了离她大约有一丈远的阴沟里。母亲足足打量了一袋烟工夫，她发现儿子完全地变了。他的眼神和丈夫临终前的眼神一模一样。深陷在眼眶里的眼球没有丝毫新鲜的光泽。丈夫从屋顶上摔进水缸在她心中引起的不祥的预感又开始泛滥起来。她将儿子领进灵堂的时候又烧掉了三沓黄纸。她的举动不是出于对丈夫的哀悼而是为儿子消灾。萧在父亲的棺木前重重地跪下了。他宁静的心绪没有被灵堂的肃穆气氛扰乱，在他看来，父亲在他的那支队伍消失后隐居在涟水之北的村舍之日起就已经死了。他唯一感到内疚的就是离家前对母亲的欺骗和轻蔑。他凝望着母亲瘦削的肩膀，大梦初醒似的意识到了战争带给他的变化。他感觉到像是有一根纤细的鹅毛在拨动内心深处隐藏的往事，这种感觉转瞬即逝。他站了起来，深深地吸了一口气，空气中弥漫了一股香灰和黄纸的气味。

母亲发现儿子面容苍老，头发蓬乱，就给他找来了一把木梳和剪刀，强迫他将胡子收拾干净了。萧若有所思地问起父亲的灵堂为何这样冷清，母亲说，父亲后半生几乎足不出户，不爱结交俗人。由于战争，远近的亲戚早都没有了音讯。家中空余的房屋和后院，她只是在重阳节才去赶一次耗子。现在潮湿的地面上也许已经长满了水草和苔藓。萧对母亲说话时的啜泣无动于衷。萧又询问母亲关于葬仪的一些事，母亲像是没有听见，半晌没有回答，萧深深地吸了一口气，就此沉默了。

这是他和母亲最长的一次谈话。

午后，萧和警卫员查遍了村子的每一个角落，没有发现一个异乡人，他暗自庆幸北伐军还没有注意到这个涟水之北偏僻的村落。这个村子至少已有一千年没有受到战火的侵扰，村民们相信它的宁静会像日复一日流逝的涟水向远处延续。他们丝毫没有联想到在清晨引动狗叫的两个陌生人和战争的瓜葛。在傍晚牧童的牛蹄声中，在屋檐下的阴影逐渐拉长的井边，人们只是传说着经年未改的往事。太阳快落山的时候，萧准备去涟水河面察看地形，警卫员向他报告说，一个来历不明的道人在村子中央的扇形晒场上，他算卦灵验使那里的人越聚越多。

萧和警卫员从人群中挤进去的时候，晒场上的人出于对陌生人的恭敬，给他们让开了一条缝。老道正在预测村子的凶吉。他的牙齿几乎全脱落了，说话含糊不清。他的打满补丁的长衫上积了一层厚腻的油垢。他的面前铺着一张旧黄的旗子。由于墨迹的渗透，旗子上爻、兑、震、巽的字样已经模糊不清。老道盘腿屈膝坐在沙地上，他的脚边堆放着龟壳和蛇皮以及治跌打损伤的膏药。另外还有二座可以转动的轮盘和一只撒满黄米的畚箕。

老道沉吟了片刻，然后咕哝了一阵谁也无法听懂的话，朝等着预知村舍未来的虔诚的村民挥挥手：天蝎南游，双鱼北走，摩羯安西，处女嫁东——战争已经过去。

萧的腮边挂着轻蔑的不易察觉的笑意。他觉得人们总是生活在幻觉里。对于他来说，未来已经悄悄地向现在延伸，战争已经开始了。对村民的怜悯并没有扫除萧对自身迷惑的阴影。他同样也生活在一种幻觉里。今天拂晓他踏上薄雾中的小船，遥望对岸熟睡的村子，曾涌起一种莫名其妙的激动。他不知急于回家是因为父亲的死，还是对母亲的思念，或者是对记载着他童年的村子凭吊的渴望。他觉得像是有一种更深远而浩瀚的力量在驱使他。

晒场上的人陆续散去了，天慢慢地黑了下来。萧觉得老道不像是北伐军的密探，在老人收拾包裹和杂物的时候，萧不经意地在道人脚下扔了一枚铜板。道人没有理会那枚在沙地上无声滚动的铜板，也没有停止拾掇，他抬头瞥了萧一眼：客官莫非有意算一卦？是婚姻还是财路？

生死。

萧说。他点燃了一支烟。越过那些低矮的紫穗槐树丛，他的目光注视着远处涟水河面弥漫着的空蒙的蜃气，道人在掐算萧的生辰八字时，天已经完全黑了下来。

当心你的酒盅。

道人含糊地说了一句。

当天晚上，警卫员拎来了二瓶土烧和一包牛肉。像往常一样，警卫员在萧的面前放了一双竹筷，一只陶瓷酒杯。他坐在萧的侧面，两手垂放在桌沿上。萧将酒杯推到警卫员的面前并给他斟了一杯酒，自己点上了一支烟。

警卫员像个姑娘一样翻动着细长的睫毛，偷觑了他的长官一眼，迟疑地端起了酒杯。萧又从警卫员的眼睛里看到了道人诡谲双目的光芒。

警卫员一定看穿了自己的胆怯，萧想。尽管他的警卫员是一个未谙世事的孩子，他还是感到了一种按捺不住的烦闷和惆怅。

母亲推门进来的时候，萧看见母亲身后一个女人秀颀的身影迅速踅入灵堂冥幽的暗光中。

第二天

昨天在母亲身后消失的那个女人激起了萧无穷的联想，当时他像是在夏季的热风中闻到了一阵果香那样贪婪地吸了一口气。在第二天举行的他父亲的葬仪上他们再次相遇时，他才认出她来。

那天晚上，萧在灵堂喧嚷的哭泣声中进入了梦乡。午夜之后，一把调音的胡琴将他惊醒。村子很久没有死人了，这些为死人吹奏丧曲的乐师们失去了往日的默契。技艺的荒废使他们只能摆弄出一些断断续续的嘈杂的音响。萧从床上坐起来的时候，不协调的音乐使他一连打了好几个喷嚏。萧借着从朽蚀的窗骨中泻进来的月光，发现怀表的指针指向三点。葬仪正式开始的时候，萧就紧跟在那些乐师的后面。他还没有完全从睡眠中醒来。月光被疾速移动的乌云遮住了，他的脚步有些蹒跚。晚风中混杂的刺树和青草的气息在他周围酝酿着。他注视着远处影影绰绰的山影，回忆起他在表舅家度过的那个炎热的夏季。

由于哥哥的猝然从军，在母亲的威逼下，他随一只过路的小船来到了涟水和兰江交界处的榆关，跟他的表舅学医。他的表舅是一个温良敦厚的中医。他平素四乡浪迹，行医谋生，妻子在一次难产中死去，他苦于女儿无人照料，在榆关临江的街面上开有一爿药铺。萧来到榆关的最初一段日子里，总是处在极度的不安和焦躁之中，他在临江而筑的竹楼里翻阅一本本发黄的医药典籍时，只有人体的插图偶尔能引起他模糊的兴趣。在夏季炽热的阳光的辐射下，他从窗口远眺江面静止的帆影，耳畔常常响起杂乱而急促的马蹄声。随着日晷的长短伸缩，时间悄悄地流走了，他的舅父发现他对药理和书籍的兴趣不大，就让他学习针灸。这天晌午，天空突然布满了阴云，隆隆的雷声使他在竹楼里坐立不安。他的表舅出诊未归，萧正在一只冬瓜上练习扎针的时候，表舅的女儿走上了竹楼的书斋。她是上来找一把红纸的雨伞的。在她拿了伞要下楼的时候，她看见萧一针接一针地将冬瓜戳出一汪汪清水，就走近萧的身旁，给他示范针灸的扎法。萧那天从渡船踏上榆关码头的时候，她和表舅来接他。他错过了一次认识她的美丽的机会。由于他对母亲的怨恨和炎炎烈日的蒸烤，他看都没有看她一眼。现在，这个叫杏的姑娘用食指、拇指、中指捻动那根细长的银针，萧忽然觉得喉头涌出了一股咸涩的味道。他的眼睛无法从她那白皙细长的手上挪开了，那根针像是扎在了他的脉上，他闻到了屋子里越来越浓的清新的果香。杏几乎没有和他说上几句话就离开了竹楼。她走后留下的气味像是凝固在这个竹楼内。在萧度过的这个夏季漫长的独坐中，这种气味一直没有消失。

　　表舅按照他行医的经验苦心孤诣地给萧安排了一次次的练习。他扎了两个星期的冬瓜后，表舅让他试着在一只兔子身上进行练习，他觉得心绪突然变得比先前还要糟。手里活蹦乱跳的这种动物要比冬瓜难以伺候。他当着表舅的面，只能小心翼翼地将针插入它的颈脖和肚子，表舅一旦走开，他立刻不知轻重地乱捅一气，他几乎每天都要弄死一只兔子。表舅在萧面前的摇头叹气越来越频繁。他终于放弃了让萧学针灸的念头，开始让他学习搭脉。使他的表舅感到意外的是，萧只用了两个小时就学会了。

　　夏末的一个中午，表舅在书屋午休的时候，他来到了竹楼下的院子里。杏在银杏树下的一只躺椅上睡着了。她手里拿着一本关于节气传说的书。那本翻开的书在她胸脯上起伏着。萧痴骏地坐在离她很近的竹凳上，凳子发出的吱吱嘎嘎的响声使他吓出了冷汗。她另一只手在椅背上无力地垂着。萧能听见自己粗重的呼吸，涟水的河面上传过来划船的桨声。一只困倦的白蝴蝶在他眼前飞过，他轻轻地碰了一下她纤柔的指尖，然后将手搭在她的脉上。他觉得她乳白的皮肤下血流得很快。她一定不会醒来的，他想。

她真的就没有醒来。

在以后动荡的戎马生涯中，他躺在静谧的山洼里注视满天星斗、吞嚼草根和树叶苦涩的汁水时，他也偶尔记起了那天午后令人窒息的空气中飘飞的时间，他回想起他的指尖轻轻抚过她光滑的手臂，解开她领口的第一颗纽扣时令人心醉的一幕，突然觉得杏也许是醒着的。这个念头从此一直没有离开过他。

现在，他又闻到了那股果香。

当棺木在墓地上停稳后，送葬的队伍缓缓朝这个开满梨花的低矮的土坡围过来。萧似乎觉得杏就在这个稀稀落落的人群中。他的脊椎骨上像是爬上了一条冰凉的水蛇。葬仪之后，他从母亲的口中知道，杏已于月前嫁到了小河村，她的丈夫三顺是一个兽医。这个能掀翻一头黄牛的青年对兽医这一职业有着发狂的嗜好。他通读《医学词典》《本草纲目》，另外还专门研究过很少有人读懂的《黄帝内经》，他在榆关镇的街上和萧的表舅邂逅之后，老人立刻被他渊博的学识吸引住了。当这位老中医得知三顺将给人治病的方法移植到畜生身上取得成功后，不由得感慨相见恨晚。他们在街角的一爿茶馆里谈到深夜，这次偶然的相遇便促成了他美满的婚姻。

父亲的棺木轻轻地安放在撒满铜钱和黄纸的墓穴中。一个拄杖的老司仪递给萧一把铁锹。萧铲了一块泥土撒在父亲的棺盖上。萧突然觉得背后有一种灼火的目光在打量他。他稍稍地偏转了一下视角，转过身，看见杏穿着孝服站在母亲身边。杏的背后是空空荡荡的田野。一棵孤零零的合欢树上憩息着一只喜鹊和一只绿头翁鸟。

墓地上参加葬仪的人陆续散去。杏和母亲在墓前栽下几棵湘妃竹和一棵雪松。萧站在一片黄灿灿的油菜地旁，杏和母亲之间无言的亲密使萧的心头掠过一阵宽慰的意味。萧从口袋里掏出一盒火柴走到墓前，把剩下的被露珠打湿的黄纸烧掉。他用一根棍子将那些在灰烬中卷缩的纸片挑起来。四月的风吹起了这些纸片，有几团灰白的纸烬随风滚到了新栽的雪松旁和杏的脚下。杏正弯下腰用脚踏平树根的新土，她将那些吹过来的纸灰踩进土里，顺着纸团滚过来的方向，她抬头瞥了他一眼，很快。萧蹲在杏不远处的侧面，除了杏秀顾的身体轮廓外，他的眼前一片空白。

他们回村的时候，母亲和杏走在萧的前面。警卫员也许还在熟睡，萧听不到背后跟随着的熟悉的脚步声，有点不习惯。但他眼前的天空却陡然变得开阔起来，他似乎觉得一切都在他的视野之下。

他们谁都没有说话，在他的背后，太阳刚刚升起。

第三天

葬仪结束后，村子又恢复了往日的宁静。清新的阳光在中午前后渐渐地增加了它的热度。眼前正在农闲季节，麦苗还没有抽穗，柳树的稚嫩的叶子还没有完全舒展开，耐不住闲暇的农人漫不经心地给桃树和桑木剪枝。午后，村子比夜晚更加宁静。杏去村后的茶林采摘雨前茶，她瘦削的身影在远处闪闪发亮的沟渠旁成为一个静止的黑点时，另一个人也走过村后的木桥，依她的原路朝茶林走去。

这是漫长而又短暂的一天。萧依旧起得很早。马三大婶来到他家院子里的时候，萧正蹲在阴沟旁用盐巴刷牙。警卫员还在熟睡。由于前天晚上的贪杯，出殡的时候，嘹亮的号声和人群的嘈杂没有惊醒他，眼下战情急转直下，部队的每一个将士都感到空前的疲倦。萧平素对下属总是极其严厉，但他性情温和的一面总是被深深地藏匿着。萧曾一度对这位不谙世事的年轻人的反应迟钝表现出极度的恼怒，但战争使他周围的一些熟悉的面孔相继离去之后，一直跟随在他身边的警卫员就成了他纷飞战火中唯一的伙伴。他在渐渐容忍了警卫员的愚钝的同时，发现自己和这位沉默寡言的下属的关系日见亲密。马三大婶是来借一只细眼的筛子的。她说去年积陈的菜籽生满了白虫，她准备把这些菜籽筛净后送到油坊去。马三大婶拿了筛子没有立即离开，她正想对萧说些什么，萧的母亲从地里锄草回来，她的头巾上落满了湿漉漉的花瓣。马三大婶忙着和母亲搭讪。从院子里盛开的木槿说到了涟水的涨落。马三大婶和母亲说话的时候，不时地朝萧瞥过来几眼，尽管这位昔日的媒婆已经失去了往常的秀丽姿容，但她的诡秘的眼风依然使萧回想起了她年轻时的模样。马三大婶从遥远的山村嫁到小河村来的那一年秋天，她的丈夫突然跟一只过路的船走了，从此一去没有了音讯。村里人都在传说他是看上了船上的一个洗碗碟的女用人才走的。知道底细的告诉她，她男人是耐不住眼下越来越紧的饥荒去投了军。这样的猜测被证实是在三年以后，她丈夫的尸首被几个陌生人送了回来。村里的女人用眼泪来安慰这个本分的小媳妇的同时，村里的男人也用另外的一种方法来安慰她。没过多久，村里的女人就和她反目为仇。这个几乎和村里的所有女人结下了怨仇的年轻寡妇和母亲却相敬如宾。萧记得他的母亲常常带他到河边她的孤零零的小屋里来。女人间的许多事萧当时没法理解。一天深夜，母亲大口大口地吸着纸烟卷和马三大婶相对而泣。她们低低地叙说着早已消逝的往事，大部分时间，她们彼此不说话，各自揣着心事，陷入了冗长的回忆。墙根油虫的鸣叫陪伴着她们。萧在这两个羊羔子一般亲近的女人的静默中感到无聊。他伏在母亲的膝上进入了梦乡。天快亮的时候，巡夜人的敲更声音提醒了她们。萧清晰地记得马三大婶俯身吹灭桌上摇摇欲灭的油灯时垂向桌面的软软乎乎被青衫包着的乳房，以及黎明中的晨光渐渐渗入小屋的情景。

马三大婶替母亲掸了掸头巾上的花瓣，母亲回里屋去了。马三大婶把萧带到屋外。他们站在墙旮旯儿的一株盛开的杏花树前，马三大婶朝四周扫了一眼，压低了声音说：

三顺今天去涟水上游很远的水域捕鱼去了。两天后才能回来。

马三大婶说完，就提着竹筛走了。萧感到一种难言的羞涩。这种羞涩在他模糊地懂得了男女之事后母亲在一个澡盆里给他擦身时也感到过。女人们往往把复杂的事情想得太简单，而把简单的事想象得过于复杂。萧伫立在墙角，他渴望从媒婆那里得到更多的关于杏的消息。马三大婶的背影逐渐消失了。他怏怏地回到屋里。他坐在院内的两盆天竹旁，注视着天空缓缓移动的流云，处在一个极度兴奋和茫然不知所措的心境中。这种心境一直到他瞥见杏提着竹篮从河边的柳林里往村后走去才消失。

小河的村后是一大片辽阔的平原。平原的尽头被一线黑魆魆的防风林遮住了。杏的茶林在离村子很远的一个土丘上，土丘的东边是一条深陷的大沟壑。沟壑水底长满了青草。萧远远地看见杏的身影在茶林里湮没了。四下里空旷而寂静，正午的阳光使草尖和麦苗的叶子微微卷起垂落着，追逐野鸡的猎人和黄狗在涟水河弯曲的河道上懒懒地走，萧看见猎人在一个捡牛粪的老人身边停住了，像是向老人借火。那条黄狗就举起前足舔老人的裤管。他们聊了几句，就各自走开了。微弱得几乎使人难以觉察的风吹过来浓郁的茶香。

萧重新陷入了马三大婶早上突然来访所造成的迷惑中。他觉得马三大婶的话揭开了他心中隐藏多时的谜团，但它仿佛又成了另外一个更加深邃的谜的谜面。他想象不出马三大婶怎么会奇迹般地出现在鲜为人知的棋山指挥所里，她又是怎样猜出了他的心思？另外，杏是否去过那栋孤立的涟水河边的茅屋？在榆关的那个夏天的一幕又在他的意念深处重新困扰他。

褐黄色的土丘像是清澄的水中露出的光秃秃的沙洲。萧在接近土丘的时候，杏几乎没有觉察到。从沟底贴水而飞的雨燕惊动了她。

萧轻轻地将她扳倒了。

在墨绿茶垄阴凉的缝隙中，他闻到了泥土的气息。他的激动不安突然消失了。他匍匐在被太阳烤得恹恹欲睡的大地上，听到了由远及近轻轻搏动的浑厚的地声。一阵和煦的风吹过，他默默地记起了一支古老的民谣。这种静谧安详的感觉没有维持多久，萧又重新被一种漫无际涯的深深孤独融解了。杏在他怀里啜泣着。萧觉得这哭声和她紧紧扣在他腰间的双手仿佛将他的骨髓都吸尽了，他浑身冰凉。她紧闭着双眼，就像熟睡了一般。他越是用力抱紧她，她就仿佛离他越远。他觉得自己深陷在一个巨大的泥潭里，他的挣扎只会耗尽他的生命。他浑身被热气笼罩着，与生俱来的分离的经验在年轻女人的怀中迅速地蔓延了。萧体味到了一种从未有过的紧张和疲惫。

一只水牛的犄角在沟壑的拐弯处出现了。随后出现了另一只角。牧童坐在牛背上，用光着的脚丫驱赶着牛虻。

放牛的少年没有注意到他们。

第四天

这天，萧像是梦游一般地走到了杏的红屋里去。

三顺还没有回来。傍晚的时候，涟水河上突然刮起了大风。

第五天

雨是深夜下的。萧在梦中听到了预示着涟水春汛的雷声。他醒来的时候，到处都是鸟叫。吸饱了雨水的硕大的刺树花蕾沉甸甸地落满了被骤雨冲刷得净朗的沙地。诱人的花香和雨后骄阳使萧有了钓鱼的渴望。他将父亲久已不用的鱼竿从床底下翻了出来。用燕竹做成的鱼竿已经发霉，它的衔接处的铁皮也已经布满了潮湿的黄锈。萧从院里找来了鸡毛，将它剪成漂在水面上的鱼浮。萧在整理鱼线的时候，警卫员从屋外的树根下找来了一小瓶蚯蚓做鱼饵。很快，他们来到了涟水河边。

小河位于涟水的下游。涟水在汇入兰江之前的拐弯处，水势并不平稳，那些漂浮在水面上的菜叶和柳絮静静地顺流而下，只是在经过一些水底布满凸凹石块的水面时，才突然被卷进漩涡。在涟水的石码头洗衣的妇女看见萧在对岸的一处流水很急的地方垂下鱼竿，都忍不住地笑出声来。她们说：萧离家才有几年，竟连钓鱼的本领也忘得一干二净，在那样的水面只能钓到水草。

萧没有听到妇女们的议论，却听到了一向沉默少言的警卫员的忠告：

"这里水很急。我们还是往下游走走，找一块平静的水域。"

"在流水很急的地方能钓到箭鱼和梭子①。"萧说。

警卫员不再吱声。萧点了一根烟，他知道在这样的水域钓鱼需要很大的耐心。他记得父亲生前常在涟水河边这块水面垂钓，从日出到日暮，他几乎天天空竿而归。萧坐在那片被榛树覆盖的浓荫之下，凝视着

---

① 梭子：体呈狭长形的一种凶猛鱼类，鹦鹉嘴。

从村子上空飞过的雁阵和静止不动的云朵。他的视线渐渐移到了村西的一堵成直角的红墙上。那是杏的家。萧知道他只有坐在这个位置才能让目光越过那堵红墙，清楚地看见院内的一切。

太阳已经升高了。空阔的院子里寂然无声。堂屋的门关闭着，有几只雏鸡在廊下啄食。昨天夜里，萧离开杏的院子时，杏倚在门边痴痴地看着他。南风掠过水面，在竹林里引起了一阵簌簌的喧响。遥远而冷清的星群中是一弯朦胧的晕月。杏衬衣的纽扣没有扣上，头发披散在肩头。萧凝望着她，料峭的春夜使他一连打了好几个寒噤。杏将黑漆大门掩上的时候对萧说：如果三顺今夜不回来，她明天就在院里晾衣服的绳上挂一只竹篮。

春阳温和地照临水面。萧不安地眺望雨后的院落。他没有看见院内晾衣服绳上挂上竹篮，却突然发现马三大婶正在河对岸村子的柳丛里向他招手。

"你找来的鱼饵太小了，而且是黑色的。"萧对警卫员说，"在这片水域鱼走得快，很难发现黑色的蚯蚓，走吧，我们回去。"

警卫员迷惑地看了萧一眼，他也正待得无聊，无风的天气使他昏昏欲睡。他帮助萧收拾鱼线的时候，像是对旅长的反复无常感到茫然不解，又像是丝毫没有猜透旅长的心思。来到小河的短短的几天里，萧所经历的一切，他也似乎毫无察觉。

简直是个孩子。萧一边往回走，一边平静地想。

马三大婶咕咚咕咚地吸着水烟，将萧拉到一处无人的地方，好久没有说话。萧看到了她畏缩胆怯的目光正处处躲闪他，她踮着的小脚也有些颤抖。媒婆压低了粗哑的嗓门神色慌张地告诉萧：他和杏的事发了，昨晚杏的哭叫声惊动了四邻。

三顺是昨天深夜回来的。那是萧刚刚离开后不久。姗姗来迟的梅雨开始零星地下了。这个深夜归来的精明的兽医几乎是一踏进院门就嗅出了气氛的异常。他身上散发出来的浓烈的鱼腥气和连日捕鱼带来的疲惫并没有妨碍他的细心的揣测。他将笨重的渔网搁在院里的鸡埘上，没有理会杏给他端来的烫脚的水盆。杏蹒跚的脚步和脸上还未消失的红晕激起他心中狐疑的涟漪。他将杏带到屋里，放下了窗帘。杏的双腿轻轻地战栗着，她温爱地摸了摸他长满粗硬胡须的两腮，推说去灶下生火做饭，正要离开卧室，三顺一把拽住了她。他轻轻地用手一推，杏倒退了几步就坐在了床沿上。三顺麻利地给杏脱掉了衣服和鞋子，将她抱起来扔在床上，随手放下了帐子，吹灭了桌上的油灯。杏在黑暗中听到了解皮带的声音，这种声音没能给她带来往日的兴奋，却使她预感到了灾祸的来临，她不由自主地哭了起来。当三顺潮湿的身体一接触到她的肌肤，杏的身体立刻就像触电一样变得僵硬。

萧从口袋里掏出了所有的铜板放在马三大婶手里，他并不是想付给这位连日奔波的老人酬劳，而是为了让她在说话的时候能安定下来。马三大婶的手握不紧这些铜板，她的手指像小兽一样跳跃着，有两枚从指缝中落到了沙地上。

三顺用粗麻绳将杏吊在了梁柱上，他打断了六根柳条之后，杏说出了萧的名字。邻人被杏的哭叫声惊醒，已是子夜时分。他们拥进了那堵红墙的院内，里屋的门上了闩，他们从门缝里看见杏赤裸的身体被吊着，就开始砸门。门是新银杏木做成的，他们砸扁了门上两个巨大的铁环，门上裂开了一道口子，有人想从门上的豁口伸手进去拨动门闩，但他们突然停住了。从门缝中和裂口朝里看的人都屏住了呼吸。人群圈外的人根本不知道屋子里发生的一切：三顺用一把劁猪用的小刀在油灯上淬了淬火，在杏的下腹处迅速地剜了一下。动作熟练得像从木瓜中往外掏瓢。杏已经无力叫喊了。她的身体剧烈地抽搐了几下，就昏过去了。

马三大婶的水烟早已吸完了。她像是被自己的叙述惊得目瞪口呆，又像是对这位一向老实巴交的年轻人荒唐的举动感到永远的意外。今天清晨，好心的几个女人将昏迷不醒的杏用小船送到了她娘家——榆关。对于这件事，村里人并不感到新鲜，将不贞的女人阉了送回娘家是常有的事。马三大婶没有告诉萧更多的实情。其中最重要的一点就是：

已经在村里失踪的三顺曾四处扬言要杀死他。

第六天

尽管萧知道了三顺已经在村里失踪了，昨天下午，他还是拎着手枪到杏原先居住的红墙内转了一圈。院内依旧空阔。就在他准备离开这幢散发着奇异果香的红屋时，他发现有一个人影在竹林里闪了一下，他下意识地捏紧了手枪。枪内共有六发子弹，他现在变得异常的暴躁，直想找个人将这六发子弹射出去。竹林的稠密的叶子像是打了个寒噤似的动了一下，警卫员从里面走了出来，萧长长地舒了一口气。

当他们回到家里时，警卫员极其小心地提醒萧是不是该回棋山了，因为大战即将开始。萧愤怒地将手枪的枪柄重重地敲了一下桌子。母亲被屋里的声音惊动了，推门走了进来。她已经知道了村子里发生的一切，她想找个机会和儿子谈一谈。她惊恐地看见萧愤怒地瞪着警卫员，她走到桌边将手枪抓过来顺手塞进离她最近的一只抽屉内。

萧站起来，一言不发地走了出去。母亲小心翼翼地跟出来。她觉得一定得和儿子谈一次，因为她相信：既然三顺扬言要杀死她儿子，他一定会做到的。她深知这位异姓家族后代的禀性。三顺的父亲原来也是一个本分的打鱼人，他曾经为一次微不足道的口角挑起了一场三四十人的格斗。萧没有意识到母亲跟着他。他走进父亲生前的书房，就将房门关上了。

在父亲葬仪之后，从来没有人走进这间阴暗的尘封的屋子。萧点亮了桌上的油灯，挑亮了灯芯，灯芯上积满了灰尘。萧坐在父亲的写字桌前，凝望着父亲的那张挂在墙上的半身像。画像的边缘糊上了一圈黑框。黑框是用一方幔布精心剪成的。他仿佛看见了母亲在油灯下细心缝制的身影。这个村子里的人还不知道世上早已发明了照相术，他父亲的像是请一位卖膏药的郎中画的，这位江湖画师把父亲的眼眶画得浅了一些。另外那套马褂也似乎太不合身。他能够从这张走了样的画像中看出画师在他父亲的眼神上耗费了匠心。这种深邃而坦然的眼神是他曾经非常熟悉的，他在离家出走的前夕，父亲正躺在院子里的藤椅上阅读一个姓梅的古行吟诗人的诗抄。父亲的后半生几乎天天都要捧起这本诗抄。他知道哥哥去黄埔军校曾得到父亲无言的赞许，他渴望父亲能像往日一样看穿他要从军的意图，从而给他指点。那天他围在父亲的身边踯躅了好久。父亲没有注意到他。这时，他从庭院的门中看见了远远的被太阳照得炫目的涟水河，河滩赭黄的沙地，沙地上搁浅的小船，和他一起去投军的一个同伴正在向他招手。那是黄昏时分。他一直没有弄清他给孙传芳的一个部下当勤务兵的时候，父亲是否也表示了默许。后来在频繁的战事中，他越来越怀疑自己是不是在无意之中违背了父亲的意愿。

父亲的褐红色的座椅被磨成了浅黄，雕花红木制成的高大的书架依然明澈得能照见人影。他随手拿起桌上的一本父亲临终前的手稿翻着，那手稿压在一柄刻有"涟水糯墨"的砚台下。在他翻阅的一瞬间他突然看到这本父亲用来临摹汉魏碑帖的毛边纸簿中抄录了父亲写给兄长的一封书信。由于毛笔吸墨不多，字迹显得过于苍劲、粗粝。萧在这封信的最后几行发现了自己的名字。

至于萧父亲写道：我不再奢望能见他一面，他的军队不久就要覆没，我现在不像以前一样担心，担心听到他的死讯。

萧觉得自己的脊椎像是被针刺了一下。尽管他的父亲在字里行间并没有多少责备他的意味。他还是感觉到了耻辱。他在父亲的桌前呆呆地坐着。下午的时光像沙子一样流走了。他天生的高傲和倔强使他强迫自己镇定下来，他像是第一次从小河的这些天浑浑噩噩的梦魇中苏醒过来，本来他已不再期待什么了，现在，强烈的好胜的欲望使他想立即赶回部队。他回忆起不久前看到的一份前线的战报，孙传芳的部队在北伐军的攻击下已濒于彻底崩溃的边缘。72师、31师的不战而降在本来就军心涣散的将士中投下了无法消除的阴影。萧似乎感觉到了一种不祥的预感正向他袭来，但这种感觉很快就消失了，他的任性和醉心于幻想的禀性使他寄希望于不久后开始的战役。他想，既然自己已没有其他出路，他只有铤而走险。他不知道这种荒唐的愿望是出于对父亲的怨恨和嘲笑，还是乞求父亲的在天之灵对自己的错误抉择给予原宥。他决定立刻赶回棋山。

就在他站起身准备离开父亲书房的瞬间，他意念深处滑过的一个极其微弱的念头使他又一次改变了自己的初衷。

他想到了杏。

他的眼前出现了杏那温柔而迷惘的目光。像是一阵清冽的果香在他面前飘拂而过。他回忆起在榆关过的那个炎热的夏天，临水而筑的药房竹楼。他想起了在纷飞的战火中她影子重重叠叠地闪现的时刻，想起了他来到小河的这些天给她带来的灾难。一种深深的原罪感在他的心头暗暗滋长了。

傍晚的时候，萧告诉母亲他今夜将去榆关。母亲对儿子的话没有感到意外。她知道自从萧去榆关学医的时候起，他的灵魂就被那个表舅的女儿悄悄地偷走了。她坐在桌边没有说话，无神地看着萧，身体有些颤抖。警卫员喝得酩酊大醉，他像是蒙蒙眬眬地知道了萧要去榆关，他挣扎着伸直了双腿，准备从床上坐起来，但他刚刚微微抬起了头又重重地摔在床上，沉沉地睡去了。

榆关离小河有二十里水路，一个晚上来回足够了。萧走出院门的时候，天已经快黑了。他走过村子中间的空空荡荡的扇形晒场，看到了上灯时分涟水河边零星的渔火。他深深地吸了一口气，加快了步子，他的耳畔传来了渐深的夜色中春米的木桩敲击石臼的声音。

他来到涟水河边，正要去那片洒满夜露的晚茶花丛解开船缆的时候，黑夜中像是有几十个黑影迅速地在他身后闪了一下。萧回过头，看到了三顺和几个他不相识的人手持杀猪刀朝他逼过来。

黑影慢慢地朝前挪动着步子，九寸长的刀子在他们手里跳跃着。萧已经退到了河边，他能够清晰地听见涟水河静静地流淌的水声。他徒然地将手按在腰中空空的手枪皮套上。由于一阵忙乱，他出门时竟忘了带手枪。那支装有六发子弹的手枪此刻正关在卧室桌子的抽屉里。三顺没有走上来，他倚在一棵刺树下，嚼着树叶，冷静地看着他手下的人将萧围起来捅死。突然，他吐掉了嘴里嚼烂的碎叶，迅速地朝萧走过来，他像是突然想起了什么：

你的那个警卫员呢？

围着萧的几个黑影也像是猛然醒悟过来，他们立刻撇下萧钻入从林，四下小心地搜索起来。他们现在相信，警卫员似乎应该就在附近。三顺用刀尖支起萧的下巴：

你的那个警卫员在哪儿？

他喝醉了——萧平静地说。三顺从鼻子里轻轻地哼了一声，没有再说什么。不一会儿，钻进丛林里去的人又一个个闪了出来，他们身上沾满了蛛网和露水。这时，月亮从云层里出现了，他们彼此能够看清对方的脸，三顺知道他手下的人没有搜出什么。

他满心狐疑地打量了一下萧，他对萧回部队不带警卫员感到茫然不解。他的目光紧盯着萧的脸，忽然他的嘴角浮现出一丝不易为人察觉的神色：

你是去榆关看那个婊子吧？

萧没有搭腔。他安详地看着眼前已经发生的一切，同时，他也明白那个阴冷恐怖的将来已经悄悄地来临了。

沉默又重新包围了他们。过了许久，萧听到了一声轻微的长叹，三顺已经将手里的那把杀猪刀扔进了涟水河，转过身径自走了。他在进入丛林前又回过头来朝他手下的几个人摆摆手：

放了他。

也许是萧对于一个已经废掉的女人的迷恋感染了他，也许是他内心深处莫名其妙的喜怒无常，三顺放弃了杀死萧的想法。

当萧朦朦胧胧地想到了这一切的时候，那些人已经在夜幕中消失了。

第七天（结局）

萧从榆关赶回小河已是次日凌晨。在天边泛出的紫红色熹微的光亮中，他依旧在那片晚茶花丛拴好了小船。迷蒙的水雾遮住了村子的轮廓，水牛在河边的柳树林里喷着响鼻。这是一个凉爽的黄梅天。萧轻轻地穿过弄堂的时候，狭窄的深巷里回荡着他的脚步声，蜷缩在村里竹篱旁的狗没有吠叫，它们显然把他当成了熟人。萧不禁回忆起第一天来到这个村子时几乎是完全相同的清晨。昨晚的河边幸免于难使他在黎明的和风中感觉良好。

萧来到自家的院门前，母亲已经起来了，她正在清扫院子。萧和母亲打了个招呼，径直朝里屋走去。

他跨进房门的时候，警卫员坐在桌边等他。他正在感叹这个一贯贪睡的年轻人第一次起得这么早，警卫员迅速地拉开抽屉，抓起那支手枪对准了他。

萧起先还以为警卫员在和他开玩笑。但是他立刻从警卫员嘴角的一丝冷笑中感到了情况的不妙。接着他听到了这位一向不善言谈的警卫员迄今为止最冗长的一段话：

31师弃城投降后，我就一直奉命监视你。攻陷榆关的是你哥哥的部队，如果有人向他传递情报，整个涟水河流域的防御计划就将全部落空。在离开棋山来小河的前夕，我接到了师长的秘密指令：如果你去榆关，我就必须把你打死。

萧似乎已经闻到了火药硫黄的气味。他强迫自己镇静下来，但由于连夜奔波的疲惫和突如其来的死亡威胁造成的紧张，他的双腿失去控制地剧烈颤动起来。他觉得自己的所有神经都绷紧了。喉咙几乎像被一团棉絮塞住了，他要说的话全被堵死在意识深处，这无异于是自己承认了背叛。最后他用不连贯的声调说了一句：

你可以把我押回去，让师部审问我。

警卫员狡黠地一笑：在你的军营里枪毙一个旅长会扰乱军心的。再说，大战即将开始——已经没有时间了。

萧没等警卫员说完敏捷地蹬翻了那张桌子，一侧身跳出了里屋。他冲到院子里的时候，他的母亲正在把院子门关紧准备抓鸡。萧像是一只疲狼窜到了院门外，已经来不及拔闩了。他无可奈何地转过身。

警卫员握着手枪走近了他。

天已经突然亮了。黎明的暗红的光消失之后，天空飘飘洒洒地下起了小雨。面对那管深不可测的枪口，萧的眼前闪现的种种往事像散落在河面上的花瓣一样流动、消失了。他又一次沉浸在对突如其来的死亡的深深的恐惧和茫然的遐想中。他回忆起道人闪烁其词的忠告，现在，迫使他跨入地狱之门的似乎不是盛满美酒的酒盅，而是黑乎乎的枪口，他莫名其妙地感到了一丝遗憾。他看见母亲在离他不远的鸡埘旁吃惊地望着他。她已经抓住了那只母鸡。萧望着母亲矮小的身影——在抓鸡的时候她打皱的裤子上粘满了鸡毛和泥土，突然涌起了强烈的想拥抱她的欲望。他在听到枪声的一刹那，感到有一股湿糊糊的液体贴着他的肚皮和大腿往下流。

警卫员站在离萧只有三步远的地方，非常认真地打完了六发子弹。

（原载《收获》1987年第6期）

妻妾成群

苏 童

　　四太太颂莲被抬进陈家花园的时候是十九岁，她是傍晚时分由四个乡下轿夫抬进花园西侧后门的，仆人们正在井边洗旧毛线，看见那顶轿子悄悄地从月亮门里挤进来，下来一个白衣黑裙的女学生。仆人们以为是在北平读书的大小姐回家了，迎上去一看不是，是一个满脸尘土疲惫不堪的女学生。那一年颂莲留着齐耳的短发，用一条天蓝色的缎带箍住，她的脸是圆圆的，不施脂粉，但显得有点苍白。颂莲钻出轿子，站在草地上茫然环顾。黑裙下面横着一只藤条箱子。在秋日的阳光下颂莲的身影单薄纤细，散发出纸人一样呆板的气息。她抬起胳膊擦着脸上的汗，仆人们注意到她擦汗不是用手帕而是用衣袖，这一点给他们留下了深刻的印象。

　　颂莲走到水井边，她对洗毛线的雁儿说，"让我洗把脸吧，我三天没洗脸了。"雁儿给她吊上一桶水，看着她把脸埋进水里，颂莲的弓着的身体像腰鼓一样被什么击打着，簌簌地抖动。雁儿说："你要肥皂吗？"颂莲没说话，雁儿又说，"水太凉是吗？"颂莲还是没说话。雁儿朝井边的其他女佣使了个眼色，捂住嘴笑，女佣们猜测来客是陈家的哪个穷亲戚。他们对陈家的所有来客几乎都能判断出各自的身份。大概就是这时候颂莲猛地回过头，她的脸在洗濯之后泛出一种更加醒目的寒意，眉毛很细很黑，渐渐地拧起来。颂莲瞟了雁儿一眼，她说："你傻笑什么，还不去把水泼掉？"雁儿仍然笑着："你是谁呀，这么厉害？"颂莲搡了雁儿一把，拎起藤条箱子离开井边，走了几步她回过头，说："我是谁？你们迟早要知道的。"

　　第二天陈府的人都知道陈佐千老爷娶了四太太颂莲。颂莲住在后花园的南厢房里，紧挨着三太太梅珊的住处。陈佐千把原先下房里的雁儿给四太太做了使唤丫鬟。

　　第二天雁儿去见颂莲的时候心里胆怯，低着头喊了声四太太，但颂莲已经忘了雁儿对她的冲撞，或者颂莲根本就没记住雁儿是谁。颂莲这天换了套粉绸旗袍，脚上趿双绣花拖鞋，她脸上的气色一夜间就恢复过来，看上去和气许多，她把雁儿拉到身边，端详一番，对旁边的陈佐千说，她长得还不算讨厌。然后她对雁儿说，你蹲下，我看看你的头发。雁儿蹲下来感觉到颂莲的手在挑她的头发，仔细地察看什么，然后她听见颂莲说："你没有虱子吧，我最怕虱子。"雁儿咬住嘴唇没说话，她觉得颂莲的手像冰凉的刀锋切割她的头发，有一点疼痛。颂莲说，"你头上什么味？真难闻，快拿块香皂洗头去。"雁儿站起来，她垂着手站在那儿不动。陈佐千瞪了她一眼："没听见四太太说话？"雁儿说："昨天才洗过头。"陈佐千拉高嗓门喊："别废话，让你去洗就得去洗，小心揍你。"

　　雁儿端了一盆水在海棠树下洗头，洗得委屈，心里的气恨像一块铁坠在那里。午后阳光照射着两棵海棠树，一根晾衣绳拴在两棵树上，四太太颂莲的白衣黑裙在微风中摇曳。雁儿朝四处环顾一圈，后花园阒寂无人，她走到晾衣绳那儿，朝颂莲的白衫上吐了一口唾沫，朝黑裙上又吐了一口。

陈佐千这年刚好五十挂零。陈佐千五十岁时纳颂莲为妾,事情是在半秘密状态下进行的。直到颂莲进门的前一天,原配太太毓如还浑然不知。陈佐千带着颂莲去见毓如,毓如在佛堂里捻着佛珠诵经。陈佐千说,这是大太太。颂莲刚要上去行礼,毓如手里的佛珠突然断了线,滚了一地,毓如推开红木靠椅下地捡佛珠,口中念念有词,罪过,罪过。颂莲想帮去捡,被毓如轻轻地推开,她说,罪过,罪过,始终没抬眼看颂莲一眼。颂莲看着毓如肥胖的身体伏在潮湿的地板上捡佛珠,捂着嘴无声地笑了一笑,她看看陈佐千,陈佐千说,好吧,我们走了。颂莲跨出佛堂门槛,就挽住陈佐千的手臂,说:"她有一百岁了吧,这么老?"陈佐千没说话,颂莲又说,"她信佛?怎么在家里念经?"陈佐千说:"什么信佛,闲着没事干,滥竽充数罢了。"

颂莲在二太太卓云那里受到了热情的礼遇。卓云让丫鬟拿了西瓜子、葵花子、南瓜子还有各种蜜饯招待颂莲。他们坐下后卓云的头一句话就是说瓜子,这儿没有好瓜子,我嗑的瓜子都是托人从苏州买来的。颂莲在卓云那里嗑了半天瓜子,嗑得有点厌烦,她不喜欢这些零嘴,又不好表露出来。颂莲偷偷地瞟陈佐千,示意离开,但陈佐千似乎有意要在卓云这里多待一会儿,对颂莲的眼神视若无睹。颂莲由此判断陈佐千是宠爱卓云的,眼睛就不由得停留在卓云的脸上、身上。卓云的容貌有一种温婉的清秀,即使是细微的皱纹和略显松弛的皮肤也遮掩不了,举手投足间,更有一种大家闺秀的风范。颂莲想,卓云这样的女人容易讨男人喜欢,女人也不会太讨厌她。颂莲很快地就喊卓云姐姐了。

陈家前三房太太中,梅珊离颂莲最近,但却是颂莲最后一个见到的。颂莲早就听说梅珊的倾国倾城之貌,一心想见她,陈佐千不肯带她去。他说,这么近,你自己去吧。颂莲说,我去过了,丫鬟说她病了,拦住门不让我进。陈佐千鼻孔里哼了一声，她一不高兴就称病。又说，她想爬到我头上来。颂莲说，你让她爬吗？陈佐千挥挥手说，休想，女人永远爬不到男人的头上来。

颂莲走过北厢房，看见梅珊的窗上挂着粉色的抽纱窗帘，屋里透出一股什么草花的香气。颂莲站在窗前停留了一会儿，忽然忍不住心里偷窥的欲望。她屏住气轻轻掀开窗帘，这一掀差点把颂莲吓得灵魂出窍，窗帘后面的梅珊也在看她，目光相撞，只是刹那间的事情，颂莲便仓皇地逃走了。

到了夜里，陈佐千来颂莲房里过夜。颂莲替他把衣服脱了，换上睡衣，陈佐千说，我不穿睡衣，我喜欢光着睡。颂莲就把目光掉开去，说，随便你，不过最好穿上睡衣，会着凉。陈佐千笑起来，你不是怕我着凉，你是怕我光着屁股。颂莲说，我才不怕呢。她转过脸时颊上已经绯红。这是她头一次清晰地面对陈佐千的身体，陈佐千形同仙鹤，干瘦细长，生殖器像弓一样绷紧着。颂莲有点透不过气来，她说，你怎么这样瘦？陈佐千爬到床上，钻进丝绵被窝里说，让她们掏的。

颂莲侧身去关灯，被陈佐千拦住了，陈佐千说，别关，我要看你，关上灯就什么也看不见了。颂莲摸了摸他的脸说，随便你，反正我什么也不懂，听你的。

颂莲仿佛从高处往一个黑暗深谷坠落，疼痛、晕眩伴随着轻松的感觉。奇怪的是意识中不断浮现梅珊的脸，那张美丽绝伦的脸也隐没在黑暗中间。颂莲说，她真怪。你说谁？三太太，她在窗帘背后看我。陈佐千的手从颂莲的乳房上移到嘴唇上，别说话，现在别说话。就是这时候房门被轻轻敲了两记。两个人都惊了一下，陈佐千朝颂莲摇摇头，拉灭了灯。隔了不大一会儿，敲门声又响起来。陈佐千跳起来，恼怒地吼起来，谁敲门？门外响起一个怯生生的女孩声音，三太太病了，喊老爷去。陈佐千说，撒谎，又撒谎，回去对她说我睡下了。门外的女孩说，三太太得的急病，非要你去呢。她说她快死了。陈佐千坐在床上想了会儿，自言自语说她又耍什么花招。颂莲看着他左右为难的样子，推了他一把，你就去吧，真死了可不好说。

这一夜陈佐千没有回来。颂莲留神听北厢房的动静，好像什么事也没有。唯有知更鸟在石榴树上啼啭几声，留下凄清悠远的余音。颂莲睡不着了，人浮在怅然之上，悲哀之下，第二天早早起来梳妆，她看见自己的脸发生了某种深刻的变化，眼圈是青黑色的。颂莲已经知道梅珊是怎么回事，但第二天看见陈佐千从北厢房出来时，颂莲还是迎上去问梅珊的病情，给三太太请医生了吗？陈佐千尴尬地摇摇头，他满面倦容，话也懒得说，只是抓住颂莲的手软绵绵地捏了一下。

颂莲上了一年大学后嫁给陈佐千，原因很简单，颂莲父亲经营的茶厂倒闭了，没有钱负担她的费用。颂莲辍学回家的第三天，听见家人在厨房里乱喊乱叫，她跑过去一看，父亲斜靠在水池边，池子里是满满一池血水，泛着气泡。父亲把手上的静脉割破了，很轻松地上了黄泉路。颂莲记得她当时绝望的感觉，她架着父亲冰凉的身体，她自己整个比尸体更加冰凉。灾难临头她一点也哭不出来。那个水池后来好几天没人用，颂莲仍然在水池里洗头。颂莲没有一般女孩无谓的怯懦和恐惧。她很实际。父亲一死，她必须自己负责自己了。在那个水池边，颂莲一遍遍地梳洗头发，借此冷静地预想以后的生活。所以当继母后来摊牌，让她在做工和嫁人两条路上选择时，她淡然地回答说，当然嫁人。继母又问，你想嫁个一般人家还是有钱人家？颂莲说，当然有钱人家，这还用问？继母说，那不一样，去有钱人家是做小。颂莲说，什么叫做小？继母考虑了一下，说，就是做妾，名分是委屈了点。颂莲冷笑了一声，名分是什么？名分是我这样人考虑的吗？反正我交给你卖了，你要是顾及父亲的情义，就把我卖个好主吧。

陈佐千第一次去看颂莲。颂莲闭门不见，从门里扔出一句话，去西餐社见面。陈佐千想毕竟是女学生，总有不同凡俗之处，他在西餐社订了两个位置，等着颂莲来。那天外面下着雨，陈佐千隔窗守望外面细雨蒙蒙的街道，心情又新奇又温馨，这是他前三次婚姻中从所未有的。颂莲打着一顶细花绸伞姗姗而来，陈佐千就开心地笑了。颂莲果然是他想象中漂亮洁净的样子，而且那样年轻。陈佐千记得颂莲在他对面坐下，从提袋里掏出一大把小蜡烛。她轻声对陈佐千说，给我要一盒蛋糕好吧。陈佐千让侍者端来了蛋糕，然后他看见颂莲把小蜡烛一根一根地插上去，一共插了十九根，剩下一根她收回包里。陈佐千说，这是干什么，你今天过生日？颂莲只是笑笑，她把蜡烛点上，看着蜡烛亮起小小的火苗。颂莲的脸在烛光里变得玲珑剔透，她说，你看这火苗多可爱。陈佐千说，是可爱。说完颂莲就长长地吁了口气，噗地把蜡烛吹灭。陈佐千听见她说，提前过生日吧，十九岁过完了。

陈佐千觉得颂莲的话里有回味之处，直到后来他也经常想起那天颂莲吹蜡烛的情景，这使他感到颂莲身上某种微妙而迷人的力量。作为一个富有性经验的男人，陈佐千更迷恋的是颂莲在床上的热情和机敏。他似乎在初遇颂莲的时候就看见了销魂种种，以后果然被证实。难以判断颂莲是天性如此还是曲意奉承，但陈佐千很满足，他对颂莲的宠爱，陈府上下的人都看在眼里。

后花园的墙角那里有一架紫藤，从夏天到秋天，紫藤花一直沉沉地开着。颂莲从她的窗口看见那些紫色的絮状花朵在秋风中摇曳，一天天地清淡。她注意到紫藤架下有一口井，而且还有石桌和石凳，一个挺闲适的去处却见不到人，通往那里的甬道上长满了杂草。蝴蝶飞过去，蝉也在紫藤枝叶上唱，颂莲想起去年这个时候，她是坐在学校的紫藤架下读书的，一切都恍若惊梦。颂莲慢慢地走过去，她提起裙子，小心不让杂草和昆虫碰蹭，慢慢地撩开几枝藤叶，看见那些石桌石凳上积了一层灰尘。走到井边，井台石壁上长满了青苔，颂莲弯腰朝井中看，井水是蓝黑色的，水面上也浮着陈年的落叶，颂莲看见自己的脸在水中闪烁不定，听见自己的喘息声被吸入井中放大了，沉闷而微弱。有一阵风吹过来，把颂莲的裙子吹得如同飞鸟，颂莲这时感到一种坚硬的凉意，像石头一样慢慢敲她的身体，颂莲开始往回走，往回走的速度很快，回到南厢房的廊下，她吐出一口气，回头又看那个紫藤架，架上倏地落下两三串花，很突然地落下来，颂莲觉得这也很奇怪。

卓云在房里坐着，等着颂莲。她乍地发觉颂莲的脸色很难看，卓云起来扶着颂莲的腰，你怎么啦？颂莲说，我怎么啦？我上外面走了走。卓云说，你脸色不好，颂莲笑了笑说身上来了。卓云也笑，我说老爷怎么又上我那儿去了呢。她打开一个纸包，拉出一卷丝绸来，说，苏州的真丝，送你裁件衣服。颂莲推卓云的手，不行，你给我东西，怎么好意思，应该我给你才对。卓云嘘了一声，这是什么道理？我见你特别可心，就想起来这块绸子，要是隔壁那女人，她掏钱我也不给，我就是这脾气。颂莲就接过绸子放在膝上摩挲着，说，三太太是有点怪。不过，她长得真好看。卓云说，好看什么？脸上的粉霜一刮掉半斤。颂莲又笑，转了话题，我刚才在紫藤架那儿待了会儿，我挺喜欢那儿的。卓云就叫起来，你去死人井了？别去那儿，那儿晦气。颂莲吃惊道，怎么叫死人井？卓云说，怪不得你进屋脸色不好，那井里死过三个人。颂莲站起身伏在窗口朝紫藤架张望，都是什么人死在井里了？卓云说，都是上代的家眷，都是女的。颂莲还要打听，卓云就说不上来了。卓云只知道这些，她说陈家上下忌讳这些事，大家都守口如瓶。颂莲愣了一会儿，说，这些事情，不知道就不知道罢。

陈家的少爷小姐都住在中院里。颂莲曾经看见忆容和忆云姐妹俩在泥沟边挖蚯蚓，喜眉喜眼天真烂漫的样子，颂莲一眼就能判断她们是卓云的骨血。她站在一边悄悄地看她们，姐妹俩发觉了颂莲，仍然旁若无人，把蚯蚓灌到小竹筒里。颂莲说，你们挖蚯蚓做什么？忆容说，钓鱼呀，忆云却不客气地白了颂莲一眼，不要你管。颂莲有点没趣，走出几步，听见姐妹俩在嘀咕，她也是小老婆，跟妈一样。颂莲一下蒙了，她回头愤怒地盯着她们看，忆容哧哧地笑着，忆云却丝毫不让地朝她撇嘴，又嘀咕了一句什么。颂莲心想这叫什么事儿，小小年纪就会说难听话。天知道卓云是怎么管这姐妹俩的。

颂莲再碰到卓云时，忍不住就把忆云的话告诉她。卓云说，那孩子就是嘴上没拦的，看我回去拧她的嘴。卓云赔礼后又说，其实我那两个孩子还算省事的，你没见隔壁小少爷，跟狗一样的，见人就咬，吐唾沫。你有没有挨他咬过？颂莲摇摇头，她想起隔壁的小男孩飞澜，站在门廊下，一边啃面包，一边朝她张望，头发梳得油光光的，脚上穿着小皮鞋，颂莲有时候从飞澜脸上能见到类似陈佐千的表情，她从心理上能接受飞澜，也许因为她内心希望给陈佐千再生一个儿子。男孩比女孩好，颂莲想，管他咬不咬人呢。

只有毓如的一双儿女，颂莲很久都没见到。显而易见的是他们在陈府的地位。颂莲经常听到关于对飞浦和忆惠的谈论。飞浦一直在外面收账，还做房地产生意，而忆惠在北平的女子大学读书。颂莲不经意地向雁儿打听飞浦，雁儿说，我们大少爷是有本事的人。颂莲问，怎么个有本事法？雁儿说，反正有本事，陈家现在都靠他。颂莲又问雁儿，大小姐怎么样？雁儿说，我们大小姐又漂亮又文静，以后要嫁贵人的。颂莲心里暗笑，雁儿褒此贬彼的话音让她很厌恶，她就把气发到裙裾下那只波斯猫身上，颂莲抬脚把猫踢开，骂道，贱货，跑这儿舔什么骚？

颂莲对雁儿越来越厌恶，至关重要的一点是她没事就往梅珊屋里跑，而且雁儿每次接过颂莲的内衣内裤去洗时，总是一脸不高兴的样子。颂莲有时候就训她，你挂着脸给谁看，你要不愿跟我就回下房去，去隔壁也行。雁儿申辩说，没有呀，我怎么敢挂脸，天生就没有脸。颂莲抓过一把梳子朝她砸过去，雁儿就不再吱声了。颂莲猜测雁儿在外面没少说她的坏话。但她也不能对她太狠，因为她曾经看见陈佐千有一次进门来顺势在雁儿的乳房上摸了一把，虽然是瞬间的很自然的事，颂莲也不得不节制一点，要不然雁儿不会那么张狂。颂莲想，连个小丫鬟也知道靠那一把壮自己的胆，女人就是这种东西。

到了重阳节的前一天，大少爷飞浦回来了。

颂莲正在中院里欣赏菊花，看见毓如和管家都围拢着几个男人，其中一个穿白西服的很年轻，远看背影很魁梧的，颂莲猜他就是飞浦。她看着下人走马灯似的把一车行李包裹运到后院去，渐渐地人都进了屋，颂莲也不好意思进去，她摘了枝菊花，慢慢地踱向后花园，路上看见卓云和梅珊，带着孩子往这边走。卓云拉住颂莲说，大少爷回家了，你不去见见面？颂莲说，我去见他？应该他来见我吧。卓云说，说的也是，应该他先来见你。一边的梅珊则不耐烦地拍拍飞澜的头颈，快走快走。

颂莲真正见到飞浦是在饭桌上。那天陈佐千让厨子开了宴席给飞浦接风，桌上摆满了精致丰盛的菜肴，颂莲逡巡着桌子，不由得想起初进陈府那天，桌上的气派远不如飞浦的接风宴，心里有点犯酸，但是很快她的注意力就转移到飞浦身上了。飞浦坐在毓如身边，毓如对他说了句什么，然后飞浦就欠起身子朝颂莲微笑着点了点头。颂莲也颔首微笑。她对飞浦的第一个感觉是他出乎意料的英俊年轻，第二个感觉是他很有心计。颂莲往往是喜欢见面识人的。

第二天就是重阳节了，花匠把花园里的菊花盆全搬到一起去，五颜六色地搭成福、禄、寿、禧四个字。颂莲早早地起来，一个人绕着那些菊花边走边看，早晨有凉风，颂莲只穿了一件毛背心，她就抱着双肩边走边看。远远地她看见飞浦从中院过来，朝这里走。颂莲正犹豫着是否先跟他打招呼，飞浦就喊起来，颂莲你早。颂莲对他直呼其名有点吃惊，她点点头，说，按辈分你不该喊我名字。飞浦站在花圃的另一边，笑着系上衬衫的领扣，说，应该叫你四太太，但你肯定比我小几岁呢，你多大？颂莲显出不高兴的样子侧过脸去看花。飞浦说，你也喜欢菊花？我原以为大清早的可以先抢风水，没想你比我还早。颂莲说，我从小就喜欢菊花，可不是今天才喜欢的。飞浦说，最喜欢哪种？颂莲说，都喜欢，就讨厌蟹爪。飞浦说，那是为什么？颂莲说，蟹爪开得太张狂。飞浦又笑起来说，有意思了，我偏偏最喜欢蟹爪。颂莲睃了飞浦一眼，我猜到你会喜欢它。飞浦又说，那又为什么？颂莲朝前走了几步，说，花非花，人非人，花就是人，人就是花，这个道理你不明白？颂莲猛地抬起头，她察觉出飞浦的眼神里有一种异彩水草般地掠过，她看见了，她能够捕捉它。飞浦又腰站在菊花那一侧，突然说，我把蟹爪换掉吧。颂莲没有说话。她看着飞浦把蟹爪换掉，端上几盆墨菊摆上。过了一会儿，颂莲又说，花都是好的，摆的字不好，太俗气。飞浦拍拍手上的泥，朝颂莲挤挤眼睛，那就没办法了，福禄寿禧是老爷让摆的，每年都这样，老祖宗传下来的规矩。

颂莲后来想起重阳赏菊的情景，心情就愉快。好像从那天起，她与飞浦之间有了某种默契，颂莲想着飞浦如何把蟹爪搬走，有时会笑出声来。只有颂莲自己知道，她并不是特别讨厌那种叫蟹爪的菊花。

你最喜欢谁？颂莲经常在枕边这样问陈佐千，我们四个人，你最喜欢谁？陈佐千说那当然是你了。毓如呢？她早就是只老母鸡了。卓云呢？卓云还凑合着但她有点松松垮垮的了。那么梅珊呢？颂莲总是克制不住对梅珊的好奇心，梅珊是哪里人？陈佐千说，她是哪里人我也不知道，连她自己也不知道。颂莲说那梅珊是孤儿出身？陈佐千说，她是戏子，京剧草台班里唱旦角的。我是票友，有时候去后台看她，请她吃饭，一来二去的她就跟我了。颂莲拍拍陈佐千的脸说，是女人都想跟你。陈佐千说，你这话对了一半，应该说是女人都想跟有钱人。颂莲笑起来，你这话也才对了一半，应该说有钱人有了钱还要女人，要也要不够。

颂莲从来没有听见梅珊唱过京戏，这天早晨窗外飘过来几声悠长清亮的唱腔，把颂莲从梦中惊醒，她推推身边的陈佐千问是不是梅珊在唱？陈佐千迷迷糊糊地说，她高兴了就唱，不高兴了就哭，狗娘养的。颂莲推开窗子，看见花园里夜来降了雪白的秋霜，在紫藤架下，一个穿黑衣黑裙的女人且舞且唱着。果然就是梅珊。

颂莲披衣出来，站在门廊上远远地看着那里的梅珊。梅珊已沉浸其中，颂莲觉得她唱得凄凉婉转，听得心也浮了起来。这样过了好久，梅珊戛然而止，她似乎看见了颂莲的眼睛里充满了泪影。梅珊把长长的水袖搭在肩上往回走，在早晨的天光里，梅珊的脸上、衣服上跳跃着一些水晶色的光点，她的绾成圆髻的头发被霜露打湿，这样走着她整个显得湿润而忧伤，仿佛风中之草。

你哭了？你活得不是很高兴吗，为什么哭？梅珊在颂莲面前站住，淡淡地说。颂莲掏出手绢擦了擦眼角，她说也不知是怎么了，你唱的戏叫什么？叫《女吊》。梅珊说你喜欢听吗？我对京戏一窍不通，主要是你唱得实在动情，听得我也伤心起来。颂莲说着她看见梅珊的脸上第一次露出和善的神情，梅珊低下头看看自己的戏装，她说，本来就是做戏嘛，伤心可不值得。做戏做得好能骗别人，做得不好只能骗骗自己。

陈佐千在颂莲屋里咳嗽起来，颂莲有些尴尬地看看梅珊。梅珊说，你不去伺候他穿衣服？颂莲摇摇头说他自己穿，他又不是小孩子。梅珊便有点悻悻的，她笑了笑说他怎么要我给他穿衣穿鞋，看来人是有贵贱之分。这时候陈佐千又在屋里喊起来，梅珊，进屋来给我唱一段！梅珊的细柳眉立刻挑起来，她冷笑一声，跑到窗前冲里面说，老娘不愿意！

颂莲见识了梅珊的脾气。当她拐弯抹角地说起这个话题时，陈佐千说，都怪我前些年把她娇宠坏了。她不顺心起来敢骂我家祖宗八代。陈佐千说这狗娘养的小婊子，我迟早得狠狠收拾她一回。颂莲说，你也别太狠心了，她其实挺可怜，没亲没故的，怕你不疼她，脾气就坏了。

以后颂莲和梅珊有了些不冷不热的交往。梅珊迷麻将，经常招呼人去她那里搓麻将，从晚饭过后一直搓到深更半夜。颂莲隔着墙能听见隔壁洗牌的哗啦哗啦的声音，吵得她睡不好觉。她跟陈佐千发牢骚，陈佐千说，你就忍一忍吧，她搓上麻将还算正常一点，反正她把钱输光了我不会给她的，让她去搓，让她去作死。但是有一回梅珊差丫鬟来叫颂莲上牌桌了，颂莲一句话把丫鬟挡了回去，她说，我去搓麻将？亏你们想得出来。丫鬟回去后梅珊自己来了，她说，三缺一，赏个脸吧。颂莲说我不会呀，不是找输吗？梅珊来拽她的胳膊，走吧，输了不收你钱，要不赢了归你，输了我付。颂莲说，那倒不至于，主要是我不喜欢。她说着就看见梅珊的脸挂下来了，梅珊哼了一声说，你这里有什么呀？好像守着个大金库不肯挪一步，不过就是个干瘪老头罢了。颂莲被戗得恶火攻心，刚想发作，难听话溜到嘴边又咽回去了，她咬着嘴唇考虑了几秒钟说，好吧，我跟你去。

另外两个人已经坐在桌前等候了，一个是管家陈佐文，另一个不认识，梅珊介绍说是医生。那人戴着金丝边眼镜，皮肤黑黑的，嘴唇却像女性一样红润而柔情。颂莲以前见他出入过梅珊的屋子，她不知怎么就不相信他是医生。

颂莲坐在牌桌上心不在焉，她是真的不太会打，糊里糊涂就听见他们喊和了，自摸了。她只是掏钱，慢慢地她就心疼起来，她说，我头疼，想歇一歇了。梅珊说，上桌就得打八圈，这是规矩。你恐怕是输得心疼吧。陈佐文在一边说，没关系的，破点小财消灾灭祸。梅珊又说，你今天就算给卓云做好事吧，这一阵她闷死了，把老头儿借她一夜，你输的钱让她掏给你。桌上的两个男人都笑起来。颂莲也笑，梅珊你可真能逗乐，心里却像吞了只苍蝇。

颂莲冷眼观察着梅珊和医生间的眉目传情，她想什么事情都是逃不过她的直觉的。光洗牌时掉下一张牌以后，颂莲弯腰去捡，一下就发现了他们的四条腿的形状，藏在桌下的那四条腿原来紧缠在一起，分开时很快很自然，但颂莲是确确实实看见了。

颂莲不动声色。她再也不去看梅珊和医生的脸了。颂莲这时的心情很复杂，有点惶惑，有点紧张，还有一点幸灾乐祸。她心里说梅珊你活得也太自在了也太张狂了。

秋天里有很多这样的时候，窗外天色阴晦，细雨绵延不绝地落在花园里，从紫荆、石榴树的枝叶上溅起碎玉般的声音。这样的时候颂莲枯坐窗边，睇视外面晾衣绳上一块被雨淋湿的丝绢，她的心绪烦躁复杂，有的念头甚至是秘不可示的。

颂莲就不明白为什么每逢阴雨就会想念床笫之事。陈佐千是不会注意到天气对颂莲生理上的影响的。陈佐千只是有点招架不住的窘态。他说，年龄不饶人，我又最烦什么三鞭神油的。陈佐千抚摸颂莲粉红的微微发烫的肌肤，摸到无数欲望的小兔在她皮肤下面跳跃。陈佐千的手渐渐地就狂乱起来，嘴也俯到颂莲的身上。颂莲面色绯红地侧身躺在长沙发上，听见窗外雨珠迸裂的声音，颂莲双目微闭，呻吟道，主要是下雨了。陈佐千没听清，你说什么？项链？颂莲说，对，项链，我想要一串最好的项链。陈佐千说，你要什么我不给你？只是千万别告诉她们。颂莲一下子就翻身坐起来，她们？她们算什么东西？我才不在乎她们呢。陈佐千说，那当然，她们谁也比不上你。他看见颂莲的眼神迅速地发生了变化，颂莲把他推开，很快地穿好内衣走到窗前去了。陈佐千说你怎么了，颂莲回过头，幽怨地说，没情绪了，谁让你提起她们的？

陈佐千怏怏地和颂莲一起看着窗外的雨景，这样的时候整个世界都潮湿难耐起来。花园里空无一人，树叶绿得透出凉意，远远地那边的紫藤架被风掠过，摇晃有如人形。颂莲想起那口井，关于井的一些传闻。颂莲说，这园子里的东西有点鬼气。陈佐千说，哪来的鬼气？颂莲朝紫藤架努努嘴，喏，那口井。陈佐千说，不过就死了两个投井的，自寻短见的。颂莲说，死的谁？陈佐千说，反正你也不认识的，是上一辈的两个女眷。颂莲说，是姨太太吧。陈佐千脸色立刻有点难看了，谁告诉你的？颂莲笑笑说谁也没告诉我，我自己看见的，我走到那口井边，一眼就看见两个女人浮在井底里，一个像我，另一个还是像我。陈佐千说，你别胡说了，以后别上那儿去。颂莲拍拍手说，那不行，我还没去问问那两个鬼魂呢，她们为什么投井？陈佐千说，那还用问，免不了是些污秽事情吧。颂莲沉吟良久，后来她突然说了一句，怪不得这园子里修这么多井，原来是为寻死的人挖的。陈佐千一把搂过颂莲，你越说越离谱，别去胡思乱想。说着陈佐千抓住颂莲的手，让她摸自己的那地方，他说，现在倒又行了，来吧。我就是死在你床上也心甘情愿。

花园里秋雨萧瑟，窗内的房事因此有一种垂死的气息，颂莲的眼前是一片深深幽暗，唯有梳妆台上的几朵紫色雏菊闪烁着稀薄的红影。颂莲听见房门外有什么动静，她随手抓过一只香水瓶子朝房门上砸去。陈佐千说你又怎么了，颂莲说，她在偷看。陈佐千说，谁偷看？颂莲说是雁儿。陈佐千笑起来，这有什么可偷看的？再说她也看不见。颂莲厉声说，你别护她，我隔多远也闻得出她的骚味。

　　黄昏的时候，有一群人围坐在花园里听飞浦吹箫。飞浦换上丝绸衫裤，更显出他的倜傥风流。飞浦持箫坐在中间，四面听箫的多是飞浦做生意的朋友。这时候这群人成为陈府上下关注的中心，仆人们站在门廊上远远地观察他们，窃窃私语。其他在室内的人会听见飞浦的箫声像水一样幽幽地漫进窗口，谁也无法忽略飞浦的箫声。

　　颂莲往往被飞浦的箫声所打动，有时甚至泪涟涟的。她很想坐到那群男人中间去，离飞浦近一点，持箫的飞浦令她回想起大学里一个独坐空室拉琴的男生，她已经记不清那个男生的脸，对他也不曾有深藏的暗恋，但颂莲易于被这种优美的情景感化，心里是一片秋水涟漪。颂莲踟蹰半天，搬了一张藤椅坐在门廊上，静听着飞浦的箫声。没多久箫声沉寂了，那边的男人们开始说话。颂莲顿时就觉得没趣了，她想，说话多无聊，还不是你诓我我骗你的，人一说起话来就变得虚情假意的了。于是颂莲起身回到房里，她突然想起箱子里也有一管长箫，那是她父亲的遗物。颂莲打开那只藤条箱子，箱子好久没晒，已有一点霉味，那些弃之不穿的学生时代的衣裙整整齐齐地摞着，好像从前的日子尘封了，散出星星点点的怅然和梦想。颂莲把那些衣服腾空了，也没有见那管长箫。她明明记得离家时把箫放进箱底的，怎么会没有了呢？雁儿，雁儿你来。颂莲就朝门廊上喊。雁儿来了，说，四太太怎么不听少爷吹箫了，颂莲说，你有没有动过我的箱子？雁儿说，前一阵你让我收拾箱子的，我把衣服都叠好了呀。颂莲说，你有没有见一管箫？箫？雁儿说，我没见，男人才玩箫呢！颂莲盯住雁儿的眼睛看，冷笑了一声，那么说是你把我的箫偷去了？雁儿说，四太太你也别随便糟践人，我偷你的箫干什么呀？颂莲说，你自然有你的鬼念头，从早到晚心怀鬼胎，还装得没事人似的。雁儿说，四太太你别太冤枉人了，你去问问老爷少爷大太太二太太三太太，我什么时候偷过主子一个铜板的？颂莲不再理睬她，她轻蔑地瞟着雁儿，然后跑到雁儿住的小偏房去，用脚踩着雁儿的杂木箱子说，嘴硬就给我打开。雁儿去拖颂莲的脚，一边哀求说，四太太你别踩我的箱子，我真的没拿你的箫。颂莲看雁儿的神色心中越来越有底，她从屋角抓过一把斧子说，劈碎了看一看，要是没有明天给你个新的箱子。她咬着牙一斧劈下去，雁儿的箱子就散了架，衣物铜板小玩意儿滚了一地，颂莲把衣物都抖开来看，没有那管箫，但她忽然抓住一个鼓鼓的小白布包，打开一看，里面是个小布人，小布人的胸口刺着三枚细针。颂莲起初觉得好笑，但很快她就发觉小布人很像她自己，再细细地看，上面有依稀的两个墨迹：颂莲。颂莲的心好像真的被三枚细针刺着。一种尖锐的刺痛感。她的脸一下变得煞白。旁边的雁儿靠着墙，惊惶地看着她。颂莲突然尖叫了一声，她跳起来一把抓住雁儿的头发，把雁儿的头一次一次地往墙上撞。颂莲噙着泪大叫，让你咒我死！让你咒我死！雁儿无力挣脱，她只是软瘫在那里，发出断断续续的呜咽。颂莲累了，喘着气倏而想到雁儿是不识字的，那么谁在小布人上写的字呢？这个疑问使她更觉揪心，颂莲后来就蹲下身子来，给雁儿擦泪，她换了种温和的声调，别哭了，事儿过了就过了，以后别这样，我不记你仇。不过你得告诉我是谁给你写的字。雁儿还在抽噎着，她摇着头说，我不说，不能说。颂莲说，你不用怕，我也不会闹出去的，你只要告诉我我绝对不会连累你的。雁儿还是摇头。颂莲于是开始提示。是毓如？雁儿摇头。那么肯定是梅珊了？雁儿依然摇头。颂莲倒吸了一口凉气，她的声音有些颤抖了。是卓云吧？雁儿不再摇头了，她的神情显得悲伤而愚蠢。颂莲站起来，仰天说了一句，知人知面不知心哪，我早料到了。

陈佐千看见颂莲眼圈红肿着，一个人呆坐在沙发上，手里捻着一枝枯萎的雏菊。陈佐千说，你刚才哭过？颂莲说，没有呀，你对我这么好，我干什么要哭？陈佐千想了想说，你要是嫌闷，我陪你去花园走走，到外面吃消夜也行。颂莲把手中的菊枝又捻了几下，随手扔出窗外，淡淡地问，你把我的箫弄到哪里去了？陈佐千迟疑了一会儿，说，我怕你分心，收起来了。颂莲的嘴角浮出一丝冷笑，我的心全在这里，能分到哪里去？陈佐千也正色道，那么你说那箫是谁送你的？颂莲懒懒地说，不是信物，是遗物，我父亲的遗物。陈佐千就有点发窘说是我多心了，我以为是哪个男学生送你的。颂莲把手摊开来，说，快取来还我，我的东西我自己来保管。陈佐千更加窘迫起来，他搓着手来回地走，这下坏了，他说，我已经让人把它烧了。陈佐千没听见颂莲再说话，房间里一点一点黑下来。他打开电灯，看见颂莲的脸苍白如雪，眼泪无声地挂在双颊上。

这一夜对于他们两个人来说都是特殊的一夜，颂莲像羊羔一样把自己抱紧了，远离陈佐千的身体，陈佐千用手去抚摸她，仍然得不到一点回应。他一会儿关灯一会儿开灯，看颂莲的脸像一张纸一样漠然无情。陈佐千说，你太过分了，我就差一点给你下跪求饶了。颂莲沉默了一会儿，说，我不舒服。陈佐千说，我最恨别人给我看脸色。颂莲翻了个身说，你去卓云那里吧，反正她总是对人笑的。陈佐千就跳下床来穿衣服，说，去就去，幸亏我还有三房太太。

第二天卓云到颂莲房里来时，颂莲还躺在床上。颂莲看见她掀开门帘的时候打了个莫名的冷战。她佯睡着闭上眼睛，卓云坐到床头伸手摸摸颂莲的额头说，不烫呀，大概不是生病是生气吧。颂莲眼睛觑着朝她笑了笑，你来啦。卓云就去拉颂莲的手，快起来吧，这样躺没病也孵出毛病来。颂莲说，起来又能干什么？卓云说，给我剪头发，我也剪个你这样的学生头，精神精神。

卓云坐在圆凳上，等着颂莲给她剪头发。颂莲抓起一件旧衣服给她围上，然后用梳子慢慢梳着卓云的头发。颂莲说，剪不好可别怪我，你这样好看的头发，剪起来实在是心慌。卓云说，剪不好也没关系的，这把年纪了还要什么好看。颂莲仍然一下一下地把卓云的头发梳上去又梳下来，那我就剪了。卓云说，剪呀，你怎么那样胆小？颂莲说，主要是手生，怕剪着了你。说完颂莲就剪起来。卓云的乌黑松软的头发一绺绺地掉下米，伴随着剪刀双刃的撞击声。卓云说，你不是挺麻利的吗？颂莲说，你可别夸我，一夸我的手就抖了。说着就听见卓云发出了一声尖厉刺耳的叫声，卓云的耳朵被颂莲的剪刀实实在在地剪了一下。

甚至花园里的人也听见了卓云那声可怕的尖叫，梅珊房里的人都跑过来看个究竟。她们看见卓云捂住右耳疼得直冒虚汗，颂莲拿着把剪刀站在一边，她的脸也发白了，唯有地板上是几绺黑色的头发。你怎么啦？卓云的泪已夺眶而出，她的话没说完就捂住耳朵跑到花园里去了。颂莲愣愣地站在那堆头发边上，手中的剪刀当地掉在地上。她自言自语地说了一声，我的手发抖，我病着呢。然后她把看热闹的佣人都推出门去，你们在这儿干什么？还不快给二太太请医生去。

梅珊牵着飞澜的手，仍然留在房里。她微笑着对颂莲看，颂莲避开她的目光，她操起芦花帚扫着地上的头发，听见梅珊忽然咯咯笑出了声音。颂莲说，你笑什么？梅珊眨了眨眼睛，我要是恨谁也会把她的耳朵剪掉，全部剪掉，一点不剩。颂莲沉下了脸，你这是什么意思？难道我是有意的吗？梅珊又嬉笑了一声说那只有天知道啦。

颂莲没再理睬梅珊，她兀自躺到床上去，用被子把头蒙住，她听见自己的心怦然狂跳。她不知道自己的心对那一剪刀负不负责任，反正谁都应该相信，她是无意的。这时候她听见梅珊隔着被子对她说话，梅珊说，卓云是慈善面孔蝎子心，她的心眼点子比谁都多。梅珊又说，我自知不是她对手，没准你能跟她斗一斗，这一点我头一次见你就猜到了。颂莲在被子里动弹了一下，听见梅珊出乎意料地打开了话匣子。梅珊说你想知道我和她生孩子的事情吗？梅珊说我跟卓云差不多一起怀孕的，我三个月的时候，她差人在我的煎药里放了泻胎药，结果我命大，胎儿没掉下来。后来我们差不多同时临盆，她又想先生孩子，就花很多钱打外国催产针，把阴道都撑破了，结果还是我命大，我先生了飞澜是个男的，她竹篮打水一场空，生了忆容不过是个小贱货，还比飞澜晚了三个钟头呢。

天已寒秋，女人们都纷纷换上了秋衣，树叶也纷纷在清晨和深夜飘落在地，枯黄的一片覆盖了花园。几个女佣蹲在一起烧树叶，一股焦烟味弥漫开来，颂莲的窗口砰地打开，女佣们看见颂莲的脸因憎怒而涨得绯红。她抓着一把木梳在窗台上敲着，谁让你们烧树叶的？好好的树叶烧得那么难闻。女佣们便收起了笤帚箩筐，一个胆大的女佣说，这么多的树叶，不烧怎么弄？颂莲就把木梳从窗里砸到她的身上，颂莲喊，不准烧就是不准烧！然后她砰地关上了窗子。

四太太的脾气越来越大了。女佣们这么告诉毓如。她不让我们烧树叶，她的脾气怎么越来越大了？毓如把女佣呵斥了一通，不准嚼舌头，轮不到你们来搬弄是非。毓如心里却很气，以往花园里的树叶每年都要烧几次的，难道来了个颂莲就要破这个规矩不成？女佣在一边垂手而立，说，那么树叶不烧了？毓如说，谁说不烧的？你们给我去烧，别理她好了。

女佣再去烧树叶，颂莲就没有露面，只是人去扫灰烬的时候见颂莲走出南厢房。她还穿着夏天的裙子，女佣说她怎么不冷，外面的风这么大。颂莲站在一堆黑灰那里，呆呆地看了会儿，然后她就去中院吃饭了。颂莲的裙摆在冷风中飘来飘去，就像一只白色蝴蝶。

颂莲坐在饭桌上，看他们吃。颂莲始终不动筷子。她的脸色冷静而沉郁，抱紧双臂，一副不可侵犯的样子。那天恰逢陈佐千外出，也是府中闹事的时机。飞浦说，咦，你怎么不吃？颂莲说，我已经饱了。飞浦说，你吃过了？颂莲鼻孔里哼了一声，我闻焦煳味已经闻饱了。飞浦摸不着头脑，朝他母亲看。毓如的脸就变了，她对飞浦说，你吃你的饭，管那么多呢。然后她放高嗓门，注视着颂莲，四太太，我倒是听你说说，你说那么多树叶堆在地上怎么弄？颂莲说，我不知道，我有什么资格料理家事？毓如说，年年秋天要烧树叶，从来没什么别扭，怎么你就比别人娇贵，那点烟味就受不了？颂莲说，树叶自己会烂掉的，用得着去烧吗？树叶又不是人。毓如说，你这是什么意思，莫名其妙的。颂莲说，我没什么意思，我还有一点不明白的，为什么要把树叶扫到后院来烧，谁喜欢闻那烟味就在谁那儿烧好了。毓如便听不下去了，她把筷子往桌上一拍，你也不拿个镜子照照，你颂莲在陈家算什么东西？好像谁亏待了你似的。颂莲站起来，目光矜持地停留在毓如蜡黄有点浮肿的脸上。说对了，我算个什么东西？颂莲轻轻地像在自言自语，她微笑着转过身离开，再回头时已经泪光盈盈，她说，天知道你们又算个什么东西？

整整一个下午，颂莲把自己关在室内，连雁儿端茶时也不给开门。颂莲独坐窗前，看见梳妆台上的那瓶大丽菊已枯萎得发黑，她把那束菊花拿出来想扔掉，但她不知道往哪里扔，窗户紧闭着不再打开。颂莲抱着花在房间里踱着，她想来想去结果打开衣橱，把花放了进去。外面秋风又起，是很冷的风，把黑暗一点点往花园里吹。她听见有人敲门。她以为是雁儿又端茶来，就敲了一下门背，烦死了，我不要喝茶。外面的人说，是我，我是飞浦。

颂莲想不到飞浦会来。她把门打开，倚门而立。你来干什么？飞浦的头发让风吹得很凌乱，他捉着头发，有点局促地笑了笑说，他们说你病了，来看看你。颂莲嘘了一声，谁生病啊，要死就死了，生病多磨人。飞浦径直坐到沙发上去，他环顾着房间，突然说，我以为你房间里有好多书。颂莲摊开双手，一本也没有，书现在对我没用了。颂莲仍然站着，她说，你也是来教训我的吗？飞浦摇着头，说，怎么会？我见这些事头疼。颂莲说，那么你是来打圆场的？我看不需要，我这样的人让谁骂一顿也是应该的。飞浦沉默了一会儿说，我母亲其实也没什么坏心。她天性就是固执呆板，你别跟她斗气，不值得。颂莲在房间里来回走着，走着突然笑起来，其实我也没想跟大太太斗气，真的，我也不知道自己是怎么回事，你觉得我可笑吗？飞浦又摇头，他咳嗽了一声，慢吞吞地说，人都一样，不知道自己的喜怒哀乐是怎么回事。

他们的谈话很自然地引到那支箫上去。我原来也有一支箫，颂莲说，可惜，可惜弄丢了。那么你也会吹箫啦？飞浦高兴地问。颂莲说，我不会，我没来得及学就丢了。飞浦说，我介绍个朋友教你怎么样？我就是跟他学的。颂莲笑着，不置可否的样子。这时候雁儿端着两碗红枣银耳羹进来，先送到飞浦手上。颂莲在一边说，你看这丫头对你多忠心，不用关照自己就做好点心了。雁儿的脸羞得通红，把另外一碗往桌上一放就逃出去了。颂莲说，雁儿别走呀，大少爷有话跟你说。说着颂莲捂着嘴扑哧一笑。飞浦也笑，他用银勺搅着碗里的点心，说，你对她也太厉害了。颂莲说，你以为她是盏省油灯？这丫头心贱，我这儿来了人，她哪回不在门外偷听？也不知道她害的什么糊涂心思。飞浦察觉到颂莲的不快，赶紧换了话题，他说，我从小就好吃甜食，像这红枣银耳羹什么的，真是不好意思，朋友们都说，女人才喜欢吃甜食。颂莲的神色却依旧是黯然，她开始摩挲自己的指甲玩，那指甲留得细长，涂了凤仙花汁，看上去像一些粉红的鳞片。喂，你在听我讲吗？飞浦说。颂莲说，听着呢，你说女人喜欢吃甜食，男人喜欢吃咸的。飞浦笑着摇摇头，站起身告辞。临走他对颂莲说，你这人有意思，我猜不透你的心。颂莲说，你也一样，我也猜不透你的心。

十二月初七陈府门口挂起了灯笼，这天陈佐千过五十大寿。从早晨起前来祝寿的亲朋好友在陈家花园穿梭不息。陈佐千穿着飞浦赠送的一套黑色礼服在客厅里接待客人，毓如、卓云、梅珊、颂莲和孩子们则簇拥着陈佐千，与来的宾客寒暄。正热闹的时候，猛听见一声脆响，人们都朝一个地方看，看见一只半人高的花瓶已经碎伏在地。

原来是飞澜和忆容在那儿追闹，把花瓶从长几上碰翻了。两个孩子站在那儿面面相觑，知道闯了祸。飞澜先从骇怕中惊醒，指着忆容说，是她撞翻的，不关我的事。忆容也连忙把手指到飞澜鼻子上，你追我，是你撞翻的。这时候陈佐千的脸已经幡然变色，但碍于宾客在场的缘故，没有发作。毓如走过来，轻声地然而又是浊重地嘀咕着，孽种，孽种。她把飞澜和忆容拽到外面，一人掴了一巴掌，晦气，晦气。毓如又推了飞澜一把，给我滚远点。飞澜便滚到地上哭叫起来，飞澜的嗓门又尖又亮，传到客厅里。梅珊先就奔了出来，她把飞澜抱住，睃了毓如一眼，说，打得好，打得好，反正早就看不顺眼，能打一下是一下！毓如说，你这算什么话？孩子闯了祸，你不教训一句倒还护着他？梅珊把飞澜往毓如面前推，说，那好，就交给你教训吧，你打呀，往死里打。打死了你心里会舒坦一些。这时卓云和颂莲也跑了出来。卓云拉过忆容，在她头上拍了一下，我的小祖奶奶，你怎么尽给我添乱呢？你说，到底谁打的花瓶？忆容哭起来，不是我，我说了不是我，是飞澜撞翻了桌子。卓云说，不准哭，既然不是你你哭什么？老爷的喜日都给你们冲乱了。梅珊在一边冷笑了一声，说，三小姐小小年纪怎么撒谎不打愣？我在一边看得清清楚楚，是你的胳膊把花瓶带翻的。四个女人一时无话可说，唯有飞澜仍然一声声哭号着。颂莲在一边看了一会儿，说，犯不着这样，不就是一只花瓶吗？碎了就碎了，能有什么事？毓如白了颂莲一眼，你说得轻巧，这是一只瓶子的事吗？老爷凡事喜欢图吉利，碰上你们这些人没心没肝的，好端端的陈家迟早要败在你们手里。颂莲说，咦，怎么又是我的错了？算我胡说好了，其实谁想管你们的事？颂莲一扭身离开了是非之地，她往后花园去，路上碰到飞浦和他的一班朋友，飞浦问，你怎么走了？颂莲摸摸自己的额头，说，我头疼，我见了热闹场面头就疼。

颂莲真的头疼起来，她想喝水，但水瓶全是空的，雁儿在客厅帮忙，趁势就把这里的事情撂下了。颂莲骂了一声小贱货，自己开了炉门烧水。她进了陈家还是头一次干这种家务活，有点笨手拙脚的。在厨房里站了一会儿，她又走到门廊上，看见后花园此时寂静无比，人都热闹去了，留下一些孤寂，它们在枯枝残叶上一点点滴落，浸入颂莲的心。她又看见那架凋零的紫藤，在风中发出凄迷的絮语，而那口井仍然向她隐晦地呼唤着。颂莲捂住胸口，她觉得她在虚无中听见了某种启迪的声音。

颂莲朝井边走去，她的身体无比轻盈，好像在梦中行路一般。有一股植物腐烂的气息弥漫井台四周，颂莲从地上捡起一片紫藤叶子细看了看，把它扔进井里。她看见叶子像一片饰物浮在幽蓝的死水之上，把她的浮影遮盖了一块，她竟然看不见自己的眼睛。颂莲绕着井台转了一圈，始终找不到一个角度看见自己，她觉得这很奇怪，一片紫藤叶子，她想，怎么会？正午的阳光在枯井中慢慢地跳跃，幻变成一点点白光，颂莲突然被一个可怕的想象攫住，一只手，有一只手托住紫藤叶遮盖了她的眼睛，这样想着她似乎就真切地看见一只苍白的湿漉漉的手，它从深不可测的井底升起来，遮盖她的眼睛。颂莲惊恐地喊出了声音，手。手。她想反身逃走，但整个身体好像被牢牢地吸附在井台上，欲罢不能。颂莲觉得她像一株被风折断的花，无力地俯下身子，凝视井中。在又一阵的晕眩中她看见井水倏然翻腾喧响，一个模糊的声音自遥远的地方切入耳膜：颂莲，你下来。颂莲，你下来。

卓云来找颂莲的时候，颂莲一个人坐在门廊上，手里抱着梅珊养的波斯猫。卓云说，你怎么在这儿？开午宴了。颂莲说，我头晕得厉害，不想去。卓云说，那怎么行？有病也得去呀，场面上的事情，老爷再三吩咐你回去。颂莲说，我真的不想去，难受得快死了，你们就让我清静一会儿吧。卓云笑了笑，说，是不是跟毓如生气呀？没有，我没精神跟谁生气。颂莲露出了不耐烦的神情，她把怀里的猫往地上一扔，说，我想睡一会儿。卓云仍然赔着笑脸，那你就去睡吧，我回去告诉老爷就是了。

这一天颂莲昏昏沉沉地睡着，睡着也看见那口井，井中那片紫藤叶，她浑身沁出一身冷汗。谁知道那口井是什么？那片紫藤叶是什么？她颂莲又是什么？后来她懒懒地起来，对着镜子梳洗了一番。她看见自己的面容就像那片枯叶一样憔悴毫无生气。她对镜子里的女人很陌生。她不喜欢那样的女人。颂莲深深地叹了一口气，这时候她想起了陈佐千和生日这些概念，心里对自己的行为不免后悔起来。她自责地想我怎么一味地耍起小性子来了，她深知这对她的生活是有害无益的，于是她连忙打开了衣橱门，从里面取出一条水灰色的羊毛围巾，这是她早就为陈佐千的生日准备的礼物。

　　晚宴上全部是陈家自己人了。颂莲进饭厅的时候看见他们都已落座。他们不等我就开桌了。颂莲这样想着走到自己的座位前，飞浦在对面招呼说，你好了？颂莲点点头，她偷窥陈佐千的脸色，陈佐千脸色铁板阴沉，颂莲的心就莫名地跳了一下，她拿着那条羊毛围巾送到他面前，老爷，这是我的微薄之礼。陈佐千嗯了一声，手往边上的圆桌一指，放那边吧。颂莲抓着围巾走过去，看见桌上堆满了家人送的寿礼。一只金戒指，一件狐皮大衣，一只瑞士手表，都用红缎带扎着。颂莲的心又一次咯噔了一下，她觉得脸上一阵燥热。重新落座，她听见毓如在一边说，既是寿礼，怎么也不知道扎条红缎带？颂莲装作没听见，她觉得毓如的挑剔实在可恶，但是整整一天她确实神思恍惚，心不在焉。她知道自己已经惹恼了陈佐千，这是她唯一不想干的事情。颂莲竭力想着补救的办法，她应该让他们看到她在老爷面前的特殊地位，她不能做出卑贱的样子，于是颂莲突然对着陈佐千莞尔一笑，她说，老爷，今天是你的吉辰良日，我积蓄不多，送不出金戒指狐皮大衣，我再补送老爷一份礼吧。说着颂莲站起身走到陈佐千跟前，抱住他的脖子，在他脸上亲了一下，又亲了一下。桌上的人都呆住了，望着陈佐千。陈佐千的脸涨得通红，他似乎想说什么，又说不出什么，终于把颂莲一把推开，厉声道，众人面前你放尊重一点。

　　陈佐千这一手其实自然，但颂莲却始料不及，她站在那里，睁着茫然而惊惶的眼睛盯着陈佐千，好一会儿她意识到发生了什么，她捂住了脸，不让他们看见扑簌簌涌出来的眼泪。她一边往外走一边低低地碎帛似的哭泣，桌上的人听见颂莲在说，我做错了什么，我又做错了什么？

即使站在一边的女仆也目睹了发生在寿宴上的风波，他们敏感地意识到这将是颂莲在陈府生活的一大转折。到了夜里，两个女仆去门口摘走寿日灯笼，一个说，你猜老爷今天夜里去谁那儿？另一个想了会儿说，猜不出来，这种事还不是凭他的兴致来，谁能猜得到？

两个女人面对面坐着，梅珊和颂莲。梅珊是精心打扮过的，画了眉毛，涂了嫣丽的美人牌口红，一件华贵的裘皮大衣搭在膝上，而颂莲是懒懒的刚刚起床的样子，手指上夹着一支烟，虚着眼睛慢慢地吸。奇怪的是两个人都不说话，听墙上的挂钟嘀嗒嘀嗒响，颂莲和梅珊各怀心事，好像两棵树面对面地各怀心事，这在历史上也是常见的。

梅珊说我发现你这两天脾气坏了，是不是身上来了？

颂莲说这跟那个有什么联系，我那个不准，也不知道什么时候来，什么时候又去了。

梅珊说聪明女人这事却糊涂，这个月还没来？别是怀上了吧？

颂莲说没有没有哪有这事？

梅珊说你照理应该有了，陈佐千这方面挺有能耐的，晚上你把小腰儿垫高一点，真的，不诓你。

颂莲说梅珊你嘴上真是没栅栏亏你说得出口。

梅珊说不就这么回事有什么可瞒瞒藏藏的，你要是不给陈家添个人丁，苦日子就在后面了。我们这样人都一回事。

颂莲说陈佐千这一阵子根本就没上我这里来，随便吧，我无所谓的。

梅珊说你是没到那个火候，我就不，我跟他直说了，他只要超过五天不上我那里，我就找个伴。我没法过活寡日子。他在我那儿最辛苦，他对我又怕又恨又想要，我可不怕他。

颂莲说这事多无聊，反正我都无所谓的，我就是不明白女人到底是个什么东西，女人到底算个什么东西，就像狗、像猫、像金鱼、像老鼠，什么都像，就是不像人。

梅珊说你别净自己糟践自己，别担心陈佐千把你冷落了，他还会来你这儿的，你比我们都年轻，又水灵，又有文化，他要是抛下你去找毓如和卓云才是傻瓜呢，她们的腰快赶上水桶那样粗啦。再说当众亲他一下又怎么样呢？

颂莲说你这人真讨厌，我不是这个意思，我是说我自己。

梅珊说别去想那事了，没什么，他就是有点假正经，要是在床上，别说亲一下脸，就是亲他那儿他也乐意。

颂莲说你别说了真让人恶心。

梅珊说那么你跟我上玫瑰戏院去吧，程砚秋来了，演《荒山泪》，怎么样，去散散心吧？

颂莲说我不去，我不想出门，这心就那么一块，怎么样都是那么一块，散散心又能怎么样？

梅珊说你就不能陪陪我，我可是陪你说了这么多话。

颂莲说让我陪你有什么趣呢，你去找陈佐千陪你，他要是没工夫你就找那个医生嘛。

梅珊愣了一下，她的脸立刻挂下来了。梅珊抓起裘皮大衣和围脖起身。她逼近颂莲朝她盯了一眼，一扬手把颂莲嘴里衔着的香烟打在地上，又用脚碾了一下。梅珊厉声说，这可不是玩笑话，你要是跟别人胡说我就把你的嘴撕烂了。我不怕你们，我谁也不怕，谁想害我都是痴心妄想！

飞浦果然领了一个朋友来见颂莲，说是给她请的吹箫老师。颂莲反而手足无措起来，她原先并没把学箫的事情当真。定睛看那个老师，一个皮肤白皙留平头的年轻男子，像学生又不像学生，举手投足有点腼腆拘谨。通报了名字，原来是此地丝绸大王顾家的三公子。颂莲从窗子里看见他们过来，手拉手的。颂莲觉得两个男子手拉手地走路，有一种新鲜而古怪的感觉。

看你们两个多要好，颂莲抿着嘴笑道我还没见过两个大男人手拉手走路呢。飞浦的样子有点窘，他说，我们从小就认识，在一个学堂念书的。再看顾家少爷，更是脸红红的。颂莲想这位老师有点意思，动辄脸红的男人不知是什么样的男人。颂莲说，我长这么大，就没交上一个好朋友。飞浦说，这也不奇怪，你看上去孤傲，不太容易接近吧。颂莲说，冤枉了，我其实是孤而不傲，要傲总得有点资本吧。我有什么资本傲呢？

飞浦从一个黑绸箫袋里抽出那支箫，说，这支送你吧，本来也是顾少爷给我的，借花献佛啦。颂莲接过箫来看了看顾少爷，顾少爷颔首而笑。颂莲把箫竖在唇边，胡乱吹了一个音，说，就怕我笨，学不会。顾少爷说，吹箫很简单的，只要用心，没有学不会的道理。颂莲说，就怕我用不上那份心，我这人的心像沙子一样散的，收不起来。顾少爷又笑了，那就困难了，我只管你的箫，管不了你的心。飞浦坐下来，看看颂莲，又看看顾少爷，目光中闪烁着他特有的温情。

箫有七孔，一个孔是一份情调，缀起来就特别优美，也特别感伤，吹箫人就需要这两种感情。顾少爷很含蓄地看着颂莲说，这两种感情你都有吗？颂莲想了想说，恐怕只有后一种。顾少爷说有也就不错了，感伤也是一份情调。就怕空，就怕你心里什么也没有，那就吹不好箫了。颂莲说，顾少爷先吹一曲吧，让我听听箫里有什么。顾少爷也不推辞，持箫便吹。颂莲听见一丝轻婉柔美的箫声流出来，如泣如诉的。飞浦坐在沙发上闭起了眼睛，说，这是《秋怨曲》。

毓如的丫鬟福子就是这时候来敲窗的，福子尖声喊着飞浦，大少爷，太太让你去客厅见客呢。飞浦说，谁来了？福子说，我不知道，太太让你快去。飞浦皱了皱眉头说，叫客人上这儿来找我。福子仍然敲着窗，喊，太太一定要你去，你不去她要骂死我的。飞浦轻轻骂了一声，讨厌。他无可奈何地站起来，又骂，什么客人？见鬼。顾少爷持箫看着飞浦，疑疑惑惑地问，那这箫还教不教？飞浦挥挥手说，教呀，你在这儿，我去看看就是了。

剩下颂莲和顾少爷坐在房里，一时不知说什么好。颂莲突

然微笑了一声说，撒谎。顾少爷一惊，你说谁撒谎？颂莲也醒过神来，不是说你，说她，你不懂的。顾少爷有点坐立不安，颂莲发现他的脸又开始红了，她心里又好笑，大户人家的少爷也有这样薄脸皮的，爱脸红无论如何也算是条优点。颂莲就带有怜悯地看着顾少爷，颂莲说，你接着吹呀，还没完呢。顾少爷低头看看手里的箫，把它塞回黑绸箫袋里，低声说，完了，这下没情调了，曲子也就吹完了。好曲就怕败兴，你懂吗？飞浦一走箫就吹不好了。

顾少爷很快就起身告辞了。颂莲送他到花园里，心里忽然对他充满感激之情，又不宜表露，她就停步按了按胸口，屈膝道了个万福。顾少爷说，什么时候再学箫？颂莲摇了摇头，不知道。顾少爷想了想说，看飞浦安排吧，又说，飞浦对你很好，他常在朋友面前夸你。颂莲叹了口气，他对我好有什么用？这世界上根本就没人可以依靠。

颂莲刚回到屋里，卓云就风风火火闯进来，说飞浦和大太太吵起来了。颂莲先是愣了一下，接着就冷笑道，我就猜到是这么回事。卓云说，你去劝劝吧。颂莲说，我去劝算什么？人家是母子，随便怎么吵，我去劝算什么呢。卓云说，你难道不知道他们吵架是为你？颂莲说，

咦，这就更奇怪了，我跟他们井水不犯河水，干吗要把我缠进去？卓云斜睨着颂莲，你也别装糊涂了，你知道他们为什么吵。颂莲的声音不禁尖厉起来，我知道什么？我就知道她容不得谁对我好，她把我看成什么人了？难道我还能跟她儿子有什么吗？颂莲说着眼里又沁出泪花，真无聊，真可恶。她说，怎么这样无聊？卓云的嘴里正嗑着瓜子，这会儿她把手里的瓜子壳塞给一边站着的雁儿，卓云笑着推颂莲一把，你也别发火，身正不怕影子斜，无事不怕鬼敲门，怕什么呀？颂莲说，让你这么一说，我倒好像真有什么怕的了。你爱劝架你去劝好了，我懒得去。卓云说，颂莲你这个人心够狠的，我是真见识了。颂莲说，你太抬举我了，谁的心也不能掏出来看，谁心狠谁自己最清楚。

第二天颂莲在花园里遇到飞浦。飞浦无精打采地走着，一路走一路玩着一只打火机。飞浦装作没有看见颂莲，但颂莲故意高声地喊住了他。颂莲一如既往地跟他站着说话。她问，昨天来的什么客人？害得我箫也没学成。飞浦苦笑了一声，别装糊涂了，今天满园子都在传我跟太太吵架的事。颂莲又问，你们吵什么呢？飞浦摇摇头，一下一下地把打火机打出火来，又吹熄了，他朝四周潦草地看了看，说，待在家里时间一长就令人生厌，我想出去跑了，还是在外面好，又自由，又快活。颂莲说，我懂了，闹了半天，你还是怕她。飞浦说，不是怕她，是怕烦，怕女人，女人真是让人可怕。颂莲说，你怕女人？那你怎么不怕我？飞浦说，对你也有点怕，不过好多了，你跟她们不一样，所以我喜欢去你那儿。

后来颂莲老想起飞浦漫不经心说的那句话，你跟她们不一样。颂莲觉得飞浦给了她一种起码的安慰，就像若有若无的冬日阳光，带着些许暖意。

以后飞浦就极少到颂莲房里来了,他在生意上好像也做得不顺当,总是闷闷不乐的样子。颂莲只有在饭桌上才能看他,有时候眼前就浮现出梅珊和医生的腿在麻将桌下做的动作,她忍不住地偷偷朝桌下看,看她自己的腿,会不会朝那面伸过去。想到这件事她心里又害怕又激动。

这天飞浦突然来了,站在那儿搓着手,眼睛看着自己的脚。颂莲见他半天不开口,扑哧笑了,你葫芦里卖的什么药,怎么不说话?飞浦说,我要出远门了。颂莲说,你不是经常出远门的吗?飞浦说,这回是去云南,做一笔烟草生意。颂莲说,那有什么?只要不是鸦片生意就行。飞浦说,昨天有个高僧给我算卦,说我此行凶多吉少。本来我从不相信这一套,但这回我好像有点相信了。颂莲说,既然相信就别去,听说那里土匪特别多,割人肉吃。飞浦说,不去不行,一是我想出门,二是为了进账,陈家老这样下去会坐吃山空。老爷现在有点糊涂,我不管谁管?颂莲说,你说得在理,那就去吧,大男人整天窝在家里也不成体统。飞浦搔着头沉默了一会儿,突然说,我要是去了回不来,你会不会哭?颂莲就连忙去捂他的嘴,别自己咒自己。飞浦抓住颂莲的手,翻过来,又翻过去研究,说,我怎么不会看手纹呢?什么名堂也看不出来。也许你命硬,把什么都藏起来了。颂莲抽出了手,说,别闹,让雁儿看见了会乱嚼舌头。飞浦说,她敢!我把她的舌头割了熬汤喝。

颂莲在门廊上跟飞浦说拜拜,看见顾少爷在花园里转悠。颂莲问飞浦,他怎么在外面?飞浦笑笑说,他也怕女人,跟我一样的。又说,他跟我一起去云南。颂莲做了个鬼脸,你们两个倒像夫妻了,形影不离的。飞浦说,你好像有点嫉妒了,你要想去云南我就把你也带去,你去不去?颂莲说,我倒是想去,就是行不通。飞浦说,怎么行不通?颂莲揉了他一把,别装傻,你知道为什么行不通。快走吧,走吧。她看见飞浦跟顾少爷从月牙门里走出去,消失了。她说不清自己对这次告别的感觉是什么，无所谓或者怅怅然的，但有一点她心里明白，飞浦一走她在陈家就更加孤独了。

陈佐千来的时候颂莲正在抽烟。她回头看见他时的第一个反应就是把烟掐灭。她记得陈佐千说过讨厌女人抽烟。陈佐千脱下帽子和外套，等着颂莲过去把它们挂在衣架上去。颂莲迟迟疑疑地走过，说，老爷好久没来了。陈佐千说你怎么抽起烟来了？女人一抽烟就没有女人味了。颂莲把他的外套挂好，把帽子往自己头上一扣，嬉笑着说，这样就更没有女人味了，是吗？陈佐千就把帽子从她头上捞过来，自己挂到衣架上，他说，颂莲你太调皮了。你调皮起来太过分，也不怪人家说你。颂莲立刻说，说什么？谁说我？到底是人家还是你自己，人家乱嚼舌头我才不在乎，要是老爷你也容不下我，那我只有一死干净了。陈佐千皱了下眉头说，好了好了，你们怎么都一样，说着说着就是死，好像日子过得多凄惨似的，我最不喜欢这一套。颂莲就去摇陈佐千的肩膀，既不喜欢，以后不说死就是了，其实好端端的谁说这些，都是伤心话。陈佐千把她搂过来坐到他腿上，那天的事你伤心了？主要是我情绪不好，那天从早到晚我心里乱极了，也不知道为什么，男人过五十岁生日大概都高兴不起来。颂莲说，哪天的事呀？我都忘了。陈佐千笑起来，在她腰上掐了一把，说，哪天的事？我也忘了。

隔了几天不在一起，颂莲突然觉得陈佐千的身体很陌生，而且有一股薄荷油的味道，她猜到陈佐千这几天是在毓如那里的，只有毓如喜欢擦薄荷油。颂莲从床边摸出一瓶香水，朝陈佐千身上细细地洒过了，然后又往自己身上洒了一些。陈佐千说，从哪儿学来的这一套。颂莲说，我不让你身上有她们的气味。陈佐千踢了踢被子，说，你还挺霸道。颂莲说了一声，想霸道也霸道不起呀。忽然又问，飞浦怎么去云南了？陈佐千说，说是去做一笔烟草生意，我随他去。颂莲又说，他跟那个顾少爷怎么那样好？陈佐千笑了一声，说，那有什么奇怪的？男人与男人之间有些事你不懂的。颂莲无声地叹了一口气，她摸着陈佐千精瘦的身体，脑子里倏而浮现出一个秘不告人的念头。她想飞浦躺在被子里会是什么样子？

作为一个具有了性经验的女人，颂莲是忘不了这特殊的一次的。陈佐千已经汗流浃背了，却还是徒劳。她敏锐地发现了陈佐千眼睛里深深的恐惧和迷乱。这是怎么啦？她听见他的声音变得软弱胆怯起来。颂莲的手指像水一样地在他身上流着，她感觉到手下的那个身体像经过了爆裂终于松弛下去，离她越来越远。她明白在陈佐千身上发生了某种悲剧，心里有一种奇怪的感情，不知是喜是悲，她觉得自己很茫然。她摸了下陈佐千的脸说，你是太累了，先睡一会儿吧。陈佐千摇着头说，不是不是，我不相信。颂莲说，那怎么办呢？陈佐千犹豫了一会儿，说，有个办法可能行，就是不知道你肯不肯。颂莲说，只要你高兴，我没有不肯的道理。陈佐千的脸贴过去，咬着颂莲的耳朵，他先说了一句话，颂莲没听懂，他又说一遍，颂莲这回听懂了，她无言以对，脸羞得极红。她翻了个身，看着黑暗中的某个地方，忽然说了一句，那我不成了一条狗了吗？陈佐千说，我不强迫你，你要是不愿意就算了。颂莲还是不语，她的身体像猫一样蜷起来，然后陈佐千就听见了一阵低低的啜泣，陈佐千说，不愿意就不愿意，也用不着哭呀。没想到颂莲的啜泣越来越响，她蒙住脸放声哭起来。陈佐千听了一会儿，说，你再哭我走了。颂莲依然哭泣，陈佐千就掀了被子跳下床，他一边穿衣服一边说，没见过你这种女人，做了婊子还立什么贞节牌坊？

陈佐千拂袖而去。颂莲从床上坐起来，面对黑暗哭了很长时间，她看见月光从窗帘缝隙间投到地上，冷冷的一片，很白很淡的月光。她听见自己的哭声还萦绕着她的耳边，没有消逝，而外面的花园里一片死寂。这时候她想起陈佐千临走说的那句话，浑身便颤得很厉害，她猛地拍了一下被子，对着黑暗的房间喊，谁是婊子，你们才是婊子。

这年冬天在陈府是不寻常的，种种迹象印证了这一点。陈家的四房太太偶尔在一起说起陈佐千，脸上不免流露暧昧的神色，她们心照不宣，各怀鬼胎。陈佐千总是在卓云房里过夜，卓云平日的状态就很好，另外的三位太太观察卓云的时候，毫不掩饰眼睛里的疑点，那么卓云你是怎么伺候老爷过夜的呢？

有些早晨，梅珊在紫藤架下披上戏装重温舞台旧梦，一招一式唱念做都很认真，花园里的人们看见梅珊的水袖在风中飘扬，梅珊舞动的身影也像一个俏丽的鬼魅。

> 四更鼓哇
> 满江中啊人声寂静
> 形吊影影吊形我加倍伤情
> 细思量啊
> 真个是红颜薄命
> 可怜我数年来含羞忍泪送旧迎新
> 枉落个娼妓之名
> 到如今退难退我进又难进
> 倒不如葬鱼腹了此残生
> 杜十娘啊拼一个香消玉殒
> 纵要死也死一个朗朗清清

颂莲听得入迷，她朝梅珊走过去，抓住她的裙裾，说，别唱了，再唱我的魂要飞了，你唱的什么？梅珊撩起袖子擦掉脸上的红粉，坐到石桌上，只是喘气。颂莲递给她一块丝帕，说，看你脸上擦得红一块白一块的，活脱脱像个鬼魂。梅珊说，人跟鬼就差一口气。人就是鬼，鬼就是人。颂莲说，你刚才唱的什么？听得人心酸。梅珊说，《杜十娘》，我离开戏班子前演的最后一个戏就是这。杜十娘要寻死了，唱得当然心酸。颂莲说，什么时候教我唱唱这一段？梅珊瞄了颂莲一眼，说得轻巧，你也想寻死吗？你什么时候想寻死我就教你。颂莲被呛得说不出话，她呆呆地看着梅珊被油彩弄脏的脸，她发现她现在不恨梅珊，至少是现在不恨，即使她出语伤人。她深知梅珊和毓如再加上她自己，现在有一个共同的仇敌，就是卓云。颂莲只是不屑于表露这种意思。她走到废井边，弯下腰朝井里看了看，忽然笑了一声，鬼，这里才有鬼呢，你知道是谁死在这井里吗？梅珊依然坐在石桌上不动，她说，还能是谁，一个是你，一个是我。颂莲说，梅珊你老开这种玩笑，让人头皮发冷。梅珊笑起来说，你怕了？你又没偷男人，怕什么，偷男人的都死在这井里，陈家好几代了都是这样。颂莲朝后退了一步，说，多可怕，是推下去吗？梅珊甩了甩水袖，站起来说，你问我我问谁，你自己去问那些鬼魂好了。梅珊走到废井边，她也朝井里看了会儿，然后她一字一句念了个道白：屈、死、鬼、哪——

她们在井边断断续续说了一会儿话，不知怎么就说到了陈佐千的暗病上去。梅珊说，油灯再好也有个耗尽的时候，就怕续不上那一壶油哪。又说，这园子里阴气太旺，损了阳气也是命该如此，这下可好，他陈佐千陈老爷占着茅坑不拉屎，苦的是我们，夜夜守空房。说着就又说到了卓云，梅珊咬牙切齿地骂，她那一身贱肉反正是跟着老爷抖，你看她抖得多欢，恨不得去舔他的屁眼说又甜又香，她以为她能兴风作浪，看我什么时候狠狠治她一下叫她又哭爹又喊娘。

颂莲却走神了，她每次到废井边总是摆脱不了梦魇般的幻觉。她听见井水在很深的地层翻腾，送上来一些亡灵的语言，她真的听见了，而且感觉到井里泛出冰冷的瘴气，湮没了她的灵魂和肌肤。我怕。颂莲这样喊了一声转身就跑，她听见梅珊在后面喊，喂你怎么啦？你要是去告密，我可不怕，我什么也没说过。

这天忆云放学回家是一个人回来的，卓云马上就意识到什么，她问，忆容呢？忆云把书包朝地上一扔说，她让人打伤了，在医院呢。卓云也来不及细问，就带了两个男仆往医院赶。他们回家已是晚饭时分，忆容头上缠着绷带，被卓云抱到饭桌上，吃饭的人都放下筷子，过来看忆容头上的伤。陈佐千平日最宠爱的就是忆容，他把忆容又抱到自己腿上，问，告诉我是谁打的，明天我扒了他的皮。忆容哭丧着脸，说了一个男孩的名字。陈佐千怒不可遏，说他是谁家的孩子？竟敢打我的女儿。卓云在一边抹着眼泪说，你问她能问出什么名堂来？明天找到那孩子，才能问个仔细，哪个丧尽天良的禽兽不如的东西，对孩子下这样的毒手？毓如微微皱了下眉头，说，吃你们的饭吧，孩子在学堂里打架也是常有的事，也没伤着要害，养几天就好了。卓云说，大太太你也说得太轻巧了，差一点就把眼睛弄瞎了，孩子细皮嫩肉的受得了吗？再说我倒不怎么怪罪孩子，气的是指使他的那个人，要不然，没冤没仇的，那孩子怎么就会从树后面蹿出来，抢起棍子就朝忆容打？梅珊只顾往碗里舀鸡汤，一边说，二太太的心眼也太多了，孩子间闹别扭，有什么道理好讲？不要疑神疑鬼，搞得谁也不愉快。卓云冷冷地说，不愉快的事在后面呢，这口气怎么咽得下去？我倒是非要搞个水落石出不可。

谁也想不到的是，第二天吃午饭的时候，卓云领了一个男孩进了饭间，男孩胖胖的，拖着鼻涕。卓云跟他低声说了句什么，男孩就绕着饭桌转了一圈，挨个看着每个人的脸，突然他就指着梅珊说，是她，她给了我一块钱。梅珊朝天翻了翻眼睛，然后推开椅子，抓住男孩的衣领，你说什么？我凭什么给你一块钱？男孩死命挣脱着，一边嚷嚷，是你给我一块钱，让我去搔陈忆容和陈忆云。梅珊啪地打了男孩一个耳光，骂，放屁，我根本就不认识你个小兔崽，谁让你来诬陷我的？这时候卓云上去把他们拉开，佯笑着说，行了，就算他认错了人，我心中有个数就行了。说着就把男孩推出了吃饭间。

梅珊的脸色很难看，她把勺子朝桌上一扔，说，不要脸。卓云就在这边说，谁不要脸谁心里清楚，还要我把丑事抖个干净啊。陈佐千终于听不下去了，一声怒喝，不想吃饭给我滚，都给我滚！

这事的前后过程颂莲是个局外人，她冷眼观察，不置一词。事实上从一开始她就猜到了梅珊，她懂得梅珊这种品格的女人，爱起来恨起来都疯狂得可怕。她觉得这事残忍而又可笑，完全不加理智，但奇怪的是，她内心同情的一面是梅珊，而不是无辜的忆容，更不是卓云。她想女人是多么奇怪啊，女人能把别人琢磨透了，就是琢磨不透她自己。

颂莲的身上又来了，没有哪次比这回更让颂莲焦虑和烦躁了。那摊紫红色的污血对于颂莲是一种无情的打击。她心里清楚，她怀孕的可能随着陈佐千的冷淡和无能变得可望而不可即。如果这成了事实，那么她将孤零零地像一叶浮萍在陈家花园漂流下去吗？

颂莲发现自己愈来愈容易伤感，苦泪常沾衣襟。颂莲流着泪走到马桶间去，想把污物扔掉。当她看见马桶浮着一张被浸烂的草纸时，就骂了一声，懒货。雁儿好像永远不会用新式的抽水马桶，她方便过后总是忘了冲水。颂莲刚要放水冲，一种超常的敏感和多疑使她萌生一念，她找到一柄刷子，皱紧了鼻子去拨那团草纸，草纸摊开后原形毕露，上面有一个模糊的女人，虽然被水洇烂了，但草纸上的女人却一眼就能分辨，而且是用黑红色的不知什么血画的。颂莲明白，画的又是她，雁儿又换了个法子偷偷对她进行恶咒。她巴望我死，她把我扔在马桶里。颂莲浑身颤抖着把那张草纸捞起来，她一点也不嫌脏了，浑身的血液都被雁儿的恶行点得火烧火燎。她夹着草纸撞开小偏屋的门，雁儿靠着床在打盹，雁儿说，太太你要干什么？颂莲把草纸往她脸上摔过去，雁儿说，什么东西？等到她看清楚了，脸就灰了，嗫嚅着说不是我用的。颂莲气得说不出话，盯视的目光因愤怒而变得绝望。雁儿缩在床上不敢看她，说，画着玩的，不是你。颂莲说，你跟谁学的这套阴毒活儿？你想害死我你来当太太是吗？雁儿不敢吱声，抓了那张草纸要往窗外扔。颂莲尖声大喊，不准扔！雁儿回头申辩，这是脏东西，留着干吗？颂莲抱着双臂在屋里走着，留着自然有用，有两条路随你走。一条路是明了，把这脏东西给老爷看，给大家看，我不要你来伺候了，你哪是伺候我？你是来杀我来了。还有一条路是私了。雁儿就怯怯地说，怎么私了？你让我干什么都行，就是别撵我走。颂莲莞尔一笑，私了简单，你把它吃下去。雁儿一惊，太太你说什么？颂莲侧过脸去看着窗外，一字一顿地说，你把它吃下去。雁儿浑身发软，就势蹲了下去，蒙住脸哭起来，那还不如把我打死好。颂莲说，我没劲打你，打你脏了我的手。你也别怨我狠，这叫作以其人之道还治其人之身，书上说的，不会有错。雁儿只是蹲在墙角哭，颂莲说，你这会儿又要干净了，不吃就滚蛋，卷铺盖去吧。雁儿哭了很长时间，突然抹了下眼泪，一边哽咽一边说，我吃，吃就吃。然后她抓住那张草纸就往嘴里塞，发出一阵撕心裂肺的干呕声。颂莲冷冷地看着，并没有什么快感，她不知怎么感到寒心，而且反胃得厉害。贱货。她厌恶地看了一眼雁儿，离开了小偏房。

　　雁儿第二天就病了，病得很厉害，医生来看了，说雁儿得了伤寒。

颂莲听了心里像被什么钝器割了一下，隐隐作痛。消息不知怎么透露了出去，佣人们都在谈论颂莲让雁儿吞草纸的事情，说四太太看不出来比谁都阴损，说雁儿的命大概也保不住了。陈佐千让人把雁儿抬进了医院。他对管家说，尽量给她治，花费全由我来，不要让人骂我们不管下人死活。抬雁儿的时候，颂莲躲在房间里，她从窗帘缝里看见雁儿奄奄一息地躺在担架上，她的头发因为大量掉发而裸露着，模样很怕人。她感觉到雁儿枯黄的目光透过窗帘，很沉重地刺透了她的心。后来陈佐千到颂莲房里来，看见颂莲站在窗前发呆。陈佐千说，你也太阴损了，让别人说尽了闲话，坏了陈家名声。颂莲说，是她先阴损我的，她天天咒我死。陈佐千就恼了，你是主子，她是奴才，你就跟她一般见识？颂莲一时语塞，过了会儿又无力地说，我也没想把她弄病，她是自己害了自己，能全怪我吗？陈佐千挥挥手，不耐烦地说，别说了，你们谁也不好惹，我现在见了你们头就疼。你们最好别再给我添乱了。说完陈佐千就跨出了房门，他听见颂莲在后面幽幽地说，老天，这日子让我怎么过？陈佐千回过头回敬她说，随你怎么过，你喜欢怎么过就怎么过，就是别再让佣人吃草纸了。

一个被唤作宋妈的老女佣，来颂莲这儿伺候。据宋妈自己说，她在陈府里从十五岁干到现在，差不多大半辈子了，飞浦就是她抱大的。还有在外面读大学的大小姐，也是她抱大的，颂莲见她倚老卖老，有心开个玩笑，那么陈老爷也是你抱大的啰。宋妈也听不出来话里的味道，笑起来说，那可没有，不过我是亲眼见他娶了四房太太，娶毓如大太太的时候他才十九岁，胸前佩了一个大金片儿，大太太也佩了一个足有半斤重啊。到娶卓云二太太，就换了个小金片儿，到娶梅珊三太太，就只是手上各戴几个戒指，到了娶你，就什么也没见着了，这陈家可见是一天不如一天了。颂莲说，既然陈家一天不如一天，你还在这儿干什么？宋妈叹口气说，在这里伺候惯了，回老家过清闲日子反而过不惯了。颂莲捂嘴一笑，她说，宋妈要是说的真心话，那这世上当真就有奴才命了。宋妈说，那还有假？人一生下来就有富贵命奴才命，你不信也得信呀，你看我天天伺候你，有一天即使天塌下来地陷下去，只要我们活着，就是我伺候你，不会是你伺候我的。

　　宋妈是个愚蠢而唠叨的女佣。颂莲对她不无厌恶，但是在许多穷极无聊的夜晚，她一个人枯坐灯下，时间长了就想找个人说话。颂莲把宋妈喊到房间里陪着她说话，一仆一主的谈话琐碎而缺乏意义，颂莲一会儿就又厌烦，她听着宋妈的唠叨，思想会跑到很远很奇怪的角落去，她其实不听宋妈话，光是觉得老女佣黄白的嘴唇像虫卵似的蠕动，她觉得这样打发夜晚实在可笑，但又问自己，不这样又能怎么样呢？

　　有一回就说起了从前死在废井里的女人。宋妈说那最后一个是四十年前死的，是老太爷的小姨太太，说她还伺候过那个小姨太太半年的光景。颂莲说，怎么死的？宋妈神秘地眨眨眼睛，还不是男男女女的事情！家丑不可外扬，否则老爷要怪罪的。颂莲说，那么说我是外人了？好吧，别说了，你去睡吧。宋妈看看颂莲的脸色，又赔笑脸说，太太你真想听这些脏事？颂莲说，你说我就听。这有什么了不得的？宋妈就压低嗓门说，一个卖豆腐的！她跟一个卖豆腐的私通。颂莲淡淡地说，怎么会跟卖豆腐的呢？宋妈说，那男人豆腐做得很出名，厨子让他送豆腐来，两个人就撞上了。都是年轻血旺的，眉来眼去地就勾搭上了。颂莲说，谁先勾搭谁呀？宋妈嘻地一笑说，那只有鬼知道了，这先后的事说不清，都是男的咬女的，女的咬男的。颂莲又问，怎么知道他们私通的？宋妈说，探子！陈老太爷养了探子呀。那姨太太说是头疼去看医生，老太爷要喊医生上门来，她不肯。老太爷就疑心了，派了探子去跟踪。也怪她谎撒得不圆。到了那卖豆腐的家里，挨到天黑也不出来。探子开始还不敢惊动，后来饿得难受，就上去把门一脚踹开了，说，你们不饿我还饿呢。宋妈说到这里就咯咯笑起来，颂莲看着宋妈笑得前仰后合的，她不笑，端坐着说了声，恶心。颂莲点了一支烟，猛吸了几口，忽然说，那么她是偷了男人才跳井的？宋妈的脸上又有了讳莫如深的表情，她轻声说，鬼知道呢！反正是死在井里了。

夜里颂莲因此就添了无名的恐惧，她不敢关灯睡觉。关上灯周围就黑得可怕，她似乎看见那口废井跳跃着从紫藤架下跳到她的窗前，看见那些苍白的泛着水光的手在窗户上向她张开，湿漉漉地摇晃着。

没人知道颂莲对废井传说的恐惧，但她晚上亮灯睡觉的事却让毓如知道了。毓如说了好几次，夜里不关灯？再厚的家底都会败光的。颂莲对此充耳不闻，她发现自己已经倦怠于女人间的嘴仗，她不想申辩，不想占上风，不想对鸡毛蒜皮的小事表示任何兴趣。她想的东西不着边际，漫无目的，连她自己也理不出头绪。她想没什么可说的干脆不说，陈家人后来都发现颂莲变得沉默寡言，他们推测那是因为她失宠于陈老爷的缘故。

眼看就要过年了，陈府上上下下一片忙碌，杀猪宰牛搬运年货。窗外天天是嘈杂混乱。颂莲独坐室内，忽然想起了自己的生日，自己的生日和陈佐千只相差五天，十二月十二，生日早已过去了，她才想起来，不由得心酸酸的，她掏钱让宋妈上街去买点卤菜，还要买一瓶四川烧酒。宋妈说，太太今天是怎么啦？颂莲说，你别管我，我想尝尝醉酒的滋味。然后她就找了一个小酒盅，放在桌上，坐下来盯着那酒盅看，好像就看见了二十年前那个小女婴的样子，被陌生的母亲抱在怀里。其后的二十年时光却想不清晰，只有父亲浸泡在血水里的那只手，仍然想抬起来抚摸她的头发。颂莲闭上眼睛，然后脑子里又是一片空白，唯一清楚的就是生日这个概念。生日。她抓起酒盅看着杯底，杯底上有一点褐色的污迹，她自言自语，十二月十二，这么好记的日子怎么会忘掉的？除了她自己，世界上就没人知道十二月十二是颂莲的生日了。除了她自己，也不会有人来操办她的生日宴会了。

宋妈去了好久才回来，把一大包卤肺、卤肠放到桌上。颂莲说，你怎么买这些东西，脏兮兮的谁吃？宋妈很古怪地打量着颂莲，突然说，雁儿死了，死在医院里了。颂莲的心立刻哆嗦了一下，她镇定着自己，问，什么时候死的？宋妈说，不知道，光听说雁儿临死喊你的名字。颂莲的脸有些白，喊我的名字干什么？难道是我害死她的？宋妈说，你别生气呀，我是听人说了才告诉你。生死是天命，怪不着太太。颂莲又问，现在尸体呢？宋妈说，让她家里人抬回乡下去了，一家人哭哭啼啼的，好可怜。颂莲打开酒瓶，闻了闻酒气，淡淡地说了一句，也没什么多哭的，活着受苦，死了干净。死了比活着好。

颂莲一个人呷着烧酒，朦朦胧胧听见一阵熟悉的脚步声，门帘被哗地一掀，闯进来一个黑黢黢的男人。颂莲转过脸朝他望了半天，才认出来，竟然是大少爷飞浦。她急忙用台布把桌上的酒菜一股脑地全部盖上，不让飞浦看到，但飞浦还是看见了，他大叫，好啊，你居然在喝酒。颂莲说，你怎么就回来了？飞浦说不死总要回家来的。飞浦多日不见变化很大，脸发黑了，人也粗壮了些，神色却显得很疲惫的样子。颂莲发现他的眼圈下青青的一轮，角膜上可见几缕血丝，这同他的父亲陈佐千如出一辙。

你怎么喝起酒来了，借酒浇愁吗？

愁是酒能消得掉的吗？我是自己在给自己祝寿。

你过生日？你多大了？

管它多大呢，活一天算一天，你要不要喝一杯？给我祝祝寿。

我喝一杯，祝你活到九十九。

胡诌。我才不想活那么长，这恭维话你对老爷说去。

那你想活多久呢？

看情况吧，什么时候不想活就不活了，这也简单。

那我再喝一杯，我让你活得长一点，你要死了那我在家里就找不到说话的人了。

两个人慢慢地呷着酒，又说起那笔烟草生意。飞浦自嘲地说，鸡飞蛋打，我哪里是做生意的料子，不光没赚到，还赔了好几千，不过这一圈玩得够开心的。颂莲说，你的日子已经够开心的了，哪有不开心的事？飞浦又说，你可别去告诉老爷，否则他又训人。颂莲说，我才懒得掺和你们家的事，再说，他现在见我就像见一块破抹布，看都不看一眼。我怎么会去向他说你的不是？

颂莲酒后说话时不再平静了，她话里的明显的感情倾向对着飞浦来的。飞浦当然有所察觉。飞浦的内心开放了许多柔软的花朵，他的脸现在又红又热，他从皮带扣上解下一个鲜艳的绘有龙凤图案的小荷包，递给颂莲。这是我从云南带回来的，给你做个生日礼物吧。颂莲瞥了一眼小荷包，诡谲地一笑说，只有女的送荷包约情郎，哪有反过来的道理呀？飞浦有点窘迫，突然从她手里夺回荷包说，你不要就还给我，本来也是别人送我的。颂莲说，好啊，虚情假意的，拿别人的信物来糊弄我，我要是拿了不脏了我的手？飞浦重新把荷包挂在皮带上，讪讪说，本来就没打算给你，骗骗你的。颂莲的脸就有点沉下来了，我是被骗惯了，谁都来骗我，你也来骗我玩。飞浦低下头，偶尔偷窥一下颂莲的表情，沉默不语了。颂莲突然又问，谁送的荷包，飞浦的膝盖上下抖了几下，说，那你就别问了。

两个人坐着很虚无地呷酒。颂莲把酒盅在手指间转着玩，她看见飞浦现在就坐在对面，他低着头，年轻的头发茂密乌黑，脖子刚劲傲慢地挺直，而一些暗蓝的血管在她的目光里微妙地颤动着。颂莲的心里很潮湿，一种陌生的欲望像风一样灌进身体，她觉得喘不过气来，意识中又出现了梅珊和医生的腿在麻将桌下交缠的画面。颂莲看见了自己修长姣好的双腿，它们像一道漫坡而下的细沙向下塌陷，它们温情而热烈地靠近目标。这是飞浦的脚，膝盖，还有腿，现在她准确地感受了它们的存在。颂莲的眼神迷离起来，她的嘴唇无力地启开，嚅动着。她听见空气中有一种物质碎裂的声音，或者这声音仅仅来自她的身体深处。飞浦抬起了头，他凝视颂莲的眼睛里有一种激情汹涌澎湃着，身体尤其是双脚却僵硬地维持原状。飞浦一动不动。颂莲闭上眼睛，她听见一粗一细两种呼吸紊乱不堪，她把双腿完全靠紧了飞浦，等待着什么发生。好像是许多年一下子过去了，飞浦缩回了膝盖，他像被击垮似的歪在椅背上，沙哑地说，这样不好。颂莲如梦初醒，她嗫嚅着，什么不好？飞浦把双手慢慢地举起来，作了一个揖，不行，我还是怕。他说话时脸痛苦地扭曲了。我还是怕女人。女人太可怕。颂莲说，我听不懂你的话。飞浦就用手搓着脸说，颂莲我喜欢你，我不骗你。颂莲说，你喜欢我却这样待我。飞浦几乎是哽咽了，他摇着头，眼睛始终躲避着颂莲，我没法改变了，老天惩罚我，陈家世代男人都好女色，轮到我不行了，我从小就觉得女人可怕，我怕女人。特别是家里的女人都让我害怕。只有你我不怕，可是我还是不行，你懂吗？颂莲早已潸然泪下，她背过脸去，低低地说，我懂了，你也别解释了，现在我一点也不怪你，真的，一点也不怪你。

　　颂莲醉酒是在飞浦走了以后，她面色酡红，在房间里手舞足蹈、捶捶打打的。宋妈进来按她不住，只好去喊陈老爷陈佐千来。陈佐千一进屋就被颂莲抱住了，颂莲满嘴酒气，嘴里胡言乱语。陈佐千问宋妈，她怎么喝起酒来了？宋妈说我怎么会知道，她有心事能告诉我吗？陈佐千差宋妈去毓如那里取醒酒药，颂莲就叫起来，不准去，不准告诉那老巫婆。陈佐千很厌恶地把颂莲推到床上，看你这副疯样，不怕让人笑话。颂莲又跳起来，勾住陈佐千的脖子说，老爷今晚陪陪我，我没人疼，老爷疼疼我吧。陈佐千无可奈何地说，你这样我怎么敢疼你？疼你还不如疼条狗。

　　毓如听说颂莲醉酒就赶来了。毓如在门口念了几句阿弥陀佛，然后上来把颂莲和陈佐千拉开。她问陈佐千，给她灌药？陈佐千点点头，毓如想摁着颂莲往她嘴里塞药，被颂莲推了个趔趄。毓如就喊，你们都动手呀，给这个疯货点厉害。陈佐千和宋妈也上来架着颂莲，毓如刚把药灌下去，颂莲就啐出来，啐了毓如一脸。毓如说，老爷你怎么不管她？这疯货要翻天了。陈佐千拦腰抱住颂莲，颂莲却一下软瘫在他身上，嘴里说，老爷别走，今天你想干什么都行，舔也行，摸也行，干什么都依你，只要你别走。陈佐千气恼得说不出话，毓如听不下去，冲过来打了颂莲一记耳光，无耻的东西，老爷你把她宠成什么样子了！

　　南厢房闹成一锅粥，花园里有人跑过来看热闹。陈佐千让宋妈堵住门，不让人进来看热闹。毓如说，出了丑就出个够，还怕让人看？看她以后怎么见人？陈佐千说，你少插嘴，我看你也该灌点醒酒药。宋妈捂着嘴强忍住笑，走到门廊上去把门。看见好多人在窗外探头探脑的。宋妈看见大少爷飞浦把手插在裤袋里，慢慢地朝这里走。她正想让不让飞浦进去呢，飞浦转了个身，又往回走了。

　　下了头一场大雪，萧瑟荒凉的冬日花园被覆盖了兔绒般的积雪，树枝和屋檐都变得玲珑剔透、晶莹透明起来。陈家几个年幼的孩子早早跑到雪地上堆了雪人，然后就在颂莲的窗外跑来跑去追逐，打雪仗玩。颂莲还听见飞澜在雪地上摔倒后尖声啼哭的声音，还有刺眼的雪光泛在窗户上的色彩，还有吊钟永不衰弱的嘀嗒声。一切都是真切可感，但颂莲仿佛去了趟天国，她不相信自己活着，又将一如既往地度过一天的时光了。

夜里她看见了死者雁儿，死者雁儿是一个秃了头的女人，她看见雁儿在外面站着推她的窗户，一次一次地推。她一点不怕。她等着雁儿残忍的报复。她平静地躺着。她想窗户很快会被推开的。雁儿无声地走进来了，带着一种头发套子，绾成有钱太太的圆髻。颂莲说，你上哪儿买的头发套子？雁儿说，在阎王爷那儿什么都有。然后颂莲就看见雁儿从髻后抽出一根长簪，朝她胸口刺过来。她感觉到一阵刺痛，人就飞速地往黑暗深处坠落。她肯定自己死了，千真万确地死了，而且死了那么长时间，好像有几十年了。

颂莲披衣坐在床上，她不相信死是个梦。她看见锦缎被子上真的插了一根长簪，她把它摊在手心上，冰凉冰凉。这也是千真万确的，不是梦。那么，我怎么又活了呢，雁儿又跑到哪里去了呢？

颂莲发现窗子也一如梦中半掩着，从室外穿来的空气新鲜清冽，但颂莲辨别了窗户上雁儿残存的死亡气息。下雪了，世界就剩下一半了。另外一半看不见，它被静静地抹去，也许这就是一场不彻底的死亡。颂莲想我为什么死到一半又停止了呢，真让人奇怪。另外的一半在哪里？

梅珊从北厢房出来，她穿了件黑貂皮大衣走过雪地，仪态万千容光焕发的美貌，改变了空气的颜色。梅珊走过颂莲的窗前，说，女酒鬼，酒醒了？颂莲说，你出门？这么大的雪。梅珊拍了拍窗子，雪大怕什么？只要能快活，下刀子我也要出门。梅珊扭着腰肢走过去，颂莲不知怎么就朝她喊了一句，你要小心。梅珊回头对颂莲嫣然一笑，颂莲对此印象极深。事实上这也是颂莲最后一次看见梅珊迷人的笑靥。

梅珊是下午被两个家丁带回来的。卓云跟在后面，一边走一边嗑着瓜子。事情说到结果是最简单了，梅珊和医生在一家旅馆里被卓云堵在被窝里，卓云把梅珊的衣服全部扔到外面去，卓云说，你这臭婊子，你怎么跑得出我的手心？

这天颂莲看着梅珊出去又回来，一前一后却不是同一个梅珊。梅珊是被人拖回北厢房去的，梅珊披头散发，双目怒睁，骂着拖拽她的每一个人。她骂卓云说我活着要把你一刀一刀削了死了也要挖你的心喂狗吃。卓云一声不吭，只顾嗑着瓜子。飞澜手里抓着梅珊掉落的一只皮鞋，一路跑一路喊，鞋掉喽，鞋掉喽。颂莲没有看见陈佐千，陈佐千后来是一个人进北厢房去的，那时候北厢房已经被反锁上了。

颂莲无心去隔壁张望，她怀着异样沉重的心情谛听着梅珊的动静。她很想知道陈佐千会怎么处置梅珊。但是隔壁没有丝毫的动静。一个家丁守在门口，摇着一串钥匙，开锁，关锁。陈佐千又出来了，他站在那里朝花园雪景张望了一番，然后甩了甩手，朝南厢房里走过来。

好大的雪，瑞雪兆丰年哪。陈佐千说。陈佐千的脸比预想的要平静得多，颂莲甚至感觉到他的表现里有一种真实的轻松。颂莲倚在床上，直盯着陈佐千的眼睛，她从中另外看到了一丝寒光，这使她恐惧不安。颂莲说，你们会把梅珊怎么样？陈佐千掏出一支象牙牙签剔着牙，他说，我们能把她怎么样？她自己知道应该怎么样。颂莲说，你们放她一马吧。陈佐千笑了一声，说，该怎么样就怎么样。

颂莲彻夜未眠，心如乱麻。她时刻谛听着隔壁的动静，心里想的都是自己的事情。每每想到自己，一切却又是一片空白，正好像窗外的雪，似有似无，有一半真实，另外一半却是融化的虚幻。到了午夜时分，颂莲忽然又听见了梅珊唱她的京戏，有点不相信自己的耳朵，屏息再听，真的是梅珊在受难夜里唱她的京戏。

　　　　叹红颜薄命前生就

　　　　美满姻缘付东流

　　　　薄幸冤家音信无有

　　　　啼花泣月在暗里添愁

　　　　枕边泪呀共那阶前雨

　　　　隔着窗儿点滴不休

　　　　山上复有山

　　　　何日里大刀环

　　　　那欲化望夫石一片

　　　　要寄回文只字难

　　　　总有这角枕锦衾明似绮

　　　　只怕那孤眠不抵半床寒

　　整个夜里后花园的气氛很奇特，颂莲辗转难眠，后来又听见飞澜的哭叫声，似乎有人把他从北厢房抱走了。颂莲突然再也想不出梅珊的容貌，只是看见梅珊和医生在麻将桌下交缠着的四条腿，不断地在眼前晃动，又依稀觉得它们像纸片一样单薄，被风吹起来了。好可怜，颂莲自言自语着，听见院墙外响起了第一声鸡啼，鸡啼过后世界又是一片死寂，颂莲想我又要死了，雁儿又要来推窗户了。

　　颂莲迷迷糊糊半睡半醒着。这是凌晨时分，窗外一阵杂沓的脚步声惊动了颂莲，脚步声从北厢房朝紫藤架那里去。颂莲把窗帘掀开一条缝，看见黑暗中晃动着几个人影，有个人被他们抬着朝紫藤架那里去。凭感觉颂莲知道那是梅珊，梅珊无声地挣扎着被抬着朝紫藤架那里去。梅珊的嘴被堵住了，喊不出声音。颂莲想他们要干什么，他们把梅珊抬到那里去想干什么。黑暗中的一群人走到了废井边，他们围在井边忙碌了一会儿，颂莲就听见一声沉闷的响声，好像井里溅出了很高很白的水珠。是一个人被扔到井里去了。是梅珊被扔到井里去了。

大概静默了两分钟，颂莲发出了那声惊心动魄的狂叫。陈佐千闯进屋子的时候看见她光着脚站在地上，拼命揪着自己的头发。颂莲一声声狂叫着。眼神黯淡无光，面容更像一张白纸。陈佐千把她架到床上，他清楚地意识到这是颂莲的末日，她已经不是昔日那个女学生颂莲了。陈佐千把被子往她身上压，说，你看见了什么？你到底看见了什么？颂莲说，杀人。杀人。陈佐千说，胡说八道。你看见了什么？你什么也没有看见。你已经疯了。

第二天早晨，陈家花园爆出了两条惊人的新闻。从第二天早晨起，本地的人们，上至绅士淑女阶层，下至普通百姓，都在谈论陈家的事情，三太太梅珊含羞投井，四太太颂莲精神失常。人们普遍认为梅珊之死合情合理，奸夫淫妇从来没有好下场。但是好端端的年轻文静的四太太颂莲怎么就疯了呢，熟知陈家内情的人说，那也很简单，兔死狐悲罢了。

第二年春天，陈佐千陈老爷娶了第五位太太文竹，文竹初进陈府，经常看见一个女人在紫藤架下枯坐，有时候绕着废井一圈一圈地转，对着井中说话。文竹看她长得清秀脱俗，干干净净，不太像疯子，问边上的人说，她是谁？人家就告诉她，那是原先的四太太，脑子有毛病了。文竹说，她好奇怪，她跟井说什么话？人家就复述颂莲的话说，我不跳，我不跳，她说她不跳井。

颂莲说她不跳井。

（原载《收获》1989年第6期）

顽 主

王 朔

一

"我是个作家，叫宝康——您没听说过？"

"哦，没有，真对不起。"

在"三T"公司办公室里，经理于观正在接待上午的第三位顾客，一个大脑瓜儿细皮嫩肉的青年男子。

"我的笔名叫智清。"

"还是想不起来。您说吧，您有什么事，不是想在我们这儿体验生活吧？"

"不不，我生活底子不体验也足够厚。是这样的，我写了一些东西，都是冷门，任何人看了脑袋都'嗡'一下，傻半天——我这么说没一点言过其实，很多看过的人都这么认为，认为起码可以得个全国奖，可是……"

"落了空？"

"准确地说我压根没参加评奖，我认为毫无希望，瞧，我是个有自知之明的人。也许你不太了解文学圈儿里的事，哪次评奖都是平衡的结

· 1329 ·

果，上去了一些好的作品，但一些同样好的作品偏偏上不去。"

"这个我们恐怕爱莫能助，我们目前和作协没什么业务联系，我们缺乏有魅力的女工作人员。"

"噢，我不是让你们去为我运动。我不在乎得不得全国奖，我对名利其实是很淡泊的，我只希望我的劳动得到某种承认，随便什么奖都可以。"

"您的意思是说哪怕是个'三 T'奖？"

于观试探地问。

宝康紧张地笑起来："真不好意思，真难为情，我是不是太露骨了？"

"不不，您恰到好处。您当然是希望规模大一点喽？"

"规模大小无所谓，但要隆重，奖品丰厚，租最豪华的剧场，请些民主党派的副主席——我有的是钱。"

"奖品定为每位获奖者一台空调怎么样？"

"每位？我可是为自个的事……"

"红花也得绿叶扶，您自个站在台上难道不寂寞？该找几个凑趣的。我想给您发奖的同时也给一些著名作家发奖，这样我们这个奖也就显得是那么回事，您也可一样跻身著名作家之列。和著名作家同台领奖，说起来多么令人羡慕。"

"一人一台空调，这要多少钱？虽然我很想有机会和著名作家并排站会儿，可也不想因此倾家荡产。"

"要是您不赞成奢侈，节省的办法也有，把奖分为一二三等，特等奖为空调您自己得，其余各类为不同档次的'傻瓜'相机，再控制一下获奖人数，我们只选最有名的。"

"这样好，这样就合理多了。"宝康喜笑颜开，"我得空调，别人得'傻瓜'。你列个预算吧，回头我就交钱。"

"您来付钱时能不能把您的作品带来让我们拜读一下？当然哪篇获奖我们不管您自己定，我只是从来没这么近地和一个货真价实的作家脸儿对脸儿过，就是再和文学无缘也不得不受感动。"

"可以。"宝康既矜持又谦逊地说，"我甚至可以给你签个名儿呢。我最有名的作品是发在《小说群》上的《东太后传奇》和发在《作家林》上的《我要说我不想说但还是要说》。"

"了不起，一定很有意思，我简直都无心干别的了。"

"你说，那些名作家会不会端臭架子，拒绝领奖？"于观把青年作家送到门口，青年作家忽而有些忧心忡忡。

于观安慰他："不怕的，领不领是他们的事，不领我们硬发。"

"谢谢，太谢谢了。"青年作家转身和于观热情地握手，"灯不拨不明，您这一席话真使人豁然开朗。"

"不客气，我们公司的宗旨就是帮助像您这样素有大志却无计可施的人。"

在一条繁华商业街的十字路口，杨重正满面春风地大步向站在警察岗楼下的一个他从未见过面的姑娘走去。

"对不起我来晚了，我紧赶慢赶还是迟到了，你等半天了吧？"

"没关系，你用不着道歉。"刘美萍好奇地看着杨重，"反正我也不是等你，你不来也没关系。"

"你就是等我，不过你自己不知道就是了。今天除了我没别人再来了。"

"是吗？你比我还知道我在干吗——别跟我打岔，警察可就在旁边。"

"难道我认错人了？"杨重仍然满面堆笑，一点也不尴尬，"你不是叫刘美萍吗？是百货公司手绢柜台组长，在等肛门科大夫王明水，到底咱俩谁搞错了？"

"可王明水鼻子旁有两个痦子呀。"

"噢，他那两个痦子还在。今天早晨他被人从家里接去出急诊了，有个领导流血不止，因而匆匆给我公司打了个电话，委托我公司派员代他赴约，他不忍让你扫兴。我叫杨重，是'三T'公司的业务员，这是名片。"

"'三T'公司？"刘美萍犹疑地接过杨重递过来的名片，扫了一眼，"那是什么？名儿像卖杀虫剂的。"

"'三T'是替人解难替人解闷替人受过的简称。"

"居然有这种事，你们都是什么人？厚颜无耻的闲人？"

"我们是正派的生意人，目的是在社会服务方面补遗拾缺。您不觉得今天要没我您会多没趣儿吗？"

"可我不习惯，本来是在等自己的男朋友，却来了一个亲热的替身，让我和这个替身谈情说爱……像真的一样？"

"您完全不必移情，我们的职业道德也不允许我往那方面诱您，我们对顾客是起了誓的。大概这么说您更好懂点，我只是要像王明水那样照料您一天，陪您一天。"

"您能有他那么温存体贴、善解人意吗？"

"不敢说丝毫不走样——那就乱了——我尽量遵循人之常情吧。你们今天原打算上哪儿玩？"

两个人并肩往街里走。

"他答应今天给我去买皮大衣的。"

"哦，这个他可没让我代劳。"

"我说不会一样嘛，我们明水历来都是慷慨大方的。"

"活着没劲。"

一个粗粗壮壮的汉子坐在于观办公桌对面沮丧地说。

"活着没劲。"于观心不在焉地附和说。

"那怎么办呀？"

"有什么办法？没劲也得活着呀。"于观抬起头。

"我不想活了。"汉子盯着于观说。

"别别，别不想活。"于观嘟哝着劝道，"好死不如赖活着。"

"那好，你让活那我就活。你给我找点事儿干，我烦了。"

"会玩牌吗？咱俩玩牌吧？"于观提议。

"没劲。"汉子摇摇头。

"那下象棋？"

"更没劲。"

"去公园，划船？看电影？"

"越说越没劲。"汉子来了气，"你也就是这些俗套儿。"

"那你说干什么？干什么我都陪着你。"

"跳楼你也陪着——我要你陪干吗？你也不是女的。"

"哦，我们这儿不给人拉皮条。有专门干这事的地方——婚姻介绍所。你要空闲时间太多，可以练练书法，欣赏欣赏音乐或者义务劳动。"

"见你的鬼，闹了半天我花两毛钱挂号你就给我出这些主意，这不是蒙人吗？"

"我也不是神仙，也不是美国大使馆管签证的，个人的幸福要依赖社会的进步，沉住气。"

"你觉得你活着有劲吗？"汉子目光灼灼地问。

于观看看汉子，看不出他是不是在挑衅。

"挺有劲。"

"我觉得你没劲，你这人特没劲，没劲得我都不想抽你了。"

"你这个不要脸的还回来干吗？接着和你那帮哥儿们'砍'呀？"一个年轻的少妇在自己的公寓里横眉立目地臭骂马青。

"别回家了，和老婆在一起多枯燥，你就整宿地和哥儿们神'砍'没准还能'砍'晕个把眼睛水汪汪的女学生就像当初'砍'晕我一样，卑鄙的东西！你说你是什么鸟变的？人家有酒瘾棋瘾大烟瘾，什么瘾都说得过去，没听说像你这样有'砍'瘾的，往那儿一坐就屁股发沉眼儿发光，抽水马桶似的一拉就哗哗喷水，也不管认识不认识听过没听过，早知道有这特长，中苏谈判请你去得了。外头跟个八哥似的，回家见我就没词儿，跟你多说一句话就烦。"

"我改。"

"改屁！你这辈子改过什么，除了尿炕改了，生来什么模样现在还是什么模样。"少妇哭闹起来，"不过了，坚决不过了，没法过了，结婚前还见得着面儿，结婚后整个成了小寡妇。"

少妇一抬手把桌上的杯子扫到地上，接着把一托盘茶杯挨个摔到地上。马青也抓起烟灰缸摔在地上，接着端起电视机："不过就不过！"

"别价。"少妇尖叫着扑过来按住他的手，"这个不能摔——你是来让我出气的还是来气我的？"

"你说过你丈夫急了逮什么摔什么。"马青理直气壮地说，"你又要求我必须像他。"

"可我丈夫也不摔贵重物品，你这是随意发挥。"

"你没交代清楚。"

"这是不言而喻的。"

"好吧，电视机放回去。下边该什么词儿了？"

"真差劲，看来你们公司没经过良好的职业培训就把你派来了。下边是我爱……"

"我爱你。"

马青和少妇愣愣地互相看着。

"我爱你。"马青重复了一遍，看到少妇仍没反应，十分别扭地又说，"别闹了，宝贝儿。"

少妇笑了起来。

马青涨红脸为自己辩解："我没法再学得更像了，这词儿扎人。"

"好好，我不苛求你。"少妇笑着摆摆手，"意思到了就行。"

"其实我是心里对你好，嘴上不说。"

"你最好还是心里对我不好，嘴上说。"

"现在不是提倡默默地奉献吗？"马青的样子就像被武林高手攥住了裤裆，"你生起气来真好看。"

"好啦好啦，到此为止吧，别再折磨你了。"少妇笑得直打嗝地说，"真难为你了。"

"难为我没什么，只要您满意。"

"满意满意。"少妇拿出钱包给马青钞票，"整治我丈夫也没这么有意思，下回有事还找你。"

"咳，人生，"杨重吐着烟圈，眼望冷饮室的天花板，比画着说，"人生就是那么回事。就是踢足球，一大帮人跑来跑去，可能整场都踢不进去一个球，但还得玩命踢，因为观众在玩命地喝彩、打气。人生就是跑来跑去，听别人叫好。"

"我发觉你特深沉。"刘美萍手托脸着迷地盯着杨重，连酸奶也忘了喝，"你是不是平时特爱思考？"

"是。"杨重眼神儿空洞地说，"我平时特爱思考，特深沉。"

"你是不是上过大学？"

"唔，上过吧。"

"怪不得，上过大学的人都心事重重，若有所思。"

"你是不是也特爱思考？"

"啊，我特爱瞎想，我特爱琢磨人。像我们这种职业吧，就是和人打交道的职业，每天都得和几千人说话，我就观察这几千人的特点。譬如说胖子吧，一般爱买大手绢，胖子鼻涕多嘛，瘦子就买小一点的。"

"腺体分泌和体重有关系吗？"

"当然有关系，世上万物谁和谁没关系？你和这个酸奶瓶要嚼起亲来没准还有点血缘关系呢，你先人死了，烧成骨灰，扬到地里，连土挖出来，烧成瓷器或者玻璃，装上酸奶，卖给你。"

"这就是辩证法吧？比较朴素的。"

"我也不知道是不是，我只知道凡事都有个理儿，打个喷嚏不也有人写几十万字的论文，得了博士。"

"有这么回事，这论文我们上学时传阅过。人家不叫喷嚏，这是粗俗的叫法儿，人家叫'鼻黏膜受到刺激而引起的一种猛烈带声的喷气现象'。"

"你懂得真多。"

"哪里，还是你懂得多。"

"你懂得多。"

"惭愧惭愧。"

"谦虚谦虚。"

"咱们别争了，这样下去没个完，您爱才我心领。"

"我真是诚心诚意夸你。我觉得跟你特说得来，特知音。"

"别别，我这人经不住夸。"

"你老这么一味地谦虚我要生气了，好像我夸你是害你似的。"

"那就算我懂得多吧，其实我也觉得和你特谈得来特知音。"

"我特愉快。"

"我也特愉快。"

马青身心交瘁地回到公司办公室时，于观正被那汉子揪着脖领子在办公室里拖来拖去。

"你别这样，放开我，让人看见不体面。"

"你就成全我吧，就扇两嘴巴，就两个。"

"不行，我吃不住，我体质弱。"

"你就让我干一件想干的事吧，我长这么大还没自个做过回主呢。"

"别的事可以商量，这件事坚决不行。我正告你，如果你碰我一指头，我就和你拼了。"

"都这么自私，只顾自己不顾别人，什么替人解难替人解闷儿，一触到自己就不干了。"汉子松开于观，哭了起来，"我真不幸，真不自由。"

于观喘上来一口气，拉拉被揪皱的衣服，示意马青把手里的垒球棒放回门后。走回办公桌后坐下，对汉子说：

"别哭鼻子了，挂号费退给你，赶紧走吧。"

汉子哭泣着，从马青手里接过两毛钱，紧紧攥着一路走出门。

"胡大，咱们干的这是什么倒霉差使。"

门关上后，马青几步走过来，一屁股坐在于观的办公桌上，大声说。

"我每天挨家去让人骂，你又差点让人打了，就杨重享福，每天去大街上吊膀子，当代用券。我要和他对换工种，种田还得休耕呢。"

"我们不是有君子协定在先，任人唯贤，因材施教。"于观仰在椅子靠背上疲倦地说，"你太温柔，让你去和别人的女人谈心，你每回都把临时帮工变成全面承包，我不能隔一天就让一个丈夫打上门一回。"

"依你说，我只能永远挨女人不歇气儿地暴骂而得不到机会和她们交流了？"

"别她们她们的，她，就一个，一个随便你怎么交流。饭要一口一口吃，仗要一个一个打。有时你那种老少咸宜、兼容并蓄的气魄每个有正义感的人都感到气愤，那不道德……"

"可杨重也不是宦官。"

电话铃响了，于观边伸手去接边反驳：

"可他懂得荟萃，去粗取精，而你总是囫囵吞枣。他有耐心，可以胡扯一天也津津有味，你三分钟端不了簸箕便拔腿去找下一个……喂，找谁？"

"找你。"话筒传来嗡嗡的男声，"我是杨重，我坚持不住了，这女人缠不了啦。"

"我刚刚还夸你有耐心，会胡扯。"

"你不知道这女人是个现代派，爱探讨人生的那种，我没词儿了，我记住的所有外国人名都说光了。"

"对付现代派是我的强项。"马青在一边说。

于观瞪了他一眼，对话筒说："跟她说尼采。"

"尼采我不熟。而且我也不能再诌'砍'了，她已经把我引为第一知己，眼神已经不对了。"

"那可不行，我们要对那个肛门科大夫负责，你要退。"

"她不许我退，拼命架我。"

"这样吧，我们马上就去救你，你先把话题往低级引，改变形象，让她认为你是个粗俗的人。"

"你们可快来，我都蒙了，过去光听说不信，这下可尝到现代派的厉害了……她向我走来了，我得挂电话了。"

"记住，用弗洛伊德过渡。"

"快来，我坚持不了多一会儿。"

马青嘻嘻笑着，从办公桌上跳下来，兴奋地在屋里转圈踱着步等立身收拾办公桌的于观。

"弗洛伊德我拿手，我就是弗洛伊德的中国传人。"

"你是弗洛伊德病例的中国自动复印版。"于观绕过办公桌走出来，"我不许你趁机卖弄。"

这是个阳光灿烂的中午，街上人群摩肩接踵，所有小餐馆、快餐店都挤满吃饭的人，有些没座的人还把饭菜端到街上站着吃。于观和马青费了半天劲儿，才在一家画着彩色广告的电影院门厅里的冷饮柜台旁找到杨重和女顾客。电影院刚散场，门厅里人挤人，所有人都在大声说话，嘈杂喧闹，他们挤到杨重身边，他也没发现。显然已经才尽，面对滔滔不绝、神采飞扬的手绢柜台组长显得精神恍惚。

"你一定特想和你妈妈结婚吧？"

"不不，和我妈妈结婚的是我爸爸，我不可能在我爸爸和我妈结婚前先和我妈妈结婚，错不开。"

"我不是说你和你妈结了婚，那不成体统，谁也不能和自己个的妈结婚，近亲。我是说你想和你妈结婚可是结不成因为有你爸除非你爸被阉了但就是你爸被阉了也无济于事因为有伦理道德所以你痛苦你看谁都看不上只想和你妈结婚可是结不成因为有你爸怎么又说回来了我也说不明白了反正就是这么回事人家外国语录上说过你挑对象其实就是挑你妈。"

"可我妈是独眼龙。"

"他妈不是独眼龙他也不会想跟他妈结婚给自己生个弟弟或者妹妹因为没等他把他爸阉了他爸就会先把你阉了因为他爸一顿吃八个馒头二斤猪头肉又在配种站工作阉猪阉了几万头都油了不用刀手一挤就是一对像挤丸子日本人都尊敬地叫他爸睾丸太郎。"马青斜刺里杀出来傍着刘美萍站下来露出微笑。

"这是我的同事，马青，这是我们经理于观。"杨重还了魂似的活跃起来，把不错眼珠地盯着刘美萍微笑的马青和刚拖过一把椅子坐下的于观介绍给刘美萍，"他们都是我老师，交大砍系即食面专业的高才生，中砍委委员。"

"是么？可我很少跟三个人同时谈人生。"

"没关系。"马青侧身挡住于观和杨重，"你主要和我谈就行了，有没谈透的地方再让他们俩补充。"

"你别跟我这么近乎，我还不了解你呢。"

"那个肛门科大夫是不是特像你爸爸，你说呢？"

"你说的什么呀？我听不懂你说的话……"

于观笑着转脸对杨重说："你们就在这儿耗了一上午？没进去看电影？"

"看了，《奥比多斯驴在行动》。"

"外国片？"

"哪儿呀，国产片，你不知道现在国产片都起洋名儿？"

"对，我也觉得特空虚，结婚特没劲。"马青拿腔拿调地说，"找来找去不是找着自己爹就是找着自己妈。哪像人家外国，谁跟谁都能睡觉，人家也方便，都有房子，你自个有房子吗？"

于观和杨重一起笑起来，杨重掏出烟递给于观一支，两个人头凑在一起点火。

"……我就特钦佩人家外国女的，怎么睡也不拧着男的胳膊去商店买这买那……我没被人拧过，杨重老被人拧，脱臼好几回了。"

马青扭过头眨着眼儿笑着问杨重："是不是杨重？"

杨重磕磕烟灰笑着说："你就拿我开心吧。"

"咱们走吧杨重。"刘美萍伸着脖子从马青头后露出脸。

"再坐会儿再坐会儿。"杨重说。

"你甭老拉我们哥儿们走，你我已经接管了，今儿下午杨重还有别的约会。"

"是么杨重？"

"是。"杨重点点头，对刘美萍笑笑，"身不由己。"

"你就踏踏实实跟我聊着吧，我想和你说的话多着呢。"

"你没正经的，要不你请我吃饭去吧，我这儿坐着听你说都听饿了。"

"要是咱俩单独约会我肯定请你吃，这会儿我是办公呢，要请你吃饭得请示我们经理。经理，我能请美萍吃顿便饭么？"

"可以，不过得你自个掏腰包。"

"毁我？"马青回头对刘美萍说，"要不我请你玩碰碰车得了，那也贵着呢，不过特好玩，玩完你就不饿了。"

"不去，我见车就晕。"

"去吧去吧，那不是一般的车，你玩回试试，保你上去就不爱下来。你们俩也动动。"马青硬把刘美萍从座位上拉起来，搀着，招呼在一旁乐的于观和杨重。

一行人出了电影院，穿街来到街口一家游乐场。刘美萍立刻被花花绿绿的游乐设施吸引了，马青去售票房买了四张碰碰车票，手护着嘴对于观和杨重："过会儿咱哥仨一起撞她，撞晕了算。"

碰碰车场里空空荡荡没什么人，三个男人忍着笑进场各选了一辆车坐进去，马青还扬着嗓子教也往车里坐的刘美萍："等一通电你就胡撞一气。"

管理员接通了碰碰车的电源，四辆车立刻发疯似的打起转儿，四散驶开，接着纷纷掉头回来，接二连三地猛撞在一起。刘美萍没玩过碰碰车，根本不能得心应手地操纵、规避，瞪眼瞧那三位从不同方向向自己冲来束手无策，被撞得连连从座位上蹦起来。碰碰车在急剧旋转，高速滑行，三个男人咧着嘴大笑，一次又一次驱车冲撞刘美萍，只见四辆车隆隆吼叫着叠错在一堆，刘美萍不时飞在半空中。

一场玩完，刘美萍已是脸色苍白，又气又惊，她腿软软地从车上爬下来，一时话都说不出来。

"还行吧？"马青跑过来假惺惺地说，"人家外国人就爱玩这个，刺激。"

"还行。"刘美萍硬撑着说，随即话里带了哭腔，"可我们明水从没让我不吃饭就从事剧烈运动。"

"那你快找你们明水去吧，他一定也想你了。"马青拥着刘美萍脚不沾地一阵风地往街上走，刘美萍挣扎着扭过头冲刚出碰碰车场的杨重喊："再见。"

丁小鲁和林蓓坐在无轨电车里由南向北通过街口，从车窗看到于观和两个人站在路边眉飞色舞地说话，电车经过他们身边时，她露脸喊了一声。

"有人叫你。"杨重对于观说。

于观回头往身后川流的人群张望："哪儿呢？我好像也听见一声。"

"过去了，前面电车里。"

电车在街边车站停下，几乎下空了，又在顷刻间塞满，摇摇晃晃开走，满街仍是熙熙攘攘的人群。

"管他是谁呢，走吧。"

三个人正要转身走，有人又在很近的地方叫了声于观。三人转过身，丁小鲁和她的女伴随着人流走到他们跟前。

"嘿，碰上你了，真是少见。"于观高兴地说。

"叫你都听不见。"丁小鲁对杨重马青点点头，笑着问于观，"干吗呢站在街上？打算去哪儿？"

"找地方吃饭去。"于观把杨重马青介绍给丁小鲁，丁小鲁也把林蓓介绍给他们。

"演员？啊，好职业。"于观敷衍地说。

"我看你们别在街上晃着找饭馆了。"丁小鲁建议道，"到我家去一起做吧，我们也没吃。"

"你家有人吗？"杨重问。

"就我妈妈。"丁小鲁转脸看着杨重，"不过不碍事。"

"她妈不碍事。"于观也说，"还挺神。"

"那咱就走吧。"马青探头插嘴，"别像老百姓似的站在街上说个没完。坐几路车？"

"接着坐电车。"丁小鲁笑着挽起林蓓，领头在前面走。

"你们下午没事吧？"在电车上，丁小鲁小声问于观。

"没事。"于观说，"本来下午也没事。"

丁小鲁家是五十年代苏联援建期间盖的那种俄国风格的笨重结实的灰砖楼房，厚屋顶，窗户巨大，每套单元开间不多但面积宽阔。家具也都是那时公家配发的，式样陈旧，油漆剥落，皮沙发的弹簧已经塌陷。老太太正抱着一只大白猫坐在重新绑过的旧藤椅上怡然自得，看到一大群人呼啦啦进来，大白猫跳下地跑了。一大群人乱七八糟地叫了通"阿姨"，老太太矜持得体地招呼年轻人坐下。看得出来，老太太是受过教育的，经过残酷斗争考验的，既平和又保持着尊严。

"他们是来吃饭的，妈。"丁小鲁说，"家里现在还有什么吃的？"

"我给你看看去。"老太太站起来，往厨房走，一边对于观说，"你好长时间没来了。"

"我这段挺忙。"

"哦，于观也忙了。"

于观不好意思地笑，追着老太太说："阿姨您别忙，吃什么我们自己弄。"

"我给你看看有什么，反正你到阿姨这儿也得凑合，只能管饱。"

一会儿，老太太从厨房回来对丁小鲁说："冰箱里只有一点肉馅了，厨房里也就是土豆白菜了。"

"我去买。"丁小鲁说着站起来。

"千万别去。"于观按住丁小鲁掏钱包的手，"这点就够，咱们包饺子。"

"很近的。"老太太说，"楼下就有个菜市场。"

"我知道，那也别去。我们什么也不想吃，包饺子挺好。"

"不用去不用去。"杨重马青也说，"甭麻烦，咱们就随便吃点。"

"还是去买点。"老太太对女儿说，"男孩子可以将就，姑娘得有点可口的。"

"我也不用。"林蓓说，"我爱吃带馅的。"

"真的别去了。"于观对丁小鲁说，"你太客气，我们就走了。"

"那好那咱们就包饺子吧。"丁小鲁对她妈说，"反正也不是外人。"

"这就对了，我和面小鲁拌馅，老太太您歇着什么都甭管净等着吃——杨重别光自个抽烟，给老太太一颗。"

"哎哟，我不知道阿姨也吸烟，您来这颗。"刚把烟叼上嘴的杨重忙拎着根烟递给老太太。

老太太点着烟看了看牌子："现在年轻人净抽好烟。"

"我们也不置房子置地，有钱就抽两颗烟玩玩。"

老太太吐了口烟，笑着点点头，坐回藤椅上："现在的年轻人没负担啊。"

"您抽烟够溜的。"

"我抽烟的历史比你年龄都长，那会儿天天开会天天熏，就会了。"

于观跟着丁小鲁来到厨房，丁小鲁找出个铝盆，从面口袋里舀出面让给于观，自己洗菜切菜。两个人很起劲儿地干着，一声不吭，客厅里的人聊得挺热闹，不时蓦地响起一阵笑声，老太太的笑声格外响亮。

"你妈精神真好。"

"不操心，不着急，自然精神好。"

"你呢，也挺好？"

"你呢？"于观专心致志地揉着面，脸上沁出了汗。

"我发觉你不太爱说话了。"

"谁说的？我说话时你没听见就是了，哦，有时话是少了。"

客厅传来马青一个人的快速说话声，当他停顿时，响起一片欢笑，笑声刚停，杨重又说了几句什么，笑声再起。

"你这两个同事挺逗的！"

"他们是我最好的朋友。"

丁小鲁手停了一下，又继续剁菜："你终于有这样的朋友了。"

"和他们在一起我总是很快乐。"

笑声忽然大了，厨房门开了，林蓓走进来。

"你怎么来了？你们说什么呢这么乐？"丁小鲁抬头说。

"他们在说他们公司的顾客的事呢。"林蓓倚着门说，"我不爱听。"

"可我听见你跟着笑呢。"

"笑归笑，可我不喜欢。他们特坏，人家一个女顾客就是想跟他们探讨一下人生，也没什么不对，他们就把人家骗到游乐场，故意用碰碰车撞人家，把人家撞岔了气儿。"

"没说的，这坏点子准是于观出的。"丁小鲁笑着直起腰看着于观说。

"不是我，马青的主意。"于观也笑着说，使劲用手拍打着揉得光滑的面团。

"你们真不像话，那么过分。"林蓓�’着嘴说。

"她没察觉是故意的。"

"那也不好，对人一点都不真诚。"

"我们小蓓可有正义感了。"

"不是正义感不正义感，本来嘛。我就不爱跟这种人打交道，谁知道他什么时候是真的什么时候是拿你开心。"

"林蓓怎么跑这儿站着来啦？"马青笑嘻嘻地叼着烟进厨房找火，丁小鲁从煤气灶上把火柴拿起给他，笑着对他说：

"正说你呢。"

"说我什么？"马青点着烟，把火柴扔回去。

"说你坏，干坏事。"林蓓直筒筒地说，眼睛瞪着马青。

马青把烟从嘴上拿下来，看了眼于观，对林蓓说："我没敢得罪你呀，怎么就'坏'了。"

"你对别人坏，我也是女的，不爱听你吹怎么捉弄人家女的。"

"就是，要尊重妇女。"丁小鲁把剁的菜推进盛肉馅的盆，用力搅起来。

"可我不是老'坏'。"马青对林蓓说，"我'好'一个给你看行吗？您容我酝酿酝酿。"

"包饺子了包饺子了。"丁小鲁端着馅盆往堂屋走，"别贫啦，都去洗手。"

林蓓扭身去卫生间，马青吭着烟对于观说："瞧我别扭——这姑娘。"

"她还没习惯你。"于观笑着端起面盆，"人家是好姑娘。"

"敢情咱们都是坏蛋。"

众人七手八脚包饺子时，老太太建议"给干活的人放点曲子"。丁小鲁拧了半天老式箱形收音机旋钮，调出一组豪迈、缠绵的出征歌曲，这些歌曲也是流行歌曲，大家都随着旋律摇头晃脑地哼哼。当歌手唱道："如果是这样，你不要悲哀。"三个男人一齐昂首唱第二声部——："我不悲哀！"

二

天色很亮，纹风没有，街上无声地下着瓢泼大雨，街树冠盖修剪得像最简陋的儿童画，笔直不动地成排伫立雨中。马青屁股离座儿地卖力地蹬着一辆蒙着塑料布的平板车落汤鸡似的张望着前面雨幕中有着巍峨廊柱的剧场。于观、杨重都背头管裤，神态庄重地站在剧场镶着沉重的铜饰的玻璃门前迎接着沿宽大花岗岩台阶拾级而上的来宾，鸡啄米似的文雅地点着头。

马青把平板车蹬到台阶下，骗腿下来，于观立刻在上面吼：

"拉到后台门口拉到后台门口那师傅你听见没有？"

马青可怜地看着于观，于观不再理他，他只得忍气吞声地一手扶把一手拉座推着平板车往剧场后台门绕。

宝康穿着亮闪闪的西服，挺胸凸肚地背手站在于观身边，满意地注视着湿漉漉的台阶上移步款行的一对对头发蓬松、面孔苍白的西服革履的男女，笑眯眯地问于观：

"你从哪儿收集来的这么些有身份的人——我真开了眼，每个人后脖都是雪白的。"

"不是我有办法，我只是发了些通知，他们其实是慕您的名而来，这都是爱好文学的青年。"

"你说，要是他们知道这个不起眼儿地站在门口的人就是宝康本人，他们会吃惊吧？"

"会的，一定会，我打保票他们会把您围得水泄不通就像前几年围观外国人。"

"同志，"一个挽着女伴的高个男青年问于观，"会后真有舞会吗？"

"有有。"于观忙转过身小声说，"请柬上印着呢。"

"可我们经常上当，说有舞会把我们诳来，陪着那帮傻瓜开半天会，会后却什么也没有了，把人轰出来。"

"这次您放心，不但有，还是一水儿的'的士高'。"

"不骗人？"

"我发誓。"

"舞会上有免费饮料也是真的吗？"男青年娇小的女伴问。

"带。"

"这样十块钱还算值。"这对男女转身交券进了场。

于观回身瞟了眼宝康："没办法，有人群的地方就有左中右。"

宝康毫不介意："有个把俗人还是允许的。你说过会儿我发言不能过多地谈自个吧？那样是不是显得太自满了？"

"花插着吧，谈自个的同时也谈谈人民的哺育、组织上的关心、社会的温暖等等各种伸出来的手。"

杨重跑过来："头儿，差不多了，咱们也该进去了。"

"你也进去到主席台就座吧。"于观对宝康说，"想说什么再演习演习，到时候别忘了词儿。"

丁小鲁和林蓓从剧场前的车站下了车，向剧场走来。林蓓打了把五十公分的素花伞，丁小鲁几乎全身裸露雨中，但她衣服没怎么湿，她很从容地走在雨的缝隙之间。于观向她们招手，她们走了上来。

"居然来了，不是说不来？"

"想了想还是来，看看你们到底在忙什么。"丁小鲁温柔地笑，"你好杨重。"

"你好。"杨重腼腆地伸手和丁小鲁握了握。

"马青呢？"林蓓往于观身后看。

"他在后台卸奖品。"

"挺隆重。"丁小鲁和于观一行进入剧场，"你们挺会搞。"

"喝，不赖，来的全是狼以上的品种。"浑身湿透像个小瘪三似的马青从条幕边偷偷往剧场里看，对找来帮忙的小哥儿们说。他一转身看见于观、丁小鲁一行进入后台，便喊："噢，林蓓。"

"噢，马青。"林蓓笑着一扬手，绕开摆在地上的坛坛罐罐走过来，"那个起了个姑子名儿的作家在哪儿呢？你指给我看。"

"喏。"马青用嘴向主席台上一努，"那个单钵儿坐在台上烤的就是。"

林蓓瞅着宝康呵呵笑："挺式样儿的。"

剧场里正大音量地放着欢快的曲子，强制性地制造着热烈气氛，人们在休息室进进出出，咬着蛋卷冰激凌侧身在狭窄的座位排间找座位号，没人看坐在台上伸着脖子喜滋滋地遥望着大家的宝康。

"奖品在哪儿？"于观问马青。

"那不是？"马青用手一指摆在桌上的空调机和一溜黑革套照相机，自顾和林蓓说笑。

"我问的是奖杯。"

"地上。"马青指了指众人脚下的坛坛罐罐。

"就这个？！"于观举起一个大肚坛子难以置信地端详，猛地蹾在地上，愤怒地说，"这是腌鸭蛋的坛子。"

"你别火呀，头儿。"马青笑嘻嘻地说，"这坛子沉着呐。您不给钱让我弄坛子，弄来这咸菜坛子就不错了，什么坛子不是坛子？"

"得，这回成坛子胡同了。"于观绝望地说，"我怎么能不动声色地给著名作家们每人发一个咸菜坛子？人家准会恼我们。"

"昨晚偷的——这些坛子？"杨重小声问马青。

"哪里，"马青说，"正经是我们胡同口副食店赞助的。头儿，人家可要鸣谢，我答应人家了，不能言而无信。"

于观气哼哼地瞪了马青一眼："你就坏我事吧。"

剧场里传来一阵阵"噢噢"的叫声和掌声夹着口哨声，后台的人都掀开幕条往下看。

"谁来了？哪个作家来了？"于观紧张地问。

"谁也没来。"杨重回头说，"底下的人见还不开始起哄呢。"

"到点了么？"于观捋捋两只袖子，没表。

"过了。"杨重说，"过了十分钟了。"

"一个著名作家都不来，真不给面子。"

"要不要再等等？"杨重问。

"不能等了，我们不惯这毛病，没他们我们照样开会他妈的——"于观冲后台呆立的人一挥手，"没事的都上主席台，不许笑！没人认识你们。"

于观站到条幕边，脚往台上一迈，立刻做出满面春风的样子，就坡下驴地轻轻鼓着掌迎着满场哄声亮了相。随着他身后，丁小鲁、林蓓、杨重和其他不三不四的人也硬着头皮登了场，最后一个扭捏地不肯上场的人几乎是被马青推出来的。

乐曲停了，台下的人声更大了，掌声、叫声波涛般一浪一浪涌上台，也分不清是欢迎还是起哄，伪作家们像在照相馆的灯光下一样"自然"地笑着，鱼贯入座，坐下后都低着头。

"咳、咳。"于观单肘横陈桌上，在麦克风前咳嗽了几声大声说，"下面我宣布，'三T'文学奖发奖大会现在开始——"

会场响起雷鸣般的掌声，接着戛然而止，一个人声："呀呀呀。"旋即再度响起雷鸣般的掌声。于观坐在座位上闭上了眼，他听出那个"呀呀呀"是自己的声音，那是试听录好的掌声时不小心按了录音键录上的。

后台工作人员关了掌声，于观没精打采地说："下面进行会议第一项议程，请'三T'文学奖评奖委员会主任委员杨重同志讲话。"

雷鸣般的掌声又响，中断，一个人大声"呀呀呀"。

杨重接过于观传来的麦克风，愣了片刻，开始说：

"今天，我们大家在这里，开这个会——很好……"

雷鸣般的掌声，"呀呀呀"。

会场传来清晰可辨的笑声，主席台上也有人在低头笑。于观茫然地望着前方，一副听天由命的样子。丁小鲁试图给站在条幕边的马青打手势，让他关掉录音机，马青也用各种手势猜测着她的意思，最后似乎懂了，仍旧站着不动，眼睛看向别处，丁小鲁叹了口气。

杨重"很好"了一遍，在雷鸣般的掌声和"呀呀呀"中把麦克风传回于观，明显地如释重负。

"下面进行大会第二项议程，请市委领导同志讲话。"

于观扫了眼主席台上衮衮诸公，每个人都把头更深地低下去，没有一个挺身而出。只好跳河一闭眼，把麦克风传给离他最近的那个人。那个人先是一怔，随即把麦克风传给了自己的下一个，主席台上开始了一场无声的"击鼓传花"，坐在主席台最边上的那位无人可传，只好认倒霉，嘟嘟哝哝地说起来：

"临时把我请来思想没什么准备话也说不好我看客气话也不用说了表示祝贺祝贺'三T'公司办了件好事……"

"说得挺好，挺像，就这么说下去。"杨重看着台下小声鼓励。

那人鼓起勇气抬起头，果然会场一片鸦雀无声，几千只眼睛亮晶晶地无邪地仰望着他。这人乐了，自信起来，解开衣服扣子，掀开衣襟叉起腰：

"今天来的都是年轻人嘛。"他扭头看了看坐在第二排的宝康，"我看了看获奖的同志年龄也不大，年轻人自己写东西自己评奖，我看这是个创举，很大胆，敢想敢干，这在过去简直是不可思议的事……"

于观汗立刻下来了，忙示意杨重制止"市委领导同志"，那人看到于观向杨重小声递话，笑眯眯地问，"于观同志你说什么？这样的活动还要多搞？好嘛，我支持。依我看奖品还可以再高级点，面儿还可以再宽一些，最好再设个读者奖，给来参加会的人都发点纪念品，人家来参加会也是对你的支持嘛。"

"哗——"会场响起真正的热烈掌声，"市委领导同志"满面红光地微笑着向群众致意，一边把麦克风递给杨重："活该，谁让你们把麦克风给我让我讲话的。"

发奖是在"受苦人盼望好光景"的民歌伴唱下进行的，于观在马青的协助下把咸菜坛子发给宝康、丁小鲁、林蓓等人，并让他们面向观众把坛子高高举起。林蓓当场就要摔坛子，于观和马青一左一右夹着她，帮她举起坛子，不住声地说："求求你求求你了，你就当练回举重吧。"

大会继续庄严隆重地进行，宝康代表获奖作家发言，他很激动，很感慨，喜悦的心情使他几乎语无伦次。他谈到母亲，谈到童年，谈到村边的小河和小学老师在黑板写字的吱吱呀呀声；他又谈到少年的他的顽劣，管片民警的循循善诱，街道大妈的嘘寒问暖；他谈得很动情，眼里闪着泪花，哽咽不语，泣不成声，以致一个晚到的观众感动地对旁边的人说："这失足青年讲得太好了。"

宝康抒发完他那长长、萦回不去的情怀后，于观宣布大会结束，"请同志们跳舞"。

二楼舞会大厅内，服务员们已在沿墙排列的长条桌上摆满了数以百计装好啤酒的玻璃杯和丛林般揭了盖的瓶装啤酒，遥遥望去，颇为壮观。

两扇几乎高达天花板的包着皮革的巨门被缓缓推开了，走廊里挤满了衣冠楚楚的男女，他们像攻进冬宫的赤卫队员们一样黑鸦鸦地移动着，拥了进来，而且立刻肃静了。走在最前排的是清一色高大强壮、身手矫健的年轻男子，他们轻盈整齐地走着，像是国庆检阅时的步兵方阵，对前面桌上的啤酒行着注目礼。尽管不断拥进的人群给他们的排面形成越来越大的压力，他们仍顽强地保持着队形，只是步伐越来越快，最后终于撒腿跑起来，冲向所有的长条桌，服务员东跑西闪、四处躲藏，大厅里充满胜利的欢呼。在震耳欲聋的喧嚣声中，最先跑到桌边的人开始挨个杯子喝下去，飞快地、不眨眼地喝光一杯又一杯。源源不断的人群挤到桌边，无数只手伸出去抢酒瓶、抢杯子，把几十张长桌上的酒水一扫而光。

于观、宝康、丁小鲁一群人步入舞会大厅时，展现在他们面前的是一个大型庆丰收群雕，一组组造型迥异的痛饮形象叠错有致地环布四周，男人们和女人们从堵住嘴遮住脸的倒竖的酒瓶后面露出喜悦眼睛。

"天哪！中国老百姓真是世界上最好的老百姓。"于观激动地说，"他们其实并没有什么过奢的要求。"

爵士鼓惊天动地地响起来，势如滚雷，管弦齐鸣，群雕活动起来，像听到号令的团体操表演者奔跑穿插站住，以不同的摆幅摇扭着，渐次亢奋狂热，像一锅滚开的粥。

"跳，跳，都起来跳。"于观像活动木桩似的跳着密宗迪斯科，充满内心激情严肃地对纷纷坐下来的众人说，"这没有一定之规，只要跳起来。"

夜晚，雨仍在下，但是小了。亮着路灯的马路上水雾蒙蒙，街上的行人都耸肩缩颈匆匆而行，商店的霓虹灯在雨雾中红绿模糊一片。

于观、丁小鲁、宝康等人挤在一辆计程车里有说有笑。司机提心吊胆地注视着路边驶过的一个个朦胧的交通警岗，抱怨说：

"一下上来六个人，警察看见非罚我钱。"

"你老嘟囔什么呀，烦不烦？"坐在前座回头扒着说话的马青说，"再嘟囔你下去。不就罚两个钱嘛。"

"又不是罚你，你当然没事。"司机一面小心地驾驶，一面回嘴，"换我我也会说。"

"跟你们在一起真快活。"宝康感慨地说，"什么都不在乎，活着真舒心。"

"无赖呗，你要是无赖了也就什么都不在乎了。"被杨重和宝康紧紧挤着的林蓓说。

"不不，我认为这个无赖的意思应该是无所依赖。"宝康沉思地说，"噢，你写的那些诗我都看过，我很喜欢。"

"我才没有写过什么诗呢。"林蓓笑着说，"我才不是什么诗人，你被他们骗了，我是临时被抓了差冒名顶替的。"

"真的？真有意思。那你也不是梦蝶了？"宝康问坐在他另一边的丁小鲁。

"不是。"

"我说呢，我在台上还纳闷呢，梦蝶怎么换模样了，我记错了？别露怯。"

"这可不怪我们，是于观干的好事，要算账找他算。"

"没关系，一点都没关系，哈哈。不过我一点都没看出你是假的。"宝康对林蓓说，"你的气质很好，很有诗人的风度。"

"瞧，开始诱了。"杨重伏在前座小声对马青说。

"嗯，咱学学，跟作家好好学学。"马青盯着宝康。

"你们这几个里，我发觉杨重风度最好。"宝康又说，"比较深沉。"

"得得，哥儿们，你别骂我。"杨重拍拍宝康的肩膀，"我知道我傻。""喂，作家，你到了。"计程车在路边停下，马青对宝康说。

"等一下。"宝康伸头看了看窗外，急急掏出记事本和笔塞到林蓓手里，"你把你的电话留一个给我，我有事可以找你。"

"我只有团里电话，而且你打这个电话不一定找得着我，我没排练一般不在团里。"林蓓一边说一边把电话号码写上，连笔带本还给宝康，"你要打这个电话找不着我，就打电话给小鲁，她知道我在哪儿。"

"那你也把你电话留给我吧。"宝康把记事本和笔递给丁小鲁，丁小鲁潦草地写了串阿拉伯数字。

"你们的电话我都有了，不用留。"宝康把本笔装回衣兜，扒开人腿往车外钻，"再见，哥儿们。"

"再见。"马青嘟囔着，隔着车窗向站在马路牙子上的宝康招招手。车开走了，林蓓从后车窗向他招了招手。

车上的人都沉默着，惟有林蓓活跃话多：

"我觉得这宝康人挺好的，你们那么骗人家，人家也没生气。"

"反正你是看谁就觉得谁好！"马青不回头地说。

"本来，我就是觉得谁都挺好——就你不好。"

"咱们去哪儿？"马青回头问一直没说话的于观，"是不是找个地界儿一齐下了，别让人师傅拉着咱们转来转去，人师傅这已经是满肚子不高兴了，是不是师傅？"

"您这会儿又心疼我了。"司机只顾看着前方驾驶，"没关系，你们爱怎么转就怎么转，到末了交钱别甩过一个绳套勒住我脖子就行了。"

"不合适，您是客气，我们不能不懂事。"

"到我那儿去吧。"丁小鲁说，"你们要是还想聊。"

"我不想去。"于观说，"我想回家。"

"那你回家吧，我们去小鲁那儿，师傅你给他撂马路边儿上。"

"别回家，回什么家呀。"杨重对于观说，"回家多没劲儿，你也没媳妇儿，你爸也不待见你。"

"停不停？"司机问。

"不停，捡直开。"杨重说。

"谢谢啊，师傅。"在丁小鲁家楼前，马青交完费，最后一个从车里跨出来，回头弯腰冲车内的司机说。

司机笑着摆了摆手："没事。"欠身过来关了车门，熄灯发动开走。

老太太正要上床睡觉，只听门锁一响，一阵杂沓的脚步声夹着说笑声直进客厅，忙披衣出来。

"妈，您还没睡？"人群中的丁小鲁问。

"没呐，来了这么些人。"

"阿姨好阿姨好阿姨好。"

"小声点，小伙子姑娘们。"老太太手指着紧闭的嘴说，"天晚了，轻点折腾，别吵了邻居。"

"小声点，都小声点。"于观对放声说笑的马青杨重说，转过身，"您歇着去吧老太太，我们不闹。"

"我这就去。小鲁，这些人今晚住这儿，我把被褥给你找出来。"

"用的时候我自己去找吧。"

"不用找，我们随便在沙发上将就一夜就成。"

"那可不行。"老太太说，"年轻人不知利害，会睡出毛病来的。"

老太太回屋把箱子打开，搬出被褥撂到小鲁房内，交代清楚了才抱起溜出来四处走动的白猫回房关门睡觉。

"沏点茶，小鲁。"于观说。

"这就去。"丁小鲁去厨房拿来暖瓶，从茶几下端出茶壶茶杯茶叶筒，抓了几撮茶叶撂进茶壶，灌进开水，盖上盖儿闷着，又搬出一个大饼干筒，"谁饿了谁吃。"

马青伸手抓了几块饼干回到沙发上一块块放在嘴里嚼着。杨重斜倾着身子靠在沙发上摇手说不吃，问小鲁："你这儿有牌吗？"

"有，在写字台抽屉里。你想玩？"

"你们想玩么？"

"可以呀。"马青斜着眼儿说，"玩你还不板儿输。"

"别玩牌啦，你们聊天吧，我爱听你们聊天。"林蓓蜷缩在一边说。

"聊天没劲，老聊还有什么可聊的？你同意玩牌吗，小鲁？"

"我无所谓，你们说玩牌就玩牌，你们说聊天就聊天。"

"玩牌。"马青说。

丁小鲁找出扑克扔到茶几上，把沏好的茶斟进茶杯。

"怎么着，玩什么？"杨重洗着牌说，"抠？"

"玩'抠'一个人没事干，不玩'抠'。"于观说。

"那玩'三尖'也还少一个人。"

"你们玩吧，我在一边看着。"丁小鲁说。

"那多不好，你不能再找一个人么？你们邻居有没有还没睡的给叫来。"

"我去敲门试试。"丁小鲁站起说。

丁小鲁出了单元门去敲对门的门，在楼道里喊喊喳喳和人说了会儿话，领着一帮男女回来。几个小伙子一进门就笑着说：

"听说这儿有人叫份儿？"

"嘿，这晚上净是一帮一帮闲得没事的。"马青笑着对于观说，"练吧，人家找上门来了。"

"哟，没我们女的份儿了。"后进来的一个笑眯眯的女孩说，"你们人手够了。"

"你来玩我的，正好我不想玩。"于观说。

"你别不玩呀。"杨重说。

"我真的不想玩。"于观说，"你们要人不齐，我可以凑一手，人多就算了。"于观把那个笑眯眯的女孩拉到自己身旁坐下，"你玩——我帮她看着牌。"

"你来给我看着牌。"马青招呼林蓓坐到自己身旁，"看我怎么赢。"

一圈人开始洗牌摸牌，对方一个小伙子问："咱玩光记分的还是挂点血？"

"挂血的。"马青说。

"别挂血。"丁小鲁说，"挂血不好，光记分得啦，我给你们找纸和笔。"

头几把双方都还斯文，静静地出牌，分出高低后气氛开始热烈，会说的也都开始拿对手插科打诨，真真假假，互相进行神经战。

"动？动就剐你！赶紧走，疙瘩在他们那儿就带牌，大供给车不算臭！"

"别闯牌，疙瘩就想带牌？握着'猫儿'的还没说话呢，削坍了吧？谁闯削谁！"

早晨，天已经大亮，楼下传来公共汽车的行驶声和自行车的铃声以及行人的说话声。丁小鲁、林蓓已经回房睡觉了，那个笑眯眯的女孩也早由于观替换下来回了家。六个男人仍在全神贯注地玩牌，一根接一根地吸烟，眯着眼睛拢捻着手里的牌，屋内烟雾腾腾，每个人脸上都失去了血色。大白猫无声无息地走进来，瞅着他们，于观招手叫它过来，它扭头走开。

这一局又是于观这方输了，大家把牌纷纷扔到茶几上。

"到这儿吧。"对方一个小伙子说，"我顶不住了。"

"到这儿吧。"于观把牌拢到一起装盒，"有机会再练。"

那几个小伙子猛吸几口把嘴里的烟抽短插在搁满烟蒂的烟灰缸里，站起来和马青杨重道别，陆续走出去敲对门的门。

于观把灯关了，打开窗户放烟，雨夜里就停了，清凉的空气飘溢进屋。杨重站起来打着呵欠伸懒腰，笑着说：

"又过了一夜，打牌是好混。"

"其实最后一局本来咱们能赢，都是于观太坠。"马青上了趟厕所回来，系着裤扣说，"攥着'吊儿'不卖，等着看画儿。"

"他玩牌是臭，就跟不会玩似的。"

"我怎么没卖，没法儿卖，'猫儿'都坐在人家手里，卖也白卖，最后也走不了。"

"怕着你不是也没走成嘛！这时候就不能管那么多了，专削一家，从大往小抻牌，扛着，不让他们垫小牌。你走不了别人还能走呢，逃一家是一家，怎么也不能让他们打十零。"

"得，跟着您长学问。"

"嘿，他来劲了。"马青看着杨重说，"咱们是不是得治治他？"

"得治治。"杨重同意。

"来呀。"于观在窗前横转过身，拉开架势，"您二位要不怕弄伤了自个就来。"

"真挤对活人。"杨重边说边凑过去，"我就当生下来就是残废吧。"

杨重、马青一下扑了上去，三个人紧紧扭在了一起，较了会儿劲儿，于观被制服了，笑着说："别闹别闹。"

"这叫什么？这叫'捂笼抓鸡'！说，说你臭。"

"我臭。"

马青、杨重笑着松开于观。马青鼓着胸脯子说："也不看哥哥是练什么的，职业空手道。"

"牛逼。"杨重横着身子扔在沙发上，"我得睡会儿了。"

"你们睡吧，我得去公司看看。"于观说着往外走，"你们要是下午不来，中午给我打个电话。"

"我说你也睡会儿吧。"马青说，"权当今儿全公司学习。"

"我不困，不想睡。"

"你什么都'不想'，睡觉也不想，你想干吗？"

"我记得你没担任过圣职。"

"你不正常！"

"你才不正常！"

于观蹑手蹑脚穿过堂屋，大白猫"噌"地从饭桌上跳下地，碰倒了一瓶牛奶，于观三步并作两步过去把牛奶瓶扶起来，牛奶已洒了一桌。丁小鲁在她的房内叫于观，接着把房门推开一道缝："你来。"

于观走进丁小鲁卧室，丁小鲁穿着睡衣蓬着头坐在床边，林蓓脸冲墙睡得正熟，长长的黑发散在枕上。

"你睡了会儿吗？"丁小鲁小声问。

"睡了会儿。"于观也小声回答，"你干吗也这么早起？"

"我今儿得上班去，不能老不去。你要不要吃点东西？外屋有牛奶。"

"牛奶已经让猫吃了。"

"是么，这个馋猫。"丁小鲁脸上露出微笑，"我再给你搞点什么？"

"不用了，我不想吃。早饭吃不吃无所谓，不是必不可少的。"

"你这样生活太不规律了，对身体不好。"

"反正我也不打算活一百岁，管他好不好。"

"于观，有什么……算了不说了，我知道你也没什么需要我帮忙的。就这样吧，尽管来。"

"知道。"于观看了眼丁小鲁，抬腿走了。

于观走在遍洒阳光的街上，一辆载满客的公共汽车从他身后驶过，他拼命跑步追上去，挤入车站混乱的人群。

三

天空湛蓝，万里无云，城市街道上刮着暖和干燥的风，行人都显得懒洋洋的，步态悠闲，任风把头发和裙边裤角吹得飘拂鼓起。马青和杨重坐在花房般镶着通体玻璃窗的咖啡厅的临窗座位上，看着来来往往的行人，听着一位老兄胡侃：

"想想吧，万人大餐厅，多么壮观！多么令人激动！就要在中华大地矗立起来！不要总说外国的月亮圆嘛，我们也有一些世界之最。我豁出来了，工作也辞了，不惜一切要把这件事促成，咱不就为了把事办成吗？不惜浪费！长城当时不也是劳民伤财么，现在怎么样？全指着它抖奋了。干就干史诗性的东西！"

"可能骗来那么多老外么？"

"能，管能！你以为老外们一天到晚在干吗？不就憋着到咱们中国来大快朵颐。"

"于观！"杨重看见着件皱巴巴夹克衫的于观正从外面的街上慢慢走过，又敲玻璃又喊。

于观回头往这边张望，看见像关在兽房里的猩猩一样扒着玻璃挥舞着手臂的杨重和马青，离开人流向这边走来。

"正找你呢。"于观绕过咖啡厅里散布的桌子走到他们座旁，杨重说，"中午别回公司了，有饭局。"

"谁的饭局？"于观坐下，端起杨重的残剩咖啡喝了一口，放回去。

"宝康请咱们，丁小鲁上午来的电话，说一定要叫上你。"

"他怎么想起挨这份宰？"

"他给丁小鲁打电话让叫上林蓓，懂啦？"杨重眨眨眼儿，"不吃白不吃。"

于观看马青："你们上午就在这儿闲泡？"

"这哥儿们正跟着我们说他们要搞的万人大餐厅的事呢。"

"万人大餐厅？"于观五官挤到了一起，"又是故事。"

"不是故事是现实。"那人心平气和地说，"花旗银行已经答应贷款了，利率百分之六，只要求中国银行担保。"

"不可能吧？"于观说，"你当这是中国借钱给越南打美国佬？商业贷款没听说过有这么低的，不定谁蒙着谁呢。再说万人大餐厅，好家伙！就算一天两餐，一餐一巡，每年也得七百多万外国鬼子，得组织多少支八国联军？"

"你可能不太了解现在世界上的情况，无产阶级队伍在壮大，资产阶级人数也在剧增，客源你不用操心，只希望你们帮我把中国银行担保办下来。"

"办不了，中国银行从来不为这种野鸡项目担保。"

"我记得你好像说过你们家小保姆原来在中国银行什么副行长家里当过保姆？"

"没错。"于观扭脸对杨重说，"你要拐他们家孩子我可以跟她说说。"

"办不了就办不了吧。"那人看着杨重，"不用过于为难，你们办不了我再找别人。"

"的确不是不愿帮忙，是没办法。"

"没关系，这事我经多了，人的能力是有限，说实话，我就是抱着办不成的决心来办这件事的，办成了，意外之喜，办不成，早已料到，永远充满信心。"

"现在这事还就得这样。"三个人奉承地笑起来。

"你那件衣服没退掉？"马青看着于观身上的夹克说，"怎么你自己穿起来了？"

于观揪揪夹克的袖子，"售货员说领子脏了不给退。我想我已经答应人家肯定帮人家退掉的，钱都先给人家了，再找人家要也不好意思，算了，反正我也正缺春秋穿的衣服。"

"可你穿着不合适，袖子也短。那孙子也够孙子的，穿过的衣服拿来让咱们退，你接活儿时也不仔细看看。"

"一件衣服什么大不了的，我也不需要好看，凑合穿吧。"

"你们聊,我走了。"那人站起来说,把桌上的烟装回自己口袋。

"走啊?"杨重、马青都说,"别走了,待会儿和我们一起吃饭。"

"不用了。"那人笑着说,"我已经过了为吃一顿饭什么都可以不干的年龄了——我还有事。"

"这也是空手道。"于观说。

那人刚走到咖啡厅门口,林蓓像只花蝴蝶似的一阵风冲进来。那人为她闪开道,回头看了她一眼,出去了。林蓓灵巧地穿过各个桌间,带着全厅被吸引过来的视线来到他们桌旁,一屁股坐在刚离去那人的座位上:

"我在剧场走台刚完就跑来了,没迟到吧?"

"没迟到。"三个男人一起微笑着看她。

"谁请客,你吗?"林蓓问马青。

"我哪请得起,宝康请。"

"他请?他为什么请?"

"你不知道我们更不知道了,我们是沾你的光。"

"沾我的光?我跟他也没什么关系。"

"谁也没说你跟他有什么关系。"于观笑着说,"你何必紧张。"

"我紧什么张?你们说话怎么阴阳怪气儿的,就好像我怎么啦似的。其实我根本不会和宝康有什么,我一点没觉得他那人好,我觉得他特可笑。"

"别解释别解释。"

"真是的,我不跟你们说话了。"

林蓓越着急,三个人就越逗她,最后还是马青为她解了围,问她晚上是不是要演出。

"演,你们还不去给我捧捧场?"

"那当然得去，你不让去都不成。"

"请你们捧场要收我费吗？收费我可没钱。"

"不用收费，过会儿吃饭给你三个哥哥一个斟一杯酒就行。"

"这容易，那就说定了。"

"你发觉没有？演员笑起来和一般人不一样，别人笑都是眯着眼，她们笑是睁圆眼。"

"宝康！"于观手拢成喇叭喊出现在咖啡厅门口的宝康。

宝康转过身，喜洋洋地微笑着，他身边站着一个面目和蔼、文质彬彬的中年人。

"这位是赵尧舜，我的老师。"

这群人换了间中国式金红色调的餐厅，围着檀色的大圆桌团团坐下，宝康为于观介绍中年人。

"早就听宝康说起你，非常想结识一下你，所以就来了。"

赵尧舜边说边从裤袋摸出一盒烟一个打火机放到桌上，抽出根烟含在嘴上，用打火机点上，连续按动了几下打火机点不着火："怎么搞的？"

于观把杨重的火柴扔给他，宝康捡起火柴擦着火给赵尧舜点着烟。

"赵老师就是爱和年轻人交朋友。"

"是啊。"赵尧舜吐出烟说，"今天的年轻人和我们年轻那时候大不一样，很多心态、想法需要重新认识。我不认为现在的年轻人难理解，关键是你想不想去理解他们。我有很多年轻朋友，我跟他们很谈得来，他们的苦闷、彷徨我非常之理解，非常之同情。"

"赵老师对青年人的事业也非常之支持。"

"我们不过是一群俗人，只知饮食的男女。"

"不能这么说，我不赞成管现在的年轻人叫'垮掉的一代'的说法，你也是有追求的，人没有没追求的，没追求还怎么活？当然也许你追求的和别人追求的不一样罢了。人这个东西是很有意思的，总是靠希望生活，不管是生活得好还是不好，都希望自己的环境变化，变得新一点，不可捉摸一点，否则便会觉得平淡、空虚，你也一样。"

"噢，是这样，怪不得。"

"要不无法解释人类为什么会不断进步！"

于观注视着赵尧舜，笑起来："看来我自己都不知道我对人类进步有不可推卸的责任。"

"好好聊聊，有空好好聊聊。"赵尧舜像牧马人爱抚自己心爱的坐骑一样轻轻拍着于观的背，"年轻人，很有前途的年轻人。"

"赵老师，您别光夸他呀，是不是也夸我几句。"马青探着头笑着说。"都不错，你也不错，今天在座的都是很可爱的青年。"

"丁小鲁怎么还没来呀？"于观直着眼大声问宝康，"你告她是在这儿吃饭吗？"

"告她啦，我也不知道她为什么这会儿还不来。"

"这个丁小鲁是不是我认识的那个丁小鲁？"赵尧舜手夹着烟问宝康和于观。

宝康没说话，于观低头摆弄筷子："女的，《能干妇女报》的。"

"那就是她，我跟她很熟。放心，她会来，她知道我来一定会来。她知道我来吧？"

"知道，我专门跟她说了您来。"宝康说。

"噢，你们跟她也认识。"赵尧舜逡巡看着每个人的脸，"那是个很不错的姑娘，她妈妈过去跟我是同事。她岁数也不小喽，个人问题大概到现在也没解决。"

"我们跟她也不熟，一般认识。"于观说。

"那姑娘心眼儿不坏，就是……"赵尧舜含笑指指脑袋，"这儿慢一点。"

"上菜吧，宝康你叫服务员上菜吧，我都饿了。"林蓓叫着，用手撑桌向后翘起椅子看着厅顶密集深嵌的灯眼。

"上菜上菜，服务员，上菜。"宝康叫穿着红制服的服务员，"你怎么着急了？下午还有事？"

"晚上演出，下午得早点去装台。"林蓓把椅子落回地，从纸套里抽出筷子，小学生握铅笔似的攥着竖在桌上，翻着白眼说。

服务员很快上齐了冷拼，又开始一道道传热炒。林蓓端着酒瓶站起来说："我给大家斟酒。"笑眯眯地从马青斟起，斟到赵尧舜问："您喝吗？""来一点吧。"赵尧舜说。林蓓一倒倒溢了出来，接着往下挨个斟。

"我是不是先说几句？"宝康端起酒杯站起来，环顾问。

"有什么可说的？"马青夹着大片牛肉往嘴里塞，"甭玩那虚的，咱就各吃各的。"

"那好那好，大家随意。"宝康坐下去，用手在桌面上请着，拿起筷子先给赵尧舜夹了块松花蛋。

"自己来。"赵尧舜边吃边侧头问于观下手的杨重，"你是哪儿的，也是'三T'公司的？"

"我就是傻波依。"闷头吃喝的杨重粗鲁地回答，"您甭为我费心。"

"年轻人总是过低估计自己。"赵尧舜哈哈笑着，伸臂去夹海茄子。

"你怎么不喝呀？"宝康问吃一筷子就放下筷子坐一会儿的于观，"吃得也不多。"

“我不会喝酒，从不喝，这他们知道。”

“哪有男子汉不会喝酒的，不行。”宝康端起酒杯，“我跟你干一杯，不喝酒算什么男人。”

“可以喝一点嘛。”赵尧舜也说，“我原来也不能喝，后来老要去应酬，也就练出些酒量。”

“人不喝酒你别强迫人家。”杨重冲宝康说，“什么男子汉不男子汉，我就烦这贴胸毛的事。其实那都是娘儿们素急了哄的，咱别男的当着男的也演起来。”

“我跟你干这杯吧。”马青站起来和宝康碰了下杯，一饮而尽。

“非常有意思啊。”宝康坐下来，赵尧舜笑着对他说，“——你这些小哥儿们说话。”

“要不我怎么喜欢和他们待在一起呢。”

“直爽，好交，难能可贵。”

“老赵，我给你发个妞儿吧。”

“别别，我可干不了这事，这是你们年轻人的勾当。”

一群人酒气冲天地混在街上的人流中稀稀拉拉走着，马青搂着赵尧舜的肩膀。

“别羞涩，我看出来您其实心里特愿意，您尚有余勇可贾——您看这大街上哪个不错？”

“那个穿牛仔裤的小姑娘气质很好。”

“不就是她吗？我给您擒来。”

“小马别胡闹，我可不是这意思。”

马青已撇下赵尧舜，快步跟上前面那个像踩着弹簧行进的少女。

“请问，去扁壶胡同怎么走？”

"扁壶胡同？"少女边迈着有弹性的大步走边皱起眉头寻思，"有这么个胡同吗？"

"有，没错，我去过，可现在想不起来了。我只记得胡同口有个包子铺。"

"啊，那你往前走。"少女抬起头看了马青一眼，"前面过了红绿灯的第二个路口有个包子铺，不过我记不清那是不是扁壶胡同了，你到那儿再找人打听吧。"

"谢谢，首都人真好。"

少女斜马青一眼，嫣然一笑走了。

马青停下来笑嘻嘻等赵尧舜。

"老赵，我可跟你和人家约好了，明儿下午五点鹫峰，不见不散。"

"真有你的，你都和人家说了些什么，那么快就搭上了。"老赵笑着说。

"我跟小姑娘说我们这儿有位赵老师想跟您认识认识，赵尧舜赵老师，全国都有名的。小姑娘说：'嗯，赵老师，我知道他，他在哪儿？'人家立刻就要见您，看来是特仰慕您。我说赵老师哪能想见就见，人家特忙，又要接见中央首长又要写文章，你们得约一下。小姑娘说：'约就约吧，什么地方好我也不知道，干脆鹫峰怎么样？那儿远，也静，赵老师教诲我我也专心。'"

"你瞧你都胡说些什么，传出去影响多不好。"

"老赵您别嫌那儿条件不好不安全，我端枪给您站岗，不成我再给您以身当床。"

"别拿人岁数大的人开心。"于观和杨重和他们走成并排，于观对赵尧舜说，"你别听他胡扯，他跟你瞎逗呢。"

"我活这么多年还听不出他的真假吗？饭后散步开开玩笑，没有关系，我也是很爱开玩笑的人。"

"老赵，说真的，"马青笑着问，"你这辈子肥水流没流过外人田？"

"没有，不敢，我这种身份的人你们不了解，看上去有名有地位令人钦慕，其实很受束缚，自己就把自己束缚住了，不像你们年轻人可以无所顾忌。我们年轻的时候和你们现在不一样。那时人都很拘谨，谈恋爱也要向党组织汇报。我那个老婆……不说啦，这些说起来没意思，我们这代人个人生活都是悲剧——宝康呢？他怎么不见了？"

赵尧舜停下来回头张望："他和那个小林去哪儿啦？我们要不要等等他们？"

"我真不喜欢和你一起来的那个人。"林蓓低头揞着坤包，和宝康并排慢慢走在稠密的人群中，"假模三道的。"

"我也不喜欢。不过对他你完全不必用喜欢不喜欢衡量。"

"他真是你老师？"

"就那么回事罢，我叫老师张口就来，这世道上老师也太多了。你跟于观、马青他们认识多久了？"

"不太久，没多久，跟认识你时间差不多。"

"我还以为你们很熟呢。你觉得他们怎么样？"

"挺好的，挺逗的。"

"你没发觉他们其实顶无聊、顶空虚？"

"早发觉了，我一接触他们就发觉了。"

"别看他们一天到晚嘻嘻哈哈，什么都不在乎，其实才不是那么回事呢。我太了解他们这种人了，心里特苦闷，特想干点什么又干不成什么，志大才疏，只好每天穷开玩笑显出一副什么都看穿的样儿，这种人最没出息！——你别跟他们搅在一起，什么都学不到反倒把自己耽误了。"

"我没跟他们搅在一起，我不过是没事去凑凑热闹，我还不知道自己应该多学习、上进么？"

"你别不承认，其实我也不是要责怪你，我只是觉得像你这样天资这么好的女孩子要能够把握自己。你漂亮、单纯，很多人都会围着你转，很容易就滑下去了。真的，我是一片诚意才对你说这番话的。我不忍看你到头来落到像有的女孩子的地步：满身疮痍，无其归所。"

"我知道。"

"你知道什么？你什么也不知道。你就会每天跟在人后面，人家乐你也乐，人家愁你也愁，把时间花在打扮、穿戴、吃零食上，任青春落花流水而去心不在焉。"

"你说得真深刻。那我怎么办呀？我又没毅力。"

"我帮助你，想不想学着写小说？"

"噢，太想了。可我行吗？"

"慢慢来嘛，有我教你。"

"太好了，说话算数。我一直就想写小说写我的风雨人生就是找不着人教这回有了人我觉得要是我写出来小说别人一定爱看别看我年龄不大可经的事真不少有痛苦也有欢乐想起往事我就想哭。"

"你们干吗去了我们等你们这半天是不是宝康又教人家怎么写小说去了作家就会来这套。"

在街口，马青冲刚赶上来的宝康和林蓓嚷。

"没说这个没说这个，我们只是随便聊聊，走得慢点。"

"林蓓你小心点，宝康不是好东西，你没听说现在管流氓不叫流氓叫作家了吗？"

"赵老师他们呢？"

"等你们老不来，去逛商场了。"

在百货商场皮鞋柜台前，赵尧舜反剪着手边走边弯腰细细看着每只造型不同的鞋，和身后两步远跟着如同一对保镖的于观、杨重说着话。

"你们平时业余时间都干些什么呀？"

"我们也不干什么，看看武打录像片、玩玩牌什么的，要不就睡觉。"

"找些书看看，应该看看书，书是消除烦恼解除寂寞百试不爽的灵丹妙药。"

"我们也不烦恼，从来不看书也就没烦恼。"

"烦恼太多不是什么好事，一点烦恼没有也未见得就是好事——那不成了白痴？不爱看书就多交交朋友，不要局限在自己的小圈子里，有时候一个知识广博的朋友照样可以使人获益匪浅。"

"朋友无非两种：可以性交的和不可以性交的。"

"我不同意你这种说法！"赵尧舜猛地站住，"天，这简直是猥亵、淫秽！"

"您说得极是。"

"杨重！"

"谁叫我？"杨重回头，看到对面柜台后一个女售货员在冲他微笑，走过去，立刻又满脸带笑地大声喊于观，"过来，瞧咱们碰见了谁！"

女售货员笑盈盈地看着于观："都把我忘了吧？"

于观也微笑起来："没忘，想起来了，你就在这儿工作啊。"

"可不就在这儿，你要买手绢吗？"

"不买，谢谢。你好吗？"

"挺好。那个小马呢？没和你们在一起？他好吗？"

"都好。你还和那个什么人谈恋爱呢？"

"是呀，我们快结婚了。见到你们真高兴，那一天过得真快活，我现在还老想着那天的事。杨重，我后来还给你打过电话。"

"我怎么没接到？我每天都在呀。"

"谁知道？我老想去找你们玩，又不好意思，就老没去。我想你们大概早把我忘了。"

"怎么会？来吧，我们也老念叨你，还说什么时候吃你喜糖。"

"真的？真这样我就去，我觉得和你们待在一起特愉快。"

"她叫什么名字来着？我怎么想不起来。"离开手绢柜台，于观问杨重。

"我也想不起来，只记得见过。"

"妈妈，您怎么就不理解女儿的心呐！"扎着马尾辫、穿着工装裤白球鞋的林蓓从坐在纸板沙发上戴着花白发套脸上画着皱纹的"老太太"身边急速跑开，在台口冷不丁站住，追光打在她的身上，她面对着脚下黑鸦鸦的观众，慢慢抬起脸，深情地望着半空，一字一句地念：

"我们是新一代的青年，要用自己的眼睛去看世界……"

"可妈妈是爱你。"

"卢梭是怎么说的？"林蓓一拧身，伸着脖子冲"老太太"嚷，"你要那么多东西干吗？你把它搁哪儿？"

"老太太"噌地站起来，回嚷："布里南是怎么说的？'结婚的美妙之处在于它能使一个人独处时也不感到孤独。'斯特里马特怎么说的？'草地开满鲜花，可牛群来到这里发现的只是饲料。'"

"塞万提斯怎么说的？'我从不把鼻子插到别人的稀粥里，因为那不是我的麻酱花卷儿。'罗兰怎么说的？'自从她的体重达到140磅那天起，一个女人生涯的主要刺激就在于发现比她更胖的女人。'"

"毛主席怎么说的？'莫怕莫怕——有我呐！'""一个背老太太过河的小伙子怎么说的？'您舒服了，我可什么都看不见了。'"

台下掌声一潮高过一潮，甚至演员念完了台词也仍有那么几个人拼命鼓掌、喝彩，"妈妈"被掌声鼓得惶惶的，悄悄问"女儿"：

"这两天有地震预报么？"

"听说中国女排又赢球了。"

四

天气越来越热了，强烈的阳光劲射每条马路、街角，繁茂起来的街树在热风中摇曳翻滚，绿得刺目，已经有人穿着短裤汗衫上街了，蝉鸣终日不绝于耳。

"三T"公司办公室里，敞开的窗户吹进来的热风使每张办公桌上都落满灰尘，人们淌着汗把胳膊肘压在桌子上相互交谈。

"您说怎么办呀？我爱她她不爱我，可她明明该爱我因为我值得爱她却死活也明白不过来这个道理说什么全不管用现在的人怎么都这样男的不干活女的不让喇。"

"不破不立，破字当头，立也就在其中了。"

"我们不能派人去打那个不让您调走的领导的儿子，那不像话，我们是体面人。我建议您还是去找领导好好谈谈，到他家去，耐心地、和颜悦色地谈谈。不要拎点心匣子，那太俗气也不一定管事，带着铺盖卷去，像去自己家一样，吃饭跟着吃，睡觉跟着睡，像戏里的那样：'在沙家浜扎下来了。'"

"你还是去交通队一趟，警察说什么你就听着，别自尊心那么强，就当你还小，你爸爸骂你一顿。替他们想想，马路上一天天站着，除了电线杆子再没第三个这么倒霉的，钱也不多挣，再不让人家得词训训人也太不人道了。他训够你自然就把自行车还你了，毕竟是维持秩序不是盗车团伙。"

"实事求是讲，人民生活水平是提高了，过去您没觉着肉贵那是因为过去您压根不怎么吃肉，割二毛钱肥膘就全家包饺子了。要是肉价还是前两年那价，国家就是把全国变成大猪圈也不够您狠吃的。"

"您瞅着您媳妇就晕那就去吃些丸药'六味地黄''金匮肾气''龟龄集'之类的抵挡一阵，再不成就晚上熬粥时给你媳妇那碗里放点安眠药让她吃饱了就犯困看唐老鸭也睁不开眼不洗脚就想上床没心思干别的最多打打呼噜不至于危及您下半生健康。"

"不要过早上床熬得不钉了再去睡内裤要宽松买俩铁球一手攥一个黎明即起跑上十公里室内不要挂电影明星画片意念刚开始飘忽就去想河马想刘英俊实在不由自主就当自己是在老山前线一人坚守阵地守得住光荣守不住也光荣。"

"是的是的，爱情和婚姻是两码事，一是一，二是二——你怎么不长得一是一二是二？噢对不起我走神了想到别的方面去了实在对不起您千万别生气……您接着说吧。"

"我不生气，我一点也没生气的意思。"王明水望着满面倦容的于观宽容地说，"没关系。"

"您接着说吧。"于观用铅笔在纸上乱画着圆圈，"爱情和婚姻不是一码事，完了呢？"

"我看我还是简单点说吧，我够了，不想再自欺欺人了，我跟她——吹了。"

"和谁吹了？"

"当然是那个想和我结婚的姑娘，这没什么了不起，谈一阵又吹了。"

"是没什么了不起，吹就吹吧。"

"你没听懂我的话。我是说我和她吹了可我还没告诉她，我不想伤害她，至少不想亲自伤害她。我不知道该说什么，这种场合怎么做才得体，可我想你们行，你们不是专干这个的吗？都油了。"

"交给我们办吧，我们会给您编出一套冠冕堂皇的说辞。"

"太感谢了，你们可算救了我的驾，我会给你们用左右手各写一封感谢信的。你们要让她理智地接受现实，最好是快乐的，别让她哭，我最见不得女人掉泪。"

"这个恐怕我无法打保票。"

"是啊，我也觉得这是奢望。这样吧，哭可以，愿意掉泪就让她掉几滴，但不要让她哭得背过去，在大街上引起围观，这样影响不好。你们多陪陪她等她情绪平稳下来再撒手。你不知道她多爱我，要是听到我不跟她好的消息那无异是晴天霹雳，搞不好会出人命的。"

"我们是按熟练工种五级工的工资标准计费，不足半天按半天收费，超过八小时要收加班费，另外误餐补助和夜班费一律按国家现行规定，公出乘车实报实销。"

"没问题，我如数付钱。需要几天你们就工作几天，她总不会一辈子想不开。"

"顺便问一句，你和她的关系发展到了什么程度，有没有，嗯，横的关系？"

"我不能骗您，我不能说没有，希望没和您的道德观冲突。其实这不重要不碍事很流行她不会在乎这点的她是个好姑娘只知奉献不知索取……"

"把她的名字、电话号码告诉我。"

"你们见过她，实际上我有一次约会没空就是拜托贵公司代劳的。她叫刘美萍，卖手绢的。"

"等等，您该不是那个什么屁眼保养方面的行家吧？"

"我对您这种措辞很遗憾。"

"我怎么总也写不好，笔一落到纸上脑子就空了。"林蓓回头盯着笑眯眯望着她的宝康，在街上倒退着走，"写作有什么窍门吗？"

"舍得自己。"

"喂，于观不在，出去了。"马青拿起电话粗声粗气地喊。

"去哪儿啦？"

"你是谁？问得这么仔细。"

"你别管我是谁，告诉我他去哪儿啦？"

"去你妈的吧！"马青摔下电话。

"我们都是为别人活着的对不？"于观手揣在两边裤兜，在大街上边走边问比他矮半头的刘美萍。风吹乱了他们的头发，街上到处走动着打着鲜艳阳伞的漂亮女孩子。

"是的，我们都是为别人活着。"

"别人的幸福就是我们的幸福。"

"是的，都这么说。"

"要是为了别人幸福需要我们忍受不幸，我们也在所不辞。"

"在所不辞。"

"真这么想？"

"真的。从小我就发誓不管让我去做刘胡兰还是花木兰我都义无反顾。"

"比她们二位逊色点的呢？"

"也干！"

"现在有这么个机会，一个人需要你，需要你给他幸福。"

"谁？他要买手绢？"

"不不，不是买手绢，我当然知道你服务态度一向是很好的，待客如亲人，不是买手绢，是别的。他需要你的帮助，惟有你的帮助他才能免遭痛苦，获得新生。"

"我有这么有用吗？"

"你比你想的要有用得多。你不但善良而且仁慈，总是替别人考虑得多，心中没有自己只有别人。"

"说吧，叫我干什么，我什么都肯干。上刀山，下油锅……"

"很简单，你什么都不用干，只要你什么都不干，不要再去找他就齐活儿。"

"你说的是……"刘美萍声音颤抖了。

"没错，我说的就是王明水。他委托我来对你讲，他不想再见你了，也希望你不要再去找他。"

"你不是开玩笑吧？"

"不是，我没心思开玩笑。能办到吗？"

刘美萍脸色苍白，倏地转身快步离去。

于观疾步赶上和她并排：

"你最好别去他家找他。"

"……"

"你最好别去他家找他。"

"我不去他家！"刘美萍停住脚，一副尖嘴小兽的神情，"行了吧？"

"别激动，这不算什么。"

"我没激动，我知道这不算什么，用不着你来说三道四，我要走了，我还有事，请让开——请让开！"

刘美萍笔直地向前走去，于观走上旁边一家水果店的台阶，看着她消失在熙熙攘攘的人群中，走进水果店。他在水果店里浏览了一圈镜子、日光灯下的五颜六色的水果，出来慢慢往前走。太阳很毒，迎面而来和从后面擦肩而过的少女们的阳伞边不时杵着他。他走过一家橱窗摆着家用电器和穿呢大衣的塑料模特儿的自选百货商场；走过一家陈列着形形色色杂志的邮局报刊门市部；走过一家餐馆一家照相馆一家鞋帽店一直走到街口在拐角一家冷饮店的玻璃窗外看见刘美萍正坐在湿漉漉的桌旁边喝酸奶边哭。

他走进潮湿的冷饮店，也要了瓶酸奶，在刘美萍桌旁坐下，不喝，看着窗外川流的行人和车辆，茶色玻璃使阳光褪色，外面就像阴天。两个穿裙子的姑娘手挽手走过，在窗前站住往里看，说着什么走开；一个低头走路的男人蹭着玻璃窗走过，抬头往里瞟了一眼。刘美萍已不再哭，手扶吸管吮着酸奶，眼睛不看他。

"我有点卑鄙是吗？男人都卑鄙。"

刘美萍闭了闭眼睛，仍在喝酸奶，跷起二郎腿。

"你知道我不是出于什么好心、同情、怜悯等等，只是在尽职责。"

"我又没怪罪你。"刘美萍小声说，"这里也没你的责任。"

"我倒是诚心诚意想使你好过点——有点痛苦是吗？"

"怎么会不呢？"

"别痛苦。"

"你说得倒轻巧。"刘美萍扑哧一笑，随即嘴角一咧，要哭，"事儿又没碰到你身上。"

"那就痛苦一会儿，不过时间别太长。一小时够吗？"

刘美萍哭着笑起来，"不够。"

"一个半小时？一个小时四十五分钟？一场电影的时间总够了吧？"

"人家心里难受着呢，你还说笑话，真不称职，你应该安慰我。"

"那就再喝瓶酸奶。"于观把自己买的那瓶酸奶推给刘美萍，"你一难受就要去吃东西吗？"

"你怎么知道？"刘美萍咬着吸管看于观，"要不去干吗？总不能去死。"

"说得对，好好活着，气气他们。"于观微微地笑。

"刚才是谁接的我的电话？"一个腰板笔直的穿着摘去领章的军装的老头子气势汹汹地闯进"三T"公司办公室，"居然敢骂人，他娘的。"

"怎么回事？"马青装傻充愣地说，"您老别动气，有什么事坐下慢慢说。"

"我不坐！"老头子咆哮着，"别来这套！刚才哪个骂的站出来，说说为什么骂人。"

"他他已经出去了，刚才接电话那个人出去了。"马青赔着笑脸说，"您要办什么事我给您办。"

"出去了？我听声音就像你！"

"不不不是我我刚来。"马青脸上出了汗。

"的确不是他他刚来。"杨重连忙帮腔，给老头搬来一把椅子，

"那人回来我们批评他。"

"于观呢？"老头又着腿笔直着腰坐下，"他小子去哪儿了？你们把他找来。"

"于经理？"杨重和马青交换了一下眼色，"他也出去了，您有事跟我们说吧。"

"跟你们说？"老头子横眼上下打量杨重和马青，"好哇，那就让你们说说，他这阵子都在搞些什么鬼名堂？和什么人混在一起？是不是又让公安局盯上了？吓得连家都不敢回。"

"于经理他没有，他挺好，谁也没盯他，倒是常听夸他，说他净办好事。"

"我就知道你们会互相包庇，你们是一伙的对不对？一伙骗子！我早听人家传你们这个荒唐公司的事。笑话，要你们替人解难，那还要共产党干吗？于观回来马上让他去见我。"

"你是哪庙的和尚……"

"我是他爸爸！"

于观和刘美萍头挨头地兴致勃勃俯身观看长长的玻璃展柜里的裹在树脂里的蜘蛛和已成化石的甲壳虫。他们身处富丽堂皇、四壁挂满彩绘图表和实物照片的博物馆大厅内。大厅里空空荡荡，游人寥寥，光可鉴人的水磨石地面几乎可以滑行。顺墙排列的玻璃展柜里密密麻麻摆着各色矿产，在灯光的照耀下，那些粗糙黯淡的岩石断面闪烁着星星点点鲜艳非凡的异彩，特别是有些共生矿的样品真可说是五彩斑斓。于观和刘美萍缓缓走过一间又一间似无尽头的展室，忽而进入由彩色泡沫塑料别具匠心地浇注堆塑的原始地貌植被天穹的逼真环境中；忽而在拐弯处迎面而遇一尊栩栩如生的凶猛古动物模型；忽而身后左右布满舞棍弄棒、龇牙咧嘴的光腚猿人。在博物馆三层最后一间展室内，他们一进去便呆住了——仿佛置身梦中：雪亮的电灯光下，竖起的四壁玻璃柜内有无数精致美丽的钻石光芒四射、辉煌夺目，其灿烂辉煌无与伦比。这都是世界最著名的钻石，每块钻石都有一个令人神魂颠倒的名字，那真是个惊心动魄的场面——惟有美丽的赝品才会达到使人透不过气来的效果。

　　"别回头。"宝康对林蓓低声说。他们正站在一家糖果店的橱窗前看琳琅的酒心巧克力和奶油蛋糕，从橱窗玻璃的反光看到于观和刘美萍从他们背后走过。

　　"那不是于观？"

　　"你别叫他，我不想让他看到咱们，还得打招呼——我烦他。"

　　"你不是说过你喜欢和他们在一起？"

　　"那是恭维他。我现在不想理他理他没用。"

　　两个人转过身。于观已经走过去。

　　"我说什么来着，无聊的下一步就意味着堕落。"

　　"噢，于观，你回来了。"杨重抬头看到于观进来大声说，"刚才你没瞧见我们这儿大闹了一场。你爸爸来了，马青和他干了一架。"

　　"于观，你爸怎么这操行？"马青走过来说，"豹子似的逮谁咬谁。"

　　"进来吧。"于观回头说，刘美萍怯怯生生地走进办公室。

　　"你好马青，你好杨重。"

　　"你来了，快坐，杨重给人家倒水。"马青热情地拉开一把椅子让刘美萍坐下。杨重殷勤地端来一杯水。

　　"我不渴。"

　　"喝吧，我们都不喝茶，只有白开水。"

"谢谢。"

"那么客气干吗？到这屋你就算到家了，这屋里的全是你的老朋友。于观，你爸大概恨透我了。"

"别理他，他就那么个狗脾气。"于观走到自己办公桌后坐下，"你这辈子别跟他见面了，在家我们也很少理他。"

"哟，怎么哭了？"杨重弯腰看刘美萍的脸，"马青你又胡说什么惹了人家？"

"我没哭。"刘美萍抬起挂着泪痕的脸，"我没事。"

于观、马青都围到她身边哄她。

"别听马青的，他整个一个不可救药的口腔痢疾患者。"

"是是，我口臭，我那臭胳肢窝长嘴上了——我说什么了？"

"真的没事，他说的是好话，我只不过是自个忽然心酸了。"

"你还是回趟家吧。"杨重对于观说，"你爸可能找你有事。"

"我不回去，他没什么正经事，无非闲得嘴痒成心起腻找我逗逗咳嗽。"

"你还是回趟家吧。"马青说，"要不你爸还不定认为我们怎么黑着你呢。"

于观板着脸进了家门，进到客厅脱鞋换拖鞋，接着挨个解衬衣扣子，一声不吭，横眼瞧着摊手摊脚坐在沙发上微笑着的老头子，然后猛地脱下衬衣，穿着小背心去卫生间拧开水龙头哗哗地洗，片刻，拿着大毛巾回到客厅用力地擦，继续用眼瞧着老头子。

"瞧我干什么？嫌你爸爸给你丢人了？"

"没有，您给我长脸了，这下谁都知道我有个底气十足的爸了。"于观把大毛巾扔到沙发扶手上，打开电扇站在跟前吹，"我可算知道您为什么练气功了。"

"小心感冒——你那些狐朋狗友告我的状了？"老头子站起来，满意地围着房间蹀起步，"其实我对他们很客气。"

于观鼻子哼了一声，没说话。

"我是关心你。我怎么不去管大街上那些野小子在干吗？谁让你是我儿子的。"

"所以呀，我也没说别的，要是换个人给我来这么一下，我非抽歪了他的嘴。"

"你瞧瞧你，照照自己，那副玩世不恭的样儿，哪还有点新一代青年的味道？"

"炖得不到火候。"于观关了电扇转身走，"葱没搁姜也没搁。"

"回来！"老头子伸手挡住于观去路，仰头看着高大的儿子，"坐下，我要跟你谈谈。"

于观一屁股坐在沙发上，抄起一本《中国老年》杂志乱翻着："今儿麻将桌人不齐？"

"严肃点。"老头子挨着儿子坐下，"我要了解了解你的思想，你每天都在干什么？"

"吃、喝、说话儿、睡觉，和你一样。"

"不许你用这种无赖腔调跟我说话！我现在很为你担心，你也老大不小了，就这么一天天晃荡下去？该想想将来了，该想想怎么能多为人民做些有益的事。"

于观看着一本正经的老头子笑起来。

"你笑什么？"老头子涨红脸，"难道说得不对？"

"对，我没说不对，我在笑我自个。"

"没说不对？我从你的眼睛里就能看出你对我说的这番话不以为

然。难道现在就没什么能打动你的？前两天我听了一个报告，老山前线英模团讲他们的英雄事迹。我听了很感动，眼睛瞎了还在顽强战斗，都是比你还年轻的青年人，对比人家你就不惭愧？"

"惭愧。"

"不感动？"

"感动。"

"我们这些老头子都流了泪。"

"我也流了泪。"

"唉——"老头子长叹一声站起来，"真拿你没办法，我怎么养了你这么个寡廉鲜耻的儿子？"

"那你叫我说什么呀？"于观也站起来，"非得让我说自个是浑蛋、寄生虫？我怎么就那么不顺你的眼？我也没去杀人放火、上街游行，我乖乖的招谁惹谁了？非得绷着块儿坚挺昂扬的样子才算好孩子？我不就庸俗点吗？"

"看来你是不打算和我坦率交换思想了。"

"我给您做顿饭吧，我最近学了几手西餐。"

"不不，不吃西餐，西餐的肉都是生的，不好嚼。还是吃咱们的家乡菜砂锅丸子，家里有豆腐、油菜、黄瓜和蘑菇。"

"这些菜应该分开各炒各的。"

"不不，我看还是炖在一起好营养也跑不了。"

"不是一个味。"

"哪有什么别的味，最后还不都是味精味。"

"到底是你做我做？"

"你才吃几碗干饭？知道什么好吃？"

"得，依你，谁让我得管你叫爸爸呢。"

于观懒懒地站起来，去厨房洗菜切肉。老头子打开袖珍半导体收音机，调出一个热闹的戏曲台，戴上花镜，拿起《中国老年》仔细地看。于观系着围裙挽着袖子胳膊和手上湿淋淋地闯进来问：

"您就一点不帮我干干？"

"没看我忙得很？"老头子从眼镜后面露出眼睛瞪于观一眼，"我刚坐下来你就让我安静会儿。"

"没活你也不忙，有活你就马上开始忙。你怎么变得这么好吃懒做，我记得你也是苦出身，小时候讨饭让地主的狗咬过，好久没掀裤腿给别人看了吧？"

"你怎么长这么大的？我好吃懒做怎么把你养得这么胖？"

"人民养育的，人民把钱发给你让你培养革命后代。"

"你忘了小时候我怎么给你把尿的？"

"……"

"没词了吧？"老头子扬扬得意地说，"别跟老人比这比那的，你才会走路几天？"

"这话得这么说，咱们谁管谁叫爸爸？你要叫我爸爸我也给你把尿。"

五

于观老丫的：

老子等你好几天了，想让你再带我找个好玩的地方去玩。可你老不来，害得我白等，妈拉个巴子。现在老子去上班了，下班回来收拾你。

"这是谁留的条子？"于观笑着说，"太野了。"

"刘美萍呗。"杨重笑着说，"这姑娘这几天跟长在这儿似的，天天来。你上次带她去什么圣地了？招得她念念不忘。"

"马青。"于观扭头对马青说，"我一看就知道你这几天没少熏陶刘美萍，把你那身武艺都传给她了。"

"没有没有。"马青从看着的小说中抬起头，"我这几天跟她说的都是新华字典上的词儿。"

"你这反革命口淫犯能闲着？"

"他？"杨重笑着说，"他要拉出的是金子银子倒奇了。"

"这两天还有谁来过？"

"老赵老来，一来就坐半天。我们跟他也没话，就听他吹，吹得没劲了也不走，干坐着，那么大岁数我们也不好意思轰他，才尴呢。"

"他干吗摽上咱们？"

"谁知道，是不是觉得咱们特需要他？"

"再来我叫警察把他拘起来。"马青说，"太烦了，我妈什么时候给我生过这么一个哥……"

"啊，三位，好啊？今儿都在。"赵尧舜儒者风度地进来，笑呵呵地和大家打招呼。

屋内三个人都不说话了，散开各回各桌。赵尧舜走到于观桌旁坐下，打开纸折扇扇着：

"于观，这几天怎么没来呀？"

于观看着他"嗳"了一声。没说什么。

"小马，给我来杯水。"赵尧舜回头说道，"你们今天很清闲。"

"下午我们要参加一个追悼会。"

马青把一杯白开水放到赵尧舜面前，走开回到自己桌后往这边看。

"谁死了？"

"一个不会水的孩子。"

"噢，这样的人也要开追悼会吗？看来你们每天的工作确实没有什么意思。"

"的确没意思。"

"这不奇怪。像你们这种年轻人，没受过什么教育，不可能再有什么发展，在社会上倍受人歧视，内心很痛苦，但又只好如此，强颜欢笑。"

于观慢慢点着一根烟，抬脸凝视赵尧舜。

赵尧舜诚恳地望着于观："这不公平，社会应该为你们再创造更好的条件。我要大声疾呼，让全社会都来关心你们。我已经不是青年了，但我身上仍流动着热血，仍爱激动，这些天，我一想到你、马青、杨重这些可爱的青年，我就不能自己，就睡不着觉。"

"你说我们内心痛苦？"

"当然这太明显不过了，你不说我也能感觉到。"

"要是我们内心并不痛苦呢？"

"这不可能——这不合逻辑，你们应该痛苦，干吗不痛苦？痛苦才有救。"

"那我告诉你，我们不痛苦。"

"真的？"

"真的。"

"那只能让我感到可悲，那只能说明你们麻木不仁到了何等程度。这不是苏生而是沉沦！你们应该哭你们自己。"

"可我们不哭，我们乐着呢。"

"无产者挣脱的只是锁链……"

"听着，我们可以忍受种种不便并安适自得，因为我们知道没有完美无缺的玩意儿，哪儿都一样。我们对别人没有任何要求，就是我们生活有不如意我们也不想怪别人，实际上也怪不着别人何况我们并没有觉得受了亏待愤世嫉俗无由而来。达则兼济天下，穷则独善其身。既然不足以成事我们宁愿安静地等到地老天荒。你知道要是讨厌一个人怎么能不失礼貌地请他走开吗？"

"最好是不说话，表示你已对他失去兴趣。"

"……"

"那我走了。"

"我想打人，我他妈真想打人。"赵尧舜退出后，马青从桌后跳出来，捋胳膊挽袖子眼睛闪着热狂的光芒说。

"我也想打，想痛打一个什么人。"杨重双手握着拳哆嗦着说，"要不是我不停地对自己说你打人得进公安局付医药费特别是上了岁数的人弄不好要养他一辈子就像无端又多出一个爹我早冲上去了。"

"可我实在想打，我顾不了那么多不想想办法我只好和你们俩对打。"

"好吧，这样吧。"于观猛地站起，握着双拳往外走，"我们就到街上去，找那些穿着体面、白白胖胖的绅士挑衅。"

"真舒服，真舒服，老没这么干了。"

马青、杨重摩拳擦掌、一脸兴奋地跳跃着跟在后面。

街上，三个人肆意冲撞着那些头发整齐、裤线笔挺、郁郁寡欢的中年人，撞过去便一齐回头盯着对方，只等对方稍一抱怨便预备围上去朝脸打，可那些腰身已粗的中年人无一例外地毫无反应，他们只一眼便明了自己的处境，高傲地仰起头，面无表情地变线走开。如此含忍不露彼此差不多的表现使三人更有屡屡得手所向披靡的良好感觉。

马青兴冲冲地走到了前面，对行人晃着拳头叫唤着："谁他妈敢惹我？谁他妈敢惹我？"

一个五大三粗、穿着工作服的汉子走近他，低声说："我敢惹你。"

马青愣了一下，打量了一下这个铁塔般的小伙子，四顾地说：

"那他妈谁敢惹咱俩？"

街的另一端，赵尧舜失神地漫无目的地走着，他走过一个街头电话亭又折了回来，在街边一个卖烟酒的小铺里换了一大把硬币，紧紧攥在手里，走进电话亭，仔细掩好门。他喘匀了气，摘下话机，塞入硬币，把其余硬币装进裤袋，开始拨号，电话通了，他拿正话筒，紧贴着耳朵，听到里面有人说："喂？"便严肃地说："去你妈，去你妈去你妈！"

宝康在家里拿着话筒涨红脸大声骂："去你妈！"

林蓓惊诧地从桌前回过头："你在骂谁？"

"去你舅舅，去你姥姥，去你们家祖宗八代！"

宝康的脖子像阳具般勃起怒张，"啪"地摔下电话，激动不已地在屋里大步来回走着：

"卑鄙！话都不说上来就开骂，以为憋着嗓子我听不出是你马青狗日的。"

赵尧舜翻着电话号码本认真查看搜捡，掏出硬币塞进投币孔，沉着地拨号。

"喂？"一个苍老庄重的声音说。

"去你妈！"

"我们的祖国是花园，花园里花朵真鲜艳，和暖的阳光照耀着我们，每个人脸上都笑开颜，哇哈哈，哇哈哈，每个人脸上都笑开颜。"

"这女子好音道。"

在大柱簇立的古式大殿里，乐队奏着欢快的舞曲，歌手在纵情唱，衣着华丽的人们陀螺般地对对旋转着，舞会已进入高潮。于观、马青、杨重、刘美萍一进入舞场便被这热烈的气氛感染了，杨重拉起刘美萍，于观和马青各自拽起一个坐着观看的姑娘加入了人群的涡流。在大圈巡回中，他们遇到了也在旋转的宝康和林蓓，看到了和一个陌生年轻姑娘坐在角落安详地观舞的丁小鲁，在演奏台的旁边他们还看到了瞪眼望着人群的赵尧舜。

再次从丁小鲁面前舞过时，她看到了他们，笑着招手，冲于观喊："行嘞，惨不忍睹。"

于观笑着松开舞伴，走出场子，杨重也跟着走出来，刘美萍立刻让别人接走，马青也继续随着人流边舞边转远去，"好久没见，你都上哪儿啦？"

"我天天都在家待着，别说上哪儿都找不着我。"丁小鲁笑着说，"杨重你好，你请我们这位小姐跳一圈。"

"请吧。"杨重牵起丁小鲁身边那个姑娘的手，搭膀扶腰舞走。

"哎哟哟我累坏了。"舞了一圈回来的刘美萍汗津津地拿手绢扇着风下了场，在于观身边还未坐稳又让人请走了。

"看见林蓓了么？她也来了和那个宝康。他们快结婚了。"

"她没跟我们说。到底修成了正果。"

"她有点怕你们。"

"我们有什么可怕的？你还不知道我们是怎么回事？"

"我是不怕你们，可不了解你们的人就觉得你们形象狰狞。"

"小鲁。"林蓓脸通红地一个人沿着舞场边走过来，"你怎么不跳？噢，于观你好，好久不见。"

"听说你快结婚了？"

"啊，就那么回事吧，结结看，不成就离。"

"别那么回事呀，这是人生大事。"于观笑眯眯地说，"人家说自杀的办法有一百种，其中一种就是和作家结婚。"

"是么？"林蓓笑弯了腰，"你说得真逗。"

"屁！屁！"马青指着林蓓笑叫着，从她们面前舞过。

"讨厌。"林蓓白了已远远而去的马青一眼，回头甜笑着。她穿了一件印着个大大"P"字的棉织圆领衫。

"哎，杨重，你别坐下。"丁小鲁走开叫住刚下场的杨重，领他到一个枯坐着的姑娘面前，"你再请我们这小姐跳一圈。"

"来吧。"杨重牵着那个姑娘的手带入场中，调整了一下步伐，急剧舞起来。

舞曲变为探戈，舞场上节奏慢下来，紧搂在一起的人们分开，小心翼翼地共同举步，哈腰蹀行。

"宝康呢？怎么不过来？"于观问林蓓。

"噢，他在那边和人说话，他碰到几个熟人。"

"你别听他们说的。"宝康和赵尧舜并排站着，注视着舞场内神采飞扬、互相大声说着话自如支配着舞伴变着步伐的马青和杨重，"这些人已经完了，他们嘴里没一句真话。"

舞曲再度变快，人们又开始集体旋转，滚滚流动。刘美萍几乎全身被一个宽胸脯的男人满把搂在怀里，刮风般地旋着，痴痴地笑着："不不，我不是歌舞团的，但我小时候就喜欢舞蹈，因为我腿长我们单位的人都叫我仙鹤。"

"胡大，我真的不行了。"舞伴又换了一个胖姑娘的杨重竭尽全力地旋转着，满头大汗对在他身边美滋滋迈着步的马青说，"丁小鲁把全世界最重的大翠瓜都悠给了我。"

宝康笑吟吟地远远伸着手，像刚下飞机的国家元首快步走向迎接他的要人们行列那样奔向林蓓。

赵尧舜阴着脸带着一个中年妇女不时看着脚下和身后左右的人进入舞场。

所有的人都在舞，在咧嘴欢笑，人头汹涌，胳膊腿横飞，音乐已经到了震耳欲聋的程度。从人们脸上挥洒出来的汗水在灯光下形成一片蒙蒙的亮闪闪的雾，使人们的脸变得模糊不清、混沌一团，间或有鼻子或眼睛等局部清晰、一闪即逝地显露，在这层雾的下面是成百上千疯狂扭动的身体和不停跺地的脚，交织在一起，无律杂沓地变换位置。

"我们也跳一会儿吧。"于观张开双臂。

丁小鲁站起来，拉拉衣襟，搭上于观："我只能跳我们最熟的——慢四。"

两人沿着舞场边缘缓缓游动。

夜里，于观家，老头子半睡半醒地调着袖珍半导体收音机，调着寻找台，每个台的播音员都在说："这次节目播送完了……"

（原载《收获》1987年第6期）

黄金时代

王小波

一

我二十一岁时，正在云南插队。陈清扬当时二十六岁，就在我插队的地方当医生。我在山下十四队，她在山上十五队。有一天她从山上下来，和我讨论她不是破鞋的问题。那时我还不大认识她，只能说有一点知道。她要讨论的事是这样的：虽然所有的人都说她是一个破鞋，但她以为自己不是的。因为破鞋偷汉，而她没有偷过汉。虽然她丈夫已经住了一年监狱，但她没有偷过汉，在此之前也未偷过汉。所以她简直不明白，人们为什么要说她是破鞋。如果我要安慰她，那并不困难。我可以从逻辑上证明她不是破鞋。如果陈清扬是破鞋，即陈清扬偷汉，则起码有一个某人为其所偷。如今不能指出某人，所以陈清扬偷汉不能成立。但是我偏说，陈清扬就是破鞋，而且这一点毋庸置疑。

陈清扬找我证明她不是破鞋，起因是我找她打针。这事经过如下：农忙时队长不叫我犁田，而是叫我去插秧，这样我的腰就不能经常直立。认识我的人都知道，我的腰上有旧伤，而且我身高在一米九以上。

如此插了一个月，我腰痛难忍，不打封闭就不能入睡。我们队医务室那一把针头镀层剥落，而且都有倒钩，经常把我腰上的肉钩下来。后来我的腰就像中了霰弹枪，伤痕久久不褪。就在这种情况下，我想起十五队的队医陈清扬是北京医学院毕业的大夫，对针头和钩针大概还能分清，所以我去找她看病。我看完病回来，不到半个小时，她就追到我屋里来，要我证明她不是破鞋。

陈清扬说，她丝毫也不藐视破鞋。据她观察，破鞋都很善良，乐于助人，而且最不乐意让人失望。因此她对破鞋还有一点钦佩。问题不在于破鞋好不好，而在于她根本不是破鞋。就如一只猫不是一只狗一样。假如一只猫被人叫成一只狗，它也会感到很不自在。现在大家都管她叫破鞋，弄得她魂不守舍，几乎连自己是谁都不知道了。

陈清扬在我的草房里时，裸臂赤腿穿一件白大褂，和她在山上那间医务室里装束一样。所不同的是披散的长发用个手绢束住，脚上也多了一双拖鞋。看了她的样子，我就开始琢磨：她那件白大褂底下是穿了点什么呢，还是什么都没穿。这一点可以说明陈清扬很漂亮，因为她觉得穿什么不穿什么无所谓。这是从小培养起来的自信心。我对她说，她确实是个破鞋。我还举出一些理由来：所谓破鞋，乃是一个指称，大家都说你是破鞋，你就是破鞋，没什么道理可讲。大家说你偷了汉，你就是偷了汉，这也没什么道理可讲。至于大家为什么要说你是破鞋，照我看是这样：大家都认为，结了婚的女人不偷汉，就该面色黝黑，乳房下垂。而你脸不黑而且白，乳房不下垂而且高耸，所以你是破鞋。假如你不想当破鞋，就要把脸弄黑，把乳房弄下垂，以后别人就不说你是破鞋了。当然这样很吃亏，假如你不想吃亏，就该去偷个汉来。这样你自己也认为自己是个破鞋。别人没有义务先弄明白你是否偷汉再决定是否管你叫破鞋。你倒有义务叫别人无法叫你破鞋。陈清扬听了这话，脸色发红，怒目圆睁，几乎就要打我一耳光。这女人打人耳光出了名，好多人吃过她的耳光。但是她忽然泄了气，说，好吧，破鞋就破鞋吧。但是垂不垂黑不黑的，不是你的事。她还说，假如我在这些事上琢磨得太多，很可能会吃耳光。

倒退到二十年前，想象我和陈清扬讨论破鞋问题时的情景。那时我面色焦黄，嘴唇干裂，上面沾了碎纸和烟丝，头发乱如败棕，身穿一件破军衣，上面好多破洞都是橡皮膏粘上的，跷着二郎腿，坐在木板床上，完全是一副流氓相。你可以想象陈清扬听到这么个人说起她的乳房下垂不下垂时，手心是何等的发痒。她有点神经质，都是因为有很多精壮的男人找她看病，其实却没有病。那些人其实不是去看大夫，而是去看破鞋。只有我例外。我的后腰上好像被猪八戒筑了两耙。不管腰疼真不真，光那些窟窿也能成为看医生的理由。这些窟窿使她产生一个希望，就是也许能向我证明她不是破鞋。有一个人承认她不是破鞋，和没人承认大不一样。可是我偏让她失望。

我是这么想的：假如我想证明她不是破鞋，就能证明她不是破鞋，那事情未免太容易了。实际上我什么都不能证明，除了那些不须证明的东西。春天里，队长说我打瞎了他家母狗的左眼，使它老是偏过头来看人，好像在跳芭蕾舞。从此后他总给我小鞋穿。我想证明我自己清白无辜，只有以下三个途径：

1.队长家不存在一只母狗；

2.该母狗天生没有左眼；

3.我是无手之人，不能持枪射击。

结果是三条中一条也不成立。队长家确有一棕色母狗，该母狗的左眼确是后天打瞎的，而我不但能持枪射击，而且枪法极精。在此之前不久，我还借了罗小四的气枪，用一碗绿豆做子弹，在空粮库里打下了二斤耗子。当然，这队里枪法好的人还有不少，其中包括罗小四。气枪就是他的，而且他打瞎队长的母狗时，我就在一边看着。但是我不能揭发别人，罗小四和我也不错。何况队长要是能惹得起罗小四，也不会认准了是我。所以我保持沉默。沉默就是默认。所以春天我去插秧，撅在地里像一根半截电线杆，秋收后我又去放牛，吃不上热饭。当然，我也不肯无所作为。有一天在山上，我正好借了罗小四的气枪，队长家的母狗正好跑到山上叫我看见，我就射出一颗子弹打瞎了它的右眼。该狗既无左眼，又无右眼，也就不能跑回去让队长看见——天知道它跑到哪儿去了。

我记得那些日子里，除了上山放牛和在家里躺着，似乎什么也没做。我觉得什么都与我无关。可是陈清扬又从山上跑下来找我。原来又有了另一种传闻，说她在和我搞破鞋。她要我给出我们清白无辜的证明。我说，要证明我们无辜，只有证明以下两点：

1. 陈清扬是处女；

2. 我是天阉之人，没有性交能力。

这两点都难以证明。所以我们不能证明自己无辜。我倒倾向证明自己不无辜。陈清扬听了这些话，先是气得脸白，然后满面通红，最后一声不吭地站起来走了。

陈清扬说，我始终是一个恶棍。她第一次要我证明她清白无辜时，我翻了一串白眼，然后开始胡说八道。第二次她要我证明我们俩无辜，我又一本正经地向她建议举行一次性交。所以她就决定，早晚要打我一个耳光。假如我知道她有这样的打算，也许后面的事情就不会发生。

二

我过二十一岁生日那天，正在河边放牛。下午我躺在草地上睡着了。我睡去时，身上盖了几片芭蕉叶子，醒来时身上已经一无所有（叶子可能被牛吃了）。亚热带旱季的阳光把我晒得浑身赤红，痛痒难当，我的"小和尚"直翘翘地指向天空，尺寸空前。这就是我过生日时的情形。

我醒来时觉得阳光耀眼，天蓝得吓人，身上落了一层细细的尘土，好像一层爽身粉。我一生经历的无数次勃起，都不及那一次雄浑有力，大概是因为在极荒僻的地方，四野无人。

我爬起来看牛，发现它们都卧在远处的河汊里静静地嚼草。那时节万籁无声，田野上刮着白色的风。河岸上有几对寨子里的牛在斗架，斗得眼珠通红，口角流涎。这种牛阴囊紧缩，阳具直挺。我们的牛不干这种事。任凭别人上门挑衅，我们的牛依旧安卧不动。为了防止斗架伤身，影响春耕，我们把它们都阉了。

每次阉牛我都在场。对于一般的公牛，只用刀割去即可。但是对于格外生性者，就须采取锤骗术，也就是割开阴囊，掏出睾丸，一木槌砸个稀烂。从此后受术者只知道吃草干活儿，别的什么都不知道，连杀都不用捆。掌锤的队长毫不怀疑这种手术施之于人类也能得到同等的效力，每回他都对我们呐喊：你们这些生牛蛋子，就欠砸上一锤才能老实！按他的逻辑，我身上这个通红通红、直不棱登、长约一尺的东西就是罪恶的化身。

当然，我对此有不同的意见。在我看来，这东西无比重要，就如我之存在本身。天色微微向晚，天上飘着懒洋洋的云彩。下半截沉在黑暗里，上半截仍浮在阳光中。那一天我二十一岁，在我一生的黄金时代，我有好多奢望。我想爱，想吃，还想在一瞬间变成天上半明半暗的云。后来我才知道，生活就是个缓慢受锤的过程，人一天天老下去，奢望也一天天消失，最后变得像挨了锤的牛一样。可是我过二十一岁生日时没有预见到这一点。我觉得自己会永远生猛下去，什么也锤不了我。

那天晚上我请陈清扬来吃鱼，所以应该在下午把鱼弄到手。到下午五点多钟我才想起到戽鱼的现场去看看。还没走进那条小河汊，两个景颇族孩子就从里面一路打出来，烂泥横飞，我身上也挨了好几块，直到我拎住他们的耳朵，他们才罢手。我喝问一声：

"鸡巴，鱼呢？"

那个年纪大点的说："都怪鸡巴勒农！他老坐在坝上，把坝坐鸡巴倒了！"

勒农直着嗓子吼："王二！坝打得不鸡巴牢！"

我说："放屁！老子砍草皮打的坝，哪个鸡巴敢说不牢？"

到里面一看，不管是因为勒农坐的也好，还是因为我的坝没打好也罢，反正坝是倒了，戽出来的水又流回去，鱼全泡了汤，一整天的劳动全都白费。我当然不能承认是我的错，就痛骂勒农。勒都（就是那另一个孩子）也附和我。勒农上了火，一跳三尺高，嘴里吼道：

"王二！勒都！鸡巴！你们姐夫舅子合伙搞我！我去告诉我家爹，拿铜炮枪打你们！"

说完，这小兔崽子就往河岸上蹿，想一走了之。我一把薅住他脚脖子，把他揪下来。

"你走了，我们给你赶牛哇？做你娘的美梦！"

这小子哇哇叫着要咬我，被我劈开手按在地上。他口吐白沫，杂着

1400

汉话、景颇话、傣话骂我，我用正宗京片子回骂。忽然间他不骂了，往我下体看去，脸上露出无限羡慕之情。我低头一看，我的"小和尚"又直立起来了。只听勒农啧啧赞美道：

"哇！想日勒都家姐哟！"

我赶紧扔下他去穿裤子。

晚上我在水泵房点起汽灯，陈清扬就会忽然到来，谈起她觉得活着很没意思，还说到她在每件事上都是清白无辜。我说她竟敢觉得自己清白无辜，这本身就是最大的罪孽。照我的看法，每个人的本性都是好吃懒做，好色贪淫，假如你克勤克俭，守身如玉，这就犯了矫饰之罪，比好吃懒做、好色贪淫更可恶。这些话她好像很听得进去，但是从不附和。

那天晚上我在河边上点起汽灯，陈清扬却迟迟不至，直到九点钟以后，她才到门前来喊我："王二，浑蛋！你出来！"

我出去一看，她穿了一身白，打扮得格外整齐，但是表情不大轻松。她说道：你请我来吃鱼，做倾心之谈，鱼在哪里？我只好说，鱼还在河里。她说，好吧，还剩下一个倾心之谈。就在这儿谈吧。我说，进屋去谈。她说，那也无妨，就进屋来坐着，看样子火气甚盛。

我过二十一岁生日那天，打算在晚上引诱陈清扬，因为陈清扬是我的朋友，而且胸部很丰满，腰很细，屁股浑圆。除此之外，她的脖子端正修长，脸也很漂亮。我想和她性交，而且认为她不应该不同意，假如她想借我的身体练开膛，我准让她开，所以我借她身体一用也没什么不可以。唯一的问题是她是个女人，女人家总有点小气。为此我要启发她，所以我开始阐明什么叫作"义气"。

在我看来，义气就是江湖好汉中那种伟大友谊。《水浒传》中的豪杰们，杀人放火的事是家常便饭，可一听说"及时雨"的大名，立即倒身便拜。我也像那些草莽英雄，什么都不信，唯一不能违背的就是义气。只要你是我的朋友，哪怕你十恶不赦，为天地所不容，我也要站到你身边。那天晚上我把我的伟大友谊奉献给陈清扬，她大为感动，当即表示道：这友谊她接受了。不但如此，她还说要以更伟大的友谊还报我，哪怕我是个卑鄙小人，她也不背叛。我听她如此说，大为放心，就把底下的话也说了出来：我已经二十一岁了，男女间的事情还没体验过，真是不甘心。她听了以后就开始发愣，大概是没有思想准备。说了半天，她毫无反应。我把手放到她肩膀上去，感觉她的肌肉绷得很紧。这娘儿们随时可能翻了脸给我一耳光，假定如此，就证明女人不懂什么是交情。可是她没有。忽然间她哼了一声，就笑起来，还说：我真笨！这么容易就着了你的道儿！

我说：什么道儿？你说什么？

她说：我什么也没有说。

我问她，我刚才说的事儿你答应不答应？她说"呸"，而且满面通红。我看她有点不好意思，就采取主动，动手动脚。她揉了我几把，后来说，不在这儿，咱们到山上去。我就和她一块儿到山上去了。

陈清扬后来说，她始终没搞明白我那个伟大友谊是真的呢，还是临时编出来骗她的。但是她又说，那些话就像咒语一样让她着迷，哪怕为此丧失一切，她也不懊悔。其实伟大友谊不真也不假，就如世上一切东西一样，你信它是真，它就真下去。你疑它是假，它就是假的。我的话也半真不假。但是我随时准备兑现我的话，哪怕天崩地裂也不退却。就因为这种态度，别人都不相信我。我虽然把交朋友当成终生的事业，所交到的朋友不过陈清扬等二三人而已。那天晚上我们到山上去，走到半路，她说要回家一趟，要我到后山上等她。我有点怀疑她要晾我，但是我没说出来，径直走到后山上去抽烟。等了一些时间，她来了。

陈清扬说，我第一次去找她打针时，她正在伏案打瞌睡。在云南每个人都有很多时间打瞌睡，所以总是半睡半醒。我走进去时，屋子里暗了一下，因为是草顶土坯房，大多数光从门口进来。她就在那一刻醒来，抬头问我干什么。我说腰疼。她说躺下让我看看。我就一头倒下去，扑到竹板床上，几乎把床砸塌。我的腰痛得厉害，完全不能打弯。要不是这样，我也不会来找她。

陈清扬说，我很年轻时就饿纹入嘴，眼睛下面乌黑。我的身材很高，衣服很破，而且不爱说话。她给我打过针，我就走了，好像说了一声"谢了"，又好像没说。等到她想起可以让我证明她不是破鞋时，已经过了半分钟。她追了出来，看见我正取近路走回十四队。我从土坡上走下去，逢沟跳沟，逢坎跃坎，顺着山势下得飞快。那时正逢旱季的上午，风从山下吹来，喊我也听不见。而且我从来也不回头。我就这样走掉了。

陈清扬说，当时她想去追我，可是觉得很难追上。而且我也不一定能够证明她不是破鞋。所以她走回医务室去。后来她又改变了主意去找我，是因为所有的人都说她是破鞋，因此所有的人都是敌人。而我可能不是敌人。她不愿错过了机会，让我也变成敌人。

那天晚上我在后山上抽烟。虽然在夜里，我还是能看见很远的地方。因为月光很明亮，当地的空气又很干净。我还能听见远处的狗叫声。陈清扬一出十五队，我就看见了，白天未必能看这么远。虽然如此，还是和白天不一样。也许是因为到处都没人。

我也说不准夜里这片山上有人没人，因为到处是银灰色的一片。假如有人打着火把行路，那就是说，希望全世界的人都知道他在那里。假如你不打火把，就如穿上了隐身衣，知道你在那里的人能看见，不知道的人不能看见。我看见陈清扬慢慢走近，怦然心动，无师自通地想到，做那事之前应该亲热一番。

陈清扬对此的反应是冷冰冰的。她的嘴唇冷冰冰的，对爱抚也毫无反应。等到我毛手毛脚给她解扣子时，她把我推开，自己把衣服一件件脱下来，叠好放在一边，自己直挺挺躺在草地上。

陈清扬的裸体美极了。我赶紧脱了衣服爬过来，她又一把把我推开，递给我一个东西，说：

"会用吗？要不要我教你？"

那是一个避孕套。我正在兴头上，对她这种口气只微感不快。套上之后又爬到她身上去，心慌气躁地好一阵乱弄，也没弄对。忽然她冷冰冰地说：

"喂！你知道自己在干什么吗？"

我说，当然知道。能不能劳你大驾躺过来一点？我要就着亮儿研究一下你的结构。只听啪的一声巨响，好似一声耳边雷，她给了我一个大耳光。我跳起来，拿了自己的衣服，拔腿就走。

三

那天晚上我没走掉。陈清扬把我拽住，以伟大友谊的名义叫我留下来。她承认打我不对，也承认没有好好待我，但是她说我的伟大友谊是假的，还说，我把她骗出来就是想研究她的结构。我说，既然我是假的，你信我干吗？我是想研究一下她的结构，这也是在她的许可之下。假如不乐意，可以早说，动手就打不够意思。后来她哈哈大笑了一阵，说，她简直见不得我身上那个东西。那东西傻头傻脑，恬不知耻，见了它，她就不禁怒从心起。

我们俩吵架时，仍然是不着一丝。我的"小和尚"依然直挺挺，在月光下披了一身塑料，倒是闪闪发光。我听了这话不高兴，她也发现了。于是她用和解的口气说，不管怎么说，这东西丑得要命，你承不承认？

这东西好像个发怒的眼镜蛇一样立在那里，是不大好看。我说，既然你不愿意见它，那就算了。我想穿上裤子，她又说，别这样。于是我抽起烟来。等我抽完了一支烟，她抱住我。我们俩在草地上干那件事。

我过二十一岁生日以前，是一个童男子。那天晚上我引诱了陈清扬和我到山上去。那一夜开头有月光，后来月亮落下去，出来一天的星星，就像早上的露水一样多。那天晚上没有风，山上静得很。我已经和陈清扬做过爱，不再是童男子了。但是我一点都不高兴。因为我干那事时，她一声也不吭，头枕双臂，若有所思地看着我，所以从始至终就是我一个人在表演。其实我也没持续多久，马上就完了。事毕我既愤怒又沮丧。

陈清扬说，她简直不敢相信这件事是真的：我居然在她面前亮出了丑恶的男性生殖器，丝毫不感到惭愧。那玩意儿也不感到惭愧，直挺挺地从她两腿之间插了进来。因为女孩子身上有这么个口子，男人就要使用她，这简直没有道理。以前她有个丈夫，天天对她做这件事。她一直不说话，等着他有一天自己感到惭愧，自己来解释为什么干了这些。可是他什么也没说，直到进了监狱。这话我也不爱听。所以我说，既然你不乐意，那么为什么要答应？她说，她不愿被人看成小气鬼。我说，你原本就是小气鬼。后来她说，算了，别为这事吵架。她叫我晚上再来这里，我们再试一遍。也许她会喜欢。我什么也没说。早上起雾以后，我和她分了手，下山去放牛。

那天晚上我没去找她，倒进了医院。这事原委是这样的：早上我到牛圈门前时，有一伙人等不及我，已经在开圈拉牛。大家都挑壮牛去犁田。有个本地小伙子，叫三闷儿，正在拉一头大白牛。我走过去，告诉他，这牛被毒蛇咬了，不能干活儿。他似乎没听见。我劈手把牛鼻绳夺了下来，他就朝我挥了一巴掌。我当胸推了他一把，推了他一个屁股蹲。然后很多人拥了上来，把我们拥在中间要打架。北京知青一伙，当地青年一伙，抄起了棍棒和皮带。吵了一会儿，又说不打架，让我和三闷儿摔跤。三闷儿摔不过我，就动了拳头。我一脚把三闷儿踢进了圈前的粪坑，让他沾了一身牛屎。三闷儿爬起来，抢了一把三齿要砍我，别人劝开了。

早上的事情就是这样。晚上我放牛回来，队长说我殴打贫下中农，要开我的斗争会。我说，你想借机整人，我也不是好惹的。我还说要聚众打群架。队长说，他没想整我，是三闷儿的娘闹得他没办法。那婆娘是个寡妇，泼得厉害。他说，此地的规矩就是这样。后来他说，不开斗争会，改为帮助会，让我上前面去检讨一下。要是我还不肯，就让寡妇来找我。

会开得很乱。老乡们七嘴八舌，说知青太不像话，偷鸡摸狗还打人。知青们说，放狗屁，谁偷东西，你们当场拿住了吗？老子们是来支援边疆建设，又不是充军的犯人，哪能容你们乱栽赃。我在前面也不检讨，只是骂。不提防三闷儿的娘从后面摸上来，抄起一张沉甸甸的拔秧凳，给了我后腰一下，正砸在我的旧伤上，登时我就背过气去了。

我醒过来时，罗小四领了一伙人呐喊着要放火烧牛圈，还说要三闷儿的娘抵命。队长领了一帮人去制止,副队长叫人抬我上牛车去医院。卫生员说,抬不得,腰杆断了,一抬就死。我说,腰杆好像没断,你们快把我抬走。可是谁也不敢肯定我的腰杆是断了还是没断,所以也不敢肯定我会不会一抬就死。我就一直躺着。后来队长过来一问,就说,快摇电话把陈清扬叫下来,让她看看腰断了没有。过了一会儿,陈清扬披头散发眼皮红肿地跑了来,劈头第一句话就是:你别怕,要是你瘫了,我照顾你一辈子。然后一检查,诊断和我自己的相同。于是我就坐上牛车,到总场医院去看病。

那天夜里陈清扬把我送到医院,一直等到腰部 X 光片子出来,看过认为没问题后才走。她说过一两天就来看我,可是一直没来。我住了一个星期,可以走动了,就奔回去找她。

我走进陈清扬的医务室时,身上背了很多东西,装得背篓里冒了尖。除了锅碗瓢盆,还有足够两人吃一个月的东西。她见我进来,淡淡地一笑,说,你好了吗?带这些东西上哪儿?

我说要去清平洗温泉。她懒懒地往椅子上一仰,说,这很好,温泉可以治旧伤。我说,我不是真去洗温泉,而是到后面山上住几天。她说,后面山上什么都没有,还是去洗温泉吧。

清平的温泉是山坳里一片泥坑,周围全是荒草坡。有一些病人在山坡上搭了窝棚,成年住在那里,其中得什么病的都有。我到那里不但治不好病,还可能染上麻风。而后面荒山里的低洼处沟谷纵横,疏林之中芳草离离,我在人迹绝无的地方造上一间草房,空山无人,流水落花,住在里面可以修身养性。陈清扬听了,禁不住一笑,说,那地方怎么走?也许我去看看你。我告诉她路,还画了一张示意图,自己进山去了。

我走进荒山，陈清扬没有去看我。旱季里浩浩荡荡的风刮个不停，整个草房都在晃动。陈清扬坐在椅子上听着风声，回想起以往发生的事情，对一切都起了怀疑。她很难相信自己会莫名其妙地来到这极荒凉的地方，又无端地被人称作破鞋，然后就真的搞起了破鞋。这件事真叫人难以置信。陈清扬说，有时候她走出房门，往后山上看，看到山丘中有很多小路蜿蜒通到深山里去。我对她说的话言犹在耳。她知道沿着一条路走进山去，就会找到我。这是无可怀疑的事。但是越是无可怀疑的事就越值得怀疑。很可能那条路不通到任何地方，很可能王二不在山里，很可能王二根本就不存在。

过了几天，罗小四带了几个人到医院去找我。医院里没人听说过王二，更没人知道他上哪儿去了。那时节医院里肝炎流行，没染上肝炎的病人都回家去疗养，大夫也纷纷下队去送医上门。罗小四等人回到队里，发现我的东西都不见了，就去问队长可见过王二。队长说，谁是王二？从来没听说过。罗小四说，前几天你还开会斗争过他，尖嘴婆打了他一板凳，差点把他打死。这样提醒了以后，队长就更想不起来我是谁了。那时节有一个北京知青慰问团要来调查知青在下面的情况，尤其是有无被捆打逼婚等情况，因此队长更不乐意想起我来。罗小四又到十五队问陈清扬可曾见过我，还闪烁其词地暗示她和我有过不正当的关系。陈清扬则表示，她对此一无所知。

等到罗小四离开，陈清扬就开始糊涂了。看来有很多人说，王二不存在。这件事叫人困惑的原因就在这里。大家都说存在的东西一定不存在，这是因为眼前的一切都是骗局。大家都说不存在的东西一定存在，比如王二，假如他不存在，这个名字是从哪里来的？陈清扬按捺不住好奇心，终于扔下一切，上山找我来了。

我被尖嘴婆打了一板凳后晕了过去，陈清扬曾经从山上跑下来看我。当时她还忍不住哭了起来，并且当众说，如果我好不了，她就要照顾我一辈子。结果我并没有死，连瘫都没瘫。这对我是很好的事，可是陈清扬并不喜欢。这等于当众暴露了她是破鞋。假如我死，或是瘫掉，就是应该的事，可是我在医院里只住了一个星期就跑了出来。对她来说，我就是那个急匆匆从山上赶下去的背影，一个记忆中的人。她并不想和我做爱，也不想和我搞破鞋，除非有重大的原因。因此她来找我就是真正的破鞋行径。

陈清扬说，她决定上山找我时，在白大褂底下什么都没穿。她就这样走过十五队后面的那片山包。那些小山上长满了草，草下是红土。上午风从山上往平坝里吹，冷得像山上的水，下午风吹回来，带着燥热和尘土。陈清扬来找我时，乘着白色的风。风从衣服下面钻进来，流过全身，好像爱抚和嘴唇。其实她不需要我，也没必要找到我。以前人家说她是破鞋，说我是她的野汉子时，她每天都来找我。那时好像有必要。自从她当众暴露了她是破鞋，我是她的野汉子后，再没人说她是破鞋，更没人在她面前提到王二（除了罗小四）。大家对这种明火执仗的破鞋行径是如此的害怕，以致连说都不敢啦。

关于北京要来人视察知青的事，当地每个人都知道，只有我不知道。这是因为我前些日子在放牛，早出晚归，而且名声不好，谁也不告诉我，后来住了院，也没人来看我。等到我出院以后，就进了深山。在我进山之前，总共就见到了两个人，一个是陈清扬，她没有告诉我这件事。另一个是我们队长，他也没说起这件事，只叫我去温泉养病。我告诉他，我没有东西（食品、炊具等等），所以不能去温泉。他说，他可以借给我。我说，我借了不一定还。他说，不要紧。我就向他借了不少家制的腊肉和香肠。

陈清扬不告诉我这件事是因为她不关心，她不是知青。队长不告诉我这件事，是因为他以为我已经知道了。他还以为我拿了很多吃的东西走，就不会再回来。所以罗小四问他王二到哪儿去了时，他说，王二？谁叫王二？从没听说过。对于罗小四等人来说，找到我有很大的好处，我可以证明大家在此地受到了很坏的待遇，经常被打晕。对于领导来说，我不存在有很大的便利，可以说明此地没有一个知青被打晕。对于我自己来说，存在不存在没有很大的关系。假如没有人来找我，我在附近种点玉米，可以永远不出来。就因为这个原因，我对自己存不存在的事不太关心。

我在小屋里也想过自己存不存在的问题。比方说，别人说我和陈清扬搞破鞋，这就是存在的证明。用罗小四的话来说，王二和陈清扬脱了裤子干。其实他也没看见。他想象的极限就是我们脱裤子。还有陈清扬说，我从山上下来，穿着黄军装，走得飞快。我自己并不知道我走路是不回头的。因为这些事我无从想象，所以是我存在的证明。

还有我的"小和尚"直挺挺，这件事也不是我想出来的。我始终盼着陈清扬来看我，但陈清扬始终没有来。她来的时候，我没有盼着她来。

四

我曾经以为陈清扬在我进山后会立即来看我，但是我错了。我等了很久，后来不再等了。我坐在小屋里，听着满山树叶哗哗响，终于到了物我两忘的境界。我听见浩浩荡荡的空气大潮从我头顶涌过，正是我灵魂里潮兴之时。正如深山里花开，龙竹笋剥剥地爆去笋壳，直翘翘地向上。到潮退时我也安息，但潮兴时要乘兴而舞。正巧这时陈清扬来到草屋门口，她看见我赤条条坐在竹板床上，阳具就如剥了皮的兔子，红通通，亮晶晶，足有一尺长，直立在那里，登时惊慌失措，叫了起来。

陈清扬到山里找我的事又可以简述如下：我进山后两个星期，她到山里找我。当时是下午两点钟，可是她像那些午夜淫奔的妇人一样，脱光了内衣，只穿一件白大褂，赤着脚走进山来。她就这样走过阳光下的草地，走进了一条干河沟，在河沟里走了很久。这些河沟很乱，可是她连一个弯都没转错。后来她又从河沟里出来，走进一个向阳的山洼，看见一间新搭的草房。假如没有一个王二告诉她这条路，她不可能在茫茫荒山里找到一间草房。可是她走进草房，看到王二就坐在床上，"小和尚"直挺挺，却吓得尖叫起来。

陈清扬后来说，她没法儿相信她所见到的每件事都是真的。真的事要有理由。当时她脱了衣服，坐在我的身边，看着我的"小和尚"，只见它的颜色就像烧伤的疤痕。这时我的草房在风里摇晃，好多阳光从房顶上漏下来，星星点点落在她身上。我伸手去触她的乳头，直到她脸上泛起红晕，乳房坚挺。忽然她从迷梦里醒来，羞得满脸通红。于是她紧紧地抱住我。

我和陈清扬是第二次做爱，第一次做爱的很多细节当时我大惑不解。后来我才明白，她对被称作破鞋一事，始终耿耿于怀。既然不能证明她不是破鞋，她就乐于成为真正的破鞋。就像那些被当场捉了奸的女人一样，被人叫上台去交代那些偷情的细节，等到那些人听到情不能持，丑态百出时，怪叫一声：把她捆起来！就有人冲上台去，用细麻绳把她五花大绑，她就这样站在人前，受尽羞辱。这些事一点都不讨厌。她也不怕被人剥得精赤条条，拴到一扇磨盘上，扔到水塘里淹死。或者像以前达官贵人家的妻妾一样，被强迫穿得整整齐齐，脸上贴上湿透的黄表纸，端坐着活活憋死。这些事一点都不讨厌。她丝毫也不怕成为破鞋，这比被人叫作破鞋而不是破鞋好得多。她所讨厌的是使她成为破鞋那件事本身。

我和陈清扬做爱时，一只蜥蜴从墙缝里爬了进来，走走停停地经过房中央的地面。忽然它受到惊动，飞快地出去，消失在门口的阳光里。这时陈清扬的呻吟就像泛滥的洪水，在屋里蔓延。我为此所惊，伏下身不动。可是她说，快，浑蛋。还拧我的腿。等我"快"了以后，阵阵震颤就像从地心传来。后来她说，她觉得自己罪孽深重，早晚要遭报应。

她说自己要遭报应时，一道红晕正从她的胸口褪去。那时我们的事情还没完。但她的口气是说，她只会为在此之前的事遭报应。忽然之间我从头顶到尾骨一齐收紧，开始极其猛烈地射精。这事与她无关，大概只有我会为此遭报应。

后来陈清扬告诉我，罗小四到处找我。他到医院找我时，医院说我不存在。他找队长问我时，队长也说我不存在。最后他来找陈清扬，陈清扬说，既然大家都说他不存在，大概他就是不存在吧，我也没有意见。罗小四听了这话，禁不住哭了起来。

我听了这话，觉得很奇怪。我不应该因为尖嘴婆打了我一下而存在，也不应该因为她打了我一下而不存在。事实上，我的存在乃是不争的事实。我就为这一点钻了牛角尖。为了验证这不争的事实，慰问团来的那一天，我从山上奔了下去，来到了座谈会的会场上。散会以后，队长说，你这个样子不像有病，还是回来喂猪吧。他还组织人力，要捉我和陈清扬的奸。当然，要捉我不容易，我的腿非常快。谁也休想跟踪我。但是也给我添了很多麻烦。到了这个时候我才悟到，犯不着向人证明我存在。

我在队里喂猪时，每天要挑很多水。这个活计很累，连偷懒都不可能，因为猪吃不饱会叫唤。我还要切很多猪菜，劈很多柴。喂这些猪原来要三个妇女，现在要我一个人干。我发现我不能顶三个妇女，尤其是腰疼时。这时候我真想证明我不存在。

晚上我和陈清扬在小屋里做爱。那时我对此事充满了敬业精神，对每次亲吻和爱抚都贯注了极大的热情。无论是经典的传教士式、后进式、侧进式、女上位，我都能一丝不苟地完成。陈清扬对此极为满意。我也极为满意。在这种时候，我又觉得用不着去证明自己是存在的。从这些体会里我得到一个结论，就是永远别让别人注意你。北京人说，不怕贼偷，就怕贼惦记。你千万别让人惦记上。

过了一些时候，我们队的知青全调走了。男的调到糖厂当工人，女的调到农中去当老师。单把我留下来喂猪，据说是因为我还没有改造好。陈清扬说，我叫人惦记上了。这个人大概就是农场的军代表。她还说，军代表不是个好东西。原来她在医院工作，军代表要调戏她，被她打了个大嘴巴。然后她就被发配到十五队当队医。十五队的水是苦的，也没有菜吃，待久了也觉得没有啥。但是当初调她来，分明有修理她一下的意思。她还说，我准会被修到半死。我说过，他能把我怎么样？急了老子跑他娘。后来的事都是由此而起。

那天早上天色微明，我从山上下来，到猪场喂猪。经过井台时，看见了军代表，他正在刷牙。他把牙刷从嘴里掏出来，满嘴白沫地和我讲话，我觉得很讨厌，就一声不吭地走掉了。过了一会儿，他跑到猪场里，把我大骂了一顿，说，你怎么敢走了？我听了这些话，一声不吭。就是他说我装哑巴，我也一声不吭。然后我又走开了。

军代表到我们队来蹲点，蹲下来就不走了。据他说，要是不能从王二嘴里掏出话来，死也不甘心。这件事有两种可能的原因，一是他下来视察，遇见了我对他装聋作哑，因而大怒，不走了。二是他不是下来视察，而是听说陈清扬和我有了一腿，特地来找我的麻烦。不管他为何而来，反正我是一声也不吭，这叫他很没办法。

军代表找我谈话，要我写交代材料。他还说，我搞破鞋，群众很气愤，如果我不交代，他就发动群众来对付我。他还说，我的行为够上了坏分子，应该受到专政。我可以辩解说，我没搞破鞋。谁能证明我搞了破鞋？但我只是看着他，像野猪一样看他，像发傻一样看他，像公猫看母猫一样看他，把他看到没了脾气，他就让我走了。

最后他也没从我嘴里套出话来。他甚至搞不清我是不是哑巴。别人说我不是哑巴，他始终不敢相信，因为他从来没听我说过一句话。他到今天想起我来，还是搞不清我是不是哑巴。想起这一点，我就万分地高兴。

五

最后我们被关了起来，写了很长时间的交代材料。起初我是这么写的：我和陈清扬有不正当的关系。这就是全部。上面说，这样写太简单，叫我重写。后来我写：我和陈清扬有不正当关系，我干了她很多回，她也乐意让我干。上面说，这样写缺少细节。后来又加上了这样的细节：我们俩第四十次非法性交。地点是我在山上偷盖的草房。那天不是阴历十五就是阴历十六，反正月亮很亮。陈清扬坐在竹床上，月光从门里照进来，照在她身上。我站在地上，她用腿圈着我的腰。我们还聊了几句。我说，她的乳房不但圆，而且长得很端正，脐窝不但圆，而且很浅。这些都很好。她说，是吗，我自己不知道。后来月光移走了，我点了一根烟，抽到一半，她拿走了，接着吸了几口。她还捏过我的鼻子，因为本地有一种说法，说童男的鼻子很硬，而纵欲过度行将死去的人鼻子很软。这些时候她懒懒地躺在床上，倚着竹板墙。其他的时间她像澳大利亚考拉一样抱住我，往我脸上吹热气。最后月亮从门对面的窗子里照进来。这时我和她分开。但是我写这些材料，不是给军代表看。他那时早就不是军代表了，而且已经复员回家去了。他是不是代表，反正犯了我们这种错误，总是要写交代材料。

我后来和我们学校人事科长关系不错。他说，当人事干部最大的好处就是可以看到别人写的交代材料。我想，他说的包括了我写的交代材料。我以为我的交代材料最有文采。因为我写这些材料时住在招待所，没有别的事可干，就像专业作家一样。

我逃跑是晚上的事。那天上午，我找司务长请假，要到井坎镇买牙膏。我归司务长领导，他还有监视我的任务。他应该随时随地看住我，可是天一黑我就不见了。早上我带给他很多酸葩果，都是好的。平原上的酸葩果都不能吃，因为里面是一窝蚂蚁。只有山里的酸葩果才没蚂蚁。司务长说，他个人和我关系不坏，而且军代表不在。他可以准我去买牙膏。但是司务长又说，军代表随时会回来。要是他回来时我不在，司务长也不能包庇我。我从队里出去，爬上十五队的后山，拿个镜片晃陈清扬的后窗。过一会儿，她到山上来，说是头两天人家把她盯得特紧，跑不出来。而这几天她又来月经。她说，这没关系，干吧。我说，那不行。分手时她硬要给我二百块钱。起初我不要，后来还是收下了。

后来陈清扬告诉我，头两天人家没有把她盯得特紧，后来她也没有来月经。事实上，十五队的人根本就不管她。那里的人习惯于把一切不是破鞋的人说成破鞋，而对真的破鞋放任自流。她之所以不肯上山来，让我空等了好几天，是因为对此事感到厌倦。她总要等有了好心情才肯性交，不是只要性交就有好心情。当然这样做了以后，她也不无内疚之心。所以她给我二百块钱。我想，既然她有二百块钱花不掉，我就替她花。所以我拿了那些钱到井坎镇上，买了一条双筒猎枪。

后来我写交代材料，双筒猎枪也是一个主题。人家怀疑我拿了它要打死谁。其实要打死人，用二百块钱的双筒猎枪和四十块钱的铜炮枪打都一样。那种枪是用来在水边打野鸭子的，在山里一点都不实用，而且像死人一样沉。那天我到井坎街上时，已经是下午时分，又不是赶街的日子，所以只有一条空落落的土路和几间空落落的国营商店。商店里有一个售货员在打瞌睡，还有很多苍蝇在飞。货架上写着"吕过吕乎"，放着铝锅铝壶。我和那个胶东籍的售货员聊了一会儿天，她叫我到库房里看了看。在那儿我看见那条上海出的猎枪，就不顾它已经放了两年没卖出去的事实，把它买下了。傍晚时我拿它到小河边试放，打死了一只鹭鸶。这时军代表从场部回来，看见我手里有枪，很吃了一惊。他唠叨说，这件事很不对，不能什么人手里都有枪。应该和队里说一下，把王二的枪没收掉。我听了这话，几乎要朝他肚子上打一枪。如果打了的话，恐怕会把他打死。那样多半我也活不到现在了。

那天下午我从井坎回队的路上，涉水从田里经过，曾经在稻棵里站了一会儿。我看见很多蚂蟥像鱼一样游出来，叮上了我的腿。那时我光着膀子，衣服包了很多红糖馅的包子（镇上饭馆只卖这一种食品），双手提包子，背上还背了枪，很累赘。所以我也没管那些蚂蟥。到了岸上我才把它们一条条揪下来用火烧死。烧得它们一条条发软起泡。忽然间我感到很烦很累，不像二十一岁的人。我想，这样下去很快就会老了。

后来我遇上了勒都。他告诉我说，他们把那条河汊里的鱼都捉到手了。我那一份已经晒成了鱼干，在他姐姐手里。他姐姐叫我去。他姐姐和我也很熟，是个微黑俏丽的小姑娘。我说，一时去不了。我把那一包包子都给了勒都，叫他给我到十五队送个信，告诉陈清扬，我用她给我的钱买了一条枪。勒都去了十五队，把这话告诉陈清扬。她听了很害怕，觉得我会把军代表打死。这种想法也不是没有道理，傍晚时我就想打军代表一枪。

傍晚时分我在河边打鹭鸶，碰上了军代表。像往常一样，我一声不吭，他喋喋不休。我很愤怒，因为已经有半个多月了，他一直对我喋喋不休，说着同样的话：我很坏，需要思想改造。对我一刻也不能放松。这样的话我听了一辈子，从来没有像那天晚上那么火。后来他又说，今天他有一个特大好消息，要向大家公布。但是他又不说是什么，只说我和我的"臭婊子"陈清扬今后的日子会很不好过。我听了这话格外恼火，想把他就地掐死，又想听他说出是什么好消息以后再下手。他却不说。一直卖着关子，只说些没要紧的话，到了队里以后才说，晚上你来听会吧，会上我会宣布的。

晚上我没去听会，在屋里收拾东西，准备逃上山去。我想一定发生了什么大事，以致军代表有了好办法来收拾我和陈清扬，至于是什么事，我没想出来，那年头的事很难猜。我甚至想到可能中国已经复辟了帝制，军代表已经当上了此地的土司。他可以把我锤骟掉，再把陈清扬拉去当妃子。等我收拾好要出门，才知道没有那么严重。因为会场上喊口号，我在屋里也能听见。原来是此地将从国营农场改作军垦兵团。军代表可能要当个团长。不管怎么说，他不能把我阉掉，也不能把陈清扬拉走。我犹豫了几分钟，还是把装好的东西背上了肩，还用砍刀把屋里的一切都砍坏，并且用木炭在墙上写了："×××（军代表名），操你妈！"然后出了门，上山去了。

我从十四队逃跑的事就是这样。这些经过我也在交代材料里写了。概括地说，是这样的：我和军代表有私仇，这私仇有两个方面：一是我在慰问团面前说出了曾经被打晕的事，叫军代表很没面子；二是争风吃醋，所以他一直修理我。当他要当团长时，我感到不堪忍受，逃到山上去了。我到现在还以为这是我逃上山的原因。但是人家说，军代表根本就没当上团长，我逃跑的理由不能成立。所以人家说，这样的交代材料不可信。可信的材料应该是，我和陈清扬有私情。俗话说，色胆包天，我们什么事都能干出来。这话也有一点道理，可是我从队里逃出来时，原本不打算找陈清扬，打算一走算了。走到山边上才想到，不管怎样，陈清扬是我的一个朋友，该去告别。谁知陈清扬说，她要和我一起逃跑。她还说，假如这种事她不加入，那伟大友谊岂不是喂了狗。于是她匆匆忙忙收拾了一些东西跟我走了。假如没有她和她收拾的东西，我一定会病死在山上。那些东西里有很多治疟疾的药，还有大量的大号避孕套。

我和陈清扬逃上山以后，农场很惊慌了一阵。他们以为我们跑到缅甸去了。这件事传出去对谁都没好处，所以就没向上报告，只是在农场内部通缉王二和陈清扬。我们的样子很好认，还带了一条别人没有的双筒猎枪，很容易被人发现，可是一直没人找到我们。直到半年以后，我们自己回到农场来，各回各的队，又过了一个多月，才被人保组叫去写交代。也是我们流年不利，碰上了一个运动，被人揭发了。

六

人保组的房子在场部的路口上，是一座孤零零的土坯房。你从很远的地方就能看见，因为它粉刷得很白，还因为它在高岗上。大家到场部赶街，老远就能看见那间房子。它周围是一片剑麻地，剑麻总是暗绿色，剑麻下的土总是鲜红色。我在那里交代问题，把什么都交代了。我们上了山，先在十五队后山上种玉米，那里土不好，玉米有一半没出苗。我们就离开，昼伏夜行，找别的地方定居。最后想起山上有个废水碾，那里有很大一片丢荒了的好地。水碾里住了一个从麻风寨跑出来的刘大爹。谁也不到那里去，只有陈清扬有一回想起自己是大夫，去看过一回。我们最后去了刘大爹那里，住在水碾背后的山洼里，陈清扬给刘大爹看病，我给刘大爹种地。过了一些时候，我到清平赶街，遇上了同学。他们说，军代表调走了，没人记着我们的事。我们就回来了。整个事情就是这样的。

我在人保组里待了很长时间。有一段时间，气氛还好，人家说，问题清楚了，你准备写材料。后来忽然又严重起来，怀疑我们去了境外，勾结了敌对势力，领了任务回来。于是他们把陈清扬也叫到人保组，严加审讯。问她时，我往窗外看。天上有很多云。

人家叫我交代偷越国境的事。其实这件事上，我也不是清白无辜。我确实去过境外。我曾经打扮成老傣的模样，到对面赶过街。我在那里买了些火柴和盐。但是这没有必要说出来。没必要说的话就不说。

后来我带人保组的人到我们住过的地方去勘查。我在十五队后山上搭的小草房已经漏了顶，玉米地招来很多鸟。草房后面有很多用过的避孕套，这是我们在此住过的铁证。当地人不喜欢避孕套，说那东西阻断了阴阳交流，会使人一天天弱下去。其实当地那种避孕套，比我后来用过的任何一种都好。那是百分之百的天然橡胶。

后来我再不肯带他们去那些地方看，反正我说我没去国外，他们不信。带他们去看了，他们还是不信。没必要做的事就别做。我整天一声不吭。陈清扬也一声不吭。问案的人开头还在问，后来也懒得吭声。街子天里有好多老傣、老景颇背着新鲜的水果蔬菜走过，问案的人也越来越少。最后只剩了一个人。他也想去赶街，可是不到放我们回去的时候，让我们待在这里无人看管，又不合规定。他就到门口去喊人，叫过路的大嫂站住。但是人家经常不肯站住，而是加快了脚步。见到这种情况，我们就笑起来。

人保组的同志终于叫住了一个大嫂。陈清扬站起来，整理好头发，把衬衣领子折起来，然后背过手去。那位大嫂就把她捆起来，先捆紧双手，再把绳子在脖子和胳膊上扣住。那位大嫂抱歉地说，捆人我不会呀。人保组的同志说，可以了。然后他再把我捆起来，让我们在两把椅子上背靠背坐好，用绳子拦腰捆上一道，然后他锁上门，也去赶集。过了好半天他才回来，到办公桌里拿东西，问道：要不要上厕所？时间还早，一会儿回来放你们。然后又出去。

到他最后来放开我们的时候，陈清扬活动一下手指，整理好头发，把身上的灰土掸干净，我们俩回招待所去。我们每天都到人保组去，每到街子天就被捆起来，除此之外，有时还和别人一道到各队去挨斗。他们还一再威胁说，要对我们采取其他专政手段——我们受审查的事就是这样的。

后来人家又不怀疑我们去了国外，开始对她比较客气，经常叫她到医院去，给参谋长看前列腺炎。那时我们农场来了一大批军队下来的老干部，很多人有前列腺炎。经过调查，发现整个农场只有陈清扬知道人身上还有前列腺。人保组的同志说，要我们交代男女关系问题。我说，你怎知我们有男女关系问题？你看见了吗？他们说，那你就交代投机倒把问题。我又说，你怎知我有投机倒把问题？他们说，那你还是交代投敌叛变的问题。反正要交代问题，具体交代什么，你们自己去商量。要是什么都不交代，就不放你。我和陈清扬商量以后，决定交代男女关系问题。她说，做了的事就不怕交代。

于是我就像作家一样写起交代材料来。首先交代的就是逃跑上山那天晚上的事。写了好几遍，终于写出陈清扬像考拉。她承认她那天心情非常激动，确实像考拉。因为她终于有了机会，来实践她的伟大友谊。于是她腿圈住我的腰，手抓住我的肩膀，把我想象成一棵大树，几次想爬上去。

后来我又见到陈清扬，已经到了九十年代。她说，她离了婚，和女儿住在上海，到北京出差。到了北京就想到，王二在这里，也许能见到。结果真的在龙潭湖庙会上见到了我。我还是老样子，饿纹入嘴，眼窝下乌青，穿过了时的棉袄，蹲在地上吃不登大雅之堂的卤煮火烧。唯一和过去不同的是手上被硝酸染得焦黄。

陈清扬的样子变了不少，她穿着薄呢子大衣、花格呢裙子、高跟皮靴，戴金丝眼镜，像个公司的公关职员，她不叫我，我绝不敢认。于是我想到每个人都有自己的本质，放到合适的地方就大放光彩。我的本质是流氓土匪一类，现在做个城里的市民、学校的教员，就很不像样。

陈清扬说，她女儿已经上大二，最近知道了我们的事，很想见我。这事的起因是这样的：她们医院想提拔她，发现她档案里还有一堆东西。领导上讨论之后，认为是"文革"时整人的材料，应予撤销。于是派人到云南外调，花了一万元差旅费，终于把它拿了出来。因为是本人写的，交还本人。她把它拿回家去放着，被女儿看见了。该女儿说，好哇，你们原来是这么造的我！

其实我和她女儿没有任何关系。她女儿产生时，我已经离开云南了。陈清扬也是这么解释的，可是那女孩说，我可以把精液放到试管里，寄到云南让陈清扬人工授精。用她原话来说就是：你们两个浑蛋什么干不出来。

我们逃进山里的第一个夜晚，陈清扬兴奋得很。天明时我睡着了，她又把我叫起来，那时节大雾正从墙缝里流进来。她让我再干那件事，别戴那劳什子。她要给我生一窝小崽子，过几年就耷拉到这里。同时她揪住乳头往下拉，以示耷拉之状。我觉得耷拉不好看，就说，咱们还是想想办法。别叫它耷拉。所以我还是戴着那劳什子。以后她对这件事就失去了兴趣。

后来我再见陈清扬时，问道，怎么样，耷拉了吧？她说，可不是，耷拉得一塌糊涂。你想不想看看有多耷拉。后来我看见了，并没有一塌糊涂。不过她说，早晚要一塌糊涂，没有别的出路。

我写了这篇交代材料交上去，领导上很欣赏。有个大头儿，不是团参谋长就是政委，接见了我们，说我们的态度很好。领导上相信我们没有投敌叛变。今后主要的任务就是交代男女关系问题。假如交代得好，就让我们结婚。但是我们并不想结婚。后来又说，交代得好，就让我调回内地。陈清扬也可以调到上级医院。所以我在招待所写了一个多月交代材料，除了出公差，没人打搅，我用复写纸写，正本是我的，副本是她的。我们有一模一样的交代材料。

后来人保组的同志找我商量，说是要开个大的批斗会。所有在人保组受过审查的人都要参加，包括投机倒把分子、贪污犯，以及各种坏人。我们本该属于同一类，可是团领导说了，我们年轻，交代问题的态度好，所以又可以不参加。但是有人攀我们，说都受审查，他们为什么不参加。人保组也难办。所以我们必须参加。最后的决定是来做工作，动员我们参加。据说受受批斗，思想上有了震动，以后可以少犯错误。既然有这样的好处，为什么不参加？到了开会的日子，场部和附近生产队来了好几千人。我们和好多别的人站到台上去。等了好半天，听了好几篇批判稿，才轮到我们王陈二犯。原来我们的问题是思想淫乱，作风腐败，为了逃避思想改造，逃到山里去。后来在党的政策感召下，下山弃暗投明。听了这样的评价，我们心情激动，和大家一起振臂高呼："打倒王二！打倒陈清扬！"斗过这一台，我们就算没事了。但是还得写交代，因为团领导要看。

在十五队后山上，陈清扬有一回很冲动，要给我生一群小崽子，我没要。后来我想，生生也不妨，再跟她说，她却不肯生了。而且她总是理解成我要干那件事。她说，要干就干，没什么关系。我想，纯粹为我，这样太自私了，所以就很少干。何况开荒很累，没力气干。我所能交代的事就是在地头休息时摸她的乳房。

旱季里开荒时，到处是热风，身上没有汗，可是肌肉干疼。最热时，只能躺在树下睡觉。枕着竹筒，睡在棕皮蓑衣上。我奇怪为什么没人让我交代蓑衣的事。那是农场的劳保用品，非常贵。我带进山两件，一件是我的，一件是从别人门口顺手拿来的。一件也没拿回来。一直到我离开云南，也没人让我交还蓑衣。

我们在地头休息时，陈清扬拿斗笠盖住脸，敞开衬衣的领口，马上就睡着了。我把手伸进去，有很优美的浑圆的感觉。后来我把扣子又解开几个，看见她的皮肤是浅红色。虽然她总穿着衣服干活儿，可是阳光透过了薄薄的布料。至于我，总是光膀子，已经黑得像鬼一样。

陈清扬的乳房是很结实的两块，躺着的时候给人这样的感觉。但是其他地方很纤细。过了二十多年，大模样没怎么变，只是乳头变得有点大，有点黑。她说，这是女儿作的孽。那孩子刚出世，像头粉红色的小猪，闭着眼一口叼住她那个地方狠命地吃，一直把她吃成个老太太，自己却长成个漂亮大姑娘，和她当年一样。

年纪大了，陈清扬变得有点敏感。我和她在饭店里重温旧情，说到这类话题，她就有恐慌之感。当年不是这样。那时候在交代材料里写到她的乳房，我还有点犹豫。她说，就这么写。我说，这样你就暴露了。她说，暴露就暴露，我不怕！她还说是自然长成这样，又不是她捣了鬼。至于别人听说了有什么想法，不是她的问题。

过了这么多年我才发现，陈清扬是我的前妻哩。交代完问题，人家叫我们结婚。我觉得没什么必要了。可是领导上说，不结婚影响太坏，非叫去登记不可。上午登记结婚，下午离婚。我以为不算呢。乱决决的，人家忘了把发的结婚证要回去。结果陈清扬留了一张。我们拿这二十年前发的破纸头登记了一间双人房。要是没有这东西，就不许住在一间房子里。二十年前不这样。二十年前他们让我们住在一间房子里写交代材料，当时也没这个东西。

我写了我们住在后山上的事。团领导要人保组的人带话说，枝节问题不要讲太多，交代下一件案子吧。听了这话，我发了犟驴脾气，妈妈的，这是案子吗？陈清扬开导我说，这世界上有多少人，每天要干多少这种事，又有几个有资格成为案子。我说，其实这都是案子，只不过领导上查不过来。她说，既然如此，你就交代吧。所以我交代道：那天夜里，我们离开了后山，向作案现场进发。

七

　　我后来又见到陈清扬，和她在饭店里登记了房间，然后一起到房间里去，我伸手帮她脱下大衣。陈清扬说，王二变得文明了。这说明我已经变了很多。以前我不但相貌凶恶，行为也很凶恶。

　　我和陈清扬在饭店里又作了一回案。那里暖气烧得很暖，还装着茶色玻璃。我坐在沙发上，她坐在床上，聊了一会儿天，逐渐有了犯罪的气氛。我说，不是让我看有多耷拉吗，我看看。她就站起来，脱了外衣，里面穿着大花的衬衫。然后她又坐下去，说，还早一点。过一会儿，服务员来送开水。他们有钥匙，连门都不敲就进来了。我问她，碰上了人家怎么说？她说，她没被碰上过。但是听说人家会把门一摔，在外面说：真他妈的讨厌！

　　我和陈清扬逃进山以前，有一次我在猪场煮猪食。那时我要烧火，要把猪菜切碎（所谓猪菜，是番薯藤、水葫芦一类东西），要往锅里加糠添水。我同时做着好几样事情。而军代表却在一边喋喋不休，说我是如何之坏。他还让我去告诉我的"臭婊子"陈清扬，她是如何之坏。忽然间我暴怒起来，抢起长刀，照着梁上挂的盛南瓜子儿的葫芦劈去，把它劈成两半。军代表吓得一步跳出房去。如果他还要继续数落我，我就要砍他脑袋了。我是那样凶恶，因为我不说话。

　　后来在人保组，我也不大说话，包括人家捆我的时候。所以我的手经常被捆得乌青。陈清扬经常说话。她说：大嫂，捆疼了。或者：大嫂，给我拿手绢垫一垫。我头发上系了一块手绢。她处处与人合作，苦头吃得少。我们处处都不一样。

　　陈清扬说，以前我不够文明。在人保组里，人家给我们松了绑。那条绳子在她的衬衣上留下了很多道痕迹。这是因为那绳子平时放在烧火的棚子里，沾上了锅灰和柴草末。她用不灵活的手把痕迹掸掉，只掸了前面，掸不了后面。等到她想叫我来掸时，我已经一步跨出门去。等到她追出门去，我已经走了很远。我走路很快，而且从来不回头看。就因为这些原因，她根本就不爱我，也说不上喜欢。

照领导定的性，我们在后山上干的事，除了她像考拉那次之外，都不算案子。像我们在开荒时干的事，只能算枝节问题。所以我们没有继续交代下去。其实还有别的事。当时热风正烈，陈清扬头枕双臂睡得很熟。我把她的衣襟完全解开了。这样她袒露出上身，好像是故意的一样。天又蓝又亮，以致阴影里都是蓝黝黝的光。忽然间我心里一动，在她红通通的身体上俯身下去。我都忘了自己干了些什么了。我把这事说了出来，以为陈清扬一定不记得。可是她说："记得记得！那会儿我醒了。你在我肚脐上亲了一下吧？好危险，差一点爱上你。"

陈清扬说，当时她刚好醒来，看见我那颗乱蓬蓬的头正在她肚子上，然后肚脐上轻柔的一触。那一刻她也不能自持。但是她还是假装睡着，看我还要干什么。可是我什么都没干，抬起头来往四下看看，就走开了。

我写的交代材料里说，那天夜里，我们离开后山，向作案现场进发，背上背了很多坛坛罐罐，计划是到南边山里定居。那边土地肥沃，公路两边就是一人深的草。不像十五队后山，草只有半尺高。那天夜里有月亮，我们还走了一段公路，所以到天明将起雾时，已经走了二十公里，上了南面的山。具体地说，到了章风寨南面的草地上，再走就是森林。我们在一棵大青树下露营，捡了两块干牛粪生了一堆火，在地上铺了一块塑料布。然后脱了一切衣服（衣服已经湿了），搂在一起，裹上三条毯子，滚成一个球，就睡着了。睡了一个小时就被冻醒。三重毯子都湿透了，牛粪火也灭了。树上的水滴像倾盆大雨往下掉。空气里飘着的雨点有绿豆大小。那是在一月里，旱季最冷的几天。山的阴面就有这么潮。

陈清扬说，她醒时，听见我在她耳边打机关枪。上牙碰下牙，一秒钟不止一下。而且我已经有了热度。我一感冒就不容易好，必须打针。她就爬起来说，不行，这样两个人都要病，快干那事。我不肯动，说道：忍忍吧。一会儿就出太阳。后来又说：你看我干得了吗？案发前的情况就是这样的。

案发时的情形是这样的：陈清扬骑在我身上，一起一落，她背后的天上是白茫茫的雾气。这时好像不那么冷了，四下里传来牛铃声。这地方的老傣不关牛，天一亮水牛就自己跑出来。那些牛身上拴着木制的铃铛，走起来发出闷闷的响声。一个庞然大物骤然出现在我们身边，耳边的刚毛上挂着水珠。那是一头白水牛，它侧过头来，用一只眼睛看我们。

白水牛的角可以做刀把，晶莹透明，很好看。可是质脆容易裂。我有一把匕首，也是白牛角把，却一点都不裂，很难得。刃的材料也好，可是被人保组收走了。后来没事了，找他们要，却说找不到了。还有我的猎枪，也不肯还我。人保组的老郭死乞白赖地说要买，可是只肯出五十块钱，最后连枪带刀，我一样也没要回来。

我和陈清扬在饭店里作案之前聊了好半天。最后她把衬衣也脱下来，还穿着裙子和皮靴。我走过去坐在她身边，把她的头发撩了起来。她的头发有不少白的了。

陈清扬烫了头。她说，以前她的头发好，舍不得烫。现在没关系了。她现在当了副院长，非常忙，也不能每天洗头。除此之外，眼角脖子下有不少皱纹。她说，女儿建议她去做整容手术。但是她没时间做。

后来她说，好啦，看吧。就去解乳罩。我想帮她一把，也没帮上。扣在前面，我把手伸到后面去了。她说，看来你没学坏。就转过身来让我看。我仔细看了一阵，提了一点意见。不知为什么，她有点脸红，说，好啦。看也看过了，还要干什么？就要把乳罩戴上。我说，别忙，就这样吧。她说，怎么，还要研究我的结构？我说，那当然。现在不着急，再聊一会儿。她的脸更红了，说道：王二，你一辈子学不了好，永远是个浑蛋。

我在人保组，罗小四来看我，扒窗户一看，我被捆得像粽子一样。他以为案情严重，我会被枪毙掉，便把一盒烟从窗里扔进来，说道：二哥，哥们儿一点意思。然后哭了。罗小四感情丰富，很容易哭。我让他点着了烟从窗口递进来，他照办了，差点肩关节脱臼才递到我嘴上，然后他问我还有什么事要办。我说没有。我还说，你别招一大群人来看我。他也照办了。他走后，又有一帮孩子爬上窗台看，正看见我被烟熏得睁一眼闭一眼，样子非常难看。打头的一个不禁说道：耍流氓。我说，你爸你妈才耍流氓。他们不流氓能有你？那孩子抓了些泥巴扔我。等把我放开，我就去找他爸，说道：今天我在人保组，叫人像捆猪一样捆上。令郎人小志大，趁那时朝我扔泥巴。那人一听，揪住他儿子就揍。我在一边看完了才走。陈清扬听说这事，就有这种评价：王二，你是个浑蛋。

其实我并非永远是浑蛋。我现在有家有口，已经学了不少好。抽完了那根烟，我把她抱过来，很熟练地在她胸前爱抚一番，然后就想脱她的裙子。她说，别忙，再聊会儿，你给我也来支烟。我点了一支烟，抽着了给她。

陈清扬说，在章风山她骑在我身上一上一下，极目四野，都是灰蒙蒙的水雾。忽然间觉得非常寂寞，非常孤独。虽然我的一部分在她身体里摩擦，她还是非常寂寞，非常孤独。后来我活过来了，说道：换换，你看我的。我就翻到上面去。她说，那一回你比哪回都浑蛋。

陈清扬说，那回我比哪回都浑蛋，是指我忽然发现她的脚很小巧好看。因此我说，老陈，我准备当个拜脚狂。然后我把她两腿捧起来，吻她的脚心。陈清扬平躺在草地上，两手摊开，抓着草。忽然她一晃头，用头发盖住了脸，然后哼了一声。

我在交代材料里写道，那时我放开她的腿，把她脸上的头发抚开。陈清扬猛烈地挣扎，流着眼泪，但是没有动手。她脸上有两点很不健康的红晕。后来她不挣扎了，对我说，浑蛋，你要把我怎么办？我说，怎么了？她又笑，说道，不怎么。接着来。所以我又捧起她的双腿。她就那么躺着不动，双手平摊，牙咬着下唇，一声不响。如果我多看她一眼，她就笑笑。我记得她脸特别白，头发特别黑，整个情况就是这样的。

陈清扬说，那一回她躺在冷雨里，忽然觉得每一个毛孔都进了冷雨。她感到悲从中来，不可断绝。忽然间一股巨大的快感劈进来。冷雾、雨水，都沁进了她的身体。那时节她很想死去。她不能忍耐，想叫出来，但是看见了我，她又不想叫出来。世界上还没有一个男人能叫她肯当着他的面叫出来。她和任何人都格格不入。

陈清扬后来和我说，每回和我做爱都深受折磨。在内心深处她很想叫出来，想抱住我狂吻，但是她不乐意。她不想爱别人，任何人都不爱，尽管如此，我吻她脚心时，一种辛辣的感觉还是钻到她心里来。

我和陈清扬在章风山上做爱，有一头老水牛在一边看。后来它哞了一声跑开了，只剩我们两人。过了很长时间，天渐渐亮了。雾从天顶消散。陈清扬的身体沾了露水，闪起光来。我把她放开，站起来，看见离寨子很近，就说："走。"于是离开了那个地方，再没回去过。

八

我在交代材料里说，我和陈清扬在刘大爹后山上作案无数。这是因为刘大爹的地是熟地，开起来不那么费力。生活也安定，所以温饱生淫欲。那片山上没人，刘大爹躺在床上要死了。山上非雾即雨，陈清扬腰上束着我的板带，上面挂着刀子，脚上穿高筒雨靴，除此之外，不着一丝。

陈清扬后来说，她一辈子只交了我一个朋友。她说，这一切都是因为我在河边的小屋里谈到伟大友谊。人活着总要做几件事情，这就是其中之一。以后她就没和任何人有过交情。同样的事做多了没意思。

我对此早有预感。所以我向她要求此事时就说，老兄，咱们敦敦伟大友谊如何？人家夫妇敦伦，我们无伦可言，只好敦友谊。她说，好。怎么敦？正着敦反着敦？我说，反着敦。那时正在地头上。因为是反着敦，就把两件衮衣铺在地上，她趴在上面，像一匹马，说道："你最好快一点，刘大爹该打针了。"我把这些事写进了交代材料，领导上让我交代：

1. 谁是"敦伦"；

2. 什么叫"敦敦"伟大友谊；

3. 什么叫"正着敦"，什么叫"反着敦"。

把这些都说清以后，领导上又叫我以后少转文，是什么问题就交代什么问题。

在山上敦伟大友谊时，嘴里喷出白汽。天不那么凉，可是很湿，抓过一把能拧出水来。就在蓑衣旁边，蚯蚓在爬。那片地真肥。后来玉米还没熟透，我们就把它放在捣臼里捣，这是山上老景颇的做法。做出的玉米粑粑很不坏。在冷水里放着，好多天不坏。

陈清扬趴在冷雨里，乳房摸起来像冷苹果。她浑身的皮肤绷紧，好像抛过光的大理石。后来我把"小和尚"拔出来，把精液射到地里。她在一边看着，面带惊恐之状。我告诉她，这样地会更肥。她说，我知道。后来又说，地里会不会长出小王二来——这像个大夫说的话吗？

雨季过去后，我们化装成老俵，到清平赶街。后来的事我已经写过，我在清平遇上了同学。虽然化了装，人家还是一眼就认出我来。我的个子太高，装不矮。人家对我说：二哥，你跑哪儿去了？我说：我不会讲汉话哟！虽然尽力加上一点怪腔，还是京片子。一句就露馅儿了。

回农场是她的主意。我自己既然上了山，就不准备下去。她和我上山，是为了伟大友谊。我也不能不陪她下去。其实我们随时可以逃走，但她不乐意。她说现在的生活很有趣。

陈清扬后来说，在山上她也觉得很有趣。漫山冷雾时，腰上别着刀子，足蹬高筒雨靴，走到雨丝里去。但是同样的事做多了就不再有趣。所以她还想下山，忍受人世的摧残。

我和陈清扬在饭店里重温伟大友谊，说到那回从山上下来，走到岔路口上。那地方有四条岔路，各通一方。东西南北没有关系，一条通到国外，是未知之地；一条通到内地；一条通到农场；一条是我们来的路。那条路还通到户撒。那里有很多阿昌铁匠，那些人世世代代当铁匠。我虽然不是世世代代，但我也能当铁匠。我和那些人熟得很，他们都佩服我的技术。阿昌族的女人都很漂亮，身上挂了很多铜箍和银钱。陈清扬对那种打扮十分神往，她很想到山上去当个阿昌。那时雨季刚过，云从四面八方升起来。天顶上闪过一缕缕阳光。我们有各种选择，可以到各个方向去。所以我在路口上站了很久。后来我回内地时，站在公路上等汽车，也有两种选择，可以等下去，也可以回农场去。当我沿着一条路走下去的时候，心里总想着另一条路上的事。这种时候我心里很乱。

陈清扬说过，我天资中等，手很巧，人特别浑。这都是有所指的。说我天资中等，我不大同意，说我特别浑，事实俱在，不容抵赖。至于说我手巧，可能是自己身上体会出来的。我的手的确很巧，不光表现在摸女人方面。手掌不大，手指特长，可以做任何精细的工作。山上那些阿昌铁匠打刀刃比我好，可是要比在刀上刻花纹，没有人能比得上。所以起码有二十个铁匠提出过，让我们搬过去，他打刀刃我刻花纹，我们搭一伙。假如当初搬了过去，可能现在连汉话都不会说了。

假如我搬到一位阿昌大哥那里去住，现在准在黑洞洞的铁匠铺里给户撒刀刻花纹。在他家泥泞的后院里，准有一大窝小崽子，共有四种组合形式：

1. 陈清扬和我的；

2. 阿昌大哥和阿昌大嫂的；

3. 我和阿昌大嫂的；

4. 陈清扬和阿昌大哥的。

陈清扬从山上背柴回来，撩起衣裳，露出极壮硕的乳房，不分青红皂白，就给其中一个喂奶。假如当初我退回山上去，这样的事就会发生。

陈清扬说，这样的事不会发生，因为它没有发生。实际发生的是，我们回了农场，写交代材料、出斗争差。虽然随时都可以跑掉，但是没有跑。这是真实发生了的事。

陈清扬说，我天资平常，她显然没把我的文学才能考虑在内。我写的交代材料人人都爱看。刚开始写那些东西时，我有很大的抵触情绪。写着写着就入了迷。这显然是因为我写的全是发生过的事。发生过的事有无比的魅力。

我在交代材料里写下了一切细节，但是没有写以下已经发生的事情：

我和陈清扬在十五队后山上，在草房里干完后，到山涧里戏水。山上下来的水把红土剥光，露出下面的蓝黏土来。我们爬到蓝黏土上晒太阳。暖过来后，"小和尚"又直立起来。但是刚发泄过，不像急色鬼。于是我侧躺在她身后，枕着她的头发进入她的身体。我们在饭店里，后来也是这么重温伟大友谊。

我和陈清扬侧躺在蓝黏土上，那时天色将晚，风也有点凉。躺在一起心平气和，有时轻轻动一下。据说海豚之间有生殖性的和娱乐性的两种搞法，这就是说，海豚也有伟大友谊。我和陈清扬连在一起，好像两只海豚一样。

我和陈清扬在蓝黏土上，闭上眼睛，好像两只海豚在海里游动。天黑下来，阳光逐渐红下去。天边起了一片云，惨白惨白，翻着无数死鱼肚皮，瞪起无数死鱼眼睛。山上有一股风，无声无息地吹下去。天地间充满了悲惨的气氛。陈清扬流了很多眼泪。她说是触景伤情。

我还存了当年交代材料的副本，有一回拿给一位搞英美文学的朋友看。他说，很好，有维多利亚时期地下小说的韵味。至于删去的细节，他也说删得好，那些细节破坏了故事的完整性。我的朋友真有大学问。

我写交代材料时很年轻，没什么学问（到现在也没有学问），不知道什么是维多利亚时期地下小说。我想的是不能教会了别人。我这份交代材科不少人要看，假如他们看了情不自禁，也去搞破鞋，那倒不伤大雅，要是学会了这个，那可不大好。

我在交代材料里还漏掉了以下事实，理由如前所述。我们犯了错误，本该被枪毙，领导上挽救我们，让我写交代材料，这是多么大的宽大！所以我下定决心，只写出我们是多么坏。

我们俩在刘大爹后山上时，陈清扬给自己做了一件筒裙，想穿了它化装成老傣，到清平去赶街。可是她穿上以后连路都走不了啦。走到清平南边遇到一条河，山上下来的水像冰一样凉，像腌雪里蕻一样绿。那水有齐腰深，非常急。我走过去，把她用一个肩膀扛起来，径直走过河才放下来。我的一边肩膀正好和陈清扬的腰等宽，记得那时她的脸红得厉害。我还说，我可以把你扛到清平去，再扛回来，比你扭扭捏捏地走更快。她说，去你妈的吧。

筒裙就像个布筒子，下口只有一尺宽。会穿的人在里面可以干各种事，包括在大街上撒尿，不用蹲下来。陈清扬说，这一手她永远学不会。在清平集上观摩了一阵，她得到了要扮就扮阿昌的结论。回来的路是上山，而且她的力气都耗光了。每到跨沟越坎之处，她就找个树墩子，姿仪万方地站上去，让我扛她。

回来的路上扛着她爬坡。那时旱季刚到，天上白云纵横，阳光灿烂。可是山里还时有小雨。红土的大板块就分外地滑。我走上那块烂泥板，就像初次上冰场。那时我右手扣住她的大腿，左手提着猎枪，背上还有一个背篓，走在那滑溜溜的斜面上，十分吃力。忽然间我向左边滑动，马上要滑进山沟，幸亏手里有条枪，拿枪拄在地上。那时我全身绷紧，拼了老命，总算支持住了。可这个笨蛋还来添乱，在我背上扑腾起来，让我放她下去。那一回差一点死了。

等我刚能喘过气来，就把枪带交到右手，抢起左手在她屁股上狠狠打了两巴掌。隔了薄薄一层布，倒显得格外光滑。她的屁股很圆。鸡巴，感觉非常之好的啦！她挨了那两下登时老实了。非常地乖，一声也不吭。

当然打陈清扬屁股也不是好事，但是我想别的破鞋和野汉子之间未必有这样的事。这件事离了题，所以就没写。

九

我和陈清扬在章风山上做爱时，她还很白，太阳穴上的血管清晰可见，后来在山里晒得很黑，回到农场又变得白皙。后来到了军民共建边防时期，星期天机务站出一辆大拖拉机，拉上一车有问题的人到砖窑出砖。出完了砖，再拉到边防线上的生产队去，和宣传队会齐。我们这一车是历史反革命、贼、走资派、搞破鞋的等等，敌我矛盾人民内部都有，干完了活儿到边境上斗争一台，以便巩固政治边防。出这种差，公家管饭，武装民兵押着蹲在地上吃。吃完了，我和陈清扬倚着拖拉机站着，过来一帮老婆娘，对她品头论足。结论是她真白，难怪搞破鞋。

我去找过人保组老郭，问他们叫我们出这种差是什么意思。他们说，无非是让对面的坏人知道这边厉害，不敢过来。本来不该叫我们去，可是凑不齐人数。反正我们也不是好东西，去去也没什么的。我说，去去原是不妨，你叫人别揪陈清扬的头发。搞急了，老子又要往山上跑。他说，他不知道有这事，一定去说说。其实我早想上山，可是陈清扬说，算了，揪揪头发又怎么了。

我们出斗争差时，陈清扬穿我的一件学生制服。那衣服她穿上非常大，袖子能到掌心，领子拉起来能遮住脸腮。后来她把这衣服要走了。据说这衣服还在，大扫除擦玻璃她还穿。挨斗时她非常熟练，一听见说到我们，就从书包里掏出一双洗得干干净净，用麻绳拴好的解放鞋，往脖子上一挂，等待上台了。

陈清扬说，在家里刚洗过澡，她拿我那件衣服当浴衣穿。那时她表演给女儿看，当年怎么挨斗。人是撅着的，有时还得抬脸给人家看，就和跳巴西桑巴舞一样。那孩子问道：我爸呢？陈清扬说：你爸爸坐飞机。那孩子就咯咯笑，觉得非常有趣。

我听见这话，觉得如有芒刺在背。第一，我也没坐飞机。挨斗时是两个"小四川"押我，他俩非常客气，总是先道歉说：王哥，多担待。然后把我撅出去。押她的是宣传队的两个"小骚货"，又撅胳膊又揪头发。照她说的，好像人家对我比对她还不好，这么说对当年那两个"小四川"不公平。第二，我不是她爸爸。等斗完了我们，就该演节目了。把我们撵下台，撵上拖拉机，连夜开回场部去。每次出过斗争差，陈清扬都性欲勃发。

我们跑回农场来，受批判，出斗争差。这也是一阵阵的。有时候团长还请我们到他家坐，说起我们犯错误，他还说，这种错误他也犯过。然后就和陈清扬谈前列腺。这时我就告辞，除非他叫我修手表。有时候对我们很坏，一礼拜出两次斗争差。这时政委说，像王二、陈清扬这样的人，就是要斗争，要不大家都会跑到山上去，农场还办不办？平心而论，政委说得也有道理，而且他没有前列腺炎。所以陈清扬书包里那双破鞋老不扔，随时备用。过了一段时间，不再叫我们出斗争差，有一回政委出去开会，团长到军务科说了说，就把我放回内地去了。

有关斗争差的事是这样的：当地有一种传统的娱乐活动，就是斗破鞋。到了农忙时，大家都很累。队长说，今晚上娱乐一下，斗斗破鞋。但是他们怎么娱乐的，我可没见过。他们斗破鞋时，总把没结婚的人都撵走。再说，那些破鞋面黑如锅底，奶袋低垂，我不爱看。

　　后来来了一大批军队干部，接管了农场，就下令不准斗破鞋。理由是不讲政策。但是到了军民共建时期，又下令说可以斗破鞋。团里下了命令，叫我们到宣传队报到，准备参加斗争。马上我就要逃进山去，可是陈清扬不肯跟我走。她还说，她无疑是当地斗过的破鞋里最漂亮的一个。斗她的时候，周围好几个队的人都去看，这让她觉得无比自豪。

　　团里叫我们随宣传队活动，是这么交代的：我们俩是人民内部矛盾，这就是说，罪恶不彰，要注意政策。但是又说，假如群众愤怒了，要求狠狠斗我们，那就要灵活掌握。结果群众见了我们就愤怒。宣传队长是团长的人，他和我们私交也不坏，跑到招待所来和我们商量：能不能请陈大夫受点委屈？陈清扬说，没有关系。下回她就把破鞋挂在了脖子上。但是大家还是不满意。他只好让陈清扬再受点委屈。最后他说，大家都是明白人，我也不多说，您二位多担待吧。

　　我和陈清扬出斗争差的时候，开头总是待在芭蕉树后面。那里是后台。等到快轮到我们时，她站起来，把头上的发卡取下来衔在嘴里，再一个个别好，翻起领口，拉下袖子，背过双手，等待受捆了。

　　陈清扬说，他们用竹皮绳、棕绳来捆她，总把她的手捆肿。所以她从家里带来了晾衣服的棉绳。别人也抱怨说，女人不好捆，浑身圆滚滚，一点都不吃绳子。与此同时，一双大手从背后擒住她的手腕，另一双手把她紧紧捆起来，捆成五花大绑。

　　后来人家把她押出去，后面有人揪住她的头发，使她不能往两边看，也不能低下头，所以她只能微微侧过头去，看汽灯青白色的灯光。

有时她正过头来，看见一些陌生的脸，她就朝那人笑笑。这时她想，这真是个陌生的世界！这里发生了什么，她一点都不了解。

陈清扬所了解的是，现在她是破鞋。绳子捆在她身上，好像一件紧身衣。这时她浑身的曲线毕露。她看到在场的男人裤裆里都凸起来。她知道是因为她，但为什么这样，她一点都不理解。

陈清扬说，出斗争差时，人家总要揪着她头发让她往四下看。为此她把头发梳成两缕，分别用皮筋系住，这样人家一只手提住她的手腕，另一只手揪她的头发就特别方便。她就这样被人驾驶着看到了一切，一切都流进她心里。但是她什么都不理解。但是她很愉快，人家要她做的事她都做到了，剩下的事与她无关。她就这样在台上扮演了破鞋。

等到斗完了我们，就该演文艺节目了。我们当然没资格看，就被撺上拖拉机，拉回场部去。开拖拉机的师傅早就着急回家睡觉，早就把机器发动起来。所以连陈清扬的绑绳也来不及松开。我把她抱上拖拉机，然后车上颠得很，天又黑，还是解不开。到了场部以后，索性我把她扛回招待所，在电灯下慢慢解。这时候陈清扬面有酡颜，说道：敦伟大友谊好吧？我都有点等不及了！

陈清扬说，那一刻她觉得自己像个礼品盒，正在打开包装。于是她心花怒放。她终于解脱了一切烦恼，用不着再去想自己为什么是破鞋，到底什么是破鞋，以及其他费解的东西：我们为什么到这个地方来，来干什么等等。现在她把自己交到了我手里。

在农场里，每回出完了斗争差，陈清扬必要求敦伟大友谊。那时总是在桌子上。我写交代材料也在那张桌子上，高度十分合适。她在那张桌上像考拉那样，快感如潮，经常禁不住喊出来。那时黑着灯，看不见她的模样。我们的后窗总是开着的，窗后是一个很陡的坡。但是总有人来探头探脑。那些脑袋露在窗台上好像树枝上的寒鸦。我那张桌子上老放着一些山梨，硬得人牙咬不动，只有猪能吃。有时她拿一个从我肩上扔出去，百发百中，中弹的从陡坡上滚下去。这种事我不那么受用，最后射出的精液都冷冰冰的。不瞒你说，我怕打死人。像这样的事倒可以写进交代材料，可是我怕人家看出我在受审查期间继续犯错误，给我罪加一等。

十

后来我们在饭店里重温伟大友谊，谈到各种事情。谈到了当年的各种可能性，谈到了我写的交代材料，还谈到了我的"小和尚"。那东西一听别人谈到它，就激昂起来，蠢动个不停。因此我总结道，那时人家要把我们锤掉，但是没有锤动。我到今天还强硬如初。为了伟大友谊，我还能光着屁股上街跑三圈。我这个人，一向不大知道要脸。不管怎么说，那是我的黄金时代，虽然我被人当成流氓。我认识那里好多人，包括赶马帮的流浪汉、山上的老景颇等等。提起会修表的王二，大家都知道。我和他们在火边喝那种两毛钱一斤的酒，能喝很多。我在他们那里大受欢迎。

除了这些人，猪场里的猪也喜欢我，因为我喂猪时，猪食里的糠比平时多三倍。然后就和司务长吵架，我说，我们猪总得吃饱吧。我身上带有很多伟大友谊，要送给一切人。因为他们都不要，所以都发泄在陈清扬身上了。

我和陈清扬在饭店里敦伟大友谊，是娱乐性的。中间退出来一次，只见"小和尚"上血迹斑斑。她说，年纪大了，里面有点薄，你别那么使劲。她还说，在南方待久了，到了北方手就裂。而蛤蜊油的质量下降，抹在手上一点用都不管。说完了这些话，她拿出一小瓶甘油来，抹在"小和尚"上面。然后正着敦，说话方便。我就像一根待解的木料，躺在她分开的双腿中间。

陈清扬脸上有很多浅浅的皱纹，在灯光下好像一条条金线。我吻她的嘴，她没反对。这就是说，她的嘴唇很柔软，而且分开了。以前她不让我吻她嘴唇，让我吻她下巴和脖子交界的地方。她说，这样刺激性欲。然后继续谈到过去的事。

陈清扬说，那也是她的黄金时代。虽然被人称作破鞋，但是她清白无辜。她到现在还是无辜的。听了这话，我笑起来。但是她说，我们在干的事算不上罪孽。我们有伟大友谊，一起逃亡，一起出斗争差，过了二十年又见面，她当然要分开两腿让我趴进来。所以就算是罪孽，她也不知罪在何处。更主要的是，她对这罪恶一无所知。

然后她又一次呼吸急促起来。她的脸变得赤红，两腿把我用力夹紧，身体在我下面绷紧，压抑的叫声一次又一次穿过牙关。过了很久才松弛下来。这时她说很不坏。

很不坏之后，她还说这不是罪孽。因为她像苏格拉底，对一切都一无所知。虽然活了四十多岁，眼前还是奇妙的新世界。她不知道为什么人家要把她发到云南那个荒凉的地方，也不知为什么又放她回来。不知道为什么要说她是破鞋，把她押上台去斗争，也不知道为什么又说她不是破鞋，把写好的材料又抽出来。这些事有过各种解释，但没有一种她能听懂。她是如此无知，所以她无罪。一切法律书上都是这么写的。

陈清扬说，人活在世上，就是为了忍受摧残，一直到死。想明了这一点，一切都能泰然处之。要说明她怎会有这种见识，一切都要回溯到那一回我从医院回来，从她那里经过进了山。我叫她去看我，她一直在犹豫。等到她下定了决心，穿过中午的热风，来到我的草房前面，那一瞬间，她心里有很多美丽的想象。等到她进了那间草房，看见我的"小和尚"直挺挺，像一件丑恶的刑具。那时她惊叫起来，放弃了一切希望。

陈清扬说，在此之前二十多年前一个冬日，她走到院子里去。那时节她穿着棉衣，艰难地爬过院门的门槛。忽然一粒沙粒钻进了她的眼睛。这是那么地疼，冷风又是那样的割脸，眼泪不停地流。她觉得难以忍受，立刻大哭起来，企图在一张小床上哭醒。这是与生俱来的积习，根深蒂固。放声大哭从一个梦境进入另一个梦境，这是每个人都有的奢望。

陈清扬说，她去找我时，树林里飞舞着金蝇。风从所有的方向吹来，穿过衣襟，爬到身上。我待的那个地方可算是空山无人。炎热的阳光好像细碎的云母片，从天顶落下来。在一件薄薄的白大褂下，她已经脱得精光。那时她心里也有很多奢望。不管怎么说，那也是她的黄金时代，虽然那时她被人叫作破鞋。

陈清扬说，她到山里找我时，爬过光秃秃的山冈。风从衣服下面吹进来，吹过她的性敏感带，那时她感到的性欲，就如风一样捉摸不定。它放散开，就如山野上的风。她想到了我们的伟大友谊，想起我从山上急匆匆地走下去。她还记得我长了一头乱蓬蓬的头发，论证她是破鞋时，目光笔直地看着她。她感到需要我，我们可以合并，成为雄雌一体，就如幼小时她爬出门槛，感到了外面的风。天是那么蓝，阳光是那么亮，天上还有鸽子在飞。鸽哨的声音叫人终生难忘。此时她想和我交谈，正如那时节她渴望和外面的世界合为一体，融化到天地中去。假如世界上只有她一个人，那实在是太寂寞了。

陈清扬说，她到我的小草房里去时，想到了一切东西，就是没想到"小和尚"。那东西太丑，简直不配出现在梦幻里。当时陈清扬也想大哭一场，但是哭不出来，好像被人捏住了喉咙。这就是所谓的真实。真实就是无法醒来。那一瞬间她终于明白了在世界上有些什么，下一瞬间她就下定了决心，走上前来，接受摧残，心里快乐异常。

陈清扬还说，那一瞬间，她又想起了在门槛上痛哭的时刻。那时她哭了又哭，总是哭不醒。而痛苦也没有一点减轻的意思。她哭了很久，总是不死心。她一直不死心，直到二十年后面对"小和尚"。这已经不是她第一次面对"小和尚"。但是以前她不相信世界上还有这种东西。

陈清扬说，她面对这丑恶的东西，想到了伟大友谊。大学里有个女同学，长得丑恶如鬼（或者说，长得也是这个模样），却非要和她睡一张床。不但如此，到夜深人静的时候，还要吻她的嘴，摸她的乳房。说实在的，她没有这方面的嗜好。但是为了交情，她忍住了。如今这个东西张牙舞爪，所要求的不过是同一种东西。就让它如愿以偿，也算是交友之道。所以她走上前来，把它的丑恶深深埋葬，心里快乐异常。

陈清扬说，到那时她还相信自己是无辜的。甚至直到她和我逃进深山里去，几乎每天都敦伟大友谊。她说，这丝毫也不能说明她有多么坏，因为她不知道我和我的"小和尚"为什么要这样。她这样做是为了伟大友谊，伟大友谊是一种诺言。守信肯定不是罪孽。她许诺过要帮助我，而且是在一切方面。但是我在深山里在她屁股上打了两下，彻底玷污了她的清白。

十一

我写了很长时间交代材料，领导上总说，交代得不彻底，还要继续交代。所以我以为，我的下半辈子要在交代中度过。最后陈清扬写了一篇交代材料，没给我看，就交到了人保组。此后就再没让我们写材料。

不但如此，也不叫我们出斗争差。不但如此，陈清扬对我也冷淡起来。我没情没绪地过了一段时间，自己回了内地。她到底写了什么，我怎么也猜不出来。

从云南回来时我损失了一切东西：我的枪，我的刀，我的工具。只多了一样东西，就是档案袋鼓了起来。那里面有我自己写的材料，从此不管我到什么地方，人家都能知道我是流氓。所得的好处是比别人早回城，但是早回来没什么好，还得到京郊插队。

我到云南时，带了很全的工具，桌拿子、小台钳都有。除了钳工家具，还有一套修表工具。住在刘大爹后山上时，我用它给人看手表。虽然空山寂寂，有些马帮却从那里过。有人让我鉴定走私表，我说值多少就值多少。当然不是白干。所以我在山上很活得过。要是不下来，现在也是万元户。

至于那条双筒猎枪，也是一宝。原来当地卡宾枪老套筒都不稀罕，就是没见过那玩意儿。筒子那么粗，又是两个管，我拿了它很能唬人。要不人家早把我们抢了。我，特别是刘老爹，人家不会抢，恐怕要把陈清扬抢走。至于我的刀，老拴在一条牛皮大带上。牛皮大带又老拴在陈清扬腰上。睡觉做爱都不摘下来。她觉得带刀很气派。所以这把刀可以说已经属于陈清扬。枪和刀我已说过，被人保组要走了。我的工具下山时就没带下来，就放在山上，准备不顺利时再往山上跑。回来时行色匆匆，没顾上去拿，因此我成了彻底的穷光蛋。

我对陈清扬说，我怎么也想不出来在最后一篇交代里她写了什么。她说，现在不能告诉我。要告诉我这件事，只能等到了分手的时候。第二天她要回上海，她叫我送她上车站。

陈清扬在各个方面都和我不同。天亮以后，洗了个冷水澡（没有热水了），她穿戴起来。从内衣到外衣，她都是一个香喷喷的lady①。而我从内衣到外衣都是一个地道的土流氓。无怪人家把她的交代材料抽了出来，不肯抽出我的。这就是说，她那破裂的处女膜长了起来。而我呢，根本就没长过那个东西。除此之外，我还犯了教唆之罪，我们在一起犯了很多错误，既然她不知罪，只好都算在我账上。

我们结了账，走到街上去。这时我想，她那篇交代材料一定淫秽万分。看交代材料的人都心硬如铁，水平无比之高，能叫人家看了受不住，那还好得了？陈清扬说，那篇材料里什么也没写，只有她真实的罪孽。

陈清扬说她真实的罪孽，是指在清平山上。那时她被架在我的肩上，穿着紧裹住双腿的筒裙，头发低垂下去，直到我的腰际。天上白云匆匆，深山里只有我们两个人。我刚在她屁股上打了两下，打得非常之重，火烧火燎的感觉正在飘散。打过之后我就不管别的事，继续往山上攀登。

陈清扬说，那一刻她感到浑身无力，就瘫软下来，挂在我肩上。那一刻她觉得如春藤绕树，小鸟依人。她再也不想理会别的事，而且在那一瞬间把一切都遗忘。在那一瞬间她爱上了我，而且这件事永远不能改变。

在车站陈清扬说，这篇材料交上去，团长拿起来就看，看完了面红耳赤，就像你的"小和尚"。后来见过她这篇交代材料的人，一个个都面红耳赤，好像"小和尚"。后来人保组的人找了她好几回，让她拿回去重写，但是她说，这是真实情况，一个字都不能改。人家只好把这个

---

① 意为"女士"。

1444

东西放进了我们的档案袋。

陈清扬说，承认了这个，就等于承认了一切罪孽。在人保组里，人家把各种交代材料拿给她看，就是想让她明白，谁也不这么写交代。但是她偏要这么写。她说，她之所以要把这事最后写出来，是因为它比她干过的一切事都坏。以前她承认过分开双腿，现在又加上，她做这些事是因为她喜欢。做过这事和喜欢这事大不一样。前者该当出斗争差，后者就该五马分尸千刀万剐。但是谁也没权力把我们五马分尸，所以只好把我们放了。

陈清扬告诉我这件事以后，火车就开走了。以后我再也没见过她。

（原载《黄金时代》华夏出版社1994年）

玉　米

毕飞宇

　　出了月子施桂芳把小八子丢给了大女儿玉米，除了喂奶，施桂芳
不带孩子。按理说施桂芳应该把小八子衔在嘴里，整天肉肝心胆的才
是。施桂芳没有。坐完了月子施桂芳胖了，人也懒了，看上去松松垮垮
的。这种松松垮垮里头有一股子自足，但更多的还是大功告成之后的懈
怠。施桂芳喜欢站在家门口，倚住门框，十分安心地嗑着葵花子。施桂
芳一只手托着瓜子，一只手挑挑拣拣的，然后捏住，三个指头肉乎乎地
翘在那儿，慢慢等候在下巴底下。施桂芳的懒主要体现在她的站立姿势
上，施桂芳只用一只脚站，另一只却要垫到门槛上去，时间久了再把它
们换过来。人们不太在意施桂芳的懒，但人一懒看起来就傲慢。人们看
不惯的其实正是施桂芳的那股子傲气，她凭什么嗑葵花子也要嗑得那样
目中无人？施桂芳过去可不这样。村子里的人都说，桂芳好，一点官太
太的架子都没有。施桂芳和人说话的时候总是笑着的，如果正在吃饭，
笑起来不方便，那她一定先用眼睛笑。现在看起来过去的十几年施桂芳
全是装的，一连生了七个丫头，自己也不好意思了，所以敛着，客客气
气的。现在好了，生下了小八子，施桂芳自然有了底气，身上就有了气
焰。虽说还是客客气气的，但是客气和客气不一样，施桂芳现在的客气

是支部书记式的平易近人。她的男人是村支书，她又不是，她凭什么懒懒散散地平易近人？二婶子的家在巷子的那头，她时常提着丫杈，站在阳光底下翻草。二婶子远远地打量着施桂芳，动不动就是一阵冷笑，心里说，大腿叉了八回才叉出个儿子，还有脸面做出女支书的模样来呢。

施桂芳二十年前从施家桥嫁到王家庄，一共为王连方生下了七个丫头。这里头还不包括掉了的那三胎。施桂芳有时候说，说不定掉走的那三胎都是男的，怀胎的反应不大同，连舌头上的淡寡也不一样。施桂芳每次说这句话都要带上虚设往事般的侥幸心情，就好像只要保住其中的一个，她就能一劳永逸了。有一次到镇上，施桂芳特地去了一趟医院，镇上的医生倒是同意她的说法，那位戴着眼镜的医生把话说得很科学，一般人是听不出来的，好在施桂芳是个聪明的女人，听出意思来了。简单地说，男胎的确要娇气一些。不容易挂得住；就是挂住了，多少也要见点红。施桂芳听完医生的话，叹了一口气，心里想，男孩子的金贵打肚子里头就这样了。医生的话让施桂芳多少有些释怀，她生不出男孩也不完全是命，医生都说了这个意思了，科学还是要相信一些的。但是施桂芳更多的还是绝望，她望着码头上那位流着鼻涕的小男孩，愣了好大一会儿，十分怅然地转过了身去。

王连方却不信邪。支部书记王连方在县里学过辩证法，知道内因和外因、鸡蛋和石头的关系。关于生男生女，王连方有着极其隐秘的认识。女人只是外因，只是泥地、温度和墒情，关键是男人的种子。好种子才是男孩。种子差了才是丫头。王连方望着他的七个女儿，嘴上不说，骨子里头却是伤了自尊。

男人的自尊一旦受到挫败反而会特别地偏执。王连方开始和自己犟。他下定了决心，决定排除万难去争取胜利。儿子一定要生。今年不行明年，明年不行后年，后年不行大后年。王连方既不渴望速胜，也不担心绝种。他预备了这场持久战。说到底男人给女人下种也不算特别吃苦的事。相反，施桂芳倒有些恐惧了。刚刚嫁过来的那几年，施桂芳对待房事是半推半就的，这还是没过门的时候她的嫂子告诉她的。嫂子把她嘴里的热气一直哈到施桂芳的耳垂上，告诫桂芳一定要夹着一些，捂着一些，要不然男人会看轻了你，看贱了你。嫂子用那种晓通世故的神秘语气说，要记住桂芳，难啃的骨头才是最香的。嫂子的智慧实际上没有能够派上用场。连着生了几个丫头，事态反过来了，施桂芳不再是半推半就，甚至不是半就半推，确实是怕了。她只能夹着，捂着。夹来捂去地把王连方的火气都弄出来了。那一天晚上王连方给了她两个嘴巴，正面一个，反面一个。"不肯？儿子到现在都没又出来，还一顿两碗饭的！"王连方的声音那么大，站在窗户的外面也一定能听得见。施桂芳"在床上不肯"，这话传出去就要了命了。光会生丫头，还"不肯"，绝对是丑女多作怪。施桂芳不怕王连方打，就是怕王连方吼。他一吼施桂芳便软了，夹也夹不紧，捂也捂不严。王连方像一个笨拙的赤脚医生，板着脸，拉下施桂芳的裤子就插针头，插进针头就注射种子。施桂芳怕的正是这些种子，一颗一颗地数起来，哪一颗不是丫头？

老天终于在一九七一年开眼了。阴历年刚过，施桂芳生下了小八子。这个阴历年不同寻常，有要求的，老百姓们必须把它过成一个"革命化"的春节。村子里严禁放鞭炮，严禁打扑克。这些禁令都是王连方在高音喇叭里向全村老少宣布的。什么叫革命化的春节，王连方自己也吃不准。吃不准不要紧，关键是做领导的要敢说。新政策就是做领导的脱口而出。王连方站在自家的堂屋里，一手捏着麦克风，一手玩弄着扩音器的开关，开关小小的，像一个又硬又亮的感叹号。王连方对着麦克风厉声说："我们的春节要过得团结、紧张、严肃、活泼。"说完这句话王连方就把亮锃锃的感叹号撮了下去。王连方自己都听出来了，他的话如同感叹号一般，紧张了，严肃了，冬天的野风平添了一股浩荡之气，严厉之气。

初二的下午王连方正在村子里检查春节，他披着旧大衣，手上夹了半截子"飞马"香烟。天气相当的阴冷，巷子里萧索得很，是那种喜庆的日子少有的冷清，只有零星的老人和孩子。男将们不容易看得到，他们一定躲到什么地方赌自己的手气去了。王连方走到王有庆的家门口，站住了，咳了几声，吐出一口痰。王有庆家的窗户慢慢拉开一道缝隙，露出了王有庆老婆的红棉袄。有庆家的面对着巷口，越过天井敞着的大门冲王连方打了一个手势。屋子里的光线太暗，她的手势又快，王连方没看清楚，只能把脑袋侧过去，认真地调查研究。这时候高音喇叭突然响了，传出了王连方母亲的声音，王连方的老母亲掉了牙，主要是过于急促，嗓音里夹杂了极其含混的气声，呼噜呼噜的。高音喇叭喊道："连方啊连方啊，养儿子了哇！家来呀！"王连方歪着脑袋，听到第二遍的时候听明白了。回过头去再看窗前的红棉袄，有庆家的已经垂下了双肩，脸却靠到了窗棂口，面无表情地望着王连方，看上去有些怨。这是一张好看的脸，红色的立领裹着脖子，对称地竖在下巴底下，像两只巴掌托着，格外地媚气了。高音喇叭里杂七杂八的，听得出王连方的堂屋里挤的都是人。后来唱机上放上了一张唱片，满村子都响起了《大海航行靠舵手》，村里的空气雄赳赳的，昂扬着，还一挺一挺的。有庆家的说："回去吧你，等你呢。"王连方用肩头簸了簸身上的军大衣，兀自笑起来，心里说："妈个巴子的。"

玉米在门口忙进忙出。她的袖口挽得很高，两条胳膊已经冻得青紫了。但是玉米的脸颊红得厉害，有些明亮，发出难以掩抑的光。这样的脸色表明了内心的振奋，却因为用力收住了，又有些说不出来路的害羞，绷在脸上，所以格外地光滑。玉米在忙碌的过程中一直咬着下嘴唇，就好像生下小八子的不是母亲，而是玉米她自己。母亲终于生儿子了，玉米实实在在地替母亲松了一口气，这份喜悦是那样地深入人心，到了贴心贴肺的程度。玉米是母亲的长女，而从实际情况来看，不知不觉已经是母亲的半个姐妹了。事实上，母亲生六丫头玉苗的时候，玉米就给接生婆做下手了，外人终究是有诸多不便的。到了小八子，玉米已经是第三次目睹母亲分娩了。玉米借助于母亲，目睹了女人的全部隐秘。对于一个长女来说，这实在是一份额外的奖励。二丫头玉穗只比玉米小一岁，三丫头玉秀只比玉米小两岁半，然而，说起晓通世事，说起内心的深邃程度，玉穗玉秀比玉米都差了一截。长幼不只是生命的次序，有时候还是生命的深度和宽度。说到底成长是需要机遇的，成长的进度只靠光阴有时候反而难以弥补。

玉米站在天井往阴沟里倒血水，父亲王连方走进来了。今天是一个大喜的日子，王连方以为玉米会和他说话的，至少会看他一眼。玉米还是没有。玉米没穿棉袄，只穿了一件薄薄的白线衫，小了一些，胸脯鼓鼓的，到了小腰那儿又有力地收了回去，腰身全出来了。王连方望着玉米的腰身和青紫的胳膊，意外地发现玉米已经长大了。玉米平时和父亲不说话，一句话都不说。个中的原委王连方猜得出，可能还是王连方和女人的那些事。王连方睡女人是多了一些，但是施桂芳并没有说过什么，和那些女人一样有说有笑的，有几个女人还和过去一样喊施桂芳嫂子呢。玉米不同。她嘴上也不说什么，背地里却有了出手。这还是那些女人在枕头边上告诉王连方的。好几年前了，第一个和王连方说起这件事的是张富广的老婆，还是个新媳妇。富广家的说："往后我们还是轻手轻脚的吧，玉米全知道了。"王连方说："她知道个屁，才多大。"富广家的说："她知道，我知道的。"富广家的没有嚼蛆，前两天她和几个女的坐在槐树底下纳鞋底，玉米过来了。玉米一过来富广家的脸突然红了。富广家的瞥了玉米一眼，目光躲开了。再看玉米的时候玉米还是看着她，一直看着她。就那么盯着。从头到脚，又从脚到头。旁若无人，镇定得很。那一年玉米才十四岁。王连方不相信。但是没过几个月，王大仁的老婆吓了王连方一大跳。那一天王连方刚刚上了王大仁老婆的身，大仁家的用两只胳膊把脸遮住了，身子不要命地往上拱，说："支书，你用劲，快弄完。"王连方还没有进入状态，稀里糊涂的，草草败了。大仁家的低着头，极慌张地擦换，什么也不说。王连方叉住她的下巴，再问，大仁家的跪着说："玉米马上来踢毽子了。"王连方眨巴着眼睛，这一回相信了。但是一回到家，玉米一脸无知，王连方反而不知道从哪儿说起了。玉米从那个时候开始不再和父亲说话了。王连方想，不说话也好，总不能多了一个蚊子就不睡觉。然而今天，在王连方喜得贵子的时刻，玉米不动声色地显示了她的存在与意义。这一显示便是一个标志，玉米大了。

王连方的老母垂着两条胳膊，还在抖动她的下嘴唇。她上了岁数，下嘴唇耷拉在那儿，现在光会抖。喜从天降对年老的女人来说是一种折磨，她们的表情往往很僵，很难将心里的内容准确及时地反映到脸上。王连方的老爹则沉稳得多，他选择了一种平心静气的方式，慢慢地吸着烟锅。这位当年的治保主任到底见过一些世面，反而知道在喜上心头的时刻不怒自威。

"回来啦？"老爹说。

"回来了。"王连方说。

"起个名吧。"

王连方在回家的路上打过腹稿，随即说："是我们家的小八子，就叫王八路吧。"

老爹说："八路可以，王八不行。"

王连方忙说："那就叫王红兵。"

老爹没有再说什么。这是老家长的风格。老家长们习惯于用沉默来表示赞许。

接生婆又在产房里高声喊玉米的名字了。玉米丢下水盆，小跑着进了西厢房。王连方看着玉米的背影，她在小跑的过程中已经知道将两边的胳肢窝夹紧了，而辫子在她的后背却格外地生动。这么多年来王连方光顾了四处莳弄，四处播种，再也没有留意过玉米，玉米其实也到了谈婚论嫁的岁数了。玉米的事其实是拖下来的，王连方是支书，到底不是一般的人家，不大有人敢攀这样的高枝。就是媒婆们见到玉米通常也是绕了过去。皇帝的女儿不愁嫁，哪一个精明的媒婆能忘得了这句话。玉米这样的家境，这样的模样，两条胳膊随便一张就是两只凤凰的翅膀。

农民的冬天并不清闲。用了一年的水车、槽桶、农船、丫杈、铁锹、钉耙、连枷、板锨，都要关照了。该修的要修，该补的要补，该淬火的要淬火，该上桐油的要上桐油。这些都是事，没有一件落得下来。最吃力气、最要紧的当然还是兴修水利。毛泽东主席都说了，水利是农业的命脉。主席做过农民，他老人家要是不到北京去，一定还是个好把式。主席说得对，水、肥、土、种、密、保、工、管，"八字方针"水为先。兴修水利大多选择在冬天，如果摊上一个大工程，农民们恐怕比农忙的时候还要劳累一些。冬天里还有一件事是不能忘记的，那就是过年。为了给过去的一年做一道总结，也为了给下一个来年讨一个吉祥，再懒散、再劳苦的人家也要把年过得像个样子。家家户户用力地洗、涮，炒花生，炒蚕豆，炒瓜子，爆米花，掸尘，泥墙，划糕，蒸馒头，直到把日子弄得香气缭绕的，还雾气腾腾的。赶上过年了当然又少不了一大堆的人情债、世故账，都要应酬好。所以，到了冬天，主要是腊月和正月，农活是没有了，人反而更忙了。"正月里过年，二月里赌钱，三月里种田。"这句话说得很明白了。农民们真正清闲的日子其实也只是阴历的二月，利用这段清闲的日子走一走亲戚，赌一赌自己的手气。到了阴历的三月，一过了清明，也就是阳历的四月五号，农民们又要向土地讨生活了。别的事再重要、再复杂，但农民的日子终究在泥底下，开了春你得把它翻过来，这样才过得下去。城里的人喜欢伤叹"春日苦短"，那里的意思要文化得多，心情里修饰的成分也多得多。农民们说这句话可是实打实的，说的就是这二三十天。春里这二三十天的好时光实在是太短暂了，连伤叹的工夫都没有。

　　整个二月玉米几乎没有出门，她在替她的母亲照料小八子。没有谁逼迫玉米，带小八子完全出于玉米的自愿。玉米是一个十分讷言的姑娘，心却细得很，主要体现在顾家这一点上，最主要的一点又表现在好强上。玉米任劳，却不任怨，她绝对不能答应谁家比自家过得强。可是家里没有香火，到底是他们家的话把子。玉米是一个姑娘家，不好在这件事情上多说什么，但在心里头还是替母亲担忧着，牵挂着。现在好了，他们家也有小八子了，当然就不会留下什么缺陷和把柄了。玉米主动把小八子揽了过来，替母亲把劳累全包了，不声不响的，一举一动都显得专心致志。玉米在带孩子方面有些天赋，一上来就无师自通，没过几天已经把小八子抱得很像那么一回事了。她把小八子的秃脑袋放在自己的胳膊弯里，一边抖动，一边哼唧。开始还有些害羞，一些动作一下子做不出来，但害羞是多种多样的，有时候令人懊恼，有时候却又不了，反而叫人特别地自豪。玉米抱着小八子，专门往妇女们中间钻，而说话的对象大多是一些年轻的母亲。玉米和她们探讨，交流一些心得，诸如孩子打奶嗝之后的注意事项，婴儿大便的颜色，什么样的神态代表了什么样的需求，就这些，很琐碎，很细枝末节，却又十分地重大，相当地愉悦人心。抱得久了，玉米抱孩子的姿势和说话的语气再也不像一个大姐了。她抱得那样妥帖，又稳又让人放心，还那么忘我，表现出一种切肤的、扯拽着心窝子的情态。一句话，玉米通身洋溢的都是一个小母亲的气质。而"我们"小八子似乎也把大姐搞错了，只要喝足了，并不贪恋施桂芳。他漆黑的眼珠子总是对着玉米，毫无意义，却又全神贯注，盯着她。玉米和"我们"小八子对视着，时间久了，平白无故地陷入了恍惚，憧憬起自己的终身大事。玉米习惯于利用这样的间隙走走神，黑灯瞎火地谋划一下自己的将来。这是身不由己的。玉米至今没有婆家，村子里倒是有几个不错的小伙子，玉米当然不可能看上他们。但是他们和别的姑娘有说有笑，玉米一掺和进来，他们便局促了，眼珠子像受了惊吓的鱼，在眼眶子里头四处逃窜。这样的情形让玉米多少有些寥落。老人说，门槛高有门槛高的好，门槛高也有门槛高的坏，玉米相信的。村子里和玉米差不多大的姑娘已经"说出去"好几个了，她们时常背着人，拿着鞋样子为未来的男人剪鞋底。玉米看在眼里，并不笑话她们，习惯性地偷看几眼鞋底，依照鞋底的长宽估算一下小伙子的高矮程度。这样的心思在玉米的这一头实在有点情不自禁。好在她们在玉米的面前并不骄傲，反而当了玉米的面自卑了。她们说："我们也就这样了，还不知道玉米会找怎样好的人家呢。"玉米听了这样的话当然高兴，私下里相信自己的前程更要好些。但终究没有落到实处，那份高兴就难免虚空，有点像水底下的竹篮子，一旦提出水面都是洞洞眼眼的了。这样的时候玉米的心中不免多了几缕伤怀，绕过来绕过去的。好在玉米并不着急，也就是想想。瞎寻思总归是有酸有甜的。

　　不过母亲越来越懒了。施桂芳生孩子一定是生伤了，心气全趴下了。她把小八子交给玉米也就算了，再怎么说也不该把一个家都交给玉米。女人活着为了什么？还不就是持家。一个女人如果连持家的权力都不要了，绝对是一只臭鸡蛋，彻底地散了黄了。玉米倒没有抱怨母亲，相反，很愿意。做姑娘的时候早早学会了带孩子、持家，将来有了对象，过了门，圆了房，清早一起床就是一个利索的新媳妇、好媳妇，再也不要低了头，从眼眶的角落偷偷地打量婆婆的脸色了。玉米愿意这样还有另外一层意思，玉穗、玉秀、玉英、玉叶、玉苗、玉秋，平时虽说喊她姐姐，究竟不服她。老二玉穗有些憨，不说她。关键是老三玉秀。玉秀仗着自己聪明，又会笼络人心，不管是在家里还是在村子上，势力已经有一些了。还有一点相当要紧，玉秀有两只双眼皮的大眼睛，皮肤也好，人漂亮，还狐狸精，屁大的委屈都要歪在父亲的胸前发嗲，玉米是做不出来的，所以父亲偏着她。但是现在不同，玉米带着小八子，还持起了家，不管管她们绝对不行了。母亲不撒手则罢，母亲既然已经撒了手了，玉米是老大，年纪最大，放到哪里说都是这样。

玉米的第一次掌权是在中午的饭桌上。玉米并没有持家的权力，但是，权力就这样，你只要把它握在手上，捏出汗来，权力会长出五根手指，一用劲就是一只拳头。父亲到公社开会了，玉米选择这样的时机应当说很有眼光了。玉米在上午把母亲的葵花子炒好了，吃饭之前也提好了洗碗水。玉米不声不响的，心里头却有了十分周密的谋划。家里人多，过去每一次吃饭母亲都要不停地催促，要不然太拖拉，难收拾，也难免鸡飞狗跳。玉米决定效仿母亲，一切从饭桌上开始。中饭到了临了，玉米侧过脸去对母亲说："妈，你快点，葵花子我给你炒好了，放在碗柜里。"玉米交代完了，用筷子敲着手上的碗边，大声说："你们都快点，我要洗碗的，各人都快一点。"母亲过去也是这样一边敲打碗边一边大声说话的。玉米的话产生了效应，饭桌上扒饭的动静果真紧密了。玉秀没有呼应。咀嚼的样子反而慢了，骄傲得很，漂亮得很。玉米把七丫头玉秋抱过来，接过玉秋的碗筷，喂她。喂了两口，玉米说：

"玉秀，你是不是想洗碗？"玉米说这话的时候并没有抬头，话说得也相当平静，但是，有了威胁的力量。玉秀停止了咀嚼，四下看了看，突然搁下饭碗，说："等爸爸回来！"玉米并没有慌张。她把玉秧的饭喂好了，开始收拾。玉米端起玉秀的饭碗，把玉秀剩下的饭菜倒进了狗食盆。玉秀退到西厢房的房门口，无声地望着玉米。玉秀依旧很骄傲，不过，几个妹妹都看得出，玉秀姐脸上的骄傲不对称了，绝对不如刚才好看。

玉秀在晚饭的饭桌上并没有和玉米抗争，只是不和玉米说话。好在玉米从她喝粥的速度上已经估摸出玉秀的基本态度了。玉秀自然是不甘心，开始了节外生枝。她用筷子惹事，很快和四丫头玉英的筷子打了起来。玉米没有过问，心里却有了底了，一个人如果开始了节外生枝，大方向首先就不对头，说明她已经不行了，泄气了，喊喊冤罢了。玉英的年岁虽然小，并不示弱，一把把玉秀的筷子打在了地上。玉米放下手里的碗筷，替玉秀捡起筷子，放在自己的碗里，用粥搅和干净，递到玉秀的手上，小声告诫的却是玉英："玉英，不许和三姐闹。"玉米当着所有妹妹的面把玉秀叫作"三姐"，口气相当地珍重，很上规矩。玉秀得到了安抚，脸上又漂亮了。这一来委屈的自然是玉英。玉米知道玉英委屈，但是怪不得别人，在两强相争寻找平衡的阶段，委屈必然要落到另一些人的头上。

玉秀第一个吃完了。玉米用余光全看在眼里。狐狸精的气焰这一回彻底下去了。不要看狐狸精猖獗，狐狸精有狐狸精的软肋。狐狸精一是懒，二是喜欢欺负比她弱的人，这两点你都顺了她，她反而格外地听话了。所有的狐狸精全一个样。玉米要的其实只是听话。听了一次，就有两次，有了两次，就有三次。三次以后，她也就习惯了，自然了。所以第一次听话是最最要紧的。权力就是在别人听话的时候产生的，又通过要求别人听话而显示出来。放倒了玉秀，玉米意识到自己开始持家了，洗碗的时候就有一点喜上心头，当然，绝不会喜上眉梢的。心里的事发展到了脸上，那就不好了。

阴历的二月，也就是阳历的三月，玉米瘦去了一圈。她抱着王红兵四处转悠了。王红兵也就是小八子，但是，当着外人，玉米从来不说"小八子"，只说"王红兵"。村子里的男孩一般都不用大号，大号是学名，只有到了课堂上才会被老师们使用。玉米把没有牙齿的小弟弟说得有名有姓的，这一来特别地慎重、正规，和别人家的孩子区分开来了。有了不可相提并论的意思。玉米抱着王红兵的时候，说话的腔调和脸上的神色已经是一个老到的母亲了。其实也不是什么无师自通，都是她在巷口、地头、打谷场上从小嫂子们身上学来的。玉米是一个有心的人，不论什么事都是心里头先会了，然后才落实到手上。但是，玉米毕竟还是姑娘家，她的身上并没有小嫂子们的拉挂、邋遢，抱孩子抱得格外地好看。所以玉米的腔调和神色就不再是模仿而来的，有了玉米的特点，成了玉米的发明与创造。玉米带孩子的模样给了妇女们极为深刻的印象。她们看到的反而不是玉米抱孩子抱得如何好看，说来说去，还是玉米这丫头懂事早，人好。不过村子里的女人们马上看出了新苗头，玉米抱着王红兵四处转悠，不全是为了带孩子，还有另外一层更要紧的意思。玉米和人说着话，毫不经意地把王红兵抱到有些人的家门口，那些人家的女人肯定是和王连方上过床的。玉米站在他们家的门口，站住了，不走，一站就是好半天。其实是在替她的母亲争回脸上的光。富广家的显然还没有明白玉米的深刻用意，冒失了，她居然伸出胳膊想把王红兵从玉米的怀里接过去，嘴里还自称"姨娘"，说："姨娘抱抱嘛，肯不肯嘛？"玉米一样和别人说话，不看她，像是没有这个人，手里头抱得更紧了。富广家的拽了两下，有数了，玉米这丫头不会松手的。但是当着这么多的人，又是在自家的门口，富广家的脸上非常下不来。富广家的只好拿起王红兵的一只手，放到嘴边上，做出很香的样子，很好吃的样子。玉米把王红兵的手抢回来，把他的小指头含在嘴里，一根一根地吮干净，转脸吐在富广家的家门口，回过头去呵斥王红兵："脏不脏！"王红兵笑得一嘴的牙床。富广家的脸却吓白了，又不能说什么。周围的人一肚子的数，当然也不好说什么了。玉米一家一家地站，其实是一家一家地揭发，一家一家地通告了。谁也别想漏网。那些和王连方睡过的女人一看见玉米的背影禁不住地心惊肉跳，这样的此地无声比用了高音喇叭还要惊心动魄。玉米不说一句话，却一点一点揭开了她们的脸面，活活地丢她们的人，现她们的眼。这在清白的女人这一边特别地大快人心，还特别地大长志气。她们看在眼里，格外地嫉妒施桂芳，这丫头是让施桂芳生着了！她们回到家里，更加严厉地训斥自己的孩子。她们告诫那些"不中用的东西"："你看看人家玉米！""你看看人家玉米"，这里头既有"不怕不识货、就怕货比货"的意思，更有一种树立人生典范的严肃性、迫切性。村子里的女人比以往的任何时候都更喜欢玉米了，她们在收工或上码头的路上时常围在玉米的身边，和玉米一起逗弄王红兵，逗弄完了，总要这样说："不知道哪个婆婆有福气，能讨上玉米这样的丫头做儿媳。"妇女们羡慕着一个虚无的女人，拐了一个弯子，最终还是把马屁结结实实地拍在玉米的身上。这样的话玉米当然不好随便接过来，并不说什么，而是偷偷看一眼天上，鼻尖都发亮了。

人家玉米已经快有婆家啦！你们还蒙在鼓里呢！玉米的婆家在哪里呢？远在天边，近在眼前，就在七里远外的彭家庄。"那个人"呢，反过来了，近在眼前，却又远在天边。这样的事玉米绝不会随随便便让外人知道的。

春节过后王连方多了一件事，一出去开会便到处托人——玉米是得有个婆家了。丫头越来越大了，留在村子里太不方便。急归急，王连方告诉自己，一般的人家还是不行。女孩子要是下嫁了，委屈了孩子还在其次，丢人现眼的还是父母。依照王连方的意思，还是要按门当户对的准则找一个做官的人家，手里有权，这样的人家体大力不亏。王连方在四周的邻乡倒是打听到几个了。王连方让桂芳给玉米传了话，玉米那头没有一点动静。王连方猜得出，玉米这丫头心气旺得很，有他这样的老子，她对做官人家的男人肯定不放心。后来还是彭家庄的彭支书说话了，他们村子里的箍桶匠家有个小三子。王连方一听到"箍桶匠""小三子"就再也没有接话，不会是什么人高马大的人家。彭支书解释说："就是前年验上飞行员的那个。全县才四个。"王连方咬紧了下嘴唇，"嘶"了一声。这一来不同寻常了。要是有一个飞行员做女婿，他王连方也等于上过一回天了，他王连方随便撒一泡尿其实就是一天的雨了。王连方马上把玉米的相片送到彭支书的手上，彭支书接过照片，说："是个美人嘛。"王连方说："要说最标致，还要数老三。"彭支书默无声息地笑了，说："老三还太小。"

箍桶匠家的小三子把信回到彭支书那边去了。这封信连同他的相片经过王连方、施桂芳的手，最后压在了玉米的枕头底下。小伙子叫彭国梁，在名字上面就已经胜了一筹，因为他是飞行员，所以他用"国家的栋梁"做名字。并不显得假大空，反而有了名副其实的一面，顶着天，又立着地，听上去很不一般。从照片上看，彭国梁的长相不好。瘦，有些老相，滑边眼，眯眯的，眼皮还厚，看不出他的眼睛有什么本领，居然在天上还认得回家的路。嘴唇是紧抿的，因为过于努力，反而把门牙前倾这个毛病突现出来了，尽管是正面相，还是能看出拱嘴。然而，彭国梁穿着飞行服，相片又是在机场上拍摄的，画面上便有了常人难以想象的英武。彭国梁的身旁有一架银鹰，也就是飞机，衬托在那儿，相当容易激活人的想象力。玉米的心思跨过了彭国梁长相上的不足，心气已经去了大半，自卑了，无端端地自惭形秽。说到底人家是一个上天入地的人哪。

玉米恨不得一口就把这门亲事定下来。彭国梁在信封上写了一个详细到最小单位的地址，意思已经很明确了。玉米知道，她的终身大事现在完全取决于自己的回信。这件事相当大，不能有半点马虎。玉米原计划到镇上再拍几张相片的，想了一想，彭国梁肯给彭支书回信，说明他对自己的长相已经满意了，没有必要节外生枝。现在的问题就是信本身了。彭国梁的信写得相当含混，口气虽然大，好像自己也不太有底。他只是强调自己"对家乡很有感情"，然后强调他在飞机上"恨不得飞到家乡，看看家乡的人民"，最露骨的一句话也只是表扬了"彭叔叔"，说"彭叔叔看上的人"，他"绝对信得过"，但是，到底没有把话挑破了，更没有完完全全地落实到玉米的身上。所以是不能一上来就由玉米挑破了的。那样太贱。不好。一点不说更不行，彭国梁要是误解了麻烦反而大了，挽回的余地都没有。彭国梁近在眼前，毕竟远在天边。遥远的距离让玉米自豪，到底也是伤神的地方。

玉米的信写得相当低调。玉米想来想去决定采取低调的办法。她简单地介绍了自己，用笔是那种适当的赞许。然而，笔锋一转，玉米说："我一点点也比（配）不上（你）。你们在天上，天上的先（仙）女才比（配）得上。我没有先（仙）女好，没有先（仙）女好看。"玉米的话说得一点都不失体面。一个人说自己没有仙女好看，毕竟是应该的。信的最后玉米说："我现在天天看天上，白天看，晚上看。天上是老样子，白天只有太阳，夜里只有月亮。"信写到这儿已经相当抒情了，关键是玉米的胸中凭空涌起万般眷恋，结结实实的，却又空无一物，很韧，很折磨人。玉米望着自己的字，竟难以掩抑，无声地落泪了，心中充满了委屈。玉米想说的话其实不是这些，她多想让彭国梁知道，自己对这一门亲事是多么满意。要是有一个人能替自己说，把彭国梁全说明白了，让彭国梁知道她的心思，那就太好了。玉米封好信，寄了出去。玉米在寄信的时候多了一分心思，她留的是王家庄小学的地址，"高素琴老师转"。信是寄出去了，玉米却活生生地瘦去了一圈。

有了儿子，王连方的内心松动多了。施桂芳他是不会再碰她的了，攒下来的力气都给了有庆家的。要是细说起来。王连方在外面弄女人的历史复杂而又漫长。第一次是在施桂芳怀上玉米的时候。老婆怀孕对男人来说的确是一件伤脑筋的事。施桂芳刚刚嫁过来的那几十天，两个人都相当地贪，满脑子都是熄灯上床。可是问题立即来了，第二个月桂芳居然不来红了。怎么说好景不长久的呢。桂芳自豪得很，她平躺在床上，两只手护着肚子，拿自己特别地当人，说："我这是坐上喜，就是的，我知道的，我肯定是坐上喜，就是的。"自豪归自豪，施桂芳并没有忘记给王连方颁布戒严令。施桂芳说："从今天起，我们不了。"王连方在黑暗中板起了面孔。他还以为结了婚了就能够甩开膀子七仰八叉的。原来不是，结婚只是老婆怀孕。施桂芳把王连方的手拉过来，放到自己的肚子上去。王连方无声地叹了一口气，指头却活动得很，在施桂芳的肚子上蠕动。蠕动了几下，手指头全挺起来了，忍不住往下面去。施桂芳抓住王连方的手，用力掐，是那种建功立业之后特有的放肆。王连方很急，却又找不到出路。这种急还不容易忍，你越忍它反而越是急，跳墙的心思都有。王连方忍了十来天。他再也没有料到自己会有胆量做那样的事，他在大队部居然把女会计摁在了地上，扒开来，睡了。

王连方睡她的时候肯定急红了眼了，浑身都绷着力气，脑子里却一片空。相关的细节还是事后回忆起来的。王连方拿起了《红旗》杂志，开始回忆，后怕了。那是中午，他怎么突然起了这份心的？一点过渡都没有。女会计大他十多岁，长他一个辈分，该喊她婶子呢。女会计从地上爬起来，用揩布擦了擦自己，裤子提上来，系好，捋了捋头发，前前后后掸了掸，把揩布锁进了柜子，出去了。她的不动声色太没深没浅了。王连方怕的是出人命。一出人命他这个全公社最年轻的支书肯定当不成了。那天晚上王连方在村子里转到十一点钟，睁大了眼睛四处看，竖起了耳朵到处听。第二天他一大早就到大队部去了，把所有的屋梁都看了一遍，没有尸体挂在上面。还是不放心。大队部陆续来了一些人，到了九点多钟，女会计进门了，一进门客客气气的，眼皮并不红肿。王连方的心到了这个时候才算放下了，发了一圈香烟，开始了说笑。后来女会计走到了他的身边，递过一本账本，指头下面却压着一张纸条。小纸条说："你出来，我有话说给你。"因为是写在纸上的，王连方听不出话里话外的语气，一点好歹都没有，刚刚放下来的心又一次提上去了，还咕咚咕咚的。王连方看着女会计出门，又隔着窗棂远远地看着女会计回家去了。王连方很不安。熬了十几分钟，很严肃地从抽屉里取出《红旗》，摊开来，拉长了脸用指头敲了几下桌面，示意人们学习，出去了。王连方一个人来到了会计家。王连方作为男人的一生其实正是从走进会计家的那一刻开始的。作为一个男人，他还嫩。女会计辅导着他，指引着他。王连方进入了前所未有的好光景，他算什么结了婚的男人？这里头绪多了。王连方和女会计开始了斗争，这斗争是漫长的，艰苦卓绝的，你死我活的，危机四伏的，最后却又是起死回生的。王连方迅速地成长了起来，女会计后来已经不能辅导了。她的脸色和声音都很惨。王连方听到了身体内部的坍塌声、撕裂声。

在斗争中，王连方最主要的收获是锻炼了胆量。他其实不需要害怕。怕什么呢？没有什么需要害怕的嘛。就算她们不愿意，说到底也不会怎么样。女会计在这个问题上倒是批评过王连方，女会计说："不要一上来就拉女人的裤子，就好像人家真的不肯了。"女会计晃动着王连方裆里的东西，看着它，批评它说："你呀，你是谁呀？就算不肯，打狗也要看主人呢，不看僧面看佛面呢。"

长期和复杂的斗争不只是让王连方有了收获，还让王连方看到了意义。王连方到底不同于一般的人，是懂得意义和善于挖掘意义的。连自己都冒进，可见所有的新郎官都冒进了，他们不懂得斗争的深入性和持久性，不懂得所有的斗争都必须进行到底。要是没有王连方，那些婆娘们这一辈子都要蒙在鼓里。

关于王连方的斗争历史，这里头还有一个外部因素不能不涉及。十几年来，王连方的老婆施桂芳一直在怀孕，她一怀孕王连方只能"不了"。施桂芳动不动就要站在一棵树的下面，一手扶着树干，一手捂着腹部，把她不知好歹的干呕声传遍了全村。施桂芳十几年都这样，王连方听都听烦了。施桂芳呕得很丑，她干呕的声音是那样的空洞，没有观点，咋咋呼呼，肆无忌惮，每一次都那样，所以有了八股腔。这是王连方极其不喜欢的。她的任务是赶紧生下一个儿子，又生不出来。光喊不干，扯他娘的淡。王连方不喜欢听施桂芳的干呕，她一呕王连方就要批评她："又来做报告了。"

王连方虽然在家里"不了"，但是并没有迷失了斗争的大方向。在这个问题上施桂芳倒是个明白人，其他的女人有时候反而不明白了。她们要么太拿自己当回事，要么太忸怩。王裕贵的老婆就是一个例子。王连方一共才睡了裕贵家的两回，裕贵家的就忸怩了，还眼泪鼻涕的一把。裕贵家的光着屁股，捂着两只早就被人摸过的奶子，说："支书，你都睡过了，你就省省，给我们家裕贵留一点吧。"王连方笑了。她的理论很怪，这是能省下来的么？再说了，你那两只奶子有什么捂头？过门前的奶子是金奶子，过了门的奶子是银奶子，喂过奶的奶子是狗奶子。她还把她的两只狗奶子当作金疙瘩，紧紧地捂在胳膊弯里。很不好。王连方虎下了脸来，说："随你，反正每年都有新娘嫁过来。"这个女人不行。后来连裕贵想睡她她都不肯，气得裕贵老是揍她。深更半夜的，老是在床上被裕贵揍得鬼叫。王连方不会再管她了。她还想留一点给裕贵，看起来她什么也没有留。

十几年过去了，眼下的王家庄最得王连方欢心的还是有庆家的。除了把握村子里阶级方面的问题，王连方其余的心思全扑在有庆家的身上。十几年了，王连方这一回算是遇上真菩萨了。有庆家的上床之后浑身上下找不到一块骨头，软塌塌地就会放电。王连方这一回绝对遇上真菩萨了。一九七一年的春天，王连方的好事有点像老母猪下崽，一个跟着一个来。先是儿子落了地，后是玉米有了婆家，现在，又有了有庆家的这么一台发电机。

彭国梁回信了。信寄到了王家庄小学，经过高素琴，千里迢迢转到了玉米的手上。玉米接到回信的时候正在学校那边的码头上洗尿布。玉米以往洗尿布都是在自家的码头，现在不同，女孩子的心里一旦有了事，做任何事情都喜欢舍近求远了。玉米弯着身子，搓着那些尿布片。每一片尿布都软软的，很苍白，看上去忧心忡忡。玉米的手上在忙，心里想的其实还是彭国梁的回信。她一直在推测，彭国梁到底会在信上和她说些什么呢？玉米推测不出来。这是让玉米分外伤怀的地方。说到底命运捏在人家的手上，你永远不知道人家究竟会说什么。

高素琴后来过来了，她来汰衣裳。高素琴把木桶支在自己的胯部，顺着码头的石阶一级一级地往下走。她的步子很慢，有股子天知地知的派头。玉米一见到高老师便是一阵心慌，好像高老师捏着她的什么把柄了。高素琴俯视着玉米，只是笑。玉米看见高素琴的笑脸，预感到将要发生什么事。但是高老师光是笑，并不说什么。这一来还是什么事都没有了，相当地惆怅人。玉米也只能赔着笑，还能怎样呢？要是说起来，高老师是玉米最为佩服的一个人了。高老师能说普通话，她在阅读课文的时候，能把教室弄得像一个很大的收音机，她就待在收音机里头，把普通话一句一句播送到窗户外面。她还能在黑板上进行四则混合运算。玉米曾亲眼看见高老师把很长的题目写在黑板上，中间夹杂了许多加、减、乘、除的标记，还有圆括号和方括号。高老师一个步骤一个步骤的，一连写了七八个等于，结果出来了，是"0"。三姑奶奶说："高老师怎么教这个东西，忙了半天，屁都没有。"玉米说："怎么没有呢？不是零嘛。"三姑奶奶说："你倒说说，零是多少？"玉米说："零还是有的，就是这样一个结果。"

高老师现在就蹲在玉米的身边，微笑着，脸上的皱纹像一个又一个圆括号和方括号。玉米吃不准高老师的心里在怎样地加、减、乘、除，结果会不会也是"0"呢？

高老师终于说话了。高老师说："玉米，你怎么这么沉得住气？"玉米一听这话心都快跳出嗓子了。玉米故意装着没有听懂，咽了一口。说："沉什么气？"高老师微笑着从水里提起衣裳，直起身子，甩了甩手，把大拇指和食指伸进口袋里，捏住一样东西。慢慢拽出来。是一封信。玉米的脸吓得脱去了颜色。高老师说："我们家小二子不懂事，都拆开了——我可是一个字都没敢看。"高素琴把信递到玉米的面前，信封的确是拆开了。玉米又是惊，又是羞，又是怒。更不知道说什么了。玉米在大腿上一正一反擦了两遍手，接过来，十个指头像长上了羽毛，不停地扑棱。这样的惊喜实在是难以自禁的。但是，这封宝贵的信到底被人拆开了，玉米在惊喜的同时又涌上了一阵彻骨的遗憾。

玉米走上岸，背过身去，一遍又一遍地读彭国梁的信。彭国梁称玉米"王玉米同志"，这个称呼太过正规、太过高尚了，玉米其实是不敢当的。玉米第一次被人正经八百地称作"同志"，内心涌起了一股难言的自爱，都近乎神圣了。玉米一看到"同志"这两个字已经喘息了，胸脯顶着前襟，不停地往外鼓。彭国梁后来介绍了他的使命，他的使命就是保卫祖国的蓝天，专门和帝修反做斗争。玉米读到这儿已经站不稳了，幸福得近乎崩溃。天一直在天上，太远了，其实和玉米没有半点关系。现在不同了，"天"和玉米捆绑起来了，成了她的一个部分，在她的心里，蓝蓝的，还越拉越长，越拉越远。她玉米都已经和蓝蓝的天空合在一起了。最让玉米感到震撼的还是"和帝修反做斗争"这句话，轻描淡写的，却又气壮如牛。帝、修、反，这可不是一般的地主富农，它太遥远、太厉害、太高级了，它既在明处，却又深不见底。可以说神秘莫测，你反而不知道他们究竟在哪里了。你听一听，那可是帝、修、反哪！如果没有飞机，就算你顿顿大鱼大肉你也看不见他们在哪儿。

彭国梁的信几乎全是理想和誓言，决心与仇恨。到了结尾的部分，彭国梁突然问：你愿意和我一起，手拉手，和帝修反做斗争吗？玉米好像遭到了一记闷棍，被这记闷棍打傻了。神圣感没有了，一点一点滋长起来的却是儿女情长。开始还点点滴滴的，一下子已经汹涌澎湃了。"手拉手"，这三个字真的是一根棍子，是一根擀面杖，玉米每读一遍都要从她松软的身子上碾过一遍。玉米的身子几乎铺开来，十分被动却又十分心甘情愿地越来越轻、越来越薄。玉米已经没有一点力气了，面色苍白，扶在树干上吃力地喘息。彭国梁终于把话挑破了。这门亲事算是定下来了。玉米流出了热泪。玉米用冰凉的巴掌把滚烫的泪水往两只耳朵的方向抹。但是抹不干。玉米泪如泉涌。抹干一片立即又潮湿了一片。后来玉米索性不抹了，她知道抹不完的。玉米干脆蹲下身去，把脸埋在肘弯里头，全心全意地往伤心里头哭。

高素琴早就汰好衣裳了。她依旧把木桶架在胯部，站在玉米的身后。高素琴说："玉米，差不多了，你看看你。"高素琴说完这句话，向河边努了努嘴，说，"玉米，你看看，你的木桶都漂到哪里去了。"玉米站起来，木桶已经顺水漂出去十几丈远了。玉米看见了，但是视而不见，只是僵在那儿。高素琴说："快下去追呀，晚了坐飞机都追不上了。"玉米回过神来了，跑到水边，顺着风和波浪的方向追逐而去。

当天晚上玉米的亲事在村子里传开了。人们在私下里说的全是这件事。玉米"找了"一个飞行员，专门和帝修反做斗争的。玉米这样的姑娘能找到一个好婆家，村子里的人是有思想准备的，但是，"那个人"是飞行员，还是大大超出了人们的预料。这天晚上，每一个姑娘和每一个小伙的脑子里都有了一架飞机，只有巴掌那么大，在遥远的高空，闪闪发亮，屁股后面还拖了一条长长的气尾巴。这件事太惊人了。只有飞机才能在蓝天上飞翔，你换一只老母猪试试？要不换一头老公牛试试？一只老母猪或一头老公牛无论如何也不能冲上云霄，变得只有巴掌那么大的。想都没法想。那架飞机不仅改变了玉米，肯定也改变了王连方。王连方过去很有势力，说到底只管着地上。现在，天上的事也归王连方管了。王连方公社里有人，县里头有人，如今天上也有人了。人家是够得上的。

玉米的"那个人"在千里之外，这一来玉米的"恋爱"里头就有了千山万水，不同寻常了。这是玉米的恋爱特别感人至深的地方。他们开始通信。信件的来往和面对面的接触到底不同，既是深入细致的，同时又是授受不亲的。一来一去使他们的关系笼罩了雅致和文化的色彩。

不管怎么说，他们的恋爱是白纸黑字，一竖一横，一撇一捺的，这就更令人神往了。在大多数人的眼里，玉米的恋爱才更像恋爱，具有了示范性，却又无从模拟。一句话，玉米的恋爱实在是不可企及。

人们错了。没有人知道玉米现在的心境。玉米真是苦极了。信件现在是玉米的必需，同时也成了玉米没日没夜的焦虑。它是玉米的病。玉米倒是读完初小的，如果村子里有高小、初中，玉米当然也会一直读下去。村子里没有。玉米将将就就只读了小学三年级，正经八百地识字只有两年。过了这么多年，玉米一般地看看还行，写起来就特别地难了。谁知道恋爱不是光"谈"，还是要"写"的呢？彭国梁一封一封地来信，玉米当然要一封一封地回。这就难上加难了。玉米是一个多么内向的姑娘，内向的姑娘实际上多长了一双眼睛，专门是向内看的。向内看的眼睛能把自己的内心探照得一清二楚，所有的角落都无微不至。现在的问题是，玉米不能用写字的方式把自己表达在纸上。玉米不能。那么多的字不会写，玉米的每一句话甚至每一个词都是词不达意的。又不好随便问人，这太急人了。玉米只有哭泣。要是彭国梁能在玉米的身边就好了，即使什么也不说，玉米会和他对视，用眼睛告诉他，用手指尖告诉他，甚至，用背影告诉他。玉米现在不能，只能把想象当中见面的场面压回到内心。玉米压抑住自己。她的一腔柔情像满天的月光，铺满了院子，清清楚楚，玉米一伸手地上就会有手的影子。但是，玉米逮不住它们，抓一把，张开来还是五只指头。玉米不能把满天的月光装到信封里去。玉米悄悄偷来了玉叶的《新华字典》，可是这又有什么用？字典就在手头，玉米却不会用它。那些不会写的字全是水里的鱼，你知道它们就在水的下面，可哪一条也不属于你。这是怎样的费心与伤神。玉米敲着自己的头，字呢！字呢？——我怎么就不会多写几个字呢？写到无能为力的地方，玉米望着纸，望着笔，绝望了，一肚子的话慢慢变成了一脸的泪。她把双手合在胸前，说："老天爷，可怜可怜我，你可怜可怜我吧！"

玉米抱起了王红兵，出去转几圈。家里是不能待的。一待在家里她总是忍不住在心里"写信"，玉米恍惚得很，无力得很。"恋爱"到底是个什么东西？玉米想不出头绪。剩下来的只能是在心里头和他说话了，可是，说得再好，又不能写到信上去，反而堵着自己，叫人分外难过。玉米越发不知道怎样好了。玉米就觉得愁得慌，急得慌，堵得慌，累得慌。好在玉米有不同一般的定力，并没有在外人面前流露过什么，人却是一天比一天瘦了。

玉米抱着王红兵来到了张如俊的家门口。如俊家的去年刚生了孩子，又是男孩，所以和玉米相当地谈得来。如俊家的长得很不好，眼睛上头又有毛病，做支书的父亲是不会看上她的。这一点玉米有把握。一个女人和父亲有没有事，什么时候有的事，逃不出玉米的眼睛。如果哪个女人一见到玉米突然客气起来了，反而提醒了玉米，玉米会格外地警惕。那样的客气玉米见多了，既心虚，又巴结，既热情周到，又魂不附体。一边客气还要一边将头发，做出很热的样子。关键还是眼珠子，会一下子活络起来，什么都想看，什么都不敢看，带着母老鼠的鼠相。玉米想，那你就客气吧，不打自招的下三烂！再客气你还是一个骚货加贱货。对那些骚货加贱货玉米绝不会给半点好脸的。说起来真是可笑，玉米越是不给她们好脸她们越是客气，你越客气玉米越是不肯给你好脸。你不配。个臭婊子。长得好看的女人没有一个好东西，王连方要不是在她们身上伤了元气，妈妈不可能生那么多的丫头。玉秀长得那么漂亮，虽说是嫡亲的姊妹，将来的裤带子也系不紧。人家如俊家的不一样，虽说长得差了点，可是周正，一举一动都是女人样，做什么事都得体大方，眼珠子从来不躲躲藏藏的，人又不笨，玉米才和她谈得来。玉米对如俊家的特别好还有另外的一层，如俊不姓王，姓张。王家村只有两个姓，一个王姓，一个张姓。玉米听爷爷说起过一次，王家和张家一直仇恨，打过好几回，都死过人。王连方有一次在家里和几个村干部喝酒，说起姓张的，王连方把桌子都拍了。王连方说："不是两个姓的问题，是两个阶级的问题。"当时玉米就在厨房里烧火，听得清清楚楚。姓王的和姓张的眼下并没有什么大的动静，风平浪静的，看不出什么，但是，毕竟死过人，可见不是一般的鸡毛蒜皮。死去的人总归是仇恨，进了土，会再一次长出仇恨来。表面上再风平浪静，再和风细雨，再一个劲地对着姓王的喊"支书"，姓张的肯定有一股凶猛的劲道掩藏在深处。现在看不见，不等于没有。什么要紧的事要是都能看见，人就不是人了，那是猪狗。所以玉米平时对姓王的只是一般地招呼，而到了姓张的面前，玉米反而用"嫂子"和"大妈"称呼她们了。不是一家子，才要像一家子对待。

玉米抱着王红兵，站在张如俊的院子门口和如俊嫂子说话。如俊家的也抱着孩子，看见玉米过来了，把自己的孩子送进里屋，拿出了板凳，却把王红兵抱过去了。玉米不让，如俊家的说："换换手，隔锅饭香呢。"玉米坐下了，向远处的巷头睃了几眼。如俊家的看在眼里，知道玉米这些日子肯到她这边来，其实是看中了她家的地段。好等邮递员送信呢。如俊家的并不点破，一个劲地夸耀王红兵。千错万错，夸孩子总是不错。扯了一会儿咸淡，如俊家的发现玉米直起了上身，目光从自己的头顶送了出去。如俊家的知道有人过来了，低了头仔细地听，没听到自行车链条的滚动声，知道不是邮递员，放心了。身后突然响起了一阵哄笑，如俊家的回过头，原来是几个年轻人过来了，他们把脑袋攒在一处，一边看着什么东西一边朝自己的这边来，样子很振奋，像看见了六碗八碟。慢慢来到了张如俊的家门口，小五子建国抬起了头，突然看见了玉米。小五子招了招手，说："玉米，你过来，彭国梁来信了。"
玉米有些将信将疑，走到他们的面前。小五子一手拿着信封，一手拿着
信纸，高高兴兴地递到了玉米的面前。玉米看了一眼，上头全是彭国梁
的笔迹。是自己的信。是彭国梁的信。玉米的血冲上了头顶，羞得不知
道怎样才好，好像自己被扒光了，被游了好几趟的街。玉米突然大声
说："不要了！"小五子看了一眼玉米的脸色，连忙把信叠好了，装进
了信封，再用舌头舔了舔，封好了递过去。玉米一把又把小五子手上的
信打在了地上，小五子捡起来，解释说："是你的，不骗你，是彭国梁
写给你的。"玉米抢过来，再一次扔在地上。玉米说："你们一家都死
光！"巷子里僵持住了。玉米平时不这样，人们从来没有发现玉米动过
这么大的脾气。事态已经很严重了。麻子大叔一定听到巷子里的动静，
挺了一只指头，走到小五子的面前，捡起信，对着小五子拉下了脸。麻
子大叔厉声说："唾沫怎么行？你看看，又炸口了！"麻子大叔用指头
上的饭粒把信重新封好，递到玉米的面前，说："玉米，这下好了。"
玉米说："他们看过了！"麻子大叔笑了，说："你兴旺大哥也在部队
上，他来信了我还请人念呢。"玉米说不出话了，只是抖。麻子大叔
说："再好的衣裳，上了身还是给人看。"麻子大叔说得在理，笑眯眯
的，他一笑滚圆的麻子全成了椭圆的麻子。可是玉米的心碎了。高素琴
老师拆过玉米的两封信，玉米关照过彭国梁，往后别再让高素琴转了。
这有什么用？难怪最近一些人和自己说话总是怪声怪气的，一些话和信
里的内容说得似是而非，玉米还以为自己多心了，看来不是。彭国梁的
信总是全村先看了一遍，然后才轮到她玉米。别人的眼睛都长到玉米的
肚脐眼上了，衣裳还有什么用？玉米小心掖着的秘密哪里还有一点秘
密！麻子大叔宽慰了玉米几句，回去了。玉米的脸上已经了无血色，而
两道泪光却格外地亮，在阳光下面像两道长长的刀疤。如俊家的都看在

眼里，一下子不知所措，害怕了。连忙侧过身去，莫名其妙地解上衣的纽扣，刚露出自己的奶子，一把把王红兵的小嘴摁了上去。

有庆家的是从李明庄嫁过来的。李明庄原来叫柳河庄，一九四八年出了一个烈士，叫李明，后来国家便把柳河庄改成了李明庄。有庆家的姓柳，叫粉香，做姑娘的时候相当有名气的。主要是嗓子好，能唱，再高的音都爬得上去。嗓子好了，笑起来当然就具有号召力，还有感染力。而她的长相则有另外一些特点，虽说皮肤黑了一些，不算太洋气，但是下巴那儿有一道浅浅的沟，嘴角的右下方还有一颗圆圆的黑痣，这一来她笑起来便有了几分的媚。最关键的是，她的目光不像乡下人那样讷，那样拙，活动得很，左顾右盼的时候带了一股眼风，有些招惹的意思。人们私下说，这是她在宣传队的戏台上落下的毛病。柳粉香微笑的时候先把眼睛闭上，然后，睫毛挑了那么一下，睁开了，侧过脸去接着笑。关于柳粉香的笑，李明庄的人们有个总结，叫作听起来浪，看上去骚，天生就是一个下作的坏子。柳粉香的名气大，不好的名声当然也跟着大。人们私下说："这丫头不能惹。"话说得并不确切，反而让人浮想联翩，听上去黏糊得很，有了"母狗不下腰，公狗不上腔"的意思，也许还有摊上谁就是谁的味道。有些话就这样，不说则罢，只要说了，越看反而越像，一刀子能捅死人。不管怎么说，柳粉香是带着身孕嫁到王家庄来的，这一点毋庸置疑。眼力老到的女人曾深刻地指出："至少四个月！"屁股在那儿呢。柳粉香肚子里的孩子到底是谁的，不容易弄得清。尖锐的说法是，柳粉香自己也弄不清。那阵子柳粉香在各个公社四处会演，身子都让男人压扁了。身子扁了下去，肚子却鼓了起来。女人就这样，她们的肚子和她们的嘴巴一样，藏不住事。柳粉香被她的肚子弄得声名狼藉，赔大了。但是王家庄的王有庆却赚了，可以用喜从天

· 1472 ·

降和喜出望外来双倍地形容。柳粉香办婚事的速度比她肚子的成长速度还要快，称得上雷厉风行，真是说时迟，那时快。才听说王有庆刚刚订了婚了，一转眼，柳河庄的柳粉香已经在王家庄变成有庆家的了。柳粉香连一套陪嫁的衣裳都没有捞到，就算王有庆置办得起，以她现在的腰身，还浪费布证做什么。

有庆家的并没有把孩子生下来。她结结实实地摔了一跤，当晚见红，当夜小产了。据说，只能是据说了，谁也没有亲眼看见，是她的婆婆"一不小心撞了她的屁股"，把她从桥上推了下去。那还是有庆家的过门不久的日子，有庆家的和她的婆婆一起过桥，两个人在桥上说说笑笑的，像一对嫡亲的母女。快到岸边的时候，婆婆一个趔趄，冲到她的屁股上了。婆婆站稳了，有庆家的却栽了下去，一屁股坐在了河岸上。有庆家的一躺就是一个月，婆婆屋里屋外地伺候，有庆家的还吃了半斤红糖，一只鸡。婆婆对人说："我们家的粉香把小腰闪了。"婆婆真是精明得过了分了，精明的人都有一个毛病，喜欢此地无银。谁还不知道有庆家的躺在床上坐小月子呢。不过有庆家的说起来也怪，带着身孕过门的，过了门之后却又怀不上了。转眼都快两年了，有庆家的越来越苗条。最先沉不住气的还是婆婆。婆婆相当地怨。她在有庆的面前嘟囔说："我算是看出来了，这丫头当着不着的，是个外勤内懒的货。"有庆听了这话不好交代，委屈得很，但是有庆太老实，只能在床上加倍地刻苦，加倍地努力。然而，忙不出东西。可是有庆他不该在老婆的面前搬弄母亲的话。有庆家的一听到"外勤内懒"这四个字脸都气白了，她认准了是婆婆在嚼舌根。有庆老实巴交的样子，放不出这样阴损毒辣的屁。有庆家的发了脾气，大骂有庆，一字一句却是指桑骂槐而去。有庆家的一不做，二不休，勒令王有庆和寡母分了家。"有她没我，有我没她。"有庆家的把婆婆扫地出门之前留下了一句狠话，"×老了，别想夹得死人！"其实婆婆说那句话是事出有因的，有庆家的总是生不出孩子，外面的话开始难听了，好多话都是冲着有庆去的。做母亲的怎么说也要偏着儿子，所以才对儿媳有怨气。外面是这样看待有庆的："有庆也不像是有种的样子。"

有庆家的心里头其实有一本明细账，她是生不出孩子来了。只不过有庆太死心眼，在床上又是那样的吃苦，不忍心告诉他罢了。她小产的那一次伤得太重，医生已经说得很明白了。有庆家的自己当然也不肯甘心，又连着吃了三四个月的中药，还是没有用。说起中药，有庆家的最怕了。倒不是怕中药的味道，而是别的。按照吃中药的规矩，药渣子要倒到大路的中央去，作践它，让千人踩，万人跨，这样药性才能起作用。有庆家的不想让人知道她在吃药，不想让人知道她有这样的把柄，很小心地瞒着。好在有庆家的在宣传队上宣传过唯物主义，并不迷信，她把药渣子倒进了河里。但是瞒不住，中药的气味太大，比煨了一只老母鸡味道还传得远。只要家里头一熬药，过不了多久，天井的门口肯定会伸头伸脑的，门缝里挤进来的目光绝对比砒霜还要毒。这一来有庆家的不像是吃药了，而像在家做贼，吃药的感觉上便多了一倍的苦。有庆家的后来放弃了，哑巴亏当然是不吃的好。

有庆家的和王连方的事并不像外面传说的那样。事实上，他们没有事。王连方真正爬上有庆家的身，还是在一九七〇年的冬天。时间并不长。要是细说起来，有庆家的坐完小月子不久就和王连方在路口上认识了。王连方和蔼得很，目光甚至有点慈祥。但是有庆家的只看了他一眼，立即看出王连方的心思来了。有了一官半职的男人喜欢这样，用亲切微笑来表示他想上床。有庆家的对付这样的男人最有心得。她冲王连方很不好意思地笑了笑，知道被他睡是迟早的事，什么也挡不住的。有庆家的心里并不乱，反而提早有了打算。无论如何，这一次她一定要先怀上有庆的孩子，先替有庆把孩子生下来。这一条是基本原则。还有一点不能忘记，既然是迟早的事，迟一步要比早一步好。男人都是贼，进门越容易，走得越是快。有庆家的在这个问题上有教训，历史的经验不能忘。

　　但是王连方急。有庆家的认识王连方的时间不算长，已经感受到这一点了。他在寻找和创造与她单独见面的机会。不管怎么说，当着外人的面王连方还是不好太冒失。猫都知道等天黑，狗还知道找角落里呢。王连方要是逛到她家的天井里来了，有庆家的热情得很，嗓门扯得像报幕，还到隔壁去讨开水，高声说："王支书来了，看我们呢。"王连方很窝火。但是你不能对人家的热情生气，只能亲切，再加上微笑。有庆家的大大方方的，把一切全做在明处，这和胆小慎为和时刻小心的女人大不相同了，你反而不好下手。你不能像公鸡那样爬上去就摁母鸡的脑袋。王连方有一次都跟她把话说破了，说："有庆这个呆子，我哪一天才享到有庆那样的呆福。"有庆家的心口咯噔了一下，都有点心动了。但是有庆家的装出一脸的没心没肺，嗓子还是那么大，反而把王连方弄得提心吊胆的。不过有庆家的却拿捏着分寸，决不会让王连方对她绝望。王连方要是对你绝望了，到头来你一定比他更绝望。有庆家的知道自己，懒。懒的人必须有靠山，没靠山只能是等死了。那一回生产队长已经摊派有庆家的沤肥去了。沤肥是一个又脏又累的活儿，工分又低。生产队长这样摊派有庆家的，显然是给她颜色了。有庆家的扛着钉耙，夹在男人堆里一路说说笑笑地向田里去。迎面却走来了王连方，一起招呼过了，走出去十来步，有庆家的却回过身，来到王连方的面前。她把王连方衣领上的头皮屑掸干净，随后扯出一根线头。有庆家的没有用手，而是把脸俯上去，用牙齿咬住了，咬断，在舌尖上打成结，很波俏地吐了出去。有庆家的小声说："死样子，一点不像支书，替我沤肥去！"有庆家的没头没脑地丢下这句话，王连方被弄得魂不守舍，幸福得两眼茫茫。有庆家的当然没有和那些男人一起沤肥，她只是在地头站了一会儿。把绿格子方巾从头顶上摘下来，窝在手里头，说"不行"，说她得"先回去"。有庆家的当着队长的面扛上钉耙打道回府了。屁股一扭一扭的，像拖拉机上的两只后轮。没有人敢拦她。谁知道她什么"不行"了呢？谁知道她"先回去"干什么呢？

　　到了一九七〇年的冬天，有庆家的对自己彻底死了心了。她不可能再怀上。有庆似乎也放弃了努力，他忙不出什么头绪来。一赌气，有庆上了水利工地。大中午王连方来了。有庆家的刚刚哭过，想起自己的这一生，慢慢地有了酸楚。她不知道自己错在哪儿，怎么会落到这一步的。有庆家的当初是一个心气多旺的姑娘，风头正健，处处要强，现在却处处不甘，处处难如人意了，越想越觉得没有指望。王连方进门了，背着手，把门反掩上了。人是站在那儿，却好像已经上了床了。有庆家的并没有吃惊，立起身，心里想，他也不容易了，又不缺女人，惦记着自己这么久。对自己多少有些情意，也难为他了。再说了，作为男人，他到底还是王家庄最顺眼的，衣有衣样，鞋有鞋样，说出来的话一字一句都往人心里去，牙也干净。肯定是天天刷牙的。有庆家的这么一想，两只肩头松了下去，望着王连方，凄凉得很，眼泪无声地溢了出来。有庆家的慢慢转过身，走进屋里，侧着身子缓缓地拿屁股找床沿，撅下头，脖子拉得长长的，一颗一颗地解。解完了，有庆家的抬起头，说："上来吧。"

　　有庆家的到底是有庆家的，见过世面，不惧王连方。就凭这一点在床上就强出了其他女人。王连方最大的特点是所有的人都怕他。他喜欢人家怕他，不是嘴上怕，而是心底里怕。你要是咽不下去，王连方有王连方的办法，直到你真心害怕为止。但是让人害怕的副作用在床上表现出来了。那些女人上了床要不筛糠，要不就像死鱼一样躺着，不敢动，胳膊腿都收得紧紧的，好像王连方是杀猪匠，寡味得很。没想到有庆家的不怕，关键是，有庆家的自己也喜欢床上的事。有庆家的一上床便体现出她的主观能动性，要风就是风，要雨就是雨。没人敢做的动作她敢做，没人敢说的话她说得出，整个过程都惊天动地。做完了，还侧卧在那儿安安静静地流一会儿眼泪，特别的招人怜爱，特别的开人胃口。这些都是别别窍的地方。王连方一下子喜欢上这块肉了。王连方胃口大开，好上了这一口。

这一回王连方算是累坏了，最后趴在了有庆家的身上，睡了一小觉。醒来的时候在有庆家的腮帮子上留下了一摊口水。王连方拖过上衣，掏出小瓶子来，倒出一只白色的小药片。有庆家的看了一眼，心里想，准备工作倒是做得细，真是不打无准备之仗呢。王连方笑笑，说："乖，吃一个，别弄出麻烦来。"有庆家的说："凭什么我吃？我就是要给王家庄生一个小支书——你自己吃。"从来没有人敢对王连方说这样的话，王连方又笑，说："个要死的东西。"有庆家的歪过了脑袋。不吃。无声地命令王连方吃。王连方看了看，很无奈，吃了一颗。有庆家的也吃了一颗。王连方看了看有庆家的，把药片吐出来了，放在了手上。接着笑。有庆家的抿了嘴，也是无声地笑，慢慢把嘴唇咧开，两排门牙的中间咬着一颗小白片。王连方很幸福地生气了，是那种做了长辈的男人才有的懊恼，说："一天到晚和我闹。"赌气吃下去一颗，张开嘴，给她普查。有庆家的用舌尖把小白片舔进去，喉头滚动了一下，吐出长长的舌头，伸到王连方的面前，也让他普查。她的舌头红红的，尖尖的，像扒了皮的小狐狸，又顽皮又乖巧，挑逗得厉害。王连方很孟浪地搂住了有庆家的，一口咬住了。有庆家的抖了一下，小药瓶已经给打翻在地，碎了，白花花地撒了一屋子，像夏夜的星斗。两个人都吓得不轻，有庆家的说："才好。"王连方急吼吼的，却又开始了。有庆家的吐出嘴里的药片，心里想，我还用吃它？这辈子没那个福分了。这个突发的念头让有庆家的特别的心酸。是那种既对不起自己又对不起别人的酸楚。但是有庆家的立即赶走了这个念头，呼应了王连方。有庆家的一把勾紧了王连方的脖子，上身都悬空了，她对着王连方的耳朵，哀求说："连方，疼疼我！"王连方说："我在疼。"有庆家的流出了眼泪，说："你疼疼我吧！"王连方说："我在疼。"他们一直重复这句话，有庆家的已经泣不成声了，直到嘴里的字再也连不成句子。王连方快活得差一点发疯。

王连方尝到了甜头，像一个死心眼的驴，一心一意围着有庆家的这块磨。有庆在水利工地，正是一寸光阴一寸金，寸金难买寸光阴。可是有些事情还真是人算不如天算，那一天中午偏偏出了意外，有庆居然回来了。有庆推开房门，王连方站在床边，气焰十分的嚣张。有庆立在门口，脑子转不过来，就那么看着，呆在那儿。王连方停止了动作，回过头，看了一眼有庆。王连方说："有庆哪，你在外头歇会儿，这边快了，就好了。"

有庆转身就走。王连方出门的时候房门、屋门和天井的大门都开在那儿。王连方一边往外走一边把门带上。王连方对自己说："这个有庆哪，门都不晓得带上。"

玉米现在的主攻目标是柳粉香。也就是有庆家的。有庆家的现在成了玉米的头号天敌。这个女人实在不像话了，把王连方弄得像新郎官似的，天天刮胡子，一出门还梳头。王连方在家里几乎都不和施桂芳说话了，他看施桂芳的眼神玉米看了都禁不住发冷。施桂芳天天在家门口嗑葵花子，而从骨子里看，施桂芳已经不是这个家的人了。在王连方的那一边，施桂芳一生下小八子这个世上就没有施桂芳这么一个人了。王连方有时候都在有庆家的那边过夜了。玉米替母亲寒心。但是这样的状况玉米只能看在眼里，不可以随便说。这一切都因为什么？就因为有了那只骚狐狸！这一切全是骚狐狸一手做的鬼！玉米对有庆家的已经不是一般的恨了。

关于有庆家的，玉米的感觉相当复杂。恨是恨，但还不只是恨。这个女人的身上的确有股子不同寻常的劲道。是村子里没有的，是其他的女人难以具备的。你能看得出来，但是你说不出来。就连王连方在她的面前都难免流露出贱相。这是她出众的地方，高人一头的地方。最气人的其实也正是这个地方。比方说，她说话的腔调或微笑的模样，村子里已经有不少姑娘慢慢地像她了。谁也不会点破，谁也不会提起。这里头无疑都是她的力量。也就是说，每个人的心里其实都有一个柳粉香。而男人们虽说在嘴上作践她，心里还是喜欢，一和她说话嗓子都不对，老婆骂了也没用，不过夜的。玉米嘴上不说，心里还是特别地嫉妒她。这是玉米恨之入骨的最大缘由。玉米一直想把王红兵抱到她的家门口去，但是有庆家的并没有躲躲藏藏的，她和王连方的事都做在明处，还敢和王连方站在巷口说话，那样做就没什么意思了。这个女人的脸皮太厚，小来来羞辱不了她。不过玉米还是去了。玉米想，你生不出孩子，总是你的短处。你哪里疼我偏偏要往哪里戳。玉米抱上王红兵，慢悠悠地来到有庆家的门口。一起跟过来很多人。一些是无意的，一些是有意的。她们的神情相当紧张，又有些振奋。有庆家的看见玉米来了，并没有把门关上，而是大大方方地出来了。她的脸上并没有故作镇定，因为她的确很镇定。她马上站到这边和大家一起说话了。玉米不看她。她也不看玉米。甚至没有偷偷地睃玉米一眼。还是玉米忍不住偷偷瞄她了。玉米还没有开口，有庆家的已经和别人谈论起王红兵了。主要是王红兵的长相。有庆家的认为，王红兵的嘴巴主要还是像施桂芳，如果像王连方反而更好。她对王连方嘴巴的赞美是溢于言表的。不过长大了会好一点，男孩子小时候像妈，到了岁数骨架子出来了，最终还是像老子。玉米都有点听不下去了。而王红兵的耳朵也有问题，有些招风。其实王红兵不招风，反而是有庆家的自己有点招风。玉米侧过身，看着她，毫不客气地对着她的脸说："也不照照！"玉米的出手很重了，换了别的女人一定会惭愧得不成样子，笑得会比哭还难看。但是有庆家的没听见。话一出口玉米已经意识到上了这个女人的当了，是自己首先和她说话的。有庆家的还是不看她，和别人慢慢拉呱。这一回说的是玉米，反而像说别人。有庆家的说："玉米这样漂亮的女孩子，就是嘴巴不饶人。"有庆家的没有说"漂亮的丫头""漂亮的姑娘"，而是说"漂亮的女孩子"，非常地文雅，听上去玉米绝对是鸡窝里飞出的金凤凰。她的话锋一转，却帮着玉米说话了，她说，"我要是玉米我也是这个样子。"她很认真地说了这句话。玉米没法再说什么了，反而觉得自己厉害得不讲方寸，像个泼妇了。而她偏偏说玉米漂亮，她这么一说其实已经是定论了。有庆家的又和别人一起评价起玉秀的长相了，有庆家的最后说："还是玉米大方。玉米耐看。"口气是一锤子定音的。玉米知道这是在拍自己的马屁，但她的脸上没有一点巴结玉米的神色，都没有看自己，完全是有一说一、有二说二的样子。看来是真心话。玉米其实蛮高兴的，这反而气人。玉米最不能接受的还是这个女人说话的语气，这个女人说起话来就好像她掌握着什么权力，说怎样只能是怎样，不可以讨价。这太气人了。她凭什么？她是什么破烂玩意儿！玉米"哼"了一声，挖苦说："漂亮！"口气里头对"漂亮"进行了无情打击，赋予了"漂亮"无限丰富和无限肮脏的潜台词。都是毁灭性的。玉米说完这句话走人了。这在看客的眼里不免有些寡味。玉米和有庆家的第一次交锋其实没有什么实质性的成绩，充其量也就是平手。不过玉米想，日子长呢，你反正是嫁过来的人。你有庆家的有把柄，你的小拇指永远夹在王家庄的门缝里头。

　　彭国梁原计划在夏忙的季节回家探亲，爷爷却没有等到那个时候，开春后匆匆地咽了气。真是黄泉路上不等人。一份电报过去，彭国梁探亲的日程只好提前。彭国梁已经回到彭家庄了，玉米的这边还没有半点消息。彭国梁没有能够和爷爷见到最后一面，他走进家门的时候爷爷做死人已经做到第三天了。爷爷入了殓，又过了四天，烧好头七，彭国梁摘了孝，传过话来，他要来相亲。

　　玉米失措得很。这件事是不好怪人家的。彭国梁这个时候回来，本来就是一件意外。问题是，玉米连一件合适的衣裳都没有。玉米打算穿上过年的新衣裳，试了一下，那是加在棉袄上的夹褂，上身之后挂在身上，有点疯疯傻傻的，很不好看。重做吧，还要到镇上扯料子，无论如何来不及了。玉米惆怅得很，心情相当地压抑，老是想哭，但到底心里头是欢喜，一直没哭出来。这反而更压抑了。

　　玉米没有料到有庆家的会把她拦在路口。看上去好像前几天她们一点也没有发生过什么事，都好像没有见过面。有庆家的把玉米叫住，还没等玉米开口，有庆家的先说话了。有庆家的说："玉米，你恨我的吧。"玉米没有料到有庆家的先把话题挑开来，一时嘴更笨了。玉米想，这个女人的脸皮是厚，换了别人把裤子穿在脸上也不敢这样说话。有庆家的说："飞行员快来相亲了，你这身衣裳怎么穿得出去？"玉米盯着有庆家的，想一想，说："你都有人要，我怎么会嫁不出去。"有庆家的显然没想到玉米说出这样的话。这句话打脸了。玉米自己都觉得过分了。但这个女人脸太厚，不这样不足以平民愤。有庆家的从胳肢窝里取下小布包，用方巾裹着，递到玉米的手上。她一定预备了好多话的，但是玉米的话究竟让有庆家的有些乱，一时忘了想说的东西，所以手上的动作分外地快。有庆家的说："这件衣裳是我在宣传队上报幕时穿的，没用处了。"这个举动大大出乎玉米的意料。有些出格。但是不管她是什么用意，她的东西玉米怎么可能要？玉米没有打开，推了回去。有庆家的说："玉米，做女人的可以心高，却不能气傲，天大的本事也只有嫁人这么一个机会，你要把握好。可别像我。""天大的本事也只有嫁人这么一个机会"，这句话玉米听进耳朵里去了。有庆家的又把包裹塞到玉米的怀里，回头便走。走出去四五步，有庆家的突然回过头，冲着玉米笑。她的眼眶里头早就贮满泪光了，闪闪烁烁的，心碎的样子。"可别像我。"玉米没有想到有庆家的会说这样的话。看起来这个女人并不气盛，没想到她对自己的评价这样低。玉米再也没有料到这个女人心中盘着那样的怨结，差一点心软了。有庆家的这一个回头给了玉米极其疼痛的印象。玉米这一回算是大胜了有庆家的，但是胜得有点寡味，不知道是哪里出了毛病了。玉米站在那儿，望着手里的衣裳，脑子里一直翻卷的都是有庆家的那句话："你要把握好，可别像我。"

玉米想扔了的，但是，毕竟是有庆家的"报幕"时穿的，这件衣裳一下子有了特殊的诱惑。这是一件小开领的春秋衫，收了一点腰身。虽说玉米的体形和有庆家的有点类似，可是玉米还是觉得紧了一些。玉米走到大镜子前，吓了自己一大跳。自己什么时候这样洋气、这样漂亮过？乡下的女孩子大多挑过重担，压得久了，背部会有点弯，含着胸，盆骨那儿却又特别地侉。玉米不同，她的身体很直，又饱满，好衣服一上身自然会格外地挺拔，身体和面料相互依偎，一副体贴谦让又相互帮衬的样子。怎么说人靠衣裳马靠鞍呢！最惊心动魄的还在胸脯的那一把，凸是凸，凹是凹，比不穿衣服还显得起伏，挺在那儿，像是给全村的社员喂奶。柳粉香当年肯定正是那样，挺拔四方，漂亮得不像样子。

玉米无法驱散对柳粉香当年的设想，可是，设想到最后，玉米却设想到自己的头上去了。这个念头极其危险了。玉米相当伤感地把衣服脱了下来，正正反反又看了几回。想扔，舍不得。玉米都有点恨自己了，什么事她都狠得下心，为什么在一件衣裳面前她反而软了？玉米想，那就放在那儿，绝对不可以上身。

彭国梁被彭支书领着，来到了玉米家的大门口，施桂芳正站在门框旁边，看见彭支书领着一个当兵的冲着自己的大门走来，心里有数了。她把葵花子放进口袋，做出站相，微笑也预备好了。彭支书来到施桂芳的面前，喊过"嫂子"，彭国梁跨上来一步，立正，"啪"，一个军礼。施桂芳的胳膊一阵乱动，把客人请进了堂屋。施桂芳很欢喜，只是毛脚女婿的军礼让她觉得事态过于重大了，光会赔笑，不会说话了。好在施桂芳是支书的娘子，处惊不乱。她打开广播，对着话筒说："王连方，请你立即回到家里来，家里来了解放军！请你立即回到家里来，家里来了解放军！"

广播也就是通知。只是一会儿工夫，玉米家的大门口立即挤满了人，男男女女老老少少高高矮矮胖胖瘦瘦的。"解放军"是什么意思，不用多说了。后来王连方过来了，大步流星，一边走一边系下巴底下的风纪扣。人们让开了一条道。王连方来到彭支书的面前，握过手。彭国梁起立，立正，"啪"，再一个军礼。王连方掏出香烟，给了彭支书一根，也给了彭国梁一根。彭国梁再一次起立，立正，"啪"，又一个军礼。彭国梁说："报告首长，彭国梁不吸烟。"王连方笑起来，说："好。好。"气氛相当客气，但是有点肃穆，甚至紧张。王连方大声说："你回来啦？"这句话其实是废话。彭国梁说："是。"门外围观的人们似乎也得到了感染，他们不说话。他们相当崇拜彭国梁的军礼，他的军礼很帅，行云流水，却又斩钉截铁。

玉米的到来把故事推向了高潮。玉米被人们拖回来了。王红兵早就被女人们抢过去抱走了。人们同样给玉米让开了一道缝隙。这一幕人们盼望已久了。只有这一幕看到了，大伙儿才能够放心。玉米被人拥着，两条腿一左一右地在地上走，其实是别人的力量。她的身子几乎后仰了。到了家门口，玉米胆怯了，不走。两个胆子大的闺女把玉米一直推到彭国梁的面前，人们以为彭国梁又要给玉米敬军礼了，没有。四周静悄悄的。彭国梁不仅没有敬礼，甚至没有立正，差不多也没了站相，只是不停地咧嘴，又不停地吃力地抿上。玉米迅速地瞥了一眼彭国梁，看到了他的神情，玉米放心了，但是人已经羞得不成样子。腰那一把像蛇。玉米的脸庞红彤彤的，把眼珠子衬得更黑，亮闪闪地到处躲。可怜极了。门外的人再也没有想到玉米会这样忸怩，一点都不像玉米。他们想，到底还是个姑娘家。门外的人一起哄了几声，高潮过去了，气氛轻松下来了。他们为彭国梁高兴，但主要的还是为了玉米。

　　王连方来到门口敬烟，是男人都有份。王连方最后给张如俊的儿子也敬了一根，如俊的儿子被如俊家的抱在怀里，傻头傻脑的。王连方把香烟夹到他的耳朵上，说："带回去给你老子抽。"人们没有想到王支书这样客气，都说笑话了。门口响起了一阵大笑。气氛相当地好。王连方对着门外掸了掸手，人们散去了。王连方关上门，深深地吸了一口气。

　　施桂芳安排彭国梁和玉米烧水去了。作为一个过来人，施桂芳知道厨房对于年轻男女的重要意义。初次见面的男女都这样，生疏得很，拘谨得很，两个人一同坐到灶台的后面，一个拉风箱，一个添柴火，炉膛里的火把两个人烤得红红的，慢慢会活络的。施桂芳带上厨房的门，把玉英玉秀她们都哄了出去。这几个丫头不能留在家里，她的七个女儿，除了玉米，别的都是人来疯。

玉米烧火的时候彭国梁给了玉米第二份见面礼。第一份是按照祖传的旧规矩预备的，无非是面料和毛线那一路的东西。彭国梁到底有不同凡俗的地方，另外又准备了一份。一支红管英雄牌铱金笔，一瓶英雄牌蓝黑墨水，一札四十克信笺，二十五只信封，外加领袖的夜光像章一枚。这一份礼物更有了私密性，同时兼备了文化和进步的特征。彭国梁把它们放在风箱上，旁边还有他的军帽。军帽上有一颗红色五角星，鲜红鲜红的，发亮，是闪闪的红星。这几样东西组合在一起，此时无声胜有声了。彭国梁拉着风箱，他的每一个动作都要反映到炉膛里的火苗上。在他做推手的动作时，东倒西歪的火苗立即竖了起来，像一根柱子，相当有支撑力。玉米则把稻草架到那根火柱子上。这一来他们的手脚暗地里有了配合，有了默契，分外的感人。稻草被火钳架到火柱子上去，跳跃了一下，柔软了，透明了，变成了光与热，两个人的脸庞和胸口都被炉膛里的火苗有节奏地映红了，他们的喘息和胸部的起伏也有了节奏，需要额外地调整与控制。空气烫得很，晃动得很，就好像两个人的头顶分别挂了一颗大太阳，有点烤，但是特别的喜庆，是那种发烫的温馨，就是有点乱，还有一点催人泪下的成分，不时在胸口一进一出的。玉米知道，自己恋爱了。玉米望着火，禁不住流下了热泪。彭国梁显然看见了，还是不说什么，只是掏出了他的手帕，放在玉米的膝盖上。玉米拿起来，没有擦眼泪，却捂住了鼻子。手帕有一股香皂的气味，玉米一闻到这股气味差一点哭出了声音。好在玉米即刻忍住了。泪水却是越忍越多。他们到现在都没有说一句话，没有碰一下手指头。玉米想，这就对了，恋爱就是这样的，无声地坐在一起，有些陌生，但是默契；近在咫尺，却一心一意地向遥远的地方憧憬、缅怀。就是这样的。

玉米望着彭国梁的脚，知道了是四十二码的尺寸。这个不会错。玉米知道了彭国梁所有的尺寸。女孩子的心里一旦有了心上人，眼睛就成了卷尺，目光一拉出去就能量，量完了呼啦一下又能自动收进来。

按照旧规矩，玉米过门以前，彭国梁不能在王家庄这边住下来。但是王连方破字当头，主张移风易俗。王连方发话了，住。王连方实在是喜欢彭国梁在他的院子里进进出出的，总觉得这样一来他的院子里就有了威武之气，特别地无上光荣。施桂芳小声说："还是不妥当。"王连方瞪了施桂芳一眼，极其严肃地指出："形而上学。"

彭国梁在玉米的家里住下了。不过哪里也没有去。除了吃饭和睡觉，几乎都是和玉米待在了灶台后面。灶台的背后真是一个好地方，是乡村爱情的圣地。玉米和彭国梁已经开始交谈了，玉米有些吃力，因为彭国梁的口音里头已经夹杂了一些普通话了。这是玉米很喜欢的。玉米自己说不来，可是玉米喜欢普通话。夹杂了普通话的交谈无端端地带上了远方的气息，更适合于爱情，是另一种天上人间。炉膛里的火苗一点一点暗淡下去。黑暗轻手轻脚地，笼罩了他们。玉米开始恐惧了，这种恐惧里头又多了一分难言的企盼与焦虑。当爱情第一次被黑暗包裹时，因为不知后事如何，必然会带来万事开头难这样的窘境。两个人都相当地肃穆，就生怕哪儿碰到对方的哪儿。是那种全神贯注的担忧。

彭国梁握住了玉米的手。玉米终于和彭国梁"手拉手"了。虽说有些害怕，玉米等待的到底还是这个。玉米的手被彭国梁"拉"着，有了大功告成的满足。玉米在内心的最深处彻底松了一口气。玉米其实也没有拉着，只是伸在那儿，或者说，被彭国梁拽在那儿。彭国梁的手指开始很僵，慢慢地活了，一活过来就显得相当地犟。它们一次又一次地往玉米的手指缝里抠，而每一次似乎又是无功而返的。因为不甘，所以再重来。切肤的举动到底不同一般，玉米的喘息相当困难了。彭国梁突然搂住玉米，把嘴唇贴在了玉米的嘴唇上。彭国梁的举动过于突然，玉米明白过来的时候已经晚了，赶紧把嘴唇紧紧地抿上。玉米想，这一下完蛋了，嘴都让他亲了。但是玉米的身上一下子通了电，人像是浮在了水面上，毫无道理地荡漾起来，失去了重量，只剩下浮力，四面不靠，却又四面包围。玉米企图挣开，但是彭国梁的胳膊把她箍得那样紧，玉米也只好死心了。玉米相当害怕，却反而特别地放心了。玉米渐渐把持不住了，抿紧的双唇失去了力量，让开了一道缝，冷冷的，禁不住地抖。这股抖动很快传遍全身了，甚至传染给了彭国梁，他们搅在一起抖动，越吻越觉得吻的不是地方，只好闷着头到处找。其实什么也没有找到。自己的嘴唇还在自己的嘴上。这个吻差不多和傍晚一样长，施桂芳突然在天井里喊："玉米，吃晚饭了哇！"玉米慌忙答应了一声，吻才算停住。玉米愣了好大一会儿，调息过来了。抿着嘴，无声地笑，就好像他们的举动因为特别地隐蔽，已经神不知鬼不觉了。两个人从稻草堆上站起身，玉米的膝盖软了一下，差一点没站住。玉米捶了捶腿，装着像是腿麻了，心里想，恋爱也是个体力活儿呢。玉米和彭国梁挪到稍亮一点的地方，相互为对方掸草屑。玉米掸得格外仔细，一丝一毫都不肯放过，玉米不能答应彭国梁的军服上有半根草屑。掸完了，玉米从彭国梁的身后把他抱住了，整个人像是贮满了神秘的液体，在体内到处流动，四处岔。人都近乎伤感了。玉米认定自己已经是这个男人的女人了。都被他亲了嘴了，是他的人，是他的女人了。玉米想，都要死了，都已经是"国梁家的"了。

第二天的下午彭国梁突然把手伸进玉米的衣襟。玉米不知道彭国梁想干什么，彭国梁的手已经抚住玉米的乳房了。虽说隔着一层衬衫，玉米还是吓得不轻，觉得自己实在是胆大了。玉米和他僵持了一会儿。但是，彭国梁的手能把飞机开到天上去，还有什么能挡得住？彭国梁的搓揉差点要了玉米的命，玉米搂紧了彭国梁的脖子，几乎是吊在彭国梁的脖子上。透不过气来。可是彭国梁的指头又爬进玉米的衬衫，直接和玉米的乳房肌肤相亲了。玉米立即摁住彭国梁的手，央求说："不能，不能啊。"彭国梁停了一会儿，对着玉米的耳朵说："好玉米，下一次见面还不知道是哪一年呢。"这句话把玉米的心说软了，说酸了。一股悲恸涌进了玉米的心窝，无声地汹涌了。玉米失声痛哭。顺着那声痛哭脱口喊了一声"哥哥"。这样的称呼换了平时玉米不可能叫出口，而现在是水到渠成。玉米松开手，说："哥哥，你千万不能不要我。"彭国梁也流下了眼泪，彭国梁说："好妹子，你千万不能不要我。"虽说只是重复了玉米的一句话，但是那句话由彭国梁说出来，伤心的程度上却完全不同了，玉米听了都揪心。玉米直起身，安静地贴了上来。给他。彭国梁撩起玉米的衬衫，玉米圆溜溜的乳房十分光洁地挺在了他的面前。彭国梁含住了玉米的左乳。咸咸的。玉米突然张大了嘴巴，反弓起身子，一把揪紧了彭国梁的头发。

最后的一个夜晚了。第二天的一早彭国梁要回到彭家庄去，而下午他就要踏上返回部队的路。玉米和彭国梁一直吻着，全心全意地抚摸，绝望得不行了。他们的身体紧紧地贴在一起，困苦地扭动。这几天里，彭国梁与玉米所做的事其实就是身体的进攻与防守。玉米算是明白了，恋爱不是由嘴巴来"谈"的，而是两个人的身体"做"出来的，先是手拉手，后是唇对唇，后来发展到胸脯，现在已经是无遮无掩的了。玉米步步为营，彭国梁得寸进尺，玉米再节节退让。说到底玉米还是心甘情愿的。这是怎样的欲罢不能，欲罢不能哪。彭国梁终于提出来了，他要和玉米"那个"。玉米早已是临近晕厥，但是，到了这个节骨眼上，玉米的清醒与坚决却表现出来了。玉米死死按住了彭国梁的手腕。他们的手双双在玉米的腹部痛苦地拉锯。"我难受啊。"彭国梁说。玉米说："我也难受啊。""好妹子，你知道吗？""好哥哥，我怎么能不知道？"彭国梁快崩溃了，玉米也快崩溃了。但是玉米说什么也不能答应。这一道关口她一定要守住。除了这一道关口，玉米什么都没有了。她要想拴住这个男人，一定要给他留下一个想头。玉米抱着彭国梁的脑袋，亲他的头发。玉米说："哥，你不能恨我。"彭国梁说："我没有恨你。"玉米说到第二遍的时候已经哭出声音了，玉米说："哥你千万不能恨我。"彭国梁抬起头，想说什么，最后说"玉米"。

玉米摇了摇头。

彭国梁最后给玉米行了一个军礼，走了。他的背影像远去的飞机，万里无云，却杳无踪影。直到彭国梁的身影在土圩子的那头彻底消失，玉米才缓过神来，彭国梁，他走了。刚刚见面了，刚刚认识了，又走了。玉米刚才一直都傻着，现在，胸口一点一点地活动了。动静越来越大，越闹越凶，有了抵挡不住的执拗。但是玉米没有流泪，眼眶里空得很，真的是万里无云。她只是恨自己，后悔得心碎。说什么她也应当答应国梁、给了国梁的。守着那一道关口做什么？白白地留着身子做什么？还能给谁？肉烂在自家的锅里，盛在哪一只碗里还不都一样？"我怎么就那么傻？"玉米问自己，"国梁难受成那样，我为什么要对他守着？"玉米又一次回过头，庄稼是绿的，树是枯的，路是黄的。"我怎么就这么傻。"

有庆家的这两天有点不舒服，说不出来是哪儿，只是闷。只好一件一件地洗衣裳，靠搓洗衣裳来打发光阴。衣裳洗完了，又洗床单，床单洗完了，再洗枕头套。有庆家的还是想洗，连夏天的方口鞋都翻出来了，一左一右地刷。刷好了，有庆家的懒了下来，却又不想动了。这一来更加无聊。王连方又不在家，彭国梁前脚离开，他后脚就要开会去。他要是在家或许要好一点。有庆家的以往都是这样，再无聊，再郁闷，只要和王连方睡一下，总能顺畅一点。有庆现在不碰她，都不愿意和她在一张床上睡。村里的女人没有一个愿意和她搭讪，有庆家的现在什么都没有，反而只剩下王连方了。有时候有庆家的再偷一个男人的心思都有，但是不敢。王连方的醋劲大得很。有庆家的和别人说几句笑话王连方都要摆脸色。那可是王连方的脸色。你说女人活着为什么？还有什么意思？就剩下床上那么一点乐趣。说到底床上的乐趣也不是女人的，它完全取决于男人在什么时候心血来潮。

有庆家的望着洗好的东西，一大堆，又发愁了。她必须汰一遍。可她实在弯不下腰了。腰酸得很。有庆家的只好打起精神，拿了几件换身的衣裳，来到了码头。刚刚汰好有庆的夹褂，有庆家的发现玉米从水泥桥上走了过来。从玉米走路的样子上来看，肯定是刚刚送走了彭国梁。玉米恍惚得很，脸上也褪了色。她行走在桥面上，像墙上的影子，一点重量都没有。玉米也真是好本事，她那样过桥居然没有飘到河里去。有庆家的想，玉米这样不行，会弄出毛病来的。有庆家的爬上岸，守候在水泥桥头。玉米过来了，有庆家的堆上笑，说："走啦？"玉米望着有庆家的，目光像烟那样，风一吹都能拐弯。玉米冷得很，不过总算给了有庆家的一点面子，她对着有庆家的点一下头，过去了。有庆家的一心想宽慰玉米几句，但是玉米显然没有心思领她的这份情。有庆家的一个人侧在那儿，瞅着玉米的背影，她的背影像一个晃动的黑窟窿。有庆家的慢慢失神了，对自己说，你还想安慰人家，再怎么说，人家有飞行员做女婿——离别的伤心再咬人，说到底也是女人的一份成绩，一份运气，是女人别样的福。你有什么？你就省下这份心吧，歇歇吧，拉倒吧你。

玉米离开之后有庆家的跑到猪圈的后面，弯下身子一顿狂呕。汤汤水水的，竟比早上吃下去的还要多。有庆家的贴在猪圈的墙上，睁开眼，眼睫挂了细碎的泪。有庆家的想，看来还是病了，不该这么恶心。这么一想有庆家的反而想起来了，这两天这么不舒服，其实正是想吐。有庆家的弯下腰；又呕出一嘴的苦。有庆家的闭上眼，兀自笑了笑，心里说，个破烂货，你还弄得像怀上小支书似的。这句作践自己的话却把有庆家的说醒了，两个多月了，她的亲戚还真是没有来过，只不过没敢往那上头想罢了。转一想，有庆家的却又笑了，挖苦自己说，拉倒吧你，你还真是一个外勤内懒的货不成。

医生说，是。有庆家的说，这怎么可能。医生笑了，说你这个女的少有，这要问你们家男人。有庆家的又推算了一次日子，那个月有庆在水利工地上呢。有庆家的眼睛直了，有庆再木瓜，但终究不是二憨子，这件事瞒得过天，瞒得过地，最终瞒不过有庆。要还是不要。有庆家的必须给自己拿主张。

有庆家的炒了一碗蛋炒饭，看着有庆吃下去。掩好门，顺手从门后拿起了捣衣棒。有庆家的把捣衣棒放在桌面上。有庆家的说："有庆，我能怀的。"有庆还在扒饭，没有听明白。有庆家的说："有庆，我怀上了。"有庆家的说："是王连方的。"有庆听明白了。有庆家的说："我不敢再堕胎了，再堕胎我恐怕真的生不出你的骨肉了。"有庆家的说："有庆，我想生下来。"有庆家的说："有庆，你要是不答应，我死无怨言。"有庆家的看着桌面上的捣衣棒，说："你要是咽不下去，你打死我。"有庆最后一口饭还含在嘴里，他把筷子拍在了桌子上，脖子和目光一起梗了。有庆站起身，拿起捣衣棒。有庆把捣衣棒握在掌心，胳膊比捣衣棒还要粗，还要硬。有庆家的闭上了眼睛。再睁开的时候有庆已经不在了。有庆家的慌了，出了门四处找。最后却在婆婆的茅棚里找到了。有庆家的追到茅棚的门口，看见有庆跪在婆婆的面前。有庆说："我对不起祖宗，我比不上人家有种。"有庆嘴里的那口蛋炒饭还含在嘴里，这刻儿黄灿灿的喷得一地。有庆家的身子骨都凉了，和婆婆对视了一眼，退了回来。回到家，从笆斗里翻出一条旧麻绳，打好活扣，扔到屋梁上去。有庆家的拽了拽，手里的麻绳很有筋骨。放心了。有庆家的把活扣套上脖子，一脚蹬开脚下的长凳。

婆婆却冲开门进来了。婆婆多亮堂的女人，一看见儿媳的眼神立即知道要出大事了。婆婆一把抱住有庆家的双腿，往上顶。婆婆喊道："有庆哪，快，快！"有庆已经被眼前的景象弄呆了，不知道前后的几分钟里他都经历了什么。木头木脑的，四处看。有庆把媳妇从屋梁上割下来，婆婆立即关上了屋门。老母亲兴奋异常，弯着腿，张开胳膊，两只胳膊像飞动的喜鹊不停地拍打屁股。她压低了嗓子，对儿媳说："怀上就好，你先孵着这个，能怀上就好了哇！"

春风到底是春风，野得很。老话说"春风裂石头，不戴帽子裂额头"，说的正是春风的厉害。一年四季要是说起冷，其实倒不在三九和四九，而在深秋和春后。三九四九里头，虽说天冻地冻，但总归有老棉袄老棉裤裹在身上。又不怎么下地，反而不觉得什么。深秋和春后不一样，手脚都有手脚的事，老棉袄老棉裤绑在身上到底不麻利，忙起来又是一身汗，穿戴上难免要薄。深秋倒是没什么风，但是起早贪黑的时候大地上会带上露水的寒气，秋寒不动声色，却是别样的凛冽。春后又不一样了，主要是风。春风并不特别地刺骨，然而有势头，主要是有耐心，把每一个光秃秃的枝头都弄出哨声，像号丧，从早号到晚，好端端的一棵树像一大堆的新寡妇。春寒的那股子料峭，全是春风捣的乱。

麦子们都返青了。它们一望无际，显得生机勃勃。不过细看起来，每一片叶子都瑟瑟抖抖的，透出来的还是寒气。春天里最怕的还是霜。只要有了春霜，最多三天，必然会有一场春雨。所以老人们说，"春霜不隔三朝雨"。虽说春雨贵如油，那是说庄稼，人可是要遭罪。雨一下就是几天，还不好好下，雾那样，没有飘泼的劲头，细细密密地缠着你，躲都躲不掉。天上地下都是湿漉漉的，连枕头上都带着一股水汽，把你的日子弄得又脏又寒。

王家庄弥漫着水汽，相当濡。风一直在吹。人们睡得早，起得迟，会过日子的人家赶上这样的光景一天只吃两顿。这也是先辈的老传统了。青黄不接的时候，多睡觉，横着比竖着扛饿。吃得少，人当然要懒怠了，这就苦了猪圈里的猪。它们要是饿了不可能躺下来好好睡觉的，它们会不停地喊。猪喊得很难听，不像鸡，叫起来喜喜庆庆的；也不像狗，狗的叫声多少有那么一点安详，远远地听上来让人很心安。猪让人烦，天下所有的猪都是饿死鬼投的胎。猪是会含冤的庄稼，要不就是不会抽穗的肉。

天上没有太阳。没有月亮。天黑了，王家庄宁静下来了。天又黑了，王家庄又宁静下来了。

出大事了。

王连方被堵在秦红霞的床上事先没有一点预兆。王家庄静悄悄的，只有公猪母猪的饿叫声。烧晚饭的光景，家家户户的屋顶上都冒着炊烟，炊烟缠绕在傍晚的雾气里头，树巅的枝杈上都像冒着热气。其实蛮祥和的。突然来了动静，王连方和秦红霞一起被堵在了床上。怪只怪秦红霞的婆婆不懂事，事后人们都说，秦红霞的婆婆二百五，真是少一窍！你喊什么？喊就喊了，你喊"杀人"做什么？王连方要是碰上一个聪明的女人肯定过去了，偏偏碰上了这样一个二百五。一切都好好的，秦红霞的婆婆突然喊："杀人啦，杀人啦！"村子里的水汽重，叫喊的声音传得格外远，分外地清晰。左邻右舍们操起了家伙，一起冲进了秦红霞的天井。秦红霞的男人张常军在河南当炮兵，去年秋天在部队上解决了组织问题，到了今年秋天差不多该退伍了。张常军不在，邻居们平时对红霞一家还是相当照顾的，她的婆婆喊"杀人"，这样重大的事，不能不出面。秦红霞的婆婆站在天井的中央，上气不接下气，光会用手指头指窗户。窗户已经被秦红霞的婆婆拉开了，半开着，门却捂得极死。天井里站的全是人。拿扁担的小心翼翼地来到了窗户跟前，而扛着钉耙的急不可耐，一脚把门踹开了。王连方和秦红霞正在穿戴，手上忙得很，却是徒劳，没有一个纽扣扣得是地方。王连方虽说还能故作镇静，到底断了箍，散了板了。他掏出"飞马"香烟，说："抽烟，大家抽。"

这怎么抽？

形势很严峻。平时人家给王连方敬烟，王连方还要看看牌子。现在王连方给别人敬的是"飞马"，他们都不抽。形势很严峻了。

当天晚上王家庄像乱坟岗一样寂静，真的像杀了人了，杀光了那样。而王连方已经来到了镇上，站在公社书记的办公桌前。公社的王书记很生气。王书记平时和王连方的关系相当不一般，但是现在，他对着王连方拍起了桌子："怎么搞的！弄成这样嘛！幼稚嘛！"王连方很软了，双眼皮耷拉下来，从头到脚都不景气。王连方很小心地说："要不，就察看吧。"王书记正在气头上，又拍桌子："你呕屎！军婚，现役嘛！高压线嘛！要法办的！"形势更严峻了。王连方不是不知道，这件事弄不好就"要法办的"，但是第一次没有事，第二次也没有事，最终到底出事了。现在王书记亲自说出"要法办的"，性质已经变了。王书记解开了中山装，双手叉腰，两只胳膊弯把中山装的后襟撑得老高。这是当领导的到了危急关头极其严峻的模样，连电影上都是这样。王连方望着王书记的背影，王书记一推窗户，对着窗外摊开了胳膊："都被人看见了，你说说，怎么办？怎么办嘛！"

事情来得快，处理得也快。王连方双开除，张卫军担任新支书。这个决定相当英明，姓王的没有说什么，姓张的也不好再说什么。

日子并不是按部就班地过，它该慢的时候才慢，该快的时候却飞快。这才几天，王连方的家就这么倒了。表面上当然看不出什么，一砖一瓦都在房上，一针一线都在床上，但是玉米知道，她的家倒了。好在施桂芳从头到尾对王连方的事都没有说过什么。施桂芳什么都没有说，只是不停地打嗝。作为一个女人，施桂芳这一回丢了两层的脸面。她睡了好几天，起床之后人都散了。这一回的散和刚刚出了月子的那种散到底不同，那种散毕竟有炫耀的成分，是自己把自己弄散的，顺水而去的，现在则有了逆水行舟的味道，反而需要强打起精神头，只不过吃力得很，勉强得很，像她开口说话嘴里多出来的那股子馊味。

玉米现在最怕的就是和母亲说话。她说出来的话像打出来的嗝，一定是沤得太久了。让玉米心寒的还有玉穗，小婊子太贱，都这个岁数了，还有脸和张卫军的女儿在一起踢毽子了，每一回都输给人家。张卫军的女儿小小的一个人，小小的一张脸，小鼻子小眼的，小嘴唇又薄又器。姓张的的确没一个好货。她踢的毽子那还能算毽子？草鸡毛罢了。玉穗肯输给她，看来天生就是吃里爬外的坯子。玉米算是看透她了。

玉米把一切都看在眼里，反而比往常更沉得住。就算彭国梁没有在天上开着解放军的飞机，她玉米也长不出玉穗那样的贱骨头。被人瞧不起都是自找的。玉米走得正，行得正，连彭国梁的面前她都能守得住那道关，还怕别人不成？玉米照样抱着王红兵，整天在村子里转。王连方当支书的时候别人怎么过，她玉米就能怎么过。王玉米的"王"摆到哪儿都是三横加一竖，过去不出头，现在也不掉尾巴。

最让玉米瞧不起的还是那几个臭婆娘，过去父亲睡她们的时候，她们全像臭豆腐，筷子一戳一个洞。现在倒好，一个个格格正正的，都拿了自己当红烧肉了。秦红霞回来了，小骚货出事之后带着孩子回娘家去了，一去就是十来天。返村的时候秦红霞的脸上要红有红，要白有白，弄得跟回娘家坐月子似的。她还有脸回来！河面上又没有盖子，她硬是没那个血性往下跳，做做样子都不敢。秦红霞走在桥上，还弄出不好意思的样子，好像全村的男人一起娶她了。秦红霞快下桥口的时候不少妇女都在暗地里看玉米，玉米知道，她们在看她。她们想看看玉米怎么面对这件事，怎么面对那个人。秦红霞过来了，玉米抱着王红兵，站起来，换了一下手，主动迎了上去。玉米笑着，大声说："红霞姨，回来啦！"所有的人都听到了。过去玉米一直喊秦红霞"红霞姐"，现在喊她"姨"，意味格外地深长了，有了难以启齿的暗示性。妇女们开始还不明白，但是，只看了一眼秦红霞的脸色，领略了玉米的促狭和老到。又是滴水不漏的。秦红霞对着玉米笑得十分别扭，相当地难看。一个不缺心眼的女人永远不会那样笑的。

王连方打算学一门手艺。一家子老老少少，十来张嘴呢。从今年的秋后开始，不会再有往年那样的分红了。和社员们一起做农活儿，王连方没有那个身板了，主要还是丢不下那个脸面。王连方对自己有一个基本的认识，虽说支书不当了，但他这一辈子睡过那么多的女人，够本了，值得。回过头来再和自己的老部下一起挑大粪、挖墒沟、插秧割麦，很不成体统。妥当的办法是赶紧学一门手艺。王连方做过很周密的思考，他时常一手执烟，一手叉腰，站到《世界地图》和《中华人民共和国地图》的面前，把箍桶匠、杀猪匠、鞋匠、篾匠、铁匠、铜匠、锡匠、木匠、瓦匠放在一起，进行综合、比较、分析、研究，经过去粗取精、去伪存真、由里而外、由现象到本质，再联系上自己的身体、年纪、精力、威望等实际，决定做漆匠。漆匠有这样几个好处：一、不太费力气，自己还吃得消；二、技术上不算太难，只要大红大绿地涂抹上去，别露出木头，终究难不到哪里；三、成本低，就一把刷子，不像木匠，锯、刨、斧、凿、锤，一套一套的，办齐全了有几十件；四、学会了手艺，整天在外面讨生活，不用待在王家庄，眼不见为净，心情上好对付一些；五、漆匠总归还算体面，像他这样的身份，做杀猪那样的脏事，老百姓看了也会寒心，漆匠到底不同，一刷子红，一刷子绿，远远地看上去很像从事宣传工作。主意定下来，王连方觉得自己的方针还是比较接近唯物主义的。

有庆家的这边王连方有些日子不来了。时间虽说不长，毕竟是风云变幻了。王连方中午喝了一顿闷酒，一直喝到下午两三点钟。王连方站起来，决定在离家之前再到有庆家的身上疏通一回。别的女人现在还肯不肯，王连方心里没底。不过有庆家的是王连方的自留地，他至少还可以享一享有庆家的呆福。王连方推开有庆家的门，有庆家的正在偷嘴，嚼萝卜干。有庆家的背过身，已经闻到了王连方一身的酒气。王连方大声说："粉香啊，我现在只有你啦。"话说得虽然凄凉，但在有庆家的这边还是有几分的感动人心的，反而有了几分温暖了。王连方说："粉香啊，下次回来的时候你就喊我王漆匠吧。"有庆家的转过脸，王连方的脸上有了七分醉了，特别地颓唐，有庆家的想安慰他几句，却不知从哪里说起。虽说秦红霞的事伤了她的心，到底还是不忍看见王连方这副落魄的样子。有庆家的当然知道他来做什么。如果不是有了身孕，有庆家的肯定会陪他上床散散心的。但现在不行。绝对不行。有庆家的正色说："连方，我们不要那样了——你还是出去吧。"王连方却没有听见，直接走进西厢房，一个人解，一个人脱，一个人钻进了被窝。等了半天，王连方说："喂！"又等了半天，王连方说："——喂！"王连方一直听不到动静，只好提着裤子，到堂屋里找。有庆家的早已经不在了。王连方再也没有料到这样的结果，两只手拎着裤带，酒也消了，心里滚过的却是世态炎凉。王连方想，好，你还在我这里立牌坊，早不立，晚不立，偏偏在这个时候立。王连方一阵冷笑，自语说："妈个巴子的！"回到西厢房，再一次扒光了，王连方重新爬进被窝，突然扯开了嗓子。王连方吼起了样板戏。是《沙家浜》。王连方睡在床上，一个人扮演起阿庆嫂、胡传魁和刁德一。他的嗓门那么大，那么粗，而他在扮演阿庆嫂的时候嗓子居然捏得那么尖，那么细，直到很高的高音，实在爬不上去了，又恢复到胡传魁的嗓音。王连方的演唱响遍了全村，所有的人都听到了，但是没有一个人过来，好像谁都没有听见。王连方把《智斗》这场戏原封不动地搬到了有庆的床上，一字不差，一句不漏。唱完了，王连方用嘴巴敲了一阵锣鼓，穿好衣裳，走人。

其实有庆家的哪里也没有去。她进了厨房，站在厨房的门后面。有庆家的再也想不到王连方会来这一手，吓得魂都掉了。稍稍镇定下来，有庆家的涌上了一股彻骨的悲伤，只觉得自己这半年的好光景还是让狗过了。有庆家的手脚一起凉了。她摸着自己的腹部，恨不得用指头把肚子里的东西挖出来。可又不忍。有庆家的颤抖了，她低下头，看着自己的肚子，对自己的肚子说："狗杂种，狗杂种，狗杂种，个狗杂种啊！"

王连方四十二岁出门远行，出去学手艺去了。一个家其实就交到了玉米的手上。家长不好做。不做当家人，不知柴米贵，玉米现在算是知道这句话的厉害了。当家难在大处，说起来却也是难在小处。小处琐碎，缠人，零打碎敲，鸡毛蒜皮，可是你没有一样能逃得过去，你必须面对面，屁大的事你都不能拍拍屁股掉过脸去走人。就说玉叶，虚岁才十一岁的小东西，前几天刚刚在学校里头砸烂了一块玻璃，老师要喊家长；现在又把同学们的墨水瓶给打散了，泼得人家一脸的黑，老师又要喊家长了。玉叶看上去没什么动静，嘴巴慢，手脚却凌厉，有些嘎小子的特征。这样的事要是换了过去，老师们会本着一分为二的精神来看待玉叶的。现在有点不好办，老师毕竟也有老师的难处。玉米是作为"家长"被请到学校里去的，第一次玉米没说什么，只是不停地点头，回家抓了十个鸡蛋放在了老师的办公桌上。第二次玉米又被老师们请来了，玉米听完了，把玉叶的耳朵一直拎到办公室，当着所有老师的面给了玉叶一嘴巴。玉米的出手很重，玉叶对称的小脸即刻不对称了。玉米这一次没有把鸡蛋抱到学校，却把猪圈里的乌克兰白猪赶过来了。事情弄大了，校长只好出面。校长是王连方多年的朋友，看了看老师，又看了看玉米，手心手背都不好说什么。校长只好看着猪，笑起来，说："玉米呀，这是做什么，给猪上体育课哪？"噘着嘴让工友把乌克兰猪赶回去了。玉米看着校长和蔼可亲的样子，也客气起来，说："等杀了猪，我请叔叔吃猪肝。"校长慢腾腾地说："那怎么行呢？"玉米说："怎么不行？老师能吃鸡蛋，校长怎么不能吃猪肝？"话刚刚出口，玉叶老师的眼睛顿时变成了鸡蛋，而一张脸却早已变成猪肝了。

　　玉米一到家就摊开了四十克信笺，她要把满腔的委屈向彭国梁诉说。玉米现在所有的指望都在彭国梁那儿了。玉米没有把家里的变故告诉彭国梁，那件事玉米不会向彭国梁吐露半个字的。玉米不能让彭国梁看扁了这个家。这上头不能有半点闪失。只要国梁在部队上出息了，她的家一定能够从头再来，玉米对着信笺说："国梁，你要提干。"玉米看了看，觉得这样太露骨，不妥当。玉米把信撕了，千叮咛、万嘱咐，最后变成了这样一句话："国梁，好好听首长话，要求进步！"

公社的放映队又来了。这些天施桂芳老是喊心窝子疼，玉米不打算看电影去了。玉米其实是爱看电影的，母亲倒是从来不看。那时候玉米还在心里头嘀咕，怎么人到了岁数连电影都不想看了呢。现在玉米算是明白了，母亲不愿意往人多的地方去，再说了，电影也实在是假得很，那么多的人挤在一块白布里头过日子，就一块白布，它知道什么是暖，什么是冷？这么一想玉米也觉得自己到了岁数了，只是觉得自己的心也冷了。心冷一次岁数自然要长一次。人就是以这种方式一次又一次地长大的，心同样也是这样一次又一次地死掉的。这和年月反而没有什么关系了。

刚吃过晚饭，玉秀偷了一把葵花子想早点出去，玉米把她拦住了。玉米不让玉秀这么早出去有玉米的道理，以往放电影，玉秀都要去抢位置。大白布还没有扯上去，玉秀扛着板凳已经把放映机前最好的位置抢下来了。玉秀每次能抢到地盘，当然不是玉秀的能耐，说到底还是人家让着她。现在玉秀再指望有人让她显然就太不知趣了，弄不好又是一番口舌。玉米不怕口舌，可是以现在的光景，多一事当然不如少一事。玉米得拦着，不要找不自在。玉秀没有听玉米的，却撂过来一句话，说："你烦不烦，你看看我有没有带板凳？"玉秀是个聪明人，这丫头还是知道深浅的。玉米说："那你也得把玉叶带上。"玉秀说："我不带，她自己又不是没长腿。"玉米说："你带不带？要不哪里也别想去。"玉米现在绝对是家长了，声音一大肯定是说一不二。玉秀这一回没有顶嘴，顺手又多抓了两把葵花子。老三玉秀带着老五玉叶，老二玉穗带着老六玉苗，老四玉英自顾自，老七玉秧留在家里睡觉。这样安顿完了，玉米点上煤油灯，抱着王红兵来到了母亲的床前。母亲瘦了，然而，这种瘦倒没有体现在脸盘的大小上，而是反映在面部的皱纹上。施桂芳脸上的皱纹一条一条地都挂了下来，呈现出水往低处流的格局。一句话，一副哭丧相。玉米把新炒的葵花子端到母亲的面前，施桂芳说："玉米，往后别炒了。"玉米说："为什么？"施桂芳说："别丢那个人了。"玉米看着自己的母亲，厉声说："妈，你不能不吃。"母亲说："这是怎么说的？"玉米说："吃给别人看。"施桂芳笑笑，想说什么，但终于没有开口，只是把手放在了玉米的手背上，拍了两下。玉米感觉出来了，母亲的拍打有劝解的意思，更多的却还是认命的意思。玉米站起来了，说："妈，为了我们，你就当药吃。"施桂芳拍了拍床沿，示意玉米坐下来。虽说天天在一个屋子里头，但是这样安心地和玉米说说话，还真是少有的光景。再怎么说，有这样一个女儿和自己说说话，打通打通心里的关节，多少能够祛痰化瘀。夜很静了，是那种清心寡欲的静，施桂芳听了一会儿，却听出了孤儿寡母的那种静。王红兵已经睡着了，在玉米的怀里乖巧得很。施桂芳接过来，端详了好大的工夫，他倒是睡得安稳，没心没肺的憨样。施桂芳抬起头来再看玉米。灯芯照亮了玉米的半张脸，玉米的半个侧面被油灯脱落得格外标致，只不过另外的半张脸却陷入了暗处，使玉米的神情失去了完整性，有了见首不见尾的深不可测。这时候外面吹过了一阵风，把电影里枪炮的声音吹到这边来了。玉米伸长了脖子，侧着耳朵，十分仔细地从枪炮声中分辨飞机俯冲的声音。施桂芳猜得出玉米这一刻的心思，说："去看看吧。"玉米没有动，只是望着灯芯，目光专注而又恍惚。施桂芳长长地叹了一口气，灯芯顺着施桂芳的叹息扭了一下腰肢，好像也躲着她了，心思早已经坐飞机了。房间里暗淡了一下，玉米半张明亮的脸即刻也暗淡下去了。施桂芳突然直起了上身，打了一连串的馊嗝，同时用力拍打着床面，说："还是这样好，还是这样好哇。"母亲的突发性举动没有一点由头，没有一点过渡，吓了玉米一跳。玉米看了看母亲，"呼"的一下吹灭了煤油灯，说："早点睡吧。"

玉穗带着玉苗回家的时候玉米已经偎在枕边睡了一小觉了。接下来回家的是玉英。玉米坐在床沿，关照她们几个用水。玉米要等的其实是玉叶，玉叶这丫头真是个假小子，懒得很，你要是不逼着她她就是不肯用水，钻进被窝一焐，一双脚臭得要命，身上还臊烘烘的。玉叶由玉米带着睡，除了玉米，谁还肯和玉叶的那双臭脚裹一个被窝？电影已经散了，玉叶还不回来。一定是玉秀拉着玉叶在外头疯。玉米知道玉秀的心思，有玉叶陪着，回家之后她才好把屎盆子往别人的头上扣。等了一会儿，外面已经没什么动静了，玉秀和玉叶还没有回来。玉米生气了。玉米披上棉袄，拔上两只鞋后跟，怒冲冲地出门去了。

玉米最后在打谷场的大草垛旁边找到玉秀和玉叶，电影早就散场了，大草垛的旁边围了一些人，还亮着一盏马灯。玉米大声喊："玉秀！玉叶！"没有声音回应。草垛旁边的脑袋却一起转了过来。四周黑漆漆的，只有转过来的脸被马灯的光芒自下而上照亮了，悬浮在半空，呈现出古怪的明暗关系。他们不说话，几张脸就那么毫无表情地嵌在夜色之中，鬼气森森的。玉米怔了一下。一股不祥的预感在胸口迅速地飞窜。玉米走上去，人们让开了，玉秀和玉叶的下身一丝不挂，傻乎乎地坐在稻草上。玉秀玉叶的身上到处都是草屑。草屑缀满了乱发、牙缝和嘴角。玉秀一动不动，眼睛在眨巴，但目光却已经死了。玉米已经明白发生什么了，张大了嘴巴，望着她的两个妹妹。围在旁边的人看了看玉米，丢下马灯，一个又一个离开了。他们的背影融入了夜色。夜色里空无一人，但更像站满了人。

玉米跪在地上，给她们穿上裤子。玉秀和玉叶的裆部全是血，外加许多黏稠的液汁。她们的裤子上洋溢着一股陌生而又古怪的气味。玉米用稻草帮她们擦干净，拉紧她们的手，左手一个，右手一个。玉米拽着自己的两个妹妹，在黑色的夜里往回走。马灯还放在原来的地方。漆黑的夜色中，巨大的草垛被马灯照出了一轮金色的光轮。一阵夜风吹了过来，吹乱了玉米的头发，几乎盖在了脸上。玉秀和玉叶都哆嗦了一下。她们在夜风的吹拂下像两个摇摆的稻草人。玉米突然立住，蹲在玉秀的面前，一把揪紧了玉秀的双肩。

玉米问："告诉我，谁？"玉米扳着玉秀的肩头，拼命摇晃，大声问："是谁？"玉米摇晃玉秀的时候自己的头发却汹涌澎湃，玉米吼道："——谁？！"

玉叶接过了问话，玉叶说："不知道。好多。"

玉米一屁股坐在了地上。

彭国梁远在千里之外，然而，村子里的事显然没有瞒得过彭国梁。彭国梁来信了，他的来信只有一句话："告诉我，你是不是被人睡了？！"虽然远隔千里，玉米还是感受到了彭国梁失控的体气，空气在晃动。玉米差不多被这句话击倒了，全身透凉，没有了力气。玉米无端地恐惧了。玉米看到了一只手，这只手绕过了玉秀还有玉叶，慢慢伸向她玉米了。阳光普照，但那只手却伸手不见五指。玉米知道了，村子里的人不仅替玉米看彭国梁的信，还在替玉米给彭国梁写信。玉米怎么回答彭国梁呢？这样的问题玉米如何说得出口呢？玉米实在不知道怎样回答这个问题。人都想呆了。彭国梁现在是玉米和玉米家最后的一根支柱，他这架飞机要是飞远了，玉米的天空真是塌下来了。玉米把四十克信笺摊在桌面上，团了好几张，又撕了好几张。玉米发现这一刻自己只是一张纸，飘飞在空中，无论风把她抛到哪儿，结果都是一样的，不是被撕毁，就是被踩满了脚印。哪一只脚能放过地上的一张纸呢？脚的好奇心决定了纸的命运。夜深人静了，玉米把红管英雄牌铱金笔捏在手上，她其实并不想写信，只是以这种空洞的方式和彭国梁说说话。玉米憋了很久，却发现信笺上已经写着一行话了，这句话把玉米自己都吓了一跳。玉米自己也不知道是什么时候写的，特别的大胆，特别的放纵。信笺上是："国梁哥，我的心上人，你是我最亲最爱的人。"玉米只觉得自己的脸皮也已经厚了，这样的话也有胆子说了。玉米想了想，壮起胆子，又写下了一行："国梁哥，我的心上人，我的亲人，你是我最爱最爱的人。"写到第二遍，玉米的胸脯拼命地向外鼓了。她望着灯芯，拿灯芯当彭国梁，好让彭国梁亮亮地、暖暖地在她的面前立正。玉米又写了一行："国梁哥，我的心上人，我的亲人，你是我最爱最爱的人。"玉米说不出别的什么来了，前前后后就是这一句。这是玉米心中藏得最深的一句，需要加倍的力气才敢说得出。玉米从来没敢说过，玉米终于把它说出来了。别的还有什么呢？就是从头再说，玉米还是这一句，只有这一句，就是这一句。玉米一口气写了五页纸，因为信笺只有最后的五页了。五页纸上写的全是同样的一句话。第二天的上午玉米把这五页纸横着竖着又看了几遍，看到最后玉米自己都不敢再看了，一页一页的泪。玉米告诉自己，要是心底的话国梁哥还是听不见，那只能是山太高，水太长，说什么也是白说了。玉米把信寄了出去。信件寄出去之后玉米还想找点什么事情做做，但是没有找到。那就坐下来歇歇吧。玉米坐在那儿，后来睡着了。玉米睡着了，坐在那儿。

等信的那几天玉米把王红兵交给了玉穗，她要亲自到桥头慢慢地等候。她现在对彭国梁的回信没有一点把握。要是彭国梁不要她了，说什么也不能让这封信丢到别人的手上。玉米丢不起那个人，谁要是有胆子把玉米的这封信拆开来，玉米会让他吃刀子，玉米守在桥头，等，没有等到彭国梁的来信，却等来了一个包裹。那是玉米的相片，还有玉米写给彭国梁的所有信件。全是玉米的笔迹，很难看。玉米望着自己的相片、自己的笔迹，不知道怎么弄的，并没有预想的那样难过，却特别地难为情。不知道怎么弄的，特别地难为情。太难为情了，就想一头撞死。

有庆家的偏偏在这个时候出现了。玉米想把手里的东西掖紧一些，一不小心却弄掉了一样东西，是玉米的相片。相片躺在地上，一副不知好歹的下作相，居然还有脸面笑。玉米想用脚踩住，还是迟了，有庆家的已经看在了眼里，她的脸上已经明白。玉米羞愧得连有庆家的都不敢看了。有庆家的捡起相片，一抬头便从玉米的眼里看到了危险。玉米的眼睛特别地坚决，是那种随时都可以面对生死才有的沉着和坚定。有庆家的一把抓住了玉米的胳膊，拽起来就往自己的家里跑。有庆家的把玉米一直带进自己的卧房，卧房的光线很不好，但是玉米的目光却出奇的亮，出奇的硬。然而配着一脸的痴，那种亮和硬分外的吓人了。有庆家的拉过玉米的手，央求说："玉米，你要是还拿我当人，你就哭！"

这句话把玉米的目光说松动了，玉米的目光一点一点地移过来，望着有庆家的，嘴角撇了两下，轻声说："粉香姐。"玉米的声音并不大，听上去却像是喷涌出来的，带着血又连着肉，给人以血光如注的错觉，有庆家的呆住了，她再也没有料到玉米会喊她"粉香姐"的。嫁到王家庄这么长时间了，她有庆家的算什么？一头母猪、母狗。谁拿她当过人？有庆家的被玉米的"粉香姐"打翻了五味瓶，竟比玉米还要揪心了。有庆家的没能够憋住，一口放开了嗓子。有庆家的一把扑在了玉米的肩头，顺便把嘴巴捂在了玉米的胸前。这时候她的肚子里面却是一阵动，有庆家的感觉到了，那是小王连方在踢她的肚子了。有庆家的一想起自己的肚子气又短了，不敢再出声了——要是没有王连方，她和玉米不知道会成为多好的姊妹。可她偏偏就是王连方的大女儿。这个想法把有庆家的塞住了，说都没法说。有庆家的调息了半天，总算把自己收拢回来了。

有庆家的抬起头，抹去了眼泪，却发现玉米已经在看着她。没事的样子。又吓了有庆家的一跳。玉米的脸上虽然没有一点血色，可神情已经恢复得近乎平常了。有庆家的有些不相信，可玉米的样子在那儿呢，这是装不出来的。有庆家的到底不放心，小心地说："玉米。"玉米的头让开了，说："我不会去死。我倒要好好看看——你别给我说出去，就算帮过我了。"玉米说这句话的时候居然还笑了一下，虽说不太像，但是嘲讽的意思全有了。有庆家的想，玉米这是怨我多事了。玉米脱下自己的上衣，把相片与信件包裹起来，什么也没有说，开门出去了。有庆家的一个人被丢在卧房里，僵在那儿。有庆家的想，这下好了，多事有事，这件事要是传出去，玉米又要恨自己一个洞。

玉米睡了一个下午，夜深人静时，玉米来到了厨房，一个人躺在了灶台后面。她把自己解开来了，轻轻地抚摸自己的乳房。手虽然是玉米自己的，但是，那种感受和国梁给她的并无差异。就是手是自己的，这一点太遗憾了。玉米的手慢慢滑向了下身，当初国梁的手正是到了这儿被玉米挡住的，现在，玉米要替国梁哥做他最想做的事。玉米无力地瘫在了稻草上，身子慢慢地烫了，越来越烫，难以按捺，只好吃力地扭动。但是不管怎样扭，总觉得哪儿不对，特别地心愿难遂，更需要加倍地扭动了。玉米的手指再怎么努力都是无功而返，就渴望有个男人来填充自己，同时也了断自己。不管他是谁，是个男人就可以了。夜深人静，后悔再一次塞满了玉米。玉米在悔恨交加之中突然把手指头抠进了自己。玉米感到一阵疼，疼得却特别的安慰。大腿的内侧热了，在很缓慢地流淌。玉米想，没人要的×，你还想留给洞房呢！

不幸的女人都有一个标志，她们的婚姻都是突如其来的。正是三夏大忙的时候，农民们都在和土地争抢光阴。谁也没有料到玉米会把她的喜事办在这个节骨眼上。麦子们大片大片地黄在田里，金光灿烂的，每一颗麦粒上都立着一根麦芒，这一来每一只麦穗都光芒四射，呈现出静态的喷涌之势。这个时节的阳光都是香的，它们带着麦子的气味，照耀在大地上，笼罩在村庄上。但是农民们在这个时候顾不上喜悦，因为这个时候的大地丰乳肥臀，洋溢着排卵期的孕育热情。它们按捺不住，它们在阳光下面松软开来了，一阵又一阵地发出厚实而又圆润的体气，它们渴望着借助于铁犁翻个身，换个体位，让初夏的水弥漫自己，覆盖自己。它们在得到灌溉的刹那发出欢愉的呻吟，慢慢失去了筋骨，满足了，安宁了，在百般的疲惫中露出了回味的憨眠。土地换了一副面孔，它们是水做的新媳妇，它们闭着眼睛，脸上的红润潮起潮落，这是无声的命令，这还是无声的祈求："来，还要，还要。"农民不敢懈怠，他们的头发、衣襟和口腔里全是新麦的气味。他们把新麦的气味放在一边，欢欣鼓舞，强打精神，手忙脚乱，他们捏住了秧苗，一棵一棵地，按照土地的意愿把秧苗插到土地最称心如意的地方。农民们弓着身子，这里面没有偷工减料，每一棵秧苗的插入都要落实到农民的每一个动作上。十亩，百亩，千亩，秧苗一大片一大片的，起先是蔫蔫的，软软的，羞答答的，在水中顾影自怜。而用不了几天大地就感受到身体的秘密了。大地这一回彻底安静了，懒散了，不声不响地打起了它的小呼噜。

在这个手忙脚乱的时候玉米办起了喜事。回过头来看看，玉米把自己嫁出去实在是太过匆忙了，就像柳粉香当初的那样。不过玉米婚礼的排场柳粉香就不能比了，玉米是被公社干部专用的小快艇接走的，驾驶舱的玻璃上贴着两个鲜红的纸剪双喜。

说起来给玉米做媒的还是她的老子王连方。清明节刚刚过去，天气慢慢返暖了，正是庄稼人浸种的时刻，王连方从外面回到王家庄，他要拿几件换身的衣裳。王连方吃过晚饭，一时想不起去处，坐在那儿点香烟。玉米站在厨房的门口把王连方叫出来了。玉米没有喊"爸爸"，而是直呼其名，喊了一声"王连方"。

王连方听见了玉米的叫喊声，他听到了"王连方"，心里头怪怪的。掐掉烟，王连方慢悠悠地走进了厨房。玉米低了眼皮，只是看地，两只手背在背后，贴住墙。王连方找了一张小凳子，坐下来，重新点上一根烟，说："你说说，什么形势？"玉米静了好半天，说："给我说个男人。"王连方闷下头。知道了玉米那边所有的变故，不说话了，一连吸了七八口香烟，每吸一口，香烟上的红色火头都要狠狠地后退一大步，烟灰翘在那儿，越拉越长。玉米仰起脸，说："不管什么样的，只有一条，手里要有权。要不然我宁可不嫁！"

玉米的相亲进行得十分保密，款式也相当新鲜，选择在县城的电影院，一上来便有了非同一般的一面。傍晚时分玉米被公社的小汽艇给接走了，王家庄的许多人都在石码头上看到了这个壮丽景象。小汽艇推过来的波浪十分地疯狂，一副敢惹事、敢生非的模样，没头没脑地拍打王家庄的河岸，把那些可怜的小农船推搡得东倒西歪。因为这条小汽艇，玉米走得相当招摇，但是她出去做什么，谁也弄不清。王家庄的人只是知道，玉米"到县里去了"。

玉米到县城里相亲来了。她要见的人其实不在县里工作，而是在公社。姓郭，名家兴，是分管人武的革委会副主任，职务相当的高了。玉米在小汽艇上想，幸亏她在父亲的面前发了那样的毒誓，要是按照一般的常规，她玉米决不会有这样的机会的。玉米肯定是补房，郭家兴的年纪肯定也不会小了，这一点玉米有准备。刀子没有两面光，甘蔗没有两头甜，玉米无所谓。为了自己，玉米舍得。过日子不能没有权。只要男人有了权，她玉米的一家还可以从头再来，到了那个时候，王家庄的人谁也别想把屁往玉米的脸上放。在这一点上玉米表现得比王连方更为坚决。王连方肯定是过分考虑了年龄方面的问题，他在玉米的面前显得吞吞吐吐的，有些欲言又止的样子。玉米把王连方想说的话拦在了嘴里。他要说什么，玉米肚子里亮堂。说什么都是放屁。

玉米第一次踏进县城，已经天黑了，马路的两侧全是路灯，尽管是晚上，还是欣欣向荣的好景象。玉米走在路上，心里相当地杂，有点像无头的苍蝇。玉米对自己没有一点信心，但是无论如何，玉米要拼打一回，争取一回，努力一回。说到底现在的玉米不是那时的玉米了，心气已经大不如过去，但是，却比以往更坚决、更犟。路过一家水果店的时候，玉米站住了，水果们一个个半悬在空中，却没有滚下来。玉米愣了半天总算弄明白了，是镜子斜放在上面，悬挂在上面的都是水果的影子。但是玉米马上从镜子中间看到了自己，玉米的穿戴土得很，在营业员的面前一比较全出来了。玉米真是后悔，说什么也应该把柳粉香的那一身演出服穿出来的。司机看了一眼玉米，以为玉米想吃水果，抢了要买。玉米一把把他拉回来。司机笑着说："你这位小社员力气大得很嘛。"

关键时刻再一次来到了。玉米来到了新华电影院的门口。电影院的高墙上挂着一幅红色的横幅，"热烈祝贺全县人武工作会议胜利召开！"玉米知道了，原来郭家兴是在县里头开会呢。司机把电影票交到玉米的手上，说："我在外面等你。"玉米想，你真是会拍领导的马屁，要你等什么？我还没嫁过来呢。不过玉米转而又想，你想等那就等，有机会我会给你说几句好话的。电影已经开映了，玉米掀开布帘，放映大厅里黑咕隆咚的，彩色宽银幕却大得吓人，一个公安员正在银幕上吸烟，他的鼻孔比井口还要大。电影真是不可相信，一个人想大就大，想小就小，哪里有这样便宜的事？玉米捏着票，四处看了几眼，有点紧张了，不知道下一步要做什么。好在过来了一个女的，她拿着一把手电，把玉米送到座位上去了。

玉米的心口疯狂地跳跃了。好在玉米有过相亲的经验，很快把自己稳住，坐了下来。左边是一个男的，五十多岁；右边也是一个男的，六十多岁。两个人都在看电影。玉米不敢动，弄不清一左一右到底是哪一个，又不好乱看。玉米想，到底是做公社的领导，在女人的面前就是沉得住气。王连方要是有这样的定力，何至于落到这般田地。玉米告诉自己，郭家兴不愿在这样的地方和自己说话，肯定有他的道理。还是不要东张西望的好。

玉米的这场电影看得真是活受罪，有一搭没一搭的。好在光线很暗，她可以不停地用余光察看左右。总的说来，玉米对五十多岁的那一个印象要稍好一些。如果玉米能够选择，玉米还是希望郭家兴是年轻的这一个。但是他的那一头一直没有动静。他哪怕用脚碰一碰玉米也好哇，那样玉米也好有个数。玉米望着彩色宽银幕，心里头没有一点底，又慌又急。玉米想，你就碰一碰我又怎么样？不能算什么作风问题。但是不管怎么说，要是郭家兴是六十多岁的那个，玉米也还是会答应的。过了这个村就没这个店了。做官的男人打光棍的可不多。不过呢，总还是五十多岁的好一些。玉米就像摸彩的时候等手气那样看完了整场电影，累得想喘。电影上说了什么，玉米一点都不知道。反正结尾也不复杂，就是那个最像坏人的人终究不是好人，被公安局拉走了。

灯亮了，电影结束了。五十多岁的向左走，六十多岁的向右走，玉米被丢在了座位上。这样的结果玉米始料未及。怎么连一声招呼都没有。玉米突然明白过来了，人家第一眼就没有看上自己，自己还在这儿挑，还在这儿东一榔头西一棒呢。玉米羞愧万分。难怪司机都要说在外面等着她，人家司机早都看出来了。

玉米一个人走出电影院，自尊心又扒光了一回。司机一直守候在柱子旁边。玉米再也不好意思看司机了。司机说："都给你安排好了。"玉米相当疲惫，只想早一点躺下来，玉米厚着脸对司机说："你还是送我回家吧。"司机没有表情，说："郭主任怎么说，我怎么做。"

玉米躺在人民旅社的315房间。玉米恍恍惚惚的，早就睡下了。好像睡着了，又好像一直没有睡。要不就是在做梦。大约十点钟的光景，房门响了。外面说："在吗？我姓郭。"玉米被吓得不轻，有些疑神疑鬼的。门又响了。玉米不敢迟疑，打开灯，小心翼翼地拉开一道门缝。一个陌生的男人已经推着门进来了，一脸的寒气，没有任何表情。好在玉米已经看见他胸前的会议出入证了，上面有他的名字：郭家兴。玉米一阵狂喜，既像绝处逢生，又像劫后余生，原来郭家兴没有去看电影哪。玉米低下头，这才想起来还没有穿外衣呢。玉米瞥了一眼郭家兴，刚想穿衣服，但是郭家兴的脸色立即让玉米不踏实了，郭家兴从头到脚看不出"相亲"的风吹草动，像一个过路客人。玉米的心提上来了，在嗓子那儿跳。郭家兴坐到椅子上，说："倒杯水。"玉米一时没有了主张，因为没有了主张，所以格外地听从指挥。郭家兴接过水，玉米傻站在郭家兴对面，忘了穿了。郭家兴端着杯子，目光既不看玉米，也不回避玉米。玉米注意到他的眼珠子是褐色的，对着正前方看，十分地专注，却又十分地漠然。郭家兴一口一口地喝，喝完了，玉米说："还要不要？"郭家兴没有接玉米的话，而是把杯子放在了桌面上，这就是不要了。因为找不到合适的话，玉米只好继续站在郭家兴的跟前，反而拿不定是穿还是不穿。他怎么这么冷静？他怎么就这么镇定？什么也不说，什么也不做，脸上布置得像一个会场。玉米禁不住紧张了。玉米想，完了，人家没看上。可是也不对。郭家兴的脸上没有满意，说到底也没有不满意。或许他觉得这门亲事已经妥当了呢？这应该是领导作风，不管什么事，只要他觉得行，事情就定下来了，没有必要再咋咋呼呼。这就更不像了，玉米好歹还是个姑娘，哪里是木头？这里又没有人，他不该一点动静都没有的。玉米傻站了半天，居然也冷静下来了，玉米自己也觉得奇怪，怎么自己也这么冷静，像是参加人武会议了。但是冷静归冷静，玉米实实在在已经害怕了郭家兴了。

郭家兴说："休息吧。"

郭家兴站起身，开始解自己的衣裳。郭家兴好像是在自己的家里面，面对的只是自己的家人。郭家兴说："休息吧。"玉米明白过来了，他已经坐到床上了。玉米这一下子更慌神了，脑子却转得飞快，但是不管什么样的决定都是不妥当的。郭家兴虽说解得很慢，毕竟就是几件衣服，已经解完了。郭家兴上了床，是玉米刚才睡的那张床，是玉米刚才睡的那个地方。玉米还是站在那儿。郭家兴说："休息吧。"口气是一样的，但是玉米听得出，有了催促的意思。玉米不知道该怎么弄。玉米这一刻只盼望着郭家兴扑过来，把她撕了，就是被强奸了也比这样好哇。玉米还是个姑娘，为了嫁给这个人，总不能自己把自己扒光了，再自己爬上床——这怎么做得出来呀？

郭家兴看着玉米，最后还是玉米自己扒光了，自己爬进了被窝。玉米觉得自己扒开的不是衣裳，而是自己的皮。只能这样。柳粉香说过，女人可以心高，但女人不可以气傲。玉米赤条条的，郭家兴也赤条条的。他的身上散发出淡淡的酒精味，像是医院里的那种。玉米侧卧在郭家兴的身边，郭家兴用下巴示意她躺开。玉米躺开了，他们开始了。玉米紧张得厉害，不敢动，随他弄。起初玉米有一点疼，不过一会儿又好了，顺畅了。看来郭家兴对玉米还是满意了。他在半路上说了一句话，他说："好。"到了最后他又重复了一遍："好。"玉米这下放心了。

不过事情有了一些周折，郭家兴检查床单的时候没有发现什么颜色。郭家兴说："不是了嘛。"这句话太伤人了。玉米必须有所表示，但是，表示轻了不行，表示重了也不行，弄得不好收不了场。玉米想了想，坐起来穿衣服。其实这样的举动等于没做，也只能安慰一下自己。玉米自己都知道自己的心里虚了一大块。玉米直想哭，不太敢。郭家兴闭上眼睛，说："不是那个意思。"

玉米重新躺下了，卧在郭家兴的身边。玉米眨巴着眼睛，想，这一回真的落实了。玉米应该知足了。不过玉米突然又想起彭国梁来了。要是给了国梁了，玉米好歹也甘心了，一直留到现在，这样打发了，一股说不出的自怜涌上了心房。好在玉米忍住了，到底有所收成，还是值得。郭家兴抽了两根烟，再一次翻到玉米的身上，因为是第二次，所以舒缓多了。郭家兴的身体像办公室的抽屉那样一拉一推，一边动一边说："在城里多住两天。"玉米听懂了他的意思，心里头更踏实了。她的脑袋深陷在枕头里，侧在一边，门牙把下嘴唇咬得紧紧的。玉米点了几下头。郭家兴说："医院里我还有病人呢。"玉米难得听见郭家兴说这么多话，怕他断了，随口问："谁？"郭家兴说："我老婆。"玉米一下子正过脸，看着郭家兴，突然睁大了眼睛。郭家兴说："不碍你的事。晚期了，没几个月。她一走你就过来。"玉米的身上立即弥漫了酒精的气味。就觉得自己正是垫在郭家兴身下的"晚期"老婆。玉米一阵透心的恐惧，想叫，郭家兴捂住了。玉米的身子在被窝里疯狂地颠簸。郭家兴说："好。"

（原载《人民文学》2001年第4期）

没有语言的生活

东　西

王老炳和他的聋儿子王家宽在坡地上除草，玉米已高过人头，他们弯腰除草的时候谁也看不见谁。只有在王老炳停下来吸烟的瞬间，他才能听到王家宽刮草的声音。王家宽在玉米林里刮草的声音响亮而富于节奏，王老炳以此判断儿子很勤劳。

那些生机勃勃的杂草，被王老炳锋利的刮子斩首，老鼠和虫子窜出它们的巢四处流浪。王老炳看见一团黑色的东西向他扑来，当他意识到撞了蜂巢的时候，他的头部、脸蛋以及颈部全被马蜂包围。他在疼痛中倒下，叫喊，在玉米地里滚动。大约滚了二十多米，他看见蜂团仍然盘旋在他的头顶，像一朵阴云紧追不舍。王老炳开始呼喊王家宽的名字。但是王老炳的儿子王家宽是个聋子，王家宽这个名字对于王家宽形同虚设。

王老炳抓起地上的泥土与蜂群作最后的抵抗，当泥土撒向天空时，蜂群散开了，当泥土落下来的时候，马蜂也落下来。它们落在王老炳的眼睛、鼻子和嘴巴上。王老炳感到眼睛快要被蜇瞎了。王老炳喊家宽，快来救我。家宽妈，我快完蛋啦。

王老炳的叫喊像水上的波澜归于平静之后，王家宽刮草的声音显得愈来愈响亮。刮了好长一段时间，王家宽感到有点儿口渴，便丢下刮子朝他父亲王老炳那边走去。王家宽看见一大片肥壮的玉米被压断了，父亲王老炳仰天躺在被压断的玉米秆上，头部肿得像一个南瓜，瓜的表面光亮如镜照得见天上的太阳。

王家宽抱起王老炳的头，然后朝对面的山上喊狗子、山羊、老黑……快来救命啊。喊声在两山之间盘旋，久久不肯离去。有人听到王家宽尖利的叫喊，以为他是在喊他身边的动物，所以并不理会。当王家宽的喊声和哭声一同响起来时，老黑感到事情不妙。老黑对着王家宽的玉米地喊道：家宽……出什么事了？老黑连连喊了三声，没有听到对方的回音，便继续他的劳动。老黑突然意识到家宽是个聋子，于是老黑静静地立在地里，听王家宽那边的动静。老黑听到王家宽的哭声搀和在风声里，我爹他快死了，我爹捅了马蜂窝快被蜇死了……

王家宽和老黑把王老炳背回家里，请中医刘顺昌为王老炳治疗。刘顺昌指使王家宽脱掉王老炳的衣裤。王老炳像一头褪了毛的肥猪躺在床上，许多人站在床边围观刘顺昌治疗。刘顺昌把药水涂在王老炳的头部、颈部、手臂、胸口、肚脐、大腿等处，人们的目光跟随刘顺昌的手游动。王家宽发现众人的目光落在他爹的大腿上，他们交头接耳像是说他爹的什么隐私。王家宽突然感到不适，觉得躺在床上的不是他爹而是他自己。王家宽从床头拉出一条毛巾，搭在他爹的大腿上。

刘顺昌被王家宽的这个动作蜇了一下，他把手停在病人的身上，对着围观的人们大笑。他说家宽是个聪明的孩子，他的耳朵虽然听不见，但他已猜到我们在说他爹，他从你们的眼睛里脸蛋上猜出了你们说话的内容。

刘顺昌递给王家宽一把钳子，暗示他把王老炳的嘴巴撬开。王家宽用一根布条，在钳口处缠了几圈，然后才把钳口小心翼翼地伸进他爹的嘴巴，撬开他爹紧闭的牙关。刘顺昌一边灌药一边说家宽是个细心人，我没想到在钳口上缠布条，他却想到了，他是怕他爹痛呢。如果他不是个聋人，我真愿意收他做我的徒弟。

药汤灌毕，王家宽从他爹嘴里抽出钳子，大声叫了刘顺昌一声师傅。刘顺昌被叫声惊住，片刻之后才回过神来。刘顺昌说家宽你的耳朵不聋了，刚才我说的你都听见了，你是真聋还是假聋？王家宽对刘顺昌的质问未作任何反应，依然一副聋子模样。尽管如此，围观者的身上还是起了一层鸡皮疙瘩，他们感到害怕，害怕刚才他们的嘲笑已被王家宽听到了。

十天之后，王老炳的身体才基本康复，但是他的眼睛什么也看不见了，他成了一个货真价实的瞎子。不知情的人问他，好端端的一双眼睛，怎么就瞎了？他总是不厌其烦地回答：是马蜂蜇瞎的。由于他不是天生的瞎子，他的听觉器官和嗅觉器官并不特别发达，他的行动受到了局限，没有儿子王家宽，他几乎寸步难行。

老黑养的鸡东一只西一只地死掉。起先老黑还有工夫把死掉的鸡捡回来拔毛，弄得鸡毛满天飞。但是一连吃了三天死鸡肉之后，老黑开始感到腻味。老黑把那些死鸡埋在地里，丢在坡地。王家宽看见老黑提着一只死鸡往草地走，知道鸡瘟从老黑家开始蔓延了。王家宽拦住老黑，说你真缺德，鸡瘟来了为什么不告诉大家。老黑嘴皮动了动，像是辩解。王家宽什么也没听到。

第二天，王家宽整理好担子，准备把家里的鸡挑到街上去卖。临行前王老炳拉住王家宽，说家宽，卖了鸡后给老子买一块肥皂回来。王家宽知道爹想买东西，但是不知道爹要买什么东西。王家宽说爹，你要买什么？王老炳用手在胸前画出一个方框。王家宽说那是要买香烟吗？王老炳摇头。王家宽说那是要买一把菜刀？王老炳仍然摇头。王老炳用手在头上、耳朵、脸上、衣服上搓来搓去，作进一步的提醒。王家宽愣了片刻，终于啊了一声。王家宽说爹，我知道了，你是要我给你买一条毛巾。王老炳拼命地摇头，大声说不是毛巾，是肥皂。

王家宽像是完全彻底地领会了他爹的意图，掉转身走了，空留下王老炳徒劳无益的叫喊。

王老炳摸出家门，坐在太阳光里，他嗅到太阳炙烤下衣服冒出的汗臭，青草和牛屎的气味弥漫在他的周围。他的身上出了一层细汗，皮肤似乎快被太阳烧熟了。他知道这是一个伸手就可以触摸到阳光的日子，这个日子特别漫长。赶街归来的喧闹声，从王老炳的耳边飘过，他想从那些声音里辨出王家宽的声音。但是他一次又一次地失望。他听到了一个孩童在大路上唱的一首歌谣，孩童边唱边跑，那声音很快就干干净净地消逝了。

热力渐渐从王老炳的身上减退，他知道这一天已接近尾声。他听到收音机里的声音向他走来，收音机的声音淹没了王家宽的脚步声。王老炳不知道王家宽已回到家门口。

王家宽把一条毛巾和一百元钱塞到王老炳手中。王家宽说爹，这是你要买的毛巾，这是剩下的一百元钱，你收好。王老炳说你还买了些什么？王家宽从脖子上取下收音机，凑到王老炳的耳边，说爹，我还买了一个小收音机给你解闷。王老炳说你又听不见，买收音机干什么？

收音机在王老炳手中咿咿呀呀地唱，王老炳感到一阵悲凉。他的手里捏着毛巾、钞票和收音机，唯独没有他想买的肥皂。他想肥皂不是非买不可，但是家宽怎么就把肥皂理解成毛巾了呢？家宽不领会我的意图，这日子怎么过下去。如果家宽妈还活着，事情就好办了。

几天之后，王家宽把收音机据为己有。他把收音机吊在脖子上，音量调到最大，然后走家串户。王家宽走到哪里，哪里的狗就对着他狂叫不息。即便是很深很深的夜晚，有人从梦中醒来，也能听到收音机里不知疲劳的声音。伴随着收音机嘻嘻哈哈的，是王老炳的责骂。王老炳说你这个聋子，连半个字都听不清楚，为什么把收音机开得那么响，你这不是白费电池白费你老子的钱吗？

吃罢晚饭，王家宽最爱去谢西烛家看他们打麻将。谢西烛看见王家宽把收音机紧紧抱在胸前，像抱着一个宝贝，双手不停地在收音机的壳套上摩挲。谢西烛指了指收音机，对王家宽说，你听得到里面的声音吗？王家宽说我听不到但我摸得到声音。谢西烛说这就奇怪了，你听不到里面的声音，为什么又能听到刚才我的声音？王家宽没有回答，只是嘿嘿地笑，笑过数声后，他说他们总是问我，听不听得到收音机里在说什么？嘿嘿。

慢慢地王家宽成了一些人的中心，他们跨进谢西烛家的大门，围坐在王家宽的周围。一次收音机里正在说相声，王家宽看见人们前仰后合地咧嘴大笑，也跟着笑。谢西烛说你笑什么？王家宽摇头。谢西烛把嘴巴靠近王家宽的耳朵，炸雷似的喊：你笑什么？王家宽像被什么击昏了头，木然地望着谢西烛。好久了王家宽才说，你们笑，我也笑。谢西烛说我要是你，才不在这里呆坐，在这里呆坐不如去这个。谢西烛用右手的食指和左手的拇指与食指，做了一个淫秽的动作。

谢西烛看见王家宽脸上红了一下，谢西烛想他也知道羞耻。王家宽悻悻地站起来，朝大门外的黑夜走去，从此他再也不踏进谢家的大门。

王家宽从谢家走出来时，心头像爬着个虫子不是滋味。他闷头闷脑在路上走了十几步，突然碰到了一个人。那个人身上带着浓香，只轻轻一碰就像一捆稻草倒在了地上。王家宽伸手去拉，拉起来的竟然是朱大爷的女儿朱灵。王家宽想绕过朱灵往前走，但是路被朱灵挡住了。

王家宽把手搭在朱灵的膀子上，朱灵没有反感。王家宽的手慢慢上移，终于触摸到了朱灵温暖细嫩的脖子。王家宽说朱灵，你的脖子像一块绸布。说完，王家宽在朱灵的脖子上啃了一口。朱灵听到王家宽的嘴巴啧啧响个不停，像是吃上了什么可口的食物，余香还残留在嘴里。朱灵想我从来没有听到过这么贪婪动听的咂嘴声。她被这种声音迷惑，整个身躯似乎已飘离地面，她快要倒下去了。王家宽把她搂住，王家宽的脸碰到了她嘴里呼出的热气。

他们像两个落水的人，现在攀肩搭背朝夜的深处走去。黑夜显得公正平等，声音成为多余。朱灵伸手去关收音机，王家宽又把它打开。朱灵觉得收音机对于王家宽，仅仅是一个四四方方的匣子，吊在他的脖子上，他能感受到重量并不能感受到声音。朱灵再次把收音机夺过来，贴到耳边，然后把声音慢慢地推远，整个世界突然变得沉静安宁。王家宽显得很高兴，他用手不停地扭动朱灵胸前的扣子，说你开我的收音机，我开你的收音机。

村里的灯一盏一盏地熄灭，王家宽和朱灵在草堆里迷迷糊糊地睡去。朱灵像做了一场梦，在这个夜晚之前，她一直被父母严加看管。母亲安排她做那些做也做不完的针线活。母亲还努力营造一种温暖的气氛，比如说炒一盘热气腾腾的瓜子，放在灯下慢慢地剥，然后把瓜子丢进朱灵的嘴里。母亲还马不停蹄地说男人怎么怎么的坏，大了的姑娘到外面去野如何如何的不好。

朱灵在朱大爷的呼唤声中醒来。朱灵醒来时发觉有一双男人的手按在自己的胸前，便朝男人的脸上狠狠地扇了一巴掌。王家宽松开双手，感到脸上一阵阵麻辣。王家宽看见朱灵独自走了，屁股一扭一扭。王家宽说你这个没良心的。朱灵从骂声里觉出一丝痛快，她想今天我造反了，我不仅造了父母的反，也造了王家宽的反，我这巴掌算是把王家宽占的便宜赚回来了。

次日清晨，王家宽还没起床便被朱大爷从床上拉起来。王家宽看见朱大爷唾沫横飞捞袖握拳，似乎是要大打出手才解心中之恨。在看到这一切的同时，王家宽还看到了朱灵。朱灵双手垂落胸前，肩膀一抽一抽地哭。她的头发像一团凌乱的鸡窝，上面还沾着一丝茅草。

朱大爷说家宽，昨夜朱灵是不是和你在一起。如果是的，我就把她嫁给你做老婆算了。她既然喜欢你，喜欢一个聋子，我就不为她瞎操心了。朱灵抬起头，用一双哭红的眼睛望着王家宽，朱灵说你说，你要说实话。

王家宽以为朱大爷问他昨夜是不是睡了朱灵？他被这个问题吓怕了，两条腿像站在雪地里微微地颤抖起来。王家宽拼命地摇头，说没有没有……

朱灵垂立的右手像一根树干突然举过头顶，然后重重地落在王家宽的左脸上。朱灵听到鞭炮炸响的声音，她的手掌被震麻了。她看见王家宽身子一歪，几乎跌倒下去。王家宽捂住火辣的左脸，感到朱灵的这一掌比昨夜的那一掌重了十倍，看来我真的把朱灵得罪了，大祸就要临头了。但是我在哪里得罪了朱灵？我为什么平白无故地遭打？

朱灵捂着脸反身跑开，她的头发从头顶散落下来。王家宽进屋找他爹王老炳。他说她为什么打我？王家宽话音未落，又被王老炳扇了一记耳光。王老炳说谁叫你是聋子？谁叫你不会回答？好端端一个媳妇，你却没有福分享受。

王家宽开始哭，哭过一阵之后，他找出一把尖刀，跑出家门。他想杀人，但他跑过的地方没有任何人阻拦他。他就这样朝着村外跑去，鸡狗从他脚边逃命，树枝被他砍断。他想干脆自己把自己干掉算了，免得硌痛别人的手。想想家里还有个瞎子爹，他的脚步放慢下来。

凡是夜晚，王家宽闭门不出。他按王老炳的旨意，在灯下破篾准备为他爹编一床席子。王老炳认为男人编篾货就像女人织毛线或者纳鞋底，只要他们手上有活，就不会出去惹是生非。

破了三晚的篾条，又编了三天，王家宽手下的席子开始有了席子的模样。王老炳在席子上摸了一把，很失望地摇头。王家宽看见爹不停地摇手，爹好像是不要我编席子，而是要我编一个背篓，并且要我马上把席子拆掉。王家宽说我马上拆。爹的手立即安静下来，王家宽想我猜对爹的意思了。

就在王家宽专心拆席子的这个晚上，王老炳听到楼上有人走动。王老炳想是不是家宽在楼上翻东西。王老炳叫了一声家宽，是你在楼上吗？王老炳没有听到回音。楼上的翻动声愈来愈响，王老炳想这不像是家宽弄出来的声音，何况堂屋里还有人在抽动篾条，家宽只顾拆席子，他还不知道楼上有人。

王老炳从床上爬起来，估摸着朝堂屋走去。他先是被尿桶绊倒，那些陈年老尿洒满一地，他的裤子湿了，衣服湿了，屋子里飘荡腐臭的气味。他试图重新站起来，但是他的头撞到了木板，他想我已经爬到了床下。他试探着朝四个不同的方向爬去，四面似乎都有了木板，他的额头上撞起五个小包。

王家宽闻到一股浓烈的尿臭，以为是他爹起床小解。尿臭持续了好长一段时间，并且愈来愈浓重，他于是提灯来看他爹。他看见他爹湿淋淋地趴在床底，嘴张着，手不停地往楼上指。

王家宽提灯上楼，看见楼门被人撬开，十多块腊肉不见了，剩下那根吊腊肉的竹竿在风中晃来晃去，像空荡荡的秋千架。王家宽对着楼下喊：腊肉被人偷走啦。

第五天傍晚，刘挺梁被他父亲刘顺昌绑住双手，押进王老炳家大门。刘挺梁的脖子上挂着两块被火烟熏黑的腊肉，那是他偷去的腊肉中剩下的最后两块。刘顺昌朝刘挺梁的小腿踹了一脚，刘挺梁双膝落地，跪在王老炳的面前。

刘顺昌说老炳，我医好过无数人的病，就是医不好我这个仔的手。一连几天我发现他都不回家吃饭，觉得有些奇怪，就跟踪他。原来他们在后山的林子里煮你的腊肉吃，他们一共四人，还配备了锅头和油盐酱醋。别的我管不着，刘挺梁我绑来了，任由你处置。

王老炳说挺梁，除了你还有哪些人？刘挺梁说狗子、光旺、陈平金。

王老炳的双手顺着刘挺梁的头发往下摸，他摸到了腊肉，然后摸到了刘挺梁反剪的双手。他把绳子松开，说今后你们别再偷我的了，你走吧。刘挺梁起身走了。刘顺昌说你怎么就这样轻轻松松地打发他？王老炳说顺昌，我是瞎子，家宽耳朵又聋，他们要偷我的东西就像拿自家的东西，易如反掌，我得罪不起他们。

刘顺昌长长地嘘了一口气，说你的这种状况非改变不可，你给家宽娶个老婆吧。也许，那样会好一点儿。王老炳说谁愿意嫁他呀。

刘顺昌在为人治病的同时，也在暗暗为王家宽物色对象。第一次，他为王家宽带来一个寡妇。寡妇手里牵着一个大约五岁的女孩，怀中还抱着一个不满周岁的婴儿。寡妇面带愁容，她的丈夫刚刚病死不久，她急需一个男劳力为她耙田犁地。

寡妇的女孩十分乖巧，她一看见王家宽便双膝落地，给王家宽磕头。她甚至还朝王家宽连连叫了三声爹。刘顺昌想可惜王家宽听不到女孩的叫声，否则这桩婚姻十拿九稳了。

王家宽摸摸女孩的头，把她从地上拉起来，为她拍净膝盖上的尘土。拍完尘土之后，王家宽的手无处可放。他犹豫了片刻，终于想起去抱寡妇怀中的婴儿。婴儿张嘴啼哭，王家宽伸手去掰婴儿的大腿，他看见婴儿腿间鼓胀的鸟仔。他一边用右中指在上面抖动，一边笑嘻嘻地望着寡妇。一线尿从婴儿的腿中间射出来，婴儿止住哭声，王家宽的手上沾满了热尿。

趁着寡妇和小女孩吃饭的空隙，王家宽用他破篾时剩余的细竹筒，做了一支简简单单的箫。王家宽把箫凑到嘴上狠劲儿地吹了几口，估计是有声音了，他才把它递给小女孩。他对小女孩说等吃完饭了，你就吹着这个回家，你们不用再来找我啦。

刘顺昌看着那个小女孩一路吹着箫，一路跳着朝她们的来路走去。箫声粗糙断断续续，虽然不成曲调，但听起来有一丝凄凉。刘顺昌摇着头，说王家宽真是没有福分。

后来刘顺昌又为王家宽介绍了几个单身女人。王家宽不是嫌她们老就是嫌她们丑。没有哪个女人能打动他的心，他似乎天生地仇恨那些试图与他一起生活的女人。刘顺昌找到王老炳，说老炳呀，他一个聋人挑来挑去的，什么时候才有个结果，干脆你做主算啦。王老炳说你再想想办法。

刘顺昌把第五个女人带进王家时，太阳已经西落。这个来自异乡的女人，名叫张桂兰。为了把她带进王家，刘顺昌整整走了一天的路程。刘顺昌在灯下不停地拍打他身上的尘土，也不停地痛饮王家宽端给他的米酒。随着一杯又一杯米酒的灌入，刘顺昌的脸变红脖子变粗。刘顺昌说老炳，这个女人什么都好，就是左手不太中用，其实也没什么，就是伸不直。今夜，她就住在你家啦。

自从那次腊肉被盗之后，王家宽和王老炳就开始合床而睡，这样做的目的，是为了防止再有小偷进入时，他们好联合行动。张桂兰到达的这个夜晚，王家宽仍然睡在王老炳的床上。王老炳用手不断地掐王家宽的大腿、手臂，示意他过去跟张桂兰。但是王家宽赖在床上死活不从。渐渐地王家宽抵挡不住他爹的攻击，从床上爬了起来。

从床上爬起来的王家宽没有去找张桂兰，他在门外的晒楼上独坐，多日不用的收音机又挂到他脖子上。大约到了下半夜，王家宽在晒楼上睡去，收音机彻夜不眠。如此三个晚上，张桂兰逃出王家。

小学老师张复宝、姚育萍夫妇，还未起床便听到有人敲门。张复宝拉开门，看见王家宽挑着一担水站在门外。张复宝揉揉眼睛伸伸懒腰，说你敲门，有什么事？王家宽不管允不允许，径直把水挑进大门，倒入张复宝家的水缸。王家宽说今后，你们家的水我包了。

每天早晨，王家宽准时把水挑进张复宝家的大门。张复宝和姚育萍都猜不透王家宽的用意。挑完水后的王家宽站在教室的窗口，看学生们早读，有时他一直看到张复宝或者姚育萍上第一节课。张复宝想他是想跟我学识字吗？他的耳朵有问题，我怎么教他？

张复宝试图阻止王家宽的这种行动，但王家宽不听。挑了大约半个月，王家宽悄悄对姚育萍说，姚老师，我求你帮我写一封信给朱灵，你说我爱她。姚育萍当即用手比画起来。王家宽猜测姚老师的手势。姚老师的大意是说信不用写，由她去找朱灵当面说说就可以了。王家宽说我给你挑了差不多五十挑水，你就给我写五十个字吧，要以我的口气写，不要给朱灵知道是谁写的，求你姚老师帮个忙。

姚育萍取出纸笔，帮王家宽写了满满一页纸的字。王家宽揣着那页纸，像揣一件宝贝，等待时机交给朱灵。

王家宽把纸条揣在怀里三天，仍然没有机会交给朱灵。独自一人的时候，王家宽偷偷掏出纸条来左看右看，似乎是能看得懂上面的内容。

第四天晚上，王家宽趁朱灵的父母外出串门的时机，把纸条从窗口递给朱灵。朱灵看过纸条后，在窗口朝王家宽笑，她还把手伸出窗外摇动。

朱灵刚要出门，被串门回来的母亲堵在门内。王家宽痴痴地站在窗外等候，他等到了朱大爷的两只破鞋子。那两只鞋子从窗口飞出来，正好砸在王家宽的头上。

姚育萍发觉自己写的情书未起作用，便把这件差事推给张复宝。王家宽把张复宝写的信交给朱灵后，不仅看不到朱灵的笑脸，连那只在窗口挥动的手也看不到了。

一开始朱灵就知道王家宽的信是别人代写的，她猜遍了村上能写字的人，仍然没有猜出那信的出处。当姚育萍的字换成张复宝的字之后，朱灵的心情变得复杂起来。她看见信后的落款，由王家宽变成了张复宝，不知道这是有意的错误或是无意的？如果是有意的，王家宽被这封求爱信改变了身份，他由求爱者变成了邮递员。

在朱灵家窗外徘徊的人不只是王家宽一个，他们包括狗子、刘挺梁、老黑以及杨光，当然还包括一些不便公开姓名的人（有的是已经结婚的有的是国家干部）。狗子们和朱灵一起长大一起上小学读初中，他们百分之百地有意或无意地抚摸过朱灵那根粗黑的辫子。狗子说他抚摸那根辫子就像抚摸新学期的课本，就像抚摸他家那只小鸡的绒毛。现在朱灵已剪掉了那根辫子，狗子们面对的是一个待嫁的美丽的姑娘。狗子说我想摸她的脸蛋。

但是在王家宽向朱灵求爱的这年夏天，狗子们意识到他们的失败。他们开始朝朱家的窗口扔石子、泥巴，在朱家的大门上写淫秽的句词，画凌乱的人体的某些器官。王家宽同样是一个失败者，只不过他没有意识到。

狗子看见王家宽站在朱家高高的屋顶上，顶着烈日为朱大爷盖瓦。狗子想朱大爷又在剥削那个聋子的劳动力。狗子用手把王家宽从屋顶上招下来，拉着他往老黑家走。王家宽惦记没有盖好的屋顶，一边走一边回头求狗子不要添乱。王家宽拼命挣扎，最终还是被狗子推进了老黑家的大门。

狗子问老黑准备好了没有？老黑说准备好了。狗子于是勒住王家宽的双手，杨光按下王家宽的头。王家宽的头被浸泡进一盆热水里，就像一只即将被拔毛的鸡浸入热水里。王家宽说你们要干什么？

王家宽顶着湿漉漉的头发，被狗子和杨光强行按坐在一张木椅上。老黑拿着一把锋利的剃刀走向木椅。老黑说我们给你剃头，剃一个光亮光亮的头，像100瓦的电灯泡，可以把朱家的堂屋和朱灵的房间照得锃亮锃亮。王家宽看见狗子和杨光哈哈大笑，他的头发一团一团地落下来。

老黑把王家宽的头剃了一半，示意狗子和杨光松手。王家宽伸手往头上一摸，摸到半边头发，就说老黑，求你帮我剃完。老黑摇头。王家宽说狗子，你帮我剃。狗子拿着剃刀在王家宽的头上刮，刮出一声惊叫。王家宽说痛死我了。狗子把剃刀递给杨光，说你帮他剃。王家宽见杨光嬉皮笑脸地走过来，接过剃刀准备给他剃头。王家宽害怕他像狗子那样剃，便从椅子上闪开，夺过杨光手里的剃刀，冲出老黑家大门，回家找出一面镜子。王家宽照着镜子，自己给自己剃完半个脑袋上的头发。

做完这一切，太阳已经下山了。王家宽顶着锃亮的脑袋，再次爬上朱家的屋顶盖瓦。狗子和杨光从朱家门前经过，对着屋顶上的王家宽大声喊：电灯泡……天都快黑啦，还不收工。王家宽没有听到下面的叫喊，但是朱大爷听得一清二楚。朱大爷从屋顶丢下一块断瓦，断瓦擦着狗子的头发飞过，狗子仓惶而逃。

朱大爷在后半夜被雨淋醒，雨水从没有盖好的屋顶漏下来，像黑夜中的潜行者，钻入朱家那些阴暗的角落。朱大爷担心的事情终于发生了，他抬头望天，天上黑得像锅底。雨水如天上扑下来的蝗虫，在他抬头的一瞬间爬满他的脸。他听到屋顶传来一个声音：塑料布。声音在雨水中含混不清，仿佛来自天国。

朱大爷指使全家搜集能够遮雨挡风的塑料布，递给屋顶上那个说话的人，所有的手电光聚集在那个人身上。闻风而动的人们，送来各色塑料布，塑料布像衣服上的补丁，被那个人打在屋顶。

雨水被那个人堵住，那个被雨水淋透的人是聋人王家宽。他顺着楼梯退下来，被朱大爷拉到火堆边。很快他的全身冒出热气，热气如烟，仿佛从他的毛孔里钻出来。

王家宽在送塑料布的人群中，发现了张复宝。老黑在王家宽头上很随便地摸一把，然后用手比画说张复宝跟朱灵好。王家宽摇摇头，说我不信。

人群从朱家一一退出，只有王家宽还坐在火堆边，他想借那堆大火烤干他的衣裤。他看见朱灵的右眼发红，仿佛刚刚哭过。她的眼皮不停地眨，像是给人某种暗示。

朱灵眨了一会儿眼皮，起身走出家门。王家宽紧跟其后。他听不到朱灵在说什么，他以为朱灵在暗示他。朱灵说妈，我刚才递塑料布时，眼睛里落进了灰尘，我去找圆圆看看。我的床铺被雨水淋湿了，我今夜就跟圆圆睡。

王家宽看见有一个人站在屋角等朱灵，随着手电光的一闪，他看清那个人是张复宝。他们在雨水中走了一程，然后躲到牛棚里。张复宝一只手拿电筒，一只手翻开朱灵的右眼皮，并鼓着腮帮子往朱灵的眼皮上吹。王家宽看见张复宝的嘴唇几乎贴到了朱灵的眼睛上，只一瞬间那嘴唇真的贴到眼睛上。手电像一个老人突然断气，王家宽眼前一团黑。王家宽想朱灵眨眼皮叫我出来，她是存心让我看她的好戏。

雨过天晴，王家宽的光头像一只倒扣的瓢瓜，在暴烈的太阳下晃动。他开始憎恨自己，特别憎恨自己的耳朵。别人的耳朵是耳朵，我的耳朵不是耳朵，王家宽这么想着的时候，一把锋利的剃头刀已被他的左手高高举，手起刀落，他割下了他的右耳。他想我的耳朵是一种摆设，现在我把它割下来喂狗。

到了秋天，那些巴掌大的树叶从树上飘落，它们像人的手掌拍向大地，乡村到处都是噼噼啪啪的拍打声。无数的手掌贴在地面，它们再也回不到原来的地方，要等到第二年春天，树枝上才长出新的手掌。王家宽想树叶落了明年还会长，我的耳朵割了却不会再长出来。

王家宽开始迷恋那些树叶，一大早他就蹲到村头的那棵枫树下。淡红色的落叶散布在他的周围，他的手像鸡的爪子，在树叶间扒来扒去，目光跟着双手游动。他在找什么呢？张复宝想。

从村外过来一个人，近了张复宝才看清楚是邻村的王桂林。王桂林走到枫树下，问王家宽在找什么？王家宽说耳朵。王桂林笑了一声，说你怎么在这里找你的耳朵，你的耳朵早被狗吃了，找不到了。

王桂林朝村里走来，张复宝躲进路边的树丛，避过他的目光。张复宝想干脆在这树林里方便方便，等方便完了王家宽也许会走开了。张复宝提着裤带从树林里走出来，王家宽仍然勾着头在寻找着什么，丝毫没有离去的意思。张复宝轻轻地骂道：一只可恶的母鸡。

张复宝回望村庄，他看到朱灵远去的背影。他想事情办糟了，一定是在我方便的时候，朱灵来过枫树边，她看见枫树下的那个人是王家宽而不是我，就转身回去了。如果朱灵再耽误半个小时，便赶不上去县城的班车了。

大约过去五分钟，张复宝看见他的学生刘国芳从大路上狂奔而来。刘国芳在枫树下站了片刻，捡起三片枫叶后，又跑回村庄。刘国芳咚咚的跑步声，敲打在张复宝的心尖上，他紧张得有些支持不住了。

朱灵听刘国芳说树下只有王家宽时，她当即改变了主意。她跟张复宝约好早晨九点在枫树下见面，然后一同上县城的医院。但她刚刚出村，就看见王桂林从路上走过来。她想王桂林一定在树下看见了张复宝，我和张复宝的事已经被人传得够热闹了，我还是避他一避，否则他看见张复宝又看见我出村会怎么想。朱灵这么想着，又走回家中。

为了郑重其事，朱灵把路经家门口的刘国芳拉过来。她叫刘国芳跑出村去为她捡三片枫叶。刘国芳捡回三片淡红的枫叶，说我看见聋子王家宽在树下找什么。朱灵说你还看见别人了吗？刘国芳摇摇头，说没有。

去不了县城，朱灵变得狂躁不安。细心的母亲杨凤池突然记起好久没有看见朱灵洗月经带了。杨凤池把手伸向女儿朱灵的腹部。她的手被一个声音刺得跳起来。朱灵怀孕的秘密，被她母亲的手最先摸到。

每一天人们都看见王家宽出村去寻找他的耳朵，但是每一天人们都看见他空手而归。如此半月，人们看见王家宽领着一个漂亮的姑娘走向村庄。

姑娘的右肩吊着一个黑色的皮包，皮包里装满大大小小的毛笔。快要进村时，王家宽把皮包从姑娘的肩上夺过来，挎在自己的肩上。姑娘会心一笑，双手不停地比画。王家宽猜想她是说感谢他。

村头站满参差不齐的人，他们像土里突然冒出的竹笋，一根一根又一根。有那么多人看着，王家宽多少有了一点儿得意。然而王家宽最得意的，是姑娘的表达方式。她怎么知道我是一个聋子？我给她背皮包时，她一边说话一边用手比画，不停地感谢。她刚刚碰到我就知道我是聋子，她是怎么知道的？

王老炳从外面的喧闹声中，判断有一个哑巴姑娘正跟着王家宽朝自家走来。他听到大门被推开的响声，在大门破烂的响声里还有王家宽的声音。王家宽说爹，我带来一个卖毛笔的姑娘，她长得很漂亮，比朱灵漂亮。王老炳双手摸索着想站起，但他被王家宽按回到板凳上。王老炳说姑娘你从哪里来？王老炳没有听到回答。

姑娘从包里取出一张纸，抖开。王家宽看见那张纸的边角已经磨破，上面布满大小不一的黑字。王家宽说爹，你看，她打开了一张纸，上面写满了字，你快看看写的是什么？王家宽一抬头，看见他爹没有动静，才想起他爹的眼睛已经瞎了。王家宽说可惜你看不见，那些字像春天的树长满了树叶，很好看。

王家宽朝门外招手，竹笋一样立着的围观者，全都东倒西歪挤进大门。王老炳听到杂乱无章的声音，声音有高有低，有大人的也有小孩的。王老炳听他们念道：

我叫蔡玉珍，专门推销毛笔，大支的五元，小支的二元伍角，中号三元伍角。现在城市里的人都不用毛笔写字，他们用电脑、钢笔写，所以我到农村来推销毛笔。我是哑巴，伯伯叔叔们行行好，买一两支给你的儿子练字，也算是帮我的忙。

有人问这字是你写的吗？姑娘摇头。姑娘把毛笔递给那些围着她的人。围观者面对毛笔仿佛面对凶器，他们慢慢地后退。姑娘一步一步地紧逼。王老炳听到人群稀里哗啦地散开。王老炳想他们像被拍打的苍蝇，哄的一声散了。

蔡玉珍以王家为据点，开始在附近的村庄推销她的毛笔，所到之处，人们望风而逃。只有色胆包天的男人和一些半大不小的孩童，对她和她的毛笔感兴趣。男人们一手捏毛笔，一手去摸蔡玉珍红扑扑的脸蛋，他们根本不把站在蔡玉珍旁边的王家宽放在眼里。他们一边摸一边说他算什么，他是一个聋子是跟随蔡玉珍的一条狗。他们摸了蔡玉珍的脸蛋之后，就像吃饱喝足一样，从蔡玉珍的身边走开。他们不买毛笔。王家宽想如果我不跟着这个姑娘，他们不仅摸她的脸蛋，还会摸她的胸口，强行跟她睡觉。

王家宽陪着蔡玉珍走了七天，他们一共卖去十支毛笔。那些油腻的零碎的票子现在就揣在蔡玉珍的怀里。

秋天的太阳微微斜了。王家宽让蔡玉珍走在他的前面。他闻到女人身上散发出的汗香。阳光追着他们的屁股，他的影子叠到了她的影子上。他看见她的裤子上沾了几粒黄泥，黄泥随着身体摆动。那些摆动的地方迷乱了王家宽的眼睛，他发誓一定要在那上面捏一把，别人捏得为什么我不能捏？这样漫无边际地想着的时刻，王家宽突然听到几声紧锣密鼓的声响。他朝四周张望，原野上不见人影。他听到声音愈响愈急，快要撞破他的胸口。他终于明白那声响来自他的胸部，是他心跳的声音。

王家宽勇敢地伸出右手，姑娘跳起来，身体朝前冲去。王家宽说你像一条鱼滑掉了。姑娘的脚步就迈得更密更快。他们在路上小心地跑着，嘴里发出零零星星的笑声。

　　路边两只做爱的狗打断了他们的笑容。他们放慢脚步生怕惊动那一对牲畜。蔡玉珍突然感到累，她的腿怎么也迈不动了。她坐在地上津津有味地看着狗。牲畜像他们的导师，从容不迫地教导他们。太阳的余光洒落在两只黄狗的皮毛上，草坡无边无际的安静。狗们睁着警觉的双眼，八只脚配合慢慢移动，树叶在狗的脚下发出轻微的沙沙声。蔡玉珍听到狗们呜呜地唱，她被这种特别的唱词感动。她在呜咽声中被王家宽抱进了树林。

　　枯枝败叶被蔡玉珍的身体压断，树叶腐烂的气味从她身下飘起来，王家宽觉得那气息如酒，可以醉人。王家宽看见蔡玉珍张开嘴，像是不断地说什么。蔡玉珍说你杀死我吧。蔡玉珍被她自己说出来的话吓了一跳。她想我会说话了，我怎么会说话了呢？也许话根本就没有说出来，只是自己的想象。

　　那两只黄狗已经完事，此刻正蹒跚着步子朝王家宽和蔡玉珍走来。蔡玉珍看见两只狗用舌头舔着它们的嘴皮，目光冷漠。它们站在不远的地方，朝着他们张望。王家宽似乎是被狗的目光所鼓励，变得越来越英雄。王家宽看见蔡玉珍的眼不是眼，鼻子不是鼻子，它们全都扭曲了，有两串哭声从扭曲的眼眶里冒出来。

　　这个夜晚，王家宽没有回到他爹王老炳的床上。王老炳知道他和那个哑巴姑娘睡在一起了。

　　朱灵上厕所，她母亲杨凤池也会紧紧跟着。杨凤池的声音无孔不入，她问朱灵怀上了谁的孩子？这个声音像在朱灵头顶盘旋的蜜蜂，挥之不去避之不及，它仿佛一条细细的竹鞭，不断抽在朱灵的手上、背上和小腿上。朱灵感到全身紧绷绷的没有一处轻松自在。

朱灵害怕讲话，她想如果像蔡玉珍一样是个哑巴，母亲就不会反复地追问了。哑巴可以顺其自然，没有说话的负担。

杨凤池把一件小孩衣物举起来，问朱灵好不好看。朱灵不答。杨凤池说好端端一个孙子，你怎么忍心打掉？我用手一摸就摸到了他的鼻子、嘴巴和他的小腿，还摸到了他的鸟仔。你只要说出那个男人，我们就逼他成亲。杨凤池采取和朱灵截然相反的策略。

就连小孩都能看出朱灵怀孕。朱灵轻易不敢出门。放午学时有几个学生路经朱家，他们扒着朱家门板的缝隙处，窥视门里的朱灵。他们看见朱灵像一只被关在笼子里的笨熊，狂躁不安地走来走去。从门缝里窥视人的生活，他们感到新奇，他们忘记回家吃午饭。直到王家宽和蔡玉珍从朱家门前走过，他们才回过头来。

学生们有一丝兴奋，他们想做点儿什么事情。当他们看见王家宽时，他们一齐朝王家宽围过来，他们喊道：

王家宽大流氓，搞了女人不认账……

蔡玉珍看见那些学生一边喊一边跳，污浊的声音像石头、破鞋砸在王家宽的身上。王家宽对学生们露出笑容，和着学生们的节拍跳起来。因为他听不见，所以那些侮辱的话对他没有造成丝毫的伤害。学生们愈喊愈起劲儿，王家宽越跳越精神，他的脸上已渗出了粒粒汗珠。蔡玉珍忍无可忍，朝那些学生挥舞拳头。学生被她赶远了，王家宽跟着她往家里走。他们刚走几步，学生们又聚集起来，学生们喊道：蔡玉珍是哑巴，跟个聋子成一家，生个孩子聋又哑。

蔡玉珍回身去追那个领头的学生，追了几步她就被一块石头绊倒在地上。她的鼻子被石头碰伤，流出几滴浓稠的血。她趴在地上对着那些学生咿里哇啦地喊，但是没有发出声音。

王家宽伸手去拉她，笑她多管闲事。蔡玉珍想还是王家宽好，他听不见，什么也没伤着，我听见了不仅伤心还伤了鼻子。

在那几个学生的带领下，更多的学生加入了窥视朱灵的行列。学校离朱家只有三百多米，老师下课的哨声一响，学生们便朝朱家飞奔而来。张复宝站在路上拦截那些奔跑的学生，结果自己反被学生撞倒在路上。一气之下，张复宝把带头的四个学生开除了。张复宝对他们说，你们不准再踏进学校半步。

到了冬天，朱灵自己把自己从门里解放出来。她穿着鲜艳的冬装，比原先显得更为臃肿。她走东家串西家，逢人便说我要结婚了。人们问她跟谁结？她说跟王家宽。有人说王家宽不是跟蔡玉珍结了吗？朱灵说那是同居，不叫结婚。他们没有爱情基础，那不叫结婚。

许多人暗地里说朱灵不知道羞耻，幸好王家宽是聋子，任由她作践，换了别人她的戏就没法往下演了。

村庄的桃花在一夜之间开放。桃花红得像血，看到那种颜色，就似乎闻到血的气味。王老炳坐在家门口，说我闻到桃花的味道了，今年的桃花怎么开得这么早？还没有过年就开了。

那个长年在山区照相的赵开应走到王老炳面前，问他照不照相？王老炳说听你的口音，是赵师傅吧，你又来啦。你总是年前这几天来我们村，那么准时。你问我照不照相，现在我照相还有什么用。去年冬天我还看得见你，今年冬天我就看不见你了。照也白照。你去找那些年轻人照吧，老黑、狗子、朱灵他们每年都要照几张。赵师傅，你坐。我只顾说话，忘记喊你坐啦。赵师傅你走啦？你怎么不坐一坐？

王老炳还在不停地说话时，赵开应已走出去老远。他的身后跟着一群孩子和换了新衣准备照相的人们。

桃花似乎专为朱灵而开放。她带着赵开应在桃林里转来转去，那些红色的花瓣像雪，散落在她的头发上和棉衣上。她的脸因为兴奋变得红扑扑的，像是被桃花染红一般。赵开应说朱灵你站好，这相机能把你喘出来的热气都照进去。朱灵说赵师傅，你尽管照，我要照三十几张，把你的胶卷照完。

朱灵特别的笑声和红扑扑的脸蛋，就留在这一年的桃树上，以至于后来人们看见桃树就想起朱灵。

朱灵是照完相之后走进王家宽家的。从她家遭大雨袭击的那个晚上到现在，她是第一次踏进王家的大门。朱灵显得有些疲惫，她一进门之后就躺到王家宽的床上。她睡王家宽的床，像睡她自己的床那么随便。她只躺下片刻，蔡玉珍就听到了她的鼾声。

蔡玉珍不堪朱灵鼾声的折磨，她把朱灵摇醒了。她朝朱灵挥手。朱灵看见她的手从床边挥向门外。朱灵想她的意思是让我从这里滚出去。朱灵说这是我的床，你从哪里来就往哪里去。蔡玉珍没有被朱灵的话吓倒，她很用力地坐在床沿。床板在她坐下来时摇晃不止，并且发出吱吱呀呀的响声。她想用这种声音，把朱灵赶跑。

朱灵想要打败蔡玉珍必须不停地说话，因为她听得见说不出。朱灵说我怀了王家宽的小孩，两年以前我就跟王家宽睡过了。你从哪里来我们不知道，你不能在这里长期住下去。

蔡玉珍从床边站起来，哭着跑开。朱灵看见蔡玉珍把王家宽推入房门。朱灵说你是个好人，家宽，你明知道我怀了谁的孩子，但是你没有出卖我。我今天是给你磕头来啦。

王家宽看见朱灵的头磕在床边上，以为她想住下来。朱灵想不到她美好的幻想会在这一刻灰飞烟灭。王家宽说你怀了张复宝的孩子，怎么来找我？你走吧，你不走我就向大家张扬啦。朱灵说求你，别说，千万别让我妈知道，我这就去死，让你们大家都轻松。

朱灵把她的双脚从被窝里伸到床下，她的脚在地上找了好久才找到她的鞋子。王家宽的话像一剂灵丹妙药，在朱灵的身上发生作用。朱灵试探着站起来，试了几次都未能把臃肿的身体挺直。王家宽顺手扶了她一把。朱灵说我是聋子，我什么也没听到，我谁也不害怕。

朱灵在王家宽面前轻描淡写说的那句话，被蔡玉珍认真地记住了。朱灵说我这就去死，让你们大家都轻松。

蔡玉珍看见朱灵提着一根绳索走进村后的桃林，暮色正从四面收拢，余霞的尾巴还留在山尖。蔡玉珍发觉朱灵手里的绳索泛着红光，绳索好像是下山的太阳染红的也好像是桃花染红的。蔡玉珍想她白天还在这里照相，晚上却想在这里寻死。

朱灵突然回头，发现了跟踪她的蔡玉珍。朱灵从地上捡起一块石头，朝蔡玉珍砸过来。朱灵说你像一只狗，紧跟着我干什么？你想吃大便吗？蔡玉珍在辱骂声中退缩，她犹豫片刻之后，快步跑向朱家。

朱大爷正在扫地，灰尘从地上扬起来，把朱大爷罩在尘土里。蔡玉珍双手往颈脖处绕一圈，再把双手指向屋梁。朱大爷不理解她的意思，觉得她影响了他的工作，流露出明显的不耐烦。蔡玉珍的胸口像被爪子狠狠地抓了几把，她拉过墙壁上的绳索，套住自己的脖子，脚跟离地，身体在一瞬间拉长。朱大爷说你想吊颈吗？要吊颈回你家去吊。朱大爷的扫把拍打在蔡玉珍的屁股上，蔡玉珍被扫出朱家大门。

过了一袋烟的时间，杨凤池开始挨家挨户呼唤朱灵。蔡玉珍在杨凤池焦急的喊声里焦急，她的手朝村后的桃林指，还不断地画着圆圈。朱大爷把这些杂乱的动作和刚才的动作联系起来，感到情况不妙。

星星点点的火把游向后山，人们呼喊朱灵的名字。

第五天清晨，张复宝一如既往来到了学校旁的水井边打水。他的水桶碰到了一件浮动的物体，井口隐约传来腐烂的气味。他回家拿来手电，往井底照射，看到了朱灵的尸体。张复宝当即呕吐不止。村里的人不辞劳苦，他们宁愿多走几脚路，去挑小河里的水来吃。而这口学校旁的水井，只有张复宝一家人享用。朱灵死了五天，他家就喝了五天的脏水。

　　那天早上学校没有开课，在以后的几天里，张复宝仍然被尸体缠绕着，学生们看见他一边上课一边呕吐。而姚育萍差不多把胆汁都吐出来了，她已经虚弱得没法走上讲台。

　　到了春天，赵开应才把他年前照的那些相片送到村子里来。他拿着朱灵的照片，去找杨凤池收钱。杨凤池说朱灵死了，你去找她要钱吧。赵开应碰了钉子，正准备把朱灵的照片丢进火炕。王家宽抢过照片，说给我，我出钱，我把这些照片全买下来。

　　一种特别的声音在屋顶上滚来滚去，它像风的呼叫，又像是一群老鼠在瓦片上奔跑。声音总是在夜深人静的时候准时地降落，蔡玉珍被这种声音包围了好些日子。她很想架一把梯子，爬到屋顶上去看个究竟，但是在睁着眼和闭着眼都一样黑的夜晚，她害怕那些折磨她的声音。

　　白天她爬到屋后的一棵桃树上，认真地观察她家的屋顶，她只看到灰色的歪歪斜斜的瓦片，瓦片上除了阳光什么也没有。看过之后，她想那声音今夜不会有了。但是那声音还是如期而来，总是在她即将入睡的时刻把她唤醒。她不甘心，睁着眼睛等到天明，再次爬到桃树上。一次又一次，她几乎数遍了屋顶上的瓦片，还是没找到声源。她想是不是我的耳朵出了什么毛病？

　　王老炳同时被这种声音纠缠。开始他对干扰他睡眠的声音做出了适应的反应。他坐在床沿整整夜地抽烟，不断地往尿桶里屙尿。但是，慢慢的他就不适应了。他觉得那声音像一把锯子，往他脑子里锯进去。他想如果再不能入睡，我就要发疯啦。他一边想着一边假装平心静气地躺到床上。只躺了一小会儿，他又爬起来，伸手摸到床头的油灯，油灯砸到地上。油灯碎裂的声音，把那个奇怪的声音赶跑了，但是它游了一圈后马上又回到王老炳的耳边。

王老炳开始制造声音来驱赶声音。他把烟斗当作鼓槌，不停地磕他的床板。他像一只勤劳的啄木鸟，使同样无法入睡的蔡玉珍雪上加霜。

啄木鸟的声音停了。王老炳改变策略，开始不停地说话，无话找话。蔡玉珍听到他在胡话里睡去，鼾声接替话声。听到鼾声，蔡玉珍像饥饿的人，突然闻到了饭香。

屋顶的声音没有消失。蔡玉珍拿着手电往上照，她看见那些支撑瓦片的柱头、木板，没有看见声音。她听到声音从屋顶转移到地下，仿佛躲在那些箱柜里。她把箱柜的门一一打开，里面什么也没有。她翻箱倒柜的声音，惊醒了刚刚入睡的王老炳。王老炳说你找死吗？我好不容易睡着又被你搞醒了。屋子里忽然变得出奇的静。蔡玉珍缩手缩脚，再也不敢弄出声响来。

蔡玉珍听到王老炳叫她。王老炳说你过来扶我出去，我们去找找那个声音，看它藏在哪里？蔡玉珍用手推王家宽，王家宽翻了个身又继续睡。蔡玉珍走到王老炳床前，拉起王老炳走出大门。黑夜里风很大。

他们在门前仔细听，那个奇怪的声音像是来自屋后。他们朝屋后走去，走进后山那片桃林。蔡玉珍看见杨凤池跪在一株桃树下，用一根木棍敲打一只倒扣的瓷盆，瓷盆发出空阔的声音。手电光照到杨凤池的身上，她毫无知觉，双目紧闭口中念念有词。蔡玉珍和王老炳听到她在诅咒王家宽。她说是王家宽害死了朱灵。王家宽不得好死，王家宽全家死绝……

蔡玉珍朝瓷盆狠狠地踢去，瓷盆飞出去好远。杨凤池睁眼看见光亮，吓得爬着滚着出了桃林。王老炳说她疯啦，现在死无对证，她把屎呀尿呀全往家宽身上泼。我们穷不死饿不死，但我们快被脏水淹死了。我们还是搬家吧，离他们远远的。

王家宽扶着王老炳过了小河，爬上对岸。蔡玉珍扛着锄头、铲子跟在他们的身后。村庄的对面，也就是小河的那一边是坟场，除了清明节，很少有人走到河的那边去。王老炳过河之后，几乎是凭着多年的记忆，走到了他祖父王文章的墓前。这段路他走得平稳、准确无误，根本不像个盲人。王家宽不知道王老炳带他来这里干什么。

王家宽说爹，你要做什么？王老炳说把你曾祖的坟挖了，我们在这里起新房。蔡玉珍向王家宽比了一个挖土的动作。王家宽想爹是想给曾祖修坟。

王家宽在王文章的坟墓旁挖沟除草，蔡玉珍的锄头却指向坟墓。王家宽抬头看见他曾祖的坟在蔡玉珍的锄头下土崩瓦解，转眼就塌了半边，吓得脸都惨白。他神色庄重地夺过蔡玉珍手里的锄头，然后用铲子把泥巴一铲一铲地填到缺口里。

王老炳没有听到挖土的声音，他说蔡玉珍，你怎么不挖了？这是个好地盘，我们的新家就建在这里。我祖父死的时候，我已经懂事了。我看见我祖父是装着两件瓷器入土的，那是值钱的古董，你把它挖出来。你挖呀。是不是家宽不让你挖，你叫他看我。王老炳说着，比了一个挖土的动作。他的动作坚决果断，甚至是命令。

王家宽说爹，你是叫我挖坟吗？王老炳点点头。王家宽说为什么？王老炳说挖。蔡玉珍捡起横在地面的锄头，递给王家宽。王家宽不接，他蹲在河边看河对面的村庄，以及他家的瓦檐。他看见炊烟从各家各户的屋顶升起，早晨的天空被清澈的烟染成蓝色。有人赶着牛群出村。谁家的鸡飞上刘顺昌家的屋顶，昂首阔步，来来回回。

王家宽回头，看见坟墓又缺了一只角，新土覆盖旧土，蔡玉珍像一只蚂蚁正艰难地啃食着一块大饼。王老炳摸到了地上的锄头，他慢慢地把锄头举起来，慢慢地放下去，锄头砸在石块上，偏离目标，差一点儿锄到王老炳的脚。王家宽想看来他们是下定决心要挖这座坟了。王家宽从他爹手上接过锄头，紧闭双眼把锄头锄向坟墓。他在干一件他不愿意干的事情。他渴望闭上双眼。他想爹的眼睛如果不瞎，他就不会向他烧香磕头的地方动锄头。

挖坟的工作持续了半天，他们总算整出了一块平地。他们没有看见棺材和尸骨。王家宽说这坟里什么也没有。王老炳听到王家宽这么说，十分惊诧。他摸到刚整好的平地上，抓起一把泥土，放到鼻尖前嗅了又嗅。他想我是亲眼看着祖父下葬的，棺材里装着两件精美的瓷器，现在怎么连一根尸骨都没有呢？

时间到了夏末，王家宽和蔡玉珍在对岸垒起两间不大不小的泥房。他们把原来的房屋一点一点地拆掉，屋顶上的瓦也全都挑到了河那边。他们原先的家，完全暴露在光天化日之下。

搬家的那天，王家宽甩掉许多旧东西。他砸烂那些油腻的坛子，劈开几个沉重的木箱。他对过去留下来的东西带着一种天然的仇恨。他像一个即将远行的人轻装上路，只带上他必须携带的物品。

整理他爹的床铺时，他在床下发现了两只精美的瓷瓶。他扬手准备把它扔掉，被蔡玉珍及时拦住。蔡玉珍用毛巾把瓷瓶擦亮，递给王老炳。王老炳用手一摸，脸色唰地变了。他说就是它，我找的就是它。我明明看见它埋到了祖父的棺材里，现在又从哪里跑出来了？帮忙搬家的人说是王家宽从你床铺下面翻出来的。王老炳说不可能。

王老炳端坐在阳光里，抱着瓷瓶不放。搬家的人像搬粮的蚂蚁，走了一趟又一趟。他们看见王老炳面对从他身边走过的脚步声笑，面对空荡荡的房子笑，笑得合不拢嘴。

王老炳一家完全彻底地离开老屋是在这一天傍晚。搬家的人们都散了，王家宽从老屋的火坑里点燃火把，眼泪随即掉下来。他和火把在前，王老炳和蔡玉珍断后。王老炳怀抱两只瓷瓶，蔡玉珍小心地搀扶着他。

过了小木桥，王老炳叫蔡玉珍拉住前面的王家宽，要大家都在河边把脚洗干净。他说你们都来洗一洗，把脏东西洗掉，把坏运气洗掉，把过去的那些全部洗掉。三个人六只脚板在火光照耀下，全都泡进水里。蔡玉珍看见王家宽用手搓他的脚板，搓得一丝不苟，像有老茧和鳞甲从他脚上一层层脱下来。

村庄里的人全都站在自家门口，目送王家宽一家人上岸。他们觉得王家宽手上的火把像一簇鬼火，无声地孤单地游向对岸。那簇火只要把新屋里的火引燃，整个搬迁的仪式也就结束了。一同生活了几十年的邻居们，就这样看着一个邻居从村庄消失。

一个秋天的中午，刘顺昌从山上采回满满一背篓草药。他把草药倒到河边，然后慢慢地清洗它们。河水像赶路的人，从他手指间快速流过，他看到浅黄的树叶和几丝衰草，在水上漂浮。他的目光越过河面，落到对岸王老炳家的泥墙上。

他看见王老炳一家人正在盖瓦。王老炳家搬过去的时候，房子只盖了三分之二。那时刘顺昌劝他等房子全盖好了再搬走不迟。但王老炳像逃债似的，急急忙忙地赶过那边去住，现在他们利用自己的空余时间补盖房子。

蔡玉珍站在屋檐下捡瓦，王老炳站在梯子上接，王家宽在房子上盖。瓦片从一个人的手传到另一个人的手里，最后堆在房子上。他们配合默契，远远地看过去看不出他们的残疾，看不出他们的破绽。王家宽不时从他爹递上去的瓦片中选出一些断瓦扔下来，有的被他扔到河里。刘顺昌只看到小河里水花飞扬，却听不到断瓦残片砸入河中的声音。这是个没有声音的中午，太阳在小河里静静地走动。王老炳一家人不断地弯腰举手，没有发出丝毫的声响。刘顺昌看着他们，像看无声的电影，也仿佛是自己的耳朵突然失灵。没了声音，他们就像阴间里的人，或画在纸上的人。他们在光线里动作，轻飘、单薄、虚幻。

刘顺昌看见房上的一块瓦片飞落，碰到蔡玉珍的头上，破成四五块碎片。蔡玉珍双手捧头，弯腰蹲在地上。刘顺昌想蔡玉珍的头一定被砸破了。刘顺昌朝那边喊话：老炳，蔡玉珍的头伤得重不重？需不需要我过去看一看，给她敷点儿草药？那边没有回音，他们好像没有听到刘顺昌喊话。

王家宽从房子上走下来，把蔡玉珍背到河边，用河水为她洗脸上的血。刘顺昌喊蔡玉珍，你怎么啦？王家宽和蔡玉珍仍然没有反应。刘顺昌捡起脚边的一颗石子，往河边砸过去。王家宽朝飞起的水花匆匆一瞥，便走进草丛为蔡玉珍采药。他把采到的药放进嘴里嚼烂，再用右手抠出来，敷到蔡玉珍的伤口上。

蔡玉珍再次趴在王家宽的背上。王家宽背着她往回走。尽管小路有一点儿坡度，王家宽还能在路上一边跳一边走，像从某处背回新娘一样快乐惬意。蔡玉珍被王家宽从背上颠到地面，她在王家宽的背膀上擂上几拳，想设法绕过王家宽往前跑。但是王家宽张开他的双手，把路拦住。蔡玉珍只得用双手搭在王家宽的双肩上，跟着他走跟着他跳。

跳了几步．王家宽突然反身抱住蔡玉珍。蔡玉珍像一张纸片，轻轻地离开地面，落入王家宽的怀中。王家宽把蔡玉珍抱进家门。王老炳摸索着也进入家门。刘顺昌看见王家的大门无声地合拢。刘顺昌想他们一天的生活结束了，他们看上去很幸福。

　　秋风像夜行人的脚步，在河的两岸在屋外沙沙地走着。王老炳和王家宽都已踏踏实实地睡去。蔡玉珍听到屋外响了一声，像是风把挂在墙壁上的什么东西吹落了。蔡玉珍本来不想理睬屋外的声音，她想瓦已盖好了，家已经像个家了，应该安安稳稳地睡个好觉。但她怕自己晾在竹竿上的衣服被风吹落，于是从床上爬起来。

　　她拉开大门，一股风灌进她的脖子。她把手电摁亮，看见手电光像一根无限伸长的棍子，一头在她的手上，另一头搁在黑夜里。她拿着这根白晃晃的棍子走出家门，转到屋角看晾在竹竿上的衣服。衣服还晾在原先的位置，风甩动那些垂直的衣袖，像一个人的手臂被另一个人强行地扭来扭去。蔡玉珍想收那些衣服，她把手电筒叼在嘴里，双手伸向竹竿。她的手还没有够着竹竿，便被一双粗壮的手臂搂住了。那双手搂着她飞越一条沟，跨过两道坎，最后一起倒在河边的草堆里。蔡玉珍嘴里的手电筒在奔跑中跌落，玻璃电珠破碎，照明工具瞎了，河两岸乱糟糟的黑。

　　那人撕开她的衣服，像一只吃奶的狗仔用嘴在她胸口乱拱。蔡玉珍想喊，但她喊不出来。她的奶子被啃得火辣辣地痛。她记住这个人有胡须。那人想脱她的裤子。蔡玉珍双手攥紧裤头，在草堆里打滚。那人似乎是急了，腾出一只手来摸他的口袋，摸出一把冰凉的刀。他把刀贴在蔡玉珍的脸上。蔡玉珍安静下来。蔡玉珍听到裤子破裂的声音，她知道她的裤裆被小刀割破了。

　　蔡玉珍像一匹马，被那人强行骑了上去。挣扎中，她的裤裆完全彻底地撕开。她想现在攥着裤头已经没有用处。她张开双手，十根手指朝那人的脸上抓去。她想明天，我就去找脸皮被抓破的人。

强迫和挣扎持续了好久，蔡玉珍的嘴里突然吐出几个字：我要杀死你。她把这几个字劈头盖脸吐向那人。那人从蔡玉珍的身上弹起来，转身便跑。蔡玉珍听到那人说我撞上鬼啦，哑巴怎么也能说话？声音含混不清，蔡玉珍分辨不出那声音是谁的。

当她回到床前，点燃油灯时，王家宽看到了她受伤的胸口和裂开的裤裆。王家宽摇醒他爹，说爹，蔡玉珍刚才被人搞了，她的裤裆被刀子划破，衣服也被撕烂了。王老炳说你问问她，是谁干的好事？王老炳想说也是白说，王家宽他听不到。王老炳叹了一口气，对着隔壁喊玉珍，你过来，我问问你。你不用怕，爹什么也看不见。

蔡玉珍走到王老炳床前。王老炳说你看清是谁了吗？蔡玉珍摇头。王家宽说爹，她摇头，她摇头做什么？王老炳说你没看清楚他是谁，那么你在他身上留下什么伤口了吗？蔡玉珍点头。王家宽说爹，她点头了。王老炳说伤口留在什么地方？蔡玉珍用双手抓脸，又用手摸下巴。王家宽说爹，她用手抓脸还用手摸下巴。王老炳说你用手抓了她的脸还有下巴？蔡玉珍点头又摇头。王家宽说现在她点了一下头又摇了一下头。王老炳说你抓了他脸？蔡玉珍点头。王家宽说她点头。王老炳说你抓了他下巴？蔡玉珍摇头。王家宽说她摇头。蔡玉珍想说那人有胡须，她嘴巴张了一下，但什么也没有说出来。她急得想哭。她看到王老炳的嘴巴上下，长满了浓密粗壮的胡须，她伸手在上面摸了一把。王家宽说她摸你的胡须。王老炳说玉珍，你是想说那人长有胡须吗？蔡玉珍点头。王家宽说她点头。王老炳说家宽他听不到我说话，即使我懂得那人的脸被抓破，嘴上长满胡须，这仇也没法报啊。如果我的眼睛不瞎，那人哪怕跑到天边，我也会把他抓出来。孩子，你委屈啦。

蔡玉珍哇的一声哭了，她的哭声十分响亮。她看见王老炳瞎了的眼窝里冒出两行泪。泪水滚过他皱纹纵横的脸，挂在胡须上。

无论是白天或者黑夜，王家宽始终留意过往的行人。他手里捏着一根木棒，对着那些窥视他家的人晃动。他怀疑所有的男人，甚至怀疑那个天天到河边洗草药的刘顺昌。谁要是在河那边朝他家多看几眼，他也会不高兴也会怀疑。

王老炳叫蔡玉珍把小河上的木板桥拆掉，王家宽不允。他朝准备拆桥的蔡玉珍晃动他手里的木棒，坚信那只饿嘴的猫一定还会过桥来。王家宽对蔡玉珍说我等着。

王家宽耐心地等了将近半个月，终于等到了报仇的时机。他看见一个人跑过独木桥，朝他家摸来。王家宽还暂时看不清那个人的面孔，但月亮已把来人身上白色的衬衣照得闪闪发光。王家宽用木棒在窗口敲了三下，这是通知蔡玉珍的暗号。

那个穿白衬衣的人来到王家门前，四下望一眼后，便从门缝往里望。大约是什么也没看见，他慢慢地靠近王家宽卧室的窗口，踮起脚尖伸长脖子窥视窗里。王家宽从暗处冲出来，举起木棒横扫那人的小腿。那人像秋天的蚂蚱从窗口跳开，还没有站稳就跪到了地下。那人爬起来试图逃跑，但他刚跑到屋角，王家宽就喊了一声：爹，快打。屋角落下一根木棒，正好砸在那人的头上。那人抱头在地下滚了几滚，又重新站起来。他的手里已经抓住了一块石头。他举起石头正要砸向王家宽时，蔡玉珍从柴堆里冲出，举起一根木棒朝拿石头的手扫过去。那人的手痛得缩了回去，石头掉在地上。

那个人被他们三人合力打趴在地上，再也不能动弹了，他们才拿起手电筒照那个人的脸。王家宽说原来是你，谢西烛。你不打麻将啦？你跑到这里来干什么？谢西烛的嘴巴动了动，说了一句含混不清的话。王老炳和蔡玉珍谁也没听清楚。

蔡玉珍看见谢西烛的下巴留着几根胡须，但那胡须很稀很软，他的脸上似乎也没有被抓破的印痕。蔡玉珍想是不是他的伤口已经全部愈合了？王家宽问蔡玉珍，是不是他？蔡玉珍摇头，意思是说我也搞不清楚。王家宽的眼睛突然睁大。蔡玉珍看见他的眼球快要蹦出来似的。蔡玉珍又点了点头。

蔡玉珍和王家宽把谢西烛抬过河，丢弃在河滩。他们面对谢西烛往后退，他们一边退一边拆木板桥，那些木头和板子被他们丢进水里。蔡玉珍听到木板咕咚咕咚地沉入水中，木板像溺水的人。

自从蔡玉珍被强奸的那个夜晚之后，王老炳觉得他和家宽、玉珍仿佛变成了一个人。特别是那晚上床前对话给他留下怎么也抹不去的记忆。他想我发问，玉珍点头或摇头，家宽再把他看见的说出来，三个人就这么交流和沟通了。昨夜，我们又一同对付谢西烛，尽管家宽听不到我看不见玉珍说不出，我们还是把谢西烛打败了。我们就像一个健康的人。如果我们是一个人，那么我打王家宽就是打我自己，我摸蔡玉珍就是摸我自己……现在，桥已经被家宽他们拆除，我们再也不跟那边的人来往。

无聊的日子里，王老炳坐在自家门口无边无际地狂想。他有许多想法，但他无法去实现。他恐怕要这么想着坐终其一生。他对蔡玉珍说如果再没有人来干扰我们，我能这么平平安安地坐在自家的门口，我就知足了。

村上没有人跟他们往来。王家宽和蔡玉珍也不愿到那河边去。蔡玉珍觉得他们虽然跟那边只隔着一条河，但是心却隔得很远。她想我们算是彻底地摆脱他们了。

只有王家宽不时有思凡之心。夏天到来时，他会挽起裤脚涉过河水，去摘桃子吃。一般他都是晚上出动，没有人看见他。他最爱吃的桃子，是朱灵照相时曾经靠过的那棵桃树结出来的。他说那棵桃树结的桃子特别甜。

大约一年之后，蔡玉珍生下了一个活蹦乱跳的男孩。孩童嘹亮的啼哭，使王老炳坐立不安。王老炳问蔡玉珍，是男的还是女的？蔡玉珍抬起王老炳布满老茧的右手，小心地放到孩童的鸟仔上。王老炳捏着那团稚嫩的软乎乎肉体，像捏着他爱不释手的烟杆嘴。他说我要为他取一个天底下最响亮的名字。

王老炳为孙子的名字整整想了三天。三天里他茶饭不思，像变了个人似的。最先他想把孙子叫做王振国或者王国庆，后来又想到王天下、王泽东什么的，他甚至连王八蛋都想到了。左想右想，前想后想，王老炳想还是叫王胜利好。家宽、玉珍和我终于有了一个声音响亮的后代，但愿他耳聪目明口齿伶俐，将来长大了，再也不会有什么难处，能战胜一切，能打败这个世界。

在早晨、中午或者黄昏，在天气好的日子里，人们会看见王老炳把孙子王胜利举过头顶，对着河那边喊王胜利。有时候小孩把尿撒在他的头顶他也不顾，他只管逗孙儿喊孙儿。王家开始有了零零星星的自给自足的笑声。

不过王家宽仍然不知道他爹已给他的儿子取了一个响亮的名字。他基本上是靠他的眼睛来跟儿子交流。对于他来说，笑声是一种永远也无法企及的奢侈品。当他看到儿子咧开嘴角，露出幸福的神情时，他就想那嘴巴里一定吐出了一些声音。如果听到那声音，就像口袋里兜着大把钱一样愉快和美妙。于是，王家宽自个儿给儿子取了个名字，叫王有钱。王老炳多次阻止王家宽这样叫，但王家宽不知道怎么个叫法，他听不到王胜利这三个字的发音，他仍然叫儿子王有钱。

王胜利渐渐长大，每天他要接受两种不同的呼喊。王老炳叫他王胜利，他干脆利索地答应了。王家宽叫他王有钱，他也得答应。有一天，王胜利问王老炳，你干吗叫我王胜利，而我爹却叫我王有钱？好像我是两个人。王老炳说你有两个名字，王胜利和王有钱都是你。王胜利说我不要两个名字，你叫爹他不要再叫我王有钱了，我不喜欢有钱这个名字。王胜利说完，朝他爹王家宽挥挥拳头，说你不要叫我王有钱了，我不喜欢你这样叫我。王家宽神色茫然，不知发生了什么事。王家宽说有钱，你朝我挥拳头做什么？你是想打你爹吗？

王胜利扑到王家宽的身上，开始用嘴咬他爹的手臂。王胜利一边咬一边说，叫你不要叫我有钱了，你还要叫，我咬死你。

王老炳听到叭的一声耳光，他知道那是王家宽扇王胜利发出的。王老炳说胜利，你爹他是聋子。王胜利说什么叫聋子？王老炳说聋子就是听不到你说的话。王胜利说那我妈呢，她为什么总不叫我名字？王老炳说你妈她是哑巴。王胜利说什么是哑巴？王老炳说哑巴就是说不出话，想说也说不出。你妈很想跟你说话，但是她说不出。

这时，王胜利看见他妈用手在他爹的面前比画了几下。他爹点了点头，对爷爷说，爹，有钱他快到入学的年龄了。爷爷闭着嘴巴叹了一口气，说玉珍，你给胜利缝一个书包吧。到了夏天，就送他入学。王胜利看着他的爷爷、爹和妈，像一只受惊的小鸟，头一次被他们古怪的动作和声音吓怕了。他的身子开始发抖，随之呜呜地哭起来。

到了夏天，蔡玉珍高高兴兴地带着王胜利进了学堂。第一天放学归来，王老炳和蔡玉珍就听到王胜利吊着嗓子唱：蔡玉珍是哑巴，跟个聋子成一家，生个孩子聋又哑……蔡玉珍的胸口像被钢针猛猛地扎了几百下，她失望地背过脸去，像一匹伤心的老马大声地嘶鸣。她想不到她的儿子，最先学到的竟是这首破烂的歌谣，这种学校不如不上了。她一个劲儿地想我以为我们已经逃脱了他们，但是我们还没有。

王老炳举起手里的烟杆，朝王胜利扫过去。他一连扫了五下，才扫着王胜利。王胜利说爷爷，你干吗打我？王老炳说我们白养你了，你还不如瞎了、聋了、哑了的好，你不应该叫王胜利，你应该叫王八蛋。王胜利说你才是王八蛋。王老炳说你知道蔡玉珍是谁吗？王胜利说不知道。她是你妈，王老炳说，还有王家宽是你爹。王胜利说那这歌是在骂我，骂我们全家，爷爷，我怎么办？王老炳把烟杆一收，说你看着办吧。

从此，王胜利变得沉默寡言，他跟瞎子、聋子和哑巴没什么两样。

（原载《收获》1996年第1期）

姑　父

王瑞芸

　　我在浙江大学读书的第二年，开学不久，就收到父亲的信，照例是聊天："你妈开始练剑——气功不做了，说是怕走火入魔，天天早上看她拿一支剑出门，我叫她'亚玛逊女战士'。"我笑了。在信的末尾父亲提到："昨天姑妈来信，你姑父死了。"还有一句是说姑父死因的……我甚至不待看完后一句话，把信纸往腿上一搁，长长地舒了口气——是为姑妈一家切切实实地松了口气。

1

　　我只见过姑父三次。

　　第一次是一九七三年，我十三岁，读小学六年级。那天我正和同院的月兰、陶玲在我们住的那排平房前跳皮筋，突然见到有人站在我家门前朝我招手，我一看，是姑妈，姑妈身边还有一个陌生人。

　　我知道姑妈要来。在一星期前家里收到上海姑妈的信，说姑父已经正式从东北回来，身份也不再是"敌我矛盾"。他在"里面"这么多年，现在出来了，姑妈想在他还走得动时，带他到沪宁铁路沿线的几个城市走一走，还要过江到我们这个江北名城——扬州走一趟。我还知道爸爸收到信后很不安，他不欢迎姑妈带姑父来。不料他们说来就来了。

我的眼光落在姑妈身边那个瘦高的老头身上，我注意到，月兰和陶玲也在看他，并且露出吃惊的表情。我非常不快，三步两步朝姑妈走去，忙引他们进了家门。

一进去，我就把门掩上。见我关了门，姑妈才对我说："这是你姑父。"进门前我已经叫了声姑妈，但没叫他，于是，我顺着姑妈的话音叫一声："姑父。"

姑父对我笑一笑，说："你就是小妹。"他说的是普通话，而不是上海话。我注意到他下巴上有一颗黑痣，嘴里缺了两颗牙。别怪月兰、陶玲用吃惊的表情看他，他除去老、黄、瘦，一个人看上去不知怎的不舒齐，好像他是个箱子柜子什么的，曾被剧烈地挤压过，因此弄得每个榫头有些错位。两只肩膀高低不平，一颗头往高的那一边微侧过去，像在费劲扛住一个东西。

因为走神，我竟没请姑妈姑父坐。姑妈自己在方桌边的椅子上坐了，叫姑父也坐。我有些不好意思，赶紧到门背后拿放在一张小课桌上的水瓶，给姑妈姑父倒水。才倒出一杯，水瓶空了，摇摇另一只，也是空的。我对姑妈说："姑妈，你们坐着，我去老虎灶泡水来……我再去办公室叫爸爸回来。"

姑妈说："你去，我们就坐在这里。"

出门就看见月兰陶玲两个站在离我家不远的路边上，都迎着我笑，笑得很暧昧。

月兰张口就朝我问："小妹，那老头是你家什么人？"

"姑父。"我皱着眉说。

"哎，小妹，他的眼睛是不是假的？我说不是，月兰非要说是。"

陶玲说。

"你的眼睛才是假的呢！"我沉下脸，绕过她们就走。

不过，姑父的眼睛是呆定定的，看着是像假的。要生得小一点也罢，偏还生得大，眼白那么多，更像假的了，惹月兰她们笑话！爸爸妈妈不要他来，是有道理。这个姑父，我也一点儿不喜欢！好好的哪里冒出这么个人来？光是姑妈一个人来，多好。

我走出大院的门口，师范学院就在我们家属大院对面，中间隔了条小街，小街上有一个老虎灶，一家面馆，一个酱园杂货店，一个糕饼店。我把水瓶寄放在老虎灶，走进师院里去找爸爸。

傍晚时分校园里很喧闹，来来去去的行人，自行车铃声，广播喇叭里的歌声，球场上的吆喝声……全在表示一天里工作学习的人松弛了，可以休息和回家了。可爸爸总是回家晚。早几年他作为一个"漏划地主分子"，从教师队伍里清除出来，被赶到学院的农场劳动了几年，一年前才被"解放"，作为"可以教育好的知识分子"，允许回学校教书，因此他非常卖力，每天无论有没有课，都要到天黑才回家。他果然还留在中文系办公室里。他一听我说姑妈姑父来了，脸一紧，眉头蹙起来，推上开着的抽屉，站起来，拔脚就往外走。

我小跑地跟着他，直走到师院门口，他才脚步慢下来，回头问我："你妈回来了？"我说："还没有。"他想一想，向右转身，往小街上的那家面馆去，那里兼卖熏烧熟食。爸爸从面馆的熏烧摊上买了半只盐水鸭和半斤香肠。买的时候，熏烧摊上的任胖子问他："家里来客了？买上这些熏烧？"

爸推一推眼镜，挤出笑来，说："哪里……孩子要吃呢，馋……答应了她的……"

我一听，就赌气先走下台阶，跟他回家时，离了他两步远，连放在老虎灶上的两只水瓶也忘了提回来。

爸一进门，就说："啊哈——来了……"

姑妈和姑父都站起来，姑妈说："秉弟，我们还是来了。"

她话音未落，姑父就在边上叫道："啊呀！秉弟啊——"这一次他说的却是上海话，那双木呆呆的眼睛亮了一亮，放出光来，两只手笨拙地搓动着，不知该往哪里放。

爸爸却没有走近他，反倒把眼镜后面的眼睛眯起来，像是要把射出去的光藏住一般。"啊，啊……"爸爸干干地笑着，只隔了桌子对姑父摆一摆手，说，"啊，纯哥，坐，坐嘛，这真是……这真是……不容易啊。咦，怎么茶也没有泡，小妹还是不懂事，也不知道给客人泡茶。哎，水瓶哪里去了，小妹……"

我这才想起忘在老虎灶的水瓶，吐一吐舌头，赶紧跑出去。

等我从老虎灶把两瓶开水拎回来，看见家里连后面的窗子都关上了。爸爸接过我手里的水瓶，支我到厨房去帮妈准备晚饭——妈妈已经回来了。我往厨房里去，见妈正往一个蓝花大碗里磕鸡蛋，每磕一个蛋都用一根手指头把蛋壳里的蛋清刮干净，嘴抿着，两条皱纹顺着鼻翼连到嘴角，显得很严肃。我在小凳上坐下来择韭菜，见妈不跟我说话，就主动问："妈，今晚怎么睡呢？"

妈不看我，说："他们不住家里，晚上就走。"

"为什么？"

"不为什么。"妈把眉头皱起来，给我一个盆，"快把韭菜拿到水龙头上去洗，我等着炒呢。做事总这么慢慢吞吞的！"

我接过盆，把择好的韭菜放进去，磨蹭着不走，还问："妈，你说他……是在里面二十年吗？'里面'像什么样子呢？"

妈着实瞪了我一眼："去洗菜！"还把一只手对我挥了挥，赶苍蝇似的。

我生着气走出去。妈怎么这样，问问都不行，又没当着人问。不就这点事吗，家里谁不知道呢——姑父是个劳改犯，刚解放就抓进去了，现在放出来了。

招待姑妈姑父的晚饭做得不算很讲究，但量还足。一盘炒鸡蛋，一盘韭菜百叶丝，一盘拌萝卜丝，一碗雪里蕻虾米汤，然后是盐水鸭和香肠。妈一边布着筷子，一边客气道："临时凑的，草草不恭。"

姑妈就笑笑说，"不好意思，突然上门。"

姑父坐着不说话，对着一桌子菜肴，他脸上有一种近似庄严的表情，仿佛信徒对着神坛一般，眼睛由于聚焦显出了奇异的光彩。

妈就说："她姑父，吃啊，不要客气。"说了，抢上去，先把一块鸭大腿夹到姑父的碗上，又一块，夹给姑妈。

姑妈说："自己来，自己来。"

姑父还是不说话，只见他用鹰隼般的速度，只一口就把鸭块全放嘴里了，鼓着腮嚼，脖子上的老皮跟着一抽一抽地动。动了好一阵，见他把两根手指头伸进嘴里，抽出一小截腿骨来，送到眼前看一看，复又放到嘴里吮一吮。吮的时候，腮帮瘪了下去，一边一个大坑。姑妈看了他一眼，用筷子先把骨头剔下来，才把肉送进嘴里，抿着嘴，慢慢地开始吃。

尽管我不喜欢爸爸刚才对熏烧摊上任胖子撒谎，但我对熏烧摊上买来的熟食的确挺馋的。刚才在厨房，妈在装盘，我就想先拈一块鸭子肉吃，被妈喝住了。上了饭桌，我先识相地夹了一块垫在下面的鸭脖子，吃掉上面有限的肉，把骨头含在嘴里——熏烧摊上的盐水鸭做得真好，连骨头都是香的，我想着也夹一块鸭腿吃，却只见姑父嚼完了嘴里的，不等人让，伸过筷子，又去夹第二块鸭腿，然后第三块、第四块……又迅又猛又快，我愣住了。只见姑父两只大而无神的眼睛因吃得卖力而蒙上了一层薄泪，竟有了些晶亮的反光。他的筷子只朝那两盘熏烧摊上买来的荤菜戳过去，素菜根本不碰。姑妈的脸红着，眼睛垂下去，只勉勉强强地在盘子边上夹几根韭菜、几根萝卜丝那么吃着，吃吃停停，不断地用眼睛去看姑父。

姑父只顾大嚼，待他的视线终于和姑妈相遇时，他筷头上刚送到嘴边的一块鸭子就一滑掉到地上去了。他立刻把筷子往桌上一搁，弯下身体去找。这时爸爸妈妈眼睛都垂到饭碗里，极认真地大口吃饭，谁都不互相看。只有姑妈紫涨了脸，低下头去，对姑父轻声说，"不要捡了，随它去好了。"姑父不理，把椅子往后推了推，弯了腰继续找。想是看到了，就把一只手臂伸到桌子下去够，身体全沉到桌子以下，只剩一颗头露在桌面上。因尽力伸直手臂的缘故，他脸上的肌肉绷紧了，横着竖着像画了格子，眼珠子也抄上去，露出大块吓人的眼白。

我一下没忍住，扑哧一声笑了出来，父母两双四只眼珠子立刻锥子似的朝我刺过来，我吓得赶紧咬住自己的下唇。

姑父身体直了起来，脸上的肌肉也放松下来，手上撮着那块捡来的鸭子，在灯下虚了眼看一看，就送到嘴里去了。姑妈的脸白了，甚至搁下了筷子，眼睛里有了泪光。爸爸隔着桌子朝她轻微地摇一摇头，姑妈就又拿起了筷子。

这天晚上虽然饭桌上人多了，但这顿晚饭却吃得闷，大家的话都奇少。

吃完饭，爸爸和姑妈姑父每人跟前一杯茶，都在桌子跟前坐着，却还是闷闷的，没有什么话说。我不想去厨房帮妈妈收拾，也赖在饭桌边上，假装在看夹在一本旧的《江苏教育》杂志里的剪纸，特别希望听他们谈出点什么来。姑妈就找我说话："小妹，这些剪纸都是你自己刻的啊？"

"有的是，有的不是。"

"我看看，行吗？"

我把《江苏教育》递给她，姑妈就一张张地翻了看，还朝坐在一边的姑父把身体略倾过去一些，意思是让他也看。姑父一只手端着茶杯，一只手就点过来说："这一张刻得很好啊。"他指的那张剪纸是一个胖胖的扎着两个鬏的娃娃，抱了条鲤鱼，鲤鱼的鳞片网眼般细密，刻起来很花工夫。他点过来的手正好完全摆在我的眼睛底下，我看得浑身一凛：那手背上筋络沟壑般纵横，每一片指甲的指甲沟都裂得很宽，指甲扁而毛糙，像是被锉子锉过的。叫人看了又恶心又难过。

这时妈从厨房过来请姑父到厨房去洗澡，水和木盆准备好了。姑妈就和姑父一起站起来，跟妈到厨房去，帮着安排。

我靠着桌子慢慢把剪纸收起来，偷偷看看爸爸，他对我看也不看，好像我不在跟前一样。他自顾点起一根香烟，眼光定在空中，吸着，眉头微皱。一只蛾子在他的脸跟前飞过去，他挥一挥手，非常不耐烦，眉头皱得更紧了。

一会儿，姑妈过来了，又在桌子边上坐下。爸把烟猛吸几口，把烟屁股捺灭在跟前一只方的玻璃烟灰缸里，一边捺一边低着头，眼睛不看着姑妈说："纯哥，他……实在变得认不得了……在那边……他到底怎么过法的？"

我赶紧竖起耳朵，姑妈却不说话，直了眼盯住眼前的茶杯，一会儿，眼圈红了，半晌才说："秉弟，你何必再问，看看这种样子，想也想得出来。这些年来我一直想，能活着回来，就好了……啥人晓得会变得这样。在家里，吃起来也这副样子，在那边饿疯了……我和孩子说他，他说晓得了，一吃起饭来，就忘记了，恶形恶状，饿死鬼投胎式样……我也是想，再老下去，只怕更带不出来了。我和孩子总要给他做些什么，这么多年委屈……不然我不会带他来，真是作孽。"姑妈说着就擦眼睛，也顾不得我在跟前。

"阿姐，你不要这么讲，你不要这么讲嘛。他也是……不容易……我们哪里会嫌他这个……只是……唉……只是……唉！"爸说着伸手摸摸脸，又摸摸脖子，脸上是一副笑也不是哭也不是的表情，难看极了。

那天晚上，姑妈姑父果然没在家住，爸爸领他们在外面的旅馆里开了房间。第二天，他们没再来。

那天晚上，我在外面的房间睡不着，伸着耳朵听父母在房间里的对话：

"他洗过澡的木盆你有没有烫一烫？"父亲问。

"烫了，用掉半瓶水呢。"母亲说。

"一张床位要多少钱？"母亲问。

"一块五。"

"啊呀，三块钱！……其实你这个人太胆小，这两年也不像前两年了。自己的亲戚，是政府放出来的，又不是逃出来的，留他们在家里住怎么就不可以，你怎么会怕得那样。"

"女人家，懂什么！"

"他劳改期满了，就不能算劳改犯了吧？"

"那是你说的！哼，什么时候都是说翻脸就翻脸，不当心，不当心你试试看，马上给你颜色看！"

"这下要把你的阿姐得罪了。"

"得罪她事小，得罪了公家呢？你叫我有什么办法……再说，她男人这辈子，就是不当心才弄成这样。她不作兴来怨我。"

"你说，报馆老板为什么会在去台湾前在留给他的箱子里放一把枪呢？是故意要来害他……"

"那不会，当年他是报馆老板跟前的红人呢，老板害他做什么。只是在乱世，留给他一把枪防防身吧，怎么就摆进去了。最冤枉的是，他这个戆大，自己都不知道箱子里有枪。解放军都进上海了，他也不把箱子开开查一查，该扔的扔，该毁的毁，就那么一直放在办公室里，等着接收报馆的人来搜到——天底下有他这样的戆大！"

"啊呀呀，这个老板真正害死了他。二十年啊！"

"什么啊呀呀？你还没见他过去的样子呢，更要叫你啊呀呀了，看看他现在，天老爷！……你再要不当心试试看！"

"他过去什么样子？"

"……"

"在报馆里做编辑的人，当然应该是个读书人的样子了？"

"咦，说二十年，不止啊，他一九五〇年进去的，现在都一九七三年了。"

"是啊，他们那里满了期以后没有病人出来的，叫留场工作，等于还是关着。只有到他这样，又老又病的，就不留了，还留着做什么？这才给放回来了。"

"他关进去定的什么罪？"

"这种事不要再问了，已经告诉过你了，'反'字头的。从此不要再问，记牢！"

我身上燥热起来，蹬掉薄被，特别希望让自己立刻感冒，发烧，或者拉肚子什么的大闹一场才好。我讨厌这一晚上所有这些别别扭扭的事，也讨厌我们家，我自己。

2

那一次姑妈姑父回去后，几个月没来信，爸爸到底不安，写了封长信去，道歉夹着辩解。信寄出去，直隔了有半年，才收到姑妈的回信，不再提这个话头，倒讲了些家务事：替姑父换了副假牙，大女儿阿菁从崇明调回上海了，分配在虹口区长宁糖果店。小女儿阿菱还在安徽插队……

又过了两年，夏天收到姑妈的信，说大表姐阿菁要在9月里结婚，男方是一个中学教员，要请娘舅舅妈去吃喜酒。爸爸妈妈对这个邀请着实上心，就请人开后门买了一条新疆伊犁出的厚羊毛毯当礼物，值八十二块钱，是爸整整一个月的工资。我们一家人都去上海吃喜酒。

菁表姐的婚礼不是很张扬，就请了一些近亲和两方单位的领导，在靖江饭店定了三桌菜。菜烧得很好，有水晶蹄髈，清炒虾仁，松鼠鳜鱼，奶油菜心等叫得出名堂的菜肴。那位做教员的表姐夫比菁表姐只略高一点点，文静得带点女气，待人接物很有分寸，显得无可挑剔。我跟他没有话说，酒席上，我留心的是姑父。

姑父几年中变化不大，人还是瘦，脸色也还那么黄僵僵的。在活络善谈的一群上海亲戚中，他显得沉默，老往人背后不显眼的地方站。

来客中有个老人，是爸的表舅，我该叫他舅公。这位老舅公红光满面，声若洪钟，往那里一站，就是个说话的中心，辈分又高，人都对他很尊敬。他见姑父落落寡合，就走过来拍着他的肩，说"纯良，你说这是不是一眨眼？当年我在震旦大学教体育，你每个星期来打网球，年龄比他还小。"老舅公指了指新郎官，"现在，做老丈人了，哈哈……"

"阿舅，是，一眨眼……打网球……跟做梦一样。"姑父说，蹙眉挤眼地笑一笑。

"怎么做梦？我清楚得像昨天才看见的，你穿着白球鞋，白短裤，白短衬衫，派头一级！惹得一群女学生老来向我打听：那个打网球的是啥人？哈哈哈……"

笑的是老舅公一人，围着听的人眼睛都落到姑父身上，诧异得无法赔笑。姑父这一天虽穿了一身新簇簇的衣服，白色的确良衬衣，蓝色涤卡长裤，都是笔挺的，却把个萎黄多皱、扛着一侧肩膀的不端正的人衬得滑稽可笑，像东西装错了封套。在众多的眼睛下，姑父显然失措了，他咧开嘴，又不像哭又不像笑，口中的假牙有些过分白，大而空洞的眼睛里眼白又多，好像他的一个人都是由人工材料合成的假货。

姑父似乎意识到自己的不合时宜，脸涨成酱色，头低下去，肩也缩进去。

老舅公立刻又打着哈哈说："那时候因为老打网球，我弄得右臂比左臂粗，老用右臂打球嘛——现在大概还能看得出。"他说了，就举起两臂左右比较，把大家的注意力吸引了过去。接着老舅公大谈运动对人的肌肉、血液、骨骼的种种影响，对象不再是姑父一人。姑父就又站到人背后去了。

等来宾到齐，围了桌子坐定，就请男方、女方的家长略说几句话。那位表姐夫的父亲，也在中学里做事，是个教务主任，先站了起来。他一张四方脸，戴一副方方的黑边眼镜，显得极其端正。他开口说的是：

"亲家母，亲家公，各位亲友来宾，今天真是个高兴的日子，谢谢各位赏光。我们做父母的，看着孩子们长大，成家，是最开心的事。他们现在这个年纪——借毛主席早上八九点钟的太阳做比喻——可以算是十点十一点的太阳了吧，在人的一生里，就要接近如日中天了。因此希望他们组成小家庭后，更加努力为党和人民工作，为我们国家多做贡献，发出更大的光和热。"

他话音一落，大家就鼓起掌来。我听见妈附着爸的耳朵说："真不愧是做教导主任的。"爸眨一眨眼，没说话，我在边上对妈做了个鬼脸。

轮到女方家长说话了，三张桌子上的人都朝姑父看。姑父扭捏着，迟迟疑疑地要站起来，只见坐在他身边的姑妈一只手按住他的膝盖，立刻就站起来，脸朝四方一笑，说，"亲家公说得真好，我们不做教师的人是说不来的，要么我来代表女方父母送孩子一条毛主席语录吧。毛主席说，'谦虚谨慎，戒骄戒躁。'我们阿菁去年在店里评了先进；阿方在学校做班主任，班上的五好学生人数一直是他们学校所有班级里最多的。两个孩子都工作好，所以要请他们戒骄戒躁，继续努力。"

几张桌面就稀稀拉拉地回应着说："好，好。""努力啊。"

男方家长不失时机地接上去，"来来，我们举杯，祝他们小两口幸福美满，白头到老。"

几张桌子乱着叮当响过，大家都拿起筷子吃菜。

姑父被姑妈按住后，眼睛一直垂着，手规规矩矩放在膝盖上。等听到号召吃菜，他头就抬起来，眼睛里又有了那种因聚焦而奇异的光芒。我神经紧张地注视着他，还好，他的表现比上次在我们家的要从容些，虽然桌上的那只水晶蹄髈，大半只进了他肚里。

宴后大家都搭了公共汽车回到姑妈家去看新房。姑妈家在静安区，住在一栋四十年代按照西方标准建的公寓楼里。公寓算得高级，有钢窗，地板，煤气灶，卫生间，以前甚至还有热水龙头，电话。姑妈在四十年代一嫁给姑父就搬了进去，从此就一直住到现在。爸爸总说，在姑父"进去"后，姑妈居然还能住在里面，真是"前世修的"。

一群人上楼时，前面一位胖胖的女眷走得好好的，突然收了步子转头跟边上的人说话，跟在后头的姑父没防备，一脚就踩着了她的鞋。慌得姑父不住地说："对不起，对不起。"脱口而出的竟是普通话，说的时候，腰也弯了下去。

胖女眷听他用普通话不停地道歉，非常不安，满脸堆下笑来，也对姑父欠着矮胖的身体用上海话说："勿要紧，张家伯伯，勿要紧，侬年纪大，先上去，侬走好！"

姑父死活不肯，腰更弯下了："对不起，是我没有当心。"

已经走上楼梯的姑妈，回头看到这一幕，三两步走下来，拉了胖女眷就往楼上去，打着哈哈说："老规矩是女的先走嘛，客气做啥？"

公寓里最大的一间卧房给了菁表姐夫妻做新房，新房布置得甚是大方。菁表姐他们选的是一套捷克式家具，全部由直线和平面构成，简洁得不带一点装饰，连柜门、抽屉上所有的把手都省略了，因此极有现代感。众人拥进去，一样样看了，交口赞了一回，都被请到客厅里坐。客厅的桌子上放着一盘太妃奶糖，一盘金丝蜜枣，菁表姐端着让了一回，没人伸手，就又放回到桌上。

等送走了客人回来，我注意到桌上那盘金丝蜜枣的盘子里只剩了一枚，便有些诧异，但这点诧异在心里一划过，也就丢下。

晚上，我无意撞见菁表姐和姑父站在厨房里说话，灯都没有开。听见菁表姐压低声音说："……做啥这种样子，这已经不是在东北了，又没有人同你抢，吃就吃，鬼鬼祟祟地背着人做什么？你这副样子，叫人替你难过死了……"

"……"姑父垂着头站着。

菁表姐瞥见在门口晃过的我，就住了口，掩饰地打开水龙头洗手。

等厨房里没有人，我进去拉开灯，见簸箕里躺着一堆枣核。

菁表姐的婚礼后我们又滞留两天，因为妈想在上海购置些东西，上海的轻工产品种类多，质量好。我陪妈逛了两天商店，从床单到汗衫，甚至牙膏香皂，买了不少东西。要走的前一天，却碰到了非同寻常的事。

一个消息通过广播传遍全国：

中共中央向全国人民沉痛宣告：中共中央主席、中共中央军委主席、中华人民共和国主席毛泽东同志不幸逝世！

这时妈和我正在淮海公司的女装部为我挑一件蓝格子的确良衬衫。整个店堂唰地静下来，人都不敢动，只彼此张着眼对看，一时不知道怎么办？几秒钟后，一个柜台后面响起了女人的哭声，"啊……呜……啊……呜"从低到高，像吹喇叭一般，立刻就有三四条嗓子附和上来，"啊呜……啊呜……啊！"一色都是柜台里的女售货员。由于她们哼哭的节奏听来太有控制，惹得我边上一个女孩子——也是顾客——竟"咻——"地一笑。妈吓得丢下衬衫，躲瘟疫似的，拉了我就走。

街上说不出的异样起来，空气仿佛被绷紧了，人不由自主都加快了脚下的步子，但个个敛息屏声，眼睛只看住了脚下的路面，好像要尽量收缩自己，怕碰断绷紧了的空气似的。连肆无忌惮惯了的汽车售票员也不再拍着车壁大声吆喝"票子买起来！"乘客都老老实实地递上钱去，售票员则规规矩矩地递过票来，彼此似乎多了一种默契。一车的人也不敢肆意乱挤，更没有人说话，全都乖乖地站着，避免互相碰撞。

回了家，是姑妈开的门，她神色紧张，等我们一进门，迅速就把门关上。爸坐在客厅里，脸板得纹丝不动。我和妈也坐下来，没有一人说话。反倒是一向收敛的姑父，在人人呆若木鸡时，满屋子走。

"那么，这是真的？真的？"他看看姑妈，又看看爸，意思是要得到证实。

"……"爸对他面无表情地点点头。

"这是真的！真的！"他还绕着房间不停脚地走，眉头紧锁，根本看不出是伤心还是高兴，他像是有些狂乱了。

姑妈斥责他："这是什么时候！快一点坐下来，一会儿人家看到……"姑妈没说完这句话，真就有人敲门。

连我们都跟着紧张起来，个个紧盯着房门。

姑妈去开门，进来了住在三楼的马家姆妈。

马家姆妈是里弄居委会的头，当时，只要是跟公家有关的人，就有权威感，哪怕是里弄里的老太太。这个马家姆妈，在我们做客的这几天里，已经来了好几回，一回是来提醒姑妈给菁表姐的婚事要新事新办；一回是来过问外地客人里有没有要报临时户口的；不光姑妈讨厌她，我也觉得这个老女人好生招嫌。这次她进门，红着眼圈，却一脸正色，好像她的红眼圈是戴在脸上的两枚勋章一样。她眼圈虽红，可眼珠子照样灵活，只一扫，就把客厅里的人都溜了一遍，眼光经过姑父时，停了下来，跟着皱起了眉。我顺了她的眼睛看过去，发现姑妈、父母眼眶都已经是湿润着了，只有姑父不是。他甚至连收敛谦恭的表情都没有了，就那么大张着眼睛直看着马家姆妈。

不等马家姆妈开口，姑妈立刻就对她说："这怎么好？马家姆妈？天都塌下来了啊，我心里难过煞了，难过煞了……"说着就吸鼻子，抹眼泪。

"啥人不难过煞了？不过侬放心，天不会塌下来！"马家姆妈中气很足地说，说着，含义深刻地盯了姑父多半分钟，才转过脸对姑妈说，"我来你们家，想提醒你快点把这些东西揭下来。"她指一指菁表姐新房门口贴的喜字。

"啊呀呀，我难过得都没有想到，马上揭，马上……"

妈已经闻声立起来，往菁表姐他们房门口去揭那张红底金色的喜字。

马家姆妈一走，门关上，姑妈就朝姑父扑过去，压低了嗓子嚷嚷："你做啥眼睛都不红？就是不会哭，你捂着脸总会吧？偏偏别起个头，直看着那个老太婆做啥？在这种辰光！你，你，你还想进去吗？"

爸在一边也紧皱着眉说："唉……唉……怎么这样巧，偏偏她会这时候进来。"

姑父的脸骤然变得灰白，密密的汗珠从额头上沁了出来，跌坐到椅子上。

妈拉了爸一把，说："为什么要怪她姑父，他并没有做什么出格的事，没有淌眼泪难道也犯法？不要去吓他。"

我在旁边也忍不住说："我也没有哭。街上很多人都没有哭。"

妈又说："这种女人，最混账的就是她们。老想把人踩下去才高兴。已经到这一步了，还能怎么样？"

姑妈被这两句话说得平静了一些，就到卫生间拿出一块毛巾擦擦眼睛，又递给姑父，意思让他擦汗。

姑父却不接，嘴巴眼睛都大张着，急速地朝每一个人看，连我这个孩子都没有跳过，从他的那双眼睛里，我看到一种近似动物般的乞怜求救的表情，好像他不是个大人，老人，而是个兔子什么的，眼下被一群猎人逼到墙角，无路可逃了。

姑妈朝他走近一步，才要说话，他一下子跳起来，躲开姑妈，几步就冲到菁表姐的新房里。菁表姐和姐夫这一个星期都出门到杭州去蜜月旅行了，新房里的陈设丝毫未动，嫣红姹紫一片喜色。因见姑父动作慌张怪异，我们都跟过去，只见他哆嗦着手，在新房里见到带红色的东西就收——五斗橱上玻璃花瓶里插的胭红的绢花，一个装饰用的有喜鹊登梅的苏绣小屏风——其中梅花是红的，茶盘里的一套深紫红色的厚底玻璃杯……

他把这些东西塞进壁橱里之后，又去翻开菁表姐他们婚床上的金银双色的绣花床罩。见到下面水红的绢被，粉红的鸳鸯图案提花枕巾，印有大红牡丹花样的淡黄色床单，喃喃地说："这不行，这也不行……"说着，几步抢到他和姑妈的房间里翻出一条白被单——动作敏捷得都不像他了——一边走，一边抖开来，就要往菁表姐他们的床上罩。

姑妈愤怒地喝住他："你做啥？想来触他们小夫妻的霉头？"

妈也上去拦他："别冲了孩子们的喜庆哪。"

姑父好像被人绊了一跤，一下丢开手，让白床单落到地上，他摇晃着倒下去，我吓得跑上去要扶他，却见他抱着头，蹲了下来。

见到那样一个上了年纪的人，抱着头，蹲在地上蜷缩成一团的样子，我的眼泪一下子冒出来了。

当天晚上，我们一家提前坐了夜车走了。

3

又过了两年，"文革"已经结束，恢复了高考制度，我考上了杭州浙江大学，路过上海，就去姑妈家住了两天。

没有想到，在一个全国振奋的新局面里，姑妈家反而比任何时候都狼狈——公寓里又挤又乱。这时那个在安徽插队的菱表姐已经回上海，一大家子人全挤在一起。而姑妈的公寓只有两间卧室，菁表姐夫妻占了一间，姑妈占一间，姑父搬到厨房后面的一间小房间里住，菱表姐则在客厅里搁了张折叠床。

我从进门起，就没见姑父，一时竟也想不到他，因为菁表姐和菱表姐正在闹矛盾，而且矛盾已经明朗化，姐妹两个几乎要互相不理，这矛盾转移了我的注意力。

两位表姐的矛盾是为了住房。前几年菱表姐在安徽，菁表姐的小家安在娘家，没有丝毫问题。但现在菱表姐回来了，又在待嫁，问题就来了。在菱表姐看来，姐姐姐夫现在该搬出去住，轮到她在这里成家。他们小两口在娘家已经享受了几年的好处，而她在安徽受了那么多年的苦，现在总算回来了。如果她有像样的房子，在找对象的时候会多一个很大的筹码，因此房子之事，对她事关终身。可是菁表姐和姐夫另有自己的立场：他们怎么可能搬出去？全上海连一寸多余的地方都没有，他们这个家已经是这么安顿着了，而妹妹反正还没有结婚，为什么不可以找一个有房子住的人嫁出去，倒叫他们住得好好的，腾出地方来给她。为了跟姐姐姐夫赌气，菱表姐就故意睡在客厅里——她其实是可以跟姑妈住一间的。姑妈对这个局面也觉得为难，两个都是自己女儿，如果能一人一间最好，但她住到哪里去呢，厨房的后面倒是还有一个小房间，但那个房间被姑父占着。

姑父却始终不露面，到了吃饭的时候也不露面。只见姑妈端了一碗饭，一碟菜送到厨房后面的小房间里去，然后，我听到一个声音嚷起来："什么东西！汤呢？"那声音浑浊破碎，带着痰音。我大吃一惊，立刻难堪起来，因为我进门后一直没有向姑妈他们问起姑父，真是不可饶恕的疏忽。但饭桌上没有人注意我的窘迫，更加没有人对那个声音有反应，所有的人头都不抬，表情不是冷漠，根本是若无其事。姑妈到厨房接着再端一碗汤过去——那碗汤其实已经是准备好了的，但没听见姑妈做任何分辩，一声不响走回饭桌，平静地坐下吃饭。他们全体的若无其事让我简直无法开口问话。挨到吃完饭，我看见菱表姐走到厨房后面的小夹道里，拿出一副空了的碗筷进厨房，但是和大桌子上他们刚才吃饭的碗筷分开放着，也分开洗，而且是用不同的布洗。

我就凑过去问："姑父好吗？"

菱表姐对我笑了一下，笑容怪异，说："你想去看看他，就去看看他，我不拦你。"

我朝姑妈看看，姑妈肯定是听见我和菱表姐的话了，但她故意不朝我看，好像没有听到一样。菱表姐也自顾转身走回客厅，丝毫没有要引我去见自己父亲的意思。我很尴尬，意识到自己在做一件叫人讨嫌的事，但又不能不去，踌躇一下，我还是开了厨房的后门。

姑妈家的厨房后门开出去是一条小小的过道，一头通向后楼梯，另一头通向一个小房间，这个结构显然是过去为请帮佣设计的。一开厨房的后门，我就闻到一股酸腐的味道——那小房间门正开着，我往前走过去两步，一眼就看到里面有一张床，一张小桌子，一个奇形怪状的人坐在床沿上，脸正朝着门。

他明显比前两年胖些，但松弛得一塌糊涂，一张皮像是一件过大而且多皱的衣服披在身上，脸和长头发的脑袋已经漫漶成一体，成为混沌的一团。我吓得毛骨悚然，进又不是，退又不是，只得含糊地叫了声姑父。那个被叫姑父的人看住我，眼睛倒不再呆定定的吓人，却像泥潭，仿佛眼珠和眼白被搅拌过，弄得黑白不分。这泥潭看了我有一分钟，然后哑着嗓子说：

"你是小妹。我认得的，我到你们家里去过，我认得的。你爸爸买鸭子香肠给我吃！可秉弟为什么不来，当年他在上海的工作就是我帮他介绍的，他应该记得。他应该来看看我，人不能没有良心，他为什么不来？"

我被他这一连串话问得木在那里，半晌，抖着嘴唇说："爸爸……他走不开，他……叫我来……望望你的，问你好……"

姑父立刻打断我："叫他要快，不然就晚了，我再进去，他就看不到我了。不过，这一次，我有经验了，东西全都备好！"这几句话他说得清楚明白，甚至带了得意般的愉快声调。

这些话让我觉得太不对劲，更慌了，只想着要逃走。刚好两只脚悄悄地挪动了一下，他看出来了，立刻说，"你不要走，你看看这儿，"他吃力地弯下身体从床肚里掏出一个纸包，打开来，露出一双又破又脏的球鞋，一看就是扔掉不用的。"鞋我够了，他们不肯给我买新的，他们！"他用手往客厅的方向指了指，"我这里也够了……看看，这都是。"

我随他的手指扫过去，发现床肚底下塞满了这样的纸包。

"还有衣服，还准备了手套呢！东北冷，冷啊！"姑父说着往右边指了指。右边墙上一人高处钉了块搁板，搁板上码着一些布包。姑父一边把鞋重新包好，一边对我翻翻眼睛，没头没脑地说，"不要以为它们没有用！哈！双双都能派上用场！你知道大寒天到田里挖沟吗？没有鞋，没有鞋比死还难熬！比死还难熬呢！"他说到这里，脸皱成一团，一颗头开始摇了起来，那颗晃动不已的头上，几茎头发又枯又长，仿佛是一个干缩的脏萝卜上的根须。

我已经被一股酸臭的味道熏得快要呕吐，什么也顾不得了，在他闭目摇头的当儿，退了出去，关上了厨房的后门。

我在姑妈家的这两天，菱表姐就挪进去和母亲睡，把她在客厅里的那张钢丝折叠床让给我。离开的前一天晚上，我躺在小床上，只求闭眼就入睡，睁眼就天亮，好快快地离开这里。

时候还不算太晚，楼上马家姆妈家的电视还开着，听得见是在放老电影《英雄儿女》，正唱着"英雄猛跳出战壕，翻江倒海天地动，天地动……"姑妈全家却已经熄灯睡觉。侧耳听听，菁表姐夫妻的房间里是一点声音也没有，姑妈和菱表姐黑了灯在房间里极轻地说话，姑父开始在那小房间里走来走去。

两个晚上，我都能听到他一入夜就在房间里走来走去的声音。那声音通过地板，然后从床腿传上来，一直传入我的身体。我真害怕听到任何他发出的声音。可是，除了要忍受从他房间里传来的脚步声，还要忍受他每夜一次穿过客厅到靠近公寓门口的卫生间里去倒尿壶。菱表姐在第一天就已经关照了睡在客厅里的我，以防我受惊。虽然这样，当我第一天晚上听见姑父打开了厨房的门，拖着脚穿过客厅时，还是害怕得要死。我躺在那张钢丝小床上，一动不动，眼睛假装闭着，却从眯着的缝里盯住那个在黑暗中移动的鬼魅似的影子，气都不敢出。这个晚上我睡不着，潜意识里其实是在等他走过，不然如何能放心入睡。谢天谢地，终于听见姑父开门过来了，一步一拖地进了卫生间的门，好一会儿，听见冲水的声音，又听见他出来了。我这次闭紧了眼睛，也屏住了呼吸，等那阵酸味在空气中飘过去。屏了一会儿，我松气睁眼，可可地就看到一个黑影立在床前，我"哇"地叫出声来。

那个影子只顾说："回去告诉你爸爸，他们多么没有良心，这个家里谁都不理我了，我的话没有一个人肯听。不作兴的，这房子是我放了十根金条的押金才租下来的，十根金条啊！"

菱表姐敏捷，闻声从房内出来，几步挡到我的床前，压低了声音说："你还想再'进去'吗？不想进去就不要多讲，半夜里出来搞什么名堂？她明天还要赶早班车，你老老实实去睡觉，不要弄得大家没法活。"

那影子嘟囔着，"十根金条，十根！晓得吧……"

这时，姑妈也出来了："阿菱！侬到房间里去！"

菱表姐转身就走，黑暗里，听见她乒的一声把一件什么东西踢到墙脚去了。

姑妈对姑父说："两天了，不洗个澡，不渥涩吗？我来帮侬去揩揩身。"

"勿要。"姑父生气地说。

"侬一天到夜觉得人家跟侬作对，戆大！是侬自己跟自己作对。"姑妈说。

姑父不接嘴，一步一拖走回小房间。

姑妈过去关了厨房的后门，又把插销插上，对我说："你自管睡觉。"就进去了。

四下里静了下来，我突突乱跳的心半天才平复。可我还是不能入睡，在小床上翻来覆去直折腾了大半夜。

第二天，天一亮，我就起来。头天晚上已经跟姑妈他们说好，我自己直接去火车站，早饭也到车站去吃，就不惊动他们了。虽然眼睛涩着，头也有点沉，可我却巴不得早走。我快快地梳洗了，提了包闪身出门。听见门锁咔嗒一声合上，我心里升起囚徒蒙赦般的愉快。才走下一截楼梯，突然，门开了，菱表姐蓬着头在后面叫住我："等我两分钟，我送送你，顺便也去上班了，这个家哪里待得住。"

清晨的空气凉丝丝地宜人——毕竟已经立秋了。我走在清晨的上海街道上，难得行人稀少，真觉得身心舒展。我用眼角看着身边走着的菱表姐，发现她穿了出门的衣服，梳好了头发，风头依然很健。菱表姐高高挑挑的，是我们一群姨表姐妹里长得最好的，虽然马上就要满三十岁，又在乡下待了好几年，可人一回上海，风头就回来了。她身上最有那种上海小姐的傲气，人很聪明，但有些过头，是个处处不肯吃亏让人的。小时候，我去姑妈家，总被她挤对，即使她有那样一个在劳改的父亲，依然还要在我面前摆她的骄傲。因为她是上海人，而我们家住在苏北，是叫上海人瞧不起的"江北人"。现在我考上大学了，而她调回上海却在一个汽车公司里卖票。对于我们之间的这个新出现的等级差，她用冷淡来排斥我。

我和她走到南京路上的二十路车站前立住了，站牌下还一个人都没有。菱表姐一站下，光眼看住我，开口就说："小妹，我晓得你心里肯定在想，我们这一家人，没良心，对自己的父亲像这种样子。"菱表姐说完这句话，撇了撇形状好看的嘴唇，带着挑战的神气。

我不出声，不知道该说什么，我一向在菱表姐面前都是低着声气的，这时更加不好开口了。

菱表姐见我不响，就说："你就是这么想，我也不怪你，就是人人都这么想，人人也不错，因为人家的父亲是护着自己孩子，给自家孩子买吃的，穿的，玩的，拉着手去看电影，玩公园，开家长会的。这样的人，你给他们换个头大概也想不出天底下会有不同的父亲！你想知道我们家的这个吗？嘿，他去你们家——姆妈告诉我了——你们嫌他，嫌得好！（我的脸热热地烧起来——菱表姐说话总不饶人。）他在你们家就一晚上吧……我们呢？他不在的时候，是一种不好，他回来了，又是另一种不好。反正他是赖上我们了，上一辈子欠了他的！可谁来管人背后的事，只认台面上的事——父亲，好大的名头，父亲！"

菱表姐突然笑了起来，那种神经质的笑使她姣好的脸变了形："想不出吧？你以为他对你是个陌生人，但肯定想不出，他对我也是个陌生人！什么爸爸，我从来就没有认识过这个人，可是有一天——就是这么样子的一个人——突然被硬塞到我们家里来，要我们把他叫成爸爸，一个只知道要抢、要偷好东西吃的爸爸。嘿，开的什么国际玩笑！"

"你以为我们就没有试过？"（菱表姐就有这点聪明，总在前头替人把话说出来）"就算我试得不够——我也总不在家里，可姆妈和阿菁试了又试。刚回来的时候，他和姆妈住一个房间，还睡在同一张床上呢，你能说姆妈没试吗？可他是个不能上台盘的人，他做的那些事……

恶心！他现在塞在自己房里的垃圾，过去就塞在姆妈的床底下！那全是他一点点地从外头捡回来的。这叫人怎么过？这都是那一次……姆妈说你们也在……他一下子被吓住了，从此以后，跟发了神经一样，天天出去拾垃圾，要给自己备行装再去劳改。说他神经病吧，他在有的事情上可清楚呢，有时说出来的话，气得人要发痴。说他不是神经病？你看他那个七颠八倒的样子，做的那些龌龊事情，非要把一个好好的家弄到不像样才罢休。一家人家出这么个人，大概只能算是前世作孽了。"

眼泪在菱表姐的眼眶里转，但她骄傲得不肯在我面前滴落下来，咬着嘴唇忍回去。

这工夫，车站下的人已经多了起来，突然开始蠢蠢地动，都往同一个方向探头——是车来了。

菱表姐换了一下步子，像是要挡住我去路似的说："跟你说这话，是请你包涵，让你受惊了。小妹，告诉你，你爱怎么想就怎么想，告诉舅舅也没关系，我和姆妈现在什么都无所谓，我们问心无愧。而且我知道，你和舅舅在我们的位置上，绝不会做得比我们好。"（我的脸又热起来。）菱表姐斩截地说完，偏过身体，"上去吧，路上当心。"

菱表姐在车窗外对我挥挥手，车上人都朝她看，她谁都不看，挺着胸走了。

到了火车站，我在路边的摊上买了一碗豆浆，两个粢饭团，但怎么也吃不下去，只勉强把那碗豆浆喝掉，上车走了。

4

现在姑父这么个人终于从姑妈家消失了，怎么能不为姑妈一家高兴？

我在浙江大学足足待了七年，四年本科毕业后，又读了三年研究生。在这七年中，我来来去去，经过上海时再也没有停下来到姑妈家去过。直到研究生毕业，要去北京工作前，我才又去了一趟姑妈家。我从爸爸的信里知道，菁表姐的小家已经从姑妈家搬出去了，搬到了杨浦区。而菱表姐终于能够在娘家结婚，并住在娘家，而且还生了个儿子。（菁表姐生了个女儿。）

这一次，一进姑妈家的门，我就感到这栋老公寓气象一新，桌几门窗干干净净，家里收拾得整整齐齐。阳光透过白纱窗帘照在刚打过蜡的地板上，爽朗明亮，房子显得比几年前还新，也宽敞多了。

姑妈家的焕发不仅在于没有了姑父，还在于添了菱表姐的那个叫阿斌的小男孩。小家伙不过四岁，懂事乖巧，成了退休姑妈的开心果。而且，这孩子长得极其漂亮，粉团团的一张脸，红嘟嘟的一张小嘴，头发又浓又黑，见人就笑，没法让人不喜欢。

我敲门，是他开的。小家伙也不认生，仰着招人疼爱的小脸说："爸爸妈妈上班了，阿姨，你是谁，我不认得你，我肯定不认得你吧？"

姑妈迎上来，弯腰告诉他："阿斌，这就是你大表姨，叫啊。"

"大表姨。"小家伙用大而亮的眼睛盯着我，见我伸手往包里去，就嘻开小嘴，两只小胖手一起搅动着。一看到我掏出的变形金刚，眉开眼笑，马上伸手接过去，"谢——谢——大……"他一高兴把对我的称呼忘了，"……大姑姑姨，啊……大舅舅姑！"

姑妈笑得拍手打掌："你叫的这一串子是什么？没一声叫对了的，还说我们阿斌聪明，原来是这么个小糊涂虫。"

我也笑："就让他叫姨嘛，叫得那么复杂，连我这个大人都记不住。"然后我一把抱起阿斌说："叫姨看看，我们阿斌长得像谁？"

阿斌于是很乖地把脸正对着我，大而亮的眼睛里有一种叫人爱到心痛的无邪。我使劲地亲着他奶油蛋糕似的两腮，说："像爸爸，也像妈妈，我们阿斌比爸爸妈妈更漂亮！"

姑妈这时拿起一件织到一半的天蓝色的小毛衣接着往下织，听到这话，就平平常常地添上一句："这孩子，长得才活像他外公呢。"

我听了一愣，不由得把阿斌放下来，朝姑妈看，怀疑自己的耳朵。

姑妈正低下头数手上毛衣的针数，等她数完，才抬头朝我一看。

"姑妈……"

姑妈不及对我说话，突然朝阿斌叫起来："嗨，这可不能往嘴里送，外婆说了多少次了，不是吃的都不能送到嘴里去。阿斌怎么没有记性啊？"

小阿斌笑嘻嘻地把送到嘴里去咬的变形金刚放了下来，说："外婆，阿斌乖，阿斌没有记性。"姑妈和我都笑起来。

姑妈放下手里的活计，挽了阿斌的手说："阿斌是个好乖乖，阿斌最有记性，阿斌不吃脏东西，外婆给阿斌削个苹果吃。"说着就带阿斌到厨房去。

到了下午，打发了阿斌睡午觉，姑妈突然招手叫我到她的房间里去。我跟进去，只见姑妈从那个用了几十年的仿法国洛可可式样的老梳妆台抽屉里拿出一个牛皮纸信封，撑开口子，往台面上一倒，倒出来一张发黄的旧照片。我一眼就瞥见是一个青年男子的单身像，约莫四寸大小。

拿起来一看，我的眼睛顿时直了——一个极其英俊的年轻人，穿着深色西装，戴一条斜条纹的领带，一头浓密的黑发整齐地向后梳着，脸微侧，下颚扬起，下巴上有一颗黑痣，有棱有角的嘴抿着，鼻梁高挺，剑眉下一双明亮好看的眼睛和小阿斌一模一样，只是那眼睛里流露的不是孩童的无邪和无辜，而是年华正好的潇洒和自信，仿佛一个世界都是他的。相片是那种颗粒状的珂罗版相纸，虽然已经发黄，但清晰度非常好，质地依旧硬挺。在照片的底边有一排白色的花体美术字横过他深色西装的右下角：

我就是上海，1940.10.16

我满脸惊慌地转过脸去看着姑妈。

姑妈那张发了福的圆脸上表情镇静，只有嘴角微微翘起，分明流露出一种嘲弄的表情。她见我张口结舌的模样，反而笑起来，和风细雨地问我："小妹，你还没有结婚呢。假如你看到这样英俊的小伙子，你嫁不嫁？"

"姑妈……我……我……这实在……实在……太……"

"别说了，太过分了……是的，太过分了！！"姑妈说完，脸上的笑骤然消失。

她从我手里把照片拿过去，不再跟我说话。她独自默默地对着照片看了好一会儿，然后用手指头轻轻抚过照片上的脸，轻得像吹气那般说："纯良，好一场大梦啊！"

我仿佛被施了定身法，在旁边一动不动，只能张口吸气，像一条被搁浅在岸上的鱼。半天我终于挣出一句话——声音有点抖：

"拍这张照片的时候姑父多大？"

"二十五岁。"

……

我没有意识到姑妈什么时候走出了房间，只意识到一股寒气从脊梁骨一路升了上来，让我从头冷到了脚。

这一年，不多不少，我正好也是二十五岁，意气风发，前程似锦，以为一个世界都是自己的。

（原载《收获》2005年第1期）

英　雄

陈昌平

一

退休工人老高，溜溜达达，就来到了人民广场。

人民广场原名斯大林广场，是为了纪念苏联红军解放大连而修建
的。广场的标志是一座苏军烈士纪念塔，纪念塔正面，耸立着一座巨大
的苏军战士铜像，铜像有两层楼高，头戴钢盔，身披斗篷，手握苏式冲
锋枪。纪念塔坐北朝南，身后是一片宽敞的空地，生长着一排庄严的龙
柏。此地夏天可以纳凉，冬天又能晒太阳，于是这里便成了周边老人们
的休闲场所。

老高看到一群老人，至少分为两到三派，像一锅老汤一样在激烈
地争论着什么。老高在沸腾的老汤的边沿儿听了一会儿，品出了其中有
许多胡说八道的成分：第一野战军是解放军最大的野战军，司令是朱老
总亲自担任；第四野战军的司令是林彪，林彪是元帅，政委是罗瑞卿元
帅；另一个人坚持说罗瑞卿不是元帅，是大将，当时毛主席察觉到林彪
有分裂野心，派公安部长罗瑞卿来监视他；林彪在东北战场七战七捷，
但是关键时刻却放走了一部分国民党逃往台湾；第五野战军的司令是贺

龙……双方争执不下，谁也说服不了谁。

僵持之下，几个老人把目光转向周边，看见老高怔怔地望着他们，又是一个生脸儿，便一齐指老高："我们就让这位老哥评评理吧！"

老高平素就喜欢军事，上周才看完厚厚的《八一军史》，今天看见他们把革命历史糟蹋得不成样子，早就想开口收拾他们了。他慢条斯理地说："你们说得不准确，解放军按照序列排列，是1949年初的事情。西北野战军整编为第一野战军，彭德怀为司令员兼政治委员，下辖两个兵团。中原野战军整编为第二野战军，司令员是刘伯承，政治委员是邓小平，下辖三个兵团。华北野战军整编为第三野战军，陈毅为司令员兼政治委员，下辖四个兵团。东北野战军整编为第四野战军，司令员是林彪，政治委员是罗荣桓，下辖四个兵团。"

老高指着刚才说四野政委是罗瑞卿的人说："四野的政委姓罗，但是你只说对了三分之一，是罗荣桓。罗瑞卿当公安部长，号称毛主席的大警卫员，那是解放以后的事情。"

针对东北战场七战七捷的说法，老高说："这位老哥，一定是把东北战场和华北战场搞混啦，东北是辽沈战役，围长春打锦州，关门打狗；华北是淮海战役，七战七捷是华北的事儿。"

针对把贺龙当作第一野战军副司令员的说法，老高说："在设立四大野战军的同时，中央军委还把全国划为西北、东北、华北、华东和中原这五大军区，贺龙是西北军区的司令员。"

针对把聂荣臻当作第三野战军政委的说法，老高说："聂荣臻是华北军区的司令员。"

周围静悄悄的，被老高批评的人面露羞愧，而跟老高保持一致的人则喜形于色。老高脸上却不动声色，心里却泛起一阵麻酥酥的欢喜。

天上传来了飞机的轰鸣声。广场离机场不远，这一带的上空是飞机降落时的空中走廊，每天都有各种飞机经过。有几个老人抬头张望，说这是波音757，日本全日空的；又有人说这是空中客车300型，中国北方航空的。老高没有抬头，他不是干部，他没坐过飞机，但是他感觉刚才他的讲话就像飞机一样，轰轰隆隆地掠过了这些老同志的头顶。

按下葫芦又起了瓢，老高这边安静了，远处几个人又争吵起来了。因为波音和空客的争论，有人指责美国就是霸权，仗着胳膊粗，到处欺负人；有人替美国辩护，这世界治安这么乱，总得有人牵个头儿管管。老美的武器先进哪，导弹贼准，指哪打哪，误差不超过一个巴掌……宣传美国导弹的老头，外衣里面穿着一件宽松的T恤，T恤的前胸印着一面飘动的美国国旗。

让老高气愤的是，"星条旗"的话，竟引来不少附和与赞许。

"老美厉害，那抗美援朝时，不是也让我们给收拾了？！"老高声音洪亮，底气十足。

"那都是老皇历啦，现在老美比当时厉害多喽。""星条旗"不服。

"那中国比当时不也厉害多了吗？"老高看着对方就像个叛徒，好在《八一军史》里不乏对付叛徒的内容。

"1950年，美国的工农业总产值达到一千五百零七亿美元，我记得不错的话，我们新中国的1950年的工农业总产值也就五百七十四亿元人民币，换算成美元，连人家的小拇指还不如啊！当时，美军一个军有各种火炮一千四百多门，而我们一个军只有两百门，这个数字，才是美军一个师装备的一半儿，而且大部分还是在抗日战争和解放战争中缴获的老家伙。我们是小米加步枪，人家是飞机和大炮，但是结果怎么样呢，经过五次战役，我们把敌人从鸭绿江边赶回到三八线附近，迫使美国于1953年7月27日在板门店签订《朝鲜停战协定》……我敢说，别看老美厉害，又是F14又是航母的，要是真的干上一仗，我们也不会输给他！"

老高的话有根有据，明显地唤起了众人的爱国热情。老高刚讲完，眼前几乎同时出现了两支敬烟的手，老高迟疑了一下，拿过了其中一支不带过滤嘴儿的。老高刚把烟含在嘴里，同时又有几只打火机啪啪啪地为他点火。

得人心者得天下啊，老高在心里感叹道。老高注意到，"星条旗"用外衣掩了掩里面的美国国旗。

"你贵姓啊？"刚才给老高递过滤嘴烟的人问道。

"免贵姓高。"

"你也住在周围？才搬来的？以前没见你来啊。"那人亲热地问。

老高唔了一声，算是认可。其实老高住在离广场挺远的沙河口。

"老高，你以前是做什么工作的？"

"我是一名工人。"老高说。

"这是我以前的名片。"那人递过一张名片，名片的上部印着"大连民康副食品集团工会主席牛殿福"，名字之前的公司和职务被划了一笔。

"哦，还是主席哪。"

"退下来啦，退下来啦。"老牛扬扬手，问道，"你以前是做什么工作的？"

"我是一名普通工人。"

"普通工人？工人能知道的这么多啊？！"老牛不相信。

工人就不能知道这么多了？老高愤愤地想，反击的话在口腔里打了个转儿，又生生地咽回肚里，毕竟，老高今天辉煌了一把。

"你今天讲得真棒。"老牛夸奖道。

"当兵的人嘛，当然知道这些了。"老高淡淡地说。

老牛还想说什么，老高赶忙说："天不早了，咱们明天再唠吧。"

二

老高喜欢上了人民广场。老高开始熟悉周围这些人了。

来广场的老人各种各样，有老得颤颤巍巍的，也有老得结结实实的；有老得磨磨叽叽的，也有老得利利索索的；有越老越佝偻的，也有越老越精神的。谈天说地的，养狗遛鸟的，打拳健身的，抬杠发呆的，打扑克下棋的，听广播聊天的……有属鼠属牛属虎属兔属龙属蛇的，有属马属羊属猴属鸡属狗属猪的，也有忘了自己属什么的，还有死活也不告诉你属什么的。老高发现，这些老人虽然经常争吵抬杠，但是在离退休之前却非等闲之辈。牛殿福就不用说了，老刘是家具公司的常务副厂长，老张是一所中学的教务主任，物理老师，老赵是区政府的一个处长，就连"星条旗"老蒋好像也是宣传部的一个科长……而且，这些人还有一个特点，那就是除了自己的专业之外，每个人都有自己的特长。

只要讲起体育，基本上就是刘副厂长的事儿了，从甲A最新一轮的积分和排名，到国际乒联关于接发球的最新规定甚至贝哥辣妹的婚姻现状，反正谈论到体育的事儿，主讲的一定是老刘，有什么争议，仲裁的也一定是老刘；讲起健康，基本上就是老张的事儿了，老张是教育工作者，讲物理课怎么样，别人不知道，但讲起医学来，那一定是精深的，尤其是老年病的治疗和防治，治疗冠心病的偏方啦怎么降低血脂啦黑木耳降低血黏度啦，发言权必定在他手里，别人讲了，他也能挑出毛病；讲起国际时事，基本就是老赵的事儿了，从美国总统选举到北约东扩，从《核不扩散条约》到印巴克什米尔争端，再说了，巴勒斯坦建国这么复杂的事儿，老赵也基本能讲明白，反正各种媒体的国际时事那一栏你就可以不看了，老赵讲得比那儿明白多了……总之，时事政治、天文地理、文体娱乐，在这里都能找到权威的代言人。同时，老高也发现了自己的位置。

这块位置不大，但是既硝烟弥漫又风光无限，这是一块独特的充满魅力的阵地，老高不知道怎么命名和称呼这一块阵地，反正涉及三大战役、抗美援朝什么的，自己已经、并且开始说了算啦。

其实，老高建筑这块阵地，已经有些年头了。多少年前，笨重的剪板机把他的食指压掉了，老高丧失了在一线工作的能力。因为是工伤，加之他还不到退休的年龄，老高便来到了工会，来到了工会下属的图书室当资料员。这在老高看来，基本上是因祸得福了。在老高心中，戴着白套袖的资料员是厂子里最好的工种，甚至超过了港商一样的厂长。他在图书室一干就是八年，一直到他要退休的那一年，他满以为自己可以再续聘一年两年的，但是，又一个工人把自己的食指外加很少一部分的中指压掉了，于是新的资料员来了，老高恋恋不舍地回家了。

在资料室的五年是老高人生最难忘的五年。他有机会找到那个时代允许他找到的一切与战争有关的书籍，知侠的《铁道游击队》、刘流的《烈火金刚》、曲波的《林海雪原》，《地道战》《地雷战》《南征北战》《平原游击队》和《奇袭》……他看了并且反反复复地看了所有与战争有关的书籍与电影，慢慢地，战争方面的书籍与电影渐渐多起来了，一战、二战、越战、沙漠风暴。三大战役、抗美援朝、珍宝岛和对越自卫反击战……老高的视野更广阔啦，可就在这时，战争戛然而止——老高退休的时间到了。

都说平淡是真，可平淡的退休生活显得格外寂寞，老伴儿去世以后，连个拌嘴的对象也没有了，日子进一步寂寞，感冒发烧都成了生活的亮点与热点。儿子搬走了，每月才回来看望他一次。日子不仅寂寞，简直就是无聊了。

一个偶然的机会，老高发现了一处可以大饱眼福的地方——图书馆。这里离老高家不远，溜溜达达就去了，一天只需要一块钱，就可以从上午九点，看到晚上五点。从一战的凡尔登战役到二战的D日作战，从仁川登陆到波斯湾上空的沙漠风暴，从麦克马洪线到珍宝岛战斗，从林彪刘伯承许世友到巴顿隆美尔古德里安，老高的面前弥漫起无数的战争硝烟，年迈的老高仿佛看见自己松弛的皮肤又恢复了年轻的弹性，小腿蓄满了青春的力量，一跃冲出平庸寂寞的生活，来到了辽沈战役的塔山，渡过枪林弹雨的长江，踏着正步通过天安门广场，在上甘岭猫耳洞里就着雪水吃着炒面，潜伏在零下30度的珍宝岛，摧枯拉朽地攻克凉山，唱着军歌，守卫伟大祖国的海岛边疆，与自己崇仰的古往今来的英雄们并肩战斗血洒疆场。

如果说图书馆是老高发现的一条小河的话，那么广场便是这条小河的入海口啦。现在，每天去广场，已经成了他生活里最重要和最兴奋的事情。

从《大连日报》的第一版开始，先粗粗地梳一遍，先国际后国内再本地，知道天下没什么大事儿以后，再回过头来，一点一滴地往下看，看完以后，再从最后一版开始，一行一行往回扫，咀嚼一番，看看有无遗漏的滋味。每天如此，像是认识一位新朋友，然后握手话别，再等待下一位朋友。有时朋友讲了些有意思的事情，于是今天就过得有点滋味，更多的时候，朋友也讲不出什么有滋味的事情，于是日子过得就更没劲了。

早晨，老高照例买了一份《大连日报》，从第一版开始一点一点地往下看。报眼的位置上发了一则公告，大致的内容是"为迎接建国五十周年大庆，应我市百位人大代表的请求，并听取社会各界的意见，经外交部和文物管理部门的批准，人民广场苏军烈士纪念塔将从4月中旬开始，完好无损地迁至旅顺口区，与旅顺现有的苏军烈士陵园、友谊塔、胜利塔共同组成完整统一的纪念系列……"署名的是市委、人大、市政府和市政协的四个办公厅。头题是一则新闻，标题是"下岗职工成'洋专家'沉淀设备做成大生意"，讲的是大连制笔总厂用闲置设备在古巴设厂，派下岗工人去当专家的故事，还加了编后话，此外还有市长会见美日客人什么的……

老高看着看着，觉得今天这位朋友暗示了他一点什么，而他又没弄明白，于是心里疙疙瘩瘩起来，于是老高把报纸又一点一滴地看了一遍，猛然一下，他找到了原因。按照以往的习惯，看完报纸的下一个目的地就该去广场了，但是现在，老高当机立断地更改了计划。

不出所料，第二天，老高一到广场，渴望的目光迅速聚集到老高身上。

"哎，老高，你昨天怎么没来啊？"老牛像老哥们一样打着招呼。

"昨天身体不太舒服……"老高支吾道。

"怎么不舒服？"健康专家老张马上说，"咱们这个年龄，健康可马虎不得啊。"

"我们早就盼着你来了，这两天可出了不少事儿啊。"旁边的几个老人七嘴八舌地开始提问了，果然，纪念塔迁移的消息早已成了这里谈论的焦点和重心，更有几个为若干细节和情节抬杠的老人，纷纷要求老高仲裁和评理。

"先讲讲当时的国际形势吧。"这一切显然尽在自己的射程之中，老高掩饰着内心的窃喜，现在，他就是一把渴望突突的机枪，因为昨天他在图书馆里已经装满了子弹。

老高慢慢地扣动了扳机："1945年，德国法西斯战败，根据《雅尔塔会议》的精神，苏联马上从欧洲战场抽调大批兵力和装备到远东地区，在伯力——也就是现在黑龙江对面一个城市，成立了远东苏军总司令部，共约一百万兵力。而小日本呢，因为在太平洋战场连吃败仗，就把他的陆军主力关东军约七十五万，外加二十多万的伪军，号称一百万兵力，摆在东北腹地，准备跟苏军决一死战。8月9日，苏军兵分三路，在咱们抗日联军和八路军的配合下，仅用一周时间，就一举拿下了关东军。8月15日，小日本宣布无条件投降，至此，东北境内的日军基本被歼灭，日军有八万多人被击毙，六十万人投降，苏军也有三万多人的伤亡……"

"你是不是学国际关系的啊？"区政的老赵问，"怎么国际问题也这么明白。"

"实不相瞒，我老高自小就喜欢打仗的故事，最羡慕的就是肩头上扛颗星儿……"老高长叹一口气，算是对自己没有当上将军的嘲讽，"所以啊，凡是跟打仗有关的事儿，我不敢说过目不忘吧，也记住个八九不离十。"

"再讲讲当时的大连形势。苏军是8月22日进驻大连的。8月22日上午，苏军分别在旅顺土城子机场和大连周水子机场着陆，当天，日军驻旅顺的守备司令就向苏军投降了。第二天，苏军的坦克就开进了大连。"

昨天才看的资料，日期和数字什么的都在老高的脑海里活蹦乱跳，以至于老高都觉得自己有点显摆了。老高停顿了一下，指了指纪念塔："我再唠唠这座纪念塔。"

"从1945年8月22日开始，一直到1955年5月26日，苏军在咱们大连总共待了十年。这十年分为前五年和后五年，前五年是军管，后五年是驻防，性质不一样。但是不管怎么说，苏军跟咱们一直是友好的，尤其是前五年，当时咱们还没建国，大连地区一直由苏军控制的，苏军奉行'铁皮西瓜政策'，谁知道这是什么意思？"老高不想看到自己一个人在显摆，就有意调动一下听众的情绪。

"是不是特圆滑，两头谁也不得罪？"老牛胆虚虚地跟上一句。

"意思是外边越青越好，里边越红越好。"老高宽容地冲老牛笑笑，用手比画一个西瓜形状，"所以说，大连虽然是苏军军管的，但实际上却是共产党领导的特殊解放区，陈毅元帅就说过，淮海战役的胜利离不开山东的小推车和大连的大炮弹……咱们大连人和苏军相处了十年，挺有感情的，为了纪念苏军解放大连和中苏两国的友谊，大连地区先后修建了四座纪念塔，最有名的，就是眼前这座。1953年4月动工，1955年5月，在最后一批苏军撤离回国前举行了落成典礼。以后，每年清明节，咱们政府都来敬献花圈，缅怀那些牺牲在咱们国土上的苏军战士。"

老高讲完了，见周围人没有什么反应，便轻咳了两声，以示结束——以前他们厂长就这样。

"老高讲得这么好，咱们鼓掌表示感谢！"老牛大着嗓子说，于是周围人轰地鼓起了掌。

还是老牛够意思，老高心头一热。老高知道，老牛和周围人的掌声是真诚的。老高给别人鼓了大半辈子的掌，所以知道掌声的成色。

"我有个提议。"老牛振臂一呼，"咱们和这个大铜像在一起这么长时间了，怎么说也有点感情，我有个提议，咱们这群老哥们儿，本着自愿的原则，每人出资一块钱，到对过儿的鲜花世界买一束花，献给苏军烈士，怎么样啊？"

不一会儿，一个红红绿绿的花篮摆在纪念塔的底下。这些拎着马扎子拄着拐杖夹着报纸牵着小狗的老人们，对着巨大的铜像，鞠躬，行礼。

三

早晨，老高在被窝里惊奇地发现，一直蔫不啦叽的若有若无的根部，竟然胀胀了。老高以为是尿憋的，就到厕所撒尿，撅了半天也没撒出尿来。这时老高心里轰的一声，一股欣喜，逆着尿路来到心窝，随即荡漾起一股豪气。

小家伙没使用的时候，是准备做男人的时候；小家伙不好使的时候，是做完男人的时候。一直以来，老高以为这个小家伙不行了，自己做完男人了，再也抬不起头了。没想到，丢失的东西竟然回来了，老高有种失而复得的窃喜。老高清楚，这一切都是广场带给他的，都是阵地带给他的，都是阵地上的故事带给他的。老高喜欢人民广场，甚至喜欢前往广场的感觉，喜欢走在路上的心情。现在，只要不是大雨瓢泼冰雪交加，老高就踩着钟点来到广场。时间太早了不行，那样显得不稳重，时间太晚了也不好，那样有点翘尾巴。再说了，老高几乎每天都能感受到来自广场的关怀。

老高的眼前，放着一把崭新的马扎，皮面的，散发着深沉的光泽。

"这是我给你做的。"老刘不愧是家具公司的领导，马扎做得结实大方。

"老高，这是我老伴儿包的海蛎子包子，你带回去尝尝。"老张对老高亲热地说。

"赶快给我们讲两个故事吧。"老牛催着他。

"讲什么呢？"老高心想，好多好多的故事和许多许多的英雄竞相翻腾，争先恐后地向他的嗓子眼儿发起了冲锋。

"你不是当过兵吗？你就讲讲自己经历过的故事呗。"

老高说自己当过兵，完全是为了增加故事的可信度，随着地位的提高，现在的老高无论如何也不能否认自己扛过枪啊。非但如此，为了配合自己的故事，老高还去军人服务社买来簇新的军装，即使是夏天，老高身上的白衬衣也系着风纪扣。老高觉得只有这样才算地道，才算情景交融。

"以前可不怎么让讲。虽然胜败乃兵家常事，但这毕竟是我军历史上的一段滑铁卢，所以今天讲这个故事，也算缅怀那些战士吧。"老高刚看完一本书，名字是《远东朝鲜战争》，解放军文艺出版社出版，上下两册，其中第7章写到了志愿军第60军180师近八千指战员，在第五次战役的第二阶段里所遭受的重大伤亡。这可是老高闻所未闻的事情，他早就惦记着讲一讲了。

"你说，咱们是不是朋友？"老牛把老高拽到一边儿，低声问。

"那还用说。"老高赶忙说。

"那我有一件事儿求你，你得答应我。"老牛声音更低了。

"什么事儿？"

"你先答应我。"

"我不知道什么事儿，怎么答应你。"

"你不答应我，我就不说。"老牛坚持道。

看着老牛的倔劲来了，老高无可奈何地点点头。

"我已经退下来六年了，差两个月满六年，但是集团的老干办啦工会啦，逢年过节什么的还记得我。人家对我有情有义，我应不应该给人家做点贡献？"

"对，应该做贡献。"老高肯定说。

"我想请你去给他们讲一讲。"老牛亮出底牌。

"讲什么？"

"就讲你平日讲的那些故事啊。"

"不行！"老高斩钉截铁。

"怎么不行？！"还没容老牛反驳，老张一下子闪了出来，"你们讲的话，我都听见了。这事儿你们得捎带上我。我也早寻思这件事儿了，现在的学生不像话，老高你也得去我们学校，给我的学生讲一讲，怎么样？"

"我哪行啊，我这是在咱们老哥们儿眼前吹吹牛，怎么能出去显摆？不行不行。"老高急得语无伦次。

"可是你都答应我了啊。"老牛不依不饶。

"这就是你的不对了。"老张到底是教育工作者，一下子回到了老师的语气，"现在社会是进步了，国家入关了申奥成功了足球出线了，咱们的城市也长高了变绿了漂亮了，但是问题也来了，向钱看的、包二奶的、桑拿按摩、红包黑哨、公务员脂肪肝、上下班夜总会、假哨假药、沙尘暴注水肉……你说，我们这些老同志能无动于衷吗？！你说，我们就没有责任尽尽自己的义务吗？！你说，你不答应我们行吗？！"

于是，老高忙起来了。

五一国际劳动节、六一国际儿童节、七一党的生日、七月七日抗战纪念日、八一建军节、九月三日抗战胜利纪念日、九一八事变纪念日、十一国庆节、十月十日的辛亥革命纪念日、一二九运动纪念日……隔三岔五的节庆假日和排着队的周末，像一个个飞速转动的滑轮，载着老高和老高肚子里的故事，穿梭在不同的人群和不同的会场。

在老高的听众里，有外表悠闲内心寂寞的离退休老人，有拎着青菜打着毛衣的下岗妇女，有被成绩和排名双重揉搓着的学生，有幼儿园天真烂漫无法无天的孩子，有物业公司长着青春痘的年轻保安，甚至老高还给警察讲过一次呢。老高想不到故事会有这么大的魅力，竟然吸引了这么多的人来到他的周围，有拉家常的，有认同学的，有攀老乡的，有找战友的，至于要求合影签字的人就更多了。讲故事也给他增添了许多乐趣，比如有一次在小学讲演，几个营养过剩的小学生就提出了一些奇特的问题：你在朝鲜吃过韩国料理吗？你们出国还用签证吗？是旅游签证还是商务签证？

当然还有别扭的事儿。

老高一开始讲故事，就跟物质利益遭遇上了。邀请单位若是献个花啦献个红领巾或是送个工作日记什么的，三推两搡，老高都能勉强接受。老高不能接受的是，每一次讲故事对方都要表示表示，有时送一件毛衣，有时送一条围脖，有的赠送两斤龙井，有的给一套茶具，有的干脆就是一个信封——里面塞着人民币或是商场的代购券，而且诚恳地表示财政可以列支符合国家政策。

老高警告自己，这可不是给你老高的，人家是给战斗英雄的，是暂时寄存在你这里的，这一百块钱是给解放军战士的这副手套是给志愿军英雄的……你老高要是花了这份钱收了这份礼物，你可就是一个骗子啦，就是一个跟厂长一样或者差不多的骗子啦。

老高把钱物统统塞进床下的纸箱子里。这时，老高还只是觉得别扭，并没有认识到这些东西的危害。直到后来，老高的血压越来越高，他才突然明白，这些货币啊物品啦什么的就是炸弹，迟早一天，这些炸弹非把他和他的阵地炸飞不可。

从现在开始，老高每天早晨都在琢磨一个问题：讲什么？如果这个问题琢磨好了，就继续琢磨下一个问题：怎么讲？

有了纪念塔迁移的成功准备，老高更自觉地关注有关他的阵地的动态。一旦有相关的新闻或是纪念日什么的，老高马上去图书馆准备资料。老高有压力了，老高不能打无把握之仗，他现在看报，不仅是兴趣，同时更是工作需要，所以老高除了关注《大连日报》之外，还关注一下其他的媒体比如《南方周末》《环球时报》《半岛晨报》《大连晚报》和《晨报》什么的。

老高发现图书馆是个好地方。这地方能给他提供源源不断的子弹。他的故事越来越多了，多得他必须讲，一定要讲，不讲不行，不讲就难受。讲得越多越舒服，越舒服就越想讲，要想讲好就得不断给自己充电，要充电就得不断学习，不断学习的结果就是不断地讲。

——国民党有几大王牌主力？

——知道林彪为什么不去朝鲜吗？

——王近山为什么叫王疯子？

——毛主席为什么让毛岸英去朝鲜？

——中国的万岁军是怎么回事？

——什么是"礼拜攻势"？

——麦克阿瑟叼着的烟斗是什么做的？

——李奇微的脖子上为什么总吊着两颗美式甜瓜形手雷？

故事往往这样开始啦。

隐隐地，他感到自己在进行着一桩伟大的事情。直到有一天，《晨报》上登出了他的报道，题目是《霜叶红于二月花》，副标题是"一个老英雄的晚年生活"，写了退伍战士老高如何利用节假日，牺牲自己的休息时间，克服多种疾病，深入厂矿、学校等基层，进行爱国主义的传统教育。

稿件的署名是本报通讯员江帆。在老牛的排查下，很快就探明这篇稿件竟然是老蒋写的。"星条旗"老蒋经过爱国主义熏陶，早已是"我的中国心"了。老蒋以前就是搞宣传，只此一举，奠定了老蒋在宣传口的地位。

开始，老高看这篇稿子，心里忐忑不安。他不知道自己牺牲了什么时间，他更不知道自己如果不牺牲时间，他还怎么生活。同时，他也不知道自己有了哪些疾病，而且怎么就给克服了。再说了，小家伙的复苏能算是战胜疾病吗……反正，老高看这篇稿件，觉得有一半儿谎话，就像报纸上曾经写过的他们的今天锐意进取明天鞠躬尽瘁的厂长。可是，老高却偏偏恨不起来，非但恨不起来，而且对老蒋有点感激。老高知道不能表现出这种感激，他是上了报纸的老英雄，尽管他知道自己不是一个英雄，但是他也不能给真正的英雄丢脸嘛。

他把这种感激换成了动力。他决心照老蒋写的去做。

"老高，我就感觉你不是普通群众，怎么样，我看人不走眼吧。"老牛得意地说。

老高没有承认，也没有否认，但是，就在这未置可否之间，他感到自己的心情轻轻一跳，人生上到一种特别层次了。

"怎么，老高，你还是一个人生活？"牛主席问。老牛的老伴去年去世了，老牛今年就找了一个小他五岁的媳妇。

"一个人怎么啦？一个人好啊，来来去去无牵无挂。"老高打着哈哈。

"你记不记得崔主任？"老牛的眼里透着亲切和狡黠，"上次去杏花居民委讲传统，那个居委会主任……"

老高眼前一下子出现那个低眉顺眼、端茶递水的居委会主任，身上还散发着好闻的香皂味儿。

"你觉得崔主任这人怎么样？"

"什么怎么样啊？"

"你少跟我装糊涂。"老牛和老高熟了，说话既随便，又透着亲切。

"那个主任去年老伴儿死了，你也看了，人不错。咱们这里孤老棒子的有七八个，我看你跟她最合适。"

"一个人生活惯了。"老高觉得自己的心跳加快了。

"别瞎扯了。"老牛亲热地拍着老高的肩膀，"我们都是参加革命这么多年的老人了，革了一辈子的命，在自己晚年的问题上，可得带头树立社会新风、破除封建意识啊。再说了，老伴儿，老伴儿，老来有个伴儿嘛。"

老高觉得老牛讲得真不错，这么难以启齿的话题，让他这么一说，意境格外开阔。

"就这么说定了啊。"老牛高兴地说，"回头我就给你安排安排。"

四

明明忙得挺充实，可老高却越来越不自在，而且睡眠质量急转直下。

老高开始做梦了，梦到自己在讲台上，开始是一个麦克风，后来又加了一个，接着又加了一个……讲台上全是麦克风，讲着讲着，老高却发现自己被厂长绑了起来，厂长是用麦克风的电线绑的，老高越是要挣脱，被绑得越紧……老高吓醒了，额头汗淋淋的，发现两只手正紧紧地抱着枕头，他知道又是在做梦，既觉得踏实，又有无限后怕。

老高想起了他们的厂长。

对厂长来说，开会就是讲话，就是他一个人讲话。厂长讲话的时候声音很大，讲假话的时候声音格外嘹亮，而且用麦克风放大放响。厂长在使用麦克风之前，总是先用嗓子根儿嗯嗯两声，然后用食指叩一下话筒，每当这个时候，老高知道自己可以迷糊一会儿了，因为厂长一讲就是几个小时。厂长开会，最让人害怕的就是他突然不讲话了。这种时候，就是厂长发现会场出问题了，问题大多是下面有人睡觉有人打毛衣有人开小会有人打扑克升级锄大地什么的。没有人相信厂长讲的话，因为他的话除了标点符号之外，都是假的。厂长出国就像他早年下车间一样，厂长坐飞机就像酒后上厕所一样，厂长吃鱼翅就像人民吃粉条一样，厂长洗桑拿就像孩子饭前便后洗手一样，厂长拿秘书小吴和打字员小刘既像自己闺女又不像自己闺女……但是，听厂长讲话就是上班，就是干活，就是工作，就是当家做主。厂长在上面讲，下面偷偷地写，检举信揭发信上告信就没断过，但是每一次厂长都能逢凶化吉，逢凶化吉后的厂长每一次都要开会，开大会，而且工厂改制后，厂长成了董事长兼总经理，讲话的口气更大了。

老高在厂长那里得到了一个启示，讲话一定要讲真话，而且一定要把自己说进去。你一定要在故事里，即便你不是故事里的主角，你也得在故事边儿上转悠转悠。

老高讲故事，但老高从来不鼓吹自己，非但不鼓吹自己，老高还总说自己胆小、怕死、想家、第一次上前线吓得直尿裤子了什么的。在故事的结尾，老高经常说，我是农民出身，又没有多少文化，胆子小，又有点怕死，所以工作了那么多年，也没有什么出息，我讲英雄的故事，与大家共勉……每当老高说自己因为胆小因为怯懦因为怕死而在军队没有什么发展时，他都能在听众的目光里看到理解和赞许。

老高至今不明白，怎么讲着讲着，就把自己也讲进去了，结果自己还成了英雄，还是个老英雄。他知道自己不是英雄，不仅不是英雄，而且连个英雄的毛儿也不是……老高觉得事情有点失控了，就像坐在呼啸而快活的过山车上。

其实老高一直向往这种失控的幸福生活，可以说，直到现在，老高才活出点人生的感觉来。可是，这种感觉刚一出现，另一种滋味就来了，而且这种滋味来势凶猛，盘踞不去，并且不断地吞噬和蚕食姗姗来迟的幸福感觉。

他开始整宿整宿地睡不好，血压也高了起来。

老高咨询过老张，老张说高血压分为原发性和继发性两类，原发性是指发病原因不明，继发性则是因全身性疾病引起，最多见的是肾脏疾病、内分泌疾病引起的。我们常见的高血压，一般就是原发性高血压。病人在日常生活中应该注意限盐补碘，多鱼补钙，戒烟戒酒什么的。老高觉得老张怎么跟自己一样，一张嘴就是一套一套的，于是就跟老张说，咱们是老哥们儿你就唠点干的说。老张这才说要注意休息别着急上火，尤其是有什么心事不能憋在肚子里什么的。

百病皆由心生，老高懂得这个道理。老高不断地纳闷，我有什么心事啊，我都成英雄了，高兴才是啊。

这种不安随着老高知名度的提高而日益增加，被捆起来的次数也越来越多，有一次，老高梦见自己竟然和厂长一起站在讲台上，面对台下黑压压的人民，老高讲一句，厂长说一句，两个人就像配合默契的相声演员……老高想不通，自己怎么和厂长同流合污了呢。厂长满嘴谎话，亏损说成赢利，斗争说成团结，从香港回来刚下飞机就被双规双规之后就是逮捕逮捕之后就是起诉起诉之后就是宣判，受贿120万人民币，另外有240万元的货币和财产不能说明来历，作风糜烂，办公室的秘书和打字员，医务室的护士和收银员，或被骚扰或被调戏或者干脆被厂长发展成自己的三宫六妾——我老高怎么会和这种人同流合污甚至同台讲话呢？！

老高在床下还有一堆心思呢。

夜晚，他把床下面的钱物一件一件地拿出来。鄂尔多斯牌羊绒衫三枪牌内衣无品牌的手套MICAELLAPAI牌围脖大地牌护耳天福茗茶水晶牌水具友谊牌相册英雄牌钢笔2002年修订版《新华词典》人民文学出版社的《鲁迅全集》太阳牌护眼台灯红塔山牌香烟金六福牌白酒王中皇牌压力锅六必居甜酱八宝菜金龙鱼牌第二代食用调和油康宝牌卵磷脂单立人牌刀具PHILIPS牌三头剃须刀雷达牌杀虫气雾剂李施德林漱口水吉列男仕豪情须后润肤露花王清新香皂红嫂牌衣领净奥普浴霸巴斯克林香浴盐……此外，人民币三千七百五十元，新世纪商城的代购券五百元，第二百货大楼的代购券三百元，力士美健身中心次数卡一张。

老高隐约感觉到，问题出在这些物质上。

老高在《晨报》的一版上看到一则消息，一个七十五岁的退伍老兵，在本市最偏僻最穷困的大和尚山乡生活，身边无妻，膝下无子，一个人孤孤单单的，又身患多种疾病，几年前，老人带着简单的生活用品上了山，独自在深山里植树造林，看山护苗，日积月累，默默地呵护起一片又一片的绿荫，文章的题目就是《退伍老兵独守绿色阵地》……老高当时就受不了啦，心里呼啦一下子酸了，眼眶跟着就热了起来，老高眨了眨眼睛，想把悲伤咽回去，可是他马上看见一滴清亮亮的水珠吧嗒一下洇在报纸上。老高觉得自己就是那个老兵，那个在深山里植树育林的孤独老兵，那个无依无靠身心俱疲的老兵，那个独守阵地不下火线的老兵……老高泄口气，眼眶一松，泪水倾泻而下，而且身体跟着颤抖起来，心里淤积的痛苦和憋屈都随着这场泪雨顺流而出。

手里的报纸让泪水浸得沉甸甸的，但心情却莫名其妙地轻活起来，老高把报纸一收，径直回到家里，拿着前前后后收到的三千七百五十元人民币直奔邮局，按照报纸上的地址，寄到了大和尚山乡李家隈子村。在寄信人附言一栏，老高郑重地署上了"石兵"的名字。石兵士兵，就是士兵嘛。

几天以后，老高在《晨报》的跟踪报道里，看到题目是"寻找一个老兵"的文章，说的是有个叫石兵的人，捐助自己的积蓄，无私赞助退伍老兵的英雄事迹，《晨报》甚至把老高在邮寄时填写的汇款单都登在了报纸上。老高第一次觉得自己的字写得不好，不好看。

老高心里说不出的愉快。他开始留心注意周围一些默默无闻的英雄，或者一些被称为是弱势群体的人。他发现干休所和敬老院是这些人的聚集地。老高准备了一个小本子，把自己的收入一笔一笔地记下来，再把有困难的人的名字记录下来，再把困难分门别类，根据每个人的具体情况分发钱物，比如送钱给老熊就不合适，这位同志是个酒鬼，兜里有点钱就要去喝酒，就是说不如给老熊点实物。再比如送手套给老吴就不合适，老吴一只胳膊，另一只扔在朝鲜了，你送给他手套什么的就不合适。

老高跟干休所、敬老院都打了招呼，声明他是受人之托，来为老同志们做点事情，对方唯一的要求就是替他保密。干休所和敬老院的老人们追问得紧了，老高就说，对方是个老板，完成了原始积累，现在就是想积德行善。面对怀疑的目光，老高一再坚持，自己是一个跑腿儿的，既没有这个财力，也缺少这个思想境界，再说了，他这个跑腿儿的，还拿老板一份工资呢。看着老高骑着破旧的自行车，穿着不要说中产、就是离小康也尚有距离的装束，老同志们不由得不信。

干休所和敬老院多坐落在城市的郊区，既安静闲适，又落落寡合。

每隔一两周，老高就骑着自行车，来到干休所或是敬老院，按照事先的计划，把这一周得到的礼物或是钱，分发到他认为需要的老人手里，然后再陪他们唠唠嗑。慢慢地，在老人垂暮的外表下面的那些活蹦乱跳的故事，都流到老高的肚子里了。

他把日记本放在上衣口袋里，上衣口袋里有一个硬邦邦的小本，老高觉得心里踏实，心情舒畅。没补碘，也没补钙，老高的血压早就吧嗒一声下来了，浑身轻溜溜的，小腿一给劲儿，自行车噌的一下蹿出去了，心情好得就像下坡时欢乐的车轮，早些日子的那种幸福感觉，全回来啦。

老高和崔桂云在友好广场的肯德基快餐店见了面。刚见面，老高就知道自己整错了，出现在他面前的不是那个低眉顺眼、端茶递水的主任，而是这个浓眉胖脸、粗声大气的主任。

下午，肯德基里面空空荡荡，散坐着几对嬉笑私语的学生。老高买了两听可乐，他本想找个角落坐下，却发现崔桂云已经大大方方地坐在靠窗的位子上。落地的大玻璃上，有着一幅肯德基创始人的和蔼剪影。

两个人一时无话，场面尴尬。老高左顾右看，一心琢磨着怎么撤退。

"你看，咱们俩的衣服差不多哩。"还是崔桂云打破了僵局。老高这才发现他和崔桂云都穿着大格子衣服。

老高赶快笑了笑，既是认可她的话，也是化解一下紧张气氛。"你的手，是打仗时受的伤吗？"崔桂云一眼就看见了老高伤残的食指。

"不是，是在车间干活时，不小心弄的。"

"要是在战场上，可就耽误事儿了。"

"误什么事儿啊？"老高一时没反应过来。

"不能扣扳机了啊。"崔桂云用食指勾了勾，做了一个扣动扳机的动作。

"那是，那是。"老高在心里骂自己，真笨，可转念一想，留个坏印象也挺好。

"你属什么的？"

"六十六啦。"老高回答，他觉得自己也该问问对方属什么的，还不待他开口，崔桂云主动说，"你六十六，属牛，我今年六十五，属鼠。"

"你身体挺好的。"

"唔，马马虎虎吧。"

"我身体也挺好的，也没什么忌口的。"

崔桂云笑吟吟地看着老高，突然站了起来，一闪身，来到老高身边，低声说："举起手来。"

老高一哆嗦，可乐洒了出来。

"举起手来。"崔桂云依然笑吟吟的，但口气里却带着一丝命令。

老高觉得膝盖倏地凉了，他不由自主地举起了双手，同时颤颤巍巍地想站起来。

"哎哟，大英雄，让你举手也不是让你投降。"崔桂云揶揄道，变戏法一样从手里拽出一卷皮尺，一探身，唰地给老高量起了胸围，边量边说，"我给你量量胸围，我们街道有个编织班，天冷了，给你打一件毛衣……看你这心跳的。"

崔桂云近在咫尺，老高先是闻到了一股浓烈的蒜味，继而又在蒜味里闻到一股樟脑丸的味道。老高闻不得蒜味，只好屏住呼吸，扭过头，同时高举双手，尽量平息着剧烈的心跳。

窗外，人们在市场经济里紧张而忙碌。老高猛地发现隔着一层玻璃，站着一位与真人相仿的老头塑像。老头面带微笑，白胡子，一身白西服，还打着领结。老高知道这是肯德基炸鸡的创始人，好像还是个退役的美军上校。

老高马上放下了双手，他不能向美军、哪怕是一个退役的美军投降。

五

这几天，老高的心里总是疙疙瘩瘩的，崔桂云的"举起手来"一直在脑海里回荡，夹杂其间的还有那股蒜味……这让老高充满了不祥之感。

还有更让老高不安的。老高已经是广场上的明星了，但是他又面临新的困境。他不知道敌人是谁，但是他却清楚地感到脚下的阵地在松动和摇晃。

"老高，来一个吧。"一有空闲时间，老高就会听见这样的请求，看见热切的目光。

"来一个就来一个。今天咱们讲讲四平战役？"

"这个你讲过了。"老张提示道。

"那么，讲讲塔山阻击战？"

"这个你也讲过了。"老刘提醒着。

"那么，就讲一讲铁原反击战期间发生的一段真实故事吧。"

"是不是第六十军一八零师的事？"老赵的语气里竟有一丝责怪，"这个也讲过了。"

当然了，老牛啦老张啦老刘啦老赵啦甚至老蒋啦，都还是挺尊重自己的，但是老高自己清楚，现在他就是一个空荡荡的水桶，外表硬邦邦的，可里面一点水也没有。在同志们期待和渴望的目光里，老高内心充满了愧疚和不安。谦虚使人进步骄傲使人落后、逆水行舟不进则退、兔子和乌龟赛跑的故事，老高的脑海里闪过了无数名言警句和寓言故事，老高责备自己放松学习了，他批评自己骄傲翘尾巴了，他认为跟崔桂云的见面简直就是腐化与堕落，就跟《霓虹灯下的哨兵》里那个忘本的排长差不多。

他已经三天没去广场了。无风无雨，也没有沙尘暴，这是风清日丽的三天，这是挑不出毛病的三天。老高天天泡在图书馆里。图书馆里新开辟了一处音像资料馆，老高发现这里的影片海了去啦。面对纷纭复杂的国际局势，老高有意识想充实一下国际军事方面的知识。老高戴着耳机，自己一个人面对着屏幕，从《列宁格勒保卫战》《巴顿将军》到《空中堡垒》《海底蛟龙》《大洋霸主》，顿顿饱餐。老高还看了一部《第二次世界大战实录》的大型专题片，其中有一节的名字叫《暗杀希特勒》，看着看着，老高的灵感忽忽悠悠就上来了，他知道明天可以去广场了。

"知道麦克阿瑟是谁吗？"

有人点头，有人摇头，但老高这么一说，周围人都知道故事来了，马上围拢上来。

"知道麦克阿瑟是谁，不难。"老高要打消刚才点头的几个人的傲气儿，就冲着他们问，"那你们知道麦克阿瑟是怎么死的吗？"

周围的白头发灰头发和没头发的，基本都在摇头了。

"是我们，打死了麦克阿瑟！"老高压低声音，那感觉就是在倒卖文物似的。

"我们在朝鲜战争的时候，志愿军曾经秘密地搞了一次特别行动。

那一年冬天特别冷，在外面解手，尿还没有落地，就冻成棍儿啦，有的小年轻儿的冻得直哭啊，那时的冬天，不像现在的冬天，让厄尔尼诺整得，一年到头也下不了几场雪……"老高有意东拉西扯，周围人都受不了啦。多少年前，老高看过一本由什么朝阳区群众文化馆集体创作的《怎么讲革命故事》，从中学到不少窍门，知道倒叙悬念疑问句什么的，也知道敌人的官儿越大故事就越有魅力同志们就越听自己讲起来也就越来劲儿。

老高压低声音，整个感觉就是在超低空飞行和轰炸："这是秘密，绝对的秘密。我们所有的参加者，都要求五十年之内不得向任何人透露这次行动的每一个细节。因为今年超过五十年了，所以我呀，也就讲一讲。

"特别行动小组的成员都是百里挑一的，每个人都是一长一短两支枪——最新的美式卡宾枪和左轮手枪。行动前，小组的每个人都发了一张麦克阿瑟的照片，要求天天看反复看，吃饭看睡觉看，然后把照片撕毁，把这个老家伙的形象牢记在心头，埋在心底。

"麦克阿瑟根本瞧不起李承晚的朝鲜部队，他的警卫清一色的都是美国宪兵，其中很多人还是二战的老兵。我们化装成李承晚的部队，穿插到敌人的后方，然后再向后转，冒充上前线的样子，在麦克阿瑟指挥部附近的一个要道口潜伏下来。"

一架飞机在头顶轰鸣着掠过，没有一个人抬头张望。老高估计这架飞机可不小。

"美国的将军，乘坐的吉普车前面都有标志，好认。这老小子胆子也忒大了，身为最高指挥官——陆军五星上将啊，出门也就是三台车，前面一台吉普车开道，后面一台重吉普，车顶架了一挺机枪，装了一个班，就像《奇袭》里的那台车差不多。我们潜伏时，分了三个小组，两个小组负责前后掩护，一个小组专门实施突袭。我们在那儿潜伏了两天两夜啊，这老小子终于出来，我们美坏了，一个突袭，一排手榴弹，前后不用五分钟，就把这个车队报销了，小组里有个专门摄影的，马上拍照，然后迅速撤离。

"我们算计着，这回可立大功啦——全军通报嘉奖，说不好毛主席还能接见咱呢。"

"毛主席接见了吗？"老蒋专注地问。

"你说呢。"老高顿了一顿。

有人递过一瓶矿泉水，老高看也没看，接过来，咕咚灌了一口："唉，没被批评就不错啦。"

"为什么？立这么大的功，怎么能……"老刘疑惑道。

"是不是走漏了风声、暴露了身份……"老张猜测着。

"是不是没有打死，或者敌人装死……"老赵着急了。

"你们说的都不对。"老高用启发的目光巡视着周围，"小组的人都是神枪手，一枪，只需一枪，就可以致命。"

"这么大的历史事件，我们怎么从来没听说过？"一个新来的胖脸中年人，满脸的不信。

老高又抿了一口矿泉水："是打死了，但是不是麦克阿瑟。现在有假烟假酒假哨什么的，那时也有假麦克阿瑟，兵不厌诈啊。我们打死的是个假的，一个伪装的麦克阿瑟！"

周围安静极了，老蒋的哈喇子都淌下来了，亮晶晶地，在他胸口一带飘荡。

一个人策划，一个人指挥，一个人冲锋……这是老高一个人完成的战斗，既没有任何的流血和伤亡，又充满着曲折和光荣。一分耕耘一分收获啊，老高在心里感叹着。他觉得讲这样的故事可比讲辽沈战役啦上甘岭啦什么的更来劲儿，而且他发现老蒋已经拿笔在手心上记着什么了。估计又是一篇，老高想，于是提高声音说："咱们看外国人，高鼻子蓝眼珠，长得都差不多啊。敌人狡猾着哪，为保证安全，麦克阿瑟有九个替身，我们伏击的仅仅是其中一个。我们这次行动，明显不是一次简单的遭遇战。敌人警觉了，以后麦克阿瑟离开司令部，不是乘飞机就是坐坦克。鉴于这种情况，志司取消了这次行动小组。志司同时要求，对这次活动严格保密，五十年之内不许说。"

"什么是志司？"那个中年人没听清楚，侧着脸问。

周围人们的脸上一律显现出怜悯和关爱的神情。老牛一字一句，用少儿节目的腔调回答道："志司啊，就是中国人民志愿军的司、令、部！"

"你还认不认我这个朋友？"老牛脸上有点夸张的委屈。

老高微微点点头。

"你现在有名了，但咱们还是老朋友，所以有句话，我还得说说。"老牛亲热地责怪起了老高，"你怎么不理人家了？"

"谁是人家？"

"崔主任啊！"

老高既没法说"举起手来"的事情，更没法说蒜味和牙齿上的菜叶，就吭吭哧哧地说："我怎么能配上人家？"

"有你这句话，这事儿差不多就成啦，崔桂云还说她配不上你呢……我等着吃猪头吧。"老牛一脸欢快，说着塞给老高一个塑料袋儿，"这是崔桂云送给你的背心，她约你下个礼拜天在老地方见面。"

老高怕老牛批评自己骄傲，于是就满不情愿地拿过背心。

"这可是我最后一次当你们的通讯员了啊！"老牛开心地说。

晚上，老高翻开日记本，他很轻易地发现这里不乏需要背心的同志。他知道不能把这件背心送给别人，当然，他自己也不能留下这件背心，就像他不能留下床底下的任何财物一样，况且，老高又在背心上闻到了熟悉的蒜味。

下个礼拜天，老高决定把背心退给崔桂云，崔桂云同志。

六

一个留着寸头的中年人，胖脸笑吟吟的，身边还跟了两个扎着皮带的战士。老高看着他脸熟，但又想不起来，隐约觉得这个人听过他的讲演。

"我姓贺，贺龙的贺。"姓贺的依然笑吟吟的，"有个人，想见见你。"

"谁呀？"老高问。

"和你一样，一个老兵，对你讲的故事挺感兴趣。"

"多少人听？"

"这个我就说不准了。"

"哦，我安排一下，找个时间。他想听哪一段，我也准备一下。"是不是又要讲麦克阿瑟啊，老高想。最近麦克阿瑟的故事特别受欢迎，就像适销对路的抢手商品，以至于很多人专门来到广场，目的就是要看一看老英雄的模样。

"不用准备了，他今天就想见你。"姓贺的说话时不动声色。

"今天？今天恐怕没时间。我下午还要和小学生一起参加植树活动呢。"老高想了想日记本上的日程，"后天我倒有时间……"

"别客气了，他也是你的战友。"姓贺的脸上依然笑吟吟的，看不出实际心情，说罢，连拉带扯地把老高推上了一辆军车。

军车是一台进口的大吉普，老高坐在后排，两个战士一左一右保卫着他。车子朝东疾驶，进入了滨海疗养区，人越来越少，树越来越密。车子不知转了多少个弯儿，停在东海头的一处深宅大院，院门口有两个站岗的军人，头戴钢盔，荷枪实弹，看见老高他们乘坐的大吉普，挺起胸脯，啪的一个立正。老高注意到，院门口立着一个牌子，上面写着"军事重地闲人免进"。老高隐约觉得这应该是一处干休所或疗养院什么的，只是这一处大院显得格外神秘和庄重。

姓贺的走在前面，两个战士跟在老高后面，正好把他夹在中间。老高没见过这阵势，有点紧张。他心里给自己打气，不管是多大的干部，你一定要发挥好啊。

突然，姓贺的站住了，腰板一振，一个立正："首长，人带来了。"

老高发觉自己站在一间大屋子的门口。

这显然是一间办公室，宽敞气派，举架高阔，主墙面上并排挂着两张巨大的地图，一张是中国地图，另一张是世界地图，地图的前面，摆放着一张两头沉式的写字台，写字台的前面，是两排式样老旧的黑皮沙发。沙发摆放得像两列士兵，随时听候写字台的讲话。老高注意到，朝南的窗口，背冲着门口，立着一个人，听见姓贺的报告，缓缓地回过身来。

这显然就是首长了，一个精瘦的老人，白衬衣，绿军裤，衬衣的风纪扣系着，手里半拎半挂着一根拐杖，站在猩红的地板上，就像一把无声手枪。

姓贺的人轻轻掩上门，无声退下。

"你，就是那个英雄啊？"首长的拐杖点了点地板。

来者不善，老高暗自思忖。

"你给我讲讲铁原阻击战吧。"首长淡淡地说，然后转过身。

窗户又高又大，阳光刺目地射过来。首长站在阳光里，腰板直直的。

老高讲过无数次的铁原阻击战，一张嘴，故事自己就出来了。

"1951年5月16日，朝鲜战场上，中国人民志愿军第五次战役取得了如期的结果，但是，在战役结束向北转移时，志愿军却遭到了美军经过周密组织的反击，这是美军自朝鲜战争爆发以来进行的最大规模的全线反击，志愿军第十九兵团六十三军奉命在铁原阻击敌人……"

首长转过身，打断老高的话："兵团首长是谁？"

"兵团司令杨得志，政委李志民。"

"军长是谁？"首长继续问。

"军长傅崇碧。"

"一八零师的师首长是谁啊？"

"师长郑其贵，副师长段龙章，代理政委兼政治部主任吴成德……"

首长抬起手，又一次阻止了老高的讲述。即便在如此刺目的阳光里，老高依然感觉首长冰冷的目光："你是怎么知道这段历史的？"

"我……"老高一下噎住了。

"你是哪一年入伍的？"

"在哪里入伍的？"

"你部队的番号是多少？"

"你在部队任何职？"

"你的团长是谁？"

"你的营长是谁？"

"你的连长是谁？"

"你怎么知道一八零师的历史的？"

"五六三团几乎打光了，你怎么知道这段历史的？"

"你是逃兵，还是叛徒？"

首长的问话就像射击。他可不像毛头小子一样一梭子一梭子地扫来扫去，他是老兵，他的每一句问话都是点射，精确无误地击中在老高心窝。首长的拐杖在地板上啪地一敲，最后的一颗子弹是：

"你是一个骗子！"

首长与阳光融为一体，老高不敢正视，他只能感到首长在巨大的阳光里一字一句地说话，"现在是三百六十行，行行有骗子啊。"

老高勾着头，不敢抬眼。老高几乎看见自己倒在地板上。光洁的地板倒映着首长高大的身影，雕塑一样岿然不动。

首长目光就是两支锋利的锥子，紧紧地盯着老高："你整天讲来讲去，有什么好处吧？"

老高觉得血压一点一点地涌了上来，膝盖又一次倏地凉了，他感到自己随时都可能摔倒。

"开始就是讲着玩儿，什么报酬也没有。后来讲得多了，有时给一百，有时给二百，不过给实物的多些……"

"这，就是你冒充英雄的真正原因？！"首长站住了，问。

"你都到哪里去行骗啦？"首长背着手，在地板上踱来踱去，目光如同枪口，始终不离开老高，"都骗了多少钱啊？"

老高觉得自己正一点一点地陷落下去，他告诉自己千万不要摔倒。即使摔倒了也要赶快爬起来，英雄没有不摔跤的，摔倒了就要爬起来，拍打着身上的尘土，勇敢地面对生活。

他突然想起了一个东西，他连忙掏出胸前的小本："我有个工作日记，包括讲故事的收入……我都写在上面了。"

首长拿过小本，看也不看，啪地扔到桌子上，然后首长把手伸向口袋，这一瞬间老高仿佛看到首长抽出了一支手枪，并且抬起枪，漆黑的枪口指着自己……其实，首长摸出的是花镜，普通的花镜，然后戴上了。

老高的工作日记是按照每周的活动来记录的。首长倒着翻，翻到的最后一页，那里是老高最近一周工作的记录。

周一，晴。去六一托儿所，讲战斗英雄杨根思的故事。这是第一次讲杨的故事，效果一般。

所长赠送一束鲜花和一副皮手套，花和手套都送鞋匠老齐。老齐是抗美援朝的战士，因为被俘过，待遇不好。他给我讲过第五次战役。

周二，晴。去育文小学讲抗美援朝故事。

学校赠送足部按摩器一台（新世纪商城卖290元，家乐福卖258元，估计价值在230~290元之间），另送红领巾一条。按摩器赠送第七干休所的宋贵家。老宋1942年参军，只有一只胳臂，他跟我讲过孟良崮战役和郓城沙土集战役。红领巾留下，以后去学校讲演用。

周三，晴。给星海新苑物业公司的讲传统，送信封一个，信封里面有二百元钱。钱寄瓦房店的韩礼文。韩是退伍老兵，一个人生活，得了癌症，上周的晚报呼吁爱心捐助。

周四，晴，风。参加《晨报》的读者见面会。报社送羊毛衫一件和豆油一桶。羊毛衫和豆油赠送给第九干休所的丛显俊，老丛参加过辽沈战役，是炮兵，耳朵背，讲过打锦州和朱瑞。朱是什么人？

周五，雨。去图书馆查资料。麦克阿瑟也是个抗日英雄。

周六，晴。今天在广场讲麦克阿瑟的故事，效果极好。

……

"我回来啦，爷爷。"门嗵的一声撞开了，一个孩子跳了进来，背在后背的书包一蹦一蹦的。

"小嘎子！"首长喝呼一声，脸依旧板着，但目光却马上柔和起来。

小嘎子一头大汗，手里还拎着一个脏兮兮的小足球，看见老高，愣了一下，站住了。

小嘎子肩头一甩，放下肩包，拉开拉链，呼啦一下把背包里的东西倒了出来。背包里有铅笔盒课本蜡笔巧克力游戏机什么的，小嘎子从里面翻弄出一个大本子，来到老高身边，拧着眉头问："我叫你叔叔呢，还是叫你爷爷？"

老高赶紧说："叔叔，叔叔。"

小嘎子亮出小本，双手高举："叔叔，请你给我签个名儿。"

老高一时蒙了，瞅瞅首长，不知该不该接这个本子。

首长气得直攮拐杖："噢，现在你是名人了啊？"

小嘎子看出老高的窘态，转过身，冲着首长就是一句："我要签字！"

"签吧签吧。"首长耷拉下眼皮。

老高拿过本，打开，正欲提笔，小嘎子尖叫一声："等等！"

小嘎子找到没有写字的一页，压了压，递给老高。

老高哈着腰，问："小朋友，叫什么名字啊？"

"我大名是王志超，小名叫小嘎子，爷爷起的。"小嘎子回答得嘎巴溜脆，大眼睛黑白分明，眨巴眨巴地望着老高。

老高顿了顿，一笔一画地在洁白的纸上写下了"祝王志超小朋友学习进步，天天向上"，然后递给了小嘎子。

小嘎子拿过来，看看，然后说："你还没写自己的名字呢。"

老高瞥了一眼，见首长没有反应，才迟疑地写上自己的名字。

小嘎子得意地说："我是我们班第一个有你签名的。"

"来，我看看。"首长伸出手，要过小嘎子的本子。首长戴上花镜，看了看老高的签名，没有说话，又往前翻翻，不知看见了谁的签名，恼怒地拍打本子："啊，怎么还有这样人的签名？！"

小嘎子一跳，一把抢过本子，喊了声叔叔再见，跑出屋子。

七

首长掖着拐杖，一边翻弄着老高的日记本，一边缓缓地在屋子里踱来踱去，圆口布鞋在地板上发出细微的沙沙声。

"看不出，你挺忙的啊，比我还忙啊。"首长摘下花镜，用眼镜腿儿敲敲日记本，"我凭什么相信你写的是真话？"

"俺没有一句假话。"

"没有一句假话？"首长瞪起了怀疑的目光，"我问你，上周五，你干什么去啦？"

"上周五……下雨，我去图书馆了。"老高回忆道。

"去图书馆了？你只去图书馆了？你没有去肯德基？"首长步步紧逼。

"……"老高心里翻江倒海，他想起了崔桂云的"举起手来"。

首长意味深长地说："不要以为我们没掌握你的行踪。"

"我没有撒谎，我这里要是有一句假话，你就让军事法庭审判我。"老高倔倔地说。

"哼，你一个退休工人，凭什么上军事法庭啊？！"首长揶揄道。

老高啊老高，你还臭美什么啊，你的一举一动，都被人家捏在手里了……想到这些，老高百感交集，紧张、委屈、惶恐和哀怨淤积在心头。老高不由得热血激荡，猛然之间竟有一种豁出去的心情。

"你可以不信任我，但你不能侮辱我。我这大半辈子，就崇拜英雄，喜欢听打仗的故事，看英雄的书，看英雄的电影电视，看英雄的VCD和DVD，后来，看得多了，就开始讲……讲着讲着，我也不知道自己怎么就成了英雄。我知道我不是英雄，我也不配做英雄，我今年都六十多岁了，我觉得能让我讲这些英雄故事，我这一辈子，就挺知足了。"老高浑身颤抖，喉头发紧，眼眶发热，但他死死地含着，不让眼泪滴答出来。

老高使劲儿低着头，哽咽着说："我再也不讲了，不讲了，永远不讲了……"

"啊？你还来劲儿啦！"首长一猫腰，用与他年龄不相称的敏捷动作，几步蹿到老高面前，瞅了瞅老高欲哭欲泪的脸庞，突然拔起声音，"《三大纪律八项注意》的第一条是什么？"

"……"

"你说讲就讲，你说不讲就不讲了？！你天天讲英雄，装英雄，你脑子里还有一点纪律吗？！"一双黑布鞋和一截拐杖伫立在老高跟前。

"仰起头来！"首长的语气短促而有力。

老高慢慢抬起头，泪水在睫毛上摇摇欲坠。

"现在，我命令你！"首长大喝，"仰起头来，像英雄一样站着，站直溜了；像英雄一样说话，大声说话；像英雄一样讲述我们流血牺牲的故事、讲述我们伟大光荣的历史……听到了吗？"

老高泪眼婆娑地看着首长，首长在他的泪眼里显得既朦胧又高大。

"听好了，我给你约法三章。"首长伸出食指，干瘦的食指，"第一，要尊重历史。不许编造历史，不论出于什么目的，都不能编造历史！"

"听到了吗？"

老高使劲儿点点头。

首长伸出中指，干瘦的中指："第二，严以自律。不许利用自己的影响，利用自己的特殊身份，以权谋私。听到了没有？！"

老高又使劲儿点点头。

首长伸出了无名指，老高惊异地发现首长的无名指竟然少了一截，老高下意识地摸摸自己的残缺的食指。

首长接着说："第三，要不断学习。面对新的复杂的国际局势，要及时更新观念，研究新问题，注意新动向，听懂了没有？"

老高还是使劲儿点点头。

"说话！"首长命令道。

"是。"

"我听不到，大声点！"

"保证完成任务！"这时老高的泪水已经顺着一脸的褶皱，如禁锢了一个寒冬的春水，满面横流。

"有时间到我这里坐坐，我欢迎你。"首长深沉地看着老高，目光里充满了慈爱。首长伸出两只手，重重地拍拍他的肩头，捏捏老高的肩膀。老高感到了首长的手劲儿，心里顿时涌起了一波一波的暖意。

"你可以走了。"首长挺起胸脯，平地一个雷，"立、正！"

老高身体绷直，往上一紧。

接着又是一个雷："向后、转！"

随着首长的口令，老高脚掌用劲儿，唰的一个向后转。他正等着齐步走的命令呢，这时却听到了短促而低哑的声音——向后转。

老高迟迟疑疑地转回来。

首长抬起胳臂，老高还以为这是告别，但是首长的手一翻，冲老高招招手，示意老高过来。

老高向前迈了一步，首长又招招手。老高又向前迈一步，首长继续招招手。老高愁了，他再前进一步，就要撞着首长了。首长看出老高的窘态，肩膀一倾，伏下身来。

首长警觉地看看门口，低声问："我问你，你讲的刺杀麦克阿瑟的故事，真的是你……编的？"

老高点点头，又张嘴报告了一句："是。"

"唔——？"首长凝目，梗起脖子。

"我没有什么新故事，就瞎诌了这么一个，以后，我……再也不乱讲了。"老高的嗓子干哑起来。

"改革开放需要一个稳定的国际环境，经济建设也需要一个稳定的国际环境。"首长用拐杖把儿顶了顶老高的胸膛，语重而心长，"如果给中美关系带来什么负面影响，你能承担这个责任吗？"

"我再也不敢讲了。首长放心，这个故事，我以后保证不讲了。"

"不过，从战术上讲，这确是一步高招儿……擒贼先擒王嘛。"首长眯起眼，咬着牙齿说，"他们不是也炸过我们的司令部嘛。"

听不到命令，老高不知道是走是留。近在咫尺，老高发现自己竟然比首长还要高出一小截。

"唔，还有一件事儿。"首长的目光柔和起来，像是看着调皮小嘎子，"我要告诉你，崔桂云同志的丈夫，去世的丈夫，可是真正的战斗英雄，在朝鲜战场身负重伤……那可是一个好兵啊。"

"报告首长，我再也不跟崔桂云同志来往了，我保证……"老高的鼻下隐隐地飘起一股蒜味，他本能地抽紧鼻子，他猛然想起了礼拜天还有一个约会。

"那是你们的事情喽，我又不是老封建。"首长突然笑了。

这是老高第一次看见首长哈哈大笑。

（原载《作家》2003年第3期）

特蕾莎的流氓犯

陈　谦

一

特蕾莎？

她微低下头，将额头靠向墙上的镜面，眯起眼看镜中的自己。

脸真白啊。苍白，眼下有些干。她屈了食指，反过来贴到眼边，轻揉那些细纹。该去做脸了，她想。每次做了脸出来，简直能听到皮肤毛细血管收缩的声音——那些细小的皱纹几乎在瞬间被营养导露驱散，留给她数日的面若桃花。

你是特蕾莎？她侧过脸来，朝镜中的自己很淡地一笑，然后撩撩额前短发，又笑了一下，那笑就冷了，还带上些许讥诮，些许轻蔑。那发色染成深栗红，在灯下，她引为得意的低调的栗红显出酒色，浮泛上来，竟还有些光泽。很细的眉，天生地细，天生地长，直埋进额边的发间。她儿时暴晒在南宁亚热带的烈日下，听人们说，看看看，这个妹仔的眉儿！还有她的皮肤，白得能看到皮层下淡青的血管，任亚热带的烈日如何暴晒，都不会变黑——它们不属于边陲，不属于南宁。那里的女人皮肤黝黑，颧骨高耸。她因此是出众的。那时她不是特蕾莎，她甚至不晓得在这个世界上，还有这样古灵精怪的名字——那时大家叫她阿梅——教授古文的父亲给她起的学名是静梅。

她于一九六九年上小学。在师院附小场院里那棵巨大的苦楝树下报名当天，收表格的女工宣队员徐师傅接过孩子们的报表，看到文绉绉的名字，都建议小孩子当场就改。前面那个娇里娇气的雯雯摇身一变成了卫红；身后那个说话猫一样小声的丽丽也当即改成了永红。

她拿不定主意，给挤到桌边，咬着笔死想。这时她看到将上四年级的哥哥静松在人群外朝她挥手：我改成劲松了！新鲜出炉的劲松拨开人群，站到她身边喘着大气喊：暮色苍茫看劲松，乱云飞渡仍从容！静梅为自己竹竿一样细长的哥哥高兴起来，一笔一画地将自己的名字写成"劲梅"。

她在那个夏天穿起木薯蚕丝的衣裳，质地粗大的经纬上染出大红底色，稀疏印上白色的梅花，蜡染的效果一般。那梅花长在肥短刚劲的粗干上，健硕，昂扬。这李铁梅在《红灯记》里的行头，在这个夏天成为南宁的时尚，她暗认的自我身份。

现在，她是特蕾莎。

她的衣橱里没有一点花色。各式的黑，各式的白，各式的灰，涂填着她的四季。她十七岁离开南宁，去长沙，国防科技大学；去广州，华南理工学院；然后远去英伦，让中国边陲之地的劲梅摇身变为剑桥半导体物理博士。在去往加拿大的飞机上，她望向大西洋在阳光下泛出的无际无涯的灰白，特蕾莎这个名字海豚一般跃上来。她立刻擒牢它，摇身一变，跟一九六九年那个夏天一样，只在瞬息之间、一念之下。

她在蒙特利尔郊外住下来，又开始盘算下一个要奔向的地方。人家看她一个适婚年纪的女子，总是三个箱子，马不停蹄的样子，都诧异她的野心。她哪里是有野心？她只是不敢回望来路。那路上有一只怪兽，天涯海角追赶着她。她只要不回头，就不用面对它。但她绝不能让它超上来，吞噬掉她。

她只能飞奔。

在蒙特利尔这个常让她想起欧洲的地方，她学会了法语。她住在河边褐色的公寓楼里，夹藏在异国的风寒中，寂寞而安全。她的住处有着长长的回转围廊。在蒙特利尔短暂的夏季，她一个人在回廊上，手里拿着一瓶啤酒枯坐，让夕阳在江面上打出的细碎金片刺得眼睛生疼。她逃得够远了。父亲去世。母亲去世。在父亲和母亲的追悼会上，长辈和儿时的朋友们见到她，都围上来，安慰她，又赞叹她。阿梅阿梅，他们亲切地叫她，你变得这样有出息了！她握着他们伸过来的一双双手，真心地哭起来。她晓得，她今生大概再也不会见到他们了。她吞下自己的泪水，得到一阵解脱。她从此再也没有回南宁。

她对所谓的爱情没有向往。她看男人的眼神像是在看一杯清水，连心思都是淡的。她想她或许也是爱爱情的，却爱不上男女之情。她约会过一些男人，在她年过三十之后。她跟他们出去吃饭，喝酒，看戏，郊游。但是她跟他们的关系全在肉体接触之时停下来。她惧怕他们的手。他们的手伸过来，穿过她的衣领、解脱她的纽扣、扯开她的拉链，令她听到怪兽在清冷的月夜下嘶吼一般，她让那吼声吓住了。她想过像欧美女人那样去看心理医生。可是，她们要寻找的是不知名的怪兽；她却认识那只怪兽。

直到她遇到家明。那还是秋天，蒙特利尔很早就冷了，她在冻得令人头疼的寒风里，决定去华盛顿参加一个半导体业界的国际学术论坛。家明在硅谷的惠普实验室任研究员。他穿一套藏青色西装，站在大会的讲台上，谈芯片的合格品级控制。她喜欢他镜片后那一双简单得透明的眼睛。它们太简单了，一张，一合，泻出的全是光明，她走神地想。那双眼睛扫过来，看到她，停了一秒，又越过去了。她低头去看会议日程表上他的名字，拼音将她对光明的感觉抽离了，她用笔在他的名字上画了几个圈。

她跟家明在早餐台上碰到，她竟有心跳的感觉。她跟家明聊起来。她对家明说，你的西装很好看，但不要配白色的棉袜啊。家明腾地坐直了，看她。她知道，她一上来就先越过了线，向他倚靠过去。她微笑着说，最安全的是只买深色袜子，袜子颜色要深过裤子。噢，你到底是英国来的，家明后来说。不是的，她不是英国来的，她来自中国的边陲之地，南宁。你恐怕都没听说过吧？很多杧果树，很多扁桃，菠萝木瓜香蕉，酷暑和溽热，白热化的天色，疯长的植被铺天盖地，碗口大的朱槿花红白黄粉。金包铁、银包铁、五步蛇、竹叶青，数也数不清的毒蛇，它们一口能要人一命，但她没说。他比她小三岁，来自西安。南宁西安，简直是天作之合。当她知道他的年龄时，她第一个反应是：那么一九六九年，他才四岁？这个想法让她像是看到一杯水结成坚冰后的晶莹，那剔透的晶莹诱惑她想触摸它的质感。

家明在清冷的月夜里陪着她从华盛顿纪念碑下来，走到林肯纪念堂前，向她求婚。她在月光下警醒地站住，侧耳谛听。怪兽没有出现？她的耳里只有喷泉哗、哗、哗的轻声，安宁混着喜悦散在水珠里，将她溅湿。她对躲回蒙特利尔公寓里这样的想法生出恐惧。家明从身后拥住了她。阴影这个词被挤压出来。那你要找光源的，当顶光出来的时候，阴影遁匿无踪，她对自己说。那一年，她三十三岁，披一头长发，转过身来，果然一地清辉。

她答应嫁给家明，来到硅谷。在黑夜的深腹，她将自己三十三岁的处女之身献出。每一次跟家明的肌肤之亲，都浸在暗夜的深黑里，不能有光亮。她惧怕那久违的怪兽突然出现，自己跟它裸裎相见。

她成了英特尔芯片质控研究的第一线科学家，很快又成为荣获英特尔年度突出成就奖的攻关小组头儿。她穿着盛装，飞到圣地亚哥海滨豪华度假营地，从总裁手里接过人们戏称为"英特尔的奥斯卡"的奖杯，并在三十五岁那年生下女儿亮亮。亮亮这个名字脱口而出，家明，亮亮，全是光明。她守着两片光明，融进硅谷无边的阳光中。样样都在轨道上。她已经很久很久没有听到那怪兽的嘶吼了，它给甩到太平洋去了吧。

　　她将目光从镜子里收回，看看表，刚到五点。北加州的秋季，天黑得早，五点一过，天光几乎敛尽了。这里是斯坦福购物中心内的一间法式咖啡屋。她回过头去，看向左边，一排明净的玻璃橱柜，里面精致的各种法式小点心粉嫩诱人；柜台后，磨咖啡的声音起起伏伏。墙色是明黄，地下是黄色红色小瓷砖块混铺出的无规则图案，桌椅面也是同调花色，桌椅都是铁质的腿脚肢干。顶上的大吊灯亮了起来，灯光透过花蕾样的铁雕灯罩四下撒开，在黄红的基调上打出暧昧而温暖的光色，令她觉得安全，又有点感动。

　　她穿着深黑开司米毛衣，一条黑色薄呢裤，一双浅筒靴子，戴着一条蒂芙尼心形碎钻项链。你就是特蕾莎？她将脸侧过来：阿梅，你变成女人了，一个蛮漂亮的女人。

　　她低下头，手伸到手袋里，触到一张折叠起来的报纸，很薄。她捏了它一下，又放开，将手掏出来，很轻地搓搓脸。

　　特蕾莎！绿茶拿铁！她听到年轻女店员清亮的声音，举了举手。果青色的绿茶拿铁就被送到了台上。

　　她已经当了很多年的特蕾莎了，一切都是个好啊。还要回到阿梅那儿去吗？她皱皱眉，低头喝拿铁。

　　她是来等他的——她的流氓犯，那个跟死追着她的怪兽一体两面的人。她的流氓犯，这个称呼一直给锁在她的心底，她以为已经锁出了斑斑铁锈。可当她哆哆嗦嗦找出钥匙，插入，啪嗒一下，弹指之间，它轻灵洞开，通向一条漫长幽黑的隧道。她终于和怪兽狭路相逢。出乎她意料的是，这个想法不仅没有击倒她，还让她镇定下来。她挽起了袖子，冷漠地笑笑。是时候了，她决定迎上前去。

她已经看过那张照片很多遍了：王旭东，中国当代著名青年史学家，现应斯坦福东亚中心特邀，在斯坦福大学访问，从事"文革"研究。照片中的男子有一张削长的脸，戴一副无框眼镜，目光沉静。她从那沉静里读出了一分焦虑，两分凶煞。她将报纸举到灯下，再看。就是他了！王旭东。她的流氓犯。噢，他出息了，成为中国著名青年学者了？这个消息让她既安慰又心酸。她真愿意自己能钻进他的瞳仁里，从那儿看出：是怎样的当代史？又是怎样的"文革"？

她接着看到他出现在旧金山湾区的中文电视台里。他穿着一件铁灰高领毛衣，侃侃而谈。她的记忆在他出现的瞬间变得有点模糊，她盯着屏幕，大气不出。他脸上的线条全拉直、发硬了，长大成人了。她有点恍惚起来，像？或不像？她闭上眼，急寻着倒映在记忆底片上的影像，但是光太强了，将底片打出一片雪白。关灯！关灯！她几乎要脱口而出。她张开双眼的时候，还咬紧了她的双唇。

他终于看到她了，他看出镜头外的眼光跟她的目光交汇的瞬间，她看到了他眼里极大的惊慌，他甚至还打了个冷战。她从沙发上站起来，背着家明和九岁的亮亮在起居间里的说笑声，疾步走向卫生间。她站在那个小小的封闭空间里，捏了捏拳头，又出来。

家明从亮亮的拼图堆里抬起头，说，你很冷吗？她松开了紧抱在胸前的双臂，摇摇头，转过身去，她能感到家明探询的目光扫过她的背影，然后停留在电视屏幕上。她这时听到他在电视里说，他青年时代随当军人的父亲在广西待过。她闭上了眼睛，等他下面的话。可这句话很快滑过去了，像是说走了嘴。可她到底是接住了！噢，这个人还在你们广西待过呢，家明说，声音里有一点嫉妒。家明没有去过广西，那个她自幼生长的地方。

她不响，盯着荧屏看她的流氓犯。她看到他的脸色尴尬了一下，随即就过去了。他后来从华东出发，山南海北，流浪，去过很多很多的地方。为什么流浪？那个娇媚美丽的台湾来的女主持人天真地问。他犹豫着，忽然凄凉一笑，说，我一直寻找一种真相。她憋住一口气，等他下面的话，他看向她，很慢地说，时代的真相。你找到了吗？她几乎是和那个美丽女主持人同时开口的。我会一直找下去——这有点答非所问了。但她听懂了。

在那个夜里，她再一次听到了怪兽的嘶吼。那吼声低哑，呜——呜呜——呜，带着回声，绵远又凄凉。她决定要见到他，她要当面告诉他，她对他是愧疚的。或许，只有这样，她才能从怪兽的嘴里夺回余生的和平？

在那个夜里，穿过三十一年的时光隧道，她再一次清晰地看到那个早晨，南宁郊外夏日的早晨，在一扇被疯长的九里香淹没的烂木门后，他向她招手。她在那个早晨路过后来成为她的流氓犯的王旭东家的小洋房时，只有十三岁。

她看到她的流氓犯坐在侧门的台阶上看书。他穿一件很旧的圆领汗衫，灰白的短裤，足蹬一双深蓝色泡沫底人字拖鞋，双膝并在一起，头低下去，在看一本书。她注意到他的手在抓着小腿的痒。南疆的夏天，有多少的小墨蚊。她是去教授宿舍区找同学文惠，那个暑假里，她们迷着学剪纸。文惠的姐姐在市里体校练羽毛球，带回很多剪纸样品。很多年后，文惠去了日本。她们偶有联系，却从不提那个夏天。

那是一九七五年的夏天，她来了例假。她的父母原来都在这个郊外的师范学院教书。那个夏天，她的父亲带着哥哥劲松去了学院在桂北的分院，她和母亲留在南宁。母亲暑假里到学院的农场锻炼，周末才回来。她颈上挂着钥匙，一日三餐吃食堂。

她的流氓犯的父亲是三八式干部，刚从驻扎在桂东的部队到学院当军代表，任革委会副主任。那父亲腆着个大肚子，却酷爱看篮球，几乎全身心在抓学院的篮球队，带着他们到处打友谊赛。她的流氓犯的母亲也是军代表，在学院隔壁的财经学校当党委副书记。那是个身材和脸貌都很修长的高瘦女人，总叼着一支烟，脸色给烟熏得青黄。她永远是修剪整齐的齐肩短发，两边卡着粗长的铁质发卡。听大人们说，她当年曾是海南岛琼崖支队娘子军连里的小女兵。她的流氓犯是这个女人最小的儿子，上面三位儿女，分散在北京、上海、广州当工农兵学员。在那个年代，这是特权之一种。

她在她的流氓犯家院外的冬青树旁站下，他是那么专注，在看他的书。她看了看四周，没有人。她抬头望着冬青墙上方，伸出来的番石榴熟了，她看了好多天了。她没想到，她竟然是先叫了他：我能不能摘一个番石榴？她的声音很轻，嫩嫩的，有些抖。

她的流氓犯抬起头，她看到了他修长的脸，跟他母亲很像，但那肤色很白，跟他母亲又不大一样。他表情有点吃惊，迟疑了一下，很淡地说，噢，你摘吧。她从来不跟班上的男同学说话的。她在那个早晨，跟他说了，主动的，镇定的。

他看着她踮起脚来，却够不着树上的果实。他比她高三个年级，在师院附中的高中部念书，跟她哥哥劲松同级不同班。她看到他白框眼镜后面一双很冷的眼睛，有些发怯。他站起来，说，我来吧。她听着他的人字拖鞋啪嗒啪嗒地敲打她的心室，懒散地试探着那门锁的暗语。她得到了四只番石榴，红心的。你以后想吃就自己摘吧，它们很招鸟的，鸟一来就到处拉屎，很讨厌的，他说着，歪了歪脑袋。他的声音里有一种凄凉。她用衣角小心将它们擦过，一路吃着走去文惠家，脚步后来就有些跳跃。那果实很甜，混着一种鸡屎的怪味儿——南宁土话里是叫它鸡屎果的，吃多了会便秘。

很多年后，在剑桥一个查经班上，有一天她忽然神情恍惚，说她见过伊甸园的禁果，很甜，却有一种怪味儿，吃多了会便秘。话一出口，她眼里便噙了浅浅的泪，她张了张口，说，其实那蛇是在人的心里。导读的牧师一愣，在众人反应过来之前，立刻转移了话题。

后来，每一次，她经过旭东家，都要去摘番石榴，因为他准过的。有时他在台阶上看书，有时他不在。没见他时，她会弄出很大动静，他就会出来，到院子后面帮她摘果，一边说话。有时他出来，双手背到身后，倚着墙看她在番石榴树间穿行，也没有动作，却开始有些笑容。他房间的窗前，有一棵巨大的朱槿，开满了碗口大的艳红的花，长长的花蕊伸出来，惹得黄黄白白的蝴蝶飞来飞去。很多年后，她看到朱槿成了南宁市花的消息，眼前立刻冒出那堵灰黑的墙，无数朵硕大的朱槿花喷出血一样的艳红，溅满他身上那件月白色的圆领汗衫。

她在那个夏日的早晨，捧着番石榴果将要离开时，忽然折回头，问他每天那么专注，都看什么书？他就让她看他的书，书名是《苦菜花》。他后来同意她将书带走，让她千万不要声张出去。他们之间有了共同的秘密。

她在《苦菜花》里，看到哺乳期的村妇将喷射出奶水的乳房塞到解放军伤员嘴里这样的细节。在十三岁的那个夏天里，她胸前正生出隐隐的微疼，两颗春天梅树枝头茸茸的细嫩花苞，在心口两边遥相对称，破土而出。她紧护着它们，生怕它们如书里的村妇那般突然膨大，乳汁四射。想到她的流氓犯也曾看到过这样的字句，她心惊肉跳。她还看到了黄花闺女、妓女的说法。《新华字典》说：妓女是卖淫的女子。那卖淫又是什么？她终于忍不住告诉了文惠，文惠也摇头。文惠却知道黄花闺女指她们，因为她们没有跟男人好过——文惠的姐姐在市里上学，文惠的姐姐已经用七十公分的文胸。文惠的皮肤让亚热带的湿气熏得油黑发亮，长长的睫毛像一对蜻蜓扑来闪去，被小伙伴们叫作"黑牡丹"。很快，她看到文惠桌上也有了从流氓犯家中树上采下的番石榴，从被鸟叮出的小孔里，可以看到里面粉红的心。它们全是酸的，她想。她认得它们的。但她不问，不是不想，是不愿懂得。

终于有一天午后，她跟她的流氓犯走进了他家的纱门，到了他的小屋里。他从床下拖出两大箱书，有《红楼梦》《青春之歌》《迎春花》等等，还有大摞的《大众电影》。他盘坐在地板上，说他是寂寞的，哥姐比他大得多，父亲的军旅生活很动荡，他从来交不上稳定的朋友，这些书是他的世界。他说着，神情变得有些哀伤。她点着头，跪到地上，扑到了箱子边上，贪婪地翻起来。

她意识到，当她跪下来时，裙子下露出的长腿，让流氓犯的眼睛亮了一下，她心下竟是欢喜的。她后来再来，蹲下翻书时，她会有意识地将裙子撩一撩。她喜欢他冷冷的眼睛，在她假装不经意地撩起裙脚的时候，发出的那温和的光。这个十三岁的夏天，她朦胧了解到裙脚起落间的微妙。

在一个雨后闷热的下午，她的流氓犯从她身后抱住了她。她的身子发抖，他摸过她平坦的胸部，红梅花蕾在胸前忽然挺拔起来。他细长冰冷的手指拧住那微小的花苞，轻轻地捏转。她感到窒息，眼睛瞪大了，不敢眨。当他的手要从她的前襟伸入时，她推开了他，逃脱出来，一路狂奔到池塘边的竹林里，呼呼喘起大气，短衫的红色被汗沁成了深棕。

那个夜里，她做了一个怪梦。她被一条蟒蛇缠住。它从她的大腿间缠绕而过，盘缠而上，将她箍得不能喘息。她在黑暗中惊醒，一身的汗。她的手揩过自己身体，顺着蟒蛇爬过的地方，一直向上。她第一次感到了一股来自身体深处的痉挛。她惊恐地睁大眼睛，却只望见黑暗，无边的黑暗。

第二天她又进了他的家门。他坐在床边，没有碰她，却示意她撩开裙子。她看到他的脸上有一种几乎可以叫作温柔的表情。她顺从地撩起裙子。她穿着一条母亲车缝的花布短裤，上面有宝蓝和粉红的蝴蝶。他轻叫了一声，跪过来搂住她的腰，眼镜滑落到鼻尖上，看上去痛苦又滑稽。他的手摸过她的裤头，在拉它的松紧带。她自己也没想到，她竟哭了出来。他放开她，她还在哭，却不知道是欢喜还是悲切。她听到她的心，从胸腔深处一级级往上跃跳着，最后卡在她的喉中。她的哭声大起来，她想将那心哭出来，让她能顺畅呼吸。他捂住她的嘴，说，不要哭，不要！什么都没发生过，你走吧。再不要来了。

她就再也没有找过他。她让文惠来自己家中玩，她怕走过那栋浓荫覆盖的房子，虽然她想念着它。很多次，她都想跟文惠讲旭东的事，但恐惧让她忍住了。

文惠却来得越来越少。她有一种直觉，却死抵着，不愿去验证。终于，在文惠几乎从她的视线里消失的时候，她在一个酷热的下午，走向她的流氓犯的家。她穿过冬青墙，推开那扇九里香攀附着的后院门，绕到他家后院里。看到文惠的书包搁在阳沟边，她的心狂跳起来。她大声叫着文惠的名字，没有应声。她拨开朱槿枝丫，爬到流氓犯的窗台上，从外面看进。隔着纱窗，屋子很暗，她将脸贴到纱窗上，鼻子里立刻充满铁锈的腥气。她看到文惠坐在旭东腿上，他们搂抱在一起。她看到他们的嘴贴合在一起，那么忘情。文惠轻握着旭东放在她胸前的手，两只少男少女纤细柔嫩的手搭在一起的样子，温存静好。文惠的头微仰起来，头发垂散开来，和她浅棕的脸浑然一体，真像一朵让湿热的空气催发后怒放的黑牡丹。你们耍流氓！她在窗台上叫出了声，带着令她自己震惊的哭腔。

她不知道自己为什么是这样大哭着奔远的。她觉到很深的委屈，很深的伤害。她是捂着肚子一瘸一瘸地奔远的，像被一支毒箭射中。很多年后，她才想明白，那是嫉妒。

她哭着奔到文惠家里。文惠的母亲正在家里备课，她拉着那个穿着月白的确良短袖的女人的手，哭叫着文惠的名字。文惠母亲蹲下来，焦急地摇着她的手臂，说，文惠怎么啦？她不是天天下午都去你那儿做功课吗？天天天天！她哭得更响了。

文惠很快被带去医院检查。同一个宿舍区的好几个女孩，这时都说出了类似经历。作为第一个举报的女孩，她被附小的工宣队、学院的保卫科、班主任、校长等拉去问了又问。她的细节从来没有变过，只有在问到是否被非礼过时，她没有犹豫地说：没有！那些女孩都去医院检查了，好像也没查出什么。她不知是要检查什么，却为自己不用去医院而高兴。

她在流氓犯的母亲找到她那天才为他哭了起来。那个母亲将她带进自家客厅，点了一支烟，让她将整个过程再说一遍。她这时已经驾轻就熟，能将事情平静清晰地说得非常流畅。那母亲安静地听完，弹了弹烟灰，皱着眉说，小姑娘，你肯定你说的都是实话？是的，阿姨，她点点头。那母亲走过来，蹲下，平视着她的眼睛，又问了一句：告诉阿姨，你说的肯定是真话？她咬紧嘴唇，在烟雾里又点点头。那母亲转过头去，看向流氓犯的房间——房间的纱门上垂着苹果绿的绸帘，很慢地说，好在他还没满十八，不过，他差不多也就算完了。这句话令她哭了起来。她听到那母亲轻叹一声，长长地吐出一口烟，在烟雾里眯起眼睛，却也没有求她，或暗示她改一个说法。

后来她看到她的流氓犯王旭东站在全校批斗会上。她跟着班级的队伍入场时，王旭东已被押到那个粗陋的水泥舞台中央，胸前挂着一个粗陋的大纸牌，上面用毛笔潦草歪斜地写着"少年流氓犯王旭东"。她坐在第一排，身子一直在抖。她真不愿意成为旭东和流氓犯这两座孤岛间的那座桥，但她就是那座桥。旭东踏过它，成了她的流氓犯。

有人开始领喊口号，一片稚嫩清脆的声音轰然而起："无产阶级专政万岁！""打倒流氓犯王旭东！"他被宣布开除学籍，扭送到师院在近郊邑宁的五七农场劳教一年。宣判时旭东抬起头来，斜眼向台下寻望。他的目光扫过人群，在她的脸上停住了。她看到他的双眼积出两潭深怨。他盯牢她，再一眨，那深怨翻成愤恨，她的身子抖得更厉害了。这时他的背后同时伸出两条戴着红袖章的臂膀，将他的头用力压下，同时台上传来"你老实点"的吼声。口号声又起来了："王旭东不投降，就叫他灭亡！"他再一次倔强地拧了拧脖子。又一条手臂伸上来，揪住他的头发，往下一扯，他的脑袋又被用力压下去。她看到他抬抬眉，他的泪水下来了。

那两行泪水化作怪兽，三十年都不曾停止对她的追逐。她后来想过的，她其实是喜欢他抱住她的那种感觉的。她按他的示意，向他撩起裙子的时候，她的震惊里是有着快乐的，还夹带着几丝沾带甜蜜的刺激。她那年只有十三岁，她就有了嫉妒。她为了她十三岁的嫉妒，利用了那个时代。

二

他穿过长廊，看到自己的身影让回廊深处不同方向折出的微光拉长，倒映在前方玻璃门上。那门皇家气派般地高阔沉重，每日清晨都让人擦得光可鉴人。他的身影映上去，菜绿，修长，恍若幽灵。他握住包铜的长把手，目光斜向远处的大草坪。远方树丛后灯火阑珊之处，是活色生香的斯坦福购物中心。

秋夜将临未临之际，草坪呈沼泽之色。要抵达那光明，先要穿越这黑色沼泽。他推门而出，立刻觉到了风，赶紧将衣领竖起，再望向那将要穿越的沼泽。

他看到了两滴泪。左边的那滴先夺眶而出，顺着泛满月色清光的一张少女之脸且行且停，最终汇合了右边那滴，决堤而去，漫过岁月在江心垒出的沙堆，模糊了他的双眼。

他在台阶上坐下，别过头去。

胡佛塔顶灯还未启明，在将黯未黯的黛蓝天色里，被天际微光勾出的轮廓剪影般分明。台阶上方的大门洞开，在路灯未上的时刻，幽深黑暗。

他刚从那里面走出来。这个下午，他听了二战史实研究会主办的日本老兵悔罪讲演。计划同时讲演的另一日本老兵，因对战时具体行为的承揽，有犯下违反人道罪之嫌，不符合美国入境规定，签证被拒。这日讲演的老兵，当年刚被征召，还未起程二战就结束了，其演讲重点落在良心自责上。老兵说他不能将责任全部推给军部，自己作为一个盲从的走卒，当年很相信战争宣传，年龄一到，就主动报名要求上战场。"我虽然没有上过战场，但如佛家所云，心动就是身动，我跟那场残酷的战争是有孽缘的！"——老兵最后哭了起来，令在场的人都感到意外。

他悄然而退，穿过走廊出去吸烟。多年来，这哭诉声常在梦中将他惊醒。那声音从青稚，尖厉，渐变深沉，迟钝，如今已接近这老人嘶哑的悲绝。这哭声不是他的梦魇，是安慰。他以它证明自己存活的价值。他想，这个老人今天解脱了，在他公开表白的时候。而自己的机会不曾到来，或许永远也不会到来？这个想法让他摁灭了烟火。

他带着烟气转回资料馆。他总是埋在东亚资料馆的故纸堆里钩沉世事。这恒温的阔大厅堂里，常只有他一个人在桌架间穿行、抄录、疾写，一如在这样一个深秋的下午所为。条状的窄窗间隔很密，看累了，他就呆望外面被窗格割裂的北加州光亮的天色。你找什么？我可以帮你什么？温和的女馆员有时会过来问。他摇头。他英文水平有限，能读，能听很多，但讲不出他想要说的很多意思，所以他多半时候沉默。如今，这里的人们都已习惯了他那伏案而书的修长背影。他们也都知道了，他是来作"文革"研究的。

王旭东？他在美国大使馆接受面谈时，一身彩色花绸裙、烫着短短卷发的美国女领事，叫着他的名字读看他的资料，然后用中文说，我读过你的书。他无话，女领事抬了抬眼，有点惊讶，又说：你写得跟别人不同。他笑笑，没有按美国人的习惯回谢，也没问她以为有何不同，看上去有点矜持。女人在纸上哗哗地写着，也不看他，声音飘过来：你关注每一个人在那场运动中的位置，你很会掏他们的内心，试图拼成一个画面：这是每一个人的"文革"，对不对？他浅笑，说，你讲的是我没想到的。他客气了，很客气，其实心里得意，他期望女领事会说得更多。

你到美国去，有什么新的设想？她搁下笔，问。这是个聪明的女人，他想。他看着她的眼睛说，这些年，我觉得最有意思的是采访那些如今年纪在四十五到五十五岁间的漂亮女人，我相信这样的女人在动荡的乱世，一定比常人遭遇更多的故事。女领事的笔停下来，直看着他。他以为会被拒签了。她才说，你能告诉我why？这句夹了一个英文单词why，非常合宜。他说，我觉得你不用我解释。在动乱的时代，一些从来没有机会接近权力的人会夺取权力，权力的副产品是夺取他们以前从来没有机会接近的漂亮女人。在那样的乱世，美人的命运最能反映这一时代的真实。嗯？她很轻地哼了一声，示意他说下去。动乱时代，强盗，心思险恶的人往往得道，他们最终的目标，无非是权力和美人。是，政治和性无处不在，无时不有，但时代险恶之际，人性有更多的表演机会……女人镜片后的双眼瞪直了，几乎迸出火花。有意思，太有意思了！噢，美国那里去了很多合你采访要求的中国女人，连林立果的妃子都去了。希望你在那里会有更多更新的发现。她哗哗地签发了他的签证，最后说：祝你好运，期待你的新书！

　　他有新发现了吗？他在美国遇到了那些当年的美人，可她们比在中国的同龄人更不易接近。她们中有人礼貌地说过，所有的噩梦都甩到太平洋里了，失忆了，她们享受这般失忆。作为"文革"研究者，他懂得那后面的千言万语。这些曾经的美人，在新大陆重新做人。在加州明亮的阳光下，她们房前青草如茵，墙边各色玫瑰盛开。她们穿牛仔裤，开休闲车，养儿育女，遛狗逗猫；她们讲英语，念学位，大多工作，少许相夫教子，按各自的愿望活在另一世人生里。她们在这个社会里移植后重新开花结果，在将老未老之际，一样美若天仙。他不敢也不忍去打扰她们的美梦。是的，每个美人儿都有历史，何况在那个时代顶雪开花的美人儿。他作为历史的挖掘者，面对这样的旧美人新江山，主动关掉了他的掘土机。

　　他退到故纸堆中，回到出发点。在斯坦福、在伯克利加大，他看到那些完整的"文革"第一手资料，如面对美人一样激动而沉醉。在那些史料中，甚至有广西各地造反派油印的传单。隔着四十年的岁月，那些印在赤橙黄绿的粗糙纸张上的宣传单已经发脆。他翻阅时习惯戴上橡胶指头套，慢慢将纸页拈起。直到有一天，他看到了广西融安县枝柳铁路建设指挥部的宣传单。他屏住呼吸，脱下指套，触摸了那印在深桃红草粪纸上的文件。他的指头触到了纸里粗糙的茅草结，让他想起在融江的江心洲上被茅草划伤的条条血痕。他立刻关上了书页。

这些年来，他走过那么多地方，就是没再去广西。他短暂而青嫩的少年时光让融江上决堤的洪水冲成七零八落的尖利碎片，再也无法整合。它们散落在他一路的行程里，冷不防就割痛他。

在中国东游西走多年后，他将足迹所到之处用各色填满，广西成了一片苍白的破桑叶，突兀地躺在地图的左下角。他眯起眼，辨认那白桑叶后的百孔千疮。那里有过血流成河的惨烈武斗；那里发生过人吃人的人寰惨剧。而他在"文革"期间，竟是到过那里的——这成为他的秘密，他家庭的秘密。连他的妻子莲，那个贤惠温柔的东北媳妇儿，都不知晓。

那只是一个夏天，很短的夏天，可是那个夏天变成了一把刀，插到他的喉管深处，让他不敢对它发出声响。

你要将它拔出来的——父亲离世前，母亲离世前，都说了这样的话。母亲更说，我看见了，你从那个夏天起，再没有真正地笑过，真是可怜的孩子。你不到二十岁，眉心就有了这个"川"形。如果要赎罪，你已经赎过了。那不是你的错，是时代的错。母亲为他开脱。

我们不能都推给时代，他说。母亲流出了泪，说，那就算是你父亲的错吧。他再不说话，轻抚着母亲的手，在即将离世的母亲面前，他不愿这样谈论已经过世的父亲。

那是一九七五年的夏天。他常幻想，他可以忘掉那夏天。

那年他十六岁。在铁道兵某部当师政委的父亲，随铁道大军进驻位于广西融安县融江边上的国防三线重点工程枝柳线广西段指挥总部，他从大连到广西看望父亲，打算在那儿过暑假。

父亲是抗战时入伍的老革命，参加过淮海战役。在朝鲜战场上遇到他母亲时，已经在山东莱州老家跟发妻有了一儿一女。响应号召上前线的母亲，那时还是医学院一年级学生。这个身材修长、眉目姣好的青岛姑娘，在炮火纷飞的战场跟山东老乡首长擦出火花。当部队撤过鸭绿江时，医大女生已未婚先孕；首长一踏上祖国大地，第一件事就是去信老家休妻。随即母亲生下了大哥卫东。也许受生活作风问题的影响，父亲没有如别人那样直接晋升，却平调到最艰苦的铁道兵部队。父亲愣是不屈服，跟随施工部队转战南北，打出几场工程攻坚战，直升到师政委位置。所付代价是生活颠沛流离，家庭不能团聚。

母亲生下大哥卫东后，转学到大连念完医学院，留在大连一所军区医院工作，一直做到院长，直到离休。她选择不随军，给人们的说法是对孩子的教育比较好。母亲很少到铁道兵前线阵地去，每年只有父亲回大连作短暂探亲。后来陆续有了姐姐爱东，二哥向东，再到他，旭东，便是这对夫妻最小的孩子。"文革"开始后，父亲回家的日子越来越少，到了寒暑假，他和哥哥们就结伴到父亲转战的铁道建设一线探亲。姐姐爱东嫌那里生活条件苦，跟母亲一样不愿出远门。

一九七五年的夏天，大哥卫东已到哈尔滨军工学院当工农兵学员；爱东在沈阳军区文工团拉小提琴，二哥向东则刚入伍，在福建当海军。

他的梦里，常常出现这样的镜头：火车被隧道掠食着，一吸，一吐，光明是短暂的，黑暗是漫长的。他在硬卧上昏睡，也不知走了多少时日，在鲸鱼最后一次呕吐后，他看到赭红的山地。南疆的土竟是红的，这记忆怪异又深刻。他从柳州火车站下车，由军用吉普接走，一路沿着融江向北开去。山间道上，到处是衣衫式样繁复的少数民族。他跟着警卫班的小张学着辨认壮、苗、侗、瑶、仫佬、毛南各族。在北方大雪纷飞的季节里，他吃惊地面对那里遍野的苍绿，还有女人光着的脚丫。

他之所以选择再去一次融安，是之前在那里度过的一个春节留给他太深印象。那年春节，广州军区丁司令到枝柳线建设工地慰问劳军。作为师政委的儿子，他也没见过那样的排场和阵式：一色的军用吉普，绵延数十辆，将这个少数民族地区的小县城碾得尘土飞扬。漫山遍野受阅的军人阵仗，山呼海啸的口号声，军号声，锣鼓声，盛装的各少数民族队伍载歌载舞。用毛竹从县城外十多公里搭起的一个个披红戴绿的凯旋门下，鞭炮声不绝于耳。庆功宴摆在县委大院里，从大礼堂一直摆到院子里。融安闻名的特产金橘在餐桌中央堆成小金山。酒席上，军人们勾肩搭背，狂吃海喝。丁司令在他父亲等的陪伴下，一桌桌敬酒过来。丁司令慰劳战士们的是真正的茅台；他也是第一次喝到真正的茅台。酒席上，有人狂笑，有人悲号，看在他这个少年眼里，怪异又滑稽。他像鱼一样游在亢奋的人海里，不舍得停下。直吃到实在憋不住，才离席去找厕所。

从临时搭建的厕所里捂着鼻子跑出来，天色有些暗下来，他循着哄闹声而去，却转错方向，闯到在县委后院临时搭盖的厨灶间。在这里，他第一次见到小梅。

十四岁的小梅长着一张圆圆的脸，两只圆大的眼睛特别突出。她穿着桃红的灯芯绒套衫，上面还圈着浅黄花边，有一点短小。手臂上戴着两个深蓝的小袖套，扎着两只翘翘的羊角辫，半旧的咖啡色裤子有点短了，脚上是一双半旧的黑灯芯绒布鞋。她从厨灶间门口伸出头去，向院内偷偷张望，表情好奇而又小心翼翼。你是谁！你想干什么？他从她身后一吼，想要吓她。她转过头来，瞬间，他感到了自己身体奇妙的变化。这变化来得非常突然，将自己吓着了，下意识地用手挡向下腹。但这感觉又令他兴奋。你到底是谁？干什么的？他的声音软下来，带上了温情。后来小梅说，她从来没有听过这样清脆正统的普通话，温存地从一个瘦削文静的少年口中说出。

我是李红梅，她退进厨间。后面有剁菜的声音，有人声在说唱喊笑。灯直射下来，她搓着手。她整个脸盘眉眼跟年画上常见的漂亮女娃很像，只是她的皮肤带一种浅浅的棕色，在灯下泛出淡淡光亮。他盯牢了她看。这里见到的女孩多半青瘦黑黄，这是个异类。

还李铁梅呢！他笑起来，他看到她圆润的脸在灯下一晃，就发出微光，他生出想去捏一把那脸蛋的冲动，但忍住了。心怦怦跳着，为自己怎么会这样流氓。她说，不是，是红梅，大家叫我小梅。小梅，你好！他伸出了手，她的手在胸前捏紧了，不敢动。我是王旭东。晓得的，你是王政委的小儿子。她的口音里有很重的南音，不像本地人的口音，让他听得新奇。嗯？他微皱眉头，发出很重的鼻音。大家都知道的，她说。

他问，你要不要跟我去吃一顿？小梅赶紧后缩，说，不行不行。我不可以的。这时里间有人在喊小梅！小梅！快来帮择菜！小梅转身就撩了帘子进去了。他才将他的手从下腹移开。

在春节期间，他又好几次专门走过那厨灶间，却再没有看到小梅的身影。他向一个在食堂工作的女人问起李红梅，女人让他在板凳上坐下，一边剥菜一边说，那是县教育局里从柳州下放来的老李家的妹仔，好漂亮是哇？他点点头。女人又说，那老李老婆当年在广州念大学时，还是校花嗳。一家人蛮可怜，老李是脱帽右派，一向很倒霉，到这县里来，只能在教育局刻刻钢板。那老婆原来在柳州教中学，嫁得这样的老公，也只能跟来在县委食堂卖饭票，人还傲得很。一个好宝贝的独仔，到三江侗寨里插队去了。

三江在哪里？他问。在融江的上头啊，那里山得很，再出去就是湖南的大山，以前好多土匪的，冤家一打，还吃人嗳。那里穷得很，大山难得有平地，一个石窝里种上三五棵玉米，几棵菜。说不好，女娃生得这么好不是好事体，命有得苦呢。你看她娘就晓得，人强命不强，有什么用？唉，这小女原来一直跟外婆在南宁上学，可怜年前外婆死了，只得来融安随娘老子。女人说着摇起头。他听得心隐隐作痛，却不知如何反应，起身悄然离开。

在那乱世，他在大连住军队大院，外面山摇海啸。家里的哥姐去串联，去造反，人影难寻。母亲管不住那几个大的，就更盯牢他，最乱那几年，几乎天天带在身边，不让他出院门一步。这样的保护，使得乱世的风雨打到他身上时已几无痕迹。如今，这真实的世事，突然在南疆的山道上撞到面前，他不知如何应对、思想。

回到大连，他时常回味那个浩大的军中盛宴，那清风中的飞尘。因母亲管得严，他没有很多朋友，他多半的时候只能是自我回想。也只有母亲愿意倾听。他告诉母亲，那里的山是青白的峻险，土是红色的赤贫；融江穿城而过，岸边很多少数民族的吊脚楼。凤尾竹低矮茂密，将江水映成碧绿。朱槿花硕大艳丽的花朵，沿着河岸高低错落地怒放。一些江湾上，翠竹蔽过江面，江水清澈见底，忽然抬头，就是万仞峭壁。山民就凭垂下的青藤攀崖而上，采药挖宝。这些将母亲听得安静下来。只是偶然，非常偶然，那件桃红灯芯绒衣和浅棕圆润的小梅的脸会浮在他的梦里。直到一次，他醒过来时，触到那下腹的一片湿滑，融安便成了一个诡魅，让他强烈地怀想起来。

一九七五年夏天，他再次来到融安县城的时候，融江下游融水县境内的铁路建设工段发生大塌方，父亲带着指挥部人马在第一时间奔向事故第一现场。他被警卫小张接来，在县委大院深处的小砖楼住下。南方夏季的潮热令他深感不适，大院里又碰不到同龄的孩子，就是有一两个年龄相近的，部队里官阶森严，让本来就不熟的孩子们也玩不起来。小张按他的要求，将他领到县委图书室看书。因父亲的交代，他被特许进入不对外开放的内部图书室，他在那里翻到了《青春之歌》《迎春花》《苦菜花》，还有一些苏联文学作品。他将它们扛回家中。

等待父亲归来的那些天里，他白天看书，练毛笔字，傍晚就像这个县城所有的孩子一样，奔到江边游泳。刚开始警卫员小张还一定要陪他游，后来发现他的水性非常好，就不再坚持，且融江经过县城一段水不深，他就可以自己出来了。他常顺着江水往上游游去，那儿有一个小小的瀑布，四周翠竹蔽日，瀑布下方不远处有个小小的沙洲，上面有对岸农人种的萝卜。他有时游过去拔一个萝卜，到江水里洗了啃完，再到树荫下的草地上躺一会儿，再游回来。

在一个回游的傍晚，他在水中看到了河边小道上推着一辆自行车慢走的小梅。他从水中浮出来，朝她喊叫：李红梅！小梅！她穿着自制的布褛短裙，红色的。她循声望向江面，立定。他游向岸边，看到她惊喜的眼色。

这时，他看清楚了，小梅身上的布褛是无袖的，肩上那截还收裁进去，两条圆润的手臂随意搭在车头，在夕阳的光影里放出浅铜色微光。他再游近些，看到她手臂起落间，腋下翻覆的暗影。她一只腿搭到脚踏上，裙子缩到膝边。在北方的城市里，女孩子夏天穿凉鞋也要套一双丝袜的，他不记得，他曾经这样直接地近距离看过女孩子的肌体。那奇异的感觉又回到身上，他沉潜下去，只敢将头露出来。

小梅放下自行车，沿小道走下来，在水边一块礁石旁坐稳，等他游过去。他在夕阳中看到她的脸瘦长了些，羊角辫剪去了，只在脑后扎一个小小的马尾。一对眼睛还是那么圆亮，一闪一闪，让人发晕。他很想说，他很想念她，很挂念她，见到她很高兴，但他什么也没说。只在水中和下身的感觉周旋，脸上傻笑。

　　小梅说她暑期在县罐头厂打零工，剥四季豆，一天挣六毛钱。比我哥在三江好多了，他一天才挣一毛钱啊。她说，她可以将暑假挣的钱，给哥哥买很多好吃的寄去。他听得有些难过起来，忽然说，不要怕，我让我爸爸把他调回来！她睁大了眼问，可能吗？当然！他说。小梅温柔地笑起来，说，我只有这么一个哥哥。她告诉他，她在此地没有什么朋友，语言不大通，当地孩子感兴趣的事情跟她也不一样，母亲又管得很严，好孤单。她说她很怀念刚去世的外婆和南宁的那些表亲、同学，但好难回去了，她叹气。

　　她问他关于大连的事，关于大海。她叹一口气说，我都没见过大海呢，我外婆说要带我去北海的，但等到她都走了，我们也没去成。现在我们是越走离海越远了！他在水中说，不怕的，将来你有机会呢，到大连找我！她笑起来，说，大连！跟天那么远！我好想念城市，在南宁，我们夏天也是天天傍晚到邕江里游泳的。他说，你现在也可以游啊，邕江有融江美吗？她说，嗯，毛主席在邕江游过的，随即摆摆手，说，不一样了，心情不一样了，我都忘了城市的生活了。她的眼帘垂下来，好像要哭，让他心疼。

　　他们一个水里，一个岸上地聊着。天色黑下，星星出现在天幕上。就着黑，他在水里张开四肢，饱胀的感觉不再被压抑，慢慢地吐出一口口长气，它们变成水泡，在水面上旋散。这时他听到了远处传来女人呼唤小梅！小梅！啊，是我妈！小梅跳起来跑回岸上的小道，骑上自行车离去。他潜入水中，耳边仍是那个低沉的女声，嗡嗡嗡的。他不敢相信那声音竟发自一个传说中的漂亮女人的喉间。

　　他和她从这个傍晚起，几乎天天在江边相见。他父亲从融水回来后，小张就更不管他了。她从罐头厂下工回来，将自行车放到江边，就下到岸边跟他闲聊。他带给她二十五元钱，让她给哥哥买罐头去，那是母亲在他离开大连时塞给他的。她死劲推托，说，绝不可以，她母亲知道会很生气的。他又带一些禁书给她看，她将它们塞在包里，偷偷带来带去。共同的阅读，让他们有了新的话题，他们谈那些故事，也谈那里面的男女感情。话题变得有点暧昧。他也游得离江里的人群越来越远。

后来她听从他的鼓动，书包里放了毛巾和自制的布质游泳衣裤，下工回家的路上，也下水和他一起游。她的水性更好，两人一起，游到上游的小瀑布前，又转到江心洲，有时坐一会儿，有时拔个萝卜来吃。她的泳衣是粉红花的短裤和套头衫，那肤色在夏天的河水里愈发深了，竟显出了异国情调。她那年刚刚发育，泳衣打湿后，紧贴到身体上，胸前微微凸起，让泳衣在胸前变出立体的花色。他常常低下头，不敢直视。

直到一个黄昏，他再没能忍住，在江水里抱住她。他十六岁了，他想，又算，她十四。他母亲生下大哥卫东时，也不过十八岁啊。他闭上了眼睛。她温软的身体倒在他怀中，自己也没有想到，他吻住了她的双唇。她勾着他的脖子，浮起来，他看到她深色的长腿，在江水中展开。他的手从水底伸向了那个V形的底点。她在水中扭动起来，他们搂抱成一体。她在他的肩上臂下滑移，鳗鱼一般。他们的身体在水的清凉中烧出温热，相互纠缠着，向江中心的沙洲漂去，最终搁浅在沙滩边。

在傍晚的天色里，他看到了她透湿的绵绸衣下，两颗花蕾般的果实突起。他的手捏住了它们，她叫出了声，那声里有着一种畅快。这畅快传染了他，他的身子贴下去，在她的身体上挣扎，不知要去向何方。他再次吻牢她，突然想，他要将她带出去的，带离这蛮荒山地，去很远很远的地方。她在他的身下扭动起来，似乎要叫。他没有放开，他让他的欲望推到绝境，他觉得他的游泳裤裂开了。他去拉她的手，移向他的坚挺。她的手死抵着，他的坚硬贴到她的大腿，她的身体在他身下急速扭动。他想控制她的移动，就更压紧下去。他又去抓她的手，没抓牢，突然，他腾空而出，将自己也震住了，他侧翻起身，看到那白色的浆液，抵达她唇上。她翻过身去，趴在沙地上，哭了起来。他去拉她的手，想劝慰她，她用手捂住脸，死活不松开。他看到两滴眼泪，从她的指缝间流出。

河岸上传来呼叫小梅的声音。是我妈妈！小梅惊吓地坐起。她的身上一片污迹，沾着泥沙，狼藉斑斑。她跳下水，不停地擦洗。天黑下来，他看着她游过江岸，很安静的一会儿，然后是母亲的呵斥声，闷雷一样从水面上滚来。他跳入水中，潜到江底里，旋转，再旋转。浮出江面时，他想到明天就回大连。

第二天中午，他看到父亲由县委许书记陪着走向办公楼，小梅的母亲扯着小梅的手，安静地跟在后面。他躲在房里，低伏在窗边往外看。他看不清小梅的表情，只见她短裙下的长腿，步伐零乱。小梅的母亲穿一件白衫，一条黑绸裤，高挑身段，头发盘起来，露出长长的脖子，脸的轮廓好美。他们走到指挥部办公室里，很久才出来。他吓得一直哆嗦。

父亲出来，立刻回家找到他，将门摔上，揪起他的衣领，先是一脚踢到他大腿上，再回身又扫上他的小腿，他当即跌坐到地上。父亲大声吼道：你他妈的跟我老实讲，你都干了什么好事？

他缩着身子，说，没有，我们只是游泳。父亲原本就长的脸拉得更长了，鼻孔里没修剪的毛都翘起来，厉声说，你知道吗？强奸少女，要坐牢的！弄不好要杀头，你他妈的死到临头还不讲实话！他哆嗦着说，我没有做什么，我没有做。还说谎！父亲一个巴掌过来，侧身一转，皮带就抽了出来，在空中噼啪一甩，又一甩，是更响的一声。父亲吼出声，男子汉敢做敢当！你不要让老子瞧不起你！真的没有！他说，抱住了头。那人家女孩子身上的……反正要去医院验的，你到时哭都来不及！父亲厉声又一吼。他哭出了声，说，不是的，是她主动的！他自己也没有想到，说了这样的话，嘴唇哆嗦起来。可是他没有就此打住，他看到父亲变得青黑的脸，又接着说，她说要我帮忙托你将她哥哥调回来，就一直跟我接近。昨天，昨、昨天晚上，她，是她退我的裤子的……够了！不要再讲了！这么可怜的人家，你还搞人家的女娃！他妈的，这些年你妈是怎么管教你们的？你给老子滚！小心老子抽死你！啪！父亲用皮带朝桌上狠抽一记，一脚蹬翻了椅子。

父亲让警卫小张将他带走，随后追到走廊上对小张又说：这小子你一定给我看牢了，不让他再出这院子一步。

三天后，他被通知立刻回大连。离开融安是在下午，父亲将他送到大院门口，他问，爸！小梅……父亲盯了他一眼，低声严厉地说，别再提了，好在医院也证明没有事，你给我回去，再没有什么小梅！他说，爸，我那天说的不是真的，不是小梅……父亲打住他，说，这都不重要了。他说，小梅不会有什么事吧？他们一家好可怜。父亲盯了他一眼，说，你晓得就好。他们也是今天走。到哪里？到三江去。他的泪水下来了，父亲说，这对大家都好。他们自己选的，一家人可以在那里团聚。但那里更山了啊！是我跟她讲的，让你帮他们调回城里的，爸爸，你可以帮他们的！他叫起来。父亲铁青了脸，不出声。

爸，我说的不是真的。父亲立即打断他，说，我说了，这不重要。你自己注意，不要再闯祸了。听爸爸一句话，一个男人要有大出息，就要管得住他那个鸟玩意儿！你记牢了，这是历史的教训，血的教训！

沿着融江，在县城外的岔道上，他们的吉普车往南去柳州。一辆向北的卡车开过，他看到坐在卡车后面一些简单家具边的小梅一家三口。他不敢摇下车窗，只隔着泪眼望去，看到小梅靠在母亲肩上，风将她的头发吹散，挡住了大半个脸。在会车的瞬间，小梅的脸变成一扇被风吹摇的蒲葵叶，不停地拍上他的眼帘。她没有看到他，或是不愿看他。少年短浅的人生经验没有让他意识到，那面被风撕裂的蒲葵，也许将是她留在他记忆里的最后影像。他低下头，捂着脸哭起来。

他在第二年春天，改动年龄后直接当兵去了黑龙江。广西，融安，融江，小梅，都在现实里淡去。一九七八年枝柳线全线通车，父亲转业回到大连。他也考上大学到了南京，再没有人提过那段故事。直到父亲离世前，老人主动提起，他曾派人打听过那家人的下落。有说他们"文革"后回柳州了，又有说回南宁了，后来又有人说那漂亮妹崽念完大学去了美国。总的来讲，没有坏的消息。他不知道，是不是父亲在安慰他。

他没有勇气去找小梅，也没有勇气去证明父亲的交代。直到那日，在旧金山湾区华语电视台的访谈之后，他接到了电话，那个叫小梅的女孩——如今是女人，找上来了。他只失口说了一声广西，隔着三十二年的光阴，她一眼就认出了他。他后来想过，也许在那个夜晚，他并不是失口，他那黑沉沉的潜意识，被聚光灯突然照着了。

我是小梅，广西来的。她在电话那头很轻地说。那声音是陌生的，但口音是熟悉的。他想他们同时流下了眼泪。

是的，那是每一个人的"文革"。他准备了那么多年，就为着说一声道歉。这道歉还有意义吗？它不过是形式。但形式也很重要。不然他不能完成那个仪式，越过那道坎。

他再望向那片隔开斯坦福购物中心的魅黑沼泽，问自己：王旭东，你准备好了吗？

三

一滴裹在光圈中的橄榄色从镜子右下角浮出，立刻被她的目光锁定。

光点飘游在深远的廊柱间，被不同方向的光源追逐，扭曲，切割，吞没，又吐出，鬼火一般。她盯牢它，忽然心生安慰。这么多年，她在漆黑漫长的时光隧道里屏息疾奔，后有狂追而来的怪兽，旁近是此起彼伏的楚歌。此刻隧道尽头终于闪出光，一束绵软、若有若无的微光。她睁大双眼盯牢它，生怕眨眼之间，它便泯灭，令无尽的黑暗又堵牢隧道的出口。

光点停在店门前。店里暧昧的暖黄穿过玻璃，将它变成一柱纯粹的菜色。修长，细弱，了无声息，如秋塘里通体浸透的一枝荷秆，啪的一下，拍到眼前。他的手伸向门把，又缩开，退出一步，抬头去看店牌。鼻端上方的无框眼镜打出两道高光，稍纵即逝。南中国闷热黄昏里，雨云底急短的闪电一般。他微蹙起眉，侧身从窗外向里望。隔着三十年的岁月，她迎见的仍是两潭浓稠的幽怨，一如那夏季的午后，他背负着粗陋的大木牌站在粗陋的水泥高台上，拨过少男少女越扬越高的呼叫口号的声波，望向她的瞬间。

馥郁袭人的九里花香，铺天盖地扑来，令她眩晕。她转过头去，明亮的高镜里倒映出一个仓皇出逃的白衣少年，闪出冬青丛后，番石榴果落如雨。他的手臂张开，用力剥离亚热带阳光里疯长的荆藤。手在荆棘间开成白色的朱槿，衣衫渐成褴褛，在黏稠的热汽中，飘似一杆凄凉的白旗。他被那白旗纠缠，渐行渐险，终于踏上那条她亲手搭出的长栈，奔向水中的孤岛。四周鳄鱼成群。白旗在孤岛上旋转，终于被风撕裂成碎片。栈桥崩析，天涯绝路，他在那里成为她的流氓犯。

她侧过脸，犹豫着是否要起身离去。但他已经拉开门，堵住她的去路。她安静地靠回椅背，双臂在胸前抱着。有点冷。黑色开司米毛衫映上她月白的脸色，让她看上去简直是寒冷。最好他不能认出她来，如果他认不出来她来，她就顺势离开？为从急追在后的怪兽口中争出自由，她今日选择迎面出击，却终于获得机会发现，扣动扳机需要的力气和胆量，比奔跑更消耗人。她已经躲在光明里那么久了，其实可以一直躲下去的。也许有一天那个怪兽也会老死，然后被无尽的光明埋葬。

他径直走过来，没有一点犹豫。自然得还抬了抬右肩，一边扯着那双肩包滑落的肩带，一边灵巧地穿过台凳间的空隙，沉着地向她走来。他盯着她看，步子很稳，像是习惯长途跋涉的行者。大概没有人猜得出，他去过那个孤岛的吧？他在看她，盯牢了她，表情无辜得令人心碎。她别过脸去。

他一眼就从店里的三张东方面孔中认出了她。暖黄的墙面，暖黄的圆台上面紫红的碎花片，衬着她的黑白，对上了那夜她在电话里的声音，令他心下生出一个响指般的急短钝痛。他微眯起眼睛望向她。对一个广西女子而言，她太白了，轮廓也太分明，一点一撇一捺，毫不拖泥带水。只有那双眼是像的，它们是鱼形，尾巴翘上去，给她的冷色调出几缕恬然。这不是典型的广西女子容颜。但她肯定是广西的，至少在这三张东方的面孔里，她是。那种广西女子的味道：羞怯、闲适、随遇而安又无所适从。他轻哼出一声，绷严的脸随即垮下，像微微一笑。他在前世里只经过那山高皇帝远的红土之地短短两次，果真晓得、又记得，那里的女子是什么味道？

这已不是融江畔缓缓抽芽的那枝红梅。她的脸变长了，也漂白了，像一只童趣十足的土陶，脱胎淬炼成另一个瓷器，土陶凸显质感的粗粒都打平了，折出精致的微光，令人意外，却说不出好坏。他见过红梅初放夺目的花蕊，它竟在时光里开放成如此静好的白梅，使他讶异。令他安慰的是，这仍是一个美人，一个气质出众的美人，是他最有兴趣采访的那类美人。她们是他的因，也是他的果。

她站起来，伸出手迎向他。她做出笑的表情，那两条鱼尾翘得更高了，她的笑做得自然。在剑桥的论坛，在英特尔的年度颁奖典礼台，在国际政要出席的国际高科技大会讲台上，她从来不曾怯场。希望今天也不会。你好！她听到自己得体的柔声，心下惊异他的镇定。

"旭东"两字抵至舌尖，没有被她叫出声。她爬上他家窗台上叫过的，鼻子里全是纱窗上的灰尘和铁锈的腥味儿，细细的小腿被墙台上粗砺的水泥沙砾面磕得生疼。她那稚嫩甜蜜的嗓音，早已随风而逝，只留下她心底结成的一颗黑痣——流氓犯，她的。他的手在她的手中，被她捏紧。她的心忽然很软，有点像那个初秋的黄昏，她从护士手里接过刚刚出生的女儿亮亮的瞬间。她哭了出来的——当她接过亮亮的时候。她很想上前轻拥他一下，可手臂只抬到一半，就落到他的臂上，只轻拍两下。

他很淡一笑，露出整齐的牙齿，跟他的身材成比例似的细长。他的眼睛却没有笑，只抬一抬眉，便溢出深怨。抢在他开口之前，她说，就叫我特蕾莎吧。这话令她飘起来。他的脸上显出天真：噢，好名字，有大慈悲的。她一愣，就想到特蕾莎修女那张饱经风霜的脸，穿过表情悲苦的人群，为众生求着神的垂爱，神的悲悯，和宽恕。她的目光有瞬间的模糊。

他们立在灯下，离得很近，他的气息逼过来，令她的双肩抽动了一下。她弯下腰，提起裙脚。他朝她抬抬下巴，那瘦削的少年的下巴，示意她将裙脚扯起来，再扯起来，再高一点。他跪下去了，将脸凑近来，他带着九里香令人发晕的少年的气息包裹住她。她甩甩头，看向顶灯，那光明刺得她眼疼，她觉到手心有点黏。

你要喝点什么？她轻声问。他挪着椅子，将双肩包搁下，一边脱下橄榄色的卡其长外套，一边说着，我自己来。他们一齐走向柜台，镜中映出好看的一对，留住她的目光。他抬头看墙上花花绿绿的大看板，表情茫然。她走过去，跟在他身后低声说，我来，我是地主。他侧目看到她握着钱包的手，白皙修长，上面有些青筋若隐若现。指甲剪得很短，微微有些抖。红梅那双少女的手是丰腴的，在清凉的融江水中划过，指间岔分着江水，如那远处截流溪水的涧石。那湿软的手最后环上他的肩背、脖子，缠紧，又滑开，温软如鱼。可那样的手，却让时间削成这样。它们其实更好看了，却已属于另一世人生；跟他脱离了关系，虚幻得失真。

你要什么？她问。他不再坚持，说，那就要咖啡吧。

只要咖啡？加点什么？

就咖啡，如果有茶更好。

有的。

那就要热茶。有什么茶呢？

我推荐大吉岭，喜马拉雅山脚下印度产的。红茶，说是红茶中的香槟呢。

那好，就要大吉岭。

她又点了一块绿茶慕斯、一块杧果慕斯。一绿一黄，被糖浆裹得发亮，装在精致的小盘里，上面点缀着细巧的巧克力条，像橱窗里的人造饰品。他打量它们，不忍动手。这杧果没有广西的香，但已经很好了，你尝一下吧！她咬字很准，没有一点广西腔。时间又漫上来，淹没了那每一句感叹、每一个强调，都要拖上的"嗳"音。连口音也漂过水，他有点感伤起来，苦笑了一下。

茶端来了，雾气漫过两张表情尴尬的脸。他取下镜片，拿起台上的纸巾擦拭。他感觉到她打量他的目光，抬起头，朝她笑笑。那个白衣少年瘦削而五官模糊的脸，修长的身架和那通体的孤怨，在她眼前慢慢复活，又似是而非。他的脸形没变，只是皮肤黯成深色，眼角嘴角都有了细纹，头上已生出疏浅的华发。她说，都有点认不出了，她描述的是他看她的表情。他将眼镜戴上，看到她眼里的一层薄泪，说，如果在路上碰到，我真是完全认不出你。她动动嘴唇，噢？她遇到故人旧友，大家都说，你怎么都没变？都没变，为了这个幻象，她一直努力让她的容颜刻定在时光里。"茫茫人海"，她喜欢这四个字。她想象过无数次，就在那茫茫人海中，某一天，他会突然从后面拍她的肩：你像海豚，在茫茫人海里一跃而出，被我擒住。

她噙着薄泪，点点头，说，不奇怪，已经过去三十年了。他将很小的一块杧果慕斯叉上，正往嘴里送，听到她的话，手停在唇边，微眯着眼看她，说，最后一次见到你，是在枝柳线上。

她一怔。你后来给送到枝柳线上了？在她的少年时代，枝柳线是一个名词，代表艰难困苦、刀山火海、奋斗献身。设备和技术那么落后，靠的是肩背手扛的人海战，那一线的地质条件也不适合建铁路，常闹塌方、泥石流，爆破事故更是家常便饭。学校里来过枝柳前线英雄报告团，主席台上全是失去了腿脚、手臂、炸瞎了眼睛的英雄。有个女民兵队长，右腿被炸飞了，在台上，说到她的铁姑娘队友被压在土方里，只露出个脑袋，但她们就是全体上阵，也无法及时将那十九岁的姑娘扒出。"她就死在我们面前！"铁姑娘队长忽然崩溃，在台上号啕大哭，让他们听得发抖。可他那时只是一个少年！

她拿起杯子，热气冒上来，她透过那热雾看向他：我真的很难过，我非常抱歉，我一直等着有一天能够向你当面道歉，等了这么多年。

他一愣，口中溢满杧果的香气。他没有细嚼，囫囵吞下，甜腻在喉道里堵上，赶紧拿起茶杯喝一口。热气漫升，镜片上一片迷蒙。风中一枝红梅摇曳，灰尘飞卷过，水落石出的暗夜，随风扑面而来，河石沉落，岸边水花刻出的石纹，漂出一朵素净的白梅。他晃着脑袋，恍惚无着。

应该说对不起的是我。你们一家被下放去三江，就是因为我。当然，也，也还有我父亲。他去世前还提到过，他好些年都托人问过你们一家的下落，还是他告诉我，你到美国来了。你不能想象，这消息简直让我们如释重负——不是为我们自己。我今天能见到你，能当面向你表达我的、我们一家对你的歉意，我想我父母在天之灵也会欣慰的。他说得很慢，很镇定。他为这个时刻，准备了近三十年。

她低头拭泪，不是为他的话，是为那世事。他们的父母都不在人世了，只有他们活化石一样地存活着，要见证那个时代。她真愿意，她早就忘了它们。

她将被泪水洇湿的纸巾搓成小团，捏在手心，它令她感到安心。噢，你都讲到哪去了？我和我妈后来去了桂北分院，跟我爸爸和哥哥团聚。全州比三江那种少数民族山区要好得多。分院在绍水镇上，那里因为有野战军，供给和条件都还好的。她停住，没有告诉他，她再也不敢跟军人的孩子接近。他们每一个人，都让她联想到她的流氓犯，像是她的前科。她看到他张大了眼睛，直愣愣地看着她。他的眼睛好大，让她有一瞬的走神。

后来听说，你家转去桂林的野战军医院。我到长沙读书那年，碰到一个你们大院来的女生，向她打听过。她说你们又转到湖南，从那里又去了成都，就下落不明了。她说你哥姐都很出色，只有你因为小时候犯过错，一直不大顺。我一听，就再也不敢打听。I can not handle the truth, just can't（我对付不了真相，根本不行）。她说着，用那手心里几乎溶开的纸团，揩了揩鼻子。

他双手交叉抱在胸前，安静地看着她，像一个局外人。他的沉着安慰了她。我也会想到你母亲，她真是个好女人，我常想起她，觉得很对不起她。我做了母亲之后，更能体会到她当时的心情。很少女人能做到她那样的。她肯定希望我会说出另外的情形，让那糟糕的局面改观，把你从绝境里救出来。她有这个能力的，也有这个特权，但她放弃了。她很了不起。她让我一个孩子坐下，很平等地谈话。她甚至没有暗示我，或引导我说一句假话。她只是拼命抽烟，拼命抽……最后，她说：那他就差不多完了！就是到那时刻，她也面不改色……她用手掌挡住了脸，头侧下去。不能哭，绝不能哭出来，她在心里急速地提醒自己，手心一片黏湿。

他起身离去，又很快回来。将一杯热茶和一沓纸巾推到她手边。看她优雅地将茶杯端起来，他吁了一口气。他这时已看清整个画面，竟生出几分快意，为自己又逃过一劫。随即手脚有些发凉。但那是另一个深渊。也许再没有机会了，再没有。

她的情绪有些平稳下来，他示意她喝茶。她点点头，乖巧地喝了两口，又放下杯子，看着他，嘴扁了一下。他怕她又要哭，赶紧说，那是时代的原因，你那时还是个孩子，怪不得你。这话让他心口尖锐一痛。

她歪了头看他，说，我时常想，将它推给时代，很多人都是那样做的，由此寻得太平。像你我的父辈，像你我的兄长。

你不是他们，你不能这么说的，他打断她。

她迟疑了一下，点头。但它让我得了强迫症，是强迫症。它扣在心上，我一不小心，它就钳我的心一下，生疼生疼，那种感觉太可怕了……它又像一个怪兽，伏在道旁，可能在你人生最得意的时刻，冷不防跳出来偷袭，让你的自尊瞬间挥发。有时我真的很想不通，自己为什么会被它困扰成这样。其实，拿它跟那个时代那么多惨绝人寰的悲剧比，它……再说，那时我那么小，那么封闭的社会环境，没有人教导，我们都不知道怎么面对那青春的事情。喜欢一个男孩子，感觉非常惊悚，又暧昧，又是那么刺激，那么小的躯体不能控制的。被人一勾引……

她停顿一下，他的脸色变青了，盯着她看，眼神是凉的，像是有点不屑，这不屑刺痛了她。她说，你到底比我大，又见多识广，你可以不做那些事的，你还，你勾引了那么多女孩。在那种时代，你做那样的事情，女孩子们……不是我去说，迟早也有别的女孩会去说的……

他迎着她的目光，很轻，却是很慢地说，特蕾莎，你认错人了。

他看到她的鱼形的眼里跳出两点光，随即暗出无边的黑，无边的暗。他又朝她肯定地点点头。她像一个休克的病人，翻了一下白眼，然后眼睛又慢慢聚焦，最后盯牢他的眼睛，嘴微微开启。

他很轻地说，真对不起，非常对不起。如果我可以安慰你，那就该告诉你，像美国人讲的，我其实穿过你的鞋子。他看她皱起眉，头侧了向前靠过来，像是要肯定自己没有听错。

他凄凉地笑了一下，前倾了身子，很轻地说，我虽然不是你的那个王旭东，但我做过你指责的那些事情，是在广西。在你们广西偏远的融江水上。他停下来，好像又坐在母亲床边，成为一个孤寂的少年。他的心被什么钳住了，像她形容的那样，换一个姿势，就被钳得刺痛。他的眼里染上淡淡的雾色。他的手比画起来，那江流，那岸边的修竹，茅草，江心的萝卜洲，悬崖上的青藤，水中的卵石，那枝被时代洪流冲载到他的江心洲上的稚嫩的红梅，被他猛兽般的青春欲望拦腰折断。他安静地躺在江水里，看到南国天幕上的点点流星急落，浅粉的花瓣四散，顺流而下。那水流，和她的泪汇在一起，决堤而去，淹没他们的青涩时光。

他停下来，看她直坐着，脸上泛出清白的光。他低头去喝大吉岭，吞到嘴里是一片冰凉。

旭东！她轻叫了一声。见他愣着不语，她拿杯子，去柜台加了热水，回来递给他。他忘了道谢，低头喝茶，不敢看她。他听到她说，我真愿意我就是她，你就是他。这么多年，我一直将他认作我的流氓犯。

他抬起头，安静地握着杯子，看她。她转着手里的空杯子，目光越过他，有点散：很多年前，在剑桥，我听牧师讲到"赎罪"。我儿时对旭东做下的事，就成了一个十字架，压到心上。我就想，有一天要找到他，要真诚地当面向他道歉，讲出我的忏悔，我才能得救。如果你就是他，我们有过今晚的谈话，我就可以解脱了。

唉，那个夜里看到你出现在电视里，对我来说，就已经放下了一半。我想，你都能来美国访问了，你的人生不会过得很差的。如果我今晚不来，也就很可以了，如果我对自己不那么苛刻的话。你可以不揭穿的。她说着，凄凉一笑。

他想告诉她，未必。当她从道歉开始，转到指责，他就晓得，她还有很长的路要走，哪怕今夜里，她遇到的果真是她的流氓犯。但他没有说出来。他只点点头，附和她：我懂。我也一样。我父亲去世前还说过，听人说，她去了美国，很好。父亲是带着这样的消息离世的。只是现在，还是没有答案。

我们就是彼此的答案。她很轻地接上一句。他沉吟片刻，有点犹豫地说，你不用很担心你的王旭东的，我可以告诉你，以他那样的家庭背景，他今天过得不错的几率是很大的。我这么多年做研究，调查的数据都是有统计意义的，它们也支持我的这个说法。就像你，那样的家庭背景，那样的成长环境，使你不会掉到洪水里去，你不可能过得很差的。你的王旭东，一样的道理。而红梅，她的家庭背景本来就是"黑五类"，我那何止是雪上加霜，简直是置人于死地。

她听懂了他的话，那个可怜的红梅的命运，才是可怕的悬念。她不知道该怎么安慰他，手脚有些发凉。她一身纯黑，将她的一脸雪白衬得更冷。

　　我这些年，寻访过很多你们这个年龄段的女士。这个过程，有时我会很夸张地幻想为一个自我救赎的过程。不要笑，很矫情吧，但我在说事实。我大学念的是历史，毕业后留校教书，日子可以过得很平静，但是，我少年时代做下的事情，一直咬噬我的内心。那种感觉之磨人，它没法跟别人说的，但跟你讲，你肯定懂。它让我看到一点，那么大的一个时代背景里，那么多的悲剧。很多很多，很可能就是由像我和我的家庭的人参与造成的。

　　她看到他眉头拧成了一个结，下意识地抬手摸了摸自己的前额，触到一片光滑。他瞥她一眼，声音越发有些冷：我们是故意的吗？至少我不是的，但是我犯下了，我和我的家庭在那个时代中参与了制造悲剧。我们该推给时代？都是时代的可耻？这样做，好容易。但是我这里——他指指他的心口，说，它不得安宁。这种问题想不得，越想越惶惑。我愿意我是个想得开的人。想不开，我就想做点什么。想不开，我就觉得要做点什么。哪怕回山东老家看看我的异母兄姐，也让人踏实得多。我后来念研究生，很自然就选了"文革"研究。常年在路上，天南海北地跑。我想找出真相，想看一看，在动乱的时代里，时代巨大的悲剧是怎样一笔一画地给写出来的。

　　可是，像你说的，我真能面对真相吗？那些当年美人的命运，令人悲欣交集。她们之中，结局好坏的比例，跟掷铜板一样，五十对五十，这是个多么大的悬念。你，是好的这个五十，那么，你想想……我只有求上帝保佑她了。我这三十年，不停地忏悔。我过得越好，我的哀伤越深。今天下午，我才听了一个日本二战老兵的报告。他一直强调他对自己在战争时期盲从军部的忏悔。他连战场都没有上过……

他停下来，看向她，像在等她的问答。她小心地问：有时我也会想，忏悔也只是寻求解脱，还是为了自己，也许这就是我们寻不到安宁的原因？我不敢多想，想得多，会钻牛角尖。

你是做研究的，你也知道，做科学研究的人，在实验室里留下的一本本原始记录是多么重要。它们也许一时用不上，也许永远用不上，但是，做了，就是对科学的尊重。我做那些采访，记录，人家说对后人会有什么重大的意义，我看也未必。他苦笑一下，说，这就是萧伯纳讲的，The only thing we learned from history is that we learned nothing from history（我们从历史中学到的唯一东西，就是我们从历史中没有学到任何东西）。见她一愣，他摆摆手，又说，但是，我还是要做记录，它是对我经历的时代的一种交代，是对生命中碰到过的人们表示尊重的一种形式吧，至少我愿意这样想。作为个人的标准，我想，哪怕这辈子再也见不到红梅，如果我能在合适的时机，将自己的故事告诉我的妻女，那么我可能就真的走出来了。也许永远也不会说，这点，我还没想清楚。他取下眼镜，在衣角上擦擦，对着灯光照了一下。

她看他将眼镜戴上，才说，你做的那些工作，你的那些记录，会很有价值的。你说的这些，让我想起芝加哥大学经济学教授史蒂文·莱维特（Steven Levitt）最近很畅销的一本书，叫作《Freakonomics》（搞怪经济学）。他做的研究，就是从各种记录资料里，挖掘发现人的行为模式。像我们英特尔，还有谷歌等都请他来演讲过，听众非常踊跃。人家都说，他将来可能会因此而获诺贝尔奖呢。

噢？我倒要看看这本书。他从双肩背包里掏出笔和笔记本，让她将书名写下。图书馆该找得到的，她将笔记本递回给他时，加了一句。他接过，用笔在上面画了几下。她在一旁吞吞吐吐地说，我，还有句话不知该不该问……他抬眼看她，点点头，那眼神有暖意。你觉得，你那时对红梅有很深的感情吗？她问。他的眉头又皱起来，看上去有点困惑。

就是说，你今天回想，你跟红梅，有没有那种叫爱情的东西？她又加一句。他的心又给钳了一下。他想过，要将红梅带出那个山地的；他也真诚地承诺过，他要帮助她那个可怜的家庭……他停在那儿，好一会儿才说，我在这里听过耶鲁大牌教授哈罗德·布卢姆（Harold Bloom）的学术报告，他说，我们今天所理解的浪漫爱情，是莎士比亚一手创造的。可那时，我们读过莎士比亚吗？我只读过《苦菜花》。她呆住，女主角娟子在山路上与试图强奸她的坏人搏斗……她也读过那本书的，她却没说。

他的目光变得温和起来，偏了偏脑袋，说，那么你呢？你对他有吗？她抬抬眉，心又给钳了一下。她哭着奔向竹林的那个夏日午后，有一个瞬间，她想过的，她多么愿意坐在旭东腿上的是她！那个非常流氓的想法，让她生出巨大的恐惧和绝望，她抱紧一竿修竹，听竹叶跟她一起哭得沙沙作响。

见她没答他的话，他笑起来，说，你可以不接受我的采访的。她也跟着笑了笑，心下却生出些许不安。他摆摆手，从背包里掏出一本书，说，这是我写的一本书，作为那个时代过来的人，大概你会感兴趣的。黛青色的封面，叠嶂隐隐的山峦依稀可辨，上面竖排着一行潇洒的行书："另一种历史的故事"。"王旭东著"这几个小号的印刷体，老老实实地缩在封面角边。

她小心地翻开扉页，递过去给他，说，一定好好拜读，给我签个名吧。他掏出笔来，表情庄重地在上面写下："每一个人的'文革'，王旭东"。停了一下，他又哗哗添出几笔，才双手递回给她。

她看到"王旭东"的下面，画出一道破折号——"特蕾莎的流氓犯"。她轻轻揩了一下眼角，没有让泪水流下来。谢谢！她说着，将书小心地放进包里。这是一本暂时还不能与家明分享的书，她想，忽然有些难过。

他们走出咖啡店的时候，天色已是青黑。他们在门口握手道别，退出去一步，又同时倾住身子，轻拥住对方。他在她的背上拍了拍，她才松开了手，鼻子有点发酸。

她说，谢谢你来。改天请你到我家来做客，我们算是老乡吧？他淡笑，说，谢谢。我有你的电话，我们再联系。

她转身走向停车场，告诉自己不要回望。她很深地吐了一口长气，看到远方的天色泛出些许黛蓝。她跟那头怪兽失之交臂，她轻拍胸口，再吁了一口气。她突然想，该叫住他的，让他千万不要将她、将他们今天的谈话，还有这个夜晚，记到他未来的书里。就当作他们不曾见过。她愿意在茫茫人海里，跟他彼此错过。

这个想法令她转过头去。她望向回廊深处，一个人影也没有，一切都变得虚幻起来。她有些恍惚，突然，她的视野里出现一闪黑影，渐渐逼近，带着凄厉的嘶鸣。

她立刻蹲下来，让怪兽"腾"地从自己的头顶上飞跃而过，奔向前方更深的黑暗。

她扶着廊柱慢慢站起来，转过身去，与怪兽背道而行。

（原载《收获》2008年第2期）

跑步穿过中关村

徐则臣

一

我出来啦。敦煌张开嘴想大喊，一个旋风在他跟前升起来，细密的沙尘冲进鼻子、眼睛和嘴里。小铁门在他身后咣地关上了。天上迷迷蒙蒙一片黄尘，太阳在尘土后面，像块打磨过的毛玻璃，一点都不刺眼。又有股旋风倾斜着向他走过来，敦煌闪身避开了。这就是沙尘暴。他在里面就听说了。这几天他们除了说他要出去的事，就是沙尘暴。敦煌在里面也看见沙尘扬起来，看见窗户上和台阶上落了一层黄粉，但那地方毕竟小，弄不出多大动静。他真想回去对那一群老菜帮子说，要知道什么是沙尘暴，那还得到广阔的天地里来。

眼前是一大片野地，几棵树上露出新芽，地上的青草还看不见。都被土埋上了，敦煌想，用脚踢一下门旁的枯草，伸着头看，还是一根青草也找不到。三个月了，妈妈的，一根青草也长不出来。他觉得风吹到身上有点冷，就从包里找出夹克穿上。然后背上包，大喊一声：

"我出来啦！"

敦煌走了二十分钟，在路边拦了一辆小货车。车到西四环边上停下，敦煌下了车，觉得这地方好像来过。他就向南走，再向右拐，果然看见了那家小杂货店。敦煌稍稍安了一点心，他一直担心一转身北京就变了。他买了两包中南海烟，问售货小姐还认识他吗，那女孩说有点面熟。他说，我在你们家买过四包烟呢。出门的时候，他听见女孩吐完瓜子壳后嘀咕了一句：

神经病！

敦煌没回头，长这么丑，我就不跟你计较了。沿着马路向前走，他知道自己一定像个找不到工作的愣头青，干脆摇晃着背包大摇大摆地反道走。走反道不犯法。走得很慢，慢慢品尝中南海。在里面跟在家一样，难得抽上这东西。第一次他把两条中南海带回家，他爸高兴坏了，一来客人就散，庄严地介绍，中南海，国家领导人待的地方，他们都抽这个。国家领导人待的地方。其实敦煌只经过中南海门前一次，为了赶去看升旗。凌晨四点就爬起来，被保定骂了一顿，保定说，升旗哪天不能看，非赶个大雾天。那天大雾，他们上午要去交货，但敦煌就是忍不住了要去看。那会儿他刚来北京，跟着保定混，梦里除了数不完的钱，就是迎风飘扬的国旗，他能听见仪仗队咔嚓咔嚓的脚步声整齐划一地经过他的梦境。他骑着辆破自行车一路狂奔，经过一处朦胧闪亮的大门，好像还看见了几个当兵的站在那里，没当回事。回来后跟保定说，才知道那就是中南海，后悔没停下来看看。后来他一直想再去仔细看看，总不能成行。就像保定说的，哪天不能看啊，所以就哪天也没能看成。直到现在。

敦煌也不知道要去哪里，没地方可去。一窝都进去了，保定、大嘴、新安，还有瘸了一条腿的三万，熟悉的差不多一个不剩。而且现在手头只有五十块钱，还得减去刚才买烟花掉的九块六。太阳在砂纸一样的天空里直往下坠，就在这条街的尽头，越来越像一个大磨盘压在北京的后背上。敦煌在烟离嘴的时候吹口哨，就当壮胆，又死不了人。当初来北京，跟来接他的保定走岔了，在立交桥底下抱着柱子还不是睡了一夜。先熬过今晚再说。

一抬头，前面是海淀桥。走到这个地方非他所愿，敦煌停下了，看着一辆加长的公交车冲进桥底下的红灯。其实不想来这里，尽管他也不知道想去哪里。就是在海淀桥旁边被抓到的。他和保定从太平洋数码电脑城一口气跑过来，还是没逃掉。东西还在身上呢。早知道逃不掉就把货扔了，他跟保定说，没关系，那两个警察胖得都挂不住裤腰带了，没想到跑起来还挺溜。他们的车堵在跟前，再扔已经晚了。这是三个月前的事。那时候天还冷，风在耳边呜呜地叫。现在，他出来了，保定还在里面。不知道保定被警察踹伤的左手好了没有。

敦煌拐弯上了一条路，再拐，风从地面上卷起沙尘，他躲到一栋楼底下，天就暗下来。他拍打着衣服上的尘土，一个背包的女孩走过来说："先生，要碟吗？"从包里抽出一沓光盘。"什么都有，好莱坞的、日本的、韩国的，流行的国产大片。还有经典的老片子，奥斯卡获奖影片。都有。"

在昏暗的光线下，敦煌看到碟片的彩色包装纸上有点说不清的暧昧。那女孩的脸被风吹干了，但不难看，她好像还有点冷，偶尔哆嗦一下像要哭出来。敦煌判断不出她的年龄，也许二十四五，也许二十七八，不会超过三十。三十岁的女人卖碟不是这样，她们通常抱着孩子，神秘兮兮地说，大哥，要盘吗？啥样的都有，毛片要吗？高清晰度的。然后就要从后腰里摸出光盘来。

"便宜了，六块钱一张卖给你。"女孩说。敦煌把包放到台阶上，想坐下来歇歇。女孩以为他决定挑了，也蹲下来，在一张报纸上一溜摆开碟片。"都是好的，质量绝对没问题。"

敦煌觉得再不买自己都过意不去了，就说："好，随便来一张。"

女孩停下来："你要实在不想买就算了。"

"谁说我不想买？"他让自己笑出声来，"买，两张！算了，三张！"他担心女孩怀疑，就借着楼上落下的灯光挑起来。《偷自行车的人》。《天堂电影院》。《收信人不明》。

"行家啊，"女孩声音里多了惊喜，"这些都是经典的好片子。"

敦煌说，不懂，瞎看看。他真的不懂。《偷自行车的人》看过；《天堂电影院》是在公交车上听两个大学生说的；挑《收信人不明》仅仅是因为名字别扭，他觉得应该是《收信人下落不明》才对。买完碟，他在台阶上坐下来，对面的楼前亮起霓虹灯。他掏出一根烟，点上，对着霓虹灯吐出一口烟雾。女孩收拾好碟片，站起来问他走不走。

"你先走，我歇会儿。"敦煌觉得没必要跟一个陌生人说其实自己没地方可去。

女孩和他再见，走几步又回来，在他旁边的台阶上坐下。敦煌下意识地向外挪了挪屁股。

"还有吗？"女孩说的是烟。

敦煌看看她，把烟盒和打火机递过去。他听见女孩说，中南海的口感其实挺好的。敦煌和很多人打过交道，但那都是交易，冲着钱去，所以女孩的举动让他心里突然没了底。恐慌只持续了几秒钟，他想，都这样了，光脚的还怕穿鞋的。进都进去过了。整个人放松下来，主动问她："生意还好？"

"就那么回事，天不好。"她指的是沙尘暴。闲人都关家里了，而买碟的大多都是闲人。

敦煌深有体会，他那行多少也有点靠天吃饭。刮风下雨像个乱世，谁还有那个心思。

女孩对烟不陌生，烟圈吐得比他好。两个人就这么坐着，看着天越来越黑。行人越来越少。旁边一个小书店里有人在说，关了吧，飞沙走石的，谁还买书。然后就是卷帘门哐的一声被活生生地拽下来蹾到地上。飞沙走石，夸张了。敦煌尽量不去看那女孩，他不知怎么跟她说话，不习惯，和一个从没见过的姑娘不三不四地干坐着，这成什么事了。他想离开。

"你是干什么的？"女孩突然说话。

"你觉得呢？"

"学生？说不好。"

"什么也不干。无家可归的。"敦煌发现说真话简直像撒谎一样轻松。

"不信，"女孩说着站起来，"不过无家可归也好，一起去喝两杯？"

敦煌在心里笑了，终于露馅了，就知道你还兼了别的职。他没嫖过，但保定和瘸腿三万嫖过，女人那一套他多少知道一点。只是这样的女孩也干这个，他揪了一下心，然后说服了自己，报纸上说，现在干这行的姑娘相当比重的都是大学生。大学生，多好的名字。敦煌又想起那些抱孩子鬼鬼祟祟卖光盘的女人。"还是我请你吧。"敦煌做出一副慷慨样来，死猪不怕开水烫，无所谓了。

二

他们去附近的"古老大"火锅店。女孩说，得热乎一下，都冻透了。敦煌附和，他没想到沙尘暴一到，又把北京从春天刮回去了。从外面看，火锅店的玻璃上雾气沉重，里面鬼影幢幢。人叫那个多，半个北京好像都挤进来了，无数的啤酒杯被举过头顶，酒味、火锅味和说话声跟着热气往上浮。如此亲切的温暖敦煌至少三个月没有感受到了，心头一热，差点把眼泪弄下来。

女孩靠墙，敦煌背后是闹哄哄的食客。鸳鸯火锅。三瓶燕京啤酒。敦煌注意到女孩点了两份冬瓜和平菇。女孩喝酒爽快，但没有她表现出来的那样能喝。喝酒敦煌有经验，这是他唯一过硬的特长，保定以为自己酒量不错，但半斤二锅头下去就不知道敦煌到底能喝多少了。在女孩面前敦煌很谦虚，说自己酒量不行，一瓶下去就说胡话。

"说吧，我听。"女孩大大咧咧地捋起袖子。她没发现敦煌喝酒几乎没有下咽的动作，而是直着流进去的。"就喝到说胡话为止。"

接下来两人半杯半杯地碰。热气腾腾的火锅让人觉得他们俩是一对亲人。敦煌三个月没见过如此丰盛的诱惑，两眼放光，大筷头往嘴里塞涮羊肉。女孩脸色也红润多了，看起来年龄比在风里要小。还是挺好看的。鼻梁上长着两个小雀斑。谁的手机响了，女孩赶紧到包里找，等她拿出来，旁边的一个男人已经开始说话了。她的失望显而易见。她把手机在手心里转几圈，放在面前的桌子上，问敦煌叫什么。

"敦煌。"

"听起来很有学问啊，真的假的？"

"当然真的，我爸取的。他基本上等于文盲。歪打正着。听我妈说，我刚生下来那两天，他愁坏了，找不到好名字，都憋成便秘了。没办法，从邻居家抱来一堆报纸，翻了一天也定不下来，最后在《人民日报》第一版上看到'敦煌'两个大黑字，就是我了。"

"你爸真是，早该取好了名字等你出生。"女孩空洞地笑起来，瞟了一眼手机，"我叫旷夏。空旷的旷，夏天的夏。好听吗？"

"好听。比敦煌强多了，我老觉得自己是块黄土夯出来的大石头。"

女孩笑得有点内容了，说旷是父亲的姓，夏是母亲的姓。敦煌不觉得这名字有多好，父姓加母姓，满世界的人都这样取名字。但他还是说，好。他得让她高兴。所以接着就夸卖碟好，说自己刚到北京时也想卖碟，苦于找不到头绪，遗憾至今。

"那你现在干吗？"旷夏问。

"瞎混。这儿干两天，那儿干两天，北京这么大，总饿不死人。"

"回老家去啊。北京就这么好？"

"也不是好不好的问题。混呗，哪里黄土不埋人。"

旷夏又转她的手机，脸色沉静下来。"要不是卖碟，我早回老家了。北京风大。"

"那倒是，好在吹不死人。"

谁的手机又响了，旷夏把手机重新拿起来。还是跟她没关系。敦煌觉得她有事，心想算了，见好就收吧。就说，要不就吃到这里，见到她很高兴，他请客。然后招手要埋单。

"我来，我来。"旷夏争着掏钱包，"说好我请的。"

敦煌做一个制止的动作，旷夏真就听话地把钱包放下了。敦煌脑子嗡的一声，你怎么就这么实在呢。他装作去挂在椅背上的衣服里找钱，感觉全身在两秒钟之内起码出了一斤的汗。只好冒险用一次保定教他的方法了。他在左口袋里摸索半天，眉头皱起来，赶快又去右口袋里摸，立马跳起来，惊慌失措地说："我钱包没了！手机也没了！"

"不会吧？你再找找。"旷夏也站起来。

敦煌又去摸口袋，干脆把衣服提起来，当着旷夏和服务员的面将内侧的两个口袋翻出来，当然空空如也。"一定是被偷了！"他说，"我进来的时候还在。"然后对服务员说，"你们店里有小偷！"服务员是个十八九岁的小姑娘，吓得直往后退，好像害怕小偷附了她的身，连连摆手，说："没有，没有啊。"她惊恐的样子让敦煌有点不忍，但戏开始了就得演下去。

周围的客人筷子停在半空，扭过头来看，热情洋溢地看着丢了钱包和手机的敦煌，又稍稍后仰身子，以便证明自己的清白。舞台越搭越大了，敦煌硬着头皮也得把独角戏唱下去。

"你没记错？没放包里？"旷夏说。

"不可能错。钱包里有六百块钱，好像不止，记不清了。还有一张建行的卡、身份证、一张五十块钱的手机充值卡，都丢了！钱无所谓，关键是身份证，补办一个太麻烦了。我那手机才买了不到一个月，一千多块钱哪。"

他竭力把自己弄成一个唠唠叨叨的祥林嫂，所有顾客都往这边看。小服务员果然怕了，赶快去找领班。等领班过来，旷夏发现了一个问题，服务员竟然没用衣服罩罩住敦煌的上衣。如果罩了，钱包和手机就不可能被偷。部分责任在火锅店。衣服罩的确没罩，反而是敦煌的上衣套在衣服罩上。领班没承认是店员失职，气短是有了一点，解释说，店门上已经写明，顾客的钱财自己保管好，丢失本店概不负责。敦煌和旷夏不答应了，如果罩了衣服还丢，当然不会连累饭店，问题是现在没罩啊，谁知道是否有意不罩。意思很明白了。

"对您丢失的财物我们十分抱歉，"领班最后扛不住了，"要不给你们打个八折，这事就到这里。再送两瓶免费的压惊啤酒，怎么样？"

旷夏说，好吧。敦煌不答应，至少五瓶！

领班说："先生，我只有这么大的权限。"

敦煌说："那好，让你们经理来。"

领班犹豫一下，走了。旷夏问敦煌手机号多少，拨一下看小偷还在不在店里。敦煌说了一个号，旷夏拨了，已关机。彻底没戏，死心吧。敦煌心里说，早就死心了，那是三个月前的号，手机早不知道扔哪儿去了。过两分钟领班回来了，身后的服务员端着五瓶啤酒。敦煌让打包给旷夏带走，很不好意思到头来让她破费。旷夏说本来就该她请，看了看手机，塞进了包里，让服务员打开，现在就喝！敦煌想，喝就喝，谁怕谁，正好没过瘾。

现在才真正开始。旷夏喝得更爽快了，如同易水送别，酒杯碰得决绝悲壮。喝。喝。两瓶下去她就只会说"喝、喝"了，慢慢歪倒在桌子上。

"没事吧你？"敦煌说。

"没事，喝。喝。"旷夏嘴里像含了个鱼丸子，然后突然就哭了，"我想回家，送我回家。"

敦煌说："好，现在就送你回家。"一边把剩下的那瓶酒嘴对嘴喝完了。还好，旷夏基本上明白家在哪里，一说敦煌就知道了。

三个月前，他对海淀这一带和老北京一样熟悉。她住芙蓉里西区一个一居室的房子，三楼，租的。敦煌把她弄上楼，开了门发现满屋都是大大小小的白柳条筐子，一筐筐的碟片。筐上贴着纸签，注明欧美、印度、韩国、日本、武侠，等等。他正打算找"三级"和"毛片"字样，旷夏在床上闭着眼说：

"水。喝水。"

水瓶空的。敦煌让她忍一忍，等把水烧开，旷夏睡着了，还打着小呼噜。敦煌端着水杯在一把旧木椅子上坐下，等水凉下来。

屋子里陈设简陋，除了旷夏身底下的大双人床，大家伙就一张桌子和一把椅子，桌子上是旧电视机和一台八成新的影碟机，此外就是碟片筐子。他东瞅瞅西看看，一杯水被自己喝完了。他想不出今晚余下的时间该怎么打发，准确地说，这一夜他该到哪里去安顿自己。听着旷夏的小呼噜，敦煌突然觉得自己挺可怜的，连个窝都没有。他在北京两年了，就混成这样，静下来想想，还真有点心酸。当时把那半死不活的工作辞掉，满以为到了北京就能过上好日子，现在连人都半死不活了。口袋里只有二十二块四毛钱。他又倒了一杯，打算等她再要就端过去。

敦煌一筐筐找，没找到毛片，连张名副其实的三级片也没找到，只有"情色"片。看封面上的女人都露胳膊露腿的，那都是虚张声势，很可能整部片子里就露那么一下子。最后找到一部应该会黄的碟——《色情片导演》，打开影碟机和电视，在静音状态下悄悄看起来。看了半截还没有激动人心的场面，敦煌兴味索然，坐在椅子上就睡着了。等他猛然醒来，碟片已经放完了。

此刻凌晨两点半。他把电视和影碟机关上，感到腰酸背疼和冷。旷夏蜷缩在床的另一边像只猫，呼噜声没了，被子跟着呼吸起伏。

敦煌想，随他去了，从背包里找出皱巴巴的呢子大衣，谨慎地躺倒在那张双人床上，把身子蜷得像一条狗。大衣拉过头顶，世界黑下来。他的夜终于来到了，他想挠挠下巴上的一个痒处，手伸到一半就睡着了。

三

醒来时敦煌先感觉到眼前有光，睁开眼吓了一跳，眼前悬着另外两只眼，还有一张精神饱满的脸。接着清醒过来，那是旷夏，他睡在别人的床上，身上暖和和的，摸一把，一床蓬松柔软的被子。敦煌尴尬地笑笑，欠起身想坐起来，旷夏用嘴制止了他，她把她的嘴放到敦煌的嘴上，敦煌就一点点向后倒，重新躺在了床上。

整个过程他们只说了一句话，旷夏说的，旷夏说："踩着我的脚。"

当时敦煌手脚忙乱。他看过不少毛片，在梦里也排练过很多次，但真刀真枪动起来，敦煌头脑里一片空白，整个身体沉在黑暗里无法调遣。旷夏帮了他，一只手默默地指路，跟他说，"踩着我的脚"。敦煌踩到了她的脚，然后就明白了前进的方向和办法，意识逐渐回到了大脑里。敦煌越来越清醒，片子上和梦里的经验转变成现实。他看见旷夏眉毛像绳索拧在了一起，咬牙切齿的模样比受难还痛苦。她毫无规律地抖成一团，但除了那句话她一声没吭。

敦煌从旷夏身上滚下来，身心一派澄明，无端地觉得天是高的云是白的风是蓝的，无端地认为现在已经是惠风和畅，仿佛屋顶已经不存在，沙尘暴也从来没有光临过北京。两个人都不说话。床头的鸡眼闹钟嘀嗒嘀嗒独自在走。

"我好看吗？"过了很久，旷夏说。

"好看。"

又是沉默。

"你多大？"旷夏又问。

"二十五。"

"和我弟弟一样大，"旷夏幽幽地说，"我二十八。"

敦煌突然觉得对不起身边的这个女人，结结巴巴地说："其实，我是个，办假证的。"

"哦，办假证的。我卖盗版碟，算同行了。"

敦煌听见她笑了两声。敦煌又说："我刚出来，从，就那里。"

旷夏没像他想象的那样惊叫一声，她只是重复了一下刚才的语气词。"哦。"然后说，"我叫夏小容。"敦煌很想扭头看看她，还是克制住了。她继续说："旷夏是给我孩子取的名字。"敦煌突然觉得有点难受，仿佛有一条尖利的线从小腹往上蹿，闪亮地开了他的膛。他说："你结婚了？"

"没有。我还没孩子。男朋友姓旷，我叫夏小容。"

敦煌觉得不能再这样漫无边际地躺下去，起身开始穿衣服，速度很快，裤带没勒好就往卫生间跑。他穿着裤子坐在马桶上抽了一根烟，出来时从裤兜里掏出了所有的家当，二十二块四毛钱。经过客厅的小方桌时，把钱压在了烟灰缸底下。放好钱，透过卧室和客厅之间的玻璃窗，他看见名叫夏小容的旷夏正侧着脸看他。"我想喝杯水。"夏小容说。

敦煌倒了水端过去，说："热。"

夏小容从被子里伸出了光胳膊，握住他的手。"有女朋友了？"

敦煌莫名其妙地觉得受了伤害，"有！"他说，"在北京。"当然他没有，但他觉得应该说有。说"有"的时候他想到了进去时保定跟他提到的七宝，嘱咐他出来了就去找七宝，照顾好她。对七宝敦煌一点都不熟，只见过一个背影。他去保定的屋里，看见一个年轻的女人从保定屋里出来，身材高挑，屁股挺好看。保定说，那就是七宝，也是做假证的。此外没说。没说他也就不去问。

"好看吗？"夏小容继续握着他手，说话的口气像他妈。

"还行，看着能吃下饭。"

夏小容缩回了胳膊，咯咯地笑，身体带着被子一颤一颤地抖。等身体和声音平静下来，她才说："你站在客厅里的时候，很像我在老家的弟弟。他整天混日子，爸妈为他操碎了心。"然后又说，"有时间带给姐看看。"

她一下就成姐姐了。敦煌说："我也不知道她具体在哪儿。"

"只要在北京，总能找到。你不想知道我为什么请你喝酒？"

敦煌没吭声。

"我们吵架了。他说我这样的女人没意思，"夏小容继续说，"老想着回家，想着生个小孩过日子。不如分手省心。"

"我也不理解。"

"不理解我？"敦煌没说话，夏小容突然生气了，"出去！男人都他妈一个德行！"

走就走。敦煌背上包刚出卧室门，又被叫回来。她声音缓和一些，穿衣服的时候让他背过脸。她只穿了上衣，坐在被窝里，递给他一百块钱。"我手头就这一点了，"夏小容说，"你先应应急。"敦煌一声不吭地接过钱，经过客厅时把二十二块四毛钱重新装回口袋里。

这一天对敦煌来说，只有早上那一个钟头是好时光，整整一天他都在浮尘天气里跑。风小了，沙尘悬在半空上不去也下不来，大街上到处是戴着眼镜、口罩和头蒙纱巾的人。他背着包先去了西苑，三个月前他和保定住在这儿的两间民房里。女房东装作不认识他，因为他们俩被抓后，她就把他们剩下来的行李能卖的卖，不能卖的扔了，而且，他们的租期还有一个月才到期。敦煌火了，骂她见利忘义。房东就说，好啊，你还有脸找上门来，警察过来搜查时我们的脸都给你丢光了！这是狡辩，当初租房子时可不是这样，他们干啥关她屁事，她只是把房子租给钱的。最让敦煌气愤的是，房东嘀咕一句，怎么这么快就出来了。她还希望我一辈子都耗在里面呢。他就让房东退房租，两间屋，八百。

"可我真的没钱，"房东说，突然从口袋里摸出个手机，"喂、喂"起来，然后像列宁一样抱着电话走来走去，边走边说，"啊？急救室？这么严重？好，好，我马上到，马上来！"放下电话脸像根苦瓜，"大兄弟，你看看，说来事就来事，我妈不行了，我得赶紧去医院。实在没钱，要不还你一百，我就这一百了。"她从口袋里果然就掏出一张老人头来，"就当帮大姐了。"

敦煌一把夺过来，总比空手好。房东转身就往胡同外跑，说是去医院。敦煌看她仓皇跑动的大屁股，有点后悔拿了钱，却突然不合时宜地想起房东说过，父母早就没了。然后想起刚刚就没听到手机响，震动都没有，这他妈的老女人！他追出胡同，房东的影子都没看到。一气就捡了一堆砖头，一块块往房东的屋瓦上扔，瓦片哗啦哗啦地碎。扔一块说一句，一百，两百，三百。扔最后一块时说：

　　"操你妈，七百。"

　　他又去找另外几个办假证的朋友。一个没找到，不是搬走了就是被抓了。保定刚进去时就说，遭人算计了，要不哪会都进来。谁在算计，保定也说不好，京城里干这行的不少，各有自己的来路和地盘。敦煌还是死马当活马医，他得找个落脚的事，还得干这行。一天下来一张认识的脸没碰到，那个只看过背影的七宝更不用说了，站他眼前也未必认识。到了晚上九点半，敦煌只吃了两个烧饼喝了一瓶水，在硅谷门前下了车，两脚着地发现自己还是无路可走。他晃晃荡荡来到芙蓉里，夏小容的灯亮着。他说，来还钱。

　　夏小容看他一身尘土，像从建筑工地上刚回来。"这么快就发了？做小偷还是抢银行？"

　　"造假币了。"敦煌说，去翻背包口袋，摸一把没有，再摸一把还是没有，"我明明放在里面了，怎么会没了？"

　　"算了，别演了。难道又被小偷偷了？"

　　敦煌的脸立刻挂不住了，憋得通红。"昨晚你都知道了？"

　　"你当我是傻子？拨你手机时就明白了，是空号。"

　　"对不起啊。"敦煌窘迫地说，继续到包里找钱，发现背包口袋被划了一道口子，真遇上小偷了。他没有解释，拿出夏小容给他的那张钱放到桌上，"谢谢。"拎起包就走。到了楼下，敦煌觉得累得不行，在台阶上坐下来点上根烟。声控的门灯灭了，他坐在黑暗里有种被彻底遗弃的孤独感。楼上几乎每家灯都在亮，暖气还没停掉，他们不知道现在冷风钻进裤腿里是什么滋味。他们在自己家里。他现在觉得夏小容其实也没错，不就想要一个自己的家嘛，有个老公，有个孩子，这有什么错。一根烟没抽完就觉得，那姓旷的狗日的应该好好修理修理。

有脚步声从楼梯上下来，敦煌站起来让路，踩灭烟头向小区外走。背后有人说："上来吧。"他回过头，看见夏小容穿着棉睡衣站在门灯底下，"就算被偷了，好了吧？"

"不是就算，就是被偷了。"

"好，就是。上来吧。"

敦煌跟着上了楼。夏小容说，你怎么跟我弟弟一样倔。敦煌说，我哪里倔。夏小容说，倔就倔呗，你可别跟我弟弟一样浑。到了房间，夏小容进厨房给他下了鸡蛋面，敦煌就在外面说打碎房东家瓦片的事，听得夏小容咯咯笑，说他比她弟弟还坏。吃完面，敦煌在热水器下洗了个澡，换了一身干净衣服出来，夏小容已经关了电视躺到床上了。敦煌心虚地问："那个，旷，没来？"

夏小容冷冷地说："不会来了。"

敦煌掀开夏小容的被子。开始的时候夏小容哭了，后来就不哭了，但还是不出声。为了让她随便发出一点声音，中间的时候敦煌气喘吁吁地问："卖毛片吗？我怎么没找着？"

夏小容艰难地说："在床底下。"

四

第二天早上，敦煌醒来时听见厨房里锅碗在响。他想到此刻醒来的应该是一个姓旷的家伙时，身上还是出了一些汗。她说他叫旷山。敦煌听到这名字的第一感觉是，取名字的人跟他爸一样懒惰和头脑简单，瞎猫逮着了死耗子，所以都还有点意思。夏小容从厨房里出来，敦煌又问，那个他，不会回来吧？

"怕了？"

"我怕个鸟，大不了再进去。"

"那就别问。我不认识这个人。"

吃完饭谁也没有询问对方今天的安排，然后一起出门。夏小容背一包碟，敦煌背着全部行李家当，在海淀体育馆门前分手，除了"再见"一个字没说。

敦煌又漫无边际地跑了一天，一个熟人没见到，还是两个烧饼一瓶水熬到晚上，下了车直接去芙蓉里。夏小容开门时一副日常表情，接着就去厨房下面条，区别在于昨晚一个荷包蛋，今晚两个。今天沙尘暴基本平息，敦煌简单洗了洗，把脑袋钻到床底下，果然看到两筐碟，随便抓出来两张，封面上的裸体女人长相完全不同。

接下来三天，敦煌吃了六个烧饼喝了三瓶水，在公交车上浩浩荡荡地穿过七八趟北京城，跑过了三十多条巷子，终于绝望了。找不到组织，一点东山再起的苗头都没有。他背着大包回到芙蓉里，夏小容说："回来了？明天咱别跑了。要是不觉得委屈，就跟我卖碟去。"

第二天，敦煌背起了碟包。上午在西苑，马路边上，找一个人多的超市门口摊开几十张碟。夏小容对她的碟很熟，提起某一张，伸手就从众多的碟里准确地拎出来。若是谁找香港的枪战、武侠类的，敦煌就能说上话，他整个中学和大学的课外时间都耗在简陋的录像厅里，因为无聊，成龙、周润发、周星驰的片子他反反复复看。跟夏小容相比，他和顾客更谈得来，瞎说，办假证时练就的嘴皮子。

下午去了农业大学门口。这地方敦煌也熟，办假证的时候常来。学生甚至比社会上的人还需要假证，尤其找工作时，成群结队地办假成绩单、荣誉证书，胆大的，毕业证和学位证都要，专科要本科的证，本科的要硕士，硕士的要博士。当然也有倒过来，为了逛公园景点半票，一把年纪的老博士也搞个本科的学生证。这帮学生买碟的热情也高，用夏小容的话说，那是相当专业，都冲着艺术去，经典的，越老越好卖。这是敦煌不太理解的，他一看黑白片头就晕。玩不了这个票。

反正那一天敦煌跟顾客聊得口干舌燥，生意做得不错。夏小容说，没看出来啊。敦煌说，办假证不就靠张嘴嘛，你得让人家相信，假的也比真的好使。跟算命一样。夏小容说，那好，聘你做我卖碟的秘书吧。敦煌说，没问题，不就小蜜嘛，三陪都行。夏小容的脸一下子摞下来，敦煌知道过头了，赶紧做小学生认错状，心里却开始犯嘀咕。不是三陪是什么，我陪你，当然你也陪我。

总的来说，敦煌是个称职的秘书，数钱、游说、当托，兼做保镖和跟班。最关键的，如果不是特殊情况，他能让夏小容不高兴的时候高兴，高兴的时候更开心。特殊情况主要和旷山有关，一看到夏小容说话间走神了，敦煌就在周围找是否有手拉手的情侣，或者抱孩子散步的一家三口。这样好，敦煌想，跟我没关系。但忍不住就想抽烟，吸了一口呛得咳嗽，还跟自己说，就这样好。

因为卖碟，敦煌开始大规模地看文艺片，得恶补。但常常看着看着就睡过去，梦里开演的变成商业片，爱情、暴力、凶杀、恐怖，当然还有相当比重的色情。他不明白，为什么夏小容从来不卖床底下的毛片。夏小容说，那都是原来旷山卖的，她说不出口，也卖不出手。

敦煌说："那有什么，劳动人民需要这个。"

"劳动人民需要？是你需要吧。"

"我需要，劳动人民也需要。我们要从群众中来，到群众中去。你看我们卖碟的大嫂做得多好，抱着孩子都不忘阶级弟兄，见人就问，大哥，要盘吗？刺激的！"

他的模仿把夏小容乐坏了，乐完了又气："好啊，在你眼里，我也就是一个大嫂，鬼头鬼脑地抱个小孩。"

敦煌说："错，大嫂哪能跟你比，我们的夏小容同志年轻又漂亮，坚决只卖文艺片。"

"荷包蛋也堵不上你的嘴！刷碗去！"

敦煌就去刷碗，在水龙头下就走神了，想毛片的事。这东西没有通常的碟好卖，你不敢明目张胆拿出来，但价钱高，卖一个赚一个。手中没粮，心里发慌，他现在太想赚钱了，不能这样像个背包似的赖着别人过日子。来北京不是为了做包袱。他想起了还在里面的保定。

保定大他五岁，来北京五年了。个儿大，身板硬，天生就是做大哥的料。在家敦煌就知道办假证这行一本万利，动动嘴皮子，然后跷着腿等人送钱。事实上也差不多，跟保定见习了半个月就把大概的程序摸清了。保定也只干最基础的那道活儿，揽生意。见着东张西望的人就凑上去问，办证吗？啥都有，护照也没问题。然后谈价，交定金，再找人定做顾客想要的证件。证件加工是另外一套程序，保定他们不管，也是谈价和交钱交货的问题。完全按劳分配，多劳多得。如果隔三岔五就能逮到个冤大头，那一年到头等于不停过节，好日子看得见摸得着。除了假冒之外，还有一点和卖碟相同，那就是需要充分掌握假证的相关知识，比如大学的文凭通常长啥样，一般小区的停车证有哪几种类型，个人档案袋中主要有哪些材料，等等。你不仅要讲道理，还要摆事实。事实代表经验、可信度和成功指数。这些难不倒敦煌，很快就了如指掌。最大的问题是应付突发事件，主要是警察。遭遇警察时要清醒果断地做出决定，沉着顽抗还是溜之大吉，是把假证坚决藏在怀里还是随手扔掉，因为不同表现会导致不同程度的罪行。这需要足够的经验。

敦煌的问题就出在这里。那天他跟保定去太平洋电脑城旁边交货，他揽的生意，证件也在他身上，一个硕士学位证。说好上午九点一刻碰头，等到九点二十也没看见客人，倒是看见突然冲过来的两个警察。敦煌跟着保定就跑，经过北大南门向海淀方向跑。逃跑的过程中保定问他，要不把假证扔了吧，人赃俱获，麻烦就大了。敦煌对逃脱充满信心，他的自信感染了保定，后面那两个警察实在太胖了，几乎要抱着肚子才能跑起来。他们没法甩得很远，但绝不会被抓住。他们从硅谷往南跑，希望过了桥往图书城跑，那里人多门也多，找一个人不比找一只老鼠更容易。但他们的运气实在糟糕，刚过海淀桥就看见一辆警车，四个警察摆在路边。事大了，证必须扔掉，敦煌从未被围追堵截过，假证拿手里不知道往哪儿扔，保定只好代劳，刚扔掉警察就围过来了。他们看见是保定扔掉了假证。

警察问："谁的？"

保定说："我的。"

后来敦煌很多次为当时的怯懦自责，他的确是慌了。但在当时，聊以自慰的是，他看见保定的右肩向上耸了两下，那是他们早就约定的暗号，以便在和顾客洽谈中统一口径。意思是：听我的。敦煌听了，一直到三个月后从里面出来。而保定因为那个学位证，可能要去一个更远的地方待上不知多久。敦煌出来的时候，他还没有真正开始判。

那天他和夏小容卖碟经过海淀桥，想起保定。他决定挣钱把保定赎出来。保定是为了他进去的，这两年在北京，保定没少为他操心。干他们这一行的都明白，能进去就能出来，找到合适的人，打点也到位，就没问题。尤其保定这样还没判的。敦煌就在心里念叨，钱哪。

晚上两人躺在床上，一身的汗不想动，谁也不愿伸把手去关正在播放的情色电影。两个人就在被窝里石头剪刀布，敦煌输了。他关了电视和影碟机，食指插在光盘的眼里，打算装进袋子里又停住了。他说："我想卖毛片。"

"你疯了，被抓住要惹麻烦的。"

"我得挣钱，把保定弄出来。"敦煌装好碟片躺下来，从侧面抱住夏小容，"我帮你卖毛片，放着也是放着。你要是不好意思，"敦煌停顿一下，盯着夏小容的耳朵看，觉得自己有了勇气，"我不跟着你，到别处卖。"

"这才是你真正想说的，是吧？"

"你别误会，我只是想尽快赚点钱把保定弄出来，不是要算计你。"

"没那意思，"夏小容翻个身，背对了敦煌，"我只是想，男人怎么都这样，一心想着自己闯，单干，总要把女人扔一边。"

"不是扔一边，是怕你们受伤害，一边玩多好。男人也不是神仙，哪能都顾上。"

过一会儿夏小容说："随便吧。到时候你再拿些其他碟，搭配着卖。本钱给我就行了。"

五

敦煌挑了三百块钱的碟，全部卖完可以净赚五百，要是毛片的价抬得上去，还不止这个数。敦煌立马觉得整个人像刚从浴室里出来一样，清爽开阔，天高云淡，好日子说来就来了。当初第一次脱离保定去揽生意可不是这样，那时候还有点慌，还有点害羞，还有点不知深浅，怎么说也是犯法的事。现在不一样，混久了脸老了皮厚了耐折腾了，卖碟比起办假证也不知要合法多少倍。最重要的，创业生活又开始了，等于在北京这地方开始了新生。

他和夏小容每天早上从芙蓉里出来，再分道扬镳。敦煌有自己的想法，不能这么零散卖，打游击只能挣小钱，还忙得跌跌爬爬，最好能找到点，建立固定的客源。他分析，能固定的只有三块：一是大学生，这帮年轻人花钱眼都不眨，那是为艺术；另一块是坐办公室的，翻翻报纸修修指甲那种的，为了解闷，坐办公室的文化人更如此，心思多，总觉得生活对不起他们，看看碟平衡一下，比抱老婆老公有意思，还不失身份；第三种是公司的白领金领，忙得蹲马桶都得看时间，最需要休闲，歪在沙发上把胳膊腿摊开，看一个好故事，不是书，谁还看书，是碟，故事片，片越大越好，好莱坞的，最好斯皮尔伯格每周都能整出一部来。

现在的问题是，怎样才能和这些人搭上钩，建立长久的合作关系，顺便把毛片也高价卖给他们。当然要一点一点来，挣钱首先得有耐心，然后才会产生加速度。这个敦煌懂。

一天敦煌都在想怎样才能赚到更多的钱。生意也做，他在一家超市门口打开背包，这地方的好处是，从超市购物出来的人兜里都有不少零钱，花掉也不心疼。而且大部分都是家庭主妇，她们更希望从平庸烦琐的家务里逃出来。她们喜欢爱情片，越能掉眼泪的越好。所以敦煌一看她们围上来，就找碟包上有男女拥抱接吻的片子推荐。《新华字典》可以不看，这电影一定要看。敦煌也不管靠不靠谱，爱情的鸡汤，情感的圣经，听过的时髦词全搬出来。女人其实好打发，只要你愿意把爱情抬高到生活的头顶上，问题基本上就解决一大半了。

相对来说，超市门口的男人钱包就不太好开。他们总把自己弄得跟个成功人士似的，不屑去看盗版碟。实际上敦煌知道，这帮家伙只是不好意思而已，只要旁边没人，他们就会往花花绿绿的包装纸上瞟，单瞟那些没穿好衣服的女主角，眼光准得如同带了红外线瞄准器，瞟第一下时就能把这样的碟从碟堆里挑出来。所以男顾客需要引导，要循循善诱。"故事嘛，可能不耐看，"敦煌说，"谁愿意把同一个故事翻来覆去看？生活的，那就不一样了，它跟你靠得更近，它比你自己还了解你，每看一次都会有新的收获。好碟不厌百回看，就像报纸上天天说的，这东西更符合人性，对现代人的身心健康发展大有好处。"他努力把毛片的价值往日常的道德和伦理上引，为的是消除这帮家伙的尴尬。你想想，都提高到精神文明建设的高度了，还有什么羞耻和猥琐可言。买的时候就可以心安理得，脸可以不那么红，心可以不那么跳。多好。这种碟一张能赚普通碟的两三倍。

傍晚收工时敦煌算了算，赚了一百二，轰轰烈烈的开门红。他买了夏小容爱吃的鸭脖子和一扎啤酒，又叫了水煮鱼外卖，喜气洋洋地回到芙蓉里。和夏小容一起庆祝独立的卖碟生涯从此开始。一高兴就不自觉地发挥了，夏小容一瓶，他四瓶喝完了还要喝。夏小容让他打住，喝多了怕出事。敦煌一高兴就忘了，再来四瓶又算个鸟！骗你是小狗。喝啤酒除了上厕所，我还真没有过其他反应。

夏小容的鸭脖子啪地摔桌子上："你他妈就是条狗！你骗我，你说你那天晚上喝醉了才睡到我家里的！"

敦煌早把这茬给忘了。女人的记忆力怎么就这么好呢。"绝对没骗你，"敦煌说，"那天刚出来，身体不行，真有点晕了。不过要说没骗也不对，不骗我哪敢待下来，我是喜欢你才想着留下来。"

"稀罕！谁要你喜欢！"

夏小容明显有所缓和，敦煌暗自得意，好，都扛不住"爱情"这东西的小虚荣。他重新拿一根鸭脖子递到夏小容嘴边："不仅是喜欢，"他说，用自己的酒杯碰了一下夏小容的杯子，"完全是一见钟情。"

敦煌的碟卖得好，几乎每天挣得都比夏小容多，就主动要求把夏小容转手给他的碟每张提价五毛钱。夏小容不答应他也这么干。此外他还注意回来之前买点烧饼、馒头和菜，他跟夏小容只说是顺带，内心里却是不想成为她负担。他不知道这样寄居的生活哪一天会突然结束，最要命的是，他不愿意靠着这种含混的关系继续含混地寄居下去。单干后第五天，敦煌用挣到的钱买了个二手的诺基亚手机，憋着嗓子用苍老的声音给夏小容打电话说，你认识敦煌吗？夏小容说，你是谁？找他干什么？敦煌说，公安局。他涉嫌倒卖黄碟，已被依法拘留。夏小容"啊"了一声，声音都变了，说，他在哪里？你告诉我他在哪里？敦煌忍不住大笑，嘎嘎嘎。夏小容愣一下才回过神来，说，你，是敦煌吗？敦煌说，当然，俺买手机了！夏小容气得大骂，你去死！挂了电话。敦煌很开心，接着发了条短信：有人关心真他妈的幸福，进去了也值！夏小容回：臭美！谁关心你了，我自己都他妈的关心不过来！敦煌还是觉得幸福，一下午都笑眯眯的，见谁都笑，怪吓人的。

手机很快就派上了用场。他在北大南门外卖碟，两个学生找《罗拉快跑》。敦煌有一张。他从来没看过这片子，当初挑来是因为包装纸上有个红头发的女孩在跑，他只是喜欢这样动感的画面。这片子对他们挺重要，老师要做文本分析，整个班都在找，就是找不到。敦煌一听三四十人在找，立马来了精神，给夏小容打了电话，夏小容说没问题。敦煌嗓子眼里都有了心跳，乖乖，钱来了。跟两个学生约好，明天就送过来。第二天果真就卖了三十张。

两个学生拿着碟走远了，敦煌掉头追他们，以后再想找什么碟，他会在第一时间送到，只要有货。敦煌怕他们转身就忘了他的号，特地找张纸把手机号写下来，一人送了一份。这两个学生一个姓黄，一个姓张，后来还真找过敦煌。头一回要《柏林苍穹下》；第二回要两个版本的《小城之春》，费穆导演的老版本，田壮壮导的新版本。都是电影文本分析课上用的，三种碟一共要了九十八张。

六

寄居生活在第二十一天晚上结束了。那晚风大，窗外像有一群小孩在集体哭泣。夏小容的窗户有点问题，风一吹就哐啷哐啷响，在屋里就觉得那群小孩不仅集体哭，还集体拍打窗户。十一点十分，夏小容已经坐进被窝，正翻一本过期杂志。手机的信息提示铃响了，她打开信息，眼神就复杂了。直到敦煌从卫生间出来，她的头一直低着，把那条短信翻来覆去地看了几十遍，直至最后眼睛里一个字也看不见。她在等着敦煌出来。

敦煌只在腰以下裹了条大毛巾，内裤都没穿。嫌麻烦，上了床还得脱。进了卧室，夏小容说："他要来。"敦煌边解毛巾边说："它当然要来。它这就来了。"干坏事时，敦煌常说"它"。

"他十二点左右过来。"夏小容看见敦煌有点愣，声音更低了，"说过来道歉。"

解开的毛巾将要从身上滑下去，敦煌感到下身一阵清凉，一把抓住毛巾，重新扎好。他听懂了。夏小容的头低下去，刘海遮住了脸看不清表情。敦煌缓慢地转过身，去椅背上拿衣服，内裤、衬衣、毛衣、秋裤、牛仔裤，包括地上的皮鞋和袜子。他抱着衣服去卫生间里换。热气还没散，敦煌换衣服时摸到肩膀上起了一层鸡皮疙瘩。换好衣服，他把毛巾叠整齐放好了才出来，顺便收拾了牙刷、牙膏、面霜和剃须刀。

他把这些小东西装进一个方便袋里，还有其他一些零碎东西。然后再装进他第一次来到这个房间时背的包里。才几天啊，他发现自己零零碎碎的东西竟然一个包装不下了。生活再简单也琐碎，你不知不觉就把它弄得膨胀了，毫无必要地铺张开来。过去敦煌只偶尔认为自己是生活的累赘，他总觉得自己站在世界的最外围，像个讨厌的肿瘤岌岌可危地悬挂在生活边上。现在，所有和他有关的原来都是累赘。他找了一个最大号的家乐福超市的方便袋，坚持把多余的东西也装进去。都装进去，他得在另一个男人进来之前把自己从这里消灭干净。应该的。收拾妥当，他背起包，拎着方便袋要走。夏小容终于先说话了，夏小容说：

"你把碟带上。"

敦煌没说话，继续往门口走。夏小容从床上跳下来，抓住他的背包带子把他拽了回来。敦煌转过身看见夏小容光着两条腿，准确地说是光着整个下身，他看见她两腿之间的那团黑。夏小容拿过敦煌的手，放在自己的光腿上，然后向内侧移动，敦煌感觉到了毛发的卷曲、清洁、光滑甚至油亮的光泽。

"我们好了十年，"她幽幽地说，用另一只手去摸敦煌的夹克拉链，轻轻地上下拉动，她喜欢听拉锁走动的声音，"我现在只想回去，有个家，有自己的房子和孩子。我不想再在这里待下去。"

敦煌对她笑笑，说："应该回去。"他的手还在她皮肤上，她也冷得起鸡皮疙瘩。天气预报说，又来沙尘暴了，气温开始降，也许明天又会回到冬天。

"把碟带上，"夏小容又说，"卖完了就打电话，我给你送去。"

敦煌想了想，说好，把手抽出来去拎整理好的那包碟。有普通碟，也有毛片。大大小小三个包，他像远行的游子出了门。临走时看见夏小容的眼泪终于掉下来。

楼下的风大得要死，一下子就把敦煌吹歪了。他想去看楼上的窗户里夏小容是否把脑袋伸出来看他，他的头仰了一半又低下来，顶着风出了小区的大门。头发还没干透，风吹进去像往头发里泼凉水。他想抽根烟。而在前些天，夏小容规定他晚上刷完牙之后不许抽烟。为什么刷完牙就不能抽烟，他不明白。现在，他觉得这些天积攒的烟瘾赶一块儿犯了。他在抖动的路灯底下跑起来，找了个避风的墙根才点上烟，包扔在脚边，一屁股坐到地上。连抽了五根烟盒就空了，还想抽。已经夜里十二点多，敦煌拍着凉屁股站起来，决定去买烟。

　　路上几乎看不见行人，有限的几个也缩在车里，那些车穿过大风像一个个怪异的孤魂野鬼。杂货店和超市都关着门，北京繁闹的夜生活在这个大风天里被临时取消了。敦煌怎么也想不起来哪个地方有彻夜不眠的超市。他在北京两年了，自认为对海淀了如指掌，没想到天一黑下来，完全不是那回事。白天再熟悉有个屁用，那只是看见，真正的熟是夜晚的熟。现在夜晚来了，敦煌两眼一抹黑，他眼睛里的黑比北京的夜还黑。他就背着一个大包，提着两个小包沿着马路走，走到哪儿算哪儿，直到看见灯火通明的超市。

　　凌晨一点半的时候敦煌找到了，买了两包中南海。在一个避风的墙角迫不及待地连抽了六根，抽完之后感到了冷、累和困。两点了。敦煌考虑要不要找个地方睡一觉。这时候大部分旅馆都已经关门，他也想不起附近有哪个廉价的小旅馆。他只想简单地睡一觉，一张床就行，只要付一张床钱的旅馆。想来想去依然两眼一抹黑。敦煌觉得有点失败，这就是北京，混一辈子可能都不知道门朝哪边开。鉴于不能确定住一夜的费用，其实只是半夜，敦煌摸摸口袋里那点可怜的钱，决定不找什么旅馆了。先熬着，熬到几点算几点，天总会亮的。

　　敦煌在大风里走走停停，嘴里源源不断地落进沙尘。在这个夜里，他得用莫名其妙的事情把时间打发过去，他就看风，看行道树，看地面、高楼、招牌和一切可以看见的东西。他发现大风经过树梢、地面和高楼的一角时被撕破的样子，和故乡的风像水一样漫过野地丝毫不同。北京的风是黑的，凉的；老家的风是淡黄的，暖的。然后就抽烟，沙尘混在烟味里，嘴巴干涩而麻木。敦煌慢慢走，到了三点半钟整个人有点呆掉了，木，像块凉透了的木头。他觉得身体越来越轻，浑浊不堪的轻，要不是三个包坠着，可能早就跟着风飞起来。现在他想找个地方躺一下，五分钟也好。他已经走到了一个自己也认不出的地方。前面有个卖早餐的简易小屋，斜在一家店铺的门前的人行道上，屋檐伸出来挺长。敦煌想躺到那个屋檐底下。

早餐屋的门窗紧闭，因为背着路灯光，看不清里面细小的东西，但整体上的空荡荡的昏暗还是能分辨出来。看样子已经废弃有些日子，要不也不会斜在路上。敦煌推推门和窗户，都关得严实，他在想要不要找块砖头把玻璃敲碎，睡在里面好歹避点风。没风会好过得多。没找到砖头，正想用胳膊肘捣出个洞来，一辆汽车在附近拐弯，灯光打在店铺的白铁卷帘门和窗玻璃上，光反射到早餐屋的玻璃上，敦煌看到了玻璃上的一个洞。他把手指伸进去，摸到了窗户的插销，拨一下，窗户竟然打开了。

卖早点的窗户足够大，他先把三个包递进去，然后从窗口爬了进去。满屋呛人的灰尘味，起码半年没用过了。两只眼逐渐适应屋子里的光线，敦煌发现墙角有一堆报纸，突然明白了，这地方一定有人待过，很可能和他一样，临时过了一夜。越想越对，玻璃上的那个小洞应该也是那家伙敲出来的。

他把报纸摊开，铺上他的呢子大衣，躺下来，身上随便盖了件衣服。风在屋外，从小孔里进来的可以忽略不计，敦煌感到了前所未有的温暖。先来的那家伙头脑也不错啊，敦煌生出了惺惺相惜之感，那家伙是个流浪汉呢，还是和他一样，是个突然间无家可归的人，或者干脆是个迷路的女孩？猜不出来，但有一点可以肯定，就是那人也在这里住了一夜，或者两夜甚至更多。敦煌对自己的这个结论很满意，在黑暗里笑了，头歪一歪，睡着了。

一夜好觉，梦都没做。睁开眼世界一片明亮，阳光大好的天气，车声、人声涌进来。北京恢复了正常的乱糟糟的热闹。敦煌坐起来，动一动嘴觉得满嘴沙尘，像吃了一夜土，连吐了十来口唾沫才清爽些。屋里铺着厚厚的一层灰尘，比他昨天晚上看见和想象的要多得多。敦煌觉得足够清醒了就站起来，拉开窗户，门前不时有行人经过，几步外有个大妈在卖煎饼果子。风停了，世界百无禁忌。行人都很从容，扭头看这个从早餐屋里往外爬的人。敦煌对他们视而不见，拍打身上尘土的时候闻到了煎饼果子的香味，他感到了饥饿和口渴。他走到大妈的摊子前，要了一个煎饼、一杯豆浆。大妈开始烙煎饼时，敦煌拿起一杯压过膜盖的豆浆，插一根管子喝起来。喝完了煎饼也做好了，上面还摊了个鸡蛋。

"多少钱？"他问，已经把煎饼送进了嘴里，烫得他直想蹦。

"不要钱，"大妈说，"送你的，吃吧。"

敦煌脑子有点短路，接着就明白了，一把将煎饼摔在地上，然后从口袋里掏出十块钱拍在摊子上，说："我他妈的不是个要饭的，不要人可怜！"拎着包就走，大妈在后面说："哎哎，钱……"敦煌没回头。他的腰杆僵硬挺直，步子迈得像个悲壮的大僵尸。又有人从他身边走过去了还回头看他，他们奇怪这小伙子为什么满脸亮堂堂的眼泪。敦煌不管他们，继续直直地往前走，在拐弯的地方遇到一个交通用的大圆镜子，他在镜子里看见了一个陌生的自己。满头满脸的尘灰，不算长的头发变成灰白色，眼泪经过的地方一道道水槽，一个大花脸。夹克吊在身上，左边高右边低，圆领毛衣也这边松那边紧，裤子皱得不像样，低头看见脚上的鞋子仿佛刚从沙漠里出来。不是流浪汉是什么。不是个乞丐是什么。三个包也难看得要死。敦煌抹把脸往回走。卖煎饼的大妈在低头给别人烙煎饼。

敦煌说："大妈。"

大妈抬头看看他，又低下头做煎饼，跟没看见似的。

"大妈，对不起，"敦煌机械地点着头，"您别生气。我，想再买一个煎饼和一杯豆浆。"

"等这个烙完的。瞧你这小伙子，冲的。"

敦煌谦恭地笑笑，又说对不起。

现在的问题是找住处。房子暂时租不起，北京的房东刁得不行，都要求季付、半年付甚至年付。一把手拿出起码三个月的房租，除了卖身他没别的办法。所以他想先找个按天或者按周算钱的房子，最好是床位，一间屋四个人或者更多，越多越好，多一个人就少花一点钱。敦煌去了北大，三角地那里这类广告铺天盖地。

离北大不远的承泽园的一个地下室，四个床位，每个每天二十五块钱。敦煌约好房东在北大西门见面。一个四十来岁的病恹恹的瘦男人，腰有点弓，昨晚的大风把他吹上天应该问题不大。穿过蔚秀园，过一座桥就是承泽园，敦煌一年前交货时来过这里，园子里有棵连抱的老柳树，肚子是空的，能钻进去一个人。

地下室不大，有种阴森的凉，摆设像一间逼仄的学生宿舍。两个学生用的高低床基本上就把空间挤满了，其余的地方只能放一张小桌子和一个盆架。桌子上放点小杂物，脸盆毛巾牙缸啥的都放在盆里。三个床位上已经住了人，还剩一个上铺。行李箱都塞在床底下。房东说那三个都是来北大听课的，准备考研究生，绝对安全可靠。但敦煌感觉极其的不好，好像在哪部恐怖片里见过类似的房间。他不打算住这里，就随口压了价，说住一周。房东及时地答应了，然后神秘兮兮地说，他们三个回来了你可别说是二十啊，他们都交二十五。

敦煌想了想，住就住吧，总比早餐屋舒服点。"好，我就说三十。"

七

就这么在一张高低床的上铺住下了。收拾结束，敦煌洗了个澡，光鲜体面地去了北大，在32楼前面的跳蚤街上摆起摊子。

到天黑之前敦煌卖了十一张碟，其中一张是用来换书的。邻摊是个卖旧书的，敦煌拿起一本研究电影的书，竟有一篇专门谈《罗拉快跑》的文章，一看竟也看进去了，觉得人家说的都在理。这碟片他卖了三十一张之后，因为好奇也硬着头皮看完了，不喜欢，不知道导演和来来回回跑的罗拉到底要说啥。这篇文章解释得头头是道，看得他直咬手指头。一部电影竟能搞得这么高深。又翻到其他地方看，居然也看懂了。他一直以为学术文章山高水深，艰涩难懂。这让他兴奋。知识分子了都。就用一张碟换到了手。

那本书敦煌一直看到地下室的床上。书中有对香港电影的评论。这块他熟，提到的电影几乎都看过，更觉过瘾，还有难得的成就感。其他三个十点半后才陆续回来。一个要考北大外语系的硕士，长一张崇洋媚外的大胖脸；一个考数学系的硕士，戴眼镜，一看就营养不良，下巴尖尖的，体形如同一个放大的问号；另一个考哲学系的博士，眼神不好，却喜欢从眼镜上面看人，挂在鼻尖上的眼镜仿佛只为了摆设。哲学博士看见敦煌在看一本电影研究的书，就问他考艺术系还是中文系。敦煌想

· 1686 ·

了想，说艺术系。听起来气派。搞艺术的，听听。

"硕士还是博士？"

"博士，"敦煌谦虚地说，"考着玩。"

哲学博士的目光立马从镜片上方向他看过来，那两只小而无神的眼。敦煌觉得这家伙挺傻。他说："咱俩一个战壕的，我也考博士。哲学博士。"敦煌欠了欠身子，有点慌。这谎撒大了。人家是考哲学的。那是所有学问里敦煌最崇敬的一门，他不知道那种玄而又玄的学问怎么玩，看不见抓不着啊，对他来说，那完全和呼风唤雨一样是门巫术。敦煌看见哲学博士没头没脑地爬上床，脑袋伸得像只鹅看手里的书。他怎么就觉得哲学博士的样子挺傻呢。

外语硕士和数学硕士对他这个艺术系博士不感冒，直到睡着了开始磨牙说梦话，跟他说的也只有一句话，"刚来的啊"。

第二天一早他们就去北大吃早饭和看书了。敦煌不急，没人一大早忙着买碟。他睡到八点才起，在承泽园门口的小摊上吃了豆浆油条，决定去人大和双安商场那儿卖碟。中关村大街早就开始堵了，从早堵到晚。为什么要修一条用来堵车的马路呢，敦煌在车上想了十分钟，车只移动了不到五米。他干脆下车步行。大学门口比较清静，敦煌不敢造次，就去了双安，刚过马路就有几个女人围上来，奇了怪了，几乎每个女人都抱着个小孩。

她们说："大哥，要办证吗？发票也有。"

敦煌说："发票你们也卖啊？"

她们说："早就卖了。你要多少？"

敦煌说："我办证的时候没卖过假发票。"

女人们面面相觑。一个女人怀里的小孩哭了，她气愤地说："哭什么哭！神经病！"其他几个都瞪了他一眼才走。敦煌心里挺高兴，他妈的，骂我。他办假证的时候的确没卖过发票，看来能公费报销的人越来越多了。

敦煌刚走几步，又上来一个背孩子的女人，黑瘦，应该是从农村出来的，正在吮手指头的小男孩被捆在她腰上。女人凑近了说："要光盘吗？什么样的都有。"

敦煌看她空荡荡的双手，问："盘呢？"

"跟我来，在那边。"

她对着路边的大楼画了一个弧，手指抽象地落在了楼后面。敦煌本来想跟她去看看，又觉得没意思。装作突然发现手机上的短信，说有人急着找他，得马上走。女人很失望，在身后喊，要买再过来啊，我一直在这地方。随后又遇到几个办证和卖光盘的。敦煌发现，现在办证的和卖光盘的主力是女人，而且大部分都带着一个正吃奶的小孩。带孩子当然是为了安全，逮住了你也没辙，孩子的奶你来喂？另一个发现是，这地方一定常有警察出没，否则她们也不会空着两只手来卖碟。敦煌一想，还是换个地方放枪吧，别给自己找不痛快，就去了北太平庄附近的牡丹园小区。

打了两天游击，生意不好不坏。到第三天就难以为继，时下流行的大片卖光了，挑选余地也越来越小，剩下的几张碟留不住客人的眼。当初这些光盘只是为一天准备的。第三天下午敦煌早早收工，没的卖了。接着就茫然，他没有货源，后悔当初没和夏小容一起去拿碟。不过他要去夏小容也未必答应，他知道往往这种生意的货源都是保密的。就像他当初和保定揽了生意，做假证也是定点的，这个点他们也不告诉别人。敦煌几次要给夏小容打电话，拨了半截子号又把电话掐了。这个醋吃得没道理他懂，但一想到此刻停留在夏小容大腿上的手是一个名字叫旷山的家伙，他心里还是相当的不舒服。她把另一个人的手拿到她腿上了，敦煌觉得牙根有点痒。他把手机塞进兜里，没路了。没路也跟自己耗着。

他去了一个小饭店，吃了三个大馒头才把牙根里的痒止住。然后步行回承泽园。路上经过一个专卖五元十元盗版书的铺子，买了一本关于电影的随笔集，那本书看完了。快到海淀体育馆，夏小容打了他手机，问卖完了没有。

"卖完了。"

"卖完了为什么不给我打电话？过来拿碟吧，他不在。"

"刚卖完。"

碟已经分好了，每一类若干张。他们相互不看对方，说话时眼盯着光盘，像在对电影里的人说话。"够你卖三天的，"夏小容把一张碟翻来翻去，"那种碟还在床底，要多少你自己拿。"敦煌弯腰从床底拿出一堆毛片，扭头时看见夏小容拖鞋里的脚，灰色的棉袜子让他觉得温暖。他抬头顺着她的腿往上看，看到了她的胸部和脸，夏小容看见他的目光立刻改向别处看。敦煌慢慢地站起来，把夏小容扑倒在床上。毛片扔了一地。夏小容叫了一声，敦煌才对自己的行为感到吃惊，但他停不下来。夏小容推他，再推他，就不推了，她箍住敦煌后背的两只胳膊越来越紧。

开始急鼓繁花，后来像一部二三十年代舒缓的默片。结束时如同悠远的一声叹息。结束了敦煌不知道怎么办，他把头埋在夏小容胸前，一声不吭，然后爬起来穿好衣服，收拾好碟，背着包就要走。夏小容说："你说北京好吗？"

"挺好的。"

"我还是想回去。"

在敦煌听来，这句话的意思是：只能和"他"一起，某一天回到老家去。但敦煌的脑子里却出现一溜女人，孩子在怀里或者背上，见人就问，要光盘吗？办证吗？敦煌头一次看见夏小容眼角出现了四条皱纹，一边两条。它们的队伍将会不断壮大。

敦煌临出门时说："应该回去。"

他们没有谈到这些碟卖光了该怎么办。敦煌第二天打电话还是犹豫了一下。他跟她说，北大的一个学生要三十五部《柏林苍穹下》。夏小容挂了电话，过一会儿又打过来，没问题，让他晚上过去拿。

敦煌去的时候他们在吵架。旷山是个瘦高男人，三十多岁，鼻子底下留一道精明的小胡子。夏小容坐在床上哭得像打嗝，脖子直伸，气不够喘似的。敦煌多少年前见过他妈也这样哭过，那会儿他爸他妈闹离婚。敦煌说："小容……姐，她怎么回事？"

旷山一挥手说："没事瞎闹呗，女人嘛，能有什么事。"

夏小容歪倒在床上，因为委屈，哭声扬起来。

"你欺负她了。"敦煌的脸跟着撂下来。

"跟你没关系，拿碟走人。"旷山斜着眼看敦煌，"买碟的钱留下。"敦煌没动。旷山说："怎么，碟不要了？"这时候夏小容停止哭声，走过来推敦煌，让他赶快回去。推几下没推动。旷山的脸色就不好看了，他不知道他们俩的事，但他感觉出敦煌有点不对。他说："怎么，我跟老婆吵吵架也不行？"

夏小容说："谁是你老婆！我跟你没关系！"

旷山说："别蹬鼻子上脸啊，就是你亲弟弟来了，我也照样抽你。"

敦煌的拳头就上去了，一拳打得旷山两鼻孔蹿血。夏小容没想到敦煌这么快就动手，半个身子都用上了要把他往门外推，敦煌不得不后退。旷山急了，跳过来要还击："你他妈的打我！你他妈凭什么打我！"敦煌的拳头越过夏小容的头顶，又是一下子，打在旷山的左眼上。敦煌说："打的就是你！"

"好啊！"旷山气急败坏地说，"你弄出一个野弟弟来对付我！有种你丫别走！"

这家伙一急把北京土话都用上了。还你丫你丫的，你丫算个什么鸟，还真把自己当首都人民了。敦煌没骂出口，就被夏小容推出门外。夏小容说，求你了，别给我添乱。敦煌心里一凉，把准备好的钱扔进屋里，转身下了楼。旷山急于捞回脸面，冲出来要还以颜色，夏小容拦了半天没拦住，敦煌出了楼道他也下来了，一路骂骂咧咧，你丫给我站住！

敦煌转过身："你丫想怎样？"

旷山下意识地后退一步："你他妈有什么资格打我？"

敦煌抬头看见一个脑袋从三楼的窗户里伸出来，语气一下子温和下来。"你该好好待她，"敦煌说，"这么好的女人。"

"为什么非要我好好待她，她就不能好好待我？还有，你丫算哪根葱，上来就打我？"旷山的喊声把周围的几个声控的门灯都震亮了，看得见暴起的脖筋在跳。

敦煌正想发作，夏小容在头顶喊："敦煌！"她担心他再次出手。敦煌知道自己已经失败了。然后觉得好笑，谁也没有设置一场比赛，完全是他自己把自己弄到了一个挑战者的位子上。他不过就是个"干弟弟"。他对楼上的"干姐姐"说："你放心，我陪姐夫喝两杯就没事了。"然后对旷山说，"走吧，我请客。"

旷山半天没回过神："请客？请什么客？"

八

敦煌今晚对酒没兴趣，只想用酒来对付旷山。有夏小容在，拳头不好再动了，灌他一下总还是无伤大雅的。"每人先来五瓶。"敦煌说。

"五瓶？"旷山看看摆在他面前的五个瓶子，有点蒙，咬咬牙说，"好吧。"他不打算在拳头之外再输一次。

开始敦煌一个劲儿地劝酒，他不想和对面的家伙多费话，早灌倒早完事。旷山酒量不算太差，抵挡了一阵子就慢下来了。慢不是找借口推辞，而是止不住要说话。敦煌能感觉他的舌头在一点点变大。舌头大了，目光就柔和了，慢慢就有了他乡遇故知的表情。敦煌觉得旷山喝了酒虽然有点脸红脖子粗，但看起来还真诚一点，比清醒时抖着个傲慢的小胡子让人舒服点。

"你是她干弟弟，所以你打我？"

"你让她不高兴了。"

"我他妈的还不高兴呢！我容易吗，一天到晚东奔西跑，做梦都想着赚钱、发财，想着在这鬼地方安身立命。"

"那是你的事。她要回老家。"

"回个屁老家！老家有金子还是有银子？我们都出来五年了，回得去吗？拿什么回去？再说，我的事业刚开始，我得等着它发展、壮大。我要让别人知道，我旷山混了几年还是弄出了点名堂！"

敦煌转着酒杯看旷山，用嘴角和鼻子在笑。就你！呵呵。喝酒。

旷山这次喝得爽快。"兄弟，"他把脑袋凑过来，右脚一抬，后跟踩到了凳子边上。敦煌一看见他抖动的右脚尖，就觉得老家可能更适合他。"小容没跟你说？我开了家光盘店，当然了，是跟朋友一起搞的。

生意那个好啊，像你这样卖散碟的，都去我那里进货。你说我能走吗？经营一个店不容易，这是北京，不是咱们老家，随便哪地方杵间屋子就能卖东西。你懂我的意思？"

"不懂。"

"你看，在这点上你们姐弟俩一样，一根筋。我跟小容说，我都做老板了，你就是老板娘，咱别到处跑去卖碟，把店看好就成，钱别人会送上门来。她死活就是不干，就想回老家。老公孩子热炕头，你说这不是小农思想、小市民思想嘛！她认为卷进了店里就出不来了，所以坚决不去，只有拿碟的时候才去。让她搭把手都不干。小容她什么都好，就是在这点上不行，不能理解我。要是能干得了别的，光盘她都不会卖。这不是要和我划清界限嘛！"

"她急着回老家的原因你知道？"

"不是说了嘛，小农思想、小市民思想在作怪。"

"错！"敦煌说，恨不得把一整瓶酒都倒进旷山的酒杯里，"她是女人你想过吗？二十八，奔三了。说老就老了。她跟我说，你以为女人能有几个三十。她就是想有个家，不想再漂了，有个孩子，把自己实实在在地放下来。"

"还不是小市民思想！"旷山说，他用一大口酒继续表示自己的不屑，"我拼命挣钱为什么？不就为了能让她有个安定的家，好生孩子，把自己放下来？"

敦煌说："你是为自己。你敢说不是？"

"天地良心！"旷山说了半截打住了，去拿刚烤好的羊肉串。羊肉串让他声音变得含混，"是为自己，你是男人你就得干事情，我也没办法。你不想成功？你不想在这他妈的首都混出个人样来？是，我有自己的想法，可你也不能说我做事业挣钱跟她没关系啊。"他赌气似的连吃了三串，缓过劲来才说，"我要你一句实话，兄弟，你是我，你回去还是不回去？"

"如果光棍一条，我当然不回去。要是有小容，"敦煌踌躇半天，他看见旷山一直盯着他喝完杯子里的酒，"我也不知道。"

旷山笑起来："老弟，不行了吧。男人都他妈一路货，大哥别说二哥。"

敦煌对自己相当失望，也就是说，如果有了夏小容，他也不可能是想象中的自己，而是另一个他妈的旷山。他看着旷山的那一撮小胡子得意地抖啊抖，真想上去给揪下来。喝到最后，没把旷山放倒，敦煌自己倒醉了，出了门就撕心裂肺地吐，酒肉、胆汁、鼻涕和眼泪都出来了。他让旷山先走。旷山走时跟他说，以后要碟，直接去他店里拿。

敦煌在万泉河边上坐到后半夜才回地下室。三个研究生都睡着了，呼噜声磨牙声此起彼伏。简单洗了洗，一觉睡到上午十点半。醒来时看到哲学博士在翻他昨夜随手扔在桌上的碟包，博士拿着一张毛片，对着包装纸上的丰乳肥臀直咽口水。

"喜欢吗？"敦煌从床上坐起来，"喜欢就送给你。"

博士吓了一跳，丢烫山芋似的丢进背包里，尴尬地笑笑，"不喜欢。"接着满怀幽怨地补充，"没地方看啊。"

敦煌也想，有个影碟机就好了。博士对敦煌的一大包碟很感兴趣，敦煌解释说，认识一个卖碟的朋友，托付给他的，顺便帮着卖一点。那，你是卖盗版碟的了？哲学博士眼白又出来了。敦煌说算是吧。他不相信博士用他的大眼白能做出好学问来。

敦煌认为给黄同学送《柏林苍穹下》的那天是他的好日子。黄同学那层楼住的都是中文系和艺术系的硕士生，周围宿舍的人都围过来挑碟。他喜欢这些真正的研究生的慷慨，人手一台电脑，看碟方便，一买就是一堆，毛片也要。一个家伙写小说，没女朋友，但是小说里要有床上戏，就把不同民族和人种的毛片分别买了一张，观摩之用。除了预定的碟，敦煌在两个小时里卖掉了四十五张。但这样的大宗买卖可遇不可求，所以还得照旧到处跑。

地下室条件差了点，不过还算便宜，用水用电都不要钱，敦煌也就懒得再折腾，打算先住着，等钱挣得差不多了再去找个单间，顺便把电视和影碟机也买上。很多碟要看。看了两本相关的书，对一般的艺术片都有兴趣了。一周住下来，敦煌接着交了下一周的住宿费。还是卖碟，早出晚归，偶尔跟几个呆子扯几句谎，冒充玩艺术的他觉得很有意思，甚至在一个风和日丽的上午，坐在万泉河边的剃头老师傅的太椅子上，剃了个秃头。

光头让他觉得体重减轻不少，路跑得也轻快，一天跑了四个地方，回到地下室已经晚上十一点。哲学博士劈头就问，见着我的手机没有？敦煌说没有。真没有？博士又问。敦煌担心他耳朵不好，就对着他摇摇头。

"出鬼了！妈的出鬼了！"博士说。他手机丢了，昨晚睡觉前放在桌上，早上走得早，忘了拿，回来就不见了。"就四个人，还能有第九只手？"

"鬼没出，人出了。"数学硕士面无表情地说，下巴拉得更长了。

"一定是，"学英语的胖子表示肯定，"要不，报案吧。"

敦煌看看这个，再看看那个，发现他们三个都在看他，他往后跳了一步，坚决支持报案。哲学博士打了110。他在电话里一遍遍重复，知人知面不知心。敦煌觉得这是一句毫无意义的屁话。他们四个被带到派出所隔离审问，审到他时已经凌晨一点二十了。这之前他一直坐在一张椅子上，看对面两个女孩。她们也是来报案的，丢的是钱，像他们一样住集体宿舍。普通话里一半是外地口音，两个口音显然不是一个地方的，都穿低领的小衣服，挺着白花花的大胸脯，说话的时候直往敦煌这边瞟。敦煌觉得半夜三更来这里，简直就是为了看那两个肉乎乎的姑娘。

"哦，没看见，"警察有点累，点了一根烟，"听说你卖盗版光盘？那可是违法的。"

"我就是帮个忙，回去就还给朋友。我要考博士，真的，北大艺术系的博士。"

"哦。博士。"

"对，博士。那手机我真没看见，长什么样都不知道。"

"出鬼了。"

"对，出鬼了，"敦煌放松了一点，"他们说，出现第九只手了。"

警察笑起来："你那盗版碟，小心点。我们要严打。"

那天晚上只审出一堆文字，手机依然下落不明。在哲学博士的强烈要求下，警察还是说，今晚就算了吧，别弄得四邻不安，明天上午我们过去，就不信它飞了。你们四个，上午十点之前谁也不许离开。

凌晨五点敦煌突然醒了，这在过去是没有过的。胖子和博士在打呼噜，瘦子偶尔凄厉地磨牙，一到夜晚，他的嘴里就像关了只老鼠。门外走廊里的灯光照进来，敦煌看见放在桌上的碟包，知道自己醒来的原因了。他谨慎地穿好衣服下了床，几件多余的衣服塞进背包里，拎着包向外走，开门的时候顺手把洗漱用具也塞进去。他们还在睡。敦煌关上门，觉得不辞而别颇为可疑，就写了张纸条插在门把手上：偷手机烂手指，娶个老婆没屁眼。

还有两天租期才到，敦煌管不了那么多，四十块钱就四十块钱吧，总比所有碟都被警察没收掉好。如果这些碟全被收，他就相当于再次一穷二白地从里面出来。

敦煌是当天第一个到三角地找租房信息的人。早上七点半，他按提供的联系方式给五个房东分别打了电话。第五个成功了。在蔚秀园，独立单间，每月四百块钱，外加水电费五十，一共四百五。这个单间在三角地所有小广告提供的信息里，差不多是最便宜的。房东是老太太，不到六十岁，打扮得还可以。自称退休之前曾是某单位的党委书记。敦煌觉得有那么点意思，谁知道呢，没有人规定书记该长什么样。但她的口臭让敦煌很失望。比口臭更失望的是房子，他没想到所谓的单间就是他身后那间比他高不了一尺的小棚屋。在院子里临时搭建的，材料是单砖跑到顶，几块楼板盖顶，再上面是弄成一面坡的石棉瓦，以便雨水顺利地不流到屋里。如果说这也能叫房子，那真是建筑史上的奇迹。里面摆了一张床，一张桌子，一个凳子，还有一个小书架，就没有了，有也摆不下。她分文不让。

"我这可是单间，多安静。不是北大的学生我还不放心租呢。什么？不是？考研的也行，早晚还不是嘛。"

单间。单间。敦煌这里拍拍那里打打，一不小心拽了灯绳，白灰粉刷过的墙壁四下生辉。他突然觉得有一间自己的小屋有多好，他可以买电视，看碟，夜晚在北京有了一块可以安心放置身体的地方，风吹不到雨打不着。还有，他不想继续忍受房东的口臭。于是他说："好吧。只有一个条件，房租一个月一个月付。我还在等着家里寄钱来。"

"也行，押一付一。"

押一付一敦煌懂，就是付这个月的，押着下个月的。她担心房客提前跑了，把值钱东西啥的也顺手捎了。敦煌想，就这两件破玩意儿，还当宝贝，送人都寒碜。他租下了，付了两个月的房租，挣的钱基本全花光了。敦煌坐在床沿上感到了饥饿。

九

安定了住处，就像扎下一点根，敦煌可以按部就班地展开生活了。卖碟赚钱。合适的时间里去探望一下保定。这之前最好能把七宝找到，他不想让保定失望。到哪儿去找是个问题。除了一个背影、七宝这个名字以及她那时候办假证，敦煌别无所知，连她姓什么都不知道。如果还在北京继续做假证生意还好，否则，就是大海捞针也搞不清在哪个海里捞。这个保定，早点说多好，非等到要被警察带到别的地方才紧急托付。也怪自己，以为只要自由了，找一个人还不是小菜一碟，没往细里问。敦煌初步的打算是，一边卖碟一边找，多往办假证的人群里凑。卖碟的时候就四处瞅，专拣年轻姑娘的背影和屁股看。他相信自己能把七宝从众多的屁股里认出来。

那些天他看了无数的屁股，直看到两眼发花，闭上眼也觉得有两片肥硕的东西在眼前动。他根本没有能力把它们一一区分开来。不好看的屁股各有各的不好看，而漂亮的屁股差不多总是一个样。一点办法都没有。他也在不同场合向不同办假证的人打听过七宝，三分之一的人摇头。三分之一的人答非所问，说办证吗？另外的三分之一只是给他白眼和骂他神经病！想一想敦煌也觉得挺滑稽，坚持不懈地见人就问，这多像是某个童话里的故事啊。

但不问肯定一点头绪也不会有，问了也白问，白问也得问。敦煌基本上已经对这样当面打听失去信心，北京办假证的他妈的那个多，集合起来肯定乌泱乌泱成千上万。为了不至于把寻找七宝这事做得百无聊赖，他把它当成卖碟之外与人交流的一种古怪的方式来看。卖碟结束，

· 1698 ·

他就会没头没脑地问一句，您认识一个叫七宝的女孩吗？客人一听，惊讶地看看他，赶紧走了。敦煌就对人家的背影抱歉地笑笑。

只要天气正常，每天都能赚到钱。缺碟了，他直接去旷山和朋友开的那家叫"寰宇"的碟店进货。不想再去打扰夏小容的生活。都这样了，继续你来我往，说好听点是相互温暖，难听点就是通奸。敦煌不在乎什么通奸不通奸，他担心夏小容。这女人心其实相当重，见了面欲罢不能，他穿上裤子利利索索走了人，她还不知道要在两个男人之间煎熬多少。当断就断吧。他觉得夏小容也应该有此意。有一天她给他电话，开始还幽怨地质问，为什么这些天不去看她，几句话之后就软下来。敦煌说，刚从旷山那边拿了碟，然后说，你方便的时候我就过去。夏小容就沉默了，自始至终都没告诉他什么时候方便。所以，敦煌悲壮地决定，长痛不如短痛，是个男人就得先扛住。他们此后很少见面，连电话也几乎不通。

"寰宇"在骚子营的一条巷子里，店墙上贴满花花绿绿的碟片海报。门左边是店名，门右边写着：绝对正版！货架上摆的大部分都是正版，做样子，盗版要穿过一个耳门，生意在里面做。敦煌第一次去，旷山把他介绍给合伙人周老板和两个店员，这是小容的干弟弟，好哥们儿，最低价给他。两个店员对电影都很精通，每拿一部片子都能解释出一大堆东西来，甚至拍摄时的花絮和八卦都了如指掌。敦煌及时表示了崇拜，两个店员说，崇拜啥，多看。

搬到蔚秀园的第十三天，敦煌买了电视机和影碟机。影碟机是新的；电视机从旧货市场买的，七成新，两百块。效果很不错。那晚上他吃了两袋方便面，一口气看了四部电影。后半夜出来上厕所，一天的大风，呼啸着经过石棉瓦屋顶，尘沙眯了他的眼。他没去巷子头的公共厕所，在大门口的槐树底下撒了泡尿，赶紧回去。狗日的沙尘暴，半夜三更跑来了。

次日上午，窗外有人兴奋地说话，土啊尘的。敦煌睡不下去，就起来了，出门看他们还在说。房东指着他脚下说，小伙子，看，土。敦煌看看脚下，一层细腻的黄土，踩一脚，溅起一团尘烟，再踩一脚又溅起一团尘烟。敦煌连踩了几十脚，周围尘土飞扬，老太太和邻居一个劲儿地往后躲，"别踩！别踩！呛死了！"敦煌停下来。"哪儿来的土？"他看到周围所有东西上都均匀地覆盖了一层厚厚的黄土。"沙尘暴？"现在风停了，太阳在天上，因为浮尘的原因看起来发白。黄天白日。

"下土啦！"房东兴奋地说，"老天下土啦！"

邻居们一样的兴奋。不管老人孩子，长这么大谁见过天上下土？反正敦煌没见过。他踹了一脚门前的槐树，一阵黄土飘飘悠悠落下来。真他妈的下土了。敦煌也跟着兴奋。洗漱完了，收拾背包去卖碟。一路上东张西望，到处是土，黄澄澄，灰扑扑，很多小孩都像他一样踩脚玩。有的地方清洁工还在扫大街，积到路边的黄土堆得老高。奇了怪了。怪不得假证办得好好的就进去了，年头不对啊。

真正让敦煌觉得好玩的是在天桥上。他站在高处，看到眼前低矮的居民区和街道一夜之间变成了单纯的土黄色，如同冬天看见大雪覆盖世界。但和那感觉完全不同，落了土的房屋和街道看上去更像一片陈旧的废墟，安宁，死气沉沉。很难相信除了雪之外，还有东西能让世界变得单纯和平面起来，而且竟是如此颓败和荒凉。再看那些面无表情匆匆经过的行人，敦煌陡然生出一股破坏的欲望，他脱口大喊：

"夏——小——容！"

谁都不知道夏小容是谁，但都转过脸来看这个莫名其妙的疯子。敦煌对他们点头微笑，一阵窃喜，觉得这帮家伙愕然地大幅度扭转身子，使得眼前的世界多少动了起来。然后他看到路边停的一辆汽车上，谁在上面的黄土里写了六个字：狗日的沙尘暴。敦煌觉得这个有点意思，下了桥在后面加上三个字：当然是。写完了还不过瘾，又转到后备厢上写了五个字：不是我写的。

写完继续走，看见一辆宝马停在路边，就上去写：狗日的宝马。连写了三辆车，什么牌子的车就狗日的什么。到第五辆车前，刚想写狗日的，忽然想起办假证时到处写小广告，用签字笔或者喷漆，行人能看见的地方就写：办证130……。为什么不能给卖碟做个广告呢？敦煌顺手写下自己的电话：卖碟133……。

他为这个天才创意兴奋不已。一路写下去，见到车就写，车头没擦的写车头，车头擦过的就写车尾，直写到手指发麻，胳膊变酸，右手看上去就像黄土抟成的。有人看他也不管，只顾闷头写，写完就走。写到下午两点，粗算一下，不下三百辆。然后找了个小馆子犒劳自己。看吧，等着别人来找吧。卖光盘的同志们多年以后应该也会感谢他，是他真正开创了光盘的外卖业务。

一顿饭没吃完，果然手机响了。敦煌兴高采烈地去接，对方说："是卖碟的吗？"

"是。小姐您好，需要哪部电影？"

"有病啊你！"

敦煌觉得不对劲儿，想缓和一下气氛，就说："小姐您好，我好像没有这部电影。"

"你别装疯卖傻，我告诉你，别到处乱写乱画，爪子痒了到石头上磨去！"说完就挂了。

敦煌很高兴，回骂道："磨你奶奶的腿！"这种事办假证时常遇到。广告写在人家讨厌的位置，或者带背胶的小广告贴错地方，无聊的家伙就会打电话来撒气。敦煌高兴的原因是，广告的效果出来了。有人吐口水，一定也会有人送钱来。

埋单时手机又响了。是个小伙子，要买碟，也是在车上看到的广告。单位在长虹桥，敦煌就坐车过去了。到那里四点半，小伙子在五楼。几个办公室的同事都围过来，每个人对影视都在行。他们对影片的随口评论相当地道，后来敦煌离开，才发现那是专门搞文艺的单位。那一座楼全是搞文艺的。不是玩小说、诗歌、戏剧的，就是弄舞蹈、音乐、影视和出版的。小伙子说，一直有个卖碟的定期来，最近三个月不见了人影。敦煌说，那以后我定期来，想要什么碟可以提前打招呼。单位里的人对碟片的品相比较满意，这个敦煌还是有点自信的，虽说是盗版，他的碟盗得好。"盗"亦有道嘛。卖了三十一张。

离开时敦煌问："其他单位能去吗？"

小伙子说："没问题，直接上门就是了。原来那个就是直接上门推销。"

敦煌高兴得快晕过去，真是天上掉了泡狗屎落他粪筐里了。十几层的楼，他只跑了两层，人家下班了。就这两层也卖了八十多张。八十多，啥概念啊，纯利润两三百块钱。

上公交车前敦煌买了份报纸，吓一跳。报纸上说，昨夜北京下了三十万吨的土。他对三十万吨的唯一想法是，那能垒出多少个坟堆啊。报纸还说，这三十万吨土，一部分是北京自产自销的，北京现在就是一个大工地，没风的时候都可能尘土飞扬；另一部分是从新疆、内蒙古的大沙漠里刮来的。想想风这东西真他妈伟大，硬挺着把一粒粒尘埃千里迢迢地送过来，大工程啊。还有一个耳目一新的消息，新疆某列火车遭遇沙尘暴，一侧的车窗玻璃全被击碎，乘客只好一边站俩人，拿被褥堵住窗口，千里迢迢地与天斗与地斗。敦煌估计，这种事可能一点乐趣也不会有。但对这些消息，敦煌莫名地兴奋，很想找个人说一说。找谁呢？除了七宝好像没别人了。七宝，七宝呢，你在哪里？

十

又去一趟长虹桥，卖了一堆碟。下午回来就得进货。敦煌来"寰宇"的频率让旷山吃惊，一个人零散地卖，生意竟能如此之好。敦煌说，就一条：拼命。书面语是：敬业。

他每次进货回来，都要抽样把碟片在机子里试一下，以免客人买了放不出来。进货时，同样的盗版碟挑质量最好的，少赚一点无所谓，信誉要保证。这是他办假证积累的经验，回头客很重要。他们满意了，会主动替你做广告。然后就是送货及时。敦煌从汽车广告里尝到了甜头，买了几盒带背胶的口取纸，写上小广告，逮着机会就在闲人出没的地方贴。铺开来效果就显著了，经常有人电话订购。私人订购量都不大，有时候只要一部两部，敦煌也尽量送货上门，再游说一番，又可能多卖出几部。有个女孩不吃他这套，每次只一两张，绝不会多，而且只要暴力和恐怖片。

她住在知春里，敦煌过去要穿过大半个中关村。要命的是，从蔚秀园到知春里公交车不好坐，要么转，要么下车再走一大截。第一次去花了敦煌近一个小时。她住那小区最里的一栋楼，最高层。女孩挺漂亮，就是喜欢板着脸，跟别人欠她钱似的，经常叼着细长的女士烟，吸烟的动作有时候颓废不振，有时候咬牙切齿。她的烦躁和焦虑显而易见。不让敦煌进门，从防盗门的铁栅栏间交货。透过防盗门可以看到房间里面惊人的豪华，起码把敦煌给吓着了。他只在电视和电影里看过如此的排场。所以敦煌不理解，都天上人间的日子了，还苦大仇深的。有一回送碟，敦煌忍不住问她，为啥老看暴力和恐怖片？文艺片、爱情片，经典

· 1703 ·

的获奖影片都可以看看嘛。他没说完，女孩就烦了，有完没完？爱卖不卖！把刚点上的香烟都扔地毯上了。地毯发出了怪异的焦味。

"对不起，我就随口说说，"敦煌说，转身要走，"地毯烧了。"

女孩说："我知道！"

敦煌气鼓鼓地下了楼。跩什么跩，长得好看就可以随便发火啊。敦煌决定下次不要这个外卖了，一次一两张碟，赚几块钱都送给公交车了，还惹一身刺。但下次女孩打电话要碟，敦煌又送过去了。一个小丫头，跟她计较什么呢。还有就是，他对女孩的状况隐隐有点好奇，也有点担忧，他从没看见过她房间里有别人。这无论如何有点不正常。也许看点其他片子对她有好处。敦煌交货时就多了一个心眼，不去推荐，只聊天，随口说，你们这个小区跟某部电影的小区很像，那电影看得我眼泪稀里哗啦往下掉，女孩子要看，起码得准备一条毛巾被。或者是，对不起，路上堵车，出租车追警车的尾了，有意思吧。这情节好像某部电影有过，你看过吗，那电影简直像《圣经》一样感人肺腑。这后一句是他从书上看来的。

那女孩开始还一脸的嘲讽，像看马戏一样。她一下子就看穿了敦煌的小把戏。几次以后态度好转一点，不那么焦躁了，烟抽得也淑女了一点。但依然不主动去打听那部电影。敦煌有了成就感，决定继续说下去，他相信总有一天那女孩会接受暴力和恐怖片之外的电影。

因为女孩几乎隔一两天要一次碟，敦煌不得不考虑买一辆自行车。他的生活也需要。早上在北大三角地贴了求购二手车的启事，中午就有人要求面谈。是个三十来岁的男人，穿西装打领带，文质彬彬。他带着敦煌在图书馆、教室和宿舍楼前转，一排排自行车看过去，问敦煌哪种车子比较合适。敦煌觉得一辆六成新的山地车看着更舒服，又怕买不起。西装说，没问题，价钱好商量，就这样的？

"差一点的也行。"

傍晚敦煌到北大西门外取货，那家伙已经等在石狮子旁边了，戴墨镜，屁股底下那辆车越看越觉得眼熟。敦煌就纳闷，跟中午那辆怎么这么像？"什么叫像？就是。"西装嘿嘿地笑，"当然锁不一样。刚装上的。"敦煌看车锁，果然变了，中午车上还挂着两把上好的链锁，现在只有一个最简单的那种插锁。"这样不行吧？"敦煌说，"认出来就麻烦了。"

"操，全中国这种车子多了去了，怎么认？"西装说，"怕认？好办，"他从口袋里掏出一把小刀，嘎吱嘎吱对着横梁一阵刮，油漆落了一地。敦煌还犹豫。西装说："操，你这人，搞一辆破车都这么磨叽，找不到老婆吧？找到也早晚要被甩。不要我可扔了。他以为上了两把锁就安全了。"

最后八十块钱成交。敦煌骑上车子，感觉相当不错，有车阶级就他妈爽。西装分手时嘱咐他，回去最好加把好锁，这种车子最不安全。又给了他一张名片，以后有哥们儿想要自行车，一个电话就成。名片上的头衔是：张先生，"二手"自行车店总经理。敦煌觉得这名片颇具收藏价值。世界已经疯了，这就是见证。他喜欢那辆二手山地车，跨上车顿时觉得生活充满激情。捷安特。他妈的捷安特山地车。

他骑着这辆车去给知春里的女孩送碟片，越发觉得应该把她从暴力和恐怖片的世界里拯救出来。敦煌甚至想，看看三级片、毛片也不错啊，至少能学点生活常识，打打杀杀午夜凶铃有啥意思呢。女孩没有接受他的建议，但还是有所改观。接碟时不再像过去那样随意地穿着睡衣，而是稍微正式了一点，头发也出现了梳理过的痕迹。那天敦煌跟她说，你骑过捷安特山地车吗？感觉真他妈好。我刚买了一辆。来你家的路上。我可以把车子借给你骑骑。

最后这个"借给你骑骑"终于让她笑了一下，准确说是笑了一半。当她发现自己在笑，果断地把另一半扼杀了。"谢谢，"她说。"再见。"开始关门。

敦煌赶紧说："你看过《偷自行车的人》没有？拍得非常好！"

他出了楼道，自行车不见了。他明明记得放在楼底下的，插在两辆自行车之间，那两辆自行车还在，都是破车。敦煌楼前楼后找了好几圈，连个影儿都没有。完了，被偷了。敦煌一下子想起西装。他调出西装的电话打过去。

"你好，你朋友也想买一辆？"

"他们都开轿车。"敦煌说，"我的自行车丢了！"

"你的意思是，还想再搞一辆？"

"去你妈的，我的车丢了！"

"车丢了找警察，找我有屁用！"

"只有你认识那辆车！"

"操，你丫脑子进了水是不是？只搞认识的车子，我他妈的喝西北风去啊？"

"那我车子怎么会被偷？"

"问小偷去！问你的锁去！"西装在那头也挺来火，"你以为我三包啊，神经病！"

敦煌不吭声了。他忘了给他的捷安特山地车加一把好锁。他觉得车子白天靠在身边，晚上锁在院子里，不可能丢，就没买锁。

西装说："谁让你舍不得那几个钱？就那种插锁，别说小偷，随便抓个小孩，一伸手也拽下来了。活该！我一点都不同情你！要不，再给你搞一辆？五折？"

敦煌说："去你妈的！"沉痛地挂了电话。越想越气，最后决定，要什么鸟自行车，自行车没发明之前人类不是照样活得好好的。

我跑，不信两条腿也能被偷去。

真就跑步去了知春里。敦煌发现跑起来的速度并不比自行车慢多少。

他一路跑得意气风发，闯了三次红灯，两辆车为他紧急刹车，很多人盯着他看。

在拥挤繁华的中关村，很难看到狂跑不止的疯子。

他把《杀死比尔》和《暴力街区》从防盗门里递进去。女孩穿着裙子，披一条火红的披肩。她想看一下《偷自行车的人》。

"没有偷自行车的人，"敦煌开了个玩笑，"只有自行车被偷的人。"

"你的车子被偷了？"

"嗯，前天在你楼下被偷的。"

"多少钱？我赔你。"

"八十，二手的。"

"八十？还捷安特？"女孩终于笑出了声，从旁边桌子上拿起钱包，掏出五张一百的要给敦煌。"骗人！哪有这么便宜的捷安特。"

敦煌当然不会要。此后，三公里之内他基本上都是跑步送碟。念书的时候他长跑不错，多少年不动，开始跑还有点不适应，跑了几次感觉就上来了，觉得运动的确是种乐趣。下一次给女孩送了两部碟，外加《偷自行车的人》，还是跑着去。女孩还要赔他钱，再不要就赔他辆捷安特了。敦煌说千万别，我现在跑得正高兴，别放我的气，再不锻炼这一百四十斤就该废掉了。

十一

　　那天他从知春里回来，刚到魏公村，接到一个陌生电话，那男人压低声音问，看到你的广告了，有光盘吗？毛的。敦煌犹豫一下说，要多少？那人说，越多越好。在哪儿？北京航空航天大学北门，穿灰色夹克，红领带。

　　敦煌坐车过去，看见灰夹克坐在北航大门对面的马路牙子上。你要碟？灰夹克点点头，找个没人的地方说。他们在僻静的街道拐角停下来，敦煌从背包的夹层里拿出三张毛片。还有呢？敦煌把背包放到脚前，又拿出十来张，都在这儿了。灰夹克看了看敞开口的背包，不少碟啊，三级的有吗？敦煌从一大堆碟里准确地抓出五张来。他带的不多，三级并不好卖。灰夹克翻看碟片包装纸时一条腿不停地抖，一张张都看遍了，突然说：

　　"我是警察！"

　　敦煌一愣，马上笑了笑，说："大哥，别吓我，我胆小。"

　　"不信？"灰夹克左手从兜里掏出个证件，迅速打开，果然是警察，与此同时右手已经抓住了背包的一根带子，"所有碟没收！"

　　敦煌指着地上说："你的钱？"灰夹克低头去看，敦煌一把抓过背包，拖着就跑。灰夹克上了当，想用另一只手去抓包，已经晚了。那根带子被他扯断然后脱了手。他喊站住！敦煌拼命地跑，背包口张着，一路往外掉了好几张碟片。幸亏跑得快。灰夹克追了不到五十米就停下了。敦煌一口气跑到中科院门口才停下，逃跑中间结结巴巴拉上了背包链。他没看见灰夹克跟上来，才一屁股坐到马路边上。腿肚子直哆嗦，吓得转筋了。海淀桥那次记忆犹新。

还好，这回逃掉了。

整整一天敦煌都没缓过劲儿来，妈的，出门撞见鬼。碟卖得三心二意，猛不丁就张皇四顾，担心警察冲过来。损失了不到三十张碟，够他心疼的了。后遗症不仅是下意识就要警觉一下，手机响一声都让他惊心。第一个打来的是旷山，用的是别人的手机，告诉他要的《漂流欲室》已经到货，随时可以拿。因为号码不熟，敦煌犹豫半天才接。第二个电话还是陌生的号，敦煌咬咬牙接了。对方张嘴就说：

"喂，乌鸦吗？你丫是不是又钻李小红裤裆里出不来了？半年没见你了！"

敦煌松了口气："对不起，你打错了。"

"老子会打错？你那鸟腔烧成灰我都听得出来，丫还装。"

"我再说一遍，你丫打错了！"

"啊？真不是？"

"是你妈个头啊！"敦煌就挂了。对方又拨过来，一直响，敦煌只好又接。

对方居然还能沉得住气："不好意思，打扰了。那你知道乌鸦的电话吗？朋友给你的号码。"

"找乌鸦到故宫去，我只认识喜鹊。"

骂完人敦煌舒服了一点，准备专心卖碟，天黑了。于是忍不住又开始骂灰夹克，一路都在说，狗屎警察，狗屎警察。快到海淀时，脑袋里一亮，想起灰夹克拿的那个证件，老觉得哪里有问题。他转着脖子找毛病，想起来了：灰夹克的证件上，落款的最后一个字挤在边线上。正常的落款不可能设计得如此局促。挤在边线上是他们故意做出来的。保定接过一单这样的生意，敦煌陪他一起去取货。当时保定还问了一句，落款是不是有点问题？制作的家伙说，都这样，做公安局的假，得留点破绽，给自己一条后路，就像假钞，细微处总有点明显的区别。那家伙还大义凛然地说：这是我们这行的职业道德。

敦煌又仔细回忆了灰夹克的证件，绝对有问题。心情立马好起来，狗日的，造假造到老子头上了。他连着对找乌鸦的那家伙的气也消了。谁知道是不是找错人了，说不准是无聊的骚扰电话。这么一想，脑袋里又一道光，为什么不能照葫芦画瓢，打电话找七宝呢？敦煌忍不住夸奖自己的智商，人要聪明起来，那是一点办法都没有。

他转身往回走，到人行道上、公交车站牌上、灯箱广告上包括垃圾桶上找办假证的小广告，那些广告上写着：办证，上网，发票，然后是手机号码。敦煌见一张撕一张，回到小屋里开始照着搜集来的号码一个个打过去。是女人接，敦煌就说："是七宝吗？我是乌鸦啊。"

对方就回答："不是。打错了。"

敦煌就再问："不会吧，朋友给我的这号码。那你认识七宝吗？"

"不认识。没听过。"

"哦，对不起，打扰了。"

是男人接，敦煌就说："你好，我是乌鸦啊，最近见到七宝了吗？"

对方说："乌鸦是谁？我不认识你。七宝我也没听过。"

敦煌就说："哦，对不起，打错了。谢谢。"

对方南腔北调，带着夹生的京腔。态度好的，咕哝一声挂电话；碰上正吃火药的，那就自认倒霉，忍几句骂。二十二个号码打完一无所获。敦煌没有失望，这应该是寻找七宝的最好办法，以静制动，以不变应万变。只要七宝还办假证，总会找到。若改了行，那没辙，保定那里倒容易交代了。要操心的就是搜集小广告，他贴自己的一边撕别人的。

七天内打了不下三百个电话。他不指望七宝就是那三百分之一，但三百个里哪怕有一个人认识七宝，事就成了。但七宝还是杳无音信。敦煌看着抽屉里一堆用过的手机充值卡，咬咬牙继续打，就当给保定买二锅头喝了。一天下午，敦煌在航天桥附近卖碟，在天桥上看到一个十岁左右的小孩边走边弯腰，弯一下腰就在地上贴一张小广告。他跟上去看，那是个新号码，就揭下一张开始打。半天对方才接，是个女声："乌鸦？没听过。"

"你认识七宝吗？"

"你到底是谁？"

"那你到底认不认识七宝？"

"认识。"

"太好了。我是敦煌，你能告诉我她在哪儿吗？"

"你他妈的到底是谁？"

"敦煌，敦煌啊。保定让我来找七宝的。"

"哦，早说啊。我就是。"

她住在附近的花园村，刚睡醒。敦煌约了她一起吃晚饭。敦煌坐在天桥下抽烟等她，兴奋得直搓手。终于他妈的找到了，对保定的歉疚可以减少一点了。有人从后面拍了他肩膀，敦煌转脸看见一个个头不错又比较丰满的女人，挺年轻，挺漂亮，还是烫成小卷卷的长头发，上面一件对襟小毛衣，外面是件象征性的罩衫，底下是条裙子。领口开得很低，看得见幽深的乳沟。他不敢肯定这样的女人是不是也可以称为女孩。敦煌绕半圈转到她身后，没错，背影和屁股摆在那里。七宝说，干吗？敦煌说，请你吃饭哪，保定特地交代，把你照顾好。

"他人呢？还说请我去看长城的。"

"你不知道？在里边。我也刚出来不久。"

"操，我说呢。有烟吗？"

敦煌给她点上一根烟："你也抽烟？"

"烟都不抽，还不无聊死。"七宝说，"今天就够无聊的，没生意，盯着电视就睡着了。"

"没生意还雇小孩给你贴广告？"

"你看见了？总不能我去贴，笑也被人笑死。包里什么宝贝？"

"光盘。我卖碟。"

他们进了一家不大的川菜馆。敦煌翻开菜单吓一跳，贵得离谱，一份宫保鸡丁都要十八块，简直不要脸。敦煌把菜单推给七宝，狠狠心说，你来。七宝说，这家不错，朋友一请客我就提议来这里。七宝点了水煮鱼、鸡丝荞麦面、东坡肘子、青菜钵和四川泡菜。敦煌想，就当又遇到两次假警察吧。

七宝说："怎么卖起盗版碟了？这活儿不干了？"

"刚开始找不到门路，临时卖卖碟。现在觉得这也挺好，没事看看电影。"

"进去一次进出个文化人了，"七宝说，"你们一块进去的？"

"嗯。其实，保定是因为我进去的。"

"这种屁话就不要说了。干这行，说到底都是为自己进去的。"

敦煌对她感激地笑笑："你多大了？"

"不知道女人年龄不能问啊。猜。"

"二十二。"

"你比保定那狗日的还会说话。"七宝又要了一根烟，"二十三。都记不清他长啥样了。"

"他记得你呢。"

"操，记得我的男人多了去了。你记不记得我？"七宝两嘴角上翘，笑起来，"说正经的，菜的味道不错吧？"

饭后，敦煌去了七宝的住处认认门。与人合租的两室一厅，七宝住一间，另外一间还有一个女孩。房间不大，摆弄得不错，一张席梦思，电视、影碟机、音响，还铺了一小块地毯。被子没叠。"有点乱，别往床上看啊，"七宝说。敦煌喜欢七宝的爽快。他捏着指头数一下，觉得七宝完全符合保定的胃口，怪不得放心不下。七宝给他冲了杯速溶咖啡。咖啡的香味混杂在女人房间的味里，敦煌有点犯晕。"房租不低吧？"他问。

"还行。一个人在北京，只能自个儿心疼自个儿了。"

还是女人会过日子。自己倒小气了，不小气怎么办，还指望挣钱把保定赎出来。

一杯咖啡没喝完，有人打电话找七宝。七宝看看敦煌，敦煌说，没事，我也得回去了，还要拿货。七宝就在电话里说，好吧，一会儿到。敦煌让她想看碟就随便挑，七宝挑了五张。

十二

两天后他们又见了一次。七宝请客。她把碟片还给敦煌，另挑了五部别的。都在北京混，很容易谈得来。敦煌开玩笑说，保定托我照顾你，有什么体力活需要我干吗？七宝说，你也就能干点体力活了，不过现在还轮不到你。敦煌说，我等啊，轮着了一个招呼就到。七宝伸手在他脸上左右各拍一下，小心保定出来扁你。他们一起哈哈大笑。

下一次见面是七宝来海淀交货，顺便给敦煌送碟。傍晚，敦煌从外面刚回来，北大的黄同学要新旧两个版本的《小城之春》，他在小屋里等他的电话。百无聊赖正看一张日本的毛片，七宝打他手机，人已经到了北大西门。敦煌赶紧关了影碟机出来接她。屋太小，一个坐椅子上，一个坐床上，挤得腿碰腿。敦煌不太自在，七宝穿裙子，虽是长筒袜，碰着一下还是觉得靠到了她皮肤，越发找不到话题来说，就让她再挑碟片带回去看。这时黄同学电话到了，让他把碟片送过去。

大半个小时后，敦煌回到小屋。他推开门，七宝叫了一声，赶紧摁遥控器，满脸涨红。敦煌看见电视屏幕上一对赤身裸体的男女静止地缠在一起。七宝摁错了键，正暂停。七宝很窘迫，一把甩掉了遥控器。敦煌觉得有责任消除她的尴尬，就从地上捡起遥控器，说：

"看看毛片有什么？大惊小怪！我刚才看的那个嘛，要不我们一起看？"

"去，谁跟你一起看！"

"不看别后悔，老了想看都没劲看了。"

敦煌大大咧咧在七宝边上坐下，摁了播放键。之前七宝调成了静音。敦煌一不做二不休，让声音也出来。七宝坐着不动，谁也不说话，直挺挺地看着屏幕，不看都不行，脖子不能打弯似的。那对男女动作流畅，声音起伏有致。暧昧的声音充满小屋。两个人像两块僵硬的大理石坐在床沿上，慢慢听见了对方的呼吸声。敦煌动了一下，七宝也动了一下，两个人的膝盖碰到了一起。心都悬着，膝盖没有收回，好像那只膝盖与他们无关。然后两人莫名其妙地侧过脸，看见了对方冒火的眼睛和脸，七宝一把抱住了敦煌。

七宝说："敦煌。敦煌。"

敦煌说："七宝。七宝。"

就乱了。跟屏幕上的男女一样乱。七宝脱衣服的速度让敦煌吃惊，七宝的表现更让他吃惊。完全可以用狂野来形容。他从夏小容那里得到的经验根本用不上，太安静，太本分，总是慢半拍，跟不上。七宝那才叫肉搏。她在他身上时，敦煌觉得那就是半空挂下来一条奔腾不息的河流，他都忘了自己还要干什么。后来河流回到平坦的大地上，敦煌趴在上面，多么柔软丰饶。敦煌恍惚了几秒钟，觉得身下是一张宽阔的水床。

屏幕上的搏斗也结束了，出现一片单纯的、死亡一样安静的蓝。七宝拍拍他的脸说："你真年轻。"这叫他妈的什么话。"我打了三四百个电话才找到你。"敦煌说。

"三四百个电话就为了这个？"七宝笑起来，笑得都有点不要脸了。

敦煌翻下身来："保定让我照顾你。"

"你他妈别提他好不好！我又没卖给他，不就睡一觉嘛，有什么？他凭什么让你照顾我！"七宝坐起来要穿衣服。

"要走？"敦煌也坐起来，把衣服从床下捡起来递给七宝，"我送你。"

"赶我走？"七宝说，一把将衣服甩回床下，"我还不走了，今晚就住这儿了！"

七宝说到做到。和敦煌出去吃了晚饭，又一起回来了。两人看了一部周星驰的老片子《九品芝麻官》，上了床忍不住又乱了。夜深人静，两个人躺在一起，七宝抱着敦煌。七宝说："抱着你真实在。"

"现在瘦了，胖的时候抱着更实在。"

"贫嘴！我是说，抱着你有种落了地的感觉。有时候一个人孤单了，想哭都哭不出来。"

"找个人嫁了不就完了。"

"你以为嫁人就容易啊。"

"难吗？实在没人要，我就委屈一下吧。"

"做你的大头梦！钱呢？跟着你吃沙尘暴啊。"

他们不再说话，抱着睡了。敦煌梦见夏小容在天桥上喊他的名字，就像那天他在天桥上一样。夏小容喊得泪流满面，然后像一件旧衣裳，从桥上飘飘而下。敦煌就醒了，一身汗。七宝把脑袋放在他的胳肢窝里，睡得正甜，嘴还吧嗒吧嗒地响。这个做梦都在吃东西的七宝才像二十三岁。敦煌抱紧了七宝，像她说的那样，此刻他想哭都哭不出来。

　　敦煌尽量不去想保定。进货。卖碟。想七宝的时候就给她打电话。七宝要过来，他就提前在小屋等着；七宝让他过去，他就会放下手里的事坐车或者跑步去见她。他的生活比较规律，七宝不一样，办假证没法规律，她朋友也多，常常会一起闹腾，那就更没个点了，有时候半夜十二点还在外面。敦煌劝过她，一个女孩子，回去太迟不安全。七宝说，死了最好。

　　敦煌正在给碟片分类。他说："怎么说话呢？要被流氓劫了怎么办？"

　　"你说的是劫钱还是劫色？"

　　"你说呢？"

　　"要钱没有。要色嘛，正好，我正想看看哪个比你更厉害。"

　　"你他妈成心气死老子！"

　　七宝专心致志地涂黑色指甲油，头都不抬。"你这种人，一会儿想这个，一会儿担心那个，别人不气你，你迟早也被自己气死。"

　　敦煌觉得她说的还是有点道理的。什么时候变得婆婆妈妈了，我他妈的才二十五岁啊。恨完自己了又忍不住说："说正经的，要不，一起租个房子吧。你也别办假证了，最近风声好像有点紧。"

　　"别，千万别，"七宝脚都跷起来了，"你住你的，我住我的。我一点都不想管别人，也不想别人把我系在裤腰带上。"

　　"你看你那环境，那女孩的叫声简直惨不忍睹。"敦煌说的是她的室友。有天傍晚，七宝说同屋今晚不回来了，让敦煌过去。敦煌就去了，半夜里那女孩又回来了，还带回一个男人。然后就大呼小叫，好像带回了十个八个男人。弄得敦煌一夜没睡好。

"你这人，人家高兴了喊两声有什么！都跟你似的，喜欢闷头大发财。"

敦煌憋了憋不吭声，看七宝对着脚趾精耕细作："不是关心你嘛，好歹是我女朋友。"

"喊，稀罕！"

一点办法都没有。

继续分碟。《偷自行车的人》在手里晃了一下，敦煌想起知春里的那个女孩。好多天没有她的电话了。最后一次电话是在拿到《偷自行车的人》的第三天，她说，看完了，再要一部暴力一部恐怖的，顺便带两部别的片子，《偷自行车的人》那样的。敦煌想问她《偷自行车的人》感觉如何，她说有客人来了，抽空再说。就再也没有打过来。敦煌算了算，十七天。不正常啊。他给那女孩拨过去，没人接。他决定去看看，七宝听说是个漂亮的女孩，叫着要去，看着他。一听要跑着过去，又叫，要穿过一个中关村呢，没病吧？坐不起车我可以请你。敦煌说，不去拉倒。七宝嘟囔半天，好吧，就当同甘共苦了。他们出了门就开始跑。跑到太平洋电脑城七宝就不行了，赖赖巴巴过了中关村桥，一屁股坐到路边，死活不动了，非要打车，理由也是同甘共苦。七宝在车上说，你疯了。

他们在楼下按门铃，没人答话。敦煌不死心，终于等到有人进门，他们跟着进去。一直爬到顶楼，看见门上两道又大又白的封条。他想透过猫眼往里看，猫眼正好被封住了。他们下了楼，碰到一个楼下的大妈，就问她顶楼的房间为什么被封了，大妈摇摇头。又问一个路过楼前的人，更不知道。七宝说，这么关心，有情况吧？

"我就是想知道她看过碟觉得怎么样。"

"《偷自行车的人》？这么简单？"

"想复杂也复杂不了。"敦煌说，"哪一天我突然不见了，活不见人，死不见尸，你会怎么想？"

"你这王八蛋，一定跟哪个女人私奔了！"

"你就不难过？"

"难过有屁用！谁知道你为什么失踪，要是好事呢？那女孩家被封了，说不定因为别的人。比如说，她是贪官的二奶啦，有钱人的小妾啦，好日子大把大把的都过腻了。"

"会不会是抑郁症、幽闭症什么的，然后出事了？"

"幽闭症你都懂啊，真有学问。没准是因为钱多花不完才抑郁幽闭的呢。"

"那倒也是。"敦煌站起来，看了一眼最顶上的窗户，半天才说，"你就不能往好处上想想？又是二奶又是小妾的。"

"二奶怎么了？小妾怎么了？多少人想做还没机会呢。"

这个问题争下去会没完没了，敦煌没理她，觉得这丫头才没心没肺。七宝看敦煌不理自己，也不理他，有什么了不起。两人打车回蔚秀园，快到硅谷，七宝说，我要喝酸奶！敦煌说，好吧，让师傅把车直接开到超市发超市门口。两人就算和好了。

十三

那夜里，敦煌又做了和上次类似的梦，夏小容喊着他的名字从天桥上飘下来。他在梦里看得非常清楚，像电影里的慢镜头，慢得他怎么也

· 1718 ·

抓不住。夏小容快落到地上时，变成了知春里那女孩的脸。醒来敦煌有种莫名的恐惧，他向来不迷信，但知春里的封条让他有恍惚无常之感。这梦有点蹊跷。第二天早上一醒来，就给夏小容打了电话。管不了那么多了。

夏小容的声音开始有点生，很快就正常了。有事吗？夏小容说，把主动权一下子推到他这里。敦煌期期艾艾半天，我就是想告诉你，七宝找到了。

"找到了？太好了。"夏小容说，"太好了。你一定要带给我看看，今天就看。"

敦煌决定在"古老大"火锅店请客。还是上次那张桌子。夏小容和旷山一进来就看见他们，七宝的好模样让夏小容心里一惊。夏小容说："敦煌，这就是七宝吧。真年轻。"

七宝说："小容姐好，敦煌总在我面前夸你。"

"他夸我？"夏小容笑笑，"一把年纪，老姐姐了。"

敦煌说："老什么！"

七宝也说："小容姐端庄娴静，正是男人最喜欢的成熟时候，也说老，哪儿跟哪儿呀。"

夏小容说："他都不想要我了，还不老？"

七宝对旷山说："这就是你不对了，吃着碗里看锅里。"

旷山摆摆手："没有，绝对没有。人家锅里的，想看也看不着啊。"

敦煌点了鸳鸯火锅、两份冬瓜、两份平菇。剩下的他们点。热气腾腾把敦煌和夏小容他们那边隔开来，尽管都觉得不说话也挺安全，还是主动找话，生怕冷了场。敦煌找旷山说卖碟，夏小容关心七宝在北京的生活，相互又讨论化妆品和零食问题，反而比他们预想中的热烈很多。

只是吃到后半截，旷山提前离开，最近几天忙着店里盘点。过一会儿，七宝出去接了个电话，朋友生日，坚持让她过去。敦煌有点恼火，关键时候掉链子。桌子空了一半。

"再叫两瓶酒？"夏小容说，"一转眼就记不起你喝酒的样子了。"

敦煌就沉默着一杯一杯喝给她看，一直喝到十一点，然后把她送到楼下。夏小容说，上来喝杯水？这几天晚上他都在店里。敦煌就上去了。房间里的碟少了，白条筐好几个摞在一起。夏小容说，都拿回店里了，一起盘。敦煌嗯嗯点着头，觉得有点晕。一个人喝酒不吭声就会这样。

"七宝真不错。"夏小容说。

"谢谢。"敦煌看着她。夏小容把脸转到一边，看见了热水瓶，"还说给你倒水呢。"就拿敦煌前些天一直用的杯子，加了很多茶叶倒上水。"喝点浓茶，解酒。"水递过来，敦煌接过的却是夏小容的手。夏小容说，敦煌敦煌。杯子掉下来，人被拽到他怀里。

"我梦见你从天桥上跳下来，"他说，"像一块布。就吓醒了。"

夏小容声音低下去："我活得好好的，干吗要死？"然后把敦煌的头揽在胸前。敦煌觉得更晕了，头脑嗡嗡地响，顺手把她歪倒在床上。这地方实在太小了。

夏小容说："不能敦煌，我有了——"

"我也有！"敦煌说。

他把嘴巴和舌头放在夏小容的下巴和脖子之间。这是夏小容最软弱的地方。夏小容的反抗只在喉咙里，听起来像哭，慢慢地手脚就摊开了，然后开始收缩和颤抖。敦煌已经到了她的身体里，这时候夏小容反而没声音了。她从来都是在地上流淌，永远也不会像七宝那样挂到空中去。夏小容把枕巾塞进嘴里时，敦煌觉得自己也差不多了。一边工作一边打开床头柜，尾声到来之前必须戴上安全设备。这是他们的习惯。夏小容拿出枕巾，说：

"没必要，我有了。前两天刚发现。"

敦煌停在那里，头脑里闪过"旷夏"两个字。血液从身体中间的某个部位开始退潮，像一杯水在迅速减少。那地方逐渐失去知觉，一点点失去形状和体积，最后像一缕烟从夏小容的身体里飘出来。

夜车经过窗外的声音。哪个地方有一声暴响，楼下停的几辆汽车同时报警。后来，所有的声音都消失，夜安静得像闹钟里的时间，只有嘀嗒嘀嗒大脑转动的声音。

"你打算怎么办？"

"还能怎么办？我下不了手。"

"然后结婚，生孩子，留在北京？"

"到哪天算哪天吧。在这儿，只有他是我自己的。"

敦煌一下子想到那些卖碟、办假证的女人，孩子背着、抱着，当众敞开怀奶孩子，她们说，要光盘吗？办证吗？夏小容穿上衣服去卫生间，上衣斜在肩膀上，背影一片荒凉。敦煌觉得她不是去卫生间，而是去大街上，孩子出现在她背上和怀里，然后坐到路边的马路牙子上，撩起上衣，用一只白胖的大乳房止住一个叫旷夏的孩子的哭声。

敦煌点了根烟。夏小容从卫生间里出来，衣服已经弄整齐，头发也梳理过了，她说，别抽了吧，对孩子不好。敦煌顺从地掐掉，觉得未必就如他想得那么坏，也许她整天端庄地坐在"寰宇"音像店里，对每一个到来的客人微笑，然后优雅地数钱。谁知道呢。

敦煌离开的理由是，出来抽根烟，瘾上来了。再也没有回去。在楼底下他抬头看上面的窗户，大部分是黑的，有亮的窗口始终没有谁的脑袋伸出来。敦煌想，这样好。这样最好。

十四

春天终于真正来了。但是北京的春天一向短得打个哈欠就过去，不定明天就一下子二十七八度，让你脱衣服都来不及。敦煌和七宝的新鲜劲也过去了，开始为生活跑，各干各的事，往来不再像过去那么频繁。七宝还是不答应和他住到一起，她说别再逼我啊，再逼就散伙。所以敦煌还住在蔚秀园的小屋里，也挺好，半夜里撒尿在槐树底下就能解决。七宝有小屋的钥匙，闲得无聊敦煌不在她也会过来，买点小零食，看着碟等敦煌。有时候她会给敦煌洗洗衣服。女孩子用水就是费，房东看见了脸上的肌肉就开始哆嗦，因为水电费是和房租算在一起的。又不好直接挑明，就拐弯抹角说：

"哎呀，两件衣服洗这么久，我还以为十件八件呢。"

七宝一听就明白。她当初来北京，租的房子还不如这个，房东整天让她换十五瓦的灯泡，跟她说，别相信电饭煲能做出什么好吃的米饭，姑娘，还是煤球炉好，买个煤球炉吧。七宝坚持不换不买，半年就被房东赶走了。七宝想，个老东西，抠门都抠到水里了，就说：

"大妈您不知道，敦煌是个苦孩子，就这两身衣服换着穿，脏得跟铁匠似的，不花点工夫哪洗得干净。床单被罩啥的，更得好好洗。"

还有床单被罩，房东心疼得差点昏过去，照这么洗下去，水管里流出来一条长江也不够用。水表还不转坏了。房东说："敦煌真有福气，找到你这么个女朋友。"

"大妈您过奖了。"七宝暗暗得意，"我也就会洗洗衣服。这活儿简单，只要水用到了，就能做好。"

七宝一走，房东就在院子里直转圈，想着该怎样涨房租。她又去看了趟水表，回来小屋里的灯就亮了。她推门进去，看见满床的碟片。这是什么？她指着床上。敦煌说，电影。不，是光盘，盗版光盘。哪来的？买的。买这么多干什么？卖的。哦，你是卖盗版光盘的，房东说，手指着敦煌，原来你在干违法的事情！

"大妈，这也叫违法啊？"敦煌说，"满大街都是。音像店都在卖。"

"盗版的就是违法，我是书记，你骗不了我！你还骗我说是考研的！"

"我可没说，那是您自己说的。"

"我说的？你不告诉我我怎么知道？"

敦煌懒得跟她吵，开始收拾碟片："大妈，想说什么您就说吧。"

房东说："那好，我就直说。我不能留一个卖盗版光盘的住在自己家里，一个月才四百五十块钱！被警察知道了，我这张老脸往哪儿搁？我怎么说也是个书记！"

"您想加多少？"

"一百。"

敦煌拍拍墙皮："大妈，我租期还没到您就加价，没道理吧。还有，趁这会儿天还没黑透，您可以到外边好好打量一下这小屋，还觉得值这价，您就回来收钱。"

房东到底当过书记，立马改变策略："钱不钱我不在乎，我在乎自己名声。我不能随随便便就留一个违法分子在家里。你觉得贵，可以不租，在北大、中关村这里，还愁房子租不出去？我没听说过。"

"您还指望学生来租？北大的公寓楼新盖了一座又一座，他们早住上高楼了，一年才一千零二十块钱！万柳那儿的学生公寓，原来挤不进去，现在都空着往里灌风呢。算了，我也不跟您争，加五十，租就租，不租我明天就去找房子。"

房东说考虑考虑，一会儿就过来敲门，在门外说，五十就五十，下个月就开始算啊。敦煌说，妈的，钻钱眼里了。房东问，你说什么？敦煌说，我说没问题，我又赚了。

敦煌把这事告诉了七宝，七宝说："要是我，就跟死老太婆耗到底，大不了挪个窝。北京这么大，还找不到放张床的地方？奶奶的，哪天我有了钱，盖他几百座楼，起码得五十层，全租出去。我专门在家收房租。"

敦煌说："钱数不过来我帮你。"

"你这样的，也就能在家数数钱了。你他妈的就不能说，娘希匹，我到外面去给你挣房租去？腰杆挺起来，说你呢！"七宝给了他后背两巴掌。有点疼。"你看，我就说，两巴掌又傻了，你怎么整天搞得跟忧国忧民似的？"

敦煌一激灵，像小时候下巴被马蜂蜇了。是啊，什么时候成了他妈的这副忧世伤生的烂德行。当初从里面出来，那一身死猪不怕开水烫的豪气哪儿去了？那会儿想，不就是一个北京嘛，没地方住桥洞总还有吧；没东西吃饭还是可以讨的吧，要饭不犯法。那种过一天算一天赤条条没牵没挂的好感觉哪儿去了？当初还想，女人嘛，能搞就搞一个，搞到了拉倒，搞不到也拉倒，只要不被人关着，不被人管着，都是好日子。为什么现在日子越过事越多，越过心思越麻烦呢。见了鬼了。

"操，又玩深沉？"七宝拍拍他的脸，"我怎么就看上你了呢？不发呆就犯傻，现在又灵魂出窍。醒醒啦！"

"我想去看看保定。"敦煌说，"你跟我去？"

"不去！"七宝开始换运动鞋，"让我跟他说，一直都在跟你睡？"见敦煌不吭声，七宝就说，"好了，走了。"

他们要夜游圆明园，从一条巷子头翻墙进去。前几天他们和几个朋友翻墙进去过，半个小时就出来了。七宝没过瘾，拽着敦煌再去一次。敦煌托着七宝的屁股把她送过墙，没到福海就听见一片蛙声。七宝说，真他妈大，清朝的这帮龟儿子才是会过日子的主。圆明园的夜安静得有重量，沉沉地压在福海水面上。七宝的胆量让敦煌开了眼，她在黑灯瞎火的圆明园里到处跑，煞有介事地跟敦煌介绍，这个地方死过哪个宫女，那个地方杀过某个太监。冤魂累累。在大水法那儿，敦煌觉得寒毛都竖起来了，七宝倒无所谓，在残垣断壁里躲躲藏藏，学怪异的鸟叫。那声音比乌鸦婉转，更荒凉得揪心。学完了她就笑。敦煌让她小点声，别把管理人员招来。后来七宝累了，在一块大残石上躺下来，让敦煌也躺。七宝说，要不是石头凉就睡一觉，天亮了从大门出去。敦煌说嗯，一翻身到了七宝身上。

"你别瞎来啊，这地方！"

"想瞎来也来不了，都冻得找不到了。"敦煌亲了她一下，"打听个事。"

"说，只要是跟钱没关系的。"

"老夫老妻怎么也得给点面子嘛。男人借钱都会还的。"

"男人就不该借钱！"七宝把敦煌抱住，眼睛瞪眼睛地说，"就你那点小心思！我跟你说过了，别去赎什么保定，你把咱俩全卖了，也未必填得上那坑！三千两千能办的，我早替你出了。你认识谁？烧香都找不着菩萨！"

"那我也得他妈的找啊，我总不能眼睁睁地看别人替我耗在里面。"

"他是替你？他在替钱！干这行，谁都跑不掉，早一天晚一天的事。"

"跟你说不清,"敦煌扳开她的手,滚到石头上,"男人的事你们女人理解不了。"

"你们男人都他妈的是女人生出来的,还有什么女人理解不了!你就是那种标准的大脑缺氧型的,一点儿都不会错。你就不能把钱攒着,等他出来再给他?那时候他比现在更需要钱。"

敦煌又翻到七宝身上:"操,老婆,你真厉害,我刚出来的时候缺钱,也是这么想的。"

"死一边去!"七宝把他推下来,"我十八岁就来北京,那会儿你在哪儿喝凉水?"

"应付考试,学分子式,氢二氧一是水。"

"你应该去当大学教授啊。"

"是啊,我也这样想。人家不要我。"

七宝笑起来:"没皮没脸。"敦煌也跟着笑。这女人可能不是他妈的女人生的,是妖精生的。一点儿都不会错。

十五

七宝给敦煌置办了一身新行头,穿在身上远看近看都人模狗样。七宝说,就得人模狗样,给自己长脸,也给保定长脸,省得那帮站岗的把白眼珠翻到天上去。吃的东西除了烟,只带了一点,不好存放,带了保定也吃不上。买了一些常用药,保定胃不好。另外就是带了些钱,到时候按照保定的意思打点一下合适的狱警。敦煌不敢肯定保定是否还在原来的地方,如果不在,他再去在的地方看他。

站岗的已经不认识敦煌了。他也不便说,塞给带路的警察两包好烟，就被带到了头头儿那里。继续递烟。一查，保定还在。然后跟着警察一路曲曲折折地穿堂过廊，这些他不陌生。和几个月前没什么变化，警察的表情和脸色都没变，走廊拐角处墙上的半个脚印也还在。院子里的草已经油汪汪地发亮，背阴的石阶上苔藓开始往上爬。那些站在岗楼上的抱枪的，枪还在怀里，他们站得高看得远。敦煌听见很多人在喊号子，脚步声咔嚓咔嚓像无数把刀在同时切菜。这个声音被敦煌从整个大院的寂静里准确地分离出来。这在过去是无法做到的，那时候他要么身处寂静，要么就在火热的切菜的队伍里，即使一个人站在队伍外面，也只能听见一种声音：要么是寂静，要么是切菜。

敦煌在一间大屋子的椅子上坐下。过了一会儿，他听见有人说："进去！"保定就从铁栅栏对面的一扇门里走进来，瘦了两圈。敦煌站起来，说："哥。"

"我猜就是你，敦煌，"保定在对面坐下，"这身不错，新买的？平时也得把自己收拾好。"

"左手怎么样了？"

"早没事了，要不也不敢跟那湖北佬打。"

"我还担心在这里找不到你。"

"应该快换地方了，反正不能在这羁押七个月。"保定说，"你怎么样？"

"卖点碟片，还行。我没弄到足够的钱……"敦煌头和声音一起低下去。

"头脑没坏吧，早跟你说过。判也就是一年半载，又不会死人。弄点钱容易啊？我有吃有喝，操你自己的心。有时间给我送两盒烟就行了。七宝找到了？"

"找到了。吃的东西和药都是七宝帮我买的，衣服也是她挑的。她有点忙，过不来。"敦煌盯着玻璃板上的一个黑点，觉得那应该是苍蝇去年拉在上面的一粒屎。他听见寂静的声音在耳边没完没了地蔓延，然后听见保定说："她不错吧？"

"挺好的。"

保定笑起来，笑了一半慢慢停下。"没事，"他说，"谁让我是当哥的。好好挣钱。"

"嗯。"

"不管干什么，都要多长个心眼。回去吧。"

"嗯。"

他们没有用够时间就结束了探视。敦煌看着保定被带出门，步子有点拖拉，鞋子摩擦水泥地板的声音一下下惊心，他就轻描淡写地说一句，回去吧。七宝。七宝。敦煌看着那扇空荡荡的窄门，在心里大骂七宝，你他妈妖精生的，你他妈的就是妖精生的！守卫说："人已经走了！"敦煌才发觉自己还煞有介事地坐在那里。他自作主张挑了几个人打点一番，折腾了好半天才结束。在看守所大门外抽烟时，他觉得疲惫不堪，回家时身上已经没有几个钱。

车到航天桥天就黑了，敦煌下车到七宝那里去。七宝手机关了，十有八九在睡觉。她划分白天黑夜依靠的不是时间和光线，而是困不困，一困黑夜就来了，大白天也拉上窗帘呼呼大睡。她像某种无所畏惧的泼辣小动物，她自行其是。敦煌在楼下按好多次门铃也没人搭茬。妈的，睡死掉了。再按，终于有人拿起对讲电话，是七宝的室友。一个两条腿瘦得跟筷子似的女孩，七宝说她是骨感美人，敦煌觉得叫骷髅美人更合适。瘦成那样了还生机勃勃，隔三岔五就把男人往家带，敦煌搞不懂那些男人，为什么都喜欢趴在一副排骨上。

骨感美人没好气地说，谁啊，不怕把门铃摁坏了！听说是敦煌，口气好了一点，七宝不在。敦煌问七宝去了哪里，她说不知道，问她手机去。这话说的，问她手机去。能问到还有你的事？敦煌初步认为，骨感美人不高兴的原因是，她不得不把身上的男人临时掀下来去听电话。他去超市买了一盒口取纸，开始写小广告。广告词改成：啥碟都有。写完了，又去找犄角旮旯处贴。现在环卫工人在清除小广告，称之为"城市牛皮癣"，贴在显眼的地方纯粹是为了让他们撕。贴完了又去马兰拉面馆吃了碗面，七宝还没回来。骨感美人这回没发脾气，让他上楼等。敦煌说就在下面等吧。他怕听到骨感美人令人发指的叫声。他在楼前小花园的矮墙上坐下来，脑袋放到膝盖上，两分钟不到就像一个坚硬的三角形一样睡着了。醒来时已经凌晨一点，七宝站在他面前，满嘴酒气，你怎么在这儿？

敦煌站起来，浑身的骨头咔嚓咔嚓响，肚子里有莫名的悲愤要冲出来："我该在哪儿？"

"对不起啊，跟朋友玩去了。"

"都什么神仙朋友，非玩到三更半夜？"

"酒肉朋友好了吧。走，我扶你上楼。"七宝做着样子要来搀敦煌的胳膊。

敦煌一把甩过去，说："我他妈的不想上！"

"你小点声。"

"我为什么要小点声？"敦煌突然就歇斯底里喊起来，"睡什么睡！都他妈的给我起来！"

跟着就有好几扇窗户亮起灯，伸出脑袋喊："嚎什么嚎，还让不让人睡觉！神经病！"

敦煌指着他们喊："你他妈的才神经病！"

"你疯了你？"七宝说，"跟我上去！"

"我他妈的不上！"敦煌转身往外走，七宝叫他也不理。七宝跟到小区外的街上，说："敦煌，再不站住我杀了你你信不信？"

敦煌站住了，说："杀吧。现在就杀。"

七宝走到他面前，发现敦煌眼泪都下来了，心就软了，掏出纸巾给他擦眼泪。"我知道你是为保定的事，"她说，"今晚的确是跟朋友吃饭，手机下午就没电了。骗你是这个。"她用手指比作四条腿的小狗。

敦煌点上一根烟，此刻一点幽默感都没有，觉得心里长满了荒草，他对七宝说："你回去吧。"然后继续走，他不知道如果关在里面的不是保定，而是他，保定会怎么做。他一根接一根抽，烟屁股随手扔到地上。七宝一直跟在后面，敦煌扔一个烟头她就捡一个，一直捡到苏州桥。一个多小时的路，七宝在北京多少年没走过这么远的路了，累得脚疼，多一步都不想再走，就拦了一辆出租车，开到敦煌边上。

"上车。"七宝向他摊开手里的一堆烟头，"你要再摆这臭德行，打明天起，你他妈的别来找我。"敦煌看看她手里的烟头，一共十三个，拉开门上了车。

十六

五月里又来了一场沙尘暴。天气预报说，这在北京的历史上也属罕见。但它就是来了。一天一夜的长风鼓荡，尘沙被送到天上。为防止落进低胸的裙子里，女人们加了一件高领的罩衫；男人把领子竖起来，鼻梁上架起墨镜。北京的五月很少如此庄重和严谨。然后风就停了，很突然，气象部门都没反应过来。像百米冲刺跑了一半，硬生生收住了脚。细密的沙尘在天上下不来，天地昏黄，空气污染指数高得可怕。新闻里说，这种浮尘天气不宜外出。说得相当正确，敦煌每天都外出，在避风的地方也卖不出几张碟片。碟不好卖不算太正常，也不算太不正常，消息说，风声有点紧，这回是真的。敦煌开始谨慎，磨磨叽叽地卖，一周没进货。浮尘被人工降雨弄下来了，天开始变高变蓝，敦煌数了数碟，该去"寰宇"了。

站在路边上看"寰宇"，门上多了两张交叉的封条。封条上的日期是前天。敦煌背着空包站在门前，手机在掌心里转。夏小容，旷山，他在掂量给谁打更合适，最后决定给旷山打。旷山的声音像个紧张的老头子，听说是敦煌才放松下来。旷山说："兄弟，我栽了。"

旷山早上刚从拘留所里出来，夏小容把家里的积蓄差不多全送进去才把他弄出来。那帮警察大白天就进去，直接掀开布帘子进了后面的小仓库。盗版碟成捆成袋码在架子上。刚进的货，要不是这场沙尘暴早散出去了。一张没剩，他们是开着小货车来的。车里已经堆了不少，看来倒霉的不止他们一家。他们能够上来就挑布帘子，显然是对所谓的音像店心知肚明。正版的光盘贵得要死，不卖盗版吃个屁啊。幸亏毛片大部分都放在家里的床底下，否则出来怕没现在这么容易。他跟周老板一起被带走的，当然都出来了，也是家人拿钱赎出来的。

"有什么打算？"

"喘口气再说，"旷山说，"有空过来喝两杯？"

"好的。小容怎么样？"

"她倒比我想得开。女人你真搞不懂，过去整天叨叨挣钱回老家，现在穷得光屁股了，反倒什么都不提了，就跟那些钱不是她辛苦赚来似的。折腾成这样，真有点对不起她。你要进货？找冯老板。"

敦煌按地址找到叫"大天鹅"的小饭店，一个大胡子男人在门口等他。店在一里地外，一个类似地下车库的地方。敦煌跟着大胡子下了楼梯，曲曲折折绕了不下八个弯子才来到店铺。那简直是个垃圾场，到处都是光盘。有包装纸的花花绿绿，没包装纸的银光闪闪，地上铺了一层，里面的人直接从光盘上走。这是敦煌这辈子看到光盘最多的地方，大约一百平米的空间，一座座光盘的山，完全是一个光盘工厂。大胡子看敦煌眼都圆了，就说，这不是最大的，不太全，凑合着挑点吧。

敦煌挑碟的时候想，真他妈开了眼了，然后感到自己作为一个小打小闹的卖碟人是多么可笑。他把一个背包和一个行李箱全装满，吃力地拎着它们走过光盘山时，觉得自己更可笑了。一背包一提箱，十头牛一根毛而已。当初旷山一定也有相同感受，所以刺激了几次，他就拼了命要开一个音像店了。

这里的光盘价格比"寰宇"还要便宜，敦煌后来都在这儿进货。风声的确有点紧，他尽量不在大街上招摇，免得撞到警察和城管的枪口上。而是过几天就把过去的几个点走一圈，像北大的学生宿舍、长虹桥的那栋大楼，以及其他一些小的单位，都是见缝插针，打完一枪赶快换地方。另外就是偶尔电话联系的散客，都是老主顾。哪一天感觉不对了，就待在家里看碟，或者陪七宝逛街。也会陪七宝去送货，假证生意好像也不景气，七宝干活有一下没一下的。他们的关系说好不好，说坏不坏，在一起的时候不坏，见不着人影的时候不好。七宝觉得这样好，别捆一块儿过日子。

敦煌一直没去找旷山喝酒，不想听他诉苦。有一次旷山打电话给他，说夏小容的肚子已经显山露水啦，他就躺在床上想象显山露水是什么样子，更不想去看他们了。旷山喘了几天气，就和夏小容一起卖碟，照他说的，重新积累，早晚东山再起。

有相当长一段时间，敦煌都觉得没劲，天热了，出来进去都不舒服。外面阳光鼎沸，白花花晃得人气短；小屋也开始热，墙顶都薄，太阳一晒就透。小屋就像个温度计，外面温度一高，里面噌噌噌就跟着上去了。弄得他里外都焦虑，觉得生活漫无边际又无可奈何。七宝也懒得往他的小屋里跑，觉得那不是人待的地方，两人见面自然就少了。偶尔打个电话或发发短信，仿佛也就为了证明对方还都活着，就在零散的电话和短信里，漫长的一天又一天就过去了。

生活倒因此重新变得简单，敦煌得以把更多的心思用到碟片上来，看和卖。新找了几条线，卖得都还不错，最重要的是安全。这也是保定临走时告诫他的，进去了就等于什么都没干。敦煌偶尔也能在马路边或者超市门口看到夏小容，肚子已经颇具规模，按照月份和大小推算，应该是个双胞胎。如果是双胞胎，哪一个叫旷夏呢。夏小容面前是一个不大的碟包，跟客人说话时常往旁边看，旷山坐在远处抽烟像个闲人，脚前放着一个密码箱。这狗东西被吓怕了，把挺着肚子的夏小容推到前面来。

那天凌晨四点他被手机吵醒，电视屏幕上一片蓝，碟片放完了。一个陌生的女声，说，七宝被抓了。敦煌问你是谁，对方不说，只是说，一起抓了十几个姐妹。敦煌就明白了，他都奇怪自己竟能有如此冷静的反应，他说，要多少钱？女声说，五千，一般都这个价。挂了电话敦煌才想起来，这声音是骨感美人的。他早该看出来她们是同行，看来她躲过了这一劫。五千。敦煌手头的钱大大小小加起来只凑够一半，只能找夏小容和旷山。他到芙蓉里把他们叫醒，只说借钱，急用。旷山还想再问，被夏小容挖了一眼。

旷山说："那钱说好明天去进货的。"

夏小容说："迟两天会死啊？"

旷山不情不愿地从抽屉里拿出钱来。敦煌没理他，只跟夏小容说了声谢谢。

早上七点敦煌到了派出所，一直等到所有人的笔录做完。敦煌说，他从外地赶来，不容易，希望能早点把人带走。领导说，都一样，这种烂事谁也不想拖。做决定的时间很短，价钱也没有商量的余地，五千。交了罚款就可以领人。敦煌站在门口，看见七宝头发凌乱地跟在警察身后走过来。一直到敦煌面前七宝也没抬头，就低头站着。敦煌把她垂在前额的一绺头发拨到耳后，揽住她的肩膀说："我们回去。"

一路无话。到了花园村，骨感美人开了门，看见他们什么也没说，进自己房间了。七宝躺到床上，点了一根中南海，敦煌一把夺过来扔到了窗外。

"钱，钱，要那么多钱干吗？"敦煌终于忍不住了，"陪葬啊？"

"没钱怎么活？"

"活不下去不能走吗？非要赖在这里？"

然后两人都沉默。骨感美人的房间里传来怪异的声音，这次是男人在叫。

敦煌说："我们换个地方住。就这么定了。"

第二天他们搬到北太平庄附近的牡丹园，租的一居室，价钱还比较公道。七宝用过去的积蓄还了钱。新家收拾好了，敦煌前前后后看一圈，说，好，就这样。这是六月底。接下来是七月和八月，北京的天先是热到了头，然后开始逐渐凉爽。在这个八月，敦煌和七宝各长了一岁。敦煌二十六了，七宝二十四。他们选了两人生日的中间一天，买了一个小蛋糕，切开来一人一半吃了。七宝做了几个菜，喝了几瓶啤酒，就算庆祝过了。

敦煌说："咱俩加起来已经过了半辈子了。"

"就你那身板，"七宝开他玩笑，"上了床半场足球都踢不下来，我看大半辈子都过了。"

"过了就过了，只要高兴，过一天算一天。"

这个八月里他们前所未有的快乐，该经过的也经过不少了，两个人生活透明起来的感觉很好。生意也不错，盗版碟和假证都好卖。敦煌发现，八月里三级片和毛片相对来说更好卖。他问七宝，是不是天要凉快了，男男女女就想学坏了？当时他们在床上，七宝翻到他身上，说，你问问你自己就知道了。敦煌说，哇，泛滥成灾了。他说的是七宝这条河泛滥成灾了。

一天下午，敦煌在卖碟时听见有人叫他，是旷山，左手是夏小容的碟包，右手是他自己的密码箱。夏小容挺着大肚子跟在他后面。他们打了招呼，旷山把夏小容的碟包在两米之外打开，跟敦煌说，咱们邻一回摊。

夏小容说："七宝最近怎么样？"

"就那样。"敦煌说，"还办她的假证。你们呢？"

"刚领了证，他托老家的朋友帮着办的。"

"结婚了？祝贺祝贺，也不跟我们说一声。"

"都老夫老妻了，"旷山摸着夏小容的肚子，"还玩那花样干啥。呵呵，要当爹了。"

夏小容打一下他的手，满意地摸着自己肚子，两个酒窝里都散发出温暖的奶香味。旷夏还没出生，她做娘的感觉早早就到位了。

敦煌低头翻看一张碟，听见旷山的手机响了。旷山对着手机说："已经到了。好。好。"

大约五分钟，两个穿大裤衩染红毛的年轻人走过来，对旷山打了个响指。旷山对敦煌笑笑，我先过去一下，有点生意。他就带着红毛们走到十几米外的雪松底下。旁边是正在修建的地铁的工地，铁的挡板、一个不规则的土堆子，以及一条通往另一条街道的小路。敦煌知道这家伙又弄到一笔大生意。他不愿意表露出自己的艳羡，只在转身的时候，用眼睛余光看见旷山正蹲在地上打开他的密码箱，两个红毛伸着脑袋围在他身边。他们在翻看，然后合上箱子，开始小声说话。头碰头说了好一会儿。

夏小容有点担心，对敦煌说："怎么这么久？你帮我去看看？"

敦煌说："放心，他们在讨价还价。"

正说着，两个警察从挡板那边冒出来，敦煌迅速合上背包，然后跑过去帮夏小容收拾，快走，他对夏小容说。夏小容没回过味来，张皇地左右看，那两个警察已经跑到旷山那里了。他们喊："干什么的！"两个红毛站起来就跑，警察只抓住了旷山和密码箱。

夏小容慌了，一手抚着肚子，一手哆嗦指着旷山，声音都变了："旷山！敦煌，快，快，旷山！"夏小容的脸上露出敦煌从未见过的复杂表情。"敦煌，快！求你了！"

背包掉落地上时，敦煌已经冲出去了。他冲到警察面前，大喊一声："别动我的碟！"一把从一个警察手里抢过密码箱，抢到手就沿那条小路往北跑，边跑边喊："我的碟！"两个警察没想到半路杀出一个人来，丢下旷山就去追敦煌。敦煌拎着箱子拼命跑，警察在后面追，喊着让他站住。他哪里敢停下，见路就跑，转了一圈竟然跑回来了。他看见夏小容坐在地上，一股红色的液体从她两腿之间流出来，几个好心人正围上来要扶她。旷山不知道去了哪里。敦煌想往夏小容身边跑，一转身密码箱绊到了腿，一个跟头摔在路边。密码箱也摔开了，花花绿绿的碟片包装纸摊出来。他听见围观的人惊叫一声，哇。他还看见几乎每张包装纸上都有两条白花花的大腿和两只白花花的大乳房。

警察跑到他跟前时，他听见手机响了，是七宝给他设置的曲子《铃儿响叮当》。摸了两下才在地上找到手机，七宝在电话里大喊：

"敦煌，你这王八蛋，我在医院里，我怀孕啦！我要杀了你！"

1736

然后他的手被警察举起来，连同手机和七宝的声音，吧嗒，锁进了手铐里。

2006年5月28日　芙蓉里

（原载《收获》2006年第6期）

图书在版编目 (CIP) 数据

中华人民共和国成立 70 周年优秀文学作品精选　中篇
小说卷：全 3 册 / 洪治纲主编 . — 北京：北京十月文
艺出版社，2019.9
　　ISBN 978-7-5302-1953-9

　　Ⅰ . ①中… Ⅱ . ①洪… Ⅲ . ①中国文学—当代文学—
作品综合集②中篇小说—小说集—中国—当代 Ⅳ .
①I217.1

　　中国版本图书馆 CIP 数据核字 (2019) 第 103704 号

中华人民共和国成立 70 周年优秀文学作品精选　中篇小说卷
ZHONGHUA RENMIN GONGHEGUO CHENGLI 70 ZHOUNIAN
YOUXIU WENXUE ZUOPIN JINGXUAN　ZHONGPIANXIAOSHUO JUAN
洪治纲　主编

出　　版　北京出版集团公司
　　　　　北京十月文艺出版社
地　　址　北京北三环中路 6 号
邮　　编　100120
网　　址　www.bph.com.cn
发　　行　新经典发行有限公司
　　　　　电话（010）68423599
经　　销　新华书店
印　　刷　固安县铭成印刷有限公司
版　　次　2019 年 9 月第 1 版
　　　　　2019 年 9 月第 1 次印刷
开　　本　880 毫米 ×1230 毫米　1/32
印　　张　55.75
字　　数　949 千字
书　　号　ISBN 978-7-5302-1953-9
定　　价　249.00 元
质量监督电话　010-58572393
如有印装质量问题，由本社负责调换。